HEYNE

Das Buch

Die ferne Zukunft: Die menschliche Zivilisation hat die Epoche der Kriege überwunden und schickt sich an, das Weltall zu erschließen und die Zivilisationen ferner Sonnensysteme zu erkunden. Technische Errungenschaften wie die Fähigkeit, Raum in Materie und Materie in Raum zu verwandeln, ermöglichen es den Menschen, »wie Götter« Himmelskörper zu erschaffen oder auch zu vernichten und sich in Überlichtgeschwindigkeit fortzubewegen. Auf ihren Weltraummissionen treffen sie auf menschenähnliche, aber auch sehr bizarre Lebensformen, die unter oft extremen Gravitations- und Strahlungsbedingungen ihr Dasein fristen. Und sie treffen auf die aggressive Zivilisation der »Zerstörer«, die andere Sternenvölker versklavt und mit Vernichtung bedroht. Soll die Menschheit sich in diese verheerenden galaktischen Kriege einmischen und ihre irdischen Werte auch jenseits des Sonnensystems verteidigen oder sich lieber ins Schneckenhaus der Erde zurückziehen? Denn bei all ihren gottähnlichen Fähigkeiten bleiben Admiral Eli und seine Gefährten doch Menschen, verlieben sich, staunen über engelsgleiche und schlangenhafte Geschöpfe, verzweifeln in schier aussichtslosen Weltraumschlachten, trauern über den Verlust von Freunden und stoßen an die Grenzen von Raum und Zeit …

Der Autor

Sergej Alexandrowitsch Snegow, 1910 in Odessa geboren, arbeitete als Ingenieur in Leningrad, bevor er wegen angeblicher Abweichungen vom Marxismus 1936 verhaftet und zu zehn Jahren Arbeitslager verurteilt wurde. Als Wissenschaftler und politischer Gefangener war er in einem militärischen Forschungsinstitut an der Entwicklung der sowjetischen Kernwaffen beteiligt. Nach seiner Entlassung arbeitete Snegow in Norilsk in einem Bergbaukombinat, ehe er 1955 rehabilitiert wurde. Ende der fünfziger Jahre begann er zu schreiben. Das in den sechziger und siebziger Jahren entstandene »Menschen wie Götter« ist sein berühmtestes Werk. Snegow starb 1994 in Kaliningrad.

SERGEJ SNEGOW

MENSCHEN WIE GÖTTER

Roman

WILHELM HEYNE VERLAG
MÜNCHEN

Titel der russischen Originalausgabe
ЛЮДИ КАК БОГИ
Deutsche Übersetzung von Heinz Kübart

MIX
Papier aus verantwortungsvollen Quellen
FSC® C014496
FSC
www.fsc.org

Verlagsgruppe Random House FSC® N001967

6. Auflage
Taschenbuchneuausgabe 04/2010
Redaktion: Matthias Dondl

Printed in Germany
Umschlaggestaltung: Nele Schütz Design, München
Satz: C. Schaber Datentechnik, Wels
Druck und Bindung: GGP Media GmbH, Pößneck

ISBN 978-3-453-52519-1

www.heyne-magische-bestseller.de

Inhalt

ERSTES BUCH

Die Erkundung der Galaxis

Von Frascati her ins alte Rom
schritt Sternenforscher Peter,
und über ihm da dräute schon
ein nächtlich schwarzer Äther.
Den scharfen Blick emporgestemmt
in himmlische Gefilde,
erschien ihm dort am Firmament
manch wunderlich Gebilde.

N. MOROSOW

Als Mensch bin ich wie Gott dazu verdammt,
die Last aller Ängste und aller Zeiten zu tragen.

I. BUNIN

Erster Teil

Das Schlangenmädchen von der Wega

1

Für mich begann diese Geschichte am zweiten Tag nach meiner Rückkehr zur Erde, als ich während eines Spazierflugs über den Kratern des Kilimandscharo meinen Freund Lussin traf, der auf einem feuerspeienden Drachen ritt.

Ich persönlich fliege ungern auf Drachen, und die störrischen Pegasusse kann ich schon gar nicht leiden. Für Flüge auf der Erde benutze ich meistens Aviettes – sie sind zuverlässiger und bequemer. Lussin dagegen liebt die Fortbewegung auf Drachen über alles. Während unserer Schulzeit, als diese schwerfälligen Monster gerade in Mode kamen, flog er mit einem Übungsdrachen auf den Mount Everest. Der Drache krepierte bald darauf, obwohl er eine Sauerstoffmaske getragen hatte, und Lussin erhielt einen Monat Stallverbot. Das war vor dreiundvierzig Jahren, doch Lussin ist seither keinen Deut vernünftiger geworden. Er behauptet, es sei beseelt vom Geist seiner Vorfahren, die diese seltsamen Wesen vergötterten. Meiner Meinung nach versucht er, um jeden Preis originell zu sein. André Scherstjuk und Lussin wären bereit, barfuß auf der Venus herumzulaufen, nur um aufzufallen!

Als vom Indischen Ozean ein rauch- und flammenumhüllter Drache heranbrauste, war mir sofort klar, dass Lussin darauf saß. Er schrie mir einen Gruß zu und landete am Krater Kibo. Zunächst flog ich noch eine Schleife und beäugte misstrauisch seine Flugechse, dann landete ich ebenfalls. Lussin lief mir entgegen, und wir begrüßten uns herzlich. Zwei Jahre lang hatten wir uns nicht gesehen.

Sein Drache war ein ziemliches Ungetüm, bestimmt zehn Meter lang. Keuchend hatte er sich auf den Steinen ausgestreckt, und seine vorgewölbten grünen Augen fielen ihm vor Erschöpfung zu. Seine mageren Flanken, die mit orangefarbenen Schuppen gepanzert waren, pulsierten, und seine Flügel zitterten. Aus seinen Nüstern qualmte Rauch, und beim Ausatmen schoss eine Flamme aus seinem Rachen. An den Umgang mit feuerspeienden Drachen war ich nicht gewöhnt.

»Das neueste Modell«, sagte Lussin stolz. »Zwei Jahre Züchtung. Wir INFler sind zufrieden. Was sagst du?«

Lussin arbeitet im Institut für Neue Formen, dem INF. Unentwegt brüstet er sich, dass bei ihnen Neuschöpfungen kreiert würden, zu denen es die Natur selbst in einer Milliarde Jahren nicht gebracht hätte. Einige ihrer Erfindungen, die sprechenden Delfine zum Beispiel, sind ihnen tatsächlich ganz gut gelungen. Aber diesem Drachen, der wie ein Vulkan rauchte, konnte ich überhaupt nichts abgewinnen.

Allerdings kann ich nicht bestreiten, dass Pegasusse und Drachen einigermaßen ordentlich fliegen. Lussin behauptet, bei ihnen entstünde durch die Muskelarbeit ein Antigravitationsfeld, wodurch sie gut neunzig Prozent ihres Gewichts verlören. Trotzdem finde ich, dass es irgendwie lächerlich aussieht, wenn sich so ein massives Tier federleicht in die Lüfte erhebt. Und bei diesem Drachen hier missfiel mir der Rauch, obwohl Lussin betonte, dass sowohl der Rauch als auch die Flammen nur dekorativen Zwecken dienten, so ähnlich wie die Federn eines Pfaus.

»Brennt nichts an und macht keine Rußflecken«, versicherte er.

»Was soll der Kulissenzauber, willst du mit deinem Scheusal kleine Kinder erschrecken?«, stichelte ich.

Lussin klopfte liebevoll auf eines der Froschbeine des Drachen. »Macht was her. Auf der Ora werden sie gucken!«

»Unsinn!«, widersprach ich entrüstet. »Keiner wird dein Fossil eines Blickes würdigen. Jeder Außerirdische ist wunderbarer als alle eure Zuchtmonster. Maschinen werden dort bestimmt weit mehr Interesse finden.«

Es wurmt mich, wenn über die Ora gesprochen wird. Fast alle meine Freunde fliegen hin, nur ich bin nicht dabei. Nicht, dass ich ihnen ihr Glück nicht gönnen würde, aber es ärgert mich, wenn sie die faszinierende Begegnung mit den Bewohnern anderer Welten in eine primitive Spielzeugausstellung verwandeln wollen. Was soll da nicht alles mitgeschleppt werden!

»Maschinen sind großartig! Aber Tiere auch! Alles ist großartig!«, sagte Lussin.

»Und du bist ganz besonders großartig!«, äffte ich ihn nach. »Das Urbild eines Menschen aus dem sechsten Jahrhundert: rothaarig, rotäugig, eins zweiundneunzig, Ende fünfzig, alleinstehend. Pass nur auf, dass sich nicht eine denkende Kröte in dich verliebt.«

Lussin grinste und schüttelte den Kopf. »Bist neidisch, Eli. Ein Uralt-Gefühl. Älter als Drachen. Verstehe. Wäre ich auch.«

Lussin spricht gleichsam in Hieroglyphen. Wir haben uns an seine knappe Ausdrucksweise gewöhnt, Fremde hingegen verstehen ihn nicht immer. Doch mit denen unterhält er sich ohnehin nicht gern.

Da sein Vorwurf mich ärgerte, wandte ich mich demonstrativ ab.

»Willst du Einzelheiten?«, fragte er und legte mir versöhnlich den Arm um die Schultern. »Wirst staunen.«

Ich nickte, um ihn nicht zu kränken. Seinen Worten entnahm ich, dass in den Lungen des Drachen spezielle Brennstoffe synthetisiert werden, die der Echse beim Zünden keinerlei Schaden zufügen. Lussin arbeitete an dem Thema »Die Biologisierung von Fabelwesen der antiken Mythologie«. Der feuerspeiende Drache war sein viertes Modell, fliegende assyrische Löwen und ägyptische Sphinxe sollten folgen.

»Gott Horus mit dem Falkenkopf möchte ich auch machen«, sagte Lussin. »Hoffentlich klappt's.«

Mir fiel ein, dass André eine von ihm verfasste Symphonie mit dem Titel »Die Harmonie der Sternensphären« zur Ora mitnehmen wollte und dass die Uraufführung am Abend in Kairo stattfinden sollte. Ich stehe Andrés musikalischer Begabung zwar skeptisch gegenüber, doch Musik ist mir im Zweifelsfall lieber als qualmende Drachen.

Lussin war sofort Feuer und Flamme, als ich ihm von dem Konzert erzählte. »Wusste ich nicht. Auf nach Kairo! Zum Raketenbahnhof. Ich fliege voraus.«

»Damit ich die giftigen Dämpfe deines Monsters einatmen darf, nein danke«, sagte ich trocken, stieg in meine Aviette und brauste davon.

Auf dem Weg nach Kairo nahm ich Lussin zwanzig Minuten ab. Während er auf seiner Flugschnecke noch die letzten Kilometer überwand, kümmerte ich mich bereits darum, dass der Drache in der *Pegasus-Raststätte* etwas zu fressen bekommen würde.

Auf dem Raketenbahnhof gibt es – extra für Touristen – einen Stall für die geflügelten Pferde. Der Stallvorsteher war wenig begeistert über meine Bitte, zumal als er erfuhr, dass es sich um einen feuerspeienden Drachen handelt. Die heißblütigen Pegasusse werden sofort aggressiv, wenn sie einen von diesen friedlichen Drachen bemerken, obwohl sie mit ihren Hufen und Zähnen gegen einen Schuppenpanzer natürlich nichts ausrichten können. Es ist mir ein Rätsel, was die alten Griechen dazu bewogen haben könnte, für ihre poetischen Höhenflüge ausgerechnet den lahmen Pegasus auszuwählen, ein eleganter Greif oder Kondor hätte sich doch dafür wesentlich besser geeignet.

Als Lussin endlich heranrauschte, winkte ich ihm zu: »Beeil dich, sonst kommen wir zu spät. Du kannst dein Vulkanbaby hier in der Raststätte lassen. Der Stallwart hat versprochen, die Pegasusse von ihm fernzuhalten.«

2

In Kairo trafen wir Allan Cruz, ebenfalls ein Schulfreund von mir. Er war zwei Stunden vor uns eingetroffen und kam gerade mit einem Koffer aus der Sternroutenkammer. Sein Koffer ist stets mit Büchern vollgepackt. Allan hat ein Faible für solchen Plunder. Das verbindet ihn übrigens mit Pawel Romero – der ist auch ein richtiger Bücherwurm. Romeros Leidenschaft für Bücher ist berufsbedingt, bei Allan ist es ein reines Hobby.

»Schleppst du wieder alte Schinken durch die Gegend?«, spöttelte ich.

»Man schärft sein Gefühl für die Moderne, wenn man in den zerfledderten Schriften des zwanzigsten Jahrhunderts blättert«, sagte er und lachte.

Allan ist entweder bester Laune oder missgestimmt und mürrisch, eine halbwegs neutrale, ausgeglichene Stimmung scheint ihm völlig fremd zu sein. Als er erfuhr, wohin wir wollten, machte er ein erstauntes Gesicht.

»Und deshalb seid ihr extra nach Kairo gekommen? Ihr hättet doch den Konzertsaal zuschalten und euch die Musik aus der Ferne anhören können!«

»Andrés Symphonie muss in Spezialräumen gehört werden«, entgegnete ich. »Seine Musik ist kein Vergnügen, sondern schwere körperliche Arbeit.«

Allan schloss sich uns an. »Ich muss ohnehin mit André sprechen«, sagte er knurrig. »Nach dem Konzert knöpfe ich ihn mir vor. Das letzte Modell seines tragbaren Dechiffriergerätes taugt überhaupt nichts.«

»Renn nicht so, und fuchtele nicht mit dem Koffer vor meiner Nase herum. Da sind bestimmt fünfzig Kilo Bücher drin, stimmt's?«

»Dreiundsechzig. Lasst euch erzählen, wie wir uns auf dem Prokyon durch Andrés Schlamperei blamiert haben!«

Von dem peinlichen Lapsus auf dem Prokyon hatten wir bereits gehört. Allans Expedition testete ein leichteres Sternenpflugmodell. In der Umgebung des Sonnensystems ist es untersagt, voll zu beschleunigen, deshalb benötigten sie für die Strecke von elfeinhalb Lichtjahren neununddreißig Tage. Auch im Sternbild Kleiner Hund mussten sie sich zurückhalten und erreichten nur hundertfache Lichtgeschwindigkeit. Dafür machten sie in diesem Sternbild im Planetensystem des Prokyon, ohne es selbst zu bemerken, eine fünf Jahrhunderte zuvor prophezeite Entdeckung: Sie fanden vernunftbegabte Moose. Es war auf dem zweiten der drei Prokyonplaneten, auf dem es nur wenig Licht und Wärme gab. Seine felsige Oberfläche war mit rotem Moos bedeckt. Die Astronauten untersuchten das Moos, fanden aber lediglich heraus, dass die Pflanzen schwache Magnetwellen ausstrahlten, auf die das Dechiffriergerät jedoch nicht reagierte. Erst als die Expedition zur Erde zurückgekehrt war, kam die Zentrale Universalmaschine anhand der Daten zu dem Ergebnis, dass die aufgezeichnete Strahlung Sprache eine war. Es gelang, die Sätze zu entschlüsseln: »Wer seid ihr? Woher kommt ihr? Wie habt ihr die Fähigkeit zur Fortbewegung erlangt?« Die festgewachsenen Moose waren von der menschlichen Kunst des Gehens offenbar sehr beeindruckt.

»Wir haben nicht einmal Proben von dem Moos genommen. Und daran war nur Andrés miserables DP-2 schuld!«, polterte Allan. »Zugegeben, es ist besser als die normalen Armband-Dechiffriergeräte, die allenfalls für die Kommunikation mit Hunden und Vögeln taugen. Auf dem Pollux zum Beispiel, im Sternbild Zwillinge, haben wir uns ganz gut mit hoch organisierten Fischen unterhalten. Diese ulkigen Nereiden erzeugen Ultraschallwellen, und mit Andrés Gerät konnten wir unsere Worte in ebensolche Wellen übersetzen. Aber das wisst ihr ja aus den Sendungen. Aber in komplexeren Fällen wie bei den Moosen ist Andrés Dechiffriergerät völlig unbrauchbar. Kaum zu glauben, dass es als letzter Schrei der Technik angepriesen wird!«

Allan hielt plötzlich inne und blieb stehen. »Fast hätte ich's vergessen, Freunde!«, verkündete er erregt und sah sich nach allen Seiten um, als befürchtete er, dass uns jemand belauschen könnte. »Die Sternroutenkammer hat vor kurzem eine seltsame Mitteilung erhalten. Näheres weiß keiner, doch eines steht fest: Es wurden neue vernunftbegabte Wesen entdeckt, die uns Menschen sehr ähnlich sind. Und anscheinend wüten in ihrer Gesellschaft weit schlimmere Kriege als seinerzeit auf der Erde.«

Heute wundere ich mich, wie gleichgültig wir Allans Mitteilung damals zur Kenntnis nahmen. Sie bedeutete einen Wendepunkt in der Menschheitsgeschichte. Heute ist das jedem Schüler klar. Doch Lussin und ich erkundigten uns nicht einmal, woher die Information stammte und in welcher Hinsicht die neu entdeckten Wesen dem Menschen angeblich ähnlich waren. Ich äußerte nur die Vermutung, sie müssten fernab der Nachbarsterne leben, denn in unserem Galaxisbezirk hatte man von solchen Außerirdischen noch nie etwas gehört.

»Ich weiß auch nichts Genaues«, erwiderte Allan. »Die Zentrale Universalmaschine analysiert bereits seit zwei Tagen die empfangenen Daten. Morgen oder übermorgen wird man uns die Ergebnisse mitteilen.«

»Warten wir also bis morgen«, sagte ich. »Und wenn es bis übermorgen dauert, ist das auch nicht schlimm.«

Lussin war derselben Meinung. Andrés Konzert interessierte ihn weit mehr als diese neueste Entdeckung. Je näher die Konferenz auf der Ora rückte, desto häufiger bekamen wir von neuen vernunftbegabten Wesen zu hören, die von Weltraumexpeditionen entdeckt worden waren. Wir hatten das Gefühl für das Ungewöhnliche verloren. Das Erstaunliche war alltäglich geworden.

Vor dem Konzertsaal drängte sich eine gewaltige Menschenmenge. Wir mussten uns beeilen, wenn wir noch einen Platz ergattern wollten. Der groß gewachsene Allan ging voraus, hinter seinem breiten Rücken folgten Lussin und ich.

Am Eingang passierte ein kleines Missgeschick, das mir die Laune verdarb: Ich trat einem spindeldürren, nicht besonders hübschen Mädchen, das vor dem drängelnden Allan zur Seite sprang, aus Versehen in die Hacken. Empört wandte sie sich um. Sie hatte einen langen dünnen Hals und dunkle Augen.

»Sie Grobian!«, zürnte sie. Ihre Stimme war melodisch und tief. Breite Brauen, die genauso schwarz waren wie ihre Augen, verunzierten ihr Gesicht.

»Sie sind auch nicht gerade höflich«, brummte ich, nachdem es mir im ersten Moment die Sprache verschlagen hatte. Vermutlich hörte sie meine Replik gar nicht mehr, da ich von der drängelnden Menge sofort weitergeschoben wurde. Als ich dann im Saal zwischen Lussin und Allan saß, stand ich noch zweimal auf und hielt Ausschau nach dem hageren Mädchen. Doch es war völlig unmöglich, sie unter den achtundzwanzigtausend Besuchern im Saal zu entdecken. Ihr empörter Gesichtsausdruck aber beschäftigte mich in den Minuten vor dem Konzert wesentlich mehr als Allans Mitteilung über die Entdeckung menschenähnlicher Wesen.

3

»André!«, rief Lussin. »So ein Komiker!«

Selbst im Konzertsaal hatte André nur Unsinn im Kopf. Anstatt auf dem riesigen Stereobildschirm zu erscheinen und dem Publikum zuzulächeln, war er auf die riesige Bühne hinausgetreten, wo er nur als kleiner Punkt zu sehen war. Er hielt eine Ansprache, in der er sich weitschweifig über Erde und Sterne, Himmels- und Erdenbewohner, Raumflüge und Katastrophen ausließ und behauptete, dies alles in seiner Gesamtheit spiegele sich in seiner kosmischen Symphonie wider.

Mir wurde so langweilig, dass mir ein genervtes »Genug gequatscht!« entfuhr. Leider hatte ich nicht bedacht, dass die Verstärker auf alle Geräusche im Saal reagierten. Dröhnend ergoss sich mein Zwischenruf von den Deckenlautsprechern in den Raum und rief allgemeines Gelächter hervor.

Doch André ließ sich nicht aus der Ruhe bringen. »Ihre ungeduldigen Rufe, werte Anwesende, sind die passende Ouvertüre zu meiner Symphonie!«

Daraufhin verschwand er, und die Sternensphärenmusik donnerte los. Im nächsten Moment hatte ich das Gefühl, im Boden zu versinken. Unbeweglich saßen wir in unseren Sesseln und klammerten uns überrascht an die Lehnen, da wir die Sitzflächen unter uns nicht mehr spürten. Der Zustand der Schwerelosigkeit trat so plötzlich ein, dass mir beklommen wurde.

Dann erklang eine zarte Melodie, bunte Wolken schwebten über die Reihen, und das Schweregefühl kehrte wieder. Die Melodie schwoll an, die elektronische Orgel erdröhnte mit all ihren vierundzwanzigtausend Stimmen, tanzende Strahlen durchdrangen die bunten Wolken, und alles verging in einem farbenprächtigen Funkenregen. Ich sah weder die Wände noch die Decke noch die Menge der Zuhörer, während sich meine unmittelbaren Sitznachbarn plötzlich in Fackeln aus kaltem Licht verwandelten. Gleich darauf wurde das Licht wärmer, die Melodie schneller, die Schwere nahm zu, und Hitzewellen durchfluteten die Luft. Ich war drauf und dran, die Jacke abzulegen, als ein blauer Blitz den Saal erhellte, violette Flammen aufzüngelten und ein stechender Eiswind sich erhob. Niemand vermochte sich abzuwenden oder das Gesicht mit den Händen zu schützen. Die Vereisung des Raums wurde vom Pfeifen und Surren der Elektronenstimmen untermalt. Rasch steigerte sich die Hypergravitation, und den Lungen wurde der Sauerstoff knapp.

Abermals jaulten die Trompeten, sangen die Saiten, schepperten Kupfer und Silber, und im violetten Dunst entflammten orangefarbene Feuerzungen. Wärmewogen lösten den Eishauch ab, die Gravitation ließ nach und mündete schließlich in Schwerelosigkeit. Die aromatische, von den Klängen durchdrungene Luft strömte nun wie von selbst in die Lungen, und ich fühlte mich wie berauscht von den filigranen Tönen, den zarten Farben, der Wärme und Leichtigkeit im Körper.

Der komplette Turnus wiederholte sich dreimal: purpurrote Hitze bei Trompetenschall und abrupt einsetzender Schwerelosigkeit, schneidend blaue Kälte bei Hypergravitation, peinigende

Atemnot und eine von Wärme umfächelte, melodische, in orangerosa Farben schwelgende Wiedergeburt. Zuletzt verklang ein donnernder Schlussakkord, und die neutrale Saalbeleuchtung wurde eingeschaltet.

Der erste Teil der Symphonie war zu Ende. Von allen Seiten ertönten Rufe und Gelächter. Manch einer stöhnte, andere rieben sich die vereisten Wangen, und einige schimpften empört auf den Komponisten. Die meisten strömten zum Ausgang.

»Er ist übergeschnappt!«, rief Allan entrüstet. »So eine Zumutung hätte ich nicht einmal von André erwartet. Weshalb habt ihr mich hergeschleppt?«

»Niemand hat dich hergeschleppt«, entgegnete ich. »Du bist freiwillig mitgekommen und wusstest genau, was dich erwartet. Ich hatte dich gewarnt, dass Andrés Musik nichts für schwache Nerven sei.«

»Ich habe Nerven wie Drahtseile, aber das ist zu viel! Ist der zweite Teil etwa auch so furchtbar?«

Ich reichte ihm die Einladung. Darauf stand: »André Scherstjuk: Die Harmonie der Sternensphären – Symphonie für Ton, Licht, Wärme, Druck und Schwere. Erster Teil: Der Weltenlauf. Zweiter Teil: Die Menschen und die Himmelsbewohner. Dritter Teil: Das Immerwährende.«

»Hm«, brummte Allan, und ein sauertöpfisches Grinsen legte sich über sein Gesicht: »Eine Komponente fehlt aber noch: der Geruch! Wie wäre es mit einem stinkenden Allegro, gefolgt von einem wohlriechenden Adagio? Was meint ihr?«

»Großartiges Konzert!«, sagte Lussin voller Respekt. »Für jeden was dabei. Findet ihr nicht?«

»Unsinn«, entgegnete ich. »Sieh nur, für den zweiten Teil ist höchstens ein Drittel der Zuhörer geblieben.«

»Ist eben was Neues, kapiert nicht jeder«, beharrte Lussin.

»Beschäftige dich lieber mit deinen abgedrehten neuen Lebensformen und nicht mit Musik«, riet ich ihm. »Deinem Drachen kannst du vielleicht wenigstens beibringen, dass er uns auf fernen Planeten vor fliegenden Mäusen beschützt, aber wozu soll dieses neue Werk von André gut sein?«

4

Nach dem ungestümen ersten Teil des Konzerts erwies sich der zweite als vergleichsweise ruhig. Möglicherweise waren wir auch schon ein wenig abgestumpft. Im Mittelpunkt von Teil zwei stand jedenfalls das Licht: wogender grüngelber Dunst, rote Blitze, über die Wände mäandernde violette Streifen, gleichzeitig Funken und Pfeile, die von der Decke herabschwirrten wie bei einem Polarlicht. Danach senkte sich ein warmer, zartrosa Nebel herab, der einen aufs Angenehmste einlullte. Gefühle und Gedanken schlummerten ein.

Dazu erklangen melodische Elektronenstimmen, Schwere und Druck schwankten maßvoll, die einsetzende Kälte war nicht mehr so schneidend, die Hitze, die sie ablöste, weniger brennend. Kurzum, dieser Teil gefiel mir, er war zumindest erträglich. Für ein Werk von André wollte das schon etwas heißen.

Dafür entpuppte sich der dritte Teil als wahre Tortur. »Das Immerwährende« bewegte sich deutlich über der Schmerzgrenze. Offenbar wollte André die Mühsal des Lebens demonstrieren, und er erreichte sein Ziel. Mindestens zwanzig Minuten lang wurden wir versengt, vereist, betäubt und geblendet. Als die Symphonie endete, blieben alle Zuhörer benommen im Saal sitzen. Einige sahen derart mitgenommen aus, dass ich lachen musste. Allan applaudierte euphorisch. So ist es stets mit ihm: Seine anfängliche Skepsis dem Neuen gegenüber schlägt unvermittelt in Begeisterung um.

»Eine gewaltige Symphonie!«, lobte er. »Wenn man solch ein Konzertchen den zartbesaiteten Bewohnern von Alpha Centauri oder Sirius kredenzt, bleibt wahrscheinlich nur ein Häufchen Asche von ihnen übrig. Wirklich stark!«

Im sich leerenden Saal ertönte eine Durchsage, dass die Freunde des Komponisten sich am östlichen Ausgang einfinden mögen.

Allan rannte sofort los, Lussin und ich ließen uns Zeit. Ich wusste, dass André auf mich warten würde.

Am östlichen Ausgang fand sich rasch das muntere Häuflein von Andrés Freunden ein. Ich kam aus dem Händeschütteln gar nicht mehr heraus. Die hübsche Jeanne Uspenskaja, Andrés Frau, strahlte. Sie platzt jedes Mal vor Stolz, wenn André etwas gelingt, und man muss zugeben, dass sie meistens zu Recht stolz auf ihren Mann ist. In diesem Falle allerdings hätte Jeanne sich ruhig etwas zurückhalten können.

»Du hast dich verändert, Eli«, verkündete sie lauthals. »Es ist nicht zu fassen, wie braun gebrannt und gut du aussiehst. Sag mal, hast du dich etwa verliebt?«

Ich wusste, warum sie so laut sprach, und das gefiel mir überhaupt nicht. Leonid Mrawa und Olga Trondike kamen nämlich gerade auf uns zu. Der meist grimmige Leonid wirkte beinahe heiter, und Olga war wie immer ausgeglichen und fröhlich. Bestimmt hatte sie Jeannes Anspielung verstanden, doch sie ließ sich nichts anmerken. Leonid drückte meine Hand so fest, dass ich vor Schmerz aufstöhnte. Dieser Hüne – er und Allan sind zwei Meter dreißig groß – hat sich in den Kopf gesetzt, ich stünde ihm bei Olga im Wege. Ich fürchte, dass Olga ihn in seinem Wahn auch noch bestärkt. Das ist umso verwunderlicher, als Olga im Gegensatz zu Jeanne überhaupt nicht zur Koketterie neigt.

»Ich freue mich, dich zu sehen, Eli«, sagte Olga. »Du warst auf dem Mars, nicht wahr?«

»Was soll ich denn auf dem Mars?«, entgegnete ich. »Wir haben die siebte künstliche Sonne auf dem Pluto montiert, hast du nichts davon gehört?«

»Doch, natürlich. Ein gelbroter Zwerg von normaler Dichte, Mächtigkeit achttausend Albert. Vor kurzem habe ich errechnet, dass diese Mächtigkeit für eine effektive Sonnenfunktion nicht ausreicht. Hast du meinen Bericht gelesen, Eli?«

»Nein. Von deinen Berichten kriege ich Kopfschmerzen, so wissenschaftlich sind sie.«

Olga reagierte keineswegs gekränkt. Gelassen und mit leicht geröteten Wangen sah sie mich an. Ich bin überzeugt, dass sie sich über den Inhalt meiner Worte keinerlei Gedanken machte, es genügte ihr vollständig, meine Stimme zu hören.

»Du hast meine Frage nicht beantwortet, Eli!«, beharrte Jeanne und schüttelte sich ihre langen, weißblonden Locken aus dem Gesicht.

»Ja«, sagte ich. »Ich habe mich verliebt. Und weißt du, in wen? In dich. Ich habe es lange verheimlicht, nun habe ich nicht mehr die Kraft dazu. Was wirst du jetzt tun?«

»Ich werd's überleben, Eli. Vielleicht erzähle ich es André, damit er weiß, was für saubere Freunde er hat.«

Sie drehte mir den Rücken zu. Jeanne will allen gefallen, und sie wird böse, wenn man sich darüber lustig macht.

»Allan hat eine Neuigkeit«, sagte ich, um das Thema zu wechseln. »Los. Allan, erzähl es ihnen.«

Und wieder, wie vorher Lussin und ich, brachte keiner den nötigen Ernst für Allans Mitteilung auf. Gleichgültig nahm man sie zur Kenntnis, als spräche er über Lappalien und nicht über die wichtigste Information, die die Menschheit jemals erhalten hatte. Wenn ich heute an jene Tage zurückdenke, ist es mir schleierhaft, warum wir damals so unverzeihlich leichtfertig waren. Dabei galten Leonid und Olga, beide Kapitäne von Sternenschiffen, schon damals als erfahrene Astronauten. Wer, wenn nicht sie, hätte erkennen müssen, von welch immenser Bedeutung es war, dass man in den Weiten der Galaxis Wesen entdeckt hatte, die uns an Verstand und Macht ebenbürtig waren. Leonid war sogar noch dickfelliger als ich. Er ließ Allan einfach links liegen. Unsere kleine künstliche Sonne auf dem Pluto interessierte ihn mehr.

»Ich wundere mich, wie konservativ ihr seid«, sagte er. »Ihr baut einen riesigen Satelliten, heizt ihn auf, bis er sich in ein winziges Gestirn verwandelt, und vertrödelt dafür Jahre, wie unsere Großväter vor zwei Jahrhunderten. Wozu das? Ein Sternenpflug könnte binnen vierundzwanzig Stunden Dutzende von künstlichen Sonnen aller projektierter Größen und Temperaturen zünden. Da ist keine Montage nötig, kein Aufheizen, kurzum, nichts außer dem Befehl: Eine Sonne zünden und an Ort und Stelle bringen!«

»Ganz recht«, bekräftigte Allan, der unbekümmert das Thema wechselte. Er freute sich, dass der Sternenpflug gelobt wurde. Auf sein Schiff war er maßlos stolz. »Für uns ist es eine Kleinigkeit, ein hübsches Sönnchen zusammenzuzimmern und einem Planeten hinzuwerfen, der Wärme und Licht braucht.«

»Gut!«, sagte Lussin. »Sehr gut sogar. Einfach zünden und hinwerfen!«

»Das ist großartig«, pflichtete ich bei, »und bestimmt besser als die Stichflammen, die Lussin in den Lungen seiner armen Drachen entfacht. Aber im Ernst: Warum werden die Sternenpflüge nicht tatsächlich für die Herstellung künstlicher Sonnen eingesetzt?«

»Sicherlich wäre es einfacher, Sonnen mit Hilfe der Sternenpflüge herzustellen«, räsonierte Olga gewohnt kühl. »Doch würde man sie in der Umgebung unseres Sonnensystems zum Einsatz bringen, bestünde die Gefahr, dass die Raumstruktur aus dem Gleichgewicht gerät. Oder fändet ihr es witzig, wenn der Sirius in den Prokyon kracht oder Proxima Centauri mit der Sonne zusammenstößt?«

»Es ist nicht bewiesen, dass das Gleichgewicht so katastrophal gestört würde«, entgegnete Leonid.

»Das Gegenteil auch nicht«, erwiderte Olga. »Ein Versuch würde uns Gewissheit bringen, doch wenn es schiefgehen sollte, wären die Folgen verheerend.«

Aus dem Konzertsaal kamen André und Pawel Romero. Mit Letzterem hatte ich überhaupt nicht gerechnet. Erfreut lief ich ihm entgegen.

5

Wenn Romero einen Bekannten länger nicht gesehen hat, begrüßt er ihn nicht einfach so, sondern umarmt ihn und küsst ihn auf die Wangen. Er behauptet, früher sei dieses Ritual bei vielen zivilisierten Völkern üblich gewesen. Man kann noch von Glück sagen, dass er einen nicht auf den Mund küsst, denn auch solch befremdliche Begrüßungsrituale soll es einmal gegeben haben.

»Eli«, rief er feierlich. »Sie sind es wirklich!«

Schulter an Schulter standen André und Pawel vor mir. Sie waren beide nur eins einundneunzig groß, also kleiner als Lussin und ich, aber breitschulterig und jung: André war siebenundfünfzig Jahre alt, so alt wie ich und Lussin, Romero fünf Jahre älter. Damit sind die Ähnlichkeiten zwischen den beiden aber auch schon erschöpft, im Übrigen sind sie so verschieden, wie zwei Menschen nur sein können. Romero gleicht niemandem außer sich selbst. Sein geschwungener Schnauzer und sein spitzer Kinnbart erinnern ein wenig an die schnörkeligen Gesichtsrasen auf den Porträts prähistorischer Könige, er behauptet allerdings, dass er seine Bartpracht von einem römischen Kaiser – oder war es ein amerikanischer Präsident? – abgekupfert hat. Außerdem läuft er ständig mit einem albernen Gehstock umher, den er auch nicht aus der Hand legte, als er mich umarmte.

Während Romero seinem eigenwilligen Äußeren wenigstens treu bleibt, so gleicht André sich selbst immer nur für kurze Zeit. Bei jedem Treffen überrascht er mit einem völlig veränderten Aussehen. Wenn er nicht so genial wäre, würde ich sagen, er sei eitel. Während des Studiums wechselte er die Haarpracht häufiger als die Kleidung. Im fünften Semester des zweiten Studienzyklus entledigte er sich seiner brünetten Locken, die er von Natur aus besaß, und stieg auf glatte schwarze Haare um. Im dritten Studienzyklus wechselte er die Frisur jedes Jahr: Auf die glatten Haare folgte eine wuschelige Lockenmähne, auf diese ein chaotischer Strubbelkopf, danach glänzte er mit einer Vollglatze und wenig später mit einem Igelschnitt. Auch die Haarfarben wechselte er wie andere Leute die Hemden: mal golden, mal rabenschwarz, und auch vor einem leuchtenden Himbeerrot schreckte er nicht zurück.

Am heutigen Tag fielen ihm kastanienbraune Locken über die Schultern, die genauso lang waren wie die seiner Frau Jeanne. Na ja, immer noch besser als der himbeerrote Igel.

»Du bist schön braun geworden, Eli«, bemerkte André. »Ich wusste gar nicht, dass die Sonne auf dem Pluto so aggressiv ist.«

»Die Bräune kommt von deinem Konzert«, entgegnete ich. »Deine Symphonie hätte mich fast eingeäschert. Ein alter Mann vor mir hat Herzschmerzen davon bekommen.«

»Hat sie dir etwa nicht gefallen, Eli?«

»Wie kann einem so ein irrwitziges Spektakel gefallen?«

»Ganz meine Meinung«, bestätigte Romero. »Deine Symphonie ist wirklich absurd.«

Jeanne umarmte André und streckte uns die Zunge heraus.

»Mach dir nichts draus, Liebster«, flötete sie. »Vor einer halben Stunde hat mir Eli eine Liebeserklärung gemacht. ›Ich liege dir zu Füßen, was wirst du tun?‹, hat er gesagt. Wie soll man so jemanden ernst nehmen?«

Wir lachten. Sogar um Olgas Lippen spielte ein Lächeln. André war trotzdem verstimmt. Er hatte wirklich geglaubt, dass uns seine Höllenmusik begeistern würde.

»Ich könnte schon ausführen, was mir an dem Konzert nicht gefallen hat«, sagte ich. »Aber das würde länger dauern, André.«

»Suchen wir uns doch eine schöne Bank im Park und unterhalten uns ein bisschen«, sagte er.

»Gehen wir lieber spazieren«, schlug Romero vor. »In der Antike diskutierten die Philosophen gerne bei einem Spaziergang. Warum sollten wir uns nicht einige ihrer Gewohnheiten abschauen?«

»Im Sitzen fiel den antiken Philosophen nichts ein«, pflichtete Leonid bei. »Deswegen nannte man sie auch Fußgänger.«

»Peripatetiker, mein lieber Mrawa«, verbesserte Romero, »also Umherwandelnde.«

Leonid schwieg. Es war sinnlos, Pawel Romero zu widersprechen, denn über die Antike wusste er alles.

6

Wir schlenderten untergefasst in einer Reihe – Jeanne, Olga, André, Pawel, Lussin, ich, Leonid und Allan.

»Ein Kunstwerk muss Genuss bereiten!«, begann ich meine Kritik. »Es darf den Zuhörer nicht an den Rand der totalen Erschöpfung bringen. Nach Andrés Symphonie jedoch sehnt man sich nach einer belebenden Strahlendusche, um wieder einigermaßen zu Kräften zu kommen. Einiges hat mir auch ganz gut gefallen: zum Beispiel manch schöne Melodie, die Farbeffekte, die Kälte bei Hypergravitation und die Hitze in der Schwerelosigkeit. Aber du hast uns ein solches Übermaß von all dem zugemutet, dass jeder Genuss zur Qual wurde.«

»Mir gefallen nur die Musik und die Farben«, sagte Romero. »Ich muss bekennen, Freunde, dass diese neumodischen Stilmittel wie Hypergravitation, Schwerelosigkeit, Druck, Hitze und dergleichen mein Gemüt überhaupt nicht ansprechen.«

»Die Gerüche fehlen!«, wiederholte Allan seinen zuvor schon geäußerten Gedanken. »Und Elektroschocks! Bei Blitz und Donner, Eiswind und Hypergravitation müsste einem zusätzlich noch ein leichter Strom über die Haut bitzeln.« Er lachte.

»Elektroschocks! Großartig!«, trompetete Lussin begeistert.

»Höre nicht auf sie!«, sagte Jeanne. »Sie mögen dich nicht. Ich bin die Einzige, die dich versteht. Deine Symphonie habe ich von Anfang bis Ende genossen, nur einmal habe ich vor Angst geschrien.«

»Ihr mögt mich wohl, aber ihr seid auf dem Holzweg«, widersprach André energisch. »Euch gehört einmal anständig der Kopf gewaschen.«

Dann hielt er eine Rede, so glänzend und inspiriert wie alles, was er tat. Andrés Worte zur Verteidigung seiner Symphonie gefielen mir weit besser als sein Werk: »In unserer Epoche, in der eine

Vielzahl unterschiedlichster Zivilisationen entdeckt wurden, ist es geradezu lächerlich, wenn der Mensch seine kleine Lebenswelt als die einzig akzeptable ausgibt. Seine irdischen Gewohnheiten taugen nur für ihn selbst, es wäre sinnlos, sie über die Grenzen des Sonnensystems hinaus zu verbreiten. Dabei spürt der Mensch doch die Einheit des Lebens im All und das unsichtbare Band, das ihn mit den seltsamen Geschöpfen anderer Welten verbindet. Natürlich besteht dieses Band nicht aus Details und Äußerlichkeiten, sondern es ist die dem Leben innewohnende Vernunft, die uns eint. Und eben davon, von der Einheit der vernunftbegabten Wesen des Alls, handelt die Symphonie. Meine Musik ist nicht irdisch, sondern kosmisch, sie enthüllt die philosophische Zusammengehörigkeit alles Lebendigen. Mag sein, dass einige Elemente der Symphonie dem Menschen schwer zugänglich sind, aber es geht ja nicht um den Menschen allein. Vielleicht entsprechen gerade diese Elemente dem Geschmack anderer denkender Wesen. Dies und das hat euch gefallen, manches wird den Wegabewohnern zusagen und wieder anderes die Neuankömmlinge vom Fomalhaut erfreuen. Mein Werk ist gelungen, wenn es verschiedene Lebewesen innerlich bewegt. Die Harmonie des Alls erschöpft sich nicht darin, was in euren Herzen vor sich geht.«

Begeistert warf Allan seinen Hut in die Luft. »Die erste Symphonie der Welt für sehende, hörende, fühlende, gehende und fliegende Wesen! Ein beeindruckendes Werk für Augen, Ohren, Pfoten, Kiemen, Haut, Panzer, Rüssel und Saugmünder!«

»Mit Ihrem Werk haben Sie den armen Menschen streng auf sein bescheidenes Plätzchen im All verwiesen«, kommentierte Romero mit spöttischem Grinsen. »Aber es ist doch möglich, dass sich der Mensch mit der Rolle eines Mitteldings zwischen einer scharfsinnigen Eidechse und einem dümmlichen Engel nicht abfindet. Haben Sie daran mal gedacht, André?«

André schwieg und wartete ab, was ich sagen würde. Ich wollte ihn nicht kränken, durfte mich aber auch nicht in Schweigen hüllen.

»Deine Absichten sind vortrefflich, André, aber nicht realistisch«, sagte ich. »Ich fürchte, es gibt keine Kunstwerke, die auf sämtliche vernunftbegabten Wesen des Alls wirken. Der Mensch hat seine eigenen Bedürfnisse. Denkenden Fischen steht der Sinn sicherlich nach etwas völlig anderem, das sich unserem Verständnis wiederum verschließt.«

Ich erinnere mich an keinen Fall, in dem André seinem Gegenüber sofort nachgegeben hätte. Um eine Niederlage nicht eingestehen zu müssen, führt er spitzfindige und nicht selten an den Haaren herbeigezogene Argumente ins Feld.

»Lassen wir die Außerirdischen doch selbst entscheiden«, sagte er schließlich. »Ich wette mit dir, Eli, dass ihnen meine Symphonie gefällt. Auf der Ora sprechen wir uns wieder!«

Meine anderen Freunde wurden verlegen, und ich selbst senkte bekümmert den Blick.

»Eli wird nicht mit uns zur Ora fliegen. Wusstest du das etwa nicht, André?«, fragte Olga vorwurfsvoll.

7

André war so geknickt, dass er mir leidtat. Er blickte mich an, als glaubte er es nicht.

»Da kann man nichts machen«, sagte ich. »Ihr begebt euch auf die Reise, um mit Außerirdischen Bekanntschaft zu schließen, und ich breche wieder zum Pluto auf, um künstliche Sonnen zu montieren, sobald ich meine dienstlichen Aufträge auf der Erde erledigt habe.«

»Wie konnte es plötzlich dazu kommen?«, wollte André aufgebracht wissen.

»Von plötzlich kann überhaupt keine Rede sein«, entgegnete ich. »Bei der Auswahl der Anwärter war eben die Qualifikation ausschlaggebend, und da kann ich mit euch nicht mithalten. Ohne Olga, Allan und Leonid sind Galaxisreisen unmöglich. Sie sind Ingenieure und Raumschiffkommandeure. André kann ebenfalls nicht übergangen werden, denn kaum jemand kann ihm beim Entschlüsseln fremdartiger Sprachen das Wasser reichen. Lussin wird auch gebraucht. Er wird neue Lebensformen kennenlernen und dann versuchen, einige von ihnen künstlich nachzubilden. Der Altertumskenner Romero muss erst recht dabei sein. Wer weiß, ob nicht manche Gebräuche und Gesetze der neu entdeckten Gesellschaften genau das wiederholen, was einst schon auf Erden entstand und wieder verging! Doch wer braucht mich schon auf der Ora?«

»Mein Lebtag habe ich keinen größeren Dummkopf als dich getroffen!«, entrüstete sich André. »Hast du dich überhaupt darum bemüht, ins Expeditionsteam aufgenommen zu werden? Was hast du dafür getan?«

Geduldig erläuterte ich André, dass ich mich vor einem Jahr für den Ausscheidungswettbewerb gemeldet hatte. Vor drei Monaten hatte die Zentrale Universalmaschine mit der Bearbeitung der Unterlagen begonnen. Insgesamt hatten sich rund sechzig Millionen Menschen beworben; nach der ersten Vorauswahl, die nach Alter und Gesundheit vorgenommen wurde, blieben dreieinviertel Millionen übrig.

»Warst du unter denen, die die Vorauswahl überstanden haben?«

»Das schon. Doch dann engte die Zentrale Universalmaschine den Kandidatenkreis nach und nach immer mehr ein. Und bei der letzten Ausscheidungsrunde hat sie mich ausgesiebt.«

Andrés Miene hatte sich verdüstert. Ich ahnte, dass er nach einer Möglichkeit suchte, meine Bewerbung neu aufzurollen. Doch ich blieb ganz ruhig, denn eine solche Möglichkeit gab es nicht.

»Wir machen Folgendes«, sagte André nach einer Weile. »Eli wird an meiner Stelle fliegen. Er ist in der Lage, mich vollwertig zu ersetzen.«

Nur Jeanne freute sich darüber, dass André zu Hause bleiben wollte. Wir anderen widersprachen ihm empört.

»Ohne Eli fahre ich nicht!«, beharrte er. »Schon in der Schule haben wir davon geträumt, die erste Reise in andere Sternbilder gemeinsam zu unternehmen. Ihr müsst verstehen, dass ich mich nicht von ihm trennen will.«

»Ganz recht, Liebster«, warf Jeanne ein. »Und von mir sollst du dich auch nicht trennen. Höre nicht auf sie.«

Auch ohne Jeannes Ratschläge dachte André gar nicht daran, auf uns zu hören. Wir redeten auf ihn ein wie auf einen kranken Gaul, doch er blieb stur.

Dann mischte sich Olga, die bislang geschwiegen hatte, in den Streit ein: »Deine Argumentation entbehrt jeder Logik, André. Wenn Eli an deiner Stelle fliegt, seid ihr ja doch wieder getrennt.«

André, der sich des Öfteren übereilt an das erstbeste Argument klammert, ohne es auf seine Stichhaltigkeit zu prüfen, starrte Olga verblüfft an.

Die entstandene Pause nützte Romero. »Ich werde Wera bitten, Eli zu helfen«, verkündete er. »In fünf Minuten fliege ich in die Hauptstadt. Um elf erfahren Sie, Eli, ob Ihnen das Schicksal gewogen ist.«

Diese schwülstigen Worte begleitete er mit einer staatstragenden Handbewegung und entfernte sich dann gemessenen Schrittes. Pawel Romero ist ein kluger und gutmütiger Mensch, doch benimmt er sich bisweilen wie ein altrömischer Imperator.

André lud uns zu sich ins Hotel ein. Lussin erinnerte sich an seinen Drachen und wollte bei dem Armen nach dem Rechten sehen. Leonid und Olga wurden dringend im Raumfahrtzentrum erwartet.

Auch Allan hatte noch etwas Wichtiges zu erledigen. »Eigentlich wollte ich dir ja wegen deines nichtsnutzigen Dechiffriergerätes die Leviten lesen«, sagte er bedauernd zu André, »doch das muss nun leider warten.«

André hakte mich unter: »Komm, wir machen noch einen kleinen Spaziergang und gehen dann zu uns. Ich bin wirklich überglücklich, dich zu sehen, Eli!«

8 Die Sommerabende in Kairo liebe ich ganz besonders. Auch wenn die klimatischen Unterschiede zwischen den verschiedenen Breiten sich etwas nivelliert haben, seit das Erdachsenkontrollzentrum in der Lage ist, unseren Planeten im Raum zu orientieren. Ich kann mich noch erinnern, dass früher zur Winterszeit in der Antarktis unkontrollierbare Schneestürme wüteten. Vor etwa fünfzehn Jahren wurde ernsthaft erwogen, auf der Erde ein statisches Klima einzuführen: ewiger Sommer in den Tropen, ewiger Frühling in den höheren Breiten. Doch die Idee wurde wieder verworfen – zum Glück, denn unser Gefühl verlangt nach Abwechslung und wehrt sich gegen Eintönigkeit. Der heutige, nach Monaten und Wochen aufgeschlüsselte Wechsel von Wärme und Kälte, Regen und Sonne, Wind und Windstille behagt mir.

Jeder Ort hat seinen eigenen Reiz. Die Meteorologen können sich noch so anstrengen, die Luft in Grönland und Jakutien wird nie so aromatisch und schmeichelnd wie im Süden sein. Im Norden ist die Welt rau, in den Tropen dagegen wirkt die Natur versonnen und zärtlich. Ein südlicher Abend, der von Wohlgerüchen prall ist wie ein Schrei, fasziniert mich durch seine Musikalität. Das sind vielleicht nicht die treffenden Worte für dieses Gefühl, aber mir fallen keine besseren ein.

Und genau so empfand ich den Sommerabend, als ich mit Jeanne und André unter Palmen und Zypressen über den Boulevard schlenderte. Jeanne pflückte eine blutrote Amaryllis, die einen betörenden Duft verströmte. Die Gartenamaryllis im Norden duftet kaum, die hiesige dagegen erschlägt einen fast mit ihrem gewaltigen Aroma. Wenn man die Nase an ihren geöffneten Blütenkelch hält, genügen zwei oder drei Atemzüge, und das Herz beginnt zu rasen.

»Nicht, du Dummerchen!«, rief André und nahm Jeanne die Blume aus der Hand. »In deinem Zustand solltest du vorsichtiger sein.«

Neugierig erkundigte ich mich, in welchem Zustand Jeanne sich befinde. In den zwei Jahren, in denen wir uns nicht begegnet waren, hatte sie sich kaum verändert. André erklärte, dass sie einen Sohn bekämen. Er reichte mir ein Porträt des Jungen, das ihn im Alter von zehn Jahren zeigte. Es überraschte mich, wie ähnlich er André sah: dieselben Augen, dieselbe Nase, dasselbe Kinn. Jeanne war im vierten Monat schwanger, und erst gestern, vor dem Abflug nach Kairo, hatte die Medizinmaschine bei einer Untersuchung das Geburtsdatum ermittelt und dann das Zukunftsporträt des Jungen berechnet und ausgedruckt.

»Hier hast du das genetische Horoskop von Oleg – so wollen wir unseren Sohn nennen«, sagte André und reichte mir das Dokument. »Ein Prachtbursche, nicht wahr? Sieh nur, was er für einen Kognitionskoeffizienten hat und wie hoch sein Lebensenergieindex ist!«

Der Lebensenergieindex des Ungeborenen lag um zwanzig Einheiten höher, als er mir seinerzeit bescheinigt worden war, und sein Kognitionskoeffizient war geradezu exorbitant. Trotzdem beeindruckten mich die Fähigkeiten ihres zukünftigen Sohnes weniger als die frappierende Ähnlichkeit mit André. All die großartigen Zahlen, die man uns bei unserer Geburt aufs Etikett stempelt, drücken schließlich nur ein Potenzial aus. Ein Potenzial zu besitzen und es zu realisieren sind jedoch zwei grundverschiedene Paar Stiefel! Die diversen Lebensindizes in unseren Geburtspässen stellen sozusagen die Decke dar, nach der wir uns erst einmal strecken müssen. Es gibt so viele Menschen, die ihre Möglichkeiten im Laufe ihres Lebens nicht annähernd ausschöpfen. Bislang liegt die Menschheit deutlich unter dem Niveau, das eigentlich in ihr steckt. Wir reichen sozusagen an uns selbst nicht heran, das ist das Dilemma unserer Zeit!

»Ein Paradebeispiel für nicht ausgeschöpfte Möglichkeiten ist Pawel«, sagte ich. »Wurden ihm bei seiner Geburt nicht fantastische mathematische Fähigkeiten prophezeit? Und was macht er? Interessiert sich nur für Geschichte.«

»Dir wurde bei deiner Geburt ein kritischer und spottlustiger Verstand attestiert, hat sich das etwa nicht bewahrheitet?«, entgegnete André. »Ich bin mir sicher, dass Oleg all das verwirklichen wird, was das genetische Horoskop ihm voraussagt.«

»Vorläufig kann man nur sagen, dass dir dein zukünftiger Sohn ähnlicher sieht als du dir selbst. Haben die Ärzte dich nicht schief angeschaut, als sie euch das Porträt überreichten?«

Die beiden protestierten wie aus einem Halse, und Jeanne schürzte die Lippen zu einem breiten Schmollmund. Auf die Ähnlichkeit ihres Sohnes mit seinem Vater war sie noch viel stolzer als auf sein außergewöhnliches intellektuelles Potenzial. Die Natur der Frauen steckt voller Rätsel. Es spricht Bände, dass sich die genetischen Horoskope von Mädchen wesentlich weniger präzise realisieren als die von Jungen.

»Den Berechnungen zufolge wird die Schwangerschaft nicht immer ganz unkompliziert verlaufen«, sagte André. »Jeanne muss strenge Disziplin einhalten. Die Beschützerin weist meine unvernünftige Frau Gemahlin viel zu selten zurecht.«

»Ich bin mir sicher, dass die Beschützerin ihre Pflichten tadellos erfüllt und du dir wie üblich umsonst Sorgen machst«, erwiderte ich.

»Eli, du denkst so nüchtern und logisch, dass es kaum auszuhalten ist. Früher oder später wirst du Olga heiraten, und dann werdet ihr nur noch rechnen, anstatt euch zu unterhalten, und wenn ihr euch streitet, werdet ihr euch anstelle von Schimpfwörtern Zahlen an den Kopf werfen.«

»Wage es nicht, Eli zu beleidigen!«, schimpfte Jeanne ironisch und umarmte mich. »Eli ist lieb, ich mag ihn, und dich mag ich nicht. Wie schön, dass du für lange Zeit wegfliegst und mich allein lässt.«

Plötzlich fiel mir wieder ein, dass Romero versprochen hatte, mit Wera zu reden. Elf Uhr war schon vorbei. Ich hätte Wera mit Hilfe ihrer Chiffre anrufen können. Lieber nicht, sagte ich mir, sie denkt sonst womöglich, ich will betteln. Ich war noch keine zwei Schritte weitergegangen, als in der Allee eine Videosäule erschien und sich Weras Silhouette darin abzeichnete. Sie saß auf einem Sofa und lächelte mir zu. Rechts von ihr erkannte ich einen Kronleuchter und Blumen. Links von Wera stand jemand, und mir schien, als wäre es Romero. Doch seine Silhouette verschwand sogleich aus dem Bild.

»Mein lieber kleiner Bruder«, sagte Wera, »nach deiner Ankunft auf der Erde hättest du dich ruhig einmal bei mir blicken lassen können!«

»Ich habe hier dienstlich zu tun«, rechtfertigte ich mich. »Und ich wusste nicht, dass es auf eurer chaotischen Erde Mode geworden ist, Besuche zu machen.«

»Du hast dich wenig verändert, Eli«, bemerkte sie.

»Andere finden, ich hätte mich sehr verändert«, erwiderte ich.

»Du möchtest also zur Ora fliegen?«, fragte sie rhetorisch.

»Wollen wird man doch noch dürfen?«

»Nicht alle Wünsche lassen sich verwirklichen, Eli.«

»Das habe ich schon im Kursus ›Die Grenzen des Möglichen‹ gelernt und ihn dank meiner Auffassungsgabe mit der Bestnote abgeschlossen.«

Sie lachte auf. Ich mag es, wie sie lacht. Niemand versteht es so zu lachen wie Wera, sie fängt dabei regelrecht zu leuchten an.

»Ich fürchte, deine Auffassungsgabe hat aber auch wirklich nur für gute Examen gereicht. Komm morgen Abend zu mir. Die Situation hat sich geändert, vielleicht geht dein Wunsch in Erfüllung.«

Die Videosäule erlosch. Mir blieb nicht einmal Zeit, mich zu bedanken oder nachzufragen, inwiefern die Situation sich verändert habe. André fiel mir begeistert um den Hals.

»Dann fliegst du also mit uns, Eli!«

»Wera hat gesagt: vielleicht.«

»Wenn Wera vielleicht sagt, dann bedeutet das: sicher.«

Jeanne gratulierte mir ebenfalls, allerdings auf ihre Weise. Sie merkte an, dass es auf der Erde nun zwei Verrückte weniger geben würde und dass sie unsere Verrücktheiten leid sei. Dann hörte sie plötzlich in sich hinein.

»Die Beschützerin empfiehlt, ich solle mich hinlegen, André. Ich verstehe die Eile nicht, es ist noch nicht einmal Mitternacht.«

André hakte uns beide unter. »Ab ins Hotel. Ich weiß schon, was es damit auf sich hat. Dein Zustand ist heute schlechter, du merkst es nur nicht. Die Beschützerin dagegen weiß es, und dafür ist sie ja schließlich auch da.«

Wir begaben uns in ihre Hotelsuite. Jeanne zog sich ins Schlafzimmer zurück, ich ging auf den Balkon hinaus. Zu meinen Füßen lag das schlafende Kairo, und darüber spannte sich der mitternächtliche Sternenhimmel auf.

9

Mag sein, dass ich sentimental bin, doch beim Anblick des Sternenhimmels stockt mir stets aufs Neue der Atem. Unsere Vorfahren waren Hirten, und sie wurden nicht selten von Furcht ergriffen, wenn das All mit Tausenden unsterblicher Augen über ihnen glitzerte. Obwohl sie nicht ahnten, wie unermesslich weit das Universum ist, fühlten sie sich verschwindend klein vor diesem Sternenmeer. Mir ist wohlbekannt, wie viele Dutzende und Hunderte Parsec jeder dieser leuchtenden Himmelskörper von der Erde entfernt ist, dennoch fühle ich mich nicht verloren angesichts ihrer gewaltigen Entfernung und Größe. Es ist eine skurrile Laune von mir und ein bisschen peinlich, das zuzugeben: In solchen Momenten habe ich stets das Bedürfnis, diesen fernen Welten die Hände entgegenzustrecken, ich möchte ebenso funkeln und glitzern und einen leuchtenden Schrei ins Weltall ausstoßen!

»Was hast du?«, fragte André, als er auf den Balkon kam. »Du siehst verstört aus.«

»Ich genieße den Sternenhimmel.«

Er setzte sich auf einen Korbstuhl und versank ebenfalls im Anblick der Gestirne. Bald hatte auch er ein seltsam verklärtes Gesicht, wie alle, die sich der Erhabenheit des Weltalls gegenübersehen.

Die Sternensphäre drehte die Himmelskörper langsam um eine unsichtbare Achse. Das Firmament war samtschwarz und schien so nah, als bräuchten wir nur die Hände auszustrecken, um die Sterne zu berühren. Am nördlichen Horizont funkelte der Große Bär, im Zenit glühte der gigantische Orion, grell brannte der Sirius, und etwas tiefer, beinahe am Horizont, erhob sich das Kreuz des Südens, während im Kiel das rotgrüne Feuer des Kanopus loderte. Die Luft war so klar, dass ich Himmelskörper siebter Größe mühelos erkennen konnte, und meine Augen schmerzten mir vom grellen Schein der Sterne nullter oder negativer Größe.

»Dort, in den unermesslichen Abgründen des Alls, werden wir uns nach der Erde sehnen«, sagte André leise. »Ich muss oft an die Menschen denken, die in den Kosmos aufgebrochen sind, bevor der Tanew-Effekt entdeckt wurde. Sie waren Sklaven ihrer jämmerlich langsamen Raumfähren, und ihr kleines Leben war nicht selten zu kurz, um zur Erde zurückzukehren. Sie wussten das und drangen dennoch immer tiefer ins All vor.«

»Willst du damit sagen, dass sie verrückt waren?«

»Ich will damit sagen, dass sie Helden waren.«

Unten raschelte leise das Laub der Palmen und Akazien, und selbst die Zweige der stets reglosen Zypressen erfasste plötzlich ein sanftes Rauschen. Das orangefarbene Auge des wutschnaubenden Himmelstieres, des Aldebaran, schien auf mich herabzustürzen. Einundzwanzig Parsec, fünfundsechzig Lichtjahre trennten uns. Irgendwo dort, im Bereich des Aldebarans, befand sich ein unsichtbarer künstlicher Planet – die Ora.

»Vor fünfhundertzwanzig Jahren sind Robert List und Eduard Kamagin mit ihren Kameraden im Weltall verschollen«, sagte André nachdenklich. »Vielleicht jagt ihr Schiff immer noch wie ein verirrter Komet dahin, und die toten Astronauten halten mit verwesten Fingern die Steuerhebel umklammert. Wie müssen diese Männer gelitten haben, wenn sie an die vertraute blaue Erde dachten, die in unerreichbare Ferne gerückt war!«

Ich drehte mich nach André um. »Warum so melancholisch, mein Freund?«

»Ich habe Angst, Jeanne allein zu lassen«, sagte er finster.

»Du brauchst dir doch keine Sorgen zu machen. Es gibt doch längst keine Unfälle mehr bei den Entbindungen!«

»Nein, nein, das ist es nicht ...«

Er schwieg eine Weile, als wäre er unschlüssig. Es kommt nicht oft vor, dass André unschlüssig ist.

»Bevor Jeanne und ich heirateten, befragten wir die Auskunftsmaschine, ob wir für ein gemeinsames Familienleben geeignet seien. Die unbestechliche Maschine ermittelte, dass wir lediglich zu neununddreißig Prozent zueinander passten.«

»Tatsächlich? Das hätte ich nicht gedacht.«

»Das hatten wir selbst nicht erwartet. Wir waren verliebt und bemerkten deshalb nicht, dass auch Trennendes zwischen uns lag. Ich war wie vor den Kopf gestoßen, und Jeanne hat geweint.«

»Ich erinnere mich, dass du vor eurer Hochzeit ziemlich neben dir warst.«

»Das ist ja auch kein Wunder! Man will heiraten und erhält die Prognose, die Ehe werde scheitern! Schließlich sagte ich zu Jeanne: Dann sind es eben nur neununddreißig Prozent! Na und? In alten Zeiten haben selbst Menschen geheiratet, die nur zwei oder drei Prozent Übereinstimmung aufwiesen, und das hat schließlich auch funktioniert. Sie blieb zwar skeptisch und befürchtete, wir würden uns bald auseinanderleben. Letztlich setzte ich mich aber durch. Während der ersten Wochen unserer Ehe lasen wir uns jeden Wunsch von den Augen ab. Jeder gab dem anderen nach, damit nur ja kein Streit ausbrach. Dann kühlte unsere Beziehung ein wenig ab, und wieder tauchte die Angst auf, ob nicht die verwunschenen einundsechzig Prozent die Oberhand über die kostbaren neununddreißig gewinnen würden. Da entschlossen wir uns, die Auskunftsmaschine erneut zu befragen. Und siehe da: Auf einmal passten wir zu vierundsiebzig Prozent zueinander!«

»Oho!«

»Ja. Vierundsiebzig Prozent. Wir atmeten ein wenig auf, doch eine gewisse Unsicherheit blieb. Ob ich nun zu Jeanne passe oder nicht, ich will sie auf keinen Fall verlieren. An dem Tag, als sich entschied, dass ich zur Ora reisen würde, erhielten wir die letzte Auskunft – unsere Übereinstimmung hatte dreiundneunzig Prozent erreicht. Aber selbst die sieben Prozent liegen mir wie ein Stein auf der Seele. Sicher, wenn ich auf der Erde bliebe ...«

»Alle Verliebten sind dumm. Wenn ich dich anschaue, bin ich froh, dass ich nicht verliebt bin.«

»Das ist eine Bezichtigung, Eli, aber kein Argument.« Deprimiert schüttelte er den Kopf.

Ich musste mich zusammenreißen, um nicht zu lachen, solch ein Gesicht zog er.

»Gut. Dann hör dir meine Argumente an. Kennst du die Legende von Philemon und Baucis? Sie waren das treueste Ehepaar unter den Menschen, und die Götter schenkten ihnen das Glück, am selben Tag zu sterben. Nach ihrem Tod wurden sie in eine Eiche und eine Linde verwandelt. Romero hat sämtliches Material über Philemon und Baucis gesammelt und es der Auskunftsmaschine vorgelegt. Rate mal, wie viel Übereinstimmung es zwischen den beiden gab! Siebenundachtzig Prozent. Sechs Prozent weniger als bei dir und Jeanne! Anstatt Trübsal zu blasen, solltest du Luftsprünge machen.«

André erwiderte nichts, und ich führte ein letztes Argument ins Feld: »Unser Leben auf der Erde wird viel zu sehr von Maschinen programmiert. Mir ist klar, dass wir in hochtechnisierten Bereichen wie der Raumfahrt vollständig auf Automaten angewiesen sind. Aber warum sollten wir den Maschinen auch jene Lebensbereiche überlassen, in denen wir uns mit unserem Gefühl und Verstand bestens allein zurechtfinden? Auf anderen Planeten kommen wir schließlich auch ohne Beschützerinnen und Auskunftsmaschinen aus. Wenn ich verliebt wäre, würde ich meine Liebe einfach ausleben und mir keinen Kopf darum machen, ob meine Liebste zu mir passt oder ich zu ihr. Die Kraft unserer Liebe wäre der einzige Maßstab unserer Übereinstimmung. Um eine Frau zu küssen, brauche ich doch nicht den Segen einer Maschine! Ich bin kein Altertumsfanatiker wie Romero, aber ich teile seine Ansicht, dass bei unseren Vorfahren vieles besser war. Zum Beispiel wären sie nie auf die Idee gekommen, ihre Neigungen zu programmieren!«

»Was weißt du schon von den alten Zeiten?«, meckerte André. »Wie kannst du behaupten, dass unsere Vorfahren ihr Leben nicht programmierten? Und ihren sozialen Umgang? Ihre Verhaltensregeln? Ihre Anstandsetikette? Ist das kein Lebensprogramm? Was glaubst du, wie es in den alten Städten zuging! Da war doch jeder Schritt programmiert: Überquere die Straße an bestimmten Stellen und nur bei grünem Licht, bleibe um Gottes willen nicht auf der Fahrbahn stehen, gehe rechts und überhole links – Tausende kleinster Reglementierungen, die wir längst vergessen haben. Und ihre Festessen? Das waren doch geradezu geheiligte Rituale, die aus dem maßlosen Genuss von alkoholischen Getränken, aus komplizierten Menufolgen und reihum gesprochenen Trinksprüchen bestanden! Ich behaupte das Gegenteil von dem, was du sagst: Wir sind unvergleichlich viel freier als unsere Vorväter, unsere Schutz- und Auskunftsmaschinen schränken uns nicht ein, sondern befreien uns von allerlei Zwängen. Das ist die Wahrheit, und du bist nur ein unbelehrbarer Fortschrittsfeind!«

Es fällt mir schwer, mit André zu streiten. Er begreift um den Bruchteil einer Sekunde schneller als ich und nutzt das schamlos aus.

»Wir kommen vom Thema ab«, sagte ich.

»Das Einzige, wovon wir abkommen, ist der Schlaf, Eli. Es ist drei Uhr nachts. Ich lege mich hin. Schlaf du auf dem Sofa, in Ordnung?«

Während André sich ins Schlafzimmer zurückzog, blieb ich noch für ein paar Minuten auf dem Balkon und genoss die Stille.

Dann legte ich mich aufs Sofa und bestellte bei meiner Beschützerin eine Musik, die zu meiner Stimmung passte. Hätte André gewusst, was ich da tue, hätte er mich bezichtigt, dass ich keinen Geschmack und keine Ahnung von großartigen Werken hätte. Was mich betrifft, ich halte die Erfindung der synthetischen Musik, die allein auf individuelle Wahrnehmung ausgerichtet ist, für einen der größten Geniestreiche der Menschheit. Diese Musik ist nur für dich gemacht, ein anderer könnte nichts damit anfangen. Die alten Komponisten, Bach und Beethoven, schufen Musik für die kollektive Wahrnehmung. Sie unterwerfen den Zuhörer ihren eigenen ästhetischen Bedürfnissen. Nur selten empfinde ich ihre Werke als Genuss, wenn ich gerade zufällig in der rechten Stimmung dafür bin. Die individuelle Musik dagegen ist genau die, die ich in einem bestimmten Moment brauche. André bezeichnet sie abschätzig als physiologische Musik. Aber was ist so schlimm an der Physiologie? Solange ich lebe, laufen physiologische Prozesse in mir ab, ob ich will oder nicht.

Schon bald erklang eine sanfte, von Geigen getragene Melodie. Ich hatte sie selbst hervorgebracht. Die Beschützerin gab lediglich das wieder, wonach ich mich sehnte. Die Augen hatte ich geschlossen, und mein Körper entspannte sich unter den allmählich immer leiser werdenden Klängen.

10

Am Morgen erfuhr ich, dass an diesem Tag in den mittleren Breiten das Fest des Großen Sommergewitters stattfand, und hatte es eilig, in die Hauptstadt zu kommen. André und Jeanne waren schon bei Sonnenaufgang abgeflogen. Als ich zum Hotelvideophon kam, erschien ein grinsender André auf dem Bildschirm.

»Du hast so fest geschlafen, dass wir es nicht übers Herz brachten, dich aufzuwecken. Besuche uns, wenn du bei Wera warst.«

In den Straßen von Kairo war zu spüren, dass wichtige Ereignisse bevorstanden. Aerobusse und Aviettes glitten lautlos durch die Luft, Pegasusse flogen mit rauschenden Flügeln durch die Häuserschluchten, und glupschäugige Drachen schlängelten sich träge dahin. Ich nahm einen Aerobus zum Flughafen und genoss aus der Höhe das Panorama der gigantischen Stadt. Am Boden ist Kairo farbenprächtig und vielgestaltig, aus der Luft betrachtet herrschen zwei Farben vor – Grün und Weiß, eine angenehme Kombination fürs Auge. Wir überholten mindestens hundert Pegasusse und Flugdrachen, ehe wir den Interkontinentalflughafen erreichten. Die Expresse in Richtung Norden starteten minütlich.

Das Gewitter sollte um zwölf Uhr mittags beginnen. Über dem Mittelmeer stießen wir auf den ersten Wolkentransport. Ich wusste, dass in Vorbereitung auf das Fest am Stillen Ozean und auch am Atlantischen Tausende Kubikkilometer Wasser zur Verdampfung gebracht worden waren, die nun, zu Wolken kondensiert, gespeichert wurden, bis es Zeit war, sie zum Festland zu transportieren. Dass auch das unter Naturschutz stehende Mittelmeer als Wolkensammelareal genutzt wurde, überraschte mich. In den zwei Jahren meiner Abwesenheit hatte sich viel verändert auf der Erde. Ich bedauerte es, so spät von dem anstehenden Fest erfahren zu haben. Gern wäre ich zum Stillen Ozean geflogen und hätte dabei zugeschaut, wie die gigantischen, zu einer zehn Kilometer dicken Schicht gepressten Wolkenmassen sich in Bewegung setzten, aus der Stratosphäre, wo man sie »geparkt« hatte, herabschwebten und dann zum Bestimmungsort getrieben wurden.

Die Windgeschwindigkeit betrug etwa dreißig Meter pro Sekunde, das Mittelmeer war aufgewühlt, und mit jedem Kilometer wurde es dunkler. Nach einiger Zeit bog der Express nach Osten ab und tauchte in helles Sonnenlicht. Zwanzig Minuten lang flogen wir an der Wolkenkante entlang und konnten währenddessen die kunstvolle Formation des Wolkentransports bewundern.

Um elf Uhr erreichten wir die Hauptstadt. Nach der Landung flog ich mit einem Aerobus bis zur Kreuzung Grüner Boulevard und Rote Straße. An Festtagen wimmelt der Grüne Boulevard von Menschen, deshalb zog ich es vor, in die Rote Straße einzubiegen. Sie ist zwar nicht die schönste der vierundzwanzig Magistralen der Hauptstadt, doch ich liebe sie. Die mäßig hohen, etwa dreißig- bis vierzigstöckigen Gebäude entlang der Straße erheben sich in den vielfältigsten Formen. Auf verschiedenen Ebenen sind sie von Hochgartenterrassen und Plattformen zum Spazierengehen umgürtet. Mir gefallen die lebhaften Farben dieser Straße – Rot in einer Unmenge von Schattierungen. Manche Gebäude recken sich wie himbeerfarbene Zungen, andere bilden feuerrote Wälle, wieder andere sehen aus wie orangefarbene Felsblöcke, und keines gleicht dem anderen.

Auch in der Roten Straße war viel los. Flüge mit Pegasussen und Drachen sind in der Hauptstadt zwar verboten, dafür drängte sich eine Unzahl von Aviettes im Luftraum. Wie vor jedem Fest waren die Kinder aus dem Häuschen; waghalsig schossen sie in ihren Kinderaviettes zwischen Häusern und Bäumen hindurch. Ich wusste, dass die Beschützerinnen ein Auge auf sie hatten, dennoch stockte mir der Atem, als die Knirpse anfingen, in Sturzflügen vom vierzigsten Stockwerk herab zu wetteifern. Einer von diesen draufgängerischen Zehnjährigen sauste direkt auf mich herab. Die Beschützerin fing seine Aviette selbstverständlich im letzten Moment ab, und das Bürschchen jagte knapp über mir vorbei und schaukelte dann etwa zehn Meter von mir entfernt in der Luft.

»Warte nur, dich kriege ich!«, schimpfte ich, während ich innerlich grinsen musste.

»Da lachen ja die Hühner, mich kriegen Sie nie!«, kreischte der freche Bengel und düste senkrecht nach oben davon, um dann aus Adlerhöhe ein neues Opfer auszuspähen.

An der Kreuzung Rote Straße und Sternenboulevard standen freie Aviettes. Ich stieg in eine ein und gab in Gedanken den Befehl: zur Museumsstadt! Wenig später schwebte die Aviette auf dem Pantheonplatz nieder, direkt neben dem Rinderdenkmal.

Wenn ich in die Hauptstadt komme, mache ich stets einen Abstecher ins Pantheon. Neu wird dort niemand mehr aufgenommen, doch die hervorragenden Geister und Charaktere verflossener Jahrhunderte verdienen es, ewig geehrt zu werden – unsere Urgroßväter taten es, indem sie ihnen das Pantheon errichteten. Mir gefällt die Inschrift am Giebeldreieck der Gebäudefront: »Denjenigen gewidmet, die uns in ihrer unvollkommenen Zeit ebenbürtig waren.« André findet die Inschrift anmaßend. Ich erkenne darin eher den Wunsch, es den besten Köpfen der Vergangenheit gleichzutun und sich ihrer als würdig zu erweisen.

Ohne Eile durchschritt ich die Allee mit den Denkmälern für fiktive Persönlichkeiten, die großen Einfluss auf die geistige Entwicklung der Menschheit hatten: Prometheus, Odysseus, Don Quijote, Robinson Crusoe, Hamlet, Huckleberry Finn und viele andere, Hunderte von Köpfen, betrübte und lachende Gesichter. Etwas abseits davon erhob sich die Statue von Andrej Tanew. Vor ihr blieb ich eine Weile stehen.

Tanew gehört nicht zu den fiktiven Persönlichkeiten, er hat wirklich gelebt. Man weiß heute viel über ihn, denn zweihundert Jahre nach seinem Tod wurden seine Gefängnishefte gefunden. Allerdings wird sein Leben von so vielen Legenden umrankt, dass man nur Weniges mit Gewissheit sagen kann: Tanew lebte Anfang des zwanzigsten Jahrhunderts nach der alten Zeitrechnung, und er entdeckte die Verwandlung von Materie in Raum und von Raum in Materie, die später »Tanew-Effekt« genannt wurde. Er saß lange im Gefängnis und betrieb seine wissenschaftlichen Studien in der Zelle.

Der Bildhauer hat Tanew in Gefängniskleidung dargestellt – die Hände auf dem Rücken verschränkt, den Kopf erhoben. Der Häftling blickt in den Nachthimmel, sinnt über die Sterne nach und entwickelt dabei seine Theorie, wie die Gestirne aus dem Nichts entstehen und sich wieder in nichts verwandeln. Nach allem, was wir über ihn wissen, war Tanew keineswegs ein weltfremder Denker, sondern ein temperamentvoller Mensch, der das Leben leidenschaftlich liebte, egal ob es ihm Leid oder Freude bescherte. Aus seiner Zeit im Gefängnis sind auch Gedichte erhalten. Er schrieb fröhliche Verse darüber, wie er »bei harter Arbeit mit Schnee und Kälte rang, am Abend gierig sein Essen verschlang und sogleich in süßen Schlaf versank«. So ein Mensch, der sich über jede Kleinigkeit freuen konnte, verbrachte seine Nächte kaum damit, schwermütig über die Sterne nachzugrübeln.

Trotzdem gelang es Tanew als Erstem, Formeln zur Umwandlung von Raum in Materie auszuarbeiten, und er war der Erste, der verkündete, die Zeit werde kommen, da der Mensch wie ein Gott Welten aus dem leeren Raum schaffen und sich schneller als das Licht fortbewegen würde. All das kann man in seinen Gefängnisheften nachlesen.

Von Tanew ging ich weiter zu Ngoros Büste. Sie steht unweit der Statuen von Marx und Lenin. Diesen Platz besuche ich immer, bevor ich etwas Wichtiges in Angriff nehme. Romero macht sich gelegentlich über mich lustig und behauptet, ich würde den großen Männern der Vergangenheit huldigen wie Wilde ihren Götzenbildern. Die Wahrheit ist: Ich fühle mich erleichtert und sehe klarer, wenn ich vor dem Denkmal des größten Mathematikers der Vergangenheit stehe.

In der Mitte der Galerie erhebt sich auf einem Sockel eine Kristallschale, in der Ngoros schwarzer Lockenkopf ruht. Er scheint zu leben, doch die fest geschlossenen Augen bezeugen, dass dieses mächtige Gehirn nie mehr zum Leben erwachen wird. Ngoro hat eine verblüffende Ähnlichkeit mit Leonid: eine hohe Stirn, breite Wangenknochen, ein lang gezogenes Kinn, buschige Brauen und riesige Segelohren. Alles an diesem erstaunlichen Kopf ist mächtig und massiv. Doch im Gegensatz zu Leonids ausdrucksstarkem Gesicht, das meist finster wirkt und nicht selten von Zornesfalten zerfurcht ist, strahlt Ngoros Antlitz eine grenzenlose Güte aus.

Bereits in meiner Schulzeit erfuhr ich von Ngoros Schicksal: Er hatte zu seiner Zeit einen Unfall erlitten, und die stümperhafte Medizin seines Jahrhunderts war lediglich in der Lage gewesen, seinen vom Rumpf getrennten Kopf zu retten. Damals schien es mir unfassbar, dass dieser Kopf redete, dachte, lachte, sogar sang, zur Nacht einschlief, am frühen Morgen erwachte und auf diese Weise zweiunddreißig lange Jahre weiterlebte! Viele seiner bahnbrechenden mathematischen Theorien entstanden in eben jener Zeit.

Als ich mich Ngoros Büste näherte, erinnerte ich mich, dass die Freunde des Gelehrten oft weinten, wenn sie ihn besuchten und vor seinem abgetrennten Kopf standen. Ngoro warf ihnen dann Kleinmut vor und wiederholte immer nur, er fühle sich wohl, da er den Menschen noch nützen könne. Im siebenundsechzigsten Jahr seines Lebens verschied er. Er hatte gewusst, dass er bald sterben würde; der künstliche Blutkreislauf vermochte das Leben seines Kopfes nicht mehr länger zu erhalten. Er verabschiedete sich von den Freunden, sandte einen Gruß an alles Vernünftige und Gute, das noch auf Erden erscheinen würde, und schlief, wie immer gütig lächelnd, zu seiner gewohnten Zeit friedlich ein – diesmal für immer.

Ngoros schwarzes Gesicht sah so lebendig aus, als wäre er heute Nacht eingeschlafen und nicht schon vor zweihundert Jahren.

Während ich noch in Gedanken versunken war, ertönten von draußen Glockengeläut und Fanfarenstöße. »Die Wolken! Die Wolken kommen!«, wurde allenthalben gerufen.

Ich lief zum Ausgang und forderte über meine Beschützerin eine Aviette an.

11

Die Gewitterwolken drängten vom Horizont heran und überzogen rasch den Himmel. Ich beeilte mich, über der Museumsinsel an Höhe zu gewinnen. Die Insel ist von drei Hochhausringen umschlossen, die die Sicht verstellen. Der erste, innere Ring ist noch relativ niedrig, seine Gebäude sind fünfzig bis sechzig Stockwerke hoch. Der zweite, dreißig Kilometer lange Zentralring dagegen umgibt die Stadt wie eine geschlossene Bergkette. Von jedem Punkt der Stadt aus kann man die hundertstöckigen Wolkenkratzer dieses gigantischen Wohngebirges sehen.

Um mich herum stiegen Hunderte anderer Aviettes auf, und über der Stadt kreisten bereits so viele, dass kein Menschenhirn mehr imstande gewesen wäre, sich in dem Gedränge zurechtzufinden. Ich stellte mir vor, was passieren würde, wenn die Zentrale Personendatenmaschine ausfiele und die Beschützerinnen die Verbindung zu den ausgelassen durch die Lüfte sausenden Menschen verlören. Was für eine Schreckensvision! Die Menschen würden in ihren Aviettes unweigerlich zusammenstoßen und auf Dächer und Straßen stürzen. Es gäbe ein fürchterliches Blutbad. Zum Glück ereignen sich auf der Erde keine Unfälle mehr.

Die Wolken schoben sich wie eine Mauer heran, und im Nu hatten sie die Hälfte des Firmaments verhüllt. Die Welt zerfiel gleichsam in zwei Hälften: Die eine, schwarz und vom Wind zerzaust, fraß die andere, lichtdurchflutete auf. Es erhob sich ein satanisch heulender Sturm. Die Aviettes wandten ihm ihre Nasen zu, begannen zu schlingern und erhöhten den Schub. Ich öffnete das Fenster einen Spaltbreit und wäre fast erstickt an dem hereinschlagenden Luftstrom. Plötzlich wurden wir von undurchdringlicher Finsternis umhüllt. Obwohl ich wusste, dass die Sicherheitsmaschinen uns schützten, verließ mich für einen Augenblick der Mut, und ich drehte zur Stadt ab. Den anderen Fliegern ging es wohl genauso, denn als der erste Blitz über den Himmel jagte, waren alle Aviettes um mich herum im Sinkflug. Verärgert über meine eigene Hasenfüßigkeit steuerte ich meine Aviette mitten ins Kreuzfeuer der elektrischen Entladungen.

Das Schönste an diesem Sommerfest sind für mich der rasende Wolkenflug und das Lodern der Blitze. Das aufzuckende Licht und die grollende Luft versetzen mich in Ekstase. Ich brüllte vor Vergnügen und flog in der winzigen Aviette wie ein kleiner Kugelblitz Schleife um Schleife durch das tobende Gewitter. Tief in jedem von uns stecken wilde Vorfahren, die vor Blitz und Donner erzitterten. Der Unterschied besteht wohl nur darin, dass jene, im Aberglauben gefangen, vor den Lichterscheinungen am Himmel auf die Knie fielen, während wir uns herausgefordert fühlen, uns mit den Naturgewalten zu messen. Für die Lichteffekte waren nur zwanzig Minuten vorgesehen, und ich beeilte mich, ins Zentrum des Gewitters zu gelangen, wo sich hohe Spannungen aufbauten. Ein Luftstoß glich hier einer Explosion, und die Helligkeit des elektrischen Feuers blendete, obwohl ich eine getönte Brille trug.

Nicht weit von mir flammte ein vertikaler Blitz mit einem im Zickzack verlaufenden, dicken Strunk und zahlreichen Verästelungen auf; das Gebilde sah aus wie eine riesige Wurzel. Parallel dazu züngelte ein zweiter herab, und darüber jagte horizontal ein dritter durch die Wolken. Ihr Licht verschmolz zu einer gewaltigen Flamme. Mir schien, als würde ich im nächsten Moment mitten in diese Fackel geraten und eingeäschert. Doch die drei Blitze erloschen, und kurz darauf hämmerten in rascher Folge drei infernalische Donnerschläge gegen mein Trommelfell. Geblendet und betäubt verlor ich für einige Sekunden das Bewusstsein. Meine Aviette schmierte ab, trudelte führerlos auf die Erde zu und fing sich erst knapp über dem Dach eines Hauses.

In einer der auf dem Dach gelandeten Maschinen erblickte ich das Mädchen mit dem langen Hals, dem ich gestern auf dem Konzert in die Hacken getreten war. Ich winkte ihr zu und startete erneut zur Jagd nach den stärksten Potenzialen. Diesmal schaffte ich es nicht, in die Entladung zu geraten. Meine Aviette schrammte knapp daran vorbei. Mir war sofort klar, dass meine Beschützerin die Hände im Spiel hatte.

»Was ist los?«, fragte ich laut, obwohl es genügt hätte, die Beschützerin gedanklich anzurufen.

Ihre stimmlose Antwort zuckte durch mein Gehirn: »Gefährlich!«

»Rechne nochmal das Limit nach!«, rief ich ungehalten. »Ihr habt doch eine dreifache Sicherheitsreserve.«

Diesmal ließ sich die leidenschaftslose Maschine zu einer Antwort mit Stimme herab: »Der Sturm tobte in diesem Jahr auf einem so hohen Energielevel, dass er schon nahe daran war, außer Kontrolle zu geraten. Die Mechanismen der Erdachsensteuerung laufen unter Volllast, um das Gewitter auf seiner Zugbahn und im Rahmen der vorgeschriebenen Intensität zu halten. Jede lokale Störung des Entladungssystems könnte dazu führen, dass die gesamte Gewittermasse außer Kontrolle gerät.«

Einen Streit mit der Beschützerin anzufangen war völlig sinnlos. Unter der Wolkendecke flog ich von Blitz zu Blitz, verzichtete darauf, mitten in die Entladungen zu steuern, und ergötzte mich stattdessen an den Strömen von Licht und am Grollen der Luft. Auch so wurde ich ordentlich durchgerüttelt und hatte meinen Spaß.

Als die für das Gewitter vorgesehenen zwanzig Minuten vorbei waren, setzte strömender Regen ein. Ich preschte in die Stadt, denn den Regen genieße ich lieber am Boden und im Freien als in der Kabine eines Kleinflugzeugs. Ich landete auf einem Platz und sprang in den Regenguss hinaus. Die Aviette flog sofort zur Haltestelle weiter, während ich zu einem Haus lief, um mich unterzustellen. Dabei wurde ich bis auf die Haut nass. Unter dem Vordach standen ungefähr zwanzig Personen. Mein Anblick rief Gelächter und Verwunderung hervor, denn ich war alles andere als dem Wetter entsprechend gekleidet. In der kleinen Menschenansammlung erblickte ich abermals das Mädchen mit dem langen Hals. Bestimmt war ich ihr auf den ersten Blick unsympathisch gewesen. Sie war die Einzige, die mich feindselig anstarrte.

Ihre schweigende Missbilligung war mir so unangenehm, dass ich beschloss, sie höflich anzusprechen: »Verzeihen Sie, haben wir uns nicht soeben unter den Wolken getroffen?«

»Erheblich unter den Wolken, fast am Boden«, sagte sie kühl. »Sie sind ja wohl durch einen Blitzschlag ins Trudeln geraten.«

»Ich hatte für einen Moment die Kontrolle verloren, bin dann aber ins Zentrum des Gewitters zurückgeflogen.«

»Es ist mir nicht entgangen, wie Sie sich da oben aufgeführt haben, Sie Angeber«, spottete sie.

Offenbar wollte sie mich beleidigen. Sie war von kleinem Wuchs, gertenschlank und drahtig. Ihre Augenbrauen wirkten zu üppig in ihrem länglichen, filigranen Gesicht. Sie schien sich nicht sonderlich um ihr Äußeres zu bekümmern. Es wäre ein Leichtes gewesen, die Brauen zurechtzustutzen. Andere Frauen an ihrer Stelle hätten es gewiss getan.

»Ich hasse es, wenn man mich so anstarrt«, giftete sie und wandte sich ab.

Da mir keine Antwort einfiel, ging ich in den Regen davon. Die Leute unter dem Vordach riefen mir nach, ich solle zurückkommen. Die Stimme des Mädchens war nicht dabei, und so beschleunigte ich noch meinen Schritt. Der Regen fiel inzwischen in wahren Sturzbächen vom Himmel und prasselte mit ohrenbetäubendem Lärm auf die Straßen. Kaltes Wasser rann mir den Körper hinunter, es wurde richtig ungemütlich. Meine Beschützerin riet mir dringend, wasserdichte Kleidung anzuziehen, wie sie von allen Menschen auf der Erde getragen werde. Ich forderte eine Aviette an und flog zum nächsten Textilkombinat.

Zehn Minuten später schritt ich in der Montur eines »normalen« Erdbewohners in den Regen hinaus. Auf dem Pluto gibt es keine Regengüsse. Wir hatten dort völlig vergessen, was es heißt, sich wetterfest anzuziehen.

Jetzt konnte ich seelenruhig durch die Stadt schlendern. Der Regen hatte nicht nachgelassen, und die Wassermassen schossen bereits in wilden Bächen über die Straßen. Ich summte vor mich hin, doch ringsum war ein solches Getöse, dass ich meine eigene Stimme nicht hörte. Die Kolosse des zentralen Ringes verloren sich im Grau der Regenschleier, am helllichten Tag herrschte Finsternis. Nur die Wasserwand, die von der überschwemmten Erde in den unsichtbaren Himmel stieg, schimmerte schwach wie das Licht der Morgendämmerung. Der Anblick begeisterte mich.

Nach einer Weile wurden die schwarzen Wolken fahl, und der Tag verdrängte allmählich die künstlich geschaffene Nacht. Die Gebäude und die Türme der Anlegestationen schälten sich aus dem Dunkel. Die herabschießenden Wassersäulen zogen sich zu Strängen zusammen, die Stränge dünnten zu zarten Fäden aus, diese begannen zu zerreißen und gerannen schließlich zu einzelnen Tropfen. Der Regen zog nach Osten ab. Es war sechzehn Uhr, das Spektakel endete nach Plan. Die Sonne kam heraus, und in die Straßen und Parks strömte eine ausgelassene Kinderschar. Fröhliches Geschrei schallte durch die Gassen, und Aviettes erhoben sich wieder in die Lüfte. Das Fest ging weiter.

Vom Hunger getrieben suchte ich eine Kantine auf. Ohne auf die Speisekarte zu blicken, drückte ich drei Knöpfe. Das war ein altes Spiel: Ob man etwas bekam, was man mochte? Ich hatte Glück: Die Maschine spuckte eingelegte Pilze aus, mein Leibgericht. Die anderen beiden Gerichte waren rote Grütze und ein Stück Kuchen – nicht so ganz mein Geschmack, doch den Spielregeln gemäß aß ich auch sie.

Es war höchste Zeit, Wera aufzusuchen.

12

Wera ging im Zimmer auf und ab. Sie war ganz die Alte und doch irgendwie anders. Obwohl ich die Veränderung deutlich spürte, kam ich nicht darauf, worin diese bestand. Meine Schwester umarmte mich und lobte mein Aussehen.

»Allmählich wirst du ein Mann, Eli. Bis zu deinem fünfzigsten Lebensjahr warst du noch ein Junge, und nicht gerade ein Musterknabe.«

Ich schwieg. So war es bei uns seit jeher. Sie las mir wegen meiner Verfehlungen die Leviten, und ich schmollte. Unduldsam und jähzornig, wie sie war, konnte sie sich über meine harmlosen Streiche maßlos aufregen, und ich ärgerte mich deshalb über sie.

Wie so oft wollte einfach kein ungezwungenes Gespräch zwischen uns zustande kommen. Über unsere Projekte auf dem Pluto wusste sie ebenso gut Bescheid wie ich. Mehrfach blieb sie stehen und verschränkte die Hände im Nacken. Das ist ihre Lieblingshaltung. Stundenlang kann sie so stehen oder umhergehen. Ich versuchte einmal, es ihr eine halbe Stunde lang gleichzutun, doch ich brachte es nicht fertig.

Wera hatte heute ein grünes Kleid an, das um die Schultern mit Spitzen besetzt war. Um den Hals trug sie einen Anhänger: eine grünliche Schlange aus Rauchquarz vom Neptun. Wera liebt solche Anhänger und manchmal trägt sie auch Armreifen. Die Leidenschaft für Schmuck ist wohl ihre einzige Schwäche. Endlich wurde mir klar, warum sie so anders war. Es war nicht sie, die sich verändert hatte, sondern die Art und Weise, wie ich sie wahrnahm. Auf einmal sah ich etwas in ihr, was mir früher nicht aufgefallen war: Wera ist eine ungewöhnlich schöne Frau!

Im Prinzip war mir das natürlich nicht neu. Alle meine Bekannten schwärmten von ihrer Schönheit. »Ihre Schwester ist schön wie eine griechische Göttin«, pflegte Romero zu sagen. Doch für mich war sie einfach nur meine ältere Schwester, die mir die früh verstorbene Mutter und den auf dem Merkur verunglückten Vater ersetzte, eine gestrenge und herrische Schwester. Ihrem Äußeren hatte ich niemals Beachtung geschenkt. Jetzt wusste ich nicht nur, dass Romero Recht hatte, ich konnte es auch sehen.

»Warum starrst du mich so an, Eli?«, fragte sie verwundert.

»Mir ist gerade aufgefallen, wie hübsch du bist«, gab ich unumwunden zu und grinste.

»Hast du dich in jemanden verliebt, Eli?«

»Das Gleiche hat Jeanne gesagt. Woraus schließt ihr, dass ich verliebt sein könnte?«

»Daraus, dass du deine Umgebung wahrnimmst. Früher warst du in dich selbst versunken und hast nur für deine Leidenschaften gelebt.«

»Es waren doch im Grunde nur harmlose Launen, Wera. Allein durch die Wüste oder durch den Himalaja zu wandern oder heimlich in eine Interplanetarrakete zu klettern, das ist doch völlig im Rahmen, findest du nicht?«

Sie gab mir keine Antwort darauf. Nachdenklich stand sie am Fenster und blickte auf die Stadt. Auch ich schwieg; es war überflüssig, sie zu drängen. Sie würde mir sicher gleich sagen, warum sie mich zu sich gerufen hatte.

»Hast du deine dienstlichen Angelegenheiten auf der Erde erledigt?«, fragte sie und wandte sich um.

»Ja, und mit großem Erfolg. Wir haben sämtliche Materialien und Geräte bekommen, die wir angefordert hatten.«

»Pawel hat mir erzählt, dass du deine Bewerbung für die Ora-Expedition erneuern würdest. Was zieht dich eigentlich zur Konferenz der Sternenvölker? Ich bin mir nicht sicher, ob dir überhaupt klar ist, welchen Aufgaben wir uns auf der Ora stellen wollen. Bislang hat dich diese Unternehmung doch gar nicht sonderlich interessiert.«

Ich lachte. Weras Charakter war in den zwei Jahren, da wir uns nicht gesehen hatten, auf jeden Fall völlig unverändert geblieben. Jedes unserer Gespräche verwandelte sich in eine Prüfung meiner Kenntnisse und Fähigkeiten. Ich nahm mir fest vor, dieses Mal nicht durchzufallen.

»So gleichgültig nun auch wieder nicht, Wera. Alle Übertragungen von der Erde habe ich regelmäßig verfolgt. Und mit Informationen über die geplante Konferenz auf der Ora wurden wir selbst auf dem Pluto geradezu bombardiert.«

»Du antwortest nicht auf meine Frage, Eli.«

»Nur Geduld, ich wollte gerade darauf zu sprechen kommen. Also Folgendes, liebe Schwester: Ihr versammelt auf der Ora die Bewohner der benachbarten Sternenwelten, um ihre Bedürfnisse und Fähigkeiten kennenzulernen, Freundschaftsbande zu knüpfen, den Austausch von Waren und Kenntnissen in Gang zu bringen und Linienflüge zu organisieren. Geplant ist eine interstellare Allianz, die alle vernunftbegabten Wesen unseres Galaxisbezirks vereinigt. Ist das so weit richtig?«

»Ja, durchaus. Und zugleich schon falsch.«

»Das verstehe ich nicht.«

»Die allgemein bekannten Ziele der Konferenz hast du exakt wiedergegeben. Doch ich fürchte, dass wir es bei dieser Zielstellung nicht werden belassen können. Es sind unerwartete Entdeckungen gemacht worden.«

»Spielst du auf die Spuren von menschenähnlichen Wesen an? Allan hat mir davon erzählt.«

»Genau darum geht es«, bestätigte Wera.

»Allan hat gesagt, die ermittelten Daten würden gerade von der ZUM bearbeitet. Habt ihr schon ein Ergebnis?«

»Es wird morgen bekannt gegeben. Doch allein, was wir gestern und heute erfahren haben, bietet genug Stoff, um sich ernsthafte Gedanken zu machen.«

»Nun rück schon heraus damit, Wera!«

»Es gibt hier gar nichts zu verheimlichen. Ich überlege nur, womit ich beginnen soll. Die neuen Informationen haben uns doch ziemlich überrascht. Selbstverständlich waren wir uns dessen bewusst, dass die paar Tausend Nachbarsterne, die wir erforscht haben, nur einen unbedeutenden Teil der Galaxis darstellen und dass es verfrüht wäre, Schlussfolgerungen zu ziehen. Dennoch hatten wir den Eindruck gewonnen, dass der Mensch eine herausgehobene Stellung einnimmt, da alle von uns entdeckten Sternengesellschaften von der technischen und sozialen Entwicklung her hinter der unseren zurückbleiben. Die Bewohner des Aldebaran und der Kapella, des Altair und des Fomalhaut, sogar die Wegabewohner und gar nicht zu reden von den zahllosen Engeln in den Hyaden – sie alle reichen an das Niveau des Menschen nicht heran. Unsere Sternennachbarn sind primitiver als wir, das ist eine Tatsache. Allein die Tatsache, dass die Konferenz auf der Ora von uns und nicht von einer anderen Gesellschaft organisiert wird, unterstreicht unsere Sonderrolle.«

»Und nun haben die neuen Informationen euer anthropozentrisches Weltbild zum Einsturz gebracht. Der Mensch ist also keineswegs der Nabel der Welt.«

»Immer langsam, Bruder. Martyn Spychalski, unser Projektleiter auf der Ora, hat uns Aufzeichnungen von den Träumen engelähnlicher Wesen geschickt, die auf einem der äußeren Planeten in den Hyaden wohnen, einem Planeten des Flammenden B. Zwei Sätze zu diesem Stern: Er ist etwas heißer als die Sonne, Klasse G-8, hat neun Planeten, die sich ebenfalls wenig von der Erde unterscheiden und alle von vier- und zweiflügligen Engeln besiedelt sind. Das Niveau ihres gesellschaftlichen Lebens ist niedrig: Es handelt sich um eine primitive materielle Kultur, die von Stammesfehden geprägt ist. Schrifttum und Maschinen fehlen. Doch die Aufzeichnung ihrer Gehirnaktivitäten während des Schlafes hat Tatsachen zutage gefördert, die uns bislang nicht bekannt waren. Die Engelähnlichen vom Flammenden B träumen von Wesen, die uns Menschen äußerlich stark ähneln, und sie sehen diese in äußerst tragischen Situationen. Interessanterweise erklären die Engel ihre Träume als Abbilder von Märchen und Legenden, die bei ihnen verbreitet sind und von mächtigen, hochintelligenten Wesen handeln.«

»Vielleicht sind es tatsächlich Märchen? So wie unsere irdischen Märchen von Riesen und Zauberern?«

»Ihre Märchen wurden ebenfalls aufgezeichnet – sie sind lange nicht so bildreich und aussagekräftig wie ihre Träume. Allem Anschein nach müssen die menschenähnlichen Wesen von weither in die Hyaden gekommen sein. Übrigens hat die Zentrale Universalmaschine ihren Namen mit dem Wort ›Galakten‹ übersetzt und nicht mit ›Außerirdische‹ wie sonst üblich. Und das ist noch nicht alles. Über die Tatsache, dass es irgendwo im All Wesen gibt, die uns sehr ähnlich sind, kann man sich nur freuen – wir wollen uns bemühen, sie kennenzulernen und zu Freunden zu gewinnen. Erinnerst du dich, ich sagte vorhin, angesichts der neuen Entdeckungen müssten wir uns ernsthafte Gedanken machen. Das Problem ist: Die Galakten haben mächtige Feinde, gegen die sie einen kosmischen Krieg führen, der so verheerend ist, dass es unser Vorstellungsvermögen sprengt. In diesem Krieg werden nicht mehr nur Lebewesen, Gerätschaften und Bauten zerstört, wie in den antiken Schlachten auf der Erde, sondern ganze Himmelskörper und Planetensysteme. Die Engel nennen die grausamen Wesen, die sich mit den Galakten befehden, Schlächter.«

»Schlächter!«, rief ich. »Was für ein seltsamer Name, klingt irgendwie altertümlich!«

»Ich denke, die ZUM hat dieses Wort nicht zufällig ausgewählt, sondern deshalb, weil es ihr Verhalten genau definiert. Eine andere Übersetzungsvariante lautet: Zerstörer. Es ist interessant, dass die ZUM auf die Frage, wie diese Zerstörer aussehen, ›unklar‹ geantwortet hat und noch nebulöser: ›verschieden‹.«

»Das muss ja eine harte Nuss sein, wenn es unserer allmächtigen ZUM nicht gelingt, sie zu knacken!«

»Offenbar reichen die Angaben nicht aus. Die Bezeichnung ›Zerstörer‹ steht in assoziativem Zusammenhang mit den entschlüsselten Begriffen ›Lebendiges vernichten, Welten komprimieren‹. Morgen wirst du am Stereobildschirm sehen, wie man sich das vorzustellen hat. Sie scheinen die umgekehrte Tanew-Reaktion zu beherrschen, das heißt, sie schaffen Materie, indem sie Raum vernichten, andernfalls ließen sich Welten nicht ›komprimieren‹. Die Galakten leisten ihnen Widerstand, und deshalb tobt ein Krieg in den interstellaren Räumen.«

Ein Schauer überlief mich.

»Das klingt so grandios, als würdest du eine Götterschlacht beschreiben.«

»Ich teile dir lediglich die entschlüsselten Aufzeichnungen mit, mehr nicht. Und was heißt ›Götterschlacht‹? Wir Menschen verfügen heute über mehr Macht, als den Göttern früher zugeschrieben wurde, dennoch sind wir Menschen und keine Götter. Unsere Sternenschiffe erreichen ein Vielfaches der Lichtgeschwindigkeit; einem Menschen des zwanzigsten Jahrhunderts wäre das mit Sicherheit übernatürlich erschienen. Beim heutigen Gewitter bist du mit den Blitzen um die Wette geflogen. Vor fünfhundert Jahren hätte man dich für solch einen Zeitvertreib ins Irrenhaus gesperrt.«

»Soso, das weißt du also auch?«

»Ich habe dich beobachtet, denn ich habe, ehrlich gesagt, mit riskanten Albernheiten deinerseits gerechnet. Aus irgendwelchen Gründen hältst du diese Stadt für den besten Platz, um dich gehenzulassen. Auf dem Pluto hast du dich disziplinierter benommen.«

»Dort hatte ich keine Zeit für Vergnügungen. Außerdem gibt es auf dem Pluto keine Beschützerinnen. Lassen wir dieses leidige Thema. Sag mir lieber, welche Schlussfolgerung ihr aus den Neuigkeiten zieht.«

»Morgen tritt der Staatsrat zusammen, dann werden wir eine Entscheidung treffen. Doch bereits jetzt ist klar, dass sich Dutzende von staatswichtigen Fragen ergeben, auf die wir eine schnelle Antwort finden müssen. Existieren diese Zerstörer und Galakten noch oder sind die Informationen über sie ein Überbleibsel von Katastrophen, die vor Millionen Jahren verhallt sind? Wer von ihnen hat gesiegt in dem kosmischen Streit? Wurden womöglich beide Kriegsparteien bei den verheerenden Schlachten ausgelöscht? In welchem Verhältnis stehen die Galakten, die uns so ähnlich zu sein scheinen, zu uns Menschen? Und wenn die Zerstörer und die Galakten noch existieren, wo leben sie? Auf den Planeten des Sonnensystems finden sich keinerlei Spuren von ihnen – warum nicht? Ist die Tatsache, dass irgendwo auf fernen Sternen diese Wesen leben, womöglich eine Bedrohung für die Existenz der Menschheit? Zum ersten Mal in unserer Geschichte wagen wir uns auf die galaktischen Trassen hinaus – welche Gefahren drohen uns dabei? Wir haben uns vorgenommen, eine interstellare Allianz der vernunftbegabten Wesen zu schließen – aber ist es dafür nicht zu früh? Sollten wir uns nicht besser in unserer kleinen Welt der Sonnenplaneten abkapseln? Auch diese Meinung hat ihre Anhänger, Eli! Wir verfügen über riesige Ressourcen; wäre es nicht angebracht, sie zum Bau von Verteidigungsanlagen zu verwenden? Vielleicht sollten wir rings um das Sonnensystem künstliche Planetenfestungen errichten – auch das muss diskutiert werden. Kurzum, es wurde eine Vielzahl unvorhergesehener, schwerwiegender Probleme aufgeworfen. Und mit der Lösung einiger von ihnen wirst du dich befassen, Eli – natürlich mit unserer Hilfe.«

»Das freut mich sehr«, sagte ich bewegt. »Bedeutet dies, dass ich mit euch zur Ora fliege, oder werde ich eine andere Aufgabe bekommen?«

»Die Bewohner der anderen Sternensysteme sind bereits auf dem Weg zur Ora. Meiner Meinung nach sind wir dazu verpflichtet, uns mit ihnen zu treffen. Wie du weißt, habe ich den Auftrag, die Konferenz auf der Ora zu leiten. Ich habe die Absicht, dich als Sekretär mitzunehmen.«

»Als Sekretär? Was soll das denn sein? Habe ich noch nie gehört.«

»Im Altertum hat es so einen Beruf gegeben. Das ist eine Art Gehilfe. Ich denke, du wirst dich zurechtfinden.«

»Das denke ich auch. Musst du nicht die Zentrale Universalmaschine befragen, ob ich als Sekretär geeignet bin?«

»Die ZUM hat ihr Urteil schon gefällt. Ich hatte als Sekretär einen mutigen, klugen und bis aufs Äußerste entschlossenen Menschen verlangt, der bereit ist, wenn nötig sein Leben aufs Spiel zu setzen, der das Abenteuer liebt und der für alles Neue aufgeschlossen ist, denn es steht im wahrsten Sinne des Wortes in den Sternen, was uns in den Weiten der Galaxis an Überraschungen erwartet. Die ZUM hat dich ausgewählt, und mit einem gewissen Bedauern muss ich konstatieren, dass dein bisweilen ungestümes Draufgängertum dich für diese Aufgabe geradezu prädestiniert.«

Außer mir vor Freude warf ich mich Wera an den Hals. Zuerst wehrte sie mich noch lachend ab, doch dann küsste sie mich auf beide Wangen. Schon als Kind wurde mir klar, dass Wera sich durch Zärtlichkeiten leicht besänftigen ließ, selbst wenn sie außer sich war vor Wut. Nur meine Abneigung gegen jede Art von Verlogenheit hinderte mich daran, mir diesen Charakterzug meiner Schwester häufiger zunutze zu machen.

»Ich freue mich für dich, Eli«, sagte sie. »Obwohl es heute mehr Grund zur Sorge als zur Freude gibt, freue ich mich aufrichtig für dich.«

»Es mag schon sein, dass ich auf der Erde den Eindruck eines Hasardeurs erwecke«, sagte ich. »Doch in anderen Welten werden meine schlechten Charaktereigenschaften vielleicht nützlich sein.«

»Ganz recht: Mit etwas gutem Willen lässt sich auch aus einem Laster Kapital schlagen. Und noch eins, Bruder: Du hast die Erlaubnis, morgen an der Vorführung in der Staatsmaschinen-Administration teilzunehmen. Man wird uns dort zeigen, welche Informationen über die Galakten entschlüsselt werden konnten. Pünktlich um zehn – komm nicht zu spät!« Sie stand auf. »Es ist Zeit zu schlafen. Dein Zimmer sieht noch genauso aus, wie du es bei deinem Abflug zum Pluto hinterlassen hast, nur aufgeräumt ist es natürlich.«

»Ich bin noch nicht müde«, erwiderte ich. »Ich setze mich noch ein Weilchen in den Garten.«

13

Die Wohngebäude der Hauptstadt sind in jedem fünften Stockwerk mit einer umlaufenden Veranda und in jedem zwanzigsten Stockwerk mit einer Gartenterrasse ausgestattet. Meine und Weras gemeinsame Wohnung befand sich im neunundsiebzigsten Stock eines Hauses am Grünen Boulevard, innerhalb des Zentralrings. Ich setzte mich im achtzigsten Stock in den Garten. Wie lange ich dort saß und woran ich dachte, weiß ich nicht mehr. Wirre Gedanken verflochten sich mit wirren Gefühlen – ich war glücklich und sorgenvoll zugleich.

Dann betrachtete ich die nächtliche Stadt. In der Schule hat man uns beigebracht, dass die alten Städte nachts vom Licht unzähliger Scheinwerfer und Leuchtstofflampen hell erleuchtet und die Straßen vom Lärm rastloser Passanten und stinkender Kraftfahrzeuge erfüllt waren. Obwohl die Hauptstadt bald vierhundert Jahre alt ist und man schon lange nicht mehr solche Gebäudeansammlungen auf einem kleinen Fleckchen Erde zusammendrängt, ist sie im Übrigen eine moderne Stadt. Nachts herrschen Dunkelheit und Stille, selbst in den Hauptstraßen. Eine Straßenbeleuchtung gibt es nicht. Nächtliche Passanten setzen einfach Infrarotbrillen auf und finden sich so problemlos zurecht.

Ich liebe die nächtlichen Kontraste der Hauptstadt: einerseits die dunklen Straßen und Boulevards, andererseits die schummrigen Lichter in den Fenstern der Wohngebäude. Das milchig schimmernde Gebäudemassiv des Zentralringes verlor sich in der Ferne, hinter dem schwarzen Tal des Parks erhoben sich die Lichterketten der Gebäude des Inneren Rings wie eine breite Treppe von der Erde zum Himmel.

Die Museumsstadt, das Zentrum der Hauptstadt, dagegen war nicht zu erkennen. Weder die Pyramiden noch die assyrischen und ägyptischen Tempel, weder der Kreml noch der Petersdom, weder Notre-Dame von Paris noch die Kölner und Mailänder Gotik – diese großartigen Baudenkmäler vergangener Jahrhunderte, wiedererrichtet auf einem inselartigen Gelände. Keine dieser Sehenswürdigkeiten, die bei Tage deutlich zu sehen sind, verriet sich auch nur durch einen Lichtschimmer. Nur die rote Halbkugel auf dem zentralen Platz, die Staatsmaschinen-Administration, wurde von Scheinwerfern beleuchtet. Auf der Erde kann jeder hingehen, wohin er möchte: in Fabriken, Lager, Institute und Behörden; nur zu diesem einen Gebäude ist der Zutritt beschränkt. Jeder von uns hat auf Stereobildschirmen Tausende Male sämtliche Räume und Korridore der berühmten »Denk- und Lenkfabrik«, wie sie oft genannt wird, gesehen, doch nur wenige Glückliche können sich rühmen, diese heiligen Hallen jemals betreten zu haben. Die Staatsmaschinen-Administration verfügt über drei Hauptrechenzentren: die Zentrale Personendatenmaschine, in der die virtuellen Beschützerinnen generiert werden, die Zentrale Universalmaschine, die für Analysen aller Art zuständig ist und meistens einfach ZUM genannt wird, und schließlich die Auskunftsmaschine, eine riesige Datenbank, auf die jeder Bürger über seine persönliche Beschützerin zugreifen kann. Schon seit bald zwei Jahrhunderten sind diese Rechengiganten im Dauerbetrieb und noch nicht ein einziges Mal ausgefallen.

Beim Blick auf die Rote Halbkugel wurde mir bewusst, dass dort in diesen Tagen vielleicht eines der schwierigsten Rätsel der Menschheitsgeschichte zur Lösung anstand und dass das Wohl der Erde davon abhing, ob die Zentrale Universalmaschine zu einer korrekten Einschätzung kommen würde. Außerdem musste ich an mein eigenes Schicksal denken. Ich würde mich beängstigend weit von dem Ort entfernen müssen, wo ein kleiner Winkel von etwa einer Million Rechenzellen an der Zentralen Personendatenmaschine nur für mich reserviert war: meine Beschützerin, meine weise, leidenschaftslose Lehrerin und Führerin. Oft habe ich mich über sie geärgert, sie als gefühllos und unnütz beschimpft. Oft war ich stolz auf meine ironische Einstellung gegenüber den lenkenden Maschinen. Doch um ehrlich zu sein, ich bin meiner Beschützerin verbunden, wie man nur selten einem Menschen verbunden ist. Wachsam wendet sie Gefahren von mir ab, behütet mich vor Krankheiten und unbedachten Schritten. Wenn etwas schwer auf meiner Seele lastet, dringt sie zu den Hintergründen meiner Depression vor und präsentiert sie, sofern sie von gesellschaftlicher Bedeutung sind, sogar der Öffentlichkeit als wichtiges soziales Problem. Wenn mir eine Idee kommt, die für die Menschen nützlich sein könnte, kann ich sicher sein, dass die Beschützerin sie aufgreift und an die ZUM weiterleitet, auch wenn ich selbst sie schnell wieder vergessen sollte. Meine Missgriffe und Fehler behandelt sie mit absoluter Diskretion, solange dabei kein anderer zu Schaden kommt. Kein noch so treuer Freund wahrt Geheimnisse wie sie!

Für mich ist sie mehr als nur ein Element einer riesigen Rechenmaschine, sondern ein eigentümlicher Teil meiner selbst, ein unsichtbares Band, das mich mit der gesamten Menschheit verbindet! Bald würden diese Bande abbrechen, denn die Zentrale Personendatenmaschine mit ihren hundert Milliarden Bauteilen konnte man auf Galaxisreisen natürlich nicht mitnehmen.

Es drängte mich, ein letztes Mal die Macht der uns dienenden Maschinen zu erproben. Ich beauftragte meine Beschützerin herauszufinden, wer das Mädchen sei, das mir beim Konzert in Kairo und heute während des Gewitters aufgefallen war.

In meinem Gehirn leuchtete die Antwort auf: »Die Auskunftsmaschine hat zu wenig Informationen für eine Recherche.«

»Du willst mich wohl auf den Arm nehmen?«, erwiderte ich gedanklich. »Ist das der Dank für meine Lobeshymnen auf dich?«

André behauptet immer, wir lebten in einer primitiven Zeit, in einer Phase des Übergangs zu einer perfekt organisierten Gesellschaft. Unsere Bedürfnisse würden wachsen, besonders die geistigen, und die Hälfte davon bliebe unbefriedigt. Für die Grundbedürfnisse wie Essen, Kleidung, Wohnung, Fortbewegungsmittel und freie Berufswahl sei zwar gesorgt, doch ihm würde das nicht mehr genügen. Wollte man zum Beispiel seine Leidenschaften und Neigungen wechseln oder sich aus einem Greis in einen Jüngling verwandeln, so würde die Zentrale Personendatenmaschine nur mit ihren elektronischen Achseln zucken. André hätte sich sicherlich köstlich amüsiert über den Reinfall, den mir die Auskunftsmaschine soeben beschert hatte.

Ich lehnte den Kopf an einen Oleander und erinnerte mich an meine Begegnungen mit diesem Mädchen, an das Gedränge vor dem Konzertsaal und an den kurzen Wortwechsel unter dem Vordach, wo wir Schutz vor dem Wolkenbruch gesucht hatten. Ich konnte sie vor mir sehen: die erboste Miene in dem schmalen Gesicht, den langen Hals, die dunklen Augen und die breiten Brauen.

»Jetzt reichen die Informationen für die Recherche«, sagte plötzlich die Stimme der Beschützerin. »Das Mädchen heißt Mary Glun, stammt aus Schottland und hat einen Kursus auf dem Mars absolviert, wo sie zusammen mit ihrem Vater weilte. Dreiundvierzig Jahre alt, eins zweiundachtzig groß, fünfundsiebzig Kilo schwer, ledig. Ihre größte Leidenschaft gilt der Züchtung von Pflanzenformen für Planeten mit hoher Gravitation und harter Strahlung.«

»Hat diese Mary Glun schon mal wegen eines Heiratskandidaten angefragt?«

»Bislang keine Liebschaften.«

Ich beschloss, das Spiel »Braut und Bräutigam«, wie dieser beliebte Zeitvertreib in den Schulen genannt wird, noch ein wenig fortzuspinnen. Dabei wird die Auskunftsmaschine mit Fragen über die Eignung möglicher Partner bombardiert. Vor allem die Mädchen treiben dieses Spiel bis zum Exzess. Später heiraten sie dann meist doch völlig konträr zu den Ratschlägen der Auskunftsmaschine.

»Würde ich zu ihr passen? Wie hoch ist der Grad unserer Übereinstimmung?«

Diesmal übermittelte meine Beschützerin die Antwort der Auskunftsmaschine innerhalb weniger Sekunden. Man stelle sich vor, welche Unmenge von Partnerschaftsaspekten sie in dieser kurzen Zeit durchzurechnen hatte: Zärtlichkeit, Leidenschaft, Streitigkeiten, Versöhnungen, Missverständnisse, Schicksalsschläge, Kränkungen und Interessenkonflikte.

Die Antwort der Auskunftsmaschine lautete: »Ihre Übereinstimmung beträgt zehn Komma drei Prozent, sie passt zu siebzehn Komma zwei Prozent zu Ihnen, und Sie passen zu zwei Komma acht Prozent zu ihr. Eine Scheidung ist im ersten Monat des Zusammenlebens wahrscheinlich, zur Mitte des zweiten Monats unausweichlich.«

Meine Neugier war noch nicht gestillt. »Hat diese Dings, wie heißt sie noch, Mary, sich bei der Auskunftsmaschine über mich erkundigt?«

Normalerweise spricht meine Beschützerin mit einer angenehmen Frauenstimme, seltener mit einem knurrigen Greisentenor, und noch seltener lässt sie ihre Antworten einfach vor meinem inneren Auge aufleuchten. Warum das so ist, weiß ich nicht, vielleicht wollten die Konstrukteure vermeiden, dass die Leute eine zu persönliche Beziehung zu der Maschine aufbauen. Sollte dem so sein, dann entfalten ihre Vorkehrungen nur geringfügige Wirkung.

In diesem Fall nun blinkte ein kalter, grünlicher Schriftzug in meinem Gehirn auf: »Die Anfrage ist indiskret, eine Weiterleitung an die Auskunftsmaschine unmöglich.«

Unbeeindruckt streckte ich mich und stand auf. Es gab auf der ganzen Welt kein Mädchen, das mich weniger interessiert hätte als diese Mary. Und ich hatte ja schon André gegenüber geäußert, dass ich die Auskunftsmaschine nicht um Rat fragen würde, sollte ich mich tatsächlich einmal verlieben.

Gähnend tappte ich in die Wohnung hinunter und legte mich schlafen.

14

Am nächsten Morgen deutete nichts in der Stadt darauf hin, dass tags zuvor ein Fest gefeiert worden war. Ein Fremder würde nicht glauben, dass hier fünfzehn Millionen Menschen leben, so leer und still waren die Straßen der Hauptstadt. Die Kinder hatte man gleich nach dem Fest in die Gärten und Schulen vor der Stadt gebracht, die Erwachsenen arbeiteten wieder in den Fabriken und Instituten. Die wenigen Passanten, die ohne Eile auf den Boulevards einherschlenderten und sich nach allen Seiten umsahen, waren ohne Zweifel Touristen. Die meisten von ihnen zieht es naturgemäß in die Museumsstadt. Auf dem Weg in die Staatsmaschinen-Administration kam ich an etlichen Touristengruppen vorbei, die staunend und fotografierend vor einem der Baudenkmäler standen.

Am Eingang des Administrationsgebäudes traf ich Romero und André.

»Warum bist du nicht zu uns gekommen?«, fragte André. »Jeanne und ich haben fest mit dir gerechnet.«

»Ich hatte doch eine wichtige Unterredung mit Wera.«

Was bei meinem Gespräch mit Wera herausgekommen war, wusste André bereits von Romero. Beide gratulierten mir zu meiner Nominierung für den Flug zur Ora. Romero und André schienen aufgeregt zu sein. Auch Allan, Olga und Leonid, die sich in der Eingangshalle zu uns gesellten, wirkten nervös. Von der Gelassenheit, mit der wir die ersten Berichte über die menschenähnlichen Außerirdischen vor zwei Tagen aufgenommen hatten, war nichts mehr zu spüren. Nur Lussin war wie immer die Ruhe selbst. Auf seiner Stirn zeigten sich höchstens dann einmal ein paar Sorgenfalten, wenn eines seiner Zuchtmonster Husten hatte oder nicht ordentlich rauchte.

Romero zeigte uns das Gebäude. Die drei Rechenzentren – die Zentrale Personendatenmaschine, die Zentrale Universalmaschine und die Auskunftsmaschine – sind in mehrgeschossigen Kellerräumen untergebracht. Wir stiegen nicht hinunter, da es dort nichts Aufregendes zu sehen gibt: Millionen von Rechenzellen auf Gestellen, Milliarden von Schaltkreisen und ein zumindest für nicht eingeweihte Augen undurchschaubares Gewirr von bunten Steckern und Kabeln.

Stattdessen sahen wir uns die Sitzungssäle an. Die Innenarchitektur ist imposant. Der Staatsrat tagte im Blauen Saal, dessen gewölbte Decke den Sternenhimmel darstellt. Wir wurden in den Roten Saal gebeten, in dem die Schnittstellen zur Zentralen Universalmaschine untergebracht sind. In diesem Raum finden etwa fünftausend Personen Platz, und gegen zehn Uhr morgens waren alle Plätze besetzt. Für uns sieben war eine Loge reserviert. Vor dem Zuschauerbereich befindet sich ein riesiger Stereobildschirm. Die Bilder, die über diesen Monitor laufen, werden auch über alle Videophone der Erde ausgestrahlt. Wegen der großen Bedeutung, die man der heutigen Veranstaltung beimaß, war sogar eine Liveübertragung auf allen anderen Planeten des Sonnensystems vorgesehen.

Als die letzten Sekunden vor zehn Uhr verrannen, erschien auf dem Bildschirm ein breitgesichtiger Mann mit aus den Höhlen tretenden Augen, geröteten Wangen und einem grauen Schnauzbart.

»Martyn Spychalski«, flüsterte André.

Neugierig musterte ich den berühmten Astronauten. Seine Schiffe waren am weitesten in die Tiefen der Sternenwelt vorgedrungen, und er hatte etliche Himmelskörper erkundet, die weder vor noch nach ihm je ein Mensch betreten hatte. Obwohl er hundertneunundvierzig Jahre alt war, sah er prächtig aus, und seine Stimme hatte einen jugendlichen Klang.

Während Spychalski von der Expedition zum Flammenden B berichtete, zeigte man uns auf dem Stereobildschirm nacheinander die neun Planeten dieses Sterns. Der Flammende B und seine Planeten sind ganz gewöhnliche Himmelskörper, wie es sie in unserem Galaxisbezirk millionenfach gibt. Als jedoch die geflügelten Bewohner des Planetensystems ins Bild kamen, erhoben sich Getuschel und Gelächter im Saal. In der Tat hatten sie eine gewisse Ähnlichkeit mit den Fantasiewesen, die unsere Vorfahren als Engel bezeichneten, weshalb ihnen ihre Entdecker Charles Wingdoc und Sofia Kohut eben diesen Namen gaben.

Engel sind von Natur aus aufbrausend und streitlustig; sobald sie sich zu größeren Scharen zusammenrotten, sind Prügeleien an der Tagesordnung. Man zeigte uns ein solches Handgemenge, das sich auf einem Marktplatz in einer Siedlung der Engel abspielte: Das tobenden Knäuel war vollständig von den emporstaubenden Daunen ihrer Flügel verhüllt, und gellendes Gezeter zerschnitt die Luft.

Die Wohnstätten auf den Planeten dieses Randsterns der Hyaden schienen uns äußerst armselig – eingeschossige Baracken, die durch derartig niedrige Türen zu betreten sind, dass ihre bedauernswerten Bewohner nicht einmal hineinfliegen können, sondern hineinkriechen müssen und sich dabei die Flügel ramponieren. Man zeigte uns, wie die Engel schlafen: Dicht an dicht gedrängt liegen sie nebeneinander am Boden, und wenn Alpträume sie plagen, springen sie auf und stoßen spitze Schreie aus.

Danach erschienen auf dem Bildschirm nacheinander die entschlüsselten Traumbilder der Engel. Zuerst erblickten wir eine Gestalt, die aus der Ferne betrachtet verblüffende Ähnlichkeit mit einem Menschen hatte. Allmählich schälte sie sich aus der verschwommenen Wahrnehmung des Halbschlafs heraus und gewann an Konturen, je tiefer der Engel in seinen Traum versank. Was wir nun auf dem Monitor sahen, war ein Mensch und doch kein Mensch – ein Wesen von menschenähnlicher Gestalt, das doch in vielen Details ganz anders war als wir. Der Galakt sah uns aus riesigen Augen an, die ein Drittel seines Gesichts ausfüllten. In seinem Blick lagen Klugheit und Güte. Sein gelocktes Haar wallte bis über die Schultern herab.

Der Galakt hob eine Hand, an der sich fünf Finger wanden: Ja, seine Finger krümmten sich nicht wie unsere, sondern sie wanden sich, als steckten keine Knochen darin. Mit einem dieser Gummifinger kratzte er sich am Kinn und legte dann die Hand auf die Brust, wobei zwei Finger nach vorne wiesen, während die drei übrigen zum Handrücken zurückgebogen waren. Die Hände des Galakten beeindruckten mich noch mehr als sein Gesicht.

Das zweite Traumbild zeigte eine Landschaft: himbeerrote Felsen, ein Felsenufer, gegen das ebenso grellrot gefärbte schäumende Wellen schlugen. Über der roten Wasserfläche erhob sich ein riesiger blaugelber Himmelskörper. Ein Schauer überlief mich, so unheildrohend wirkte diese wilde Landschaft, bis ich begriff, dass es sich dabei lediglich um einen Planeten des Flammenden B handelte.

Einen der Felsen erklomm ein Galakt, der von geflügelten Bewohnern des Planeten umringt war und diese fast um das Doppelte überragte. Als die Roboterstimme der ZUM vermeldete, die Körpergröße des Galakten betrage zwei Meter achtzig, ging ein Raunen durch den Saal, denn damit war er gut einen halben Meter größer als ein ausgewachsener Mensch. Als ich ihn genauer betrachtete, bemerkte ich, dass es derselbe war, den wir schon in der ersten Sequenz gesehen hatten. Er sah sich um. Dabei legte er die eine Hand zum Schutz gegen das in den Zenit steigende Gestirn über die Augen.

Hinter dem Felsen kam nun ein zweiter Galakt hervor, ein Greis mit grauem Bart und weißen Haaren. Er stieg zu dem ersten hinauf. Beide trugen Gewänder, die einer antiken Toga glichen – hellgrüne wallende Umhänge.

»Was gibt's Neues?«, fragte der Alte.

Im ersten Moment war ich erstaunt, dass er sich der internationalen Sprache der Menschen bediente. Doch dann fiel mir ein, dass die Zentrale Universalmaschine die Traumgesichte der Engel in unser Idiom übersetzte.

»Keine Gefahr«, antwortete der Jüngere. »Von den Zerstörern weit und breit keine Spur.«

»Die Zerstörer sind schlau«, sagte der Alte. »Sie erscheinen stets überraschend. Wir müssen auf der Hut sein.«

Schweigend blickten sie auf das rote Meer hinab. Kurz darauf verblasste das Bild.

»Aufgezeichnet auf dem vierten Planeten des Flammenden B«, teilte die ZUM mit. »Die folgende Aufzeichnung stammt vom achten Planeten desselben Systems.«

Auch diese Sequenz begann mit einer Landschaft, doch diesmal war die Umgebung grau und düster. Bis zum Horizont erstreckte sich ein monotones Hügelland, und am schwarzen Himmel verloren sich ein paar matt schimmernde Sterne.

In eine kleine Senke zwischen den Hügeln schwebte ganz langsam ein zigarrenförmiges Schiff herab, das mehrere Bündel grünlichen Lichts auf den Boden warf.

»Ein Photonenraumschiff«, erläuterte die Zentrale Universalmaschine, »ungefähr dieselbe Konstruktion, wie sie von unseren Vorfahren vor vierhundert Jahren entwickelt wurde.«

»Aus der Steinzeit der Raumfahrttechnik«, murmelte Allan.

Im nächsten Bild war das Photonenschiff bereits gelandet, und ringsumher machten sich Galakten und Engel zu schaffen. Die Galakten hielten Kästen in den Händen, die altertümlichen Schweißapparaten glichen, Strahlen und Funken schossen daraus hervor. Auf einem Hügel in der Nähe ragte ein Turm mit rotierendem Scheinwerfer empor, der unablässig den Himmel absuchte. Aus dem Bugteil des Schiffs zischte eine kleine Rakete heraus, bohrte sich mit ihrem Feuerschweif in den schwarzen Himmel und löste sich Sekunden später in der Finsternis auf. Die Galakten schienen nervös zu sein. Sie misstrauten dem rotierenden Auge auf dem Turm, hielten immer wieder in ihrer Arbeit inne, um den Himmel mit den Augen abzusuchen. Sie bewegten sich flink und arbeiteten hastig – offenbar waren sie in Eile. Doch an dieser Stelle endete der Traum, und das Bild am Monitor verlosch.

Als Nächstes wurden Aufzeichnungen vorgeführt, die vom neunten, äußeren Planeten übermittelt worden waren. Am Anfang sahen wir weder Menschen noch Gegenstände, sondern nur Nebelschwaden und leuchtenden Staub, der bald den ganzen Stereobildschirm ausfüllte. Aus diesem Staub tauchten zwei sich einander nähernde, schwach schimmernde Kugeln auf. Ihre Annäherung ging folgendermaßen vor sich: Die rechte Kugel schwenkte zum Rande des Bildschirms ab, die linke strebte ihr hinterher. Kurz darauf ergoss sich blaues Licht in den Raum, loderte auf und verschlang beide Kugeln in einer riesigen Flamme. Ich hatte den Eindruck, als wären die Kugeln bei einem Zusammenprall explodiert. Die ZUM bestätigte, dass das Traumbild den Zusammenprall zweier bislang nicht identifizierter Himmelskörper zeige. Zum Schluss der Sequenz verblasste die blaue Flamme und verwandelte sich in eine glitzernde Staubwolke.

»Vermutlich eine kosmische Katastrophe«, teilte die Maschine mit.

Allan wiegte ungläubig den Kopf. »Kaum«, sagte er. »Jedenfalls hat dieses Spektakel da nichts mit unseren Methoden zur Annihilation von Materie gemein.«

Das nächste Bild, das auf dem Stereobildschirm erschien, zeigte einen Sternhaufen, der laut ZUM nicht identifiziert werden konntc, jedoch häufig in den Träumen der geflügelten Bewohner des neunten Planeten erschien. Der Sternhaufen wirkte bedrohlich auf mich. Er bestand aus zwei fast gleich großen Hälften mit jeweils vielen Tausend Sternen. Mir fiel auf, dass die eine Hälfte stark verdichtet war. Sie sah aus wie eine geballte Faust, die in das Zentrum der zweiten Hälfte schlug, die auseinanderstob und in unzählige isolierte Sterne zerfiel.

»Es folgt die letzte Aufzeichnung«, verkündete die ZUM. »Diese Art von Traum wurde bei vielen der geflügelten Wesen auf dem vierten, siebten und neunten Planeten festgestellt. Gezeigt wird das markanteste Beispiel.«

Von allen Traumszenarien, die wir im Roten Saal zu sehen bekamen, war dieses das dramatischste. Ein Galakt stürzte wie gefällt zu Boden, der Traum setzte genau im Augenblick seines Sturzes ein. Dann schlug er, schon am Boden liegend, verzweifelt mit den Beinen und wühlte mit seinen biegsamen Fingern die Erde auf. Er hob den Kopf und kroch langsam auf uns zu. An seinem Hals klaffte eine Wunde, Blut strömte auf seine Arme hinunter und auf den Boden. Niemals werde ich sein Gesicht vergessen – ein junges, schönes, von Angst und Schmerz verzerrtes Gesicht. Der Galakt riss den Mund auf, und auch ohne die Übersetzung der Maschine verstand ihn jeder von uns. »Hilfe!«, schrie der Galakt voller Entsetzen. »Was ist mit mir? Um Gottes willen, helft mir!« Dann verstummte er, streckte uns mit letzter Kraft die Hände entgegen, und seine Wangen wurden bleich. Allein seine unmenschlich großen, gespenstisch leuchtenden Augen flehten weiter um Hilfe. Vom Tod gezeichnet schloss der Jüngling die Augen und wurde von schwachen Krämpfen durchzuckt, als wollte er noch im letzten Moment die Fesseln des Todes sprengen.

Im Saal wurde es unruhig – Tausende Zuschauer, die sekundenlang den Atem angehalten hatten, seufzten auf.

»Weiß der Teufel, was das zu bedeuten hat!«, schimpfte André, der blass geworden war.

»Das muss gerächt werden!«, donnerte Leonid außer sich. Er packte meinen Arm und starrte mich mit zornweißen Augen an. »Das fordert Rache, Eli!«

Einzig Romero verlor die Ruhe nicht. »Wen rächen? Weshalb? Seid ihr sicher, dass hier ein Verbrechen vorliegt und kein Unglücksfall? Vielleicht haben wir ein Ereignis beobachtet, das sich vor Millionen Jahren zugetragen hat. Haben Sie daran gar nicht gedacht, mein lieber Mrawa?«

Leonid sah Romero pikiert an. Er begriff sofort, dass er vorschnell geurteilt hatte.

Erneut ertönte die Roboterstimme der ZUM. Sie beschrieb die Apparatur, mit der die Träume aufgezeichnet worden waren, und bewertete die Glaubwürdigkeit der entschlüsselten Traumbilder. Es erwies sich, dass die geflügelten Bewohner des Flammenden B für diverse Details ihrer Träume keine Erklärung hatten. Zum Beispiel hatten sie keinerlei Vorstellung von Photonenraumschiffen und Schweißapparaten. Danach referierte die ZUM die Legenden über Galakten und Zerstörer, die auf den Planeten des Flammenden B kursierten. Nur bei den Engeln dieses Planetensystems waren Überlieferungen über Ankömmlinge aus dem Kosmos entdeckt worden. Sie besagten, kurz gefasst, Folgendes:

In alten Zeiten waren die Planeten des Flammenden B finster und unkultiviert, räuberische Reptilien krochen am Boden umher, und durch die Luft flogen bisweilen scheue Engel. Die gefiederten Völker zerfleischten sich in blutigen Fehden. Die karge Natur brachte wenig hervor, und um jeden Bissen wurde erbittert gestritten. So lebten die Engel unzählige Jahre, und nichts änderte sich.

Doch eines Tages senkten sich Raumschiffe vom Himmel herab, und aus ihnen stiegen die Galakten. Erschreckt verkrochen sich die Engel in Höhlen und Wäldern. Als sie sich überzeugt hatten, dass sie von den Galakten nichts zu befürchten hatten, drängten sie sich neugierig um die Ankömmlinge und gerieten dabei sogleich wieder aneinander. Die Galakten sperrten die schlimmsten Raufbolde in ihren Schiffen ein und verboten kriegerische Auseinandersetzungen. Allmählich kehrte Frieden auf den Planeten des Flammenden B ein, und die Galakten gaben ihnen ein neues Gesicht. Die Sternenwanderer zogen Kanäle, statteten die Siedlungen der Einheimischen mit allerlei Komfort aus, gestalteten die Haine in Gärten um und brachten den Engeln bei, Wohnstätten aus Stein zu errichten. Die ursprünglich chaotischen Lebensverhältnisse der Engel verwandelten sich in eine geordnete Existenz.

Die Galakten fühlten sich auf den Planeten des Flammenden B als Gäste und richteten sich nicht fest ein. Unentwegt beobachteten sie den Himmel, da sie einen Überfall befürchteten. Dieses Misstrauen war begründet, denn eines Tages wurden die Engel Zeugen einer kosmischen Schlacht, die zwischen den Galakten und ihren Feinden, den Zerstörern, entbrannte. Der Himmel verwandelte sich in eine Feuerhölle. Die beiden äußeren Planeten des Systems prallten aufeinander und explodierten. Auf den verbliebenen Planeten wurden die Saaten, Gärten, Städte und Kanäle zerstört. Die von den Galakten geschaffene Zivilisation wurde vollständig ausradiert.

Als die wenigen überlebenden Engel des Infernos, die sich auf der Suche nach Schutz in ihren Höhlen verkrochen hatten, an die Oberfläche ihrer Planeten zurückkehrten, bot sich ihnen ein Bild der Verwüstung. Gleichsam über Nacht wurden die geflügelten Völker in ihre ursprüngliche, wilde Existenz zurückgeworfen. Galakten wie Zerstörer waren spurlos verschwunden, und weder die einen noch die anderen tauchten jemals wieder im System des Flammenden B auf.

Die ZUM ergänzte die Legenden der Engel mit folgender Einschätzung: »Jenseits der Umlaufbahn des neunten Planeten des Flammenden B wurden Staubwolken entdeckt, die um das Zentralgestirn kreisen. Die Hypothese, es handle sich um Reste der einstmals vernichteten beiden Planeten, ist sehr wahrscheinlich. Auf allen Planeten des Systems wurden unter späteren Ablagerungen Spuren von Zerstörungen und Bränden gefunden. Nach irdischer Rechnung sind sie zweihunderttausend bis eine Million Jahre alt.«

Damit endete die Vorführung der von Spychalski übersandten Informationen. Wir verließen den Roten Saal. Die Mitglieder des Staatsrats wurden in den Blauen Saal gebeten.

15

Selbst von weitem sah man André an, dass es in seinem Kopf rumorte. Allan und Leonid schlugen vor, auf Wera zu warten, die an der Sitzung des Staatsrats teilnahm. Romero lud uns in der Zwischenzeit in die Hängenden Gärten der Semiramis ein. Er schwärmt für antike Exotik.

Die Aviettes trugen uns in die Viertel Mesopotamiens und Ägyptens und setzten uns auf der oberen Terrasse des Turms zu Babylon ab, am Tempel des Marduk mit der goldenen Statue des hässlichen Gottes. Wir gingen auf die mittlere Terrasse hinunter, wo sich die Gärten befinden. Sie sind grün und behaglich, und man hat von hier aus einen guten Blick auf die nähere Umgebung – die Pyramiden links und die antiken Tempel rechts. Wir setzten uns auf eine Bank an der Balustrade. Über uns rauschten Zypressen und Eukalyptusbäume, die in der Hauptstadt fremdartig wirken. Doch auf der Museumsinsel begegnet einem das Fremdartige auf Schritt und Tritt.

»Was denkt ihr über das Ganze?«, fragte André.

»Mir scheint, das interessiert dich nicht so sehr wie das, was dir selbst dazu eingefallen ist«, erwiderte ich. »Verliere also keine Zeit mit Fragen, sondern lass uns an deinen Gedanken teilhaben.«

»Ich behaupte, dass unsere Ähnlichkeit mit den Galakten nicht zufällig ist«, erklärte André. »Irgendwie sind wir mit ihnen verwandt. Und sie haben schon vor uns eine hohe Zivilisationsstufe erreicht.«

»Die Technik der Galakten ist unserer unterlegen«, wandte Olga ein.

»Das war vor zweihunderttausend oder sogar einer Million Jahren! Wie ihr derzeitiger technischer Entwicklungsstand ist, wissen wir nicht. Damals waren die Galakten jedenfalls bereits so fortgeschritten, dass die beschränkten Engel meinten, sie hätten es mit Göttern zu tun.«

»Götter, die durchs Weltall irren und noch dazu sterblich sind«, stichelte ich.

»Jawohl, sterbliche Götter!«, beharrte André. »Zumindest werden sie in den abergläubischen Vorstellungen primitiver Völker so gesehen. Für mich sind die Galakten Wesen wie wir. Wir sollten nach ihnen suchen und sie als Verbündete gewinnen. Eine Zusammenarbeit mit ihnen wäre in jedem Falle naheliegender als die geplante Allianz mit den Aldebaranen. Und falls der Kampf der Galakten gegen ihre Feinde immer noch andauert, sind wir verpflichtet, ihnen zu Hilfe zu eilen!«

»Der Mensch hilft den in Bedrängnis geratenen Göttern – was für ein Unsinn!«, konterte ich.

Nun mischte sich Romero in die Diskussion ein. Die Sequenzen, die im Roten Saal gezeigt worden waren, hatten ihn erschüttert – das sah man ihm an.

»Ihr streitet euch über Nebensächlichkeiten«, sagte er. »Ob wir mit den Galakten verwandt sind oder ob wir uns unabhängig von ihnen entwickelt haben, ist nicht von Belang. Entscheidend ist: Irgendwo im Universum toben Vernichtungskriege, und diese Tatsache können wir nicht ignorieren, da wir uns anschicken, in die galaktischen Weiten vorzustoßen. Ich sehe die Menschheit in Gefahr. Wenn die Widersacher der Galakten schon vor einer Million Jahren in der Lage waren, Planeten zur Kollision zu bringen, wie mag sich dann ihre Vernichtungstechnik in der Zwischenzeit weiterentwickelt haben? Sie heißen nicht umsonst Zerstörer, vergesst das nicht! Es ist durchaus möglich, dass die Galakten von ihren Feinden längst ausgelöscht wurden. Die Suche nach unseren Sternenbrüdern, wie sie André gefordert hat, würde dann womöglich nur dazu führen, dass die Menschheit in einen Krieg mit diesen schrecklichen Zerstörern schlittert und ihrerseits vernichtet wird. Was wissen wir denn schon über die Galaxis? Seid nicht naiv! Wir haben doch gerade erst den Kopf aus dem Fenster unseres winzigen irdischen Häuschens gesteckt, und uns umgibt eine riesige, unbekannte Welt, die voller Unwägbarkeiten steckt.«

Es wäre gelogen, würde ich behaupten, dass Romeros schwarzseherische Tirade uns nicht beeindruckt hätte. Auch der leidenschaftliche Ton seiner Prophezeiung verfehlte nicht seine Wirkung. Propheten sind ja immer von großer Leidenschaft beseelt, vor allem jene, die den Untergang voraussagen. In diesem Sinne riet ich Romero, keine Panik zu verbreiten und sich zu beruhigen. An jenem Tage ahnte ich nicht einmal ansatzweise, welch ein Umbruch sich in ihm vollzog.

»Mit Ihnen werde ich mich nicht streiten, Eli«, sagte er zu mir. »Für Sie, mein Freund, ist jeder ernsthafte Gedanke zunächst einmal nur ein willkommener Anlass, ihrer Spottlust zu frönen. Auch mit André will ich mich nicht zanken, er sucht in allem Unbekannten nach Stoff für seine abenteuerlichen Hypothesen. Ihr seid die falschen Ansprechpartner. Ich muss mich an die gesamte Menschheit wenden und sie warnen!«

»Wir sind auch ein Teil der Menschheit«, sagte Leonid. »Und unsere Meinung hat durchaus Gewicht.«

Romeros Panikmache gefiel ihm ebenso wenig wie mir. Doch auf eine Diskussion ließ sich Leonid nicht ein. Er ist eher ein Mensch der Tat als der großen Worte.

Unser Gespräch wurde von Weras Ankunft unterbrochen, die nach Beendigung der Sitzung zu uns stieß.

»Wir haben wichtige Beschlüsse gefasst«, verkündete sie. »Der Staatsrat ist der Meinung, dass wir an einem Wendepunkt in der Geschichte der Menschheit stehen und sich jeder unvorsichtige Schritt als verhängnisvoll erweisen könnte. Dies bedeutet jedoch nicht, dass wir die Hände in den Schoß legen dürfen. Die Lage erfordert Vorsicht und Mut.«

Wir wollten wissen, welche Beschlüsse gefasst worden waren. Wera belächelte unsere Ungeduld.

»Immer schön der Reihe nach«, sagte sie. »Wir sollten das Pferd nicht von hinten aufzäumen.«

Stets aufs Neue wundere ich mich über die an Pedanterie grenzende Gewissenhaftigkeit, die meine Schwester trotz ihres temperamentvollen Charakters an den Tag legt.

»Ich muss euch gratulieren, Freunde«, sagte sie zu André und Romero. »Die ZUM hat uns fortwährend über wichtige Gedanken informiert, die sich die Teilnehmer während der Vorführung im Roten Saal gemacht haben. Darunter war auch Ihrer, André, mit den Galakten zusammenzuarbeiten, und auch deiner, Pawel, der auf die uns drohenden Gefahren hinweist. Ihr braucht euch aber nichts darauf einbilden, denn dieselben Gedanken hatten hundert andere Zuschauer auch.«

Endlich kam sie auf die Beschlüsse des Staatsrats zu sprechen: »Die Sternenkonferenz auf der Ora ist gebilligt worden. Die Möglichkeiten der Gründung einer interstellaren Allianz der vernunftbegabten Wesen unseres Galaxisbezirks sollen gründlich analysiert werden. Eine neue Aufgabe wird darin bestehen, noch weit genauere Informationen über die Galakten und die Zerstörer zu beschaffen. Erst wenn uns ausreichende Erkenntnisse über diese Völker und ihre Konflikte vorliegen, werden wir die Richtlinien unserer galaktischen Politik festlegen: mit wem wir uns verbünden können und gegen wen wir uns gegebenenfalls stellen müssen. Denkbar ist auch eine Neutralität der Erde in Streitigkeiten, die wir nicht begonnen haben und die uns kaum berühren. Auch darüber haben wir gesprochen. Die Verteidigungsbereitschaft der Erde und der anderen Planeten des Sonnensystems muss erhöht werden. Dass aus fernen Galaxisbezirken Gefahr droht, ist nicht bewiesen, aber ebenso wenig das Gegenteil. Der Staatsrat empfiehlt, mit dem Bau einer großen galaktischen Flotte zu beginnen.«

Damit wandte sich Wera an Olga. »Ihre Idee, Schiffe zu bauen, die zehnmal leistungsfähiger sind als die heutigen, hat Zustimmung gefunden. Aber wir werden nicht nur zwei Testmodelle herstellen, sondern gleich eine Serie von hundert Schiffen. Und noch eine gute Nachricht für Sie: Das Kommando über das erste galaktische Geschwader wird Ihnen übertragen.«

Wera suchte nun Blickkontakt zu mir und grinste: »Auch du darfst dich freuen, Eli. Es ist technisch unmöglich, die riesigen

Raumkreuzer auf der Erde zu bauen. Deshalb wurde beschlossen, einen Planeten in eine Raumschiffwerft umzubauen. Die Wahl ist auf deinen geliebten Pluto gefallen. Der Merkur wird sich auf die Herstellung von Aktivstoff für die Tanew-Annihilatoren spezialisieren. Das sind die wichtigsten Empfehlungen des Staatsrats. Wenn die Menschheit sie bestätigt, werden sie Gesetz. Und jetzt entschuldigt mich bitte, ich habe noch zu tun.«

»Kann ich dich begleiten, Wera?«, fragte Romero.

»Aber natürlich, Pawel.«

Auf der Erde verbringt Wera einen Großteil ihrer Freizeit mit Romero. Als ich noch jünger war, ärgerte mich das oft, doch inzwischen hatte ich mich damit abgefunden, dass er seine Zeit lieber mit Wera verbringt als mit seinen Freunden.

16

Wera, Romero und ich verließen die Erde am 15. August 563 der neuen Ära in der letzten Gruppe. Unser Ziel war der Pluto, der Stützpunkt der Sternenpflüge, von denen uns einer zur Ora bringen sollte. Bevor wir in den Interplanetarexpress einstiegen, unternahmen wir noch einen kurzen Spazierflug über die Erde. Gerührt ließ ich den Blick über den schönen, blauen Planeten schweifen, denn ich wusste, dass wir uns für längere Zeit von ihm verabschieden mussten. Auf der Gangway winkte auch Wera noch einmal flüchtig zur guten alten Erde hinab. In der Kabine des Raumschiffs hatte ich unseren Heimatplaneten jedoch rasch vergessen und wandelte gedanklich schon auf dem Pluto umher.

Nichts ist nervtötender als Reisen in interplanetaren Linienschiffen. Dabei handelt es sich um altertümliche Raketenkutschen mit Photonenantrieb. Selbst äußerlich haben sich diese langen, hässlichen Zigarren seit dreihundert Jahren nicht verändert. Ihr Flugtempo ist geradezu vorsintflutlich: Zum Mond brauchen sie fünf Minuten, zum Mars vierundzwanzig Stunden, für einen Flug zum Pluto gar eine Woche. Keiner dieser »Expresse« schafft mehr als vierzigtausend Kilometer in der Sekunde. Und die Gravitatoren funktionieren nicht immer einwandfrei, mitunter kommt es vor, dass man von heftigen Schwerkraftschüben in seinen Sitz gepresst wird.

Ich hatte Wera gebeten, ein modernes Planetenshuttle mit Tanew-Annihilatoren zu chartern, damit hätten wir den Pluto innerhalb von acht Stunden erreicht. Doch sie hatte meine Bitte mit dem Hinweis abgeschmettert, wir hätten es ja nicht eilig, und alle anderen hatten ihr sofort beigepflichtet. Weras scheinbare Unfehlbarkeit ärgert mich schon seit meiner Kindheit. Egal was sie von sich gibt, sofort nicken alle dienstfertig mit dem Kopf.

»In früheren Zeiten hatten Sekretäre noch Respekt vor ihrem Chef«, sagte Wera entrüstet, nachdem ich ihr unverblümt meine Meinung gesagt hatte.

»Womöglich behauptest du auch noch, früher hätten die Chefs ihre Sekretäre zusammengebrüllt«, erwiderte ich giftig. »Was sagen Sie als Historiker dazu, Pawel?«

»Ich muss Ihrer Schwester Recht geben«, antwortete Romero. »In den alten Zeiten haben die Chefs nicht viel Federlesens mit ihren Untergebenen gemacht. Ein russischer Zar zum Beispiel hat im Gespräch mit seinen Ministern seinen Wünschen gerne mit dem Knüppel das nötige Gewicht verliehen.«

17

Jenseits des Uranus beschleunigen die Expresse, sogar unsere alte Photonenkiste schaffte ein Zehntel der Lichtgeschwindigkeit. Der Pluto funkelte in den Bullaugen, zunächst nur so groß wie eine winzige Erbse, dann schon wie ein Apfel, bald wie ein Fußball. Um ihn herum glommen winzige künstliche Sonnen, und an seinen Polen quollen Dunstprotuberanzen empor: Die Fabriken zur Herstellung von Wasserdampf und synthetischen Atmosphärengasen arbeiteten seit kurzem mit voller Leistung und lieferten stündlich etwa zehn Millionen Tonnen Wasser und zwei Milliarden Tonnen Stickstoff-Sauerstoff-Gemisch.

Diese beeindruckenden Zahlen rief ich Wera und Romero nicht ohne Stolz in Erinnerung.

»Das Wasser reicht bisher noch nicht aus, aber die Atmosphäre ist bereits der irdischen vergleichbar. Am Boden ist die Luft etwa so wie bei uns im Gebirge«, berichtete ich.

»Die Luftfabriken sind das Interessanteste auf dem Pluto«, erwiderte Wera. »Von ihrem Leistungsvermögen hängt es ab, ob wir den Planeten in eine Werft für Sternenschiffe umbauen können.«

Während wir uns der Oberfläche des Pluto näherten, erregte eine Ansammlung über dem Planeten schwebender, gigantischer Flugobjekte Weras Aufmerksamkeit. Es waren ihrer neun, und eines davon ragte wie ein Berg zwischen Hügeln hervor.

»Das ist der Stützpunkt der Sternenpflüge!«, verkündete ich feierlich. »Der riesige dort ist der *Raumfresser*, das Flaggschiff des Geschwaders. Er wird uns die Reise in diesem Bummelzug hier schnell vergessen lassen. In wenigen Minuten landen wir. Allan, Olga, André, Jeanne und Lussin erwarten uns bereits.«

18

Die Vorbereitung einer Raumexpedition ist immer ein kompliziertes Unterfangen, doch unser Vorhaben wurde noch durch eine Besonderheit erschwert: Wir benötigten Unmengen von Aktivstoff, der bei der explosionsartigen Umwandlung von Masse in Raum als Zündmittel dient. Der Aktivstoff wurde vom Merkur herbeigeschafft. Die Sternenpflüge warteten auf die letzte Lieferung.

Nach unserer Ankunft lud ich Wera und meine Freunde zu einer Besichtigungstour über den Pluto ein. Der Beschluss des Staatsrats, den Pluto zu einer Raumschiffwerft auszubauen, war durch Jahre intensiver Arbeit auf diesem Planeten vorbereitet worden. Von allen Sonnenplaneten wird der Pluto am intensivsten genutzt und beherbergt das größte und modernste Kosmodrom der Menschheit. Zu Interstellarflügen starteten die Schiffe einstmals vom Mars und sogar von der Erde, doch schließlich sah man ein, dass man sich bei der Erschließung des Weltraums keine halben Sachen leisten konnte.

Für die Schaffung des künstlichen Planeten Ora waren alle Ressourcen der Menschheit aufgeboten worden. Mit der Ora kann sich der Pluto noch nicht messen, doch immerhin ist er derzeit die größte Baustelle im Umkreis der Sonne!

Zuerst besuchten wir eine der Atmosphärengasfabriken. Die etwa zwei Kilometer breite und rund zehn Kilometer lange Anlage bewegte sich langsam über die Oberfläche des Planeten und hob dabei eine Bodenschicht ab. Als wir in unserer Achtsitzer-Aviette an der Fabrik eintrafen, hatte die Bodenfräse gerade einen Granithügel erreicht. Vor unseren Augen sank die Gesteinsmasse zusammen und schmolz wie in einem Feuer dahin. Bald war keine Spur mehr davon übrig, und die Anlage fraß sich weiter vorwärts. An der verlassenen Stelle hinterließ sie eine schwarze Schicht künstlichen Bodens, der gedüngt und mit Pflanzensamen eingesät war.

In der Nähe der kriechenden Fabrik tobten heftige Winde, denn in jeder Sekunde wurden Tausende Tonnen produzierter Luft in die Atmosphäre geblasen. Ich hielt unsere offene Aviette zwar auf größtmöglichem Abstand zu den Luftwirbeln, dennoch wäre beinahe ein Unglück geschehen, als wir uns gerade über dem alles vertilgenden Schlund der Anlage befanden: Wera wurde plötzlich ihr ausladender Hut vom Kopf gerissen, und Romero hatte nichts Besseres zu tun, als ihm hinterherzuhechten, wobei er beinahe aus der Kabine gefallen wäre. Im letzten Moment bekamen Leonid und ich ihn zu fassen und zogen ihn mit Allans Hilfe wieder in die Aviette.

»Wenn ihr nicht gewesen wäret, Freunde, würde ich jetzt durch die Lüfte fliegen«, sagte er mit kalkweißem Gesicht.

»Ich glaube eher, Sie würden gerade zu Sauerstoff und Stickstoff verarbeitet werden«, wandte ich ein. »Und fünf Minuten später hätten wir Sie eingeatmet, Pawel.«

»Wie wir wahrscheinlich jetzt meinen armen Hut atmen«, bemerkte Wera. »Warum gibt es keinen Schutzzaun um die Fabrik?«

»Hier ist sonst niemand«, erklärte ich. »Alle dreitausend automatischen Fabriken sind in Wüstengegenden aufgestellt worden. Und Exkursionen von der Erde zum Pluto sind nicht erlaubt.«

»Und werden auch nicht erlaubt, solange ihr nicht mit der Montage einer Personendatenmaschine für zehn Millionen Beschützerinnen fertig seid«, bekräftigte Wera. »Ein Unglück wie dieses, das Pawel beinahe zugestoßen wäre, ist auf der Erde undenkbar.«

Selbstverständlich band ich Wera nicht auf die Nase, dass wir zum Zeitvertreib so manches Mal in unseren Aviettes in unmittelbarer Nähe der Fabriken herumgekurvt waren, um gegen die künstlichen Stürme anzukämpfen. Stattdessen machte ich sie auf das zarte Grün aufmerksam, das die Oberfläche des Planeten bedeckte.

»Vorläufig haben wir nur Gras und Blumen, doch bald werden hier richtige Wälder rauschen.«

»Sehr lecker, das Grünzeug«, warf Lussin ein.

»Hast du es denn probiert?«, fragte Allan und schlug sich amüsiert auf die Schenkel. »Habt ihr gehört? Lussin frisst Gras! Er ist so in seine synthetischen Viecher vernarrt, dass er sich auf ihre Nahrung umgestellt hat.«

»Nicht ich!«, empörte sich Lussin. »Der Drache. Die Pegasusse. Schmeckt ihnen wie auf der Erde.«

Lussin hatte es sich nicht nehmen lassen, seinen halben Tierpark mit auf den Pluto zu schleifen.

Die Ebene wurde von drei künstlichen Sonnen beschienen. Eine davon stand im Zenit, die zweite ging gerade auf, während sich die dritte zum Horizont senkte. Ich erklärte, dass es auf dem Pluto insgesamt sieben Sonnen gebe, die nicht sehr hoch stehen und mit ihren Strahlen jeweils nur einen kleinen Teil des Planeten erfassen.

»Die blauviolette, die jetzt untergeht, ist noch ziemlich neu. Die hellgelbe, die gerade im Zenit steht, wurde vor fünfzig Jahren angefertigt. Die ersten Kolonisten auf dem Pluto arbeiteten im Licht dieser einen Sonne, damals schwebte sie unbeweglich über der nördlichen Halbkugel, und nur das von ihr beschienene Gebiet war bewohnbar. Als die dritte Sonne stationiert wurde, bezog man auch diese erste in einen abgestimmten Rotationsplan ein. Heute ist es so: Die vier heißen Sonnen erzeugen einen warmen Tag von sechzehn Stunden Dauer, die zwei roten halten während der sechsstündigen Nacht eine gemäßigte Temperatur aufrecht, und die orangefarbene Sonne sorgt für einen lauen Übergang vom Tag zur Nacht.«

Die orangefarbene Sonne, die nicht zuletzt mein Werk war, sollte in den nächsten Minuten aufgehen. Ich verlor jedoch kein weiteres Wort über sie, denn ich wusste, dass sie schon für sich selbst sprechen und meine Freunde in Entzücken versetzen würde. Die ferne irdische Sonne war ebenfalls zu sehen, aber sie erschien so winzig, dass sie sich neben den künstlichen verlor.

»Die künstlichen Gestirne erwärmen nur die Oberfläche«, setzte ich fort. »Würde man das Innere des Planeten entzünden und so einen schmelzflüssigen Kern schaffen, würde der Boden von innen her erwärmt, und man könnte die roten Nachtsonnen durch einige kalte Monde ersetzen.«

»Diesen Vorschlag solltest du dem Staatsrat unterbreiten«, sagte Wera, bevor sie sich plötzlich umwandte und erstarrte. »Mein Gott, ist das schön!«, rief sie begeistert.

Die Felsen und die Täler, das junge Grün und die Gebäude waren mit einem Mal in ein zauberhaftes orangerotes Licht getaucht, als würden sie selbst glühen und nicht von außen beschienen. Und über allem wölbte sich ein honiggelber Himmel, der so nah schien, als könne man ihn mit Händen greifen. Der Plutohimmel wirkte nicht leer wie der irdische, sondern stofflich wie ein aufgespanntes, samtenes Tuch.

»Wunderbar!«, jubelte Wera. »Auch die anderen Sonnen sind großartig, aber diese hier ist einfach fantastisch!«

»Hat Eli gemacht, großartig!«, sagte Lussin gewohnt knorrig.

»Eli!«, rief Wera. »Das ist die siebte Sonne?«

»Ja, wir haben uns viel Mühe damit gegeben, denn wir wollten, dass sie nicht nur Wärme und Licht spendet, sondern auch optisch etwas hermacht.«

»Ein rauer und großartiger Planet«, sagte Wera später beim Abendessen. »Das Leben hier ist bisher wenig kultiviert, aber von Schöpfergeist durchdrungen. Ich freue mich, dass gerade der Pluto für die neuen großen Aufgaben ausgewählt wurde.«

Romero wollte die allgemeine Begeisterung nicht teilen: »Rau, von Schöpfergeist durchdrungen, großartig! Welch hehre Worte für diese Baustelle. Leben kann hier doch kein Mensch, höchstens zwei oder drei Jahre arbeiten. Eine steinige Insel im kosmischen Meer, zum Raumfahrtstützpunkt ausgebaut – und alle sind begeistert. Lächerlich! In Wahrheit handelt es sich doch nur um eine schlechte Kopie eines winzigen Teils dessen, was wir auf der Erde haben.«

Während Romero so vor sich hin lästerte, verschlang er schmatzend mit synthetischem Fleisch gefüllte Teigtaschen und machte dabei nicht den Eindruck, als würde er angewidert eine schlechte Kopie irdischer Köstlichkeiten hinunterwürgen.

19

Von meinen Aufgaben als Weras Sekretär war vorerst nicht die Rede, doch auch ohne die rätselhaften Hilfsdienste wurde mir auf dem Pluto nicht langweilig. Ich inspizierte ausgiebig das Innenleben der Sternenpflüge: die Frachträume, in denen Millionen Tonnen von Materialien und Lebensmitteln lagerten, die wissenschaftlichen Labors, die Mannschaftsquartiere und natürlich das Herz der Schiffe, die Maschinenräume mit den Tanew-Annihilatoren. Letztere sind zweifellos die ungewöhnlichsten Aggregate der Welt: Aus leerem Raum erzeugen sie Materie und aus Materie leeren Raum. Wenn diese Monstermaschinen angeworfen werden, dampft der Weltraum um Trillionen von Kilometern ein oder dehnt sich entsprechend aus.

Die technischen Daten sind atemberaubend: Die Leistung der Tanew-Annihilatoren beträgt im kleinsten der Sternenpflüge zwei Millionen Albert, im *Raumfresser* über fünf Millionen! Sämtliche Kraftwerke der Erde am Ende des zwanzigsten Jahrhunderts der alten Ära erzeugten keine drei Milliarden Kilowatt, das heißt, nicht einmal drei Albert. Jeder einzelne Sternenpflug trägt also eine Million Mal mehr Energie in sich, als die gesamte Menschheit im Jahr des weltweiten Triumphs des Kommunismus zur Verfügung hatte. Und diese gewaltige Leistungskapazität kann vollständig in Überlichtgeschwindigkeit umgesetzt werden. Sobald sich vor dem Schiff ein unvorhergesehenes Hindernis auftut, tritt sofort der zweite Typ von Annihilatoren in Aktion, und anstelle des eingeäscherten Hindernisses breitet sich leerer Raum im Kosmos aus! So ein Hindernis kann selbstverständlich auch ein feindliches Schiff sein. Noch nie gab es Raumfahrzeuge mit einer so abschreckenden Bewaffnung wie unsere Sternenschiffe – das dachte ich jedenfalls damals.

Als ich Olga gegenüber meine Begeisterung zum Ausdruck brachte, sah sie mich verständnislos an. »Bleib auf dem Boden, Eli«, rügte sie. »Das Leistungsvermögen der Sternenpflüge ist ganz ordentlich, doch es reicht nicht aus, um wirklich tief in die Galaxis vorzudringen. Außerdem wissen wir nicht, ob uns dort Freund oder Feind erwartet. Sollten wir auf Feinde stoßen – wie sind sie bewaffnet? Es würde mich nicht wundern, wenn uns die geheimnisvollen Zerstörer technisch überlegen wären.«

Mit Olga kann man rechnen, aber nicht reden. Ein kybernetischer Roboter wäre ein idealer Gesprächspartner für sie. In ihrem hohen Rang als Admiral eines Raumschiffgeschwaders sah sie sich offenbar zu übertriebenem Realismus genötigt.

»Auf einem Schiff mit dreihundert Millionen Albert Leistung, wie sie die ZUM jetzt projektiert, würde ich mich einigermaßen sicher fühlen«, fuhr sie fort. »Aber leider wird es noch eine Weile dauern, bis diese Superkreuzer einsatzbereit sind.«

»Mach dir keine Gedanken«, riet ich ihr. »Bis zur Ora schaffen wir es auch mit diesen leistungsschwachen Spielzeugschiffchen. Und was die Zerstörer betrifft: Gerüchten zufolge sind sie vor einer Million Jahren allesamt ausgestorben.«

Olga bekam überhaupt nicht mit, dass ich mich über sie lustig machte. Sie hörte mir zu und hörte doch nicht zu und lächelte verklärt. Wenn ich nicht weggegangen wäre, hätte sie noch stundenlang so vor mir verharrt. Ihre goldblonden Haare sind akkurat glatt gekämmt, ihre hellen Augen stets gütig und ihre Wangen zart gerötet. Ihr ruhiger Gesichtsausdruck strahlt fast immer völlige Ausgeglichenheit aus. Bei unseren Unterhaltungen bringt mich ihre nüchterne Art meist schon nach wenigen Minuten auf die Palme. Hätte man mich zum Admiral eines Raumschiffgeschwaders ernannt, hätte ich zwei Tage lang gejubelt, Luftsprünge gemacht und vor Glück geheult. Olga zeigte nicht einmal eine Spur von Freude.

20

Die letzten drei Tage vor unserem Abflug zur Ora verbrachten wir im *Raumfresser*, der träge über dem Pluto schwebte. Auch Jeanne war bei uns, obwohl sie nicht zur Besatzung gehörte. Sie und André verbrachten fast die gesamte Zeit zusammen. Die bevorstehende Trennung machte ihnen zu schaffen. Jeannes Schwangerschaft war inzwischen für jedermann ersichtlich. Die Geburt war auf den 27. Februar terminiert und würde den Prognosen zufolge reibungslos verlaufen. Doch André gibt nicht viel auf Prognosen.

Nach altem Brauch sollte die Abschiedszeremonie auf dem Planeten stattfinden. Mittags flogen wir mit Raketen vom *Raumfresser* zurück zum Pluto. Ich war mit Romero zusammen. Er versäumte keine Gelegenheit, sich an alten Ritualen zu erfreuen, und ich wollte noch einmal die Steine des Pluto unter den Füßen spüren.

Als wir auf dem Kosmodrom landeten, ging gerade die orangefarbene Abendsonne auf. Rund achthundert Menschen sollten zur Ora fliegen, kaum weniger waren erschienen, um die Reisenden zu verabschieden. Niemand entfernte sich weit von den Raketen, nur Romero und ich gingen ein paar Schritte ein Geröllfeld hinaus und ließen uns auf einem kleinen Hügel nieder. Im feurigen Licht der Sonne sah die Ebene wie angezündet aus.

»Sagen Sie, Eli«, begann Romero, »haben Sie nicht das Gefühl, dass wir uns für immer verabschieden?«

»Wie kommen Sie darauf, Pawel, natürlich nicht.«

Romero antwortete nichts. Als wir wieder zu den anderen zurückkamen, deutete er mit seinem Gehstock auf Jeanne und André.

»Hektor verabschiedet sich von Andromache«, sagte er. »Jetzt werden wir Zeuge einer romantischen Abschiedsszene.«

Wir standen nicht weit entfernt, so dass wir das scheidende Pärchen hören konnten.

»Wärt ihr doch schon weg!«, jammerte Jeanne. »Dieses ständige Abschiednehmen geht mir an die Nieren.«

»Halte dich streng an deinen Tagesplan«, sagte André. »Essen, Arbeiten, Spazierengehen, Schlafen, immer schön der Reihe nach.«

»Werde nicht krank, André. Und verlieb dich ja nicht in ein schönes Mädchen von einem fremden Stern. Versprichst du mir das? Ich bin so eifersüchtig.«

»Eifersucht ist ein längst ausgemerztes, destruktives Gefühl aus den schlimmsten Zeiten der Menschheit.«

»In mir ist dieses Gefühl keineswegs ausgemerzt. Du hast mir nicht geantwortet, André. Für mich ist das eine ernste Sache.«

»Keine Sorge! Von den fremden Sternen kommen doch keine Menschen. Und ich habe nicht vor, mich in Eidechsen, Engelinnen oder so etwas Ähnliches zu verlieben.«

Wir winkten noch einmal in die Menge, dann stiegen wir in die Rakete ein.

Der Mensch ist ein seltsames Wesen. Ich wünschte mir nichts sehnlicher, als zur Ora zu fliegen. Dennoch wurde ich traurig, als ich durchs Raketenfenster auf den sich entfernenden Pluto blickte. Wir dürsten nach Neuem und fürchten doch, das Alte zu verlieren. Man kann nicht nach links und rechts gleichzeitig gehen und seinen Fuß nicht auf zwei Stellen auf einmal setzen. Und doch scheint es gerade das zu sein, wonach wir ständig trachten.

Der Gedanke, dass ein anderer meinen Platz auf dem Pluto einnehmen und die achte künstliche Sonne ohne mich geschaffen werden würde, verstimmte mich.

»Was glauben Sie, warum sind wir nicht allgegenwärtig?«, fragte ich Romero nach dem Start der Rakete. »Was hindert uns daran, an mehreren Orten gleichzeitig zu sein? Der niedrige Stand der Technik oder nur die Tatsache, dass wir über dieses Problem noch nicht nachgedacht haben? Warum ist jeder von uns nur einmal vorhanden? Lussin kreiert neue Geschöpfe, indem er die Nukleinsäuren von Embryonen verändert; da kann es doch nicht so schwierig sein, sich zu fünf oder sechs identischen Exemplaren vervielfachen zu lassen? Zwei Wera, acht Romero oder drei André! Wenn es drei André gäbe, könnte einer davon neue Dechiffriergeräte konstruieren, der zweite seine Jeanne lieben und der dritte zu den Galakten aufbrechen! Verreisen und dennoch bleiben, gleichzeitig anwesend und fort sein, ja, das wäre großartig!«

»Ich fürchte, die Fantasie geht mit Ihnen durch«, sagte Romero und seufzte.

»Mag sein, Pawel«, erwiderte ich nachdenklich. »Andrés Verabschiedung von Jeanne hat mich auf den Gedanken gebracht, dass wir unser Leben bei weitem noch nicht so perfekt eingerichtet haben, wie wir immer tun.«

»Unsere Wünsche überflügeln stets unsere Möglichkeiten, mein lieber Eli, nicht umsonst beklagt sich André, die Hälfte seiner Bedürfnisse bleibe unbefriedigt. Er verwechselt, um es scharf auszudrücken, Wünsche und Bedürfnisse. Übrigens verabschiedet er sich immer noch, sehen Sie nur.«

André starrte durchs Raketenfenster. Der Planet wurde kleiner, und drei seiner Sonnen waren zu sehen. Von ferne wirkten sie heller, als sie in Wirklichkeit waren.

Vor uns tauchte nun der gewaltige Umriss des *Raumfressers* auf, der einer riesigen Linse glich. In einigem Abstand schwebten die übrigen Sternenschiffe um ihn herum. Nur aus gehöriger Entfernung vermag man diese Kolosse mit einem Blick zu umfassen.

An der Flanke des Sternenpflugs öffnete sich die Außenschleuse wie ein riesiges Fischmaul und saugte die Rakete ein.

21

Am zweiten Tag unseres Flugs begab ich mich auf die Kommandobrücke, von der aus der Sternenpflug gesteuert wurde. Der Raum besitzt die Form einer Kugel und ist komplett mit kuppelförmigen Bildschirmen ausgekleidet, die den Weltraum in allen Achsen des Koordinatensystems darstellen. Inmitten des Raums befinden sich fünf Kommandositze, die in Kraftfeldern aufgehängt und durch gedankliche Anweisungen frei schwenkbar sind. Der mittlere ist für Olga reserviert, die beiden links und rechts davon für ihre Assistenten Leonid und Oshima. Letzterer ist ein kleiner, alter Haudegen, der aufgrund seiner großen Erfahrung in Olgas Crew berufen worden war. An den Seitenlehnen der Kommandositze sind schwenkbare Teleskope montiert. Der Raum ist dunkel.

Passagieren ist der Zutritt verboten, doch für mich hatte Olga eine Ausnahme gemacht. »Morgen um zwölf schalten wir von

Photonenantrieb auf Raumannihilation um«, hatte sie bald nach dem Abflug gesagt. »Komm um acht zur Eingangstür der Kommandobrücke.«

Zwei Minuten vor acht näherte ich mich der besagten Tür. Niemand empfing mich, ich klopfte – keine Antwort. In der letzten Sekunde vor acht Uhr flog die Tür auf, und ich wurde von einer starken Kraft in die Dunkelheit hineingesogen. Ich stieß vor Schreck einen Schrei aus, denn beim Betreten der Brücke hatte ich das Gefühl, ins Leere zu stürzen. Doch der Raum war auf einer von Kraftfeldern erzeugten Ebene begehbar. Über einen unsichtbaren Boden zu laufen ist ein ähnlich kurioses Gefühl, wie eine stehende Rolltreppe zu betreten.

Ich setzte mich auf einen der Schwenksitze und hatte das Gefühl, als wäre ich in die Unermesslichkeit des Weltraums hinausgeschleudert worden – Sterne waren über mir und unter mir, rechts und links von mir, vor und hinter mir! Der Anblick war so atemberaubend, dass mir ein tiefer Seufzer entfuhr.

»Warum seufzt du, Eli, ist dir nicht gut?«, fragte Olga mit ruhiger Stimme.

»Vor Begeisterung. Ich habe mich noch nie wohler gefühlt. Erkläre mir, was es mit dem Rundumblick auf sich hat!«

Olga erläuterte, dass es auf der Kommandobrücke weder Unten noch Oben gebe, alle Richtungen seien gleichberechtigt. Zur Demonstration schwenkte sie mit dem Kopf nach unten. Ich folgte ihrem Beispiel, und der Teil des Himmels, der zuvor unter mir gewesen war, hing nun über mir. Das geschah so, als hätten Oben und Unten die Plätze getauscht, denn nach wie vor wurde mein Körper fest in den Sitz gepresst.

»Man könnte natürlich auch die Bildschirme rotieren lassen«, bemerkte Olga. »Aber dann wäre das Bild für alle Beobachter gleich. So dagegen kann jeder einen eigenen Weltraumsektor beobachten, ohne die anderen zu stören. Dank des Kraftfeldes hat man stets das Gefühl, mit dem Kopf nach oben zu sitzen.«

»Wie kann man die Flugrichtung erkennen? Hier ist es dunkel, und ringsum sind überall Sterne.«

»Du brauchst es dir nur zu wünschen, dann bist du im Bilde.«

Mein Sitz beschrieb eine halbe Umdrehung. Nun leuchtete das Sternbild Stier vor mir, in dem das Bullenauge, der Aldebaran, heftig funkelte. Die Hyaden schimmerten schwach, an der Grenze der Sichtbarkeit. Etwas abseits davon, einem glitzernden Wollknäuel gleich, leuchteten die Plejaden. Bisher konnte ich keine Veränderung an den Sternbildern feststellen.

»Der Große Bär sieht aus wie immer«, sagte ich. »Kommen wir überhaupt vom Fleck?«

Olga lachte. »Du bist ungeduldig. Wir fliegen noch keine vierundzwanzig Stunden und nutzen den Photonenantrieb. Vom Pluto trennen uns ungefähr zehn Milliarden Kilometer. Das reicht nicht aus, um die Sternbilder verändert zu finden.«

Oshima, der neben mir saß, erklärte mir die Messinstrumente auf der Brücke. Die Geschwindigkeit des Sternenpflugs wurde anhand der Parallaxe der hellen Sterne, bezogen auf die Kugelsternhaufen an den Grenzen der Galaxis, ermittelt. In der Dunkelheit leuchteten zwei Skalen. Auf der einen wurden Unterlichtgeschwindigkeiten, auf der anderen Überlichtgeschwindigkeiten angezeigt. Die erste war bei Photonenantrieb aktiviert, die zweite, wenn die Tanew-Annihilatoren eingeschaltet wurden. Auf der ersten Skala schlug ein roter Zeiger aus: Wir flogen mit einem Drittel der Lichtgeschwindigkeit.

Ich drehte mich zurück, um nach den anderen Sternenpflügen Ausschau zu halten, doch ich entdeckte nicht einmal Punkte. Olga zeigte mir, wie das Teleskop zu bedienen war. Nun sah ich alle acht Schiffe, die uns fächerförmig aufgereiht in einem Abstand von etwa hundert Millionen Kilometern folgten. Das war der Sicherheitsabstand. Bei geringeren Abständen hätten sich die Schiffe bei abrupten Manövern leicht ins Gehege kommen können.

»Sobald wir mit Überlichtgeschwindigkeit fliegen, sehen wir sie überhaupt nicht mehr«, sagte Olga. »Dann gibt es nur noch ein Mittel, den Flug zu koordinieren – exakt vorausberechnete Flugbewegungen.«

»Wahnsinn! Fliegen, ohne einander zu sehen und ohne wichtige Informationen austauschen zu können! Blind und taub!«

»Im Überlichtbereich bleibt uns nichts anderes übrig, Eli. Wir kennen kein natürliches Kommunikationsmittel, das Nachrichten so schnell übermitteln könnte, wie sich unsere Schiffe fortbewegen.«

Eine Zeit lang experimentierte ich mit dem Teleskop herum. Man kann in Gedanken die gewünschte Vergrößerung vorgeben und bekommt sie prompt serviert. Mit einem solchen Gerät hätte man vom Pluto aus Städte und Flüsse auf der Erde sehen können! Oshima erzählte mir, dass die Photonenmultiplikatoren – so heißen diese Spezialteleskope – erst vor kurzem erfunden worden seien und die Exemplare in den Sternenpflügen noch im Testbetrieb liefen.

Das Funktionsprinzip unterscheidet sich von dem gewöhnlicher Teleskope. Während diese das Licht nur auffangen, verstärken es jene, indem sie die Anzahl der aufgefangenen Photonen vervielfachen. Genau genommen handelt es sich dabei nicht um ein Gerät, sondern um eine quantenoptische Fabrik, mit der die spärlichen aufgefangenen Informationen so aufbereitet werden, dass eine mühelose Objektbetrachtung möglich wird. Das Teleskop an der Lehne des Kommandositzes ist nur ein winziges Element des Photonenmultiplikators, dessen Hauptbestandteile sich in den Innereien des Raumschiffs befinden.

»In einer Minute schalte ich die Raumannihilatoren ein«, verkündete Oshima.

Der Übergang vollzog sich unspektakulär: keine Stöße, kein Gerumpel, keine Lichtblitze, keine Gravitationsschübe. Das Blut schoss mir nicht ins Gesicht, und ich bekam auch kein Ohrensausen. Auf der Kommandobrücke hatte sich nichts verändert.

Zwar waren die Sterne vor uns wie von einem Nebelschleier verhüllt, doch dieses Phänomen war nur von kurzer Dauer.

»Dreh dich um«, riet mir Olga. »Dann wirst du schnell feststellen, was sich verändert hat.«

Zunächst sah ich auch hinter uns nichts Ungewöhnliches. Ich rechnete mit spektakulären visuellen Effekten, doch gerade solche waren nicht zu beobachten. Doch dann bemerkte ich hinter dem Schiff einen dichten Dunstschleier. Alle Sterne wirkten dadurch trüb und rötlich. Dieser Dunstschleier war nichts anderes als die von unserem Sternenpflug erzeugte Materie. Der leere Raum, der von den Tanew-Annihilatoren quasi verschluckt wird, verwandelt sich in eine Staubwolke. Der eine Parallaxometer zeigte immer noch ein Drittel Lichtgeschwindigkeit an, das Tempo, mit dem wir uns im Raum fortbewegten, doch der Zeiger der zweiten Geschwindigkeitsanzeige war bereits über die Zwanziger-Markierung der Lichtgeschwindigkeitsskala hinausgerutscht, so rasend schnell fraßen sich die Annihilatoren durch den Raum. Bald darauf sackte der Zeiger des ersten Parallaxometers auf null zurück, und das Gerät erlosch in der Dunkelheit. Nun bewegten wir uns allein mittels Raumvernichtung vorwärts. Die acht Punkte, die uns zuvor noch in fächerförmiger Formation gefolgt waren, hatten sich in Luft aufgelöst, und auch wir selbst waren nun für die anderen Sternenpflüge unsichtbar.

Der Zeiger am Parallaxometer erreichte die Zahl fünfzig. Obwohl ich keine Veränderungen an mir, an den Gegenständen ringsum oder in der Sternenwelt wahrnahm, durch die wir hindurchschossen, wurde mir beklommen zumute, als ich mir bewusst machte, mit welch irrwitziger Geschwindigkeit wir uns fortbewegten.

»Wie weit lässt sich die Geschwindigkeit noch steigern?«, fragte ich.

»Wir werden unaufhörlich schneller«, erklärte Oshima. »Heute begnügen wir uns mit hundert Einheiten, später steigern wir auf zweihundert.«

»Bis zur Ora sind es zwanzig Parsec oder sechzig Lichtjahre«, ergänzte Olga. »Unsere Vorgabe ist es, innerhalb von drei Monaten dorthin zu gelangen. Wir dürfen also nicht trödeln.«

Erneut blickte ich durchs Teleskop. Der Staubnebel hinter uns wurde dichter. Fünf, sechs Flüge einer solchen Armada von Sternenpflügen, überlegte ich, und aus der Galaxis würde ein tüchtiges Stück Raum herausgerissen, dafür bildete sich ein neuer Himmelskörper – eine Staubwolke, geschaffen aus dem Nichts, wie unsere Vorfahren gesagt hätten. Es war nicht verwunderlich, dass in der Umgebung des Sonnensystems die Benutzung von Tanew-Annihilatoren nur ausnahmsweise erlaubt war.

Manchmal hatte ich den Eindruck, die Sterne vor uns kämen näher: Sie schienen heller zu leuchten und größer zu werden. Doch später wurde mir klar, dass wir selbst bei einer so ungeheuren Geschwindigkeit in wenigen Stunden nicht weit kommen konnten. Im Weltraum relativieren sich die Maßstäbe des Alltagslebens. Hier ist selbst das Grandiose bescheiden.

Gegen Mittag war es an der Zeit für mich, meinen Besuch auf der Kommandobrücke zu beenden. Mit tapsigen Schritten ins Leere verließ ich den Raum.

Vor dem Eingang traf ich Leonid, der offenbar kam, um Oshima abzulösen. Seine finsteren Augen blitzten feindselig.

»Ich hatte Olgas Erlaubnis«, rechtfertigte ich mich.

»Das bezweifle ich nicht«, entgegnete er kalt. »Unser gestrenger Admiral ist dir gegenüber sehr großzügig.«

Die Begegnung mit Leonid war eigentlich eine belanglose Episode, dennoch verdarb sie mir völlig die Laune. Für »normalsterbliche« Passagiere gibt es auf dem Schiff einen Observationsraum, der größer ist als die Kommandobrücke, aber im Prinzip genauso ausgestattet. Auch hier gibt es in Kraftfeldern aufgehängte, frei schwenkbare Sitze und Spezialteleskope zur genaueren Betrachtung des Weltraums. Nur steuern kann man darin nicht. Ich beschloss, die Kommandobrücke in Zukunft zu meiden und nur noch den Observationsraum aufzusuchen.

22

Am achtundvierzigsten Tag unserer Reise sichteten wir die Ora. Wir erblickten den berühmten künstlichen Planeten als winzigen Fleck im Photonenmultiplikator. Tag um Tag verstrich, doch er wurde nicht größer. Olga erklärte mir, dass die Ora noch lange ein Pünktchen im Raum bleiben und ihre optische Größe erst ganz zuletzt abrupt zunehmen würde. Dafür nahm der Aldebaran im Spezialteleskop fast das halbe Blickfeld ein. Aus der Nähe betrachtet ist er nicht ganz so schön wie aus der Ferne – eine gewöhnliche Sonne, nichts Besonderes. Wir flogen in einiger Entfernung an ihm vorbei.

Die Veränderungen der Sternbilder lieferten uns den einzigen wahrnehmbaren Beweis dafür, dass wir uns fortbewegten. Wir erkannten die Sternenwelt kaum wieder, und ihre Fremdheit nahm ständig zu.

Zuerst veränderte sich der Orion: Helle Sterne in seiner Umgebung – Kapella, Sirius und Pollux – lösten sich von ihm, dann wurde das Sternbild selbst gleichsam zusammengepresst und verschob sich. Der Große Bär blieb mehr oder weniger unverändert, während der Sirius zunächst von uns aus gesehen stark nach links driftete, dann wieder zurückschwenkte und kleiner zu werden begann. Sollte dieser bescheidene Stern tatsächlich der schönste aller Himmelskörper sein?

Nach dem Sirius setzte sich die Wega in Bewegung, sie verließ das Sternbild Lyra und strebte dem Schlangenträger und dem Skorpion zu. Die gewohnten Konstellationen gerieten völlig durcheinander, manche Sterne verschwanden, andere traten hervor. Die Kapella leuchtete in gigantischer Größe vor uns auf, und die Hyaden gewannen an Kontur – wir flogen in ihre Richtung. Die Plejaden hingegen, ein kleiner Nebelfleck, vergrößerten sich nicht, sie waren so weit entfernt, dass sich unsere Annäherung überhaupt nicht auf ihr Aussehen auswirkte.

Auch die Milchstraße, der gigantische Sternenstrom des Alls, veränderte sich überhaupt nicht. Jahrelang hätten wir mit vielfacher Lichtgeschwindigkeit dahinjagen können, sie wäre – grandios und unerreichbar – stets dieselbe geblieben.

Häufig blickten wir zurück auf den Sternenraum, den wir hinter uns ließen. Dort bildeten Gestirne, die sich aus verschiedenen Himmelsbezirken gelöst hatten, ein neues Sternbild, dessen Konturen immer deutlicher wurden. Das Gebilde hatte die Form eines lang gezogenen Parallelogramms, dessen Begrenzungslinien zwischen Fomalhaut und Altair, Wega und Arktur, Sirius und Kapella gezogen waren und in dessen Zentrum die Sonne, der Pollux und Alpha Centauri funkelten. Das war unsere Welt, die Heimat des Menschen!

Obwohl sich die Sonne in einen kleinen Stern fünfter Größenordnung verwandelt hatte und die übrigen Gestirne des neuen Sternbilds viel blasser erschienen als von der Erde aus, nahm uns ihr Anblick gefangen. Diese Ansammlung schwach leuchtender Sterne war trotz allem wunderschön! Ich erfand dafür den Namen »Sonnenschatulle«. Aus dieser Schatulle waren wir hinausgeschleudert worden und fielen immer tiefer und tiefer in den unendlichen Schlund des Alls!

Bald erschienen im Raum um die Ora erste Anzeichen von Leben. Wir näherten uns einem Knotenpunkt im Weltall, einer Kreuzung großer Galaxisstraßen. Oshima schaltete die Tanew-Annihilatoren aus, und wir benutzten nun wieder den Photonenantrieb. Die übrigen Schiffe des Geschwaders wurden in den Teleskopen sichtbar, als sie aus der Unsichtbarkeit des Überlichtbereichs auftauchten.

Nun begann die Ora zu wachsen, aus dem Pünktchen wurde eine Erbse, aus der Erbse eine Apfelsine. Die Kontrolle über unseren Flug übernahm nun ein Lotse in der Leitstelle des Interstellarhafens auf der Ora. Der Stimme nach handelte es sich dabei um eine sehr temperamentvolle und energische Frau. Sie wies unser Geschwader an, die Formation zu ändern. Als Erste schwebten die kleineren Schiffe zur Ora hinab, der *Raumfresser* setzte sich ans Ende der Kolonne.

Von den Kraftfeldern des Planeten erfasst, bewegten sich die Sternenpflüge nacheinander zu ihren vorgesehenen Landeplätzen. Das Anlegemanöver ist nirgends so kompliziert wie auf der Ora, da die Raumschiffe hier unmittelbar auf die Oberfläche niedergehen und nicht wie sonst üblich als temporäre Satelliten über dem Planeten schweben.

Wie eine riesige Zange erfassten uns die Kraftfelder der Anlegestation. Unser gigantisches Schiff wurde kontrolliert auf den Planeten gesaugt. Das für Großschiffe vorgesehene Kosmodrom glich einer Gebirgslandschaft: Wie geschwungene Bergrücken ragten die vor uns gelandeten Sternenpflüge empor. Der *Raumfresser* schaukelte ein wenig im Bremsfeld, während er langsam auf seinen Anlegeplatz niederschwebte. Dabei passierten wir die starre, künstliche Sonne der Ora, die in jenem Moment abgeblendet wurde, um uns keiner heftigen Strahlung auszusetzen.

Vor uns erstreckte sich, so weit das Auge reichte, die Oberfläche des künstlichen Planeten – das imposanteste Werk, das jemals von menschlichem Geist und menschlicher Hand geschaffen wurde! Endlich hatten wir ihn erreicht, den graugrünen Planeten, der die ganze Inspiration der Menschheit in sich trug. Sei gegrüßt, Ora!

Mit einem dumpfen Grummeln setzte der *Raumfresser* auf dem Landefeld auf, und sogleich dockten Gangways an seinen Ausstiegsluken an. Allerdings waren dies keine gewöhnlichen Gangways: Sie sahen aus wie gigantische Ofenrohre, die sich über Hunderte Meter zum Boden hinabwanden. Ich wartete nicht ab, bis ich von einem Luftstrom nach draußen gesaugt wurde – denn so war der Ausstieg sicherlich vorgesehen –, sondern stürzte mich mit einem Freudenschrei die überdimensionale Rutsche hinunter. Kaum war ich unten angekommen, schlitterte André kreischend in mich hinein, auf ihn wiederum purzelten kichernd Wera und Romero.

In der Leitstelle des Hafens war man von unserem kindischen Benehmen wenig begeistert: Unsichtbare Hände zogen uns auseinander und hoben uns vom Boden ab. Ein paar Sekunden hingen wir in der Luft, als hätte man uns beim Schlafittchen gepackt, dann ließ man uns sanft wieder hinunter.

»Wie die kleinen Kinder!«, rief Wera lachend. »Da hast du uns mal wieder zu einem schönen Unsinn angestiftet, Eli.«

»Solche Scherze sind hier nicht beliebt«, dozierte Romero, der als Erster wieder zu seiner Haltung zurückfand.

23

Bevor ich auf die Ereignisse auf der Ora zu sprechen komme, muss ich noch einige Worte über den Planeten selbst verlieren. Die Ora ist das spannendste Thema der jüngeren Zeitgeschichte. Unsere Urgroßväter haben sie erdacht, unsere Väter erbaut. Am Anfang stand eine grobe Skizze, ein gutes Jahrhundert später wurde die Ora Realität. In all den Jahren hatte die Menschheit in Gedanken an sie gelebt, für sie gearbeitet, von ihr geträumt und gesungen. Über fünfzig Jahre vergingen allein mit den Planungsarbeiten.

Planeten gibt es auf der Welt auch ohne die Ora genug. Doch nur auf den wenigsten ist Leben möglich und wenn, dann eine sehr spezielle Form von Leben, die an die jeweiligen Bedingungen angepasst ist.

Die Ora dagegen bietet allen Lebensformen optimale Umweltbedingungen und erfüllt so die Funktion einer galaktischen Herberge. Sie ist so vielgestaltig wie das Leben selbst. Kein natürlicher Planet, wie gut er auch ausgestattet wäre, könnte diesem Anspruch gerecht werden. Man hatte sie deshalb in so großer Entfernung von der Erde platziert, weil sie unseren Sternennachbarn möglichst nahe sein sollte: Sie befindet sich exakt im geometrischen Zentrum unseres Galaxisbezirks.

Die Ora ist auch der erste Himmelskörper in der Geschichte der Menschheit, der aus einem Vakuum geschaffen wurde – gleichsam aus dem Nichts. Viele Jahre lang vernichtete eine Flottille von Sternenpflügen den Raum in diesem Weltallbereich, und kosmischer Staub ballte sich zwischen dem Stier und den Hyaden zu einem neuen Teilchennebel zusammen. Der Staub wurde dann zu Metallen und Mineralien, zu Gasen und Wasser verdichtet: Die Schlünde der Sternenpflüge saugten ihn auf und spuckten ihn nach der Verarbeitung als fertige Materialien wieder aus. So entstanden Ebenen, Hügel und Gebäude.

Auch die Form der Ora ist ungewöhnlich. Die Konstrukteure verzichteten auf die Kugelform, da eine Kugel viel Überflüssiges an sich hat: Tatsächlich genutzt wird nur die Oberfläche. Die Ora ist eine Scheibe. Im Herstellungsprozess war sie zunächst eine Kugel, die dann wie ein Kuchenteig im Weltall ausgewalzt wurde. Jetzt sieht sie aus wie ein riesiger Teller. Die Bodenschicht ist einige Meter dick, darunter befinden sich auf zig Etagen Maschinen, die in den jeweiligen Bereichen des Planeten die vorgegebenen Umweltbedingungen erzeugen. Man könnte es auch so ausdrücken: Die Ora ist ein mit Maschinen vollgestopfter Kasten, dessen Deckel die bewohnbare Oberfläche bildet.

Einzigartig ist auch die Sonne der Ora, etwas Vergleichbares gibt es nirgendwo sonst. Sie ist starr über dem Zentrum des Planeten fixiert und befindet sich dort somit stets im Zenit, und auch über den anderen Gebieten des Planeten steht sie in einem konstanten Winkel. Auf eine umlaufende Sonne, wie sie zum Beispiel auf dem Pluto installiert wurden, verzichtete man eben deshalb, weil die Ora eine Scheibe ist und keine Kugel. Dennoch wurde durch ein ausgeklügeltes System der Wechsel von Tag und Nacht, Morgen- und Abenddämmerung realisiert. Die Sonne der Ora ist regulierbar, ihre Strahlungsintensität und Temperatur ändern sich nach einem festgelegten Zeitplan. Am Morgen spendet sie ein mildes, orangefarbenes Licht, erglüht dann zu einem weißgelben Ball, schwächt sich zum Abend wieder ab, wird rötlich und erlischt schließlich. Nach einer gewissen Zeit leuchtet sie wieder auf und verströmt dann weißes, kaltes Mondlicht. Ein vollständiger Aktivitätszyklus dauert vierundzwanzig Erdenstunden, damit die Menschen nicht auf Gewohnheiten verzichten müssen, die ihnen seit Anbeginn ihrer Existenz selbstverständlich sind.

Und ein Letztes – die Luft! Nirgendwo ist die Luft besser als auf der Ora. Die Atmosphäre ist der irdischen nachgebildet worden, doch auf Mütterchen Erde habe ich nie so leicht und lustvoll geatmet. Das Atmen auf der Ora ist kein Bedürfnis, sondern ein Genuss. Ich bin überzeugt, dass die Luft hier nicht nur Aromastoffe, sondern auch Nährstoffe enthält. Es gibt diesen scherzhaften Ausspruch unserer Urahnen: »Von Luft und Liebe leben.« Irgendwann einmal werde ich versuchen, mich eine Zeit lang nur von dieser fantastischen Luft zu ernähren.

So ist sie, die Ora!

24

»Unsere Arbeit auf der Ora beginnt, Eli«, sagte Wera am Tag nach unserer Ankunft. »Du kennst doch deine Pflichten?«

Selbstverständlich kannte ich sie nicht. Wera erklärte, was sie von mir erwartete. Der Sekretärsjob erwies sich als nicht allzu schwierig. Für den Anfang sollte ich Wera überallhin begleiten und ihr helfen. Bislang war die Situation immer eher umgekehrt gewesen, aber darum machte ich mir erst mal keine Sorgen.

»Beginnen wir damit, die Außerirdischen kennenzulernen«, sagte sie. »Vorher müssen wir noch zu einer Besprechung bei Spychalski. Er wird uns berichten, wie er den Beschluss des Staatsrats bislang umgesetzt hat.«

Martyn Julianowitsch Spychalski empfing uns im Hauptgebäude der Administration. Sein Bericht war wenig ermutigend. Nachdem die Direktiven von der Erde eingetroffen waren, hatte er Sonderexpeditionen in alle Sternenbezirke der Umgebung entsandt. Doch auf den Sternen außerhalb der Hyaden hatte man von den Galakten noch nie etwas gehört, und auf den Hyaden hatte man auch nichts Neues erfahren.

»Immerhin«, ergänzte Spychalski, »hat man uns vom neunten Planeten des Flammenden B einen vierflügligen Prachtkerl gebracht, der sehr lebhaft und konkret von den Galakten träumt. Sie können sich mit ihm unterhalten. Er hat allerdings randaliert und ist von seinen Kameraden getrennt untergebracht worden. Menschen gegenüber verhält er sich respektvoll, doch seinesgleichen kann er nicht ausstehen. Nebenbei bemerkt, wir haben auf den Hyaden ein neues, sehr interessantes astrophysikalisches Phänomen entdeckt: Die Hyaden entfernen sich von den anderen Sternen.«

Olga nimmt Neuigkeiten stets gelassen auf, doch hier wurde sie hellhörig: »Was soll daran neu sein? Bereits unsere Vorfahren wussten, dass sich die Hyaden von der Sonne entfernen.«

»Von der Sonne – ja«, entgegnete Spychalski. »Sie entfernen sich von der Sonne und nähern sich dafür anderen Sternen – dieser Ansicht waren wir bisher. Doch die neue Entdeckung besagt: Die Hyaden entfernen sich von allen Sternen der Umgebung, der Abstand zwischen ihnen und den anderen Gestirnen wächst auf allen Koordinatenachsen.«

»Wollen Sie damit sagen, die Hyaden generieren neuen Raum um sich herum?«

»Ja, genau so ist es. Ein Teil der Materie auf den Hyaden wird offenbar annihiliert. Die Ursachen für dieses Phänomen konnten wir bislang nicht ermitteln.«

Ich warf einen Blick zu André hinüber. Er sah aufgeregt aus und sprach wild mit den Händen fuchtelnd auf Lussin ein, der ihn nur verblüfft anstarrte und immerzu mit dem Kopf nickte. Zweifellos hatte sich André bereits eine Theorie bezüglich dieser Neuigkeit zurechtgelegt.

Zum Schluss ermunterte uns Spychalski, selbst Expeditionen zu unternehmen und unser Glück zu versuchen. Im Übrigen hatte die Verwaltungsbehörde der Ora den Auftrag des Staatsrats erfüllt: Abgesandte aller Sternenvölker, die die Gestirne rings um die Sonne bewohnen, waren zu Gast auf der Ora. Man hatte sie in Herbergen untergebracht, in denen sie ihre gewohnten Lebensbedingungen vorfanden.

»In einer Stunde beginnen wir unsere Besuche bei den Fremdplanetariern«, sagte Wera zu mir. »Kümmere dich um ein Dechiffriergerät.«

Zu diesem Zweck musste ich mich natürlich an André wenden. »Mein lieber André«, sagte ich zu ihm, »ich kann schon von weitem sehen, dass du dir wieder mal etwas absolut Umwerfendes zusammengereimt hast. Willst du mein naives Hirn nicht damit beglücken?«

»Dein Spott lässt mich kalt«, erwiderte er bissig. »Nur Narren machen sich über Dinge lustig, von denen sie keine Ahnung haben.«

»Sei nicht sauer, André. Ich höre dir aufmerksam zu.«

André zeigte sich augenblicklich versöhnlich und legte mir seine Hypothese dar. Ich muss zugeben, dass ich sie aufregend fand, allein schon, weil sie so gewagt war.

Er nahm an, dass das Wegdriften der Hyaden von allen anderen Himmelskörpern Folge der kosmischen Schlacht sei, die in diesem Sternhaufen einst zwischen den Galakten und den Zerstörern getobt hatte.

»Die eine Kriegspartei vernichtete den Raum und brachte so Planeten zur Kollision, die andere hingegen vernichtete Materie und erzeugte so Raum, um eben diese Planetenkollisionen zu verhindern«, erläuterte er. »Es waren also beide Tanew-Reaktionen gleichzeitig im Gange, sowohl die den Raum vernichtende als auch die umgekehrte. Während sich die raumfressende Tanew-Reaktion längst erschöpft hat, dauert die umgekehrte, also die Umwandlung von Materie in Raum, immer noch an. Deshalb versinken die Hyaden in dem einst geschaffenen Loch im Weltall. Dieses Loch weitet sich nach wie vor aus! Und genährt wird dieser Prozess von dem Staub, der bei der Explosion der beiden Planeten entstand. Ich behaupte, dass das kein gewöhnlicher Staub ist, sondern Staub, der sich durch Annihilation in Raum verwandelt. Ich werde den Staatsrat bitten, zur Prüfung meiner Hypothese eine Expedition in die Hyaden zu entsenden.«

»Na schön, bitte ihn darum«, sagte ich. »Und ich bitte dich um ein Dechiffriergerät. Kommst du mit zu den Außerirdischen?«

»Mich interessieren vor allem neue Informationen über die Galakten, diplomatische Bekanntschaften reizen mich weniger. Ich möchte den geflügelten Hooligan aufsuchen, den man separat untergebracht hat. Ein Dechiffriergerät habe ich in meinem Zimmer. Komm mit.«

In Andrés Zimmer musterte ich skeptisch einen sperrigen Kasten, die neueste Version jenes DP-2, das Allan auf dem Prokyon so schmählich im Stich gelassen hatte.

»Diese Version nennt sich Kleines Universal-Dechiffriergerät«, sagte André. »Also KUD, klar?«

»Die Bezeichnung spielt keine Rolle. Hauptsache, es funktioniert, nicht dass es uns so ergeht wie Allan im Kleinen Hund.«

»Müsst ihr immer darauf herumreiten? Jeder Trottel, der sich die Abstimmskala des KUD angesehen hat, kann sich mit jedem beliebigen vernunftbegabten Außerirdischen unterhalten. Klemm ihn dir unter den Arm und zieh Leine, Eli!«

Ich wünschte André, der rauflustige Engel möge ihm an die Gurgel gehen, und André kicherte schadenfroh, als er sah, wie ich mich unter der Last des Dechiffriergeräts krümmte. Ich forderte einen Avia-Trolley an und entfernte mich. Der mit dem Gerät beladene Trolley folgte mir in Schulterhöhe – mein individuelles Kraftfeld zog ihn. Auf der Ora verfügt jedermann über ein solches Kraftfeld.

Wera erwartete mich bereits in ihrem Hotelzimmer, wo sich auch Romero eingefunden hatte. Auf der Straße trafen wir Spychalski. Er rief einen Bus und erkundigte sich, welche Fremdplanetarier wir als Erstes besuchen wollten.

»Die Interessantesten«, sagte ich.

Spychalski setzte ein schiefes Grinsen auf. Dabei bog sich das eine Ende seines kunstvoll gezwirbelten Schnurrbarts nach oben, während das andere Ende herabhing.

»Für mich sind sie alle interessant, junger Mann«, erklärte er. »Aber was interessiert Sie am meisten – Geist oder Schönheit? An Geist sind uns unsere Gäste nicht überlegen, und was die Schönheit betrifft … Na, Sie werden ja sehen.«

Im Bus sagte er: »Also, meine lieben Erdlinge, beginnen wir in der Herberge *Sternbild Stier und Fuhrmann*. Ein relativ hoher Lebensstandard wurde nur in den Sonnensystemen von Aldebaran und Kapella erreicht. Ihre Planeten sind riesig, und die Schwerkraft ist dementsprechend größer als auf der Erde. Das Äußere dieser Fremdplanetarier wird Sie möglicherweise überraschen. Ich habe Ihren Besuch angekündigt, und Sie werden voll Ungeduld erwartet.«

Wera schwieg, Romero grinste, und ich musste lachen, denn die Bewohner der Kapella und des Aldebaran hatten wir bereits auf der Erde in Dutzenden von Übertragungen bestaunt. Ihre Körper waren durch die Schwerkraft abgeplattet. Sie glichen riesigen rötlichen Tropfen und bewegten sich auch fließend fort. Dennoch waren sie vernunftbegabte Wesen und antworteten auf Fragen, wenn auch nicht sofort, denn ihre Reaktionen erfolgten mit einiger Verzögerung. Das menschliche Gefühl der Ungeduld war ihnen sicherlich fremd. Sie bedienten sich einer einfachen Sprache. Dabei handelte es sich um eine Farbensprache, die fast vollständig im sichtbaren Spektrum lag und als eine der ersten galaktischen Fremdsprachen entschlüsselt worden war.

In der Herberge, einem niedrigen, schildkrötenförmigen Gebäude, erhielt jeder von uns einen Spezialrollstuhl mit Gravitator. Einzig in einem solchen Gefährt konnte man sich hier als Mensch fortbewegen. Fiele man heraus, würde man augenblicklich von der gewaltigen Schwerkraft plattgedrückt. Doch Kraftfelder, die einem nur die Freiheit lassen, Kopf und Arme zu bewegen, verhindern ein Herausrutschen aus dem Stuhl. Nachdem ich mich gesetzt hatte, ließ ich mich probehalber nach vorne plumpsen, doch ich wurde sofort zurückgeschleudert.

Im Inneren des Gebäudes erstreckte sich eine Hügellandschaft, die mit knorrigen Pflanzen bewachsen war. Bald tauchten die ersten Aldebaranen auf. Drei rötliche Fettwänste flossen von einem kleinen Hügel in die Ebene herab. Einer der Aldebaranen robbte zu uns heran. Er war der erste Außerirdische, den ich in natura und nicht auf einem Stereobildschirm sah. Während er sich fortbewegte, verwandelte er sich aus einem platten Tropfen in eine walrossähnliche Gestalt, und auch seine Masse mochte in etwa der einer großen Robbe entsprechen. Der scheinbar knochenlose Körper war von einer festen Haut umspannt. Bemerkenswert fand ich die zahlreichen Augen des Aldebaranen. Diese waren in einem breiten weißen Gürtel etwas oberhalb der Körpermitte angeordnet und ermöglichten einen Rundumblick. Der obere Teil des Rumpfes über den Augen sah aus wie eine Haube und bildete das Organ ihrer Farbensprache.

Während der Aldebarane auf uns zufloss, gab ich »Sternbild Stier und Fuhrmann, Farbensprache« in das KUD ein und holte das an einem Kabel hängende Sende- und Empfangsgerät aus dem Kasten: eine an einem Handgriff befestigte Kugel. Der Aldebarane richtete den Teil seines Augengürtels, der in unsere Richtung wies, sofort auf die Kugel aus. Wir beglückwünschten ihn zur Ankunft auf der Ora, und er bedankte sich für den herzlichen Empfang. Danach begann unsere wissenschaftliche Unterhaltung.

»Wie fühlen Sie sich hier?«, fragte Wera.

Die Kugel des Sendegeräts nahm nacheinander himbeerrote, blaue und gelbe Farbtöne an. Nach etwa einer Minute leuchtete die Sprechhaube des Aldebaranen auf. Gleichzeitig ertönte im Empfangsgerät eine scheppernde Maschinenstimme. Die empfangenen Farbinformationen wurden praktisch verzögerungsfrei in menschliche Sprache umgewandelt.

»Danke der Nachfrage«, sagte der Aldebarane. »Es ist angenehm, dass die Schwerkraft zur Nacht erhöht wird. So gut habe ich noch nie geschlafen.«

»Gefallen Ihnen die Menschen? Bereuen Sie es nicht, hierher gekommen zu sein?«

»Wir fühlen uns wohl unter den Menschen.«

»Wie darf ich Sie nennen, mein Freund?«

»Ich heiße Wlan.«

»Kennen Sie irgendwelche anderen Wesen, die uns Menschen ähnlich sind?«

»Mir sind keine menschenähnlichen Wesen bekannt.«

Schon bald flossen weitere Aldebaranen heran, und das Gespräch weitete sich aus. Dass sie uns mit Ungeduld erwartet hatten, konnte man dem Gesprächsverlauf nicht entnehmen; die Aldebaranen antworteten eher, als dass sie selbst Fragen stellten. Doch wir hatten auch vorher schon gewusst, dass sie nicht gerade neugierig sind.

»Also aus denen werde ich nicht schlau«, sagte Romero, nachdem wir uns von den Aldebaranen verabschiedet hatten. »Erhöhte Schwerkraft zum Schlafen – das verstehe, wer will.«

Spychalski verzog grinsend seinen Schnurrbart. »Denken Sie, dass nur Ihre Lebensgewohnheiten einen Sinn haben? Aus der Sicht der Aldebaranen hat das alles sehr wohl Hand und Fuß.«

Spychalski erzählte, dass im Leben der Aldebaranen nicht die Nahrungsbeschaffung das Hauptproblem sei, wie bei den meisten Sternenvölkern einschließlich der Menschen, sondern der Schlaf. Unter den Bedingungen der Schwerkraft, die auf ihrem Planeten herrscht, können sie zwar arbeiten, aber nicht einschlafen. Um zu schlafen, benötigen sie ein verstärktes Gravitationsfeld. Der Kern ihres Planeten besteht aus schwerem Osmium, die Oberfläche dagegen aus leichteren Elementen. Aus diesem Grund erreichen sie die maximale Schwere erst in einiger Tiefe. Um einschlafen zu können, lassen sie sich in tiefe Höhlen hinunter. Das Schlafengehen ist für sie deshalb eine ziemlich umständliche Prozedur. Auf der Ora hatte man ihnen spezielle Schlafpavillons gebaut, in denen die Schwerkraft automatisch zunimmt, sobald sich jemand dort einfindet. Auf diese Weise finden die Aldebaranen hier so problemlos wie niemals sonst in den Schlaf.

»Wlan ist ein komischer Name«, sagte ich. »Bedeutet er irgendwas?«

»Die Lautkombination Wlan gibt es gar nicht«, erwiderte Spychalski. »Sein tatsächlicher Name ist eine Farbkombination, die das Dechiffriergerät einfach nach den Regeln in menschliche Sprache übersetzt hat. Wlan selbst hat natürlich keine Ahnung davon, dass er so heißt.«

Im Anschluss an die Hügellandschaft der Aldebaranen öffnete sich ein weites Areal – ein See mit felsigen Ufern. In die Felsen waren Höhlen eingelassen, die Wohnstätten der Gäste von der Kapella. Diese erwiesen sich als ebenso korpulent und plump wie die Aldebaranen, doch noch weniger gesprächig als jene. Wir lernten einen von ihnen kennen, konnten ihm aber nur mit Mühe ein paar Worte entlocken. Misstrauisch musterte er uns mit seinem Gürtel vorgewölbter Augen. Immerhin wusste er sich klar und präzise auszudrücken. Mit dem Farbenspiel seines Oberstübchens ließ er uns wissen, dass es sich hier auf der Ora ganz gut aushalten lasse, dann verkroch er sich wieder in seiner Höhle.

In meinem Spezialrollstuhl fuhr ich zu dem See, beugte mich vor und berührte das Wasser. Es fühlte sich an wie Wasser auf der Erde: nass. Die gewaltige Schwerkraft hatte offenbar keinen Einfluss auf seine Konsistenz. Der See sah dennoch ungewöhnlich aus, denn die Wasseroberfläche war spiegelglatt. Selbst an der Stelle, wo ich meinen Finger eingetaucht hatte, war nicht einmal ein leichtes Kräuseln festzustellen. Um dieses Wasser in Bewegung zu versetzen, waren schon ganz andere Kräfte vonnöten als auf der Erde.

»Ich weiß ja nicht, inwieweit diese Wesen vernunftbegabt sind«, sagte Romero am Ausgang, »aber sie sind schon sehr unmenschlich – äußerlich, meine ich natürlich.«

»Was würden Sie denn als menschlich bezeichnen?«, fragte Spychalski. »Eine schlanke Taille und blasse Haut?«

»Lieber blass und halbdurchsichtig als so undurchdringlich und massiv. Auch eine schmale Taille würde ich diesen Fettgeschwulsten allemal vorziehen. Und zwei blaue Augen sind mir lieber als achtundvierzig farblose.«

Spychalski schüttelte kurz den Kopf, dann grinste er wieder und ließ seinen Schnurrbart vibrieren: »Und jetzt besuchen wir die Abgesandten des Altair. Wenn Sie von denen nicht begeistert sind, Romero, dann können wir Ihnen hier nicht helfen.«

25

Nach dieser Ankündigung von Spychalski war ich ziemlich gespannt auf die Begegnung mit den Altairen. Die Herberge *Sternbild Adler* war ein mittelgroßes Gebäude aus Metall, ein fensterloser, schmuckloser Kasten. In der Eingangshalle zogen wir uns durchsichtige Spezialanzüge an. Hinter der Eingangshalle tat sich ein hoher leerer Raum auf. Seine Ausstattung bestand lediglich aus einer Reihe von Scheinwerfern, die dicht unter der Decke angebracht waren.

Spychalski warf uns ein ironisches Lächeln zu: »Warum so unhöflich, liebe Erdlinge? Sie sind von freundlichen Altairen umgeben, die sehnlichst darauf warten, mit den Menschen ins Gespräch zu treten.«

Romero sah sich verwirrt um und versuchte krampfhaft, irgendetwas in der Leere zu erblicken. »Ich muss gestehen«, näselte er, »dass ich überhaupt nichts mehr verstehe.«

Die Scheinwerferreihe summte plötzlich auf und begann, mattes Licht von der Decke zu werfen. Sofort leuchteten rings um uns halbdurchsichtige grüne und violette Silhouetten auf. Zweifellos waren das lebendige Wesen, doch sie glichen eher Gespenstern: gigantische Spinnen mit kugelförmigen Körpern, von denen haarfeine Beinchen abstanden. Sie stießen sich mit den

Härchenbeinen vom Boden ab und sammelten sich um uns. Wir standen in einer Wolke von Altairen.

»Die Spinnenähnlichen aus dem Sternbild Adler«, sagte Wera. »Sie sind nur unter harter Strahlung lebensfähig.«

Ich programmierte das KUD: »Bezirk Adler, harte Strahlung.«

Während Wera sich mit den Altairen unterhielt, flüsterte mir Romero ins Ohr: »Diese Wesen sind zwar durchsichtiger als unsere Medusen, aber nicht annähernd so grazil.«

Die Altairen umschwirrten Wera wie eine Schar flimmernder Phantome, bestürmten sie mit Fragen und antworteten ihrerseits. Unterdessen erläuterte Spychalski mir und Romero die Lebensweise dieser Wesen.

Der Altair ist ein Stern der Klasse A mit einer Oberflächentemperatur von neuntausend Grad, die harten Komponenten in seiner Strahlung sind stärker als die der Sonne. Eiweißorganismen auf seinen Planeten würden in kürzester Zeit zugrunde gehen. So vollzog sich ein Wunder der Anpassung: Die Strahlung des schonungslosen Gestirns, die unter normalen Umständen die Auslöschung allen Lebens bedeutet hätte, wurde auf seinen Planeten zur Quelle allen Lebens. Die Zellen in den Organismen der Altairen nutzen diese Strahlung als Energiequelle. Die spinnenartigen Kreaturen sind selbst eine Quelle von Radioaktivität, sogar ihre Gedanken tragen die tödliche Strahlung in sich.

Die Lebensweise dieser für uns rein physikalisch gefährlichen, doch ihrem Charakter nach gutmütigen Wesen ist bemerkenswert: In der Dämmerung, wenn der Altair aufgeht, erwachen sie und werden sichtbar, mittags erreichen sie ihre maximale Aktivität, gegen Abend, wenn die Intensität der Röntgenstrahlen nachlässt, werden sie schlaff und sinken in eine Lethargie, aus der nur Gammastrahlen sie erwecken können.

Auf der Ora wurden sie zu bestimmten Stunden bestrahlt, in der übrigen Zeit schliefen sie. In den Aktivitätsphasen errichteten sie Gebäude und zogen Kanäle. Im Landschafts- und Städtebau haben es die Altairen zu hoher Meisterschaft gebracht. Hinter dem Raum, in dem wir sie trafen, erstreckte sich ein weitläufiges Gelände, das mit ihren architektonischen Werken bebaut war. Die Altairen verstehen sich auch auf die Malerei, allerdings sind ihre Bilder ziemlich starker Tobak: Sie werden nämlich nicht mit Farben, sondern mit radioaktiven Stoffen gemalt, sonst könnten die Künstler ihre eigenen Werke nicht sehen.

Nachdem uns Spychalski mit diesen Informationen versorgt hatte, richtete ich meine Aufmerksamkeit auf das Gespräch zwischen Wera und den Altairen. Diese wollten wissen, ob es nicht möglich wäre, ihnen so einen fantastischen, die Glieder wärmenden Strahlenwerfer auf den Altair zu bringen. Damit meinten sie die Gamma-Strahler, die so belebend auf sie wirkten. Wera versprach, ihnen einige dieser Geräte zu liefern.

»Also ich weiß nicht«, flüsterte Romero mir zu, »mich begeistern diese Strahlungs-Junkies vom Altair genauso wenig wie die Walrösser von Aldebaran und Kapella. Und ihre Sonne ist auch nicht gerade vertrauenerweckend. Erinnern Sie sich, in den Gedichten von Tanew gibt es ein paar Strophen, die perfekt auf den Altair passen:

Bar jeder Hoffnung fleht er nicht mehr um Erbarmen,
denn der Schwache wird des Lebens rasch beraubt,
und die rachsüchtige Sonne droht dem Armen,
steht gleißend über allem wie das Medusenhaupt.«

Romeros Abneigung gegenüber diesen seltsamen Sternenwesen fand ich ein wenig aufgesetzt, aber andererseits war mir auch Weras sprühende Begeisterung fremd. Ihr Gesicht war vor Eifer rot angelaufen, und ihre Augen glänzten freudig. Sie wandte sich einem Altair nach dem anderen zu und war rührend bemüht, einem jeden von ihnen zu antworten.

Als wir uns schließlich verabschiedeten, geschah eine kleine Episode, die zeigt, wie umsichtig die Konstrukteure der Ora gearbeitet hatten. Ein grellgrüner Altair wirbelte um mich herum und versuchte, mich mit seinen Spinnenbeinen zu umfangen. Als ich sein eiskaltes Bein in meinem Gesicht zu spüren glaubte, schrak ich unwillkürlich zusammen, und in diesem Moment wurde der Altair förmlich weggepustet. Das Kraftfeld, das uns schützend umgab, reagierte also nicht nur auf die Eigenschaften von Materie, sondern auch auf Empfindungen. Es wehrte alles ab, was uns Furcht oder Ekel einflößte. Bis zu einem gewissen Grade konnte so ein Kraftfeld unsere liebenswerten irdischen Beschützerinnen also durchaus ersetzen.

»Lasst uns nun zur Herberge *Sternbild Lyra* weiterziehen, zu den denkenden Schlangen vom Planetensystem der Wega«, schlug Spychalski vor.

Wenn ich irgendein Getier auf der Erde nicht ausstehen kann, dann sind es Schlangen. Zu allem Übel verhieß Spychalskis schiefes Grinsen nichts Gutes.

26

Die Herberge *Sternbild Lyra* war ein stadionähnliches Gebäude, in dem sich ein Park unter freiem Himmel befand.

Ich erinnere mich noch gut daran, mit welch ungutem Gefühl ich die Schwelle am Eingang überschritt, wie sich alles in mir zusammenkrampfte vor der Begegnung mit den Kriechtieren, die sich auf einem fernen Stern, einem der schönsten des irdischen Himmels, zu vernunftbegabten Wesen entwickelt hatten. Die Wega ist noch heißer als der Altair, und ihre Strahlung enthält noch mehr harte Komponenten; was für Scheusale mussten da ihre Bewohner sein, wenn schon die Altairen so hässlich aussahen?

»Warum so versonnen, junger Mann?«, ertönte Spychalskis donnernder Bass. »Stellen Sie lieber das KUD auf Laut- und Farbensprache ein.«

Aus heutiger Sicht scheint es mir kurios, dass die Verwandlung meiner inneren Grundhaltung von einem primitiven menschlichen Egoismus zur Empfindung der Einheit der Welt von jener prosaischen Aufforderung eingeleitet wurde, das Dechiffriergerät einzustellen. Ich drehte an den Reglern des Geräts und wurde in eine andere Welt versetzt.

Zunächst war es dunkel. Nur eine üppige Vegetation war schemenhaft zu erkennen: düstere Bäume, dichtes Buschwerk und aromatisch duftende Blumen. Plötzlich glommen überall rötliche Lichter auf, matt wie alles in diesem dämmrigen Park, und huschten zwischen den Bäumen umher. Mir schnürte es die Kehle zu: Ein menschliches Gesicht sah mich an, ein beeindruckendes Gesicht, das viel schöner war als gewöhnliche Menschengesichter. Ich sah mich um. Auch neben und hinter mir blickte ich in solche Gesichter. Wir waren von Wesen umgeben, die Menschen so fantastisch ähnlich waren, dass ich vor Begeisterung hätte aufschreien wollen.

Gewiss, sie hatten einen langen, biegsamen, schlangenförmigen Rumpf, doch das menschliche Gesicht und die Arme, die nur ein wenig kürzer und schlanker waren als unsere, zeugten davon, dass sie keine Schlangen waren.

Sie hatten keine Beine, sondern ihr Körper lief in einem spiralförmig gewundenen Schwanz aus. Sie bewegten sich aufrecht fort, indem sie sich rasch um diesen Schwanz drehten und sich so in eine Art rotierende Säule verwandelten. Als sie ganz nahe bei uns standen und uns mit ihren Stimmen und ihrem Leuchten begrüßten, war ich völlig verzaubert und konnte den Blick nicht von ihnen wenden.

Ich hatte gesagt, dass ihre Gesichter menschenähnlich seien, aber das ist nur die halbe Wahrheit. Ihre Gesichter weisen menschliche Züge auf, und wie wir haben sie Augen, Nase und Mund. Doch selbst das schönste Mädchen auf Erden hätte von so zarter Haut, so wohlgeformten Lippen, so scharf gezogenen Brauen und buschigen Wimpern nur träumen können. Gekleidet sind sie in halbtransparente Gewänder, die in bunten Farben schimmern. Doch das Ungewöhnlichste an den Wegabewohnern sind ihre Augen! Ihre Augen leuchten auf, erlöschen wieder und wechseln dabei ständig die Farbe. Das sind Leuchtfeuer und keine Augen! Die Wegabewohner sprechen mit ihren Augen.

»Fangen wir an!«, sagte Wera. »Ich möchte wissen, wie sich unsere Gäste fühlen.«

Das war Weras Standardfrage. Mir zitterten Händen hob ich das Dechiffriergerät aus dem Kasten. Die Kugel leuchtete auf, erzeugte Farben und Töne. Als sie erlosch und verstummte, begann einer der Wegabewohner zur Antwort zu singen und mit den Augen zu leuchten. Fantastisch schön! Die Kugel übersetzte seine Antwort mit krächzender Maschinenstimme in unsere langweilige Menschensprache. Es war der übliche Austausch von Höflichkeitsfloskeln: »Uns geht es hier ausgezeichnet. Wir sind dankbar für die Gastfreundschaft. Wir werden unserem Volk berichten, wie gut und mächtig die Menschen sind.«

Einer der Gesandten von der Wega sah mich unverwandt an. Es war ein Mädchen. Mir klappte der Mund auf, und wie paralysiert schwelgte ich in ihrem Anblick: Sie war die Schönste von allen!

»Wie heißen Sie?«, fragte ich, als ich mich wieder einigermaßen in der Gewalt hatte.

Mit einer sanften Stimme, die an eine Flöte erinnerte, sang sie ihren Namen. Um ihren Singsang wiederzugeben, bräuchte man Noten und keine Buchstaben. Gleichzeitig flackerte in ihren Augen eine violette Flamme auf.

»Violä! Ich habe verstanden, Sie heißen Viola!«, rief ich ihr zu.

Alle um mich herum fingen zu lachen an, sogar Wera. Selbst in den Augen des Mädchens flackerte ein rosarotes Lächeln auf. Sie lachte mit grellen, lebhaften Farben.

»Viola«, wiederholte ich betreten. »Habe ich es etwa falsch ausgesprochen?«

»Viola«, sagte die Maschinenstimme des Dechiffriergeräts.

»Also meinetwegen Viola«, sagte Wera ein wenig genervt. »Ein schöner Name für ein schönes Mädchen. Aber wir sollten uns nicht ablenken lassen, Freunde. Konzentriere dich auf unser Gespräch, Eli!«

Auf das Gespräch konnte ich mich beim besten Willen nicht konzentrieren, obwohl es mich natürlich interessierte, welche Bedürfnisse diese großartigen Wesen hatten und welche Ziele sie verfolgten. Ich hielt das Dechiffriergerät dem Wegabewohner hin, mit dem Wera sich unterhielt, doch ich selbst hatte nur Augen für Viola.

Sie erwiderte meine Blicke und unterhielt sich mit mir mit ihren mal aufflammenden, mal verlöschenden und ständig die Farbe wechselnden Augen. Wera hatte noch nicht einmal die Hälfte ihrer knochentrockenen Fragen gestellt, da hatte ich schon das Gefühl, diese reizende Farbensprache bestens zu verstehen. Natürlich war ich nicht in der Lage, ihr mit ebensolchem Augenspiel zu antworten. Wahrscheinlich starrte ich sie einfach nur dumm an. Doch Viola reagierte auf meine hölzerne Menschenstimme. Wir beide verstanden einander auch ohne gemeinsame Sprache.

»Ihr seid erstaunliche Kreaturen, ihr Menschen«, sagte Viola. »Und von den Menschen gefällst du mir am besten. Du hast ein gütiges Gesicht, bist schlank und hübsch, du siehst mich so zärtlich an, es würde mir gefallen, wenn du mich auf deinen großen Händen tragen würdest. Ihr habt alle so riesige Hände, ihr Menschen.«

»Ja, natürlich«, antwortete ich, »das heißt nein, im Gegenteil, ausgerechnet ich und hübsch. Aber du siehst unglaublich schön aus, ich hätte im Traum nicht gedacht, dass es solche Wesen geben könnte, ich fange vor Freude zu zittern an, wenn du mich ansiehst; sieh mich nur immerzu an mit deinen übernatürlichen Augen!«

»Ich schaue ja schon die ganze Zeit. Leider weiß ich nicht, wie du heißt, sonst könnte ich deinen Namen aufleuchten lassen, ich bin sicher, dass er schön klingt und genauso hübsch aussieht wie du.«

»Ich heiße Eli, das wirst du nicht verstehen, ein ganz gewöhnlicher Name. Es gibt viele solche Namen auf der Erde, sie sehen nicht hübsch oder sonst wie aus, es sind einfach nur Namen.«

»Doch, ich habe schon verstanden, du heißt Eli, ein wunderschöner Name, ich lasse ihn jetzt aufleuchten, schau, diese rotblauen Flammen, das ist dein Name. Du wirst bald wieder fortgehen, Eli, ihr Menschen habt es immer so eilig, obwohl ihr euch langsam fortbewegt. Du wirst fortgehen wie die anderen, und ich werde hier in der Dämmerung deinen Namen leuchten lassen. Geh nicht fort, Eli!«

»Ich gehe nicht fort, Viola, ich möchte sehr gern hier bei dir bleiben …«

»Komm zu dir, Eli!«, zischte Wera streng. »Das Gespräch ist beendet.«

»Müssen wir wirklich schon gehen, Wera?«

»Was hast du denn gedacht, dass wir hier Wurzeln schlagen?«

Hilfesuchend wandte ich mich an Spychalski: »Martyn Julianowitsch! Ist das Betreten dieser Herberge für Menschen generell erlaubt?«

Abermals erschien dieses unnachahmliche, schiefe Grinsen in seinem Gesicht. In diesem Moment wurde mir klar, dass er ein sehr gutmütiger Mensch war.

»Diese Herberge«, erwiderte er, »ist die einzige, in der für den Menschen keinerlei Gefahr besteht, wenn man einmal vom Liebreiz seiner weiblichen Bewohner absieht.«

Ich fasste Viola bei den Händen und sah ihr in die Augen. Sie waren jetzt schwarz.

»Viola«, sagte ich und kümmerte mich nicht um das Dechiffriergerät, »ich werde wiederkommen, warte auf mich!«

Diesen Satz wiederholte ich so lange, bis ihre schwarzen Augen in der Farbe des sonnenbeschienenen Meeres zu glitzern begannen. Romero zog mich hinter sich her aus dem Raum, während ich dem Schlangenmädchen nachwinkte.

Draußen vor der Herberge hielt mir Wera eine Gardinenpredigt, wie ich sie seit frühster Kindheit unzählige Male vernommen habe!

»Ich bin unzufrieden, Eli. Warum hast du denn das arme Mädchen so angestarrt?«

»Wieso nicht? Ich habe sie doch nur angeschaut, das ist doch kein Verbrechen?«

»Allen Erdenmädchen den Rücken zukehren und sich mit der erstbesten Außerirdischen einlassen – das ist doch wohl nicht dein Ernst, Eli!«

»Es ist mein voller Ernst«, erwiderte ich bockig.

Romero sah sich genötigt, sich über mich lustig zu machen.

»In alten Legenden«, begann er und erhob den Zeigefinger, »wird die Urmutter der Menschen, eine gewisse Eva, von einer Schlange in Versuchung geführt. Armer Eli, sieht ganz so aus, als habe er sich von einer heimtückischen Schlange um den Finger wickeln lassen.«

Schweigend sah ich ihn an. Ich hatte eine Stimme aus meiner früheren Welt gehört, doch selbst war ich längst in einer neuen. Romero stützte sich auf seinen albernen Gehstock, während seine hochmütige Nase steil in die Luft ragte. In diesem Moment war er mir völlig fremd.

27

»Und nun sind die Engel von den Hyaden an der Reihe«, sagte Wera. »In der Gesellschaftsordnung dieser geflügelten Wesen haben sich Klassen erhalten, die sich gegenseitig bekämpfen.«

»Ein durch und durch streitsüchtiges Völkchen«, pflichtete Spychalski bei. »Bei ihnen vergeht kein Tag ohne Kämpfe. Da fliegen die Federn wie Pappelflaum.«

»Und es sind viele«, sagte Wera. »Auf den Hyaden gibt es dreiundzwanzig bewohnte Sternensysteme und einhundertsieben dicht besiedelte Planeten. Kein vernunftbegabtes Sternenvolk hat sich so stark vermehrt wie die Engel: Sie sind fast vierhundert Milliarden.«

»Ein vernunftbegabtes Volk?«, warf Spychalski ein. »Nun ja, je nachdem, was man als vernünftig erachtet. Jedenfalls ist es ein hungriges Volk. Ihr solltet mal sehen, was hier los ist, wenn zu Tisch gerufen wird.«

Wir flogen zur Herberge *Hyaden.* Noch immer war ich in Gedanken bei Viola.

Das riesige Gebäude hatte die Größe einer Kleinstadt, im Inneren gab es reichlich Grün und Licht. Die rechteckigen Behausungen standen entlang von geschotterten Wegen aufgereiht. Die Bedingungen hier waren denen auf der Erde vergleichbar. Die Geflügelten können sich problemlos an die unterschiedlichsten Parameter von Gravitation, Atmosphäre und Temperatur anpassen. Dies ist wohl auch der Grund dafür, dass sie sich in den Hyaden so ausbreiten konnten.

Kaum waren wir auf dem Gelände, stürzten sofort drei Engel, die mit ihren Flügeln einen Höllenlärm entfachten, hocherfreut auf uns zu. Schon wenig später flatterte ein ganzer Schwarm um uns herum. Zur Begrüßung klopfte ich ihnen auf die Flügel.

Äußerlich sind die Engel imposant, sogar majestätisch: weiße Körper, goldene Haare, große starke Flügel in verschiedenen Farben, sei es rosa, violett, orange oder sogar schwarz, bei den Vierflügligen meist bunt gemischt. Doch ihre Gesichter sind grob und von Falten zerfurcht, selbst bei jungen Engeln; diese sehen aus wie vorzeitig gealterte Kinder. Der Eindruck wird noch dadurch verstärkt, dass sie lärmen und toben wie unartige Kinder. Außerdem waschen sie sich selten. In ihren Behausungen riecht es kaum besser als in einem Pegasusstall.

Als wir uns einen Weg durch die geflügelte Schar bahnten, erblickte ich etwas abseits André und Lussin.

Ich beugte mich zu Romero. »Pawel, lösen Sie mich doch bitte am Dechiffriergerät ab.«

Durch den Schwarm der Engel kämpfte ich mich zu André durch. Einem wilden Zweiflügligen, der mit ausgebreiteten Schwingen kreischend auf mich zusegelte, konnte ich gerade noch ausweichen. Als ich bei André ankam, wollte ich ihm sofort von den hübschen Wegamädchen vorschwärmen, doch er ließ mich gar nicht erst zu Wort kommen.

»Sei still und hör mir zu!«, fuhr er mich an. »Es gibt neue Erkenntnisse über die Galakten. Wir haben großartige Aufzeichnungen bei diesem getrennt untergebrachten Kerl gemacht.«

»Zeig mir die Aufzeichnungen«, erwiderte ich.

»Hör mich erst einmal an, dann zeige ich sie dir.«

André und Lussin hatten Glück gehabt. Als sie zu dem separat einquartierten Vierflügler kamen, schlief er gerade und hatte einen Alptraum. Sein Gehirn sandte starke Strahlen aus. André wartete nicht, bis der Engel erwachte, sondern beeilte sich, die aufgefangenen Strahlen mit seinem neuen KUD aufzuzeichnen.

»Ein fantastisches Gerät!«, brüstete sich André. »Bei Allan konnte die Sprache halbverwelkter Moose erst auf der Erde entschlüsselt werden, nun dechiffrieren wir weit Schwierigeres unmittelbar und mühelos.«

Gleich an Ort und Stelle aktivierte mein Freund eine Videosäule. Es war schwierig, etwas zu erkennen, denn das Umgebungslicht war heller als die Darstellung auf der Videosäule. Die gezeigte Sequenz irritierte mich, denn es handelte sich um dieselben Bilder, die uns bereits auf der Erde vorgeführt worden waren – Felsen, helle Sterne, ein schwarzer See, ein herabschwebendes zigarrenförmiges Schiff, dieselben Galakten, der Turm mit dem rotierenden Scheinwerfer, es kam überhaupt nichts Neues vor.

»Und?«, fragte André. »Kapierst du, was das ist?«

»Klar, eine Kopie der alten Aufzeichnungen von Spychalski.«

»Genau«, pflichtete mir Lussin bei. »Eine Kopie. Langweilig.«

»Ihr seid Trottel!«, schimpfte André. »Ihr habt das schon gesehen – na und? Was zählt, ist doch: Diese Visionen überkommen unseren Vierflügler vermutlich oft. Nur persönliche Eindrücke können ein so klares Bild hervorrufen. Er muss die Galakten selbst gesehen haben.« André blickte uns triumphierend an.

Ungerührt lachte ich ihm ins Gesicht. »Und nun willst du nochmal zu dem Kerl, um herauszufinden, ob du seinen Traum richtig deutest?«

»Du hast's erfasst.«

»Da komme ich mit. Ich möchte zu gern sehen, wie deine Theorie wie ein Kartenhaus zusammenstürzt.«

Der vierflüglige Raufbold war ein riesiger, grobschlächtiger Engel mit grimmiger Visage und gewaltigen Flügeln. Er starrte uns aus trüben Augen an und knurrte. Die Engel haben gewöhnlich dünne, piepsige Stimmen. Wo auch immer sie sich zusammenrotten, stets liegt ein Zetern und Schnattern in der Luft. Die Stimme von diesem hier war dagegen kraftvoll, ein sonorer, donnernder Bass. Das gefiel mir.

André stimmte das Dechiffriergerät ab und sagte höflich: »Darf ich Ihnen ein paar Fragen stellen?«

»Auf die Knie!«, blaffte der Engel. »Auf die Knie, andernfalls schert euch zum Teufel!«

Sein wilder Zorn wirkte so gekünstelt, dass wir in Lachen ausbrachen. Das erboste ihn. Drohend baute er sich vor uns auf und spreizte die Flügel.

»Warum sollten wir auf die Knie gehen?«, fragte André. »Bei uns Menschen ist das nicht üblich.«

Das Dechiffriergerät übersetzte die Antwort des Engels: »Ich bin göttlicher Abkunft. Ich bin ein Fürst!«

Ich zweifelte an der Richtigkeit der Übersetzung. Die Worte »zum Teufel scheren, göttliche Abkunft, Fürst, auf die Knie« waren antiquierte irdische Redensarten und Begriffe. Mir war schleierhaft, warum das Dechiffriergerät aus der reichen menschlichen Sprache diesen alten Plunder hervorgekramt hatte.

»Ich glaube nicht, dass das Dechiffriergerät danebenliegt«, entgegnete André. »Sein Speicher enthält hundert Millionen Begriffe. Wenn es ›Fürst‹ und ›zum Teufel scheren‹ als Übersetzung gewählt hat, dann bedeutet dies, dass unser Gefangener etwas meint, dem diese Begriffe am ehesten entsprechen.«

Ich wandte mich an den Engel. »Warum halten Sie sich für einen Fürsten?«, fragte ich.

»Ich fliege dich gleich über den Haufen und zerstampfe dich!«, polterte der Engel. »Auf die Knie, oder du stirbst!«

Mir fiel ein, dass das Schutzfeld der Menschen auf der Ora von ihrer Stimmung abhängt, und so ließ ich eine ordentliche Wut in mir hochkochen. Der Engel wurde so heftig herumgeschleudert, dass er vor Schreck aufschrie. Mal verstärkte ich, mal verminderte ich das Kraftfeld. Schonungslos wurde der geflügelte »Fürst« in der Luft durchgeschüttelt, verzweifelt schlug er mit den Flügeln, ohne etwas ausrichten zu können. »Hilfe! Hilfe!«, brüllte er wie ein Stier.

Ich ließ meinen Zorn verrauchen, und der Engel plumpste wie ein Mehlsack zu Boden. Ohnmächtig vor Angst, kroch er über den Boden dahin und ließ jämmerlich die Flügel baumeln.

Lussin seufzte tief auf und wandte sich mitleidsvoll ab.

»Höhere Mächte«, murmelte der Engel erschüttert. »Höhere Mächte!«

»Steh auf und vergiss den Unsinn mit dem Fürsten«, sagte ich – das höfliche Sie schien mir nach dieser Szene unangebracht. »Eingebildete Dummköpfe kann ich nicht leiden. Man fragt dich im Guten, und du wirst gleich ausfallend.«

»Fragt mich, was immer ihr wollt«, sagte der Engel dienstfertig. »Obwohl ich nicht weiß, wie ich so mächtigen Wesen weiterhelfen könnte.«

André erzählte dem Engel von dessen Traumgesichten und fragte, ob er die Galakten und ihre Feinde selbst gesehen habe.

»Das sind Überlieferungen«, antwortete der Engel. »Niemand hat die Galakten gesehen. Als Kind habe ich Märchen über sie gehört.«

Ich sah André triumphierend an. Er tat so, als würde er meinen Blick nicht bemerken. Meist grämt er sich nicht allzu sehr, wenn wieder eine seiner Theorien den Bach hinuntergeht, denn er weiß selbst, dass sie in der Regel nicht sonderlich fundiert sind.

»Und warum brüstest du dich, etwas Besseres zu sein?«, fragte ich den Engel. »Was soll der Unsinn mit der göttlichen Abstammung?«

Der Engel ließ Kopf und Flügel hängen. »Einer unserer Überlieferungen zufolge haben gottgleiche Weltraumwanderer die Vierflügler mitgebracht, die Zweiflügler hingegen sind primitive Eingeborene. Ich mag die Zweiflügler nicht. Sie sind verachtenswerte, niedere Wesen, aber ihr erlaubt ja nicht, dass man sie schlägt.«

»Da hast du Recht«, bestätigte ich. »Und wir erlauben auch nicht, sie als niedere Rasse zu betrachten. Jeder von uns ist weitaus mächtiger als du, doch niemand lässt es sich einfallen, dich zu verspotten. Wie heißt du?«

»Ich heiße Trub. Ich werde mir Mühe geben. Ich möchte, dass ihr mich schätzt.«

Er war so erniedrigt, dass ich Mitleid mit ihm hatte. Schließlich und endlich war er ja der Spross einer unvollkommenen Gesellschaft. Ich kraulte ihm seine seidigen, festen, kräftig violett gefärbten Federn. Eigentlich hatte er nur zwei richtige Flügel, das zweite Paar waren eher kleine Beiflügel. In der Beuge der großen Flügel besaß er jeweils einen kurzen Arm, an dessen Ende anstelle einer Hand fünf kräftige, furchterregende Krallen entsprangen.

Nachdem wir das Quartier des Engels verlassen hatten, resümierten wir, was wir erfahren hatten.

»Immerhin haben wir etwas Neues über die Herkunft der Vierflügligen erfahren«, räsonierte André.

»Uns interessieren aber die Galakten«, erwiderte ich. »Und von denen haben wir nichts Neues erfahren. Legenden wie die über die göttliche Herkunft der Vierflügligen gibt es immer. Du weißt doch, das beste Mittel, sein Schmarotzertum zu rechtfertigen, besteht darin, sich auf eine göttliche Natur zu berufen. Das Göttliche musste schon immer herhalten, um Niedertracht zu legitimieren.«

»Trub ist in Ordnung«, sagte Lussin geknickt. »Kein Schmarotzer. Ein Prachtkerl!«

28

Ich muss zugeben, dass die Eindrücke, die in den anderen Herbergen auf uns einströmten, mich ein wenig überforderten. Natürlich ist mir klar, dass die menschliche Existenz, die auf zwei Beinen, einem Rumpf und einem Kopf basiert, nur eine von vielen Möglichkeiten vernunftbegabten Lebens ist. Auf Überraschungen war ich durchaus vorbereitet. Selbst als wir uns mit Wesen unterhielten, die zu drei Vierteln aus Metallen bestanden, oder gallertartige, denkende Kristalle besuchten, die beim geringsten Kontakt mit einer Lichtquelle zerfielen, bemühte ich mich, mein Staunen im Zaum zu halten. Alles ist möglich, sagte ich mir. Der Natur wohnt der mächtige Drang zur Selbsterkenntnis inne. Auf welche Weise sich diese Selbsterkenntnis letztlich realisiert, ist dem Spiel der Umstände geschuldet. Dass dieses Spiel bisweilen skurrile Blüten treibt, sollte kein Grund zur Verwunderung und schon gar nicht zur Empörung sein.

Diese Einstellung half mir dabei, bei den Begegnungen in den diversen Herbergen die Ruhe zu bewahren. Dennoch war ich zum Schluss unseres Rundgangs erschöpft. Die Vielfalt der auf der Ora versammelten Lebensformen war einfach überwältigend.

Am Abend unternahmen Romero und ich einen Spaziergang. Die ortsfeste Sonne hatte den Tagbetrieb bereits eingestellt und sich in den Mond verwandelt. Drei Viertel der Scheibe waren ganz erloschen, so dass er als schmale Sichel am Himmel stand.

Anstelle der klaren, weithin zu hörenden Laute des Tages lag nun ein gedämpftes Rauschen und Rascheln in der Luft. Gerüche hingegen gewannen an Intensität. Die Blumen rührten einen an mit ihren Düften, als hätten sie Hände. Mir wurde fast schwindlig davon.

Während ich Romero erzählte, welche Gedanken mir bei der Begegnung mit den Außerirdischen gekommen waren, begann er immer heftiger mit seinem Gehstock in der Luft zu fuchteln. Meine tolerante Einstellung gegenüber den fremdartigen Wesen empörte ihn zutiefst.

»Das ist alles Unsinn, mein Freund!«, wetterte er kopfschüttelnd. »All diese Engelsvisagen, Schlangenmenschen und halbdurchsichtigen Spinnen sind abscheuliche Kreaturen. Ich akzeptiere sie nicht auf Augenhöhe mit uns. Früher stand ich den Menschen eher skeptisch gegenüber, heute dagegen vergöttere ich sie. Die Begegnung mit den Fremdplanetariern hat bewiesen, dass der Mensch die höchste Form vernunftbegabten Lebens ist. Erst jetzt verstehe ich den tiefen Sinn des Prinzips: ›Alles zum Wohle des Menschen und der Menschheit.‹«

»Aber dieses Prinzip stellt doch niemand infrage«, entgegnete ich.

»Sie irren sich! Die Geisteshaltung Ihrer Schwester missfällt mir. Ich möchte Ihnen einen Vorschlag machen. Sehen Sie, Ihre Schwester ist uns beiden gleichermaßen teuer. Deshalb sollten wir ein Bündnis unter Freunden schließen, das sich gegen ihre gefährlichen Fantasien richtet. Sie wundern sich? Hören Sie mir aufmerksam zu, mein Freund!« Bevor er weitersprach, sah er mich eindringlich an und stützte sich auf seinen Stock. »Worauf ich hinauswill, liegt doch auf der Hand, denn ich verteidige nur das, was seit fünf Jahrhunderten als wichtigste Grundlage unserer sozialen Existenz gilt. Ich wehre mich dagegen, dass fundamentale Interessen des Menschen auf der Strecke bleiben, und zwar zugunsten von halblebendigen, moralischen und physiologischen Krüppeln!«

Bei diesen letzten Worten war Romeros Gesicht von Ekel verzerrt. Auch mir gefiel das eine oder andere nicht an den Außerirdischen, doch sie riefen keine Abscheu in mir hervor.

»Sie sind also der Ansicht, dass die Interessen des Menschen in Gefahr sind?«

»Jawohl! Sie werden geradezu mit Füßen getreten. Zum Beispiel von Wera, indem sie weitere groß angelegte Hilfsaktionen für Hunderte von Sternensystemen plant. Und von Ihnen, indem Sie kritiklos annehmen, dass ästhetische und hässliche Formen vernunftbegabten Lebens gleichberechtigt seien. Und auch von André, indem er seine Kraft darauf verwendet, sich mit den idiotischen Träumen debiler Engel herumzuschlagen. Und von Tausenden und Millionen anderer Fantasten und Narren, die so denken wie Sie. Geben Sie es doch zu: Das, was sich hier auf der Ora abspielt, ist eine Verhöhnung der Interessen der Menschheit. Nur ein Beispiel: Wir haben einen Sternenpflug zur Wega entsandt, der dort seinen gesamten Aktivstoffvorrat dafür verbraucht hat, eine künstliche Sonne für die lieben Schlangen zu schaffen. So aufopferungsvoll sorgen wir uns um andere. Und wo bleibt der Mensch? Der spielt nur noch die zweite Geige. Das werde ich nicht zulassen! Bislang habe ich geschwiegen, in Zukunft werde ich das nicht mehr tun.« Romero hatte sich richtig in Rage geredet. Um seinen Worten Nachdruck zu verleihen, pochte er mit dem Gehstock im Rhythmus seiner Worte auf den Boden. »Ich wiederhole, was ich auf der Erde schon gesagt habe: Die Menschheit sieht sich einer völlig neuartigen Bedrohung gegenüber. In dieser Situation sind wir dazu verpflichtet, ausschließlich an uns selbst zu denken. In dieser Situation müssen alle Wohltätigkeitsaktionen für Bewohner fremder Welten eingestellt werden!«

Noch vor wenigen Tagen hätte ich mich Romeros Ansicht durchaus anschließen können, denn ursprünglich war ich ähnlicher Meinung gewesen. Doch durch meine Begegnung mit Viola war ich ein völlig anderer Mensch geworden.

»Warum so pathetisch, Pawel? Tätigen Sie doch eine Anfrage bei der Bord-Universalmaschine des Sternenpflugs, dann wird sich rasch herausstellen, wer Recht hat, Sie oder Ihre Gegner.«

In Romeros Gesicht kehrte allmählich wieder der gewohnte, herablassend-ironische Ausdruck zurück, der durch ein höhnisches Grinsen noch verstärkt wurde.

»Vielen Dank für den überaus nützlichen Ratschlag, junger Freund. Ich werde ihn gewiss befolgen. Wenn ich Sie richtig verstanden habe, sind Sie an dem von mir vorgeschlagenen Bündnis also nicht interessiert?«

»Ich sehe keinerlei Notwendigkeit für ein solches Bündnis.«

»Das lassen Sie mal meine Sorge sein, ob diese Notwendigkeit besteht oder nicht. Gute Nacht, mein lieber Eli.«

Mit diesen Worten lüftete er seinen Hut und ging davon. Bedrückt blickte ich ihm hinterher. Ich hatte das Gefühl, dass unsere jahrelange Freundschaft innerhalb von Minuten zerbrochen war. Mit gesenktem Kopf trottete ich durch die Allee des menschenleeren Boulevards, als plötzlich unmittelbar vor mir eine leere Aviette landete. Da fiel mir ein, dass ich mir eben ein Transportmittel gewünscht hatte. Ich stieg in die Kabine und dachte: zu Viola.

29

Nachdem ich die Eingangsschwelle der Herberge *Sternbild Lyra* überschritten hatte, wurde ich unschlüssig und blieb stehen. Was zum Teufel wollte ich eigentlich hier? Wenn Romero auch im Unrecht war mit seiner Feindseligkeit gegenüber den Außerirdischen, so hieß das noch lange nicht, dass man sich in sie verlieben musste. Ein Jammer, dass es auf der Ora keine Beschützerinnen gab. Dann wäre alles ganz einfach gewesen. »Sagen Sie, Teuerste, was ist eigentlich mit mir los?«, hätte ich gefragt. »Nichts Besonderes – eine Laune, vermischt mit einer Portion Neugierde«, hätte sie geantwortet oder: »Sie machen sich unglücklich: Sie empfinden das irdische Gefühl der Liebe gegenüber der Bewohnerin eines Sterns, auf dem man solche Gefühle nicht kennt.« Ich musste lachen. Unsere Behüterinnen auf der Erde sind die reinsten Glucken. Dabei sind sie Maschinen, die wir selbst erdacht haben.

Nachdem ich meine Bedenken zerstreut hatte, begab ich mich in den Park. Schon am Tage verlor sich hier alles im Halbdunkel, jetzt war es völlig finster. Langsam tastete ich mich vorwärts. Dabei stieß ich immer wieder gegen Bäume und Sträucher. Plötzlich tauchte in einiger Entfernung eine rosa schimmernde Säule auf. Sie sah aus wie eine kleine Windhose und wirbelte umher. Kurz darauf erschien eine zweite Lichtsäule und folgte aber sogleich der ersten. Ich blieb stehen, um mich zu orientieren. Alles um mich herum war in schwüle Dunkelheit gehüllt und erfüllt vom schläfrigen Rascheln des Laubes.

»Viola!«, rief ich leise. »Viola!«

Aus der Schwärze der Sträucher löste sich erneut ein leuchtender Wirbel und sauste umher. Im Park erhob sich ein leiser Singsang. Ich sah der flirrenden Fackel hinterher, die hinter den Bäumen verschwand, und lauschte dem Gesang, der alsbald verstummte. Erneut herrschte Totenstille.

Es machte mich wütend, dass die Wegabewohner sich einfach aus dem Staub machten, anstatt mich zu fragen, was ich von ihnen wollte. Ich stampfte laut mit den Füßen auf und stürmte durchs Gebüsch. Dabei versuchte ich, so viel Lärm wie möglich zu machen, um die unhöflichen Windhosen aufzuschrecken.

»Viola!«, schrie ich. »Viola!!«

Niemand antwortete mir. Wie um mich zu ärgern, leuchteten in der Ferne erneut drei rotierende Säulen auf, huschten durchs Gesträuch und erloschen. Mir schwindelte, meine Kehle war trocken, ich zitterte am ganzen Körper und war wie benebelt von den berauschenden Düften der fremdartigen Blumen. Jetzt packte mich heftiger Zorn.

»Viola!«, brüllte ich, so laut ich konnte.

Wie ein Wahnsinniger preschte ich nun durch die Finsternis, stieß blindwütig alles zur Seite, was mir in den Weg kam, trat mit den Füßen nach Bäumen und Sträuchern, stürzte zu Boden, rappelte mich wieder auf, rannte fluchend weiter und weiter, bis ich schließlich in irgendeinem Winkel des Parks über eine Wurzel stolperte, der Länge nach hinschlug und erschöpft liegen blieb. Selten habe ich mich so ohnmächtig gefühlt.

»Viola!«, flüsterte ich verzweifelt.

Mit zittrigen Beinen erhob ich mich und fasste mir an den schmerzenden Schädel. Ich schämte mich. Als Mensch, der sich seines Verstandes rühmt, hatte ich mich aufgeführt wie ein tollwütiges Tier und herumgebrüllt wie ein wild gewordener Affe. Und das in der Herberge von Gästen, die an die Macht und Güte des Menschen glaubten! Was sollten sie nun von uns denken?

»Verzeiht, Freunde«, sagte ich in die Stille hinein. »Es tut mir leid.«

Mein nächster Gedanke war: Nichts wie raus aus diesem verwunschenen Park. Ich war tief in ihn eingedrungen und hatte völlig die Orientierung verloren. Über mir dräuten schwarze Baumkronen, der Himmel war nicht zu sehen. Mir fiel ein, wie schnell vorhin am Boulevard die Aviette aufgetaucht war, und rief gedanklich den Fluglogistikdienst des Planeten an: keine Reaktion. Es kam keine Verbindung zustande. Ich tastete mich vorwärts. Bald lichtete sich der Wald und gab den Himmel mit dem blassen Mond frei. Endlich fand ich einen Pfad, dem ich aufs Geratewohl folgte.

Abermals vernahm ich den Singsang der Wegabewohner. Ich blieb stehen und versuchte festzustellen, aus welcher Richtung er kam. Der Gesang wurde lauter und klang aufgeregt, als würde sich jemand streiten. Mit einem Mal wurde es hell im Park, überall zwischen den Bäumen tauchten Lichtsäulen auf und kamen rasch näher. Dann löste sich aus den Sträuchern ein regenbogenfarben leuchtender Wirbel und raste auf mich zu. Im Moment des Aufpralls konnte ich mich kaum auf den Beinen halten, doch dann umfasste ich den Wegabewohner mit den Armen und wurde mit ihm herumgewirbelt.

Erst jetzt bemerkte ich, dass es Viola war. Ich hielt sie im Arm, während von überallher weitere Lichtsäulen in unsere Richtung strebten. Nun konnte ich genau erkennen, dass nicht nur die Augen der Wegabewohner leuchteten, sondern ihr ganzer Körper. Was ich am Tage als die Färbung ihrer Kleidung aufgefasst hatte, erwies sich als ihr eigenes Leuchten, das durch die halbtransparenten Gewänder drang. Doch mit ihren Leuchtfeuern erhellten die Schlangenartigen nicht nur die Finsternis, sondern sie brachten damit ihre Entrüstung zum Ausdruck. Die flimmernden Lichter waren genau auf mich und Viola gerichtet und klagten uns an. Es waren zornige Lichter, wie es bei uns Menschen zornige Schreie gibt.

Eine Kraft, die stärker war als ich, entriss Viola meiner Umarmung. Ihr Gesang klang schluchzend, sie wollte zu mir zurück, doch eine unsichtbare Kraft hielt sie von mir fern.

»Viola, was geht hier vor?«, fragte ich, ohne daran zu denken, dass sie die menschliche Sprache nicht ohne weiteres verstand.

Erbost überlegte ich, was zu tun sei. Diese Wesen verfügten offenbar ebenfalls über Kraftfelder, die allerdings schwächer als meines zu sein schienen, denn erst, nachdem sie sich zusammengerottet hatten, schafften sie es, auf mich einzuwirken. Ich beschloss, mein Kraftfeld gegen sie einzusetzen, doch zuvor musste ich Viola zu mir zurückholen, damit sie nicht zusammen mit den anderen fortgerissen würde. In einem geeigneten Moment griff ich mir das Schlangenmädchen und aktivierte dann mein Kraftfeld, das ich mit dem ausgestreckten Arm gegen die aufgebrachten Schlangen richtete.

Die Wegabewohner wurden buchstäblich umgeblasen, hilflos purzelten sie durcheinander, manche von ihnen erloschen vor Schreck. Eilig dämpfte ich das Kraftfeld ab, damit sie nicht gegen Bäume geschleudert wurden. Viola presste sich an mich und zitterte am ganzen Leib. Ihre Augen waren schwarz. Ich strich ihr durchs wallende Haar.

Die Wegabewohner zogen sich nicht zurück, wie ich gehofft hatte, sondern näherten sich erneut, zwar vorsichtig, in langsamer Rotation, aber immer noch schneller als ein Mensch im Laufschritt. Entsetzen stand in ihren Gesichtern, wahrscheinlich erschien ich ihnen als ein allmächtiges, unerbittliches Ungeheuer. Ihr Leuchten war nun verzagt und matt, doch ihr Gesang, der in meinen menschlichen Ohren wehmütig klang, war lauter geworden. Mit einem Mal empfand ich eine zärtliche Zuneigung zu diesen mutigen, zerbrechlichen Wesen, die tollkühn auf mich zusteuerten, um ihre Schwester zu befreien, die – wie sie glaubten – in tödlicher Gefahr schwebte.

»Beruhigt euch!«, sagte ich. »Weshalb habt ihr Angst vor mir?«

Der Gesang brach ab, als ich zu sprechen begann. Schweigend bemühten sich die Wegabewohner, meine Worte zu verstehen. Ich lächelte und strich Viola erneut zärtlich übers Haar. Als ich dem am nächsten stehenden Wegabewohner versöhnlich die Hand reichte, sprang er erschrocken zurück. Doch nun versuchten sie nicht mehr, uns zu trennen.

»Ihr könnt mir vertrauen«, sagte ich. »Eher würde ich mich umbringen, als euch etwas Böses anzutun.«

Ich weiß nicht, ob sie mich verstanden hatten, doch der Gesang, mit dem sie antworteten, klang nicht mehr so eintönig klagend wie zuvor. Ihre Körper leuchteten jetzt wieder, ihre Augen funkelten, und ihre Stimmen erklangen in verschiedenen Tonlagen – sie schienen lebhaft darüber zu streiten, wie mir zu begegnen sei.

Nun mischte sich Viola in das Streitgespräch ein. In ihren Augen leuchtete eine violette Flamme auf, wurde himbeerrot und dann meerblau, gleichzeitig verfiel sie in einen hellen Singsang. In meinen Ohren hörte es sich so an, als würde sich das Geläut silberner Glöckchen in das vielstimmige Geraune der anderen mischen. Viola wiederholte nun zweimal eine klar umrissene Melodie und zwinkerte gleichzeitig aufgeregt mit den Augen, in denen stechend grelle, blaue Blitze loderten. Ich verstand sofort, was sie gesagt hatte: »Geht weg! Geht weg!« Mit verloschenen Augen und verstummt starrten die Wegabewohner uns an.

»Viola wird nichts geschehen«, beteuerte ich.

Die Schlangenwesen ließen erneut die Augen flackern und tauschten sich mit dünnen Stimmen aus, konnten sich jedoch nicht dazu entschließen, uns allein zu lassen. Die kalten blauen Flammen in Violas Augen brannten immer greller, und ihr Singsang wurde lauter: Sie schien böse zu werden. Es war nicht schwer zu erraten, was sie zu sagen hatte: »Warum geht ihr nicht endlich? Zieht Leine!«

Erst nachdem sie ihre Bitte zum fünften oder sechsten Mal wiederholt hatte, zerstreute sich die Menge. Den Anfang machte einer, der ganz hinten stand: Er begann sich zu drehen und wirbelte davon. Sein Nachbar folgte ihm in die Dunkelheit des Parks, und schließlich begannen auch alle anderen zu rotieren und davonzuschweben. Während die leuchtenden Wirbel sich trollten, wurde es für Sekunden fast taghell. Als alle Lichter verschwunden waren, war der fremde Park wieder in undurchdringliche Finsternis getaucht und von berauschenden Düften erfüllt. Aber jetzt fühlte ich mich nicht mehr verstört, denn neben mir leuchtete Viola.

Um unsere Verständigung zu erleichtern, griff ich nach meinem Handdechiffriergerät.

»Wir kommen auch ohne dein Wundergerät aus«, sagte Viola lachend.

Ich sah sie ungläubig an, denn ich hatte jede Silbe und jede Farbe verstanden.

»Hast du nicht gemerkt, dass ich schon heute Nachmittag deine Sprache entschlüsselt habe? Und jetzt haben dich sogar meine Gefährten verstanden.«

»Den Eindruck hatte ich auch«, erwiderte ich.

Viola sah mich mit einem neckischen Lächeln an. Mir wurde ganz anders zumute. Was für eine strahlende Schönheit!

»Ich denke, du kannst mich auch verstehen, nicht wahr, Eli?«

Ich schluckte an einem Kloß in meinem Hals. Unsere Verständigung hatte genau genommen nichts mit Zauberei zu tun. Unser Gehirn ist auch eine Art Dechiffriergerät. Unsere Sprache dient zur direkten Übermittlung von Gedanken. In der Verständigung der Wegabewohner dagegen werden die Gedanken nicht allein durch Worte, sondern auch durch Farben vermittelt. Obwohl mir der Zusammenhang klar war, konnte ich nicht aufhören mich zu wundern.

»Unsere Sprache ist ärmer als eure«, sagte ich. »Auf der Erde gibt es zwar nicht nur Menschen, aber auch die meisten Tiere verständigen sich hauptsächlich durch Laute. Lass uns doch zu einer Lichtung gehen. Es ist vielleicht lächerlich, aber unter euren Bäumen fühle ich mich irgendwie beengt, ihre Äste kommen mir vor wie Greifarme.«

»Du fantasierst, Eli! Die Bäume sind unsere Retter. Ihre Blätter schützen uns vor den Strahlen unseres Sterns. Tagsüber wagt sich keiner von uns auf eine offene Fläche. Wir gehen nur nachts spazieren.«

Ich erinnerte mich, dass die schöne Wega heißer ist als der Altair, ihre Oberflächentemperatur beträgt rund fünfzehntausend Grad. Unter solch einer Sonne ist an Spaziergänge nicht zu denken. Zweifellos sind die leuchtenden Wegabewohner, die sich der Sprache des Lichts bedienen, wie für die Nacht geschaffen.

30

Wir begaben uns zu einer Lichtung und setzten uns auf eine Bank. Mit einem Wegamädchen Arm in Arm zu laufen funktioniert leider nicht, da diese schlangenhaften Wesen den wippenden Gang von uns Menschen nicht beherrschen und einem ständig aus dem Arm rotieren würden. Dafür war es sehr angenehm, neben Violas eingerolltem Schlangenkörper zu sitzen. Sie verströmte eine angenehme Wärme. Wie wir Menschen sind die Wegabewohner Warmblütler.

Über der Lichtung wölbte sich der Nachthimmel. Der Mond war verblasst, die Sterne leuchteten klar und intensiv. Auf der Ora herrscht der gleiche Luftdruck wie auf der Erde, doch ihre Lufthülle ist dünner, und die Sterne wirken deshalb klarer und heller. Viola blickte zu ihrem Heimatstern. Schon auf der Erde hatte ich die Wega oft bewundert, hier auf der Ora fand ich sie einfach atemberaubend. Viola bat mich, ihr unsere Sonne zu zeigen.

»Welches Sternbild gefällt dir denn am besten?«, fragte ich und war gespannt auf ihre Antwort.

Auf der Ora sehen die Sternbilder anders aus als auf der Erde, doch der Große Bär, die Kassiopeia und der Orion bieten auch von hier aus einen bezaubernden Anblick. Ich befürchtete, dass Viola auf eines dieser Sternbilder deuten würde.

Doch die blinkenden Augen des Schlangenmädchens richteten sich auf das Parallelogramm, das von Fomalhaut, Altair, Arktur, Sirius und Kapella gebildet wurde und in dessen Zentrum die drei kleinen Sterne flimmerten, die mir so überaus teuer waren: Pollux, Alpha Centauri und die Sonne.

»Du hast eine gute Wahl getroffen, genau von dort kommen wir«, sagte ich feierlich und zeigte auf die Sonne.

Sie schien sich darüber zu wundern, dass unser Stern so klein war.

»Die Sonne ist so klein, weil sie so weit entfernt ist«, erläuterte ich.

Viola wurde nachdenklich. »Ihr seid sehr mächtig, ihr Menschen«, sagte sie mit ihren Augen und ihrem Gesang. »Als ihr auf unserem Planeten gelandet seid, haben einige von uns euch für Gottheiten gehalten, so übernatürlich war euer Erscheinen.«

»Aber jetzt wisst ihr doch, dass wir ganz gewöhnliche Geschöpfe sind und nicht besser als ihr.«

Sie schüttelte den Kopf, ihre Augen schimmerten düster und feucht. Wenn sie in Gedanken versunken war, blickte sie drein wie ein betrübtes Kind.

»In vieler Hinsicht seid ihr uns sogar unterlegen«, sagte sie. »Und dennoch steht ihr unermesslich weit über uns.«

»Wie meinst du das?«, fragte ich überrascht.

Wir waren keineswegs in der Lage, uns über beliebige Themen zu unterhalten. Mir wurde schnell klar, dass ich nur einfache Begriffe sofort verstand. Kompliziertere Gedanken musste sie mehrfach wiederholen, bis ich sie begriff. Sie begann ihre Erklärung damit, dass der Mensch auf den ersten Blick völlig hilflos wirkt.

»Ihr seid ungelenk und unfähig zu schnellen Bewegungen. Vor allem seid ihr nur unter eng begrenzten Bedingungen lebensfähig. Sobald sich diese Bedingungen auch nur geringfügig verändern, geht ihr zugrunde. Ihr vertragt weder Hitze noch Kälte noch dünne Luft, weder hohen Druck noch harte Strahlung noch Hypergravitation. Ihr kommt nicht längere Zeit ohne Nahrung aus und müsst ständig trinken. Setzte man euch ohne Werkzeug und Maschinen in der Welt aus – ihr wäret verloren. Selbst eure Kommunikationsmittel sind auf erstaunliche Weise beschränkt: Eure Sprache ist ungenau und langsam, die unmittelbare Gedankenübertragung beherrscht ihr überhaupt nicht. Das Existenzspektrum des Menschen ist so eng, dass euer Leben auf tragische Weise an einem dünnen Faden hängt. In vieler Hinsicht sind wir vollkommener als ihr. Wir müssen uns zwar vor den harten Strahlen unseres Sterns schützen, dafür atmen wir leicht, egal ob der Sauerstoffgehalt der Luft bei einem oder vierzig Prozent liegt. Hundert Grad Hitze machen uns genauso wenig etwas aus wie hundert Grad Kälte. Wir können uns auch ohne Laute und Farben verständigen, wir untermalen damit nur die direkte Gedankenübertragung. Wir ertrinken nicht im Wasser, können monatelang ohne Nahrung auskommen und sterben auch nicht, wenn wir eine Woche lang nicht schlafen. Jeder von uns trägt in seinem Gehirn alle Kenntnisse, die unsere Gesellschaft je erworben hat. Wir benötigen keine Auskunftsmaschinen, um das für die jeweilige Situation erforderliche Wissen abzurufen. Das ist der Unterschied zwischen uns und euch Menschen. Wenn man euch kennenlernt, wundert man sich darüber, was für hilflose Wesen ihr doch seid, und man fragt sich, warum die Menschheit dennoch existiert und nicht schon am Anfang ihrer Geschichte untergegangen ist.«

»Das liegt daran, dass wir uns unsere Unzulänglichkeiten zunutze gemacht haben. Unsere Macht ist die Kehrseite unserer Schwächen.«

»Genau! Eure Größe ist die Fortsetzung eurer Schwächen. Das ist das Zweite, was an euch so erstaunlich ist. Da Temperaturschwankungen gefährlich für euch sind, schützt ihr euch mit Kleidung, Gebäuden und Wärmegeneratoren. Da ein Sauerstoffabfall in der Luft euch den Garaus machen würde und dünne Luft euch den Atem nimmt, habt ihr Raumanzüge erfunden. Da ihr ohne Nahrung und Wasser nicht überleben könnt, schleppt ihr überallhin Vorräte mit und seid imstande, aus beliebigen Stoffen Nahrungsmittel herzustellen. Vor Hypergravitation schützt ihr euch durch Kraftfelder, mit deren Hilfe ihr auch die Schwerelosigkeit meistert. So schafft ihr an jedem Ort genau die Schwerkraftverhältnisse, die ihr zum Überleben braucht. Euer Gedächtnis ist ärmlich – also habt ihr es durch externe Speicher unendlich erweitert. Eure schwächliche Muskulatur gleicht ihr durch den Einsatz von gigantischen Maschinen aus. Euer Denken läuft langsam ab, eure Sprache ist primitiv, und fremdes Denken könnt ihr nicht nachvollziehen. Diese angeborenen Schwächen überwindet ihr durch die Verwendung von Dechiffriergeräten. Ihr habt euch Geräte zu Diensten gemacht, die unglaublich schnell und präzise funktionieren. Auf euren schwachen Beinen – eigentlich eine Fehlkonstruktion der Natur – könnt ihr euch nur sehr langsam fortbewegen. Dafür habt ihr Raumschiffe erfunden, die den schnellsten Läufer der Welt, das

Licht, mühelos hinter sich lassen. Und so ist es mit allem, Eli. Ihr fahndet nach euren Schwachstellen, verwandelt sie durch den Einsatz mächtiger Apparaturen in Stärken, und so wendet sich eure Unvollkommenheit in Überlegenheit. Ohne eure Erfindungen wärt ihr jämmerliche Geschöpfe, doch mit diesen Erfindungen seid ihr Giganten des Alls. Obwohl hilflos gegenüber den Naturgewalten, seid ihr doch selbst eine Art Naturgewalt. Im ganzen Weltall gibt es niemanden, der mächtiger wäre als ihr – die kleinen, ungelenken Menschen. Aber das ist noch lange nicht das Erstaunlichste an euch.«

»Gut«, sagte ich. »Es gefällt mir, was du über die Stärken und Schwächen des Menschen sagst. Aber was ist denn noch erstaunlicher an uns als unsere Macht?«

»Ihr Menschen seid wirklich primitiv«, bemerkte Viola, indem sie verschmitzt mit den Augen klimperte. »Du solltest mal sehen, was du auf einmal für leuchtende Augen bekommen hast. Du bist eitel und freust dich schon im Voraus darüber, dass man dich loben wird, obwohl du noch nicht einmal weißt, wofür.«

Vor Verlegenheit stieg mir das Blut in den Kopf: Viola hatte den Nagel auf den Kopf getroffen. Triumphierende weiße Lichtfontänen schossen aus ihren Augen und leuchteten gnadenlos meine Schamesröte aus. Dieses Schlangenmädchen war mit einer teuflischen Klugheit gesegnet, ganz zu schweigen von ihrer hinreißenden Schönheit.

Violas Anblick raubte mir den Verstand. Welcher irdische Mann könnte diesen Augen standhalten? In einem Moment umgarnen sie dich mit flutendem, warmem Licht, im nächsten verlöschen sie zu riesigen schwarzen Gruben, in denen du versinkst. Menschliche, allzu menschliche Begierden stiegen in mir auf, aber sie war ja gar kein Mensch! Irdische Mädchen umarmt man, küsst man, flüstert ihnen Zärtlichkeiten ins Ohr – so ist sie nun mal, die menschliche Liebe: primitiv wie wir selbst. Ein so vollkommenes Wesen wie dieses Mädchen von der Wega war damit gewiss nicht zu beeindrucken!

Viola verstand mein Schweigen vermutlich besser als ich selbst. Die Farben in ihren Augen wechselten jetzt rasch, und ihr Singsang ertönte ruhig und melodiös. Wenn ich nicht so darauf konzentriert gewesen wäre, den Sinn ihres Gesangs zu ergründen, hätte ich mich einfach nur dem faszinierenden Klang ihrer Stimme hingegeben.

»Warum sagst du nichts?«, fragte sie. »Oder möchtest du jetzt lieber hören, was das Erstaunlichste an euch Menschen ist?«

»Nein – das heißt, ja.«

»Eure Güte. Ihr Menschen seid von einer entwaffnenden Güte, mein lieber Eli.«

Natürlich hätte ich Viola davon erzählen können, wie böse wir Menschen zuweilen sein können, doch das wollte ich nicht. Violas Meinung über uns schmeichelte tatsächlich meiner Eitelkeit.

Sie kam wieder auf die Macht des Menschen zu sprechen: »Unter den Naturgewalten zählt allein die Fähigkeit zur Existenz. Das ist ein Naturgesetz. Einen Stern lässt es völlig kalt, ob er mit seiner Strahlung Leben fördert oder zerstört. Die Menschen dagegen verstoßen gegen dieses Naturgesetz. Ihre Macht ist nicht blind: Sie zerstören und erschaffen Planeten um des Lebens willen. Als die ersten Menschen zu uns kamen, gerieten wir in Panik. Wir erwarteten den Untergang. Doch dann halfen uns die Menschen dabei, uns vor der heftigen Strahlung im Sommer und vor den mörderischen Frösten im Winter zu schützen. Sie bauten uns Schutzräume, so müssen wir uns jetzt in der glühenden Sommerhitze nicht mehr im dichten Buschwerk unter den Bäumen verkriechen. Und wir leiden nicht mehr unter der Kälte, wenn unser Planet sich im Winter von der Wega entfernt, da uns die von euch geschaffene künstliche Sonne wärmt. Viele von uns glauben, dass die Menschen nur zu uns gekommen sind, um uns zu helfen, und keine anderen Ziele dabei verfolgten. Ist das nicht erstaunlich? Und hier auf der Ora versichern uns die Menschen, es sei ihre Pflicht, uns die bestmöglichen Bedingungen zu schaffen. So seid ihr Menschen! Ihr fühlt euch verpflichtet, anderen Wesen zu helfen. Ich kann mir nichts Edleres denken.«

»Würdet ihr es denn nicht genauso machen? Angenommen, ihr kämet auf einen anderen Planeten und ...«

»Ich weiß nicht«, unterbrach mich Viola. »Das Leben auf den Planeten der Wega ist hart, und wir verfügen nicht über Maschinen wie ihr. Ich fürchte, wir würden uns überall zunächst einmal um uns selbst sorgen. Schau, als du vorhin ohne Ankündigung zu uns kamst, hatten alle Angst vor dir, und als ich mich dir näherte, versuchte man uns zu trennen. Und jetzt sitze ich neben dir und fühle mich wohl in deiner Gesellschaft. Ich finde es wunderbar, dass es euch Menschen gibt!«

Violas Körper verströmte warmes Licht, und ihr Gesang rührte mich an. In jenem Moment fühlte ich mich als Vertreter der Menschheit, und es machte mich stolz, dass man uns solche Wertschätzung entgegenbrachte. Mir fiel wieder ein, wie abschätzig sich Romero über die künstliche Sonne geäußert hatte, für die Viola den Menschen so dankbar war. Ich wusste, dass die Besatzung des Sternenpflugs, der seinerzeit auf die Wega entsandt worden war, seine gesamten Aktivstoffreserven für dieses künstliche Gestirn aufgebraucht hatte, obwohl dies im Expeditionsplan keineswegs vorgesehen war. Selbst die Aussicht, sich auf der Erde dafür rechtfertigen zu müssen, hatte sie nicht davon abhalten können.

Ich versuchte mir den Planeten vorzustellen, auf dem Viola lebte, die grauenvolle Hitze, die ihn sommers versengte, die gnadenlose Kälte und Finsternis, die winters dort herrschte. In der Ferne blinkte die bläulich-weiße Wega, ein wunderschöner, aber nicht gerade lebensfreundlicher Stern.

Gewiss, man kann sich auch härtesten Bedingungen anpassen – und die Wegabewohner hatten es geschafft, doch um den Preis höllischer Qualen. Ich stand sowohl mit dem Herzen als auch mit dem Verstand auf der Seite derjenigen, die einen Lichtstrahl in ihre eisige Finsternis geworfen hatten. Aber zweifellos gab es außer Romero noch mehr Menschen, die uneigennützige menschliche Hilfe für reine Verschwendung hielten. Doch das wollte ich Viola im Augenblick nicht sagen.

In der Zwischenzeit hatte der Mond begonnen, sich wieder in eine Sonne zurückzuverwandeln. Man konnte dabei zusehen, wie sie an Kraft und Helligkeit gewann. Die Sterne verblassten und verschwanden schließlich ganz. Viola schmiegte sich an meine Schulter. Ich hatte Lust, sie zu küssen, aber ich traute mich nicht, denn ich hatte keine Ahnung, ob Wegamädchen solche Zärtlichkeit als angenehm empfinden. Doch auch ohne Küsse fühlte ich mich glücklich.

»Es wird Tag«, flüsterte ich.

»Ja, und du musst gehen«, erwiderte sie leise. »Danke, dass du heute Nacht gekommen bist, Eli.«

»Ich habe dir zu danken, Viola, für die schönste Nacht, an die ich mich erinnern kann.«

»Was fandest du so schön daran?«

»Die Tatsache, dass wir hier zusammen saßen und gespürt haben, dass uns eine starke Kraft verbindet, so verschieden wir auch sind.«

Mit einer tänzelnden Melodie auf den Lippen entschwand Viola als rotglühender Wirbel in der Tiefe des Parks. Und ich schlenderte selig zum Ausgang.

31

Ich wollte zu Wera, doch sie kam mir zuvor. Am Eingang zu unserem Hotel erschien eine Videosäule. Wera saß an ihrem Schreibtisch und sah müde aus.

»Hast du heute Nacht überhaupt geschlafen, Bruder?«, fragte sie und musterte mich von oben bis unten. »Du warst nicht im Hotel.«

»Ich habe die Nacht mit Viola im Park der Wegabewohner verbracht.«

»Das habe ich mir schon gedacht. Ich habe auch nicht geschlafen. Es war eine unerfreuliche Nacht: nichts als Streitereien. Wie herzlos manche Menschen doch sein können!«

Mir war klar, dass sie damit Romero meinte. Selten hatte ich Wera so erschöpft gesehen. Gewöhnlich zog sie aus Streitgesprächen Inspiration. Diskussionen waren eher ein belebendes Elixier für sie, als dass sie dabei Kräfte ließ. Zwischen ihr und Romero musste etwas sehr Ernstes vorgefallen sein.

»Nimm eine Strahlendusche, und mach dir keinen Kopf wegen der Herzlosigkeit anderer«, riet ich ihr.

»Darüber kann ich nicht hinwegsehen. Wenn sich die Herzlosigkeit erst einmal in den Köpfen vieler Menschen ausbreitet, wird sie zu einer echten Bedrohung. – Ich habe dich gerufen, um dir für heute freizugeben.«

Nach dem Frühstück ging ich zu André. Lussin saß bei ihm im Zimmer. Ich schlug ihnen vor, gemeinsam nach neuen Erkenntnissen über die Galakten zu suchen. Doch André hatte andere Pläne: Er war im Begriff, den Konferenzsaal für sein Konzert vorzubereiten.

»André, ich bitte dich! Du wirst sehen, die Außerirdischen werden deine Symphonie auch nicht besser finden als wir Menschen«, stichelte ich. »Musik soll Freude machen und nicht Qualen bereiten.«

»Tragik liegt über unserem Jahrhundert!«, entgegnete André gereizt. »Die Musik muss dies widerspiegeln. Schau dich doch mal um in der Welt: überall Leid! Und jetzt kommen auch noch diese unseligen Menschenähnlichen und ihre mysteriösen Feinde dazu.«

André war offensichtlich in der Stimmung, einen heftigen Streit anzuzetteln, doch ich ließ ihn abblitzen und wandte mich Lussin zu. Den konnte man leichter zu etwas überreden.

Schon kurze Zeit später schleppte Lussin ein Dechiffriergerät herbei. Unten auf der Straße luden wir es auf einen Avia-Trolley und begaben uns zur Herberge *Sternbild Adler*.

Der Gedanke, bei den Altairen nach Erkenntnissen über die Galakten zu forschen, war mir schon am Vortag gekommen. Außerdem wollte ich ihre Malerei kennenlernen. Spychalski hatte so von ihrer künstlerischen Begabung geschwärmt, dass ich neugierig geworden war.

In der Eingangshalle schlüpften wir in die Spezialanzüge und erhielten Gammalampen.

Der Raum hinter der Eingangshalle war leer. Wir leuchteten nach allen Seiten – niemand war zu sehen. Am Ende des Raums öffnete sich ein Tunnel, durch den wir auf das offene Areal hinaustraten, wo die Altairen ihrer Arbeit nachgingen. Mir wurde beklommen zumute, als ich das weitläufige Gelände erblickte. Am Himmel hing eine bläulichweiße Kugel, ein Imitat des unerbittlichen Sterns Altair. Die Luft über der Ebene flimmerte. Kein einziger Grashalm belebte den verbrannten Boden – kahler weißer Stein, knirschender Sand und stickiger Staub, der unter unseren Schritten aufwirbelte.

»Ist das eine Gegend!«, sagte ich. »Hier möchte ich nicht mal begraben sein.«

Lussin blieb sich treu: »Großartig hier! Wüste! Vom Feinsten.«

Bald stießen wir auf die Bauten der Altairen – fensterlose Würfel aus Stein, die sich bis zum Horizont erstreckten. Wir betraten einen der Steinklötze und leuchteten ihn mit unseren Lampen aus. An den Wänden erschienen lumineszierende Bilder, deren Farbe und Intensität sich änderten, sobald wir die Lampen schwenkten. Schaltete man die Lampen aus, erloschen die Bilder allmählich.

Eine seltsame Malerei war das: nur Linien, chaotisch verschlungene, scharfe, weiche und gewundene Linien – keine Flächen, sondern nur Umrisse. Ich musste an die Peano-Kurve denken, die weder Breite noch Dicke aufweist, aber dennoch einen beliebigen Raum ausfüllt. Die von den Altairen gezeichneten Linien erzeugten eine Art Drei-D-Effekt, Landschaft und Gegenstände wirkten wie in der freien Natur. Auf den Bildern war immer dieselbe, erbarmungslose Landschaft dargestellt: eine gleißende Sonne, Steine, Sand und Gebäude. Und überall waren auch die Altairen selbst zu sehen – fadenbeinige, spinnenähnliche Geschöpfe. Vor einem Bild stand ich lange. Zwei Altairen kämpften, ihre Extremitäten waren ineinander verschlungen und die kugeligen Rümpfe gegeneinandergestemmt. Es war ein sehr ausdrucksstarkes Bild: Der Kampf wirkte erbittert, energiegeladen und furios. Ich ging an der einen Wand entlang, Lussin an der anderen.

»Eli! Schau mal, hier!«, schrie Lussin plötzlich auf und zeigte mit dem Finger auf ein anderes Bild.

Auf dem Kunstwerk waren Galakten dargestellt. Auf einem Felsen lag ein sterbender bärtiger Galakt, der mit einem roten Umhang und kurzer Hose bekleidet war. Kraftlos hing seine linke Hand herab, während er die rechte an seine Brust presste. Die Augen des Sterbenden waren geschlossen, sein Mund verzerrt. Nicht weit davon entfernt standen drei gefesselte Galakten. Man konnte deutlich die Kette erkennen, mit denen ihre Hände hinter dem Rücken zusammengebunden waren. Mit außerordentlicher Meisterschaft waren der Schmerz im Antlitz des Sterbenden wie auch die stille Verzweiflung der drei Gefangenen dargestellt. Sie blickten uns nicht an, sondern hatten die Köpfe gesenkt wie jemand, der sich widerstandslos in sein Schicksal ergibt. Über ihnen schwebten Altairen. Sie wirkten wie bestürzte Zuschauer, ohnmächtig, irgendetwas zu unternehmen.

»Wo sind denn nur diejenigen, von denen die Galakten gefangen genommen wurden?«, überlegte ich laut. »Die Altairen waren es bestimmt nicht, die sehen ja selbst völlig entsetzt aus. Nicht der geringste Hinweis auf die Feinde! Kannst du dir einen Reim darauf machen, Lussin? Mit jeder neuen Entdeckung werden diese Zerstörer geheimnisvoller.«

»Rätselhaft. Wir müssen weitersuchen.«

Wir gingen von einem Gebäude ins andere, im Schein der Gammalampen leuchteten immer neue Bilder auf, doch auf keinem davon waren Galakten, geschweige denn Zerstörer dargestellt.

»Wir müssen die Altairen suchen«, sagte ich. »Sie allein können uns ihr rätselhaftes Bild erklären.«

Nachdem wir eine Zeit lang in der glutheißen Wüstenlandschaft umhergeirrt waren, erblickten wir eine Schar Altairen, die eifrig damit beschäftigt waren, Steine zu behauen und zu einer Baustelle zu schleppen. Sie arbeiteten flink und geschickt, wobei ihnen ihre zwei Dutzend biegsamen Gliedmaßen sehr zugutekamen.

Die spinnenförmigen Gebilde leuchteten in den Strahlen der Altair-Attrappe, jedoch schwächer als in dem Raum, wo wir sie gestern zum ersten Mal getroffen hatten. Hier draußen wirkten sie noch mehr wie Gespenster.

Als die Altairen uns bemerkten, ließen sie alles liegen und stehen und kamen uns entgegengelaufen. Freudig drängten sie sich heran und versuchten, uns mit ihren Härchenbeinen freundschaftlich zu umfangen. Wir mussten unsere Schutzfelder verstärken. Ich stellte das Dechiffriergerät ein und begrüßte sie herzlich.

»Eure Bilder gefallen uns sehr, liebe Freunde.«

»Ja, ja!«, erwiderten sie. »Wir lieben es zu zeichnen.«

»Auf einem eurer Bilder habt ihr Wesen dargestellt, die uns Menschen ähnlich sehen. Wir würden gerne wissen, wen ihr da gezeichnet habt.«

Als das Dechiffriergerät meine Frage in Gammastrahlung übersetzte, schienen die Altairen zu versteinern. Hätten sie Augen gehabt, hätten sie uns bestimmt entsetzt angestarrt. Dann kam Bewegung in den Kreis, den sie um uns gebildet hatten. Trippelnd suchten die spinnenförmigen Wesen den Rückzug.

»Was haben sie?«, fragte ich Lussin. »Meine Frage scheint sie erschreckt zu haben.«

»Wiederhole nochmal«, riet Lussin. »Haben nicht verstanden.«

Ich schwieg einige Zeit und beobachtete die Altairen. Sie schienen abzuwarten, ob ich noch irgendetwas Schlimmes sagen würde. Als ich mich endlich aufraffte und sie ein zweites Mal fragte, wer auf dem Bild dargestellt sei, brach Panik unter ihnen aus. Innerhalb weniger Sekunden standen wir allein da, und von den Altairen war nichts mehr zu sehen.

»Das ist ja eine schöne Geschichte! Verstehst du das?«

»Ja«, antwortete Lussin. »Ein Rätsel.«

32

Nachdem wir die Herberge der Altairen verlassen hatten, erinnerte sich Lussin wehmütig an seine Ungeheuer, die er auf dem Pluto hatte zurücklassen müssen. Er machte sich ernsthaft Sorgen um sie.

»Was soll ihnen schon passieren?«, sagte ich. »Die Pegasusse werden sich wie üblich in den Haaren liegen und die Drachen friedlich an ihrem Heu kauen. Was hätten deine primitiven Kreaturen hier auf der Ora verloren?«

»Pah, das verstehst du nicht«, grummelte er.

»Ach, hör auf damit, Lussin, dein künstliches Getier langweilt mich. Ich wünschte, die Pegasusse endeten alle im Rachen eines Drachen.«

Lussin bekam einen Lachanfall. Hinterher erklärte er mir, selbst seine beiden friedlichsten Pegasusse würden den stärksten Drachen mit Leichtigkeit in die Flucht schlagen.

Als wir zu unserem Hotel zurückkamen, fanden wir niemanden, mit dem wir uns über unsere Entdeckung hätten austauschen können: André war nicht da, zu Romero wollte ich nicht gehen, und Spychalski war mit seiner Administration beschäftigt. Ich ging auf mein Zimmer, um wenigstens ein Stündchen Schlaf nachzuholen. Von einem Anruf Weras wurde ich geweckt. Sie rief mich zu sich.

Wera ging nervös in ihrem Zimmer auf und ab. Hin und wieder hob sie einen Gegenstand vom Tisch auf, ließ ihn abwesend durch die Hände gleiten und legte ihn dann wieder zurück. Auf Weras Schreibtisch lag jede Menge Krimskrams herum: beschriftete Kristalle, Kämme, Schminkspiegel, Parfums und Bücher aus dem ersten Jahrhundert.

Wenn Wera sich aufregt, werden ihre Augen dunkler. In diesem Augenblick waren sie beinahe schwarz. Mit einer ruckartigen Kopfbewegung schüttelte sie sich die Haare aus dem Gesicht. Das tut sie immer, wenn sie wütend ist. »Sie schüttelt den Kopf wie ein Pferd«, dachte ich als Kind rachsüchtig, wenn sie mir wieder einmal die Leviten las. Sie sieht unglaublich hübsch aus, wenn sie sauer ist! Die unangenehmsten Momente meiner Kindheit sind untrennbar mit dem Bild ihres zornigen, hübschen Gesichts verbunden. Kein Wunder, dass ich so meine Schwierigkeiten mit hübschen Frauen habe. Heute sah Wera hübscher aus als jemals zuvor. Nun zweifelte ich nicht mehr daran, dass es zwischen ihr und Romero zum Bruch gekommen war.

»Na, was habt ihr Neues herausgefunden, Eli?«, fragte sie.

Ich berichtete Wera von dem bemerkenswerten Bild der Altairen. Es war ihr sofort klar, dass wir eine entscheidende Entdeckung gemacht hatten. Bisher war uns bekannt gewesen, dass die Galakten auf einem fernen Stern der Hyaden erschienen waren, einhundertfünfzig Lichtjahre von der Sonne entfernt. Nun waren Spuren von ihnen auf einem Planeten des Altair gefunden worden, also in unserer nächsten Sternenumgebung.

»Das ist außerordentlich wichtig«, sagte Wera. »Aus eurer Entdeckung ist zu folgern, dass die Galakten und ihre Feinde auch im Sonnensystem auftauchen könnten, wenn sie dort nicht schon waren. Was wir bislang als rein theoretische Möglichkeit erörtert haben, wird damit zu einer realen Gefahr. Bleibt die Frage: Wer sind diese Zerstörer, von denen die Galakten gefangen genommen worden sind? Weshalb sind sie auf dem Bild nicht zu sehen? Sie können doch keine Geister sein! Wie erklärst du dir, dass die Altairen vor dir und Lussin davongelaufen sind?«

Ich breitete ratlos die Arme aus.

»Noch ein Rätsel also! – Aber jetzt lass uns über etwas anderes sprechen.«

»Über etwas anderes? Du meinst, über Romero, nicht wahr?«, mutmaßte ich.

»Ja, über Romero. Vor drei Stunden haben Romero und ich die Bord-Universalmaschine befragt, wer von uns beiden Recht hat. Und die BUM hat geantwortet, dass ich im Unrecht sei. Die Hilfsaktionen für die Außerirdischen sind angeblich nicht mit dem Prinzip vereinbar, dass alles zum Wohle der Menschheit zu geschehen habe.«

»Der Bordrechner hat sich eben geirrt. Auf der Erde werden wir die Zentrale Universalmaschine befragen.«

»Nein, Eli. Die Antwort der BUM ist verlässlich. Sie hat zwar weniger Wissen eingespeichert als die ZUM, doch die wichtigsten Prinzipien legt sie korrekt aus. Von der ZUM werden wir dieselbe Antwort erhalten.«

Ich sah Wera mit großen Augen an. Es war gar nicht ihre Art nachzugeben, wenn sie sich im Recht fühlte. Und ich hatte Mitleid mit den schönen Wegabewohnern, den gutmütigen, wenn auch radioaktiv verseuchten Altairen und selbst mit den geschwätzigen, stinkenden, aber auf ihre Weise sympathischen Engeln.

»Romero hat sich die neuesten Erkenntnisse geschickt zunutze gemacht«, erläuterte Wera. »Er behauptet, dass die Menschheit vom Untergang bedroht sei. Und unsere Maschinen unterstützen seine Sicht der Dinge, denn wenn die Menschheit in Gefahr ist, müssen die Interessen des Menschen natürlich absolut im Vordergrund stehen. Es sind eben Maschinen, und so ist es auch kein Wunder, dass sie wie Maschinen denken!«

»Du gibst dich aber schnell geschlagen, Wera. Etwas zu schnell, wie ich finde.«

Sie ging zum Fenster und verschränkte die Arme im Nacken. Ich sah sie jetzt nur im Profil: die gleichmäßige Nase, die schmalen Brauen, die hohe Stirn und ihre üppigen, roten Lippen, die aus ihrem blassen Gesicht grell herausstachen. Sie wandte sich vom Fenster ab und blickte mich streng an.

»Du meinst also, ich würde mich geschlagen geben?«

»Es würde mich freuen, wenn es nicht so wäre.«

»Ich gebe nicht nach! Im Gegenteil, ich werde für meine Überzeugung kämpfen. Aber nicht gegen eine Maschine. Was stellt diese Maschine schon dar? Sie ist nichts weiter als ein Informationsautomat. Sie spuckt stets das aus, womit man sie zuvor gefüttert hat. Ich möchte die Menschheit vor die Frage stellen, ob es nicht an der Zeit wäre, die Prinzipien unserer Gesellschaftsordnung auf den Prüfstand zu stellen. Diese Prinzipien existieren schon seit fünfhundert Jahren und wurden nie verändert. Meiner Ansicht nach ist jetzt der Moment gekommen, sie weiterzuentwickeln.«

»Mach es nicht komplizierter als es ist«, entgegnete ich. »Man müsste einfach die Frage anders formulieren, dann gibt die Maschine auch eine andere Antwort. Romero ist schlau, er hat einen spitzfindigen Trick angewandt. Du musst ihn mit seinen eigenen Waffen schlagen.«

»Du irrst dich, Eli. Romero ist nicht schlau. Er ist intelligent, aber primitiv. Schon unter den Wilden hat es intelligente Menschen gegeben. Ich werde die Auseinandersetzung mit Romero offen und direkt führen. Hör dir an, wie ich mir die Sache vorstelle.«

Wera erzählte gern zuerst ihren Vertrauten, was sie dann später im Staatsrat vorzutragen gedachte. Ich konnte ihre langen Reden nicht ausstehen, doch in diesem Fall sprach sie mir aus der Seele.

Sie begann beim Jahr 2001 der alten Zeitrechnung, jenem denkwürdigen Jahr, als sich die Menschheit zu einer geeinten Gesellschaft zusammenschloss und auf dem Erdball endlich ein für alle Mal alle Streitereien zwischen verschiedenen Nationalitäten, Klassen und Staaten ausgeräumt wurden. Das Jahr der Vereinigung wurde das erste Jahr der neuen Ära, die wahre Geschichte der Menschheit begann mit der Verwirklichung des Prinzips: »Die Gesellschaft besteht zum Wohle des Menschen. Jedem nach seinen Bedürfnissen, jeder nach seinen Fähigkeiten.«

In den ersten Jahren der neuen Zeitrechnung war dieses Prinzip nur ein frommer Wunsch gewesen, denn die große Idee im täglichen Leben umzusetzen stellte die Menschen vor gewaltige Schwierigkeiten. Über fünfhundert Jahre waren seitdem verstrichen, und in dieser Zeit hatte sich die Menschheit weiterentwickelt. Sie war in sich selbst versunken, die übrige Welt interessierte sie nur in dem Maße, wie sie ihre Lebensbedingungen unmittelbar beeinflusste. Blickt man zurück, stellt man überwältigt fest, dass in allen vorangegangenen Jahrtausenden zusammen nicht so viel Positives für den Menschen erreicht wurde wie in diesen letzten fünf Jahrhunderten. Wie kläglich nimmt sich das vormals verheißene Paradies neben der heutigen Erde aus!

Endlich hatte der Mensch die Möglichkeiten, die in ihm schlummerten, ausgeschöpft – nun war er wirklich Mensch geworden und hatte sich ein wahrhaft menschliches Leben aufgebaut.

Doch selbst nach diesem großen Schritt ist der Mensch noch nicht ansatzweise dazu in der Lage, über seinen Tellerrand hinauszuschauen. Sein Weltbild ist egozentrisch, im Zentrum des Weltalls sieht er sich selbst, und alles Übrige dreht sich um ihn herum. Doch im Laufe der Zeit erkennt er schließlich seinen wahren Platz in der Welt. Und der befindet sich mitnichten in ihrem Zentrum. Der Mensch ist nicht der Nabel der Welt.

Dies ist die Situation, in der sich die Menschheit heute befindet. Wir haben einen Blick über den Zaun geworfen und gesehen: Es gibt unendlich vielfältige Formen vernunftbegabten Lebens. Die Natur hat sich im Menschen nicht erschöpft. Bei den

Aldebaranen oder den Altairen musste sie auf dem Weg zur Entwicklung der Vernunft wahrscheinlich sogar weit größere Hindernisse aus dem Weg räumen. Endlich hat die Menschheit ihren Platz im Universum erkannt – es ist ein bescheidener Platz. So in etwa lauteten die Ausführungen meiner Schwester.

»Jetzt wird sich zeigen, ob der Mensch über sich hinauswachsen kann!«, fuhr Wera enthusiastisch fort. »Wir haben andere Gesellschaften entdeckt – was haben wir dort vorgefunden? Haben sie einen Lebensstandard wie wir? Haben sie ihn übertroffen? Ist es ihnen gelungen, die mächtigen Kräfte zu beherrschen, die uns zu Diensten sind? Nein! Sie haben sich die Natur nicht unterworfen, sondern sie werden von ihr beherrscht. Mühsam ringen sie um ihre Existenz, ihr Leben ist ein stetiger Kampf um Wärme, Licht und das tägliche Brot, das sie sich im Schweiße ihres Angesichts …«

An dieser Stelle unterbrach ich Wera: »Das gilt aber nicht für die Galakten, sie haben eine entwickelte Maschinenzivilisation.«

»Bislang wissen wir wenig über sie«, entgegnete Wera. »Vielleicht schließen wir mit den Galakten später einmal ein Bündnis, um die Gesellschaften niederer Entwicklungsstufen gemeinsam zu unterstützen. Aber derzeit stehen wir mit dieser Aufgabe allein da.«

Wera hatte in der Zwischenzeit sicherlich schon einige Kilometer rund um ihren Schreibtisch zurückgelegt. Für einige Augenblicke schaute sie schweigend zum Fenster hinaus, dann setzte sie ihre Rede fort: »Man muss sich in Erinnerung rufen, wie das Verhältnis der Menschen zueinander sich verändert hat. In den Anfängen der Menschheit war dieses Verhältnis von Hass geprägt: ›Homo homini lupus!‹ oder ›Jeder für sich, ein Gott für alle!‹ – das waren die brutalen Losungen jener fernen Zeiten. Als die Menschheit sich einte, wurden sie durch eine andere Losung ersetzt: ›Der Mensch sei dem Menschen Freund, Genosse und Bruder.‹ Fast fünf Jahrhunderte lebten wir unter dem Schutz dieser edlen Formel, denn außer uns selbst kannten wir ja niemanden. Nun aber ist die Zeit gekommen, diese Formel zu erweitern: ›Der Mensch sei der Freund aller vernunftbegabten und dem Guten verschriebenen Existenz im All!‹ Romero ist der Ansicht, dass diese Formel gegen das Prinzip ›Die Gesellschaft besteht zum Wohle des Menschen – jedem nach seinen Bedürfnissen, jeder nach seinen Fähigkeiten‹ verstößt. Doch ich behaupte: Wenn meine Formel akzeptiert wird, dann bleibt das Prinzip ›Jedem nach seinen Bedürfnissen‹ in Kraft. Der alte, aus dem zwanzigsten Jahrhundert stammende Begriff ›Bedürfnisse‹ ist zu eng gefasst. Damals verstand man unter den Bedürfnissen die Gewährleistung eines versorgten, gerechten Lebens des Menschen unter seinesgleichen – andere Sternenvölker kannte man damals noch nicht. Nun aber sieht sich der Mensch ganz anderen Welten gegenüber. Können wir denn wirklich gleichgültig sein gegenüber dem Schicksal vernunftbegabter Wesen, die mit primitiven Mitteln um Licht, Wärme und Nahrung ringen? Bringen wir es wirklich übers Herz, ihnen die kalte Schulter zu zeigen nach dem Motto: ›Seht selbst zu, wo ihr bleibt‹? Wenn wir jedoch diese neuen Verpflichtungen anerkennen, dann entstehen auch neue Bedürfnisse. Wir müssen uns unserer selbst als würdig erweisen! Indem wir uns der Welt öffnen, treten wir in ein neues Stadium unserer Entwicklung ein. Unsere Universalmaschinen sind auf dem Niveau einer Zeit stehen geblieben, in der die Menschheit ausschließlich um sich selbst kreiste. Sie stammen aus der Steinzeit unserer geistigen Entwicklung. Wir müssen sie umprogrammieren – das ist mein Plan. Ich glaube nicht, dass Romeros Standpunkt sich auf Dauer durchsetzen wird.«

Obwohl ich völlig auf Weras Seite stand, konnte ich mir nicht verkneifen, sie auf mögliche Gegenargumente hinzuweisen: »Das Problem mit den Galakten und Zerstörern bleibt aber trotzdem bestehen. Deine Gegner werden sagen, dass es riskant sei, sich auf kosmische Abenteuer einzulassen, wenn wir überhaupt nicht wissen, welche Gefahren uns drohen.«

»Aber ich habe eine Antwort auf ihre Einwände. Erstens: Welche Fakten stehen hinter den vagen Andeutungen über die Galakten und ihre Feinde? Das müssen wir mit allen Mitteln herausfinden. Zweitens: Es gibt keinerlei Grund, in Panik zu verfallen. Über Jahrmillionen haben sich diese geheimnisvollen Wesen in unserem Sonnensystem nicht blicken lassen, lediglich auf einzelnen Sternen haben sich Legenden über sie erhalten. Warum sollten wir uns also so verhalten, als stünde eine Invasion unmittelbar bevor? Es wäre doch lächerlich, in Angst und Schrecken zu verfallen angesichts nebulöser Informationen über Vorgänge, über die wir nahezu nichts wissen. Und drittens, das Wichtigste: Sollten tatsächlich irgendwo in den interstellaren Weiten schreckliche Kriege toben, die die Menschheit betreffen könnten, wäre das doch erst recht ein Grund, mit unseren Sternennachbarn ein Bündnis zu schließen, um feindliche Angriffe abzuwehren. Zusammen wären wir viel stärker als alleine. Im Übrigen teile ich Andrés Ansicht, dass wir die Galakten, die uns doch so ähnlich sehen, sehr wahrscheinlich zu Freunden gewinnen werden.«

»Was ist mit den Ressourcen, Wera? Die menschlichen Ressourcen sind nicht unerschöpflich. Du weißt, ich spreche nicht für mich, sondern nur einen möglichen Gedanken deiner Gegner aus.«

»Unsere Ressourcen sind gewaltig, und wir haben es in der Hand, sie weiter aufzustocken.«

Bevor ich Wera meine nächste Frage stellte, zögerte ich eine Weile, denn wir hatten uns bislang nie über persönliche Dinge unterhalten.

»Und Romero? Deine Argumente können ihn doch nicht unbeeindruckt gelassen haben. Bislang war ich immer der Meinung, dass ihr Geschwister im Geiste seid.«

»Das dachte ich auch«, erwiderte sie verbittert. »Ich glaubte, dass mir niemand näherstünde als er, abgesehen von dir natürlich. Vermutlich habe ich vor vielen seiner Fehler einfach die

Augen verschlossen. In der vergangenen Nacht hat er nur getobt und geschrien.«

»Hast du ihm nicht nahegelegt, er möge sich beruhigen?«

»Ich habe ihm gesagt, dass er mich anekelt, und ihn vor die Tür gesetzt.«

»Das sieht dir ähnlich. Diplomatie war noch nie deine Stärke.«

»Aber ich hatte Recht, Eli, und nur das zählt! Als er gegangen war, hatte ich das Gefühl, dass mir der Kopf zerspringt. Warum ausgerechnet Romero? Jeder andere würde mir nicht viel ausmachen. Aber Pawel! Ich habe an ihn geglaubt wie an mich selbst. Ich war stolz auf ihn. Du verstehst das nicht, Eli. Du hast noch nie jemanden geliebt.«

Der Enthusiasmus, mit dem sie mir ihre Rede präsentiert hatte, war völlig verflogen. Jetzt wirkte sie noch deprimierter als am Morgen.

Mir fiel nichts ein, womit ich sie hätte aufmuntern können. Stattdessen fragte ich: »Wie stellst du dir die Auseinandersetzung mit Romero vor?«

»Sobald wir auf die Erde zurückkommen, werden wir die Menschen bitten zu entscheiden, wer Recht hat. Der kollektive Verstand und der Wille der Menschen werden die Richter sein.«

33

André hatte einfach nicht glauben wollen, dass die Altairen geflüchtet waren, als wir die Galakten erwähnten. Er hatte sich sein KUD geschnappt und war selbst in die Herberge *Sternbild Adler* geeilt. Ich traf ihn beim Mittagessen. Missmutig schlürfte er eine Suppe, in die synthetische Nudeln eingelegt waren.

»Diese radioaktiven Spinnen sind richtige Angsthasen«, schimpfte André. »Vor mir sind sie noch schneller getürmt als vor euch. Trotzdem ist es mir gelungen, einige ihrer Gedanken aufzuzeichnen.«

André berichtete, dass in den Gehirnen der Altairen ein großes Durcheinander herrsche. Das Dechiffriergerät war außerstande, ihre Gedanken klar zu übersetzen.

»Und das interessante Bild, das ihr entdeckt hattet, ist verschwunden«, fügte André hinzu. »Die Altairen haben es vorsorglich entfernt.«

»Was denkst du darüber, André?«

»Gar nichts. Dafür weiß ich, warum ihr die Zerstörer auf dem Bild nicht gesehen habt.«

»Wahrscheinlich haben wir sie aus demselben Grund nicht gesehen, weswegen auch sonst niemand sie je gesehen hat – wenn man einmal die Aufzeichnungen vom Flammenden B zugrunde legt.«

»Genau so ist es. Aber hast du eine Erklärung dafür?«

»Bedauere. Nun lass schon hören, was für eine neue brillante Theorie du dir zurechtgelegt hast!«

»Das Geheimnis besteht darin, dass die Zerstörer unsichtbar sind.«

Der Gedanke schien mir so absurd, dass ich unwillkürlich losprustete: »Lächerlich, André. Das erste Rätsel hättest du damit zwar gelöst, aber gleichzeitig wirfst du ein neues Rätsel auf, das noch viel schwieriger ist.«

»Du bist ein Pedant, Eli. Und furchtbar konservativ. Jeden neuen Gedanken lehnst du allein deshalb ab, weil er neu ist. Denk mal in Ruhe darüber nach.«

Er winkte mir flüchtig zu und eilte davon, um die letzten Vorbereitungen für sein Konzert zu treffen. Er bricht Streitgespräche gerne auf diese Weise ab, damit er das letzte Wort hat.

Ich besuchte Trub. Man hatte den widerspenstigen Engel morgens herausgelassen, doch auf dem Hauptplatz hatte er abermals randaliert. Spychalski fackelte nicht lange und ließ ihn wieder in sein Einzelquartier schaffen.

Mir schien, als freute sich Trub über meinen Besuch, obwohl er das durch keine Flügelregung zeigte. Knurrend blickte er mich von der Seite an.

»Wie geht's, Trub? Hast du immer noch Alpträume?«

»Ich will nicht länger hierbleiben«, polterte er. »Schickt mich nach Hause. Ich hasse die niederen Zweiflügler, die ihr so hofiert.«

»Es sind nicht nur Zweiflügler hier, Trub. Auch Vierflügler trifft man ab und an.«

»Die hasse ich auch. Alle hasse ich!«

»Aber dich selbst magst du schon, oder?«

Trub schaute mich mit großen Augen an. Meine Frage hatte ihn völlig aus dem Konzept gebracht.

»Ich weiß nicht«, sagte er beinahe höflich. »Darüber habe ich nicht nachgedacht.«

Ich klopfte ihm auf die Schulter und tätschelte seine prächtigen Flügel.

»Du bist dumm, Trub!«, sagte ich gutmütig.

Er schwieg und sträubte gereizt seine Federn. Als ich mich erhob, lag eine beinahe menschliche Traurigkeit in seinen Augen.

»Du hast mir nicht geantwortet, Mensch. Wann bringt ihr uns zurück?«, fragte er grimmig.

»Die Konferenz der Sternenvölker wird gerade vorbereitet. Wir werden über Kommunikationsformen, über interstellare Flugverbindungen und dergleichen diskutieren. Und nach der Konferenz geht's für alle ab nach Hause!«

»Die Konferenz ist mir gleichgültig«, keifte er und verschränkte bockig die Flügel vor der Brust. »Die Zweiflügler werden über interstellaren Handel faseln. Ich kann diese Krämerseelen nicht leiden!«

Ich war schon in der Tür, als ich ihn schnell noch fragte: »Kannst du mich leiden? Soll ich wiederkommen?«

»Komm nur! Und auch deine Kameraden sind mir willkommen.«

Den Abend verbrachte ich bei Viola. Diesmal zeigten die Wegabewohner keine Furcht, als ich allein in ihre Herberge kam. Ich fand die schlangenartigen Wesen immer faszinierender. Am aufregendsten fand ich natürlich Viola. Sie erzählte aus ihrem Alltagsleben. Ich hörte ihr nicht besonders aufmerksam zu, sondern weidete mich einfach an ihrem Anblick. Irgendwann unterbrach sie sich.

»Warum starrst du mich so an, Eli?«

»Starre ich dich etwa an?«

»Ja. Deine Augen werden trüb, wenn du dich in Gedanken verlierst.«

»Das wusste ich nicht. Die menschlichen Augen kann man natürlich nicht mit euren vergleichen. Wir haben für das ganze Leben nur eine Augenfarbe. Ziemlich langweilig, nicht?«

»Dafür habt ihr ein schönes Lächeln. Wenn du lächelst, kriege ich Herzklopfen. – Warum wirst du jetzt rot?«

»Du bist sehr geradeheraus. Bei uns ist dieser Charakterzug nicht so verbreitet.«

»Was bedeutet geradeheraus?«

»Wie soll ich dir das erklären? Wenn bei uns jemand etwas an einem anderen gut findet, dann sagt er ihm das, um ihm eine Freude zu bereiten.«

»Das ist bei uns genauso.«

»Schon, aber wenn wir an einem anderen etwas schlecht finden, dann sagen wir es ihm nicht, um ihn nicht zu kränken.«

»Das verstehe ich nicht. Er müsste doch dankbar sein, wenn man ihm sagt, dass etwas an ihm schlecht ist. Das gibt ihm die Chance, sich zu bessern.«

»Ach, weißt du, auf der Erde freut sich noch nicht mal eine Maschine, wenn man ihr etwas vorwirft.«

Viola dachte nach. Wenn sie über etwas brütet, sieht sie noch hübscher aus als sonst. Ihre Augen beginnen dann noch feuriger zu leuchten. Und wenn sie den Kopf wendet, tauchen in der Dunkelheit Dinge auf, die sie mit ihren Augen anleuchtet.

»Wir müssen uns bald trennen«, sagte ich.

»Bedrückt dich das?«

»Ja. Ich werde dauernd an dich denken.«

»Das geht mir genauso. Wenn du nicht da bist, denke ich an dich.«

So hätte ich mich noch stundenlang mit ihr unterhalten können. Ich legte ihr den Arm um die Schulter und rückte ganz nahe an sie heran. Sie sah mich verwirrt an. Als ich ihre Lippen mit den meinen berührte, fragte sie ernst: »Was machst du denn da?«

Was hätte ich ihr in diesem Moment antworten sollen? Ich erklärte ihr, dass man eine solche Berührung einen Kuss nennt.

»Ich kann nicht gerade behaupten, dass ich das als angenehm empfinde«, erwiderte sie nüchtern. »Aber wenn dir danach ist – meinetwegen.«

»Du musst es ja nicht lange ertragen.«

»Du wirst mir fehlen, Eli.«

»Du fehlst mir jetzt schon, Viola. Nach irdischen Begriffen bist du gleichzeitig da und nicht da. Du bist begehrenswert und doch unerreichbar.«

»Sonst hast du immer gesagt, ich sei schön. Ist denn Schönheit unerreichbar? Du lässt doch die ganze Zeit kein Auge von mir, also siehst du sie doch.«

»Man kann schön und begehrenswert sein, aber auch schön und unerreichbar, das eine schließt das andere nicht aus. Das Unerreichbare begehrt man mitunter noch heftiger.«

»Das liegt wahrscheinlich daran, dass ihr Menschen oft nach Unmöglichem strebt. Wir dagegen wünschen uns nur das, was man grundsätzlich erlangen kann. Etwas Unerreichbares gibt es für uns nicht, weil wir nichts anstreben, was nicht realisierbar ist.«

»Wir Menschen würden einer nach dem anderen an Langeweile sterben, wenn wir das Leben so betrachten würden.«

»Ja, ja, ihr seid schon ein absonderliches Völkchen.«

»Dann erkläre mir, warum du hier mit mir zusammensitzt.«

»Du erzählst viele interessante Dinge.«

»Andere Menschen hätten viel interessantere Dinge zu erzählen als ich. Dennoch möchtest du ausgerechnet mich sehen. Warum triffst du dich mit mir und nicht mit Lussin?«

»Du bist mir angenehmer«, gab sie zu. »Wenn ich tagsüber daran denke, dass ich dich am Abend sehen werde, wird mir innerlich ganz warm. Ich weiß nicht, was das zu bedeuten hat. Bei uns verhält man sich jedem anderen gegenüber gleichermaßen freundschaftlich.«

»Bei uns dagegen hat man zu bestimmten Menschen ein ganz anderes Verhältnis als zu allen übrigen. Dieses besondere Verhältnis nennen wir Liebe. Und wir erwarten gar nicht, dass die Liebe besonders logisch ist.«

»Alle Erscheinungen besitzen eine Logik. Also muss auch die Liebe eine haben.«

»Mag sein, aber sie hat ihre eigene, ganz besondere Logik. Jemandem, der die Liebe nicht kennt, erscheint sie einfach als Verrücktheit. Wenn uns Menschen die Verrücktheit der Liebe nicht auffällt, dann liegt das nur daran, dass sie unter uns ziemlich verbreitet ist. Es gibt kaum jemanden, der sich nicht wenigstens einmal verliebt hätte.«

»Ihr Armen! Es muss schrecklich für euch sein, wenn euch so ein Unglück wie die Liebe ereilt.«

»Im Gegenteil. Wir vergöttern die Liebe. Das Beste im Menschen ist mit der Liebe verbunden. – Aber lass uns jetzt nicht weitersprechen, Viola. Auf der Erde ist es Brauch zu schweigen, bevor man sich trennen muss.«

Wir schwiegen, und Viola schmiegte sich ganz dicht an mich. Ich weiß nicht, ob sie mir damit einen Gefallen tun wollte oder ob ihr wirklich danach war. Ich habe sie nicht gefragt. Mir wurde klar, dass meine Leidenschaft für sie sinnlos war, und diese Erkenntnis erfüllte mich mit Bitterkeit. Man kann mit Außerirdischen zusammenarbeiten, Freundschaft schließen, sie unterstützen und in unserer Wissenschaft und Technik unterweisen, doch sich in sie zu verlieben ist widernatürlich. Die Liebe ist menschlich, allzu menschlich, man kann sie nicht in andere Welten übertragen.

»Komm uns auf unserem Planeten besuchen«, sagte Viola. »Es würde dir bestimmt gefallen bei uns. Mehr als alle anderen Menschen möchte ich dich sehen.«

»Das ist aber nicht besonders logisch, Viola.«

»Stimmt. Du hast mich angesteckt mit deinen Absonderlichkeiten.«

Ich hielt ihre Hände und streichelte sie.

»Küss mich!«, sagte sie mit einem scharfen Lichtblitz.

»Mein begehrenswertes und doch unerreichbares Schlangenmädchen«, hauchte ich und küsste sie.

Meinen letzten Worten hatte sie mit angestrengter Aufmerksamkeit gelauscht. Ich ahnte, dass sie diese Worte später für sich wiederholen und versuchen würde, ihren Sinn zu ergründen. Mit einem Mal schämte ich mich für mein Verhalten. Es war nicht nötig, in der ausgeglichenen Seele dieses zarten Wesens Verwirrung zu stiften. Warum sollte ich sie mit der leidvollen Kultur menschlicher Sehnsüchte belasten? Wahrscheinlich würde sie doch nur deren Schattenseite, Kummer und Sorgen, erleben. Das Glück, das wir dabei empfinden, würde ihr verschlossen bleiben.

»Mein begehrenswertes und doch unerreichbares Schlangenmädchen!«, flüsterte ich und seufzte tief, während Viola in der Tiefe des Parks entschwand.

34

Die Konferenz der Sternenvölker wurde ein voller Erfolg. Der riesige Konferenzsaal war in Sektoren unterteilt, die durch spezielle Kuppelkonstruktionen gegeneinander abgeschirmt waren. In jedem Sektor herrschten spezielle Bedingungen. Die Aldebaranen fanden eine extreme Gravitation vor, die sie – aus ihrer Sicht – aufs Angenehmste plattdrückte, die Altairen die harte Strahlung ihres mörderischen Gestirns, die Wegabewohner verträumtes Halbdunkel und üppige Vegetation. Nur für die Engel von den Hyaden hatte man keine speziellen Vorkehrungen getroffen, da dieses Volk imstande ist, sich beliebigen Bedingungen anzupassen.

Viele Sektoren blieben leer. Die Ora-Konstrukteure hatten alle möglichen Lebensformen vorgesehen, von denen die Hälfte noch nicht entdeckt worden war.

Am liebsten hätte ich die Konferenz zusammen mit Viola im Sektor der Wegabewohner verfolgt, doch Wera bestand darauf, dass ich mich im Sektor »Sonne« einfand, wo die Menschen sich versammelten. Ich setzte mich zwischen Romero und André, in derselben Reihe hatten auch Allan, Olga, Lussin und Leonid Platz genommen, hinter uns saßen die Ora-Mitarbeiter, die gerade keinen Dienst hatten. Eine beträchtliche Menschenmenge hatte sich eingefunden, doch die Gäste von den anderen Sternen waren in der Überzahl und unter ihnen wiederum die Engel.

Die Tribünen, die sich in den einzelnen Sektoren wie in einem Amphitheater erhoben, waren bestuhlt, bewaldet oder einfach mit Steinplatten ausgelegt, je nachdem, wie es den Gewohnheiten des jeweiligen Sternenvolks am besten entsprach. Vor den Tribünen hatte man Videophone installiert, mit deren Hilfe die Redebeiträge in die für die jeweiligen Konferenzteilnehmer verständliche Form übersetzt wurden. Wera und Spychalski hatten als Vorsitzende der Konferenz an einem einzelnen Tischchen inmitten des Saales Platz genommen.

Mit dem Ellenbogen stieß ich André an, aus dessen Gesicht jede Farbe gewichen war. In den letzten Tagen hatte er sich mit den Engeln abgeplagt und darüber Essen und Schlafen vergessen, doch etwas Neues hatte er nicht erfahren. Auch aus den ängstlichen Altairen war nichts herauszubekommen, obwohl sie zweifellos etwas über die Galakten wussten.

»Man müsste ein Präsidium wählen«, sagte ich, »wie unsere Vorfahren es gemacht haben, einen Vertreter für jedes Sternenvolk. Was meinst du, André?«

»Frag Romero«, brummte er, »schließlich ist er der Spezialist für solche Dinge.«

Ich verzichtete darauf, Romero zu fragen. Der hatte seinen Gehstock zwischen die Beine geklemmt und ließ seine Hände auf dem Knauf ruhen. Demonstrativ gelangweilt ließ er den Blick durch den Saal schweifen.

»Was haben deine Nachforschungen ergeben?«, fragte ich André. »Du warst doch auch noch bei den Bewohnern des Aldebaran und der Kapella.«

»Genauso. Nichts.«

»Kein einziger Hinweis?«

»Ich habe doch gesagt: nichts! Oder muss ich dir ein Dechiffriergerät hinhalten, damit du mich besser verstehst?«

»Nicht mal ein Gedanke oder ein Traum?«

»Zum letzten Mal – nichts! Die Aldebaranen versuchen, so wenig wie möglich nachzudenken, und ihre Träume enthalten keine Bilder, sondern irgendwelche bunten Streifen.«

Während ich mich noch mit André unterhielt, forderte Spychalski Wera auf, die Ziele der ersten interstellaren Konferenz zu umreißen. In ihrer Rede verkündete Wera den Beginn einer neuen kosmischen Ära, die von der Kooperation der vernunftbegabten Sternenvölker geprägt sein würde.

André fand, dass Wera sich die interstellare Zusammenarbeit in allzu rosa Farben ausmale. »Eine galaktische Wohlstandsgesellschaft«, lästerte er gähnend. »Ein kosmischer Feinschmeckerklub, der in allen Planetensystemen synthetische Kartoffelknödel vom Himmel regnen lässt. Lächerlich!«

Sein beißender Spott provozierte mich. »Du weißt auch nicht, was du willst, André. Du warst es doch, der kürzlich eine Symphonie über die Harmonie der Sternenwelten komponiert hat.«

»Stimmt«, erwiderte André gleichmütig. »Ich bin auch nach wie vor ein Befürworter der interstellaren Zusammenarbeit. Trotzdem würde es nicht schaden, wenn unsere Sternenbrüder selbst einmal die Ärmel hochkrempeln würden.«

Romero schien nur Ohren für Wera zu haben. Seit einer Stunde saß er in unveränderter Pose da und hatte nicht einmal den Kopf bewegt. Doch mein Disput mit André war ihm offenbar nicht entgangen, denn plötzlich mischte er sich in unser Gespräch.

»Ihr erster vernünftiger Gedanke seit langer Zeit, werter André«, giftete er. »Nach ihrer gestrigen Theorie hatte ich schon die Sorge, dass man Sie als Denker endgültig abschreiben muss.«

»Welche von Andrés Theorien meinen Sie?«, fragte ich Romero. »Etwa die, wonach die rätselhaften Feinde der Galakten unsichtbar seien?«

»Nein, das war die vorletzte. Unser Freund André produziert am laufenden Band Theorien. Gestern versuchte er mir weiszumachen, dass der Mensch so eine Art künstliches Gebilde sei, das sich die Galakten vor Urzeiten ausgedacht haben. Und nachdem sie festgestellt hatten, dass ihre Neuschöpfung eine Fehlkonstruktion war, überließen sie die Menschen auf der Erde sich selbst.«

»Es ist doch nur eine simple Hypothese«, rechtfertigte sich André, »eine von vielen denkbaren Möglichkeiten. In Lussins Institut werden Pegasusse und Drachen gezüchtet, indem die Gene von Pferden und Eidechsen verändert werden. Warum sollte es nicht möglich sein, Menschen zu züchten, indem man die Gene von Affen manipuliert? Und so bin ich eben zu der Mutmaßung gekommen, dass die Galakten irgendwann einmal auf die Erde gekommen sind, ein wenig mit den dort lebenden Affen experimentiert und auf diese Weise die Menschen hervorgebracht haben. Du musst zugeben, dass diese Annahme einiges erklären würde.«

»Eine Annahme oder ein Hirngespinst?«, warf Romero ein. »Erzählen Sie die Geschichte ruhig zu Ende, André. Ich meine vor allem den Teil, in dem die BUM ihre sogenannte Theorie bewertet hat.«

»Nun ja, die BUM hält meine Hypothese für unausgegoren«, räumte André ein.

»Die BUM hat ihre Theorie wortwörtlich als Blödsinn tituliert, lieber André«, ergänzte Romero mit ätzender Stimme.

André schwieg mit versteinerter Miene. Jetzt wusste ich, warum er so schlechter Laune war.

Nach Weras Rede folgte eine Pause, um den Gästen Gelegenheit zu geben, sich über die Inhalte auszutauschen. Außerdem wurde Andrés Symphonie aufgeführt. Er sagte einige einleitende Worte zu seinem Werk, dann donnerte die Musik los.

Das Konzert hörte ich mir zusammen mit Viola im Sektor der Wegabewohner an. Sie war von Andrés Musik wenig begeistert: Die Laute empfand sie als grob, die Farbeffekte als primitiv.

»Kaum zu glauben, dass den Menschen eine so ausdrucksschwache Kunst gefällt«, sagte sie.

»Keine Sorge«, erwiderte ich, »normale Menschen können damit ebenso wenig anfangen wie du.«

Auf dem Rückweg zum Sektor »Sonne« erkundigte ich mich bei anderen Außerirdischen, wie ihnen die Symphonie gefallen hat.

»Also hör dir das an«, sagte ich später zu André. »Die Altairen finden dein Werk etwas zu weich, sie sagen, eine stärkere Dosis Röntgenstrahlen würde nicht schaden. Die Aldebaranen fühlen sich von der Hypergravitation unterfordert, die Engel finden die Musik zu harmonisch, die Wegabewohner das ganze Werk zu grobschlächtig und einfarbig. Tja, und für die Menschen ist deine Symphonie einfach mörderisch, wie gehabt. Wer hat nun gewonnen?«

»Ach, du kannst mich mal gernhaben!«, sagte André ohne jeden Groll. Vermutlich hatte er geahnt, dass seine Symphonie durchfallen würde, und das Konzert nur durchgezogen, damit die Wette, die er auf der Erde mit mir abgeschlossen hatte, überhaupt zum Tragen kam. »Das ästhetische Empfinden der Außerirdischen ist eben noch unterentwickelter als eures. Und was die Menschen angeht, wer wahre Meisterwerke nicht erkennt, kann sich ja weiterhin an melodischen Schmonzetten ergötzen.«

»Du hast noch nicht gesagt, wer die Wette gewonnen hat.«

»Du«, räumte er zähneknirschend ein. »Aber hänge es nicht an die große Glocke.«

Ich versprach ihm, meinen Triumph in aller Stille auszukosten.

35

Die letzten Tage unseres Aufenthalts auf der Ora waren mit Besprechungen ausgefüllt – mal konferierten die Menschen untereinander, mal mit Delegationen von Außerirdischen. Während einer Besprechung bei Spychalski, bei der wir Menschen unter uns waren, wurde der Beschluss gefasst, dass die beiden größten Sternenpflüge, der *Raumfresser* und der *Steuermann*, die Reise durch die Galaxis fortsetzen sollten.

Wera erklärte, warum der Vorstoß in die Tiefen der Sternenwelt nicht aufgeschoben werden konnte: »Die Expedition zur Ora verfolgte zwei Ziele, von denen wir erst eines erreicht haben: Wir haben die organisatorischen Grundlagen für eine interstellare Allianz gelegt. Doch irgendwo im Weltall lebt vermutlich das hoch entwickelte Volk der Galakten. Über sie haben wir nichts Neues erfahren. Dieses Volk hat mächtige, von uns gänzlich unerforschte Feinde. Unsere ganzen Bemühungen um eine Allianz der Sternenvölker hängen in der Luft, wenn wir nicht herausbekommen, ob dem geplanten Bündnis möglicherweise eine Gefahr droht. Andererseits würde es unserer Sache dienen, wenn wir uns die Unterstützung der Galakten sichern könnten. Die Frage ist nun, wohin wir die Schiffe auf die Suche schicken sollen. Von wo aus sind die Galakten in die Sternbilder der Hyaden und des Altair gekommen? Höchstwahrscheinlich aus den Plejaden, dem Sternhaufen, der den Hyaden am nächsten liegt. Also besteht unsere nächste Aufgabe darin, einen Vorstoß zu den Plejaden zu wagen, wo noch kein Mensch gewesen ist. Ich werde mit dem *Raumfresser* fliegen. Für den Abtransport der Gäste von der Ora und die Absendung der Schiffe zur Erde ist Martyn Julianowitsch verantwortlich.«

Als die Konferenz zu Ende war, fragte ich Romero: »Schließen Sie sich uns an, Pawel, oder kehren Sie zur Erde zurück?«

»Im Altertum galt die Fähigkeit, den Feind zu bekämpfen, als wichtigste Tugend des Mannes«, dozierte Romero. »Der *Raumfresser* hat den Auftrag, Feinde auszuspähen. Ich würde den Respekt vor mit selbst verlieren, wenn ich diese Gelegenheit, meine männliche Tapferkeit unter Beweis zu stellen, nicht nutzen würde.«

Romero hätte seine Absichten kaum schwülstiger ausdrücken können, aber ich wollte die gereizte Stimmung zwischen uns nicht noch schüren, daher schwieg ich.

In den folgenden Tagen starteten Schiffe zum Arktur, zum Aldebaran, zur Kapella und zum Fomalhaut. Dann kam die Wega an die Reihe.

Die Nacht vor Violas Abflug verbrachte ich mit ihr unter dem schwachen Schein des künstlichen Mondes im Park der Wegabewohner. In dieser Nacht schwiegen wir viel und sprachen wenig. Unser Schweigen hatte etwas so Irdisch-Lyrisches an sich, dass sich mein Abschiedskummer in tiefe Traurigkeit verwandelte. Es war das erste Mal, dass Viola mich nicht über die Wissenschaften, den Kosmos, unsere Raumschiffe und die sozialen Strukturen auf der Erde ausfragte. In dieser Nacht brachten wir den rastlosen Verstand zum Schweigen und waren einfach nur verliebt.

»Ich muss gehen, Eli«, sagte sie, als der Morgen hereinbrach. »Wir sehen uns am Raumbahnhof.«

Am Abend traf eine Armada von Aerobussen am Stützpunkt der Sternenpflüge ein. Als sie ihre Türen öffneten, entstiegen ihnen in dichten Kolonnen die Leuchtsäulen der Wegabewohner und tauchten den gesamten Raumbahnhof in ein kühles Neonlicht. Ich war mit Lussin gekommen, um sie zu verabschieden. Einige erkannten mich, winkten mir zu oder klimperten freundschaftlich mit den Augen. Dann tauchte auch Viola auf. Ich machte einen Schritt auf sie zu, und schon im nächsten Moment stand sie vor mir.

»Du hast versprochen, mich zu besuchen«, erinnerte sie mich.

»Mein begehrenswertes und unerreichbares Schlangenmädchen«, wiederholte ich, während Viola davonschwebte.

Nachdem das Raumschiff abgehoben hatte, machte ich mit Lussin noch einen langen Spaziergang.

»Du bist doch Biologe, Lussin«, sagte ich. »Du weißt, der biologische Sinn der Liebe ist die Arterhaltung. Kann es sie überhaupt geben, wenn dieser Zweck unerfüllbar ist? Wenn zwei Lebewesen also verschiedenen Arten angehören und keine Nachkommen zeugen können – ist ihre Liebe dann überhaupt legitim?«

Lussin verstand meine Situation besser, als ich erwartet hatte, und brachte dies in seiner unnachahmlich wortfaulen Art zum Ausdruck. »Liebe ist Arterhaltung«, antwortete er. »Korrekt. So hat es begonnen. Es wird eine neue Liebe geben. Als Vereinigung der Seelen fremdartiger Wesen. Die höchste Verbindung zwischen Individuen.«

»Dann bin ich also durch Zufall zum Pionier eines neuartigen Gefühls geworden? Des Gefühls der Seelenverwandtschaft im All? Und es ist mir als Erstem zugefallen, ein biologisch fremdes, vernunftbegabtes Wesen zu lieben?«

»Ja, Eli. Ein Frühstadium interspezifischer Evolutionsprozesse. Heute unmöglich, in Zukunft ganz normal.«

»Die Zukunft bringt erst mal deinen vorsintflutlichen Gott mit dem Falkenkopf hervor«, nörgelte ich. »Weiter hat es eure Biologie ja leider noch nicht gebracht.«

Lussin grinste, denn er erriet, wie der biologische Fortschritt meiner Meinung nach aussehen sollte.

Am nächsten Tag stand eine Flottille von drei Sternenschiffen bereit, um mit den Engeln zu den Hyaden zu starten. Zeternd und flügelschlagend bestiegen sie die Schiffe. Engel, die wir kannten, stürzten auf uns zu, um sich zu verabschieden, mit ihrem Geheule und Gejammere verschlimmerten sie noch das Chaos.

Dann tauchte plötzlich Trub in der Menge auf und provozierte wie üblich einen Riesentumult. Als er uns bemerkte, begann er, seine Artgenossen mit seinen kräftigen Flügeln beiseiteräumen und kämpfte sich so gegen den allgemeinen Strom zu uns durch.

»Eli! Eli! Eli!«, brüllte er. Dann umfasste er mich mit seinen Flügeln und zeterte: »Ich will nicht mitfliegen! Ich will bei den Menschen bleiben!«

André versuchte den tobenden Engel zu beruhigen, doch der ereiferte sich immer mehr: »Ich fliege mit den Menschen. Ich will nicht zurück!«

Lussin standen Tränen in den Augen. Zärtlich streichelte er Trubs glänzende Flügel.

Ich suchte Spychalski und erklärte ihm die Situation.

»Was, Sie wollen den Engel mitnehmen?«, fragte Spychalski verwundert. »Was zum Teufel haben Sie denn mit ihm vor?«

»Sehen Sie sich den Prachtburschen doch an«, sagte ich. »Wenn wir den auf die Erde bringen, wird er mächtig Eindruck machen. Und er hängt genauso an uns wie wir an ihm.«

Spychalski rief Wera. Sie erschien in einer Videosäule. Er setzte ihr unseren und Trubs Wunsch auseinander und fügte von sich aus hinzu, dass er den Antrag unterstütze.

»Ihr könnt Trub mitnehmen«, sagte Wera und verschwand.

Freudig rannte ich zu meinen Freunden zurück. Trub hat höllische Kraft in den Flügeln, er drückte mich so fest, dass mir die Luft wegblieb.

»Großartig! Ich werde für immer dein Diener sein, Eli«, jubelte er.

»Du bist mein Adjutant«, erwiderte ich. »Adjutant, das ist nicht weniger als ein Freund, fast ein Bruder. Und als Freund bitte ich dich um einen Freundschaftsdienst.«

»Was auch immer du willst. Ich bin glücklich.«

»Nimm ein Bad und wechsle die Kleidung. Im Lager liegen Berge von Engelsgewändern, nimm dir ein Dutzend auf Vorrat mit.«

Trub erhob sich unverzüglich in die Lüfte. Für so ein Schwergewicht flog er geradezu elegant.

Zweiter Teil

Die Expedition des Sternenpflugs

Sternfunkelnd starrt das Himmelsmeer
uns aus der Tiefe rätselhaft entgegen
und wir treiben dahin, stets ringsumher
von diesem bodenlosen Schlund umgeben.

F. TJUTTSCHEW

1

Wenn ich auf dieses Abenteuer zurückblicke, überkommen mich zwiespältige Gefühle: einerseits Trauer über die erlittenen Verluste, andererseits ein gewisser Stolz auf unseren Erfolg. Wir hatten das Glück, bei der außerordentlichsten Weltraumexpedition dabei sein zu dürfen, die jemals von Menschen unternommen wurde, und haben unsere Mission erfüllt.

Innerhalb von zwei Erdenjahren haben wir zehntausend Lichtjahre zurückgelegt, und wenn wir auch nicht das geheimnisumwobene Zentrum der Galaxis erreicht haben, so sind wir doch weiter als je ein Mensch zuvor in den Schlund des Alls vorgestoßen. Doch das ist nur eine Randnotiz. Würde sich unsere Leistung auf ein paar Trillionen zurückgelegte Kilometer beschränken, hätten wir nicht den geringsten Grund stolz zu sein. Leere bleibt Leere, sei sie nun überschaubar oder unermesslich. Unsere Anstrengungen haben indes Ergebnisse von großer Tragweite gezeitigt. Wir haben gesehen, über welch bedrohliche Machtmittel Bewohner anderer Welten verfügen. Wir sind Zeugen eines verheerenden Kampfes geworden, der zwischen Gut und Böse in der Galaxis tobt. Und schließlich sind wir zu der Überzeugung gekommen, dass die Menschheit in diesen Krieg, den sie nicht begonnen hat, eingreifen muss, da niemand sonst in der Lage wäre, ihn endgültig zu beenden.

»Tragik liegt über unserem Jahrhundert«, pflegte der arme André zu sagen, nun hat er es am eigenen Leib erfahren. Tausende von Sonnensystemen hat unser Raumschiff durchgepflügt, doch nicht in einem davon haben wir einen paradiesischen Hort von Frieden und Wohlstand vorgefunden.

Stattdessen haben wir uns mit harter Hand gegen jene gewandt, die ihr kleines, jämmerliches Glück darauf gründen, dass sie andere ins Verderben stürzen. Mit der Kraft der Vernunft und einem leidenschaftlichen Sinn für Gerechtigkeit haben wir in eine kosmische Schlacht eingegriffen, die die Sternenwelten in Aufruhr versetzt. Dem Bösen die Zähne zu zeigen ist auch eine Tugend. Bei unserem Flug durchs All haben wir das Banner der Freiheit hochgehalten und grausamen Unterdrückern das Schwert der Rache in die Brust gestoßen.

Es wäre indes vermessen und ein großer Irrtum, von einem Sieg zu sprechen. Noch haben wir nur wenig erreicht. Wir waren ja auch nur ein Stoßtrupp von Aufklärern und nicht die Armee der Menschheit. Doch nun wissen wir, für wen wir eintreten und wer unsere Gegner sind. Zudem müssen wir uns darüber im Klaren sein, dass die Hoffnungen zahlreicher Sternenvölker, die von unserem Auszug ins Weltall erfahren haben, auf uns gerichtet sind.

Unser Flug hat Spuren hinterlassen: einen schmalen Streifen aus Staub, der sich wie eine Steppnaht durchs All zieht. Ich hoffe und bin mir sicher, dass der bescheidene Pfad, den wir im Weltraum angelegt haben, schon bald eine breite Straße sein wird, eine galaktische Trasse, die die Menschheit mit allen anderen Welten verbinden wird!

2

Der gigantische *Raumfresser* flog voraus, in einigem Abstand folgte der *Steuermann*. Olga führte das Kommando über den großen Sternenpflug, Leonid und Oshima assistierten ihr dabei. Der kleinere Sternenpflug wurde von Allan befehligt. Wera, Lussin, André, Romero und ich waren zusammen im *Raumfresser* unterwegs.

Eine meiner Aufgaben bestand darin, Wera bei den täglichen Expeditionsberichten für die Erde zu helfen. Im Zuge dieser Zusammenarbeit erlaubte sie mir, ihr Arbeitszimmer ohne Vorankündigung per Videophon zuzuschalten. Einmal, als ich mir wie so oft ihr Zimmer auf den Bildschirm holte, platzte ich mitten in eine Auseinandersetzung zwischen ihr und Romero. Selbstverständlich hätte ich die Schaltung sofort beenden müssen, doch die Szene war so dramatisch, dass ich mich nicht losreißen konnte: Wera stand mit dem Rücken zur Wand, und Romero hatte sie an den Schultern gepackt. Das Weiße in seinen Augen leuchtete, er atmete keuchend und stoßweise.

»Nein, Wera!«, krächzte er mit brechender Stimme. »Das tust du mir nicht an!«

»Verschwinde!«, wehrte sich Wera. »Ich will dich nicht mehr sehen. Nimm die Hände weg, du tust mir weh!«

Romero wich ein paar Schritte zurück; dabei stolperte er über einen Teppichläufer und warf einen irrsinnigen, zornerfüllten Blick auf den Boden, der mir noch gut in Erinnerung ist. Selbst leblose Dinge waren vor seinem Hass nicht sicher.

Wera rückte den spitzenbesetzten Kragen ihrer Bluse zurecht. »So ist es besser. Und damit sollten wir es auch bewenden lassen, Pawel. Geh jetzt!«

Romero sah nicht sie an, sondern mich. Er konnte nicht wissen, dass ich sie beobachtete, dennoch hatte er sich mir zugewandt. Über der Zornesfurche, die sich über der Nasenwurzel in seine Stirn gegraben hatte, stießen seine bebenden Brauen fast zusammen, und seine Kiefer mahlten bedrohlich. Wenn ich in dem Raum gewesen wäre, hätte ich mich schützend vor Wera gestellt.

»In alten Zeiten gab es einen schönen Brauch«, sagte er heiser. »Wenn eine Dame einen Verehrer abwies, dann erklärte sie ihm, was ihr an ihm missfiel. Ich hoffe, du hast die Güte, es deinen liederlichen Vorgängerinnen gleichzutun.«

»Du bist also der Meinung, mein Verhalten sei liederlich?«

»Ich will nur wissen, was passiert ist. Sonst nichts.«

»Das weißt du nicht, Pawel? Erstaunlich, wo du doch so scharfsinnig bist oder dich zumindest dafür hältst.«

»Ich schwöre es dir, Wera – das kommt für mich aus heiterem Himmel. Von der Fahrt zur Ora habe ich alles Mögliche erwartet, aber nicht das!«

»Also gut, hör mir zu: Ich liebe dich nicht.«

»Ich weiß. Aber warum? Kannst du mir das nicht vernünftig erklären?«

»Ich könnte es mit einem deiner antiken Sprüche erklären: Der Herr gibt's und der Herr nimmt's. Aber damit wirst du dich kaum zufriedengeben. Fakt ist: Ich liebe dich nicht, weil ich keinen Respekt für dich empfinde. Genügt dir das?«

Romero schwieg für einen Augenblick und versuchte sich zu sammeln. »Ich verstehe, es ist wegen der Missgeburten von den anderen Sternen. Die fetten Walrösser vom Aldebaran, die hässlichen Spinnen vom Altair, die ekligen Schlangen von der Wega, und die schwachsinnigen Engel von den Hyaden sind dir also wichtiger als ich, nicht wahr?«

»Pawel, diese Diskussion führt zu nichts. Mit jedem Wort machst du alles nur noch schlimmer, merkst du das nicht?«

Romero rang mit seinem verletzten Stolz. Für einen Moment tat er mir sogar leid. Doch größer war meine Sorge um Wera. Am Ende würde Romero noch ausrasten und die Hand gegen sie erheben. Doch zunächst geschah das Gegenteil.

»Ich würde vor dir auf den Knien rutschen und dir die Füße küssen«, sagte er bitter. »Es wäre mir eine Ehre, dein Diener und Sklave zu sein, wenn du es nur ein bisschen wollen würdest.«

»Sklaven brauche ich nicht, und Diener haben wir alle zur Genüge.«

»Ja, mechanische Diener! Automaten! Achtzehn Milliarden Kilowatt pro Kopf, nicht wahr? Achtzehn Milliarden Kilowatt oder zweihundert Milliarden ägyptischer Sklaven! Welcher Pharao und welcher König hätten sich wohl mit einer solchen Armee von Lakaien brüsten können? Aber in dieser gesamten Kilowatt-Orgie – nicht ein einziges liebendes und ergebenes menschliches Herz! Seid ihr Automaten oder Menschen, ihr Apostel der interstellaren Wohlfahrt? Mein Gott, wie ich euch hasse!«

Nun schritt Wera auf Romero zu, und es sah fast so aus, als würde sie handgreiflich werden wollen.

»Auf dieses Eingeständnis habe ich lange gewartet«, keifte sie. »Jetzt bist du ganz du selbst: blanker Hass. Und du wunderst dich tatsächlich darüber, dass du mit deinem Hass keine Liebe erntest?«

Romero sank auf die Knie, umfasste Wera mit den Händen und begann ihr wie rasend die Beine zu küssen.

»Lass das!«, fauchte Wera. »Warum quälst du mich, und warum tust du dir das selbst an?«

Romero erhob sich langsam und schwankend. Aus trüben Augen sah er Wera flehend an. »Werotschka, Liebste, ich weiß nicht, wie ich ohne dich leben soll. Ich will dich nicht wegen ein paar verdammter Schlangen verlieren! Ich tue alles, was du willst! Werotschka!«

Er wollte sich ihr an den Hals werfen, doch Wera stieß ihn rüde zurück. »Fass mich nicht an, Pawel, und geh jetzt! Das ist unter deiner Würde. Sei ehrlich, du würdest dich niemals ändern. Selbst jetzt kreist du nur um dich selbst. Du willst mich nicht verlieren, hast du gesagt. Bin ich etwa ein Ding, das man verlieren kann? Du denkst immer nur an dich und deine eigenen Gefühle. Wir haben längst das kopernikanische Weltbild hinter uns gelassen und Tausende von Sonnen entdeckt, die heller leuchten als unsere eigene. Du dagegen steckst immer noch im ptolemäischen Weltbild fest und denkst, dass die ganze Welt sich nur um dich dreht. Du solltest dich schämen!«

Romero hatte genug. Er stieß einen garstigen Fluch aus und verließ fluchtartig den Raum. Wera ließ sich erschöpft aufs Sofa sinken, schloss die Augen und verharrte so eine Minute lang reglos. Dann begann sie leise zu schluchzen. Kurz darauf vergrub sie den Kopf in den Kissen und wurde von einem heftigen Weinkrampf durchgeschüttelt. Betroffen beendete ich die Schaltung.

3

Lussin verbrachte die meiste Zeit mit seinem neuen Liebling Trub. Er versuchte dem Engel die menschliche Sprache beizubringen, um nicht ständig ein Dechiffriergerät mit sich herumschleppen zu müssen. Trub erwies sich als eifriger und gelehriger Schüler.

Ich war viel mit André zusammen. Auf seinem Schreibtisch stand ein Foto von Jeanne. Die beiden sehen sich so ähnlich, dass man sie aus der Ferne verwechseln könnte. Ihre Ähnlichkeit ist einerseits naturbedingt, andererseits scheinen sie es aber auch darauf anzulegen, sich gleichzusehen: Sie tragen dieselben langen Locken und fast identisch geschnittene Kleidung. Man könnte sie eher für Bruder und Schwester halten als für Mann und Frau.

Eines Tages entdeckte ich auf Andrés Tisch drei Horoskopfotos seines Sohnes Oleg, die ihn im Alter von ein, zwei und zehn Jahren zeigten.

»Das ist ja die reinste Familiengalerie auf deinem Schreibtisch«, sagte ich zu ihm. »Hast du Heimweh?«

»Heute ist Oleg auf die Welt gekommen«, erwiderte er strahlend. »Um zehn Uhr irdischer Zeit. Ein kerniger Bub mit grauen Augen und rosigen Bäckchen, dreiundsechzig Zentimeter, fünfeinhalb Kilo schwer und immer gut aufgelegt!«

»Ähm … kannst du mir erklären, wie diese Nachricht die vierhundert Lichtjahre überwunden hat, die uns von der Erde trennen?«

»Aber Eli, jetzt stell dich doch nicht dümmer als du bist. Du weißt doch, dass ich ein maschinelles Horoskop meines Sohnes habe anfertigen lassen. Außerdem hat mir Jeanne bei unserer Abreise vom Pluto ein Schwangerschaftsalbum geschenkt.«

Er zog ein dickes Buch aus der Schublade. Zu jedem Datum enthielt es ein hochgerechnetes Foto von Jeanne und eine Eintragung zu ihrem Befinden und Tagesablauf. Ungläubig blätterte ich in dem Album.

Maschinelle medizinische Prognosen treten meist nur sehr ungenau ein, vor allem bei Frauen. Unvorhergesehene Ereignisse oder psychisch belastende Situationen machen sie immer wieder zu Makulatur. Doch ich wollte André mit meiner Skepsis nicht die Laune verderben.

Die Fotos von Jeanne zauberten ein verklärtes Lächeln in sein Gesicht. »Wirklich sehr empfehlenswert, so ein Album«, sagte er. »Du bist weit weg von der Liebsten und ihr doch ganz nah. Du interessierst dich ja leider nicht für irdische Frauen, Eli.«

»Es wird zumindest noch eine Weile dauern, bis ich so einen Horoskophokuspokus brauchen kann. Bis dahin gibt es gewiss schon Alben, in denen drinsteht, an welchen Tagen meine Frau in zärtlicher Stimmung sein wird und wann ich ihr besser aus dem Weg gehen sollte. Goldene Zeiten fürs Familienleben, findest du nicht?«

»Du bist ätzend. Ich weiß gar nicht, warum deine Freunde dich mögen.«

»Sie sind anspruchslos, André. Sie wissen, dass von mir nichts Gutes zu erwarten ist, und haben sich mit meinen schlechten Seiten abgefunden.«

André legte das Album in die Schublade zurück. »Lass uns in den Observationsraum gehen. Anlässlich der Geburt meines Sohnes gelingt mir bestimmt eine interessante Entdeckung.«

Unsere Schiffe hielten schon seit über zwei Monaten Kurs auf die Plejaden und jagten mit dreitausendfacher Lichtgeschwindigkeit durchs All. Die Materie, die bei der Vernichtung des

Raums durch unsere Sternenpflüge entstand, hätte leicht für den einen oder anderen neuen Stern ausgereicht. »Weltraumasche«, sagte André einmal treffend, als er die gewaltigen Staubnebel betrachtete, die der *Raumfresser* unentwegt produzierte.

Im Observationsraum richtete André seinen Drehsitz zur Sonne aus. Die von mir so getaufte »Sonnenschatulle«, die noch auf der Ora ein imposantes Sternbild abgegeben hatte, war zusammengeschrumpft und verblasst. Selbst die Sterngiganten Wega und Kapella schimmerten nur noch schwach. Unsere Sternenheimat begann in der Unsichtbarkeit zu versinken.

André aktivierte den Photonenmultiplikator und projizierte die Darstellung auf den großen Schirm, damit wir beide dasselbe Bild betrachten konnten. Nun zeigte die »Sonnenschatulle« wieder klare Konturen, und selbst die Sonne leuchtete kräftig. Beinahe wollte es uns scheinen, als sähen wir die sie umkreisenden Planeten. Doch dies war natürlich nur eine optische Täuschung.

»Hallo Heimatstern!«, rief ich. »Hallo Oleg, dein Vater und dein Freund schicken dir Grüße aus den Tiefen des Alls. – André, meinst du nicht, dass wir seine Geburt anständig feiern sollten? In alten Zeiten hat man sich zu einem solchen Anlass ordentlich betrunken. Wir könnten wenigstens einen kleinen Freudentanz aufführen.«

Ohne Andrés Reaktion abzuwarten, gab ich seinem Schwenksitz einen kräftigen Schubs, so dass er sich mit dem Kopf nach unten drehte und abdriftete. Mit den entsprechenden Kommandos setzte ich ihm sogleich nach. André ließ sich nicht lange bitten und versetzte mir einen ebenso heftigen Stoß. Wie die Verrückten schossen wir nun durch den Observationsraum, wirbelten herum, sahen das Himmelsgewölbe auf den Schirmen auf uns zurasen und sich wieder entfernen, bis wir endlich genug hatten und uns von den Kraftfeldern wieder in die Ausgangsstellung zurückhieven ließen.

André wandte sich nun den Plejaden zu, die sich in den ersten zwei Monaten, in denen wir uns auf sie zubewegten, nicht verändert hatten. Sowohl von der Erde als auch von der Ora aus gleichen sie einem feinen Spinnennetz, das zwischen großen Sternen aufgespannt ist. Erst jetzt, da wir nur noch wenige Parsec von den Plejaden entfernt waren, erschienen sie uns deutlich größer. Der mit hellen Sonnen gespickte Sternhaufen erstrahlte majestätisch am Himmel: Die Sterne Taygeta, Asterope, Celaeno, Elektra, Merope, Maia, Alkione, Pleione und Atlas – jeder von ihnen heller als unser Sirius – zündeten ein wahres Feuerwerk, und Dutzende von weiteren Gestirnen erschienen in ihrem Umkreis.

»Ich sehe ein Planetensystem«, sagte André und zeigte auf den Stern Atlas.

Die äußeren Sterne der Plejaden waren verwaist und von schwacher Leuchtkraft. Doch den Atlas, der hundertmal heller als die Sonne ist, umkreisten drei dunkle Kugeln. Im Zentrum des Sternhaufens entdeckten wir weitere Planetensysteme. Die Alkione und die Maia, zwei Sterne von gewaltiger Leuchtkraft, hatten jeweils sechs Planeten um sich geschart. Ich schaltete die Kommandobrücke zu. Olga wusste bereits von den Planeten in den Plejaden. Auf einigen von ihnen hatten die Messgeräte eine Sauerstoffatmosphäre festgestellt.

»Und im System der Elektra«, ergänzte Olga, »gibt es offenbar eine hoch entwickelte Zivilisation. Vom zweiten ihrer vier Planeten strahlt künstliches Licht ab, und zwar stets auf der von der Elektra abgewandten Seite des Planeten. Die nächtliche Beleuchtung von Städten erzeugt einen identischen Effekt.«

»Städte auf einem Elektraplaneten? Das gibt's doch nicht!«, ereiferte sich André.

»Von hier aus kann man sie nicht erkennen«, sagte Olga.

André richtete das Spezialteleskop auf die Elektra aus. Ihre vier Planeten sahen wir sofort, konnten aber nichts darauf erkennen. Ich ließ die Plejaden Plejaden sein, entkoppelte die Darstellung auf dem Schirm von Andrés Teleskop und schwenkte meinen eigenen Photonenmultiplikator etwas zur Seite. Vor mir erschienen zwei offene Sternhaufen: h Persei und Chi Persei.

Auf der Erde und auf dem Pluto hatte ich diese etwa siebentausendfünfhundert Lichtjahre von uns entfernten Sternenansammlungen häufiger betrachtet, aber niemals etwas Besonderes an ihnen feststellen können. In diesem Moment jedoch kam mir das von unzähligen Sternen gebildete Muster auf seltsame Weise bekannt vor. Ich musste mich täuschen, denn von den Plejaden aus sieht man die fernen Sternhaufen des Perseus natürlich unter einem anderen Winkel als von der Erde oder der Ora. Nicht nur ich, sondern auch kein anderer Mensch hatte h und Chi Persei jemals aus dieser Perspektive gesehen, der Anblick konnte mir also nicht bekannt sein. Dennoch starrte ich immer noch wie gebannt auf das gesprenkelte Muster, und eine wachsende innere Unruhe ergriff von mir Besitz.

»Was ist los mit dir?«, fragte André. »Warum schaust du nicht zur Elektra? Man sieht das künstliche Licht auf einem der Planeten.«

»Lass mich in Ruhe mit deiner Elektra«, brummte ich genervt.

Die leuchtenden Sternhaufen waren fast gleich groß, doch der eine von beiden wirkte stärker verdichtet – Tausende von Sternen, zu einem Knäuel zusammengedrängt. Er sah aus wie eine geballte Faust, die in den anderen Haufen geschlagen hatte, dessen Sterne wie Scherben auseinanderflogen. … Plötzlich fiel mir ein, wo ich dieses Bild schon einmal gesehen hatte.

Ich packte André bei den Schultern und rüttelte ihn so heftig, dass sein Kopf hin und her flog.

»Sie sind vom Perseus!«, trompetete ich. »Sie sind vom Perseus!«

»Lass mich los!«, jammerte er. »Du schüttelst mir ja die Augen aus dem Kopf. Wer sie? Und warum vom Perseus?«

»Die Zerstörer natürlich. Ich weiß jetzt, wo diese Teufelskreaturen sich eingenistet haben.«

André war so perplex, dass es ihm die Sprache verschlug.

»Erinnerst du dich, in einer der Sequenzen, die man uns im Roten Saal vorgeführt hat, war ein doppelter Sternhaufen zu sehen.«

»Ja, und?«, fragte er ratlos.

»Und jetzt klemm dich mal hinter dein Teleskop und schau zum Perseus hinüber. Was siehst du dort?«

Hastig griff André zum Photonenmultiplikator und starrte hinein.

»Ganz am Rand siehst du h und Chi Persei. Ist das nicht exakt das Bild, das wir damals gesehen haben?«

»Mein lieber Freund Eli«, sagte André, als er das Teleskop endlich zur Seite geschoben hatte. »Du hast eine Entdeckung gemacht. Ich wusste doch, dass du mehr draufhast, als unentwegt nur zu lästern. Und jetzt im Laufschritt zu Wera!«

»Warum so eilig. Das hat doch Zeit?«

»Das hat keine Sekunde Zeit. Wir müssen sofort den Kurs ändern. Was sollen wir denn in den Plejaden, wenn sich diejenigen, die wir suchen, im Perseus herumtreiben?«

Wir wollten uns gerade aus den Sitzen schwingen, als plötzlich die Alarmsirenen losheulten und ringsum im ganzen Raum rote Warnlichter zu blinken begannen.

Aus den Lautsprechern ertönte Olgas ruhige Stimme: »Rechts vor uns ist ein Raumkörper aufgetaucht, der sich ungefähr mit Lichtgeschwindigkeit bewegt. Es ist kein Meteorit. Höchste Alarmstufe. Wir verlassen den Überlichtbereich.«

Während André und ich hastig zu den Spezialteleskopen griffen, in denen wir nur einen winzigen Punkt erspähen konnten, füllten sich rasch die freien Sitze im Observationsraum. Direkt neben mir tauchte Wera auf. Aufgeregt erzählte ich ihr, was ich im Perseus gesehen hatte.

»Das ist wichtig, Eli«, sagte sie kühl. »Wir werden deine Beobachtung von den Bordrechnern analysieren lassen. Doch jetzt interessiert mich mehr, was da für ein Objekt durch den Raum rast. Womöglich ist es ja ein Raumschiff?«

Kurz darauf knackten die Lautsprecher, und die Maschinenstimme der BUM begann zu sprechen: »Vor uns befindet sich ein Raumschiff mit Photonenantrieb. Die Triebwerke sind abgeschaltet. Es bewegt sich durch Trägheit.«

4 Der leuchtende Punkt im Spezialteleskop nahm allmählich eine längliche Form an. Es handelte sich um ein raketenförmiges Raumschiff aus Metall. Schon bald konnten wir die Heckdüsen und Bullaugen erkennen. Der *Raumfresser* sandte Funksignale aus, doch das fremde Schiff antwortete nicht. André behauptete, das Objekt vor uns sei die *Mendelejew* von Robert List, die vor fünfhundert Jahren im Weltraum verschollen war.

»Du glaubst doch nicht im Ernst, dass eine Rakete mit toter Besatzung vier Jahrhunderte lang unbeschadet durchs Weltall schippert«, spöttelte ich.

»An Fliegende Holländer im Weltraum kann ich auch nicht recht glauben«, pflichtete Wera mir bei.

Als die Entfernung zu dem Photonenschiff auf eine Million Kilometer geschrumpft war, erreichten uns plötzlich Funksignale. André stellte das Dechiffriergerät auf alle Frequenzen ein. Die unbekannten Astronauten versuchten, auf Russisch und Englisch mit uns zu kommunizieren und verwendeten dabei das altertümliche Morsealphabet. Das Dechiffriergerät übersetzte: »Erde … Kontrolle verloren … Kamagin, Groman … Raumschiff Mendelejew.«

»Diesmal hast du ins Schwarze getroffen«, sagte ich und nickte André anerkennend zu. »Aber das war bestimmt nur ein Zufallstreffer.«

Über Lautsprecher konnten wir die Funkbotschaft mithören, die der *Raumfresser* als Antwort übermittelte. »Wir verstehen euch gut«, diktierte Olga. »Wir sind ein Raumschiff von der Erde, Typ Sternenpflug. Dass ihr die Kontrolle über euer Schiff verloren habt, ist kein Problem. Wir bremsen euch ab und steuern mit Hilfe von Kraftfeldern ein Anlegemanöver an unseren Sternenpflug. Öffnet die Ausstiegsluken erst nach ausdrücklicher Anweisung.«

Kurz darauf schwebte der *Raumfresser* über dem Photonenschiff und leuchtete es mit Scheinwerfern an. Neben dem gigantischen Sternenpflug nahm es sich wie ein Streichholz aus.

Langsam sogen die Kraftfelder die *Mendelejew* durch die Außenschleuse in den Bauch unseres Schiffs und setzten es sanft im Hangar ab, wo unsere Kleinkreuzer, Planetenschiffe und Aviettes geparkt waren.

Zur Begrüßung der unerwarteten Gäste versammelte sich die gesamte Besatzung des *Raumfressers* im Hangar. Die Ausstiegsluke des Photonenschiffs öffnete sich, und über eine langsam ausfahrende Nottreppe entstiegen ihm zwei klein gewachsene junge Männer. Sie nahmen ihre Helme ab und winkten uns damit zu. Wir empfingen sie mit einem donnernden Applaus. Danach war es für einen Augenblick still, und wir hörten die ersten Worte unserer Gäste.

»Mein Gott, sind die groß!«, rief einer der beiden auf Russisch. »Das sind ja keine Menschen, sondern Riesen.«

»Hier herrscht normale Schwerkraft, Eduard. Unsere Magnettreter brauchen wir hier nicht«, sagte der andere begeistert.

Romero ging ihnen entgegen, da er als Einziger alte Sprachen beherrschte. Er drückte den beiden die Hand und hieß sie willkommen an Bord unseres Schiffs.

»Ich hoffe, ihr seid gesund? Falls nötig – wir haben Medikamente gegen jegliche Krankheiten dabei.«

»Uns geht es bestens«, erwiderte der Erste. »Wir sind nur zu zweit. Ich bin Eduard Kamagin, der Assistent des Kommandeurs, und das ist Wassili Groman, der Navigationsoffizier. Unsere Kameraden … sind vor kurzem bei einer Katastrophe ums Leben gekommen. Wenn ihr nur einen Monat früher aufgetaucht wäret!«

»Wann seid ihr von der Erde gestartet, liebe Freunde? Das muss lange her sein?«, fragte Romero.

»Kann man so sagen«, antwortete Groman. »Das war vor drei Jahren.«

Ein Raunen ging durch den Hangar, und wir tauschten erstaunte Blicke aus. Raketenförmige Raumschiffe kannten wir nur aus dem Museum.

»Ihr vergesst die Einstein'sche Zeitverlangsamung, liebe Landsleute«, sagte Kamagin, dem unsere Verwunderung nicht entgangen war. »Je schneller unsere Rakete dahinraste, desto langsamer verging die Zeit an Bord. Als wir die Erde verließen, schrieb man das Jahr einundvierzig der neuen Zeitrechnung.« Kamagin sah Romero grinsend an. »Ihr werdet uns sicher gleich verraten, welches Datum bei euch heute im Kalender steht.«

»Der 9. April des Jahres 563 der neuen Zeitrechnung«, antwortete Romero.

5

Die beiden tapferen Raumfahrer, die vor fünfhundertzwanzig Jahren in den Weltraum aufgebrochen und dort verschollen waren, kamen aus dem Staunen gar nicht mehr heraus. Über den Sternenpflug sagten sie: »Das ist ja eine fliegende Insel.« Sie konnten es kaum fassen, dass sich im Inneren des *Raumfressers* eine komplette Kleinstadt mit Park und Badeanlagen befand. Doch noch mehr als die gigantischen Ausmaße des Schiffs schien sie unsere Körpergröße zu beeindrucken: Fast ein wenig ängstlich blickten sie zu uns auf.

Als wir ihnen erzählten, dass wir mit Überlichtgeschwindigkeit durch den Raum pflügen und dabei Raum in Materie umwandeln beziehungsweise nach Bedarf auch umgekehrt, glaubten sie an einen Scherz. Die Physik des zwanzigsten Jahrhunderts der alten Zeitrechnung, die von der Stofflichkeit des Raums keinerlei Vorstellung hatte und für die die Lichtgeschwindigkeit ein unüberwindbares Maß darstellte, steckte tief in ihren Köpfen, und sie waren außerstande, unseren Entwicklungsstand ohne weiteres nachzuvollziehen.

Groman hätte sein letztes Hemd darauf verwettet, dass Reisen mit Überlichtgeschwindigkeit unmöglich ist. Der temperamentvolle Navigationsoffizier hatte ein rundes Gesicht und schwarze Haare, bewegte sich flink und redete wie ein Wasserfall.

»Wir wussten ja, dass unsere Nachfahren neue Horizonte erschließen würden, aber mit einem solch gewaltigen Entwicklungssprung haben wir nicht gerechnet«, schwärmte Groman begeistert, nachdem wir sie in die physikalischen Zusammenhänge des Tanew-Effekts eingeweiht hatten.

Unsere jungen »Vorfahren« ruhten sich ein wenig aus und erzählten uns dann Einzelheiten von ihrer Reise, die auf spektakuläre Weise zur Irrfahrt geworden war.

Das Photonenschiff *Mendelejew* – seinerzeit die modernste Errungenschaft der Raumfahrttechnik – hob am Freitag, den 13. August des Jahres 41 der neuen Zeitrechnung, von der Erde ab. An Bord waren die beiden Kapitäne Robert List und Eduard Kamagin sowie vierzehn Ingenieure. Die Lebensmittel- und Brennstoffvorräte waren für eine Expeditionsdauer von etwa fünfzig Jahren ausgelegt. In den ersten Monaten ließen die Raumfahrer das Sonnensystem hinter sich, drangen in die interstellaren Räume vor und nahmen Kurs auf das Doppelsternsystem Sirius. Ziel der Expedition war die Erforschung des Weißen Zwerges Sirius B, ein Gestirn, dessen Dichte die von Wasser um das Vierzigtausendfache übersteigt.

Schon bald nach Verlassen des Sonnensystems erreichte die *Mendelejew* nahezu Lichtgeschwindigkeit. Lediglich dreitausend Kilometer pro Sekunde trennten sie von dieser Barriere. Relativistische Effekte setzten ein und hatten zur Folge, dass sich die Masse des Raumschiffs erhöhte und die Bordzeit sich verlangsamte.

Alles schien glatt zu laufen, doch dann passierte ein Unglück: Ein verirrter Meteorit traf das Schiff und verursachte eine heftige Explosion. Dabei wurde der Teil des Rumpfes, in dem die Antimaterie gelagert war, zerstört. Zum Glück war das Photonenschiff in isolierte Kammern unterteilt, so dass die Besatzung nicht zu Schaden kam. Die *Mendelejew* war durch die Explosion noch zusätzlich beschleunigt worden und raste weiterhin durchs All. Die Kollision mit dem Meteoriten hatte allerdings auch eine

Richtungsänderung bewirkt: Das Schiff peilte nun nicht mehr den Sirius an, sondern den offenen Sternhaufen der Plejaden im Sternbild Stier. Da kein Photonenbrennstoff mehr vorhanden und die Antriebsmechanismen somit außer Gefecht gesetzt waren, konnte die Besatzung den Kurs auch nicht korrigieren.

Nachdem der anfängliche Schock halbwegs überwunden war, versammelte Robert List seine Besatzung und sprach ihr Mut zu: »Wir stecken in der Klemme«, sagte er, »aber immerhin sind wir noch am Leben. Wir haben genug Zeit, verfügen über ausreichend Materialien, die Geräte und das Labor sind intakt. Wir werden die Schäden so gut es geht beheben und versuchen, einen Ersatzbrennstoff herzustellen. Unsere Geschwindigkeit ist gigantisch; wenn es uns gelingt, die Flugbahn zu verändern, haben wir gute Chancen, zur Erde zurückzukehren. Also Kopf hoch und an die Arbeit!«

In Bordzeit gemessen dauerten die Arbeiten am Raumschiff ungefähr drei Jahre, in Erdzeit gemessen über fünf Jahrhunderte. Danach waren die Schäden am Schiff ausgebessert und die Antriebsmechanismen einsatzbereit, nur die Brennstoffproduktion war noch nicht ganz abgeschlossen. Die Besatzung zählte bereits die Tage bis zum Zünden der Triebwerke, als eine zweite Katastrophe über sie hereinbrach. Kamagin und Groman, die an jenem Tag Dienst im Navigationsraum taten, überlebten sie als Einzige.

Als Kamagin vom Auftauchen der leuchtenden Kugel erzählte, wurde er kreidebleich im Gesicht. Robert List hatte die Besatzung angewiesen, von den Sternbildern, die sie hinter sich ließen, regelmäßig Fotos zu machen. Diese Aufnahmen sollten es ihnen erleichtern, den Rückweg zu finden, falls es ihnen gelänge, das Raumschiff zu wenden.

Kamagin hatte seine Aufmerksamkeit gerade auf den Aldebaran konzentriert, als dieser plötzlich verdeckt wurde und eine riesige, grünlich schimmernde Kugel in seinem Blickfeld erschien. Das Flugobjekt hatte sich nicht etwa stetig genähert, sondern war urplötzlich hinter dem Schiff aufgetaucht, wie aus dem Nichts. Kamagin stieß einen Schrei des Entsetzens aus, und die ganze Besatzung stürzte zu den Bullaugen. Obwohl die *Mendelejew* fast mit Lichtgeschwindigkeit durchs All schoss, wurde sie von der riesigen Kugel rasch eingeholt.

»Eduard, gib unser Rufzeichen durch!«, befahl List. »Ob das ein Raumschiff ist oder ein Himmelskörper?«

Das waren die letzten Worte von Eduard List. Kamagin setzte die Funksignale ab und schaltete die Außenkameras ein. Er hatte noch nicht einmal die Finger von den Tasten genommen, als eine immense Schwerkraft ihn gegen das Bedienpult presste. Kurz bevor er infolge der Hypergravitation das Bewusstsein verlor, hörte er noch die Schreie seiner Kameraden.

Als Kamagin wieder zu sich kam, war der unheilbringende, grünliche Ball verschwunden. Die später entwickelten Aufnahmen zeigten, dass er sich nicht entfernt, sondern in nichts aufgelöst hatte! Neben Kamagin lag der stöhnende Groman. Kamagin flößte ihm Wasser ein und half ihm auf die Beine. Nachdem sich die beiden ein wenig erholt hatten, begaben sie sich ins Labor. Am Boden lagen ihre toten Kameraden. Einige hatten den Gravitationsstoß nicht überlebt, andere waren von herumfliegenden Trümmerteilen erschlagen worden.

»Wir haben sie in die Kühlkammer gelegt«, schloss Kamagin den traurigen Bericht. »Die Filme mit den Aufnahmen von der Kugel liegen im Safe.«

Am nächsten Tag verbrachten wir die sterblichen Überreste der Astronauten in unseren Friedhof im Park. Dort wurden sie in durchsichtigen Sarkophagen aufgebahrt, wo die Leichname in einer neutralen Atmosphäre konserviert wurden. Zum Abschied erklang Trauermusik aus dem zwanzigsten Jahrhundert, und über den Sarkophagen wellte sich das Banner der Vereinten Menschheit, das wir im Raumschiff *Mendelejew* gefunden hatten.

Nach der Beisetzung der Toten bat Olga uns zu einer Besprechung, und wir sahen uns auf dem Stereobildschirm die Fotos von der Katastrophe an. Die Kugel war tatsächlich so urplötzlich verschwunden wie sie aufgetaucht war. Wie die Analysatoren feststellten, bestand sie aus einem unbekannten Kunststoff, hatte eine ideal sphärische Form, einen Durchmesser von 18,6 Kilometern, strahlte monochromatisches Licht mit einer Wellenlänge von 560 Nanometern aus, und ihre Oberfläche wies weder Vorsprünge noch Vertiefungen auf.

Keinen überraschte es, dass sich André als Erster eine Theorie zu den Geschehnissen zurechtgelegt hatte und uns unverzüglich daran teilhaben ließ. Die Möglichkeit, es könnte sich um einen Himmelskörper gehandelt haben, der zufällig den Weg des Raumschiffs kreuzte, schloss er von vorneherein aus.

»Natürliche Körper mit unnatürlichen Eigenschaften sind ein Wunder«, erklärte er. »Und Wunder gibt es nicht. Die Kugel war nichts anderes als ein Kampfkreuzer, und in seinem Inneren saßen die geheimnisvollen Zerstörer. Alles deutet darauf hin, dass sie die Finger im Spiel hatten. Die Gravitationsdruckwellen, die das Raumschiff erschüttert haben, sind der Beweis dafür, dass die Zerstörer die Mechanik von Gravitationsfeldern beherrschen. Ihr Auftauchen aus dem Nichts und ihr ebenso plötzliches Verschwinden lassen sich leicht dadurch erklären, dass sie sich wie wir mit Überlichtgeschwindigkeit fortbewegen. Jenseits dieser Geschwindigkeitsgrenze sind Körper unsichtbar, da sie sich schneller als das Licht bewegen. Werden sie dann abgebremst, tauchen sie unvermittelt auf, wie aus dem Nichts.«

André sprach mit einer solchen Selbstverständlichkeit von den Zerstörern und ihrem Kampfkreuzer, als hätte er sie selbst an den Navigationsgeräten und Gravitationsgeneratoren gesehen. Mich hatte er jedenfalls überzeugt.

Auch Olga fand Andrés Theorie plausibel. »Fakt ist, dass die Kugel sich mit regulierter Geschwindigkeit bewegt und eine Gravitationsdruckwelle erzeugt hat«, sagte sie. »Andrés Schlussfolgerung ist logisch: Vernunftbegabte Wesen haben die Geschwindigkeit reguliert und den Gravitationsstoß ausgeführt.

Ob es die Zerstörer waren oder sonst jemand, wissen wir nicht. Entscheidend ist, dass diese Wesen existieren und dass die streitsüchtigen Engel von den Hyaden neben ihnen geradezu friedfertig wirken. Es handelt sich zweifellos um ein technisch hoch entwickeltes Volk.«

Wera, die bislang geschwiegen hatte, griff nun in die Diskussion ein: »Der Gravitationsangriff erfolgte, kurz nachdem die *Mendelejew* ihre Erkennungsdaten gesendet hatte. Angenommen, die Zerstörer saßen in der Kugel. Sie haben die Funksignale mit Sicherheit dechiffriert. Dennoch antworteten sie mit einer tödlichen Salve. Warum?«

»Es herrscht Krieg!«, rief André. »Als die Zerstörer feststellten, dass sie es mit Menschen zu tun haben, erklärten sie der Menschheit sofort den Krieg und versuchten, deren Abgesandte zu liquidieren. Wir befinden uns hier in einem Gebiet, wo kosmische Schlachten ausgetragen werden, und sind, ohne es zu wollen, selbst zu einer Kriegspartei geworden.«

Genau das hatte Romero uns auf der Erde prophezeit. Damals hatte sich niemand seiner Meinung angeschlossen. Jetzt hätte keiner mehr gewagt, ihm zu widersprechen. Ich warf einen Blick zu Romero hinüber: Schweigsam und finster, fast apathisch, saß er da.

»Wir wissen nach wie vor nichts über die Natur und die gesellschaftliche Organisation dieser Wesen«, fuhr Wera fort. »Allerdings sieht es ganz so aus, als ob sie tatsächlich existieren und darüber hinaus äußerst aggressiv sind. Wir müssen auf der Hut sein. Und noch eine Entscheidung müssen wir treffen: Die Analysatoren haben bestätigt, dass der Sternhaufen in den Träumen der Engel tatsächlich derjenige ist, den wir von hier aus im Perseus sehen. Bis zu diesen Sternen im Perseus sind es über siebentausend Lichtjahre. Meiner Meinung nach ist es nicht nötig, den Kurs zu wechseln. Da die Zerstörer in dieser Gegend hier aufgetaucht sind, können wir genauso gut die Erkundung der Plejaden fortsetzen.«

Gegen diesen Vorschlag gab es keinerlei Einwände.

Nach der Besprechung ging ich auf André zu. »Siehst du, jetzt hast du schon wieder Recht gehabt«, sagte ich. »Deine Theorie, die Zerstörer seien unsichtbar, hatte ich nicht ernst genommen. Aber deine Mutmaßung scheint sich zu bestätigen.«

André musterte mich eindringlich. »Warum machst du so ein bedrücktes Gesicht, Eli?«

»Da fragst du noch?«, erwiderte ich. »Wir tapsen doch wie Blinde durchs All. Uns umgeben Trillionen von Kilometern leerer Raum, doch irgendwo in diesem Raum lauert ein unsichtbarer Feind, den wir erst dann zu Gesicht bekommen, wenn er sich selbst sichtbar macht.«

André schien meine Befürchtungen zu teilen; er dachte lange nach, dann sagte er: »Übrigens, dein Lob für meine Theorie läuft ins Leere. Ich hatte nämlich die physische Unsichtbarkeit der Zerstörer gemeint und nicht die Tatsache, dass ihre Kreuzer im Überlichtbereich verschwinden. In diesem Sinne sind ja auch wir unsichtbar. Ich bin allerdings davon überzeugt, dass die Zerstörer an sich unsichtbar sind, egal wie schnell sie sich fortbewegen.«

»Und du meinst immer noch, dass du damit richtigliegst?«

»Es wäre mir lieber, wenn ich mich irren würde. Denn wenn ich Recht habe, Eli, dann ist das eine verdammt schlechte Nachricht für uns.«

Mit tiefer Besorgnis blickte mich André an, und mir wurde ganz unwohl zumute. Den leichtfertigen, überdrehten und aufbrausenden André sah ich jeden Tag. Einen André, der vor etwas Angst hatte, kannte ich eigentlich kaum. Im Rückblick kann ich mich des Gefühls nicht erwehren, dass André schon damals eine düstere Vorahnung über das herannahende Unglück mit sich herumtrug.

6

Wir ließen die lockere Sternenschleppe des Siebengestirns hinter uns und näherten uns dem Zentrum des Sternhaufens. Obwohl wir nun von einer Vielzahl heller Gestirne umgeben waren, kann man nicht davon sprechen, dass es in diesem Sternenbezirk wirklich eng zugeht. Die Entfernung zwischen den einzelnen Sternen beträgt immer noch mindestens ein Lichtjahr.

Wie gehabt hielten wir Kurs auf die Elektra. Auf dem *Raumfresser* wurde ein Erkundungsteam zusammengestellt, dem auch Kamagin und Groman angehörten. Zum Teamleiter wurde André bestimmt, ich war erster Adjutant.

»Wie geht's Trub?«, fragte ich Lussin. »Hätte er nicht mal Lust rauszukommen?«

Lussins Augen begannen freudig zu strahlen.

»Bereite ihn auf einen Erkundungsflug vor. Wir werden ihn als Aufklärer einsetzen.«

Während der Annäherung an die Elektra bremste unser Schiff in den Unterlichtbereich ab. Wie der Kreuzer der Zerstörer tauchten wir aus einer anderen Welt auf. Ein Beobachter mit guten Instrumenten konnte uns nun mühelos ausmachen. Olga drosselte weiter die Geschwindigkeit, um dem *Steuermann* Gelegenheit zu geben, uns einzuholen.

André spähte unentwegt durch den Photonenmultiplikator und verkündete, er könne bereits Städte und Gewässer auf dem zweiten Elektraplaneten erkennen. Es ging wohl ein wenig die Fantasie mit ihm durch, denn ich konnte beim besten Willen nicht mehr als den schwachen Schein der nächtlichen Beleuchtung erkennen. Wir nannten den Planeten Sigma.

Bald erreichten uns die ersten Signale vom *Steuermann.* Über Funk berichteten wir vom Zusammentreffen mit der *Mendelejew* und über die rätselhafte, grünliche Kugel. Nachdem der kleine Sternenpflug aus dem Überlichtbereich aufgetaucht war, ging er auf Parallelkurs zu uns. Am Bauch des Schiffs öffnete sich eine Schleuse, aus der ein Planetenschiff herausglitt und in unsere

Richtung flog. Das war Allan, der den *Steuermann* seinen Adjutanten übergeben hatte und uns einen Arbeitsbesuch abstattete. Wie gewohnt hatte er seinen alten Bücherkoffer dabei.

»Wo sind unsere Vorfahren?«, donnerte er gut gelaunt. »Die muss ich doch als Erste begrüßen!«

Er nahm Kamagin und Groman beide gleichzeitig in die Arme und drückte sie so heftig, dass ihnen die Luft wegblieb. Sie reichten ihm nicht einmal bis zu den Schultern.

»Unglaublich«, trompetete er, »ihr seht noch genauso aus wie auf den Fotos. In fünf Jahrhunderten habt ihr euch kein bisschen verändert. Wollt ihr mal sehen?«

Aus seinem Koffer holte er Bücher, Magazine und Zeitungen aus dem ersten Jahrhundert hervor, die er offenbar extra für die beiden Astronauten herausgesucht hatte, und überreichte sie ihnen als Geschenk. Auf den verblichenen Seiten erblickten sie sich selbst und ihre Kameraden. Es waren Reportagen über den Start am Kosmodrom und Nachrichten über den Abbruch der Verbindung zur *Mendelejew*. Die letzte Zeitung enthielt einen Regierungsbericht über den gescheiterten Versuch, die Verbindung zu dem verschollenen Raumschiff wiederherzustellen. Darunter reihten sich Artikel von Wissenschaftlern und Freunden der Astronauten, die wie Todesanzeigen aussahen: Ein großartiges Schiff sei verlorengegangen, und der Tod der teuren Freunde und mutigen Raumfahrer sei ein herber Verlust, hieß es darin.

Es war einerseits bewegend, andererseits reichlich kurios, dass die Zeitgenossen der Astronauten bereits seit Jahrhunderten tot waren, während diejenigen, deren Tod sie auf den vergilbten Seiten dieser Hefte beklagt hatten, putzmunter neben uns standen – unsere jungen, gut aussehenden Vorfahren, die nun zusammen mit uns neue Abenteuer bestehen würden.

Kamagin und Groman konnten die Tränen nicht zurückhalten, als sie die Fotos ihrer längst verschiedenen Freunde und Verwandten betrachteten.

»Das ist wirklich ein fantastisches Geschenk«, sagte Kamagin hinterher. »Ein Blick in eine uns unbekannte Zukunft, die längst schon wieder Vergangenheit ist.«

»Das ist wirklich aus eurer Zukunft«, lachte Allan. »die letzte Zeitung datiert zwanzig Jahre nach dem Start der *Mendelejew*. Nach eurer Zeitrechnung sind seither ja erst drei Jahre vergangen. Und jetzt, liebe Kollegen, zeigt mir mal den Oldtimer, mit dem es euch von der Erde in die Plejaden verschlagen hat.«

Während Allan, Kamagin und Groman sich zum Hangar begaben, begann ich mit den Vorbereitungen für die Landung auf dem Planeten Sigma. Denn diese Aufgabe war mir übertragen worden.

7

Am 8. Mai 563 landeten wir auf dem Planeten. Es sollte ein schwarzer Tag für uns werden. Im Geschichtsunterricht hatte ich zur Genüge von den Gräueltaten gehört, mit denen sich die Menschen in früheren Jahrhunderten gegenseitig überzogen. Im universellen Maßstab handelte es sich damals um lokale Konflikte zwischen winzigen Staatsgebilden. Die Schrecknisse, die ich auf dem Planeten Sigma zu Gesicht bekam, waren dagegen von so biblischem, oder sagen wir lieber kosmischem Ausmaß, dass es meine Vorstellungskraft überstieg. Und hier verlor ich auch meinen besten Freund – nur vorübergehend, wie ich inständig hoffe.

Auf dem Planeten Sigma gab es Städte. Die Betonung liegt auf »gab es«, denn als wir landeten, existierten sie praktisch nicht mehr. Doch ich sollte nicht vorgreifen. Es begann damit, dass wir die vier Planeten der Elektra aus der Ferne inspizierten.

Der innerste Planet war nichts als ein qualmender Feuerball und deshalb für uns nicht interessant. Ihn bedeckten Ozeane aus Lava, über denen Schwefeldioxidwolken waberten. In dieser Gluthölle konnte kein Leben existieren. Auch die beiden äußeren Planeten hatten nichts Besonderes zu bieten: Sie waren mit einer dicken Schicht ewigen Eises überzogen.

Doch der zweite Planet, der Sigma, der auf seiner Nachtseite das rosige Kunstlicht verströmte, ähnelte unserer Erde. Auf ihm gab es Meere, Gebirge, Wälder und Flüsse. Doch eines irritierte uns: Die Licht- und Funksignale, die wir beim Anflug auf den Planeten absetzten, blieben unbeantwortet. Sie haben Angst vor den ungerufenen Ankömmlingen, dachten wir uns.

Während beide Sternenpflüge über dem Planeten schwebten, machte sich ein Planetenschiff auf den Weg, um seine Oberfläche zu erkunden. Die Besatzung bildeten André, Lussin, Trub und ich. Die Entsendung eines so kleinen Teams war eine Vorsichtsmaßnahme.

Zunächst überflogen wir den Planeten in mittlerer Höhe. Aus den Ozeanen erhoben sich steile Gebirgszüge, während das übrige Festland völlig eben und mit Wald und Wiesen bedeckt war. Bei unserem Rundflug entdeckten wir vier Städte und etwa ein Dutzend Siedlungen, aber keinerlei Bewohner oder Fahrzeuge. In den Städten waren kastenförmige Gebäude streng symmetrisch aufgereiht. Die Zwischenräume füllte ein Netz aus Straßen und Plätzen, die allesamt verwaist waren.

Für die Landung wählte André eine Lichtung in einem Wäldchen aus. Hier stiegen wir in die wendigeren Aviettes um, nur Trub bestand darauf, selbst zu fliegen. Kaum hatte er das Planetenschiff verlassen, präsentierte er, vor Begeisterung kreischend, ein paar haarsträubende Flugmanöver, gerade so wie die wilden Jungen beim Gewitterfest. So geräumig unsere Raumschiffe auch waren – hier draußen fühlte sich der Engel offensichtlich wie befreit.

»Machen wir uns auf die Suche nach den Bewohnern des Planeten«, sagte André und flog voraus.

Vor lauter Übermut schoss Trub mit kräftigen Flügelschlägen an ihm vorbei und versuchte ihn abzuhängen. Doch er übernahm sich dabei, und schon bald ging ihm die Puste aus. Lussin zog den trudelnden Engel in seine Aviette, sonst wäre er glatt abgestürzt.

Nach kurzem Flug erreichten wir eine Stadt. Am Rand der Siedlungsfläche stellten wir unsere Aviettes ab und gingen zu Fuß weiter. Im Vergleich zu den Höhlenbauten der Aldebaranen und den Schutzhainen der Wegabewohner wirkte diese Stadt auf den ersten Blick geradezu normal. Links und rechts der Straße erhoben sich Gebäude ohne Fenster und Türen, in deren Dächern sich seltsame, röhrenförmige Öffnungen befanden. Die Behausungen wirkten niedrig und plump, vor allem aber waren sie endlos lang: Manche von ihnen erstreckten sich über einen ganzen Kilometer Länge.

»Jede Wette, hier wohnen bestimmt geflügelte Wesen«, orakelte André. »So was wie unser Trub.«

Doch die Bewohner der Stadt hatten eher Ähnlichkeit mit Heuschrecken als mit Engeln. Als wir um eine Ecke bogen, stießen wir auf ein Grüppchen von ihnen: etwa so groß wie zehnjährige Kinder, grün, schuppig, mit durchsichtigen Flügeln, sechs Beinen und einem aufgerichteten, schmalen, menschenähnlichen Kopf. Blutverschmiert und zerquetscht lagen sie am Straßenrand und gaben kein Lebenszeichen von sich. Schweigend standen wir vor ihnen, nur Trubs aufgeregte Flügelschläge durchschnitten die beklemmende Stille.

»Es gibt keinen Frieden unter den Sternen«, murmelte André mit düsterer Miene. Er winkte Trub zu sich. »Also, mein Freund, du fliegst jetzt mal auf eines der Dächer, steckst deinen Kopf in eines der komischen Löcher da oben und erzählst uns, was es da zu sehen gibt.«

Trub erhob sich in die Lüfte, verschwand für ein oder zwei Minuten in einem der Rohrstutzen und glitt dann im Sturzflug wieder zu uns herab. »Tot!«, krächzte er aufgeregt. »Alle mausetot.«

Um mir selbst ein Bild zu machen, bat ich Trub, mich aufs Dach zu fliegen. Der Engel hatte Kraft wie ein Stier und hievte mich mühelos auf seinem Rücken nach oben. Als ich mit meinem Handscheinwerfer in die etwa zwei Meter breite Öffnung leuchtete, eröffnete sich ein Bild des Grauens. In dem riesigen Betonkasten lagen die Leichen der menschenköpfigen Heuschrecken kreuz und quer übereinander. Keiner der durchsichtigen Flügel regte sich mehr, Totenstille und Blutgeruch drangen aus dem steinernen Grab.

»Eine Seuche oder ein Kampf?«, fragte André, als Trub und ich wieder zurück waren.

»Sieht eher nach einem Kampf aus. Die Bewohner hatten hinter diesen Mauern Schutz gesucht. Der Tod hat sie in ihrem Unterschlupf ereilt. Es muss vor wenigen Tagen oder gar Stunden geschehen sein.«

»Sind sie genauso zerquetscht wie die hier draußen?« André zeigte auf die Leichen am Straßenrand.

»Ja, wie plattgewalzt. Sieht ganz nach einem Gravitationsstoß aus.«

Lussin war in der Zwischenzeit bis zur nächsten Kreuzung weitergegangen. Plötzlich winkte er uns aufgeregt herbei und schrie: »Schaut nur, ein Mensch!«

André und ich schauten uns fragend an, dann rannten wir los. Trub überholte uns im Tiefflug. Auf dem kleinen Platz, der von den Stirnseiten weiterer Gebäude eingerahmt wurde, stand eine Skulpturengruppe mit drei Figuren. Ein groß gewachsener Mensch umarmte zwei menschenköpfige Heuschrecken. Alle drei hatten lachende Gesichter und den Blick gen Himmel gewandt. Der gelbe Stein, aus dem die Figuren gemacht waren, wirkte viel freundlicher und wärmer als der kalte Marmor unserer Plastiken.

»Ein Galakt«, konstatierte André und deutete auf die in verschiedene Richtungen abgespreizten Finger der mittleren Figur.

»Ein Treffen unter Freunden«, sagte Lussin. »Der kam vom Himmel und wartet auf die anderen.«

Der Anblick des Galakten faszinierte mich. Irdische Bildhauer sind nicht in der Lage, Gesichtszüge so lebendig darzustellen.

Ihren Figuren haftet trotz aller Meisterschaft stets eine gewisse Leblosigkeit an. Das Gesicht dieses Galakten dagegen wirkte so lebendig, dass man sein Lächeln am liebsten erwidert hätte. Am meisten beeindruckten mich die riesigen, fast viereckigen Augen, die ein Drittel seines Gesichts ausfüllten. Ihr Ausdruck war vielschichtig: In die Freude, die sie ausstrahlten, mischte sich auch eine Spur von Besorgnis. Aus den Gesichtern der menschenköpfigen Heuschrecken, die er umarmte, sprach das pure Glück. Der Galakt dagegen schien heiter und angespannt zugleich, als erwarte er nicht nur Gutes von dort oben, wohin er blickte.

In Gedanken rief ich Wera. In der aufscheinenden Videosäule sah ich die Kommandobrücke. Wera, Olga und Leonid saßen in den schwenkbaren Sitzen.

»Mach dir keine Sorgen«, sagte Wera. »Wir passen auf euch auf.«

»Dann habt ihr die Gräuel in dieser Leichenstadt also auch gesehen. Habt ihr eine Ahnung, was das zu bedeuten hat?«

»Ja, Eli. Nichts Gutes. Aber ihr seid durch mächtige Kraftfelder geschützt, nutzt sie, wenn es nötig werden sollte.«

Plötzlich hörten wir einen Schrei von Trub, der sich in der näheren Umgebung umsah. Er schrie so erbärmlich, dass wir schleunigst zu ihm rannten. Mir fiel ein, dass Trub die Nutzung von Schutzfeldern noch nicht beherrschte, und ich schirmte ihn mit meinem eigenen Kraftfeld ab. Er war von einem bizarren Gebilde zurückgeschleudert worden, auf das er sich zornig gestürzt hatte. Als er wieder sicher auf den Beinen stand, deaktivierte ich das Kraftfeld. Trub wusste überhaupt nicht, wie ihm geschehen war. Er wusste nur so viel, dass eine unsichtbare Kraft ihn an den Haaren gepackt und weggeschleudert hatte.

»Feind!«, fauchte Trub wütend und wollte sich erneut auf das Gebilde stürzen.

Dabei handelte es sich gar nicht um ein Lebewesen, sondern um blanken Stein. Auf einem polierten Sockel erhob sich eine eigenartige Skulptur, die wie eine überdimensionale, aufgeblasene Schildkröte aussah. In der Mitte der steinernen Geschwulst entsprang ein gewundenes, schlangenartiges Rohr, an dessen Ende sich ein Auswuchs befand, der einer Gurke glich. Dieser Auswuchs verströmte glitzerndes Licht, als wäre er mit zahlreichen funkelnden Edelsteinen besetzt. Die Skulptur sah höchst unheilvoll und beängstigend aus. Es wunderte mich nicht, dass Trub sie von sich aus angegriffen hatte.

»Soll das vielleicht ein Zerstörer sein?«, fragte André mit Zweifeln in der Stimme.

»Eher das Kriegsgerät eines Zerstörers«, entgegnete ich. »Die dicke Gurke an dem langen Hals könnte so eine Art Auge oder Periskop sein. Stielauge wäre doch ein passender Name dafür. Nur eines verstehe ich nicht: Wenn die Sigmabewohner mit den Galakten gut Freund sind, warum widmen sie dann den Feinden ihrer Freunde ein Denkmal?«

»Ein Denkmal kann ja auch zur Warnung dienen«, gab André zu bedenken.

»Schon wieder! Seht her!«, rief plötzlich Lussin, der in eine Seitengasse spähte. »Noch ein Stielauge, und ein Galakt!«

Die dritte Skulpturengruppe war meisterhaft ausgeführt. Am hinteren Ende des Postaments ragte wieder so ein gewaltiger Steinblock mit schlangenartigem Auswuchs empor. In der Mitte und am vorderen Ende befanden sich zwei Galakten und acht Sigmabewohner.

Sprachlos standen wir vor der Skulptur. Zum zweiten Mal – nach dem von den Altairen entfernten Bild – bekamen wir eine bedrückende Darstellung von Gefangenschaft zu Gesicht. Die Galakten und die Sigmabewohner waren in schwere Ketten gelegt. Die Gruppe stellte eine Prozession von Gefangenen dar. Vorneweg liefen die zwei Galakten. Das Stielauge am anderen Ende hatte offenbar die Funktion eines Aufsehers inne.

»Aber ein Gutes hat das Ganze doch«, sagte ich zu André. »Und weißt du was?«

»Keine Ahnung«, murmelte er abwesend.

»Deine Theorie von den unsichtbaren Zerstörern können wir jetzt begraben.«

»Ja, da hast du Recht. Und ich kann dir gar nicht sagen, wie mich das beruhigt! Diese stieläugige Schildkröte sieht zwar ekelhaft aus, aber immerhin ist sie ein sichtbarer Körper und kein Gespenst. Ich vermute ...«

André kam nicht dazu, seine Vermutung auszusprechen, denn schon im nächsten Moment schrie er verzweifelt auf. Hartes, blendendes Licht schlug uns in die Augen, und eine unwiderstehliche Kraft schleuderte uns gegen die Wand des Gebäudes in unserem Rücken. Ich hatte das Gefühl, unter eine Dampfwalze zu geraten.

8

Der heftige Gravitationsstoß dauerte offenbar nur wenige hundertstel Sekunden an und wurde abgewehrt. Zweifellos hätte das Stielauge uns schon mit seinem ersten Angriff vernichtet, wenn unsere Freunde nicht auf uns aufgepasst hätten. Wie sich im Nachhinein herausstellte, sind unsere individuellen Kraftfelder nicht stark genug, der gewaltigen Hypergravitation standzuhalten, die die Stielaugen in kurzen Druckwellen zu erzeugen imstande sind. Als der Zerstörer den tödlichen Impuls aussandte, wurden unsere Schutzfelder zusammengefaltet wie eine Ziehharmonika und konnten den tausend Tonnen schweren Druck nur unwesentlich abschwächen. Doch ein Gegenimpuls, der von den Maschinen der Sternenpflüge generiert wurde, neutralisierte den Angriff.

Trotz der gewaltigen Erschütterung konnte ich mich auf den Beinen halten. In Momenten extremer Anspannung laufen Gedanken und Gefühle hundertmal schneller ab als gewöhnlich. In Sekundenbruchteilen nahm ich mit Augen und Ohren alles Überlebenswichtige wahr und reagierte gleichzeitig darauf.

André und Lussin waren blau angelaufen und rangen um Luft. Der Schwerpunkt der Druckwelle war auf sie gerichtet gewesen und hatte sie fast zerquetscht. Dann sah ich das Stielauge – ein riesiger Schildkrötenrumpf mit einem endlos langen schlauchartigen Hals, an dessen Ende das schrecklich funkelnde Auge saß. Es war hinter einer Gebäudewand hervorgekrochen und kam auf uns zu. Ich rechnete jeden Augenblick mit einem neuen Gravitationsstoß, der möglicherweise noch zehnmal stärker und nicht so ohne weiteres von den Maschinen der Sternenpflüge abzuwehren wäre.

Mit einem Mal sah ich, wie Trub mit einem gellenden Schrei wie ein Greifvogel im Sturzflug auf das herankriechende Stielauge herabschoss. Der tapfere Engel hatte seine scharfen Krallen ausgefahren und zielte genau auf das Auge des Scheusals. Trubs Angriff kam so überraschend, dass das Stielauge nicht mehr ausweichen konnte. Als sich die Krallen des Engels in die glitzernde Gurke bohrten, wandte das Stielauge seinen Hals und schoss seine Druckwelle nach oben ab. Trub wurde weggeschleudert, seine Flügel knickten ab, und eine Wolke aus Federn stob durch die Luft.

Während der Feind durch Trubs Angriff abgelenkt war, fokussierte ich meine Gedanken mit aller Macht darauf, seinen Schildkrötenpanzer zu durchbohren, konzentrierte mein Kraftfeld in einem gebündelten Strahl und rammte es mit ausgestrecktem Arm wie einen Degen in den plumpen Rumpf des Zerstörers.

Das Stielauge sank nicht etwa blutüberströmt zusammen, sondern zerplatzte wie eine Seifenblase. Es gab eine Explosion, einen Feuerball, und dann regneten Tausende Fetzen zu Boden. Die grauenhafte Kreatur, die uns angegriffen hatte, wurde regelrecht zerstäubt. Damals wusste ich noch nicht, dass der Tod eines Stielauges stets auf diese Weise eintrat.

Ich lief zurück zu meinen Freunden. André war leichenblass und hatte die Augen geschlossen. Lussin war schon wieder zu sich gekommen.

»Lussin, ich fürchte, Trub hat's erwischt!«, rief ich und zeigte ihm die Stelle, wo Trub abgestürzt war. »Sieh mal nach ihm, ich kümmere mich um André.«

Trub lag etwa zwanzig Meter von uns entfernt an der Mauer. Lussin versuchte vergeblich ihn hochzuziehen. André öffnete endlich die Augen, wirkte jedoch immer noch wie betäubt. Ich rief nach unseren Aviettes. Normalerweise hätten sie in Sekundenschnelle eintreffen müssen, doch nichts rührte sich. Verdammt, gerade wenn man sie am dringendsten braucht, dachte ich und beorderte gedanklich das Planetenschiff zu mir. Wieder keine Reaktion.

Plötzlich erschien eine Videosäule. Niemals werde ich Weras angstverzerrtes Gesicht vergessen. Sie sah mich an, als wäre ich schon tot.

»Eli«, wimmerte sie. »Ihr werdet umzingelt!«

Dann drängte sich Leonid ins Bild. Sein kantiges Gesicht glühte vor Aufregung. »Die Aviettes sind vernichtet«, schrie er. »Das Planetenschiff ist beschädigt. Mindestens fünfzig von diesen Kreaturen kriechen von allen Seiten auf euch zu. Fliehen bringt also nichts. Wir haben eure Kraftfelder maximal verstärkt und eilen euch zu Hilfe. Haltet durch, Brüder!«

»Wie viel Zeit haben wir noch?«, fragte ich. »Minuten? Sekunden?«

»Drei Minuten. Sucht euch irgendein Versteck, wo ihr abgeschirmt seid!«

Ich rannte zu Lussin. Zusammen schleiften wir Trub zu André. Der arme Engel war übel zugerichtet, und sein Kopf baumelte kraftlos hin und her. Doch sein Kampfgeist war ungebrochen. Als er die zerfetzten Überreste des Stielauges erblickte, krächzte er heiser, und die Federn an seinen gebrochenen Flügeln sträubten sich. Sein selbstloser Einsatz rührte mich.

Hilfesuchend sah ich mich um, fand jedoch keinen Ort, der uns vor den Gravitationsfeldern der Stielaugen Schutz geboten hätte.

»Komm zu dir!«, rief ich und rüttelte André an den Schultern. »Wir sind von Feinden umzingelt und müssen unsere Schutzfelder konzentrieren.«

In Andrés Augen kehrte langsam Leben zurück. Ich wusste, das Bewusstsein der Gefahr und die Notwendigkeit, mit gebündelten Kräften zu agieren, waren die beste Medizin für einen wie ihn. Um Trub dagegen machte ich mir ernsthafte Sorgen. Zwar versteht er sich darauf, seine urwüchsige Kraft und seine Krallen im Kampf einzusetzen, doch mit einem Schutzfeld kann er überhaupt nicht umgehen. Ein solches Energiefeld wird durch Gedanken und Empfindungen aktiviert. Und es liegt vorerst außerhalb von Trubs Vorstellungskraft, dass die Verteidigung darin besteht, sich verteidigen zu wollen. Für ihn gibt es nur die sichtbare und spürbare Welt. Was er nicht anfassen kann, das existiert für ihn einfach nicht.

»Hör zu, Trub«, begann ich zu erklären, »wenn die Stielaugen anrücken, dann rühre dich nicht vom Fleck, sondern schrei sie an: Zurück, zurück! Aber nur in Gedanken, verstehst du? Und wenn du es in Gedanken nicht schaffst, dann schrei es eben laut, das funktioniert auch.«

»Man muss sie mit den Zähnen zerreißen und auf sie einschlagen«, beharrte er entrüstet. Er versuchte aufzustehen und sich mit seinen Flügeln abzustützen, doch die waren ja gebrochen und knickten ein. Er jaulte vor Schmerz.

Ich hatte keine Zeit, weiterzudiskutieren, denn in diesem Augenblick tauchten die Zerstörer auf. Sie kamen von allen Seiten, robbten hinter Gebäuden hervor und krochen schwerfällig die Straße entlang auf uns zu. Dabei schwenkten sie die pockennarbigen Gurken an ihren gereckten Hälsen wie Periskope. Wie Flammenwerfer feuerten ihre Stielaugen rote Lichtstrahlen über die Straße, die immer greller wurden und sich auf uns zu bündeln schienen, als gerieten wir in einen vom Wind befeuerten Brand. Um nicht geblendet zu werden, zogen wir die Helmvisiere herunter und schalteten die Lichtfilter an unseren Raumanzügen ein. André, der wieder völlig bei Kräften zu sein schien, holte sein Dechiffriergerät heraus und schaltete es ein.

»Spinnst du?!«, zischte ich gedämpft.

»Das schadet doch nichts«, entgegnete er. »Ich bin sicher, dass sie untereinander Kontakt halten, und das Leuchten ihrer hässlichen Gurken hat bestimmt damit zu tun.«

In dieser Situation derartig nüchtern analytische Überlegungen anzustellen, wäre mir nie eingefallen. Ich war ganz auf den bevorstehenden Kampf konzentriert. Natürlich war ich mir nicht sicher, ob es uns gelingen würde, den Angriff zurückzuschlagen, doch eines wusste ich genau: Wir würden unsere Haut teuer verkaufen.

Plötzlich hörte ich Olgas Stimme: »Halt durch, Eli, Hilfe ist unterwegs!« Mag sein, dass irgendwo in der Nähe eine Videosäule aufleuchtete, doch ich suchte nicht danach, sondern konzentrierte mich völlig auf die herannahende Gefahr.

Immer mehr Feinde versammelten sich um uns. Sie bildeten einen Halbkreis und kamen langsam näher. Es war nicht besonders schwer zu erraten, was sie vorhatten. Die Stärke der Gravitationsfelder ist umgekehrt proportional zum Quadrat der Entfernung. Indem sie die Distanz zu uns halbierten, vervierfachten sie die Wucht ihres Angriffs. Offensichtlich war es ihr Plan, so nah, wie es der Widerstand unserer Schutzfelder zuließ, an uns heranzurücken, um dann gleichzeitig einen gebündelten, vernichtenden Gravitationsstoß gegen uns anzubringen.

Eines war sicher: Wenn es uns nicht gelänge, ihren Plan zu durchkreuzen, würden sie uns zu Brei zerquetschen. In mir kochte eine unsägliche Wut hoch auf diese Kreaturen, die uns völlig grundlos angriffen, und ich war entschlossen, aus dieser Wut die Energie für einen gezielten Überraschungsangriff zu schöpfen. Unser Vorteil lag in unserer Schnelligkeit, und die mussten wir nutzen!

»Konzentriert eure Kraftfelder auf mich, sobald ich loslaufe!«, raunte ich den andern zu. »Jetzt wollen wir es diesen leuchtenden Schildkröten mal zeigen.«

»Vorsichtig, Eli!«, flüsterte Lussin. »Wir sind bereit.«

Ich preschte los. Eines der Stielaugen war ein wenig weiter vorgerückt als die anderen und bezahlte diese Unvorsichtigkeit mit seinem Leben. Die Fetzen seines zersprungenen Körpers regneten noch zu Boden, als mein Kraftfeld schon den nächsten Feind durchbohrte.

Die Zerstörer wichen zurück, und ihre Gurkenaugen begannen noch stärker zu leuchten. Wie Flutlichter strahlten sie mich nun von allen Seiten an, und trotz der dicken Lichtfilter fingen meine Augen zu schmerzen an. Mein Körper wurde zusammengepresst wie in einem Schraubstock, und mir wurde der Atem knapp. Der Druck setzte jäh ein, wurde dann wieder schwächer, verstärkte sich erneut und ließ abermals nach: Die Stielaugen deckten mich mit Gravitationsimpulsen ein, und meine Freunde hielten mit ihren Kraftfeldern dagegen. Ich geriet ins Taumeln und verlor das Gleichgewicht, doch ehe ich umfiel, zerfetzte mein Feld noch einen weiteren Feind.

André und Lussin kamen mir zu Hilfe geeilt und fingen mich auf. Flink schleiften sie mich zur Mauer zurück. Lussin kicherte und stampfte mit den Füßen. Trub bleckte die Zähne und brach in Triumphgeschrei aus, sogar André lachte. Zumindest für uns Menschen war es das erste Mal, dass wir auf Leben und Tod gegen Feinde kämpften. Wir berauschten uns an diesem anfänglichen Erfolg. Es schien, als wäre ein uralter Kampfinstinkt, den wir schon vor Generationen hinter uns gelassen hatten, aufs Neue in uns erwacht.

»Was für ein Angriff!«, rief Lussin begeistert. »Du hast sie atomisiert.«

André fand als Erster wieder auf den Boden der Tatsachen zurück. »Freuen wir uns nicht zu früh«, sagte er. »Sie greifen wieder an.«

Die Stielaugen hatten ihren Halbkreis neu formiert und sich offenbar einen neuen Plan zurechtgelegt. In der Mitte rückten sie langsamer vor als auf den Flanken. Sie versuchten, uns von den Seiten her mit Gravitationsimpulsen ins Kreuzfeuer zu nehmen. Nun wäre es zwecklos gewesen, wenn ich wieder einen Überraschungsangriff im Zentrum versucht hätte. Sie wären dort einfach zurückgewichen und hätten meine Freunde von den Flanken her erledigt. Der Plan war so durchsichtig, dass ich Verachtung für diese Einfalt empfand. Damals wusste ich noch nicht, dass man den Feind niemals für dümmer halten sollte als sich selbst.

»Wir werden wieder einen Gegenangriff starten«, sagte ich. »Aber diesmal anders.«

Mein Plan beruhte auf Schnelligkeit und koordiniertem Handeln. Als sie nahe genug herangekommen waren, griffen wir dicht zusammengedrängt – drei Menschen voran, der hinkende Engel im Schlepptau – ihre linke Flanke an. Die Attacke verlief genau so wie vorausberechnet. Indem wir ihre eine Flanke angriffen, entfernten wir uns rasch von der anderen, wodurch deren Gravitationsstöße abgeschwächt wurden. Die Schildkröten in der Mitte konnten wir bei diesem kurzen Kampf vernachlässigen, denen steckte noch mein vorheriger Angriff in den Knochen, und sie hatten es nicht eilig, in unsere Energiefelder zu geraten.

Unser gemeinsam geführter Rammstoß mit vier konzentrierten Kraftfeldern gleichzeitig zerfetzte sechs Stielaugen und schlug ihren gesamten linken Flügel in die Flucht. Danach wandten wir uns wieder ihrem Zentrum und der anderen Flanke zu. Beeindruckt von der Wucht unseres Angriffs legten die Feinde auch dort den Rückwärtsgang ein. Das Schlachtfeld war mit Körperteilen der vernichteten Stielaugen übersät und von einer dunklen Flüssigkeit, ihrem Blut, getränkt. Wir zogen uns zur Mauer zurück, um ein wenig Atem zu schöpfen.

Es vergingen kaum zwei Minuten, als schon der nächste Angriff auf uns zurollte. Trotz unserer anfänglichen Erfolge schienen die Feinde eher mehr als weniger geworden zu sein. Und sie hatten aus ihren Fehlern gelernt, denn sie rückten nicht länger in einer Reihe gegen uns vor, sondern krochen in drei kompakten Gruppen auf uns zu. In jeder Gruppe hatten sich etwa zwanzig Zerstörer Panzer an Panzer, Stielauge an Stielauge, zusammengedrängt. Dieselbe Taktik, mit der wir sie bei unserem zweiten Angriff überwältigt hatten, wandten sie nun gegen uns an: vielfach verstärkte, wie zu einer Faust geballte Kraftfelder. Ein Gegenangriff auf eine der herannahenden Gruppen war diesmal völlig aussichtslos. Gegen so konzentrierte Gravitationsfelder konnten wir zu viert nichts ausrichten. Gemächlich, aber unaufhaltsam krochen unsere Widersacher auf uns zu und tauchten uns in das feuerrote Licht ihrer wedelnden Stielaugen. Es sah ganz danach aus, als hätte unser letztes Stündchen geschlagen. Wir standen im wahrsten Sinne des Wortes mit dem Rücken zur Wand.

André hatte gedanklich die Verbindung zum Sternenpflug hergestellt. Selten hatte ich ihn so ruhig und klar sprechen hören. »Jeanne! Oleg!«, diktierte er. »In zwei Minuten gibt es mich nicht mehr. Ich liebe euch. Lebt wohl!«

»Verabschieden wir uns, Freunde«, sagte ich. »Und dann greifen wir noch ein letztes Mal an. Es bringt nichts, die Sache hinauszuzögern.«

Als wir uns alle umarmten, legte Trub den Kopf auf meine Schulter und schluchzte wie ein Mensch. Die menschliche Zärtlichkeit rührte den kämpferischen Engel so, dass er sich in seinen Untergang zu fügen schien.

Dann gab ich das Signal zum Angriff, und wir stürzten uns todesmutig auf die zentrale Gruppe der Zerstörer. Wie ich befürchtet hatte, gelang es uns nicht, sie auseinanderzujagen. Meine Attacke auf das erstbeste Stielauge blieb völlig wirkungslos. Sofort waren wir in die Mühlen ihrer konzentrierten Gravitationsfelder geraten. Ich fühlte mich wie in Ketten gelegt. Der Schraubstock begann sich zusammenzuziehen. Neben mir stürzte Lussin zu Boden. Unwillkürlich entfuhr mir ein gellender Schrei der Verzweiflung. Auch André ging in die Knie und brüllte vor Schmerz.

Unsere Schreie waren noch nicht verhallt, als plötzlich ein riesiger Schatten vom Himmel herabschwebte. Wie durch ein Wunder änderte sich die Situation schlagartig: Die Kraft, die mich zusammenquetschte, ließ nach, und die flammenden Lichtkegel der Periskopaugen erloschen. Das Stielauge, das ich eben noch so vergeblich attackiert hatte, zersprang zu einer Wolke aus Krümeln und Staub.

»Konzentriert eure Felder auf mich!«, donnerte Leonid. »Vorwärts, mir nach!«

An meiner Seite stand auf einmal Romero. »Kein schlechter Schuss, nicht wahr, Eli?«, sagte er grinsend. »Es sieht ganz so aus, als hätte ich Ihren Widersacher in seine Moleküle zerlegt. Kommen Sie, nehmen Sie Ihr Kraftfeld zusammen, und dann folgen wir unserem Anführer.«

9

Leonid stürmte voran. Die Stielaugen, die in sein Kraftfeld gerieten, zerbarsten und flogen in Fetzen durch die Luft, als würden sie von einer Windhose zerrissen. Allan und André gaben Leonid Flankenschutz, während Lussin und Trub hinter ihm her eilten und sich dabei gegenseitig stützten. Als ich einen Schritt nach vorne machte, bemerkte ich, dass ich keine Kraft hatte, mich zu bewegen.

»Na kommen Sie schon«, ermunterte mich Romero. »Es hat Sie zwar am schlimmsten von allen erwischt, da es die Feinde auf Ihr Leben ganz besonders abgesehen hatten, trotzdem müssen Sie sich jetzt zusammenreißen. Sie werden sehen, wenn Sie Ihr Kraftfeld wieder in den Griff bekommen, fühlen Sie sich gleich besser.«

»Vorwärts Eli, halt durch!«, schrie Allan launig. »Zeig diesen Bestien, mit wem sie es zu tun haben!«

Die Anfeuerungsrufe meiner Gefährten verliehen mir frische Kräfte. Außerdem sah ich, dass selbst die klein gewachsenen Astronauten Groman und Kamagin unserer Vorhut zu Hilfe eilten, da wollte ich nicht hintanstehen. Nach kurzer Zeit hatten wir Leonid wieder eingeholt.

»Da lang«, rief er mir zu, »dort kreucht noch ein Dutzend von diesen Missgeburten.«

»Warte, Leonid«, sagte ich und hielt ihn am Handgelenk zurück. »Wir sollten sie vielleicht nicht alle niedermetzeln.«

»Wie bitte?«, entrüstete sich Leonid. »Wir werden das Feld hier erst räumen, wenn auch der Letzte von ihnen in Stücke gerissen ist.«

»Eli hat Recht«, unterstützte mich André. »Wir sollten versuchen, wenigstens einen von ihnen lebend zu kriegen.«

»Sehr richtig«, sagte Allan und lachte donnernd. »Wir nehmen eines dieser Monster zur Erde mit.« Er wandte sich an Kamagin und Groman. »Früher gab es doch mal den Brauch, im Krieg Trophäen zu erbeuten, nicht wahr, liebe Vorfahren?«

Die beiden nickten und bestätigten später, dass die Trophäenjagd in alten Zeiten zum guten Ton jedes zivilisierten Krieges gehört hatte, nicht ohne zu präzisieren, dass es sich bei den Beutestücken meist um Schrumpfköpfe oder Skalpe gehandelt hatte. Zu ihrer Zeit gab es zwar auch schon keine Kriege mehr, aber die Erinnerung daran war noch lebendig, und sie hatten in Büchern darüber gelesen. Bei den Schriftstellern jener Zeit waren die Gräuel der Vergangenheit ein beliebtes Thema: Mord und Totschlag, Raub und Vergewaltigung, die gnadenlose, von Blut und Ränke gesäumte Jagd nach Reichtum und Ruhm.

»Schaut mal«, rief plötzlich André. »Das sind keine Wesen, sondern Maschinen.«

Er hatte ein Fragment eines der zerfetzten Stielaugen vom Boden aufgehoben und hielt es uns unter die Nase. In seiner Handfläche lagen Bauteile einer elektrischen Schaltung: Halbleiter, Widerstände, Kondensatoren und Verbindungskanäle. Es handelte sich zweifellos um künstliche Teile, obwohl sie von der dunklen Flüssigkeit getränkt waren, die wir für das Blut der Zerstörer hielten.

»Das würde vielleicht auch die außergewöhnliche Grausamkeit unserer Feinde erklären«, sagte ich. »Für ein gewöhnliches Lebewesen ist das doch nicht normal.«

»Falsch!«, intervenierte Lussin, der ein anderes Fragment aufgehoben hatte. »Sind Organismen, schaut!«

Das zweite Fragment schien ein echtes Körperteil zu sein. Es war ein von Adern, Sehnen und Nerven durchzogenes Stück Fleisch, aus dem ein abgebrochener Knochen herausragte. André untersuchte es genauer und besudelte sich dabei die Hände mit der klebrigen, dunklen Flüssigkeit.

»Stimmt«, gab ich zu. »Dann sind es also doch keine Maschinen.«

Unsere Retter hatten zusammen mit Trub längst die Verfolgung der restlichen Zerstörer aufgenommen, während wir drei auf dem Schlachtfeld zurückgeblieben waren, um die Überbleibsel unserer Feinde genauer zu inspizieren. Es war wirklich erstaunlich, von welch gewaltigen Kräften sie gesprengt worden waren. Die herumliegenden Teile waren kaum faustgroß.

»Ich glaube, dass der spektakuläre Tod der Stielaugen auch der Schlüssel zum Verständnis ihrer Existenz ist«, sagte ich, nachdem wir ein gutes Dutzend der Fragmente zusammengetragen hatten.

André legte die Teile in eine Reihe. »Schaut, sechs davon bestehen aus organischem Gewebe und sieben aus künstlichen Bauteilen. Was sagt uns das?«

»Verstehe«, sagte Lussin. »Zur Hälfte Lebewesen, zur Hälfte Maschinen. Stimmt's?«

»Du hast's erfasst«, bestätigte André.

»Es gibt aber noch eine andere Möglichkeit«, wandte ich ein. »Ein lebendiger Zerstörer sitzt in einer künstlichen Maschine, und beim Zerbersten vermischen sich die Körperteile mit den Maschinenteilen.«

»Dann sieh dir mal dieses Fundstück hier an.«

Das Fragment, das mir André nun in die Hand drückte, war wirklich erstaunlich. Körpergewebe war hier nahtlos mit künstlichen Teilen verwoben: Aus einem Knochen schaute ein Stück Draht heraus, während an einem Kondensator Nervenbahnen verliefen und das ganze Gebilde in einen Fetzen Fleisch eingewoben war.

»Es gibt zwei Möglichkeiten«, schlussfolgerte André. »Entweder haben hier Lebewesen eine Möglichkeit gefunden, ihre unzulänglichen natürlichen Organe durch künstliche zu ersetzen und sind so selbst zu halben Maschinen mutiert. Oder von irgendjemandem konstruierte, intelligente Maschinen sind auf den Gedanken gekommen, sich organisches Gewebe einzupflanzen, und so zu Halborganismen geworden. Im einen wie im anderen Fall haben wir es mit Subjekten einer Hochkultur zu tun.«

Für mich lieferte die komplizierte Natur der Zerstörer vor allem eine Erklärung für ihre unfassbare Grausamkeit. Zu Maschinen degradierte Wesen mussten Eigenschaften wie Güte und Mitgefühl zwangsläufig verlieren. Andererseits, wenn es tatsächlich mit organischem Material aufgerüstete Maschinen waren, woher nahmen sie das lebendige Gewebe? Machten sie womöglich deshalb Jagd auf alle Lebewesen im Weltall, um an ihre Körpergewebe heranzukommen?

»Wir sollten jetzt erst mal zu den anderen gehen«, schlug ich vor. »Sie werden sich sicher schon fragen, wo wir sind.«

10

Leonid tigerte mit grimmiger Miene an einem der Gebäude auf und ab. Als wir auftauchten, bedachte er uns mit einem Blick, als wären wir selbst Stielaugen. Es war sofort klar, dass es ihm nicht gelungen war, einen der Zerstörer lebend einzufangen.

»Sie zerplatzen wie Seifenblasen«, knurrte er. »Es sind nur noch drei übrig.«

Die Stielaugen kauerten in einer Ecke zwischen zwei Gebäudewänden. Die Kraftfelder unserer Freunde hatten sie dort zusammengedrängt. Sie waren augenscheinlich geschwächt. Ihre Gurkenaugen verströmten nur mehr schwaches Licht und hingen auf Halbmast an ihren halb eingerollten Hälsen. Die Gravitationsimpulse, die sie von Zeit zu Zeit aussandten, hatten erheblich an Stärke verloren.

Romero, der die Feinde zusammen mit Allan, Groman, Kamagin und Trub in Schach hielt, winkte mich zu sich. »Wissen Sie, warum wir keinen von ihnen lebend gekriegt haben? Das werden Sie nicht glauben! Sie begehen Selbstmord, sobald ihre Situation aussichtslos ist.«

»Ja, sie rammen sich selbst die Rübe in den Leib, es macht kawumm! – und sie zerspringen in tausend Stücke«, berichtete Allan. »Sie haben eine Art Selbstsprengungsmechanismus eingebaut.«

Kamagin war gerade dabei, eines der Stielaugen von den anderen beiden wegzudrängen. Dabei setzte er ein dreifach konzentriertes Kraftfeld ein. Als der Zerstörer etwa fünf Meter von seinen beiden Artgenossen entfernt war, hämmerte er sein Auge mit voller Wucht gegen seinen Schildkrötenpanzer und explodierte. Nachdem der Knall verhallt war, hagelten seine Körperteile auf die Straße herab. Die verbliebenen beiden Stielaugen rückten noch enger zusammen, und ihre Periskopköpfe begannen zu flackern.

»So ist es jedes Mal«, schimpfte Leonid und stampfte auf den Boden. »Man müsste ihre verdammten Gurken irgendwo festbinden.«

»Wie sieht's bei dir aus?«, fragte ich André, der sein Dechiffriergerät aktiviert hatte. »Sie scheinen sich einer Leuchtsprache zu bedienen, das ist doch sicher kein Problem für dich, oder?«

»Leider doch!« André hob verlegen die Schultern. »Sie senden schwache Gravitationsimpulse aus, die eine Sprache sein könnten, das Leuchten ist nur eine Begleiterscheinung. Mit so einer Form von Sprache hatte ich noch nie zu tun. Ich brauche den Code! Wenn ich wenigstens ein Signal entschlüsseln könnte.«

»Vielleicht habe ich da eine Idee: Pass auf, was ich gleich mit ihnen mache, und achte besonders auf ihre Reaktionen.«

Ich rückte ein Stück vor, versetzte den beiden einen leichten Stoß mit meinem Kraftfeld und zog mich dann wieder zurück. Diese Aktion wiederholte ich dreimal. Danach schob ich die Stielaugen mit meinem Kraftfeld ein Stück auseinander, um dann wieder zu den leichten Stößen überzugehen. Noch zweimal richtete ich die gespreizten Finger auf die Zerstörer.

»Es reicht!«, rief André begeistert. »Jetzt kann ich ihre Sprache dechiffrieren. Hört zu!«

Im Nachhinein stellte sich heraus, dass die Übersetzung des Dechiffriergeräts zwar lückenhaft war, den Sinn im Wesentlichen aber richtig wiedergab: »Der schon wieder, der Mörder des Ersten … Wieder der … er zieht uns auseinander … Gebt Befehl an die Abgeschirmten … Nur sie … Wir sind zu zweit auf dem Planeten, alle sind umgekommen … Ich werde schwächer. Die Gravitation reicht nicht aus … Sie haben Dynamit in den Fingern, sind irgendwie anders … Die Abgeschirmten … Warum schafft ihr es nicht vor Einbruch der Nacht? So lange kann ich mich nicht halten … Ich sprenge mich … Der Planet wird nicht mehr gebraucht.«

Offenbar befand sich irgendwo im näheren Umkreis der Elektra ein Stützpunkt, mit dem einer der beiden Rücksprache hielt. Wir mussten mit weiteren Angriffen rechnen.

Gemeinsam versuchten wir, die bruchstückhaften Mitteilungen des Zerstörers zu interpretieren. Dabei ergaben sich mehr Fragen als Antworten.

»Sie bekommen also frühestens am Abend Unterstützung«, sagte Leonid.

»Wen meinen sie mit den Abgeschirmten?«, fragte ich. »Abgeschirmt wogegen? Gegen unsere Kraftfelder?«

André legte die Stirn in Falten: »Ihre Gravitation wird schwächer. Was soll das heißen? Etwa dass sie kampfunfähig werden?

Und warum haben wir von ihrem Gesprächspartner keine Impulse empfangen?«

»Der Gesprächspartner ist weit weg«, mutmaßte ich. »Dein Dechiffriergerät hat seine schwachen Impulse nicht registriert.«

»Der Planet wird nicht mehr gebraucht«, zitierte Romero den letzten Spruch der Zerstörer. »Soll das heißen, dass sie ihn vernichten wollen?«

»Entscheidend ist im Moment aber etwas anderes«, warf Kamagin ein. »Einer hat gesagt, dass er sich sprengen will. Das müssen wir verhindern. Aber wie?«

»Hacken wir ihnen doch mit einem Schwertfeld die Köpfe ab«, schlug Allan vor. »Dann klappt ihr Selbstsprengmechanismus nicht mehr.«

»Unsinn«, wandte ich ein. »Sie würden sofort explodieren. André hat Recht: Wir müssen uns zunutze machen, dass ihre Gravitation nachlässt. Los, wir klemmen sie in unsere Kraftfelder ein wie in Fesseln und bringen sie in die Druckkammer des Planetenschiffs.«

Als wir damit begannen, sie auseinanderzuziehen und ihre Bewegungsfreiheit einzuschränken, schaffte es der eine von ihnen dennoch, das Stielauge auf seinen Rumpf zu hämmern. Umso vorsichtiger operierten wir mit dem letzten verbliebenen Zerstörer. Wir konzentrierten ein extra starkes Kraftfeld nur auf sein Periskopauge, so dass es sich nicht mehr rühren konnte. So schafften wir ihn zu dem Planetenschiff, mit dem unsere Retter uns zu Hilfe geeilt waren. Der Zerstörer wurde von Sekunde zu Sekunde schwächer, und sein Leuchten erlosch.

»Ich fürchte, er ist tot«, sagte André, nachdem wir das Stielauge in die Druckkammer geschafft hatten. »Das Dechiffriergerät empfängt keinerlei Impulse mehr.«

Wir erhöhten den Druck in der Kammer, schalteten die Bordgravitatoren ein und fixierten für alle Fälle den Kopf des Zerstörers. Damit war so gut wie ausgeschlossen, dass er in seiner temporären Gruft explodieren konnte.

»Ich denke, wir suchen noch nach Bewohnern des Planeten«, schlug Leonid vor. »Vielleicht sind ja doch noch ein paar von ihnen am Leben.«

»Ich bleibe hier«, verkündete André, »und werde mir mal den Körperbau und die Physiologie unseres Feindes vornehmen.«

Der Planet glich einer Todeszone. In Aviettes suchten wir die gesamte Stadt ab und flogen dann zu anderen Städten weiter. Sie sahen alle gleich aus, wie aus der Retorte, und überall stießen wir auf die schrecklichen Spuren des Gemetzels, das die Zerstörer angerichtet hatten. Selbst die Wälder und Wiesen, die am Morgen noch grün gewesen waren, wurden gelb und welkten dahin. Alle Plantagen auf dem Planeten waren genauso vernichtet worden wie die intelligenten, menschenköpfigen Heuschrecken, die sie angelegt hatten.

Wir hatten ein Bioskop mitgenommen und es auf die Ortung von Gehirnströmen justiert. Nachdem wir eine Stunde lang vergeblich gesucht hatten, empfing es plötzlich schwache Signale. Die Peilung führte uns zu einer unterirdischen Röhre, die sich mitten in einem Waldstück befand. Der Einstieg war mit Laub und Reisig abgedeckt. Das Bioskop zeigte an, dass sich drei lebende Wesen darin befanden. Ich versuchte in die Röhre einzusteigen, doch die Öffnung war zu schmal für mich. Kamagin kroch hinein, und der ebenso schmächtige Groman folgte ihm. Zu zweit schleppten sie einen der sterbenden Sechsflügler heraus. Er war nicht ansprechbar, bewegte sich nicht mehr, und sein Atem war extrem flach. Nur sein Gehirn verströmte noch wirre Impulse.

»Es sind Hunderte von ihnen da unten«, sagte Kamagin, »aber alle tot.«

»Zwei müssten aber noch lebendig sein«, erwiderte ich. »Jedenfalls zeigt das Bioskop das an. Seht bitte noch einmal nach.«

Der Zustand der beiden anderen Sigmabewohner, deren Gehirnströme wir registriert hatten, war noch schlechter als der des ersten. Der eine von ihnen war schon tot, als Kamagin und Groman ihn an die Oberfläche geschafft hatten, der andere lebte nur noch wenige Minuten. Ich zeichnete seine letzten Gehirnaktivitäten auf. Bei dem Ersten bestand zwar auch kaum Hoffnung auf Genesung, doch es schien immerhin möglich, einen Funken von Leben in seinem zermalmten Körper für einige Zeit am Glimmen zu halten.

Es brach bereits der Abend herein, als wir uns endgültig davon überzeugt hatten, dass auf dem Planeten kein Leben mehr existierte.

»Nehmen wir wenigstens die Skulpturengruppen mit«, schlug Leonid vor.

Mit den mächtigen Greifwerkzeugen des Planetenschiffs hievten wir sie an Bord und verstauten sie im Frachtraum.

»Alle Mann auf ihre Posten!«, kommandierte Leonid. »Wir kehren zum Sternenpflug zurück.«

»Von einem Schiff, das den Zerstörern zu Hilfe kommt, ist immer noch weit und breit nichts zu sehen«, sagte André zu mir, der noch einmal aus dem Planetenschiff, wo er den Nachmittag verbracht hatte, ausgestiegen war.

Wir beide standen draußen und betrachteten den Himmel. Die Dämmerung brach herein, und die Elektra ging unter. Über der Stadt erstrahlten Tausende von Scheinwerfern und tauchten sie in ihr weiches, rosafarbenes Licht. Sie waren das Einzige, was auf diesem Planeten noch funktionierte. Die romantische Beleuchtung eines Ortes, an dem Tod und Chaos herrschten, war ein trauriger Anblick.

11

Nun wende ich mich der Tragödie zu, die André zustieß. Ich mag gar nicht daran denken. Obwohl seit jenem schrecklichen Tag viele Jahre vergangen sind, habe ich bis heute noch nicht vollständig begriffen, was damals eigentlich geschehen ist.

Vor allem verstehe ich mich selbst nicht. Wie konnte ich so fahrlässig handeln? Warum waren wir alle so begriffsstutzig? Schon damals musste uns doch klar sein, dass wir es mit einem tückischen, technisch hoch gerüsteten Feind zu tun hatten, der uns in vielerlei Hinsicht überlegen war. Warum um alles in der Welt haben wir uns wie selbstzufriedene Idioten benommen und nicht einmal die elementarsten, absolut unerlässlichen Sicherheitsvorkehrungen getroffen? Dabei hatte der Feind uns sogar wissen lassen, wie er uns auszuschalten gedachte. Warum haben wir diese Bedrohung so fürchterlich unterschätzt?

Wieder und wieder lese ich das Gravigramm der Unterredung des Stielauges mit seinem Stützpunkt und muss feststellen, dass ich mit meiner Interpretation des rätselhaften Begriffs »Abgeschirmte« damals vollkommen danebenlag. Und André, der arme André, der ursprünglich so scharfsinnig auf die Unsichtbarkeit unserer Gegner geschlossen hatte, warum hatte er sich so leichtfertig von seiner Theorie verabschiedet? Stets aufs Neue stelle ich mir die Frage: Warum waren wir ausgerechnet in jenem entscheidenden Moment mit Blindheit geschlagen, in dem wir einen hellwachen Verstand am nötigsten gebraucht hätten?

Unser Sieg gegen die Stielaugen hatte uns überheblich gemacht. Wir hatte augenblicklich wieder vergessen, dass wir ohne das Eingreifen von Leonid sang- und klanglos untergegangen wären. Warum waren wir gar nicht erst auf die Idee gekommen, dass die Zerstörer auch ein anderes Gesicht zeigen könnten? Hochmut kommt eben vor dem Fall.

»Warum schafft ihr es nicht vor Einbruch der Nacht?«, hatte das Stielauge seinen Leuten gravitiert. Inzwischen war es dunkel geworden, und am Himmel über dem Planeten Sigma erglommen die ersten Sterne. Wir hatten keine Ahnung, dass sich das von den Zerstörern geschickte Unterstützungskommando bereits näherte. André und ich taten so, als gäbe es keinerlei Anlass zur Wachsamkeit: Wir trödelten herum, palaverten und hielten unsere dämlichen Köpfe in die Luft.

»Die Nächte sind schön hier«, schwärmte André. »Nicht einmal die künstliche Beleuchtung mindert den Glanz der Sterne.«

Die Luft war erstaunlich klar. Doch während wir noch seelenruhig und ahnungslos die Gestirne der Plejaden bewunderten, schwebten die abgeschirmten Feinde bereits über uns.

»Beeilt euch ein bisschen!«, polterte Leonid. »Wir warten nur noch auf euch zwei.«

»Schon gut«, grummelte ich und steuerte das Planetenschiff an.

Kaum hatte ich zwei Schritte getan, hörte ich Andrés entsetzlichen Schrei. Offenbar wurde er gewürgt, denn sein Schrei gerann zu einem heiseren, erstickten Röcheln. Verzweifelt schlug er um sich. Ich konnte das Pulsieren seines Kraftfeldes spüren – eine Empfindung, wie ich sie noch nie zuvor gehabt hatte: Das Blut schoss mir so rasend durch Kopf und Glieder, als würden meine Adern von einer gigantischen Druckwelle durchspült.

»Hilf mir, Eli!«, brüllte André.

Noch während ich zu ihm stürzte, löste er sich buchstäblich in Luft auf. Über der schwarzen Erde funkelten die Sterne, und an der Stelle, wo André eben noch gewesen war, regte sich kein Stäubchen. Trotzdem musste er in meiner unmittelbaren Nähe sein, denn ich hörte ihn ganz deutlich: Erst röchelte er heiser, als hielte man ihm den Mund zu, dann schrie er wieder panisch um Hilfe, als hätte er sich für einen Moment aus der Knebelung befreit. Doch ich konnte keine Spur von ihm sehen!

»Eli! Eli!«, gellte es erneut durch den leeren Raum.

»Unsichtbare!«, stammelte ich und feuerte in blindem Zorn einen Kraftstrahl in die Richtung des Schreis, ohne zu bedenken, dass dieser auch für André lebensgefährlich war.

Dann sah ich meinen Freund zum letzten Mal. Besser gesagt, seine Beine. Mein Angriff hatte wohl einen der Unsichtbaren weggeschleudert, und André war es kurzzeitig gelungen, seine Beine zu befreien. Wild strampelnd hingen sie ein paar Meter über dem Boden und stießen nach dem unsichtbaren Feind. Doch an der Stelle, wo sein Rumpf und sein Kopf sein mussten, war nichts außer schwarzer Nacht und ein paar zynisch blinkenden Sternen! Das Bild der in der Luft zappelnden Beine meines Freundes sehe ich noch heute in allen Details vor mir.

Obwohl ich mein Kraftfeld noch nicht wieder vollständig aufgeladen hatte, feuerte ich einen zweiten Energiestrahl auf die unsichtbaren Angreifer. Mir war klar, dass unsere Gefährten uns zu Hilfe eilen würden. Jetzt ging es darum, bis zu ihrem Eintreffen zu verhindern, dass André außer Reichweite geschafft würde. Mit meinem Schuss hoffte ich, auch den Rest von André wieder freizubekommen, doch der Effekt meines Angriffs war gleich null.

Stattdessen wurde ich nun selbst von einer brutalen Kraft gepackt und in die Luft gehoben. Als ich entsetzt nach unten blickte, bemerkte ich, dass ich unsichtbar geworden war: Mein Rumpf und meine Beine waren verschwunden. Durch meinen Körper hindurch konnte ich am Boden Gras und Steine sehen, die sich bedrohlich schnell entfernten. An einer unsichtbaren Fessel, die meine Hände zusammenband, wurde ich nach oben gezogen. Die Unsichtbaren hatten mich überrumpelt. Nun blieb mir nichts anderes übrig, als mein Feld mit aller Macht darauf zu konzentrieren, diesen unfreiwilligen Höhenflug zu stoppen.

Es gelang. Nun schwebte ich in etwa fünf Metern Höhe über dem Boden. Andrés Schreie waren nur noch vereinzelt zu hören und ertönten immer gedämpfter. Er, der nun wieder völlig unsichtbar war, wurde unaufhaltsam nach oben gezogen.

Unter mir erblickte ich meine Freunde, die Andrés Schreie natürlich auch vom Schiff aus gehört hatten. Leonid blieb ziemlich genau unter mir stehen und reckte den Kopf nach oben.

»Wo seid ihr?«, rief er besorgt. »Ich kann euch nicht sehen! Wo steckt ihr denn, verdammt?«

Eine harte und eiskalte, eklige Klaue hielt mir den Mund zu. Mit einem heftigen Ruck entwand ich mich der Umklammerung und schrie: »Konzentriert euere Felder auf mich! André wird nach o…«

Die garstigen Klauen hatten sich um meine Gurgel gelegt und drückten erbarmungslos zu. Ich röchelte, mir ging die Luft aus, und vor meinen Augen zuckten rote Blitze. Doch zugleich spürte ich, wie sich mein geschwächtes Feld plötzlich mit neuer Kraft auflud. Nicht mehr lange, und ich würde in dem erbarmungslosen Würgegriff das Bewusstsein verlieren. Zum Glück war ich noch so geistesgegenwärtig, mit meinem Gegenangriff bis zur letzten Sekunde zu warten, um so viel wie möglich von dem Potenzial aufzunehmen, das meine Gefährten mir sandten. Dann entlud ich mein verstärktes Kraftfeld in einem einzigen gewaltigen Rundumschlag.

Damit hatten die Angreifer nicht gerechnet. Ihre Klauen und Fesselgriffe wurden förmlich von mir abgesprengt. Einer von ihnen, der eine tödliche Ladung abbekommen hatte, wurde sichtbar und knallte neben mir auf den Boden, wo auch ich nicht gerade sanft landete. Kaum hatte ich mich aufgerappelt, war mein einziger Gedanke: zu André! Ich forderte eine Aviette an. Sekunden später düste sie herbei und daneben noch eine zweite, in der Romero saß.

»Vorsicht, sie sind unsichtbar!«, warnte ich ihn.

Ich steuerte meine Aviette in die Richtung, aus der Andrés Schreie gekommen waren. Romero ging auf Parallelkurs. An der Stelle, wo ich André zuletzt vermutet hatte, hielt ich an und horchte: Es waren keine Schreie zu hören, doch ich bildete mir ein, irgendwo rechts von mir ein leises Gurgeln und keuchenden Atem zu hören. Ich hielt auf die Geräusche zu und suchte mit Kraftlinien den Raum ab, wie ein Blinder, der mit seinem Stock nach Hindernissen tastet. Nichts. Die Unsichtbaren und ihr Opfer André waren nicht mehr da.

»Wir müssen systematisch suchen«, rief mir Romero zu, der seine Aviette direkt neben meine gesteuert hatte. »Es bringt doch nichts, hier im leeren Raum herumzustochern.«

»Aber sie entführen ihn sonst, das müssen wir verhindern!«, beharrte ich.

»Sie haben André längst fortgeschafft«, entgegnete Romero. »Die Frage ist: wohin? Während wir hier durch die Finsternis irren, haben die Feinde den Planeten womöglich längst verlassen. Wir müssen Kontakt zu den Sternenpflügen aufnehmen.«

Die Besatzung der Sternenpflüge war über das Unglück, das André zugestoßen war, längst informiert. Die Ortungsgeräte der Schiffe durchkämmten den Raum um den Planeten. Das Herzstück dieser Ortungsgeräte sind extrem empfindliche Instrumente, die einen Hosenknopf in hunderttausend Kilometer Entfernung aufspüren können. André und seine Entführer sind ein bisschen größer als Hosenknöpfe, und die Entfernung der Sternpflüge vom Planeten betrug weit weniger als hunderttausend Kilometer. Doch von den Zerstörern gab es weit und breit keine Spur.

Damals wussten wir noch nicht, dass auch unsere gesamte Ortungstechnologie von den Abschirmeinrichtungen der Zerstörer ausgetrickst wurde. Wirkungsvolle Waffen für den Kampf gegen Unsichtbare mussten wir erst noch erfinden. Inzwischen ist jedem klar, dass wir uns sehr unbedacht auf diese Auseinandersetzung eingelassen hatten. Wir verfügten zwar über mächtige Waffen, hatten aber nicht die geringste Vorstellung davon, welche technischen Mittel uns entgegengesetzt würden. Wir glichen einem blinden, tapsigen Riesen, der sich wütend auf seine sehenden, flinken Feinde stürzt.

Ein Unglück, die Entführung Andrés, hatte uns bereits ereilt, doch keiner von uns konnte damals ermessen, was uns darüber hinaus noch an Unheil drohte. Das war vielleicht sogar ein Segen, sonst hätten wir unsere Mission sicher abgebrochen.

Im Gegensatz zu meinen Gefährten wollte ich mir nicht eingestehen, dass die Suche nach André zwecklos war. Mein Verstand war durch die Verzweiflung über sein Verschwinden getrübt. Er hatte mich um Hilfe angefleht, und ich hatte versagt. Dafür hasste ich mich. Wie ein Irrer jagte ich meine Aviette über den Sigma und starrte in die leere Finsternis. Ich weiß nicht mehr, wie lange wir unsere Suche fortsetzten. Lussin und Allan hatten sich mir und Romero angeschlossen. Mit vier sich überlagernden Feldern durchpflügten wir jedes Luftmolekül im Umkreis. Doch alle Mühe war umsonst.

Erneut tauchte Romero dicht neben mir auf. »Kommando vom Sternenpflug: Wir sollen die Suche abbrechen und innerhalb von fünfzehn Minuten zurückkehren. Es muss noch irgendetwas vorgefallen sein.«

Zu diesem Zeitpunkt fühlte ich mich kraftlos und leer. Ich landete neben dem Planetenschiff und schlurfte mechanisch zum Einstieg. Leonid kam mir entgegen, er sah deprimiert aus.

»Schau, gegen wen du gekämpft hast, Eli«, sagte er und zeigte auf eine Kiste, die neben dem Planetenschiff stand.

In der Kiste lag die Leiche meines Feindes. Abwesend starrte ich ihn an, ohne zunächst zu registrieren, was ich da sah. Ich war mir sicher, dieser würde nicht anders sein als die übrigen Zerstörer, die wir erlebt hatten, ein weiteres zerfetztes Stielauge.

Doch das Gebilde, das in der Kiste lag, hatte keinerlei Ähnlichkeit mit unseren bisherigen Widersachern.

»Wisst ihr, an was mich diese Missgeburt erinnert?«, flüsterte Romero, der hinzugeeilt war. »An die Figuren aus Eisenschrott, mit denen abstrakte Künstler in alter Zeit das Publikum erschreckten.«

Mir war schleierhaft, wovon Romero sprach. Werke abstrakter Kunst hatte ich nie zu Gesicht bekommen und keinerlei Vorstellung davon.

Die Kreatur in der Kiste bestand nur aus Knochen: eine Mittelsäule, zwei Arme, zwei Beine, zwei übereinanderliegende, etwa halsdicke Ringe in Hüfthöhe und ein Schädel mit riesigen Augenhöhlen, hinter denen ein kompliziertes Geflecht aus beinernen Rohren saß. Das knochige Wesen sah aus wie ein Skelett mit intakten, äußerst biegsamen Gelenken, denn die Gliedmaßen lagen abenteuerlich verrenkt in der Kiste. Es war eine Figur wie aus dem Horrorkabinett.

Lussin hob ein Stück Knochen auf, das beim Aufprall auf dem Boden abgebrochen war. »Schau, Eli«, sagte er. »Fleisch und Nerven, wie bei uns. Nur innen. Und Blutgefäße. Verdammt dicke Knochen! Solide Konstruktion!«

»Die Sternenpflüge drängen zur Eile«, rief Leonid. »Schaffen wir das Skelett ins Schiff und dann nichts wie weg hier.«

Während die Greifroboter die Kiste ins Schiff hievten, ging ich noch einmal zu dem Platz, an dem André entführt worden war. Meine Verzweiflung schnürte mir die Kehle zu und brach sich in einem sinnlosen Wutanfall Bahn. Heulend warf ich mich hin und trommelte mit den Fäusten auf den Boden. Ich verfluchte dieses widerliche Skelett, für dessen Erschaffung die Natur Milliarden von Jahren verschwendet haben mochte, verfluchte diese fremde, weiche Erde, die mindestens ebenso lange existierte, und verfluchte vor allem mich selbst für meine Gedankenlosigkeit und für meine Unfähigkeit, André zu helfen.

Dabei ahnte ich nicht einmal, dass dieser Planet in weniger als einer Stunde aufhören würde zu existieren und dass mir noch viele Ereignisse bevorstanden, die nicht minder bitter sein sollten als der Verlust meines Freundes André.

Lussin zog mich hoch und nahm mich in den Arm. Auch er konnte sich die Tränen nicht verbeißen. »Komm jetzt, Eli«, flüsterte er. »Zusammenreißen! Letzte Meldung: Ein Kreuzer der Zerstörer nähert sich.«

12

Nachdem unser Planetenschiff im Bauch des *Raumfressers* verschwunden war, entfernten sich die beiden Sternenpflüge rasch vom Planeten Sigma.

Weras Augen waren glasig. Sie stellte keinerlei Fragen. Unseren Kampf gegen die Unsichtbaren hatte sie auf dem Schirm verfolgt.

»Warum habt ihr uns befohlen, die Suche abzubrechen?«, fragte ich sie. »Was ist denn passiert?«

»Es geistern jede Menge Gravitationssignale durch den Raum«, antwortete Wera. »Wir haben eine Mitteilung der Unsichtbaren abgefangen. Zum Glück habt ihr den Code herausbekommen, so konnten wir sie entschlüsseln. Dieser Mitteilung zufolge ist André nicht mehr im Bereich des Planeten.«

»Wir haben einen der Dynamitfinger erwischt«, hieß es in dem Gravigramm. »Der Zerstörer Nummer hundertdreißig existiert nicht mehr. Wir kehren zum Stützpunkt zurück. Der Planet ist reif für die Zerstörung.«

Alle Besatzungsmitglieder, die an ihren Posten entbehrlich waren, hatten sich im Observationsraum versammelt. Olga, die das Kommando an Leonid übergeben hatte, setzte sich neben mich.

»Es tut mir so leid, Eli«, sagte sie. »Ein schrecklicher Tod.«

»André ist nicht tot!«, herrschte ich sie an. »Er wurde entführt, nicht umgebracht. Merk dir das, Olga.«

Olga erwiderte nichts. Sie wusste, wie sinnlos es war, darüber zu reden. Fakt war, dass wir nicht wussten, wohin André verschleppt worden und was mit ihm geschehen war. In meiner Ohnmacht ballte ich die Fäuste und biss die Zähne zusammen.

In diesem Moment erschien der kugelförmige Kreuzer der Zerstörer auf dem Schirm. Er tauchte tatsächlich aus dem Nichts auf, genau wie die Astronauten der *Mendelejew* es beschrieben hatten. Der riesige, grünliche Ball raste auf den Planeten Sigma zu und wurde allmählich langsamer. Wie gebannt starrten wir auf das feindliche Schiff und wagten kaum zu atmen.

»Was machen die denn da?«, rief Wera ungläubig. »Das gibt's doch nicht! Wir müssen sie aufhalten! Das ist doch ungeheuerlich!«

Der Kreuzer flog jetzt langsam über den Planeten hinweg und pflügte mit einem gewaltigen Gravitationsfeld seine Oberfläche um. Städte, Wälder und Ebenen wurden buchstäblich weggefräst und übereinandergeschüttet. Wie eine riesige Flutwelle rollten die aufgeworfenen Gesteins- und Erdmassen über den Planeten.

Im Schlepptau der Gerölllawinen schraubten sich gigantische Staubwolken kilometerhoch in die Atmosphäre und zogen einen Vorhang über die gesprengten Landschaften. Kein Vulkanausbruch und keine Atomexplosion hätten so gewaltige Verwüstungen anrichten können wie der Überflug des Kreuzers der Zerstörer. Es würde Tausende, wenn nicht Millionen von Jahren dauern, bis der Planet Sigma wieder bewohnbar sein würde.

Das kugelrunde Schiff verschwand nun hinter dem Rand des Planeten und begann, seine Rückseite umzugraben.

Wera schaltete die Kommandobrücke zu. »Leonid! Das können wir nicht zulassen!«, zeterte sie entrüstet. »Halte diese Wahnsinnigen mit Gewalt auf!«

»Nein, Wera!«, zischte ich und fasste sie am Arm. »Auf dem Planeten Sigma gibt es ohnehin kein Leben mehr, und in dem Kreuzer sitzt womöglich André. Wir haben noch längst nicht alles getan, um ihn zu retten.«

»Außerdem ist es zu spät, um die Verwüstung des Planeten zu verhindern«, ertönte Leonids Stimme über den Lautsprecher. »Wir haben nicht damit gerechnet, dass die Zerstörer zu so etwas in der Lage sind. Hoffentlich blüht uns nicht dasselbe.«

»Seid ihr auf einen Angriff vorbereitet?«, fragte Wera, die sichtlich mit ihren Emotionen rang, um kühlen Kopf zu bewahren.

»Aber sicher sind wir vorbereitet. Allan funkt gerade herüber, dass er nur auf den Befehl wartet, die Annihilatoren einzuschalten. Die Zerstörer werden sich eine blutige Nase holen, wenn sie es wagen, uns anzugreifen.«

»Wenn es zu einem Gefecht kommt, vergesst nicht, dass André an Bord des feindlichen Kreuzers sein könnte«, sagte Wera und sprach mir damit aus der Seele.

Das Schiff der Zerstörer kam von der Rückseite des Planeten hervorgeschossen und entfernte sich in die Richtung, aus der es gekommen war. Doch auf einmal änderte es den Kurs und steuerte genau auf uns zu. Hatten sie uns jetzt erst bemerkt?

Leonid und Allan setzten die Annihilatoren in Gang. In ihren Brennräumen wurde die Reaktionsmasse in leeren Raum verwandelt. Vorsichtshalber verzichteten Allan und Leonid darauf, in der Nähe befindliche Himmelskörper in den Umwandlungsprozess mit einzubeziehen. Bislang bestand keine Notwendigkeit dafür, denn der Kreuzer der Zerstörer, der fast mit Lichtgeschwindigkeit flog, kam uns keinen Kilometer näher. Ihm strömten solche Mengen kosmischer Leere entgegen, dass er, relativ gesehen, überhaupt nicht vom Fleck kam. Im Gegenteil, es sah so aus, als wären unsere Schiffe einfach schneller und würden ihrem Verfolger mit Leichtigkeit davonfliegen. Jedenfalls mussten die Zerstörer das denken, wenn sie mit der Technologie der Materieannihilation nicht vertraut waren.

Die Bord-Universalmaschine entschlüsselte ein weiteres Gravigramm der Zerstörer: »Fremdes Schiff im Visier. Annäherung unmöglich. Wir wechseln auf Überlichtgeschwindigkeit, um in Schlagdistanz zu kommen.«

»Hast du gehört, Leonid?«, fragte Wera besorgt.

»Sollen sie ruhig«, erwiderte Leonid gelassen. »Sie können uns nichts anhaben.«

Ich teilte Leonids Optimismus nicht uneingeschränkt. Im Überlichtbereich wurde der feindliche Kreuzer nicht nur unsichtbar, sondern auch schwer kontrollierbar. Da wir nicht wussten, wie viel schneller als das Licht er unterwegs war, konnten wir nicht hundertprozentig sicher sein, dass unser Annihilationsschutz funktionierte.

»Es ist doch nicht auszuschließen, dass er durch den Schutzwall der ständig neu generierten Leere hindurchschlüpft«, gab ich zu bedenken.

»Keine Sorge«, wiegelte Leonid ab. »Wir halten ihn auf Distanz, selbst wenn wir nicht genau wissen, wo er ist. Und sollte er dennoch näher kommen, können wir uns immer noch vom Acker machen. Auf ein Gefecht müssen wir uns auf keinen Fall einlassen.«

Die Zerstörer begriffen schnell, dass sie keine Chance hatten. Sie bremsten ab und erschienen wieder auf dem Schirm. Im nächsten Gravigramm hieß es: »Angriff gescheitert. Wir sammeln den Stützpunkt der Abgeschirmten ein und kehren zum Geschwader zurück.«

Der feindliche Kreuzer entfernte sich nun rasch und verschwand schließlich ganz vom Schirm. Mit ihm schwand auch die Hoffnung, André doch noch retten zu können. Das Schiff der Weltraumpiraten trug ihn fort in die Tiefen der Plejaden. Falls er nicht ohnehin längst tot war.

13

Völlig erschöpft war ich im Sitzen eingeschlafen. Schweißgebadet wachte ich auf. Im Traum hatte ich Andrés Entführung noch einmal durchlebt.

Beide Sternenpflüge flogen mit Überlichtgeschwindigkeit und hatten die Verfolgung des verschwundenen Kugelschiffs der Zerstörer aufgenommen. Auf der Kommandobrücke war entschieden worden, das geheimnisvolle feindliche Geschwader aufzuspüren. Bei nüchterner Betrachtung der Umstände musste ich mir schweren Herzens eingestehen, dass die Chancen, André noch zu retten, gegen null gingen. Aber natürlich durften wir nicht aufgeben.

Lussin und ich übernahmen die Aufgaben, mit denen ursprünglich André betraut gewesen war. Den ganzen Vormittag über studierten wir die Körper der beiden Zerstörer und entschlüsselten die aufgezeichneten Gehirnstrahlen der Sechsflügler. Beim Sezieren der Körper strahlte Lussin eine Routine aus wie ein Metzger, der jeden Tag fünf Schweine schlachtet. Gegen Mittag starb der letzte Bewohner des leidgeprüften Planeten Sigma. Wir legten seine sterblichen Überreste in ein Konservierungsmedium ein, um sie unverwest zur Erde zu bringen.

Die Arbeit beanspruchte meine ganze Aufmerksamkeit, und im Grunde war ich froh über diese Ablenkung. Wenn ich doch einmal in Gedanken abschweifte und schwermütig vor mich hin starrte, gab mir Lussin einen freundschaftlichen Schubs oder hielt mir ein schlabberiges, mit Kabeln durchzogenes Organ des toten Zerstörers unter die Nase. Seine stille Anteilnahme gab mir Halt.

In einer Pause besuchten wir Trub. Der Engel schluchzte und rieb sich mit seinem gebrochenen Flügel die Augen. Er teilte unseren Kummer und ließ seinen Gefühlen freien Lauf.

»Sehen die Zerstörer aus wie die Feinde der Galakten, die einst auf eurem Planeten landeten?«, fragte ich ihn.

»Mir war sofort klar, dass sie es sind. Sie müssen allesamt zermalmt werden!« Seine Augen blitzten angriffslustig, und er schien trotz seines geschwächten Zustands bereit, sich unverzüglich in den nächsten Kampf gegen die Stielaugen zu stürzen.

»Keine Sorge, Trub, der nächste Kampf kommt bestimmt«, versicherte ich ihm. »Aber du musst jetzt erst mal wieder gesund werden. Der Prognose zufolge werden deine Flügel schnell wieder zusammenwachsen.«

»Wo fliegen wir eigentlich gerade hin?«, erkundigte sich Trub.

»Wir halten Kurs auf die Maia. Sie befindet sich im Zentrum der Plejaden.«

»Blind und taub!«, sagte Lussin. »Im Überlichtbereich. Ob das bei denen auch so ist?«

Diese Frage trieb mich auch schon die ganze Zeit um. Schon für André war das ein Rätsel gewesen: Als das Stielauge mit seinem Kreuzer kommunizierte, der mit Überlichtgeschwindigkeit unterwegs war, konnten wir seine Gravigramme entschlüsseln, doch die Antwortimpulse des Kreuzers bekamen wir nicht mit. Erst als er in den Unterlichtbereich abgebremst hatte, gelang es uns, seine Gravitationsnachrichten abzufangen. Mir kam der Gedanke, dass die Gravitationswellen womöglich nur ein Nebeneffekt ihrer Kommunikation sind und sie zur eigentlichen Übermittlung der Nachrichten eine andere, effektivere Methode erfunden haben, die wir nicht verstehen. Ein fataler Gedanke.

»Wohl kaum«, sagte ich mit einem Seufzer. »Sie sind nicht blind. Es sieht ganz danach aus, dass sie über eine eigene Methode zur Kommunikation im Überlichtbereich verfügen.«

Am Abend führten Lussin und ich der Besatzung die alptraumhaften Visionen des verstorbenen Sigmabewohners vor. Die entschlüsselten Bilder bestanden aus chaotisch aneinandergereihten Einzelsequenzen und fügten sich zu einer einzigen Anklage gegen die kaltblütigen Aggressoren.

Am Stereobildschirm leuchtete der grelle Mittagshimmel des Planeten auf. Die Elektra stand im Zenit. Plötzlich erschien ein grünlicher Ball am Himmel und warf einen bedrohlichen Schatten über die Landschaft.

In unsichtbaren Gravitationsrinnen glitten die Weltraumfreibeuter auf den Planeten herab – unifiziert, mechanisch, gnadenlos. Die schutzlosen Heuschrecken wurden von Gravitationsstößen niedergestreckt, in Gravitationsketten gelegt, an Gravitationshaken gehängt und schließlich zu Tausenden durch einen unsichtbaren Schlund in das über dem Planeten dräuende Kugelschiff gesogen. Verzweifelt schlugen die wehrlosen Sigmabewohner mit den Flügeln und hatten doch nicht die geringste Chance.

Welches Schicksal sie wohl im Bauch des unheilvollen Zerstörerkreuzers erwartete? Ob sie als Nahrung für unersättliche Mäuler endeten? Als Sklaven? Oder als lebende Ersatzteillager für abgenutzte organische Gewebe ihrer Peiniger? Niemand konnte das wissen. Dafür sahen wir, was mit jenen geschah, die versuchten zu entkommen. Von gewaltigen Gravitationssalven wurden sie grausam zerquetscht. Nicht einer entkam dem Gemetzel.

Entsetztes Schweigen erfüllte den Raum, als der Stereobildschirm erlosch. Es war schrecklich und beschämend zugleich, dass in demselben Weltall, in dem wir Menschen in Frieden und Wohlstand lebten, solche Gräueltaten verübt wurden.

»Wenden wir uns nun der Anatomie der Zerstörer zu«, sagte ich.

Die genaue Untersuchung der erbeuteten Zerstörer hatte den heteromorphen Charakter ihrer Anatomie bestätigt. Organische Gewebe existierten neben künstlichen, Nervenbahnen mündeten in Drähte, in den Knochen waren Widerstände und Kondensatoren montiert. Ihre eigenartige Körperflüssigkeit, die eine völlig andere Konsistenz als unser Blut aufwies, strömte durch künstliche Adern und Kapillargefäße. Das Gehirn dagegen bestand bei beiden aus organischem Gewebe. Bei dem Stielauge saß es im Zentrum des Schildkrötenrumpfes, bei dem Unsichtbaren im oberen Hüftring.

Zwar war auch das Stielauge, das wir noch mehr oder weniger lebendig an Bord geschafft hatten, kurze Zeit später krepiert, doch Lussin hatte es geschafft, sämtliche Organfunktionen durch Simulationsversuche zu rekonstruieren.

Das erstaunlichste Organ dieses lebendigen Automaten war jedoch ein winziger, leistungsstarker Gravitator, sozusagen sein Herz. Beim Unsichtbaren befand es sich im unteren Hüftring, beim Stielauge im oberen Teil des klobigen Rumpfes. Dieses unscheinbare Maschinchen, das aussah wie eine Spule, erzeugte eine kurzzeitig wirkende lokale Schwerkraft, die etwa dem Hundertfachen der Erdanziehungskraft entsprach.

Aus irgendeinem Grund waren die Zerstörer auch selbst auf starke Gravitationskräfte angewiesen, um ihre Lebensfunktionen aufrechtzuerhalten. Das Gravitationsherz des Stielauges arbeitete mit einer irrsinnigen Frequenz: mehrere Tausend Takte pro Sekunde. Zudem war es in der Lage, in den Raum gerichtete Gravitationswellen zu generieren. Diese Eigenschaft machte es zur gefährlichen Waffe. Umgekehrt war ein Treffer in dieses Herz die sicherste Methode, einen Zerstörer auszuschalten.

Bei der Untersuchung des gurkenförmigen Fortsatzes an dem langen Hals des Stielauges hatten Lussin und ich einen radioaktiven Stoff entdeckt, der das Leuchten verursachte. Dieses »Auge« war zugleich Sehorgan, Scheinwerfer und Waffe, denn mit einem gebündelten Lichtstrahl konnte das Stielauge sein Opfer je nach

Distanz durchbohren wie mit einem Dolch oder zumindest blenden.

»Wir wissen nun auch, wie der Selbstzerstörungsmechanismus dieser Wesen funktioniert«, teilte ich mit und beendete damit den kurzen Vortrag über das Innenleben unserer neuen Todfeinde. »Der Schildkrötenkörper des Stielauges steht unter einem exorbitant hohen Druck und wird nur durch die Anziehungskräfte des Gravitators zusammengehalten. In dem Augenblick, in dem der Zerstörer sein Auge mit voller Wucht gegen den Rumpf rammt, setzt der Gravitator für einen kurzen Moment aus, und der Rumpf explodiert. In der Druckkammer unterhalten wir einen Druck von achttausend Atmosphären, damit sich unser wertvolles Anschauungsstück nicht unkontrolliert in seine Einzelteile zerlegt. Daraus folgt übrigens auch, dass man die Zerstörer durch Beschuss mit harten Strahlen oder Masseteilchen wesentlich effektiver bekämpfen kann als mit Kraftfeldern. Aber wenden wir uns nun der Auswertung ihrer Gehirnstrahlen zu.«

André hatte, umsichtig wie er war, vor dem Kampf das Dechiffriergerät auf alle Frequenzen eingestellt. Diese Maßnahme zahlte sich nun aus. Auf dem Stereobildschirm sahen wir zunächst uns selbst, wie wir an die Wand gedrängt um unser Leben kämpften. Wir sahen Leonid und Allan vom Himmel schweben und sahen Romero, wie er aus dem Schiff sprang, mit gespreizten Fingern auf das erstbeste Stielauge zielte und es vernichtete. In den Augen der Zerstörer, die in unseren gebündelten Kraftfeldern wie die Fliegen starben, waren wir schreckliche Ungeheuer. Den Namen »Dynamitfinger« hatten sie uns nicht umsonst gegeben. Wirklich überraschende Erkenntnisse erhielten wir erst durch die Auswertung der Hirnstrahlen des Zerstörers, den wir zunächst lebend gefangen hatten.

In früheren Zeiten glaubte man daran, dass vor dem geistigen Auge eines Sterbenden sein ganzes Leben noch einmal abläuft. Die Analyse der Hirnfunktionen von Sterbenden hat ergeben, dass ihre Gedanken verschwommen und unlogisch sind. Das sterbende Stielauge indes hatte kurz vor seinem Tod klare Bilder aus seiner Vergangenheit vor Augen.

Auf dem Stereobildschirm erschien ein wilder Planet, der aus Blei zu bestehen schien: Berge und Felder aus Metall, Gärten aus Metall, in denen die Kristalle metallischer Gräser und Sträucher wuchsen. Unter den ausladenden Ästen riesiger Metallbäume erhoben sich Gebäude aus demselben Material. Und überall kreuchten Unmengen völlig identischer Stielaugen, deren leuchtende Periskope die Umgebung in ein gespenstisches Licht tauchten. Über dieser trostlosen Metallwüste hing ein blasser Stern, der sicher dreißigmal so groß war wie die Sonne.

»Erlaube mir eine Frage, Eli«, sagte Wera, als die Vorführung zu Ende war. »Ist dir aufgefallen, dass der zweite Zerstörer weder im Gedächtnis seiner Artgenossen noch in dem der Sigmabewohner hängen geblieben ist?«

»Das ist ganz natürlich«, erwiderte ich. »Denn unter normalen Umständen ist er ja unsichtbar. Sichtbar wurde er erst, als er schon tödlich getroffen war.«

»Und wie funktioniert die Unsichtbarkeit, habt ihr das herausbekommen?«

»Nein, leider nicht.«

»Ich glaube, dass die Unsichtbaren die eigentlichen Krieger der Zerstörer sind«, mutmaßte Wera. »Auf den Hyaden, wo Schlachten gegen sie stattfanden, sind keinerlei Informationen über ihr Äußeres erhalten. Das kann kein Zufall sein. Diese Stielaugen sind wohl eher so etwas wie Arbeiter oder Gefangenenaufseher. Bedenke, in welch großer Zahl sie euch angegriffen haben, und keines ist mit dem Leben davongekommen. Diese Unsichtbaren dagegen sind ein anderes Kaliber. Ein toter Unsichtbarer kommt auf einen Toten aus unseren Reihen.«

»André ist nicht tot, sondern verschwunden«, blaffte ich empört. »Du solltest die Totenglocken nicht vor der Zeit läuten.«

Wera senkte den Blick. Es war ihr hochnotpeinlich, dass ihr das herausgerutscht war.

»Einige der rätselhaften Eigenschaften unserer Feinde lassen sich physikalisch durchaus erklären«, meldete sich Olga zu Wort. »Zum Beispiel ihre Unsichtbarkeit: Dahinter verbirgt sich sicher keine Hexerei. Der Kern des Rätsels besteht darin, dass unsere Gegner die Natur der Schwerkraft tiefer verstanden haben als wir. Erinnern wir uns an Newton, Einstein und Ngoro ...« Es war klar, dass einer von Olgas berüchtigten, hochwissenschaftlichen Vorträgen bevorstand. Mich davonzumachen war unmöglich, und so blieb mir nichts anderes übrig, als mich zu bemühen, wenigstens den Kern ihrer Ausführungen zu verstehen. »... Die Formeln der alten Physiker berücksichtigen nur stationäre Gravitationsfelder, also eine Schwerkraft, die im Gleichgewicht ist. Die realen Prozesse in der Natur befinden sich dagegen in den meisten Fällen nicht im Gleichgewicht. Die Zerstörer verstehen es offenbar, mit wechselnden Feldern zu operieren. Solche Wechselfelder lassen sich weder mit den Formeln Newtons oder Einsteins noch mit den verallgemeinerten Reihen Ngoros beschreiben. Die Fähigkeit, schnell wechselnde Gravitationsfelder zu beherrschen, verschafft den Zerstörern einen großen Vorteil gegenüber uns. Hätten beim Gravitationsangriff gegen den Planeten Sigma die Bedingungen eines im Gleichgewicht befindlichen Feldes geherrscht, durch das der Kreuzer gleichermaßen vom Planeten wie der Planet vom Kreuzer angezogen wird, dann wäre der Kreuzer auf dem Planeten zerschellt, da dessen Masse ja um ein Vielfaches größer ist. Tatsächlich jedoch hat der Kreuzer die Oberfläche des Planeten in Schutt und Asche gelegt und sich dann in aller Ruhe entfernt, ohne dass die Anziehungskraft des Planeten die geringste Wirkung auf ihn gezeigt hätte. Die erste Schlussfolgerung daraus lautet: Die Schiffe der Zerstörer sind uns im Nahkampf haushoch überlegen, und wir müssen solchen Auseinandersetzungen unter allen Umständen aus dem Weg gehen. Die zweite Schlussfolgerung ergänzt die erste: Wie wir beherrschen die Zerstörer die Umwandlung von Materie in Raum. Die umgekehrte Reaktion – die Umwandlung von Raum in Materie – wenden sie dagegen nicht an. Offensichtlich haben sie diese Reaktion noch nicht entdeckt. Gewissermaßen ist dies auch verständlich, da die Generierung von neuem Raum zu einer Abschwächung der Gravitationsfelder führt; die Zerstörer streben jedoch gerade deren Verstärkung an. Daraus folgt wiederum, dass die Generierung von neuem Raum einen zuverlässigen Schutz gegen sie darstellt. Andererseits sind unsere Vorräte an annihilierbarer Materie begrenzt. Daraus folgt: Wir müssen es vermeiden, uns mehrfach auf Schlachten gegen sie einzulassen.

Kommen wir nun zu den physikalischen Hintergründen ihrer Unsichtbarkeit. Des Rätsels Lösung liegt meiner Ansicht nach in ihrer Fähigkeit, spezielle, hochintensive Felder zu generieren. Nennen wir diese provisorisch Mikrogravitationsfelder. Ich habe mir die Leiche des Unsichtbaren angesehen. Die Körperkonstruktion ist perfekt auf die Funktionen eines unsichtbaren Kämpfers ausgelegt. Das Gravitatorenherz erzeugt um den Körper herum einen Kegel gekrümmten Raums. Ein Lichtstrahl, der auf diesen Kegel trifft, wird weder durchgelassen noch reflektiert, sondern um den Kegel herumgelenkt und folgt danach wieder seiner ursprünglichen Bahn. Alles, was sich innerhalb des Kegels befindet, ist demzufolge für uns unsichtbar und kann auch von gewöhnlichen Ortungsgeräten nicht erfasst werden.«

»Eine Frage, Olga«, warf ich ein. »Hast du nicht den Eindruck, dass unsere Feinde über eine bessere Kommunikationstechnik verfügen als wir? Ich werde das Gefühl nicht los, dass sie sich auch bei Überlichtgeschwindigkeiten problemlos untereinander verständigen können. Vielleicht haben sie ein Medium gefunden, das sich augenblicklich ausbreitet?«

»Ja. Diese Möglichkeit besteht durchaus, und wir müssen daraus eine weitere Konsequenz ziehen: Wenn sie mit mehreren Schiffen operieren, sollten wir Auseinandersetzungen im Überlichtbereich vermeiden. Es ist tatsächlich unwahrscheinlich, dass ihre Flottillen genauso blind durchs All jagen, wie es wir leider tun. Doch ungeachtet all dieser Nachteile gibt es doch einen Umstand, der uns in die Hände spielt: Da die Gravitationswellen sich mit Lichtgeschwindigkeit ausbreiten, können die Zerstörer nur im optischen Raum angreifen, sonst würden sie ja ihre eigenen Gravitationsstöße überholen. Mit anderen Worten: Bevor sie uns angreifen, erscheinen sie in jedem Fall auf unserem Schirm.«

Nach Olgas Ausführungen unterhielt ich mich mit Romero. Die Szenen auf dem Stereobildschirm schienen ihn beeindruckt zu haben. Er hatte die Stirn in tiefe Falten gelegt und knetete nervös den Knauf seines Gehstocks.

»Pawel, sehen Sie nun ein, dass wir nicht abseitsstehen dürfen? Die Verbrechen der Zerstörer schreien doch geradezu nach Vergeltung.«

»Ich höre nichts«, entgegnete er sarkastisch. »Diese Geschehnisse gehen unser Sonnensystem überhaupt nichts an. Und um wen dreht es sich denn überhaupt? Zu den Spinnen und Schlangen kommen jetzt noch ein paar Heuschrecken dazu, für die ihr die Existenz der Menschheit aufs Spiel setzt. Kapiert ihr denn nicht, dass wir uns hier sehenden Auges auf eine lebensgefährliche Konfrontation mit mächtigen Wesen einlassen? André hat sein Leben schon verloren, für nichts und wieder nichts. Reicht euch das noch nicht?«

»André wurde entführt, ich bin sicher, dass er lebt«, erwiderte ich trotzig.

Romero war jetzt richtig in Fahrt: »Unsere großartigen Vorfahren haben dafür gekämpft, uns eine gerechte und gesicherte Existenz zu ermöglichen. Es steht uns nicht zu, dieses Vermächtnis aufs Spiel zu setzen und unsere Nase in fremde Angelegenheiten stecken. Keine Frage, wenn wir eine Chance hätten, alles Böse und alle Ungerechtigkeit im Weltall für immer auszumerzen, dann müssten wir es versuchen. Doch das ist völlig unmöglich! Warum spielt ihr euch wie die Oberlehrer und Retter der

Welt auf? Sind wir denn Götter, dass es uns anstünde, das ganze Leid und allen Schmerz der Welt zu tragen?«

Das Vermächtnis unserer Vorfahren, auf das Romero sich berief, sah ich in einem ganz anderen Licht. Richtig, sie hatten unter Einsatz ihres Lebens dafür gekämpft, auf der Erde eine gerechte gesellschaftliche Ordnung zu etablieren. Und zwar nicht für sich selbst, sondern für ihre Nachfahren. Wie viele Namenlose hatten ihr Leben für das Glück der Nachwelt geopfert? Sie würden es mit Sicherheit nicht gutheißen, dass wir uns zurücklehnten, unseren Wohlstand genossen und das Leid von Wesen, die uns ähnlich sind, einfach ignorierten.

In einem hatte Romero Recht: Es wäre utopisch, das Unrecht bis in den hintersten Winkel des Alls ausmerzen zu wollen. Doch diese Erkenntnis gab uns nicht das Recht, die Hände in den Schoß zu legen und vor offensichtlichen Untaten die Augen zu verschließen. Wir durften die Schreie der Unterdrückten und Verfolgten nicht einfach ignorieren! Sonst würden wir uns auf dasselbe moralische Niveau wie die Unterdrücker begeben. Unsere revolutionären Vorfahren hätten niemals so egoistisch gehandelt. Warum sollten wir schlechter sein als sie?

Die Menschheit war seit jeher von visionären Ideen vorangebracht worden und nicht von zauderndem Kleinmut. Die Zeit der Heldentaten war noch längst nicht vorbei!

Und noch eines: Sollte sich soziale Gerechtigkeit neuerdings etwa an den Kilometern bemessen, die wir davon entfernt waren? Wenn einem Menschen in meiner unmittelbaren Gegenwart ein Leid zugefügt wurde, dann war das empörend, und ich musste dagegen einschreiten. Was war, wenn dasselbe Unrecht in hundert, tausend oder einer Trillion Kilometern Entfernung geschah? Im Gegensatz zu Kraftfeldern beispielsweise wurde ein Unrecht nicht dadurch geringer, dass es weiter entfernt war. Ob die Unterdrückung in unmittelbarer Nähe oder in weiter Ferne stattfand: Für einen Menschen, der sein Herz nicht verschließt, ist es gleichermaßen bitter.

Nachdem Romero zuvor geendet hatte, sah er mich herausfordernd an und wartete auf meine Antwort. Doch ich schwieg. Es hatte keinen Sinn, mit ihm zu streiten.

Da fuhr er selbst fort: »Übrigens, was unseren unglücklichen Freund André betrifft: Sie betonen immerzu, dass er nicht tot sei, sondern nur verschwunden. Es versteht sich wohl von selbst, dass ich gerne bereit wäre, für Andrés Rettung mein Leben zu geben. Doch um der Wahrheit die Ehre zu geben: Es wäre für uns, für die ganze Menschheit und selbst für die von Ihnen protegierten halbintelligenten Fremdplanetarier besser, wenn André den Kampf gegen den Unsichtbaren nicht überlebt hätte.«

»Wissen Sie, was Sie da sagen, Pawel?«

»Absolut. André weiß zu viel über die Errungenschaften der Menschheit. Was physische und moralische Folter bedeutet, weiß er dagegen nicht. Sollten unsere Feinde auch nur die Verhörmethoden beherrschen, die in den Kerkern antiker Herrscher angewandt wurden … Sie verstehen, was ich meine?«

Auch darauf gab ich Romero keine Antwort. Ich hatte mir längst Gedanken darüber gemacht, welches Schicksal André wohl blühte, falls er noch am Leben war. André war ein lieber, gutmütiger und genialer, aber auch ein weicher Mensch. Weniger als wir alle wäre er in der Lage, Gewalt und Folter zu ertragen. Warum ausgerechnet er? Warum hatte es nicht mich getroffen? Ich hätte liebend gern mit ihm getauscht!

Im Sternenpflug heulten plötzlich die Alarmsirenen auf, und aus den Lautsprechern schepperte Leonids dröhnender Bass: »Alarm! Alle Mann auf ihre Posten! Feindliche Schiffe im Anflug!«

14

»Klar zum Gefecht!« Eine Bereitschaftsmeldung nach der anderen hallte durch das Schiff. »Klar zum Gefecht!«

Bei Gefechtsalarm war mein Platz an den Dechiffriergeräten der BUM. Ich sprintete zum entsprechenden Bedienpult im Observationsraum und setzte die Kopfhörer auf. Rings um mich herum bezogen die anderen Besatzungsmitglieder eilig ihre Posten. Etliche kletterten in die frei schwebenden Sitze und schwenkten in ihre jeweilige Beobachtungsposition. Lärm und Hektik dauerten nur zwei Minuten an, dann kehrte eine angespannte Stille ein. Die Ruhe vor dem Sturm!

Auf zum Gefecht! Gut fünfhundert Jahre war es her, seit die Menschheit zuletzt mit dem eigentlichen Sinn dieses Aufrufs konfrontiert gewesen war. In der Sprache existierte er noch, als veralteter Wörterbucheintrag, als Überlieferung, als Thema für einen wissenschaftlichen Diskurs über die Vergangenheit. Doch der Begriff war nur mehr eine leere Hülle ohne einen realen Bezug.

Meiner Generation, die die fünfzehnte Friedensgeneration in Folge war, hatte jeglichen Kriegsgeist verloren. Wir waren im Frieden geboren und hätte auch im ewigen Frieden sterben sollen – so schien es uns bestimmt. Was nicht hieß, dass wir verweichlicht waren. Wir hatten einfach vergessen, was Krieg bedeutet. Gewalt galt auf der Erde schon lange nicht mehr als Argument, und die ursprünglich im Menschen angelegten, überlebenswichtigen Kampfinstinkte waren in uns – wie wir glaubten – vollständig erloschen.

Doch nun, da außergewöhnliche Umstände uns diesen Kampf aufzwangen, erwachte in jedem von uns wieder der Krieger. Angespannt bis in die Haarspitzen erwarteten wir den feindlichen Angriff und waren grimmig entschlossen, den kaltblütigen Zerstörern eine vernichtende Niederlage beizubringen. Die BUM analysierte ununterbrochen unsere Gefühle und Gedanken und leitete sie auf die Kommandobrücke weiter. In diesen Augenblicken fühlten und dachten wir alle dasselbe.

Wir waren fast hundert Leute – Frauen und Männer, Junge und Alte, Zauderer und Draufgänger, Grübler und Spaßvögel –, doch in Erwartung der ersten großen Schlacht der Menschheit nach fünfeinhalb Jahrhunderten verschmolzen wir zu einem einzigen Individuum mit einem gemeinsamen, starken Willen. Der Kampf konnte beginnen, wir waren bereit!

Kurz darauf erschienen die feindlichen Kreuzer auf dem Schirm. Aus dem Überlichtbereich heraus tauchten sie wie aus dem Nichts in die Welt der normalen, sichtbaren Körper und Maßstäbe ein. Es mochte schon richtig sein, was Olga über die Gefährlichkeit der Zerstörer im Nahkampf gesagt hatte, dennoch schien mir die größte Bedrohung im plötzlichen Auftauchen ihrer Schiffe zu liegen.

Doch in diesem Fall hatten sich unsere Feinde verschätzt. Um uns zu überrumpeln, hätten sie uns wesentlich näher kommen müssen, bevor sie wieder sichtbar wurden. Als sie auf unseren Monitoren auftauchten, waren sie noch gut zehn Millionen Kilometer von uns entfernt. Dieser Leichtsinn ließ sich nur dadurch erklären, dass sie in ihrem abgelegenen Winkel des Weltraums noch nie auf ernsthafte Widersacher gestoßen waren.

Ich zählte sechzehn grüne Bälle, die sich aus allen Richtungen des Raums auf uns zubewegten. Kurz darauf entdeckte ich noch zwei weitere, die sich aus etwas größerer Entfernung näherten. Achtzehn Kreuzer gegen zwei – es sah nicht wirklich gut für uns aus. Dementsprechend siegesgewiss agierten die Zerstörer. Ihre einzige Sorge schien zu sein, dass wir ihnen entkommen könnten. Sie kreisten uns systematisch ein – dreidimensional, versteht sich. Und wie es bei Piraten Brauch ist, dachten sie überhaupt nicht daran, nach unseren Absichten zu fragen, sondern griffen unverzüglich an.

Mit dumpfem Grollen sprangen die Tanew-Annihilatoren an und bereiteten den Zerstörern einen überraschenden Empfang. Für einen neutralen Beobachter entbehrte das sich bietende Bild gewiss nicht einer gewissen Komik: Die zuvor noch bedrohlich anschwellenden, grünen Bälle wurden plötzlich davongeblasen, als schlüge ihnen ein heftiger Sturm entgegen. Die von den beiden Sternenpflügen generierte Leere brachte die gesamte Raummetrik aus den Fugen und erzeugte ein gigantisches Loch im Weltraum. Die Kreuzer der Zerstörer zappelten am Rand eines sich jäh auftuenden Abgrunds und wurden unaufhaltsam von uns abgedrängt. Obwohl sie aus ihrer Sicht nach wie vor mit knapper Lichtgeschwindigkeit auf uns zusteuerten, wurde der Abstand zwischen ihnen und uns in allen Raumachsen immer größer.

Inzwischen musste auch der trotteligste Zerstörer bemerkt haben, dass wir nicht zu fliehen versuchten, sondern sie einfach nicht an uns heranließen. Denn bei einem Fluchtversuch hätten wir uns zwar von einigen ihrer Schiffe entfernen, den übrigen hingegen nähern müssen. Die Dechiffriergeräte spuckten nur unzusammenhängenden Müll aus, da die Gravitationswellen, mit denen unsere Gegner untereinander kommunizierten, im Wirbel des aus dem Sternenpflug herausflutenden Raums völlig verzerrt wurden.

Als die feindlichen Kreuzer so weit weg waren, dass man sie nur noch im Photonenbeschleuniger als winzige Pünktchen wahrnehmen konnte, stoppten Leonid und Allan die Annihilatoren, um nicht unnötig Aktivstoff zu verschwenden.

Nach einiger Zeit erschienen die Kugelschiffe wieder auf dem Schirm, und das Dechiffriergerät entschlüsselte den feindlichen Nachrichtenverkehr. Einer der Kreuzer hatte offenbar die Rolle des Flaggschiffs inne. Er wurde mit Fragen bombardiert und versandte Befehl um Befehl. Unsere Fähigkeit, Raum zu erzeugen, stellte die Zerstörer vor ein Rätsel. Ihr Flaggschiff gab den Plan aus, das sich auftuende Raumloch mit Überlichtgeschwindigkeit zu überwinden.

»Einfaltspinsel«, lästerte Leonid. »Das haben sie schon mal versucht und nichts damit erreicht. Diesmal wird es ihnen nicht besser ergehen.«

Einer nach dem anderen tauchten die grünen Bälle in die Unsichtbarkeit ab. Ich mir regte sich ein verdammt mulmiges Gefühl, als die feindlichen Schiffe plötzlich vom Schirm verschwunden waren. Uns umgaben Trillionen von Kilometern leeren Raums, in dem ein paar Sterne funkelten. Doch irgendwo in dieser Leere rasten achtzehn unsichtbare, todbringende Kugeln auf uns zu. Was, wenn Leonid und Allan sich verrechneten und die Geschwindigkeit ihrer Annäherung die Geschwindigkeit der von uns verursachten Raumausdehnung überstieg? Was, wenn die feindlichen Maschinen, die den Raum vernichteten, die Oberhand gewinnen würden über unsere, die immer neue Leere generierten? Die Antwort auf diese Frage konnte nur das Experiment geben, das wir gerade in einer Art Selbstversuch durchführten. Und eines war auch klar: Wenn es schiefginge, dann würde es auch unser letztes Experiment sein.

Mir fiel ein Stein vom Herzen, als die grünen Bälle einer nach dem andern wieder auf den Schirmen aufschienen. Doch meine Erleichterung war verfrüht. Die Zerstörer fanden tatsächlich den einzigen Weg, wie sie uns etwas anhaben konnten, und der bestand darin, uns in einen Abnutzungskampf zu verstricken.

»So lange mit normaler Geschwindigkeit angreifen, bis ihre Fähigkeit zur Raumgenerierung erschöpft ist«, lautete die nächste Anweisung des Flaggschiffs, die das Dechiffriergerät auffing.

Unsere Gegner hatten leider begriffen, dass wir die Raumproduktion durch den Verbrauch von Ressourcen und nicht mit einem Fingerschnippen am Laufen hielten. Und materielle Ressourcen sind nun einmal endlich. Wie die weiteren Ereignisse zeigten, wussten sie allerdings nicht, dass wir in der Lage waren, auch externe Körper in den Annihilationsprozess mit einzubeziehen: zum Beispiel ihre hübschen, grünen Schiffe.

Das Katz- und Mausspiel wiederholte sich ein ums andere Mal. Wir warfen sie zurück, indem wir ihnen einen Batzen Raum vor den Bug spülten. Sie tauchten daraufhin in den Überlichtbereich ab, um wieder an uns heranzukommen. Und jedes Mal, wenn die grünen Bälle wieder auftauchten, waren sie ein bisschen größer als beim letzten Mal. Die Sache wurde langsam brenzlig, denn die Annihilatoren liefen bereits unter Volllast. Früher oder später würden wir wohl in die Reichweite ihrer Gravitationsgeschütze geraten.

Leonid sah sich zum Handeln gezwungen: »Es gibt zwei Möglichkeiten«, gab er durch die Lautsprecher durch. »Die eine: Wir versuchen, ihre Umzingelung zu durchbrechen, überlassen die Plejaden dem Feind und trollen uns zur Sonne. Allerdings besteht ein hohes Risiko, dass wir dabei in einen Vernichtungskampf geraten. Die Alternative: Wir gehen zum Angriff über. Ich bin mir sicher, dass es uns gelingt, einige von ihren Kreuzern zu annihilieren und sie damit zu schocken. Mir ist bewusst, dass sich auf einem ihrer Schiffe unser verschwundener Gefährte befinden könnte. Trotzdem bin ich dafür anzugreifen. Teilt bitte eure Meinung über die BUM mit.«

In diesem schicksalsträchtigen Moment dachten wir alle an André. Keiner entschied sich überstürzt. Einerseits trugen wir eine große Verantwortung gegenüber der gesamten Menschheit. Wir mussten zur Erde zurückkehren und berichten, was wir in den fernen Regionen der Galaxis entdeckt hatten. Andererseits konnten wir uns auch der Verantwortung, die wir für unseren ins Unglück gestürzten Freund trugen, nicht so mir nichts dir nichts entziehen. Letztlich gab es nur eine mögliche Entscheidung, das wussten wir alle. Doch es fiel uns schwer, sie auszusprechen.

Nach einigen Minuten vermeldete die BUM, dass Leonids Vorschlag einstimmig und ohne Enthaltungen angenommen worden sei. Wir hatten den Kampf angenommen.

Abermals und zum letzten Mal leuchteten in bedrohlicher Nähe die achtzehn feindlichen Kugeln auf. Die Entscheidungsschlacht fand im Herzen der Plejaden unter der Festbeleuchtung superheller Sterne statt. Zwischen die erhabenen Gestirne des Sternhaufens, die reglos auf dem Schirm verharrten, mischten sich giftgrüne Kugeln, die langsam zu grell leuchtenden Bällen anschwollen und von allen Seiten auf uns zurasten.

Da ihnen diesmal nicht uferlose Leere entgegenschlug, begriffen unsere Widersacher schnell, dass wir zum Kampf bereit waren. Sie bremsten ab und verteilten sich von allen Seiten um uns herum, wie die äußeren Punkte einer Kugel, in deren Mittelpunkt sich die beiden Sternenpflüge befanden. Dann näherten sie sich in kompaktem Verband und mit identischer Geschwindigkeit. Im unheilvollen Schein der Kugelschiffe verblassten die Sterne allmählich im Hintergrund. Nur noch wenige Minuten trennten uns von einer gleichzeitig abgefeuerten Gravitationssalve des feindlichen Geschwaders. Nun kam es ganz darauf an, wer schneller zuschlagen konnte – sie oder wir?

Als die achtzehn feindlichen Schiffe nah genug herangekommen waren, setzten Leonid und Allan gleichzeitig die Annihilatoren in Gang. Ein sanftes Rumoren wie bei einem Schiffsdiesel erfüllte den Raum, und die Wände begannen zu vibrieren. Die Fahrtannihilatoren der Sternenpflüge vernichteten den Raum! Die Zerstörer hatten den Eindruck, unkontrolliert auf uns zuzurasen, und gerieten in Panik. Vier von ihren Schiffen, die als Erste in den Annihilationskegel gerieten, wurden vom *Raumfresser* angesaugt wie von einem gierigen Fischmaul.

Die Dechiffriergeräte fingen verzweifelte Gravigramme auf: »Hilfe, wir haben die Kontrolle verloren!« – »Zurück! Volle Kraft zurück!« – »Feuert aus allen Rohren, sonst knallt ihr mit ihnen zusammen!«

Diese letzte Nachricht erfüllte mich mit tiefer Genugtuung. Bis zum letzten Augenblick hatten die Zerstörer nicht die geringste Ahnung, was ihnen blühte! Selbstverständlich kamen Leonid und Allan einer möglichen Gravitationsattacke der vier dem Untergang geweihten Schiffe zuvor, indem sie auf Materieannihilation umschalteten. Was wir nun zu sehen bekamen, war ein grandioses Schauspiel. Und für die übrigen Zerstörer, die dem Sog der Annihilatoren entgangen waren, war es eine Demonstration der menschlichen Macht.

Vier grüne Leuchtkugeln am Sternenhimmel verwandelten sich in rot glühende Feuerbälle, aus denen gigantische Flammen ins All schossen. Sekunden später erloschen sie, und an ihrer Stelle schwebten kümmerliche Staubwolken im Raum, die sich alsbald zerstreuten und verschwanden. Die gähnende Leere des Weltalls war nun um vier weitere Löcher bereichert, die feindlichen Kreuzer hatten sich in Kilometer aufgelöst; nicht in Gas, nicht in Moleküle und nicht in Atome, sondern in Millionen von Kilometern eines inhaltslosen »Nichts«!

Unsere Vorführung hatte Eindruck gemacht: Die übrigen Schiffe des Feindes machten sich in ungeordnetem Rückzug aus dem Staub. »Alle Schiffe haben die Plejaden zu verlassen!«, lautete das letzte Gravigramm ihres Flaggschiffs, ehe die vierzehn verbliebenen Kugeln im Überlichtbereich und somit von den Schirmen verschwanden.

Triumphierend lief ich zu Romero. Es drängte mich, ihm meine Genugtuung unter die Nase zu reiben.

»André hat ihnen nichts verraten, Pawel. Aus dem Gravigramm ihres Admirals geht klar hervor, dass sie bis zum letzten Augenblick nur mit einem Zusammenstoß, aber nicht mit einer Annihilation rechneten.«

Romero sah mich lange schweigend an. Sein Gesicht war eingefallen und wirkte greisenhaft.

»Glauben Sie mir«, sagte er erschöpft, »ich freue mich genauso wie Sie. Obwohl, wenn man genauer darüber nachdenkt – eigentlich gibt es keinen Grund zur Freude.«

In diesem Moment hasste ich Romero. Er konnte nicht daran glauben, dass André am Leben geblieben war und keine Geheimnisse verraten hatte. Für ihn stand nun fest, dass André tot war.

15

Nach der siegreichen Schlacht gegen die Zerstörer setzten wir die Erkundung der Plejaden fort. Es war eine traurige Mission. Tag für Tag und Woche für Woche flogen wir ein Sternensystem nach dem anderen ab. Sämtliche Planeten, auf denen lebensfreundliche Bedingungen herrschten und noch bis vor kurzem üppiges Leben geblüht hatte, waren von den Zerstörern in Todeszonen verwandelt worden.

Wir waren zu spät in die Plejaden gekommen. Auf der Erde hatte ich mich noch darüber gewundert, dass die ZUM die Zerstörer auch als »Schlächter« bezeichnet hatte. Mit hilfloser Wut musste ich nun feststellen, wie genau diese Übersetzung den Kern ihres Wesens traf. Ihr Weg war von Leichen gesäumt, und der Anblick, der sich an den Orten ihres Wütens bot, war für einen Menschen kaum zu ertragen; genauso unerträglich wie der Gedanke, dass wir mit diesen Bestien zusammen in ein und derselben Welt leben. Es konnte nicht mehr darum gehen, dieser Mörderbande Einhalt zu gebieten. Sie musste ausradiert werden, ein für alle Mal.

Auf den Bildschirmen erschienen die immer gleichen Bilder: dicke Wolken aus Staub und Asche, die über den Planeten schwebten, und darunter auf der Oberfläche ein morastiger Brei, wo sich zuvor Ebenen, Gebirge und Meere erstreckt hatten.

Auf einem der zerstörten Planeten versuchten wir zu landen. Es war im Planetensystem der Alkione, des hellsten Sterns der Plejaden. Noch in der jüngsten Vergangenheit hatte es hier alles gegeben, was man sich für ein üppiges Leben nur wünschen kann: Licht und Wärme, Wasser und Sauerstoff, Mineralien und Nährstoffe. In der traurigen Gegenwart gab es nur noch Staub. Über dem Planeten waberten schwarze Aschewolken. Als wir im Anflug die Oberfläche mit unseren Sichtgeräten inspizierten, erkannten wir in aufgetürmten Schutthalden ehemalige Städte. Als wir die Landung versuchten, wären wir beinahe versunken in einem Meer aus Staub, dessen Konsistenz an pulverförmigen Grafit erinnerte. Wir mussten den Landeversuch abbrechen.

Eines Abends versammelte uns Wera im Besprechungsraum, um zu beraten, was weiter zu tun sei.

»Wir wissen jetzt«, sagte sie zur Einführung, »dass seltsame halb organische, halb synthetische Wesen in der Galaxis ihr Unwesen treiben, ein kriegerisches, hoch technisiertes Volk. Wir sind in die Tiefen der Galaxis vorgestoßen und haben festgestellt, dass diese Kreaturen hier wie Piraten ihr Unwesen treiben. Doch ebenso viel ist uns noch verborgen. Wo leben sie? Aus welchem Grund verüben sie ihre Vernichtungszüge? Und wo sind die uns ähnlichen Galakten? Wir haben sie in den Träumen der Engel, auf Bildern der Altairen und in den Skulpturen der Sigmabewohner gesehen, jedoch niemals lebendig. Könnte es sein, dass dieses Volk, unsere potenziellen Freunde, überhaupt nicht mehr existiert? Es ist auch nicht auszuschließen, dass wir zu Beobachtern der letzten Phase eines kosmischen Krieges wurden, in dem die Zerstörer alle friedlichen Bewohner dieses Galaxisbezirks ausgelöscht haben. Es bleiben also viele offene Fragen. Aber jetzt ist es an der Zeit, zur Erde zurückzukehren. Wir müssen die Menschheit über die gesammelten Fakten informieren, um eine objektive Entscheidung über das weitere Vorgehen zu ermöglichen.«

Wera schlug vor, unsere Flottille zu teilen. Ein Sternenpflug sollte auf die Erde zurückkehren, der andere die Suche nach den Nestern der Zerstörer und nach unseren unbekannten Freunden fortsetzen.

In den zurückliegenden Monaten hatten wir uns fünfhundert Lichtjahre von der Erde entfernt und waren in die Plejaden vorgedrungen. Als nächstes Erkundungsobjekt drängte sich der ominöse Doppelsternhaufen im Perseus auf, der etwa siebentausend Lichtjahre von der Erde entfernt ist. Eine Expedition dorthin würde über ein Jahr dauern, schien aber unverzichtbar. Denn solange wir nicht wussten, wohin sich das Geschwader der Zerstörer verzogen hatte, konnte man sich auf der Erde nicht mehr in Sicherheit wiegen.

»Ich selbst kehre zur Erde zurück«, schloss Wera. »Ihr könnt euch denken, aus welchem Grund: Es wird heftige Diskussionen geben.«

»Ich bin bereit, die Erkundungsmission fortzusetzen«, verkündete Olga. »Der *Raumfresser* ist dafür besser geeignet als der *Steuermann*. Wir laden einen Teil von dessen Aktivstoff auf den *Raumfresser* um. Wer zur Besatzung gehören will, soll sich bei mir melden.«

Olga sagte dies mit einer Selbstverständlichkeit, als handele es sich um einen Spazierflug zum Sirius. Der Andrang zu Olgas »Himmelfahrtskommando« hielt sich verständlicherweise zunächst einmal in Grenzen. Es war für jeden von uns eine schwerwiegende Entscheidung, die gut überlegt sein wollte.

Meine Gedanken kreisten um die Erde, um die Ora und um die Himmelskörper in ihrem Umkreis. Zur Erde zog es mich nicht sonderlich zurück. Schon eher zum Pluto, doch ich konnte auch sehr gut ohne ihn auskommen. Was mich am stärksten anzog, befand sich auf der fernen, blauweißen Wega, wo ich noch nie gewesen war. Andererseits, was würde es bringen, dieser Sehnsucht zu folgen? Mit Viola verband mich nur der Wunsch, vereint zu sein, aber es gab keinen Weg, der uns zueinanderführte. Unsere Liebe war sinnlos. Ein »Frühstadium interspezifischer Evolutionsprozesse«, wie Lussin das in entwaffnender wissenschaftlicher Terminologie ausgedrückt hatte.

Zum fernen Perseus dagegen strebte ich mit ganzer Leidenschaft, und meine Gedanken waren auf dieses Ziel fixiert. Denn irgendwo dort befand sich vielleicht mein Freund André, der noch im letzten Moment vor seinem Verschwinden nach mir gerufen hatte. Und irgendwo dort im Sternbild Perseus lag womöglich auch der Schlüssel zur Lösung der vielen Rätsel, die sich um die Zerstörer und die Galakten rankten.

»Ich fliege zum Perseus«, verkündete ich entschlossen.

Romero und Lussin entschieden sich, zur Erde zurückzukehren. Trub, den Engel Trub nahm Lussin natürlich mit.

Es kam der Tag des Abschieds, der uns wahrlich nicht leichtfiel. Wera nahm mich in den Arm, und ich küsste sie. Es war beileibe nicht sicher, dass wir uns jemals wiedersehen würden.

»Auf einer solchen Mammutexpedition kann alles Mögliche passieren«, sagte ich. »Mein größter Wunsch ist, dass Romero widerlegt wird und die Menschen den Außerirdischen zu Hilfe kommen. Bitte sorge dafür. Andernfalls wäre die Menschheit keinen Pfifferling mehr wert.«

Aus tränenverschleierten Augen schaute Wera mich zärtlich an. »Keine Sorge, mein Bruder. Du kannst auf mich zählen.«

Zuletzt verabschiedete ich mich von Kamagin und Groman. Die kleinen, tapferen Astronauten, unsere Vorfahren, waren genauso aufgewühlt wie wir.

»Vor fünfhundertzwanzig Erdenjahren haben wir unseren Heimatplaneten verlassen«, sagte Kamagin zu mir. »Wir haben uns kaum verändert in diesem Zeitraum, der für uns ja nur drei Jahre betrug, doch die Erde und die Menschen werden wir nicht wiedererkennen. Von ganzem Herzen wünsche ich euch mehr Erfolg in den interstellaren Räumen, als er uns beschieden war.«

»Und euch wünsche ich eine weiche Landung auf der Erde«, erwiderte ich. »Und ein schönes neues Leben auf unserem ewig jungen, wunderbaren blauen Planeten.«

Nach der Trennung der beiden Sternenpflüge saßen Olga und ich im Observationsraum des *Raumfressers*. Die Umrisse des *Steuermanns* auf dem Schirm wurden rasch kleiner und verblassten bald im Meer der glitzernden Sterne, obwohl Allan sämtliche Scheinwerfer des kleineren Sternenpflugs eingeschaltet hatte.

»Jetzt sind wir fast allein zurückgeblieben, Olga«, sagte ich wehmütig und seufzte. »Uns steht eine einsame Mission bevor.«

»Ich fürchte mich nicht vor der Einsamkeit«, entgegnete sie. »Ich würde sogar ins Jenseits fliegen, wenn ich nur wüsste, wo es ist, das Jenseits.«

Verblüfft drehte ich mich nach ihr um. Sie lächelte mir unverwandt zu. Mit dem unbestimmten Gefühl, etwas falsch gemacht zu haben, wandte ich mich ab und blickte wieder zu den Sternen auf dem Schirm.

»Eli!«, flüsterte sie leise.

»Ja, Olga!«, erwiderte ich. »Wir werden mit unserem Sternenpflug das Weltall umgraben. Wer weiß, vielleicht gelingt es uns, etwas über André in Erfahrung zu bringen.«

16 Nach den Berechnungen der BUM würde unsere Reise zu den Sternhaufen im Perseus bei viertausendfacher Lichtgeschwindigkeit etwas über ein Jahr dauern. Solche Geschwindigkeiten waren bislang noch von keinem Raumschiff erreicht worden, doch Leonid und Oshima hatten nicht den geringsten Zweifel, dass dieser Rekord gelingen würde.

»Allein Allans Sternenpflug hat uns schon das halbe Tempo gekostet«, versicherte Leonid. »Seine Kiste ist eine lahme Ente.«

Nachdem uns die Raumannihilatoren in den Überlichtbereich katapultiert hatten, ließ Leonid der Lust an der Geschwindigkeit freien Lauf. Würde die Vernichtung von Leere Geräusche verursachen, hätte man es vermutlich in der ganzen Galaxis donnern hören. Doch wir flogen durch das undurchdringliche Schweigen des Weltalls. Den Doppelsternhaufen im Perseus sahen wir nur als grauen Nebel auf dem Schirm. Es sollte Monate dauern, bis wir darin einzelne Sterne erkennen konnten.

Dass die galaktischen Räume leer sind, ist eine Binsenweisheit. Doch es zu wissen ist das eine, es zu spüren ist etwas ganz anderes! Auf dem Flug von der Erde zur Ora hatte ich diese Leere überhaupt nicht wahrgenommen. Sterne kamen näher und entfernten sich wieder, die Sternbilder änderten ihr Aussehen. Eine vage Vorstellung von der gigantischen Leere des Alls hatten wir erst während der Reise zu den Plejaden gewonnen: Während Woche um Woche verging und wir mit tausendfacher Lichtgeschwindigkeit dahinrasten, blieb das Bild auf dem Schirm nahezu unverändert. Doch erst jetzt, als wir uns vom Siebengestirn entfernten, begriff ich in letzter Konsequenz, wie abgrundtief leer das Weltall ist!

Schon nach einer Woche verwandelte sich der großartige offene Sternhaufen in das leuchtende Wollknäuel, als das man ihn auch von der Erde aus bewundern kann. Nein, die Vorstellung vom Weltall, die uns auf der Schulbank vermittelt wird, hat mit der Realität nichts, aber auch gar nichts zu tun. Sterne sind wie

Herdentiere: Sie drängen sich dicht aneinander. Doch abseits dieser Sternenansammlungen herrscht eine unermessliche, mit Worten nicht beschreibbare, sondern nur erfahrbare Leere.

In diesem gähnenden Nichts auf einen Stern zu stoßen ist schon ein bemerkenswertes Ereignis. Hin und wieder trafen wir auf solche verirrten Vagabunden. Meist waren es Braune Zwerge; Riesen oder gar Überriesen waren nicht dabei.

Inzwischen hatte ich an der Seite des diensthabenden Kommandeurs einen eigenen Platz auf der Kommandobrücke. Unsere Instrumente fingen jede Regung im Kosmos auf: jede Welle und jeden Lichtblitz, Protonen und Neutronen, elektrische Felder und Gravitationsfelder. Die gesammelten Informationen wurden an die BUM weitergeleitet, wo sie ausgewertet und in Befehle an die Schiffsmaschinen umgesetzt wurden. Meine Aufgabe bestand darin, diese unermüdliche Informationsverarbeitung zu überwachen und die Analysatoren der BUM mit zusätzlichen Daten zu füttern.

Meist hatte ich zusammen mit Olga Dienst. Stundenlang schwiegen wir, betrachteten den Sternenhimmel und kommunizierten gedanklich mit den uns unterstellten Maschinen. Nach und nach lernte ich eine ganz andere Olga kennen als die, die mir während der Schulzeit gehörig auf die Nerven gegangen war und die sich auf fröhlichen Gesellschaften mit knochentrockenen wissenschaftlichen Monologen als Stimmungskiller hervortat. Diese andere Olga war eine besonnene, couragierte und scharfsinnige Kommandeurin, von der ich jede Menge lernen konnte. An unsere gemeinsamen Dienste in jener Zeit denke ich mit Freude zurück.

Parallel zu den Schichten auf der Kommandobrücke arbeitete ich jeden Tag mehrere Stunden im Labor. Wieder und wieder analysierte ich die Hirnstrahlen der Zerstörer, die André aufgezeichnet hatte, und die aufgefangenen Gravigramme. In meinen Augen war diese Arbeit meine wichtigste Aufgabe. Früher hatte André alles allein gemacht und war von uns lediglich unterstützt worden. Wie oft hatten wir uns über die geringe Halbwertszeit seiner Theorien lustig gemacht! Dabei wussten wir ganz genau, über was für einen begnadeten Verstand er verfügte, einen Verstand, der sich gierig auf jedes noch so schwierige Rätsel stürzte und erst Ruhe gab, wenn er eine Lösung dafür gefunden hatte. Wenn es kompliziert wurde, verließen wir uns ganz auf André und machten uns selbst keine großen Gedanken, er würde schon die richtige Lösung finden. So dachten wir alle.

Nun war André nicht mehr da, wir hatten unseren Spiritus Rector und genialen Ideengeber verloren. Er musste irgendwie ersetzt werden, wenigstens teilweise. Von der gedanklichen Leichtigkeit Andrés besaß ich nicht ein Körnchen. Doch ich strengte meine grauen Zellen an und versuchte, Andrés Intuition durch verbissene, unermüdliche Arbeit zu kompensieren. Während mein Freund jede Terra incognita mit behänden, riesigen Schritten durchmaß, musste ich mich auf unerforschtem Gebiet im Kriechgang vorankämpfen.

Das galt auch für eines der größten Rätsel, das uns die Zerstörer aufgegeben hatten. Den Kopf in die Hände gestützt und mit geschlossenen Augen, rief ich mir zum hundertsten Mal ein und dasselbe Bild in Erinnerung: jenes Stielauge, das, in unsere Kraftfelder eingeklemmt, verzweifelte Hilferufe zu seinem Kreuzer sendet. Seine Gravigramme breiteten sich mit normaler Lichtgeschwindigkeit aus, man sollte also annehmen, dass die Antworten mit derselben Geschwindigkeit zurückkamen. Aus dem Zeitraum, der zwischen Hin- und Rückbotschaft verging, hätte man dann den Abstand zwischen dem Planeten Sigma und dem Kreuzer errechnen können. Doch obwohl das feindliche Schiff sich mit Überlichtgeschwindigkeit fortbewegen konnte, war es nicht in der Lage, den Planeten vor Einbruch der Nacht zu erreichen. Er musste also mehrere Lichttage oder -wochen entfernt gewesen sein. Die Kommunikation zwischen dem Stielauge und dem Kreuzer lief jedoch völlig verzögerungsfrei ab, als schwebe das Schiff in unmittelbarer Nähe über dem Planeten.

»Das gibt's doch gar nicht!«, zermarterte ich mir das Hirn. »Was kann sich mit Überlichtgeschwindigkeit im Raum ausbreiten, ohne diesen zu vernichten?«

Selbst im Schlaf verfolgte mich dieses Rätsel. Ein kleines Taschendechiffriergerät, das ich neben mein Bett gestellt und auf meine Hirnstrahlen eingestellt hatte, zeichnete minutiös auf, was ich nachts vor meinem geistigen Auge bewegte.

Meine Hartnäckigkeit zahlte sich aus. Ganz allmählich, zunächst noch diffus und konturlos, zeichnete sich des Rätsels Lösung ab. Sie war so einfach, dass ich am Anfang nicht daran glauben konnte. Doch meine Gedankengänge endeten immer wieder an demselben Punkt, und alle logischen Fäden verknüpften sich zur einzig möglichen Schlussfolgerung.

Zur Sicherheit ließ ich meine Theorie von unserem unbestechlichen Bordrechner überprüfen. Die BUM fand keine logischen Widersprüche und stufte sie als zulässige Ausgangshypothese ein. Danach rief ich Olga zu mir.

Olga kam sofort ins Labor, hörte mir aufmerksam zu und sagte dann: »Du glaubst also, dass das geheimnisvolle Kommunikationsagens, das sich verzögerungsfrei im Raum ausbreitet, der Raum selbst ist?«

»Genau. Der Raum selbst. Oder genauer gesagt: Dichtigkeitsschwankungen des Raums, die man als Raumwellen interpretieren könnte. Nur Veränderungen des Raumes selbst können sich mit Überlichtgeschwindigkeit im Raum ausbreiten. Das ist mein Grundgedanke.«

Olga weitete meine Hypothese sogar noch aus: »Wir haben gelernt, Materie in Raum und Raum in Materie zu verwandeln. Wir operieren also an den absoluten Randpunkten unserer Existenz: Erschaffen und Vernichten. Doch dazwischen muss es noch ein ganzes Spektrum von Zuständen geben, die möglicherweise nicht weniger wichtig sind. Dieser Sache müssen wir nachgehen, Eli!«

Völlig aus dem Häuschen vor Begeisterung küsste ich Olga auf beide Wangen. Das hatte ich noch nie getan, und es sprengte bei weitem den Rahmen der Umgangsformen, die zwischen uns beiden üblich waren. Olga schaute mich entgeistert an und wurde verlegen wie ein kleines Mädchen, das man bei einer Unart erwischt hatte.

»Sei mir nicht böse«, sagte ich, »eine spontane Regung …«

»Ich bin dir nicht böse«, erwiderte sie melancholisch. »Hast du denn noch nicht gemerkt, dass ich dir überhaupt nicht böse sein kann?«

17

An jenem Abend konnte ich lange nicht einschlafen. Die Gedanken an André und seine verzweifelte Lage gingen mir nicht aus dem Kopf. Für die Entdeckung der Raumwellen hätte er mich bestimmt gelobt, eine Ehre, die mir nur selten zuteilwurde, wenn wir zusammen an einem Projekt arbeiteten. Den Wert meiner Theorie hätte er sicher besser als jeder andere beurteilen können.

Während ich mit geschlossenen Augen auf dem Bett lag und langsam in den Halbschlaf sank, erschien André vor meinem inneren Auge. Er ging im Zimmer umher, schüttelte sich die schnörkeligen Locken aus dem Gesicht, und stritt mit mir.

»Du hast eine verdammt lange Leitung, Eli«, sagte er. »Und außerdem ein gerütteltes Maß an Spottlust. Wäre ich mit dieser Theorie zu dir gekommen, zu der du dich im Schneckentempo vorgearbeitet hast, du hättest mich garantiert ausgelacht. So ist es doch immer, wenn ich eine gute Idee habe.«

»Das ist nicht wahr«, verteidigte ich mich. »Die meisten deiner Theorien fand ich von Anfang an gut.«

»Soso. Und wie war es mit der Idee von der Unsichtbarkeit der Zerstörer? Du hättest dir vor Lachen fast in die Hosen gemacht, als ich dir von meiner Theorie erzählte.«

André hielt mir gnadenlos den Spiegel vor. In meinem Traum war er viel schroffer als in Wirklichkeit. Das musste auch so sein, denn er stand für die Vorwürfe, die ich mir selbst machte.

»Ähm … ja, die Unsichtbaren. Da hast du Recht. Das hätte ich nie für möglich gehalten. Deswegen hatte ich lachen müssen. Doch dafür wurde ich hart bestraft. Wir alle wurden dafür bestraft, dass wir nicht vorsichtig genug waren.«

»Und über meine anderen Theorien hast du dich auch immer nur lustig gemacht. Sei ehrlich, Eli.«

André verschwand aus dem Zimmer, und ich tauchte ganz in die Welt seiner Gedanken und Ideen ein. Nun war ich bereit, selbst die unsinnigste seiner Hypothesen zu unterschreiben, allein deshalb, weil sie von ihm war. Fieberhaft suchte ich nach Argumenten, die seine Ideen untermauern könnten. Es war der traumverlorene Versuch einer verspäteten Wiedergutmachung.

Mir fiel ein, wie einfach und genial er erklärt hatte, warum die Hyaden sich von allen anderen Sternen gleichzeitig entfernen. Spychalski hatte sicher längst eine Expedition losgeschickt, um diese Hypothese zu überprüfen, und zweifellos war dabei herausgekommen, dass die Hyaden in einem künstlich geschaffenen Loch im Weltraum versinken.

Danach nahm ich mir seine Theorie über die Entstehung des Menschen vor. Allein schon die Tatsache, dass Romero dagegen Sturm gelaufen war, machte sie mir sympathisch. Als ich genauer darüber nachdachte und nach stützenden Argumenten suchte, fiel mir nichts ein, und meine Gedanken verschwommen zusehends.

Stattdessen tauchten Bilder auf, ich versank immer tiefer in einen Traum, der mich zurück auf die Erde brachte, in eine längst vergangene Zeit:

Urwälder, wie es sie schon seit Jahrhunderten nicht mehr gibt. Am Fuß eines sanften Hügels liegt ein vorsintflutliches Raumschiff auf der Seite. Aus seinem aufgerissenen Bauch schlittern auf Notrutschen Fässer und Kisten auf den Waldboden herab. Über den Himmel rasen zerfetzte Wolken. Gellendes Affengeschrei schallt aus den Baumkronen durch die grüne Hölle. Die Luft ist von feuchter Hitze getränkt.

Ein Greis steigt auf den Hügel hinauf. Es ist der Galakt, der uns damals im Roten Saal vorgeführt wurde: schlank, von großem Wuchs, ergraut und mit unmenschlich großen, strahlenden Augen. Am Gipfel des Hügels angekommen, sieht er sich um, und sein Gesicht verfinstert sich. Die Gegend, in der sein Raumschiff aufgeschlagen ist, scheint ihm nicht zu behagen.

Zwei jüngere Galakten folgen ihm auf den Hügel. Den einen von ihnen hatte ich ebenfalls schon im Roten Saal gesehen. Der zweite hat Ähnlichkeit mit dem Sterbenden auf dem Gemälde der Altairen.

»Verdammter Mist!«, sagt einer der beiden jungen. »Einen dümmeren Platz für eine Bruchlandung hätten wir uns nicht aussuchen können. Hier gibt's nur Bäume, aber nichts, womit man ein Raumschiff reparieren könnte, ganz zu schweigen von einer Instandsetzungswerft. Und wir verfügen nur über ein kleines Labor.«

»Sieht nicht gut aus«, bestätigt der zweite. »Außerdem bräuchten wir Hilfskräfte. Wir sind nur zwanzig Mann. Es würde Jahre dauern, das riesige Schiff allein zusammenzuflicken.«

»Vergiss es«, entgegnet der erste. »Die Bewohner hier scheinen gerade mal imstande zu sein, von Ast zu Ast zu hüpfen und Früchte in sich hineinzustopfen. Wir sitzen richtig in der Tinte.«

Der Greis beschwichtigt die beiden jungen Galakten: »So schlimm haben wir es doch gar nicht getroffen. Immerhin haben wir einen Planeten gefunden, der unseren Heimatplaneten ziemlich ähnlich ist. Die Temperaturen sind erträglich, die Schwerkraft beherrschbar, es gibt Sauerstoff in der Atmosphäre, genug Wasser und üppige Vegetation. Allein die Tatsache, dass wir hier ohne Raumanzüge herumlaufen können, ist doch schon etwas wert. Und Raumschiffwerften kann man schließlich bauen.«

»Ohne Hilfskräfte?«, wendet der junge Galakt ein. »Wie soll das funktionieren?«

»Wir werden Hilfskräfte bekommen. Schaut euch mal diese langschwänzigen Kreaturen an, die sich hier überall kreischend durchs Geäst hangeln. Sie sind nicht so anders als jene Geschöpfe, aus denen wir uns vermutlich einst entwickelt haben. In fernen Zeiten würden sich diese Kobolde wahrscheinlich ganz von selbst in uns ähnliche Wesen entwickeln. Wir müssen der Evolution nur ein wenig auf die Sprünge helfen und diesen Prozess beschleunigen.«

Und so machen sich die Galakten ans Werk. Einige suchen im Urwald nach Erz, andere beginnen mit der Instandsetzung des Raumschiffs. Eine dritte Gruppe fängt einige der Affen ein, experimentiert mit ihren Stammzellen und verändert ihren genetischen Code.

Das Projekt der gestrandeten Raumfahrer besteht darin, aus primitiven Baumbewohnern ein Wesen nach ihrem Ebenbild zu erschaffen, den Menschen. Der Schwanz wird entfernt, der Rücken begradigt, die Arme verkürzt – immer ähnlicher werden die Geschöpfe ihren Vorbildern. Peinliche Rückschläge bleiben nicht aus, doch nach vielen Versuchen entsteht schließlich der Mensch, in allen bekannten Varianten: Weiße und Schwarze, Glatthaarige und Krausköpfe, Pygmäen und Riesen. Diesmal scheint das Experiment gelungen zu sein!

Bei einer Versammlung diskutieren die Galakten ihre Schöpfung, den Menschen.

»Das soll ein Mensch sein?«, regt sich einer auf. »Schau dir doch mal die Zeichnung an, siehst du da irgendeine Ähnlichkeit? Das auf der Zeichnung ist ein Mensch. Aber diese Kreaturen hier hinter dem Zaun sind wie Vieh. Ich protestiere gegen diesen Pfusch.«

»Was habt ihr denn konkret für Einwendungen?«, fragt der Projektleiter beleidigt.

»Da passt einfach überhaupt nichts. Erstens: nicht überlebensfähig. Kein Fell, keine Krallen, keine Klauen, keine Hörner. Wie sollen sie sich verteidigen, wie ihre Nahrung beschaffen? Schaut euch mal die Finger an! Das sind steife Stumpen und keine Finger. Oder seht ihr irgendwelche Ähnlichkeiten mit unseren? Und dann die Augen: Das sind verkümmerte Sehschlitze und keine

Augen. Alles in allem ein widerlicher Anblick. Ihr behauptet doch nicht im Ernst, dass diese Kreaturen nach unserm Ebenbild geraten sind?«

»Nun ja, sie sind mit uns nicht identisch«, verteidigt sich der Projektleiter, »aber eine gewisse Ähnlichkeit ist doch da. Außerdem vergisst du das Wichtigste. Diese Geschöpfe haben ein unglaubliches geistiges Entwicklungspotenzial. Es dürfte sogar größer sein als unser eigenes. Wir haben ein Wunder an Verstand erschaffen!«

»Vorläufig ist es jedenfalls eine Ausgeburt an Dummheit und Unangepasstheit«, stichelt der Kritiker. »Euer vernunftbegabter Mensch ist nichts weiter als ein Trottel. Ich habe vorhin versucht, einem dieser Wilden eine simple Schwerkraftmatrix beizubringen, da hat er nur dumpf mit seinen Äuglein geklimpert und die Zähne gebleckt. Dann hat er sich wieder zu seinem Futtertrog verzogen. Es wird Millionen von Jahren dauern, bis euer Naturwunder auch nur ahnen wird, welche Fähigkeiten in ihm schlummern. Ich beantrage, das Projekt Mensch als misslungen zu betrachten und unverzüglich zu beerdigen.«

»Dann stimmen wir jetzt über diesen Antrag ab«, sagt der Versammlungsleiter. »Wer ist dafür? Wer dagegen? Enthaltungen? – Gut. Der Antrag wurde mit allen Stimmen bei einer Enthaltung angenommen. Das Projekt Mensch wird eingestellt. Jetzt müssen wir nur noch entscheiden, was mit den schon vorhandenen Menschen geschehen soll.«

»Entsorgen!«, rufen einige. »Vergraben! Was sollen wir denn mit ihnen?«

An dieser Stelle meldet sich der Greis zu Wort und setzt sich für die Menschen ein: »Es ist völlig unnötig, die Menschen gleich wieder auszurotten. Wenn sich die zweifellos guten Anlagen, über die sie verfügen, entwickeln, werden sie sich im Kampf ums Überleben auch behaupten können. Wenn nicht, dann ist es nicht schade um sie. Ich schlage also vor, sie einfach ihrem Schicksal zu überlassen.«

Und so werden die ersten Menschen von der Zuchtfarm der Galakten vertrieben und in den Urwald gejagt. Von nun an müssen sie ohne ihre Schöpfer auskommen, sich im Schweiße ihres Angesichts um Nahrung und Unterschlupf kümmern und sich selbstständig gegen Krankheiten und wilde Tiere behaupten.

Am Ende des Traumes sehe ich noch einmal den greisen Galakten. Er steht am Einstieg des instand gesetzten Raumschiffs und blickt zum Abschied noch einmal auf die Erde herab: »Lebe wohl, du wilder Planet«, ruft er. »Lebe wohl, Mensch. Ich bin sicher, dass die Saat, die wir gesät haben, irgendwann aufgehen wird.« Der greise Galakt winkt mir freundlich zu. Dann steigt er ein, und das Raumschiff entschwebt ins All.

In diesem Moment wachte ich auf. Als der Traum noch einmal vor mir ablief, musste ich lauthals lachen, so absurd waren die Bilder, die ich gesehen hatte. Andererseits war mir gar nicht zum Lachen zumute, denn noch beim Einschlafen hatte ich ja die ernsthafte Absicht verfolgt, Andrés Theorie zu untermauern, und nicht, mich darüber lustig zu machen.

So falsch kann André doch nicht gelegen haben, dachte ich. Sicherlich, er übertrieb manchmal ein bisschen, doch völlig daneben lag er eigentlich selten. Die Sache ließ mir keine Ruhe. Ich stand auf und schloss das Dechiffriergerät, das nachts meine Hirnstrahlen aufzeichnete, an die BUM an. Dann programmierte ich eine Abfrage, die meinen Traum von der Erschaffung des Menschen durch die Galakten analysieren sollte. Als Outputgrößen gab ich »logische Konsistenz« und »allgemeine Wertung« ein.

Die Antwort der BUM leuchtete schon nach wenigen Sekunden auf dem Display: »Logische Konsistenz: null; allgemeine Wertung: Blödsinn.«

Dann eben nicht, dachte ich erschöpft und kroch wieder unter die Decke. Mir fiel ein, dass die BUM schon auf der Ora ein vernichtendes Urteil über Andrés Theorie gefällt hatte. Was soll's, dachte ich. Es sind ja nur dumme Maschinen. Ich selbst jedenfalls war weit davon entfernt, über Andrés Idee zu spotten, selbst wenn er sich in diesem Fall geirrt haben sollte. Damit war ich im Reinen mit mir selbst und schlummerte bald wieder ein.

18 Während der langen Reise zum Doppelsternhaufen im Perseus vertiefte ich mich in die Erforschung der Eigenschaften des Raums. Schon nach wenigen Wochen platzte das Labor aus allen Nähten. Meine Versuchsanlagen waren fast so voluminös wie die Kampf- und Fahrtannihilatoren des Schiffs. Allerdings blieb ihre Leistung unterhalb von einer Milliarde Kilowatt. Für diese extreme Leistungsbeschränkung hatte ich mich ganz bewusst entschieden. Das Risiko, unser Schiff beim fröhlichen Herumexperimentieren durch einen unbedachten Knopfdruck in ein riesiges Loch im Raum zu verwandeln, war mir einfach zu groß.

Die neu konstruierten Maschinen vernichteten den Raum nicht, sondern veränderten seine Dichte, ohne in die Grenzbereiche vorzustoßen, in denen der Raum zu Materie konzentriert wird beziehungsweise Materie in Raum zerfällt.

Die wichtigsten Ergebnisse meiner Experimente waren folgende: Die Dichtigkeitsschwankungen des Raums unterliegen den Gesetzen für die Ausbreitung von Wellen. Wir konnten sphärische, konische und zylindrische Wellen erzeugen. Nur in einer Eigenschaft weichen die Dichtigkeitswellen des Raums von den Gesetzmäßigkeiten ab, die für Schwingbewegungen gelten: Sie breiten sich stets mit Überlichtgeschwindigkeit aus. Die Lichtgeschwindigkeit stellt für sie die Untergrenze dar. Es gelang uns, Raumwellen zu erzeugen, die sich millionenfach schneller als das Licht ausbreiten, aber damit hatten wir das Ende der Fahnenstange noch nicht erreicht. Es erwies sich, dass das Licht selbst ein Grenzzustand der Raumwellen ist. Dadurch erklärt sich auch seine rätselhafte Beständigkeit in bewegten Systemen.

Damit hatten wir eine physikalische Welt betreten, von der niemand auf der Erde auch nur eine Ahnung hatte.

Nachdem der analytische Teil meiner Entdeckung abgeschlossen war, entwickelten wir neue Geräte, um die gewonnenen Erkenntnisse nutzbar zu machen: Raumwellengeneratoren sowie Empfänger und Dechiffriergeräte für Nachrichten, die mit Hilfe solcher Wellen generiert wurden.

Nun waren wir in der Lage, Raumwellenstörungen jeglicher Art zu registrieren, egal ob sie im Grenzbereich zur Lichtgeschwindigkeit lagen oder sich milliardenfach schneller als das Licht ausbreiteten. Die Zerstörer konnten sich ab jetzt nicht mehr unbemerkt an uns heranpirschen. Sie mochten zwar von den optischen Geräten unbemerkt bleiben, die Raumwellendetektoren würden sie jedoch unweigerlich auffliegen lassen. Der Kampf eines Blinden gegen einen Sehenden würde uns in Zukunft erspart bleiben.

Erst im Lichte der neuen Erkenntnisse konnten wir wirklich ermessen, über welch hoch entwickelte Organisation unsere Feinde verfügten. Die anatomischen Studien ergaben, dass ihre Herzen nicht nur verheerende Gravitationswaffen, sondern auch perfekte Sende- und Empfangsstationen für Raumwellen sind.

Olga spielte mit dem Gedanken, auf der Basis der Erkenntnisse der Raumwellenforschung einen Kommunikationsdienst für Sternenschiffe einzurichten.

»Das bedeutet eine Revolution für die Raumfahrt«, prophezeite sie. »Bis jetzt ist es doch so, dass Raumschiffe ablegen und dann sofort verschwinden, da sie sich im Überlichtbereich bewegen. Jetzt haben wir eine Perspektive, diese unbefriedigende Situation zu verändern. Wie die Personendatenmaschine auf der Erde von jedem Bewohner weiß, wo und in welchem Zustand er sich befindet, könnte in Zukunft der Navigationsdienst auf der Ora den Kontakt zu allen Sternenschiffen halten, egal in welcher Entfernung zum künstlichen Planeten sie sich befinden. Stell dir vor, man könnte mit einem Raumschiff, das sich am anderen

Ende der Galaxis befindet, verzögerungsfrei kommunizieren – das ist grandios!«

Ich musste an André denken, den die Sehnsucht nach seiner Frau Jeanne und seinem Sohn Oleg geplagt hatte. Wie viel leichter wäre ihm die Trennung gefallen, wenn er Kontakt zu seinen Liebsten hätte halten können. Die Möglichkeit, durch eine neue, unsagbar weit entfernte Welt zu reisen und dennoch die Verbindung zur guten alten Erde zu behalten, hat etwas Fantastisches, das uns der Sehnsucht nach Allgegenwart zumindest ein kleines Stück näherbringt.

»Ein Traum, Olga!«, schwärmte ich. »In Zukunft wird die Erde immer in Reichweite sein, egal, in welchem Winkel der Galaxis wir uns herumtreiben.«

19

Eines Tages fand auf den Bildschirmen unseres Schiffs eine Veränderung statt, wie wir sie im Laufe unserer Odyssee schon mehrfach beobachtet hatten. Man hätte erwarten können, dass dieses absehbare Geschehen keinen von uns mehr hinter dem sprichwörtlichen Ofen hervorlockt, doch es war auch diesmal wieder ein eindrucksvolles Ereignis, das uns alle in seinen Bann zog.

Der Doppelsternhaufen h Persei und Chi, der ein Jahr lang als blasser Nebelfleck ein unscheinbares Dasein auf unseren Monitoren gefristet hatte, erwachte zum Leben und begann zu wachsen. Bald waren die Veränderungen mit bloßem Auge wahrzunehmen, zuerst täglich, dann stündlich: Einzelne Sterne schälten sich aus dem Nebel, wurden größer und gewannen zusehends an Helligkeit.

Es kam der Moment, da die vordere Hemisphäre des uns umgebenden Raums vollständig mit Perseussternen ausgefüllt war und nur noch auf der hinteren Hemisphäre andere Sterne zu sehen waren. Schließlich verschwanden auch sie, und wir tauchten vollständig in einen der großartigsten Sternhaufen unserer

Galaxis ein. Oshima, dem in diesen denkwürdigen Stunden die Steuerung des *Raumfressers* oblag, verringerte die Geschwindigkeit.

Der Doppelsternhaufen zerfiel deutlich sichtbar in zwei Gruppen von Gestirnen, die durch einen dunklen Streifen voneinander getrennt waren. Doch selbst dieser Trennstreifen beherbergte mehr Himmelskörper als jeder Ausschnitt des irdischen Sternenhimmels. Rechts von uns erstreckte sich h Persei, links von uns Chi Persei – Tausende gigantischer, superheller Sterne, die nicht als Punkte, sondern als lodernde Feuerbälle am Perseushimmel erschienen.

An diesem Ort gibt es keine Nächte. Auf der Kommandobrücke war es auch ohne künstliche Beleuchtung taghell, da die Perseussterne den Beobachtungsschirm ausleuchteten wie Scheinwerfer.

Mehrere Tage lang deutete nichts darauf hin, dass irgendjemand unsere Anwesenheit im Perseus bemerkt hätte, und wir konnten auch selbst keinerlei Anzeichen für Leben in dem Sternbild feststellen, obwohl viele Gestirne von Planeten umkreist wurden.

Doch plötzlich registrierten die Raumwellendetektoren schwache Impulse. Die periodisch auftretenden Perturbationen des Raums fügten sich zu einer einzigen, sich ständig wiederholenden Phrase. Wir mutmaßten, dass es sich dabei um die naheliegende Frage »Wer seid ihr?« handelte. Wir fütterten die Dechiffriergeräte mit dieser ersten »Übersetzung«, auf deren Grundlage ein erster Entwurf für einen Entschlüsselungscode entwickelt wurde. Einer Kommunikation mit den Unbekannten, die den Raum mit ihren Signalen zum Schwingen gebracht hatten, schien nun nichts mehr im Wege zu stehen.

Als ich gerade die Verbindung herstellen wollte, stoppte mich Olga: »Einen Moment, Eli! Woher nimmst du die Gewissheit, dass uns der Feind nicht in eine Falle lockt?«

Nicht wenige Besatzungsmitglieder teilten Olgas Bedenken.

»Unsinn«, entgegnete ich. »Die Zerstörer haben kein Interesse daran, uns wissen zu lassen, dass unsere Anwesenheit bemerkt wurde. Ihre Waffen sind nur aus kurzer Distanz wirksam. Sie wären vielmehr bestrebt, uns näher herankommen zu lassen. Wer auch immer hier den Kontakt zu uns sucht, Feinde sind es bestimmt nicht.«

Leonid schloss sich meiner Meinung an, und gemeinsam gelang es uns, die anderen zu überzeugen. Als Kommunikationsgrundlage benutzten wir das Periodensystem der Elemente, wie es schon unsere Vorfahren bei den ersten Kontaktaufnahmen mit Außerirdischen getan hatten. In den folgenden Tagen versandten es die Raumwellengeneratoren in alle Richtungen, aus denen wir Signale empfangen hatten.

Schon kurze Zeit, nachdem wir unsere Botschaften abgesetzt hatten, registrierten die Detektoren erneut Dichtigkeitsschwankungen im Raum. Die Analyse der Perturbationen legte allerdings den Schluss nahe, dass die Nachrichten nicht uns galten, sondern dass die unbekannten Wesen sich von Stern zu Stern untereinander verständigten. Vermutlich stimmten sie sich darüber ab, wie sie sich uns gegenüber verhalten sollten. Während um uns herum Nachrichten durch den Raum schwirrten, drangen wir immer tiefer in den Sternhaufen vor.

»Wir schwenken nach links«, sagte Olga eines Tages, als wir zusammen Dienst hatten. »Als Erstes werden wir den Sternhaufen Chi Persei erkunden, er scheint etwas dichter zu sein als h Persei. Gibt es schon etwas Neues von der Nachrichtenfront, Eli?«

»Nein. Diese geheimnisvollen Verhandlungen setzen sich fort. Sie könnten ja wenigstens mal Hallo sagen. Aber wir zeichnen alle Raumperturbationen auf. Spätestens wenn wir die Nachrichtensprache entschlüsselt haben, werden wir erfahren, was hier getuschelt wird.«

Am selben Abend richteten die Unbekannten eine erneute Botschaft an uns. In der Nachricht waren die Elemente des Periodensystems aufgelistet – die Absender wiederholten also in ihrer Sprache die Botschaft, die wir vor Tagen ausgesandt hatten. Mit Hilfe dieser Informationen konnten die Dechiffriergeräte den ursprünglichen Entwurf zu einem exakten Entschlüsselungscode weiterentwickeln. Nun hatten wir eine gemeinsame Sprache.

In Abstimmung mit der Besatzung formulierte ich folgende Nachricht: »Wir kommen von weither. In den Plejaden wurden wir von achtzehn Raumkreuzern angegriffen. Auf den dortigen Planetensystemen haben wir entsetzliche Zerstörungen gesehen.«

Olga und ich befanden uns gerade im Raumwellenlabor, als die Antwort der Unbekannten eintraf. Ihre Dechiffriergeräte funktionierten offenbar nicht schlechter als unsere. Auf dem Display erschien folgender Text: »Wir haben euch verstanden. Kehrt sofort um und flieht mit maximaler Geschwindigkeit. Andernfalls seid ihr dem Untergang geweiht.«

Fassungslos sahen wir uns an. Olga wurde weiß im Gesicht.

»Was soll das denn bedeuten?«, fragte ich.

Doch noch ehe ich einen klaren Gedanken fassen konnte, heulten die Sirenen für den Gefechtsalarm auf. Leonid und Oshima riefen mich und Olga auf die Kommandobrücke.

20

Im Falle eines Gefechtsalarms sind sämtliche Informationen über die aktuelle Lage nicht nur auf der Kommandobrücke, sondern im ganzen Schiff verfügbar. Die BUM sammelt und resümiert ständig die Meinungen aller Besatzungsmitglieder. Dadurch werden dem Kommandeur seine Entscheidungen erleichtert.

Als Olga und ich auf die Brücke kamen, schnitt Leonid eine mürrische Grimasse, zeigte jedoch keine Spur von Nervosität. Auch der erfahrene Oshima wirkte eher wie ein unbeteiligter Beobachter.

»Faszinierend«, sagte er. »Wir waren mit einer Geschwindigkeit von hundertzehn Einheiten unterwegs. Ich habe das Kommando gegeben, um zwanzig Prozent abzubremsen. Nachdem die Maschinen den Befehl ausgeführt hatten, betrug unsere Geschwindigkeit jedoch nicht neunundachtzig Einheiten, wie es zu erwarten gewesen wäre, sondern sechsundneunzig. Der Raum, in den wir uns hineinbewegen, verschwindet also ganz von selbst mit einer Geschwindigkeit von etwa sieben Lichteinheiten.«

»Wir müssen schnell entscheiden, was weiter zu tun ist«, sagte Olga. »Sollen wir weiter in den Sternhaufen vordringen oder umkehren entsprechend dem Rat unserer unbekannten Freunde?«

»Oder Feinde«, warf Leonid ein. »Es scheint mir zweifelhaft, dass die Nachricht von Freunden stammt. Ich bin dafür, den Flug wie geplant fortzusetzen.«

Die BUM teilte mit, dass die Besatzung Leonids Vorschlag unterstützte. Nach der langen Reise wollten wir uns natürlich nicht von einer diffusen Gefahr, ja möglicherweise durch eine Finte in die Flucht schlagen lassen. Selbst eine weitere Warnung der Unbekannten konnte die Besatzung nicht umstimmen. Sie lautete: »Ihr habt noch Zeit zur Flucht. Euer Schiff steuert geradewegs in den Untergang.«

Ich übermittelte unsere Antwort: »Wir setzen den Flug wie geplant fort. Worin seht ihr die Gefahr?«

»In der Zwischenzeit sollten wir selbst versuchen herauszufinden, was Sache ist«, sagte Olga, die die Situation wie gewohnt blitzschnell analysiert hatte. »Wir müssen die Geschwindigkeit variieren. Für den Anfang erhöhen wir um etwa dreißig Einheiten, Oshima.«

Nachdem die Maschinen das Kommando umgesetzt hatten, betrug unsere Geschwindigkeit hundertzwanzig Einheiten. Von einem weiteren Verschwinden des Raums war nichts zu bemerken. Demjenigen, der zuvor bestrebt war, unseren Flug zu beschleunigen, schien die derzeitige Geschwindigkeit unseres Sternenpflugs gut in den Kram zu passen.

»Wir gehen die dreißig Einheiten wieder runter, aber schrittweise«, kommandierte Olga.

An der Schwelle zur hundertfachen Lichtgeschwindigkeit machten sich erste Anzeichen einer Fremdeinwirkung bemerkbar, und je stärker wir abbremsten, umso stärker wurde sie. Wir verringerten die Eigengeschwindigkeit unseres Schiffs auf sechzig Einheiten, die Gesamtgeschwindigkeit entsprach jedoch der fünfundsiebzigfachen Lichtgeschwindigkeit. Wir waren also um fünfzehn Einheiten »angeschubst« worden.

Einige Zeit behielten wir diese summarische Geschwindigkeit bei; wir veränderten sie weder selbst noch manipulierte sie ein äußerer Einfluss. »Die Zerstörer komprimieren die Welt.« Diese Mitteilung, die Spychalski zur Erde übermittelt hatte, fiel mir nun wieder ein. Das steckt also dahinter, dachte ich. Die Zerstörer – ich war mir sicher, dass sie ihre Finger im Spiel hatten – betrieben Raubbau an ihrem eigenen Sternenraum, um uns in Schlagdistanz für eine Gravitationsattacke zu bringen. Sie riskierten die Störung des Raumgleichgewichts ihrer eigenen Welt, nur um uns vor die Flinte zu bekommen.

»Oshima, Fahrtannihilatoren auf null herunterfahren«, befahl Olga. »Trägheitsbedingte Fortbewegung mit den Bremsvorrichtungen abstoppen.«

Das von Oshima eingeleitete Bremsmanöver rüttelte den Sternenpflug zwar heftig durch, erzielte aber nicht die beabsichtigte Wirkung: Wir bewegten uns immer noch mit fünfundzwanzigfacher Lichtgeschwindigkeit fort. Es bestand kein Zweifel, dass hier jemand emsig den Raum liquidierte, der uns von ihm trennte.

Die Dechiffriergeräte registrierten eine neue Nachricht, deren Entschlüsselung diesmal nur eingeschränkt gelang. Der Empfang war gestört, da mehrere Dichtewellen sich gegenseitig überlagerten. Was von der Mitteilung übrig blieb, lautete wie folgt: »Ihr seid in den Komprimierungskegel geraten … Gefahr … Komprimierung bis zu zweiunddreißigfacher Licht… Ihr habt noch Zeit … flieht mit voller Kraft … gnadenlose … leider machtlos … kehrt um …«

»Ihr Ratschlag ist unzweideutig«, konstatierte Olga. »Sie empfehlen uns, unverzüglich das Weite zu suchen.«

»Und der Feind, der uns ansaugt, versucht die Mitteilungen unserer Freunde zu sabotieren, damit ihre Ratschläge nicht bei uns ankommen«, ergänzte ich.

»Ich persönlich bin der Ansicht, dass wir genau das Gegenteil von dem tun sollten, was unser Feind erreichen möchte«, fuhr Olga fort. »Mein Vorschlag: Verlassen wir den Sternhaufen. Zurückkehren können wir immer noch.«

»Ich verstehe überhaupt nicht, wovor du Angst hast«, entrüstete sich Leonid. »In der Mitteilung heißt es doch, dass die maximale Raumkomprimierung, zu der sie imstande sind, zweiunddreißig Lichteinheiten beträgt. Wir erreichen dagegen fünftausend Einheiten! Wenn wir Ernst machen, können sie ihren lächerlichen Raumsauger in den Müll werfen. Ich bestehe darauf, die Expedition fortzusetzen, wir haben noch nicht ein einziges unserer Ziele erreicht!«

Bei Meinungsverschiedenheiten ist Leonid ein Hitzkopf: Seine Haut wird grau, seine Augen rollen wild in den Höhlen, und er bleckt die Zähne wie ein wütender Wolf. Gab es mehrere Möglichkeiten, so wählte er stets jene, die ihm den größten Ärger einbrachte. In der Vorzeit wäre er bestimmt der Häuptling eines kriegerischen Stammes gewesen. Im Kampf läuft er zur Hochform auf. Seine Ratschläge waren also mit einer gewissen Vorsicht zu genießen. Dennoch war ich in diesem Fall auf seiner Seite.

»Was wird aus den Raumwellen, wenn's schiefgeht, Eli?«

Mir war völlig klar, was Olga umtrieb. Wenn wir untergingen, ging auch unsere Entdeckung unter, die die Menschheit so dringend benötigte. Wie viel Zeit mochte dann vergehen, bis ein anderer sie wiederholen würde? Die Anwendung der von uns entdeckten Raumwellentechnik bedeutete für die Menschheit einen Riesenschritt nach vorn. Hatten wir das Recht, diesen Fortschritt aufs Spiel zu setzen? Andererseits hielt ich das Risiko nicht für unkalkulierbar.

»Ich bin ebenfalls für die Fortsetzung der Expedition«, sagte ich schließlich.

»Na gut, überlassen wir der Besatzung die Entscheidung. Eli, was sagt die BUM?«

Die BUM teilte mit, dass alle Besatzungsmitglieder mit Ausnahme der Kommandeurin sich für eine Fortsetzung der Fahrt ausgesprochen hätten.

»Dann bleibt mir nichts, als mich zu fügen«, erklärte Olga. »Oshima, Annihilatoren hochfahren. Hundert Einheiten.«

Zufrieden grinsend lehnte Leonid sich zurück. Mit donnernden Maschinen stürmte der *Raumfresser* dem Zentrum von Chi Persei entgegen.

21

Während wir immer weiter in den gigantischen Sternhaufen vordrangen, trübte sich meine Stimmung ein. Zwar ahnte ich nicht, dass sich unsere riskante Mission am Rande einer Tragödie bewegte, doch eine innere Stimme sagte mir, dass uns in diesem fremden Sternenmeer Unheil drohte.

Mein Platz auf der Kommandobrücke war neben Leonid, vor uns saßen Olga und Oshima. Die Geschwindigkeit des Sternenpflugs nahm stetig zu, und unsere Umgebung veränderte sich gleichmäßig. Die Gestirne auf dem Schirm wuchsen zu leuchtenden Bällen heran. Besonders helle Sterne waren von einer Korona umgeben. Die Sterndichte in Chi Persei ist hundert-, wenn nicht tausendfach höher, als wir das vom Galaxisbezirk des Sonnensystems gewohnt sind. Doch hinter all der Pracht, die sich um uns herum entfaltete, spürte man die drohende Gefahr.

»Unsere Flugbahn richtet sich auf den Himmelskörper, der im Winkel von fünfundvierzig Grad sichtbar ist«, erklärte Oshima.

Er zeigte auf einen Stern, der sich rechts vor uns im Randbereich des Sternhaufens befand. Noch war er mehrere Lichtjahre entfernt, doch seine Helligkeit stellte alles in den Schatten, was ich bis jetzt zu Gesicht bekommen hatte. Seine Leuchtkraft übertraf sogar die von Beteigeuze und Antares. Es handelte sich um einen typischen Roten Überriesen. Mit einigen etwas schwächer leuchtenden Sternen bildete er eine kompakte Gruppe.

»Die BUM erzählt Unsinn, Oshima«, brummte Leonid. »Ich denke überhaupt nicht daran, diesen Stern anzusteuern, wir fliegen links an ihm vorbei.«

Im Photonenmultiplikator konnte ich erkennen, dass den superhellen Stern drei Planeten umkreisten, die eigenartig glänzten. Die Analysatoren stellten fest, dass diese Planeten aus Metallen bestanden.

Die Raumwellendetektoren wurden auf einmal von einem Gewirr aus Dichtigkeitsschwankungen bombardiert. Irgendjemand generierte unermüdlich Raumwellen, jemand anders überlagerte sie nicht weniger hartnäckig mit eigenen Impulsen. Mit dem Chaos aus Nachrichten und Störwellen waren die Dechiffriergeräte völlig überfordert. Nur einzelne Brocken wie »Zurück« oder »Fehler« wurden aus dem Wellensalat herausgefischt.

»Unsere unbekannten Freunde versuchen verzweifelt, uns eine Nachricht zu senden, doch feindliche Kräfte sabotieren das mit Störwellen«, meldete ich.

»Die Nachricht hat zweifellos mit dem Roten Überriesen da vorne zu tun«, sagte Olga. »Inzwischen befindet er sich in einem Winkel von fünfunddreißig und nicht mehr fünfundvierzig Grad. Das bedeutet, dass wir von ihm angezogen werden. Wahrscheinlich versuchen unsere Freunde uns klarzumachen, dass es keine gute Idee ist, ihm zu nahe zu kommen. Nennen wir den Stern Drohender Riese, das scheint zu ihm zu passen.«

Nachdem Leonid sich davon überzeugt hatte, dass die BUM keinen Unsinn erzählte, korrigierte er den Kurs. Nun entfernten wir uns wieder vom Drohenden Riesen. In den folgenden Stunden verlief unser Flug ruhig, und ich schlief in meinem Sitz ein.

Als ich aufwachte, war schon wieder Feuer unter dem Dach. Vor uns hatte sich ein kleiner Sternhaufen aus Weißen und Roten Riesen aufgetan, die nicht weniger grell leuchteten als der

Drohende Riese, dem wir Stunden zuvor ausgewichen waren. Wir drifteten auf diese Sternengruppe zu, obwohl die Annihilatoren ausgeschaltet waren. Der Raum zwischen uns und diesen Giganten wurde mit unglaublicher Geschwindigkeit liquidiert.

Die BUM errechnete, dass wir in einen Bereich hoher Raumkrümmung geraten waren und uns in einer geodätischen Linie auf einen unbekannten Punkt zubewegten. Die Raumkrümmung selbst erwies sich als inkonstant. Unsere mysteriösen Feinde schienen sie nach Belieben variieren zu können.

»Wir müssen abdrehen und diese Krümmung durchbrechen«, forderte Leonid. »Wenn wir ihre krummlinige Metrik zerschmettern, werden sie ihre Versuche, uns den Kurs zu diktieren, aufgeben.«

»Ich traue unseren Feinden zwar sehr viel mehr zu«, entgegnete Olga, »aber etwas anderes als eine harte Kurskorrektur bleibt uns gar nicht übrig.«

Während Leonid und Oshima die entsprechenden Kommandos an die Schiffsmaschinen eintippten, suchte Olga das Gespräch mit mir.

»Ich fürchte, wir sind in Schwierigkeiten, Eli. Dass die Zerstörer die Naturgesetze der Gravitation besser verstehen als wir, war mir klar. Doch dass sie imstande sind, die Metrik des Weltraums zu manipulieren, stellt für mich eine Überraschung dar. Von solchen Möglichkeiten können wir bislang nur träumen.«

Leonids Manöver gelang. Die Tanew-Annihilatoren des Sternenpflugs sprengten die künstliche Raumkrümmung, und die Sternengruppe, die wir Rotweißer Rachen tauften, schwenkte auf den Schirmen nach rechts ab. Die Analysatoren stellten fest, dass sich der Raum auf unserem neuen Kurs kaum vom euklidischen unterschied.

Leonid triumphierte. »Ha! Hab ich's nicht gesagt? Wenn unser Sternenpflug den Raum umgräbt, haben die Feinde das Nachsehen. Ihre krumme Metrik können sie sich jetzt in die Haare schmieren.«

»Da bin ich völlig anderer Meinung«, protestierte Olga. »Ich glaube nicht, dass wir die Raumkrümmung gesprengt haben.«

»Was denn sonst?«, giftete Leonid.

»Die Störung der Raummetrik wird höchstwahrscheinlich von gewaltigen Maschinen bewerkstelligt. Ich vermute, dass diese Maschinen abgeschaltet wurden, als wir den Kurs änderten.«

»Aber wieso?«

»Nun, ich kann mir nur einen guten Grund dafür vorstellen: Wir haben genau den Kurs eingeschlagen, auf dem unsere Gegner uns haben wollen. Jetzt steuern wir auf geradem Wege in die Falle.«

Selbst Leonid war beeindruckt. Er schwieg und starrte grimmig auf den Frontschirm, wo dicht an dicht monströse Sterne in einem schwarzen Himmel loderten.

»Geht euch ausruhen«, sagte Olga zu mir und Leonid. »Es wird noch ein paar Stunden dauern, bis sich herausstellt, was uns auf der neuen Route erwartet.«

Wir begaben uns in die Kantine. Leonid lud sich belegte Brote und eine Tasse kalte Milch aufs Tablett, ich entschied mich für Salat und Kwass. In sorgenvolle Gedanken vertieft, kauten wir schweigend an unserm Mahl. Zwei Mechaniker aus der Annihilatorensektion setzten sich an unseren Tisch.

»Diese Teufel von Zerstörern sind schlauer, als ich gedacht hatte«, grummelte Leonid in sein Wurstbrot.

»Sie legen es darauf an, dass wir unseren Aktivstoff verbrauchen«, bemerkte einer der Mechaniker. »Wir haben die Annihilatoren heute zu oft hoch- und runtergefahren.«

»Diese Entscheidungen habt ihr doch mitgetragen«, entgegnete Leonid barsch. Seine Augen blitzten so böse, dass ich befürchtete, er würde gleich ausrasten.

»Verstehen Sie das nicht als Kritik, Kommandeur. Ich denke nur an die Zukunft.«

Der zweite Mechaniker, ein hagerer Bursche mit einem gewaltigen Zinken im Gesicht, mischte sich nicht ein, doch sein

Kopfnicken verriet, dass er derselben Meinung war wie sein Kollege.

Während Leonid sich auf sein Zimmer verzog, unternahm ich einen kleinen Rundgang durchs Schiff. Ich kontrollierte die Geräte im Raumwellenlabor. Sie funktionierten normal, empfingen jedoch nach wie vor nur zerhackte, unverständliche Nachrichten. Der Observationsraum war beinahe überfüllt von Astronauten, die gerade keinen Dienst hatten. Als sie mich bemerkten, bestürmten sie mich sofort mit Fragen über die aktuelle Situation. Das war verständlich, schließlich hatte ich Zugang zur Kommandobrücke und trug einen Teil der Verantwortung für das, was dort entschieden wurde.

Ein wenig hilflos versuchte ich sie zu beschwichtigen. »Ich kann euch nicht mehr sagen, als ihr ohnehin schon wisst. Wir werden in diesem tückischen Sternhaufen ordentlich herumgescheucht.«

Eine Lautsprecherdurchsage von der Kommandobrücke unterbrach mich: »Unser Schiff driftet erneut auf eine Sternengruppe zu. Die Analysatoren haben eine erhebliche Veränderung der Raummetrik und Raumvernichtung auf unserer Flugtrasse festgestellt. Die Kommandeurin Olga Trondike bittet um Zustimmung zu einer Kursänderung.«

Die Astronauten im Observationsraum schwiegen. Nachdem die BUM die Meinungen der Besatzung ausgewertet hatte, wurde durchgegeben, dass die Entscheidung der Kommandeurin von allen mitgetragen wird.

Nach der dritten mehr oder weniger erzwungenen Kursänderung in Folge mussten auch die größten Optimisten zugeben, dass unsere Situation im Sternhaufen Chi Persei langsam ungemütlich wurde.

Um mich abzulenken, zog ich mich in den künstlichen Park zurück und setzte mich auf eine Bank. Hier herrschte Frühling, genau wie auf der Erde. Sieben Jahreszeiten waren verstrichen seit dem Tag, an dem mich eine Rakete vom Pluto auf dieses

Schiff gebracht hatte – also noch nicht einmal zwei Jahre, doch mir kam es so vor, als wäre ich schon seit einem ganzen Jahrhundert unterwegs, so sehr hatte sich die Welt für mich verändert.

Über mir blühte eine hohe Birke, aus deren Krone klebriger Saft heruntertropfte. In einem krummen, niedrigen Apfelbaum und im weißen Blütengewand eines stattlichen Kirschbaums summten geschäftige Bienen. Ich schloss die Augen, und das gleichmäßige Brummen der Insekten erinnerte mich an das Geräusch der Tanew-Annihilatoren – Astronautenromantik. Die Düfte der blühenden Obstbäume und eines Flieders, der am nahen Teich stand, erzeugten eine benebelnde Schwüle. Ich öffnete die Augen wieder und bewunderte diese kleine, abgeschlossene Welt des Parks, der unserer fernen Erde so perfekt nachempfunden war. Mich überkam tiefe Sehnsucht nach der Unbeschwertheit eines echten irdischen Frühlings.

»Unsinn! Alles Unsinn!«, zischte ich, schüttelte mich und sprang auf. Frühlingsgefühle waren genau das, was ich im Moment am wenigsten brauchen konnte. Ein eisiger Wind und peitschender Regen wären wesentlich passender gewesen.

Ich ging auf mein Zimmer, warf mich auf meine Koje und begann in den Zeitschriften von Allan zu blättern. Über den Bildern der Astronauten des einundzwanzigsten Jahrhunderts schlief ich ein.

Aufgeweckt wurde ich von Leonids polternder Stimme. Als ich die Augen öffnete, starrte er mir von meinem kleinen Tischvideophon entgegen und beorderte mich auf die Brücke. In den wenigen Tagen, die wir im Perseus verbracht hatten, waren seine Wangen so eingefallen, wie ich es nur von Fotos aus vergangenen Zeiten kannte, als die Menschen noch von schweren Krankheiten heimgesucht wurden.

Als ich die Kommandobrücke betrat, bemerkte ich sofort, dass Leonid auf hundertachtzig war. Mit dem ausgestreckten Arm deutete er auf einen glühenden Ball am vorderen Schirm.

»Wir steuern schon wieder auf den Drohenden Riesen zu!«, tobte er mit hochrotem Kopf. »Wir sind verdammt nochmal im Kreis geflogen!«

22

Die Bedeutung von Leonids Worten wurde mir nicht unmittelbar klar. Dagegen registrierte ich sofort, dass Leonid außer sich und in diesem Zustand nicht imstande war, das Kommando über den Sternenpflug zu führen.

»Wir müssen sorgfältig überlegen, was zu tun ist, und erst dann entscheiden«, sagte ich und visierte den Drohenden Riesen mit dem Spezialteleskop an. Dabei ließ ich mir mit Absicht viel Zeit, um Leonid Gelegenheit zu geben, sich zu beruhigen.

Das Bild auf der Mattscheibe sah nicht viel anders aus, als jenes, das sich uns bot, als wir den Drohenden Riesen zum ersten Mal passierten. Der gleißende Feuerball war mehrere Lichtmonate von uns entfernt. Für die Anwesenheit unserer Feinde gab es auch im Überlichtbereich keinerlei Anzeichen. Selbst wenn sie einen Angriff auf uns geplant hatten, schienen sie es damit nicht eilig zu haben.

»Wir müssen abdrehen«, sagte Leonid verzagt. »Aber wohin abdrehen? Und was bringt uns das? Wie lange sollen wir denn noch durch diesen elenden Sternhaufen irren?«

Er erzählte mir, dass während des Dienstes von Olga und Oshima erneut eine Raumkrümmung eingesetzt und die Metrik sich beinahe stündlich verändert hätte. In der Folge war der Sternenpflug vom Kurs abgedrängt worden, und anstatt den Drohenden Riesen in großem Abstand zu passieren, rasten wir nun frontal auf ihn zu.

»Die Distanz ist noch sehr groß«, sagte ich. »Wir haben genug Zeit, uns etwas einfallen zu lassen. Sicherheitshalber sollten wir uns auf die Abwehr von Gravitationsattacken vorbereiten.«

Leonid schaltete die Fahrtannihilatoren ab. Nun flogen wir nur noch mit der Geschwindigkeit weiter, mit der vor uns der

Raum vernichtet wurde. Im Falle des Status quo würden wir nach drei Tagen das Planetensystem des Drohenden Riesen erreichen, ohne auch nur ein Gramm Energie aufzuwenden.

»Wenn wir volle Kraft zurückfahren, werden sie uns mit ihren armseligen Annihilatoren nicht aufhalten können«, sagte Leonid.

»Das werden sie auch gar nicht versuchen. Wenn du den Rückwärtsgang einlegst, kehren wir geradewegs ins Zentrum des Sternhaufens zurück. Warum sollten sie uns davon abhalten? Es kostet uns jede Menge Aktivstoff, und dort sitzen wir doch in der Falle. Wir sollten sie nicht unterschätzen, Leonid. Ihre Annihilatoren sind unseren zwar unterlegen, dafür sind sie in der Lage, die Raummetrik zu manipulieren, und verfügen über verheerende Gravitationswaffen. Sollte es ihnen gelingen, diese Fähigkeiten geschickt zu kombinieren, können wir nur noch unser Testament machen.«

Olga und Oshima kamen auf die Kommandobrücke. Die Lage war so ernst, dass wir es uns nicht leisten konnten, in wechselnden Schichten Dienst zu tun. Olga zeigte sich keineswegs überrascht darüber, dass wir erneut zum Drohenden Riesen abgedrängt wurden.

»Ihr Plan ist klar«, analysierte sie gewohnt trocken. »Sie werden uns so lange zwischen den Sternen herumscheuchen, bis uns der Brennstoff für die Annihilatoren ausgeht. Danach können sie uns in aller Ruhe zu irgendeinem Planetensystem saugen und mit einem Gravitationsstoß auslöschen.«

»Wir sollten uns nicht ins Bockshorn jagen lassen«, sagte ich. »Wir sind doch eigentlich in den Perseus gekommen, um mehr über unsere Feinde herauszubekommen. Stattdessen sind wir ständig auf der Flucht vor ihren Raumstaubsaugern. Warum behalten wir den Kurs auf den Drohenden Riesen nicht einfach bei und sehen uns das hübsche Sternchen mal etwas genauer an?«

»Da ist was dran«, pflichtete Olga mir bei. »Es ist zwar gefährlich, aber im Grunde genommen das einzig Vernünftige.«

In der folgenden Nacht und am Vormittag des nächsten Tages hielten wir mit abgeschalteten Annihilatoren auf den unheildrohenden Stern zu.

Gegen Mittag schreckte uns dann eine Meldung der BUM auf: »Feindliche Kreuzer in Sichtweite der Photonenmultiplikatoren!«

Mit dem Spezialteleskop nahm ich die metallischen Planeten des Drohenden Riesen ins Visier. Die beiden inneren waren aus Blei, der dritte und äußere Planet war von einer Hülle aus Gold überzogen. Dass es sich dabei nur um eine Hülle handelte, konnte man natürlich nicht sehen, doch die Analysatoren hatten ermittelt, dass das Schwerefeld des Goldenen Planeten tausendmal stärker war, als es hätte sein dürfen, wenn der ganze Planet aus Gold bestanden hätte; der Kern des Planeten schien also aus einem extrem dichten Plasma zu bestehen. Die Schwerefelder der anderen beiden Planeten waren ganz gewöhnlich.

Die gegnerischen Schiffe kreisten wie Trabanten um den Goldenen Planeten. Es waren die gleichen Monsterkugeln wie jene, die uns in den Plejaden angegriffen hatten. Ich zählte zehn Kreuzer.

»Fragt sich natürlich, wo die feindlichen Schiffe sich jetzt gerade befinden«, merkte Olga an. »Wir sind schließlich etwa drei Lichtwochen von ihnen entfernt und sehen ein Bild aus der Vergangenheit.«

»Keine Sorge, Olga«, erwiderte ich. »Wenn sie im Überlichtbereich wären, würden unsere neuen Geräte das anzeigen. Für den Moment müssen wir nicht mit einem Angriff rechnen.«

Noch genauer als den äußeren inspizierte ich die beiden inneren Planeten. Sie kamen mir bekannt vor. Bilder eines solchen Planeten kamen in den Visionen des Stielauges vor, die André vor dessen Tod aufgezeichnet hatte. Eine trostlose Ebene aus Metall, Berge und Gebäude aus Metall. Irgendwo in dieser Bleiwüste werden womöglich Gefangene festgehalten, dachte ich, und vielleicht ist André unter ihnen?

»Die Geräte haben alles aufgezeichnet, was es hier zu sehen gibt«, vermeldete Leonid. »Es ist Zeit umzukehren.«

Leonid wendete das Schiff und fuhr die Annihilatoren hoch. Zunächst kamen wir überhaupt nicht vom Fleck, da sich die auf uns wirkenden Anziehungskräfte und der Einsatz unserer Maschinen gerade die Waage hielten. Wir stellten fest, dass die raumvernichtenden Kräfte vom Goldenen Planeten ausgingen, die beiden Bleiplaneten spielten dabei keinerlei Rolle.

»Du musst noch eine Schippe drauflegen, Leonid, sonst kommen wir hier nicht weg!«, sagte ich.

Als es uns endlich gelang, dem Sog des Goldenen Planeten zu entkommen, presste uns eine gewaltige Beschleunigung in die Sitze. In kürzester Zeit erreichten wir tausendfache Lichtgeschwindigkeit, und Leonid dachte gar nicht daran, die Maschinen wieder herunterzufahren.

»Übertreib es nicht, Leonid«, warnte Olga, »bei der Sterndichte hier sind solche Geschwindigkeiten abenteuerlich.«

»Wir sind keinem Stern näher als einen Lichtmonat«, entgegnete Leonid mürrisch. »Wir müssen zusehen, dass wir von diesen Metallplaneten und überhaupt von diesem elenden Sternhaufen hier wegkommen.«

»Ach so? Noch vor kurzem wolltest du doch unbedingt hierher«, sagte Olga bissig. »Wie schön, dass du endlich einsiehst, dass Chi Persei für eine Spazierfahrt zu gefährlich ist. Was meinst du dazu, Eli?«

Mir ging durch den Kopf, dass meine Hoffnung, André in dem Sternennest der Zerstörer zu finden, naiv war. Einerseits war ich mir sicher, dass er entführt wurde und noch am Leben war. Andererseits konnte er auf jedem von mindestens tausend Planeten in Chi Persei sein. Es wäre die Suche nach der Stecknadel im Heuhaufen, ganz abgesehen davon, dass die Zerstörer ihn auch nicht freiwillig wieder herausrücken würden.

»Ich bin auch für die Rückkehr«, sagte ich schweren Herzens.

»Dann sind wir uns alle einig«, resümierte Olga. »Jetzt müssen wir uns überlegen, wie wir aus dem Sternhaufen hinauskommen. Unser aktueller Kurs entfernt uns zwar von den Metallplaneten, führt aber wieder tiefer in Chi Persei hinein.«

Olga hatte vollkommen Recht. Während wir uns in rasendem Flug von den Metallplaneten entfernten, tauchte rechts vor uns schon die nächste Gruppe aus Riesensternen auf. Und auch dort schien man uns zu erwarten, denn schon wieder wurden wir vom Kurs abgedrängt und von den Feuerbällen förmlich angesaugt.

»Die geeignetste Stelle für den Durchbruch scheint mir tatsächlich der Drohende Riese zu sein«, fuhr Olga fort. »Denn hinter ihm öffnet sich der leere Weltraum, aus dem wir gekommen sind.«

Leonid ließ sich nicht lange bitten. Er wendete erneut und nahm wieder Kurs auf den Drohenden Riesen. Die Aussicht, Chi Persei zu verlassen, schien ihn zu beflügeln und weckte seinen Kampfgeist.

Mit leuchtenden Augen verkündete er: »Wir werden mit einem solchen Tempo an ihrem Stern vorbeipreschen, dass sie nicht einmal dazu kommen werden, mit ihren Stielaugen zu zwinkern. Gleich werdet ihr Zeugen eines neuen Geschwindigkeitsrekords.«

Leonid holte alles aus dem *Raumfresser* heraus. Einer nach dem anderen donnerten die Annihilatoren los. Unsere Sitze und selbst die riesigen Bildschirme begannen heftig zu vibrieren. Der Sternenpflug zog eine breite Nebelschleppe aus Gas und Staub hinter sich her. Die Parallaxometer zeigten dreitausendfache Lichtgeschwindigkeit an, dann viertausendfache, fünftausendfache – Leonid hatte uns nicht zu viel versprochen.

Schräg links vor uns wurde der Drohende Riese in jeder Sekunde größer und füllte bald den halben vorderen Schirm. Wir waren im Begriff, mit sechstausendfacher Lichtgeschwindigkeit an ihm vorbeizurasen. Mir trat der Schweiß auf die Stirn, und mein Herz pochte heftig. Selbst der abgebrühte Oshima wurde kreidebleich und rutschte nervös in seinem Sitz hin und her. Nur Olga beobachtete scheinbar gelassen, wie der Drohende Riese sich allmählich auf den linken Schirm verschob.

Wir hatten gewonnen! Der Winkel zum Stern wurde immer größer, und auch der Abstand schien nun wieder zu wachsen. Ich wollte schon in Jubel ausbrechen, als die BUM plötzlich eine rasch ansteigende Raumkrümmung vermeldete. Der Sternenpflug vernichtete nach wie vor Millionen von Kubikkilometern leeren Raums, indem er ihn zu kosmischer Asche verbrannte. Doch dieser Prozess fand nun in einer uns fremden Metrik statt, die mit der euklidischen nichts gemein hatte.

Unsere Flugbahn führte nun nicht mehr in den offenen Weltraum, sondern beschrieb eine Kurve, die uns eine unbeherrschbare Kraft diktierte. Der Drohende Riese schob sich langsam vom linken Schirm wieder auf den vorderen, bis wir schließlich frontal auf ihn zuflogen. Die ganze Sternensphäre schien zu kippen, der offene Raum, dem wir zugestrebt waren, tauchte plötzlich auf dem hinteren Schirm auf, während der Drohende Riese nach rechts schwenkte. Wir hatten einen Halbkreis beschrieben und wurden nun wieder ins Innere des Sternhaufens gespült.

»Verflucht! Sie sind stärker als wir«, schrie Leonid und hämmerte verzweifelt mit den Fäusten aufs Bedienpult.

Olga packte ihn an den Schultern und rüttelte ihn: »Reiß dich zusammen! Kein Grund, hysterisch zu werden! Sie sind nicht stärker als wir, wir haben uns nur dumm angestellt.«

23

Olgas energische Intervention galt nicht nur Leonid. Auch wir anderen waren nahe daran, die Nerven zu verlieren. Obwohl wir unsere ganze Leistungskapazität ausgeschöpft hatten, waren wir von unseren Feinden an der Nase herumgeführt worden.

»Ich erwarte von allen Disziplin und volle Konzentration!« Olgas Aufruf wurde über alle Lautsprecher und Videophone verbreitet, um die gesamte Besatzung wachzurütteln. »Die Lage ist ernst, aber nicht hoffnungslos. Was wir beim Drohenden Riesen nicht geschafft haben, kann uns an anderer Stelle gelingen.«

Olga wirkte so ruhig, als zirkulierte in ihren Adern Kühlflüssigkeit anstelle von Blut. Der *Raumfresser* steuerte nun wieder auf die Sternengruppe Rotweißer Rachen zu, vor der wir ja schon einmal Reißaus genommen hatten. Zwischen dem Rotweißen Rachen und dem Drohenden Riesen, der uns soeben wieder ins Innere von Chi Persei befördert hatte, befanden sich am Rand der Sterngruppe viele weitere, locker im Raum verstreute Sterne.

Auch von einigen dieser Einzelsterne ragten gigantische Annihilationskegel in den Raum, die unseren Sternenpflug ansaugten. Als wir einem dieser »aktiven« Sterne besonders nahe kamen, sahen wir im Spezialteleskop ebensolche Metallplaneten, wie sie den Drohenden Riesen umkreisten. Und in der Nähe der Planeten entdeckten wir auch wieder Kreuzer der Zerstörer. Es konnte kein Zweifel daran bestehen, dass sie uns ansaugten, um uns in Schlagdistanz für einen Gravitationsangriff zu bringen. Dass hier auch mit sechstausendfacher Lichtgeschwindigkeit kein Durchkommen war, hatten wir ja soeben erfahren müssen. Entnervt drehten wir wieder ab.

Bald stellten wir fest, dass es auch Sterne im Randbereich gab, von denen der Sternenpflug nicht angesaugt wurde. Auch diese Gestirne wurden zum Teil von Planetensystemen umkreist, doch ihre Planeten waren nicht aus Metall, sondern ähnelten denen unseres Sonnensystems. Ich bildete mir ein, auf einem von ihnen sogar eine Stadt erspäht zu haben.

»Versuchen wir, bei einem dieser inaktiven Sterne durchzubrechen«, entschied Olga. »Die Zerstörer haben zwar sicherlich Maßnahmen getroffen, um das zu verhindern, aber vielleicht können wir sie überlisten.«

Olga spekulierte darauf, dass der Schutzwall, den die Zerstörer durch die Manipulation der Raummetrik errichtet hatten, im Bereich der inaktiven Sterne schwächer war. Der Plan bestand darin, zunächst durch Annäherung mit geringer Geschwindigkeit die Stärke des Schutzwalls auszutesten und erst dann in einem neuen Anlauf mit voller Geschwindigkeit den Durchbruch zu versuchen.

Leider durchschauten die Zerstörer unseren Plan. Sie hatten uns in ihrem zwischen Sternen geknüpften Spinnennetz gefangen und dachten überhaupt nicht daran, uns wieder herauszulassen. Sie manipulierten die Raumkrümmung im Bereich der inaktiven Sterne genauso effektiv wie beim Drohenden Riesen. Wir kamen nicht einmal in die Nähe eines inaktiven Sterns. Bei einem frontalen Anflug mit Höchstgeschwindigkeit wurde unsere Flugbahn wie von Geisterhand abgelenkt, und wir landeten wieder auf Parallelkurs zur Randfläche des Sternhaufens. Minuten später gerieten wir abermals in den Annihilationskegel des Rotweißen Rachens, wo ihre Kreuzer schon auf uns lauerten.

Olga analysierte die feindliche Taktik: »Den Weg zu den inaktiven Sternen versperren sie uns mit allen Mitteln, vermutlich, weil sie uns dort nicht bekämpfen könnten. Unsere Annäherung an aktive Sterne unterstützen sie dagegen sogar mit Raumannihilation, wenn auch nicht unter Einsatz aller Energie, wie mir scheint. Offensichtlich spekulieren sie darauf, dass uns früher oder später der Brennstoff ausgeht. Das müssen wir uns zunutze machen!«

Im Halbdunkel der Kommandobrücke strahlte Olgas Gesicht eine unbändige Entschlossenheit aus. Sie war die Einzige von uns, die nicht für eine Sekunde die Zuversicht verlor.

»Was hast du dir ausgedacht, Olga?«, fragte ich.

»Du wirst es sehen, Eli.«

In der Zwischenzeit hatten unsere Raumwellendetektoren weiterhin die Raumperturbationen analysiert. Eine Nachricht, die uns erreicht hatte, während wir vergebens auf einen der inaktiven Sterne zustürmten, konnte teilweise entschlüsselt werden: »Macht weiter … Der Schutzwall ist nicht unerschöpflich … die einzige …« Unsere unbekannten Freunde konnten nicht wissen, dass wir sparsam mit unserem Aktivstoff umgehen mussten.

Nachdem wir uns aus dem Sog des Rotweißen Rachens befreit hatten, befahl Olga Oshima, mehrere inaktive Sterne hintereinander anzusteuern.

»Was bezweckst du damit, Olga?«, fragte ich. »Ich kann mich des Eindrucks nicht erwehren, dass unsere Durchbruchversuche mit jedem Mal schwächer werden.«

»Genau diesen Eindruck sollen auch unsere Feinde bekommen. Wenn sie denken, dass uns die Luft ausgeht, spielt uns das geradewegs in die Hände.«

Einige Zeit später ließ Olga die Geschwindigkeit des *Raumfressers* auf etwa zehnfache Lichtgeschwindigkeit drosseln. Und endlich setzte sie uns nun auch ihren Plan auseinander: »Unsere Feinde krümmen den Raum, sobald wir versuchen, an einem aktiven Stern im Randbereich des Sternhaufens vorbeizukommen. Sie hindern uns jedoch nicht daran, uns einem solchen Stern anzunähern. Das ist unsere Chance! Wir werden einen aktiven Stern ansteuern und in dem Moment, in dem sie am wenigsten damit rechnen, mit unseren Kampfannihilatoren einen ihrer Planeten angreifen. Wenn es uns gelingt, einen der mit superdichtem Plasma gefüllten Goldplaneten zu annihilieren, entsteht auf einen Schlag ein gigantisches Loch im Raum, durch das wir entkommen können. Eine andere Fluchtmöglichkeit sehe ich nicht.«

Dass Olga sich einen tollkühnen Plan zurechtgelegt hatte, überraschte mich nicht. Es hätte mich zum Beispiel nicht gewundert, wenn sie vorgeschlagen hätte, den Kampf gegen die feindlichen Kreuzer aufzunehmen. Schließlich war es Leonid und Allan ja schon einmal gelungen, vier feindliche Schiffe zu liquidieren.

Doch einen Planeten zu vernichten! – Das grenzte an Größenwahn. Die Menschheit hatte lediglich Erfahrung mit dem Bau eines künstlichen Planeten, und dafür war die Arbeit von zwei Generationen erforderlich gewesen. Der Gedanke, einen Himmelskörper zu vernichten, der das Volumen der Erde um das Fünffache und ihre Masse um das Tausendfache übertraf und der noch dazu von einer Flotte von Raumkreuzern geschützt wurde, war einfach absurd.

Die Einwände, die nun von allen Seiten auf Olga einprasselten, ließ sie ungerührt an sich abprallen.

»Überlegt doch mal ganz nüchtern«, sagte sie. »Die Energie aus unseren verbliebenen Aktivstoffreserven reicht ohne weiteres für den Angriff auf einen Planeten welcher Masse auch immer. Wenn wir alle Kampfannihilatoren gleichzeitig mit voller Leistung einsetzen, wird das angepeilte Objekt auf der Stelle zerfallen. Wir müssen nur nahe genug herankommen, und dafür werden unsere Feinde selbst sorgen. Glaubt mir, das ist unsere einzige Chance, hier herauszukommen. Bedenkt, was die Alternative ist: Wir können unsere restlichen Energiereserven auch darauf verschwenden, hier noch ein paar Dutzend Schleifen in ihren verkrümmten Räumen zu fliegen. Und danach werden wir eine leichte Beute für ihre Gravitationsgeschütze.«

So wahnwitzig Olgas Vorhaben auch erscheinen mochte, die Aussicht, hilflos in einem Gravitationsgewitter der Zerstörer zu enden, war alles andere als verlockend. Die große Mehrheit der Besatzung sprach sich für Olgas Plan aus.

»Den Durchbruchversuch werde ich selbst kommandieren«, verkündete Olga. »Ich möchte den Herren der Schöpfung nicht zu nahetreten, aber ihr scheint mir ein bisschen zu hektisch für diesen Job.«

Sie teilte ganz schön aus. Doch Leonid schien geradezu erleichtert, dass ihm das Kommando bei der tollkühnen Aktion erspart blieb. Der misslungene Durchbruchversuch beim Drohenden Riesen hatte sein Selbstbewusstsein merklich angekratzt.

24

Voller Ungeduld erwarteten wir das entscheidende Duell mit dem Feind. Wir wollten es hinter uns bringen. Doch Olga hatte die Ruhe weg und drosselte sogar die Geschwindigkeit. Der *Raumfresser* dümpelte bereits an der Untergrenze des Überlichtbereichs durch den Raum. Noch ein weiteres Bremsmanöver, dann würde unsere Geschwindigkeit unter die Lichtbarriere absinken, und wir würden für jeden Beobachter mit einem normalen Teleskop sichtbar werden. War es tatsächlich Olgas Plan, in den Unterlichtbereich abzutauchen und unser Schiff in einen normalen Körper zu verwandeln, der den elementaren Gesetzen der Mechanik unterliegt?

Unsere Kommandeurin verfolgte andere Ziele. Sie flog chaotische, aber halbherzige Ausweichmanöver, während die erneut auftretenden Metrikveränderungen uns immer wieder auf die Flugbahn zum Drohenden Riesen zurückbeförderten. Es musste der Eindruck entstehen, dass unser Schiff wie ein ruderloser Klumpen Materie durch den Raum trudelt.

Zum dritten Mal steuerten wir nun auf den Drohenden Riesen zu, und mysteriöse, mächtige Maschinen, denen die Geometrie des Raums gehorchte, wachten darüber, dass wir auf Kurs blieben. Olga hatte die Versuche, seitlich auszubrechen, inzwischen eingestellt und fügte sich der aufgezwungenen Flugbahn. Natürlich wusste ich, dass sie den Feind täuschte, doch das änderte nichts daran, dass ich mich elend fühlte. Ich konnte nicht verhindern, dass es mir immer wieder kalt den Rücken herunterlief, während der Rote Riese auf dem Frontschirm näher und näher rückte.

Ein heftiger Ruck zeigte uns an, dass wir erneut in den Annihilationskegel geraten waren, der den Sternenpflug ansaugte. Olga deutete ein Fluchtmanöver an, das wirkungslos im Schraubstock der nichteuklidischen Metrik verpuffte. Von den dreißig Lichteinheiten, die der feindliche Annihilationskegel generierte, glichen unsere Maschinen zunächst noch vierundzwanzig aus, dann nur noch zwanzig, fünfzehn, zehn … Der Zugriff des Feindes wurde immer selbstbewusster, während unser Widerstand erlahmte. Wir kämpften vergeblich gegen den Untergang, und genauso sollte es ja auch aussehen.

Schon bald entwickelte der *Raumfresser* keine Eigengeschwindigkeit mehr und wurde vollends zum Spielball des feindlichen Willens. Es war völlig klar, wohin man uns zerrte: Der Drohende Riese auf dem Schirm schwenkte ein wenig zur Seite, und in der Bildmitte tauchte der Goldene Planet auf, der Stützpunkt des gegnerischen Geschwaders, dessen Gravitationsgeschütze uns vernichten sollten.

Als ich den Planeten mit dem Spezialteleskop ins Visier nahm, kam mir ein aufmunternder Gedanke: Außer den Zerstörern selbst mit ihrer Vorliebe für heftige Gravitationsfelder konnten hier keine Lebewesen existieren. Es bestand also nicht die Gefahr, dass wir mit unserem Vorhaben auch Gefangene mit in den Untergang rissen.

»Was siehst du, Eli?«, fragte Olga, die mit der Steuerung der Schiffsmaschinen so beschäftigt war, dass sie nur selten selbst zum Teleskop griff.

»Die Kreuzer der Zerstörer.«

»Kommen sie uns nicht entgegen?«

»Der Raum im Überlichtbereich ist leer.«

»Sie werden sich bald in Bewegung setzen. Die vom Goldenen Planeten ausgehende Raumvernichtung wurde gedrosselt. Die Zerstörer sind offenbar der Meinung, dass sie uns auch ganz gemächlich zur Schlachtbank führen können. In ein paar Minuten werden sie merken, dass sie uns ein bisschen zu früh abgeschrieben haben.«

Diese paar Minuten zogen sich eine Ewigkeit hin. Doch als sie verronnen waren, geschah das, worauf all unsere Sinne und Gedanken in gespannter Erwartung fokussiert waren: Olga setzte die Fahrtannihilatoren in Gang, und der Sternenpflug schoss in gerader Linie auf den Goldenen Planeten zu.

Beim Blick auf den Parallaxometer traute ich meinen Augen nicht. Niemand wusste, wie Olga das bewerkstelligt hatte, aber

Leonids Geschwindigkeitsrekord wurde ganz selbstverständlich gebrochen. Wir attackierten den Goldenen Planeten mit siebentausendfacher Lichtgeschwindigkeit!

Erst jetzt bemerkten die Zerstörer ihren fatalen Irrtum. Auf einem kleinen Sekundärbildschirm, der den von den Raumwellendetektoren überwachten Überlichtbereich darstellte, erschienen zehn kleine Punkte, die auf uns zurasten. Im Photonenmultiplikator dagegen sah ich nach wie vor die lauernd um den Goldenen Planeten kreisenden Kreuzer. Die konventionelle Optik zeigte natürlich ein Bild aus der Vergangenheit. In der Echtzeit hingegen stürzten die feindlichen Schiffe mit vielfacher Lichtgeschwindigkeit auf uns zu wie von der Kette gelassene Kampfhunde.

Obwohl mein Hass auf die Zerstörer tief saß, empfand ich zumindest einen gewissen Respekt vor der Tapferkeit ihrer Kreuzerbesatzungen. Denn diese wussten ganz genau, was unsere Kampfannihilatoren anrichten konnten, und dass sich unsere Energiereserven keineswegs erschöpft hatten, war ja nun offensichtlich geworden. Trotzdem warfen sie sich uns entgegen, um ihren Planeten und seine Bewohner zu verteidigen.

Uns allen war klar, dass in dem bevorstehenden Kampf zwischen den feindlichen Gravitationsgeschützen und unseren Annihilatoren nur Bruchteile von Sekunden entscheiden würden. Um ehrlich zu sein: Als ich die todbringenden Kreuzer sah, die wie ein Kugelhagel in Zeitlupe auf uns zuschossen, geriet ich in Panik und sprang auf.

»Greif sie an, Olga!«, schrie ich.

»Es ist noch zu früh, Eli.«

»Bitte greif sie an! Versteh doch, sie überholen ihre eigenen Gravitationsstöße. Jede Sekunde, die du zögerst, bedeutet neue Gravitationssalven, die wir später abbekommen!«

»Unsere Gravitatoren werden sie abschwächen«, erwiderte sie unnachgiebig. »Ich darf nicht zu früh angreifen, sonst verbrauchen wir zu viel Energie für die Annihilation. Nur ein erfolgreicher Angriff auf den Planeten öffnet uns den Weg in die Freiheit, vergiss das nicht.«

Unsere Geschwindigkeit und die der feindlichen Kreuzer addierten sich, und die Kugeln auf dem Überlichtschirm blähten sich sekundenschnell zu monströsen Bällen auf. Da versagten Leonid die Nerven.

»Du darfst nicht länger warten, Olga!«, schrie er heiser. »Sonst reißt du uns alle in den Tod!« Außer sich vor Zorn und Panik packte er sie am Arm. »Das lasse ich nicht zu!«

Olga riss sich los und konterte mit schneidender Stimme: »Haltet endlich die Klappe! Das ist ein Befehl! Lenkt mich gefälligst nicht ab!«

Eine beklemmende Stille erfüllte den Raum. Die Kreuzer der Zerstörer waren so verdammt nah! Es konnte sich nur noch um Sekunden handeln, bis es zur Kollision kommen würde.

In diesem Augenblick schaltete Olga die Kampfannihilatoren ein. Die grünen Bälle auf dem Raumwellenschirm lösten sich in Nebelschwaden auf, die noch ein paar Sekunden durchs Bild waberten und dann verschwanden.

Wenig später sahen wir dasselbe Geschehen in der Normaloptik auf den großen Schirmen: Zehn grün schimmernde Kugeln, die kurz aufglühten und dann erloschen. Die Flottille der Zerstörer existierte nicht mehr.

Aufseufzend entließen wir einer nach dem anderen den angehaltenen Atem aus den Lungen. Uns war allen das Herz stehen geblieben. Vor lauter Erleichterung dachten wir überhaupt nicht mehr an die Gravitationssalven, die die Kreuzer vor ihrer Auslöschung abgefeuert hatten. Wir starrten alle auf den Frontschirm, wo der Goldene Planet allmählich immer größer wurde.

Dann gerieten wir in die erste Gravitationswelle der annihilierten Kreuzer. Ich wurde zusammengepresst, und mir blieb kurz die Luft weg. Oshima stöhnte und Leonid fluchte heiser. Es stellte sich heraus, dass unsere Gravitatoren nicht in der Lage waren, den Angriff entscheidend abzuschwächen. Doch dies war nur die schwächste von mehreren Salven. Die Zerstörer hatten sie kurz vor ihrer Vernichtung abgefeuert, als ihre Geschütze schon fast entladen waren. Sicherlich war ihnen selbst klar, dass sie damit nicht mehr viel ausrichten konnten. Dass sie trotzdem bis zuletzt auf uns zuhielten, war eine lupenreine Kamikazeaktion.

Die zweite Gravitationssalve, die uns erfasste, war so heftig, dass ich das Gefühl hatte, zerquetscht zu werden. Ein stechender Schmerz durchfuhr meinen Körper, als würden meine Zellen platzen. Neben mir sank Leonid in seinem Sitz zusammen und verlor röchelnd das Bewusstsein. Olga krallte sich verbissen an ihren Sitzlehnen fest und blieb zum Glück bei Bewusstsein.

»Olga«, krächzte ich. »Pass auf! Da kommt noch eine dritte Welle.«

»Halt durch, Eli!«, erwiderte sie. »Jetzt ist ihr Planet an der Reihe.«

Die dritte Gravitationssalve traf uns im selben Moment, als ich den Goldenen Planeten auf dem Schirm explodieren sah. Die Goldhülle und kochendes Plasma zerstäubten in einem Meer aus Funken, die in wenigen Sekunden erloschen wie der Sternregen einer Feuerwerksrakete. Olga hatte die Kampfannihilatoren zielgenau und mit den letzten Reserven eingesetzt.

Das goldene Nest der Zerstörer existierte nicht mehr. An seiner Stelle gähnte ein neuer Abgrund in der Leere, ein riesiges Loch im Raum. Die dritte Gravitationssalve der liquidierten Kreuzer erreichte uns einen Wimpernschlag zu spät, um den Goldenen Planeten vor dem Untergang zu retten.

Das Letzte, was ich sah, bevor ich unter der erdrückenden Schwerkraft das Bewusstsein verlor, war der Drohende Riese, der sich am linken Bildschirm langsam entfernte, und vor uns der offene Weltraum, die Freiheit! Im letzten Moment waren wir dem Tod von der Schippe gesprungen und dem Sternengefängnis Chi Persei entronnen.

Dritter Teil

Intermezzo auf der Erde

Diese Stund ist meine Zeit:
Sanft entschlafen, heiß und weit
liegt Mutter Erde in des Mondes Schein.
Sie ist mein, so schmerzlich mein!
Die Welt könnte nicht schöner sein, nicht reiner!
Von Glück erfüllt, von Freiheit trunken
durft ich dies alles sehen und erkunden,
als wär ich Gott und nicht der Menschen einer!

A. Tanew

1

»Eli! Eli!«, rief jemand. »Eli!«

Ich wollte antworten, doch ich konnte nicht sprechen. Alles, was ich zu sagen versuchte, gerann zu einem Strom von Gedanken: Ich bin blind, sonst geht es mir gut. Ich stehe gleich auf. Ruft nicht ständig nach mir, es stört mich, lasst mich in Ruhe.

Damals hatte ich das Gefühl, völlig klar zu denken. Doch wenn ich mir heute die aufgezeichneten Gehirnstrahlen ansehe, muss ich feststellen, dass mein Geist im Delirium versunken war und nur wirres Zeug durch mein Bewusstsein spukte.

Zehnmal starb ich, und zehnmal holte man mich ins Leben zurück, bis ich allmählich selbst begann, mich gegen das Sterben zu wehren.

»Eli! Eli!«, rief wieder die Stimme. Sie ließ nicht von mir ab. Mich umgab eine beengte, dunkle und viel zu laute Welt, die einzig aus dieser Stimme bestand. Endlich reagierte ich darauf und öffnete die Augen.

An meinem Bett saßen Olga und Oshima. Sie musterten mich.

»Er kommt zu sich«, flüsterte Olga.

Meine Lider waren aus Blei. Es hatte mich eine unsägliche Anstrengung gekostet, sie zu heben. Erschöpft ließ ich meine Augen wieder zufallen, wollte mich nur noch ausruhen. Doch erneut ging mich die hartnäckige Stimme an: »Eli!«

»Lass mich!«, hauchte ich und schlug erneut die Augen auf.

Olga liefen Tränen über die Wangen. Auf einmal weitete sich die Welt um mich herum, und der Lärm hörte auf.

»Meine Freunde!«, sagte ich und versuchte den Kopf zu heben.

»Bleib liegen«, flüsterte Olga. »Du darfst dich nicht bewegen.«

Ein Angstschauer überkam mich, als ich plötzlich das Bild des Drohenden Riesen vor Augen hatte. Waren wir dem schrecklichen Chi Persei tatsächlich entkommen? Ich musste mich davon überzeugen!

»Wo sind wir? Wie viel Zeit ist vergangen?«

Ich hörte noch, dass wir dreitausend Lichtjahre von den Sternhaufen im Perseus entfernt seien, dann verlor ich erneut das Bewusstsein.

Das war der Beginn meiner Genesung.

2 Selbst die einfachsten Dinge musste ich neu lernen: die Augen öffnen, zuhören, antworten, Nahrung aufnehmen. Am Anfang war ich noch völlig ans Bett gefesselt und konnte nicht laufen. Es sollten viele Monate vergehen, ehe ich wieder einigermaßen selbstständig wurde.

Bei der dritten Gravitationssalve der Zerstörer hatte es mich am schlimmsten von allen erwischt, da ich aus meinem Sitz rutschte und mit voller Wucht gegen einen Stahlträger geschleudert wurde. Bei den anderen waren wenigstens die Knochen heil geblieben. Acht Besatzungsmitglieder hatten das Bewusstsein verloren, darunter Leonid. Doch schon wenige Stunden nach der verheerenden Schlacht beim Drohenden Riesen waren alle wieder zu sich gekommen.

»Ich bin auch umgekippt«, erzählte mir Olga. »Das war, als ich dich blutüberströmt über dem Stahlträger hängen sah.«

Wir unternahmen einen Spaziergang im Park. Für mich war es, genau genommen, eine Spazierfahrt, denn ich saß im Rollstuhl. Immerhin konnte ich schon selbst anschieben. Olga ging neben mir her. Der Flieder begann gerade zu blühen, die Luft roch nach Nektar und Erde. Es war der dritte Frühling der Expedition.

Auch bei Olga hatten die Ereignisse im Dunstkreis von Chi Persei Spuren hinterlassen: Sie war abgemagert und hatte ihre sonst kräftige Gesichtsfarbe verloren. Außerdem machte sie einen ungewohnt sanftmütigen und sensiblen Eindruck auf mich. In der Anfangszeit meiner Genesung war sie ausgesprochen nahe am Wasser gebaut. Das rührte mich zwar, doch es war mir unangenehm. Es wäre mir lieber gewesen, die Olga von früher um mich zu haben mit ihrer besonnenen Art und unerschütterlichen Ausgeglichenheit, oder noch besser die Olga, die ich im Perseus kennengelernt hatte: eine starke, mutige und scharfsinnige Frau.

»Den Zerstörern haben wir's jedenfalls ordentlich gegeben«, sagte ich. »Sie haben sich wahrscheinlich in den hintersten Winkel ihres abscheulichen Sternhaufens verzogen und zittern immer noch davor, dass wir zurückkommen könnten.«

»Warum bezeichnest du Chi Persei als abscheulich? Als wir dort ankamen, hast du noch von seiner Schönheit geschwärmt. Außerdem denken nicht alle seine Bewohner mit Schaudern an uns zurück, wir haben dort auch Freunde.«

»Du sprichst von den Galakten?«

»Ja, Eli. Erinnerst du dich noch an die nichtaktiven Sterne, an die uns die Zerstörer nicht herangelassen haben?«

»Dann bewohnen also die Galakten diese Sterne? Ist das sicher?«

»Du kannst dich selbst davon überzeugen, wenn du dir die von der BUM aufbereiteten Daten anschaust. Es gibt im Perseus sogar wesentlich mehr Sterne, die von unseren Freunden bewohnt werden, als solche, auf denen die Zerstörer hausen. Anders sieht es jedoch mit den interstellaren Räumen aus: Sie werden augenscheinlich vollständig von den Feinden kontrolliert.«

»Weißt du noch, wie wir in den Plejaden die vier Kreuzer der Zerstörer liquidiert haben? Sie hatten bis zuletzt keine Ahnung, was sie erwartet.«

»Wie kommst du jetzt darauf?«

»Ich weiß nicht, ist mir gerade so eingefallen.«

»Spielst du darauf an, dass André noch am Leben sein könnte? Wir haben leider nichts über ihn herausgefunden, ganz zu schweigen davon, dass wir ihm hätten helfen können. Du hattest dich ja auch dafür ausgesprochen, Chi Persei zu verlassen.«

»Es bestand keine realistische Chance, ihn zu befreien. Deshalb habe ich für die Rückkehr gestimmt.«

»Bist du der Meinung, dass sich die Sachlage seither verändert hat?«

Ich zuckte nur mit den Achseln und sagte nichts. Was mich wirklich umtrieb, wollte ich lieber für mich behalten. Gesicherte Erkenntnisse würden wir ohnehin erst nach der Rückkehr zur Erde gewinnen können.

3

Eines Tages, als ich humpelnd meine ersten Gehversuche im Park unternahm, gesellte sich Leonid zu mir.

»Ich muss mit dir reden«, sagte er, und seine Stimme verriet mir, dass sich unser Gespräch nicht um Raumwellendiagnostik drehen würde.

»Hier? Oder gehen wir lieber zu mir?«

»Gehen wir zu dir, damit uns niemand stört.«

Die Videowand in meinem Zimmer zeigte eine Grafik, auf der unser Rückweg zur Erde dargestellt war. Eine weiße, leuchtende Linie markierte die Flugstrecke zur Erde, und ein roter, blinkender Punkt, der auf dieser Linie entlangkroch, verkörperte unseren Sternenpflug. Der rote Punkt näherte sich bereits dem Ende der weißen Linie. Elf Monate trennten uns inzwischen von den Sternhaufen des Perseus, beinahe fünftausend Lichtjahre. Zwei Drittel des zurückgelegten Weges hatte ich im Koma gelegen.

»In einem Monat erreichen wir die Ora, in drei Monaten die Erde«, sagte ich.

»Ja, aber für mich ist das bedeutungslos«, erwiderte Leonid finster.

»Klingt nach Weltschmerz, warum so bedrückt?«

»Das weißt du ganz genau, Eli.«

»Natürlich. Der Grund ist Olga. Was willst du mir über Olga sagen?«

Leonids Gesicht wurde grau. Mein kühler Ton ärgerte ihn, doch er schien fest entschlossen, die Contenance zu wahren.

»Du weißt, was sie für dich empfindet. Als du im Koma lagst, hat sie sich nicht mehr ums Schiff gekümmert und Tag und Nacht an deinem Bett gewacht.«

»Und? Welchen Schluss ziehst du daraus?«

Leonids schwarze Augen durchbohrten mich förmlich. »Warum heiratest du sie nicht? Warum, Eli?«

»Es ist seltsam, solche Ratschläge ausgerechnet von dir zu hören.«

»Keineswegs! Wenn du so gefühlsblind bist ... Es ist eine Schande, wie du sie zappeln lässt! – Warum antwortest du nicht?«

Ich überlegte, was ich sagen sollte. Weder Leonid noch Olga hätten verstanden, was in mir vorging. Denn sie waren ja normal, im Gegensatz zu mir. Die Gefühle, die ich gerade durchlebte, ließen keinerlei Platz für eine andere Leidenschaft. Ich hätte mich nicht einmal zu einer unbedeutenden Liebschaft hinreißen lassen. Und zu einer großen Liebe, wie Olga sie verdient hätte, war ich schon gar nicht imstande. Das konnte ich Leonid nicht erklären.

»Ich antworte nicht, weil ich auf eine solche Frage von dir nicht vorbereitet war. Ich hätte eher damit gerechnet, dass du mir einfach die Meinung sagst, und zwar so, dass mir hinterher nichts anderes übrig bleibt, als dir die Hand zu schütteln und zu sagen: Ja, Leonid, du hast vollkommen Recht, ich habe keinerlei Einwände.«

»Dann sag mir, welche Meinung du von mir erwartet hättest!«

»Ich hätte erwartet, dass du mir sagst, dass Olga nicht merkt, dass ich ihr gegenüber gleichgültig bin, dass sie zwar in allem anderen einen sicheren Blick für die Realität hat, sich aber in diesem einen Punkt, nämlich in mir, fürchterlich täuscht. Dass wir beide, du und ich, jedoch genau wissen, dass ich gefühlskalt bin und Olga nicht verdiene, da sie mit mir nur unglücklich würde, dass es hingegen für dich, Leonid, kein größeres Glück gäbe, als mit Olga zusammen zu sein, und dass dies auch für Olga nur zum Besten wäre.«

Leonids ohnedies harte Gesichtszüge versteinerten vollends.

»Du bist nicht gefühlskalt, Eli. Das würde ich dir nicht unterstellen wollen. Aber gut, angenommen, ich hätte dir alles genau so gesagt, was hättest du geantwortet?«

Ich führte Leonid zu der Videowand, wo der rote Punkt ganz langsam die leuchtende Linie entlangkroch und zeigte auf das Ende der Wegstrecke.

»In einem Monat erreichen wir die Ora«, sagte ich. »Dort verabschieden wir uns. Du bleibst mit Olga zusammen, ich werde gehen. Ihr werdet weiterhin gemeinsam den Weltraum durchpflügen, während ich zur Erde zurückkehre. Du hast überhaupt keine Ahnung, Leonid, wie dringend ich zur Erde zurück muss!«

Leonid umarmte mich und ging aus dem Zimmer, ohne noch ein einziges Wort zu sagen.

4 Als die Ora auf den Bildschirmen erschien, befand sich der *Raumfresser* im dritten Jahr seiner interstellaren Odyssee. Da wir immer noch mit Überlichtgeschwindigkeit unterwegs waren, konnte uns auf der Ora niemand sehen, wir die Ora dagegen schon. Allerdings handelte es sich um ein Bild aus der Vergangenheit, das sich ununterbrochen veränderte: Die Vergangenheit näherte sich der Gegenwart an. Eigentlich seltsam, wenn man genauer darüber nachdenkt. Denn normalerweise entfernt sich die Gegenwart und wird zur Vergangenheit. Hier war es gerade umgekehrt: Die Vergangenheit entwickelte sich zur Gegenwart.

Als wir nur noch einen Lichttag von der Ora entfernt waren, schaltete Oshima die Fahrtannihilatoren ab, und wir setzten unseren Flug mit Unterlichtgeschwindigkeit fort. Erst jetzt wurden wir entdeckt.

Bald darauf tauchte ein Pünktchen auf dem Schirm auf, das sich von der Ora her auf uns zubewegte. Rasch wurde klar, dass es der *Steuermann* war, der uns entgegenflog. Allan, der den kleinen Sternenpflug nach wie vor befehligte, bombardierte uns schon aus großer Entfernung mit überschwänglichen Grußbotschaften und wollte sofort in allen Einzelheiten wissen, was wir erlebt hatten und ob es uns gelungen war, André zu finden. Was André betraf, funkten wir sofort eine Antwort, was alles andere anging, vertrösteten wir Allan auf später, was dem neugierigen Raumschiffkapitän gar nicht passte.

Nachdem der *Steuermann* uns schließlich erreicht hatte und auf Parallelkurs flog, übergab Allan das Kommando seinem Adjutanten und kam zu uns herüber. Er war außer sich vor Freude, selbst Leonid ächzte, als er sich Allans Umarmung entwunden hatte.

»Mensch, Allan, du könntest bei den Zerstörern als Gravitationsgeschütz anfangen«, scherzte er.

»Na, ihr Weltraumstreuner«, posaunte Allan, »wo hat es euch hin verschlagen in den mehr als zwei Jahren? Na los, erzählt schon!«

Wir führten ihn in den Besprechungsraum, wo sich die ganze Mannschaft versammelte. Natürlich wollten alle wissen, was sich in der Zwischenzeit auf der Erde ereignet hatte und wie der Streit zwischen Romero und Wera ausgegangen war.

Allan setzte sich und sah uns strahlend an. Unser brennendes Interesse für die irdischen Angelegenheiten schien ihn zu rühren. Er konnte nicht ahnen, wie tief unsere Besorgnis saß.

»Streit? Was für ein Streit?«, zeigte er sich überrascht. »Das hat sich längst alles beruhigt. Na ja, ein paar Demos hat es schon gegeben, wie zu Zeiten unserer Vorfahren. Romero hat eine regelrechte Kampagne losgetreten. An jeder Ecke linste er von einer Videosäule herab und verteidigte mit solcher Leidenschaft die Menschheitsinteressen, als stünde uns der Untergang unmittelbar bevor. Er faselte über die Vorfahren, über die nachfolgenden Generationen, über uns, über die Zerstörer, über andere Sternenvölker, appellierte an den gesunden Menschenverstand und so weiter. Die ZUM hatte seine Thesen übrigens als schlüssig eingestuft. Dann kam es zu einer großen Volksbefragung, obwohl sowieso jeder wusste, was dabei herauskommen würde.«

Allan lachte und war sichtlich überrascht, dass wir ihn alle mit sorgenvollen Mienen anstarrten.

»Was soll ich euch sagen?«, fuhr er fort. »Die Menschheit pfiff auf den gesunden Menschenverstand und die ZUM. Romero bekam für seinen Standpunkt nicht einmal null Komma drei Prozent der Stimmen, neunundneunzig Komma sieben Prozent stimmten für Interventionen zugunsten der Außerirdischen. Wera wertete das Ergebnis als Wendepunkt für die soziale Grundeinstellung der Menschheit und beantragte eine Überarbeitung der Prinzipien, auf deren Grundlage die ZUM entsprechende Analysen erstellt.«

Im Besprechungsraum brach Jubel aus, und Allan staunte nicht schlecht über die Begeisterung, die ihm nun entgegenschlug. Seitdem wir dem Spinnennetz der Zerstörer im Perseus um Haaresbreite entgangen waren, begriffen wir nicht nur mit dem Verstand, sondern mit ganzem Herzen, wie richtig und wichtig diese Entscheidung der Erdenbewohner war.

»Du hast dir doch bestimmt bis zum Schluss den gesunden Menschenverstand bewahrt, nicht wahr, Allan?«, stichelte ich grinsend, als die freudige Erregung im Raum sich gelegt hatte. »Ich bin sicher, du hast für Romero gestimmt.«

»Ich?! Hast du sie noch alle beisammen, Eli?«, entrüstete sich Allan. »Ganz im Gegenteil, Romero hat mich bezichtigt, den Verstand verloren zu haben. Ich bin zwar kein so guter Redner wie er, doch als ich auf einer weltweit übertragenen Versammlung das Wort ergriff, mussten sie ihm das Mikrofon abdrehen, weil er mich ständig unterbrochen hat. So war das! Übrigens haben auch Kamagin und Groman mit ihrer Geschichte Stimmung für Wera gemacht. Unsere Berichte über den Tod der *Mendelejew*-Astronauten und die Gräueltaten der Zerstörer in den Plejaden haben einen Sturm der Entrüstung verursacht. Sogar Trub ist übers Publikum geflogen und hat jedem, der es noch nicht wusste, mit seiner Erzengelstimme ins Ohr trompetet, was für Scheusale doch die Stielaugen seien und dass man sie alle plattmachen müsse.«

»Wie ergeht es denn Kamagin, Groman und dem Engel auf der Erde?«, erkundigte sich Olga.

»Bestens!«, erwiderte Allan. »Trub fühlt sich pudelwohl. Nur die Kinder haben ein bisschen Angst vor ihm, weil er beim Fliegen so viel Krach macht. Das ist das Einzige, was ihn ein wenig bekümmert. Die Halbwüchsigen fliegen in ihren Aviettes mit ihm um die Wette, wobei er natürlich regelmäßig den Kürzeren zieht. Kamagin und Groman machen eine Weiterbildung und werden in Zukunft als Navigationsingenieure moderner Sternenschiffe arbeiten. Die beiden können sich kaum retten vor Verehrerinnen. Wo sie auch hinkommen, liegen die Mädchen ihnen in Scharen zu Füßen. Es sind eben sympathische Burschen, sie sehen jünger aus als jeder von uns, und sind doch schon über fünfhundert Jahre alt. Auf die Frauen scheint diese Kombination eine magische Anziehungskraft auszuüben.«

Allan hatte viel zu erzählen. Die Begeisterung für den neuen Weg, den die Menschheit eingeschlagen hatte, war sofort in geschäftige Betriebsamkeit umgesetzt worden. In der Erdadministration hatte man zwei neue Organisationen geschaffen. Die eine nannte sich »Arbeitsgemeinschaft für den Bau einer galaktischen Flotte«, kurz »ARGE Galaxbau«, und ihr Hauptstützpunkt lag auf dem Pluto. Die zweite war die »Arbeitsgemeinschaft für den Bau künstlicher Planeten«, kurz »ARGE Planbau«.

Die ARGE Planbau war in kürzester Zeit zum größten Arbeitgeber der Welt geworden, fast die Hälfte der Menschheit war bei dem Mammutkonzern beschäftigt. Dies hatte den Nebeneffekt, dass auf der blauen Erde fast nur noch Alte, Kinder und die Mitarbeiter existenziell wichtiger Industriebetriebe zurückblieben. Man kann sich vorstellen, dass diese gewaltigen Umwälzungen in der Arbeitswelt zunächst einmal ein logistisches Chaos auslösten. Denn die neuen Mitarbeiter der ARGE Planbau hatten ihre Arbeitsplätze weiß Gott wo im Weltraum und mussten dort mit allem versorgt werden. Einem neutralen Beobachter wären vermutlich die Haare zu Berge gestanden angesichts des Durcheinanders. Es gab jedoch keine neutralen Beobachter, da jeder auf seine Weise in die neuen Prozesse involviert war und sein Schärflein zum Gelingen beisteuerte.

Die Probleme begannen damit, dass vorerst gar nicht klar umrissen war, welche Projekte die ARGE Planbau in Angriff nehmen sollte. Das Nächstliegende – und damit wurde auch unverzüglich begonnen – bestand darin, neue Planeten in Umlaufbahnen um Nachbarsterne der Erde zu erschließen. Existierende

Planeten, auf denen kein Leben möglich war, sollten umgebaut werden. Die Bewohnbarkeit eines Himmelskörpers wurde zum Maß aller Dinge erhoben. Mit solchen Sprüchen wie: »Nur ein bewohnbarer Planet ist ein guter Planet!«, »Ein Stern ohne Planeten ist Energieverschwendung!«, »Wir bauen Planeten für jede Lebensform!« plakatierte die ARGE Planbau alle größeren Städte auf der Erde und alle Siedlungen auf bewohnten Planeten.

Vom Aldebaran auf der einen Seite bis zum Kreuz des Südens auf der anderen gab es kaum mehr einen Stern, in dessen Umkreis nicht fieberhaft gearbeitet wurde. Doch schon bald wurden kritische Stimmen laut, denen diese Aktivitäten nicht weit genug gingen. Viel sinnvoller sei es, hieß es da, völlig neue Planetensysteme zu errichten, in denen durch entsprechend ausgelegte Sterne beliebige Lebensbedingungen geschaffen werden könnten.

Dieses Vorhaben war wesentlich komplexer, barg jedoch ungleich mehr Möglichkeiten. Als Ort für die Umsetzung des Plans wurde die Umgebung des Sirius und des ihn begleitenden Weißen Zwerges ausgewählt, ein kleiner Winkel zwischen den Sternbildern Orion und Großer Hund mit einem Volumen von etwa tausend Kubikparsec. Auf den dort entstehenden Universalplaneten sollten dann nach und nach Außerirdische angesiedelt werden, die auf ihren Heimatplaneten unter unerträglichen Bedingungen oder Platzmangel litten.

Dieses Projekt existierte bislang allerdings nur auf dem Papier. Vorläufig eilten noch Emissäre von Sternbild zu Sternbild, um mit den zukünftigen Bewohnern die Einzelheiten zu klären: Größe der Planeten, Temperaturen der Sonnen, Dauer von Tag und Nacht, Atmosphärenbeschaffenheit, Gravitationsstärke und so weiter. Gleichzeitig hatte man eine Flotte von Sternenpflügen entsandt, deren Auftrag es war, Raum zu annihilieren und Staubnebel zu erzeugen, aus denen die zukünftigen Sterne und Planeten entstehen sollten.

»Alles wäre eigentlich ganz einfach«, ereiferte sich Allan, »doch wir Menschen handeln stets nach dem Motto: Warum einfach, wenn's auch kompliziert geht? Monatelang haben wir über der Frage gebrütet, womit man beginnen soll. Jetzt muss auf einmal alles ganz schnell gehen, anstatt dass man eins nach dem anderen macht. Überall wuseln Sternenpflüge herum, im Weltraum kracht es in allen Nähten, und wo man auch hinschaut: Staubnebel, nichts als Staubnebel. Sogar in Weltraumreservate dringen wir vor, als gäbe es nicht genug Leere. Ihr könnt euch gar nicht vorstellen, wie es auf den kosmischen Trassen zugeht! Vor einiger Zeit sind wir mit dem *Steuermann* in so eine Weltraum-Baustelle hineingeraten. Vor uns zerfielen gerade zwei überflüssige Dunkle Zwerge, während der Raum seitlich von uns in Baustaub verwandelt wurde. Eine Sackgasse, sage ich euch! Die Zeiten romantischer Raumflüge gehen vorbei. Bald wird man nur noch außerhalb der Galaxis mit vernünftigem Tempo vorwärts kommen. Wenn das so weitergeht, hänge ich die interstellare Raumfahrt an den Nagel und gehe auch zu den Planetenbauern.«

Nach seinem breiten Grinsen zu urteilen, schien Allan das Durcheinander im Galaxisbezirk der Erde nicht ernstlich zu besorgen. Er holte tief Luft und kam zum Schluss: »So sieht es bei uns aus, Freunde. Und jetzt müsst ihr endlich damit herausrücken, was ihr im Perseus erlebt habt.«

»Wir werden dir gleich ein paar interessante Dinge am Stereobildschirm zeigen«, sagte Leonid.

Während er die kleine Präsentation vorbereitete, fragte ich Olga: »Warum hast du dich ständig nach mir umgedreht, während Allan von der Erde erzählt hat? Du hast mich angesehen, als wärest du über etwas erstaunt.«

»Du hast heute gelacht, Eli«, antwortete sie. »Zum ersten Mal seit zwei Jahren.«

»Und? Hat dich das erschreckt?«

»Nein, nicht direkt. Aber es war sehr seltsam. Mir ist plötzlich klar geworden, dass du dich sehr verändert hast.«

5 Auf der Ora stieg ich in Allans *Steuermann* um, der unverzüglich zur Erde weiterreisen sollte. Der *Raumfresser* blieb als Verstärkung für Spychalskis Flotte auf der Ora, und auch seine Besatzung sollte sich noch eine Weile dort aufhalten, um die Übergabe des Raumschiffs abzuwickeln.

Während des Rückflugs vom Perseus zur Ora waren in den Labors des *Raumfressers* drei Anlagen für den Empfang und die Generierung von Raumwellen gebaut worden, die sich wenig von dem Prototyp unterschieden, der uns im Perseus so gute Dienste geleistet hatte. Wir nannten diese Geräte RWS-1, Raumwellenstation – Modell eins. Eine RWS-1 übergaben wir Spychalski, die zweite war für den Pluto bestimmt, die dritte sollte ich zur Erde mitnehmen, zusammen mit allen Aufzeichnungen und Berechnungen, die wir während unserer Expedition durchgeführt hatten.

Als wir Spychalski die Funktion der RWS-1 erklärten, geriet er vor Begeisterung völlig aus dem Häuschen. Man muss wohl – wie er – ein Leben lang halb blind durch den Raum geflogen sein, um nachempfinden zu können, was diese Erfindung für ihn bedeutete. Tränen standen in seinen Augen, und er umarmte uns einen nach dem anderen.

»Ihnen danke ich ganz besonders«, sagte er zu mir. »Und ich habe auch ein kleines Geschenk für Sie.«

Seit unserem Abschied vor über zwei Jahren hatte Spychalski nichts von seiner munteren Rüstigkeit eingebüßt. Aus seinen kleinen blauen Äuglein schaute er mich mit einem zärtlichen, verschmitzten Grinsen an, so wie Großeltern manchmal ihre kleinen Enkel ansehen.

Sein Geschenk war ein Videobrief von Viola. Um ihn mir in Ruhe anzusehen, zog ich mich auf mein Hotelzimmer zurück. In diesen Minuten holte mich die Vergangenheit ein und verdrängte die Gegenwart aus meinem Bewusstsein.

Auf dem Bildschirm erschien Viola im gespenstischen Halbdunkel der Wälder eines Planeten, der die weiße Wega umkreiste. Zum ersten Mal sah ich Viola in ihrer Heimat und nicht in einer Kunstwelt. Ihre großen Mandelaugen, in deren schwarzen Abgründen sie bunte Lichtorgien zu zünden vermochte, und ihr melodiöser Singsang zogen mich sofort wieder in ihren Bann.

»Mein lieber Eli«, sagte sie mit Tönen und Farben, »ich warte auf dich. Du hast versprochen, mich zu besuchen. Ich möchte dich sehen.«

Einerseits fühlte ich mich geschmeichelt und freute mich, dass sie den Wunsch hatte, mich zu sehen. Andererseits war ich zutiefst betrübt, denn ich konnte nicht zu ihr kommen.

Mit einem Seufzer löste ich mich aus der Vergangenheit und räumte das Band zur Seite. Meine Gedanken mussten der Erde gelten, nicht der Wega. Für mich gab es in diesen Tagen nur einen einzigen Ort im ganzen Universum, zu dem es mich wirklich hinzog, und dieser Ort war die winzige, machtvolle Erde, der wahre Mittelpunkt der Welt. Mit Hoffnung und Ungewissheit sah ich meiner Rückkehr entgegen, denn ich war mir nicht sicher, ob die Erde die Rolle erfüllen würde, die ich ihr zugedacht hatte.

Ich zeichnete einen kurzen Antwortbrief für Viola auf und übergab ihn Spychalski. Er versprach, ihn mit dem ersten Kurierschiff zum Sternbild Lyra abzuschicken.

»Und selbst haben Sie keine Lust auf einen Abstecher zur Wega?«, fragte er. »Ist doch ein hübscher Stern.«

»Nein, ich muss zur Erde zurück.«

»Ja, natürlich. Sie müssen sich erst mal gründlich auskurieren. Und wo könnte man das besser als auf der guten, alten Erde.«

Spychalski hatte keine Ahnung, was mich bewegte! Am nächsten Morgen nahm der *Steuermann* Kurs auf die Erde.

6

An die folgenden Wochen, die ich auf dem kleinen Sternenpflug verbrachte, kann ich mich kaum noch erinnern. Allan gehört zu der Sorte von Raumschiffkapitänen, die zwar die automatische Steuerung aktivieren, die Kontrollgeräte aber trotzdem keine Minute aus den Augen lassen. Wir trafen uns fast nur in der Kantine. Stundenlang saß ich im Park und döste vor mich hin.

Auf dem Pluto hatten wir zwei Tage Aufenthalt. Ich erkannte meinen Lieblingsplaneten kaum wieder. In den alten Projekten hatten wir eine erdgleiche Atmosphäre, ausgedehnte Wälder und sogar einen Ozean vorgesehen. Die Atmosphäre hatten meine ehemaligen Kollegen perfekt hinbekommen, das fiel mir schon bei den ersten Atemzügen nach der Landung auf. Auch Gärten und Parks waren angelegt worden. Doch von Wäldern oder einem Ozean war weit und breit nichts zu sehen. Auf den ursprünglich dafür vorgesehenen Flächen erstreckten sich über Hunderte, ja Tausende von Kilometern nichts als Werkshallen, in denen die automatischen Fertigungsstraßen der Raumschiffwerft untergebracht waren.

Der ganze Planet war erfüllt vom vibrierenden, gleichmäßigen Rumoren gigantischer Maschinen. Mit den nervtötenden Geräuschen gewöhnlicher Fertigungsmaschinen hatte dieser »Sound« nichts zu tun, man könnte ihn am ehesten mit dem dumpfen Grollen eines ausbrechenden Vulkans vergleichen.

Allan begleitete mich zu einem Besichtigungsflug über den Planeten. »Da staunst du, was?«, rief er mir aus seiner Aviette zu. »Gib's zu, damit hättest du nicht gerechnet.«

»Natürlich nicht! Nicht in dieser Dimension.«

»Dies ist die Raumschiffwerft der Interstellaren Allianz! Komm, wir sehen uns mal die neuen Sternenpflüge an. Sie befinden sich am Südpol im Zentrallager. Die Rohstoffe werden übrigens am Nordpol angeliefert, laufen dann über sämtliche Längengrade durch die verschiedenen Fertigungslinien und kommen dann am Südpol als fertige Sternenschiffe wieder heraus.«

Am Südpol überflogen wir ein Gebiet von der Größe Europas – das Fertiglager. Bis zum Horizont wölbten sich die gewaltigen Rücken der neuen Sternenpflüge, eine mächtige Flotte, die darauf wartete, in den Ozean des Universums auszulaufen. Selbst der *Raumfresser*, bis vor kurzem das mit Abstand größte je von Menschen gebaute Raumschiff, war klein im Vergleich zu diesen Giganten.

»Es ist Zeit umzukehren«, vermeldete Allan nach einiger Zeit.

»Flieg du voraus, ich drehe noch ein paar Runden.«

»Ist gut. Du kannst übrigens ohne weiteres ein paar halsbrecherische Manöver fliegen. Du bist doch ein Anhänger dieses Sports. Auf dem Pluto wurde inzwischen eine eigene Personendatenmaschine installiert, vorläufig für zehn Millionen Beschützerinnen. Deine Daten wurden bereits hineinkopiert.«

»Danke für den Tipp! Das werde ich weidlich ausnützen.«

Noch lange zog ich meine Kreise über den Ebenen des Pluto. Es waren noch keine drei Jahre vergangen, seit ich das letzte Mal hier gewesen war. Alles hatte sich radikal verändert, alles! Sogar die Sonnen schienen jetzt anders. Sie lösten einander immer noch ab, doch im Gegensatz zu früher schienen sie nicht mehr mit unterschiedlicher Farbe und Intensität, sondern alle gleich. Auf dem Pluto herrschte nun rund um die Uhr helllichter Tag, eine nächtliche Ruhepause gab es nicht mehr.

Dieser neue Pluto, der keine Nacht und kein Verschnaufen mehr kannte, gefiel mir noch besser als der alte, dem noch eine gewisse irdische Behäbigkeit angehaftet hatte. Nun wehte hier ein neuer Geist – der Geist einer rastlosen, schöpferischen Energie!

Als ich erneut den Südpol erreichte, beschleunigte ich die Aviette auf Höchstgeschwindigkeit. Die geschwungenen Gebirgsrücken der Sternenpflüge hätten sich geradezu angeboten für akrobatische Kunststückchen, doch nach den unfreiwilligen Irrflügen in den nichteuklidischen Raumnetzen von Chi Persei war mir die Lust auf solcherlei Nervenkitzel vergangen.

Während die Aviette auf gerader Bahn dahinflog, verlor ich mich in Gedanken, die nicht mehr um den Pluto kreisten, sondern um die Erde. Nach dem, was ich hier gesehen hatte, war mir nicht mehr bang vor dem Wiedersehen mit meinem Heimatplaneten.

Bevor ich zum Raumbahnhof zurückkehrte, schaltete ich für eine Weile die Triebwerke ab und ließ die Aviette lautlos über die endlosen Reihen der Werkshallen gleiten. Das vulkanische Grollen, das die mächtigen Maschinen unablässig in den Äther pumpten, war wie Musik! Eine Musik, die durch den Bauch ging, nicht durch den Kopf, und deren ruhige Schwingungen man in den Eingeweiden spüren konnte. Eine Musik wie der Herzschlag des Universums, die wahre Harmonie der Sternensphären!

7

Beim Gedanken an die Rückkunft zur Erde hatte ich mir alles Mögliche ausgemalt, nur nicht einen feierlichen Empfang. Da ich es so eilig gehabt hatte und vor allen meinen Kollegen zurückkehrte, bekam ich nun einen Großteil der Glückwünsche und Ehrungen, die uns allen zugedacht waren, ganz allein ab.

Nachdem wir den Mars passiert hatten, wurde unser Sternenpflug von etlichen Planetenschiffen eskortiert. Die Begrüßung nach der Landung im Kosmodrom war überaus feierlich und wurde auf allen bewohnten Planeten des Sonnensystems live übertragen. Drei Stunden lang war ich nur damit beschäftigt, in die Menge zu winken, Hände zu schütteln und mit meinem Hut zu wedeln. Hinterher war ich vollkommen geschafft.

Erst zu Hause, in meiner alten Wohnung am Grünen Boulevard, kam ich in der Gesellschaft meiner Freunde wieder einigermaßen zu mir.

»Ich fühle mich, als hätte ich meinen Freunden und Kollegen die Show gestohlen«, jammerte ich.

»Keine Angst, auch sie werden einen würdigen Empfang bekommen«, tröstete mich Wera. »Du wurdest nicht nur als Mitglied der Besatzung so begeistert gefeiert, sondern noch aus einem anderen Grund.« Sie machte eine Pause und genoss meine Verwunderung. »Ich habe eine gute Nachricht für dich: Dein Projekt, die Erde in das zentrale Auge, Ohr und Sprachrohr des Weltraums umzubauen, hat ein durchweg positives Echo gefunden.«

Mir klappte die Kinnlade herunter. Ich hatte mich noch mit keinem einzigen Menschen über meine Gedanken ausgetauscht.

»Du warst so lange weg, dass du wohl ganz vergessen hast, wie das Leben auf der Erde organisiert ist«, sagte Wera und lachte. »Hat dir denn niemand erzählt, dass auf dem Pluto eine Personendatenmaschine installiert wurde? Während du über dem Planeten spazieren flogst, hat die Beschützerin deine Gedanken taxiert, sie für wertvoll befunden und sie unverzüglich an die Erde weitergeleitet. Und die ZUM hat sie hier sofort zur Diskussion gestellt. Während du auf dem Pluto ins Sternenflugzeug einstiegst, haben die Leute hier schon darüber gestritten, ob deine Idee etwas taugt oder nicht. Du bist für morgen in den Staatsrat einbestellt, dort kannst du dein Projekt erläutern.«

»Dann ist das Projekt also noch nicht gebilligt worden?«

»Noch nicht offiziell, aber das ist eine reine Formsache. Fragen wird es trotzdem geben. Außerdem musst du erst einmal in die Reha, bevor wir uns an die Umsetzung des Projekts machen. Die Ergebnisse der ärztlichen Untersuchung nach der Landung haben gezeigt, dass du längst noch nicht wiederhergestellt bist.«

Mir bereitete mein Gesundheitszustand nicht die geringsten Sorgen. Das Wiedersehen mit meinen Freunden und die Nachricht von der positiven Aufnahme meines Projekts waren für mich die beste Medizin.

Weras großes Zimmer bot kaum genug Platz für die vielen Gäste, die sich bei uns versammelt hatten. Insbesondere Trub sorgte mit seinen ausladenden Flügeln für einige Pannen in Weras mit allerhand Krimskrams vollgestelltem Wohnzimmer.

Trub hatte sich mit den irdischen Gebräuchen inzwischen ganz gut arrangiert, von kleineren Pannen einmal abgesehen. Lussin, der einen Narren an ihm gefressen hatte, war ihm dabei stets eine große Hilfe. Immerhin verzichtete der Engel freiwillig darauf, darin herumzufliegen, doch sowie er nur einen Schritt zur Seite machte oder mit dem Flügel zuckte, flog unweigerlich irgendetwas vom Tisch oder von der Wand zu Boden.

Unter den Gästen war auch Jeanne mit dem kleinen Oleg – ein munterer, dreijähriger Bub mit klugen Augen, der seinem Vater wie aus dem Gesicht geschnitten war. Die Begegnung mit Jeanne hatte ich im Vorfeld hundertmal durchgespielt, hatte mir überlegt, was ich sagen würde, in welchem Tonfall und mit welchem Gesichtsausdruck. Als sie nun vor mir stand, hatte ich alles wieder vergessen. Sie legte den Kopf auf meine Schulter und weinte leise, während ich sie im Arm hielt.

»Glaub mir, es ist noch nicht alles verloren, Jeanne«, flüsterte ich ihr zu.

Sie sah mich so verzweifelt an, dass ich mich zusammenreißen musste, um nicht selbst in Tränen auszubrechen. Wir lieferten Oleg bei Wera ab und zogen uns in mein Zimmer zurück. Jeanne nahm auf dem Sofa Platz, ich setzte mich ihr gegenüber auf einen Stuhl und musterte sie.

Sie hatte sich sehr verändert. Von der fröhlichen, eitlen und manchmal auch ein bisschen oberflächlichen Jeanne, die ich gekannt hatte, war nicht mehr viel geblieben. Ich saß einer ernsten, tief empfindenden Frau gegenüber, die schwer an ihrem Kummer trug.

»Ich weiß alles über André«, sagte sie. »Jeden Tag höre ich seine Stimme – wie er sich von mir und Oleg verabschiedet hat vor dem ersten Angriff der Stielaugen. Ich weiß, dass ihr alles Menschenmögliche unternommen habt, ihn zu befreien oder wenigstens eine Spur von ihm zu finden. Und ich weiß auch, dass er vor seinem Tod nach dir gerufen hat und nicht nach mir.«

»Vor seinem Verschwinden, Jeanne. André ist nicht tot. Deshalb hat er auch nach mir gerufen und nicht nach dir. Er steckte in einer fürchterlichen Klemme, aber sein Leben war nicht unmittelbar in Gefahr. In jenem Moment, als er verschwand, hatte er nicht im Sinn, sich von seinem Leben zu verabschieden.«

»Warum glaubst du das? Er ist doch den Feinden in die Hände gefallen.«

Sie glaubte mir nicht, das sah ich sofort. Niemand außer mir glaubte daran, dass André noch am Leben war. Bei den anderen war es egal, aber Jeanne musste ich überzeugen.

»Eben deshalb, Jeanne. Er war noch am Leben, als die Zerstörer ihn völlig in ihre Gewalt gebracht hatten. Romero hat dir doch sicher erzählt, dass wir seine Rufe noch hörten, als wir ihn schon nicht mehr sahen.«

»Ja, das hat er erzählt. Romero glaubt, dass André tot ist.«

»Jetzt hörst du einmal auf mich und nicht auf Romero! Wenn die Zerstörer die Absicht gehabt hätten, ihn zu töten, dann hätten sie das sofort getan und nicht mit ihm gerungen, um ihn lebend zu bekommen. Für die Zerstörer ist André ein wertvoller Gefangener, denn er ist der einzige Vertreter einer Spezies von unerhört mächtigen Feinden. Ich bin davon überzeugt, dass sie ihn hüten wie ihren eigenen Augapfel.«

»Ihr habt vier der feindlichen Kreuzer vernichtet. Auf jedem von ihnen hätte auch André sein können.«

»Ausgeschlossen! Sie hätten ihren einzigen Gefangenen niemals den Unwägbarkeiten einer kosmischen Schlacht ausgesetzt. Sie waren zwar siegessicher, doch mit Verlusten mussten sie rechnen. Selbstverständlich haben sie André vorher an einen sicheren Ort gebracht.«

»Du sagst das so, als hättest du es mit eigenen Augen gesehen.«

»An ihrer Stelle hätte ich so gehandelt. Und ich habe keinen Grund, meine Feinde für dümmer zu halten als mich selbst.«

In Jeannes Kopf gärte es. Ich hatte ihr einen Hoffnungsanker hingeworfen. Nur zu gerne hätte sie sich daran geklammert, doch sie hatte panische Angst, diese Hoffnung könnte vergeblich sein.

»Aber spricht es nicht für Andrés Tod, dass die Feinde bis zuletzt nicht wussten … Du weißt schon, was ich meine, Eli. Romero ist der Ansicht, dass die Zerstörer unsere Militärgeheimnisse aus André herausgepresst hätten, wenn er noch gelebt hätte. Es hat sich jedoch gezeigt, dass sie keine Ahnung hatten, das ist doch Fakt, oder nicht?«

Ich packte die erschrockene Jeanne an den Schultern und schaute ihr in die Augen: »Du liebst André, Jeanne. Du bist ihm näher als wir alle. Wie kannst du es wagen, so über ihn zu sprechen? Bist du wirklich so blind, dass du deinen eigenen Mann nicht kennst? Romero müsste von dir erfahren, wie André handelt und nicht umgekehrt! Warum glaubst du Romero, wenn du es besser wissen musst?«

Sie fing abermals zu weinen an. Ich ging aufgewühlt im Zimmer auf und ab und hätte selbst heulen können. In meinem tiefsten Inneren zweifelte ich nämlich selbst daran, dass André eine Folter durchzustehen vermochte.

»Ich bin so durcheinander, Eli«, sagte Jeanne, als sie sich wieder in der Gewalt hatte. »Wenn Oleg nicht wäre, hätte ich dieses Unglück nicht verwunden. Ich wollte nicht mehr leben, als ich von Andrés Tod erfuhr.«

»Von seinem Verschwinden!«

»Ja, von seinem Verschwinden. Habe ich etwas anderes gesagt? Wenn es tatsächlich so ist, wie du sagst – gibt es denn irgendeine reelle Chance, ihn zu befreien?«

»Wir werden es auf jeden Fall versuchen. Eines kann ich dir versprechen, Jeanne: Wenn die Zeit gekommen ist und wir mit unserer neuen Galaktischen Flotte zu den Sternhaufen im Perseus zurückkehren, dann werden wir dort jeden einzelnen Planeten nach André durchkämmen, und zwar außen und innen!«

Jeanne stand auf. »Oleg und ich müssen jetzt nach Hause. Vielen Dank, Eli. Du warst stets ein treuer Freund von André. Manchmal war ich sogar eifersüchtig auf dich. Aber jetzt, nach Andrés Tod …«

»Nach seinem Verschwinden, Jeanne«, sagte ich und kochte innerlich. »Nach seinem Verschwinden!«

Sie sah mich erschrocken an. »Ich erkenne dich nicht wieder, Eli. Du hast dich sehr verändert. Man könnte fast Angst vor dir bekommen.«

Ich rang mir ein Lächeln ab. »Du brauchst jedenfalls keine Angst vor mir zu haben, Jeanne.«

8

Nachdem die Gäste sich auf den Heimweg gemacht hatten, war ich mit Wera allein. Ich saß auf dem Sofa in ihrem Zimmer, während sie wie üblich auf und ab ging, vom Fenster zur Tür und wieder zurück. Ab und zu blieb sie am Fenster stehen, verschränkte die Hände im Nacken und blickte auf die Stadt hinab. Diese Szene hatte ich schon tausendmal gesehen. Alles wiederholte sich.

In Wirklichkeit war nichts mehr so wie früher. Ich war ein anderer geworden, und auch Wera hatte sich verändert. Die Schönheit, die ich vor drei Jahren in meiner Schwester entdeckt hatte, war keineswegs verblichen, doch sie war zu jener vollen Blüte gereift, die das baldige Überschreiten des Zenits bereits erahnen lässt. Es war sicher keine leichte Zeit für sie!

»Hast du dich mit Pawel ausgesöhnt?«, fragte ich.

»Wir haben uns überhaupt nicht gestritten«, entgegnete sie. »Wir haben nur festgestellt, dass wir einander fremd geworden sind.«

»Er hatte die Trennung nicht gewollt, wenn ich mich recht entsinne.«

»Ich auch nicht, Eli. Aber sie war unvermeidlich.«

»Kommst du damit zurecht?«

»Ich muss. Es wäre schlimmer gewesen, eine verlogene Beziehung fortzuführen.«

»Und Pawel? Hegt er immer noch dieselben Gefühle für dich?«

»Gefühle, Gefühle! Das einzige Gefühl, das Romero empfindet, ist sein verletzter Stolz. Die Schmach, abgewiesen worden zu sein, schmerzt ihn mehr als die zerstörte Liebe.«

»Na ja, ein stolzer Gockel ist er schon, da kann ich dir nicht widersprechen.«

»Reden wir von etwas anderem! Die ZUM hat deine Pläne so interpretiert: Bevor man sich auf neue militärische Abenteuer einlässt, muss die Erde in eine gigantische Raumwellenstation umgebaut werden.«

»Völlig korrekt.«

»Wir haben eine mächtige Galaktische Flotte gebaut. Du hast die neuen Schiffe auf dem Pluto ja gesehen. Jedes von ihnen ist stärker als ein ganzes Geschwader von *Raumfressern.* Und es gibt bereits einen Beschluss, diese Flotte in den Perseus zu entsenden. Mit der Umsetzung deines Projekts wird sich diese Mission verzögern.«

»Das würde ich anders formulieren: Sie wird sich nicht verzögern, sondern angemessen vorbereitet. Du darfst nicht vergessen, dass unsere Feinde jetzt wissen, wozu wir imstande sind. Sie werden die Hände nicht in den Schoß legen.«

»Eben deshalb hat dein Projekt so breite Unterstützung gefunden. Den Krieg hast du gut geplant, Eli. Jetzt müssen wir uns nur noch für den Frieden etwas einfallen lassen.«

»Das ist doch ein und dasselbe, Wera. Der Krieg endet mit dem Sieg, und auf den Sieg folgt der Frieden.«

»Das ist keineswegs ein und dasselbe, lieber Bruder.«

»Wieso? Das verstehe ich nicht.«

»Der Krieg für sich genommen löst kein einziges Problem.«

»Du meinst, es sei keine Lösung, die Zerstörer zu vernichten und ihre Kriegsmacht in kosmischen Staub zu verwandeln?«

»Es wäre nur der Anfang einer Lösung. Ein Ausgangspunkt. Eine dauerhafte Lösung erreichen wir nur, wenn es uns gelingt, unsere Gegner für ein friedliches Zusammenleben zu gewinnen.«

Ich sah Wera ungläubig an. »Du bist verrückt geworden. Zerstörer, die friedlich ihre Felder bestellen – was für ein Unsinn. Du glaubst doch nicht im Ernst, dass man mit diesen Ausgeburten der Hölle verhandeln kann?«

»Wenn ich an den Erfolg von Verhandlungen glauben würde, dann hätte ich keine Kriegsflotte bauen lassen. Ich weiß so gut wie du, dass es sinnlos wäre, mit weißer Fahne und Friedenspfeife bei den Zerstörern anzutanzen. Wir müssen ihnen eine vernichtende Niederlage beibringen.«

»Ausrotten müssen wir sie, allesamt!«

»Das ist utopisch, Eli. Wie willst du verhindern, dass ein Teil ihrer Streitmacht schon vor oder nach der bevorstehenden Schlacht in andere Galaxisbezirke entkommt und sich dort konsolidiert? Woher willst du wissen, dass die Zerstörer nicht längst im Zentrum der Galaxis Kolonien gegründet haben? Allein in unserer Galaxis gibt es hundertfünfzig Milliarden Sterne, willst du sie alle nach Zerstörern durchkämmen? Und woher weißt du, dass sie nicht längst in andere Galaxien vorgestoßen sind?«

»Das weiß ich natürlich nicht. Sie könnten überall sein. Es geht darum, sie in den Sternhaufen des Perseus auszurotten.«

»Was wäre damit gewonnen? Nur eine Schlacht. Und als Dreingabe die Gewissheit, dass sich dieser Schlacht ein endloser Vernichtungskrieg anschließen wird. Die nachfolgenden Generationen werden sich bedanken! Nein, Eli. Das kann es nicht sein.«

Während ich Wera zuhörte, versetzte ich mich gedanklich in den Perseus zurück und sah den Goldenen Planeten vor mir. Irgendwie erinnerte er mich an den Pluto – eine riesige kosmische Maschinerie, die anstelle von Raumschiffen gekrümmte Räume produzierte. Ein Planet, der sich den ihn umgebenden Raum untertan gemacht hatte! Wie viele Tausende solcher Planeten standen wohl unserem Pluto gegenüber? Und auf allen wurde sicher fieberhaft daran gearbeitet, unsere Fähigkeit der Materieannihilation zu kopieren, so wie wir es geschafft hatten, ihre Fähigkeit zur Raumdichtemanipulation zu übernehmen. Falls ihnen das gelänge, mussten wir damit rechnen, bei unserem nächsten Vorstoß zum Perseus auf eine Kreuzerarmada zu treffen, die mit nagelneuen Kampfannihilatoren ausgerüstet ist.

»Im Moment sind wir den Zerstörern gegenüber klar im Vorteil«, sagte Wera. »Diesen Vorteil sollten wir möglichst rasch nutzen.«

»Du hast gesagt, dass ein Sieg nur ein Anfang wäre.«

»So ist es. Zunächst werden wir sie mit Gewalt daran hindern, ihre Gräueltaten fortzusetzen. Danach müssen wir sie nach und nach in die Gemeinschaft der vernunftbegabten und freien Wesen der Galaxis eingliedern. Du hast selbst gesagt, sie seien fleißig und mutig und verfügten über hervorragende technische Errungenschaften. Es wäre doch Wahnsinn, ein solches Volk für immer aus der Weltgemeinschaft auszuschließen.«

»Ich wüsste keinen Weg, wie man sie für eine Zusammenarbeit gewinnen könnte.«

»Vor drei Jahren wusstest du noch nicht einmal, wie sie aussehen. Wenn man immer alles vorher wüsste, gäbe es keine Entwicklung. Im Übrigen glaube ich nicht daran, dass jemand aus reiner Liebe zum Bösen Verbrechen begeht. Unsere großen Vorfahren Marx und Lenin haben gelehrt, dass jeder Politik ökonomische Bedürfnisse zugrunde liegen. Wenn die Zerstörer zu Verbrechern geworden sind, dann bedeutet dies, dass sie einen ökonomischen Nutzen daraus ziehen. Darin liegt der Hund begraben!«

»Dann besteht dein Plan also darin, unseren Feinden Alternativen für die Befriedigung ihrer Bedürfnisse in die Hand zu geben?«

»Du darfst eines nicht vergessen, Eli: Nach der Vereinigung der Erdenvölker war zwar die gegenseitige Ausbeutung beendet, die Menschheit als Ganzes lebte jedoch immer noch lange Zeit auf Kosten anderer, wenn auch nicht vernunftbegabter Geschöpfe. Riesige Vieh- und Schafherden wurden gehalten, Massen von Hühnern und Enten produziert. Alle diese Tiere wurden geschlachtet, um die Menschen mit Fleisch zu versorgen. Das synthetische Fleisch aus unseren Fabriken schmeckt viel besser als das Fleisch von Tieren, synthetische Milch ist aromatischer als Kuhmilch. Unser Bedarf an tierischen Produkten hat sich erübrigt, nun hält niemand mehr Tiere, um sie zu schlachten. Vielleicht ist es bei den Zerstörern ähnlich. Sie beuten ihre Nachbarvölker aus, weil sie damit auf bequeme Weise ihre Bedürfnisse befriedigen können. Vielleicht finden wir Alternativen dazu, vorausgesetzt natürlich, dass es sich um essenzielle Bedürfnisse handelt.«

»Ich weiß nicht, ich habe den Eindruck, dass du mit dem Argument, sie befriedigten nur ihre Bedürfnisse, ihre Untaten in gewisser Weise rechtfertigst.«

»Nicht im Geringsten! Verstehen bedeutet nicht rechtfertigen. Man kann doch ein Verhalten verstehen und es trotzdem verurteilen. Das Übel ist wie ein Unkraut: Es besteht aus einer Wurzel und der oberirdischen Pflanze. Wenn man es nur abmäht und nicht mit der Wurzel ausreißt, treibt es wieder aus. Wir werden die Zerstörer mit Gewalt an ihren Verbrechen hindern und ihre Gefangenen befreien. Damit hätten wir die schlimmsten Auswüchse dieses Unkrauts beseitigt. Doch danach müssen wir dafür sorgen, dass es nicht wieder neu austreibt, und zu diesem Zweck müssen wir herausfinden, aus welchen Wurzeln es gespeist wurde. Wenn die Zerstörer Gewebe lebender Organismen verwenden, um ihre eigenen Lebensfunktionen aufrechtzuerhalten, dann müssen wir ihnen eben dabei helfen, diese Gewebe auf synthetischem Wege herzustellen.«

»Klingt alles ganz gut, Wera, aber eines sage ich dir: Aus einem Teufel einen Engel zu machen ist ein schwieriges Unterfangen.«

»Genauso schwierig, wie einen wilden Engel an menschliche Umgangsformen zu gewöhnen, frag Lussin. Wir müssen es in jedem Fall versuchen.«

»Ich werde darüber nachdenken«, sagte ich schließlich, wünschte Wera eine gute Nacht und ging auf mein Zimmer.

Als ich mich gerade hingelegt hatte, erschien plötzlich eine Videosäule: Auf seinen Gehstock gestützt stand Romero mitten in meinem Zimmer.

»Glückwunsch zur wohlbehaltenen Rückkehr, teurer Freund«, sagte er. »Bleiben Sie ruhig liegen, ich sehe Sie ganz gut in Ihrem Bett. Erweisen Sie mir die Ehre, sich morgen mit mir zu treffen?«

»Gern, nur nicht am Abend, da werde ich im Staatsrat erwartet.«

»Dann zum Mittagessen. Setzen wir uns zusammen an einen Tisch wie in guten alten Zeiten. Sie sind mir hoffentlich nicht böse, dass ich nicht zum Empfang erschienen bin? Sie müssen verstehen, es waren gewisse Leute dort, die …«

»Schon gut, Pawel. Ich komme morgen um elf Uhr zu Ihnen.«

Die Videosäule erlosch.

9

Wie unsagbar schön sie doch ist, unsere grüne Erde!

In den Morgenstunden schlenderte ich durch die Straßen der Hauptstadt und spazierte über die Dächer der Häuserketten, um den Ausblick zu genießen. Später fuhr ich in die Parks am Stadtrand hinaus und nahm ein Bad im eiskalten Kanal. Schüler eines benachbarten Internats beobachteten mich neugierig, als ich aus dem Wasser stieg: Es war Oktober. Muss man sich wirklich drei Jahre im Weltraum herumtreiben, um schätzen zu lernen, wie schön man es zu Hause hat?

Wieder zurück im Stadtzentrum, setzte ich mich in der Grünanlage eines großen Platzes auf eine Bank. Mir gegenüber befand sich ein Haus, dessen Erdgeschoss ein Vordach überspannte.

Unter eben diesem Vordach hatte ich Schutz vor dem Regen gesucht, als ich das letzte Mal hier gewesen war. Mir fiel das fremde Mädchen mit dem langen Hals und den breiten Brauen wieder ein, das damals neben mir gestanden und sich über mich lustig gemacht hatte. Richtig! Mary Glun war ihr Name. Was wohl aus dieser störrischen Göre geworden war? Ob sie sich in der Hauptstadt aufhielt? Oder auf irgendeinem Neubauplaneten arbeitete, wie die meisten?

Jemand setzte sich in einigem Abstand neben mich auf die Bank. Zunächst schenkte ich meinem Nachbarn keine Beachtung, doch als ich mich schließlich umwandte, traute ich meinen Augen nicht: Neben mir saß Mary Glun.

»Guten Tag, Eli«, sagte sie. »Sie sind doch Eli Gamasin, nicht wahr?«

»Guten Tag«, erwiderte ich. »Ja, ich bin Eli Gamasin. Und Sie sind Mary Glun, wenn ich mich nicht irre.«

Sie zeigte sich überhaupt nicht überrascht und nickte mit dem Kopf.

»Was für ein Zufall!«, rief ich. »Stellen Sie sich vor, ich habe gerade an Sie gedacht – und schon sind Sie hier aufgetaucht.«

»Sie meinen, das wäre ein Zufall? – Nun ja, ich hatte den Wunsch, Sie zu treffen, und habe meine Beschützerin beauftragt, Sie an mich zu erinnern.«

Sollte ich das nun witzig finden oder unverschämt? Während meiner langen Abwesenheit hatte ich tatsächlich völlig vergessen, dass auf der Erde allzu oft die Beschützerinnen das Regiment führen.

»Na gut, Mary, Sie hatten also den Wunsch, mich zu treffen. Und ich bestehe darauf, dass ich selbst soeben den Wunsch hatte, zu erfahren, wo Sie sich aufhalten, Beschützerin hin oder her. Unsere Wünsche sind in Erfüllung gegangen, was machen wir jetzt?«

Sie ließ sich Zeit mit einer Antwort. Während sie nachdachte, musterte ich sie. Ich hatte sie ganz anders in Erinnerung, vor allem nicht so hübsch. Nur die breiten Augenbrauen sprengten ein wenig die Proportionen ihres schmalen Gesichts. Andererseits passten sie sehr gut zu ihren dunklen, sinnlichen Augen, die mir schon bei unserer ersten Begegnung aufgefallen waren. Doch damals waren sie mir nicht im Geringsten sinnlich, sondern einfach nur zornig erschienen.

»Ich habe Ihnen Unrecht getan«, sagte Mary. »Damals in Kairo und hier auf diesem Platz war ich ziemlich grob zu Ihnen. Deshalb hatte ich mir vorgenommen, mich zu entschuldigen, wenn ich Sie das nächste Mal treffe. Doch dann sind Sie zur Ora geflogen und in die Plejaden und zum Perseus. Gestern habe ich die Übertragung von Ihrer Rückkehr gesehen. Deshalb wollte ich die Gelegenheit nutzen, mich bei Ihnen zu entschuldigen.«

Sie stand auf und wandte sich zum Gehen. So schmucklos wollte ich dieses nette Wiedersehen nicht zu Ende gehen lassen.

»Warten Sie, Mary! Wissen Sie eigentlich, dass ich vor meiner Abreise bei der Auskunftsmaschine angefragt habe, ob wir zueinander passen würden?«

Mary schien völlig ungerührt und zog nur kurz die Brauen hoch: »Ja, das ist mir bekannt. Und ich weiß auch, dass wir hinten und vorne nicht zusammenpassen. Machen Sie's gut, Eli.«

Sprach's und ging davon! Wie ein begossener Pudel blieb ich auf der Bank zurück und sah ihr nach. Dass sie von meiner Anfrage bei der Auskunftsmaschine wusste, war eine glatte Lüge. Die Beschützerinnen verraten niemals persönliche Geheimnisse. Offenbar hatte sie selbst eine Anfrage über mich in Auftrag gegeben und wusste deshalb, dass wir nicht zusammenpassen. Und mit ihrem fluchtartigen Verschwinden wollte sie sicher verhindern, dass ich ihr dieses kleine Geheimnis mit meinen Nachfragen entlocke. Wie auch immer: Ich fand es schade, dass sie gegangen war.

»Sie haben nicht zufällig vergessen, dass Sie ein Freund erwartet?«, fragte meine Beschützerin mit der Stimme eines alten Mannes.

Richtig, Romero hatte ich ganz vergessen. Die von mir georderte Aviette traf schon nach wenigen Minuten ein. Trotzdem kam ich eine halbe Stunde zu spät.

»Ich wollte Ihnen schon entgegenfliegen«, sagte Romero, der mich zur Begrüßung herzlich umarmte. »Die Auskunftsmaschine teilte mir mit, Sie seien auf einem Platz im Zentrum in Gedanken versunken. Wo gehen wir hin, mein leidgeprüfter Odysseus? Bis zum Mittagessen haben wir noch eine Stunde Zeit, es sei denn, Sie möchten sich schon vorher stärken.«

Romero gab sich so ungezwungen, als hätte es niemals einen Streit zwischen uns gegeben. Auf seinen freundschaftlichen Tonfall ließ ich mich bereitwillig ein.

»Lassen Sie uns auf dem Terrassenweg des Zentralrings spazieren gehen«, schlug ich vor. »Von dort oben hat man einen wunderbaren Ausblick.«

»Nichts lieber als das. Den Anblick der Hauptstadt könnte ich jeden Tag genießen. Noch dazu haben wir herrliches Wetter.«

Während wir mit dem Aufzug zur Dachterrasse hinauffuhren, musterte ich Romero. Auch er hatte sich verändert, wie alle meine Freunde.

»Wir haben uns lange nicht gesehen«, sagte Romero mit einem versonnenen Lächeln.

»Zweieinhalb Jahre ist das her.«

»Das trifft es nicht, mein Freund, eine ganze Epoche ist seither vergangen. Unser Wiedersehen findet in einer völlig anderen Zeit statt als unser Abschied. Man sollte die Zeit nicht nur in Stunden, sondern in Ereignissen messen. Eine ereignisarme Zeit ist in der Rückschau kurz wie ein Wimpernschlag, während sich turbulente Wochen zur Ewigkeit dehnen.«

»Sie haben Recht, es ist viel passiert seither.«

»Ich würde ohne zu zögern von einer Revolution sprechen, mein Freund. Auch wenn die Macht in diesem Fall nicht von einer Klasse zur anderen übergegangen ist wie bei unseren Vorfahren, ändert das nichts daran, dass es sich um eine mindestens ebenso tiefgreifende Umwälzung handelt.«

»Meinen Sie wirklich, man kann von einer Revolution sprechen?«

»Wie soll man das sonst nennen? Bislang lebten wir Menschen nur für uns selbst. Und jetzt? Versuchen Sie heutzutage einmal, Maßnahmen durchzusetzen, die ausschließlich der Menschheit einen Nutzen bringen. Die ZUM würde sofort penibel prüfen, ob damit nicht die Interessen irgendeines der Sternenvölker beeinträchtigt würden, zu deren Schutzherren wir uns neuerdings erklärt haben.«

Romero war nicht auf Streit aus, doch er machte keinen Hehl aus dem Frust, der sich in ihm aufgestaut hatte.

»Ich würde diese Entwicklung nicht so negativ bewerten, Pawel. Die Menschheit hat sich einfach weiterentwickelt. Es ist uns ein Bedürfnis geworden, fremdplanetarische Völker zu unterstützen.«

»Lassen wir das Thema«, sagte Romero mit einem Seufzer. »Ich habe nicht vor, Sie von Ihrer Meinung abzubringen. Übrigens, nur damit Sie Bescheid wissen: Als die ZUM kürzlich Ihr epochales Projekt zur Diskussion gestellt hat, habe ich von ganzem Herzen dafür gestimmt, obwohl die Existenz unseres Heimatplaneten als eine Art Insel der Seligen damit endgültig beerdigt wird.«

Während wir uns unterhielten, schlenderten wir auf dem Dach des hundertsten Stockwerks entlang. Von hier aus hatte man einen Blick auf die ganze Stadt. Die Luft war völlig klar und der Himmel tiefblau. An solchen Herbsttagen rücken selbst die fernen Berge ganz in die Nähe, als hätte man der Stadt eine Kette aus Haifischzähnen umgehängt. Schon unzählige Male hatte ich den dreißig Kilometer langen Rundweg auf den Dächern des Zentralrings zurückgelegt, im Winter auf Skiern, im Sommer zu Fuß. Jeder Blickwinkel auf die Stadt war mir vertraut. Trotzdem hatte ich in jenen Augenblicken das Gefühl, als sähe ich das wahre Gesicht der Hauptstadt zum ersten Mal.

Stets aufs Neue faszinierte mich der simple Grundriss der Stadt. Die drei Gebäuderinge wurden von vierundzwanzig Hauptstraßen durchschnitten, die von der Museumsstadt im Zentrum ausgehend sternförmig bis zu den Randbezirken verliefen. Doch bei aller Einfachheit und Symmetrie hatte jede der prächtigen Straßen ihren eigenen, unverwechselbaren Charakter!

»Eine ewige Stadt«, schwärmte ich. »Noch in tausend Jahren wird sie von unseren Gedanken und Werken zeugen.«

»Eine sterbende Stadt«, entgegnete Romero. »Wenn Sie so wollen, ist es die einzige Stadt auf der Erde, die bereits dem Untergang geweiht ist, noch bevor sie ihre Blüte erreicht hat.«

Dass Romero um hochtrabende Worte nie verlegen war, wusste ich ja. Doch seinen Abgesang auf unsere schöne Hauptstadt fand ich ziemlich übertrieben und quittierte ihn mit einem Kopfschütteln.

»Kennen Sie denn die Geschichte der Hauptstadt?«, fragte Romero.

»Es war die erste Stadt, die nach der Völkervereinigung gebaut wurde.«

»Das ist natürlich richtig und sicher auch wesentlich. Doch zur Entstehung dieser Stadt gibt es einige interessante Fußnoten, die ich Ihnen gerne zur Kenntnis bringen würde.«

»Nur zu, Pawel, ich bin ganz Ohr.«

Romeros Augen leuchteten, als er seine historische Einlassung begann: »Schon bald nach der Gründung der Völkergemeinschaft machte man sich daran, visionäre Ideen auszugraben, die talentierte Menschen in früheren Epochen hervorgebracht hatten, die jedoch zu ihrer Zeit keine Chance auf Verwirklichung hatten. Das betraf industrielle, landschaftsbauliche und natürlich auch architektonische Projekte. Dabei stieß man auf die Zeichnungen eines gewissen, damals längst verstorbenen Boris

Land, eines Architekten, der zeit seines Lebens Wohnhäuser und Stadien gebaut hatte. Land gehörte wohl zu jenen Leuten, die man damals ›verkannte Genies‹ nannte. Während er untertags Nullachtfünfzehn-Wohnschachteln vom Reißbrett plante, brachte er nachts seine städtebaulichen Visionen zu Papier.

Eine seiner brillantesten Ideen war eine Stadt für zweihunderttausend Einwohner, die im Prinzip nur aus einem einzigen, kolossalen Gebäude bestand und von einer Parklandschaft umgeben war. Die gesamte Infrastruktur, Wohn- und Arbeitsstätten sollten in diesem einzigen Gebäude integriert sein.

Boris Lands Vision einer Ein-Haus-Stadt diente als Vorlage oder zumindest als Inspiration für das Konzept des Zentralrings der Hauptstadt. Man wusste zwar damals schon, dass die großen Arbeitsmetropolen keine Zukunft mehr hatten, dennoch entschloss man sich zum Bau einer Großstadt, in der die Kombination von Wohnen und Arbeiten perfekt organisiert sein sollte.

In den Bäuchen des gigantischen, zentralen Ringgebäudes brachte man Fabriken und Lager unter, darüber errichtete man die Wohnetagen bis in schwindelerregende Höhen. In jedem zwanzigsten Stockwerk legte man in Tunneln großzügige Straßen an. Abgesehen vom Zentralring hatte man die Hauptstadt relativ konventionell projektiert, man wollte sich eben nicht vollends vom traditionellen Stadtbild verabschieden.

Für eine kurze Dauer funktionierte das Konzept nicht schlecht, doch dann wurde es sehr rasch von der technischen Entwicklung überholt. Als Erstes wurden die Straßen überflüssig: Elektroautos und Oberleitungsbusse verschwanden, als die Aviettes aufkamen und der Flugverkehr durch die Installation der Beschützerinnen völlig sicher wurde. Die Hauptverkehrsströme, die man eigentlich für immer in die prächtigen Tunnelstraßen verlegen wollte, brachen sich nun doch wieder im Freien Bahn.

Dann begann das große Fabrikensterben. Die Produktionsanlagen wurden derart perfekt automatisiert, dass man an den

Fließbändern über Hunderte von Metern keinen Menschen mehr antraf. Mit der Integration der Fabriken innerhalb der Wohngebäude hatte man die Absicht verfolgt, die Wege vom Wohnort zum Arbeitsplatz zu verkürzen. Nun waren die Fabrikarbeiter selbst überflüssig geworden. Wozu sollte man also die Fabriken in der Nähe der Wohngegenden belassen? Man verlegte sie in Wüsten, wo viel mehr Platz war und die Lärmentwicklung niemanden störte. So kommt es, dass in der Hauptstadt überall leere Produktionshallen gähnen.

Es ist Ihnen sicher schon aufgefallen, Eli, dass in der Stadt inzwischen viel weniger Menschen leben. Schon im ersten Monat, als die Stellen auf den Raumstationen und Neubauplaneten ausgeschrieben wurden, haben drei Viertel der Bevölkerung die Hauptstadt verlassen. Bald wird sie völlig menschenleer sein, eine überflüssige Geisterstadt.«

Wir blieben am Geländer stehen. Unter uns erstreckte sich zwischen dem Tanew-Boulevard und dem Grünen Boulevard ein Park. Eichen, Linden und Ahornbäume in prächtigem Herbstgewand bildeten ein orangerot leuchtendes Meer. Dahinter erhob sich die Gebäudekette des Inneren Rings. Romero konnte sagen, was er wollte. Für mich war die Hauptstadt die schönste und genialste Stadt, die je von Menschen gebaut wurde.

»Und Sie, Pawel, werden Sie diese überflüssige Stadt auch verlassen?«, fragte ich.

»Ich? Wo denken Sie hin, mein Freund? Ich bin in der Hauptstadt geboren, und hier werde ich auch in die Grube fahren, um einen alten Ausdruck zu bemühen. Wie Sie wissen, befasse ich mich viel mit Kultur- und Technikgeschichte. Bis jetzt handelte es sich dabei um eine relativ abgehobene, um nicht zu sagen müßige Wissenschaft. Doch nach der von Ihrer Schwester betriebenen kosmosozialen Revolution hat sich die Lage auch auf diesem Gebiet verändert. Wir sammeln Informationen über unsere Kultur und ihre technischen Errungenschaften und übersetzen dieses Wissen in die Sprachen unserer neuen Sternenbrüder. Sie sollen schließlich in die Lage versetzt werden, an der menschlichen Kultur teilzuhaben. Dieser Tätigkeit kann ich am besten in der Hauptstadt nachgehen, hier ist unser ganzes Wissen konzentriert. Nun sollten wir aber zum Mittagessen gehen, mein lieber Eli, Sie sind doch sicher hungrig.«

»Sicher. Erlauben Sie mir noch eine Frage, Pawel. Sie haben gesagt, dass Sie für mein Raumwellen-Projekt gestimmt haben. Warum haben Sie das getan? Es ist Ihnen doch klar, dass die Erde sich damit unmittelbar in den Dienst der Interstellaren Allianz stellt. Und Sie haben ja auch selbst gesagt, dass die Zeit der Erde als Insel der Seligen damit vorbei ist.«

»Wie soll ich das erklären? Ich wollte Sie unterstützen. Außerdem bin ich es leid, ständig gegen den Strom zu schwimmen. Habe ich nicht auch das Recht, irrational zu handeln, wenn schon alle um mich herum den Verstand verloren haben?«

»Ich bitte Sie, Pawel, darf ich wirklich keine etwas ernsthaftere Antwort von Ihnen erwarten?«

»Also gut. Spaß beiseite. Eines an ihrem Projekt hat mich sofort fasziniert: die gewaltige Dimension. Wenn wir uns schon – entgegen meinen Warnungen – auf einen großen Krieg einlassen, dann müssen wir ihn auch konsequent führen. Glauben Sie nicht, ich sei ein Spießer, der nicht über den Tellerrand schauen kann. Die Idee, die Erde in eine Art Kommandozentrale zu verwandeln, in ein gigantisches Auge, das noch den hintersten Winkel der Galaxis überwacht, und in ein kosmisches Ohr, das selbst allerfeinste Schwingungen auffängt – das ist einfach ein verwegener und großartiger Plan!«

»Ihr Lob freut mich aufrichtig, Pawel!«, erwiderte ich. »Ich bin sicher, wir werden auch in allem Übrigen auf einen gemeinsamen Nenner kommen. Glauben Sie mir, die Hauptstadt hat sehr wohl eine Zukunft. Ich werde beim Staatsrat beantragen, hier die Produktions- und Testanlagen für die neuen Raumwellenstationen zu montieren. Dann wird es bald keine leer stehenden Fabrikhallen mehr geben.«

Romero zog seinen Hut und machte eine ausladende Verbeugung, als wollte er sagen, dass ihm die Worte fehlten, um seiner Begeisterung Ausdruck zu verleihen. Er ist wirklich ein Meister der großen Geste!

10

Die Tage vergingen nicht, sie verflogen. Ich stand im Morgengrauen auf und arbeitete fieberhaft bis zum Abend. Wir standen unter Zeitdruck. Die Große Galaktische Flotte hatte den Pluto verlassen und war im Umkreis der Ora stationiert worden. Die Schiffe mussten möglichst rasch mit den neuen Raumwellen-Ortungsgeräten ausgestattet werden, vorher war gar nicht daran zu denken, sie in die Tiefen des Alls zu entsenden.

Die Verantwortung für diese Aufgabe lastete auf meinen Schultern. Ich überwachte die Projektierung der gigantischen Raumwellenstation RWS-3, die auf der Erde installiert werden sollte, und leitete gleichzeitig die Produktion der RWS-2, die für die neuen Sternenschiffe vorgesehen war. In sämtlichen Fabrikhallen der Hauptstadt, die zuvor leer gestanden hatten, wurde auf Hochtouren gearbeitet.

Das Modell RWS-2 war wesentlich leistungsstärker als der Prototyp RWS-1, den wir im Perseus erfolgreich eingesetzt hatten. Die RWS-1 hatte eine zu geringe Reichweite, man konnte sie höchstens für Reisen zum Sirius oder zu den Sternen des Zentaur einsetzen. Aus diesem Grund hatten wir auch rasch den Kontakt zu den Galakten verloren, nachdem wir uns vom Perseus entfernt hatten.

Das Modell RWS-2 dagegen war dafür ausgelegt, Objekte in hundert Lichtjahren Entfernung zu orten. Mit diesen Geräten ausgestattete Raumschiffe konnten auch dann noch Kontakt halten, wenn sie so weit voneinander entfernt waren wie die Sonne von der Wega. Vor allem hatten sie keine Angriffe von feindlichen Schiffen mehr zu befürchten, die in die Unsichtbarkeit des Überlichtbereichs abgetaucht waren. Im Zusammenspiel mit einer noch leistungsstärkeren Anlage konnte die RWS-2 sogar noch deutlich größere Distanzen als hundert Lichtjahre überwinden.

Eine solche Megaanlage war eben jene RWS-3, die wir für die Installation auf der Erde konzipierten. In einem Raumschiff hätte ein solches Ungetüm niemals Platz gefunden. Nicht nur auf der Erde, sondern auch auf sämtlichen bewohnten Planeten wurde mit Hochdruck an Bauteilen für die RWS-3 gearbeitet, um die Montage und Inbetriebnahme zu beschleunigen. Es handelte sich um das zentrale Projekt der Interstellaren Allianz.

Als Standort für die RWS-3 hatte man die Wüste Sahara ausgewählt. Dort wurde auf Tausenden von Quadratkilometern das größte Auge und Ohr des Weltalls errichtet. Der projektierte Aktionsradius der Anlage betrug zehntausend Lichtjahre. Das Zentrum der Galaxis in den Sternbildern Schütze und Schlangenträger erreichten wir damit zwar nicht, ganz zu schweigen von anderen Galaxien, doch die Sternhaufen von Perseus, Hyaden, Plejaden sowie die Sterngiganten Rigel und Beteigeuze – all diese fernen Himmelskörper lagen innerhalb der Reichweite der RWS-3.

Nun war die Stunde nicht mehr fern, in der eine verzögerungsfreie Kommunikation die Gestirne der Interstellaren Allianz zu einem perfekt synchronisierten Organismus zusammenschweißen würde.

Während auf der Baustelle in der Sahara die Gebäude und erste Anlagenteile errichtet wurden, arbeitete ich mit einem Team in den Testlabors, die im Zentralring eingerichtet worden waren. Wir führten diverse Berechnungen durch und erprobten einzelne Baugruppen der RWS-3.

Diese emsigen Aktivitäten wurden nur zweimal unterbrochen. Die erste Unterbrechung fand statt, als die Besatzung des *Raumfressers* auf die Erde zurückkehrte. Olga und ihren Kollegen wurde ein so festlicher Empfang bereitet, dass ich wegen meiner eigenen Begrüßung im Kosmodrom kein schlechtes Gewissen mehr haben musste. Die Festivitäten zogen sich über mehrere Tage hin.

Die zweite Unterbrechung ergab sich durch die Abreise von Wera, Lussin – natürlich mit Trub – und vielen anderen meiner Freunde zur Ora.

»Ich hoffe, du lässt dich nicht zu lange auf der Erde aufhalten«, sagte Wera beim Abschied. »Es fühlt sich seltsam an, ohne dich zu einer Weltraumexpedition aufzubrechen.«

Ich grinste und zeigte auf meinen Assistenten Albert Bytschachow, der mich zum Kosmodrom begleitet hatte. »Der ist schuld. Solange er nicht sämtliche Winkel des Perseus auf dem Bildschirm hat, lässt er mich nicht weg. Und für euch ist es auch gesünder, wenn ihr nicht zu weit in die Galaxis rausfliegt, solange wir noch nicht fertig sind.«

Albert Bytschachow leitete die Endmontage der RWS-3 in der Sahara. Nachdem das Raumschiff zur Ora gestartet war, kehrten wir in die Hauptstadt zurück. Der Abschied von meinen Freunden hatte mich ein wenig aus der Spur geworfen. Ich gab Albert für den Rest des Tages frei, ließ meine Aviette stehen und trottete zu Fuß durch die leeren Straßen der Stadt. Ich wollte einfach nur allein sein.

11

Der Herbst ist die mit Abstand schönste Jahreszeit in der Hauptstadt! Klima und Wetter auf der Erde werden von der Organisation »Meteoplan«, dem meteorologischen Dienst des Erdachsenkontrollzentrums, gesteuert. Sonnenschein und Regenwetter, Stürme und Windstille, Hitze und Frost folgen einem genauen Zeitplan, der in der meteorologischen Steuerungszentrale festgelegt wird. »Meteoplan« ist allerdings auch für häufige Pannen berüchtigt.

Die Prognosen des Wetterdienstes könnte man als detailverliebt bezeichnen: »Morgen zwischen zehn und vierzehn Uhr fallen siebenundvierzig Millimeter Niederschlag als Regen, danach klart es auf, und die Sonne erwärmt die Luft auf fünfzehn Komma drei Grad Celsius.« Solche Vorhersagen sind Standard, und im Prinzip treffen sie auch meistens ein. Doch wenn die Spezialisten von »Meteoplan« sich wieder einmal in den komplizierten physikalischen Zusammenhängen des Wettergeschehens verheddern, kann es schon einmal vorkommen, dass die siebenundvierzig Millimeter Regen innerhalb von zehn Minuten fallen und geparkte Aerobusse, Aviettes und Passanten durch die Straßen gespült werden.

Genau genommen sind wir nur in der Lage, einen groben Rahmen für das Klimageschehen vorzugeben, nicht jedoch die Details. Und die Schönheit der Naturgewalten liegt schon gar nicht in unserer Hand, sondern existiert allein aus sich selbst heraus.

Ich spazierte durch die Allee des Sternenboulevards und freute mich an der herbstlichen Farbenpracht ringsum. Über den Himmel fegten niedrige Kumuluswolken, und ein böiger Wind zerrte am welkenden Laub von Bäumen und Sträuchern.

An einer Kreuzung lief ich plötzlich Romero und Mary in die Arme, die gerade um die Ecke gebogen kamen. Überrascht blieb ich stehen und lüftete meinen Hut.

»Was macht die Gesundheit, mein Freund?«, fragte Romero munter. »Sie sehen blendend aus.«

»Bestens, danke der Nachfrage. Entschuldigen Sie mich, Pawel, ich bin in Eile.«

»Lassen Sie sich nicht aufhalten, Eli«, erwiderte er. »Dienst ist schließlich Dienst.«

Im Weitergehen hörte ich gerade noch, wie Mary sagte: »Eli könnte uns doch zu dem Ausflug begleiten, meinen Sie nicht, Pawel?«

Romeros Antwort bekam ich nicht mehr mit. Macht nichts, dachte ich mir. Ich hasse Ausflüge, seit man uns in der Schule damit terrorisiert hatte. Allerdings wunderte ich mich darüber, dass Mary Romero mit Vornamen ansprach.

Während ich meinen Weg durch die Allee fortsetzte, wurden die Windböen immer stärker. Kleine Wirbel jagten durch die Baumreihen, saugten abgefallenes Laub vom Boden auf und ließen es durch die Luft tanzen. Nach und nach verlor ich mich völlig in Gedanken:

Es ist nichts Verwunderliches daran, dass Romero und Mary sich kennen. Er hatte die Erde ja nur für ein Jahr verlassen und die übrige Zeit in der Hauptstadt verbracht. Hoffen wir mal, dass er mit Mary glücklicher wird als mit Wera. Ob ich meiner Schwester von Romeros neuer Bekanntschaft berichten sollte? Müßig, darüber nachzudenken, Wera ist nun ohnehin weit weg!

Danach kam mir wieder meine Arbeit in den Sinn. Die Möglichkeit einer verzögerungsfreien Kommunikation mit weit entfernten Raumschiffen eröffnete völlig neue Perspektiven. Während unserer Reise von den Plejaden zum Perseus hatte Olga von der Idee gesprochen, eine Art Navigationsdienst für Raumschiffe auf den kosmischen Trassen einzurichten. Wie wäre es, wenn man dafür eigene Planeten bauen und mit RWS-3-Raumwellenstationen bestücken würde?

Ich versetzte mich gedanklich auf die Kommandobrücke eines Raumschiffs und stellte mir vor, wie die Kommunikation über einen Dispatcherplaneten ablaufen könnte.

»Hallo, Fräulein, ist hier N-171? Ich melde mich jetzt schon zum fünften Mal, was tun Sie eigentlich den ganzen Tag? Hier ist der Sternenpflug WK-44.«

»Hier Dispatcherplanet N-171«, ließ ich eine strenge Frauenstimme antworten. »Machen Sie keinen Stress, WK-44, Sie sind nicht allein im Weltall. Was wollen Sie?«

»Wie weit haben wir noch bis zum Stern Zeta im Skorpion? Ich fürchte, unsere Parallaxometer und Fahrtintegratoren sind defekt.«

»Bis zum Zeta im Skorpion sind es von Ihnen aus hundertdreizehn Parsec, Sie müssen ein bisschen Gas geben, wenn Sie im Zeitplan bleiben wollen. Im Übrigen muss ich Sie verwarnen:

Interstellarflüge mit defekten Geräten sind streng verboten. Beim nächsten Mal schicke ich Sie zu Ihrem Stützpunkt zurück.«

Schöne Aussichten für die neue Welt der Raumfahrt!

In einer Grünanlage setzte ich mich auf eine Bank und stand sogleich wieder auf. Meine Stimmung war zu rastlos, als dass ich einfach nur dasitzen und die Herbstluft hätte genießen können. Nach wie vor hatte ich nicht die geringste Lust, zur Arbeit zurückzukehren, andererseits ließen mir die Gedanken daran keine Ruhe.

Um mich abzulenken, fragte ich bei der Auskunftsmaschine das Kulturprogramm ab. Im Theater der Klassik standen Stücke von Euripides, Aristophanes, Shakespeare, Molière und Surikow auf dem Programm. Auf jeder der achtzehn Bühnen wurden jeweils zwei Stücke pro Tag aufgeführt. In der Kleinen Komödie lief das Singspiel »Die drei schrecklichsten Tage im Leben des Astronauten Grischa Turtschaninow«, ein ziemlich alter Schinken, und die böse Satire »Heinrich Brilling spielt Billard auf dem Planeten DP-88«. In der Philharmonie standen Bach, Chopin und Mjasojedow zur Auswahl.

Letztlich entschied ich mich für einen Besuch im Filmmuseum, dem ältesten Stereokino der Stadt. Dort legte man größten Wert auf die althergebrachte Kinotradition und ignorierte seit zweihundert Jahren standhaft alle modernen Strömungen der Filmtechnik.

Schon in der Eingangshalle roch es nach Altertum. Nachdem ich meinen Mantel einem Steinzeitroboter über den Greifarm gelegt hatte, wurde mir eine kostenlose Strahlungsdusche verabreicht. Damit wurden die Kinobesucher schon vor dreihundert Jahren in eine heitere Stimmung versetzt, damit sie auf schlechte Filme nicht allzu kritisch reagierten.

Ein zweiter Roboter fragte mich mit knarrender Stimme, ob ich meinen gewohnten Platz wünsche oder er mir den objektiv besten freien Platz aussuchen solle. Ich antwortete, dass ich keinen gewohnten Platz habe, worauf er mich auf Sitz Nummer fünf in Reihe dreizehn geleitete und mich fragte, welches Mikroklima ich auf dem Platz wünsche. Ich entschied mich für achtzehn Grad Temperatur, siebzig Prozent Luftfeuchtigkeit, ein leichtes Lüftchen und den Duft von frisch gemähtem Gras. Diese biederen Annehmlichkeiten, für die sich unsere Vorfahren so begeistert hatten, entlockten den Kinobesuchern heutzutage kaum mehr als ein Schmunzeln, und jener Uraltroboter mit seinen ruckelnden Bewegungen, wie man ihn schon vor zweihundert Jahren zum alten Eisen gelegt hatte, war einfach ein aberwitziges Faktotum. All dies entsprach jedoch genau der Devise des Filmmuseums: Die Vorstellung beginnt schon an der Eingangstür.

Auf dem Programm stand das Drama »Duell auf dem Weißen Zwerg«. Als Vorfilm wurde zu meiner Überraschung eine Aufzeichnung der Konferenz auf der Ora gezeigt. Ich sah mich selbst und meine Freunde, wie wir nach der Landung auf dem künstlichen Planeten aus dem *Raumfresser* ausstiegen und von dem grauhaarigen Martyn Spychalski begrüßt wurden. Danach wurde in den Konferenzsaal umgeblendet, im Erdsektor saßen Romero, André, Lussin und ich. Die Kamera schwenkte auch über den Wegasektor, doch Viola konnte ich nicht entdecken, nur ihre Freundinnen. Dafür fielen mir etliche Details auf, die mir damals verborgen geblieben waren.

Endlich begann das Filmdrama. Es stammte aus dem ersten Jahrhundert der neuen Ära und schwelgte in der kitschigen Romantik, die für jene Epoche typisch war. Der Kapitalist Nevill Wynn rettet sich in einem selbst gebauten Raumschiff vor der kommunistischen Revolution. Seine Dienerschaft nötigt er, ihn zu begleiten, darunter auch die hübsche Ingenieurin Agnes Ford, die Geliebte des Revolutionärs Arkadi Torelli. Sie landen auf einem Planeten, der einen finsteren Weißen Zwerg umkreist. Torelli sucht die halbe Galaxis nach seiner Geliebten ab, bis er sie in der Umlaufbahn des Weißen Zwerges endlich aufspürt. Dort kommt es dann zwischen ihm und Nevill Wynn zu einem dramatischen Duell. Die Handlung ist so naiv, dass man sich ein herablassendes Schmunzeln kaum verkneifen kann, solange sie einfach nur nacherzählt wird.

Doch in jenem Augenblick, als die Schauspielerin Lizzy O'Neill als Agnes auf der Leinwand erschien, wurde die Story für mich so real wie das Leben selbst. Obwohl die Akteure bereits vor rund fünfhundert Jahren gestorben waren und das Drama keinerlei historischen Hintergrund besaß, entführte mich das vollendete Spiel der Künstler in eine mit Händen greifbare Welt.

Lizzy O'Neills sonore Stimme und ihre leidenschaftlichen Gesten verwandelten Erdachtes in Wirklichkeit, Naivität in Tragik und den absurden Zufall in Unausweichlichkeit. Vor mir auf der Leinwand liebten, hofften und litten nicht projizierte Figuren, sondern lebendige Menschen. Es war ein Gefühl, als könnte ich sie berühren, ich spürte das Rascheln ihrer Gewänder, roch den Duft von Tabak und Parfum! Lizzy streckte die Hände nach mir aus und sah mich flehend an. Kein Zweifel, dass sie mich sehen konnte! So markerschütternd war ihr schwacher Schrei, dass ich am liebsten aufgesprungen wäre, um ihr auf dem unseligen Weißen Zwerg zu Hilfe zu eilen.

Nach der Vorstellung kam ich mit einem alten Mann ins Gespräch, der neben mir gesessen hatte.

»Beeindruckend!«, schwärmte ich. »Die Schauspielkunst unserer Vorfahren ist unübertrefflich.«

»So ist es, junger Mann«, erwiderte er. »Sicherlich ist es möglich, Kunstwerke zu schaffen, die ähnlich großartig sind wie die von Homer oder Leonardo, doch etwas Besseres wird wohl kaum je gelingen. Die Meisterwerke der Kunst sind vollendet. Deshalb sind sie auch zeitlos. Wir wohnen nicht in denselben Häusern wie Swift oder Puschkin, essen nicht dasselbe wie sie, tragen andere Kleidung und fahren nicht in ihren Kutschen, doch das, was ihnen zu Herzen ging, das begeistert auch uns. In der Kunst verdrängt das Neue nicht das Alte, wie in der Technik oder im Alltag, sondern es kann höchstens dasselbe Niveau erreichen.«

Die Vorstellung im Filmmuseum hatte mich so aufgekratzt, dass ich noch rastloser als vorher durch die Straßen irrte. Als ich an einem Textilkombinat vorbeikam, fiel mir ein, dass es dringend an der Zeit war, mir das ein oder andere neue Kleidungsstück zuzulegen. Mein Mantel war völlig abgetragen, und mein Hut sah aus, als wäre er in einen Gravitationssturm der Zerstörer geraten.

Die Bedienung im Kombinat legte mir dreißig verschiedene Mäntel, Anzüge und Hüte vor. In einen der Anzüge steckte ich meine Karte, um ihn zu mir nach Hause liefern zu lassen, den neuen Mantel, den ich ausgesucht hatte, zog ich sofort an. Er war viel schöner als mein alter, trotzdem fühlte ich mich nicht wohl darin. Neue Kleidungsstücke finde ich immer unbequem, es dauert ewig, bis ich mich daran gewöhne.

Als ich das Kombinat verließ, war ich einerseits zufrieden, die alten Sachen endlich losgeworden zu sein, doch andererseits bedauerte ich ihren Verlust. Ich kam nur zwei Häuserblocks weit, dann kehrte ich um und ging zum Kombinat zurück.

»Was wünschen Sie?«, fragte mich die Bedienung mit überraschter Miene, als ich den neuen Mantel auf den Ladentisch legte.

»Gar nichts wünsche ich. Das heißt, nichts Neues. Geben Sie mir meinen alten Mantel zurück.«

»Gefallen Ihnen unsere Modelle nicht? Womit sind Sie denn nicht zufrieden? Wir passen das an.«

»Nein nein, alles bestens«, erwiderte ich. »Das Kleidungsstück ist hervorragend. Ich bin nur meinen alten Mantel so gewohnt. Wie soll ich Ihnen das erklären?«

»Wie Sie meinen. Wir bemühen uns ständig, die Qualität zu verbessern. Hier haben Sie Ihren alten Mantel.«

Erleichtert schlüpfte ich in das alte Stück und trottete davon. Zerstreut watete ich durch das feuchte, abgefallene Laub und sog den modrigen Geruch beginnender Fäulnis ein. Dann setzte ich mich auf eine Bank, stützte den Kopf in die Hände und fragte mich: Was willst du eigentlich? Ich wollte überhaupt nichts. Ich wusste einfach nicht, wohin mit mir.

Nachdem ich eine Weile hin und her überlegt hatte, bat ich meine Beschützerin, mich mit Mary Glun zu verbinden. Kaum hatte ich den Auftrag ausgesprochen, erschien Mary in einer Videosäule. Sie saß mit angezogenen Knien auf einem Sofa und sah mich herausfordernd an.

»Sie haben sich aber Zeit gelassen, Eli«, sagte sie. »Ich hatte damit gerechnet, dass Sie sich eher melden.«

»Guten Tag, Mary. Ähm … wie meinen Sie das?«

»Passen Sie auf: Das Fest des Ersten Schnees rückt näher. Ihr Freund Pawel Romero organisiert zu diesem Anlass einen Ausflug mit Lagerfeuer im alten Stil. Alles soll so ablaufen wie bei unseren Vorfahren, er garantiert dafür, dass die traditionellen Gebräuche genauestens eingehalten werden. Ich möchte, dass Sie mich zu dem Ausflug begleiten. Einverstanden?«

»Wenn Sie das möchten, natürlich gern. Ich meinerseits würde gerne Sie und Pawel dazu einladen, beim Testbetrieb der Raumwellenstation dabei zu sein. Es ist bestimmt interessant für Sie, die neuen Kommunikationsmöglichkeiten in der Galaxis kennenzulernen.«

»Sie sollten nicht von sich auf andere schließen, Eli. Sie haben ja anscheinend auf diversen Sternen Freunde, ganz im Gegensatz zu mir. Wie Ihr Freund Romero bin ich eher der irdischen Welt verhaftet, und um mich darin zurechtzufinden, reicht mir die Beschützerin vollauf. Ich glaube kaum, dass Ihre Raumwellenstation interessant für mich wäre.«

»Nun, wenn die irdischen Interessen Sie mit Romero verbinden, stehen Sie ihm wahrscheinlich näher als ich. Tja, also da die galaktische Kommunikation Sie nicht interessiert …«

»Am Tag des Festes des Ersten Schnees treffen wir uns um elf Uhr am Rinderdenkmal«, fiel Mary mir ins Wort, und die Videosäule verschwand.

12

Es war der letzte große Feiertag im Zyklus der jahreszeitlichen Festivitäten: Wintersonnenwende, Große Schneeschmelze, Erster Regen, Sommersonnenwende, Großes Sommergewitter und Erster Schnee.

In diesem Jahr war so manch einer der Ansicht, das Fest käme zur Unzeit. Die künstliche Winterkulisse verschlang Unmengen von Energie, dabei sollten doch sämtliche Ressourcen auf den Bau der RWS-3 konzentriert werden. Abgesehen davon befand sich die Hälfte der Bevölkerung auf Baustellen im Weltraum, und die auf der Erde Zurückgebliebenen hatten keine Muße zum Feiern. Die Fertigstellung der Raumwellenstation lag in den letzten Zügen, und entsprechend hektisch ging es in den Produktionszentren und auf der Baustelle in der Sahara zu. Doch der Staatsrat ließ sich von kritischen Stimmen nicht beirren und beauftragte das Erdachsenkontrollzentrum, das Winterspektakel nach allen Regeln der Kunst durchzuziehen. Meiner Meinung nach war das eine richtige Entscheidung. Man muss die Feste feiern, wie sie fallen.

Die Schneewolken wurden wie üblich schon im Vorfeld des Fests über den endlosen Wasserflächen des nördlichen Pazifiks zusammengepresst und gesammelt. Dieses Spektakel wollte ich mir nicht entgehen lassen. Mit einer Linienrakete flog ich nach Kamtschatka und stieg dort in eine Aviette um. Nun musste ich bitter dafür büßen, dass ich die Hinweise meiner Beschützerin wieder einmal ignoriert und keine Winterkleidung mitgenommen hatte: Am Raketenbahnhof herrschten minus zwanzig Grad, und es pfiff ein eisiger Wind. Es dauerte einige Minuten, ehe meine eingefrorenen Finger in der Aviette auftauten.

Schon bald darauf erreichte ich die ersten Schneewolken, die wie ein weißer Schleier über dem Meer hingen. In ihrer Konsistenz erinnerten sie eher an flauschige Watte als an feuchten Nebel. Die zusammengepressten Wolken bestanden aus winzigen Eiskristallen, die beizeiten zu Schneeflocken heranwachsen würden. Es war alles vorbereitet für den Tag des Ersten Schnees.

Mit Romeros Einverständnis hatte ich meinen Assistenten Albert eingeladen, mich zu dem Fest zu begleiten. Als ich zum Treffpunkt kam, war er bereits da. Er saß auf den Stufen am Postament des Rinderdenkmals und hackte wie üblich auf seine Handrechenmaschine ein. Albert ist ein fanatischer Mathematiker und kann sich auch in seiner Freizeit nicht von seinen Formeln trennen.

»Ihre Freunde kommen zu spät«, sagte er beiläufig, als ich neben ihm Platz nahm, und versank sofort wieder in seine Berechnungen.

Der Platz vor dem Pantheon ist ein beliebter Treffpunkt. Auf einem wuchtigen Sockel aus rotem Granit neigt das steinerne Rindvieh seinen gehörnten Kopf herab und schaut die Passanten mit seinen großen Kuhaugen an. Zum tausendsten Mal las ich die Inschrift, die mich stets aufs Neue berührte: »Dem Ernährer des Menschen in ewiger Dankbarkeit!« Kuhmilch und Rindfleisch standen schon lange nicht mehr auf dem Speisezettel der Menschen, dennoch wahrte man das Andenken an die Zeit, in der das Wohl der Menschheit nicht zum Geringsten von ihren Rinderherden abhing.

Über dem Pantheon dümpelten ein paar Wolken am Himmel – es waren ganz gewöhnliche Wolken, noch nicht jene, die speziell für das Fest hergestellt worden waren. Die Ahornbäume und Rosskastanien auf dem Platz waren schon kahl, nur ein paar knorrige Eichen machten noch keinerlei Anstalten, sich von ihrem rostigen Herbstlaub zu trennen. Die Pfützen, die der letzte Regen hinterlassen hatte, waren von einer dünnen Haut aus Eis überzogen. Es roch nach Winter!

Romeros Aviette landete auf dem Platz. Der Raum hinter seinem Pilotensitz war mit Plastiktüten und großen Schüsseln vollgestopft. Romero winkte uns zu.

»Ist Mary noch gar nicht hier? Na gut, ich hole sie selbst ab.«

Während Romero zu Mary nach Hause flog, landeten drei weitere Aviettes mit Gästen des bevorstehenden Festes, Frauen und Männer, von denen ich die wenigsten kannte. Kurz darauf kehrte auch Romero wieder zurück, und in seinem Schlepptau schwebte Marys einsitzige Stadtaviette zu Boden.

»Dann sind wir ja komplett«, rief Romero gut gelaunt, nachdem er uns alle bekannt gemacht hatte. »Klemmt euch in eure Aviettes und folgt mir!«

Mary trat mit einem Gesichtsausdruck an mich heran, der nichts Gutes versprach: »Der Herr Raumwellen-Ingenieur hatte wohl keine Zeit, seine Festbegleitung selbst abzuholen?«, giftete sie.

»Ich war davon ausgegangen, dass Pawel Sie abholt, und das hat er ja auch gemacht«, entgegnete ich.

Sie ignorierte meine Rechtfertigung und stapfte beleidigt zu ihrer Aviette, als wäre es unter ihrer Würde, sich auf ein Gespräch mit mir einzulassen. Ich hatte nicht schlechte Lust, mich aus dem Staub zu machen, doch wie hätte ich das Albert erklären sollen?

Romero flog in Richtung Norden. Zuerst passierten wir die Wohngebirge der Hauptstadt, dann den weitläufigen Parkgürtel und flogen schließlich über Felder und Wälder hinweg. Romeros Ziel war ein idyllisches Fleckchen in einer Schleife des Flusses Sinjucha. Auf dieser bewaldeten Halbinsel hatte ich schon als Kind viele Sommertage verbracht, hatte im Fluss gebadet und war auf riesige Eichen und Zitterpappeln geklettert.

Auf einer Lichtung inmitten der Halbinsel stellten wir unsere Aviettes in einem Halbkreis ab.

»Hier ist unser Festplatz«, verkündete Romero. »Der Schnee ist für sechzehn Uhr angekündigt. Wir haben also noch vier Stunden Zeit, um ein anständiges Feuer zu machen und das Essen vorzubereiten. Viele von euch werden heute zum ersten Mal Speisen und Getränke verkosten, die nicht von Maschinen produziert wurden. Wir feiern heute ein Fest, wie es in alten Zeiten bei unseren Vorfahren üblich war.«

Der ironische, redegewaltige Romero war sicher das Gegenteil eines praktisch veranlagten Menschen, doch heute führte er energisch das Kommando und legte selbst Hand an, wo immer es nötig war.

Albert und ich sammelten trockenes Holz im Wald, während die anderen Männer mit Steinen die Feuerstelle vorbereiteten und Tische und Stühle aufstellten. Die Frauen packten zunächst die Lebensmittel aus, danach deckten sie die Tische, was Anlass zu allgemeinem Erstaunen gab: Die Teller waren aus Porzellan, die Messer und Gabeln aus Metall, die Gläser aus Kristallglas und die Tischdecken aus einem ungewöhnlichen Stoff.

»Wo haben Sie denn den ganzen alten Plunder her?«, fragte ich Romero.

»Aus dem Museum natürlich. Sie haben doch hoffentlich nicht erwartet, dass ich für ein Mahl im Stile unserer Vorfahren die Utensilien vollautomatischer Kantinen verwende? Die Tischdecken sind aus reinem Leinen – großartig, nicht wahr?«

»Hm. Ein ziemlich grober Stoff, hart wie Papier. Ich hoffe, Sie haben das Essen nicht auch im Museum besorgt? Oder muss ich damit rechnen, dass Sie uns Frikadellen vorsetzen, die vor fünfhundert Jahren zubereitet wurden?«

»Keine Sorge, Eli. Nur die Weine sind aus dem Museum. Und die sind auch nicht fünfhundert Jahre alt, obwohl sie tatsächlich ein ordentliches Alter haben! Die Jahre veredeln den Wein, pflegte man früher zu sagen. Und wir werden heute prüfen, ob unsere Vorfahren damit Recht hatten. Dazu gibt es Schaschlik aus ganz frischem Lammfleisch. Noch gestern Nachmittag hat unser heutiger Festschmaus fröhlich im Museumsgarten geblökt.«

»Sie haben das arme Tier umgebracht?«

»Mein lieber Eli. Nicht umgebracht, sondern fachmännisch geschlachtet; also abgestochen, ausgenommen, abgehäutet, in Stücke zerteilt, gesalzen, mit Essig begossen, mit Zwiebeln gewürzt und in einer großen Schüssel über Nacht durchziehen lassen – mariniert, wenn Ihnen das etwas sagt.« Romero bereitete es sichtlich Vergnügen, seine bestialischen Verrichtungen in allen

Einzelheiten kundzutun. »Jetzt machen Sie nicht so ein angewidertes Gesicht, mein Freund! Ich verspreche Ihnen, Sie werden sich die Finger abschlecken nach meinem Schaschlik.«

Der stärker werdende Wind unterstützte uns beim Feuermachen. Schon nach wenigen Minuten schlugen fauchende Flammen empor, das brennende Holz knisterte und sprühte rot glühende Funken durch die Luft. Romero ernannte mich zum Feuerbeauftragten. Das war ein schweißtreibender und ziemlich qualmiger Job, aber immer noch besser, als mit dem übel riechenden Fleisch zu hantieren.

Albert wurde für die Zubereitung des Schaschliks eingeteilt. Er spießte die Fleischstücke abwechselnd mit Zwiebelscheiben auf Metallstäbe, die Romero wie das Geschirr im Museum abgestaubt hatte.

Es war bereits drei Uhr vorbei, und der Himmel verdüsterte sich allmählich. Tief hängende, dicke Wolken zogen rasch über die Lichtung hinweg. Es konnte jeden Moment zu schneien beginnen. Von den Eichen am Waldrand wurde buntes Laub zur Feuerstelle herübergeweht. Die Blätter wurden von den Luftströmen über den Flammen angesogen und wieder ausgespuckt, wie dicke Schmetterlinge tanzten sie über der lodernden Holzpyramide.

Nachdem das Feuer heruntergebrannt war, legte Albert die Spieße über die Glut. Herabtropfendes Fett löste zischende Stichflammen aus, die gierig nach dem Fleisch leckten. Mir wurde schlecht von dem sich ausbreitenden Gestank.

Um Viertel vor vier machte Romero sich daran, die Weine zu öffnen. Es stellte sich heraus, dass die Korken hart wie Beton waren. Nachdem der Korkenzieher aus dem Museum schon bei der ersten Flasche sein Leben ausgehaucht hatte, blieb nichts anderes übrig, als die Flaschenhälse mit Steinen abzuschlagen. Der Wein verströmte ein sehr intensives Aroma, in dem sich angenehme mit unangenehmen Noten mischten. Aus dem Augenwinkel beobachtete ich, dass auch die anderen misstrauisch an dem Gebräu schnupperten, ehe sie es wagten, daran zu nippen.

Um Punkt vier Uhr gab Romero das Kommando, die Gläser zu erheben: »Es ist so weit, Freunde. Trinken wir auf einen schönen Winter!«

Während wir die Gläser ansetzten, fielen die ersten groben Schneeflocken vom Himmel. Ich könnte nicht behaupten, dass mir der Wein mundete. Er war pelzig auf der Zunge und brannte am Gaumen wie Säure, obwohl er eigentlich nicht sauer, sondern süß schmeckte. Romero instruierte uns, den Wein wie unsere Vorfahren in kleinen, genießerischen Schlucken zu trinken. Doch ich hatte das deutliche Gefühl, dass mir dabei schlecht werden würde, und zog es vor, mein Glas in einem Zug zu leeren. Nachdem Albert sein Glas abgesetzt hatte, verzog er das Gesicht, als hätte er eine Kröte verschluckt.

»Ich weiß ja nicht, was unsere Vorfahren gegessen haben, aber getrunken haben sie eine ziemliche Plörre«, flüsterte ich ihm zu, darauf bedacht, dass Mary, die neben Albert saß, es nicht hören könne.

»Gegessen haben sie auch nicht besser«, flüsterte er zurück. »Ich habe schon ein Stück von dem Schaschlik probiert – ein grauenhafter Fraß, schmeckt kein bisschen nach Fleisch.«

»Ihre Backen glühen, Albert«, sagte ich kichernd, »und Ihr ganzes Gesicht ist angeschwollen. Ich fürchte, der Wein hat Sie nicht berauscht, sondern vergiftet. Geben Sie mir mal den langen Schaschlikspieß dort. Ich werde testen, ob das Fleisch wirklich so abscheulich schmeckt, wie Sie behaupten. Es handelt sich schließlich um ein Gericht unserer großartigen Vorfahren, wie können Sie es wagen, so abschätzig …«

»Schon gut, Eli«, unterbrach er mich, als hätte er die Ironie in meiner Stimme nicht bemerkt. »Jetzt essen Sie mal wenigstens ein Viertel von Ihrem Spieß, dann reden wir weiter.«

Albert hatte vollkommen Recht. Ich hätte nicht einmal ein Viertel des Spießes hinuntergebracht. Das Fleisch bestand nur aus Sehnen und Knochen und schmeckte nach Rauch, Kohle, Ruß und verbranntem Fett, nur nicht nach Fleisch. Die zähen Brocken hatten nichts von der Saftigkeit und Zartheit synthetischen Fleisches. Verzweifelt kaute ich an einem steinharten Faserknäuel herum und schob es von einer Backe in die andere. Hätte man uns eine derartige Zumutung in der Kantine vorgesetzt, wären die Küchenroboter unverzüglich auf dem Schrottplatz gelandet.

Auch Mary konnte sich nicht darum drücken, Romeros Schaschlik zu kosten. Nachdem sie minutenlang stoisch an einem Stück herumgekaut hatte, spuckte sie es angewidert ins Gras.

»Mary, ich bitte Sie! Sie spucken auf die Tradition unserer Vorväter«, empörte ich mich gekünstelt und leerte ein zweites Glas Wein.

»Was Sie nicht sagen, Eli«, erwiderte sie bissig. »Schauen Sie lieber auf sich selbst. Oder wollen Sie behaupten, dass es der Tradition entspricht, ein ganzes Glas Wein in einem Zug in sich hineinzuschütten?«

»Pawel hat mir erzählt, dass es durchaus barbarische Völker gab, bei denen es zu den üblichen Gepflogenheiten gehörte, Wein wie Wasser zu trinken. Das Herumspucken von Fleischresten dagegen …«

»Reden Sie keinen Unsinn«, fiel sie mir ins Wort. »Trinken Sie lieber noch was.«

»Schenkt die Gläser nach«, rief Romero. »Das köstliche Getränk der Alten möge durch unsere Adern fließen.«

Nachdem wir mit dem Grillen fertig waren, schürte ich das Feuer wieder an. Dann ging ich zu dem Tisch, auf dem die Weinvorräte standen. Um den ekligen Geschmack des fetten Fleisches loszuwerden, das zwischen meinen Zähnen hängen geblieben war, schenkte ich mir noch ein Glas ein und spülte mit einem kräftigen Schluck nach.

Der Schneefall wurde dichter und feiner. Am Himmel wurde es immer finsterer, während die Erde sich in ein blendend weißes

Gewand hüllte. Der Schnee begann alle Geräusche zu verschlucken, und die Erde schien einzuschlafen. Mir war auch nach Schlafen zumute.

Auf dem Rückweg zu meinem Platz wurde mir schwindlig. Ich geriet ins Taumeln und wäre beinahe ins Feuer getreten. Erschrocken blickte ich um mich, ob jemand meinen Fauxpas bemerkt hätte. Doch alle waren mit sich selbst beschäftigt, kauten an ihrem Naturfleisch oder schlürften ihren Museumswein.

Wieder zurück an meinem Platz, beobachtete ich das Feuer. Es kämpfte gegen den Schnee, der zischend in die Flammen fiel. Fontänen aus Dampf und Rauch schlugen in die Höhe. Die tanzenden Feuerzungen verschwammen vor meinen Augen.

»Ist Ihnen schlecht?«, fragte plötzlich Albert. »Gehen wir lieber nach Hause. Mir ist dieser barbarische Zeitvertreib auch zu langweilig.«

»Was? Ich habe doch gar nichts gesagt. Habe ich gesagt, dass mir langweilig ist? Ich bin nur in Gedanken versunken … ähm … Albert. Was sagten Sie?«

»Schon gut. Bleiben wir eben noch ein bisschen.« Er winkte ab und schenkte sich das Glas wieder voll.

Jemand begann zu singen, und Romero stimmte sofort ein. Nach einiger Zeit begannen auch Mary, Albert und die übrigen Gäste zu singen. Ich summte nur ganz leise mit, es gehört nicht zu meinen Stärken, den richtigen Ton zu treffen. Bald verstummte ich wieder und beobachtete nur noch, was um mich herum vor sich ging.

Mit jedem Wort, mit jeder Geste, mit jedem Blick erinnerte mich die Szenerie mehr und mehr an ein ekstatisches Stammesritual. In der Mitte ein dampfendes Feuer, darumherum ein Haufen Wilder, die im Rhythmus tumber Lieder ihre Körper wiegen. Mit Schaudern blickte ich in all die betrunkenen Gesichter, die allmählich zu Fratzen gerieten und in denen sich eine dumpfe Begeisterung mit verklärter Glückseligkeit mischte.

Natürlich hatte ich selbst ebenfalls viel zu viel getrunken, doch der Anblick der grölenden, besoffenen Visagen, die in grundloser Freude schwelgten, ernüchterte mich. Auf einmal fielen mir meine Freunde auf der Ora ein, die auf unsere schnelle Arbeit bauten. Wenn die wüssten, was wir hier gerade abliefern, dachte ich und schämte mich. Es war einfach nicht der richtige Zeitpunkt, sich so gehen zu lassen.

Ich stand auf und baute mich neben Mary auf, die mich erschrocken anblickte.

»Steh auf«, befahl ich und zog sie am Arm.

»Was ist denn mit Ihnen los?«, fragte sie. »Sie sehen ja aus wie ein Gespenst. Haben Sie den Wein nicht vertragen?«

»Es reicht!«, blaffte ich und zerrte sie von ihrem Stuhl. »Wir verschwinden hier. Steig in deine Aviette!«

»Ich komme mit!«, rief Albert und sprang erfreut auf. »Endlich sind Sie zur Vernunft gekommen, Eli.«

Im Laufschritt steuerten wir auf unsere Aviettes zu. Mary hatte ihren Widerstand aufgegeben und überholte mich sogar. Ich musste aufpassen, nicht zu stolpern, nicht nur, weil ich betrunken war, sondern auch weil es inzwischen dunkel geworden war. Noch ehe wir einsteigen konnten, holte uns Romero ein. Er packte mich so heftig an den Schultern, dass ich beinahe das Gleichgewicht verloren hätte.

»Was willst du, geh mir aus dem Weg!«, fauchte ich.

»So ist das also!«, entgegnete er böse. »So etwas nannte man früher Brautraub. Meinen Sie nicht, dass Sie mich da vorher fragen müssten? Ist Ihnen gar nicht in den Sinn gekommen, dass ich etwas dagegen haben könnte, mein lieber Eli?«

»Nein. Mir ist etwas ganz anderes in den Sinn gekommen.« Ich wandte mich an Mary und Albert: »Ihr fliegt voraus, ich komme gleich nach. Ich muss hier noch eine Kleinigkeit mit meinem alten Freund Pawel klären.«

»Das lasse ich nicht zu!«, donnerte Romero, doch er konnte nichts machen, da ich mich zwischen ihn und die Aviettes stellte. In hilfloser Wut starrte er mich an.

»Wir sehen uns in der Hauptstadt«, schrie Mary und schoss in ihrem kleinen Einsitzer davon. Knapp hinter ihr verschwand Alberts Aviette im Schneetreiben.

»So, jetzt können wir ungestört reden«, sagte ich. »Welche Schlüsse ziehen Sie aus diesem Vorfall, hochverehrter Romero?«

Zuerst wandte er sich zu seinen Gästen um, die immer noch selig am Feuer sangen. Dann legte er den Kopf schief, als würde er angestrengt nachdenken, und sah mich mit einem diabolischen Grinsen an, das im schwachen Licht des fernen Lagerfeuers flackerte.

»Im Altertum gab es mal einen hübschen Brauch«, begann er kryptisch. »Wenn zwei Männer um eine Frau stritten, dann machten sie das untereinander aus, ohne irgendwelche Beschützerinnen, ZUMs, BUMs, Auskunftsmaschinen oder andere Hilfsmittel. Verstehen Sie mich, Eli? Sie können wählen: Degen, Pistolen oder Gewehre. Die Waffen besorgen wir uns im Museum.«

Ich musterte sein vor Zorn blitzendes Gesicht und versuchte herauszufinden, ob er das nun tatsächlich ernst meinte. Schließlich war er ja auch betrunken.

Nachdem ich beschlossen hatte, ihn nicht ernst zu nehmen, sagte ich: »Da ich kein so großer Freund des Altertums bin wie Sie, würde ich es vorziehen, beim Duell auf Annihilatoren zurückzugreifen. Das hätte den Vorteil, dass der Unterlegene wenigstens die Leere des Raumes vergrößern würde.«

Romero sah mich mitleidig an: »Mit anderen Worten: Sie kneifen. Glauben Sie mir, mit Feigheit wurde noch kein Frauenherz erobert.«

»So, meinen Sie? Sie müssen es ja wissen, Sie verhinderter Weltraum-Casanova. Was würden Sie davon halten, wenn ich Ihrer hübschen Herzensbrechervisage ein paar Beulen verpasse?«

Nun musterte er mich und schien zu taxieren, wie weit ich wohl gehen würde.

»Nun ja, der Kampf mit bloßen Fäusten, Zähnen und Füßen ist sozusagen die Urform des Duells. Ich persönlich bin ja kein großer Anhänger solcher Neandertalermethoden, doch wenn Sie partout darauf bestehen …«

»Sie bestehen doch darauf, nicht ich! Das Einzige, was ich will, ist schlafen. Sie sind es doch, der mich daran hindert, nach Hause zu kommen. Lassen Sie mich gehen oder nicht? Ich gebe Ihnen eine Minute zum Nachdenken.«

Romero schien hart mit sich zu ringen. Doch nach Ablauf der Minute war er wieder ganz der Alte: ironisch, hochmütig und liebenswürdig.

»Sie haben Recht, mein Freund«, sagte er gönnerhaft. »Frauenherzen erobert man heutzutage nicht mehr mit den Fäusten. Über unserem hitzigen Streit habe ich ganz vergessen, dass meine Gäste mich erwarten. Seinen Pflichten als Gastgeber nicht nachzukommen, zählte im Altertum zu den schwersten Verfehlungen. Offensichtlich habe ich zu viel getrunken. Genau wie Sie auch habe ich heute zum ersten Mal antiken Wein verkostet. Ich wünsche Ihnen eine gute Nacht.«

Damit drehte er sich um und wollte davongehen. Ich hielt ihn am Arm zurück. Mit einer angewiderten Geste riss er sich los.

»Bleiben Sie stehen!«, schrie ich ihn an. »Meinen Sie nicht, es wäre an der Zeit, dass wir uns mal als Freunde unterhalten? Gehen Sie nicht zu dem Lagerfeuer! Sie haben dort nichts verloren!«

»Wenn Sie erlauben, Eli, dann entscheide ich immer noch selbst, wo ich etwas verloren habe und wo nicht. Und schreiben Sie sich hinter die Ohren, dass ich auf Ihre Ratschläge verzichten kann.«

Abermals hielt ich ihn mit Gewalt zurück.

»Ich gebe Ihnen keinen Rat, Pawel, sondern ich frage Sie: Warum sind Sie hier auf der Erde und nicht auf der Ora?«

»Seltsame Frage! Und was soll ich Ihrer Meinung nach auf der Ora? Haben Sie schon vergessen, dass Ihre Schwester sich dort aufhält?«

»Das habe ich mitnichten vergessen. Ihr Platz ist eben deshalb auf der Ora.«

Romero versuchte nicht mehr, sich loszureißen. Er sah mich kopfschüttelnd an.

»Sie überschätzen meine Geduld, Eli. Für Wera und mich gibt es keinen gemeinsamen Weg mehr. Wenn Sie wüssten, auf welch garstige Weise wir uns schon damals im Sternenpflug zerstritten haben …«

»Diesen Streit habe ich mitbekommen. Es war ein dummer Zufall. Ich habe alles gesehen.«

»Dann wissen Sie ja auch, wie kaltblütig sie mich abserviert hat. Meinen Sie im Ernst, ich hätte das einfach so weggesteckt?«

»Sie Idiot! Wera hat geheult, nachdem Sie gegangen waren! Hören Sie, Pawel. Es gehen jeden Tag drei Planetenschiffe zum Pluto. Sie schaffen es noch zum Nachtexpress.«

Romero wurde so blass, dass ich erschrak. Sekundenlang schaute er mich konsterniert an und bewegte wortlos die Lippen.

»Ich werde darüber nachdenken«, sagte er schließlich. »Jetzt muss ich zu meinen Gästen.«

Raschen und sicheren Schrittes ging Romero zum Lagerfeuer zurück. Er war wieder völlig nüchtern.

13

Am nächsten Morgen weckte mich Albert. Er grinste mir aus einer Videosäule entgegen.

»Wachen Sie auf, Eli!«, rief er. »Wie fühlen Sie sich? Haben Sie den gestrigen Tag gut überstanden?«

»Es geht so«, brummte ich schlaftrunken.

»Mary und ich sind gut nach Hause gekommen. Sie lässt Sie grüßen. Jetzt machen Sie schon, Eli!«

»Was ist denn passiert? Warum die Eile?«

»Haben Sie vergessen, dass heute der Testbetrieb der Raumwellenstation stattfindet? Ich bin schon vor Ort in der Sahara. Soll ich noch jemanden von ihren Freunden einladen?«

»Jeanne, Andrés Frau, und Mary. Obwohl – Mary habe ich eigentlich schon eingeladen, sie hat sich nicht sonderlich interessiert gezeigt.«

»Und unser gestriger Gastgeber Romero?«

»Der ist vermutlich schon auf dem Weg zum Pluto.«

Hastig zog ich mich an, ließ das Frühstück ausfallen und nahm den nächsten Aerobus in die Sahara. Dort war bereits alles für die Verbindung zur Ora vorbereitet. Auf der Erde sollte die RWS-3 in Betrieb gehen und zur selben Zeit auf der Ora eines der RWS-2-Modelle, die wir dorthin geliefert hatten.

Unter den wenigen Gästen war auch Jeanne. Ich führte sie in den Kontrollraum und setzte mich neben sie. Sie bat mich darum, bei den Schaltungen auch die Orte zu zeigen, an denen die Kämpfe gegen die Zerstörer stattgefunden hatten. Ich versprach ihr, dass wir unser Möglichstes tun würden.

Kurze Zeit später erschien Mary. Sie gab mir die Hand und begrüßte mich mit einem strahlenden Lächeln.

»Was haben Sie mit Romero gemacht?«, fragte sie. »Stellen Sie sich vor, er ist gleich nach dem Fest zum Pluto aufgebrochen.«

»Bekümmert Sie das?«

»Sehe ich vielleicht so aus? Sie haben wohl gedacht, ich hätte ein Auge auf Ihren Freund geworfen?«

»Ehrlich gesagt wäre es mir lieber, wenn es nicht so wäre.«

Mary war bester Laune. Ich hatte sie noch nie so vergnügt und gelöst gesehen.

»Ich bitte Sie, Eli. Sie reden ja gerade so, als ob Sie sich selbst in mich verliebt hätten. Vergessen Sie nicht, dass wir beide zusammenpassen wie Hund und Katze. Sie würden sich nur Ärger damit einhandeln.«

»Sie auch, Mary!«, sagte ich neckisch und führte sie zum Platz neben Jeanne.

Für den technischen Ablauf der Inbetriebnahme zeichnete Albert verantwortlich. In den vergangenen Wochen hatte ich mich von seiner außergewöhnlichen mathematischen Begabung überzeugen können. Natürlich konnte er nicht so schnell rechnen wie unsere Maschinen, doch die Genialität seiner Ideen erinnerte mich an André, und vielleicht mochte ich ihn auch deshalb so gern.

Albert begab sich in eine Spezialkabine, die sich hinter den Sitzreihen im Fond des Raumes befand. Als Projektleiter war ich über Kopfhörer direkt mit ihm verbunden. Vor uns hing ein riesiger schwarzer Kasten an der Wand – der Drei-D-Empfangsmonitor der Raumwellenstation. Auf diesem Monitor sollten die von der RWS-3 empfangenen und von speziellen Dechiffriergeräten in Töne, Umrisse und Farben übersetzten Raumwelleninformationen in einem dreidimensionalen Bild dargestellt werden.

»Der Strahl ist jetzt in den Raum gerichtet«, meldete Albert um Punkt zwölf Uhr über die Lautsprecher.

Die Inbetriebnahme der Anlage ging ohne jeglichen äußerlichen Effekt vonstatten: Die Erde bebte nicht, keine Maschinen rumorten, es stachen keine Flammen in die Atmosphäre, nicht einmal unsere Stühle wackelten. Doch jedem von uns war bewusst, dass in diesem Moment ein Energiestrahl von noch nie dagewesener Stärke und Konzentration durch den Raum schoss. In einer anderen, stofflicheren Form wäre dieser Energiestrom in der Lage gewesen, einen Planeten zu zerstören. Allein der Gedanke daran, welch gigantische Kräfte wir gerade entfesselten, erfüllte mich mit Freude und Stolz.

»Im Strahl befindet sich ein Raumschiff«, meldete eine Maschinenstimme. »Entfernung: halbe Strecke zur Ora.«

»Das ist sicher der *Steuermann*«, sagte Albert. »Man sieht die Umrisse eines alten Sternenpflugs.«

Im Drei-D-Monitor schwamm in einem diffusen, grauen Licht ein einsamer dunkler Punkt. Meiner Ansicht nach konnte man nicht erkennen, ob es sich um ein altes oder ein neues Raumschiff handelte.

»Jetzt ist die Ora im Strahl!«, verkündete Albert.

Im Monitor schälten sich die Umrisse der Ora-Scheibe heraus und wurden rasch größer. Dieses Bild resultierte aus den Impulsen unserer RWS-3, die von der Ora reflektiert wurden. Kurz darauf schaltete sich auch die Anlage auf der Ora zu, und auf dem Bildschirm erschien ein Kontrollraum, in dem neben vielen anderen Menschen auch Wera, Olga, Allan und Martyn Spychalski anwesend waren.

»Nun denn«, sagte Spychalski mit der dem Anlass angemessenen Feierlichkeit. »Damit erkläre ich die erste verzögerungsfreie Galaxisschaltung für eröffnet. Ihr seid auf unserem Drei-D-Monitor.«

Ich antwortete im Namen aller Anwesenden auf der Raumwellenstation und im Namen aller Erdenbewohner, die die Übertragung mitverfolgten: »Die Erde sendet herzliche Grüße zur Ora!«

Spychalski berichtete, dass die von der Erde gelieferte RWS-2 erfolgreich installiert worden sei und die Kommunikation mit den Raumschiffen und Sternen in der näheren Umgebung völlig reibungslos und verzögerungsfrei ablaufe. Daraufhin erzählte er vom Fortgang der Arbeiten im Umfeld der Ora: Unermüdlich wurden neue Planeten gebaut und künstliche Sonnen montiert.

Nach Spychalskis Bericht meldete sich Albert über Kopfhörer bei mir: »Eli, auf der Ora steht eine zweite Leitung. Es handelt sich um eine Schaltung für Sie persönlich.«

»Nanu? Wozu denn eine persönliche Schaltung? Wera hat mich doch sicher gesehen und wird gleich zu uns sprechen.«

»Keine Ahnung, Eli, soll ich die Leitung vielleicht in einen Nebenraum schalten?«

»Nein, nicht nötig. Ich habe keine Geheimnisse.«

Auf dem Drei-D-Monitor erschien ein Ingenieur in einem kleinen Technikraum, der uns freundlich begrüßte.

»Ich schalte jetzt eine Leitung zur Wega frei für Eli Gamasin. Die Verbindung wird nur zwei Minuten lang aufrechterhalten, mehr ist leider nicht drin.«

Der Monitor wurde für einen Moment schwarz, dann rollte ein Wegaplanet ins Bild, und der Fokus zoomte ein dämmriges Waldstück heran, in dem einige rotierende Lichtsäulen schimmerten. Als die Gestalten verharrten und noch ein wenig näher rückten, konnte man ihre hübschen Gesichter sehen. Es waren Viola und ihre Freundinnen, die Schlangenmädchen von der Wega! Teufel, Teufel, dachte ich, das hat bestimmt der alte Fuchs Spychalski ausgeheckt.

»Hallo Viola!«, rief ich begeistert.

»Hallo Eli!«, ertönte ihr Singsang. »Ich sehe dich auf der fernen Erde! Wie geht es dir, ich habe gehört, dass du krank warst.«

»Es geht mir gut. Wie geht es dir, Viola? Was für eine schöne Überraschung!«

»Mir geht es auch gut. Ich möchte dich sehen, aber aus der Nähe!«

»Ich dich auch!«

»Komm mich besuchen, Eli.«

Über Kopfhörer teilte mir Albert mit, dass die Verbindung gleich beendet würde.

»Ich verspreche es, Viola!«, konnte ich gerade noch sagen, dann verschwanden die Wegamädchen vom Bildschirm.

Mary beugte sich zu mir herüber und flüsterte: »Dann verlassen Sie also auch die Erde? Wie bedauerlich. Wirklich außerordentlich hübsch, Ihre Freundin, mal abgesehen von der unteren Hälfte. Wenn Sie zur Wega kommen, richten Sie Ihrer Schlange einen schönen Gruß von den Erdenmädchen aus.«

Marys Eifersucht war so entwaffnend, dass ich lachen musste. Sie blickte mich entrüstet an. Im nächsten Moment würde sie mir etwas äußerst Verletzendes an den Kopf werfen, das sah ich ihr an. Doch sie kam nicht mehr dazu, denn am Monitor erschien Wera und begann zu sprechen.

»Die Vorbereitungen für die Expedition zum Perseus stehen kurz vor dem Abschluss«, sagte sie. »Die von euch gelieferten Geräte sind mittlerweile auf fast allen Sternenpflügen installiert. Wir teilen dem Staatsrat mit, dass die Galaktische Flotte nur noch auf den Befehl wartet, zum Perseus aufzubrechen. Und natürlich warten wir noch auf meinen Bruder Eli.«

»Ich werde in Kürze bei euch sein«, versicherte ich.

Albert beendete die Schaltung zur Ora. Nun war es an der Zeit, die Reichweite unserer Raumwellenstation zu testen.

»Ich richte den Strahl jetzt auf die Hyaden«, teilte Albert über die Lautsprecher mit.

Die Entfernung zu den Hyaden war schon wesentlich größer als zur Ora: einhundertfünfzig Lichtjahre. Ein Planetensystem nach dem anderen fuhr durchs Bild, und im interstellaren Raum wurden auch vier von unseren Sternenpflügen geortet.

Albert lenkte den Energiestrahl auf die fünfhundert Lichtjahre entfernten Plejaden um und verstärkte ihn noch einmal gewaltig. Auf dem Monitor erschienen die Himmelskörper des Siebengestirns.

»Hier ist es passiert«, sagte ich zu Jeanne.

Die Plejaden waren verwaist, wie ausgestorben. Nicht ein Raumschiff war zwischen den Sternen zu erkennen. Albert fokussierte auf die Maia und dann auf den Raum, in dem sich die erste große Schlacht zwischen den Kreuzern der Zerstörer und unseren Sternenpflügen abgespielt hatte. Gespenstisch und finster war dieser Ort, und noch immer waberte der Schlachtenstaub durch die gigantische Leere.

Albert schwenkte an den Rand des Sternhaufens. Nacheinander kamen nun die drei Planeten der majestätisch strahlenden Elektra in Bild: der innere – von Rauch umwölkt, der äußere – in ewiges Eis gehüllt, und der Sigma, wo wir André verloren hatten. Der zerstörte Planet wirkte grau und düster, das Licht der automatischen Scheinwerfer war erloschen.

Jeanne weinte leise. Ich konnte sie nicht trösten. Als ich den unseligen Planeten erblickte, war ich selbst den Tränen nah. Wieder zuckten Andrés verzweifelte Hilferufe durch mein Gehirn: »Eli! Eli!«

»Versuchen wir nun, die Sternhaufen im Perseus anzusteuern«, sagte ich zu Albert.

Es war der entscheidende Moment des Testlaufs. Die Erde war im Begriff, mit ihren mächtigen Ortungsstrahlen eine Entfernung von fünftausend Lichtjahren zu überwinden. Nun würde sich herausstellen, ob die Berechnungen, auf denen unser Projekt fußte, korrekt waren oder ob wir irgendeine Kleinigkeit übersehen hatten.

Einige Minuten vergingen in schweigsamer Erwartung. Dann endlich leuchtete auf dem Bildschirm der prächtigste Sternhaufen unseres Galaxisbezirks auf, eine Ansammlung Tausender und Abertausender äußerst heller Sterne. Der Anblick war mir wohlvertraut – ein Jahr lang hatte ich ihn auf der Kommandobrücke des zum Perseus jagenden *Raumfressers* vor Augen gehabt.

Der Fokus des Ortungsstrahls drang nun in den Sternhaufen ein, und am Rand des Monitors huschten lodernde Gestirne aus dem Bild. Irgendwo hier musste sich auch der Drohende Riese befinden.

»Zwei Kreuzergeschwader auf Parallelkurs im Überlichtbereich«, meldete die monotone Maschinenstimme. »Geschwindigkeit nicht über hundert Lichteinheiten.«

Auf dem Drei-D-Monitor erkannten wir in leuchtendem Nebel zwei Grüppchen von Punkten, das erste bestand aus fünf, das zweite aus sieben Schiffen. Was führten die Zerstörer im Schilde? Planten sie einen Angriff auf einen Planeten der Galakten oder führten sie einen normalen Kontrollflug in ihrem Hoheitsgebiet durch? Versuchten sie, Feinde innerhalb ihres Galaxisbezirks auszuschalten, bevor wir Menschen, ihre äußeren Feinde, auf der Bildfläche erscheinen würden?

»Senden Sie unsere Botschaft«, sagte ich zu Albert.

Es war ein kurzer Aufruf aus wenigen Worten, der schon im Vorfeld mit dem Staatsrat abgestimmt worden war. Sie lautete: »Dies ist eine Botschaft der Menschen an andere Sternenvölker. Wir begegnen allen vernunftbegabten und gerechten Wesen in friedlicher und wohlwollender Absicht. Wir werden kommen.«

Während Albert die Botschaft über den ersten Kanal übertrug, setzte er die Ortung des Perseus über den zweiten fort und schaltete den dritten auf den Empfang möglicher Reaktionen aus dem fernen Sternhaufen. Doch die Kreuzer der Zerstörer steuerten nach wie vor auf ein unbekanntes Objekt zu, und es gab keinerlei Anzeichen dafür, dass sie unsere Botschaft erreicht hätte. Im ganzen Weltraum, der vom Energiestrahl der RWS-3 erfasst war, gab es keinerlei Störungen in der Raumwellenstruktur, die man als Nachricht hätte deuten können.

Trotzdem war ich hochzufrieden. Das Schweigen des Perseus musste nichts heißen. Ich zweifelte nicht daran, dass unsere Botschaft angekommen war. Entscheidend war, dass wir nun die Möglichkeit hatten, selbst mit weit entfernten Regionen der Galaxis Kontakt aufzunehmen. Unser Projekt, die Erde in ein mächtiges Auge, Ohr und Sprachrohr des Alls zu verwandeln, war geglückt!

Albert beendete den Testlauf und schaltete das Licht im Kontrollraum ein.

»Immerhin hast du den Ort gesehen, wo André verschwunden ist, und jenen, wo er festgehalten wird«, sagte ich zu Jeanne und legte ihr den Arm um die Schulter. »Es kann durchaus sein, dass er unsere Botschaft mitbekommen hat. Dann weiß er jetzt, dass wir vorbereitet sind und uns auf den Weg machen werden, um ihn zu befreien. Glaub mir, Jeanne.«

Sie seufzte und rieb sich die verweinten Augen. Als ich mich nach Mary umdrehte, war sie verschwunden.

»Deine Bekannte ist gegangen, während die Übertragung vom Perseus lief«, erklärte mir Jeanne. »Sie ist aufgestanden und hat leise den Raum verlassen. Ich wollte dich darauf aufmerksam machen, aber du warst so auf diese Kreuzer fixiert … Bedauerst du, dass sie gegangen ist?«

»Nein. Eher im Gegenteil, es freut mich.«

Dann ging ich zu Albert, der gerade aus seiner Kabine stieg.

»Nun denn, mein lieber Kollege«, sagte ich. »Der Testlauf war erfolgreich. Gute Arbeit! Gemäß Beschluss des Staatsrats ist mein Auftrag damit erfüllt. Ich wünsche Ihnen noch viel Erfolg.«

Er drückte mir fest und freundschaftlich die Hand.

14

Während des Rückflugs aus der Sahara beschloss ich, noch am selben Abend zur Ora aufzubrechen. Bis zum Abendexpress zum Pluto verblieben noch drei Stunden.

Ich beauftragte meine Beschützerin, eine Verbindung zu Mary Glun herzustellen. Sie befand sich gerade auf einer Straße der Hauptstadt und war zu Fuß auf dem Heimweg. Ihre Augen waren feucht und gerötet, das konnte ich sogar in der Videosäule erkennen. Als ich vor ihr aufschien, schrak sie zusammen.

»Sie haben sich still und heimlich aus dem Staub gemacht«, sagte ich. »Doch so leicht lasse ich Sie nicht ziehen. Ich möchte, dass Sie sofort zu mir kommen. Ich brauche Sie dringend, Mary.«

Sie sah zur Seite, dann sagte sie unschlüssig: »Mal sehen, vielleicht am Abend, falls ich dann Lust habe, Sie zu treffen.«

»Am Abend ist es zu spät, Mary. Ich reise noch heute zur Ora ab. Der Nachtexpress zum Pluto geht in drei Stunden.«

Sie sah mir prüfend in die Augen und bemerkte sofort, dass es mir ernst war.

»Na schön«, erwiderte sie. »Treffen wir uns am Raumbahnhof.«

Wir trafen gleichzeitig am Kosmodrom ein. Im Vergleich zur Begegnung in der Sahara hatte sich ihre Stimmung um hundertachtzig Grad gedreht. Sie zeigte sich distanziert, kühl und souverän. Offenbar hatte sie sich vorgenommen, mir zum Abschied die kalte Schulter zu zeigen.

»Wenn Sie zur Wega kommen, richten Sie aus …«, begann Mary, doch ich ließ sie nicht ausreden.

»Ich weiß nicht, ob ich so bald zur Wega kommen werde. Das Ziel unserer Mission ist der Perseus. Und ich möchte, dass Sie mitkommen.«

Mary war völlig perplex, doch sie glaubte mir nicht und wurde böse.

»Ihre dummen Scherze können Sie sich sparen, Eli«, giftete sie. »Wie dumm von mir, überhaupt herzukommen.«

»Es ist mein voller Ernst, Mary. Ich wünsche mir nichts mehr, als dass Sie mich begleiten. Was hält Sie auf der Erde? Alles, was Sie für die lange Reise brauchen, besorgen wir auf dem Pluto. Sie werden es nicht bereuen, mitzukommen, das verspreche ich Ihnen. Es wäre das Beste für Sie, glauben Sie mir.«

Sie schien innerlich zu schwanken, und ihre schönen, dunklen Augen wurden glasig.

»Ich muss mich wundern über Sie. Seit wann machen Sie sich Gedanken darüber, was gut für mich ist. Bis jetzt dachten Sie immer in erster Linie an sich selbst.«

»Das liegt wohl daran, dass ich viel Zeit allein verbracht habe. Außerdem sind Männer grundsätzlich egoistischer als Frauen, so steht es in den alten Büchern. Aber jetzt wird alles anders.«

»Sie haben beschlossen, Ihrem männlichen Egoismus zu entsagen?«

»Im Gegenteil. Ich fröne ihm hingebungsvoll. Wenn Sie auf der Erde zurückblieben, hätte ich Tag und Nacht keine ruhige Minute und würde mir Sorgen machen, ob Sie sich nicht in jemanden verlieben oder krank werden. Wenn ich Sie dagegen in meiner Nähe hätte, wäre ich beruhigt und könnte Ihnen immer in die Augen schauen. Ich bin viel zu sehr Egoist, als dass ich freiwillig darauf verzichten würde.«

»Woher wissen Sie, dass ich nicht darauf verzichten kann?«

Mary hatte den Blick gesenkt, und ein Lächeln spielte um ihren Mund. Sie kokettierte!

»Kommen Sie, Mary. Es sind nur noch ein paar Minuten bis zum Start.«

Sie zog die breiten Brauen hoch und sah mir in die Augen: »Aber eines sage ich Ihnen, Ihre bezaubernde Schlange können Sie sich aus dem Kopf schlagen.«

»Lassen Sie sich überraschen, Mary. Sie und Viola werden am Ende Freundinnen sein.«

Sie schien immer noch zu schwanken. Vorsichtig nahm ich sie bei der Hand und führte sie zum Planetenschiff. An der Gangway blieb sie nochmals stehen und sah mich an.

»Ist es Ihnen wirklich ernst, Eli? Wissen Sie, was Sie da tun? Pawel behauptet, Sie seien ein nicht gerade vernunftgesteuerter Mensch.«

»Da hat er vollkommen Recht. Pawel kennt mich gut. Aber was hat das mit uns zu tun? Ein bisschen unvernünftig müssen wir schon sein, wenn wir glücklich werden wollen, finden Sie nicht? Denken Sie an die Einschätzung der Auskunftsmaschine.«

Mary lächelte und erklomm noch vor mir die ersten Stufen der Gangway. Ich führte sie in meine Kabine und drückte sie an mich.

Zweites Buch

Die Invasion im Perseus

Ein lautloser Bote hat sich erhoben und erweckt einen lärmenden Krieg.
Am Turm, oh Kirn, lodert das Wachfeuer.
Nun denn, sei mannhaft! Eile, die pfeilschnellen Rösser zu zäumen!
Brust an Brust möcht ich den Feinden beritten begegnen.
Der Staub ihrer Hufe kommt näher. Bald werden sie unsere Tore erreichen,
wenn Gott meine Augen nicht mit Blindheit geschlagen hat …

Theognis von Megara (6. Jahrhundert v. Chr.)

Erster Teil

Im Sternendschungel

1

Alles wiederholte sich und war doch ganz anders. Meinen ersten Flug zur Ora hatte ich mit dem Gefühl eines Entdeckungsreisenden bestritten, und die mich umgebende Sternenwelt hatte sich in jungfräulichem Glanz dargeboten. Diesmal hingegen wandelte ich auf ausgetretenen Pfaden. Dutzende von Sternenpflügen hatten diese Route bereits zurückgelegt, Dutzende weitere würden folgen. Wohlbekannte Sterne näherten sich auf der vorderen Halbsphäre und verschwanden auf der hinteren in der Ferne. Ich hatte es eilig, zur Ora zu kommen. Die Rolle des Weltraumtouristen passte mir nicht mehr. Diesmal war ich ein Krieger und gehörte der größten Armee an, die je von Menschen auf die Beine gestellte wurde – und ich kam zu spät zum Sammelpunkt!

»Ich verstehe dich nicht«, schimpfte Mary, die meine innere Unruhe längst bemerkt hatte. »Warum bist du so ungeduldig? Ohne dich wird kein Mensch zum Perseus aufbrechen. Warum genießt du nicht einfach die Schönheit des Weltalls?«

»Ich habe das doch alles schon gesehen, es ist langweilig«, brummte ich und starrte missmutig auf den Aldebaran, der einfach nicht größer werden wollte.

»Die Schönheit der Sterne wird nicht dadurch geringer, dass du sie schon einmal bestaunt hast«, sagte Mary mit jener knochentrockenen Logik, die man gemeinhin den Frauen nachsagt. Tatsächlich war mir diese geradlinige Art der Argumentation von meiner Schwester Wera wohlvertraut.

»Trotzdem ist diese Schönheit von anderer Qualität, wenn ihr nichts Unerwartetes anhaftet«, entgegnete ich.

»Schönheit ist Vollendung, Eli. Sie ist völlig unabhängig von deiner Erwartungshaltung.«

»Also bitte, Wera …«, wollte ich widersprechen und stockte.

Mary fing zu kichern an. »Deine Schwester habe ich bislang nur auf Stereobildschirmen gesehen. Es ist nicht das erste Mal, dass du mich mit ihrem Namen ansprichst. Das passiert dir immer dann, wenn dir die Argumente ausgehen, du aber trotzdem Recht behalten willst.«

Ich küsste Mary. Fürs Küssen braucht man sich wenigstens nicht zu rechtfertigen, und eine logische Begründung ist auch verzichtbar.

Mary war dennoch unzufrieden mit mir: »Ich hatte gehofft, dass du mir auf meiner ersten Weltraumreise ein enthusiastischer Fremdenführer sein würdest. Die Reisen von Jungvermählten nannte man früher Hochzeitsreisen – das weiß ich von Romero. Ich habe den Eindruck, dass dir unsere Hochzeitsreise langweilig ist.«

Das konnte ich nicht auf mir sitzen lassen. Im Grunde war meine Begeisterung für die Sternenwelt ja auch keineswegs erloschen, sie war nur ein wenig überlagert durch meine Ungeduld. Also gab ich mir innerlich einen Ruck, vergaß die vor mir liegenden Aufgaben und begann zu erzählen: von den Sternen, die wir gerade passierten, und von meinen bisherigen Erlebnissen in den Plejaden und im Perseus.

»Der Abgrund des Alls umgibt uns von allen Seiten, Mary«, sagte ich schließlich bewegt. »Und wir stürzen in diesen Abgrund hinein. Immer tiefer und tiefer und tiefer. Du wirst es selbst spüren können.«

2

Die Ora empfing uns nicht allein. Jeder der kolossalen Raumkreuzer, die dort zusammengezogen worden waren, schimmerte wie ein kleiner Planet.

Wir wurden von vielen Freunden begrüßt und kamen aus dem Händeschütteln und Schulterklopfen gar nicht mehr heraus. Neben Wera stand Romero – wie stets elegant gekleidet und in unterkühlt-korrekter Haltung. Wir beschränkten uns auf einen kräftigen Händedruck.

Mary gegenüber schlug Romero einen Tonfall an, aus dem selbst ein Unbeteiligter die beißende Ironie herausgehört hätte.

»Kann man Ihnen gratulieren, Mary?«, flötete er. »Wenn ich es richtig sehe, sind nun Ihre geheimsten Wünsche in Erfüllung gegangen?«

Auf der Erde hatte ich tatsächlich für kurze Zeit die Befürchtung gehegt, Mary könnte in Romero verliebt sein. Nun hätte man meinen können, dass sie blanken Hass für ihn empfand, so zornig funkelten ihre Augen.

»Sie haben's erfasst, Pawel, meine allergeheimsten Wünsche«, erwiderte sie gallig.

Er breitete respektvoll die Arme aus und neigte den Kopf. Vermutlich brachte man im Altertum auf diese Weise seine Glückwünsche zum Ausdruck.

»Was hat das zu bedeuten?«, erkundigte sich Wera und ließ einen fragenden Blick von mir zu Mary und von Mary zu Romero schweifen. »Habe ich irgendetwas Wichtiges verpasst?«

»Etwas sehr Wichtiges«, sagte ich und nahm Mary bei der Hand. »Darf ich dir meine Frau vorstellen?«

Es erstaunt mich immer wieder aufs Neue, wie schnell und unkompliziert sich Frauen anfreunden. Das spontane und intuitive Aufeinanderzugehen ist bei uns Männern eher die Ausnahme. Wir begrüßen uns zuerst umständlich, taxieren und beschnuppern uns stunden- und tagelang, bevor wir allmählich eine Vorstellung davon bekommen, was wir voneinander zu erwarten haben. In unserer Reserviertheit sind wir bis heute Opfer der Etikette.

Wera dagegen ging einfach auf Mary zu, und die fiel ihr in die Arme.

»Endlich, Eli!«, jubilierte Wera, nachdem sie Mary herzlich auf die Wangen geküsst hatte. »Und wenn mich nicht alles täuscht, hast du eine gute Wahl getroffen.«

»Eine katastrophale Wahl«, entgegnete ich grinsend. »Die Auskunftsmaschine hat uns die Trennung im dritten Monat des Zusammenlebens prophezeit. Allerdings sind wir jetzt schon im vierten.«

Wera zog Mary beiseite, während ich mich meinen Freunden zuwandte. Olga, die ein bisschen mollig geworden war, beglückwünschte mich herzlich, und Leonid schloss sich ihr an. Allan brachte scherzhaft sein Bedauern darüber zum Ausdruck, dass der Junggesellengilde schon wieder ein Mitglied abhandengekommen sei, und versicherte, so etwas würde ihm nie passieren. Lussin sah mich so zärtlich an, als wäre ich ein geglückter Zentaur aus der Züchtung seines Instituts.

»Ich schenk dir einen Drachen«, verkündete er. »Willst du? Einen wunderbaren Drachen. Kannst du mit Mary fliegen. Ein himmlisches Vergnügen!«

»Auf feuerspeienden Drachen fliegt man höchstens in die Hölle«, entgegnete ich lachend. »Damit warte ich lieber noch ein bisschen.«

Nun kam auch noch Trub angeflogen. Nachdem ich mich aus der Umarmung seiner Flügel befreit hatte, sah mein neuer Hut in etwa so aus wie mein alter. Natürlich waren auch Oshima und Spychalski gekommen. Mindestens eine Stunde lang standen wir alle zusammen, rissen Späße und erinnerten uns an unsere gemeinsamen Abenteuer. Erst allmählich gingen wir zu ernsthafteren Gesprächsthemen über.

In einem günstigen Moment nahm ich Romero beiseite: »Sind Sie mir nicht böse, Pawel? Ich meine wegen meines Ratschlags, zur Ora zu reisen.«

»Ich bin Ihnen dankbar, Eli«, erwiderte er ungewohnt schlicht. »Ich war mit Blindheit geschlagen – das muss ich zähneknirschend zugeben. Es war völlig überraschend für mich, wie schnell und leicht Wera und ich uns ausgesöhnt haben.«

»Solche Überraschungen sind kein Zufall, Pawel. Sie wollen gut vorbereitet sein. In diesem Fall hat es eben unseren Streit im Wald dazu gebraucht.«

»Überraschungen werden Sie hier auch erleben«, orakelte Romero. »Und schon sehr bald, mein lieber Freund.«

Wera und Mary gesellten sich wieder zu uns.

»Ich muss mit dir allein sprechen, wegen der bevorstehenden Mission zum Perseus«, sagte Wera. »Vielleicht sollten wir das sofort erledigen?«

Mir war ein Rätsel, was es über den Feldzug in den Perseus unter vier Augen zu besprechen gab.

»Ich möchte zuerst Mary ein bisschen herumführen. Sie ist zum ersten Mal auf der Ora.«

»Gut. Dann komm nach eurem Spaziergang auf mein Zimmer.«

Allmählich löste sich die Begrüßungsrunde auf. Nur Lussin gab mir zu verstehen, dass er mir nicht von der Seite weichen werde, bevor ich nicht das Getier begutachtet hatte, das er von der Erde mitgebracht hatte. Mary und ich wollten Lussin nicht enttäuschen, deshalb begleiteten wir ihn und Trub zu seinen Zöglingen.

In den riesigen Käfigen tummelten sich allein an die hundert Pegasusse: schwarze, rote, gelbe, grüne, rotweiß gestreifte – in sämtlichen Farben, die man sich nur vorstellen konnte. Sie wieherten angriffslustig und flatterten auf und nieder.

Trub hatte die Flügel vor der Brust verschränkt und beobachtete das Gewimmel mit herablassender Feindseligkeit.

»Ein ziemlich doofes Völkchen«, lästerte er. »Können nicht mal lesen und schreiben. Ganz zu schweigen davon, dass sie nicht sprechen können.«

In seinem ersten Jahr auf der Erde hatte Trub das Alphabet erlernt und noch vor dem Abflug zur Erde die Grundschulprüfungen bestanden. Die beinhalteten immerhin Integralrechnung, Raumtheorie und die Ngoro-Reihen. Auf der Ora organisierte Trub die Schulung seiner Artgenossen. Schon bald hatte sich herausgestellt, dass die Engel über eine außergewöhnliche technische Begabung verfügen. Eine besondere Vorliebe hegten sie für elektrische Geräte.

»Es sind eben nur Pferde, wenn auch mit Flügeln«, rechtfertigte ich die Pegasusse.

»Ziemlich beknackte Pferde«, ätzte Trub. »Seht nur, wie stupide sie mit ihren Glupschaugen in die Gegend starren.«

»Rassist!«, schnaubte Lussin, doch dabei grinste er. »Überlegenheitsfantasien. Typischer Entwicklungsfehler höherer Wesen.«

Ich zwinkerte Mary zu. Es amüsierte mich, dass gerade Lussins Liebling Trub über dessen andere Maskottchen herzog.

In einem streng von den Pegasussen abgeschirmten Gehege zeigte uns Lussin einen geflügelten, feuerspeienden Drachen. Von dicken, feuerroten Panzerplatten umhüllt lag der walgroße Koloss schlapp auf dem Boden, aus seinen Nüstern quoll Rauch, und beim Ausatmen schoss eine geräuschvoll lodernde Flamme aus seinem Rachen. Als wir näher kamen, hob er müde den schweren Kopf und sah uns aus seinen halb geöffneten Reptilienaugen misstrauisch an. Es schien völlig undenkbar, dass dieses Monstrum sich in die Lüfte erheben könnte.

»Der hat ja ein Geweih!«, rief Mary staunend.

»Eine Blitzschleuder«, erläuterte Lussin stolz. »Setzt Feinde unter Strom und äschert sie ein. Was sagt ihr?«

Tatsächlich prangten am Kopf des Drachen drei vergoldete Hörner, aus denen von Zeit zu Zeit Funken sprühten.

»Mit den paar Funken?«, fragte ich skeptisch.

»Probier es selbst«, erwiderte Lussin. »Mit einem Stein oder so.«

Auf der aufgeräumten Ora war es nahezu unmöglich, einen Stein zu finden. Deshalb schleuderte ich mein Taschenmesser nach dem Ungetüm. Blitzartig riss der Drache den Kopf empor, spannte den Körper an wie ein sprungbereites Raubtier, seine Augen funkelten, und aus einem der Hörner zuckte ein Blitz, der exakt in das fliegende Taschenmesser fuhr: Es glühte kurz auf, dann regnete es als Plasma zu Boden. Im selben Moment löste sich ein zweiter Blitz aus einem anderen Horn des Drachen und schlug direkt in meiner Brust ein. Zum Glück sind die Orabewohner durch ihre persönlichen Kraftfelder geschützt, sonst hätte ich als ein Häufchen Asche geendet.

»Kann drei Blitze auf einmal schleudern«, schwärmte Lussin begeistert. »In verschiedene Richtungen. Er heißt Zeus.«

»Wenn er schlechte Laune hat, möchte ich dem lieber nicht über den Weg fliegen«, sagte Trub beeindruckt.

Zum Glück beruhigte sich Zeus rasch wieder. Er ließ seinen Rumpf zu Boden sinken, die schweren Lider fielen über seine grünen Augen, und an seinen Hörnern flackerten bläuliche Elmsfeuer.

»Ein ziemlich effektvolles Ungeheuer, dein Zeus«, sagte ich anerkennend zu Lussin. »Aber was sollen wir im Perseus mit blitzeschleudernden Drachen und Pegasussen anfangen?«

»Werden nützlich sein«, erwiderte Lussin.

Damals hatte ich noch keine Ahnung, wie Recht mein Freund damit haben sollte.

Nach der unterhaltsamen Tiershow entließ Lussin mich und Mary. Es war Abend geworden, die künstliche Sonne erlosch.

»Geschafft!«, rief ich erleichtert. »Wir sind auf der Ora und endlich allein!«

»Bis jetzt schienen dir deine Freunde wichtiger zu sein als ich«, bemerkte Mary spitz.

Dieser Vorwurf amüsierte mich eher, als dass er mich traf. »Du bist doch nicht etwa eifersüchtig auf Lussin und Trub? Ich bitte dich! Komm, Liebste, ich zeige dir die Ora.«

Wir schlenderten lange über die prächtigen Straßen des Planeten und besichtigten die verwaisten Herbergen der Außerirdischen. Nebenbei erzählte ich Mary, wie ich die Altairen, Wegabewohner und Engel kennengelernt hatte. Die Vergangenheit holte mich ein: Wie Gespenster huschten die Eindrücke und Gestalten an mir vorüber, die meinen ersten Aufenthalt auf der Ora geprägt hatten.

Natürlich tauchte auch André vor meinem inneren Auge auf. An diesem Ort hatte er bahnbrechende Theorien entwickelt, und ich hatte mich nur über ihn lustig gemacht. Solange er bei uns war, haben wir ihn notorisch unterschätzt.

Plötzlich bemerkte ich, dass Mary Tränen in den Augen standen. »Was ist mit dir? Was bekümmert dich?«, fragte ich besorgt.

Sie sah mich fast feindselig an. »Fallen dir denn überhaupt keine Veränderungen an mir auf?«

»Was für Veränderungen denn?«

»Verschiedene. Findest du nicht, dass ich hässlich geworden bin?«

»Mary! Was für ein Unsinn. Du warst nie schöner als jetzt.«

Sie wandte sich ab. Die erloschene Sonne verströmte milchiges Licht – Vollmond auf der Ora.

»Du bist ein komischer Mensch, Eli«, sagte Mary nach einer Weile. »Warum hast du dich eigentlich in mich verliebt?«

»Was für eine Frage! Weil du so bist, wie du bist. Einzigartig und unverwechselbar.«

»Jeder Mensch ist auf seine Weise einzigartig. Es gibt nur zwei Menschen auf der Welt, die du wirklich liebst. Wenn du über sie sprichst, schwingt Begeisterung in deiner Stimme, und deine Augen leuchten.«

»Du meinst André?«

»Und Viola!«

»Sei nicht kindisch, Mary!« Im Gehen fasste ich sie um die Taille und zog sie sanft an mich. »Es ist wahr, dass André und Viola mir nahestehen. Aber das kannst du doch nicht vergleichen. Die beiden sind weitweg, und natürlich drückt es sich in meinem Benehmen aus, dass sie mir fehlen. Doch was glaubst du, was für eine Sehnsucht mich überkommen würde, wenn ich von dir getrennt wäre? Ich will gar nicht daran denken.«

»Wenn sich deine Gefühle für mich erst in der Trennung bemerkbar machen, habe ich wenig davon. Ich würde sie gerne jetzt spüren«, sagte sie bekümmert. »Aber lassen wir das. Du musst jetzt zu Wera. Sie hat dir etwas Wichtiges mitzuteilen.«

»Du weißt, was sie mir zu sagen hat?«

»Ja, aber es ist besser, wenn sie es dir selber sagt.«

»Was für eine Geheimniskrämerei allenthalben! Romero hat mir schon Überraschungen prophezeit, Wera möchte nur mit mir allein sprechen, du machst irgendwelche Andeutungen … Warum sagst du nicht einfach, was Sache ist?«

»Wera wird es dir sagen.«

3

»Du bist sicher überrascht, dass ich dich allein sprechen wollte«, begann Wera. »Der Grund ist, dass es um Personalfragen geht. Der Staatsrat hat mich beauftragt, mit dir zu besprechen, wen wir zum Admiral unserer Flotte ernennen sollen. Er muss natürlich andere Qualitäten mitbringen als ein Raumschiffkommandeur.«

Ich zuckte mit den Achseln. »Dann musst du mir zuerst einmal sagen, um welche Qualitäten es sich dabei handelt.«

»Zunächst einmal um allgemeinmenschliche: Mut, Entschlossenheit, Zielstrebigkeit, schnelle Auffassungsgabe … Ich denke, es erübrigt sich, das detaillierter auszuführen. Dann sind natürlich fachliche Fähigkeiten gefragt: Er muss ein Raumschiff und seine Besatzung führen können, sich in den Weiten der Galaxis gut orientieren und feindliche Kräfte und Aktivitäten genau einschätzen können. Zu guter Letzt muss er über universelle intellektuelle Fähigkeiten, Gespür für alles Neue, Sensibilität und ein tiefes Verständnis für die historische Dimension unserer Mission verfügen. Denn diese Person, der Admiral unserer Flotte, wird der oberste Vertreter der Menschheit gegenüber bislang wenig bekannten, doch zweifellos hoch entwickelten und mächtigen Zivilisationen unserer Galaxis sein.«

»Das wird schwierig, Wera. Die Person, die dir vorschwebt, müsste ein Übermensch oder gar eine Gottheit sein. Unglücklicherweise gibt es keine Götter unter uns.«

»Wir können aber nur eine solche Person brauchen, einem anderen können wir das Oberkommando nicht übertragen.«

Wir gingen verschiedene Kandidaten durch. Olga, Leonid und Oshima kamen nicht infrage, darüber waren wir uns schnell einig.

»Warum machst du es nicht selbst?«, fragte ich.

»Ausgeschlossen.«

»Wenn André nicht in Gefangenschaft wäre, gäbe er einen idealen Admiral ab.«

»Da bin ich nicht deiner Meinung. André verfügt zwar über einen außergewöhnlich scharfen Verstand, doch er denkt nicht universell. Außerdem bringen uns Konjunktive nicht weiter. Er steht nun mal nicht zur Verfügung.«

Die Debatte um Personen begann mir auf die Nerven zu gehen. »Mir ist es egal, wer das Kommando führt«, sagte ich. »Stellt doch eine Anfrage bei der ZUM, die Maschine ist völlig unvoreingenommen und wird neutral urteilen.«

»Das haben wir bereits getan.«

»Seltsam, darüber ist mir nichts bekannt.«

»Kein Wunder, es wurde geheim gehalten. Der Staatsrat hat einstimmig einen Kandidaten benannt, und die ZUM hat unsere Wahl bestätigt.«

Die Tatsache, dass man mich bei dieser Entscheidung übergangen hatte, verletzte mich. Ein bisschen Ahnung von den Angelegenheiten im Perseus hatte ich schließlich auch.

»Und wer ist bitte schön dieser sagenhaft begabte Mensch, den ihr einstimmig zum Anführer bestimmt habt?«

»Du bist es, Eli.«

Ich war so verdutzt, dass ich im ersten Moment zu keiner Reaktion fähig war. Doch als ich mich wieder im Griff hatte, sprudelte es aus mir heraus: »Was für ein Unsinn! Dieser Vorschlag ist völlig absurd, ein ausgemachter Blödsinn, Irrsinn in Reinkultur! Ich kenne mich selbst am besten. Für die Rolle eines Politikers und Militärstrategen tauge ich nicht im Geringsten.«

»Du wirst doch wohl nicht bestreiten, dass du über eine Reihe außergewöhnlicher Qualitäten verfügst.«

»Ich verfüge in erster Linie über ein paar üble menschliche Schwächen.«

»Da kann ich dir nicht mit gutem Gewissen widersprechen – aber, mein Lieber, diese Schwächen disqualifizieren dich nicht für diese Aufgabe. Du solltest diejenigen, die dir so viel Vertrauen entgegenbringen, nicht enttäuschen. Sie werden sich schon etwas dabei gedacht haben, als sie dich auswählten.«

Ich griff mir an den Kopf und verstummte. Es war wie so oft in meiner Kindheit, als meine große Schwester mir den Kopf wusch und ich nur ohnmächtig dastand und vergeblich um Widerworte rang. In mir regte sich nicht die geringste Spur von Freude über die Ehre, die mir hier angetragen wurde. Mir fiel ein, wie ich mich damals über Olga entrüstet hatte, als sie ihre Ernennung zum Geschwaderkommandeur völlig emotionslos zur Kenntnis nahm. Meine frühere Unbekümmertheit hatte sich verflüchtigt, ich schreckte vor der Last der Verantwortung zurück.

»Was ist, hat's dir die Sprache verschlagen?«

»Lass uns bitte noch ein paar andere Kandidaten durchgehen.«

»Das ist im Staatsrat bereits geschehen. Die ZUM hat sämtliche Kandidaten minutiös auf ihre Eignung geprüft. Die Raumschiffkapitäne waren begeistert, als sie von der Entscheidung des Staatsrats hörten. Reicht dir das nicht?«

Mir wurde klar, dass ich keine Wahl hatte. »Einverstanden«, sagte ich trocken.

Wera nickte zufrieden mit dem Kopf. Sie hatte nichts anderes von mir erwartet und hätte eine Weigerung meinerseits sicherlich nicht akzeptiert.

»Sehr gut! Und nun zu den anderen Personalfragen: Du wirst zwei Stellvertreter und drei Assistenten haben. In galaktopolitischen Angelegenheiten werde ich dein Stellvertreter sein, in raumfahrttechnischen Fragen Allan Cruz. Deine Assistenten, die mit dem Kommando über die einzelnen Geschwader betraut werden, sind Leonid, Oshima und Olga. Hast du irgendwelche Einwände?«

»Nein, natürlich nicht.«

»Noch eine Sache. Du warst einmal mein Sekretär, wenn auch mit eher mäßigem Engagement. Für die kommende Mission benötigst auch du einen Sekretär. Kannst du dir vorstellen, wen wir dafür vorgesehen haben?«

»Hoffentlich nicht dich!«, sagte ich erschrocken.

»Ich bin doch deine Stellvertreterin, das ist mehr als ein Sekretär.«

»Ach so. Ich bin nicht so firm, was Hierarchien betrifft. Wen habt ihr also auserkoren?«

»Pawel Romero. Er übernimmt außerdem die historiografische Dokumentation der Mission. Falls du nicht einverstanden bist, schlagen wir jemand anderen vor.«

Da musste ich nachdenken. Meine persönliche Beziehung zu Pawel war zu kompliziert, als dass ich einfach mit Ja oder Nein hätte antworten können. Pawel war das glatte Gegenteil von mir. Doch womöglich war diese Gegensätzlichkeit in den Charakteren gar nicht schlecht für eine erfolgreiche Zusammenarbeit.

Wera wartete meine Antwort äußerlich gelassen ab. Doch sie konnte mich nicht täuschen. Ich spürte genau, dass sie innerlich keineswegs so ruhig war, wie sie sich gab.

»Darf ich dir eine persönliche Frage stellen, Wera?«

»Wenn du auf meine Beziehung zu Romero anspielst – das gehört nicht hierher. Entscheide so, als wenn ich Romero nicht kennen würde.«

»Pawel ist als Sekretär wahrscheinlich besser geeignet als ich als Admiral. Es wird mir eine Freude sein, mit ihm zusammenzuarbeiten. Darf ich dir jetzt einige heikle Fragen stellen?«

»Jetzt kannst du fragen, was du willst.« Sie war augenscheinlich erleichtert.

»Bislang habe ich mich nie in dein Privatleben eingemischt, Wera. Nun habe ich es doch einmal getan. Muss ich mich dafür entschuldigen?«

»Ich müsste dir eher dankbar dafür sein.«

Eigentlich war es mir unangenehm, darüber zu reden, doch ich wollte nicht, dass etwas Unausgesprochenes zwischen mir und Wera steht.

»Hat dir Pawel erzählt, unter welchen Umständen unsere letzte Unterredung auf der Erde abgelaufen ist?«

»Du meinst die Unterredung, die beinahe in einer Prügelei geendet hätte? – Ich weiß, dass er sich beinahe in Mary verliebt hätte, dass du ihm dabei in die Quere gekommen bist und dass Mary ihm vor dem Fest im Wald gestanden hat, dass sie sich schon vor längerer Zeit, bei irgendeinem Anlass in Kairo, in dich verliebt hat. Wenn Pawel nicht betrunken gewesen wäre, hätte er dir schon damals am Lagerfeuer gratuliert und keinen Streit angezettelt.«

»Hochinteressant. Das wusste ich gar nicht. In Kairo hat Mary auf mich reagiert, als wäre ich ihr persönliches Feindbild.«

»Mir hat sie heute erzählt, dass sie sich sofort in das hilflose Gesicht verliebt hat, das du gemacht hast, als sie dich einen Grobian nannte. Du hast enormes Glück, Eli. Ich schätze Mary sehr, und ich möchte, dass du das weißt.«

»Na bestens. Dann sind wir uns ja ausnahmsweise einmal einig, liebste Schwester. Kann ich mich jetzt zurückziehen?«

»Ab jetzt bist du der Chef, Eli. Du brauchst mich nicht um Erlaubnis fragen.«

»Wenn das so ist, dann erlaube ich mir, jetzt zu gehen.«

4

Früher hatte ich keinerlei Vorstellung davon, wie schwierig es ist zu kommandieren. Wenn ich noch einmal vor der Wahl stünde, würde ich den Posten ausschlagen. Es ist so viel einfacher, die Entscheidungen anderer auszuführen und nicht den Kopf dafür hinhalten zu müssen. Ich trug die Verantwortung für ein gewaltiges Aufgabenfeld, von dem ich zum Teil überhaupt nichts verstand.

Ein Militärführer vom alten Schlag hätte mich für meine hilflosen Organisationsbemühungen ausgelacht. Dass mir eine solche Blamage erspart blieb, verdankte ich dem Umstand, dass es schon lange keine klassischen Militärs mehr gab.

Eines wurde mir sehr bald klar: Die Flotte war für die geplante Mission nicht einsatzbereit. Entsprechend informierten wir auch die Erde: Es bedurfte mindestens eines weiteren Jahres der Vorbereitung.

Eines Tages kam Romero mit staatstragender Miene in mein Quartier. »Mein lieber Admiral!« – Er und Oshima nannten mich jetzt immer so, Oshima ganz im Ernst, Romero nicht ohne Ironie. – »Ich möchte Ihnen nahelegen, ein neues Element in Ihren Tagesablauf einzubauen: Schreiben Sie Memoiren!«

»Memoiren? Da haben Sie ja wieder einmal tief in die Mottenkiste der Geschichte gegriffen, Pawel. So nannten sich die Erinnerungen, die man im Altertum schrieb, nicht wahr?«

»Genau das meine ich. Schreiben Sie Ihre Erinnerungen auf.«

»Finden Sie nicht, das wäre ein Anachronismus?«

»Keineswegs. Sie sollten Ihre Erlebnisse unbedingt dokumentieren. Alle historischen Persönlichkeiten der Vergangenheit haben das getan, und als eine solche müssen Sie sich nun auch begreifen.«

»Die zeitgeschichtliche Dokumentation unserer Mission ist doch eigentlich Ihr Job, Pawel.«

»Als Chronist kümmere ich mich nur um nackte Fakten, Eli. Doch Sie müssen über Ihr Leben berichten. Wer würde es besser kennen als Sie selbst?«

»Zweifellos meine Beschützerin. Die könnte Ihnen Sachen über mich erzählen, die ich nicht mal selbst weiß.«

»Da haben Sie durchaus Recht. Andererseits: Die zukünftigen Leser interessieren nicht die Abgründe Ihres Unterbewusstseins, sondern Ihre subjektive Sicht der Ereignisse. Außerdem befindet sich die Beschützerin auf der Erde. Doch gerade

Ihr nichtirdisches Leben, von dem die Beschützerin überhaupt nichts mitbekommt, ist von größtem historischen Interesse.«

»Sie sind kein Sekretär, sondern ein Diktator, Pawel. Sind Sie sich eigentlich im Klaren darüber, dass ich beim Schreiben meiner Memoiren nicht darum herumkommen werde, auch Ihren Namen des Öfteren zu erwähnen, und dass meine Urteile über Sie nicht immer schmeichelhaft ausfallen könnten?«

»Mag sein, dass Ihre Einschätzungen dem Menschen Romero bisweilen unangenehm sein werden, aber der Geschichtsschreiber Romero hingegen wird sich mit ehrlichem Interesse damit befassen.«

Noch am selben Abend begann ich damit, meine Erinnerungen zu diktieren. Meine Kindheit fand ich nicht weiter erwähnenswert, und so wählte ich als Ausgangspunkt meiner Erzählung jene Tage, in denen uns die ersten Nachrichten über die Galakten erreichten.

Just in dem Moment, als ich über dem ersten Satz brütete, flog Lussin auf seinem feuerspeienden Zeus am Fenster meines Hotelzimmers vorbei und erinnerte mich an jenen kleineren, nicht ganz so spektakulären Drachen, auf dem ich ihn damals am Kilimandscharo getroffen hatte. Und so begann ich meinen Bericht mit dieser Episode.

Seither sind viele Jahre ins Land gegangen. Jene Memoiren – dieses erste Buch, wie Romero es nennt – habe ich beinahe schon wieder vergessen. Inzwischen schreibe ich am zweiten Buch, das von den Wirrungen im Perseus handelt. Vor mir auf dem Arbeitstisch liegen fünf dicke Schmöker in schweren Ledereinbänden – Romeros offizielle Chronik der Perseus-Mission. Er hat es sich nicht nehmen lassen, seinen Bericht auf diese veraltete Weise herauszubringen. Natürlich liegt er mir auch als Bandaufzeichnung vor, und wenn ich möchte, erklingen die Wortgebirge des Chronisten in der Stimme meiner Beschützerin und erscheinen in bewegten Bildern auf meinem Monitor.

Naturgemäß ist in Romeros Werk auch viel von mir die Rede, mehr als von jedem anderen. Es liegt mir am Herzen, einiges von dem, was er über mich geschrieben hat, richtigzustellen oder zumindest aus meiner Sicht zu beleuchten. Ich war nicht jener machtvolle, unbeirrbare, stolze und furchtlose Anführer, als den er mich hinstellt. Wie viele andere habe ich Freude und Leid durchlebt, bin in Panik geraten, um mich dann wieder zusammenzureißen, fühlte mich nicht selten elend und verloren und suchte doch stets hartnäckig nach einem Ausweg in schier hoffnungslosen Situationen.

Meine Erzählung soll nicht von den nackten Fakten unserer Fehlschläge und Siege handeln – das wäre eine überflüssige Wiederholung von Romeros Werk. Sondern ich möchte über das berichten, was mich in jener Zeit bewegte, über Augenblicke des Glücks, über seelische Qualen und über den Verlust geliebter Menschen, der sich als düsterer Schatten über mein Leben breitete.

5

Unsere Mitteilung, dass unsere Raumflotte noch nicht einsatzbereit sei, sorgte für einigen Wirbel auf der Erde. Wera und ich wurden in den Staatsrat einberufen. Ich ging zu Mary, um sie zu bitten, uns auf die Erde zu begleiten. Wir sahen uns oft wochenlang nicht, weil ich ständig auf den Sternenpflügen zu tun hatte und von einem zum anderen hetzte. Mary dagegen war in den Laboratorien auf der Ora beschäftigt.

In jenen Tagen hatte ich das Gefühl, Mary sei krank. Dabei gibt es auf der Ora keine Krankheiten, genau wie auf der Erde. Doch sie sah so traurig aus, ihre Augen hatten einen so seltsamen Glanz, und ihre angeschwollenen Lippen waren so trocken, dass ich mir Sorgen machte.

»Mir fehlt überhaupt nichts«, sagte sie ungeduldig, als ich ihr meine Bedenken vortrug. »Ich bin gesund für zwei. Wann fliegt ihr?«

»Möchtest du nicht doch mitkommen? Was hält dich auf der Ora?«

»Und was soll ich auf der Erde? Du hast doch dort zu tun, nicht ich.«

»Wir wären so lange getrennt, Mary …«

»Sind wir hier etwa nicht getrennt? Im vergangenen Monat habe ich dich genau dreimal gesehen. Selbst Lussins Drachen treffe ich öfter als dich.«

»Auf der Reise wären wir die ganze Zeit zusammen.«

»Du würdest auch auf der Reise genügend Gelegenheiten finden, um mich allein zu lassen. Hör auf, mich zu überreden. Übrigens, du bekommst einen Auftrag von mir: Für meine Arbeit im Labor brauche ich einige Materialien von der Erde. Die darfst du mir dort besorgen und mitbringen.«

Plötzlich kam mir eine Idee, und ohne weiter darüber nachzudenken, unterbreitete ich sie unverzüglich Mary: »Der *Schlangenträger* fliegt diese Woche zur Wega. Hättest du nicht Lust, einen Ausflug dorthin zu unternehmen? Die Exkursion würde drei Monate dauern, so dass wir fast gleichzeitig auf die Ora zurückkehren würden.«

Noch während ich sprach, bemerkte ich, wie Mary die Zornesröte ins Gesicht stieg, und hätte mir am liebsten auf die Zunge gebissen. Ihre Brauen sträubten sich drohend, und ihre Augen verengten sich zu messerscharfen Schlitzen. Wütend sieht sie besonders hübsch aus. Wenn wir uns streiten, verliere ich mich manchmal in ihrem Anblick und höre ihr nicht mehr richtig zu, das bringt sie dann erst recht auf die Palme.

»Könntest du mir bitte verraten, was ich auf der Wega verloren habe?«, fragte sie spitz.

»Du hast dort nichts verloren, aber du könntest dort etwas finden.«

»Und dieses Fundstück wäre deiner Meinung nach Viola, nicht wahr?«

»Du wolltest dich doch mit ihr anfreunden …«

»Das war dein Wunsch, mein Lieber, nicht meiner. Ich habe noch nie die Absicht gehabt, mich mit Schlangen anzufreunden, auch nicht mit solchen, die mit göttlicher Schönheit gesegnet sind. Und schon gar nicht, wenn es sich um die Lieblingsschlange meines Ehemannes handelt!«

Erstaunlich, mit welcher Zielsicherheit ich in den größtmöglichen Fettnapf getreten war.

»Was für eine glühende Eifersucht«, sagte ich und schüttelte zerknirscht den Kopf. »Jetzt habe ich wirklich ein Problem. Ich soll die edlen Tugenden des modernen Menschen in der Galaxis verbreiten, dabei dümpelt meine eigene Frau noch in den Niederungen einer archaischen Gefühlswelt.«

»Mach dich nur über mich lustig, ich fange gleich zu weinen an.«

»Das schaffst du nicht, Mary, du fängst eher zu kichern an, das sehe ich an deinen Augen.«

Mary war zwar nicht bereit, über ihre eigene Eifersucht zu lachen, doch unser nicht ganz unkompliziert verlaufendes Gespräch endete wenigstens friedlich. Sie begleitete mich zum *Bärenhüter*, der für den Flug zur Erde vorgesehen war. Zum Abschied umarmten und küssten wir uns innig.

»Mary sieht gut aus«, sagte Wera nach dem Start. »Und offenbar ist sie bei bester Gesundheit.«

»Gesund für zwei«, sagte ich. »Das behauptet sie jedenfalls selbst.«

Wera sah mich sehr aufmerksam an, führte das Gespräch über Mary jedoch nicht fort.

Die Reise entwickelte sich zu einem Besprechungsmarathon. Ein Meeting mit Wera und ihren Mitarbeitern jagte das nächste. Mit ihrer Hundertschaft von Beratern und unterstützt von der BUM des *Bärenhüters* feilte sie an den Details einer galaktopolitischen Strategie der Menschheit.

Auf einer der Sitzungen, in der zum hundertsten Mal die Aspekte von Gut und Böse in der Galaxis wiedergekäut wurden, verlor ich die Geduld und platzte heraus: »Seid mir nicht böse, aber das ist alles theoretisches Geschwafel! Wenn ich eine Meute von Kreuzern der Zerstörer im Nacken habe, nützen mir eure Strategien gar nichts.«

»Du hast wirklich überhaupt keinen Sinn für Politik«, maßregelte mich Wera.

»Weil euer wissenschaftliches Geschwätz so trocken ist wie die Wüsten auf den Altairplaneten. Ich kann damit nichts anfangen.«

Von jenem Tag an schwänzte ich die Besprechungen. Stattdessen las ich vor der Ankunft auf der Erde ihr Strategiepapier, das sie dem Staatsrat vorzulegen gedachte. Darin waren die geplanten Vorgehensweisen für alle möglichen Entwicklungen aufgezeigt, die sich während der Mission im Perseus ergeben könnten.

»Ich finde darin absolut nichts Überraschendes«, sagte ich zu Wera. »Die Strategien lassen sich auf einige ganz einfache Formeln reduzieren: allen vernunftbegabten Wesen mit Respekt begegnen, Gutes fördern und Böses bekämpfen. Waren die unzähligen Meetings wirklich nötig, um diesen unstrittigen Katechismus auszuarbeiten?«

»Ich freue mich, dass du nichts Neues darin findest«, entgegnete Wera.

»Was freut dich daran?«

»Eben die Tatsache, dass dir unsere galaktopolitische Strategie unstrittig erscheint. Es wäre doch katastrophal, wenn der Anführer des größten Feldzugs der Menschheitsgeschichte an Ziel und Zweck der Aktion zweifeln würde.«

So ganz Unrecht hatte sie damit natürlich nicht. In jedem Fall wurde der Vortrag, den Wera im Staatsrat über die »Galaktopolitischen Prinzipien der Menschheit« hielt, mit begeistertem Applaus aufgenommen. Erstaunlicherweise wurde auch mein Auftritt eifrig beklatscht, obwohl ich in erster Linie über praktische Schwierigkeiten sprach und mit dem Scheitern der gesamten Mission drohte, wenn nicht unverzüglich Maßnahmen getroffen würden, um die stockenden Lieferungen dringend benötigter Gerätschaften zur Ora zu beschleunigen.

Nach der Sitzung schwärmten die Mitglieder des Staatsrats eilig aus, um die von mir angeprangerten Missstände zu beseitigen. Wera und ich bereiteten unsere Rückreise zur Ora vor. Es kostete mich einige Tage, die von Mary bestellten Materialien zu besorgen. In einer freien Stunde besuchte ich Olga, die schon vor uns zur Erde gereist war, um ein Kind zur Welt zu bringen. Nun trug sie ihre süße Tochter Irina umher und verging fast vor Stolz. Sie sollte unmittelbar nach uns zurückkehren.

Als wir nach der Landung auf der Ora die Gangway des *Bärenhüters* hinabstiegen, kam uns Mary schon entgegengelaufen. Ihr Gang war schleppend, und in den vier Monaten unserer Abwesenheit hatte sich ihr Bauch unübersehbar gewölbt. Ich benötigte ein paar Sekunden, um zu begreifen, dann stieß ich einen Freudenschrei aus, hob Mary hoch und trug sie auf den Armen durch die Gegend.

»Vorsichtig«, protestierte sie, »in den Schwangerschaftsempfehlungen sind solche Turnübungen nicht vorgesehen.«

»Ich sollte dir den Hintern versohlen«, sagte ich zärtlich und stellte sie vorsichtig wieder auf die Beine. »Du hättest doch ein Wort sagen können. Und Wera, das Biest, hat auch geschwiegen, sie wusste doch sicher Bescheid, oder nicht?«

»Natürlich. Und du hättest es dir auch denken können«, erwiderte Mary vergnügt. »Ich hatte dir doch gesagt, dass ich gesund für zwei bin. Jeder Fabrikarbeiter hätte das kapiert, nur der Herr Admiral stand wieder mal auf der Leitung. Ich hatte Wera gebeten, dir nichts zu sagen, du hattest auf der Erde auch so genug Sorgen.«

Sofort bestürmte ich Mary mit Fragen, ob es ein Junge wird oder ein Mädchen, wann die Geburt terminiert sei und wie sie verlaufen werde. Ich hatte Mary schon lange nicht mehr so gelöst gesehen.

»Immer langsam, Eli«, sagte sie und hob beschwichtigend die Hände. »In einem Monat werden wir einen Sohn bekommen, du kannst dir schon mal einen Namen überlegen. Wie sieht es mit meinen Bestellungen aus?«

»Hundert große Container. Das Zeug ist schwerer als antike Atombomben.«

»In den Containern sind auch Bomben, aber lebensspendende, nicht todbringende.«

»Lebensspendende Bomben?«

»Ja. Was wundert dich daran? Es ist die Bestimmung von uns Frauen, Leben zu spenden. Die Vernichtung ist ein altes Privileg des männlichen Geschlechts, oder etwa nicht?«

»Wie auch immer, Mary. Das Matriarchat lasse ich mir jedenfalls nicht von dir aufschwätzen, das Maximum, worauf ich mich einlasse, ist Gleichberechtigung. Ich soll dich übrigens von noch so einer Lebensspenderin grüßen. Olga hat eine Tochter zur Welt gebracht. Sie heißt Irina.«

»Das freut mich für Olga und Leonid. Dann hat dich also das Befinden anderer Frauen mehr interessiert als das deiner eigenen?«

»Andere Frauen sind eben keine solchen Geheimniskrämer wie du. Und vor allem nicht ihre Männer. Wenn der eine Geschwaderkommandeur plötzlich dringend zur Erde abreisen muss und der andere kaum mehr zum Dienst erscheint, weil er in der Raumwellenstation stundenlang mit der Erde palavert, muss sich der Flottenadmiral doch Gedanken machen, was mit seinen Assistenten los ist, nicht wahr? Wir werden dich mit dem nächsten Kurier zur Erde schicken. Es ist schließlich eine alte Tradition, dass die Menschenkinder auf der Erde geboren werden.«

»Dann begründen wir eben eine neue Tradition. Ich werde unseren Sohn auf der Ora zur Welt bringen. – Jetzt mach kein so betretenes Gesicht. Es wird mir hier nicht schlechter ergehen als auf der Erde.«

»Wenn das so ist, schlage ich vor, dass wir unseren Sohn Aster nennen«, sagte ich feierlich. »Wenn er schon als erster Mensch außerhalb des Sonnensystems zur Welt kommt, dann muss dies auch in seinem Namen gewürdigt werden.«

6

Die BUM hatte prognostiziert, dass es keine leichte Geburt werden würde, und diese Prognose traf ein. In jenen Tagen musste ich oft an André denken, der sich seinerzeit so große Sorgen um Jeanne gemacht hatte. Damals hatte ich seine Sorgen auf die leichte Schulter genommen, denn es gab keinen Grund, daran zu zweifeln, dass Jeanne ihr Kind wohlbehalten zur Welt bringen würde. Jetzt erging es mir genauso wie André. Obwohl ich wusste, dass die Geburt unseres Sohnes glücklich, wenn auch nicht ganz einfach verlaufen würde, war ich in ständiger Sorge um Mary.

Unser Aster war ein richtiger Wonneproppen, fünf Kilogramm Energie und gute Laune. Seine Augen strahlten, obwohl er sie noch kaum aufbekam, und er strampelte ausgelassen mit seinen kleinen Beinchen. Es schien ihm richtig gut zu gefallen auf der Welt!

»Er hat mich in die Brust gestoßen«, erzählte Wera begeistert. »In dem kleinen Winzling steckt eine ganz schöne Kraft.«

»Ich finde, er ist ganz der Papa«, ergänzte Olga, die gleich nach ihrer Rückkunft von der Erde zu Mary geeilt war. »Er hat schon jetzt dein spöttisches Lächeln, und wenn ihm etwas nicht passt, verzieht er genau wie du das Gesicht.«

Schon kurz nach der Geburt trafen Glückwünsche von der Erde ein, zuallererst von Albert, der sich für diesen Anlass etwas ganz Besonderes ausgedacht hatte. Seinen Glückwünschen war eine Studie der ZUM beigefügt, die er damit beauftragt hatte, durchzukalkulieren, mit welchen kosmologischen Problemen sich die neugeborene Generation herumschlagen würde. Als größte

Herausforderung ermittelte die ZUM das Vordringen in den rätselhaften Kern der Galaxis, der sich hinter dunklen Nebeln verbarg.

Mary sah schon wenige Stunden nach der Entbindung so vergnügt und erholt aus, als hätte sie einen Spaziergang hinter sich und nicht die Strapazen einer Geburt.

»Ich wusste, dass Aster dir ähnlich sehen würde«, sagte sie. »Schon im dritten Schwangerschaftsmonat hatte ich Horoskopfotos von ihm, aber ich habe sie dir nicht gezeigt, weil ich nicht gut auf dich zu sprechen war. – Du brauchst dich nicht zu rechtfertigen. Sag mir lieber, wann die Perseus-Mission beginnt.«

»Schon sehr bald. Es bedrückt mich, dass wir uns ausgerechnet jetzt für längere Zeit trennen müssen.«

»Wovon sprichst du, ich werde mitkommen!«, entrüstete sie sich.

»Unsinn! Junge Mütter haben manchmal schon seltsame Flausen im Kopf.«

»Flausen? Das werden wir ja sehen. Aster und ich werden dich begleiten. Punkt.«

»Das geht nicht, Mary! Nimm dir ein Beispiel an Olga. Sie ist ein erfahrener Raumschiffkapitän, und wir bräuchten sie dringend für die Invasion im Perseus. Dennoch hat sie ausdrücklich darum gebeten, im Reservegeschwader eingesetzt zu werden, das erst in drei Jahren von der Ora startet. So kann sie mehr Zeit mit der kleinen Irina verbringen. Sie und Leonid würden gar nicht auf die Idee kommen, ihr Töchterchen auf den gefährlichen Feldzug mitzunehmen. Selbst in unseren Zeiten, wo die Kinder in den Tagesstätten besser aufgehoben sind als am Rockzipfel der Mutter, sollten wir die heiligen Mutterpflichten nicht geringschätzen.«

»Über die heiligen Mutterpflichten brauchst du mir keinen Vortrag halten, Eli. Ich habe ja auch überhaupt nicht vor, mich von Aster zu trennen. Wir werden beide dabei sein.«

»Aber warum? Kannst du mir einen vernünftigen Grund dafür nennen, warum du dich und Aster den Unwägbarkeiten einer solchen Unternehmung aussetzen willst?«

»Wo du bist, Kaj, da bin auch ich, Kaja«, erwiderte sie kryptisch.

Ich hatte keine Ahnung, warum sie mich Kaj nannte, und hinterher kam ich nicht mehr dazu, mich bei der BUM nach der Bedeutung des Namens zu erkundigen.

»Was ist, wenn Aster etwas zustößt?«, fragte ich und hatte allmählich das Gefühl, auf einen kranken Gaul einzureden.

»Was soll ihm schon passieren? Kinderkrankheiten gibt es schon längst nicht mehr, das weißt du so gut wie ich.«

»Ein Säugling in der Besatzungsliste einer Kriegsflotte – es ist wirklich absurd.«

»Ich will es so, Eli.«

Mary war stur wie ein Bock. Erschöpft beugte ich mich über Asters Bettchen. Der Kleine strampelte mit den Beinchen und ließ Speichelblasen aus seinem Mund sprudeln. Mit neugierigen, wachen Augen spähte er in seine neue Umgebung und ließ ein undeutliches »Bah!« vernehmen. Er war das gerade Gegenteil eines teilnahmslosen, schläfrigen Bündels, schien wild entschlossen, die Welt, in die er geraten war, auf dem schnellsten Wege zu erkunden.

Als ich ihn vorsichtig unter den Ärmchen fasste und hochhob, hing er nicht hilflos herab, sondern trat energisch mit den Füßen aus, zuerst gegen seine Decke, dann gegen meine Brust. Dazu ruderte er mit seinen molligen Fäustchen in der Luft. Schon jetzt erkannte ich in meinem Sohn meine eigene Abenteuerlust wieder.

»Na denn«, sagte ich gerührt, »auf in die Schlacht, mein Kleiner!«

Mir zieht es das Herz zusammen, wenn ich an jenen Tag zurückdenke und an das, was danach geschah. Wie harmlos plätschernde Bergbäche flossen selbst zufällige Ereignisse zu einem reißenden Strom zusammen, aus dem es kein Entrinnen mehr gab.

7

Wir flogen in zwei Geschwadern zu jeweils hundert Sternenpflügen. Jeder Einzelne davon war fünfzigmal leistungsstärker als der alte *Raumfresser*.

Mein Admiralsquartier richtete ich auf dem *Bärenhüter* ein, dem Flaggschiff von Oshimas Geschwader. Auch Wera und Lussin waren an Bord des *Bärenhüters*. Auf dem *Skorpion*, dem Flaggschiff von Leonids Geschwader, war Allan mit seinem Stab untergebracht.

Alberts Überlicht-Ortungsgeräte stellten keinerlei Veränderungen in den Sternenlabyrinthen des Perseus fest. Die Erde, das empfindlichste Ohr und schärfste Auge des Alls, streckte ihre Energiefühler vergeblich aus. Aus dem Perseus drangen keine neuen Laute und keine neuen Bilder.

Obwohl – das ist nicht ganz richtig: Kurz vor dem Start von der Ora ereignete sich ein rätselhaftes Phänomen, dem wir damals keine größere Bedeutung beimaßen. Albert teilte uns mit, dass in Chi Persei plötzlich ein Stern verschwunden sei, ein Gestirn, das nur einen einzigen Planeten besaß, der offenbar von Zerstörern bewohnt war.

»Wie vom Erdboden verschluckt«, meldete mir Albert über die RWS, »wenn Sie verstehen, was ich meine. Im Übrigen ein ganz schöner Brummer, ein Roter Riese der Spektralklasse K, absolute Helligkeit ungefähr minus fünf – also zehntausendmal heller als die Sonne. Und auf einmal – weg! Innerhalb von ein paar Sekunden war er aus dieser Welt verschwunden, ohne irgendwelche Anzeichen von Verlöschen oder Verblassen.«

»Vielleicht eine Annihilation?«, mutmaßte ich. Alberts Mitteilung beunruhigte mich. Wenn die Zerstörer die Fähigkeit erlangt hatten, Materie in Raum zu verwandeln, dann war unser wichtigster militärischer Vorteil ihnen gegenüber perdu. »Haben Sie geprüft, ob sich der Sternhaufen räumlich ausgeweitet hat?«

»Das war selbstverständlich das Erste, was ich gemacht habe. In Chi Persei gibt es keinen zusätzlichen leeren Raum! Wie ich schon sagte, der Stern hat sich einfach in nichts aufgelöst.«

»Haben Sie diese Beobachtung über die RWS gemacht?«

»Eli, ich bitte Sie, halten Sie uns hier unten für völlige Dilettanten? In der konventionellen Optik wird dieser Stern noch gut und gerne fünftausend Jahre friedlich vor sich hin funkeln. Er ist aus dem Überlichtbereich verschwunden. Wir haben ihm übrigens den Namen Phantomriese gegeben.«

Die Raumwellenstationen der Sternenpflüge und auf der Ora waren zu schwach, als dass sie das Verschwinden des Phantomriesen hätten registrieren können. Doch in der normalen Optik konnten wir ihn sehen. Es handelte sich um einen ziemlich eindrucksvollen, kräftig orangefarbenen Stern, der die benachbarten Gestirne durch seine gewaltige Leuchtkraft in den Schatten stellte.

»Ein Schwesterstern des Drohenden Riesen«, sagte ich zu Oshima.

Die Kämpfe gegen die Zerstörer im Umkreis des Drohenden Riesen hatten sich in unser Gedächtnis eingeprägt.

Nur drei Tage nach dieser ersten Meldung teilte Albert mit, dass der Phantomriese plötzlich wieder an seinem ursprünglichen Platz sei und genauso hell und friedlich leuchte wie vorher.

Diese Episode um das Verschwinden und Wiederauftauchen eines Sterns in Chi Persei beschäftigte uns nicht allzu lange, und letztlich sah keiner von uns darin einen Anlass zu großer Sorge. Romero vermutete einen Defekt oder Aussetzer in der RWS als Ursache für das Phänomen. Unsere Einschätzung war höchst oberflächlich, in der Rückschau müssen wir das zugeben.

Auf die Einzelheiten der Reise zum Perseus werde ich nicht eingehen. Romero hat sie minutiös dokumentiert. Es sei nur erwähnt, dass unsere Armada aus Sternenpflügen viel langsamer unterwegs war als seinerzeit der *Raumfresser*, obwohl jedes einzelne der neuen Schiffe wesentlich schneller war als unser erster Aufklärer.

Wir konnten nicht darauf hoffen, dass die Annäherung unseres riesigen Flottenverbandes in den Festungen der Zerstörer unbemerkt bleiben würde. Es war geboten, Sicherheitsvorkehrungen zu treffen, um nicht schon unterwegs von einem feindlichen Angriff überrascht zu werden. Aus diesem Grund wählten wir eine Flugformation, die unser Fortkommen zwar erheblich verlangsamte, es jedoch ermöglichte, uns nach allen Seiten abzusichern.

Aster hatte gerade seinen fünften Geburtstag gefeiert, als sich die gigantischen Sternhaufen des Perseus auf die gesamte vordere Halbsphäre unserer Raumbildschirme ausdehnten.

8

Wir wurden erwartet. Schon in großer Entfernung fingen wir einen Wust von Nachrichten auf, die zum Teil von unseren Freunden und zum Teil von den Zerstörern stammten. Und genau wie damals beim Aufklärungsflug des *Raumfressers* wurden die Mitteilungen der Galakten von Störwellen regelrecht zerfleddert, während die internen Mitteilungen der Zerstörer so undeutlich waren, dass die Entschlüsselungsversuche keine brauchbaren Ergebnisse zutage förderten.

Unsere Flotte näherte sich dem leeren Raumgürtel, der h und Chi Persei voneinander trennt. Der Abstand zwischen den beiden Sternhaufen beträgt etwa hundert Parsec – nach galaktischen Maßstäben ein Katzensprung, nicht jedoch für unsere Schiffe.

Einige Kapitäne plädierten dafür, den näher gelegenen h Persei zu inspizieren, doch ich befahl, Kurs auf Chi Persei zu nehmen, wo wir ja schon einmal gewesen waren. Dort erwarteten uns ein sicherlich gut vorbereiteter Feind, doch auch unsere Freunde, die Galakten. Schon bei unserem ersten Vorstoß hatten sie versucht uns zu unterstützen, es bestand also durchaus Grund zu der Hoffnung, dass sie es auch diesmal wieder tun würden und vielleicht sogar wirkungsvoller als beim letzten Mal.

Unsere beiden Geschwader rückten unabhängig voneinander in der Formation eines achtschichtigen Rammsporns vor. Die

Spitze von Oshimas Geschwader bildete der *Bärenhüter*, dahinter flog der *Jagdhund*, und um diesen herum bildeten zwölf weitere Sternenpflüge einen Ring. Dieses Muster aus dreizehn Schiffen – eines im Zentrum und zwölf in einem Ring darum herum – wiederholte sich siebenmal, mit dem einen Unterschied, dass der Radius des Rings mit jeder Schicht größer wurde.

Der so gebildete Konus stürmte auf das Spinnennetz des nichteuklidischen Raums zu, das dem *Raumfresser* seinerzeit beinahe zum Verhängnis geworden wäre. Nach den Berechnungen der BUM waren wir auf diese Weise in der Lage, jegliche Perturbationen der Raummetrik zu durchbrechen.

In einer Entfernung von wenigen Lichtwochen bahnte sich in exakt identischer Formation das zweite Geschwader unter dem Kommando von Allan und Leonid seinen Weg zu dem Sternhaufen. Die ersten Nachrichten von Allan waren vielversprechend. Sie besagten, dass die Annäherung ohne Zwischenfälle verlaufe. Wir zweifelten keinen Augenblick an unserem Erfolg.

Ich erinnere mich noch gut an den Tag, an dem unsere Hoffnungen auf einen leichten Sieg zerstoben. An jenem Abend saßen wir zu viert auf der Kommandobrücke: Oshima, Wera, Romero und ich. Unser Geschwader näherte sich einem orangefarbenen Stern, der von einem einzigen Planeten umkreist wurde. Es handelte sich um jenen Phantomriesen, der kurz vor unserem Aufbruch von der Ora plötzlich verschwunden und wenig später wiederaufgetaucht war. Albert hatte gesagt, er leuchte ganz »friedlich«. Diesen Eindruck konnte ich nicht bestätigen, auf mich machte das grelle Gestirn den Eindruck einer brodelnden Bestie.

Natürlich war das nur so ein Gefühl von mir, dem keinerlei Berechnungen zugrunde lagen – und schon gar keine Fakten. Für die Fakten war ja auch Romero zuständig, während ich meine Gefühle und Stimmungen schildere.

»Bis jetzt scheint alles gut zu verlaufen«, sagte Wera in unser Schweigen hinein.

»Denke ich auch«, pflichtete Romero bei, der in jenen ersten Tagen im Perseus für seine Verhältnisse außergewöhnlich optimistisch gestimmt war. »Diesmal werden den Zerstörern auch ihre Tricks nichts helfen, mit denen sie letztes Mal Olga und Leonid beinahe aufs Glatteis geführt hätten.«

»Und mich«, ergänzte Oshima.

»Uns Sie natürlich auch, verehrter Kapitän Oshima. Ich erinnere mich gut, dass auch Sie unter den drei Kommandeuren waren, die Hals über Kopf aus dem Perseus flohen. Umso mehr freut es mich, dass Sie auch bei der siegreichen Rückkehr als Kommandeur dabei sind.«

Während die anderen sich Mut zusprachen, beobachtete ich misstrauisch den Phantomriesen. Die Raumwellen, mit denen unsere Bord-RWS den rätselhaften Stern unablässig scannte, wurden von neu entwickelten Geräten in das normale optische Spektrum umgewandelt. Deswegen sah ich ihn in Echtzeit und nicht als ein Bild aus der Vergangenheit.

In jedem Moment rechnete ich mit stürmischen Veränderungen auf dem Phantomriesen, mit Explosionen, eruptiven Protuberanzen oder Nebelflecken, die herausgeschleudert werden. Es hätte mich nicht gewundert, wenn er sich vor meinen Augen in eine Supernova verwandelt hätte.

»Warum starrst du den Phantomriesen so an, Eli?«, erkundigte sich Wera.

»Da ist irgendetwas faul«, erwiderte ich. »Wenn du mich fragst – das ist nicht einfach nur ein Roter Riese, sondern eine Waffe der Zerstörer. Ich werde das Gefühl nicht los, dass dieses Monstrum gleich eine Salve von Killerteilchen oder verheerende Gravitationsfelder auf uns abfeuert.«

»Das sollen sie ruhig versuchen, Admiral«, warf Oshima ein. »Unsere Schutzvorrichtungen gegen Teilchenbeschuss und Kraftfelder sind absolut zuverlässig.«

Schon kurze Zeit später – als hätte ich's heraufbeschworen – beobachteten wir am Phantomriesen Veränderungen, allerdings von anderer Art, als wir das erwartet hätten. Weder spie er Teilchenwolken aus noch explodierte er zur Supernova, sondern er begann zu verblassen, wurde schlichtweg dunkler.

Wir tauschten beunruhigte Blicke. Der plötzliche Helligkeitsverlust des Sterns schien nichts Gutes zu verheißen.

»Eine Mitteilung von Allan!«, rief plötzlich Romero. »Sicher eine Siegesmeldung.«

Leider war es alles andere als eine Siegesmeldung, sondern der erste Bericht über einen Fehlschlag, dem noch viele weitere folgen würden. Mit der Zeit gewöhnten wir uns daran. Doch jener allererste Bericht war für uns wie eine Hiobsbotschaft.

Der Versuch von Leonids Geschwader, ins Innere des Sternhaufens vorzudringen, war gescheitert. Es wiederholte sich dasselbe, was seinerzeit dem *Raumfresser* widerfahren war, nur mit dem Unterschied, dass man uns damals nicht aus dem Sternhaufen herausgelassen hatte, während man uns diesmal nicht hineinließ.

Beim letzten Mal war es ein einzelnes, unvorsichtiges Aufklärungsschiff gewesen, das im Labyrinth von Chi Persei herumirrte, diesmal waren es über hundert supermoderne Kampfkreuzer, die in die feindlichen Gefilde vorzudringen versuchten – der Effekt war in beiden Fällen derselbe: Mit derselben Energie, mit der Leonid den Rammsporn aus Sternenpflügen in den gegnerischen Schutzwall trieb, wurde sein Geschwader wieder zurückgeworfen. Während die hinteren Schichten des Rammsporns noch auf die Randsterne von Chi Persei zuflogen, wurde dessen Spitze, der *Skorpion*, bereits wieder in den leeren, sternfreien Raum hinausgeschleudert. Die Einflugschneisen in den Sternhaufen Chi Persei schienen verbarrikadiert.

»Letztes Mal gab's keinen Ausgang, diesmal gibt's keinen Einlass«, konstatierte ich missmutig.

»Wir sind aber immer noch auf dem Vormarsch, Admiral«, sagte Oshima. »Wer weiß, vielleicht gelingt meinem Geschwader, was dem von Leonid verwehrt blieb.«

Der Phantomriese wurde nach wie vor immer dunkler. Mir war bereits klar, dass das irgendetwas mit der Raumkrümmung zu tun haben musste.

»Träumen Sie weiter, Oshima. Ich bin sicher, dass es uns nicht besser ergeht als den anderen. Man wird uns wieder hinausschussern wie eine kunstvoll angeschnittene Billardkugel.«

Es dauerte nicht lange, bis die BUM eine ansteigende Raumkrümmung meldete. Wir wurden abgedrängt, wie ich es erwartet hatte.

»Die Zerstörer agieren stereotyp«, sagte Romero. »Sie setzen unserer Bewegung keinen Widerstand entgegen, sondern lenken sie einfach in eine andere Richtung. So kommen wir nicht zum Ziel. Wollen Sie nicht über alternative Vorgehensweisen nachdenken, lieber Admiral?«

»Ich bin schon dabei.«

»Und …?«

»Wenn die Zerstörer zu bewährten Mitteln greifen, dann können wir das doch auch. Olga hat es damals mit dem Angriff auf einen Planeten geschafft. Diese Taktik werden wir übernehmen. Wir annihilieren ein passendes Objekt am Rand des Sternhaufens und dringen dann durch das Tor, das der entstehende leere Raum aufstößt, ins Innere vor.«

Oshima aktivierte die Automatiksteuerung und schaltete das Licht im Raum ein. Auf den Bildschirmen erschien eine Karte von Chi Persei. Der Sternhaufen war nicht übermäßig kompakt. An seinen Rändern gab es auch Einzelsterne, die von Planeten umkreist wurden, und vagabundierende, planetenähnliche Objekte, die keinen Stern umkreisten. Letztere nannten wir einfach Vagabunden.

»Mein Plan sieht folgendermaßen aus«, begann ich. »Wir müssen einen Planeten auswählen, der sich möglichst nahe an der Festung der Zerstörer befindet, damit ihre Raumkrümmungsmechanismen nicht genug Zeit haben, die bei der Annihilation entstehende Leere in ihre Raumfelder einzubeziehen.«

In dem Bereich, in dem sich unsere beiden Geschwader befanden, gab es etwa ein Dutzend Planeten, die Einzelsterne umkreisten, und genauso viele Vagabunden, deren Masse meist etwas größer als die von Planeten, jedoch wesentlich geringer als die von Sternen war. Jedes dieser Objekte erschien für unseren Durchbruchversuch geeignet.

»Unser Frontalangriff ist gescheitert, und jeder neue Versuch auf direktem Weg würde garantiert genauso enden«, betonte ich extra für Oshima, der hin und wieder dazu neigte, Dinge mit Gewalt erzwingen zu wollen. »Wenn der direkte Weg versperrt ist, bleibt nichts anderes übrig, als einen Umweg in Kauf zu nehmen.«

9

Ich besuchte Mary im Labor. Sie befasste sich mit der Züchtung primitiver Lebensformen, die an unterschiedliche Nährstoffangebote, Gravitationsverhältnisse, Temperaturen und Drücke angepasst waren. Für diese Arbeit benötigte sie auch die Materialien, die ich ihr auf der Erde besorgt hatte.

In diversen Glaskolben schwamm eine trübe Flüssigkeit.

»Langweilig, nicht wahr?«, sagte Mary lachend.

»Ziemlich langweilig. Eine schöne Dreckbrühe hast du da angerührt.«

»Und wenn ich dir sage, dass euer ganzes Raumschiff langsam aber sicher über den Jordan geht, wenn ich auch nur einen einzigen Tropfen dieser Dreckbrühe aus Versehen verschütte, ist es dann immer noch langweilig?«

Skeptisch hielt ich den Glaskolben gegen das Licht. Es handelte sich zweifellos um eine Bakterienkolonie. Von Bakterien, die Raumschiffe liquidieren, hatte ich noch nie etwas gehört.

»Kannst du mir bitte erklären, wie so gefährliche Präparate auf unser Schiff gekommen sind?«

»Keine Sorge, sie sind vorschriftsmäßig in der Inventarliste eingetragen.«

»Wenn es stimmt, was du sagst, dann sind sie ein Sicherheitsrisiko. Der Leiter der Expedition hat das Recht zu wissen, aus welchem Grund sich so brandgefährliche Substanzen an Bord befinden.«

»Nun mach mal aus einer Mücke keinen Elefanten. Die Sternenpflüge sind doch mit potenziell gefährlichen Gerätschaften nur so vollgestopft. Was ist mit euren Annihilatoren, die imstande sind, ganze Planeten auszuradieren? Dagegen sind meine Mikroben doch Schmusetierchen.«

Schließlich erklärte mir Mary den Hintergrund ihrer Arbeit. Vor einiger Zeit war die Synthese ganz erstaunlicher Mikroorganismen gelungen, die wie eine Art Atomfabrik funktionierten. Diese sind bei ausreichender Energiezufuhr von außen oder unter Verwendung der Energie interner Prozesse in der Lage, die Kerne der Atome umzubauen, aus denen ihre Nahrung besteht.

»Diese Winzlinge hier ernähren sich zum Beispiel von Eisen«, erläuterte sie und zeigte auf einen der Glaskolben. »Wenn sie ihr Werk verrichtet haben, ist von dem Eisen nichts mehr übrig, stattdessen finden wir Sauerstoff, Wasserstoff, Silizium und Kohlenstoff vor. Sollten wir also irgendwann einmal auf einen Planeten stoßen, der aus reinem Eisen besteht, dann werde ich ihn mit diesen Bakterien infizieren. Innerhalb von ein paar Jahrtausenden entsteht dann auf dem leblosen Metall eine lockere Humusschicht, in der auch Pflanzen gedeihen können.«

»Dann kannst du deine kleinen Monster ruhig verschütten«, sagte ich zufrieden. »Im Raumschiffbau wird schon lange kein Eisen mehr verwendet.«

Mary bedachte mich mit einem überlegenen Grinsen: »Zu früh gefreut, mein Lieber. Ich züchte nicht nur Eisenfresser. Die Dreckbrühe in den Kolben sieht zwar immer gleich aus, es ist aber nicht überall dasselbe drin.«

Aster hörte unserem Gespräch interessiert zu. Er wich seiner Mutter kaum von der Seite. Im Moment turnte er etwas knatschig auf seinem Spielzeugdrachen herum.

»Papa, kannst du bitte den Gravitator reparieren?«, maulte er. »Ich bin schon zweimal abgestürzt.«

Die Gravitationskontakte des Drachen waren verrutscht – ein chronischer Defekt bei diesen Spielzeugen. Nachdem ich sie mit einer Zange zurechtgebogen hatte, segelte Aster auf seinem Drachen in haarsträubenden Manövern durchs Labor.

»Hast du keine Angst, dass er gegen die Wand fliegt?«, fragte Mary vorwurfsvoll. »Ich war eigentlich froh, als die widerliche Echse endlich kaputt war. Ein Tag ohne Kratzer und blaue Flecken wäre mal was Neues.«

»Kratzer und blaue Flecken gehören bei einem Jungen in seinem Alter einfach dazu«, wandte ich ein und beobachtete gleichzeitig aus dem Augenwinkel, ob Aster nicht zu dicht über die Glaskolben hinwegflog.

»Wenn Mama mein Drache nicht gefällt, werde ich Lussin bitten, mich auf seinem Zeus mitzunehmen!«, krähte Aster von der Decke herab.

Er hielt sich mit den Händen an einem Kabelschacht fest, während er den vorwärtszerrenden Drachen mit den Beinen umklammerte.

»Lass den Unsinn!«, wies ich ihn zurecht. »Wenn er dir entwischt, fällst du runter.«

Aster gehorchte und landete kurz darauf sicher auf dem Boden.

Mary bemerkte es meist sofort, wenn mir etwas auf der Seele lag. »Du siehst besorgt aus, gibt es schlechte Nachrichten?«, fragte sie.

»Nun ja. Die Zerstörer haben den Sternhaufen Chi Persei verbarrikadiert. Wir müssen auf die Methode zurückgreifen, die Olga bei der Flucht aus dem Perseus angewandt hat.«

Aster hatte mitgehört, obwohl ich leise gesprochen hatte. »Wollt ihr Sterne annihilieren?«, fragte er neugierig.

»Sterne? Das wäre ein bisschen übertrieben. Wir lassen es bei einem Vagabunden bewenden. Das wird auch ein hübscher Anblick, du wirst sehen.«

»Ich habe auf dem Stereobildschirm gesehen, wie du mit Kapitän Olga Trondike den Goldenen Planeten der Zerstörer annihiliert hast«, verkündete Aster stolz. »So etwas hat es vorher noch nie gegeben.«

»Wir haben damals auch einiges abbekommen. Aber du hast Recht, die Annihilation hat tadellos funktioniert. Durch den leeren Raum, der dabei entstand, konnten wir entkommen.«

Mary war nie besonders begeistert, wenn ich mit Aster über technische Dinge sprach, doch diesmal schien sie heftig erbost zu sein.

»Geh sofort auf dein Zimmer, Aster!«, sagte sie streng.

Wenn Mary in einem solchen Ton sprach, war mit ihr nicht gut Kirschen essen. Das wusste Aster so gut wie ich und trat gehorsam den Rückzug an.

»Es ist ja schön, dass du stolz bist auf deinen Sohn, aber ich finde, du übertreibst maßlos«, sagte sie, sobald unser Sohn außer Hörweite war. »Wie kannst du nur so mit ihm reden?«

»Wieso? Ich rede ganz normal mit ihm, so wie mit dir oder Romero.«

»Eben, das ist das Problem! Romero und ich sind Erwachsene, Aster dagegen ist noch ein Kind.«

»Soll ich ihm vielleicht alte Märchen in Babysprache erzählen?«

»Natürlich nicht. Trotzdem braucht du nicht mit ihm zu reden, als wäre er Newton oder Einstein.«

»Mit Newton oder Einstein könnte ich nicht über dasselbe sprechen wie mit Aster. Sie würden mich nicht verstehen. Diese Leute waren Giganten der Wissenschaft, doch über viele Dinge wussten sie weniger als Aster. Unser sechsjähriger Sohn ist wissenschaftlich auf einem weit höheren Niveau als Newton oder Einstein.«

Marys Verärgerung verwandelte sich in milden Spott.

»Deine Paradoxe gehen mir auf die Nerven, Eli!«

»Was ist daran paradox. Das ist völlig trivial. Newton war genial, hatte aber keine Ahnung von Elektrizität. Aster dagegen ist von elektrischen Geräten umgeben und damit aufgewachsen. Übertragungen auf Stereobildschirmen und das Ingangsetzen von Elektromotoren sind für ihn das Selbstverständlichste auf der Welt. Newton wäre vor Schreck umgefallen, wenn ihm eines von Asters elektronischen Spielzeugmonstern über den Weg geflogen wäre. – Und nun zu Einstein.«

»Es reicht, Eli.«

»Jetzt haben wir schon damit angefangen, dann lass es mich auch zu Ende bringen. Einstein hat die moderne Gravitationstheorie entwickelt. Doch was wusste er über die Umwandlung der negativen Energie von Schwerefeldern in die positive Energie abstoßender Felder? Aster bewerkstelligt das, indem er einfach einen Hebel umlegt. Einstein wäre nicht in der Lage gewesen, sich per Knopfdruck in die Lüfte zu erheben und an der Zimmerdecke umherzufliegen. Und er hätte es auch nicht geschafft abzustürzen, ohne sich dabei sämtliche Knochen zu brechen. Für unseren Jungen ist das ein Kinderspiel! Erzähle mir also bitte nicht, dass ich ihn mit solchen Gesprächen überfordere.«

10

Die vermaledeiten Zerstörer erwiesen sich als schlauer, als uns lieb war. Wir kamen weder an die Randsterne von Chi Persei noch an die Vagabunden heran. Sobald wir zielgerichtet auf ein solches Objekt zuflogen, wurden unsere Schiffe aus der Bahn geworfen. Tag für Tag, Woche für Woche, Monat für Monat reihten wir Angriff an Angriff, das Ergebnis war stets dasselbe: Das unsichtbare nichteuklidische Netz bog sich zunächst ein wenig durch, um uns dann quasi mit Federkraft zurückzuschleudern. Der gigantische Sternhaufen, gespickt mit glühenden Feuerbällen und wie zum Greifen nah, war für uns unerreichbar.

Von der Erde aus zählte Albert sechs Himmelskörper, die genauso beschaffen waren wie der Phantomriese. Zu diesen Bollwerken gehörte auch unser guter alter Bekannter – der Drohende Riese. Jede dieser Sternenfestungen, die gleichmäßig über Chi Persei verteilt waren, deckte einen eigenen Bereich ab, und gemeinsam überspannten sie den Sternhaufen mit einem lückenlosen, undurchdringlichen Abwehrnetz.

Hätte ich einen Roman im Stile unserer Vorfahren schreiben wollen, hätte mir unsere Expedition mehr als genug spannenden Stoff dafür geboten. Allein unsere verzweifelte Jagd nach solitären Himmelskörpern hätte für ein ganzes Buch gereicht. Die Vagabunden und Planeten verschwanden immer genau in dem Moment von den Bildschirmen, wenn wir unsere Annihilatoren auf sie richteten. Ein ums andere Mal mussten wir bittere Enttäuschungen einstecken, nachdem für kurze Zeit Hoffnung auf einen Erfolg aufgekeimt war. Und mit jedem Fehlschlag schwanden auch unsere Vorräte an Aktivstoff, den wir völlig fruchtlos verfeuerten.

Am unerklärlichsten und bedrückendsten jedoch war der Umstand, dass keiner der »inaktiven«, von Galakten besiedelten Sterne auf unsere Botschaften reagierte, geschweige denn uns in irgendeiner Form unterstützte. Selbst die von Störwellen verzerrten Botschaften, die wir zu Anfang noch abgefangen hatten, gab es mittlerweile nicht mehr. Die Galakten waren verstummt!

Seit wir den Perseus erreicht hatten, waren bereits drei Jahre nach Erdzeitrechnung vergangen, und noch immer irrten unsere beiden Geschwader in der Umgebung von Chi Persei vergeblich durch den Raum. An diesem toten Punkt angelangt, fasste ich einen neuen Plan, der dann später von den Historikern sehr unterschiedlich bewertet werden sollte.

Vor kurzem hörte ich einen Vortrag, der in der gesamten Interstellaren Allianz übertragen wurde, darin wurde dieser von mir gefasste Plan als Wendepunkt in den Beziehungen der Sternenvölker bezeichnet. Darüber kann ich nur schmunzeln.

Aus meiner Sicht brach infolge meines Plans eine Katastrophe über uns herein, wie man sie sich schlimmer nicht hätte denken können. Dass das Ergebnis dann letztlich doch anders ausfiel, als die Zerstörer das erwartet hatten, war nicht deren Schuld und nicht mein Verdienst, sondern lediglich dem Umstand geschuldet, dass eine dritte Kraft sich unerwartet in unseren erbitterten Zweikampf einmischte.

Doch erzählen wir der Reihe nach. Allan, Leonid und die anderen Kommandeure fanden sich auf dem *Bärenhüter* ein, da es mir zu riskant erschien, eine schiffsübergreifende Konferenz mittels RWS-Technik abzuhalten.

Kurz zusammengefasst beinhaltete mein Vorschlag Folgendes: Unsere beiden Geschwader sollten zu einer Armada vereinigt werden und im Bereich des Phantomriesen gemeinsam angreifen. Eine Attacke mit so geballter Kraft konnten die Zerstörer nur abwehren, wenn sie die Schutzeinrichtungen des Phantomriesen vollständig auf diesen Angriff konzentrierten. Zur selben Zeit sollten drei vom *Bärenhüter* angeführte Sternenpflüge an einem anderen Punkt durchstoßen, wo der Schutzwall zum Zeitpunkt des Angriffs unseres Hauptflottenverbandes mit Sicherheit geschwächt sein würde. Der von den drei eingedrungenen Schiffen geöffnete Raumkorridor sollte dann auch als Einfallstor für die übrige Flotte dienen.

Die vielversprechenden Berechnungen der BUM bestärkten mich, jetzt wollte ich nur noch wissen, was meine Untergebenen davon hielten.

»Das Reservegeschwader von Olga ist inzwischen nahezu startklar. Sollten wir nicht abwarten, bis es hier eintrifft?«, gab Allan zu bedenken.

»Ein drittes Geschwader brächte uns sicher einen Leistungszuwachs, doch nach den Berechnungen der BUM ist keineswegs sicher, dass diese Verstärkung ausreicht, um den Abwehrgürtel zu durchbrechen«, entgegnete ich. »Olgas Schiffe werden frühestens in drei Jahren eintreffen. Wir würden nur unnötig Zeit verlieren. Mit roher Kraft können wir den Zerstörern ohnehin nicht beikommen, sondern nur mit List. Und austricksen können wir sie auch ohne Olgas Kreuzer. Natürlich kann der Plan auch schiefgehen. Doch Lösungen ohne Risiko gibt es nicht im Krieg. Ich erwarte auch gar nicht, dass ihr unverzüglich zustimmt. Denkt in Ruhe darüber nach und beratet euch mit euren Besatzungsmitgliedern. Gebt mir dann morgen per RWS-Funk Bescheid, wie ihr euch entschieden habt, mit einem einfachen Ja oder Nein.«

Während die übrigen Kommandeure zu ihren Schiffen zurückkehrten, beriet ich mich noch mit Leonid, Allan und Romero. Leonid sah fürchterlich finster drein, Allan hingegen war in Hochstimmung. Für Unternehmungen, bei denen alles schiefgehen konnte, war er ein idealer Anführer.

»Das Kommando über die drei Schiffe, die den Durchbruch wagen sollen, werde ich selbst führen«, sagte ich. »Die vereinigte Flotte wird Allan befehligen. – Mach nicht so ein finsteres Gesicht, Leonid, wir haben schon schlimmere Situationen überstanden als diese.«

»Das mag ja sein«, räumte Leonid ein, dessen Augen nervös in den Höhlen rollten, »aber wer garantiert uns, dass der *Bärenhüter* bei der Aktion nicht auf Nimmerwiedersehen in einem nichteuklidischen Labyrinth verschwindet? Was, wenn die Zerstörer unseren Plan durchschauen und uns selbst eine Falle stellen? Das Schlimmste ist diese Ungewissheit.«

»Die Ungewissheit liegt in der Natur des Krieges«, warf Romero ein. »Das musste übrigens schon der antike Lyderkönig Krösus erfahren. Vor seinem geplanten Feldzug gegen die Perser befragte er das Orakel von Delphi nach dem Kriegsausgang. Dieses gab zur Antwort: ›Wenn du den Halys überschreitest, wirst du ein großes Reich zerstören.‹ Welches Reich zerstört würde, behielt das Orakel allerdings für sich, und zu Krösus' Überraschung war es sein eigenes und nicht das der Perser.«

Begeistert von der geschickten Antwort des Orakels schlug Allan sich auf den Schenkel und brach in Gelächter aus. »Einen solchen Orakelspruch würde ich mir gefallen lassen«, verkündete er. »Wir wüssten dann immerhin, dass es kein Unentschieden gibt.«

Nach der Besprechung begab ich mich zu Wera, bei der auch Mary saß.

»Du wirst dich für eine Weile von Pawel trennen müssen«, sagte ich zu meiner Schwester. »Der Einsatz des *Bärenhüters* ist ein reines Kriegsmanöver, es wäre unverantwortlich, das Leben des politischen Kopfes der Mission aufs Spiel zu setzen. Pawel wird mich begleiten, du wechselst auf das Schiff von Allan.«

»Wenn es denn sein muss …«, erwiderte sie.

Meine klare Anordnung schien ihr zu gefallen. In der Vergangenheit hatte sie mir mehrfach vorgeworfen, ich wüsste nicht, was ich wollte, und würde meine Vorstellungen nicht entschieden genug durchsetzen.

»Und du wirst Wera mit Aster begleiten«, sagte ich zu Mary.

»Niemals, wir bleiben hier.«

Bei Mary biss ich wieder einmal auf Granit. Ich versuchte es mit einem Kompromiss.

»Also gut, du kannst meinetwegen auf dem *Bärenhüter* bleiben. Aber den Kleinen geben wir einstweilen in Weras Obhut. Wenn ihm etwas passierte, würden wir uns das nie verzeihen.«

»Was soll ihm schon passieren, was nicht auch mit uns passieren würde? Du behandelst Aster doch sonst auch wie einen Erwachsenen. Es ist das Normalste auf der Welt, dass deine Frau und dein Sohn an deiner Seite bleiben.«

Es war völlig aussichtslos, Mary umstimmen zu wollen. Inzwischen kannte ich sie lange genug. Wenn sie die Arme vor der

Brust verschränkte und ihre buschigen Brauen in der Mitte zusammenstießen, war ich chancenlos.

Am nächsten Tag erhielt ich von allen Schiffen die Zustimmung zu dem geplanten Täuschungsmanöver.

11

Der *Bärenhüter* wurde vom *Jagdhund* und vom *Fuhrmann* begleitet. Wir warteten auf Allans Meldung, dass der Angriff der großen Flotte begonnen habe. Wie wir es erwartet hatten, teilte er uns einige Zeit später mit, dass auch der neue Durchbruchversuch erfolglos verlaufe. Ein Sternenpflug nach dem anderen wurde im nichteuklidischen Raum aus der Bahn geworfen und zurückgeschleudert.

»Jetzt sind wir dran!«, sagte ich und gab das Angriffssignal für unsere drei Schiffe.

Oshima, Romero und ich saßen zu dritt auf der Kommandobrücke. Oshima steuerte das Flaggschiff, Romero und ich beobachteten die Bildschirme. Auf unserer Flugachse befand sich der Phantomriese, und im Photonenmultiplikator konnte man sogar seinen Planeten als kleines Kügelchen erkennen. Wenn dort der Feind saß, dann musste er nun unverzüglich zu Gegenmaßnahmen greifen. Wir erhöhten beständig unsere Geschwindigkeit, und noch stießen wir auf keinerlei Widerstand. Nichts deutete darauf hin, dass wir entdeckt worden waren. Wie durch ein offenes Scheunentor drangen unsere drei Schiffe in den Sternhaufen ein.

»Das läuft ein bisschen zu glatt«, bemerkte Romero. »Der Phantomriese empfängt uns mit offenen Armen. Macht euch das nicht misstrauisch?«

»In der Tat«, bestätigte Oshima. »Es gibt keinerlei Anzeichen für eine Veränderung der Raummetrik. Faszinierend! Wenn Sie mich fragen, Admiral: Sie lassen uns mit Absicht durch.«

Zur selben Zeit meldete Allan, dass der Phantomriese bei der Abwehr unserer Flotte gewaltige Energien freisetze. Nur an der

Stelle, wo unsere drei Schiffe durchbrachen, war nichts von seiner Aktivität zu spüren. Dieser Umstand sprach natürlich für Oshimas und Romeros Verdacht, dass die Zerstörer uns in eine Falle lockten. Und dennoch glaubte ich nicht daran. Nach den desaströsen Erfahrungen, die unsere Feinde mit dem kleinen *Raumfresser* gemacht hatten, konnte ich mir einfach nicht vorstellen, dass sie drei noch viel größere und gefährlichere Sternenpflüge auf ihr Territorium vordringen ließen.

»Bis jetzt läuft alles nach Plan. Wir haben die Zerstörer überrumpelt«, sagte ich zu Oshima.

Die solitären Randsterne hatten wir bereits passiert. Die Gestirne des Sternhaufens, die uns zuvor nur von vorne entgegengeleuchtet hatten, wanderten langsam auf die seitlichen Bildschirme. Es war ein ebenso erhebender wie atemberaubender Moment, denn wie lange hatten wir vergeblich darum gekämpft, ins Innere von Chi Persei vorzudringen!

Wie verabredet nahmen nun auch Leonids Schiffe, die vom Phantomriesen abgewehrt worden waren, in voller Fahrt Kurs auf die Stelle, an der wir durchgebrochen waren. Im Spezialteleskop tauchten sie als Reigen kleiner Pünktchen in unserem Rücken auf. Es wurden immer mehr, und noch immer waren keine Störungen in der Raummetrik festzustellen.

»Es sieht ganz danach aus, als ob unsere verwirrten Feinde gerade die letzte Chance auf eine wirksame Gegenwehr verpassen«, triumphierte Romero.

Diese Meinung teilte ich, nur Oshima schüttelte immer noch skeptisch den Kopf. Die nächsten Minuten verstrichen ereignislos. Von der ständigen Anspannung war ich so erschöpft, dass ich für einen Moment wegdämmerte. Dabei hatte ich eine Art Wachtraum, den ersten einer ganzen Reihe erstaunlicher Träume, die mich in der Folgezeit heimsuchen sollten.

Ich befand mich in einem riesigen runden Raum, an dessen dunkler Kuppel Sterne funkelten. Mir war bewusst, dass ich die Projektion von Sternen auf einem Bildschirm sah und nicht die

Sterne selbst. Ich lief im Kreis, zunächst an der Wand entlang und dann in einer Spirale immer näher zum Mittelpunkt des Raums. Dort wollte ich nicht hin, denn zwischen Decke und Boden schwebte dort eine halbtransparente Kugel, vor der ich Angst hatte. Ich konnte nichts dagegen tun, dass es mich unweigerlich immer näher zu dieser Kugel zog. Verzweifelt hob ich die Hände und starrte an die Decke, nur um diese schreckliche Kugel nicht sehen zu müssen. An der Decke huschten zwischen den normalen Sternen einige noch viel hellere, künstliche Sterne umher, ich wusste, dass das keine Sterne waren, sondern die Schiffe unserer Geschwader. Es waren Allans Schiffe, die energisch auf den Sternhaufen zustürmten und ebenso energisch zurückgeworfen wurden.

»Anscheinend bin ich im Schlaf in eine Beobachtungswarte der Zerstörer geraten«, sagte ich zu den anderen, nachdem ich wieder zu mir gekommen war. »Pawel, interessieren Sie sich als Chronist der Expedition auch für die Alpträume von Besatzungsmitgliedern?«

Doch Romero und Oshima war nicht nach Traumdeutung zumute.

»Die Wirklichkeit ist schon Alptraum genug, Admiral«, erwiderte Romero düster. »Sehen Sie sich mal die letzte Meldung von Allan an.«

Die Nachrichten von Allan waren alles andere als erbaulich. Leonids Schiffe, die versucht hatten, uns ins Innere von Chi Persei zu folgen, waren in eine nichteuklidische Metrik geraten und vom Kurs abgekommen. Das Tor, durch das unsere drei Sternenpflüge eingedrungen waren, hatte sich hinter uns wieder geschlossen.

»Die zweite Neuigkeit ist auch nicht viel besser«, ergänzte Oshima. »Sehen Sie sich mal die Raummonitore genauer an, Admiral.«

Mir stockte der Atem, als ich mich aufmerksam umsah. Ein ähnliches Bild hatte ich kurz zuvor im Traum gesehen: ein Sternenhimmel mit einer Vielzahl bewegter Punkte darin. Im Traum waren das unsere eigenen Schiffe gewesen, im Hier und Jetzt handelte es sich um feindliche Kreuzer, die überall im Raum verstreut lauerten.

»Es sind etwa zweihundert Schiffe gegen drei«, erklärte Oshima. »Sie scheinen großen Respekt vor uns zu haben, Admiral!«

»Und wir werden ihnen beweisen, dass dieser Respekt begründet ist. Machen Sie das Schiff gefechtsklar, Oshima, und geben Sie entsprechende Anweisungen an den *Jagdhund* und den *Fuhrmann* heraus. Wir halten Kurs und greifen jeden Kreuzer an, der in unsere Nähe kommt.«

12

»Das nervt«, erklärte Romero und gähnte.

Seit wir unseren Angriff auf die feindlichen Kreuzer begonnen hatten, waren bereits mehrere Tage vergangen, ohne dass ein einziger Kampf stattgefunden hätte. Die von uns verfolgten Schiffe der Zerstörer flüchteten vor uns, während diejenigen, von denen wir uns bei diesen Angriffen entfernten, ihrerseits die Verfolgung aufnahmen. Machten wir dagegen kehrt, um unsere Verfolger anzugreifen, wendeten auch sie und nahmen Reißaus, während die zuvor flüchtenden Schiffe uns nachsetzten.

Die Taktik der Zerstörer war einfach: Mit diesem Katz- und Mausspiel trachteten sie, unsere Aktivstoffvorräte zu erschöpfen, ohne sich auf Gefechte mit unseren überlegenen Schiffen einzulassen. Gleichzeitig verhinderten sie durch geschickte Eingriffe in die Metrik, dass wir den Sternhaufen einfach wieder verließen.

»Wenn wir wenigstens Nachricht von den Galakten hätten«, fügte Romero hinzu. »Es kann doch nicht sein, dass hier kein einziger Stern mehr existiert, der von Galakten bewohnt wird.«

Er sprach mir aus der Seele. Wir waren schließlich nicht hierhergekommen, um die Sehenswürdigkeiten von Chi Persei zu besichtigen, sondern mit dem Ziel, ein wesensverwandtes Volk zu befreien, das barbarischen Unterdrückern in die Hände gefallen war. Warum reagierten die Galakten nicht auf unsere Botschaften?

Beim Erkundungsflug mit dem *Raumfresser* hatten wir von inaktiven Sternen, die keinen Einfluss auf die Raummetrik ausübten, immer wieder Nachrichten empfangen. Die Galakten hatten uns vor Gefahren gewarnt, während die Zerstörer bestrebt waren, diese Kommunikation zu unterbinden. Die Geräte hatten ein Gewirr von Signalen registriert. Diesmal jedoch herrschte Grabesstille im Raum. Wir warfen alles in die Waagschale, um uns zu unseren Freunden durchzuschlagen, doch die befanden es nicht einmal für nötig, uns mitzuteilen, wo wir nach ihnen suchen sollen.

»Faszinierend!«, rief plötzlich Oshima und deutete auf den Frontbildschirm. »Mitten in diesem Schwarm von Zerstörerkreuzern befindet sich seit geraumer Zeit ein dunkler Vagabund«, sagte Oshima. »Wenn es uns gelingt, den zu annihilieren, würde uns das unverkrümmten Raum und somit Bewegungsfreiheit verschaffen. Was meinen Sie dazu, Admiral?«

»Rufen Sie die Kommandeure zusammen«, erwiderte ich. »Wir werden über Ihren Vorschlag beraten, ohne dass die halbe Galaxis davon Wind bekommt.«

Oshima wies die anderen Schiffe an, aus dem Überlichtbereich herunterzubremsen, und stellte die Monitore auf Normaloptik um. Wenig später erschienen der *Jagdhund* und der *Fuhrmann* zwischen den Sternen auf dem Bildschirm. Die Zerstörer reagierten prompt, auch ihre grünen Bälle ploppten auf dem Bildschirm auf.

Mit Planetenschiffen setzten die Kommandeure der beiden anderen Sternenpflüge zum *Bärenhüter* über. Der eine von ihnen war Kamagin, der den *Fuhrmann* befehligte, der andere Artur Petri, den ich weniger gut kannte. Allan hatte mir vor der Mission über ihn erzählt, dass er beinahe so viele Flugstunden im All auf dem Buckel hatte wie Spychalski.

»Wir müssen eine wichtige Entscheidung treffen«, sagte ich und erläuterte Oshimas Plan. »Wir müssen etwas gegen dieses sinnlose Herumirren im Metrikchaos des Phantomriesen unternehmen.«

»Trotzdem bin ich gegen den neuen Plan«, verkündete Kamagin. »Unsere Aktivstoffvorräte reichen nicht aus, um die gegnerische Flotte zu stellen und zu vernichten. Die durch die Zerstörung des Vagabunden gewonnene Bewegungsfreiheit würde daran nichts ändern.«

»Sie sind also dagegen, den Vagabunden zu annihilieren?«

»Keineswegs, Eli. Ich bin nur dagegen, die Materie des Vagabunden dazu zu verwenden, die sinnlose Jagd auf die feindlichen Kreuzer fortzusetzen.«

»Und wenn wir sie dazu verwenden, uns zu einem befreundeten Stern durchzuschlagen?«

»Können Sie mir die Koordinaten eines solchen Sterns nennen? Wir haben nicht einmal die Gewissheit, dass es hier überhaupt noch von Galakten bewohnte Sternensysteme gibt.«

»Warum sollen wir den Vagabunden dann überhaupt vernichten?«

»Um hier wieder herauszukommen und zu unserer Flotte zurückzukehren«, entgegnete Kamagin kühl.

»Das ist nicht Ihr Ernst, Kamagin!«, protestierte Oshima entrüstet. »Unser Vorstoß in Chi Persei war ein hart erkämpfter Erfolg, den wir damit ohne Not aus der Hand gäben.«

»Von welchem Erfolg sprechen Sie, Oshima?«, konterte Kamagin unbeirrt. »Unser Vorstoß war kein Erfolg, sondern ein Fehlschlag. Der ursprüngliche Plan bestand doch darin, dass zuerst drei Sternenpflüge eindringen und danach die gesamte Flotte. Und was haben wir erreicht? Die Flotte wurde komplett zurückgeschlagen, und wir sitzen hier in der Falle mit drei Schiffen gegen zweihundert. Es ist höchste Zeit, dass wir uns vom Acker machen! Und deshalb bin ich dafür, den Vagabunden aufs Korn zu nehmen.«

Während Oshima und Kamagin stritten, musterte ich den klein gewachsenen Kapitän. Was mir durch den Kopf ging, hatte wenig mit dem Gegenstand des Streits zu tun. Ich empfand einen Heidenrespekt vor Kamagin. Obwohl er den Charakter und das Wissen einer anderen Epoche in sich trug, hatte er sich problemlos in unserer Zeit zurechtgefunden, als wäre er in ihr geboren worden. Mit eisernem Lernwillen hatte er die viereinhalb Jahrhunderte, die er unserem Wissensstand hinterherhinkte, im Rekordtempo aufgeholt und sich als Kapitän in unserer ultramodernen Flotte unentbehrlich gemacht. Natürlich bedeutete dies nicht, dass ich mich seinen Ansichten kritiklos anschloss, doch ich hörte stets besonders aufmerksam zu, wenn dieser kluge Kopf etwas zu sagen hatte.

Romero war nicht entgangen, dass ich in Gedanken versunken war. »Worüber denkt denn unser verehrter Oberkommandierender so angestrengt nach?«, erkundigte er sich.

»Der verehrte Oberkommandierende schließt sich der Meinung von Kapitän Kamagin an. Wir sind nicht stark genug, um in Chi Persei die Oberhand gewinnen zu können. Die Invasion ist gescheitert. Wir werden uns zurückziehen und zu diesem Zweck den dunklen Vagabunden annihilieren.«

In seiner Chronik schreibt Romero, mein Rückzugsbefehl passe genau ins Bild meines allgemeinen Führungsstils, der sich durch viele überraschende und nicht immer leicht nachvollziehbare Entscheidungen auszeichne.

13

Natürlich machte ich mir keine Hoffnungen, dass die Zerstörer uns den Vagabunden einfach so überlassen würden. Der sternlose Planet bewegte sich gleichsam im Schlepptau der grünen Bälle, als hätten diese ihn in ein Kraftfeld eingespannt. Um seiner habhaft zu werden, bedienten wir uns erneut eines Täuschungsmanövers, das in Romeros Chronik detailliert beschrieben ist.

Kurz gefasst gingen wir folgendermaßen vor: Unsere drei Sternenpflüge, die bislang stets als kompakte Gruppe geflogen waren, trennten sich plötzlich und griffen in unterschiedlichen Richtungen an. Der zuvor stets mehr oder weniger geordnete Kreis der feindlichen Kreuzer zerfiel dadurch in ein Chaos aus flüchtenden Schiffen. Daraufhin flogen die Sternenpflüge ein scharfes Wendemanöver und strebten aus drei Richtungen auf den Vagabunden zu. Zusammen mit diesem fand sich etwa ein Dutzend feindlicher Schiffe im Zielkreis unserer Schiffe wieder.

Die panische Flucht der Zerstörer bot einen hübschen Anblick. Sie pfiffen auf den Vagabunden und stoben in alle Himmelsrichtungen davon. Weder Oshima noch Petri verfolgten die Flüchtenden, nur Kamagin nahm Rache für den feigen Angriff auf die *Mendelejew* in den Plejaden. Einer der Kreuzer geriet in den Annihilationskegel des *Fuhrmanns*, und Kamagin zögerte keine Sekunde. Der von Kamagin entzündete Feuerball loderte nur kurz, doch ich bin mir sicher, dass sich sein unheilkündender Schein in die Gehirne der Flüchtenden eingebrannt hat.

Danach schwebten die Sternenpflüge über dem herrenlosen Planeten und leuchteten ihn mit den Fernscheinwerfern aus. Es handelte sich um einen typischen Vagabunden: eine düstere Kugel, die Oberfläche eine Mondlandschaft, etwa dreimal so groß wie die Erde, keine Atmosphäre, kein Wasser, keine Anzeichen von Leben. Es war nicht besonders schade um ihn. Ohne mit der Wimper zu zucken, schalteten Oshima, Kamagin und Petri die Kampfannihilatoren ein.

Der Planet verwandelte sich ganz allmählich in eine gigantische Leere. Er »verdampfte zu leerem Raum«, wie Romero das in seiner Chronik treffend ausdrückte. Der Vagabund war gleichsam das Versuchskaninchen für die Methode der allmählichen Annihilation, die wir hier zum ersten Mal einsetzten.

Es trat genau der Effekt ein, auf den wir gehofft hatten. Beim Eintauchen in den neu entstehenden Raum lösten wir uns aus den Fesseln der verkrümmten Metrik. Eine Beeinflussung der

Metrik ist nichts anderes als die Veränderung der Struktur eines bereits vorhandenen Raumes. Der neue Raum hingegen, in dem wir uns nun fortbewegten, befand sich noch im Entstehungsprozess, er hatte noch keine Struktur.

Mit dem allmählichen Verglühen des Vagabunden weitete er sich immer mehr aus und umgab uns auf unserem rasenden Flug wie ein schützender Kokon. Außerhalb dieser Schutzhülle mochte eine noch so verheerende metrische Hölle kochen – sie konnte uns jetzt nichts mehr anhaben.

Ich hatte gesagt: Es trat genau der Effekt ein, auf den wir gehofft hatten. Das ist leider nur die halbe Wahrheit. Denn wir schafften es nicht, aus Chi Persei zu entkommen.

Der Kokon autonomen Raums, den wir geschaffen hatten, war zu klein geraten. Wir hatten das Volumen des Sternhaufens nur um eine winzige Geschwulst erweitert. Dabei war es uns nicht gelungen, den gigantischen, um den Phantomriesen gespannten metrischen Ring zu durchbrechen. Der Vagabund war für dieses Unterfangen ein bisschen zu klein gewesen. Im Nachhinein ist man immer klüger.

Das Scheitern war ein langsamer Prozess: Tag für Tag entfernten wir uns weiter vom Phantomriesen. Die Schicht des nichteuklidischen Raums, die es noch zu überwinden galt, wurde immer dünner. Auf der anderen Seite des metrischen Sperrgürtels sahen wir bereits Allans Schiffe und empfingen deren aufmunternde Mitteilungen. Doch im letzten Moment, als wir das rettende Ziel schon so nahe vor Augen hatten, stoppte die Ausdehnung des autonomen Raums, in dem wir uns bewegten. Die letzten Megatonnen Materie des Vagabunden waren verbraucht.

Da saßen wir nun in unserm Raumkokon und konnten nicht weiter. Es war nur eine Frage der Zeit, bis die Zerstörer unseren Schlupfwinkel in ihre metrische Kontrolle bringen würden. Ich sah nur einen einzigen Ausweg und gab den Befehl, den *Fuhrmann* und den *Jagdhund* zur Annihilation vorzubereiten.

»Besser wir opfern zwei Schiffe als die gesamte Unternehmung«, entgegnete ich Oshima, der gegen meine Anweisung protestiert hatte. »Geben Sie den Kapitänen der beiden anderen Sternenpflüge die Anweisung, ihre Besatzungen auf den *Bärenhüter* zu evakuieren. Und lassen Sie die BUM ausrechnen, wie unsere Chancen stehen.«

Die BUM errechnete, dass die zusätzliche Materie ausreicht, um die verbleibende Schicht nichteuklidischen Raums zu durchbrechen. Damals wussten wir noch nicht, dass sich auch die unbestechlichen Bordanalysatoren irren konnten.

14

Die Besatzungsmitglieder und die Ausrüstung der dem Untergang geweihten Sternenpflüge wurden mit Planetenschiffen auf den *Bärenhüter* verfrachtet. Die Kommandeure berieten sich im Besprechungsraum, während ich mit Mary und Aster in unserem Quartier saß. Die früheren Kapitäne, die es abgelehnt hatten, ihre Familien auf Raumexpeditionen mitzunehmen, waren weise Leute gewesen – das wurde mir nun schmerzlich klar.

Aster verbrachte seine ganze Freizeit im Observationsraum. Wenn wir uns dort trafen, gab er mir in jugendlichem Eifer Ratschläge, die meist genauso fundiert waren wie die meiner erwachsenen Kollegen. Man möge mich nicht falsch verstehen: Er war keineswegs genial. Im Gegenteil, alle Mitglieder der Mission waren ganz gewöhnliche Menschen. Nur in der Rückschau werden wir manchmal für Titanen gehalten.

»Es ist ein Fehler, die zwei Schiffe zu sprengen«, redete Aster auf mich ein. »Wie kannst du unsere Schlagkraft so schwächen?«

»Natürlich bedeutet es eine Schwächung, aber es bleibt nichts anderes übrig.«

»Und ob! Annihiliert doch feindliche Schiffe. Deren Kreuzer können doch genauso gut den Weltraum vergrößern wie unsere.«

Mein Sohn erfüllte mich mit Stolz. Er reichte mir bereits bis zum Kinn – ein schlanker, fröhlicher Junge, lebendig, aufgeschlossen und klug. Und mit jedem Jahr wurde er mir ähnlicher. Manchmal lege ich Fotos von ihm neben meine im selben Alter und kenne uns beide kaum auseinander.

»An die feindlichen Kreuzer kommen wir leider nicht heran«, erwiderte ich seufzend. »Lass uns bitte allein, Aster, ich muss mit deiner Mutter etwas bereden.«

»Okay, ich gehe in den Observationsraum. Vor kurzem haben Prometheus-5, Sputnik-1 und Apollo-3 Kurs auf uns genommen, ich werde kontrollieren, ob sie immer noch näher kommen.«

Aster sprach von feindlichen Kreuzern. Als Einziger von uns konnte er die eigenartigen grünen Bälle alle voneinander unterscheiden und hatte ihnen sogar Namen gegeben.

»Sag mir die ganze Wahrheit, Eli, werden wir sterben?«, fragte Mary, nachdem Aster gegangen war.

»Die Lage ist kritisch. Es kann sein, dass wir uns retten können, es kann aber auch sein, dass wir untergehen. Es gibt keinen Grund, den Mut zu verlieren, dennoch sollten wir auch auf das Schlimmste vorbereitet sein.«

Mary umarmte mich und drückte mich an sich.

»Wenn uns etwas zustößt … Du wirst mir nie verzeihen, dass ich Aster mitgenommen habe!«, sagte sie.

»Aster ist ein Mensch wie du und ich. Wenn wir untergehen, sterben wir alle gemeinsam.«

Sie stieß mich zurück und sah mir lange in die Augen. Wie so oft schien Marys Stimmung zu kippen. Doch sie riss sich zusammen.

»Ihr seid ein seltsames Völkchen, ihr Männer. Bei euch klingt alles wie eine mathematische Formel. Wir sterben alle gemeinsam – wie tröstlich, Eli!«

»Wenn ich dir etwas anderes sagte, würdest du es nicht glauben.«

»Und wenn doch?«

»Möchtest du wirklich lieber eine Lüge hören? Ziehst du den Selbstbetrug der Wahrheit vor?«

»Ich ziehe gar nichts vor, ich habe einfach nur Angst, kannst du das nicht verstehen?«

Es schien mir sinnlos, das Gespräch an dieser Stelle fortzusetzen. Ich machte mich auf den Weg zur Kommandeursbesprechung. Im Hauptgang stieß ich auf Romero, der sich mir anschloss.

Romero wusste genau, was in jenen Momenten in mir vorging. Er sprach das aus, was ich dachte: »Lieber Eli, beneiden Sie unsere Vorfahren, die ohne ihre Familien in den Krieg zogen?«

»Mag sein«, erwiderte ich zurückhaltend.

»Zu Unrecht, Eli. Wir machen uns häufig ein zu allgemeines Bild von unseren Vorfahren und vergessen ihre konkrete Situation. Sie waren häufig gezwungen zu kämpfen, um ihre Frauen und Kinder zu beschützen, und sie kämpften dann nicht schlechter, sondern besser – entschlossen, selbstvergessen und zäh!«

Ohne meinen Schritt zu verlangsamen, musterte ich ihn misstrauisch. Wera hielt sich in Leonids Geschwader auf, und Romero hatte keine Kinder. Er konnte also nicht für sich sprechen. Trotzdem unterhielt er sich nicht einfach nur mit mir, sondern sprach mit einer Leidenschaft auf mich ein, die ich so von ihm nicht kannte – abgesehen von dem Vorfall, als er drauf und dran war, wegen Mary eine Prügelei mit mir anzufangen.

»Leider muss ich Ihnen mit einer allgemeinen Phrase antworten, Pawel«, erwiderte ich trocken. »Auch wir werden voller Entschlossenheit, selbstvergessen und zäh kämpfen, doch wir tun dies nicht für unsere Frauen und Kinder, nicht einmal für die Menschheit, sondern für alle vernunftbegabten Wesen, die ihre Hoffnungen auf uns gesetzt haben.«

Zu meiner Überraschung protestierte Romero nicht gegen mein unterkühltes Statement, sondern gab sich damit zufrieden.

Wenn es unter meinen Freunden jemanden gab, der mir ein ums andere Mal Rätsel aufgab, dann war es Romero.

Die Bildschirmhemisphären auf der Kommandobrücke leuchteten so grell, dass mir im ersten Moment die Augen wehtaten. Rote, blaue und violette Riesen spien ihr gleißendes Licht in den Raum, und zwischen diesen galaktischen Feuern glommen zahlreiche künstliche – über zweihundert grüne Kügelchen, die Knotenpunkte des tödlichen Spinnennetzes, in dem wir uns verfangen sollten. Der Phantomriese war mehrere Lichtwochen entfernt und erschien deshalb nur als winziges Pünktchen.

»Fangen wir an«, schlug ich vor.

»Fangen wir an«, wiederholten Oshima und Petri.

Nur der kleine Kosmonaut Kamagin schwieg. Er starrte abwesend zu den beiden Sternenpflügen, die in geringer Entfernung zum *Bärenhüter* unbeweglich in der schwarzen Leere schwebten. Nur zu gut konnte ich nachempfinden, wie er litt. Die Situation war für ihn ungleich schwerer als für Oshima und Petri.

Kamagin, der unser Vorfahre und zugleich unser Zeitgenosse und Freund war, befehligte ein so fantastisches Raumschiff, wie er es sich früher in seinen kühnsten Träumen nicht hätte ausmalen können. Für uns war es im Grunde nichts Besonderes, wir lebten nur in unserer Zeit. Er dagegen hatte den dramatischen technischen Fortschritt, den dieser Sternenpflug vor dem Hintergrund der Anfänge der Raumfahrt bedeutete, vollständig miterlebt. Und nun sollte er dieses Wunder der Technik, das seinem Kommando anvertraut war, der Vernichtung preisgeben.

Unsere Blicke trafen sich. »Fangen wir an«, sagte Kamagin und senkte den Kopf.

Alle warteten auf meinen Befehl zur Annihilation der Sternenpflüge. Doch nun zögerte ich. Nicht, dass mir Zweifel an der Richtigkeit der Entscheidung gekommen wären. Die Vernichtung des *Fuhrmanns* und des *Jagdhunds* war definitiv unsere einzige Chance, mit heiler Haut davonzukommen.

Es war auch nicht unser eigenes Schicksal, das mich in jenen Augenblicken umtrieb. Wir hatten uns in freier Entscheidung auf diesen riskanten Weg begeben, an dessen Ende ein Erfolg nicht wahrscheinlicher war als ein Fehlschlag oder gar eine Katastrophe.

Vielmehr dachte ich darüber nach, wie es für die anderen weitergehen würde, falls wir zwischen den flammenden Riesen von Chi Persei untergehen sollten. Die Verantwortung für die Sternenpflüge, die sich außerhalb des Sternhaufens befanden, hatte mir niemand abgenommen. Zumindest formell war ich immer noch der Oberkommandeur der Flotte.

»Wenn ich das richtig verstehe, wollen Sie der Welt eine Art Testament hinterlassen«, sagte Romero, nachdem ich die anderen in meine Gedankengänge eingeweiht hatte. »Ist es dafür nicht ein bisschen früh, Admiral?«

»Für ein Testament ist es zu früh, ganz recht, Pawel. Doch es ist genau der richtige Zeitpunkt, einige wichtige Erkenntnisse aus unserer Irrfahrt im Perseus zu ziehen und an die anderen weiterzugeben, bevor wir sie möglicherweise mit ins Grab nehmen.« Der ein oder andere im Raum würgte an einem Kloß im Hals, und eine beklemmende Stille erfüllte den Raum. »Der springende Punkt ist der Vagabund. Die feindliche Flotte hat mit allen Mitteln versucht, uns von ihm fernzuhalten, und wenn ihr es aufmerksam beobachtet habt, ist euch sicher aufgefallen, dass sie ihn bei ihren Fluchtmanövern sogar mitgeschleppt haben. Warum haben sie das getan? Doch sicherlich deshalb, weil sie befürchtet haben, dass die Materie des Planeten ausreichen könnte, um den nichteuklidischen Raum zu durchbrechen. Dieses kleine Detail könnte der Schlüssel zum Sieg über die Zerstörer sein. Es ist an der Zeit, die Strategie für die Invasion zu überdenken.«

Danach erklärte ich meinen Kameraden ausführlich, worauf ich hinauswollte. Nachdem ich geendet hatte, setzte Romero eine Botschaft auf, der ich nichts hinzuzufügen hatte und die den Kern meiner Überlegungen auf den Punkt brachte:

»Botschaft von Eli Gamasin, Admiral der Großen Galaktischen Flotte, gerichtet an Wera Gamasina, Allan Cruz, Leonid Mrawa, Olga Trondike und die gesamte Menschheit.

Der Vorstoß dreier Sternenpflüge in den Sternhaufen Chi Persei endet möglicherweise mit einem Fehlschlag. Zwei unserer Schiffe werden wir selbst vernichten, das Schicksal des dritten, auf dem sich auch die Besatzungsmitglieder der anderen beiden befinden, ist ungewiss. Es muss einkalkuliert werden, dass unser Versuch, aus Chi Persei zu entkommen, scheitert. Betrachtet diese Mitteilung als meinen letzten Befehl an die Flotte.

Ein unmittelbares Vordringen in Chi Persei ist nicht möglich. Der Plan, den nichteuklidischen Raum mit einem Rammsporn von Schiffen mit Gewalt zu durchbrechen, ist fehlgeschlagen und darf nicht weiterverfolgt werden. Auch sämtliche Versuche, Planeten und Vagabunden an der Peripherie des Sternhaufens zu annihilieren, sind daran gescheitert, dass sie sich ebenfalls in der Zone der wechselnden Raummetrik befinden.

Meine Anordnungen für das weitere Vorgehen: Versucht, solitäre Himmelskörper, die sich außerhalb des Sternhaufens und damit außerhalb des Einflussbereiches der raumkrümmenden Mechanismen befinden, unter eure Kontrolle zu bringen und nach und nach in der Grenzzone zu Chi Persei zusammenzuziehen. Erst wenn eine ausreichend große Masse solcher Objekte am Rand der nichteuklidischen Barriere konzentriert ist, beginnt die zweite Phase des Angriffs: die Annihilation. Bei einer entsprechenden Vorbereitung der Invasion, die sich möglicherweise über Jahrzehnte erstrecken kann, besteht eine gute Chance, dass sich durch die Annihilation der konzentrierten Materie kosmische Tore öffnen, die der Feind nicht mehr kontrollieren kann.

Ich bitte um Bestätigung des Empfangs dieser Anweisungen.«

Über die Bord-RWS des *Bärenhüters* sandten wir diese Botschaft dreimal hintereinander aus den Abgründen des Perseus ins offene Weltall. Wir waren uns im Klaren darüber, dass die Zerstörer unsere Mitteilung abfangen würden. In diesem Fall sahen wir darin kein großes Problem, denn unsere neue Strategie basierte nicht auf einem Überraschungseffekt, sondern auf schierer Gewalt.

Die Antwort Allans traf bereits ein, noch ehe wir die Botschaft zum dritten Mal versandt hatten: »Die Botschaft des Admirals ist angekommen. Wir sind in Gedanken bei Euch und wünschen Euch von ganzem Herzen, dass Euer Ausbruchversuch gelingen möge.«

»Jetzt können wir die beiden Sternenpflüge in die Luft jagen«, sagte ich.

15

Der Plan, die Sternenpflüge zu vernichten, wurde buchstäblich wider Willen gefasst und basierte auf eiskalter Berechnung. Unseren Gefühlen zollten wir in einem kleinen Detail Tribut: Wir steuerten die Annihilation so, dass keine spektakulären Effekte auftraten. Weder infernalische Explosionen noch austretende Gaswolken noch verglühende Teilchennebel begleiteten die Annihilation des *Fuhrmanns*.

Da ich den Eindruck hatte, dass es für Kamagin besser war, den Untergang seines »Babys« möglichst schnell hinter sich zu bringen, hatte ich angeordnet, den *Fuhrmann* als Ersten zu zerstören. Der unbeleuchtete, im dunklen Kosmos kaum auszumachende Sternenpflug löste sich ganz allmählich in nichts auf. In der neu entstehenden Raumblase jagte der *Bärenhüter* dahin. Wie ein Komet zog er einen Schweif heißen, schnell abkühlenden Staubs hinter sich her und den ferngesteuerten *Jagdhund*, der erst später an der Reihe war.

Auf der Kommandobrücke hielt Oshima allein die Stellung, und im Observationsraum drängten sich die evakuierten Besatzungsmitglieder. Im Besprechungsraum saßen Romero, Petri und Kamagin. Man hatte hier keinen so guten Überblick über das Geschehen wie auf der Kommandobrücke, dennoch hatte ich mich entschlossen, hierher zu kommen, um den Kapitänen in diesen für sie besonders schweren Stunden moralischen Beistand zu leisten. Ich setzte mich neben Kamagin und stieß ihn freundschaftlich mit dem Ellenbogen an.

»Wie läuft der Durchbruch durch den nichteuklidischen Sperrgürtel?«, fragte ich.

»Miserabel«, erwiderte er mit mürrischem Gesicht. »Es entsteht viel weniger neuer Raum, als den Berechnungen zufolge nötig wäre.«

»Die feindliche Flotte verzieht sich in die Unsichtbarkeit«, ergänzte Romero und zeigte auf den Bildschirm.

Ich schloss die Augen. In Gedanken hatte ich ein klareres Bild vom Geschehen, als es der kleine Monitor hätte liefern können. Da draußen musste ein gewaltiger Sturm toben, kein gewöhnlicher Sturm, sondern ein ganz besonderer, wie es ihn weder auf unseren Heimatsternen noch hier in den feindlichen Gefilden des Perseus je gegeben hatte.

Gigantische Mengen des neu geschaffenen, amorphen Raums wurden nur Sekunden, nachdem wir ihn durchflogen hatten, von diesem metrischen Sturm mit einer Struktur versehen, deren ausgeklügelte Krümmung für uns so verderblich war. Dem setzten wir in jedem Augenblick neu entstehenden, unorganisierten, chaotischen Raum entgegen, in den wir uns weiter flüchten konnten.

Die feindlichen Kreuzer hatten sich in Luft aufgelöst, selbst von den Radarschirmen der RWS-Ortungsgeräte waren sie verschwunden, so heimtückisch verkrümmt war der Raum, in dem sie sich bewegten.

»Gehen Sie lieber auf die Kommandobrücke, Eli«, riet mir Romero.

Als ich den Besprechungsraum verließ, erhob sich auch Kamagin und ging mit mir hinaus. Im Gang hielt er mich auf, indem er sich mir in den Weg stellte. Er schwankte, und seine Wangen zitterten. Seine Neigung zu Gefühlsausbrüchen verriet ihn als einen Menschen, der ursprünglich aus einer anderen Epoche stammte.

Er sprach mit heiserer, sich überschlagender Stimme: »Admiral, es steht mir nicht zu, Ihre Entscheidungen zu kritisieren. In fernen Zeiten wurden wir zu einer Disziplin erzogen, von der Sie wahrscheinlich gar keine Vorstellung haben.«

»Kamagin!« Ich unterbrach ihn, um seine Emotionalität einzudämmen. »Sie sind ein befehlstreuer Kommandeur. Das weiß ich. In dieser Hinsicht habe ich Ihnen nichts vorzuwerfen. Kommen Sie, wir müssen weiter.«

»Ich kann nicht mehr schweigen, Admiral«, setzte er noch hitziger fort, während er neben mir herlief. »Sie müssen mich verstehen! Den *Fuhrmann* gibt es nicht mehr. Das lässt sich nicht mehr ändern. Aber der *Jagdhund* existiert noch und ist vollständig einsatzfähig. Ich bin sicher, dass es sinnlos wäre, auch ihn zu opfern. Aus dem Sternhaufen kommen wir so nicht heraus. Wir dürfen uns nicht auch noch selbst schwächen, Eli!«

Gemeinsam betraten wir die Kommandobrücke.

»Sie müssen auch mich verstehen«, entgegnete ich. »Es spielt keine Rolle, ob wir in diesem elenden Rattenloch mit einem oder mit drei Sternenpflügen gegen die Zerstörer kämpfen – die Überlebenschance ist immer gleich null. Durch die Annihilation des *Jagdhundes* haben wir wenigstens eine kleine Chance, doch noch zu entkommen. Diese Chance müssen wir nutzen!«

»Diese Chance ist nur ein Phantom in Ihrem Kopf«, entgegnete Kamagin. »Wir müssen unsere Haut so teuer wie möglich verkaufen! Mit dem *Jagdhund* gelingt uns das besser als ohne ihn.«

Ich schwieg. Kamagins Wunsch, seine »Haut zu verkaufen«, konnte ich nicht nachvollziehen. Sie stammte noch aus einer Zeit, in der alles, was nicht niet- und nagelfest war, Menschenleben eingeschlossen, auf irgendwelchen Märkten verschachert wurde. Begriffe wie kaufen und verkaufen, teuer und billig hatten in unserer Epoche längst keine Bedeutung mehr.

Wir setzten uns neben den schweigsamen Oshima. In der Dunkelheit hörte ich Kamagin schwer atmen. Doch er sagte nichts mehr, und ich konzentrierte mich auf den Bildschirm. Vor unseren Augen zerfiel gerade der letzte Rest des *Fuhrmanns*.

Oshimas Stimme zerschnitt die Stille im Raum: »Vom *Fuhrmann* ist nichts mehr übrig, Admiral. Die BUM hat soeben errechnet, dass wir erst ein Viertel der erforderlichen Wegstrecke zurückgelegt haben. Ihre Entscheidung – setzen wir die Annihilation fort?«

Während Oshima sprach, bekam ich mich wieder unter Kontrolle. Es war meine verdammte Pflicht, jetzt kühlen Kopf zu bewahren.

»Selbstverständlich!«, blaffte ich ihn an. »Jetzt kommt der *Jagdhund* an die Reihe. Ich verstehe Ihre Frage nicht, Oshima!«

Oshima hatte sich besser im Griff als Kamagin.

»Die BUM empfiehlt, die Annihilation des zweiten Schiffs zu beschleunigen«, erklärte er ungerührt. »Folgen wir dieser Empfehlung?«

»Die Analysen der BUM sind nicht fehlerfrei, aber wir haben leider keine anderen.«

Die beschleunigte Annihilation des *Jagdhunds* ging nicht ganz so unspektakulär vonstatten wie die des *Fuhrmanns*. An der Stelle des gesprengten Sternenpflugs erschien ein rotglühender Feuerball. Oshima nahm sofort Kurs auf das Zentrum der Explosion.

Die Bilder von der Annihilation des Vagabunden, dem langsamen Zerfall des *Fuhrmanns* und der Explosion des *Jagdhunds* sollten später um die Welt gehen. Doch ich glaube kaum, dass irgendjemand dabei die Gefühle nachempfinden konnte, mit denen wir in jenen Augenblicken auf die verglühende Plasmawolke starrten. Denn für uns war dieses Spektakel nicht nur der Untergang irgendeines Kreuzers, sondern der letzte Funken Hoffnung, der uns geblieben war.

»Das war's, Admiral«, sagte Oshima, nachdem auch dieser letzte Funke verglommen war. »Wir haben es nicht geschafft.«

An diesem totalen Nullpunkt sanken wir in unseren Sitzen zusammen und schwiegen lange. Jeder Kommentar, jeder Befehl wäre in diesem Moment überflüssig und sinnlos gewesen. Auf dem Bildschirm, der nach der Auflösung des *Jagdhunds* schwarz geworden war, tauchten allmählich wieder Lichter auf. Zuerst erschien der Phantomriese, dann andere Sterne, und zuletzt erblickten wir einer nach dem anderen die grünen Kugeln der feindlichen Flotte.

»Die Kreuzer der Zerstörer kreisen uns ein, Admiral«, meldete Oshima. »Ihre Anweisungen, Admiral?«

»Mach das Schiff gefechtsklar«, erwiderte ich und verließ den Raum.

16

Draußen im Gang blieb ich stehen, lehnte mich rücklings gegen die Wand und schloss die Augen – am Boden zerstört und mit dem einzigen Wunsch, allein zu sein. Ich scheute das Treffen mit Romero und Petri. Mit ihnen hätte ich die Lage besprechen müssen, doch dazu war ich im Moment völlig unfähig.

Bei Oshima und Kamagin hatte ich auch nicht bleiben können, die Leidensmiene und der feindselige Blick des kleinen Kosmonauten waren mir unerträglich. Gar nicht auszudenken, Aster oder Mary unter die Augen treten zu müssen – diese Vorstellung war die schlimmste von allen. Noch nie hatte ich mich so einsam und ohnmächtig gefühlt.

»Nein! Nein! Nein!«, flüsterte ich vor mich hin, ohne zu wissen, an wen ich diese Worte richtete, als verteidigte ich mich gegen Vorwürfe, die noch niemand ausgesprochen hatte. »Nein! Nein! Nein!«, wiederholte ich immer lauter und schrak zusammen, als ich ein weiteres »Nein!« unkontrolliert herausbrüllte. Ich wischte mir den Schweiß von der Stirn und entfernte mich rasch vom Zugang zur Kommandobrücke. Mir war, als hätte ich Schritte auf der anderen Seite der Tür vernommen. Ich zwang mich dazu, langsam zu gehen – niemand sollte mich verzweifelt davonlaufen sehen.

Ziellos irrte ich durch die verschlungenen Gänge des Schiffs. Vor mir öffneten sich lautlos alle Türen, da sämtliche Sicherheitseinrichtungen auf mein individuelles Feld eingestellt waren. Als Admiral der Großen Galaktischen Flotte hatte ich Zutritt zu sämtlichen Bereichen des Schiffs.

Admiral! Du bist immer noch Admiral, Eli! Abermals lehnte ich mich kraftlos gegen die Wand, und vor meinen geschlossenen Augen erschien das letzte Bild, das ich auf dem Monitor gesehen hatte: der hämisch blinkende Phantomriese und die kugelförmigen Kreuzer der Zerstörer, deren bedrohlicher Glanz sich sekündlich verstärkte.

Du bist immer noch Admiral, sagte ich zornig zu mir selbst. Der Kampf ist noch nicht vorbei! Mein Atem ging heftig und schwer. Ich musste mich unbedingt beruhigen, bevor ich irgendjemandem unter die Augen trat.

Ich steuerte den Technikraum der BUM an. Dort konnte im Moment niemand sein, da ich als Einziger das Recht hatte, ihn ohne Zustimmung des Schiffskommandeurs zu betreten. Die Schiebetür öffnete sich zischend, und das Licht ging an. In der Mitte des Raums stand ein Stuhl, auf dem ich zusammensank. Mein Herz hämmerte in meiner Brust, als wäre ich im Sprinttempo gelaufen.

»Du musst dich beruhigen, verdammt!«, sagte ich laut zu mir selbst. »Komm zu dir, Eli!«

Gebetsmühlenartig wiederholte ich diese Phrase so lange, bis ich mich wieder einigermaßen unter Kontrolle hatte. Vor mir auf dem Tisch stand ein großer Kasten, das Herz der BUM, von dessen Rückwand sich unzählige Kabelbündel in die Schächte auf dem Boden senkten. Wie Nervenstränge verbanden sie das Superhirn der BUM mit Tausenden von Messfühlern, Analysatoren und Anzeigegeräten. Hinter den polierten Wänden dieses unscheinbaren Kastens verbargen sich Kristalle von seltener Reinheit, einmalige chemische Gebilde – Produkte eines genialen Erfindungsgeistes.

Mir fielen die wunderschönen, grünen, lumineszierenden Ziersteine ein, die eines von Weras Kleidern schmückten. Die Konstrukteure der BUM hatten sie als Ausschuss entsorgt, da das Material den Ansprüchen der geplanten Rechenmaschine nicht genügte. Als Element eines Superrechners taugten die Steine nicht, als Schmuckstücke für ein Kleid allemal.

»So, du allwissende und unfehlbare Maschine«, sagte ich mit bitterer Ironie, »du bewältigst doch mühelos Milliarden von Rechenoperationen pro Sekunde. Dann kannst du mir doch sicher leicht ausrechnen, wie es ausgeht, wenn wir mit unserm einzig verbliebenen Schiff gegen zweihundert Kreuzer der Zerstörer kämpfen.«

»Mit einer Niederlage«, verkündete die Maschinenstimme der BUM. Wenige Sekunden später präzisierte sie: »Die Vernichtung des *Bärenhüters* erfolgt nach der Vernichtung einer Vielzahl feindlicher Schiffe.«

»Wie tröstlich«, kommentierte ich sarkastisch und empfand blanken Hass für die gefühlskalte Maschine. »Also verkaufen wir unsere Haut so teuer wie möglich, wie Kamagin das wohl ausdrücken würde. Ein anderer Ausgang wäre nicht denkbar?«

»Nein. Vernichtung zu hundert Prozent.«

»Also auch deine Vernichtung«, bemerkte ich spitz.

»Meine Vernichtung zuallererst. Sollte ich in die Hände des Feindes geraten, wäre der Schaden für die Menschheit größer, als wenn einer von euch oder ihr alle dem Feind lebend in die Hände fallen würdet. Das Erfolgsrezept besteht darin, dass ihr mich demontiert, bevor ihr alle vernichtet werdet.«

»Dumme Nuss!«, fauchte ich. »Erfolgsrezept! Ha! So ein debiles Hirnimitat! Und ob wir dich demontieren werden, verlass dich drauf!«

Wutschnaubend verließ ich den BUM-Technikraum und begab mich in die Sektion der Tanew-Annihilatoren.

Verloren schlich ich durch Korridore, erklomm Metallleitern und verharrte auf schmalen Plattformen. Wo ich auch hinkam, schalteten sich sofort Deckenleuchten ein, und Signallampen begannen zu blinken. Jeder Winkel hier war vollgestellt mit Maschinen, vom kleinen Steuergerät bis hin zu gigantischen Stahlkolossen, die größer als Häuser waren, es mochten Hunderte, wenn nicht Tausende autonomer Maschinen sein. Doch sie alle waren nur winzige Rädchen im gewaltigen Uhrwerk dieses Schiffsherzens, in dem die Fähigkeit zur Schöpfung ebenso schlummerte wie die zur Zerstörung.

Wohl nur in der Vorstellung eines allmächtigen Gottes hat der Mensch schon einmal ein Analogon hervorgebracht, das in der Lage war, Materie aus dem Nichts zu erschaffen und Materie wieder in nichts zu verwandeln. Doch diese Idee war nur eine fantastische Illusion gewesen. Die Tanew-Annihilatoren indes waren ein materialisiertes Werk des menschlichen Geistes, eine tatsächlich existierende Schöpfungs- und Vernichtungsmaschine. Kein Mensch allein war fähig, diese Maschinen in ihrer ganzen Komplexität zu verstehen, dazu war nur der kollektive Verstand der Menschheit in seiner Gesamtheit in der Lage.

Nun stand ich vor der undankbaren Aufgabe, dieses Wunderwerk menschlichen Erfindungsgeistes zu zerstören, damit es nicht dem Feind in die Hände fiel.

»Sentimentaler Idiot«, bezichtigte ich mich selbst. Schließlich hatte ich noch vor kurzem, ohne mit der Wimper zu zucken, dieselben Wunderwerke zusammen mit dem *Fuhrmann* und dem *Jagdhund* liquidiert. Und wie mitleidig hatte ich auf Kamagin herabgesehen, als er sich über die Vernichtung seines Sternenpflugs grämte.

»Nur du gehst unter, zusammen mit deinem Schiff«, sagte meine innere Stimme zu mir. »Die Menschheit und ihre Erfindungen werden weiterleben. Die ganze Mission war ein kalkuliertes Risiko. Dir war bewusst, dass du dabei vor die Hunde gehen kannst.«

Aus der Sektion der Tanew-Annihilatoren ging ich zum Wohnheim der Engel weiter. Dort fand gerade eine Schulung statt, unsere geflügelten Freunde studierten die menschliche Sprache, unsere Wissenschaften und Fertigkeiten. Durch mein Auftauchen wurde der Unterricht unterbrochen, und sofort umringte mich ein Pulk lärmender Engel. Trub freute sich über mein Kommen und legte mir den Flügel um die Schulter. Ich entschuldigte mich für die Störung und führte Trub aus dem Schulungsraum.

»Es steht schlecht um uns, mein Freund«, sagte ich.

»Schlimmer als damals in den Plejaden, als die Stielaugen uns angegriffen haben?«

»Viel schlimmer. Es geht uns an den Kragen. Die Prognose der BUM ist niederschmetternd.«

»Willst du damit sagen, dass wir in dem bevorstehenden Kampf umkommen werden?«

»Genau das.«

Trub war schon lange nicht mehr der grobschlächtige Draufgänger, als den wir ihn kennengelernt hatten. Früher war für ihn nur das real gewesen, was er mit seinen Augen sehen und mit seinen Krallen berühren konnte. Inzwischen wusste er, dass das Abstrakte mitunter schlimmer war als das Gegenständliche.

»Das ist bitter, Eli. Ich war davon überzeugt, dass wir auf dem Planeten der Zerstörer landen und dort eine Revolution entfachen würden.«

»Eine Revolution? Wie kommst du denn darauf?«

»Habe ich das Wort etwa falsch ausgesprochen? Wir studieren die Geschichte der Menschen«, verkündete er stolz. »Wir finden es gut, dass die Menschen eine Revolution gemacht haben, als ihre Lage unerträglich geworden war. Es wäre eine gute Sache gewesen, bei den Zerstörern eine Revolution anzuzetteln und jene zu befreien, die von ihnen unterdrückt werden. Dieser Traum ist nun ausgeträumt.«

»Die Geschichte endet doch nicht mit uns. Wir sind gescheitert, doch andere Menschen und ihre Freunde werden es schaffen.«

Von den Engeln ging ich weiter zu Lussin. Seine Stallungen befanden sich am Rande der Besatzungsquartiere. Lussin war gerade beim Luftkampftraining mit Zeus. Eine Schar von Pegasussen flog einen Sturmangriff, und die arme Echse sollte sich zur Wehr setzen. Es wunderte mich, dass Zeus keine Blitze schleuderte, doch Lussin erklärte mir, dass selbst eine gedämpfte Entladung die robustesten Pferde augenblicklich verkohlt hätte.

»Wie sieht's draußen aus?«, fragte Lussin. »Ist's gefährlich? Sehr? Oder nicht?«

Ohne Umschweife setzte ich Lussin auseinander, wie die Dinge standen. Er ließ den Kopf hängen und schaute traurig zu seinen Schützlingen.

»Werden sie alle sterben?«

»Du glaubst doch nicht im Ernst, dass eine deiner Kreaturen eine solche Katastrophe überlebt?«

»Wäre schade um sie.«

Selbst jetzt dachte Lussin nicht an sich, sondern nur an seine haarsträubenden Geschöpfe. Mindestens drei Viertel seiner Gedanken drehten sich ausschließlich um sie. Rein verstandesmäßig konnte ich diese Einstellung nachvollziehen, doch mein Gefühl protestierte dagegen. Vielleicht schlummerte auch in mir ein kleiner Romero, der so hitzig darauf bestanden hatte, den Menschen in den Mittelpunkt zu rücken.

»Retten wir sie!«, sagte Lussin und sah mich flehentlich an. »Wir sind viele. Zeus gibt's nur einen. Ein Unikat. Pegasusse sind auch selten. Setzen wir sie auf einem Planeten aus. Vielleicht überleben sie.«

»So habe ich dich noch nie reden gehört, Lussin. Wenn es so etwas wie eine Arche Noah gäbe, würde ich deine Pegasusse dort einquartieren, und meinen Aster gleich dazu. Leider gibt es das hier nicht, Lussin. Schlag es dir aus dem Kopf.«

Bevor sich Lussin noch weiteren Unsinn ausdenken konnte, um seinen Tierpark zu retten, verließ ich die Stallungen. Mit einem Mal war ich viel ruhiger geworden. Die Verzweiflung, die mich noch im BUM-Raum und in der Annihilatoren-Sektion befallen hatte, war verflogen, als hätte ich sie an Trub und Lussin weitergereicht.

Jetzt hatte ich auch eine klare Vorstellung davon, was zu tun sei. Und ich wusste, dass es nicht leicht werden würde, diesen neuen Plan bei den Besatzungsmitgliedern der Sternenpflüge durchzusetzen. Doch ich war entschlossen, die anderen zu überzeugen, und zwar schnell, denn wir hatten nicht mehr viel Zeit.

Mein Platz war auf der Kommandobrücke. Oshima hatte mich bereits mit Ungeduld erwartet: »Gut, dass Sie endlich zurück sind, Admiral. Der Befehlshaber der feindlichen Flotte hat sich mit einer dreisten Botschaft an uns gewandt.«

17

Bevor ich mich um die Botschaft der Zerstörer kümmerte, kontrollierte ich die Bildschirme. Die grünen Kugeln hatten sich zu Grüppchen zusammengerottet und verströmten synchron pulsierendes Licht – ein gespenstischer Anblick. Darüber hinaus waren sie erheblich näher gekommen und hielten den Sicherheitsabstand zu uns nicht mehr ein, auf den sie zuvor so penibel bedacht gewesen waren.

»Warum haben sie auf einmal keine Angst mehr vor uns?«, fragte ich mich laut.

»Der *Bärenhüter* ist allein exakt dreimal so schwach wie die drei Schiffe, die wir ursprünglich hatten«, kommentierte Kamagin ätzend. »Deshalb fühlt der Feind sich jetzt dreimal so stark.«

Kamagins Analyse war eine boshafte Milchmädchenrechnung, doch ich hatte keine Lust, mit ihm zu streiten.

»Oshima, fahren Sie die Botschaft der Zerstörer ab«, sagte ich, ohne Kamagin eines Blickes zu würdigen.

Es ertönte die Roboterstimme der BUM: »Dies ist eine Nachricht an das Raumschiff, das in unseren Sternhaufen eingedrungen ist. Euer Versuch zu entkommen ist gescheitert. Es wird euch nicht gelingen, eines unserer Schiffe zu liquidieren. Ihr seid dem Untergang geweiht. Wenn ihr kapituliert, bleibt ihr am Leben. Orlan. Zerstörer der ersten imperialen Kategorie.«

Ich ließ den Blick über meine Assistenten schweifen. Romero wandte sich ab, Petri starrte grimmig auf die feindlichen Schiffe, Oshima erwartete mit unbewegter Miene meine Befehle, nur Kamagin schaute mich herausfordernd an. Ich wusste, was ihm auf der Zunge lag.

»Ihre Anordnungen, Admiral?«, drängte Oshima.

»Ich möchte zuerst eure Meinung hören. Fangen Sie an, Pawel.«

Romero rühmte sich stets seiner mannhaften Tapferkeit, und ich zweifelte nicht an seinem Mut. Doch strategisches Denken war ihm eher fremd. Die moderne Gefechtsführung in Überlichtgeschwindigkeit und mit dem Einsatz von Annihilatoren war ihm zuwider. Persönliche Tapferkeit spielte dabei eine untergeordnete Rolle, der Schlüssel zum Sieg war kühle, mathematische Berechnung.

Seine altertümliche Vorstellung vom ritterlichen Kampf klang auch in seiner Antwort durch: »Ich schlage vor, den feindlichen Angriff abzuwarten und dann bis zum letzten Blutstropfen Widerstand zu leisten.«

»Petri?«

»Die Botschaft ignorieren und kämpfen«, sagte er lakonisch.

»Kamagin?«

»Angreifen! Sehen Sie nur, Eli, sie kommen immer näher, als hätten wir die Waffen schon niedergelegt. Sie werden in Kürze in den Zielkegel unserer Annihilatoren geraten. Wenn Sie mir das Kommando übergeben, befördere ich ein Drittel ihrer Streitmacht ins Jenseits, bevor wir selbst dort landen.«

»So so. Und Sie, Oshima?«

»Angreifen und mit wehenden Fahnen untergehen«, sagte er. Dann zog er die rechte Braue hoch und sah mich fragend an. »Oder haben Sie einen anderen Vorschlag, Admiral?«

»In der Tat, das habe ich«, erwiderte ich. »Ich schlage vor zu kapitulieren.«

»Was?!«, schrien alle vier wie aus einem Munde.

»Wissen Sie, was Sie da sagen?«, entrüstete sich Kamagin. »Sie verlangen, dass wir uns in Gefangenschaft begeben?«

»Genau das ist mein Vorschlag.«

Kopfschüttelnd und verständnislos sahen mich meine Untergebenen an.

Als Erster fasste Oshima einen klaren Gedanken: »Das müssen Sie präzisieren, Admiral. Es geht ja nicht nur um unser Leben. Wir müssten dem Feind auch unser Schiff ausliefern, mitsamt den Annihilatoren und der BUM.«

»Ganz so einfach dürfen wir es dem Feind nicht machen, Oshima. Bevor wir das Schiff ausliefern, zerstören wir natürlich die BUM und demontieren das Herzstück der Annihilatoren. Mit dieser Aufgabe betraue ich Sie und Kamagin. Unsere Maschinen können sich die Zerstörer dann meinetwegen ins Museum stellen, anfangen können sie dann nichts mehr damit, weil sie ihr Funktionsprinzip nicht kennen.«

»Sie sind komplett übergeschnappt, Sie Irrer!«, brüllte Kamagin und sprang auf. »Die Zerstörer werden unsere Spezialisten foltern, dann wissen sie in kürzester Zeit, wie unsere Maschinen funktionieren.«

Der kleine Kosmonaut tobte. Sein Auftritt war selbst mit den relativ lockeren Verhaltensregeln der modernen Gesellschaft nicht vereinbar, die strenge Disziplin der Vorfahren, deren er sich so rühmte, trat er geradezu mit Füßen.

»Mäßigen Sie Ihren Ton, Kamagin«, wies ich ihn ruhig zurecht, »und schalten Sie stattdessen ihr Gehirn ein. Keiner unserer Spezialisten durchblickt die komplexen Funktionsweisen der

Annihilatoren. Über dieses Wissen verfügt nur die Menschheit in ihrer Gesamtheit. In Gefangenschaft gehen nur drei Raumschiffbesatzungen und nicht die gesamte Menschheit.«

Die Empörung der anderen legte sich, und sie begannen ernsthaft über meinen auf den ersten Blick absurden Vorschlag nachzudenken. Damit stiegen meine Chancen, mich durchzusetzen.

»Wie ich sehe, haben Sie sich das genau überlegt, lieber Admiral«, sagte Romero nach einer Weile des Schweigens. »Doch gestatten Sie mir die Frage, aus welchem Grund Sie uns mitsamt dem Sternenpflug in die Gefangenschaft führen wollen. Glauben Sie im Ernst, dass ein Leben in Gefangenschaft der Zerstörer einem ehrenvollen Tode vorzuziehen wäre?«

Romeros Frage beflügelte den zuvor brüskiert schweigenden Kamagin. »Und noch eine zweite Frage möge der Admiral beantworten: Wird sein Ansinnen nicht durch den Umstand beeinflusst, dass sich seine Familie an Bord befindet?«

Mit dieser Frage hatte ich gerechnet.

»Könnte man so sagen«, antwortete ich. »Nur nicht so, wie Sie denken. Wenn meine Familie nicht an Bord wäre, würde mir die Entscheidung, in Gefangenschaft zu gehen, viel leichter fallen.«

»Wieso sprechen Sie von einer Entscheidung, Admiral«, warf Petri ein. »Ich dachte, wir führen hier eine offene Diskussion.«

»Hört mich an«, erwiderte ich. »Ich verlange nur, dass ihr mir zuhört. Danach könnt ihr entscheiden, ob ich Recht habe oder nicht. Meinetwegen kann auch die ganze Besatzung über die BUM mithören, was ich zu sagen habe.«

Auch in mir sträubte sich alles gegen den unrühmlichen Gang in die Gefangenschaft. So musste ich nicht nur meine Zuhörer überzeugen, sondern redete gleichermaßen auf mich selbst ein.

»Ginge es nur um uns, so wäre ein ehrenvoller Tod in einem ungleichen Kampf dem Sklavendasein bei den Zerstörern zweifelsfrei vorzuziehen. Besser ein Ende mit Schrecken als ein Schrecken ohne Ende. Doch wir haben nicht das Recht, nur an uns zu denken. Wir sind als erste Vertreter der Menschheit in das Reich der Zerstörer vorgedrungen. Dies bedeutet eine große Verantwortung, der wir uns stellen müssen. Sterben kann jeder. In die Sklaverei zu gehen erfordert mehr Mut. Es geht mir nicht um unser Leben, und auch nicht darum, mehr über die Zerstörer zu erfahren, obwohl solches Wissen von Nutzen sein könnte, sollten wir jemals wieder freikommen. Der entscheidende Punkt ist, dass die Zerstörer erfahren sollen, wer wir sind. Die Ideale, die uns dazu motiviert haben, in den Perseus vorzudringen, bleiben lebendig, solange wir am Leben sind. Unseren Gegnern muss klar werden, wofür wir eintreten. Einige von ihnen werden nichts damit anfangen können, andere werden sich Gedanken machen und ins Grübeln kommen, und der eine oder andere von ihnen wird sich unserer Haltung anschließen. Denn die Zerstörer sind zwar möglicherweise Barbaren, aber sie sind auch vernunftbegabt – und dieser Umstand gibt Anlass zur Hoffnung. Der Kampf gegen die Zerstörer wird mit unserer Gefangennahme nicht zu Ende gehen, wir werden ihn mit anderen Mitteln fortsetzen, ohne Annihilatoren. Ich bin mir dessen bewusst, dass die Sklaverei eine unsägliche Qual bedeutet, doch ich traue es mir und euch zu, diesen schweren Weg zu beschreiten! – Und jetzt entscheidet euch.«

Einige Sekunden lang schwiegen alle. Dann erhob sich plötzlich Kamagin und rüttelte Oshima an der Schulter, der etwas ratlos vor sich hin starrte.

»Kommen Sie, Oshima«, sagte er, »hier gibt es nichts mehr zu tun. Sie haben doch gehört, wir sollen die BUM demontieren.«

Oshima sah Kamagin völlig perplex an, doch nach kurzem Zögern stand er auf, und die beiden gingen zum Ausgang. Ich wollte ihnen nachrufen, doch ein Aufschrei von Petri kam mir zuvor.

»Schaut euch die Bildschirme an! Schaut nur!«, brüllte er wie von Sinnen.

Auf den Monitoren tobte ein Inferno, als befinde sich der *Bärenhüter* im Zentrum einer Explosion.

»Das ist das Ende!«, stammelte Romero schockiert.

Im uns umgebenden Raum fegte ein Lichtsturm, in dem die Kreuzer der Zerstörer wie Schneeflocken herumgewirbelt wurden. Der glühende Feuerball des Phantomriesen füllte mit einem Mal die gesamte vordere Hemisphäre aus und raste auf uns zu – als wäre er ein überdimensionaler Kreuzer und kein Stern.

»Admiral, die Zerstörer werden vernichtet!«, triumphierte Oshima.

»Aber wir auch, Sie Esel«, rief Romero.

Dann zuckte ein greller Blitz durch den halbdunklen Raum, und wir verloren allesamt gleichzeitig das Bewusstsein.

18

Wir kamen auch alle gleichzeitig wieder zu uns. Die Kommandobrücke war hell erleuchtet, die Bildschirme waren schwarz. Ich hob den Kopf und stellte erleichtert fest, dass meine Kollegen noch am Leben waren. Dann hörte ich das pneumatische Zischen der Schiebetür und schaute zum Ausgang. Dort standen drei bizarre Gestalten.

Sie hatten eine gewisse Ähnlichkeit mit dem Unsichtbaren, der uns in den Plejaden in die Hände gefallen war. Doch während jener Leichnam den Eindruck einer künstlichen Konstruktion gemacht hatte, handelte es sich bei diesen dreien um vergleichsweise natürlich aussehende Wesen: ein Rumpf, zwei Beine, zwei Arme, ein Kopf – im Prinzip einem Menschen nicht unähnlich, doch in den Details eher das Zerrbild eines solchen.

Einer der drei stand ein wenig vor den anderen beiden und sagte in perfekter menschlicher Sprache: »Admiral Eli, lassen Sie die Außenschleuse Ihres Raumschiffs öffnen. Mein Name ist Orlan. Ich werde das Kommando über den *Bärenhüter* übernehmen.«

Oshima, der am nächsten zum Eingang stand, sprang auf Orlan zu und rammte ihm den Ellenbogen in die Brust. Nichts passierte. Oshimas Arm glitt durch den Körper des Zerstörers hindurch, als wäre dieser überhaupt nicht da.

Zweiter Teil

Der Große Zerstörer

Rühmt mich! Ich erhebe mich über die Größten.
Zu allem, was geleistet wurde, sage ich »nihil« …

W. MAJAKOWSKI

Christus sagt: Selig sind die Armen, Blinden und Krüppel.
In meinem Reich über den Sternen werde ich sie aufnehmen und zu Himmelsrittern erheben. Der höchste Ruhm wird ihrer sein!
Gut! Ich bin einverstanden! Doch was wird aus jenen anderen, in deren Geist wir heute leben und atmen und deren Namen uns mit Ehrfurcht erfüllen?
Müssen sie für ihre Größe büßen?
Was hat der Wille zur Gerechtigkeit für sie vorgesehen?
Oder wurde Beatrice zur Hure?
Taubstumm der große Goethe?
Byron gar ein Straßenclown? …

N. GUMILJOW

1

»Ein Gespenst!«, rief Oshima entgeistert. »Admiral, dieser Typ ist ein Phantom.«

Mit der Faust schlug er abermals auf die wunderliche Gestalt ein, die ungerührt am Eingang stand. Diesmal jaulte Oshima vor Schmerz auf und trat mit blutender Hand den Rückzug an. Kamagin und Petri, die schon aufgesprungen waren, um Oshima zu Hilfe zu eilen, sanken langsam wieder in ihre Sitze zurück.

Romero und ich wechselten einen Blick. Sein Gesichtsausdruck sprach Bände. Ich schwieg und rührte mich nicht von der Stelle. In meinem Kopf hämmerte nur ein einziger Gedanke: Sie werden sich die BUM unter den Nagel reißen!

»Alle sitzen bleiben!«, polterte Orlan. »Ich befehle euch zum letzten Mal, die Außenschleuse zu öffnen.«

Verbissen versuchte ich eine gedankliche Verbindung zur BUM herzustellen, doch es klappte nicht. Es schien, als wäre unsere energetische Vernetzung mit ihr zerrissen worden. Der Sternenpflug war dagegen unversehrt, deshalb musste ich davon ausgehen, dass auch die BUM noch intakt war.

Der Schrecken in Romeros Gesicht verriet, dass auch er sich über den Ernst der Lage im Klaren war. Nicht nur unsere kleinen, unbedeutenden Leben, sondern die sensibelsten Daten der Menschheit waren im Begriff, in die Hände brutaler Unterdrücker zu fallen. Verzweifelt zermarterte ich mir das Hirn auf der Suche nach einem Ausweg, doch ausgerechnet in jenem entscheidenden Moment versagten meine grauen Zellen.

»Öffnet die Schleuse, andernfalls vernichten wir euch«, wiederholte Orlan.

»Die geschlossenen Luken haben Sie doch auch nicht aufgehalten«, entgegnete ich.

»Mich nicht. Aber meine Soldaten können durch materielle Barrieren nicht hindurch.«

Ich warf Orlan einen hasserfüllten Blick zu: »Verschwindet hier! Die Vernichtung des Schiffs schreckt uns nicht.«

Der Zerstörer blieb ungerührt: »Wir können euch auch liquidieren, ohne das Schiff zu zerstören. Seid gewiss: Wir werden es unversehrt zu unserem Stützpunkt bringen – ob mit oder ohne euch.«

In meinem Kopf herrschte Leere. Zum Glück sprang Romero mir bei. »Wir können Ihrem Befehl nicht Folge leisten, Fremder«, sagte er ruhig. »Allein schon deshalb, da Sie unsere Verbindung zum Steuerungszentrum der Schiffsmechanismen unterbrochen haben. Die müssen Sie erst wiederherstellen.«

»Damit ihr versucht, das Schiff zu zerstören? Das würde euch so passen!«, erwiderte Orlan mit fast menschlich anmutender Ironie. »Eure Annihilatoren werden von unseren Kraftfeldern blockiert.«

»Dann habt ihr doch ohnehin nichts zu befürchten. Es gibt keine andere Möglichkeit, die Schleusen des Sternenpflugs zu öffnen – jedenfalls nicht für uns.«

»Also gut. In drei Minuten nach eurer Zeitrechnung wird die Verbindung wiederhergestellt.«

Hilfe suchend sah ich mich nach meinen Freunden um und vergaß dabei völlig, dass wir im Falle eines Ausfalls der BUM zur gedanklichen Kommunikation auch die von André konstruierten Handdechiffriergeräte DP-2 benutzen konnten.

Glücklicherweise dachten meine Assistenten an diese Möglichkeit, und schon hörte ich Oshimas Gedanken als leises Flüstern in meinem inneren Ohr: »Sieht ganz danach aus, dass wir eine Chance bekommen, Admiral. Ich habe Ihre Anordnung bezüglich der BUM nicht vergessen.«

Sekunden später ergänzte Kamagin: »Keine Sorge, Eli. Oshima und ich werden das hinbekommen.«

Verstohlen schielte ich zu den Zerstörern, voll Sorge, sie könnten Verdacht schöpfen. Die Verbindung zur BUM kam nur ganz allmählich wieder zustande, als wäre das Nervenzentrum des Sternenpflugs in einen tiefen Schlaf gefallen und noch nicht wieder ganz aufgewacht.

Als ich spürte, dass die Verbindungsstränge zum Gehirn des Schiffs wieder vollständig intakt waren, versuchte ich als Erstes, die Annihilatoren anzusteuern. Das Ergebnis war ernüchternd: Wie Orlan gesagt hatte, waren sie vollständig blockiert. Ich war mir sicher, dass die anderen dasselbe versucht hatten. Kamagin seufzte genervt, und Petri fluchte leise vor sich hin.

»Warum dauert das so lange?«, raunzte Orlan.

»Die Verbindung ist schlecht«, log ich.

Kamagin machte ein äußerst angestrengtes Gesicht, und seine Augen bohrten sich in einen Punkt am Bildschirm, wo es absolut nichts zu sehen gab. Mir war völlig klar, worauf er und Oshima ihre Gedanken fokussierten. Für eine Zerstörung der BUM war es definitiv zu spät, blieb nur noch die Möglichkeit, sie zu desorganisieren! Theoretisch gab es Milliarden von Möglichkeiten, die unzähligen Elemente der BUM zu verschalten, doch nur eine einzige dieser Kombinationen machte sie zu einem sinnvoll funktionierenden Organismus. Kamagin und Oshima mussten die BUM dazu bringen, ihren eigenen Schaltplan zu löschen und durch eine zufällige, völlig sinnlose Kombination ihrer Elemente zu ersetzen.

»Geschafft!«, rief Oshima und rotierte seinen Sitz schwungvoll um hundertachtzig Grad.

»Geschafft!«, echote Kamagin und schnitt ein diebisches Grinsen.

Ein leichter Schlag fuhr wie ein Stromstoß durch mein Gehirn und meine Nervenbahnen. Die BUM des *Bärenhüters*, die wie jede andere in einem Raumschiff montierte BUM einen Großteil des Wissens der Menschheit barg, existierte nicht mehr.

»Auftrag ausgeführt, Admiral«, triumphierte Oshima.

»Petri, öffnen Sie die Außenschleuse«, ordnete ich an. »Wissen Sie noch, wie die manuelle Steuerung funktioniert?«

»Das kriege ich hin«, brummte Petri und strebte dem Ausgang zu. »Kommt von diesen Gespenstern eines mit?«

Als Petri die Tür durchschritt, löste sich einer der Zerstörer auf – ganz recht, er entfernte sich nicht wie ein Mensch, sondern seine Konturen wurden undeutlich, und er verschwand, als hätte ihn ein unsichtbarer Radiergummi ausradiert. Die anderen beiden Zerstörer blieben reglos am Eingang stehen.

Romero beugte sich zu mir herüber, schnitt eine verschwörerische Miene. »Sie haben sich hereinlegen lassen wie Anfänger«, kicherte er leise. »Scheinen nicht viel mehr Grips zu haben als die Walrösser vom Aldebaran.«

»Freuen Sie sich nicht zu früh, Pawel«, erwiderte ich. »In die Gefangenschaft gehen wir trotzdem mitsamt unserem Schiff, und es gibt keine Schaltkombination, die man nicht wenigstens theoretisch wiederherstellen könnte.«

»Lieber Eli! Das theoretisch Denkbare erweist sich in der Praxis nicht selten als Utopie. Der antike Denker Rousseau hat gesagt: ›Zweifellos können durch Zufall beliebige Kombinationen entstehen. Doch wenn jemand behauptete, ein auf die Straße gewürfelter Buchstabenhaufen hätte die Äneis ergeben, dann würde ich mir nicht einmal die Mühe machen, nachzusehen, ob es stimmt.‹ Vertrauen Sie diesem Denker, Eli. Er hat Recht.«

»Dieses Zerstörerpack fällt in das Schiff ein wie Heuschrecken«, sagte Petri knurrig, als er wieder zurückkam.

Die beiden Zerstörer am Eingang machten einen Schritt zur Seite, als würden sie jemanden vorbeilassen, doch es tauchte niemand auf. Dennoch spürte ich im selben Moment physisch, dass es enger wurde im Raum.

»Unsichtbare!«, zischte Romero.

»Ihr könnt jetzt zu euren Leuten gehen«, sagte Orlan mit emotionsloser Stimme.

2

Alle fünf verließen wir den Raum und machten uns auf den Weg zum Park. Auf den Gängen stießen wir auf die ersten Stielaugen, die vom Hangar her ins Schiff ausschwärmten. Ungelenk wuchteten sie ihre massigen Schildkrötenkörper vorwärts und wedelten geschäftig mit den Periskopaugen, die anstelle eines Kopfes auf ihren langen Hälsen saßen. Sie nahmen einen Schiffsraum nach dem anderen ein und warfen die darin arbeitenden Menschen hinaus.

Wir machten einen Umweg zum Hangar, um uns ein Bild von der Invasion zu machen. Sie waren mit einer Handvoll leichter Raumschiffe gelandet, die unseren Planetenschiffen ähnelten. Aus ihren Luken quoll ein nicht enden wollender Strom von Stielaugen hervor. Plötzlich tauchte Orlan auf und hieß uns den Hangar zu verlassen.

»Schaltet die Dechiffriergeräte ein«, riet uns Romero, um danach in Gedanken fortzusetzen: »Wir können zwar die Körper der Unsichtbaren nicht sehen, doch ihre Ohren funktionieren sicher trotzdem. Unsere individuellen Strahlen werden sie nicht so leicht entziffern können.«

Fast die gesamte Schiffsbesatzung versammelte sich in den Alleen des Parks. Um die Kommandeure bildeten sich Menschentrauben. Alle wollten natürlich wissen, wie es nun weitergeht. Ich überließ das Erklären Oshima, Petri und Kamagin und setzte mich mit Mary und Aster auf eine Parkbank. Romero nahm uns gegenüber Platz. Im Park war gerade Herbst. Ein leichter Wind strich durch die Bäume, und welkendes Laub rieselte auf uns herab.

»Werden sie uns töten?«, fragte Aster und sah mich unverwandt an.

»Warum sollten sie das tun?«, erwiderte ich und versuchte dabei, gelassen zu wirken. »Die Zerstörer brauchen uns lebend.«

Aster sah mich fragend an. Er schien nicht so ganz überzeugt. Plötzlich segelte Trub über den Bäumen heran, auf seinem Rücken saß Lussin. Der Engel landete bei unserer Bank, und Lussin sprang auf den Boden herab. Trub stützte die Flügel in die Hüften und sah mich vorwurfsvoll an.

»Das könnt ihr doch nicht machen, Eli«, zeterte er mit scheppernder Stimme. »Einfach widerstandslos in Gefangenschaft gehen. Wir Engel würden das niemals tun.«

»Alles, was dazu zu sagen ist, habe ich euch schon über die BUM wissen lassen«, entgegnete ich und bat sie, die Dechiffriergeräte einzuschalten. »Betrachtet euch nicht als Gefangene, sondern als Vorauskommando im feindlichen Lager.«

»Das können wir uns natürlich einbilden«, sagte Lussin. »Den Zerstörern wird das vermutlich egal sein. Sie werden uns trotzdem wie Gefangene behandeln, und wir sind ihrer Willkür hilflos ausgeliefert.«

Über das Dechiffriergerät hatte der wortfaule Lussin einen Gedanken in rekordverdächtiger Länge und Klarheit formuliert. Was er in der normalen Sprache von sich gab, war offenbar nur ein verstümmelter Rest seiner Gedanken.

»Das werden wir ja sehen«, orakelte Romero.

Mary hatte sich an meine Schulter gelehnt und schwieg. Wir verstanden uns auch ohne Worte. Aster und Trub schlossen sich dem Pulk an, der sich um Kamagin gebildet hatte.

Das herabfallende Laub erinnerte mich an jenen Herbsttag auf der unerreichbar weit entfernten Erde, an dem ich auf der Allee des Grünen Boulevards Mary getroffen hatte. Jetzt saß sie neben mir, erschöpft, geduldig und unendlich nah, und ich dachte voller Zärtlichkeit an die damalige Mary, die sich mir gegenüber so kühl und distanziert verhalten hatte.

»Bitte fang nicht damit an!«, flüsterte Mary, die meine Gedanken über das Dechiffriergerät mitbekommen hatte.

»Natürlich nicht«, sagte ich seufzend und erblickte Orlan, der wiederum in Begleitung seiner beiden gespensterhaften Adjutanten auf uns zukam.

Zerstörer, die sich nicht bewegen und weit entfernt sind, kann man leicht mit Menschen verwechseln. Doch sowie sie sich in Bewegung setzen, erkennt man sie sofort als nichtirdische Wesen. Ihr Gang ist eher stelzend als schreitend, da sie beim Gehen die Knie nicht abwinkeln. Stattdessen werfen sie die Beine in einer Art Stechschritt wie Krücken nach vorn und heben beim Aufkommen merklich ab, als hätten sie Federn in den Beinen. Dabei werfen sie den Oberkörper hin und her und rudern heftig mit den Armen wie ein Geher.

Den schrägsten Anblick bieten allerdings ihre Gesichter. Zwar besitzen sie Haare, Ohren, zwei Augen, einen Mund und ein

Kinn, doch sie haben keine richtige Nase. An ihrer Stelle befindet sich eine runde Öffnung, die durch ein rüsselähnliches Ventil abgedeckt wird. Beim Atmen hebt und senkt sich der Rüssel über dem Loch. »Sie wedeln mit der Nase«, schrieb Romero in seiner Chronik.

Ihre Gesichter wechseln je nach Stimmung die Farbe, mal sind sie weiß, mal gelb, mal blau. Mit der bunten Farbensprache der Wegabewohner hat dieser Effekt wenig gemein, er erinnert eher an das Erröten oder Erbleichen von uns Menschen, nur dass dieser Farbwechsel bei ihnen viel schneller und intensiver vonstattengeht als bei uns.

Die Figuren der Zerstörer haben etwas Gespenstisches, da ihre Umrisse unscharf wirken, als wären sie nur eine Lichtspiegelung.

Orlan hob den Kopf – und zwar buchstäblich: Sein Hals streckte sich und beförderte den Kopf etwa dreißig Zentimeter über Schulterhöhe. Später verstanden wir, dass die Zerstörer sich auf diese Weise begrüßten. So wie unsere Vorfahren den Hut lüfteten, ließen sie höflich ihre Rübe in die Höhe schnellen.

»Die Schiffsmaschinen funktionieren nicht, was habt ihr damit gemacht?«, fragte Orlan mit immer noch gerecktem Kopf.

»Das ist eure Schuld«, antwortete ich. »Ihr habt doch die Annihilatoren blockiert.«

»Die Blockierung haben wir aufgehoben, aber wir wissen nicht, wie eure Maschinen funktionieren. Erkläre mir, wie wir damit umgehen müssen.«

»Daraus wird nichts«, verkündete ich, »das Steuerzentrum, über das sie bedient werden, ist beschädigt. Doch selbst wenn wir wüssten, wie man die Maschinen ohne diese Steuerung bedient, würden wir es euch nicht sagen.«

Mit einem lauten *Plopp* sauste Orlans Kopf herab. Das geschah so unerwartet, dass ich zusammenzuckte und Mary vor Schreck aufquiekte. Der Hals des Zerstörers war völlig verschwunden und der Kopf zur Hälfte im Brustkorb versunken. Über den Schultergürtel ragten nur noch die Augen und die Stirn heraus. Der nicht verschwundene Teil von Orlans Gesicht leuchtete blau. Auf diese Weise bekamen wir zum ersten Mal mit, wie ein Zerstörer aussieht, wenn er stinksauer ist.

»Ich werde dem Großen Zerstörer Bericht erstatten«, verkündete Orlan, dessen Stimme auf einmal klang, als hätte man ihn unter Wasser getaucht.

»Tun Sie das«, erwiderte ich. »Darf ich Ihnen einige Fragen stellen?«

»Meinetwegen«, sagte er, und sein Kopf fuhr wieder in die Normalstellung zurück.

»Was habt ihr mit uns vor? Wer ist der Große Zerstörer? Woher wissen Sie, wer ich bin und wie ich heiße? Wieso beherrscht ihr die menschliche Sprache? Und wie seid ihr in unser Schiff hineingekommen?«

»Du fragst viel, wenn der Tag lang ist, Erdling«, sagte Orlan und ließ mit einem Seufzer seinen Rüssel flattern. »Im Moment werde ich dir darauf keine Antwort geben. Ob du später eine Antwort bekommst, entscheidet der Große Zerstörer.«

»Sag mir wenigstens, was uns erlaubt ist und was nicht.«

»Ihr könnt alles tun, was ihr auch bisher getan habt, mit einer Ausnahme: Der Zutritt zu den Schiffsmaschinen ist euch verboten.«

»Wenn ich eine Bitte äußern dürfte: Schaltet doch die Bildschirme im Observationsraum wieder ein. Wir würden uns gerne am Anblick der vortrefflichen Gestirne eures Sternhaufens erfreuen.«

»Meinetwegen«, sagte Orlan und stelzte davon.

3 Die ersten Tage unserer Gefangenschaft, die wir noch im Sternenpflug verbrachten, hatte Romero in seiner Chronik ausführlich dokumentiert. Er schrieb über die Sorgen und Ängste, die uns bedrückten, über die ohnmächtige Wut, die in uns kochte, und über die brutale Willkür, mit der unsere Wächter uns tagtäglich drangsalierten.

Mir ist aus jenen Tagen vor allem anderen im Gedächtnis geblieben, dass ich mich mit Gewissensbissen herumplagte und mit Fragen, auf die ich damals und zum Teil bis auf den heutigen Tag keine Antwort fand. Am meisten quälte mich die Frage nach meiner persönlichen Schuld an dem, was passiert war. Es gab niemanden, auf den ich die Verantwortung abwälzen konnte. Welcher Teufel hatte mich geritten, als ich entschied, mit drei jämmerlichen Schiffen in die Höhle des Löwen einzudringen?

Nur Mary und Romero vertraute ich an, wie sehr mich mein Gewissen umtrieb, doch sie waren beide der Meinung, dass dies unbegründet sei. Mary sagte, das Geschehene sei dem Zusammentreffen unglücklicher Umstände geschuldet. Romero fand, ich solle die psychologische Bewertung den Historikern überlassen und mich lieber mit der Analyse der aktuellen Lage befassen.

»Sicher wundert es Sie, dass ausgerechnet ich Sie dazu auffordere, die Vergangenheit ad acta zu legen«, sagte er eines Abends zu mir. »Doch glauben Sie mir, mein Freund: In der Vergangenheit wühlt, wer vor der Zukunft kapituliert. Das entspräche nicht Ihrem Wesen. Ihre Domäne ist die Zukunft! Zerbrechen Sie sich lieber den Kopf darüber, wie wir mit unseren Peinigern zurande kommen sollen.«

Kamagin und mein Sohn Aster schienen sich besser in meine Lage hineinfühlen zu können. Den kleinen Kosmonauten traf ich im Observationsraum.

»Admiral«, sagte er sichtlich aufgewühlt, »Sie haben allen Grund, unzufrieden mit mir zu sein.«

»Sie hätten wesentlich mehr Grund, mit mir unzufrieden zu sein«, entgegnete ich.

»Aber mitnichten! Wie kommen Sie darauf? Selbst die BUM hat nicht vorausgesehen, was geschehen ist. Und Sie sind schließlich auch nur ein Mensch. Ich wollte mich schon lange bei Ihnen entschuldigen, Eli.«

Kamagins Offenherzigkeit berührte mich aufrichtig.

Noch am selben Tag sagte Aster zu mir: »Papa, du tust mir richtig leid!«

Er saß in meinem Zimmer und schaute sich wie so oft Dokumentationen über die für ihn fremde Erde an – über den Himalaja, die Sahara, die Wolkenkratzer der Hauptstadt.

»Warum tue ich dir leid?«, fragte ich zerstreut und dachte, seine Feststellung stünde in Zusammenhang mit den Filmen über die Erde.

»Ich habe mir vorgestellt, ich sei der Admiral und nicht du, und ich hätte zwei meiner Schiffe zerstört und das dritte in Gefangenschaft geführt – da würde ich mich richtig schlecht fühlen, und für dich ist es ja noch viel schlimmer, denn du spielst ja nicht Admiral, sondern bist es in Wirklichkeit.«

Die schonungslose Offenheit meines Sohnes hätte mich fast aus der Fassung gebracht. Er hatte den Finger genau in meine Wunde gelegt.

»Spiel lieber Navigationsoffizier und nicht Admiral, dann fühlst du dich auch besser«, sagte ich und verließ den Raum.

Auf den Monitoren im Observationsraum bot sich Tag für Tag ein und dasselbe, unveränderliche Bild: helle Sterne und die grünen Bälle des Geschwaders der Zerstörer. Es war nicht auszumachen, wohin und mit welcher Geschwindigkeit wir uns bewegten. Entweder die Zerstörer wollten nicht, dass wir die Astrografie des Flugs nachvollziehen konnten, oder die Anzeigegeräte funktionierten nicht richtig.

Sicher war nur, dass wir uns inmitten des feindlichen Geschwaders befanden, denn die grünen Kugeln dräuten auf allen

Bildschirmen. Oshima war davon überzeugt, dass die Zerstörer unser manövrierunfähiges Schiff in den Kraftfeldern ihrer Kreuzer mit sich schleiften.

Nach einigen Tagen kam wieder Bewegung in den uns umgebenden Raum. Der Phantomriese schwenkte ein wenig zur Seite, und im Zenit erschien ein sehr heißer, bläulich glühender, jedoch nicht sehr heller Stern. Nach einiger Zeit ließen wir auch diesen seitlich zurück, und die Geräte zeigten an, dass wir in den Einstein'schen Raum eintauchten. In der normalen Optik erschien ein unscheinbarer Weißer Zwerg, der von einem dunklen Planeten umkreist wurde.

»Wenn das hier ihr Stützpunkt sein sollte«, sagte Kamagin, »dann ist er verdammt gut versteckt. In diesem Gewühl aus Riesen und Überriesen ist es gar nicht so einfach, einen Weißen Zwerg ausfindig zu machen, und der Planet, der ihn begleitet, ist in der Dunkelheit kaum zu sehen.«

4

Die Kreuzer, die uns eskortierten, verschwanden einer nach dem anderen in der Finsternis, und ihr pulsierendes Leuchten verlosch in der Ferne. Ein gutes Dutzend war noch verblieben, als der *Bärenhüter* sich der Oberfläche des dunklen Planeten näherte.

Diesen Tag werde ich niemals vergessen. Die Schiffe der Zerstörer setzten mit der Leichtigkeit von Aviettes auf der Oberfläche auf und verwandelten die weite Ebene in eine Gebirgslandschaft. Der *Bärenhüter* landete in einem der Täler, die sich zwischen den grünen Kugeln gebildet hatten.

»Aussteigen«, befahl Orlan, der mit seinen beiden Leibwächtern im Observationsraum erschienen war, wo wir die Landung mitverfolgten.

Obwohl er und seine Schergen wie Gespenster aussahen, wussten wir inzwischen nur zu gut um ihre Körperlichkeit. Nicht nur Oshima hatte diese schmerzlich zu spüren bekommen. Ich ordnete an, die Raumanzüge anzulegen, doch Orlan unterbrach mich sofort.

»Das ist überflüssig, Admiral Eli«, sagte er. »Auf dem Stützpunkt findet ihr die Bedingungen vor, an die ihr angepasst seid: eine Stickstoff-Sauerstoff-Atmosphäre, Wasser, die Schwerkraft und Temperaturen, die ihr gewohnt seid, und sogar euer geliebtes Grün. Und was die Strahlung betrifft«, ergänzte er und zeigte auf den Weißen Zwerg, »die ist hier völlig ungefährlich.«

An der geöffneten Schleuse des *Bärenhüters* wurde die Anlegeplattform ein Stück ausgefahren.

»Hier sieht's aus wie auf der Erde, nicht wahr, Papa?«, rief Aster begeistert, als er mit mir und Mary am Rand der Plattform stand.

Dieser Planet hatte nicht mehr Ähnlichkeit mit der Erde als die Zerstörer mit uns Menschen. Er wirkte bestenfalls wie eine schlechte Kopie. Die winzige Sonne, die über dem Planeten hing, spendete kaum mehr Licht als der Erdenmond und erlaubte es einer Vielzahl von Sternen, am dunklen Himmel zu funkeln. Mitten am Tag herrschte hier die Atmosphäre einer etwas zu hell geratenen irdischen Vollmondnacht.

Die vorherrschende Farbe auf dem Planeten war tatsächlich Grün, doch nicht jenes satte, warme Grün, wie man es von saftigen Wiesen auf der Erde kennt, sondern ein kaltes Grün mit einem metallischen Glanz. Selbst einige dicke Wolken, die träge über den Himmel zogen, waren giftgrün.

»Alles aus Metall!«, rief Lussin enttäuscht, als wir den Boden des Planeten betraten. »Ein unbekanntes Metall.«

»Sie täuschen sich, Lussin«, warf Kamagin ein. »Es handelt sich um Nickel. Zu meiner Zeit wurde es häufig als Baumaterial verwendet. Jede Wette, dass fast alles hier aus Nickelsalzen und -oxiden besteht.«

Nur unser pechschwarzer Sternenpflug unterbrach das monotone Grün des Planeten. Auf der grünen Ebene mäanderten grüne Flüsse, die in ebenso grüne Seen mündeten. In der Ferne wogten grüne Hügel. Kamagin drückte mir wortlos einige Pflanzen in die Hand, die er vom Boden geklaubt hatte. Es handelte sich nicht um lebende Organismen, sondern um seltsame Kristallgebilde. Als ich eine Handvoll Flüssigkeit aus einem Bach schöpfte, stellte ich fest, dass auch diese aus einer Nickellösung bestand. Sie verströmte einen beißenden, unangenehmen Geruch und färbte meine Hände so intensiv, dass es aussah, als hätte ich grüne Handschuhe an.

Wir durchschritten eine Allee aus metallischen Bäumen, deren Stämme stahlblau glänzten und deren Kronen mit einem grünen Niederschlag bedeckt waren. Das metallische Laub rasselte im schwachen Wind, und bei stärkeren Böen schwebten reife Kristalle zu Boden.

»Eine grüne Hölle, Eli!«, seufzte Romero. »Man möchte heulen wie ein Wolf.«

Unsere Aufseher, die Stielaugen, hatten sich zu beiden Seiten unseres Gefangenenzugs aufgereiht und wachten mir Argusaugen darüber, dass niemand den grünen Kreuzern zu nahe kam. Tanzte ein Gefangener zu weit aus der Reihe, wurde er mit einem heftigen Gravitationshieb zurück an seinen Platz befördert.

Mir war diese schmerzhafte Behandlung als Erstem zuteilgeworden, als ich mich neugierig zu dem grünen Bach begeben hatte, der sich etwas abseits unseres Marschweges dahinschlängelte. Von da ab vermied ich es, die grimmigen Schildkröten unnötig zu provozieren.

Trub und seine Artgenossen wurden über dieselbe Gravitationstreppe auf den Planeten hinabgelassen wie wir, doch am Boden bereitete das Engelsvolk den Aufsehern einiges Kopfzerbrechen. Kaum unten angekommen, erhob sich Trub in die Lüfte, und ein lärmender Schwarm seiner Artgenossen flog ihm sofort hinterher. Die Stielaugen wurden nervös, und ihre gurkenförmigen Periskope fingen schauerlich zu leuchten an. Doch die Reichweite ihrer Gravitationspeitschen war begrenzt, und die

Engel waren schnell dahintergekommen, dass sie nur hoch genug aufsteigen mussten, um den Aufsehern zu entgehen. Weit über uns am Himmel tobten sie herum und veranstalteten ein beispielloses Spektakel.

Es dauerte nicht lange, bis sich auch Lussins Pegasusse und Drachen dem fröhlichen Treiben anschlossen. Höher als alle anderen stieg der majestätische Zeus empor, der seinen massigen Panzerkörper mit kräftigen Flügelschlägen in den Himmel wuchtete. Selbstverständlich ritt Lussin auf ihm.

Die Pegasusse, die ihren Bewegungsdrang in den engen Ställen des *Bärenhüters* kaum hatten ausleben können, preschten zunächst in wildem Galopp los und flogen dann in geringer Höhe über den Menschenpulk hinweg. Die gereckten Hälse der Stielaugen waren für das aggressive Temperament der geflügelten Pferde ein unwiderstehliches Angriffsziel. Etliche von ihnen wurden von Gravitationssalven zu Boden gestreckt, ehe Lussin sie von seinem Drachen herab zurückpfeifen konnte.

Kamagin und Oshima marschierten in meiner unmittelbaren Nähe und kommentierten belustigt das muntere Treiben. Wir hatten sicherheitshalber vereinbart, uns ausschließlich gedanklich über die Dechiffriergeräte zu verständigen und Gesten nach Möglichkeit zu vermeiden.

Der Tanz in den Lüften fand bald ein abruptes Ende. In einem der Kreuzer der Zerstörer, der sich wie ein Bergriese in den Himmel wölbte, fuhr ein gebogener Stutzen aus dem Rumpf und warf einen gewaltigen gelben Lichtkegel auf die Scharen der Flieger. Sekunden später rauschten die Pferde, Engel, Drachen und Zeus mitsamt Lussin abwärts. Zwar schlugen sie heftig mit den Flügeln, doch eine unsichtbare Kraft drückte sie unaufhaltsam zu Boden. Kreischend und wiehernd landeten sie auf und zwischen den erschrockenen Menschen.

»Das war das verdammte Raumschiff dort drüben«, beschwerte sich Kamagin, der gerade unter einem abgestürzten Drachen hervorkroch.

Der Tross der Gefangenen verließ alsbald die Zone, wo die Zerstörer ihre Kreuzer »geparkt« hatten. Der Weg, der nach wie vor von Stielaugen gesäumt war, führte in einen Wald aus Metallbäumen. Lussin und Trub hatten sich zu uns nach vorne, an die Spitze des Zuges, durchgeschlagen. Der Engel schaute nach dem unfreiwilligen Absturz noch etwas konsterniert, Lussin dagegen strahlte übers ganze Gesicht.

»Zeus war am höchsten von allen!«, triumphierte er. »Was sagt ihr?«

»Wir sind sprachlos!«, bestätigte Kamagin ironisch. »Abgesehen davon hätte mir deine abstürzende Echse fast das Genick gebrochen.«

»Tut mir leid. Konnte nichts dafür. Eine Gravitationsstörung.«

»Schon gut, Lussin, ich habe ja gesehen, dass die Zerstörer euch abgeschossen haben.«

Im Weitergehen erkundigte ich mich bei Trub nach dem Fluggefühl auf dem fremden Planeten. Aus seinen Schilderungen entnahm ich, dass das Schwerefeld nicht den Newton'schen Gesetzmäßigkeiten entsprach.

Hinter einer Wegbiegung erhob sich aus einer dicken Schüttung aus Nickelsalzen ein niedriges Metallgewölbe, das mit grünen Schuppen verkleidet war. Ins Innere dieses eigenartigen Gebäudes führte eine Art Tunnel.

Hinter mir marschierten die Besatzungen dreier Sternenpflüge, dann folgte – mehr flatternd als gehend – der lärmende Pulk der Engel, und den Schluss bildeten Lussins Pegasusse und Drachen. Ich blieb stehen und stoppte damit den Zug. Es war schlichtweg nicht vorstellbar, dass dieses Heer von Gefangenen in dem niedrigen Metallgebäude Platz finden würde.

»Man fordert uns höflich auf hineinzugehen«, sagte Romero und deutete auf die Stielaugen, die ihre Hälse in Richtung des Gewölbes reckten und nervös mit den Periskopen blinkten.

»Wir warten auf Orlan«, entschied ich.

Während wir auf den Zerstörer der ersten imperialen Kategorie warteten, verfinsterte eine dicke grüne Regenwolke den ohnehin schon düsteren Himmel. Zuerst fielen einzelne, dicke Tropfen. Nach wenigen Minuten sahen wir alle aus, als hätten wir die grüne Pest. Dann öffnete das grüne Gewölk vollends seine Schleusen, und ein Sturzbach aus Nickelsalzen ergoss sich über uns. Am Himmel zuckten dunkelrote Blitze. Abgesehen von den Farben hätte man sich in einem Sommergewitter auf der Erde wähnen können.

Der Regenguss endete unvermittelt, und am Himmel erschien wieder der blasse Weiße Zwerg, der langsam zum Horizont herabsank. Die Menschen hatten sich in triefende, grüne Statuen verwandelt. Die Engel spreizten die Flügel ab, die mit dem ekligen grünen Niederschlag verklebt waren, und sahen dabei so jämmerlich aus wie Seevögel nach einer Ölpest.

Endlich erschien Orlan.

»Bei uns kann man sich im Regen waschen, bei euch braucht man hinterher ein Vollbad«, bemerkte ich.

»Es ist eben ein Nickelplanet«, rechtfertigte sich Orlan. »Wir verfügen über Stützpunkte aus Mangan, Eisen, Blei, Kobalt, Natrium, Gold und Quecksilber. Für euch wurde ein Planet aus Nickel ausgewählt, weil er grün ist.«

»Ein goldener wäre mir lieber gewesen, da kennen wir schon einen«, sagte ich mit einer unverblümten Anspielung auf den Goldenen Planeten, den wir bei unserem ersten Besuch im Perseus vernichtet hatten.

Orlan ging nicht darauf ein. »Dort wäret ihr an den Gold-Chlor-Verbindungen zugrunde gegangen. Der Große Zerstörer möchte aber, dass ihr am Leben bleibt.«

»Wenn ihr so um unser Leben besorgt seid, warum pfercht ihr uns dann in so einem elenden, engen Loch zusammen?«

»Ihr werdet genug Platz haben.«

Der Tunnel führte in einen geräumigen Vorraum, von dem mehrere breite Gänge mit selbstleuchtenden Wänden abzweigten. Unter dem Dach des vermeintlichen Rattenlochs verbargen sich großzügige Räumlichkeiten. Die Nickelverbindungen, aus denen die Innenräume bestanden, waren nicht so eintönig grün wie die Gebäudehülle, sondern verströmten einen bläulichen, metallischen Glanz. Als heimelig konnte man das Ambiente nicht gerade bezeichnen, es war jedoch weit besser als die »grüne Hölle« draußen.

»Die Menschen nach rechts, eure Bundesgenossen geradeaus und nach links«, dirigierte Orlan knapp.

»Haben wir das Recht, mit unseren Freunden in Kontakt zu bleiben?«, erkundigte ich mich.

Orlan nickte.

Die Engel drängelten geradeaus und die Pegasusse und Drachen nach links. Wir Menschen wurden von Orlan den rechten Gang entlang zu einem riesigen viereckigen Saal geführt, dessen Wände und Decken ebenfalls selbstleuchtend waren. Quer zu den Wänden standen dicht an dicht Metallkonstruktionen, die wie Segmente überdimensionaler Dachrinnen aussahen. In diesem Gefängnis hätte die Mannschaft einer ganzen Flotte Platz gefunden.

»Unsere Pritschen!«, rief Romero entsetzt und zeigte auf die Dachrinnen.

»Macht es euch bequem«, sagte Orlan, und in meinen Ohren klang es sarkastisch, dann wandte er sich mir zu. »Und du kommst mit mir, Admiral.«

Oshima und Romero bauten sich neben mir, Kamagin hinter mir auf.

»Wir lassen den Admiral nicht allein gehen«, sagte Oshima.

Romero wies mit einem Kopfnicken auf Orlans Leibwächter. »Erlauben Sie mir die Bemerkung«, flötete er, »dass auch Sie über Adjutanten verfügen. Seinem Rang entsprechend steht auch dem Admiral eine Leibgarde zu.«

»Er kommt allein mit«, beharrte Orlan kalt.

»Macht euch keine Gedanken«, sagte ich zu meinen Freunden. »Ob wir nun zu dritt gehen oder ich allein, spielt doch keine Rolle.«

5

Dem hüpfenden Stechschritt meiner Begleiter konnte ich kaum folgen. Von Zeit zu Zeit blieben sie stehen, um auf mich zu warten, allerdings ohne sich dabei umzudrehen, so als könnten sie auch nach hinten sehen. Ich hatte den Eindruck, dass Unsichtbare in der Nähe waren. In dem Gang, den wir durchschritten, hätten auch zehn Menschen nebeneinander Platz gehabt, dennoch fühlte ich mich beengt. Mehrmals machte ich einen plötzlichen Satz zur Seite, doch zu einem Zusammenstoß mit einem Unsichtbaren kam es nicht.

In einem kleinen, spärlich beleuchteten Raum befahl mir Orlan stehen zu bleiben. Während ich in der Mitte des Raumes ausharrte, ging er mit seinen Leibwächtern auf eine Tür am anderen Ende des Zimmers zu, die sich automatisch öffnete. Durch die Tür trippelte ein Mensch herein.

Es war André. Die greisenhafte, gebeugte Figur bewegte sich nicht wie André, ließ den Kopf auf die Brust baumeln, schlenkerte ungelenk mit den Armen und brummelte mit krächzender Stimme etwas Unverständliches vor sich hin. So kannte ich André nicht, alles an ihm war unerwartet, anders, falsch! Doch es konnte nur André sein!

»André!«, schrie ich und stürzte auf ihn zu.

Er hob den Kopf, und ich sah in ein gealtertes, verlebtes, leeres Gesicht. Meine aufkeimende Wiedersehensfreude schlug in Entsetzen um. Ich nahm André in den Arm, drückte ihn an meine Brust, stöhnte vor Freude und Schmerz, doch schon in dieser ersten Minute unserer Begegnung wusste ich, dass ein böser Schatten über diesem unverhofften Wiedersehen lag.

André stieß mich zurück. Er erkannte mich nicht.

»André!«, flehte ich. »Ich bin es doch, Eli! Dein Freund Eli! André!«

Kopfschüttelnd wandte er sich ab. Ich packte ihn an den Schultern und drehte ihn zu mir herum. Er sah mich an, doch sein Blick war leer und glitt gleichsam durch mich hindurch. In seinen Augen gähnte ein Abgrund! Er war weit weg, in seiner eigenen Welt. In diesem Raum befand sich nur seine Hülle – er selbst war ganz woanders.

»André!«, schrie ich verzweifelt. »Ich bin es, Eli!«

Er riss sich los und tappte davon. Ich holte ihn ein, riss ihn noch heftiger zu mir herum und schüttelte ihn wie von Sinnen. Er musste sich doch an mich erinnern! Und an sich selbst!

André schloss gequält die Augen und baumelte kraftlos in meinen Armen. Er wurde blass, und seine langen, glänzenden Locken fielen vors Gesicht. Diese Locken waren das einzig Echte an André. Verzweifelt rüttelte ich an ihm, und durch meine feuchten Augen sah ich nur noch diese goldenen Locken.

Orlan und seine beiden Gorillas standen teilnahmslos daneben. Ich ließ André los und steuerte auf Orlan zu. Am liebsten hätte ich ihn in den Boden gerammt.

»Ihr elenden Missgeburten!«, brüllte ich. »Was habt ihr mit ihm gemacht? Warum habt ihr ihn seines Verstandes beraubt?«

»Der Große Zerstörer hatte nicht vor, Ihren Freund seines Verstandes zu berauben«, entgegnete Orlan und machte dabei ein so bekümmertes Gesicht, als meinte er das tatsächlich ernst.

Anstatt auf Orlan einzudreschen, biss ich mir in meiner Ohnmacht in die Faust, raufte mir die Haare und hämmerte mir gegen den Schädel, um den fürchterlichen seelischen Schmerz zu übertönen. Niemand anders als ich selbst war doch schuld am Unglück meines Freundes!

André machte keine Anstalten mehr wegzulaufen. Er stand gebeugt da und wackelte sinnlos mit dem Kopf. Dazu summte er leise ein Kinderliedchen vor sich hin.

»Großmutter hatte ein graues Böcklein,
ach, ein graues Böcklein, ach, ein graues Böcklein …«

Ich fuhr abermals zu Orlan herum: »Und jetzt?!«, bellte ich. »Weshalb habt ihr mich hergeschleppt?«

»Du kannst ihn mitnehmen, Admiral Eli. Wir bringen euch in euer Gefängnis zurück.«

»Komm, wir gehen«, sagte ich zu André und zog ihn am Ärmel hinter mir her. Orlan und seine Leibwächter stelzten voraus.

6 Als wir in den Saal zurückkamen, wo sich unsere Freunde befanden, hatte ich mich wieder beruhigt. Kamagin kam uns entgegengelaufen und blieb schockiert stehen, als er André erkannte. Kurz darauf eilte Romero hinzu und ließ vor Schreck seinen Gehstock fallen, von dem er sich auch in Gefangenschaft nicht hatte trennen wollen. Entsetzt musterte er den teilnahmslosen, gebeugten André, der ihn offensichtlich nicht erkannte.

»André!«, flüsterte er ungläubig. »Eli, wissen Sie, was mit ihm ist?«

»Ja«, erwiderte ich bitter. »Das ist nicht André, das ist nur seine Hülle.«

Romero nahm André bei der Hand und sprach ganz ruhig auf ihn ein, als wenn nichts gewesen wäre: »Komm André, es ist gut, dass du endlich wieder bei uns bist. Wir sind doch alte Freunde.«

Langsam führte er ihn zu den Pritschen, und André zockelte völlig apathisch hinter ihm her. Mary sah uns mit versteinerter Miene entgegen. Ich wollte tief durchatmen, doch mir fehlte die Kraft. Plötzlich wurde mir schwarz vor Augen, und ich merkte, wie mein Gesicht einfror und mir die Knie weich wurden. Mary legte mir besorgt die Hand auf die Schulter, während ich krampfhaft um Atem rang.

»Komisches … Gefühl«, stammelte ich, als das Blut langsam wieder in mein Gesicht zurückfloss. »So eine Art Sekundenlähmung.«

»Setz dich erst mal«, sagte Mary.

Erschöpft sank ich neben meinem Sohn auf die Pritsche. Die überdimensionalen Dachrinnen, die uns als Lager dienten, erwiesen sich als überraschend bequem. Man konnte darin schaukeln wie in einer Hängematte. Aster sah mich irritiert an. Schwächeanfälle bei seinem Vater war er nicht gewohnt. Ich rang mir ein Lächeln ab.

»Unsere Pritschen sind scheinbar in Kraftfeldern verankert«, sagte ich. Tatsächlich war mir erst jetzt richtig aufgefallen, dass die Blechrinnen in der Luft hingen. »Warum spielst du nicht, Aster? Ich habe schon mitbekommen, dass Lussin dir geholfen hat, dein Spielzeug mitzunehmen, einer von seinen Pegasussen war bepackt wie ein Kamel.«

»Keine Lust«, erklärte er traurig.

Aster war noch zu jung, um zu begreifen, was es für einen Menschen bedeutet, die Freiheit zu verlieren, doch die Bedrängnis der Gefangenschaft spürte er instinktiv.

»Spiel trotzdem«, beharrte ich. »Wenn wir hier Trübsal blasen, freut das die Zerstörer. Diesen Gefallen sollten wir ihnen nicht tun. Wenn wir dagegen fröhlich sind, ärgert es sie. Außerdem bringt es nichts, den Kopf hängen zu lassen.«

»Später, Papa«, versprach er angestrengt.

Eine gefühlte Ewigkeit saßen wir schweigend nebeneinander und starrten auf den metallischen Boden, bis mich auf einmal wieder dieses seltsame Gefühl der Klaustrophobie überkam. Als ich den Kopf hob, traf mich Orlans kalter Blick. Seine Augen saßen lidlos in den Höhlen – deshalb konnte er auch nicht blinzeln wie ein Mensch. Eine Maschine mit Augen, dachte ich angewidert. Seine beiden Begleiter wirkten noch gefühlloser, wie ferngesteuerte Roboter.

»Der Große Zerstörer lässt dich rufen, Admiral Eli.«

»Was will dein Gebieter von mir?«

»Das sagt er dir selbst.«

»Ist es denn so geheim?«

»Es ist kein Geheimnis. Der Große Zerstörer bietet der Menschheit ein Freundschaftsbündnis an.«

Diese Nachricht war so absurd, dass ich mich nicht einmal darüber wundern konnte. Nach allem, was wir über die Zerstörer wussten, waren wir von einem Bündnis mit ihnen so weit entfernt, wie die Erde vom Perseus.

»Ein guter Witz!«, kommentierte Kamagin.

»Wenn ich es recht verstehe«, sagte ich zu Orlan, »dann trifft euer Herrscher alle Entscheidungen allein. Bei uns ist das anders, wir entscheiden kollektiv. Lass uns für ein paar Minuten allein, damit wir uns beraten können. Es wäre möglich, dass meine Freunde etwas dagegen haben, dass ich allein zu deinem Vorgesetzten gehe.«

»Du musst aber hingehen.«

»Ich muss nicht. Natürlich könntet ihr mich zwingen, aber das wäre kein besonders guter Anfang für ein Bündnis, nicht wahr?«

Die Zerstörer trollten sich. Für lebende Maschinen benahmen sie sich bemerkenswert gut. Wir schalteten die Dechiffriergeräte ein, um nicht abgehört zu werden. Für einen Außenstehenden musste unsere Besprechung befremdlich wirken. Alle saßen reglos und schweigend da und starrten in den Boden, als hörten sie in sich hinein. Nur Kamagin durchbrach hin und wieder die Erstarrung, wenn sein Temperament mit ihm durchging und er impulsiv den Kopf herumwarf. In unser Schweigen hinein rieselte das monotone Gemurmel von André, dem immer noch das Böcklein-Lied im Kopf herumspukte. Es kostete mich einige Überwindung, nicht auf ihn zu achten.

Zunächst teilte ich meinen Freunden mit, was mir zu dem Vorschlag der Zerstörer einfiel: »Der Titel ihres Herrschers – der Große Zerstörer – lässt nicht unbedingt vermuten, dass wir es mit einem friedliebenden Geist zu tun haben. Das friedvolle

Wesen der Zerstörer ist uns ja schon vom Planeten Sigma bekannt. Sein Bündnisangebot hätte das feindliche Oberhaupt ja auch an den Admiral der Großen Galaktischen Flotte richten können. Stattdessen richtet er sein Verhandlungsangebot an einen völlig wehrlosen Gefangenen. Die Ehrlichkeit seiner Absichten erscheint also zumindest sehr zweifelhaft.

Auf welchen Prinzipien könnte ein Bündnis zwischen Menschen und Zerstörern gründen? Warum sollten sich Befreier mit Tyrannen zusammentun? Sollen wir etwa gemeinsam andere Völker unterdrücken, gemeinsam das Werk der Zerstörung fortsetzen? Müssten wir dann nicht unserer Freundschaft zu den anderen Sternenvölkern abschwören, nicht zuletzt der Freundschaft zu den Galakten, die uns nicht nur äußerlich, sondern auch im Geiste so nah verwandt sind?

Wäre es nicht naheliegender, das Angebot des feindlichen Herrschers demonstrativ abzulehnen? Selbst wenn wir dafür mit dem Leben bezahlen müssten – für den Großen Zerstörer wäre es eine unmissverständliche Botschaft: Die Menschheit lässt sich nicht verbiegen, und ihr Wille ist stark!«

»Keinerlei Verhandlungen mit diesen Verbrechern! Lieber den Tod!«, verkündete Kamagin pathetisch.

»Unser Leben ist das Einzige, was uns noch geblieben ist«, gab Romero zu bedenken.

»Dann müssen wir es eben hergeben!« Kamagin sprang auf und konnte es sich nur mit Mühe verkneifen, seine Meinung lauthals zu äußern.

»Ich bin für Verhandlungen«, verkündete Oshima. »Ablehnen und sterben können wir immer noch. Der Admiral wird im Namen der gesamten Menschheit sprechen. Deshalb möge er nicht vergessen, dass die gesamte Macht der Menschheit hinter ihm steht. Wir sind zwar in Gefangenschaft, doch die Menschheit ist frei!«

»Ganz meine Meinung«, pflichtete Petri bei. »Wir müssen auf den Tisch hauen und Bedingungen stellen. Sie müssen sich verpflichten, ihren Sternhaufen zu öffnen und ihre Weltraumpiraterie unverzüglich einzustellen.«

»Sie müssen uns freilassen und uns unser Schiff zurückgeben«, ergänzte Mary.

»Kurz und gut – die Zerstörer müssen kapitulieren«, resümierte Romero. »Der Admiral soll versuchen, in Verhandlungen zu erreichen, was die gesamte Kriegsflotte der Menschheit nicht hinbekommen hat. Das ist ein ziemlich optimistischer Plan. Trotzdem bin ich dafür, es zu versuchen.«

»Dann fasse ich mal zusammen«, sagte ich schließlich. »Die Prinzipien, die zum Krieg gegen die Zerstörer geführt haben, bleiben für uns auch in der Gefangenschaft in Kraft. Eine Vereinbarung ist nur auf der Grundlage dieser Prinzipien möglich.«

Danach teilte ich Orlan mit, dass ich zu dem geplanten Treffen bereit sei. Am Ausgang traf ich Lussin, der gerade von seinen geflügelten Freunden zurückkam. Er wusste noch nichts von André und steuerte sofort auf unseren gemeinsamen Freund zu. Der saß zusammengekrümmt auf der Pritsche und wiegte den Oberkörper im Takt seines Liedchens: »Großmutter hatte ein graues Böcklein, ach, ein graues Böcklein …«

»Komm bald wieder, Papa!«, rief Aster mir nach.

Ich zwinkerte ihm zu und ging.

7

Der Herrscher der Zerstörer hatte noch größere Ähnlichkeit mit einem Menschen als Orlan. Eine sympathische Erscheinung war er dagegen mitnichten. Allein seine enorme Körpergröße – er mochte an die vier Meter messen – empfand ich als bedrohlich. Er wirkte massiver und konturierter als der schattenhaft-gespenstische Orlan.

Sein unverhältnismäßig kleiner Kopf saß auf einem unverhältnismäßig langem Hals. Der breite Mund klappte auf und zu wie eine Falltür, und seine viel zu großen, weit außen sitzenden

Augen bewegten sich asynchron. Da auch er keine richtige Nase hatte, glich sein Gesicht einer platt gedrückten Schlangenschnauze. Alles in allem – eine ziemlich üble Fratze.

Er sah mich mit leuchtenden Augen an – im buchstäblichen Sinn, denn aus seinen kolossalen Sehorganen schossen Lichtstrahlen heraus, mit denen er mich gleichsam abscannte. Vermutlich war das seine Methode, Gesprächspartner einzuschüchtern.

Der Große Zerstörer saß auf einem thronartigen Podest. Für mich war keine Sitzgelegenheit vorgesehen, und so setzte ich mich demonstrativ im Schneidersitz auf den Boden. Wir waren allein in einem riesigen Saal.

»Du weißt, dass ich euch ein Bündnis vorschlagen will?«, sagte der Große Zerstörer in einer Mischung aus Frage und Feststellung. Sein Irdisch war mäßig, aber verständlich.

»Das weiß ich. Doch bevor wir über ein Bündnis sprechen, muss ich Ihnen einige Fragen stellen.«

»Meinetwegen. Tu dir keinen Zwang an.«

Wie Orlan ignorierte er die Anrede mit »Sie«. Genau genommen war es auch kein Wunder, dass ein Außerirdischer mit menschlichen Höflichkeitsformen nichts anfangen konnte. Daher beschloss ich, auch selbst davon abzusehen.

»Du siehst aus wie ein Mensch und sprichst wie ein Mensch. Dabei sind wir nicht im Entferntesten verwandt. Wie ist das möglich?«

»Im Rahmen des biologisch Möglichen kann ich mein Äußeres beliebig verändern. Das menschenähnliche Aussehen habe ich angenommen, um dir den Umgang zu erleichtern.«

»Ich würde es vorziehen, wenn du dein natürliches Aussehen annehmen würdest. Dass du mir ähnlich bist, empfinde ich nicht als angenehm.«

»Der Wechsel des Äußeren ist eine komplizierte Angelegenheit. Die Herstellung einer neuen Hülle beansprucht viel Zeit. Eine Änderung ist auf die Schnelle nicht möglich.«

Im Prinzip fand ich das eine gute Nachricht. Wenn die Anpassung des Äußeren selbst für den mächtigsten aller Zerstörer kein Kinderspiel war, stand ein inflationäres Auftreten von Pseudomenschen wenigstens in nächster Zeit nicht zu befürchten.

Bevor ich zum Wesentlichen kam, wollte ich eine Nebensächlichkeit klären, die mir keine Ruhe ließ: »An unserem Raumschiff waren die Schotten dicht, wenn du verstehst, was ich meine. Trotzdem ist Orlan hineingekommen. Wie hat er das geschafft?«

»Er ist nicht selbst hineingekommen, sondern nur ein Bild von ihm, das in euer Raumschiff projiziert wurde. Ist die Übertragung von Bildern bei euch nicht üblich?«

»Doch. In Videosäulen. Doch dabei handelt es sich nur um körperlose Silhouetten. Unser Schiffskommandeur hat sich an der Projektion Orlans aber den Knöchel gebrochen.«

»Ihr übertragt offenbar nur optische Eigenschaften, wir hingegen auch Charakteristika wie Härte, Wärme und sogar elektrische Ladung. Das ist ganz einfach. Hast du sonst noch Fragen?«

»Nein. Kommen wir zum eigentlichen Punkt. Ich bin nur dazu ermächtigt, Krieg zu führen, jedoch nicht, ein Bündnis zu schließen. Wenn du über Themen sprechen willst, die die gesamte Menschheit betreffen, dann muss zumindest der Teil der Menschheit, der sich in Reichweite befindet – also alle meine Mitgefangenen –, an der Unterredung teilhaben können.«

»Wenn wir das Gespräch übertragen, können aber auch alle meine Untergebenen mithören«, wandte er ein.

»Das ist mir egal.«

»Du sprichst wie ein Sieger, nicht wie ein Besiegter, Admiral Eli. Das passt mir nicht.«

»Wenn du mit mir als Gefangenem sprichst, dann ist das eine Sache. Wenn du jedoch mit der gesamten Menschheit verhandeln willst, dann musst du auch den Ton akzeptieren, in dem die freie Menschheit solche Verhandlungen zu führen pflegt. Ohne die Einbeziehung meiner Leute wird es keine solchen Verhandlungen geben. Basta!«

Mit dieser klaren Ansage verschränkte ich die Arme vor der Brust und sah ihn herausfordernd an. Der Große Zerstörer kochte innerlich. Seine Kiefer mahlten knirschend, und die Lichtbündel, die aus seinen Augen fluteten, waren genau auf mein Gesicht fokussiert, als wollte er mich damit durchbohren. Sicherlich hatte er nicht zum ersten Mal einen Gefangenen vor sich und war es gewohnt, dass seine Opfer zitternd vor ihm zu Kreuze krochen. Meine Dreistigkeit brachte ihn sichtlich aus dem Konzept.

»Einverstanden«, sagte er schließlich, nachdem wir uns minutenlang angeschwiegen hatten. »Meinetwegen kann unsere Unterredung übertragen werden. Doch sollten wir zu keiner Einigung kommen, werde ich gezwungen sein, meinen Untergebenen zu demonstrieren, wie ich mit Leuten verfahre, die sich mir widersetzen.«

»Darüber bin ich mir im Klaren«, erwiderte ich so gelassen wie möglich, obwohl mich diese handfeste Drohung mich keineswegs kalt ließ.

Noch in derselben Minute hörte ich über das Dechiffriergerät die aufgeregten Stimmen meiner Kameraden. Unter Missachtung aller Vorsichtsmaßnahmen diskutierten sie laut über meine Lage, anstatt sich in Gedanken auszutauschen. Ich unterbrach ihre Unterhaltung barsch und forderte sie auf, meiner Unterredung mit dem Großen Zerstörer zu lauschen. Zuerst folgte ein pikiertes Schweigen, dann ertönte Romeros feierliche Stimme:

»Beginnen Sie, Admiral. Wir sind ganz Ohr.«

»Wie schrecklich Eli! Wie schrecklich!«, rief plötzlich Lussin.

Mir war klar, dass er damit auf André anspielte, doch es war wirklich nicht der richtige Augenblick …

»Können wir dann endlich anfangen?!«, donnerte der Große Zerstörer außer sich.

Ich konnte ihn verstehen. Aus seiner Sicht waren wir Gefangene, die sich dreist und disziplinlos benahmen.

8

»Ihr seid ein mächtiges Volk«, begann der Große Zerstörer. »Äußerlich ähnelt ihr unseren alten Feinden, den Galakten. Unsere Kämpfer, die in den Plejaden mit euch zusammenstießen, hielten euch irrtümlich für solche. Der Krieg gegen die Galakten, der eine Ewigkeit gedauert hat, geht dem Ende zu. Auf den wenigen Planeten, die ihnen geblieben sind, sind sie vom Rest der Welt abgeschnitten. Ihre letzte Hoffnung ist, dass wir sie dort in Ruhe lassen. Eine vergebliche Hoffnung, das garantiere ich dir.

Ihr seid anders als die Galakten. In den Plejaden ist es euch gelungen, unsere Flotte auseinanderzujagen, und im Perseus habt ihr einen unserer Planeten zerstört. Ich musste meinen Schiffen untersagen, sich auf Weltraumtrassen hinauszuwagen, die unter eurer Kontrolle stehen. Zur Absicherung haben wir unseren Sternhaufen zu einer Festung ausgebaut. Diese Festung wird durch sechs Planeten geschützt, die mit hocheffektiven Raumkrümmungsmechanismen ausgestattet sind. Keine Macht der Welt kann diese Barriere überwinden.«

»Drei von unseren Sternenpflügen sind aber trotzdem hineingekommen«, wandte ich ein.

»Da habt ihr Glück gehabt. Während eures Vorstoßes waren die Schutzmechanismen des Dritten Planeten kurzfristig geschwächt. So etwas wird sich nicht wiederholen.«

»Wenn es euer Ziel war, unsere Invasion zu verhindern, warum habt ihr uns dann nicht wieder hinausgelassen?«

»Das ist für die Verhandlungen nicht von Belang«, polterte er. »Entscheidend ist, dass wir euch gefangen genommen haben.«

Da konnte ich nicht widersprechen.

»In mancher Hinsicht seid ihr uns überlegen«, fuhr der Große Zerstörer fort. »Doch in vielen Dingen seid ihr so rückständig, als befände sich eure Zivilisation noch im Anfangsstadium. Wenn unsere beiden Zivilisationen sich zusammenschließen würden, verfügten wir über uneingeschränkte Macht.«

»Bist du dir da sicher? Ihr Zerstörer beherrscht einen winzigen Galaxisbezirk, der Machtbereich der Menschen ist sogar noch kleiner. Ist es da nicht vermessen, von Allmacht zu sprechen?«

Die folgende Antwort des Großen Zerstörers war so unerwartet, dass mir ihre weitreichende Bedeutung zunächst gar nicht bewusst wurde.

»Ich verstehe deine Anspielung, Admiral. Die Ramiren sind natürlich weitaus mächtiger als wir Zerstörer und ihr Menschen. Doch die Ramiren haben den Perseus längst verlassen und sind mit dem Umbau des galaktischen Zentrums beschäftigt. Sie kümmern sich nicht um Zerstörer und Menschen, und schon gar nicht um die feigen Galakten.«

Ich tat so, als wäre ich über die Erwähnung der Ramiren nicht im Mindesten überrascht. Über das Dechiffriergerät vernahm ich das Raunen meiner Freunde, die ebenso wie ich zum ersten Mal von diesem fremden, mächtigen Sternenvolk hörten.

»Lassen wir die Ramiren beiseite«, schlug ich vor. »Sprechen wir lieber über die Prinzipien, die dem von dir vorgeschlagenen Freundschaftsbündnis zwischen Zerstörern und Menschen zugrunde liegen sollen.«

»Das Prinzip ist elementar: Wir müssen unsere bislang isolierten Kräfte zu einer gemeinsamen, mächtigen Faust vereinen.«

»Für ein Prinzip ist das zu elementar. Du sprichst nur davon, wie unsere Ziele zu erreichen seien, lässt jedoch offen, welche Ziele wir überhaupt verfolgen sollen.«

»Selbstverständlich kann ich auch die Ziele des Bündnisses erläutern.«

»Ich bitte darum.«

Die Ausführungen des Herrschers der Zerstörer waren wenig überraschend. Sie liefen genau auf das hinaus, was wir von unseren Feinden erwarteten: Unterdrückung des Schwächeren durch den Stärkeren, kosmische Barbarei und Piraterie. Er predigte Hass gegen alle anderen und gab die simple Parole aus: Wer nicht für uns ist, ist gegen uns. Offenbar war er sehr von sich eingenommen, sonst hätte er nicht versucht, uns auf so plumpe Weise vor seinen Karren zu spannen.

Um ihm seine Illusionen ein für alle Mal zu rauben, rezitierte ich zur Antwort aus dem Gedächtnis die Verfassung der Interstellaren Allianz. Begriffe wie Freundschaft, gegenseitige Unterstützung und Kooperation flogen dem konsternierten Koloss nur so um die Ohren. Als ich geendet hatte, wurde er böse.

»Du vergisst wohl, wo du bist!«, polterte er.

»Irrtum, ich weiß sehr gut, dass ich mich im Lager eines brutalen Feindes befinde.«

»Und da wagst du es ernsthaft, mir die Befreiung unterworfener Völker vorzuschlagen und mir etwas von gegenseitiger Unterstützung zu erzählen?«

»Ohne diese Prinzipien gibt es keine schöpferische Existenz. Ob ihr es wollt oder nicht: Diese Grundsätze werden sich im Zusammenleben der vernunftbegabten Sternenvölker durchsetzen, entweder mit euch oder ohne euch.«

Der Große Zerstörer ließ sich tatsächlich auf eine Diskussion mit mir ein. Seine Logik war doktrinär, es gebrach ihm an Fantasie und Weitblick.

»Du sprichst von schöpferischer Existenz? Das ist Blödsinn! In der Welt gibt es nur einen einzigen realen Prozess: Zerstörung und Nivellierung. Mit unserem vernunftbegabten Handeln beschleunigen wir diesen elementaren Prozess.«

»Das vernunftbegabte Handeln der Menschen verfolgt andere Ziele.«

»Dann ist es nicht vernünftig. Das Weltall strebt dem Chaos zu. Die Verbreitung des Chaos zu fördern – ist das einzig Vernünftige. Denn erst im Chaos vollzieht sich die vollständige Befreiung von Ungleichheit und Unfreiheit.«

»Lebende Wesen streben nach Organisation und nicht nach Chaos.«

»Das Bestreben, das Chaos zu überwinden, ist ein Irrweg! Es existiert nur im Anfangsstadium der Entwicklung, in dem Ungleichheit und Kompliziertheit vorherrschen. Doch die höchste Blüte der Entwicklung ist die erhabene Gleichförmigkeit allen Seins, die Nivellierung aller Unterschiede!«

»Ihr Zerstörer habt doch selbst ein hochorganisiertes Machtzentrum geschaffen, ein brutales Unterdrückungsregime, in dem totale Unfreiheit herrscht.«

»Dieses Machtzentrum dient nur der Vermehrung der Desorganisation, das Regime dient der Verbreitung von Unordnung, und die Unfreiheit ist ein Übergangsstadium auf dem Weg zur vollständigen Befreiung. Wir fördern lediglich elementare Prozesse.«

Er argumentierte wie ein selbstgefälliger Spießbürger, für den die Welt an seinem Gartenzaun endet. Seine Beschränktheit tarnte er als philosophisches System und warf mit Paradoxen um sich wie ein Sophist. Ich wusste, es würde nicht schwer, ihn zu widerlegen, die Frage war nur, ob er das auch mitbekommen würde.

»Du schweigst – bist du mit deinem Latein am Ende, Admiral?«

»Du widerlegst dich selbst.«

»Das musst du beweisen.«

»Mit Vergnügen. Begründe dein Weltbild. Ich werde dir dann aufzeigen, dass aus jeder deiner Prämissen genau der gegenteilige Schluss folgt als der, den du ziehst.«

»Einverstanden. Meinen Untergebenen wird es nicht schaden, ein weiteres Mal in den Grundlagen unserer Philosophie bestärkt zu werden.«

Die Ausführungen meines Kontrahenten waren beinahe originell.

»Am Anfang war das Weltall von extremen Gegensätzlichkeiten und einer Unzahl verschiedener, komplexer Formen geprägt:

leerer Raum und Übergiganten, differenziertes biologisches Leben und amorphes Plasma; ein hervorstechender, stets individualisierter, denkender Verstand als der eine Pol, die Primitivität isolierter Atome als der andere.

Ungleichmaß und Diversität, die widerwärtige Originalität allen Seins, die Barbarei organisierter Gemeinschaften, die Tyrannei der Ordnung und die Unfreiheit hierarchischer Strukturen – diese Begriffe beschreiben die Zustände am Beginn der Welt und tun es im Wesentlichen noch heute. Doch das Komplexe steht nur am Anfang und strebt dann der Einfachheit zu.

Wenn du eine Aufgabe löst, kommst du ja auch vom Komplexen zum Einfachen, oder nicht? Bei der Erforschung der Natur wirst du zunächst von der äußerlichen Vielfalt der Erscheinungsformen erschlagen und erkennst erst dann deren innere Einfachheit. Ist nicht die Entdeckung dieser inneren Einfachheit das höchste Ziel der Erkenntnis? Und noch erstrebenswerter als die Erkenntnis der Einfachheit ist deren Erschaffung, die Bereicherung der Welt mit Einfachheit!

Und welche ist die höchste Form der Einfachheit? Die Einfachheit des Ursprünglichen! Darum also geht es: die Welt mit primitiver Ursprünglichkeit zu bereichern, stets aufs Neue Ursprünglichkeit zu schaffen. Und nun frage ich dich: Welche ist die edelste und einfachste Form der Ursprünglichkeit? Das Chaos! Das wirst du hoffentlich nicht bestreiten. Auf diese Weise kommen wir zu dem logischen Schluss, dass die einzig erfüllende Aufgabe eines vernunftbegabten Wesens darin besteht, überall Chaos zu säen. Im Chaos befreien wir uns aus jeglicher Bindung und Unterwerfung. Im Chaos finden wir zur vollkommenen Einheit mit uns selbst, denn nur im Chaos stützen wir uns einzig und allein auf uns selbst!

Im Raum gibt es sechs Richtungen, in der Zeit dagegen nur eine: vorwärts, immer nur vorwärts, hin zur höchsten Form der Existenz, zur Liquidierung aller Unterschiede und zur Auflösung jeglicher Verschiedenartigkeit. Dies ist die Stoßrichtung der Natur, und dies ist das Ziel, das wir Zerstörer uns gesetzt haben.

Das Wichtigste dabei ist es, dem blasierten, eitlen Leben das Wasser abzugraben. Denn das Leben ist die älteste Form kosmischer Eigenart und Unfreiheit und die tyrannischste aller Ordnungshierarchien. Hartnäckig widersetzt es sich der Entindividualisierung, die allem Sein zur Vollendung gereichen würde.

Die Primitivisierung ist obligatorisch für alles Sein und vollzieht sich im Zerfall komplexer Strukturen. Die Natürlichkeit muss immer und überall durch die Künstlichkeit von Maschinen ersetzt werden, denn es gibt nichts Komplexeres als die biologische Natürlichkeit und nichts Primitiveres, Einfacheres und Freieres als eine gut konstruierte Maschine! Vergebens klammern sich die Galakten an eine Diversität, die längst ausgedient hat. Wenn sie für unser Zerstörungswerk keinen Nutzen bringen, werden wir sie auslöschen!«

»Wenn ich dich richtig verstanden habe, dann streitest du für die Künstlichkeit und gegen die Natürlichkeit?«

»Du hast mich richtig verstanden. Die Natürlichkeit ist wider die Vernunft! Die Natürlichkeit beleidigt das ästhetische Empfinden, da sie Gleichmaß und Harmonie des Universums auf abscheuliche Weise zerstört. Jeder Organismus hält sich für den Nabel der Welt: Er ist eigenständig, authentisch, lebt in sich und für sich! Eine gnadenlose, empörende Individualisierung – das ist es, was die biologische Existenz in die Welt gebracht hat. Jeder denkt anders, jeder fühlt anders, der eine liebt, der andere hasst, der Dritte ist gleichgültig – das ist unerträglich! Wir führen einen Vernichtungskrieg gegen jede Form von Eigenheit und damit in erster Linie gegen jede Form biologischer Existenz.

Die Galakten sehen das ganz anders, und diese philosophischen Meinungsverschiedenheiten sind die Wurzel des Krieges, den wir gegen sie führen.«

Die Widersprüchlichkeit des Großen Zerstörers überraschte mich. Natürlich war er kein Dummkopf, keineswegs, doch sein

Denken war schauderhaft verzerrt, wie die Wahnvorstellungen eines Paranoikers. Ich schwieg zunächst und dachte darüber nach, was ich antworten sollte. Doch mein paranoider Kontrahent war noch nicht fertig, er hatte sich jetzt richtig warm geredet.

»Oh ja, wir wissen sehr gut, dass wir uns ein äußerst ehrgeiziges Ziel gesteckt haben«, setzte er fort. »Doch wir arbeiten hart daran und werden alle Widerstände überwinden. Wir rüsten Planeten um, bauen Tausende von Städten und Fabriken. Stets sind wir auf der Suche nach neuen Arbeitskräften und klugen Köpfen, wir rekrutieren sie, wo wir sie kriegen können. Und all dieses Wissen und Können, die Arbeitskräfte und Maschinen, die Fabriken und Köpfe – sie dienen einem einzigen gemeinsamen Ziel: der Verbreitung des Chaos und der Befreiung der Welt von der Diktatur der Ordnung!«

»Jetzt verstehe ich, warum ihr euch Zerstörer nennt«, merkte ich an.

»Ja, genau aus diesem Grund!«, bestätigte er stolz. »Ich habe nichts geschaffen, doch ich bin imstande, alles zu zerstören. Ich hoffe, dass ich dich, Mensch, von der historischen Richtigkeit der Mission der Zerstörer im Weltall überzeugt habe.«

Nun war ich an der Reihe.

»Ihr behauptet, alles zerstören zu können. Aber dem ist nicht so. Eure Zerstörungsmacht ist beschränkt. Euer rastloses Treiben, das erklärtermaßen der Zerstörung dient, trägt selbst den Keim des Schöpferischen in sich – ich erinnere nur daran, dass ihr mit Feuereifer Städte, Fabriken und Sternenfestungen errichtet.

Ihr behauptet, die Auswüchse der Unterschiedlichkeit zu einer Ebene des Gleichmaßes zu planieren, in Wahrheit türmt ihr selbst immerfort neue Verwerfungen auf. Die Harmonie der Welt beinhaltet die Diversität der Objekte. Es ist nicht möglich, die Anzahl voneinander verschiedener Strukturen nach Gutdünken zu verändern.

Indem ihr den Wärmetod materieller Körper verursacht, übersättigt ihr den Raum mit Energie – und schon beginnt der Umkehrprozess: Es entsteht neue Materie, in der sich die gespeicherte Raumenergie konzentriert. Während ihr ein Gebirge abtragt, wird anderswo ein neues aufgefaltet. Das Weltall gebiert neue Unterschiede im selben Maß, wie es sie einebnet.

Du behauptest, das Weltall strebe vom Komplexen zum Einfachen. Ich behaupte, das Weltall strebt vom Komplexen zum Einfachen und gleichzeitig vom Einfachen zum Komplexen. Diese beiden Prozesse laufen parallel ab! In eurem Tun befördert ihr beide Prozesse und nicht nur den einen.«

An dieser Stelle unterbrach mich der Herrscher.

»Mit der Entstehung neuer Unterschiede haben wir nichts zu tun«, sagte er empört. »Neu entstehende Diversität ist nicht die Regel, sondern die Ausnahme, eine Art spontan auftretende Missbildung in einem ansonsten harmonisch ablaufenden Prozess.«

»Wenn Ausnahmen spontan auftreten, dann tun sie dies regelmäßig und nicht nur ausnahmsweise«, erwiderte ich spitzfindig. »Unter den Sternenvölkern seid ihr Zerstörer doch selbst eine hypertrophierte Ausnahme. Obgleich eine Schöpfung des Lebens, vernichtet ihr Leben und damit auch euch selbst. Indem ihr die Künstlichkeit auf die Spitze treibt, verwandelt ihr sie in Natürlichkeit. Das Ergebnis perfektionierter Künstlichkeit ist immer Natürlichkeit.«

»Das behaupten auch unsere Feinde, die Galakten. Doch ihre Sophistik ist uns verhasst. Wir akzeptieren nur strenge Logik, Paradoxe lehnen wir ab.«

»So so. Ich kann allerdings keine Liebe zur Logik bei euch entdecken. Und was die Galakten betrifft, so sind wir ohnehin der Ansicht, dass sie die natürlichen Verbündeten von uns Menschen sind.«

»Dann sind wir also eure natürlichen Feinde, nicht wahr?«

»Ganz recht.«

Noch wollte der Herrscher nicht akzeptieren, dass die Verhandlungen gescheitert waren.

»Hast du nicht selbst behauptet, dass die Einheit von Zerstörung und Schöpfung zur Harmonie des Weltalls gehört?«

»Das habe ich. Doch dabei handelt es sich um das Zusammenspiel von Gegensätzen, um einen Kampf und nicht um ein Freundschaftsbündnis.«

Mir war bewusst, dass mir nicht nur meine Freunde und Kameraden, sondern auch eine Vielzahl von Gegnern zuhörte. Ich war bestrebt, an ihre Vernunft zu appellieren. Sie konnten doch nicht alle so wahnsinnig sein wie ihr Herrscher!

»Ihr gebt selbst zu, dass wir Menschen stärker sind als die Galakten«, setzte ich fort. »Diesmal greift nur ein Stoßtrupp der Menschheit eure Sternenfestungen an, beim nächsten Mal wird die gesamte Menschheit auf die nichteuklidische Barriere von Chi Persei zustürmen. Eure Philosophie der Zerstörung wird auf euch selbst zurückfallen und euch hinwegraffen. Im Namen aller Sternenvölker erkläre ich euch den Krieg, jetzt und für alle Zeit, hier und überall!«

Der Herrscher schwieg lange und musterte mich mit seinen Scheinwerferaugen. In das Schweigen mischten sich das Raunen meiner Freunde und ein seltsames Zischeln. Zu gern hätte ich in diesem Geräusch die Stimmen von verunsicherten Zerstörern erkannt, doch vermutlich handelte es sich lediglich um Störungen in der Übertragung.

»Die Menschen und ihre Freunde sind Lebewesen, korrekt?«, fragte der Herrscher schließlich.

»Natürlich, genau wie ihr.«

»Die Selbsterhaltung ist ein Urtrieb alles Lebendigen. Die Furcht vor dem Tod eint alle Lebewesen. Sind wir uns darüber einig?«

Mir war klar, dass er uns zum Tod verurteilte. Dieser selbstgefällige Narr dürstete danach, dass wir ihn um Gnade anwinseln. Keiner von uns würde ihm diesen Gefallen tun, dessen war ich mir sicher.

»Die Furcht vor dem Tod ist ein mächtiger Antrieb und eint alle Lebewesen. Doch noch stärker eint uns Menschen der Stolz, einer gerechten Sache zu dienen. Es gibt viele Dinge, die uns wichtiger sind als die blanke Existenz.«

»Aber ihr sehnt euch nicht nach dem Tod, oder doch?«

»Natürlich nicht.«

Des Herrschers Stimme klang nun leidenschaftslos wie die von Orlan. Was er nun aussprach, war das Verdikt einer Maschine, nicht der Urteilsspruch eines Potentaten: »Du wirst dich nach dem Tod sehnen wie nach einem unerreichbaren Glück. Du wirst vom Tod träumen und darum betteln, sterben zu dürfen. Indes – er wird dir verwehrt bleiben.«

Danach verschwand der Herrscher, und ich blieb allein im Raum zurück.

9

Orlan und seine beiden Gorillas führten mich zurück. Meine Freunde empfingen mich mit anerkennendem Schulterklopfen. Petri nickte zustimmend mit dem Kopf und reckte den Daumen nach oben.

»Diesem Ungeheuer haben Sie's aber gezeigt!«, frohlockte Kamagin und schlug sich mit der Faust in die offene Hand.

»Es wird Strafmaßnahmen geben, wir müssen uns wappnen«, sagte Oshima kämpferisch, obwohl es absolut nichts gab, was wir hätten unternehmen können.

»Sie haben sich gut gehalten«, lobte Romero und fügte seufzend hinzu: »Doch den heroischen Worten müssen wir nun Taten folgen lassen. Da der Herrscher der Zerstörer Ihren Tod ausgeschlossen hat …«

»… wird man uns foltern. Ich weiß, Pawel. Wir müssen eben beweisen, dass man einen Menschen mit Folter nicht brechen kann.«

»Man könnte fast den Eindruck gewinnen, dass Sie den bevorstehenden Qualen mit Freude entgegensehen, so wie Sie schon vor kurzem voller Ungeduld in den Kampf zogen. Sie sind ein seltsamer Mensch, mein Freund. Andererseits – wären Sie nicht so, hätte man Sie auch nicht zum Admiral ernannt.«

»Lassen wir das, Pawel. Was sagen Sie zu der Neuigkeit über die Ramiren?«

Romero teilte meine Meinung, dass die Kunde von der Existenz einer weiteren hoch entwickelten Zivilisation in der Galaxis das Interessanteste an dem Gespräch mit dem Großen Zerstörer gewesen sei. Leider waren die Ramiren so weit von uns entfernt, dass wir nicht auf ihre Hilfe gegen unsere Feinde hoffen konnten.

»Ruhen Sie sich aus, Eli«, empfahl Romero. »Wer weiß, was in den nächsten Stunden passieren wird.«

Zwischen Mary und Lussin ließ ich mich auf der Pritsche nieder. Der arme Lussin hatte mit widersprüchlichen Gefühlen zu kämpfen. Einerseits zeigte er sich euphorisiert über meinen tollkühnen Widerstand gegen den Herrscher, andererseits befürchtete er, dass ich teuer dafür bezahlen müsste. Doch am schwersten wog seine Verzweiflung über Andrés Zustand. Er hatte die Begegnung mit ihm noch nicht verdaut.

Aster sah mich nur wortlos an. Aus seinen Augen sprachen gleichermaßen Bewunderung und Schrecken. Meine Auseinandersetzung mit dem Großen Zerstörer hatte ihn verstört. Mary schickte ihn weg, um ihn abzulenken.

»Du überschätzt den Verstand und das Wissen deines Sohnes«, sagte sie vorwurfsvoll zu mir, »dagegen unterschätzt du seine menschlichen Gefühle. Bei deinem Streit mit dem Zerstörer hat niemand so aufmerksam zugehört wie Aster.«

»André, Eli. Auch mit Dechiffriergerät«, seufzte Lussin.

»Wiederhole das nochmal in Gedanken, sonst verstehe ich nicht, was du meinst«, bat ich.

Er erklärte mir, dass Romero André ein Dechiffriergerät angeschnallt habe. Doch Andrés Gedanken gaben auch keinen Anlass zur Hoffnung. Er saß ein wenig abseits von den anderen und wiegte monoton den Kopf. In seinem Gehirn wiederholte sich immerzu ein und dieselbe Phrase: »Ach, ein graues Böcklein, ach, ein graues Böcklein …«

»Was für unvorstellbare Qualen muss man ihm angetan haben, dass seine Welt auf einen räudigen Ziegenbock zusammengeschrumpft ist«, klagte ich.

Aster ging zu André hinüber, der zusammenfuhr und den Kopf hob. Mir war, als durchzuckte ein Anflug von Aufmerksamkeit sein apathisches Gesicht. Aster fragte ihn etwas. André antwortete zwar nicht, doch er entzog sich auch nicht, sondern schien zuzuhören. Ich sprang auf.

»Bleib hier«, sagte Lussin über das Dechiffriergerät und hielt mich zurück. »Wir sollten sie nicht stören. Aster ist der Einzige, vor dem André keine Angst hat. Es ist besser, wenn die beiden unter sich sind. Glaub mir, ich kann Andrés Verhalten ganz gut einschätzen.«

»Kein Wunder. Diese Sadisten haben André auf die geistige Stufe eines Tieres degradiert. Und mit Tieren kennst du dich ja bestens aus.«

Mary sagte nichts, und ihr Dechiffriergerät hatte sie offenbar deaktiviert. Aber ich wusste auch so, was sie quälte.

»Wir haben unser Geschick nicht mehr selbst in der Hand, Mary«, sagte ich, nachdem Lussin gegangen war. »Bleibt uns nichts als blanker Fatalismus. Es kommt, wie es kommt.«

Sie lächelte traurig und nickte so zerstreut mit dem Kopf, dass ich den Eindruck hatte, sie hörte mir gar nicht zu. In den Tagen vor der Gefangennahme hatten wir nicht viel Zeit miteinander verbracht, und jetzt fand ich sie verändert. Überraschende Wendungen in ihrem Verhalten waren für mich nicht neu; ihre Gedanken konnte ich bisweilen erahnen, ihre Reaktionen dagegen nicht.

»Das ist es nicht, Eli. Wir haben doch gewusst, dass dieses Abenteuer auch tragisch enden könnte. Doch als ich dir vorhin zugehört habe, habe ich begriffen, dass ich zu egoistisch war.«

»Das verstehe ich nicht.«

»Ich erklär es dir. Ich wollte dein Schicksal teilen, wie auch immer es sich fügen würde. Wo du, Kaj, bist, da werde auch ich, Kaja, sein. So hatte ich mir das vorgestellt. Doch ich habe dein Geschick nicht nur geteilt, sondern auch beeinflusst – und zwar zum Schlechteren. Du hättest es heute viel leichter gehabt, wenn Aster und ich nicht dabei gewesen wären.«

»Du übertreibst.«

»Es stimmt aber. Ich weiß noch genau, wie du zu Kamagin gesagt hast: ›Wenn meine Familie nicht an Bord wäre, würde mir die Entscheidung, in Gefangenschaft zu gehen, viel leichter fallen.‹«

»Aber …«

»Unterbrich mich nicht! Ich habe dir dein Los erschwert, statt erleichtert. Diesen Fehler muss ich korrigieren. Solange wir in Gefangenschaft sind, bin ich nicht mehr deine Frau, sondern eine Gefangene wie alle anderen auch. Ich möchte nicht mehr Aufmerksamkeit von dir als die anderen und keine Sonderstellung. Und Aster sollst du nicht wie deinen Sohn behandeln, sondern wie jedes andere Besatzungsmitglied. Du musst völlig frei sein in deinen Entscheidungen!«

»Das ist Wunschdenken, Mary. Kein Mensch kann sein Innerstes einfach ignorieren. Ich könnte mir tausendmal vorsagen, dass du für mich wie alle anderen zählst – es würde trotzdem nicht wahr werden. Wenn Aster ›Admiral Eli‹ zu mir sagt statt Papa, dann ändert das nichts daran, dass er mein Sohn ist.«

Mary hörte mir nicht zu, wie immer, wenn sie sich etwas in den Kopf gesetzt hatte.

»Küss mich, Eli! Und wenn es das letzte Mal sein sollte. Ich möchte, dass wir keine Belastung mehr für dich sind.«

Ich küsste Mary, und sie drückte mich eine Minute lang ganz fest an sich. Dann stieß sie mich weg. Nach dieser bizarren Szene war ich völlig durcheinander und irrte ziellos durch den Saal.

Dabei stieß ich wieder auf Aster, der André an der Hand hinter sich herzog.

»Ich spreche mit ihm, aber er versteht mich nicht«, sagte Aster betrübt. »Er hört mir zu, ohne zu reagieren.«

Ich fasste André am Arm. Er schnitt eine ängstliche Grimasse und wich zurück. In seinen leeren Augen glomm kein Funken von Bewusstsein. Mir schoss abermals der Gedanke durch den Kopf, welche Gräuel man ihm angetan haben musste, um ihn in einen solchen Zustand zu versetzen. Diese Vorstellung machte mich rasend, und eine Woge von Zorn auf die Zerstörer, auf mich selbst und gar auf André schwappte in mir hoch.

»Du sollst mich erkennen!«, brüllte ich. »Ich befehle dir, mich zu erkennen!«

André versuchte sich loszureißen, doch ich ließ ihn nicht weg und bohrte meinen Blick in seine erloschenen Augen.

»Erkenne mich endlich! Ich lasse dich erst wieder ziehen, wenn du mich erkennst!«, tobte ich.

André riss sich los und lief davon. Hätte Aster sich mir nicht in den Weg gestellt, wäre ich ihm in meiner blinden Wut nachgerannt. Mein Sohn hatte Tränen in den Augen.

»So behandelt man einen Freund nicht, Papa! André ist krank, siehst du das denn nicht?«

Noch ehe ich antworten konnte, stieß mich eine rohe Kraft von Aster weg. Zuerst begann sich alles um mich herum zu drehen, dann wurde mir schwarz vor Augen. Ich hatte das Gefühl, in einen bodenlosen Abgrund zu fallen. Dieser Fall dauerte eine Ewigkeit, ich fiel und fiel, es vergingen Jahre, unzählige Jahre, ich alterte im Fall und starb im Fall, schließlich fiel meine vertrocknete Leiche und begann sich aufzulösen. Erst als nur mehr ein winziger Klumpen von mir übrig war, erwachte ich wieder zum Leben.

Ich befand mich in demselben Saal, am selben Ort. Um mich herum waren Menschen, meine Freunde. Ich sah Romeros verzerrtes Gesicht, die leichenblasse Mary und Aster, dem blankes

Entsetzen im Gesicht stand. Sie sprachen auf mich ein und streckten verzweifelt die Hände nach mir aus.

Doch in jenem Moment war ich so unerreichbar, als hätte man mich in eine andere Galaxis verschleppt. Der Große Zerstörer hatte mich in einen Käfig aus Kraftfeldern eingesperrt.

10

»Was ist passiert, Eli?!«, schrie Mary. »Eli!«

Vergeblich versuchte sie, mich zu erreichen, aber ebenso wie alle anderen stieß sie fortwährend gegen eine unsichtbare Barriere. Oshima bewahrte als Einziger kühlen Kopf und forderte unsere Freunde auf, nicht hysterisch zu werden. Ich konnte meine Freunde ausgezeichnet sehen und hören. Der für Körper undurchdringliche Käfig war durchlässig für Schall und Licht.

»Wie fühlen Sie sich, Admiral«, fragte Oshima beinahe geschäftsmäßig, nachdem endlich Ruhe eingekehrt war. »Sind Sie verletzt?«

»Nein, alles bestens«, erwiderte ich und bemühte mich dabei um einen unaufgeregten Tonfall. »Man hat mich von euch isoliert. Da ich mich nicht mehr frei bewegen kann, gebe ich das Oberkommando an Sie ab, Oshima.«

»Wozu soll diese Inszenierung gut sein?«, dachte Romero laut nach und gab auch gleich selbst die Antwort. »Vermutlich sollen Sie vor aller Augen gefoltert werden.«

Der Gedanke an die Folter war eine fixe Idee von Romero, doch in diesem Fall leider naheliegend. Ich verlangte von den anderen, nicht auf mich zu achten, was auch immer mit mir passieren sollte. Kamagin ballte die Fäuste in hilfloser Wut, Mary begann zu weinen, und Aster war völlig aufgelöst vor Angst.

»Gleich gibt es Abendessen«, sagte ich. »Esst und geht dann schlafen, als wenn nichts gewesen wäre. Je weniger ihr euch nach mir umdreht, umso leichter ist es für mich und umso ärgerlicher ist es für unsere Feinde.«

Abends wurden über ein immaterielles Förderband Lebensmittel in den Saal geschafft. In meinem Käfig landete natürlich nichts. Die Strafmaßnahmen des Großen Zerstörers waren nicht gerade originell. Ich streckte mich auf dem Boden aus wie auf einer Schlafstatt. Wie vereinbart kümmerte sich niemand um mich, als wäre ich überhaupt nicht da.

Erst als die meisten Gefangenen schon schliefen, kam Romero zu meinem unsichtbaren Käfig, der sich etwas abseits der Pritschen befand. »Man bestraft Sie offenbar mit Nahrungsentzug, teurer Freund«, flüsterte er. »Im Altertum galt dies als eine der grausamsten Hinrichtungsmethoden.«

»Halb so schlimm«, entgegnete ich. »Die Hinrichtung durch Nahrungsentzug wurde um ein Vielfaches durch die Gewissheit des Todes verschlimmert. Diese Gefahr droht mir hier nicht – ich soll mir den Tod ja herbeiwünschen und nicht sterben.«

Nachdem Romero gegangen war, stellte ich mich schlafend. Mary und Aster fanden lange keine Ruhe. Auch Lussin wälzte sich in seiner Rinne von einer Seite auf die andere und brummelte vor sich hin. Allmählich sank ich in einen Dämmerzustand, und vor meinen Augen erschienen leuchtende Wolken.

Plötzlich hörte ich leises Gemurmel und setzte mich auf. Es war André. Er drückte die Wange gegen die durchsichtige Käfigwand und stemmte die Arme dagegen. Über sein grimassenhaftes Gesicht huschte das verschmitzte Grinsen eines Wahnsinnigen, seine tagsüber verloschenen Augen leuchteten irre. Ich robbte näher zur Käfigwand, doch auch dort konnte ich Andrés fahriges Geplapper nicht verstehen.

»Ich weiß«, sagte ich müde, »Großmutter hatte ein graues Böcklein. Geh jetzt schlafen.«

André kicherte, dann wisperte er: »Du musst verrückt werden! Du musst verrückt werden!«

Zum ersten Mal schien sich ein Angriffspunkt in seinem dahindämmernden Gehirn zu bieten.

»André! Schau mich an, ich bin Eli! Schau mich an! Du forderst Eli auf, verrückt zu werden. André!«

Er schien mich nicht gehört zu haben. Ich stellte das Dechiffriergerät auf seine Hirnstrahlen ein, doch in seinem Kopf wiederholte sich nur gebetsmühlenartig der Rat: »Du musst verrückt werden!« André lebte kein Doppelleben wie andere Irre. In den Abgründen seines Bewusstseins verbarg sich nichts, was nicht auch nach außen drang.

»Nein, André«, sagte ich mehr zu mir selbst als zu ihm. »Ich werde nicht den Verstand verlieren wie du, mein armer Freund. Mein Weg ist ein anderer.«

André kicherte, sabberte und schnitt in rascher Folge schalkhafte und schmerzverzerrte Grimassen. Dabei murmelte er immer leiser, so als würde er gleich einschlafen: »Du musst verrückt werden! Du musst verrückt werden.«

11

Wie die im Altertum zum Hungern verurteilten Menschen litten, kann ich schwer nachvollziehen. Was mich am meisten in Rage brachte, war die Tatsache, dass man mich ganz bewusst vor aller Augen aushungerte – ein wahrlich unwürdiges Schauspiel. Mir gab man nichts zu essen, und meine Freunde bekamen kaum einen Bissen hinunter.

Mehrfach bekam ich mit, wie Mary Aster anschrie, dass er endlich etwas essen solle, dabei machte sie selbst keinerlei Anstalten, die Fließbandgerichte der Zerstörer anzurühren.

Nur Oshima und Romero löffelten mit gesenkten Häuptern ihren Synthetikbrei. Ich fand das rührend, denn es war ihnen anzusehen, wie schwer es ihnen fiel.

Nach einigen Tagen, als Mary bei mir am Käfig stand, beschloss ich ihr die Meinung zu sagen: »Denkst du etwa, es ist leichter für mich, wenn du aus lauter Solidarität zum Gerippe abmagerst?«

»Glaub mir, Eli ...«

»Ich will überhaupt nichts hören! Als Mutter eines Sohnes stehst du in der Verantwortung und musst bei Kräften bleiben. Ganz zu schweigen von dem schlechten Beispiel, das du Aster gibst. Kapierst du das nicht?«

Sie lehnte den Kopf gegen die transparente Wand und sah mich lange an. Schon jetzt waren ihre Augen müde und ihr Körper ausgezehrt. Wahrscheinlich hatte sie es schwerer als ich.

»Du hältst dein Versprechen nicht, Eli.«

»Wovon sprichst du?«

»Du hast versprochen, mich und Aster genauso zu behandeln wie alle anderen auch.«

»Das habe ich nicht versprochen. Du hast zwar darauf gedrungen, aber ich habe dir das nicht versprochen. Im Übrigen hältst du dich selbst nicht daran, indem du dich anders verhältst als die anderen. Nimm dir ein Beispiel an Oshima und Romero.«

»Und was ist mit Eduard? Der verweigert doch auch die Nahrung!«

»Ich bitte euch inständig: Hört wenigstens ihr auf, mich zu quälen!«, sagte ich händeringend und wandte mich ab.

Nach dieser Szene konnte ich beobachten, dass sowohl Mary als auch Kamagin wieder Nahrung zu sich nahmen. Während der Mahlzeiten stellte ich mich stets schlafend, damit niemand auf die Idee kam, ich könnte ihm mit dem Winselblick eines hungrigen Hundes beim Essen zusehen. Mein vorgetäuschter Schlaf geriet bisweilen so perfekt, dass ich tatsächlich einschlief.

Mit der Zeit lernte ich, mein Bewusstsein quasi auf Befehl auszuschalten und in einen tiefen Dämmerzustand zu sinken. So konnte ich einschlafen, wann immer die Situation es erforderte.

Man sagt, dass Hungernde sich in Gedanken an köstliche Leckereien verzehren und darüber beinahe den Verstand verlieren. Mir scheint, das ist ein wenig übertrieben. Plastische Bilder von kulinarischen Orgien und hemmungsloser Völlerei spukten mir jedenfalls nicht durch den Kopf.

Indes will ich nicht verhehlen, dass auch mich von Zeit zu Zeit das Verlangen nach einem Leckerbissen beschlich, seien es meine geliebten synthetischen Pilze, sauer eingelegt, mit Kunstkäse gefüllte Teigtaschen, gebackenes Fischfilet aus unseren unterirdischen Chemiefabriken, die fetten Fleischwürste aus mehrstufig verarbeitetem Zellstoff, der butterzarte rosa Schinken aus kondensierten Brenngasen oder saftige Sahnetorten aus den Erdölraffinerien. Aber selbst das misslungene Schaschlik aus Naturlamm, mit dem Romero uns seinerzeit tyrannisiert hatte, wäre mir in jenen Tagen des Hungers als reinster Gaumenschmaus erschienen. Dennoch war es nicht so, dass die Gedanken an all diese lukullischen Köstlichkeiten mich quälten, mir lief weder der Geifer im Mund zusammen noch wand sich mein Magen in Krämpfen.

Auch die Qualen des Durstes erschienen mir weniger schlimm, als es Romeros Erzählungen aus früheren Zeiten befürchten ließen. Im Altertum waren ungezählte Schiffbrüchige elendiglich verdurstet, umgeben von Wasser bis zum Horizont. Ihre physischen Qualen wurden jedoch tausendfach verschlimmert durch den Anblick des allgegenwärtigen und doch nicht trinkbaren Meerwassers und vor allem durch die Gewissheit des sicheren Todes. Diese Geißel, die zwar rein psychologischer Natur, aber mit Sicherheit sehr wirkungsvoll war, hatten mir meine Peiniger unklugerweise erspart.

Während jener Tage wurde ich von Träumen heimgesucht, an die ich mich detailliert erinnern konnte. Abermals fand ich mich in jenem seltsamen Raum wieder mit der bedrohlichen, halbtransparenten Kugel in der Mitte. Im dunklen Sternenhimmel, welcher das gesamte Kuppelgewölbe ausmachte, sah ich wieder Leuchtobjekte, die zwischen den stationären Sternen dahinrasten, und ich wusste genau, dass jedes dieser Lichter ein Schiff unserer Flotte war, die sich im Umfeld von Chi Persei befand.

Zunächst verstand ich nicht, mit welchem Ziel Allans Kreuzer durch den Raum pflügten, doch nach einiger Zeit wurde mir klar, dass sie auf der Jagd nach vagabundierenden kosmischen Objekten waren, um sie am Rand der von den Zerstörern errichteten nichteuklidischen Barriere zusammenzutreiben. Unsere Schiffe waren also dabei, meinen neuen Plan auszuführen, den ich zur Erstürmung des Sternhaufens ausgegeben hatte.

»Ich bin schon wieder in der Beobachtungswarte der Zerstörer gewesen«, sagte ich zu Romero, bevor ich ihm diesen Traum in aller Kürze erzählte.

Als ich geendet hatte, sah Romero mich so mitleidig an, als wertete er meine Vision als Beweis für meine zerrüttete Psyche. »Im Altertum glaubten viele Psychologen, dass sich im Traum die Wünsche realisieren, die einen Menschen in seinem realen Leben umtreiben«, sagte er. »Es sieht ganz so aus, mein Freund, als ob das bei Ihnen der Fall wäre.«

Von der Beobachtungswarte in dem Kuppelraum träumte ich nur einmal, vom Großen Zerstörer dagegen regelmäßig. Stets erschien er mir im Kreis seiner Vertrauten. Darunter war auch Orlan, der regelmäßig Bericht erstattete, wie die Gefangenen sich führten.

Die meisten Zerstörer, die ich in meinen Träumen sah, waren von einem unglaublich abstrusen Äußeren. Romero schreibt in seiner Chronik, dass ich mich im Schlaf über meine Feinde lustig gemacht hätte und dass es darüber hinaus ein genereller Zug von mir sei, der Wirklichkeit mit Ironie zu begegnen. Mag sein, dass er damit Recht hat. Immerhin erschienen mir der Große Zerstörer und Orlan stets in ihrem gewohnten Äußeren, nämlich als schlechte Kopien von uns Menschen.

Das Aussehen der übrigen Zerstörer war sehr verschieden, an Bizarrheit aber kaum zu überbieten. Manche standen als massive Kästen mit großen Glupschaugen reglos und stumm herum; anderen wuchsen, sobald sie ins Gespräch eintraten, anstelle des

Kopfes ausladende Kronen aus dem Rumpf, wodurch sie aussahen wie irdische Bäume; wieder andere verflüssigten sich plötzlich, wenn ihr Herrscher sie ansprach, und flossen als gurgelnde und plätschernde Rede durch den Raum, um sich danach in einen grauen, unscheinbaren Körper zurückzuverwandeln, der sich wieder unter den übrigen Vertrauten des Herrschers einreihte.

Am unterhaltsamsten fand ich die »Feuerwerker« – so nannte ich jene skurrilen Wesen, die auf der Stelle explodierten, sobald ein Blick ihres Gebieters sie traf. Ihre Antworten gaben sie in Form eines chaotisch durch den Raum sausenden Feuerreigens. Während sie »sprachen«, gingen selbst die übrigen Lakaien des Herrschers vor den züngelnden Flammen in Deckung, und ich duckte mich in meinem Käfig, als könnte ich von einer verirrten Fackel getroffen werden. Der Spuk endete, indem sich das Feuerwerk auf seinen Ursprungspunkt zusammenzog und dort zu einem unscheinbaren Körper gerann.

Leider konnte ich nicht verstehen, was die ins Kraut schießenden Baumkronen, rauschenden Bäche und irrlichternden Feuersbrünste zu bedeuten hatten. Doch aus des Herrschers und Orlans Fragen und Antworten, die ich wohl verstand, konnte ich mir durchaus zusammenreimen, worum es in den Besprechungen der Zerstörer ging. Aber alles in allem waren die Szenen, deren Zeuge ich wurde, so absurd, dass ich mich nach dem Aufwachen immer öfter fragte, ob ich nicht dabei war, den Verstand zu verlieren.

Andererseits deutete sonst noch nichts auf diesen Verdacht hin. Im Wachzustand war ich bei klarem Verstand und nahm meine Umgebung völlig normal wahr. Auch die Gespräche mit meinen Freunden gestalteten sich wie gewöhnlich, und keiner von ihnen zweifelte an der Sinnhaftigkeit meiner Fragen und Antworten. Der einzige Unterschied bestand darin, dass ich zu längeren Diskussionen durch meine körperliche Schwächung nicht mehr in der Lage war.

Einen weiteren Umstand fand ich in diesem Zusammenhang bemerkenswert: Soweit es den Äußerungen des Herrschers und Orlans zu entnehmen war, erschienen ihre Diskussionen vernünftig und folgten einer strengen Logik. In einer entsprechenden Situation hätte ich mit meinen Assistenten ähnliche Dinge besprochen. Und nicht zuletzt auf die Vernunft der Zerstörer hatte ich ja alle unsere Hoffnungen gesetzt, als ich den Entschluss fasste, in Gefangenschaft zu gehen.

»Sie hatten erwähnt, dass man in früheren Zeiten den Traum als Spiegelbild von Wünschen interpretierte«, sagte ich zu Romero. »Ich komme mehr und mehr zu dem Schluss, dass diese Interpretation genau ins Schwarze trifft. Denn in meinen Träumen tun die Zerstörer genau das, worauf ich gehofft hatte.«

Ab einem bestimmten Punkt änderte Romero plötzlich seine Einstellung zu den Hirngespinsten, die mich im Schlaf überkamen. Es verging nun kein Tag mehr, an dem er sich nicht nach meinen Träumen erkundigt hätte.

»Sonderbar, sonderbar«, grübelte er und stützte nachdenklich das Kinn auf den Knauf seines Gehstocks. »Lieber Freund, Sie müssen mir ihre Träume in Zukunft immer in allen Details erzählen.«

»Wieso? Ist Ihnen langweilig, Pawel?«, fragte ich etwas gekränkt. »Oder wollen Sie die Entwicklung meines Geisteszustandes kontrollieren?«

Romero schüttelte den Kopf. »Weder das eine noch das andere. Ich habe den Eindruck, dass Ihren Visionen über die Besprechungen der Zerstörer reale Ereignisse zugrunde liegen, und glaube inzwischen nicht mehr, dass sie aus einer reinen Wunschvorstellung resultieren.«

»Sie resultieren aus den ständigen Befragungen durch Orlan, Pawel. In meiner verzweifelten Lage bereitet es mir Genugtuung, den Zerstörern stets aufs Neue ihren sicheren Untergang zu prophezeien. Ob die Diskussionen, die darüber bei den Zerstörern entbrennen, meiner Wunschvorstellung entspringen oder real stattfinden, steht auf einem anderen Blatt.«

Orlans widerliche Physiognomie und sein stumpfsinnig-ferngesteuertes Benehmen waren mir verhasst. Jeden Tag kreuzte er mit seinen beiden Schergen an meinem Käfig auf, stellte sich breitbeinig hin und reckte dann mittels ausfahrendem Hals seinen Gipskopf in die Höhe.

»Möchtest du noch nicht sterben, Mensch? Es geht dir hoffentlich schlecht?«, erkundigte er sich.

Der Anblick seiner leblosen Visage machte mich rasend.

»Mir geht es hervorragend!«, antwortete ich. »Du kannst dir überhaupt nicht vorstellen, wie gut es mir geht! Denn noch bevor es mit mir zu Ende geht, werde ich mich daran weiden, wie ihr allesamt vor die Hunde geht, du und dein Gebieter und eure ganze Mörderbande. Richte deinem debilen Anführer aus, dass ich bester Laune bin und jeden Tag genieße.«

Indigniert ließ Orlan seinen Kopf zwischen die Schultern schnalzen und verschwand.

12

Die Ereignisse am Wendepunkt unserer Gefangenschaft sind mir noch in allen Einzelheiten in Erinnerung. Vor dem Abendessen meditierte ich mich in den Schlaf. Als ich wieder aufwachte, war es Nacht, und die Gefangenen schliefen. Ich setzte mich auf, um aufzustehen und im Käfig herumzugehen, wie ich es bisher regelmäßig getan hatte, doch ich hatte keine Kraft mehr dazu.

Ohne die Augen zu öffnen, lauschte ich den Geräuschen der Schlafenden: das Schnarchen und Sägen auf dem Rücken liegender Männer, das Pfeifen und Zischen verstopfter Nasen, das Rascheln und Scheuern sich herumwälzender Körper, das Schmatzen und Brabbeln Träumender.

Plötzlich bemerkte ich, dass jemand sich meinem Käfig näherte. Mit letzter Kraft stand ich auf. Eine Minute lang blieb ich reglos stehen und kämpfte gegen das Schwindelgefühl. Das Bild des schlafenden Saales erlosch, und vor meinen Augen tanzten Sterne. Als auch der letzte Funke erloschen war, tastete ich mich Schritt für Schritt voran. Dabei streckte ich die Hände aus, um nicht gegen die unsichtbare Barriere zu prallen.

Lange musterte ich die kleine Person, die an der Außenseite meines Käfigs lehnte.

»Aster, warum bist du gekommen?«, fragte ich. »Du sollst doch so tun, als wenn ich nicht da wäre.«

Jedes Wort kostete mich eine immense Anstrengung.

»Papa!«, erwiderte er unter Tränen. »Kann ich dir nicht wenigstens nachts etwas zu essen geben?«

Aster versuchte vergeblich, die mitgebrachten Nahrungsbrocken durch die unsichtbare Wand zu stecken. Sie fielen dabei auf den Boden, er hob sie wieder auf und versuchte es erneut. Er weinte immer lauter.

Während ich ihm dabei zusah, konnte ich kaum einen klaren Gedanken fassen. Ich hatte weder Lust zu essen noch zu sprechen. Meine einzige Sorge war, sein Geheul könnte Mary aufwecken – denn ihre Psyche war ohnehin schwer angeschlagen, und ich wollte ihr diesen Anblick ersparen.

»Aster, geh schlafen!«, flüsterte ich. »Nicht einmal die Atombomben unserer Vorfahren könnten diese Wand durchbrechen, und du versuchst es mit bloßen Händen.«

Er warf das Essen auf den Boden, begann zornig darauf herumzutrampeln und weinte hemmungslos. Aster konnte ein ziemlicher Sturkopf sein.

»Hör sofort auf damit!«, befahl ich.

»Papa, ich hasse das Leben hier!«, heulte er und ballte ohnmächtig die Fäuste. »Ich hasse es!«

»Du sollst schlafen gehen«, wiederholte ich nachdrücklich.

Mit hängendem Kopf trollte er sich, und alle paar Schritte sah er sich noch einmal traurig nach mir um. Aster war ein Kind der sechzehnten Friedensgeneration hintereinander. Das Wort

»Hass« war lange vor seiner Geburt aus dem Wortschatz der Menschheit gestrichen worden. In der würdelosen Situation, in die sein geliebter Vater geraten war, hatte er es neu für sich entdeckt.

Unser kurzer Disput hatte André auf den Plan gerufen. Der Wahnsinnige schlief wenig. Während die anderen ruhten, schlurfte er durch den Saal und summte sein Böcklein-Lied vor sich hin. Er kam zu der Stelle, wo Aster zuvor gestanden hatte, stützte sich mit den Ellenbogen gegen das Kraftfeld, ließ ein diebisches Grinsen über sein ausgezehrtes, gealtertes Gesicht huschen, zwinkerte nervös mit den Augen und sprudelte ein unverständliches Gemurmel hervor.

Zuerst dachte ich, er würde mir wieder empfehlen, verrückt zu werden. Doch dann verstand ich deutlich die Worte »Das darfst du nicht!«.

»Hast du einen Ratschlag für mich, André?«, fragte ich.

Nun plapperte er noch hastiger und unverständlicher drauflos, so dass ich überhaupt nichts mehr verstand.

»Sprich so, dass ich dich verstehe, oder verschwinde, André. Ich bin sehr müde.«

»Du wirst verrückt! Du wirst verrückt!«, sagte er nun zweimal ganz deutlich.

»Dann freu dich doch«, sagte ich erschöpft. »Das ist es doch, was du mir geraten hast.«

»Das darfst du nicht! Das darfst du nicht!«

Erst jetzt, da er sie wiederholte, verstand ich, worauf sich diese Phrase bezog. Mir wurde abermals schwindlig. Ich lehnte mich gegen die Käfigwand und schloss die Augen. Als ich sie wieder öffnete, war André weg. Im Halbdunkel des schlaftrunkenen Saals sah ich, wie er gebückt davontrippelte.

Meine zittrigen Beine hatten keine Kraft mehr, mich in die Mitte des Käfigs zurückzutragen. Wo ich stand, ließ ich mich zu Boden sinken und streckte mich der Länge nach aus. Es dauerte nicht lange, bis ich hinwegdämmerte.

In dieser Nacht wiederholte sich ein Traumbild, das ich schon einmal gehabt hatte: Allans Schiffe im Sturmangriff auf Chi Persei. Diesmal befand ich mich nicht in dem Raum mit der in der Mitte aufgehängten Kugel, sondern war einfach von einem Sternenhimmel umgeben, der den Randbereich von Chi Persei darstellte. Ich bewegte mich zwischen den Sternen, als wäre ich selbst eine Art Himmelskörper.

Indes war mir auch im Traum durchaus bewusst, dass ich kein Himmelskörper war, sondern ein Mensch, und dass ich auch nicht durch den Raum flog, sondern mich auf irgendeinem Beobachtungsposten befand. Ich realisierte, dass die mich umgebenden Sterne nur Darstellungen auf einem Bildschirm waren und dass meine eigene Bewegung nur aus dem Schwenken eines Spezialteleskops resultierte, mit dem ich nach Allans Geschwadern suchte.

Als die Lichter seiner Raumkreuzer vor mir auftauchten, begann ich sie begierig zu zählen. Es waren zwei lang gezogene Lichterstraßen aus jeweils hundert Lichtpunkten, die sich in Keilform auf Chi Persei zubewegten. Die Keilspitze war auf den Phantomriesen gerichtet, der nur schwach schimmerte und im Begriff war zu verlöschen. Ich wusste bereits, was das mysteriöse Verschwinden dieses Sterns zu bedeuten hatte.

»Kommen sie durch oder nicht?«, fragte ich mich und nahm die schwarzen Himmelskörper ins Visier, die sich inmitten des rasenden Lichterschwarms befanden. Es waren deren zehn, mindestens, und jeder von ihnen war millionenfach größer und schwerer als ein Sternenpflug. Doch die mächtigen Schiffsmaschinen hatten die Vagabunden fest im Griff und schleppten sie in ihren Kraftfeldern mit sich. Den allergrößten trieben sie wie eine riesige, schwarze Bombe an der Spitze des Keils vor sich her.

»Gleich wird sie hochgehen und den Sternhaufen aufsprengen!«, flüsterte ich fiebrig und zitterte am ganzen Leib.

Kurz darauf entbrannte eine gewaltige Feuersbrunst, und ich sah, wie etliche Kreuzer sich mitten ins Zentrum der Explosion stürzten. In meinem wilden Traum konnte ich in dem Chaos aus Feuer und Lichtern kaum mehr zwischen Sternen und Raumschiffen unterscheiden. Doch mein Verstand sah klar: Es waren Allans Schiffe, die sich mit den Rachen ihrer Annihilatoren durch den neu entstandenen, jungfräulichen Raum fraßen und sich immer weiter vorankämpften, in Richtung des verschwundenen Phantomriesen, immer weiter voran – uns zu Hilfe eilend!

In Wirklichkeit lag ich zusammengekrümmt auf der Seite, und durch meinen Körper, in dem kaum noch ein Funken Leben war, zuckten schwache, verebbende Schauer. Doch in meinem Fiebertraum stieg ich nun empor und schoss kraftvoll wie ein Raumschiff in den freien Raum hinaus. Ich wusste nicht, wohin es mich trug, doch ich war ganz erfüllt von einem beglückenden Gefühl der Freiheit!

Dann plumpste ich auf den Boden und fand mich in einem wohlbekannten Raum wieder. Zu Füßen des Oberhaupts der Zerstörer kauerte sein bizarrer Hofstaat, dessen schräge Figuren und Fratzen mir schon oft im Traum begegnet waren.

Abermals hatte ich die Ehre, einer Besprechung der Zerstörer beizuwohnen.

13

Obwohl ich mir sicher war, dass sie mich nicht sehen konnten, kroch ich in einen versteckten Winkel, von wo ich einen guten Blick auf die Versammlung hatte. Der Herrscher saß mit versteinerter Miene auf seinem Thron und schien auf etwas zu warten, doch seine Untergebenen machten keinerlei Anstalten sich zu äußern. Ihren Mienen nach zu schließen ist das eine Krisensitzung, dachte ich schadenfroh.

Plötzlich kam Bewegung in die Lakaienschar. Aus einem hässlichen schwarzen Stumpf, der dümmlich mit den Augen zwinkerte, entwuchsen ein kräftiger Stamm, Äste und Zweige. Er sah nun aus wie ein Nussbaum. Immer weiter schossen Zweige und Laub empor, bis an die Decke des Raums, wo sie entlangrankten. Aus meiner Sicht war seine originelle Art zu sprechen ein Ärgernis, wusste ich doch aus vorhergehenden Träumen, dass ich diese Sprache nicht beherrschte. Ob sie sich nun wachsend, fließend, sich entladend oder gar explodierend zu Wort meldeten, ich verstand immer gleich wenig, nämlich nichts.

Doch kaum war die Mitteilung des sprechenden Nussbaums fertig gewachsen, stellte ich zu meiner Überraschung fest, dass ich ihren Sinn klar erfasst hatte: Der Zerstörer teilte der Versammlung mit, dass das gefährliche Eindringen der feindlichen Flotte in den äußeren Ring des nichteuklidischen Schutzgürtels nur durch technische Schwierigkeiten auf dem Dritten Planeten zu erklären sei.

»Der Zweite und der Vierte Planet haben nun die Gravitationsspannung des Dritten übernommen«, raschelte der Nussbaum. »Es wird der feindlichen Flotte nicht gelingen, in unsere Sternenfestung vorzudringen, oh Herrscher.«

Der Große Zerstörer warf gereizt mit den Lichtkegeln seiner Scheinwerferaugen um sich. Die ausladende Krone des Sprechers begann zu welken und zusammenzuschrumpeln, schließlich zog er sie wieder ganz ein und verwandelte sich in einen dümmlich blinzelnden, hässlichen Stumpf zurück.

Die Stimme des Herrschers donnerte unheilvoll: »Ist es gelungen, den Feind auf seine ursprüngliche Position zurückzuwerfen?«

Die im wahrsten Sinne des Wortes gewundene Antwort gab einer von denen, die sich zum Sprechen in ein mäanderndes Bächlein verwandeln. Wie schon zuvor den Nussbaum verstand ich auch seine gurgelnde und schäumende Rede: »Wir sind auf einem guten Weg, oh Herrscher, die feindlichen Schiffe können nichts ausrichten, sie haben es nicht geschafft entscheidend vorzustoßen, im Gegenteil, wir drängen sie zurück, mächtige nichteuklidische Kräfte drängen sie zurück …«

»Drück dich gefälligst klar aus, du windiges Rinnsal«, polterte der Herrscher. »Sind sie drinnen oder draußen?«

»Ähm … sie sind drin. Noch haben wir es nicht geschafft, sie zurückzuwerfen«, wand sich das Bächlein, »aber sie werden abgedrängt, seid gewiss, Herrscher, sie werden abgedrängt.«

Der Große Zerstörer machte eine wegwerfende Handbewegung, woraufhin das windige Rinnsal augenblicklich versiegte.

»Sie haben einen Vagabunden annihiliert und noch etwa zehn Stück davon im Schlepptau. Was passiert, wenn sie die Annihilationen fortsetzen?«, fragte der Herrscher.

Diesmal antwortete einer der »Feuerwerker«, indem er in die Luft flog. Seine lodernden Fetzen zischten noch über den Herrscher und seine Würdenträger hinweg, als ich bereits wusste, was das Feuerwerk zu sagen hatte: »Mit jeder Annihilation überbrücken die Eindringlinge etwa ein Zehntel des nichteuklidischen Sperrgürtels. Wenn sie die ihnen zur Verfügung stehende kosmische Materie vollständig annihilieren, wird es ihnen gelingen, endgültig in unseren Sternhaufen einzudringen.«

»Und was machen wir dann?«

Die Antwort gab ein anderer Ratgeber, indem er eine Art Schlangentanz aufführte. Dabei wand er sich in so abenteuerlichen Verrenkungen, dass einem beim Zusehen schlecht wurde. Seine Botschaft war aus der Sicht der Zerstörer wenig erbaulich: »Die letzte Chance wäre dann eine offene Raumschlacht – Flotte gegen Flotte. Wir müssten dann sämtliche Kreuzer, die uns zur Verfügung stehen, zusammenziehen, den Gegner einkesseln, aus allen Rohren feuern und hoffen, dass seine Flotte zerfällt.«

»Zerfalle selbst, du Narr!«, blaffte der Herrscher.

Sein schlangenhafter Berater zerfiel nicht, sondern kroch eingeschüchtert von dannen und rollte sich auf seinem Platz zusammen.

Der Herrscher indes setzte sein donnergrollendes Verhör fort: »Und was ist, wenn es uns nicht gelingt, sie in einer Raumschlacht zu besiegen?«

Der nächste Redner wirbelte als Feuersäule vor dem Thron seines Gebieters umher und empfahl, in einem solchen Fall auf Planetenfestungen zu flüchten und sich dort zu verbarrikadieren.

»Ich höre wohl schlecht?!«, brauste der Herrscher auf. »Wir sollen die Sternenräume, die wir seit Generationen unumschränkt beherrschen, aufgeben und uns verschanzen wie die jämmerlichen, feigen Galakten? Ohne Aussicht auf einen Sieg? Ich hoffe doch sehr, dass es bessere Vorschläge gibt als diesen schwachsinnigen Plan! Oder seid ihr alle dieser Meinung?«

Die übrigen Berater waren keineswegs der Meinung des feurigen Defätisten. Ins Kraut schießend, blubbernd, zerstäubend, sich windend, Blitze schleudernd und explodierend entfachten sie einen vielstimmigen Proteststurm. Sie waren sich darin einig, dass die Flucht auf die Planetenfestungen der Anfang vom Ende wäre.

Besonders bemerkenswert fand ich eine nebulöse Analyse, die einer der Ratgeber vortrug. Nebulös nicht deshalb, weil ihr Sinn unklar gewesen wäre, sondern weil sie mit einer Methode kommuniziert wurde, die ich zum ersten Mal beobachtete: Der Redner verwandelte sich in eine bläuliche Wolke und sank wie ein Nebelschleier auf die Anwesenden herab.

»Der Feind wird unsere Planetenfestungen nicht angreifen«, wölkte der kluge Stratege. »Macht euch keine falschen Hoffnungen, die Menschen werden nicht so dumm sein, ihre Schiffe unnötig in Gefahr zu bringen. Sie werden stattdessen die Galakten auf ihren isolierten Planeten befreien und sich mit ihnen zusammentun. Wenn sie deren schreckliche biologische Waffen in die Hände bekommen, sind wir geliefert. Damit können sie uns aus sicherer Entfernung abschlachten. Vergesst nicht, dass der Umbau unserer Organismen auf nichtbiologische Strukturen noch nicht abgeschlossen ist!«

Der Große Zerstörer kratzte sich nachdenklich an seinem zu klein geratenen Menschenkopf.

»Sehr richtig!«, kommentierte er barsch. »Der Prozess der Primitivisierung steckt noch im Anfangsstadium. Wir haben uns auf Nebenkriegsschauplätzen verzettelt und uns zu wenig um die Lösung dieses zentralen Problems gekümmert. Zu den theoretisch abgesteckten Zielen unserer historischen Mission gehört die Umwandlung von Organismen in Mechanismen. Das habe ich euch vor kurzem auch im Streitgespräch mit dem Kommandeur dieser halsstarrigen Menschen auseinandergesetzt, die wir gefangen genommen haben. Doch an der praktischen Umsetzung dieser Pläne hapert es gewaltig. Wenn die Menschen unsere Planeten mit den biologischen Waffen der Galakten heimsuchen, sind wir schnell besiegt und ausgerottet. Wir müssen also unter allen Umständen verhindern, dass die Menschen sich mit den Galakten verbünden. – Jetzt würde mich noch interessieren, was auf dem Dritten Planeten eigentlich los ist. Ich erwarte, dass jetzt nur die Übermittlung absolut aktueller und wesentlicher Informationen erfolgt.«

Ein neuer Redner trat auf den Plan, und ich verstand sofort, warum der Herrscher dessen Mitteilungsbedürfnis klare Schranken gesetzt hatte. Im Raum verbreitete sich ein bestialischer Gestank.

Der Berichterstatter vom Dritten Planeten hatte große Ähnlichkeit mit einem Stielauge, nur das leuchtende Periskop fehlte ihm. Seinem wedelnden Hals entströmte eine ätzende, grauenhaft stinkende Schwefelwolke. Reflexartig griff ich mir an die Nase und hielt sie mir nur deshalb nicht zu, um die interessanten Informationen nicht zu verpassen.

»Auf dem Dritten Planeten«, stank der Redner, »hat ein neuer Aufseher die Befehlsgewalt über das Superhirn übernommen. Die aufgetretenen Störungen waren nur geringfügig, obwohl sie in der aktuellen Situation nahezu katastrophale Auswirkungen hatten. Doch nun sind sie behoben, und der Dritte Planet, die mächtigste Festung im Perseus, ist wieder voll einsatzbereit. Die Abwehrmechanismen waren nur in der ersten Phase des feindlichen Durchbruchversuchs geschwächt. Inzwischen ist es gelungen, die neu entstandenen leeren Räume in das nichteuklidische Netz einzubeziehen. Die Unterstützung durch den Zweiten und Vierten Planeten war nützlich, doch den entscheidenden Beitrag leistete dennoch der Dritte, wenn ich mir die Bemerkung erlauben darf, und außerdem …«

»Schluss!«, donnerte der Herrscher. »So wie du stinkst, redest du zu viel! – Orlan soll jetzt berichten, wie es den Gefangenen geht und wie wir mit ihnen verfahren sollen.«

»Die Gefangenen sind deprimiert«, begann Orlan. »Sie leiden alle unter der Hungerfolter, der ihr Anführer ausgesetzt ist. Der Admiral selbst ist erstaunlich munter, obwohl er sehr geschwächt ist und sich kaum mehr schleppen kann. Er behauptet immerzu, dieses Leben sei für ihn der reinste Genuss.«

Was Orlan der Versammlung berichtete, war mir natürlich nicht neu, ich wusste es besser als er. Doch die Diskussion, die sich darüber entspann, war höchst interessant.

Orlan begann sie mit den Worten: »Wie wir mit den Gefangenen verfahren, hängt natürlich in erster Linie davon ab, was wir selbst unternehmen werden.«

»Wir räumen den Planeten«, verkündete der Herrscher. »Der Nickelplanet befindet sich gefährlich nahe an der Durchbruchstelle der Flotte der Menschen. Wir verlegen den Stützpunkt auf den Manganplaneten oder auf den Natriumplaneten. Die Gefangenen nehmen wir mit.«

»Das Leben der Gefangenen können wir weder auf dem Mangan- noch auf dem Natriumplaneten gewährleisten«, gab Orlan zu bedenken. »Die Menschen sind biologische Fehlkonstruktionen, oh Herrscher. Das Spektrum ihrer potenziellen Lebensbedingungen ist jämmerlich eng begrenzt.«

»Das ist ihr Problem! Sie sollen ruhig zu spüren bekommen, dass man mit so lächerlichen biologischen Strukturen nicht die Herrschaft über das Weltall erringen kann. Denn nichts anderes streben sie an, auch wenn sie von interstellarer Brüderlichkeit sprechen. Die Menschen und ihre Begleiter werden in das eroberte Raumschiff verfrachtet und schon morgen unter strengster Bewachung zum Manganplaneten überführt.«

»Zu Befehl, Großer Herrscher! Was passiert mit dem Admiral? Du hattest ihm das Leben zugesichert.«

»Ich habe ihm nur garantiert, dass ich ihn nicht umbringe. Wenn dieser überhebliche Schwächling von selbst krepiert, ist das nicht mein Problem. Und um seine Freunde ist es auch nicht schade. Von allen Völkern, die wir unterworfen haben, sind die Menschen das widerlichste: völlig verkorkster Körperbau, rückständige Philosophie, kein Funken Destruktivität.«

Nach dieser Tirade des Herrschers wälzte ich mich lauthals lachend auf dem Boden. Die Gefahr, dass meine Anwesenheit auffliegen könnte, schreckte mich nicht. Die Rache der Zerstörer war mir egal. Ihre Stunden waren gezählt, das wussten sie auch selbst.

Plötzlich brach mein Traum ab, und mein triumphierendes Gelächter verhallte in meinem aufwachenden Bewusstsein. Ich lag an der unsichtbaren Wand meines Käfigs und war so schwach, dass ich nicht einmal einen Arm bewegen konnte.

Auf der anderen Seite der Wand kauerte Romero.

»Kann es sein, dass Sie wieder einen bemerkenswerten Traum hatten, teurer Freund?«, fragte er.

Er sah mich erwartungsvoll an, und der ungebrochene Optimismus, der in seiner Frage durchklang, war für mich wie Medizin. Jedes seiner Worte flößte mir Kraft ein.

14

»Ein wunderbarer Traum«, sagte ich zu Romero. »Sie werden lachen, Pawel.«

Romero rief Kamagin und Lussin herbei, Oshima und Petri kamen von selbst, als sie die anderen an meinem Käfig zusammenstehen sahen. Während ich ihnen meinen Traum erzählte, musste ich immer wieder lachen, so absonderlich und skurril erschienen mir in der Erinnerung die Physiognomie und die Sprache der Figuren, die mir im Traum erschienen waren. Meine Zuhörer dagegen lachten nicht.

»Ein interessanter Traum«, sagte Petri etwas unschlüssig, als ich geendet hatte. »Interessant« nennt man in der Regel solche Dinge, mit denen man nichts anfangen kann.

Oshima hob ratlos die Schultern und enthielt sich eines Kommentars, Kamagin dagegen erhitzte sich.

»Die Träume sind fantastisch, die Wirklichkeit ist dagegen ein Alptraum«, klagte er. »Leider haben wir diesen abscheulichen Kreaturen nicht mehr entgegenzusetzen, als dass wir uns wenigstens in unserer Fantasie über sie lustig machen.«

»Für einfache Träume sind mir Elis Visionen ein bisschen zu komplex«, warf Romero ein und fuchtelte dabei mit dem erhobenen Zeigefinger.

Wie die meisten Vertreter seiner Epoche war Kamagin durch und durch Rationalist. Während Romero selbst im Aberglauben stets ein Körnchen Wahrheit suchte, lehnte Kamagin ihn rundheraus ab. In mancher Hinsicht war mir Kamagin näher als Romero, obwohl uns fünfhundert Jahre menschlicher Entwicklung trennten.

»Sie wollen doch nicht etwa behaupten, dass irgendein mysteriöser Verbündeter geheime Informationen in die Träume des Admirals einschleust?«, echauffierte er sich und sah Romero herausfordernd an.

»Es würde mich nicht wundern, wenn es so wäre«, entgegnete Romero. »Die wichtigsten Informationen aus den Träumen habe ich jedenfalls abgespeichert: die Beobachtungswarte, wo der Admiral zweimal war; die Tatsache, dass Allan Chi Persei stürmt, indem er einen mit Annihilationsobjekten bestückten Flottenkeil hineintreibt; die technischen Schwierigkeiten auf dem Dritten Planeten, der stärksten Festung der Zerstörer; und nicht zuletzt den Umstand, dass unsere Freunde, die Galakten, über biologische Waffen verfügen, die bei den Zerstörern Angst und

Schrecken verbreiten. Sie werden nicht abstreiten, dass wir von alledem noch nie etwas gehört hatten, bevor Eli es träumte. Es handelt sich um prinzipiell neue Informationen. Ob sie wahr sind oder nicht, steht auf einem anderen Blatt.«

»Es handelt sich um Wahnvorstellungen eines vom Hunger verwirrten Gehirns und um nichts anderes!«, ereiferte sich Kamagin. Im nächsten Moment wandte er sich zu mir um und fügte reumütig hinzu: »Ich wollte Sie damit nicht beleidigen, Admiral.«

»Schon gut, Kamagin«, sagte ich mit einem gequälten Lächeln. »Es ist doch naheliegend, dass der lange Nahrungsentzug sich auf meine Psyche auswirkt. Ich halte es durchaus für möglich, dass mein Kopf sich das alles nur ausgedacht hat.«

»Ich stelle einmal folgende Behauptung auf«, beharrte Romero. »Wenn sich auch nur eine einzige Information aus den Träumen des Admirals als wahr erweist, dann sind auch alle übrigen wahr. Sind wir uns darin einig?«

»Vollkommen, Romero!«, bestätigte Kamagin und fügte mit einem verschmitzten Grinsen hinzu: »Sie haben übrigens eine Neuigkeit vergessen, die uns ebenfalls aus den Träumen des Admirals bekannt geworden ist und deren Wahrheitsgehalt sich ganz einfach überprüfen lässt: Angeblich sollen wir heute auf irgendeinen Manganplaneten evakuiert werden! Heute, Romero! Wenn dieser Tag also vergeht, und wir nicht evakuiert werden …«

»Einverstanden, die Wette gilt!«, triumphierte Romero und hielt Kamagin seinen Stock unter die Nase.

»Die Wände sind schon ganz hell geworden«, sagte ich seufzend. »Gleich wird dieser widerliche Gefängniswärter aufkreuzen und mich fragen, ob ich nicht sterben möchte.«

Wenn man vom Teufel spricht, dachte ich kurz darauf, als Orlan mit seinen Gorillas urplötzlich vor meinem Käfig stand.

»Die erste Prüfung ist vorbei, Admiral Eli«, teilte Orlan geschäftsmäßig mit. »Der Nahrungsentzug ist ab sofort beendet.

Macht euch nach dem Essen sofort abmarschbereit. Die Gefangenen werden heute vom Nickel- auf den Manganplaneten überführt.«

Romero ließ seinen Stock fallen, Oshima zog die rechte Braue hoch, und Kamagin sah mich mit weit aufgerissenen Augen an.

Orlan verschwand genauso schnell, wie er gekommen war.

Dritter Teil

Der Träumer auf dem Dritten Planeten

Wozu brauch ich eine Zunge,
die Worte wie Gaumenfreuden spürt?
Wozu Augen,
die sich über jeden Stern wundern?
Wozu das göttliche Gehör einer Eule,
das mein Blut fließen hört?
Wozu ein Herz,
das im Takt meiner Schritte und Gedichte schlägt?
Singt doch nur Armut vor meiner Tür,
und nur im Ofen glimmt ein Feuerchen,
die Kerze ist erloschen, und der Mond
schwimmt in der zufrierenden Scheibe …

E. BAGRIZKI

1

Unsere Evakuierung glich einer Flucht. Die Stielaugen strömten in unseren Gefangenensaal. Wir hatten nicht einmal Zeit, uns über die Anordnung des Großen Zerstörers auszutauschen. Die menschliche Sprache beherrschten die langhalsigen Aufseher zwar nicht, doch mit ihren Gravitationspeitschen machten sie sich nachdrücklich verständlich.

Erneut erschien Orlan. Zum ersten Mal hörten wir seinen gellenden Schrei, den wir in der Folge so oft hören sollten, dass er mir heute noch in den Ohren klingt.

»Tempo! Tempo! Tempo!«

An die ersten Minuten unserer Evakuierung kann ich mich

nicht mehr erinnern, da ich das Bewusstsein verlor, noch ehe der Kraftkäfig um mich herum verschwand. Als ich wieder zu mir kam, lag ich auf der Pritsche, Mary saß neben mir und hielt meine Hand, um die Pritsche herum standen meine Freunde.

»Er ist aufgewacht! Er lebt!«, rief Mary glücklich.

Ich wollte etwas sagen, doch meine Lippen gehorchten mir nicht. Stattdessen versuchte ich mit Blicken mitzuteilen, dass ich mich gut fühlte. Mary legte den Kopf auf meine Brust und weinte vor Freude.

»Sehr schön, Admiral!«, sagte Oshima. »So gefallen Sie mir schon besser.«

»Sie haben uns einen schönen Schrecken eingejagt«, ergänzte Romero.

»Auf welches Schiff werden wir gebracht?«, erkundigte ich mich flüsternd. Allmählich fand ich meine Stimme wieder.

»Auf den *Bärenhüter*«, antwortete Oshima mit einem süffisanten Grinsen. »Die Mörderbande traut sich nicht, uns ihre Schiffe zu zeigen.«

Romero und Mary halfen mir, mich aufzusetzen. Lussin kam auf Zeus in den Saal gekrochen. Mary, Petri und ich platzierten uns hinter Lussins Rücken. Meine übrigen Freunde verteilten sich auf die anderen Drachen.

»Wirf den Motor an«, sagte Petri zu Lussin.

Lussin freute sich so über meine Befreiung, dass er Petri seine Spöttelei verzieh. Als hätte er Petri verstanden, spie Zeus donnernd eine Feuerzunge aus und kroch qualmend aus dem Gefangenensaal in den Gang hinaus. Im Vorraum wurde er von den Stielaugen zu den Pegasussen abgedrängt. Die geflügelten Pferde preschten übermütig wiehernd durch den Tunnel ins Freie. Auf einem der Pegasusse galoppierte Aster an uns vorbei und winkte mir vergnügt zu.

»Vergiss nicht, Nummer achtundfünfzig!«, schrie Mary ihm nach.

»Reitet nicht schlecht«, sagte Petri anerkennend.

Tatsächlich machte mein Sohn eine gute Figur auf dem wilden Pferd. Weit nach vorn gebeugt krallte er sich in seine Mähne und zog geschickt die Beine an, um die Bewegungsfreiheit der Flügel nicht einzuschränken. Lussin versicherte, das Reiten auf Pegasussen sei wesentlich schwieriger als auf normalen, flügellosen Pferden.

Als Zeus im Freien angelangt war, hüllte er sich in eine Rauchwolke wie eine altertümliche Rakete vor dem Start und schwang sich in die Lüfte.

Im Zenit über dem Planeten erblickten wir die kleine, milchige Sonne, die mit Licht und Wärme geizte. Eine »Rabensonne« nannte sie Mary. Unter uns erstreckte sich lebloses Grün: Felder, Wälder, Seen und Flüsse aus Nickelverbindungen. Und überall kauerten fette grüne Kugeln auf dem Boden – die imposanten Kreuzer der Zerstörer, zwischen denen sich unser *Bärenhüter* geradezu bescheiden ausnahm.

Während Zeus eine Schleife über unserem Sternenpflug flog, geriet er in einen Gravitationskegel und vollführte einen unfreiwilligen Sturzflug. Lussin schrie vergeblich Kommandos, Mary kreischte wie ein Teenie in der Achterbahn, und mein Herz blieb für ein paar Sekunden stehen.

Ungeheuere Kräfte saugten uns zum Bauch des *Bärenhüters* und ließen uns erst auf der Anlegeplattform aus ihren Fängen, wo wir nach einer heftigen Bruchlandung in alle Richtungen auseinanderpurzelten.

»Achtung!«, schrie Petri und zog mich vom Rand der Plattform, wo ein Drache nach dem anderen herunterkrachte. Wir waren nicht als Einzige in die unsichtbare Gravitationshose geraten.

Dicht neben mir rollte Romero aus, und Kamagin rutschte in ihn hinein. Wir konnten von Glück sagen, dass uns keine der riesigen Echsen unter sich begrub, die wie Planierraupen über die Plattform polterten. Nur mit einigen Schrammen und blauen

Flecken dekoriert erreichten wir glücklich unsere Quartiere im *Bärenhüter*.

Wir hatten mitten im Weltall als Gefangene einer Meute destruktiver Außerirdischer das Gefühl, nach Hause zu kommen. Die Zerstörer hatten in unseren Zimmern und Wohnungen nichts angerührt, und ständig kamen Besatzungsmitglieder auf die Gänge hinausgelaufen und berichteten freudestrahlend, dass alles noch so sei, wie vor unserem Auszug auf den Nickelplaneten.

»Siehst du mal nach unserem Quartier«, bat ich Mary. »Ich gehe sofort in den Observationsraum. Mach dir keine Sorgen, es geht mir gut.«

Im selben Moment sprintete Aster an uns vorbei, der ein Glasfläschchen in der Hand hielt. Ich rief nach ihm, doch er reagierte nicht.

»Wo will er denn hin?«, fragte ich Mary besorgt. »Es ist wohl nicht der richtige Zeitpunkt, auf dem Sternenpflug herumzutollen.«

»Ihm passiert schon nichts«, erwiderte Mary grinsend. »Warten wir auf ihn, er wird gleich wieder hier sein.«

Fünf Minuten später kam Aster zurück und strahlte übers ganze Gesicht.

»Alles erledigt, Mama!«, rief er schon von weitem. »Ich konnte zwar nicht mehr raus, aber ich habe das Zeug durch einen Sensorenstutzen hinausgeschüttet. Der Planet ist jetzt geimpft.«

Ich verstand kein Wort. »Geimpft? Könntest du mir bitte erklären, was hier vor sich geht, Mary!«

Wie sich herausstellte, hatte sich in dem Glasfläschchen, das Aster dabeigehabt hatte, eine Dosis bioaktiver Bakterien befunden, die sich von Nickel und Nickelsalzen ernähren. Der Grüne Planet war nun gewissermaßen mit Leben beimpft. Der Prozess würde anfangs langsam ablaufen, sich nach und nach beschleunigen und schließlich eine Epidemie des Lebens auslösen, die nur noch durch eine Zerstörung des ganzen Planeten aufzuhalten wäre.

»Jetzt bin ich ein Lebensspender, Papa!«, sagte Aster stolz.

»Gut gemacht, Junge«, erwiderte ich und klopfte ihm auf die Schulter.

Im Observationsraum betrachtete ich den Sternenhimmel auf den Bildschirmen. Wir mussten uns irgendwo am Rand des Sternhaufens befinden. Auf der nördlichen Hemisphäre gab es weniger helle Sterne als auf der südlichen. Ich richtete das Spezialteleskop auf den Phantomriesen, der mich stets aufs Neue durch seine unglaubliche Leuchtkraft beeindruckte. Gut zu sehen war auch sein einziger Planet, der mal gelb und mal hellblau aussah, so als würden sich seine Reflexionseigenschaften bei der Drehung um die eigene Achse verändern.

Nachdem ich mich kurzfristig schon wieder besser gefühlt hatte, wurde mir plötzlich wieder schlecht. Petri bemerkte als Erster, dass ich nahe daran war, umzukippen. Er trug mich, meinen Protest ignorierend, auf den Schultern zu unserem Quartier, während meine Freunde besorgt nebenhergingen. In meinem Zimmer legte ich mich aufs Sofa. Meine Freunde stellten die Dechiffriergeräte auf meine Hirnstrahlen ein. Es fiel mir nicht nur leichter, mich gedanklich zu unterhalten, es war auch wesentlich sicherer.

»Erstaunliche Dinge sind geschehen«, sagte ich. »Mich würde interessieren, was ihr davon haltet. Pawel?«

Romero hatte noch nicht zu sprechen begonnen, als Aster, Lussin und André ins Zimmer hereinschneiten. André hatte frische Kleidung an, war rasiert und gekämmt. Lussin und Aster hatten ihn ein wenig auf Vordermann gebracht. Er sah nun fast wieder so aus wie der frühere André – nur etwas gealtert und abgemagert. An seinem Gesicht, auf dem abwechselnd grinsende und ängstliche Fratzen spielten, und an seinen trüben, leeren Augen konnte man jedoch erkennen, dass er nach wie vor nicht bei Verstand war.

»Dürfen wir bei euch bleiben?«, fragte Aster.

Gegen Asters Anwesenheit hatte ich nichts, bei André hingegen hatte ich ein ungutes Gefühl. Doch Romero zerstreute meine Bedenken.

»Andrés geistige Umnachtung ist nicht von der geschwätzigen Art«, erklärte er. »Psychologen haben festgestellt, dass jeder auf seine Weise den Verstand verliert. Andrés Wahnsinn zeichnet sich durch Verschlossenheit aus. Es schadet sicher nichts, wenn er bei unserer Beratung dabei ist.«

»Sicher haben Sie Recht, Pawel. Nun, was sagen Sie zu den neuesten Entwicklungen?«

»Bei den Träumen des Admirals handelt es sich – in alter Terminologie ausgedrückt – um Wahrträume. Selbst unser Chefskeptiker Kamagin dürfte dies nach den jüngsten Ereignissen kaum mehr bestreiten. Es scheint so, dass wir im Umfeld der Zerstörer einen oder mehrere mysteriöse Freunde haben, die uns auf diese ausgefallene Art und Weise Informationen zukommen lassen.

Und wenn mich nicht alles täuscht, sind diese Freunde im engsten Beraterkreis des Großen Zerstörers zu suchen«, sagte Romero, »denn woher wüssten sie sonst, was in dessen Kriegsrat besprochen wird? Die Form der Informationsübermittlung ist zweifellos phantasmagorisch – ich glaube kaum, dass die Strategen der Zerstörer tatsächlich Baumkronen treiben, sich verflüssigen oder explodieren –, doch unsere Evakuierung hat gezeigt, dass diese Informationen wahrheitsgetreu sind. Ich halte es für möglich, dass es sich bei den Zerstörern, die uns in die Karten spielen, nicht um Einzelsubjekte, sondern um eine organisierte Gruppe handelt. Vielleicht sind die technischen Störungen auf dem Dritten Planeten einer Sabotageaktion geschuldet? Wenn dem so sein sollte, stellt sich die Frage: Wo befindet sich der Dritte Planet? Und wer von den Vertrauten des Herrschers hat Einfluss auf das, was auf diesem Planeten geschieht? Die Träume des Admirals sind derzeit unsere einzige zuverlässige Informationsquelle. Ich bin mir darüber im Klaren, dass es lächerlich wäre, von Eli zu verlangen, er solle häufiger träumen. Dennoch möchte ich Ihnen ans Herz legen, lieber Freund: Versuchen Sie sich an jede noch so banale Kleinigkeit in Ihren Träumen zu erinnern! Speichern Sie jede Einzelheit ab, jedes Geräusch, jede noch so blasse Silhouette! Ruhen Sie sich jetzt aus, Eli und – träumen Sie schön!«

Alle erhoben sich gleichzeitig, um zu gehen. Mary wollte bleiben, doch ich sagte ihr, dass das nicht nötig sei. Ich ahnte, dass sie es kaum erwarten konnte, ins Labor zu kommen.

Lussin und Aster zupften an André, um ihn mitzunehmen, doch er drehte sich weg und machte ein so verängstigtes Gesicht, dass er mir leidtat.

»Lasst ihn hier«, schlug ich vor. »Er wird ruhig dasitzen, und ich werde ruhig schlafen, wir werden bestens miteinander auskommen.«

Obwohl ich völlig erschöpft war, konnte ich nicht einschlafen. Mich plagte das ungute Gefühl, in der Außenwelt passiere etwas Wichtiges. Ich rief mir das Bild von Allans angreifenden Schiffen ins Gedächtnis, doch es war lediglich eine Wiederholung meines gestrigen Traumes.

André kauerte in einer Ecke und wippte rhythmisch mit dem Oberkörper. Den Kopf hatte er gesenkt, und seine frisch gewaschenen und gekämmten Locken baumelten hin und her. In diesem Zustand völliger Weltentrücktheit hatte ich André schon oft gesehen, doch diesmal war etwas anders: Es fehlte der monotone Singsang über Großmutters Böcklein.

»Warum rätst du mir nicht, verrückt zu werden, André?«, fragte ich. »Hat die dumme Großmutter ihr Böcklein etwa schon wiedergefunden?«

Er hob den Kopf und lauschte angestrengt meinen Worten. Fremde Stimmen drangen offenbar wieder zu ihm durch. Nur der Sinn der Worte schien für ihn nach wie vor im Dunkeln zu liegen. Ein undurchdringlicher Schleier lag über den

Teilen seines Gehirns, in denen die kognitiven Prozesse ablaufen.

»Komm zurück, André!«, sagte ich bewegt. »Bitte komm zurück!«

Er hatte mich gehört und nicht nur gehört, sondern auch irgendwie verstanden, denn er erschrak und zog sich noch tiefer in seine Ecke zurück, wo er ängstlich verharrte. In seinem Gesicht glaubte ich einen Anflug von Verständnis zu erkennen, doch seine trüben, ins Leere starrenden Augen waren die eines Idioten.

»Hab keine Angst, ich beiße nicht«, sagte ich ermattet und ließ die Lider sinken. Der Schlaf überkam mich mit Macht. Im Traum sah ich Orlan. Neben ihm stand André. Er zeigte auf Orlan, grinste und kicherte und zwinkerte mir zu, als gäbe es ein Geheimnis, das nur wir beide kannten.

Als ich Romero diesen Traum erzählte, sah er mich ratlos an und befand, er sei wenig aufschlussreich.

2 Zuweilen drängte sich der Eindruck auf, dass überhaupt kein Wachpersonal an Bord wäre, so frei konnten wir uns in den Quartieren und im Park bewegen. Sobald wir indes auch nur in die Nähe der Maschinenräume kamen, tauchte wie aus dem Nichts ein Stielauge auf, um uns zu verscheuchen.

Im Observationsraum, wo ich mich die meiste Zeit aufhielt, ging es Tag und Nacht zu wie im Taubenschlag. Es bereitete mir einiges Kopfzerbrechen, warum die Zerstörer uns den Zugang zu dieser Beobachtungswarte gestatteten und uns damit einen Einblick in die Strukturen ihrer Militärmacht ermöglichten. Petri war der Ansicht, diese Maßnahme sei Teil des Plans zur Unterwerfung der Menschen.

»Sie demonstrieren ihre Macht«, sagte er, »und spekulieren darauf, dass sie uns damit einschüchtern und zur Aufgabe zwingen können.«

Was wir auf den Bildschirmen zu sehen bekamen, war in der Tat beeindruckend. Zwischen den grünen Bällen, die uns umringten, eröffnete sich ein majestätisches Panorama: Ein Stern nach dem anderen schwenkte ins Bild, und bei allen machten die Photonenmultiplikatoren Planeten aus, Hunderte von Planeten – alle bewohnt, industrialisiert, gespickt mit Städten und Fabriken, bewacht von unzähligen Kreuzern, die sie umschwirrten wie dicke Fliegen eine Laterne.

Kamagin – ganz der Navigationsoffizier vom alten Schlag – trug sämtliche Details, die auf den Bildschirmen zu beobachten waren, in ein altertümliches Logbuch ein. Schon bald ergab sich daraus eine Skizze des zurückgelegten Weges, natürlich nicht so exakt, wie die BUM das vermocht hätte, doch konnten wir deutlich erkennen, wie die Sterne im Raum angeordnet waren, wie viele Planeten jeder von ihnen besaß und was sich darauf befand.

»In Gefangenschaft und ohne Waffen nützen uns diese Informationen nichts«, sagte ich zu Kamagin, der ungeheuer stolz auf sein Werk war. »Und wenn Allans Geschwader bis zu uns durchstößt, werden die Analysemaschinen seiner Schiffe die Situation vollständiger und genauer erfassen.«

»Ich erstelle ja auch keinen Gefechtsplan, sondern eine Datenbasis zur Einschätzung der Lage«, verteidigte sich Kamagin. »Es ist schon erstaunlich, wie sorglos Leute Ihrer Generation jede Art von geistiger Arbeit Maschinen überlassen. Eines Tages werden die Menschen das Denken noch ganz verlernen!«

Oshima war der Einzige von uns, den die Machtdemonstration der Zerstörer völlig unbeeindruckt ließ. All die Planeten mit ihren teuflischen Raumkrümmungsmechanismen, künstlichen Monden und Kreuzergeschwadern waren seiner Meinung nach zu drei Vierteln ein fauler Kulissenzauber.

»Seht euch das mal genau an«, sagte er und fuhr mit dem Finger über Kamagins Skizze. »Die Teilbereiche hier und hier sehen genau gleich aus. Die fliegen uns hier im Kreis herum und zeigen uns immer wieder dasselbe aus verschiedenen Blickwinkeln.«

Oshimas Theorie überzeugte mich nicht. Wir näherten uns beständig dem Phantomriesen, und eines Tages wurde unser Kurs so angepasst, dass wir frontal auf ihn zuflogen.

An diesem Tag kam Orlan zu uns in den Observationsraum, und mir unterlief eine Unvorsichtigkeit. Auf dem Schiff sahen wir unseren Oberaufseher nur selten, und so hatte sich die Abneigung gegen seine stumpfsinnige Visage etwas abgeschwächt. Zudem tauchte er nicht wie zuletzt an meinem Käfig quasi aus dem Nichts auf, sondern kam für seine Verhältnisse ganz normal – also mit hüpfendem Stechschritt – durch die Tür herein.

»Welch seltener Gast«, begrüßte ich ihn, als er vor uns stand. »Sag mal, kann es sein, dass wir auf den Phantomriesen zusteuern, wo sich euer wichtigster strategischer Stützpunkt befindet?«

»Wir verfügen über viele Stützpunkte, und sie sind alle wichtig«, parierte er kühl. »Und an dem Stern, den du Phantomriese nennst, werden wir bald vorbeifliegen.«

Als Orlan und seine beiden Schergen verschwunden waren, wusch Romero mir den Kopf.

»Lieber Admiral, Sie hätten ihm auch gleich auf die Nase binden können, dass der Stützpunkt der Dritte Planet heißt und sich seltsame technische Pannen auf ihm zugetragen haben. Selbst diese Dumpfbacke hätte sich dann gefragt, woher wir das wohl wissen. Seien Sie bitte vorsichtiger, Admiral, sonst werden die Zerstörer am Ende noch Ihre Träume überwachen.«

»Sollen sie ruhig«, erwiderte ich scheinbar ungerührt, obwohl mir mein Versprecher furchtbar peinlich war. »Seit wir auf dem Sternenpflug zurück sind, habe ich nichts Brauchbares mehr geträumt.«

Bald verließen wir den Kurs in Richtung Phantomriese wieder, flogen an ihm vorbei und steuerten auf das Zentrum des Sternhaufens zu.

An dem Tag, an dem uns das nächste Verhängnis heimsuchen sollte, hielt ich mich bei Mary im Labor auf. Sie hatte ihre Studien zur Erforschung niederer Lebensformen mit neuem Elan wiederaufgenommen, und Aster ging ihr dabei zur Hand. Sie machte das Beste aus den Umständen der Gefangenschaft.

»Wir werden nicht nur den Nickelplaneten beleben, sondern auch all die anderen Metallwüsten, so wir denn irgendwann in ihre Nähe kommen«, schwärmte sie an jenem Tag. »Neben den kristallinen Pseudopflanzen werden dann auch lebendige Pflanzen wachsen. Schau, Eli, in diesem Reagenzglas befindet sich nichts als Eisen, und doch steckt bereits der Keim des Lebens darin.«

In diesem Moment wurde der Sternenpflug von einem Beben erschüttert. Heftige Druckwellen pressten das Schiff zusammen, von Tischen und Regalen fielen die Sachen herunter. Mary ließ das Reagenzglas fallen und taumelte durch den Raum. Die Wände schoben sich zusammen, und der Boden hob sich der herunterfallenden Decke entgegen.

»Mary, was ist mit dir?!«, schrie ich und versuchte sie aufzufangen.

Mary war plötzlich platt wie eine Flunder, dann blähte sie sich wieder auf, um im nächsten Moment zu einem dicken Zwerg zu schrumpfen. Es schien, als würde ihre Figur von einem gewölbten Spiegel verzerrt. Vermutlich sah ich auch nicht besser aus, denn sie sprang entsetzt zurück, als ich sie endlich an der Hand zu fassen bekam.

Eine Minute später nahmen die Dinge wieder ihre normale Gestalt an, doch der *Bärenhüter* wurde nach wie vor schauerlich durchgerüttelt, und aus allen Richtungen ertönten Alarmsignale.

»Los! Wir müssen in den Observationsraum!«, rief ich Mary zu. »Die verdammten Zerstörer haben sich schon wieder eine neue Schikane ausgedacht.«

Im Korridor wäre ich beinahe mit Orlan zusammengestoßen. Diesmal hatte er keine Eskorte dabei, und sein verdutztes Gesicht verriet, dass diese Schikane nicht auf dem Mist der Zerstörer gewachsen war.

»Was ist passiert?!«, fauchte ich ihn an und packte ihn an den Schultern. »Wollt ihr das Schiff in einen Schrotthaufen verwandeln?«

Orlan schwieg und versuchte, sich meinem Griff zu entwinden. Mit Genugtuung stellte ich fest, dass er zu schwach war, um sich loszureißen. Sobald ihr teuflisches Arsenal an technischen Hilfsmitteln versagte, konnte es jeder Schulbub mit den Zerstörern aufnehmen.

»Lass mich los!«, keifte Orlan heiser. »Wenn du mich nicht loslässt, kommen wir alle um.«

Mary zog mich am Ärmel. Von allen Seiten kamen Stielaugen herangekrochen, deren Periskope bedrohlich funkelten. Widerwillig ließ ich Orlan los. Sofort stürzte er mit riesigen Sätzen davon.

Im Observationsraum empfing mich Kamagins schrille Stimme: »Admiral, wir werden vom Phantomriesen angesaugt!«

3

Das uns umgebende Weltall begann sich aufzulösen. Drei Viertel der Himmelskörper des Sternhaufens waren bereits verschwunden, die übrigen erloschen vor unseren Augen. Gar nicht zu reden von Gestirnen außerhalb von Chi Persei und den dichten Sternnebeln des galaktischen Zentrums; dort, wo noch bis vor kurzem ungezählte Welten wie feiner Puder schimmerten, befand sich jetzt nichts als schwarze Leere.

»Faszinierend«, konstatierte Oshima mit hochgezogener Augenbraue.

Der energische Kapitän war offenbar bereits damit beschäftigt zu analysieren, welchen Nutzen man aus dem sonderbaren Geschehen ziehen könnte. Der Phantomriese hatte sich in ein grelles, flammendes Inferno verwandelt und vermittelte den Eindruck einer Explosion als Dauerzustand. Wir bewegten uns mit steigender Überlichtgeschwindigkeit auf ihn zu.

»Erinnert Sie dieser Anblick nicht an etwas, Oshima?«, fragte ich.

»Oh doch, Admiral. Genauso sind wir auch auf den Drohenden Riesen zugetrieben. Nur die Geschwindigkeit war damals geringer.«

»Bald wird kein anderer Stern mehr zu sehen sein«, sagte Romero. »Unglaubliche Geschichte. Sie haben nicht zufällig etwas Derartiges geträumt, Eli?«

Immer mehr Sterne erloschen, und nach einiger Zeit begannen auch die Kreuzer der Zerstörer zu verschwinden. Dort draußen tobte ein nichteuklidischer Orkan. Die geordnete Formation der grünen Bälle auf der hinteren Hemisphäre wurde durcheinandergewirbelt, unzähmbare Kräfte schoben sie zu einem Haufen zusammen und spülten sie an den Rand des Sichtbereichs wie eine Handvoll trockenen Herbstlaubs. Der leblose Rumpf des *Bärenhüters*, den sie zuvor noch in ihren Kraftfeldern mit sich geschleift hatten, war ihrer Kontrolle längst entglitten, stattdessen wurden sie selbst auf verkrümmten, nichteuklidischen Bahnen davongezerrt.

In diesen letzten Minuten, bevor sie verschwanden, verstärkte sich das pulsierende Leuchten der feindlichen Kreuzer so stark, als wäre in ihrem Inneren ein Feuer ausgebrochen. Wahrscheinlich setzten sie alle verfügbaren Energiereserven ein, um sich gegen das Abdriften zu stemmen, und das sich verstärkende Leuchten war nur ein Nebeneffekt dieses Kampfes. Es dauerte nicht lange, bis auch das letzte grüne Licht auf der hinteren Hemisphäre erloschen war und sich dort eine undurchdringliche Schwärze ausbreitete.

Acht Kreuzer auf der vorderen Hemisphäre waren dagegen immer noch da, und auch ihr Abstand zueinander veränderte sich nicht. Doch der Raum um den Phantomriesen wurde zugeschlagen wie eine Falltür, und die feindlichen Schiffe wurden von dem wütenden Gestirn genauso angesaugt wie der *Bärenhüter*.

»Admiral Eli auf die Kommandobrücke!«, schallte Orlans markerschütternde Stimme durch die Lautsprecher des Sternenpflugs. »Admiral Eli – unverzüglich auf die Kommandobrücke!«

Ich war mir nicht sicher, ob ich diesem Ruf folgen sollte.

»Gehen Sie nur, schlimmer kann es nicht werden«, ermunterte mich Romero.

Die Kommandobrücke war hell erleuchtet. Orlan stand mit seinen Schergen an den Bedienpulten. Als ich hereinkam, fuhr er den Hals so weit aus, dass er sich unter dem Gewicht seines Kopfes durchbog. Ich erwiderte den Gruß mit einem angedeuteten Kopfnicken.

»Du musst die Schiffsmaschinen anwerfen«, verlangte Orlan und ließ seinen Kopf zurückschnalzen. »Es geht um dein Leben und das Leben deiner Freunde.«

»Und um euer Leben auch, nicht wahr?!«, erwiderte ich hämisch. »Ich habe dir doch schon erklärt, dass das Steuerzentrum des Schiffs nicht mehr funktioniert.«

»Es muss so schnell wie möglich repariert werden.«

»Mit so komplizierten Geräten kenne ich mich nicht aus.«

»Wer von der Besatzung kennt sich damit aus?«

»Niemand. Die Steuerzentren können nur auf unseren Stützpunkten gewartet werden.«

Orlan stieg die Zornesröte ins Gesicht. Wie bei uns signalisiert die rote Farbe bei den Zerstörern Wut. Sie sind zwar nicht unbedingt wütender als wir, glühen aber viel stärker dabei.

»Admiral Eli, ihr Menschen verfügt zweifellos über Vorrichtungen für einen handgesteuerten Betrieb, ist es nicht so?«

»Durchaus. Zum Landen und zur Fortbewegung im Einsteinschen Raum, jedoch nicht zum Aufstellen von Überlichtrekorden, wie sie jetzt vonnöten wären. Vielleicht rückst du endlich mal damit heraus, was eigentlich passiert ist? Das würde mir dir Entscheidung erleichtern, ob ich euch helfen kann oder nicht.«

Orlan machte ein konzentriertes, abwesendes Gesicht, als horchte er in sich hinein. Sicherlich verfügten auch die Zerstörer über gedankliche Kommunikationsmethoden.

»Meinetwegen, ich sage es dir«, erwiderte er schließlich. »Die Metrikmechanismen auf dem Stern, an dem wir gerade vorbeigeflogen sind, spielen verrückt. Wir sind vom Kurs abgekommen, und die Schiffe werden auseinandergetrieben. Wir werden in einer Raumschnecke eingeschlossen, während die anderen Schiffe hinausgedrängt werden.«

»Das Sternchen dort ist nicht zufällig das Zentrum dieser Raumschnecke?«, fragte ich und zeigte auf den Phantomriesen.

»Das tut im Moment nichts zur Sache: Es geht in jedem Falle böse aus, wenn wir nicht herauskommen.«

»Das würde ich gerne ein bisschen genauer wissen.«

»Der Große Zerstörer hat angeordnet, den *Bärenhüter* zu liquidieren, wenn er außer Kontrolle gerät«, sagte er nach einigem Zögern. »Sobald die Entfernung zu diesen acht Kreuzern dort vorne zu groß wird, werden sie uns angreifen. Eine Salve aus einem Gravitationsgeschütz – und der *Bärenhüter* ist ausgelöscht. Wir müssen also in der Nähe dieser Kreuzer bleiben. Setz die verdammten Maschinen in Gang, Admiral!«

Trotz der prekären Situation stieg eine diebische Schadenfreude in mir auf.

»Soso, ich soll die Maschinen anwerfen? Meinst du wirklich, ich sollte mein Leben damit erkaufen, dass ich euch unsere Militärgeheimnisse in die Hände spiele? Findest du nicht, dass dieser Preis zu hoch ist? Schreib dir hinter die Ohren, Orlan: Wir gehen in die Hölle, aber ihr kommt mit!«

»Zu spät!«, brüllte Orlan hysterisch. »Wir werden beschossen!«

Der Phantomriese spie unheilkündend sein rotes Licht in den erloschenen Raum. Außer dem Stern waren nur noch drei grüne Punkte auf dem Schirm zu sehen, drei Kreuzer, die dabei waren, in eine andere Welt abzudriften. Was eine Gravitationssalve bedeutet, wusste ich bereits aus Erfahrung und kniff unfreiwillig die Augen zusammen, als die verschwindenden Punkte zum letzten Mal aufblitzen.

Normalerweise hätte ich die unerträgliche Anspannung herausgeschrien, doch ich biss die Zähne zusammen. Um mich herum waren nur Feinde. Sie sollten keinen Todesschrei von mir zu hören bekommen.

»Nein!«, heulte Orlan mit erstickter Stimme. »Nein!«

Als ich die Augen öffnete, stand nur noch der Phantomriese am schwarzen Himmel. Die Kreuzer waren verschwunden und mit ihnen auch die todbringenden Gravitationswellen, mit denen der *Bärenhüter* ausgelöscht werden sollte.

Zwar wusste ich nicht, was uns nun erwarten würde, doch ich registrierte mit Genugtuung, dass Orlan völlig fassungslos war, und konnte mir eine hämische Bemerkung nicht verkneifen.

»Na, hattest du Angst um deinen Gummihals, Orlan? Siehst du, es war gar nicht nötig, auf Handbetrieb umzustellen. Ich habe den Eindruck, dass auf unserer Seite Kräfte kämpfen, die mächtiger sind als eure Schiffe.«

Orlan fuhr pikiert den Hals ein und rang um Haltung.

»Auf eurer Seite, Mensch?«, fragte er und wies mit dem Arm auf den Phantomriesen. »Wenn du wüsstest, wohin es uns treibt, würdest du es bedauern, nicht in einer Gravitationssalve umgekommen zu sein. Im Reich des Großen Zerstörers gibt es keinen schrecklicheren Ort als den Dritten Planeten.«

»Den Dritten Planeten?« Mein Herz begann wild zu pochen. »Den Dritten Planeten, Orlan?«

Der Zerstörer wandte sich ab. Unsichtbare Hände packten mich an den Schultern, drehten mich herum und bugsierten mich zum Ausgang. Wütend versuchte ich mich loszureißen, doch leider verfügte ich über kein individuelles Kraftfeld wie damals auf dem Planeten Sigma, als ich einen Unsichtbaren ausgeschaltet hatte. Während ich in den Gang hinausgezerrt wurde, drohte ich Orlan, der auf der Kommandobrücke zurückblieb, mit der Faust.

»Der Dritte Planet!«, wiederholte ich und empfand dabei eine Mischung aus Hoffnung und Sorge.

4

Der Himmel auf den Bildschirmen bekam einen goldenen Glanz. »Himmel« ist hier vielleicht das falsche Wort, denn darunter stellt man sich gemeinhin einen Raum mit Sternen, Planeten und Monden vor, zu dem man emporsieht. Dieser Himmel dagegen umgab uns von allen Seiten und wirkte wie ein goldener Schleier. Die einzigen Objekte darin waren der Phantomriese und ein einsamer Planet, der ihn umkreiste.

»Es ist höchste Zeit für eine Meuterei«, verkündete Kamagin, als klar war, dass der *Bärenhüter* auf den Planeten zusteuerte.

»Kommt nicht infrage«, protestierte Oshima. »Bitte verschonen Sie uns mit dieser altertümlichen Romantik, Eduard.«

Mit dem Gedanken, das Schiff zurückzuerobern, trug sich Kamagin, seit die feindlichen Kreuzer verschwunden waren. Er versuchte uns – natürlich in Gedanken – davon zu überzeugen, dass es kein Problem sei, die Zerstörer zu überrumpeln, und war sich sicher, dass uns auf dem Dritten Planeten Freunde erwarten würden.

Dieser tollkühne Plan gefiel mir überhaupt nicht. Erstens war ich mir keineswegs sicher, dass es uns – unbewaffnet wie wir waren – gelingen würde, die Wachen auszuschalten. Mein Zusammenstoß mit einem Unsichtbaren hatte gezeigt, dass womöglich wesentlich mehr Feinde an Bord waren, als es den Anschein hatte. Zweitens stellte sich die Frage, was wir mit dem defekten Sternenpflug anfangen sollten. Er war genau genommen nur mehr ein winziger Himmelskörper, der von unbekannten Kräften gesteuert durch den Raum trieb. Und nicht zuletzt hatten wir keinerlei Vorstellung davon, was uns auf dem Dritten

Planeten erwarten würde. Orlans Drohung klang mir noch deutlich in den Ohren.

»Aber Sie haben doch geträumt, dass es auf dem Dritten Planeten zu technischen Störungen gekommen ist«, beharrte Kamagin. »Und diese Störungen sind nur aus der Sicht der Zerstörer ein Problem, uns hingegen spielen sie in die Karten. So wurde auch der Gravitationsangriff gegen den *Bärenhüter* durch Mechanismen des Planeten neutralisiert.«

»Ich habe aber auch geträumt, dass ein neuer Aufseher die Probleme auf dem Planeten in den Griff bekommen hat«, entgegnete ich. »Solange ich hier das Sagen habe, wird es keine Meuterei geben, Eduard. Vergessen Sie es, das Risiko ist zu groß.«

Noch vor unserer Landung auf dem Dritten Planeten gab es ein weiteres Gespräch mit Orlan. Er tauchte im Park auf, wo ich gerade mit Aster spazieren ging.

»Admiral Eli, das Raumschiff wird an einer ungünstigen Stelle landen«, sagte er. »Die Anziehungskraft auf dem Planeten hängt vom Breitengrad ab. Wir werden das Schiff in einer Zone mit starker Gravitation verlassen. Wir müssen uns dann unverzüglich zur Metrikstation begeben, dort sind die Bedingungen besser. Auf dem Planeten gibt es keine Fortbewegungsmittel, und wir konnten keine Verbindung zur Station herstellen. Du musst dafür sorgen, dass die Gefangenen rasch vorwärts kommen.«

»Wie sind Atmosphäre und Temperatur? Benötigen wir Raumanzüge? Wie sieht es mit Wasser und Nahrung aus?«

»Die Raumanzüge könnt ihr auf dem Schiff lassen. Atmosphäre und Temperatur sind für euch erträglich. Wasser und Nahrung müsst ihr mitnehmen. Noch Fragen?«

»Ja. Was ist das für ein Planet? Warum landen wir auf ihm? Was erwartet uns dort?«

»Kein Kommentar«, erwiderte er kalt. »Noch etwas?«

»Eine letzte Frage: Du hast dich gerade geäußert, als wärest du um unser Wohlbefinden besorgt. Gleichzeitig bist du unser

Feind, der sich nichts mehr wünscht als unsere Vernichtung. Wie passt das zusammen?«

»Darin liegt kein Widerspruch. Mir wurde nicht befohlen, eure Vernichtung zu wünschen, sondern euch auf den Manganplaneten zu bringen. Nur wenn dieser Auftrag nicht erfüllt werden kann, bin ich verpflichtet euch zu liquidieren. Ich darf euch auf keinen Fall in die Freiheit entkommen lassen.«

Das war immerhin eine klare Antwort. Bedrückt sah ich dem im Stechschritt davoneilenden Orlan hinterher.

»Du sprichst mit diesem Ekel wie mit einem Menschen«, entrüstete sich Aster. »Ich an deiner Stelle würde ihm ins Gesicht spucken und nicht freundlich zu ihm sein wie du.«

Ich legte dem Jungen den Arm um die Schulter. Er war weit weg von seiner natürlichen Umgebung aufgewachsen und musste sich viele Begriffe, mit denen andere von Kind auf vertraut waren, erst erschließen.

»Weißt du, was die große Stärke des Menschen ist?«, fragte ich rhetorisch. »Die technische Macht? Der hohe Lebensstandard? Nein, mein Junge, damit kann man niemanden für sich gewinnen. Die Stärke, mit der wir Menschen die Welt erobern, liegt darin, dass wir uns auch Nichtmenschen gegenüber menschlich verhalten.«

Aster rang mit sich. Seine geringe persönliche Erfahrung stand im Widerspruch zum gewaltigen Erfahrungsschatz der Menschheit, der in dem Prinzip Menschlichkeit kulminierte.

»Du hast gesagt, dass wir Menschen damit die Welt erobern. Ist die Eroberung der Welt nicht auch das Ziel der Zerstörer?«

»Zwischen Erobern und Erobern besteht ein gewaltiger Unterschied«, erwiderte ich lachend. »Für die Zerstörer bedeutet Eroberung Unterwerfung, wir Menschen dagegen sind bestrebt, die Herzen anderer zu erobern.«

5

Der Dritte Planet erwies sich als nackte Metallwüste, in der nicht einmal Pseudopflanzen und Pseudoflüsse den Augen Abwechslung boten. In seiner Atmosphäre schwebten keine Pseudowolken, und seine glänzende Oberfläche – mal aus Blei-Gold-Legierungen, mal aus reinem Gold, mal aus reinem Blei bestehend – wurde niemals von flüssigen Salzlösungen, geschweige denn von Wasser benetzt.

Über der von Bleifelsen eingerahmten, goldglänzenden Ebene spannte sich ein golden schimmernder Himmel auf. Im Zenit stand der Phantomriese, eine rot-golden glühende Sonne, die zwar um ein Vielfaches kleiner erschien als unsere Sonne von der Erde aus, deren Strahlung indes wesentlich intensiver war.

Zum Aussteigen aus dem Sternenpflug standen diesmal keinerlei Gravitationstreppen zur Verfügung, stattdessen mussten wir altertümlich anmutende, lange steile Gangways benutzen. Als ich auf die Treppe hinaustrat, knickte ich sofort ein und landete unsanft auf dem Steißbein. Eine verheerende Schwerkraft presste mich auf die Stufen, und ich schaffte es nicht mehr, mich aufzurappeln. Den Rest der Gangway musste ich mehr oder weniger auf dem Hintern hinunterrutschen.

Petri und Oshima erging es etwas besser. Sie waren einerseits körperlich nicht so geschwächt wie ich, andererseits hatten sie an meinem tölpelhaften Beispiel sehen können, dass es geschickter war, rückwärts hinunterzusteigen und sich dabei am Geländer entlangzuhangeln. Unten angekommen, half mir Petri aufzustehen. Auf seinen Stock gestützt humpelte Romero herbei wie ein Tattergreis. Er war immer der Blasseste von uns, doch nun hatte sich seine natürliche Blässe in ein beängstigendes Blaugrau verwandelt.

»Mindestens dreifache Hypergravitation«, japste er. »Ich fürchte, das wird kein Zuckerschlecken, mein Lieber.«

Kamagin tat sich leichter als alle anderen. Zu seiner Zeit wurden die Kosmonauten noch für hohe Schwerkraftbelastungen trainiert und waren nicht durch Gravitatoren verweichlicht, die überall für optimale Schwerkraftbedingungen sorgten. Doch auch Kamagin hatte zu kämpfen, und als er unten ankam, fluchte er wie ein Rohrspatz.

»Hier könnte man sich prima aufhängen, aber das ist auch das Einzige«, schimpfte er.

Lussins Getier und die Engel verließen das Schiff noch vor den übrigen Menschen. Die Drachen wurden von der Schwerkraft zu gewöhnlichen Echsen degradiert; trotzdem krochen sie einigermaßen flink umher, indem sie die Flügel wie Ruder einsetzten. Selbst der kolossale Zeus musste sich mit einem bodengebundenen Reptiliendasein abfinden.

Die Pegasusse kämpften verzweifelt gegen die gnadenlosen Anziehungskräfte, doch ihre kurzen Flugeinlagen endeten notorisch mit einem Absturz. Die Startmanöver der Engel hatten den hilflosen Charme der ersten menschlichen Flugversuche mit angeschnallten Flügelkonstruktionen, und bei der Landung sahen die Engel aus wie trudelnde Albatrosse. Trub saß schon nach kurzer Zeit erschöpft und schweißgebadet auf dem harten Metallboden.

Nun waren die restlichen Menschen an der Reihe auszusteigen, und ich machte mir ernsthafte Sorgen um Aster und Mary. In einiger Entfernung erspähte ich Orlan und bat Petri, mir zu helfen, zu ihm zu gehen. Orlan fuhr den Kopf weniger hoch aus als sonst und ließ ihn dann tiefer als sonst zwischen die Schultern flutschen. Auch er schien unter der Schwerkraft zu leiden.

»Können die Schwächsten nicht auf dem Schiff bleiben?«, fragte ich. »Dort funktionieren wenigstens die Gravitatoren.«

»Keine Diskussion, alle steigen aus!«, raunzte er mürrisch und stapfte davon.

Sein sonst so federnder Stechschritt hatte hier jede Leichtigkeit verloren, und sein Rüssel flatterte heftiger als sonst über seinem Atmungsloch.

Als ich zu meinen Freunden zurückkam, trat gerade Aster mit seinem Rucksack auf die Gangway hinaus. Hinter ihm ging

Mary. Petri rief ihm noch zu, er solle langsam machen, doch Aster, der es gewohnt war, Treppen im Sturmschritt zu überwinden, purzelte bereits wie ein Stein die Gangway herab. Erst im letzten Moment, bevor er auf dem harten Metallboden aufschlug, fing Petri ihn ab.

Fast gleichzeitig mit Mary kam ich bei meinem Sohn an. Er atmete schwer, Blut lief ihm aus der Nase, und er war noch blasser als Romero. Besorgt nahm ich ihm den Rucksack ab, in dem sich – wie ich später erfuhr – Fläschchen mit Gold und Blei fressenden Bakterien befanden.

»Nur Mut, mein Junge«, redete ich ihm gut zu. »Nimm dir ein Beispiel an Eduard. Die Schwerkraft hier ist mörderisch, doch unser tapferer Kosmonaut läuft hier herum wie in einem Erholungspark.«

»Ich werde mir Mühe geben, Papa. Wenn Eduard es schafft, schaffe ich es auch.«

Seine Stimme war brüchig, und in seinen Augen stand immer noch der Schrecken über den Sturz, doch er jammerte nicht. Kamagin stützte ihn an den Schultern und führte ihn von der Gangway weg. Mein Sohn war schon fast so groß wie der kleine Kosmonaut, aber natürlich lange nicht so kräftig.

»Bin ich erschrocken, es hätte so viel passieren können!«, stöhnte Mary.

Ihre Augen waren vollkommen weiß, und zwar einschließlich der Iris. Es war völlig neu für mich, dass schwarze Augen so weiß werden konnten.

»Mach dir keine Sorgen«, sagte ich zu ihr. »Die ersten Minuten sind die schlimmsten, die hat er schon überstanden. Nach und nach werden wir uns schon an die Schwerkraft gewöhnen.«

»Ich habe genauso viel Angst um dich wie um Aster. Du bist noch geschwächt nach der langen Hungerzeit.«

»Unsinn, ich bin schon fast wieder der Alte.«

Nachdem der letzte Mensch den *Bärenhüter* verlassen hatte, wurden die Aviettes, unsere Vorräte und die Container der Zerstörer ausgeladen. Die Aviettes benutzten wir nur als rollende Transportmittel, an Fliegen war nicht zu denken. Petri packte auch Asters Rucksack in eine von ihnen hinein. Die riesigen Container der Zerstörer bewegten sich selbstständig wie von Geisterhand fort; sie schwebten auf Gravitationskissen in geringer Höhe dahin wie auf unsichtbaren Schlitten.

»Setzt die Schutzbrillen auf, Freunde!«, empfahl Petri.

Die bleiernen Felsen am Rand der Ebene reflektierten die blendenden Strahlen des Phantomriesen, dass mir die Augen schmerzten. Auch der undurchdringliche, grelle Goldschleier des Himmels brannte sich gnadenlos in die Augen. Mit den Schutzbrillen war das infernalische Licht ein wenig erträglicher.

»Wie lauten Ihre Befehle, Admiral?«, erkundigte sich Oshima.

»Die Befehle erteilt Orlan, das wissen Sie doch«, entgegnete ich frustriert. »Und nennen Sie mich nicht mehr Admiral! Verstanden?! Was ist das für ein Admiral, der nichts zu sagen hat?«

»Eli, ich bitte dich …«, sagte Mary und rüttelte mich am Ellbogen.

Romero kommentierte meinen Ausbruch weniger zimperlich.

»Ihre Verzagtheit überrascht mich, mein Freund«, sagte er vorwurfsvoll. »Wir haben Sie zu unserem Anführer gewählt, und das bleiben Sie auch, egal was da kommen möge. Es ist Ihre Pflicht, uns auch moralisch voranzugehen.«

Die Hypergravitation auf dem unseligen Planeten setzte mir so zu, dass ich kaum einen klaren Gedanken fassen konnte. Zwar hielt ich mich einigermaßen auf den Beinen, doch meine Arme hingen wie Bleigewichte am Körper, und mein Kopf fühlte sich an wie ein Felsblock.

Die anderen erwarteten aufmunternde Worte von mir. Aufmunterung kann man indes nicht verordnen, zumal wenn man selbst am Boden zerstört ist. Trub wuchtete sich noch einmal keuchend in die Lüfte und landete kurz darauf neben mir.

»Ist eine zähe Angelegenheit hier, Eli, aber was uns nicht umbringt, macht uns hart«, sagte er kämpferisch.

Lussin stützte André beim Laufen, und Aster, der selbst kaum die Beine vom Boden heben konnte, gesellte sich zu den beiden.

»Also gut, Freunde«, sagte ich schließlich. »Hiermit befehle ich euch, den bevorstehenden Marsch genauso tapfer durchzustehen wie ich.«

Orlan und seine Leibwächter kamen herbeigestelzt.

»Wer geht voraus in eurer Kolonne?«, erkundigte er sich.

»Ich gehe voraus«, erwiderte ich.

Wir standen vor einem Marsch ins Ungewisse. Eine geschlossene Kette von Stielaugen umrahmte die Kolonne, innerhalb der Kette gingen Orlan und seine Schergen voraus, dahinter folgte ich mit Mary, Romero, Petri und Kamagin im Schlepptau, dahinter die übrigen Gefangenen. Den Schluss bildeten die geflügelten Echsen und die Aviettes mit der Ladung. Orlan drückte aufs Tempo, drehte sich immer wieder um und trieb uns mit gellenden Rufen an: »Tempo, Tempo, Tempo!«, brüllte er, und es klang wie Peitschenhiebe.

Ich vermied es nach Möglichkeit, direkt in das zermürbende, blendende Licht der Goldwüste mit ihren Bleifelsen zu schauen. Anfangs sah ich noch gelegentlich zum Himmel, um mich am Stand des Phantomriesen zu orientieren, der langsam über den goldenen Himmel kroch, doch der Anblick dieses grellen Schleiers war noch deprimierender als der des Planeten selbst. Jeder Schritt meiner zentnerschweren Beine war eine Qual.

Petri kam irgendwann dahinter, dass es leichter war, über den glatten Boden zu rutschen als normal zu gehen. Einer nach dem anderen schaute es ihm ab, und bald zockelten wir alle dahin, als hätten wir Schneeschuhe angeschnallt. Doch selbst bei dieser optimierten Art der Fortbewegung hatten wir Mühe, mit Orlan und seinen Stielaugen mitzuhalten. Letztere litten als Einzige nicht unter der starken Gravitation.

»Tempo, Tempo, Tempo!«, peitschte Orlan uns vorwärts, und die Gravitationshiebe der Stielaugen verliehen seinen Kommandos Nachdruck.

Unsere Peiniger waren gnadenlos, jedes Aufbegehren wurde mit brutalen Züchtigungen erstickt. Allmählich wurde es ruhig hinter meinem Rücken, es verstummten das Stöhnen und Fluchen der Menschen, das Flügelrascheln der Engel, das Donnergrollen der Drachen und das widerspenstige Wiehern der Pegasusse. Über den Gefangenenzug legte sich hasserfülltes Schweigen. Das Schweigen wurde unsere Form des Protests. Und so seltsam es klingen mag: Mit jeder Stunde fiel uns das Gehen nicht schwerer, sondern leichter. Wie in Trance setzten wir Schritt vor Schritt, hörten Orlans Gebrüll nicht mehr und ignorierten den Schmerz der Misshandlungen.

Doch als Orlan die erste Rast anordnete, sanken wir alle wie vom Blitz getroffen zu Boden. Meine arme Mary keuchte schauderhaft, und ihre Augen waren trüb.

»Es geht schon, Eli«, versicherte sie auf meine besorgte Nachfrage. »Aber Aster ist völlig am Ende.«

Aster schleppte sich zusammen mit Trub zu uns. Der bärenstarke Engel hatte ihm unterwegs angeboten, ihn zu tragen, doch mein dickköpfiger Sohn hatte sich nicht einmal von ihm stützen lassen.

»Ich möchte es nicht besser haben als du, Papa«, erwiderte er auf meine Vorwürfe und sank kraftlos neben Mary auf den Boden.

Aster war so erschöpft, dass er beim Sprechen kaum mehr die Augen aufbekam. Seine Lippen waren schwarz, die Wangen eingefallen – er hatte seine Kräfte überschätzt.

»Du bist nicht nur mein Sohn, sondern auch ein reguläres Besatzungsmitglied des *Bärenhüters* und hast meinen Anordnungen Folge zu leisten«, sagte ich streng. »Während der nächsten Etappe wirst du Trubs Hilfe annehmen.«

Die übrige Zeit der Rast verharrten wir reglos und schweigend. Nicht einmal Gedanken tauschten wir aus.

Während der zweiten Etappe versank der Phantomriese am Horizont. In der Folgezeit sahen wir diesen Sonnenuntergang regelmäßig und achteten nicht mehr darauf. Doch bei diesem ersten Mal war das Spektakel am Himmel für uns alle ein beeindruckendes Erlebnis.

Als das Gestirn den Horizont berührte, entfachte es am Firmament ein berückendes Farbenspiel. Der grell goldene Himmel wurde zuerst leuchtend orange, wechselte dann über Rot, Dunkelrot und Grün zu lebendig blauen Farben, die mehr und mehr zu einem düsteren Violett abkühlten. Am sich verfinsternden Himmel erschien nicht ein einziger Stern! Als der Phantomriese vollständig versank, wurde es stockdunkel, und kein noch so schwacher Funken Licht durchbrach das beängstigende, undurchdringliche Schwarz, das sich wie ein Schwall Tinte über den Himmel ergoss.

Der völlig sternenlose, schwarze Mantel über uns war so unfassbar und beklemmend, dass wir uns trotz unserer Erschöpfung aufgeregt darüber austauschten.

»Kein Lichtstrahl dringt nach außen, und kein Lichtstrahl dringt zu uns, wir sind völlig aus dem Weltall herausgefallen!«, rief Romero ergriffen. »Selbst die antiken Unterwelten waren nicht so abgeschnitten von der übrigen Welt.«

»Vermutlich hat Albert damals von diesem Phänomen gesprochen, als er berichtete, der Phantomriese hätte sich in nichts aufgelöst«, meinte Kamagin verblüfft. Er hatte nicht daran geglaubt, dass wir in einer Raumschnecke eingeschlossen waren, ehe er nicht mit eigenen Augen sah, dass kein Stern mehr am Himmel war.

»Was wohl in der äußeren Welt passiert, wenn die Welt des Phantomriesen sich gleichsam in sich selbst zurückzieht?«, rätselte Petri. »Irgendetwas muss doch passieren? Was meinen Sie, Admiral?«

»Ich weiß es nicht«, erwiderte ich. All meine Kräfte waren darauf konzentriert, nicht zusammenzubrechen. Mir stand nicht der

Sinn nach physikalischen Paradoxen. »Wenn wir überleben, werden wir es herausfinden.«

In der totalen Finsternis entflammten die Periskope der Stielaugen und verwandelten unsere Kolonne in einen Fackelzug. Bisweilen veränderte sich die Helligkeit ihres Leuchtens synchron, dann sah es aus, als fegte eine Windböe über die Kolonne hinweg.

Orlan befahl die zweite Rast. Die Aviettes mit den Vorräten rollten durch die Reihen, und wir konnten uns zum ersten Mal stärken. Doch wir hatten kaum einen Bissen heruntergeschluckt, als uns schon wieder Orlans Gebrüll hochscheuchte: »Vorwärts marsch! Tempo! Tempo! Tempo!«

Murrend setzten wir unseren Weg in der kalten, schwarzen Finsternis des Dritten Planeten fort.

6

Die Nacht wollte nicht enden. Wir schliefen nur kurz, die übrige Zeit mussten wir im dämonischen Schein der Periskope marschieren.

Wir machten gerade Pause, als der Morgen dämmerte. Der schwarze Himmel wurde violett, dann blau, grün, rot – es war dasselbe üppige Farbenspiel wie beim Sonnenuntergang, nur in umgekehrter Reihenfolge. Als der unheilvolle Phantomriese aufgegangen war und apfelsinengroß über dem Horizont schwebte, hatte sich der Himmel wieder in den unerträglich monotonen grellen Goldschleier verwandelt. Die Umgebung war unverändert: Nach wie vor umgab uns nichts als nacktes, glänzendes Metall.

Aster lag zwischen mir und Mary. Ich rüttelte ihn sanft an den Schultern. Mühsam öffnete er die Augen und versuchte sich aufzusetzen, doch er vermochte es nicht. Kraftlos sank er zurück und schloss die Augen wieder. Er war völlig blau angelaufen, nicht nur im Gesicht, sondern auch sein Hals und seine Arme.

»Mama, hast du den Planeten mit Leben beimpft?«, flüsterte er mit schwacher Stimme.

»Ja, mein Schatz. Während du geschlafen hast, habe ich den Planeten beimpft.«

Als die Aviette mit den Vorräten bei uns vorbeikam, versuchte ich Aster etwas zu essen zu geben, doch er war zu schwach und schüttelte ablehnend den Kopf.

»Wir werden unseren Sohn bald verlieren«, sagte ich zu Mary und erschrak über meine eigene, hölzerne, teilnahmslose Stimme.

Mary antwortete nichts. In all den Stunden des nächtlichen Martyriums war sie tapfer hinter mir hergegangen, und ich hatte nicht ein Wort des Jammers und keinen einzigen Seufzer von ihr vernommen. Nun aber, im Licht des aufgehenden Unglückssterns, konnte ich sehen, was sie in dieser Nacht durchgemacht haben musste. Ihr Gesicht hatte sich in eine Totenmaske verwandelt, und ihre Augen starrten ins Leere wie die von André.

Ich winkte Romero herbei. »Wir modernen Menschen sind jämmerliche Geschöpfe«, sagte ich zu ihm. »Wir haben die Krankheiten besiegt, und uns beschützen mächtige Maschinen. Ohne unsere technischen Hilfsmittel sind wir jedoch völlig ohnmächtig. Im Altertum waren die Menschen noch heilkundig. Sie sind der Einzige, der sich damit auskennt, Pawel. Erinnern Sie sich doch an irgendein Rezept, das meinen Sohn retten könnte? Es gab doch viele Methoden, mit denen man Sterbende wieder ins Leben zurückholen konnte, Organmassagen, Bluttransfusionen, Hypnose – fällt Ihnen da nichts ein?«

Romero schüttelte betrübt den Kopf. »Eine Medizin gegen die Folgen andauernder Hypergravitation gab es leider auch im Altertum nicht. Wenn Sie meine ehrliche Meinung hören wollen – es gibt nur einen Weg, Ihren Sohn zu retten, und ob es gelingt, hängt ganz von Ihnen ab.«

»Was immer in meiner Macht steht, Pawel.«

»Sie müssen es irgendwie schaffen, einen neuen Wahrtraum zu haben, aus dem hervorgeht, wohin man uns so eilig treibt, und vor allem, was damit bezweckt wird. Vertrauen Sie auf meine Intuition, lieber Freund. Nur das kann Aster retten.«

Lussin und Trub kamen zu uns herüber. Lussin führte den gebeugten André an der Hand. Trub hob Aster hoch. Mit dem einen Flügel trug er ihn, mit dem anderen schützte er ihn gegen die sengenden Strahlen des Phantomriesen. Aster öffnete für einen Moment die Augen. Er schien Trub nicht zu erkennen. Erst als er mich erblickte, zeigte er ein dünnes Lächeln. Daraufhin versank er wieder in Bewusstlosigkeit.

»Keine Sorge, Eli«, sagte Trub. »Ich habe genug Kraft, deinen Sohn zu tragen.«

»Das ist lieb von dir, Trub«, entgegnete ich. »Aber du kannst doch selbst kaum mehr kriechen. Deine Flügel schleifen schon am Boden. Wir müssen Aster in eine Aviette legen.«

Ich bat Orlan, eine Aviette für Mary und Aster bereitzustellen. Er war im Prinzip einverstanden, lehnte es jedoch kategorisch ab, dass diese Aviette im Vorderteil der Kolonne zwischen uns Menschen mitrollen würde. Er bestand darauf, dass alle Maschinen am Ende des Zuges blieben. Trub und Oshima rieten mir, Aster nicht aus den Augen zu lassen. Der Engel hob ihn demonstrativ hoch, um mir zu zeigen, dass er imstande war, den Jungen zu tragen.

»Die Anziehungskräfte sind heute schwächer, Eli!«, versicherte er.

»Ja, die Gravitation lässt nach«, bestätigte Oshima.

Meine Freunde hatten Recht: Es ging auch ohne Aviette. Als wir aufbrachen, kam Lussin zu mir.

»Wir können abwechseln«, sagte er. »Mal der Engel, mal ein Drache, mal ein Pegasus. Sind alle stark. Keine Sorge, wir tragen ihn.«

»Aber wohin, Lussin? Verdammt, wohin?«, fragte ich von Verzweiflung gepackt. »Schau dich um. Hier gibt es nur Blei und

Gold, so weit das Auge reicht nur blankes Metall! Hier kann man nicht mal ein Grab schaufeln!«

7

Während jener Etappe kämpfte ich mich voran, ohne meine Umgebung wahrzunehmen. Ich sah weder den Boden noch den Himmel, weder Freund noch Feind. Stattdessen zog ich mich in meine eigene kleine Welt zurück, die von der Außenwelt so hermetisch abgeschottet war wie der Phantomriese vom übrigen Weltall.

Es war nun nicht mehr die lähmende Schwerkraft, die mich ins Wanken brachte, sondern der Sturm der Seelenqualen, der in mir tobte. Mit all meinen Sinnen und Gedanken wandte ich mich an jenen unbekannten Freund oder jene unbekannten Freunde, die mir auf dem Nickelplaneten die prophetischen Träume eingegeben hatten. Ich wusste nicht, ob diese Freunde tatsächlich existierten oder nur ein Hirngespinst waren, doch ich flehte sie inständig an, mir eine neue Eingebung zu schenken. Jetzt brauche ich eure Hilfe, rief ich ihnen in Gedanken zu.

»Wie geht es Aster?«, erkundigte ich mich bei Mary, als Orlan die nächste Rast anordnete.

Trub war nicht in der Nähe. Mary führte mich schweigend zu einem Drachen, der mitten unter den Menschen dahinkroch. Auf seinem Rücken lag Aster und rührte sich nicht. Ich streichelte meinem Sohn die Hände und sprach auf ihn ein, doch er reagierte nicht. In meinem Innersten spürte ich, dass er sich aufgemacht hatte, für immer fortzugehen.

»Du musst dich ausruhen, Eli«, sagte Mary.

Als ich mich entfernte, nahmen Lussin und André den Platz bei Aster ein. Lussin sprach wie ich zuvor mit ihm und streichelte ihm über den Kopf, André stand stumpfsinnig wippend daneben.

Mary weinte leise. Ich dachte daran, dass es auch für mich eine Erleichterung wäre, wenn ich weinen könnte. Doch in meinem Körper war kein Tropfen Wasser mehr für eine Träne. Die mörderischen Strahlen des Phantomriesen hatten mich vollständig ausgedörrt.

Während der dritten Etappe dieses Tages wurde es allmählich dunkel. Nach dem Sonnenuntergang ordnete Orlan die Nachtruhe an. Aster lag immer noch reglos und ohne Bewusstsein auf dem Rücken des Drachen. Immerhin war sein Zustand nicht schlechter geworden. Das schien mir ein gutes Omen zu sein.

Mein letzter Gedanke war, dass auch morgen die Gravitation wieder nachlassen würde, dann spürte ich plötzlich, wie mich die Müdigkeit überrollte. Ich sank in den Schlaf wie in eine Fallgrube.

In einer Art Übergangsstadium zwischen Traum und Wirklichkeit konnte ich mich selbst dabei beobachten, wie ich durch den Bewachungsring der Stielaugen schlüpfte und mich in den anderen Teil des Nachtlagers begab, in jenen Teil, in dem sich unsere Feinde aufhielten. Dabei verwandelte ich mich selbst aus einem Menschen in einen Zerstörer. An Orlans Seite schritt ich durch das Lager – ich war nun einer jener beiden Schergen, die normalerweise nie von seiner Seite wichen. Doch der zweite war nicht da.

»Präge dir jede Meinung ein«, flüsterte Orlan mir zu. »Das ist wichtig, Krad!«

»Worauf du dich verlassen kannst«, erwiderte ich, und in meinen Worten lag eine deutliche Drohung. Schließlich hatte Orlan keine Ahnung, dass ich nicht Krad war.

Kurz darauf begann in meiner Anwesenheit eine Besprechung der Militärführung mit der Wachleitung. Die Nacht lag schwer über dem Planeten. Von der anderen Seite des Lagers drangen schüttere Geräusche zu uns herüber: ein vor Schmerz stöhnender Gefangener, ein dünner Seufzer im Schlaf, das nervöse Schnauben und Scharren eines Pegasus.

Wir saßen in einer von Bleifelsen eingerahmten, goldenen Mulde, die von den flackernden Lichtkegeln der Stielaugen schummrig erleuchtet war. Nur die Zerstörer in unmittelbarer Nähe konnte ich gut erkennen, die anderen versanken als gespenstische Silhouetten im Halbdunkel. Mir und Orlan gegenüber saß ein riesenhafter Unsichtbarer, der gut einen Kopf größer war als alle übrigen Zerstörer. Neben ihm hatten sich zwei weitere Unsichtbare von geringerem Wuchs niedergelassen.

»Die Lage ist prekär«, eröffnete Orlan die Besprechung. »Wir müssen wichtige Entscheidungen treffen.«

»Berichte uns alles, was du weißt, Orlan«, verlangte der riesige Unsichtbare. »Ohne genaue Kenntnis der Sachlage können wir keine vernünftigen Entscheidungen treffen.«

»Die Liquidierung aller Gefangenen ist die einzig vernünftige Entscheidung«, versetzte Orlans zweiter Leibwächter hitzig.

Sein selbstbewusstes Auftreten passte so gar nicht ins Bild des schweigsamen Leibwächters, als den ich ihn kannte. Orlan bedachte ihn mit einem flüchtigen Seitenblick und ignorierte seine Einlassung.

»Dein Wunsch ist verständlich, Gig«, sagte Orlan zu dem groß gewachsenen Unsichtbaren. »Doch leider kann ich keine neuen Informationen liefern. Wir haben nach wie vor keine Verbindung zur Station. Was wir hier treiben, gleicht einem Blindflug. Es gibt nichts, woran wir uns orientieren könnten.«

»Sind uns die hehren Ideen des Großen Zerstörers etwa nicht Orientierung genug?«, fragte der zweite Leibwächter provokant.

»Selbstverständlich«, bestätigte Orlan. »Die Ideale des Großen Zerstörers sind das einzige Licht am Ende des Tunnels. Lasst mich den Stand der Dinge trotzdem noch einmal kurz zusammenfassen. Die Flotte der Menschen setzt ihren Sturm auf Chi Persei fort. Ihre Schiffe haben einen zweiten Himmelskörper annihiliert. Der Große Zerstörer hat seine Residenz auf den Natriumplaneten verlegt, der sich in großer Entfernung zur Kampfzone befindet. Doch auch sein derzeitiger Zufluchtsort ist nicht sicher, denn im Umkreis des Natriumplaneten befinden sich zahlreiche Siedlungen der Galakten. Sollten sich unsere Dauerfeinde aus ihren Löchern wagen, könnte die Lage für ihn gefährlich werden.«

»Male keine Gespenster an die Wand, Orlan!«, entrüstete sich der Leibwächter. »Um den Großen Zerstörer müssen wir uns keine Sorgen machen. Sollten die Menschen unsere kosmischen Barrieren durchbrechen, erwartet sie die Vernichtung. Die Galakten werden ihnen nicht zu Hilfe kommen. Das ist die Einschätzung des Großen Zerstörers. Ich hoffe doch sehr, dass du die Prognosen unseres Herrschers nicht in Zweifel ziehst.«

»Natürlich nicht«, erwiderte Orlan eilfertig.

»Dann sprechen wir nur über unsere Lage und nicht über die des Herrschers, das steht uns nicht zu!«

»Einverstanden«, beugte sich Orlan. »Die Zustände auf dem Dritten Planeten sind mysteriös. Früher konnten Raumschiffe nicht einmal in die Nähe des Planeten vordringen, das Schiff der Menschen hat er dagegen aktiv angesaugt. Und nach der Landung wurden weder das Schiff noch die Menschen noch wir von den Schutzfeldern des Planeten vernichtet. Einen so freundlichen Empfang hatte hier noch niemand. In der Station müssen also erneut Störungen aufgetreten sein, anders lässt sich das nicht erklären. Wir sind in einer Todeszone gelandet und haben überlebt. Einen Teil dieser Zone haben wir bereits durchquert, doch ein gutes Stück Weges liegt noch vor uns. Sobald die biologischen Maschinen in der Station die Störungen beseitigen, geht es uns an den Kragen, es sei denn, es gelingt uns, bis dahin aus der Todeszone herauszukommen. Sobald wir im unmittelbaren Bewachungsgürtel der Station auf Soldaten stoßen, können wir ihnen unser Auftauchen plausibel erklären. Kurz gesagt: Wir müssen so schnell wie möglich die Station erreichen, um unsere Haut zu retten.«

»Und die Haut der Gefangenen«, ergänzte Gig, der Unsichtbare.

»Das ist überhaupt nicht gesagt!«, widersprach der zweite Leibwächter. »Die Direktiven des Großen Zerstörers gestatten uns durchaus, die Gefangenen zu liquidieren, wenn die Situation es erfordert. Ich bin der Ansicht, dass dieser Fall eingetreten ist, allein schon deshalb, da es gegen sämtliche Vorschriften verstieße, sie in die Nähe der Station kommen zu lassen.«

»Uns ist der Aufenthalt im Bereich der Station auch untersagt«, gab Orlan zu bedenken. »Wenn wir hier aus freien Stücken aufgetaucht wären, hätten wir das Todesurteil schon in der Tasche.«

»Ganz recht, Orlan: Wir sind hier nicht aus freien Stücken aufgetaucht. Und wir sind Freunde. Die Gefangenen dagegen sind Feinde. Ich sehe keinen Grund, warum wir uns weiterhin mit ihnen abplagen sollten.«

»Vielleicht wäre es eine Lösung, wenn wir uns in zwei Gruppen teilen«, schlug Gig vor. »Die eine setzt den Marsch mit den Gefangenen fort, die zweite eilt im Höchsttempo zur Station, um mit dem Aufseher zu sprechen und so die Sicherheit für alle zu gewährleisten. Wenn ich es soldatisch ausdrücken darf: Uns Unsichtbaren ist es zuwider, wehrlose Gegner auszulöschen. Ich bin hier als Wächter und nicht als Henker!«

»Ich höre Zweifel in deiner Stimme!«, sagte Orlans Leibwächter drohend. »Es sieht ganz so aus, als hättest du ein Problem mit dem heiligsten Prinzip unseres Herrschers. Dieses Prinzip besagt, dass das höchste Ziel der Entwicklung die Zerstörung sei. Und deshalb müssen der totale Krieg und die Auslöschung alles Lebens die Maximen unseres Handelns sein.«

»Ich bin Soldat und kein Philosoph«, verteidigte sich Gig. »Die Tötung eines Feindes im Kampf, das ist eine Sache, doch ...«

»Ich habe dich verstanden, Gig. Teilen alle Unsichtbaren die Vorbehalte ihres Anführers?« Orlans Leibwächter hatte die Führung des Gesprächs übernommen.

»Wir führen jeden Befehl aus. Orlan möge entscheiden«, antworteten die anderen Unsichtbaren mit einer Stimme.

»Was sagen die Anführer der Stielaugen, hegen sie Zweifel?«, fragte der Leibwächter.

»Wir verwahren uns gegen jeden Zweifel«, leuchtete eines der Stielaugen mit dem Periskop. »Wenn Orlan befiehlt, die Gefangenen zu töten, so wird es geschehen.«

»Ihr habt mich falsch verstanden«, rechtfertigte sich Gig, der offenbar fürchtete, neben den Stielaugen wie ein Abtrünniger zu wirken. »Eher würde ich mich umbringen, als die Ideale unseres Herrschers in Zweifel zu ziehen. Seine Prinzipien der Zerstörung sind mir ehernes Gesetz.«

»Wie erfreulich, dass dein Gehorsam keine Grenzen kennt, Gig«, kommentierte der Leibwächter hämisch. »Dem Rang nach liegt die Entscheidung bei Orlan. Wir hoffen sehr, Orlan, dass deine Befehle den inspirierenden Geist der Zerstörung in sich tragen, von dem Gig so trefflich gesprochen hat.«

»Dessen könnt ihr gewiss sein! Meine Entscheidung lautet wie folgt: Wir werden zwei weitere Etappen wie bisher zurücklegen. Wenn wir danach immer noch keine Verbindung zur Station haben, töten wir die Gefangenen. Zur praktischen Umsetzung würde ich gerne die Meinung der Fachleute hören.«

Das Chefstielauge ließ abermals sein Periskop sprechen: »Die Menschen müssen vom geflügelten Volk getrennt werden. Ohne die Menschen sind die flugfähigen Wesen harmlos. Wir dürfen nicht vergessen, dass wir aus der Luft verwundbarer sind als am Boden. Die Gravitation nimmt mit jeder Etappe ab, was bedeutet, dass sie bald wieder fliegen können.«

»Das leuchtet mir ein«, sagte Orlan. »Die Menschen werden von den geflügelten Wesen getrennt und dann im Schlaf getötet. Die Engel, Drachen und Pegasusse erledigen wir hinterher.«

»Ein großartiger Plan!«, triumphierte der zweite Leibwächter. »Er trägt deutlich die Handschrift des Großen Zerstörers. Es ist kein Zufall, Orlan, dass du zu den von ihm am meisten geschätzten Würdenträgern gehörst. Alle mit der Verbreitung und Förderung von Verderbnis und Verrat befassten Organisationen werden deine Verbundenheit mit den ehernen Prinzipien des Bösen zu schätzen wissen.«

Ich fuhr hoch. Jede Faser meines Körpers vibrierte. Um mich herum erblickte ich die leblose Metallwüste aus Gold und Blei; am Himmel entfaltete sich aufs Neue der goldene Schleier, der uns vom Weltall trennte, und das winzige, unheilvolle Gestirn stieg langsam über den Horizont. Erst jetzt erfasste ich die mörderische Natur dieser Welt – ich begriff sie nicht, sondern ich spürte sie!

»Warum sind Sie so hochgeschreckt, mein Freund, haben Sie schlecht geträumt?«, fragte Romero, der neben mir saß.

»Ja, ich hatte wieder so einen – wie haben Sie das genannt – Informationstraum?«

»Sie meinen wohl einen Wahrtraum, das ist der althergebrachte Begriff. Wechseln wir lieber auf gedankliche Kommunikation, sicher ist sicher.«

Daraufhin erzählte ich Romero meinen Traum in allen Einzelheiten. Als ich geendet hatte, stützte er die Stirn in die Hände und versank minutenlang in Gedanken.

»Die grotesken Gespräche sind wahrscheinlich Ausgeburten Ihrer ironischen Veranlagung, mein Lieber«, sagte er dann. »Trotzdem sieht es ganz danach aus, dass es im feindlichen Lager Dissonanzen gibt. Wenn Sie erlauben, werde ich das mit Lussin und den Schiffskapitänen besprechen. Es ist besser, wenn ich das übernehme, denn falls wir überwacht werden, dürfte das für Sie in besonderem Maße gelten.«

»Einverstanden, Pawel. Tun Sie das.«

Nachdem Romero sich entfernt hatte, sah ich nach meinem Sohn. Neben seinem reglosen Körper saßen Mary und André. An Marys düsterem Gesichtsausdruck konnte ich ablesen, wie schlecht es um Aster stand. Ich ließ mich zu seinen Füßen nieder.

»Er ist nicht ein einziges Mal zu Bewusstsein gekommen«, berichtete Mary resigniert.

Ich antwortete nicht. Jedes Wort war überflüssig, denn es gab nichts, womit ich sie hätte aufmuntern können. Bald gesellte sich auch Lussin zu uns.

»Sprich mit Romero«, sagte ich zu ihm. »Er wird dir etwas mitteilen.«

»Hat er schon«, erwiderte Lussin gedanklich. »Wir bereiten uns vor, machen einen Mischmasch aus Menschen und Engeln, den keiner mehr entwirren kann. Den Rest sagt dir Romero.«

»Sieh ihn dir an«, sagte ich zu Lussin und deutete mit einem Blick auf den apathisch dasitzenden André. »Er denkt doch über irgendetwas nach, findest du nicht? Er macht den Eindruck, als suchte er verzweifelt nach einem Gedanken. Aber in den Dechiffriergeräten – nur Rauschen.«

»Sein Gehirn arbeitet nicht«, bestätigte Lussin.

In der Ferne tauchte Orlan auf. Ich erhob mich. Lussin pfiff eine seiner Echsen herbei, doch Trub erklärte, dass er Aster tragen werde. Lussin entgegnete, Trub habe den Jungen schon so lange getragen und solle sich lieber ausruhen. Der Engel war völlig anderer Ansicht.

Den sich anbahnenden Streit beendete ich, bevor er richtig begonnen hatte: »Ich werde Aster selbst tragen.«

8

Als ich meinen Sohn hochhob, blieben seine Augen geschlossen. In seinem Gesicht zuckte eine flüchtige Regung. Er atmete schnell und flach, ohne dass sein Brustkorb sich merklich hob. Sein Herz schlug unregelmäßig und so heftig, dass ich es spüren konnte. Seine Gehirnstrahlen entsandten lediglich ein undefinierbares »Bam, bam, bam …«, als würde sein Gehirn das Pochen des Herzens in Worte übersetzen.

Wie gewohnt nahm ich den Platz an der Spitze der Kolonne ein. Erst nach einigen Hundert Metern bemerkte ich, dass ich da vorne nicht allein war. Rechts von mir marschierte André, links von mir Mary.

»Es wäre besser, du würdest weiter hinten laufen«, sagte ich zu Mary.

»Ich bleibe bei Aster«, erwiderte sie in einem Ton, der keinen Widerspruch zuließ.

Als ich mich nach André umsah, blieb er ängstlich zurück, doch eine Minute später war er schon wieder neben mir. Unter Asters Last begannen meine Arme zu schmerzen. Trotzdem war ich wild entschlossen, ihn selbst zu tragen, solange sein Herz so bedrohlich unrhythmisch schlug.

Hinter meinem Rücken tauchte plötzlich Romero auf.

»Drehen Sie sich nicht um, Admiral«, flüsterte er. »Ich werde Ihnen jetzt gedanklich unsere Pläne erläutern. Kamagin hat sich wieder einmal für einen Aufstand starkgemacht, und diesmal haben wir ihm Recht gegeben. In dem Augenblick, in dem Orlan uns den Befehl gibt, uns von unseren geflügelten Begleitern zu trennen, stürzen wir uns auf die Wachen und machen alle nieder, die nicht auf unsere Seite überlaufen.«

»Wie soll das funktionieren?«, fragte ich skeptisch. »Unbewaffnet können wir nicht ein einziges Stielauge überwältigen.«

»Sie irren sich, Eli, wir sind nicht unbewaffnet. Kamagin ist es gelungen, ein hübsches Waffenarsenal in die Aviettes zu schmuggeln, zum Beispiel Laserpistolen und Handgranaten.«

»Gegen die Unsichtbaren sind unsere Waffen wirkungslos, Pawel. Wenn diese verdammten Unsichtbaren nicht wären …«

»Sie sind aber nun mal da, Eli. Und die einzige Alternative wäre, gar nichts zu unternehmen. Ich hoffe, wir sind uns einig, dass das keine gute Idee wäre. Haben Sie übrigens mal auf die Container der Zerstörer geachtet, die sich von selbst fortbewegen? Oshima ist davon überzeugt, dass sie Waffen enthalten. Vielleicht sind ja welche dabei, die man auch gegen die Unsichtbaren einsetzen könnte. Wenn es uns gelänge, die Container zu kapern …«

»Ja, wenn die Zerstörer es uns gestatten, sie zu kapern, in Ruhe aufzumachen, das Zeug auszupacken und zu kapieren, wie es funktioniert. Ihr seid wirklich hoffnungslose Optimisten.«

»Sie sind also gegen den Aufstand, Eli?«

»Natürlich nicht. Wir machen das! Wer führt die Aktion?«

»Wir schlagen Oshima vor. Und Petri und Kamagin als Adjutanten. Das geflügelte Volk wird von Lussin und Trub angeführt. Wir werden aus der Luft attackieren, um die Schwachstellen unserer Gegner zu nutzen.«

»Das macht Sinn. Ich bin einverstanden.«

Romero verschwand. Der Phantomriese stieg in den Zenit, und die Luft über dem Boden begann zu flirren. Mir schwanden die Sinne. Ich hörte ein unverständliches Flüstern, wollte da jemand mit mir sprechen? Wieder Stille, nur das Geräusch unserer Schritte. Eine Halluzination.

Mir wurde schwarz vor Augen, ich stolperte und hätte Aster beinahe fallen lassen. Mary fasste mich am Arm und stützte mich.

»Du bist kreidebleich im Gesicht, Eli«, sagte sie bestürzt. »Ich rufe Lussin.«

»Nicht nötig«, brummte ich. »Ich komme schon klar.«

In Wirklichkeit ging es mir immer schlechter. Aster fühlte sich nicht mehr wie ein lebendiger Körper an, sondern lag nur noch als schwere Last in meinen Armen. Ich blieb stehen und horchte nach seinem Atem und seinem Herzschlag. Doch vorneweg rannte Orlan wie ein Wahnsinniger und brüllte sein schneidendes »Tempo, Tempo, Tempo!«. Mit zusammengebissenen Zähnen ging ich weiter und hasste Orlan wie nie zuvor.

»Warum hast du Aster so entsetzt angeschaut, er lebt doch …?«, fragte Mary panisch.

»Ja, er lebt.«

Sein Atem war nach wie vor flach, doch sein Herz schlug nicht mehr so heftig und gleichmäßiger wie zuvor. Wenn seine Wangen und Hände nicht so entsetzlich blau gewesen wären, hätte man meinen können, dass es ihm besser geht.

André tupfte mir mit der Hand auf die Schulter. Als ich mich nach ihm umwandte, war mir sofort klar, dass sein Verstand langsam zurückkehrte. Seine Augen sahen traurig aus, aber nicht irre.

»Gib … mir …«, stammelte er hervor und deutete auf Aster. Sein Gesicht verzerrte sich vor Anstrengung, während er um die vergessenen Worte rang. »Gib …«

»Eli heiße ich«, sagte ich zu ihm. »Weißt du es wieder? Dein Freund Eli!«

»Gib …«, wiederholte er einsilbig. Er hatte mich nicht erkannt.

»Später, André. Jetzt habe ich noch genug Kraft, meinen Sohn selbst zu tragen.«

Er wandte sich von mir ab und ging mit gesenktem Kopf weiter. Seine rotblonden Locken fielen ihm ins Gesicht. Sicher suchte er krampfhaft nach Worten. Nun wusste ich auch, wem ich das unverständliche Flüstern zuschreiben musste, das ich zuvor gehört hatte. Die körperlichen Strapazen waren zu groß, als dass ich mich über Andrés Fortschritte wirklich hätte freuen können.

»Es sieht ganz so aus, als würde Andrés Verstand zurückkehren«, flüsterte ich Mary zu.

»Dein Freund ist schon lange nicht mehr wahnsinnig«, erwiderte sie. »Lass ihn Aster ruhig tragen, er wird ihn nicht fallen lassen.«

In diesen Minuten hätte ich Aster nicht einmal Mary anvertraut.

»Noch geht es, und bald machen wir Pause.«

Unsere Rast dauerte diesmal ungewöhnlich lange. Orlan verschwand irgendwohin und kehrte lange nicht zurück. Mir gegenüber setzten sich Romero und die Kapitäne. Mit derselben Akribie und Leidenschaft, mit der er seine Schiffe kommandierte, bereitete Oshima die Revolte vor.

Die Laserpistolen wurden während der Essensausgabe verteilt. Ich bekam auch so ein Spielzeug. »Spielzeug« ist vielleicht nicht das richtige Wort. Gegen die Unsichtbaren brachten die Pistolen zwar nichts, gegen die Stielaugen konnten sie indes sehr nützlich sein.

»Das feindliche Schiff entern, dem Gegner die Pistole an die Schläfe halten und eiskalt abdrücken – so haben Sie seinerzeit gekämpft, nicht wahr?«, sagte ich zu Kamagin.

»Zu meiner Zeit gab es schon seit hundert Jahren keinen Krieg mehr. Wir trugen Berge ab, legten Meere trocken, kolonisierten Planeten und reisten als erste Menschen zu anderen Sternen. Ihre Geschichtskenntnisse sind mangelhaft, Admiral.«

»Verzeihen Sie, Eduard, ich wollte Sie nicht kränken.«

»Manchmal wundere ich mich über Sie, Eli, aber ich bin Ihnen niemals böse.«

»Falls es heute Nacht passiert – wir sind bereit, Admiral«, verkündete Oshima.

Der Phantomriese versank hinterm Horizont, und der Himmel wurde schwarz. Im Umkreis des Lagers leuchtete ein Periskopscheinwerfer nach dem anderen auf. Die Lichterkette der Stielaugen war dicht und bedrohlich. Doch ein Befehl zur Isolierung der Menschen vom Flügelvolk blieb aus.

Ich überließ Aster Marys Obhut und unternahm einen Rundgang durchs Lager. Trub hatte die Pegasusse und Drachen zwischen den Menschen verteilt, damit diese sich auf das Angriffssignal hin auf deren Rücken schwingen konnten, ohne unnötig Zeit zu verlieren.

Oshima und Petri waren damit beschäftigt, auf den Rücken der Echsen Kisten festzuschnallen, in denen sich sonderbare, eiförmige Metallgegenstände befanden.

»Das sind altertümliche Handgranaten«, erläuterte Oshima auf meine Nachfrage. »Sie stammen ursprünglich von der *Mendelejew*. Eduard hatte einen Teil davon mit auf den *Fuhrmann* genommen und von dort in den *Bärenhüter* umgeladen. Der Großteil lagert in Museen auf der Erde, doch diese hier werden uns noch einmal gute Dienste leisten. Kamagin hat uns gezeigt, wie sie funktionieren, es ist ganz einfach.«

Kamagin selbst traf ich bei den Engeln an. Er unterhielt sich mit Trub, der gerade eine Kiste mit Handgranaten auspackte. Der kriegerische Anführer der Engel war mit Feuereifer bei der Sache und konnte es wie üblich kaum erwarten, sich in den Kampf zu stürzen.

»Laserpistolen werden wir nicht an die Engel ausgeben, damit können sie nichts anfangen«, erklärte Kamagin. »Die Handgranaten dagegen sind wie gemacht für sie, so geschickt gehen sie damit um. Zeig mal, was du kannst, Trub – der goldene Fleck auf dem Felsen dort drüben.«

Trub hob etwas vom Boden auf und schleuderte es auf das ziemlich weit entfernte Ziel. Ich hatte schon Angst, dass es eine Detonation geben würde, doch zum Glück hatte Trub keine Granate, sondern einen herumliegenden Goldklumpen geworfen. Mit einem dumpfen Schmatzen knallte er genau in den goldenen Fleck auf dem Bleifelsen und blieb dort kleben, als hätte man ihn angeschweißt. Trub hüllte sich stolz in seine Schwingen.

»Die Feinde werden nichts zu lachen haben, wenn wir sie aus der Luft angreifen«, verkündete Kamagin und rieb sich in diebischer Vorfreude die Hände. »Wir haben für die Engel spezielle Granatengürtel improvisiert. In jeden passen fünf Stück, und wir befestigen sie an der Unterseite der Flügel, so fallen sie nicht auf.«

Im Sektor der Engel fand ich keinen Einzigen von ihnen schlafend, sie trainierten alle wie besessen den Einsatz von Wurfgeschossen. Anstelle des üblichen Lärms, den die Engel normalerweise zu veranstalten pflegten, lag eine unheimliche Stille über der nächtlichen Übung, die nur durch die dumpfen Einschläge der Blei- und Goldklumpen durchbrochen wurde.

Während meines Rundgangs stieß ich auch auf Romero, der friedlich in einer Goldmulde schlief. Vermutlich hätte mein Freund selbst vor seiner Hinrichtung darauf bestanden, sich auszuschlafen.

Als ich von meiner Lagerinspektion zurückkam, lag Mary noch wach. Den Arm hatte sie schützend um Aster gelegt. Mein Sohn atmete, wenn auch nur ganz schwach.

Mit meinen letzten Gedanken vor dem Einschlafen sprach ich mir Mut zu: Morgen geht's ihm besser! Morgen früh! Die Gravitation lässt nach …

9

Am Morgen starb Aster.

Ein Schrei von Mary weckte mich. Ich sprang auf und nahm meinen Sohn aus ihrem Arm.

»Nein!«, schrie Mary. »Alles, nur das nicht!«

Verzweifelt wiegte ich Aster, rief ihn, sprach auf ihn ein. Mit der letzten Anstrengung seines kurzen Lebens öffnete er noch einmal die Augen, und ein letzter Krampf durchzuckte seinen Körper, bevor er leblos erschlaffte.

Erstarrend und erkaltend lag er nun in meinen Armen und schaute mich mit seinen toten Augen an. All die letzten Stunden und Tage vor seinem Tod hatte er sie nicht mehr geöffnet. Erst im letzten Moment schlug er sie noch einmal auf, um einen Abschiedsblick auf die Welt zu werfen.

Marys Wehklagen hatte auch unsere Freunde aufgeschreckt. Von allen Seiten liefen sie herbei, und Trub landete direkt neben mir. Während ich Aster immer noch in den Armen hielt, sank Mary in sich zusammen und brach in Tränen aus. Mir dagegen war es wie so oft versagt, meinen Gram aus mir herauszuheulen.

Die meisten Menschen lassen in Freud und Leid, in Wut und Kummer ihren Tränen freien Lauf, öffnen die Schleusen ihrer Seelen an den Särgen ihrer Liebsten, weinen aus Mitleid und vor Glück. Mir ist dieses emotionale Ventil nicht vergönnt, meine Augen sind immer trocken.

»Eli! Eli!«, flüsterte André, und Tränen liefen ihm über die Wangen. »Ist er gestorben?«

»Ja, André. Er ist gestorben. Er war drei Jahre jünger als dein Oleg.«

»Er war drei Jahre jünger als mein Oleg«, wiederholte André, und ich hatte den Eindruck, als hörte er sich selbst angestrengt beim Sprechen zu. Dann streckte er mir die Arme entgegen. »Gib ihn mir, Eli.«

Ich legte ihm Aster in die Arme und sank selbst neben Mary auf die Knie. Schweigend nahm ich sie in den Arm und strich ihr übers Haar. Jedes Wort wäre überflüssig gewesen, denn es gab keinen Trost. Unsere Freunde standen bedrückt um uns herum.

Schließlich stand Mary auf, wischte sich die Tränen aus den Augen und fragte: »Was machen wir mit ihm? Hier können wir ihn nicht begraben.«

»Wir werden ihn tragen«, sagte ich, »bis wir an einen Ort kommen, wo wir entweder ein Grab ausheben können oder wo wir beide selbst sterben.«

Trub stieß mich heftig mit dem Flügel an. Er war außer sich vor Kummer und Zorn.

»Ihr müsst ihn rächen, Eli!«, zeterte er. »Das schreit nach Rache, nach fürchterlicher Rache!«

André wiegte Aster immer noch auf den Armen, als wäre er noch lebendig, sprach flüsternd auf ihn ein und weinte leise.

»Die Rache macht meinen Sohn nicht mehr lebendig«, sagte ich zu Trub.

Noch selten hatte ich den Engel so aufgebracht erlebt. Er baute sich vor mir auf und spreizte drohend die Flügel.

»Was bist du für ein Vater, Eli?«, empörte er sich.

»Ich bin jetzt kein Vater mehr, Trub, aber immer noch ein Mensch«, antwortete ich, und diese Worte kosteten mich unendlich viel Kraft.

Trub nahm André den toten Jungen aus den Armen. Erst jetzt bemerkten Romero und Lussin, dass ihr alter Freund wieder bei Sinnen war. André erkannte die beiden sofort, an Oshima erinnerte er sich, als der ihm seinen Namen nannte.

In die Trauer über den Verlust Asters mischte sich die Freude über Andrés Genesung. Manch glückliches Lachen zeigte sich auf den Gesichtern, während gleichzeitig noch bittere Tränen flossen. Nur ich selbst konnte weder lachen noch weinen.

Eigentlich hätte ich der Erste sein müssen, der auf André zugeht und ihn zu seiner geistigen Wiederkehr beglückwünscht, doch gelähmt vom Schmerz über den tragischen Verlust blieb ich abseits der anderen stehen.

»Ihr könnt euch später unterhalten«, sagte Lussin zu mir und sah mich mit nassen Augen an. »Nach der Revolte.«

»Ja, später«, antwortete ich mechanisch und rang um klare Gedanken. »Erkläre bitte André unsere Lage, aber mute ihm nicht zu viele Neuigkeiten auf einmal zu.«

Trub ließ sich Aster nicht mehr abnehmen. Als Orlan den Aufbruchsbefehl erteilte, nahm er mit dem Leichnam auf den gekreuzten Flügeln meinen Platz an der Spitze der Kolonne ein. Mary und ich marschierten hinter ihm und stützten uns gegenseitig – es war unser schwerster gemeinsamer Gang. Trub trug Aster bis zur nächsten Rast, dann legte er ihn neben uns ab. Er sah wie lebendig aus, nur die reglosen Augen verrieten seinen Tod. Allmählich wurde sein Körper starr und trocknete aus.

Mary und ich lagen Schulter an Schulter neben unserem toten Sohn. Niemals zuvor hatte ich unsere Nähe so schmerzlich und stark empfunden. Während dieser Rast ließen die Freunde uns allein, wofür ich ihnen dankbar war.

Bis zum Abend trug ich Aster weiter. Als der Phantomriese den Horizont berührte und ein Meer von Farben in den Himmel flutete, hielt Orlan unseren Zug an und ließ mich zu sich rufen.

»Ab sofort werden die Menschen getrennt vom Flügelvolk marschieren«, ordnete er an. »Die Trennung muss bis zum Einbruch der Dunkelheit abgeschlossen sein.«

Finster musterte ich Orlan und seine Leibwächter. Einer der beiden Schergen war unser schlimmster Feind, der zweite möglicherweise ein Freund. Doch wer von beiden welcher war, konnte ich beim besten Willen nicht feststellen, so gleichförmig unbewegt waren ihre Gesichter, wie Mumien, die seit fünftausend Jahren keine Miene mehr verzogen haben. Orlan wirkte mit seinem bläulich phosphoreszierenden Antlitz wie immer eiskalt.

»Zu Befehl!«, erwiderte ich und ging zu meinen Leuten zurück.

Der Blick unzähliger Augen lastete auf mir. Auf der einen Seite des Lagers beobachteten mich die Periskope der Stielaugen, die verborgenen Unsichtbaren und die Anführer der Zerstörer, auf der anderen Seite die Menschen und ihre geflügelten Freunde.

Mit einem Mal erstarrten alle Bewegungen, und eine Grabesstille legte sich über das Lager. Oshima und Kamagin standen sprungbereit neben zwei großen Pegasussen, Trub ragte um einen Kopf aus der Schar der Engel heraus, Lussin saß bereits auf Zeus' Rücken. Alle waren bereit zum Losschlagen.

»Der Befehl zur Trennung ist erteilt worden«, rief ich. »Tut, was wir verabredet haben!«

»Mir nach!«, brüllte Oshima und schwang sich mit einem flinken Satz auf den Pegasus, der sofort die Flügel ausbreitete und abhob.

»Mir nach!«, echote Kamagin und flog Oshima hinterher.

Es dauerte keine fünf Sekunden, bis die erste Granate explodierte, Kamagin hatte sie mitten in die Reihen der Stielaugen geschleudert.

10

Wenn jemand im Lager der Zerstörer unsere Revolte vorhergesehen hatte, dann unsere heimlichen Freunde. Für unsere Feinde indes war der Aufstand eine böse Überraschung.

Die fliegende Pegasus-Kavallerie und Trubs Engelhorden stürzten sich aus der Luft auf die geschockten Stielaugen und deckten sie mit einem gnadenlosen Granathagel ein. Im Nu verwandelte sich der das Lager umgebende Bewachungsgürtel in ein Inferno aus Flammen und Qualm. Durch die aufsteigenden Rauchsäulen stachen die tödlichen Strahlen der Laserpistolen. In einer zweiten Angriffswelle stiegen nun die Drachen auf, und Zeus entfachte ein flackerndes Gewitter in der hereingebrochenen Dunkelheit. Wie von Magneten angezogen sausten seine Blitze zielsicher in die sich windenden Hälse der Stielaugen, die kurz aufglühten, um dann zu Asche zu zerfallen. Das Fußvolk mit Petri und Romero an der Spitze sprengte sich mit Granaten den Weg frei und durchbrach schon nach kurzer Zeit die Kette der schwerfälligen Schildkrötenkörper.

Nach der anfänglichen Konfusion verteidigten sich die Stielaugen verbissen. Mit ihren Gravitationssalven holten sie so manchen Drachen und Pegasus vom Himmel. Am schlimmsten erwischte es die Engel, die ihre Granaten im Eifer des Gefechts alle auf einmal verbraucht hatten und sich dann kreischend und mit bloßen Krallen auf die Feinde stürzten. Schwarzweiße Wolken aus Flaum und Federn trieben über das Schlachtfeld.

Um einen Überblick über das Kampfgeschehen zu bekommen, erklomm ich einen der Bleifelsen, die aus der goldenen Einöde herausragten. Unsere schnellen Erfolge machten mich misstrauisch, denn ich konnte sie mir nicht erklären. Das ganze Lager war voll von Unsichtbaren, den schrecklichen Kriegern der Zerstörer. Keiner von ihnen hatte sich bis jetzt in die Schlacht eingeschaltet, weder auf unserer Seite noch gegen uns. Was hatte es damit auf sich?

Plötzlich hörte ich eine vertraute Stimme, die sich diesmal nicht in mir, sondern außerhalb meldete. Es war jene Stimme, die ich so oft in meinen Träumen gehört hatte, und ich erkannte sie sofort.

»Hilfe, Eli!«, rief die Stimme. »Eli! Hilfe!«

Sofort stieg ich von dem Felsen herunter und eilte in die Richtung, aus der die Rufe gekommen waren. In jenen Momenten handelte ich instinktiv, ohne nachzudenken, denn ich spürte, dass ich einem Freund zu Hilfe eilen musste, vielleicht dem besten und selbstlosesten Freund, den wir unter den Zerstörern gewonnen hatten.

»Hilfe, Eli!«

Die Rufe wurden immer panischer und brachen dann plötzlich ab. Da sah ich, wie Trub mit zwei seiner zähnefletschenden Artgenossen Orlan und seine Leibwächter angriff. Letztere lagen bereits auf dem Boden, während Orlan sich noch verteidigte. Er hatte mich zu Hilfe gerufen! Eine rachsüchtige Freude durchfuhr mich für einen Moment, als ich sah, wie sich der skrupellose Anführer der Zerstörer verzweifelt gegen die Engel zur Wehr setzte. Doch dieses Gefühl war nur eine kurze Regung, das letzte Aufflackern des alten Hasses, den ich gegen Orlan gehegt hatte. Schon im nächsten Augenblick riss ich ihn zu Boden und deckte ihn mit meinem Körper gegen die angreifenden Engel. Romero und Petri kamen mit gezückten Laserpistolen herbeigerannt.

»Steh auf, Eli, ich gebe dem Schwein den Rest!«, tobte Trub und versetzte mir einen so heftigen Stoß mit dem Flügel, dass ich zusammen mit Orlan einen Meter über den Boden rutschte. Romero packte Trub am Flügel, und Petri stellte sich ihm in den Weg.

»Jetzt ist's genug, Trub!«, schrie Romero. »Du hättest beinahe einen Verbündeten ins Jenseits befördert.«

Schwer zu sagen, wie Trub wohl reagiert hätte, wenn nicht in diesem Augenblick direkt neben ihm ein sichtbar gewordener Unsichtbarer zu Boden geknallt wäre. Es war ein ebenso gruseliges Skelett wie damals auf dem Planeten Sigma, allerdings noch lebendig. Der Unsichtbare stöhnte und wand sich vor Schmerzen – sein Brustkorb war völlig zerschmettert.

Nun war selbst Trub klar, dass das von uns angezettelte Gefecht lediglich Teil eines viel größeren Kampfes war, der nicht nur im sichtbaren, sondern auch im unsichtbaren Raum tobte.

Der Engel besann sich kurz, dann wies er mit dem Flügel auf ein Grüppchen versprengter Stielaugen und rief seinem Gefolge zu: »Auf sie mit Gebrüll! Nieder mit dem Gesindel!«

Petri und ich halfen Orlan aufzustehen. Er taumelte, seine Augen waren geschlossen und sein normalerweise bläuliches Gesicht fast schwarz. Er konnte sich kaum auf den Beinen halten und hatte Mühe beim Sprechen. Die Engel hatten ihn übel zugerichtet.

Romero nahm die Laserpistole in die Linke und streckte Orlan würdevoll die Rechte entgegen.

»Seien Sie herzlich willkommen im Lager Ihrer neuen Freunde, werter Bundesgenosse!«, sagte er feierlich.

Orlan versuchte, höflich den Kopf emporschnellen zu lassen, doch sein Hals war so ramponiert, dass er nur ein schlappes Kopfwackeln zustande brachte.

»So neue Freunde sind wir ja nun auch wieder nicht«, erwiderte Orlan. »Mit Eli bin ich jedenfalls schon länger bekannt.«

»Du warst das also?! Du, Orlan!«, stammelte ich immer noch fassungslos.

»Ganz recht, ich war das. Dein Hass gegen mich war so stark, Eli, dass du unentwegt an mich dachtest. Das hat es mir sehr erleichtert, unsere Hirnstrahlen in Einklang zu bringen.« Bekümmert zeigte er auf einen seiner toten Leibwächter. »Der hier war auch ein treuer Freund von euch, leider lebt er nicht mehr.«

»Es ist im Kampfgetümmel passiert«, sagte Petri entschuldigend. »Man sieht euch leider nicht an, wer Freund und wer Feind ist.«

»Ich mache euch keine Vorwürfe. Wir sind selbst schuld. Den Kampf haben wir zwar gut vorbereitet, doch auf unsere eigene Sicherheit haben wir dabei nicht geachtet. Unser einziges Ziel war es, den Sieg zu erringen.«

»Ihr habt den Kampf gut vorbereitet?«, fragte Romero beinahe gekränkt. »Ach so … ja, natürlich. Aber wir Menschen haben auch unseren Teil beigetragen.«

»Zweifellos. Allerdings hat es ziemlich lange gedauert, ehe ihr den Plan, den wir euch nahebringen wollten, endlich gefasst habt. Eure gedanklichen Besprechungen habe ich mitgehört und mich mit Gig darüber ausgetauscht. Er hatte die schwierigste Aufgabe, die darin bestand, die Unsichtbaren auf unsere Seite zu ziehen. Das ist leider nur zum Teil gelungen. Deshalb kämpft er jetzt mit seinen Anhängern gegen diejenigen Unsichtbaren, die dem Großen Zerstörer treu geblieben sind.«

Romero legte den Kopf in den Nacken und ließ skeptisch den Blick schweifen. Im Luftraum tummelten sich nur die Engel, ihre spitzen Schlachtrufe durchschnitten allenthalben die Luft. Die Pegasusse und Drachen hatten den Kampf nur eröffnet – sie konnten sich nicht für lange Zeit in der Luft halten.

»Wie schade, dass wir den Luftkampf des tapferen Gig nicht verfolgen können«, bedauerte Romero.

»Warum denn nicht?«, entgegnete Orlan. »Ich werde mich gleich mit ihm in Verbindung setzen, dann zeigen wir euch, was sich in der Luft abspielt.«

Orlan machte keinerlei auffallende Bewegung, wahrscheinlich nahm er gedanklich Kontakt zu Gig auf. Jedenfalls dauerte es nur Sekunden, und dann sahen wir, welch erbitterter Kampf sich über uns abspielte. Im Luftraum bekämpften sich zwei Gruppen von Unsichtbaren, und es hatte den Anschein, dass die zahlenmäßig stärkere die Oberhand gewinnt.

»Unsere gewinnen«, triumphierte Orlan. »Die Schlacht war wirklich bestens vorbereitet, Eli.«

Am Boden wütete nach wie vor der Kampf gegen die Stielaugen. Es gelang Menschen und Engeln, eine Gruppe von ihnen auseinanderzusprengen. Langsam krochen sie in alle Richtungen davon, kämpften indes immer noch verbissen. Zwei Engel griffen ein Stielauge an und wurden von einem gezielten Gravitationsstoß niedergerissen. Romero und Petri eilten ihnen zu Hilfe, doch noch ehe sie eingreifen konnten, tauchte ein Unsichtbarer über dem Stielauge auf und sprengte es mit seinem Kraftfeld in die Luft.

»Es sind doch ganz schön viele zu uns übergelaufen«, sagte ich zu Orlan.

»Ihr habt bereits auf allen Planeten von Chi Persei Anhänger unter den Zerstörern. Der Herrscher hat einen schweren Fehler begangen, als er die Übertragung eures Streitgesprächs genehmigte. Seine Untergebenen wissen seither von den Menschen selbst, was sie von ihnen zu erwarten haben.«

»Die Periskopschwinger dagegen denken überhaupt nicht daran, vom Imperium des Herrschers abzufallen«, stellte ich bedauernd fest.

»Die Stielaugen sind eine reine Wächtertruppe. In ihren kleinen Gehirnen ist kein Platz für Politik. Früher oder später werden wir sie auf unsere Seite ziehen. Die eigentliche Macht des Imperiums stützt sich nicht auf sie.«

Der Kampf ging seinem Ende zu. Die zersprengten Grüppchen der Stielaugen wurden von Engeln, Menschen und Unsichtbaren immer weiter auseinandergetrieben, eingekreist und gefangen genommen. Imperiumstreue Unsichtbare und Stielaugen, die sich ergeben hatten, wurden – streng bewacht von Engeln – in die Mitte des Lagers geführt. Oshima hatte befohlen, die Gefangenen dort zu sammeln.

Ein letztes Widerstandsnest der Stielaugen wurde nach allen Regeln der Kriegskunst ausgeräuchert. Romero und Petri hatten sie mit ihrem Fußvolk systematisch eingekesselt und mit Granatwürfen und Laserangriffen auf engstem Raum zusammengedrängt. Als Lussin sich auf den wieder ausgeruhten Zeus schwang, war ihr Schicksal besiegelt. Mit kräftigen Flügelschlägen stieg er in eine sichere Flughöhe empor und steuerte auf den Kampfplatz zu. Aus den Hörnern an seinem Kopf zuckten drei Blitze und schlugen mit einem ohrenbetäubenden Knall genau in dem zusammengepferchten Haufen ein. Der rollende Donner fing sich mehrfach an den Bleifelsen in der Umgebung und hallte noch lange durch die Metallwüste. Als der Rauch sich verzogen hatte, war an der Stelle, wo zuvor die

Stielaugen gekauert hatten, nur noch ein Häufchen Asche zu sehen.

Neben mir und Orlan landete Gig – erschöpft und zufrieden.

»Die Gravitatoren sind am Ende, Chef«, teilte er Orlan mit. »Auf dem verdammten Dritten Planeten ist der Energieverbrauch zehnmal so hoch wie normal.« Dann wandte er sich an mich. »Lass uns die Hände schütteln, Admiral, bei euch Menschen ist das doch so üblich.«

Gigs knochiger Händedruck offenbarte die Sensibilität eines Schraubstocks. Als ich vor Schmerz aufstöhnte, verzog er seinen Totenschädel zu einem breiten Grinsen. Heutzutage wundert sich niemand mehr über diese Unsichtbaren, jedermann hat sie schon auf Stereobildschirmen gesehen, und einige von ihnen haben als Touristen sogar die Erde besucht. Doch damals, als ich zum ersten Mal dieses schauerlich grinsende, klappernde Gerippe erblickte, liefen mir kalte Schauer über den Rücken.

»Wie hat dir unsere Kampfkunst gefallen, Admiral?«, erkundigte sich Gig vergnügt und ließ die Knochen krachen.

»Gut«, erwiderte ich einsilbig.

Ich hatte keine Ahnung, wie ich mich diesem gut gelaunten Skelett gegenüber verhalten sollte. Es hat damals eine Weile gedauert, bis ich davon überzeugt war, dass diese Unsichtbaren wirklich großartige Kerle sind. Ihre Physiognomie ist eine mittlere Katastrophe, aber genau genommen nur nach menschlichen Maßstäben. Sie selbst halten sich für ausgesprochen hübsch und empfinden ihrerseits das Aussehen von uns Menschen als – gelinde gesagt – schauderhaft.

»Ich habe dich schon in meinen Träumen kennengelernt«, sagte ich zu Gig.

Das Skelett klapperte mit allen Knochen. Schon bald kam ich dahinter, dass die Unsichtbaren auf diese Weise lachten.

»Es war ein Husarenstück, dich in unsere Besprechung einzuschleusen«, erklärte Gig voller Stolz. »Dir ist sicher klar, dass wir unsere Besprechungen nicht in eurer Sprache führen und nicht in den Kategorien eurer Logik denken. Es war eine höchst komplizierte Angelegenheit, unsere Gedanken in eure Sprache zu übersetzen und sie in deinen Traum einzuspeisen. Das ist alles Krads Verdienst. Wo ist er übrigens, Orlan? Ich sehe Krad nirgends.«

»Er ist umgekommen, als er mir zu Hilfe eilte«, erwiderte Orlan und klemmte seinen Kopf so tief wie möglich zwischen die Schultern.

Gig quittierte diese traurige Nachricht mit einem schauderhaften Knochengepolter. Die Unsichtbaren entlockten ihren Gebeinen recht vielschichtige Klänge; schon bald konnte ich unterscheiden, wann mit welchen Nuancen sie Bedauern oder Freude zum Ausdruck brachten.

»Was machen wir mit den Gefangenen«, fragte ich meine neuen Freunde.

»Liquidieren!«, forderte Gig, der einen Hang zu radikalen Lösungen hatte. Seinen hehren Grundsatz, Wehrlose zu verschonen, schien er völlig vergessen zu haben.

»Die Gefangenen werden uns noch nützlich sein«, widersprach Orlan. »Wir wissen nicht, was uns an der Station erwartet. Wenn es zu neuen Kämpfen kommen sollte, können wir die Stielaugen als Verstärkung gut brauchen. Sie umzupolen ist das geringste Problem.«

»Stelle sie doch unter mein Kommando, ich werde den Schildkröten schon Beine machen!«, verkündete Gig unter heftigem Klappern.

Dass Orlan seinen brachialen Vorschlag rundheraus abgelehnt hatte, schien ihn nicht weiter zu belasten. Später stellte ich fest, dass es klüger war, Gig Befehle zu erteilen, als sich mit ihm zu beraten. Sein Metier war eher das Handeln, weniger das Nachdenken. Das gilt übrigens für alle Unsichtbaren.

Als Oshima und Kamagin sich zu uns gesellten, stellte ich ihnen hochoffiziell unsere neuen Bundesgenossen vor.

»Den einen kennt ihr ja schon«, erklärte ich. »Ihr habt ihn jeden Tag gesehen und dachtet, ihr würdet ihn gut kennen. Von der Existenz des anderen hatten wir keine Ahnung. Die beiden haben kein Risiko gescheut, um sich für uns einzusetzen. Darf ich vorstellen – Orlan und Gig, unsere Freunde und Retter.«

11

Nachdem die Gefangenen unter Bewachung gestellt waren, versammelten wir uns zu einem Gedankenaustausch. Wir hatten Orlan und Gig viele Fragen zu stellen.

Auf dem Dritten Planeten war längst die Nacht hereingebrochen. Die Metallblöcke, auf denen wir saßen, kühlten rasch aus. Eine recht illustre Gesellschaft hatte sich da zusammengefunden: Menschen, Unsichtbare, »normale« Zerstörer, Engel und ehemalige Irre. Orlan saß neben Trub, Gig neben André.

Es ist lächerlich, bedeutende Wendungen in der Geschichte mit einem bestimmten Datum zu verknüpfen oder an einem unbedeutenden Ereignis festzumachen – historische Wendungen sind stets das Ergebnis des Zusammenspiels einer Vielzahl von Ereignissen. Doch dass in jener Nacht etwas Bedeutsames geschehen war – das spürten wir alle.

Über Allans Flotte erzählte Orlan uns nichts Neues. Alles, was ihm über deren Vordringen bekannt war, hatte er bereits durch meine letzten Träume mitgeteilt. Auch über die mysteriösen Vorgänge auf der Station wusste er nichts Genaues. Dass dort einige mächtige Apparaturen aus dem Lot geraten waren, bedeutete bislang unsere Rettung, doch es wäre naiv gewesen, sich darauf zu verlassen, dass diese Störungen sich nicht beheben ließen.

»Wir müssen so schnell wie möglich die Station erreichen«, resümierte Orlan den Stand der Dinge.

»Warum kehren wir nicht zu unserem Sternenpflug zurück?«, warf Kamagin ein. »Im Schutz seiner Panzerung wären wir sicherer als hier in der offenen Ebene. Und wenn es uns gelänge, die

BUM wieder instand zu setzen, könnten wir den Planeten sogar verlassen und uns zu Allan durchschlagen.«

»Dein Vorschlag ist nicht realistisch«, erklärte Orlan. »Selbst wenn es gelänge, die kaputte Denkmaschine eures Schiffs zu reparieren, könnten wir die nichteuklidische Schnecke um den Phantomriesen nicht verlassen. Nicht einmal eure gesamte Flotte wäre in der Lage, diese Barriere zu durchbrechen. Ganz abgesehen davon würde uns außerhalb dieses Sperrgürtels die Flotte des Imperiums in Empfang nehmen und nicht euer Freund Allan.«

»Schon gut, Orlan, ich habe verstanden«, grummelte Kamagin. »Mein Plan würde auch dann schiefgehen, wenn alles optimal läuft. Dennoch: Wäre es nicht eine Möglichkeit, sich auf dem *Bärenhüter* zu verschanzen und dort abzuwarten, bis die Situation sich zum Besseren wendet?«

»Keinesfalls. Denn die Situation ändert sich nicht zum Bessern, sondern zum Schlechteren. Der Phantomriese strahlt ununterbrochen weiter, und seine tödliche Strahlung kann nicht in den offenen Weltraum entweichen, sondern reichert sich im begrenzten Raum der nichteuklidischen Schnecke immer weiter an. Zuerst wird alles Leben ausgelöscht, euer Sternenpflug verwandelt sich in Plasma, genau wie die Station selbst. Früher oder später wird der gesamte Dritte Planet zu einem Nebelfleck zerfließen.«

»Das sind ja schöne Aussichten«, kommentierte Petri. Selbst dieser unaufgeregte Mensch zeigte sich von Orlans Schreckensszenario beeindruckt.

Nach kurzem Schweigen schaltete sich Romero in das Gespräch ein: »Lieber Bundesgenosse«, begann er höflich, »Ihre Prognosen sind schauderhaft. Offenbar bleibt uns nichts anderes übrig, als so schnell wie möglich zur Metrikstation vorzudringen und dort selbst nach dem Rechten zu sehen. Doch könnten Sie uns nicht wenigstens eine vage Vorstellung davon vermitteln, was uns dort erwartet? Freund oder Feind? Wird man uns mit offenen Armen oder mit Gravitationssalven begrüßen?«

»Das wüsste ich selbst gern«, erwiderte Orlan trocken.

»Aber Sie müssen doch mehr wissen als wir!«, insistierte Romero. »Immerhin ist der Planet und seine Station die mächtigste Festung des Imperiums.«

»Die Informationen über die Metrikstationen sind nebulös«, erwiderte Orlan. »Ich weiß darüber kaum mehr als ihr.«

»Sagen Sie uns doch wenigstens, was wir zu befürchten haben, wenn Sie schon nicht wissen, worauf wir hoffen können. Ich persönlich kann aus dem Wenigen, was mir über die Station bekannt ist, nur den Schluss ziehen, dass wir auch dort Freunde haben, die möglicherweise sogar die Kontrolle über die Station übernommen haben. Denn wie ließe sich sonst erklären, dass wir von der Eskorte feindlicher Kreuzer befreit wurden und dass uns hier, in der Todeszone des Planeten, bislang nichts geschehen ist?«

»Ganz so rosig würde ich die Situation nicht einschätzen«, sagte Orlan. »Es ist richtig, dass wir bislang nicht ausgelöscht wurden, doch wir wurden auch nicht unterstützt. Man hat uns einfach uns selbst überlassen. Was morgen passieren wird, ist schwer vorherzusagen.«

»Also gut, ich formuliere es anders. Angenommen, die Störungen in der Metrikstation werden morgen behoben. Was passiert dann?«

»Es könnte zu Verhandlungen mit dem Aufseher kommen. Es könnte aber auch sein, dass wir von den Schutzmechanismen der Station ohne Verhandlungen liquidiert werden. Und es wäre ebenso möglich, dass wir erst in unmittelbarer Nähe der Station von Verteidigungsautomaten angegriffen werden, deren Aktionsradius nicht weit über die Station hinausreicht.«

»Was sind das für Verteidigungsautomaten?«, erkundigte ich mich. »Sind das so etwas wie altertümliche Roboter, also reine Maschinen?«

»Ich habe sie selbst nie gesehen«, erläuterte Orlan, »aber ich weiß sicher, dass es halbbiologische Gebilde sind, die die höchste

Entwicklungsstufe – also die einer reinen Maschine – noch nicht erreicht haben.«

»Die törichte Philosophie ihres Herrschers scheint sich tief in ihr Gehirn eingegraben zu haben«, flüsterte mir Romero ins Ohr, so dass Orlan es nicht hören konnte.

»Sie sind eine Art Mittelding zwischen einem Organismus und einer Kombination aus Kraftfeldern«, ergänzte Orlan. »Auch ihr körperliches Äußeres ist nicht beständig. Normalerweise nehmen sie den Aggregatszustand an, der für die Ausführung der Befehle des Aufsehers am günstigsten ist, und das ist nicht selten ein nichtkörperlicher Zustand.«

»Ja, ja, eine unsichtbare, blutrünstige Geisterhand, die durch den Nebel greift«, kommentierte Kamagin ironisch. »Wenn ich so etwas schon höre. An solchen Spuk hat auf der Erde schon vor fünfhundert Jahren niemand mehr geglaubt.«

Kamagins Rationalismus teilte ich nicht. Es schien mir zu billig, die Veränderlichkeit körperlicher Zustände einfach für Unsinn zu erklären. Gespenster und Geister, die in der altertümlichen Erdenwelt mit ihrer primitiven Technik einfach undenkbar waren, konnten auf Planeten mit einer hoch entwickelten Zivilisation etwas völlig Alltägliches sein. Ein Zeitgenosse Einsteins hätte unsere Stereobildschirme und Videosäulen vermutlich auch für übernatürlich gehalten. Wir dagegen finden es ganz normal, wenn direkt neben uns plötzlich das geisterhafte Äquivalent eines guten Bekannten auftaucht, der sich in Wirklichkeit weitweg von uns befindet.

»Ob es Gespenster sind oder Körper«, sagte ich zu Kamagin, »es handelt sich in jedem Fall um Gebilde, die materiell existieren. Sollten sie uns angreifen, können wir uns kaum dadurch verteidigen, dass wir sie für Hirngespinste erklären. Ich würde es dann doch vorziehen, über eine wirksame Waffe gegen diese Kampfmaschinen zu verfügen.«

»Da können Sie sich ganz auf uns drei verlassen«, sagte Oshima und deutete auf sich, Kamagin und Petri. »In den Ausrüstungscontainern der Zerstörer haben wir Waffen gefunden, die selbst Gespenstern schlecht bekommen dürften. Es war wirklich ein glücklicher Zufall, dass sie sich in so großer Entfernung von der Kampfzone befanden und die Zerstörer sie nicht gegen uns einsetzen konnten.«

Orlans bläuliches Gesicht begann pulsierend zu leuchten, und Gig schüttelte sich so heftig, dass sein gruseliges Knochengeklapper sicher kilometerweit über den Planeten hallte.

»Eure Zufallsgläubigkeit rührt mich, Kapitän Oshima«, sagte Orlan und fügte mit unverhohlener Ironie hinzu: »Aber denken Sie daran: Glückliche Zufälle wollen gut vorbereitet sein.«

Am Ende der Unterhaltung bat ich Gig, doch auf die Tarnung der Unsichtbaren zu verzichten. Keine Ahnung, wie es den anderen erging, mich jedenfalls machte es völlig nervös, dass über meinem Kopf ständig unsichtbare Wesen herumsausten – selbst wenn sie uns freundschaftlich gesinnt waren.

Zu meiner Überraschung zeigte sich Gig hocherfreut über mein Ansinnen. »Endlich mal eine vernünftige Anweisung«, lobte er. »Ihr habt gar keine Vorstellung davon, wie anstrengend es ist, unsichtbar zu sein. Zumal wenn man bedenkt, dass die Leistung der Krümmungsgeneratoren nachlässt, was zur Folge hat, dass wir uns aus Unsichtbaren in nebelhafte Silhouetten verwandeln. Gar nicht auszudenken, was passiert, wenn nun auch noch den Gravitatoren der Saft ausgeht, Eli: Wir Unsichtbaren würden nicht mehr über den Dingen schweben, sondern müssten uns als Schattenwesen zwischen Stielaugen, Pegasussen, Engeln und Menschen am Boden bewegen, man würde uns mit Füßen treten und mit den Schultern herumstoßen – einfach ein Alptraum! Da sind wir doch lieber sichtbar!«

»Ist es denn nicht erniedrigend für euch, als materielle Körper im optisch sichtbaren Raum aufzutauchen?«, fragte ich.

»Admiral, wo denkst du hin?! Die Unsichtbarkeit ist lediglich unsere Militäruniform. Wenn wir sie tragen, tragen wir gleichzeitig auch die Last der Verantwortung, uns ihrer würdig zu erweisen. Es ist also in jeder Hinsicht bequemer für uns, sichtbar zu sein.«

Romero erklärte mir später, dass bereits die alten Ritter weniger um ihre eigene Sicherheit besorgt waren als darum, ihre Rüstungen in Ehren zu tragen.

12

Die einzigen schummrigen Lichtflecken in unserem Nachtlager waren die auf Sparflamme glimmenden Periskope der gefangenen Stielaugen. Alles andere verschwand im schwarzen Nichts. »Nichts« sage ich mit Absicht, denn man verlor das Gefühl für den Raum und sah die Hand vor Augen nicht mehr.

In den vergangenen Nächten hatten wir uns in der Finsternis nicht so verloren gefühlt, da die Scheinwerferkette der Stielaugen uns umgeben hatte. Nun war die Einsamkeit erdrückend.

Ich wusste nicht, wo Orlan, Gig und die zu uns übergelaufenen Unsichtbaren nach dem Ende unserer Unterredung ihr Nachtlager aufgeschlagen hatten. Auch die Silhouetten von Petri, Oshima und Kamagin waren im Dunkeln verschwunden. Trub hatte es sich nicht nehmen lassen, noch einen Kontrollflug über das Lager zu unternehmen. Danach hatte er sich zu den Seinen zurückgezogen, deren Lärmen und Flügelschlagen aus einiger Entfernung zu uns herüberdrangen.

Zusammen mit Mary und meinen Freunden von der Himalajaschule – Romero, Lussin und André – saß ich auf einem Bleivorsprung. Wir waren nahe zusammengerückt.

»Erzählt mir von Jeanne und Oleg«, bat André und fügte nachdenklich hinzu: »Es mag euch vielleicht sonderbar erscheinen, aber ich habe meinen Verstand nicht auf einen Schlag, sondern Stück für Stück verloren. Zuerst wurde meine Erinnerung an die Erde ausgelöscht, dann verschwamm allmählich meine Umgebung. Jeanne und Oleg spukten mir noch lange durch den Kopf, und das Letzte, was mir im Gedächtnis haftete, warst du, Eli. Ich glaube, ein solches Privileg hast du gar nicht verdient.«

»Das glaube ich auch nicht«, erwiderte ich lachend und freute mich über Andrés freundschaftliche Stichelei, die endgültig bewies, dass er fast wieder der Alte war. »Das liegt wohl daran, dass du mich als Letzten gesehen hast.«

»Kann sein. Jetzt lasst mich die Neuigkeiten hören!«

Nach einem Exkurs über die familiären Angelegenheiten kamen wir auf die Ereignisse auf der Erde und im Weltraum zu sprechen. Ich berichtete von der Schlacht gegen die Zerstörer in den Plejaden, von der ersten Mission zum Perseus und von meiner Arbeit an der Raumwellenstation.

Romero sprach freimütig und nicht ohne Selbstironie von seinen Auseinandersetzungen mit Wera und seiner vernichtenden politischen Niederlage. Dann erzählte er von den gewaltigen Bauprojekten im Umfeld des Sonnensystems.

»Sie werden unsere Sternenheimat nicht wiedererkennen, lieber André«, schwärmte er. »Wenn Sie wüssten, was sich auf dem Pluto abspielt – Sie wären überrascht, das garantiere ich Ihnen!«

»Am meisten bin ich von dir überrascht, Eli«, sagte André. »Ich habe dich als talentierten, temperamentvollen Draufgänger in Erinnerung, der für jeden Unfug zu haben war, aber nicht unbedingt mit Ernsthaftigkeit und genialen Ideen glänzte. Jetzt habe ich dich als Admiral der Großen Galaktischen Flotte und als Erfinder der Raumwellentechnik wiedergetroffen – kaum zu glauben: Du bist jetzt mein oberster Chef. Daran muss ich mich erst noch gewöhnen, bitte verzeih, wenn ich dafür etwas länger brauchen sollte.«

»Macht nichts«, erwiderte ich gutmütig, »den anderen erging es auch nicht besser.«

»Also ich kenne Eli nicht gerade als Heißsporn«, mischte Mary sich ein. »Abgesehen von der gelegentlichen Gewitterfliegerei hat er sich kaum jemals Albernheiten geleistet. Manchmal würde ich mir sogar einen weniger ernsthaften Ehemann wünschen.«

»Sie haben eben nicht mit ihm die Himalajaschule besucht«, entgegnete André. »Außerdem hat er sich in Sie verliebt – das hat ihn wahrscheinlich wachgerüttelt und ihm die Flausen ausgetrieben. Aber glauben Sie mir: Ein ernsthafter Eli, der streng das Kommando führt – für mich klingt das wie ein Widerspruch in sich.«

»Lieber Freund!«, sagte Romero mit einem Seufzer zu André. »Viele von uns, darunter leider auch ich – wie ich zu meiner Schande gestehen muss –, hielten Sie für tot. Ich konnte mir nicht vorstellen, dass diese skrupellosen Mörder daran gescheitert waren, Ihr Wissen und damit die Militärgeheimnisse der Menschheit aus Ihnen herauszufoltern. Daher ging ich davon aus, dass Sie nicht mehr am Leben waren. Doch Sie haben glücklicherweise den Verstand verloren, sofern man eine Geistesstörung als Glücksfall bezeichnen kann. An eine solche Möglichkeit hat keiner von uns gedacht.«

»Das war Absicht, Romero! Ich habe meinen Verstand ganz bewusst und systematisch verwirrt.«

»Wie hast du das angestellt, André?«, fragte ich.

»Das kam so: Die Aussicht, gefoltert zu werden, war der reinste Horror. Mir war klar, dass ich einer solchen Tortur nicht standhalten würde. Der naheliegende Ausweg war der Freitod. Doch leider stand ich unter ständiger Beobachtung. Die Zerstörer hätten mir nicht in Ruhe dabei zugeschaut, wie ich mir die Pulsadern aufbeiße, und natürlich waren sie peinlich darauf bedacht, dass keine Messer und kein Strick in meine Nähe kamen. In dieser ausweglosen Situation fasste ich den Entschluss, meinen Verstand außer Gefecht zu setzen. Natürlich nicht mit roher Gewalt, sondern durch gezielte Manipulation der Nervenschaltkreise im Gehirn.«

»Und so bist du auf das graue Böcklein gekommen?«, fragte ich.

»Genau. Das Böcklein habe ich ausgewählt, da die Zerstörer damit garantiert nichts anfangen konnten. Woher sollten sie wissen, was ein Ziegenbock ist, und woher das Märchen mit der Großmutter und den Wölfen kennen? Von diesem Zeitpunkt an dachte ich Tag und Nacht nur noch an das graue Böcklein. Bald setzte sich das Vieh mit Hörnern und Hufen in sämtlichen grauen Zellen fest – mein Gehirn war vollständig auf das Böcklein programmiert, und alle anderen Bilder und Vorstellungen wurden nach und nach ausgelöscht. Dadurch fiel ich schließlich in eine gedankliche Leere, aus der erst ihr mich wieder herausgeholt habt!«

»Unfassbar, André«, flüsterte Lussin. »Pure Selbstverstümmelung!«

»Und welch gewaltige Selbstüberwindung muss dafür nötig gewesen sein!«, staunte Romero. »Dass Sie ein erfinderischer Mensch sind, wussten wir alle, doch dass Sie zu einer solchen Willensleistung imstande sein würden, hätte ich, um ehrlich zu sein, nicht für möglich gehalten!«

Andrés Geschichte erinnerte mich an das zerstörte Gehirn des *Bärenhüters*, und ich kam darüber ins Grübeln.

»Eli, du hörst uns ja gar nicht zu«, sagte André vorwurfsvoll.

»Entschuldige. Ich denke gerade über ein schwieriges Problem nach.«

»Und das wäre?«

»Wir haben die BUM unseres Sternenpflugs außer Gefecht gesetzt, um sie dem Zugriff der Zerstörer zu entziehen. Dabei sind wir so ähnlich wie du vorgegangen. Wir haben die internen Schaltkreise desorganisiert.«

»Ihr habt das zentrale Nervensystem eures Sternenpflugs durcheinandergebracht? Na großartig! Wisst ihr noch Schritt für Schritt, wie ihr dabei vorgegangen seid?«

»Ich fürchte nein. Es musste alles sehr schnell gehen. Möglicherweise haben sich Oshima und Kamagin doch ein paar von den Befehlen gemerkt, mit denen sie das bewerkstelligt haben. Aber sie selbst glauben nicht, dass sie die BUM wieder instand setzen könnten.«

»Hm, da wird uns schon eine Lösung einfallen«, sagte André und gähnte. »Eine BUM ist schließlich lange nicht so kompliziert wie ein menschliches Gehirn.«

»Meint ihr nicht, es wäre Zeit, sich aufs Ohr zu legen?«, schlug Romero vor. »Nach dem Kampf sind wir alle müde, und der morgige Tag verspricht auch nicht gerade ein Spaziergang zu werden.«

Romero, André und Lussin legten sich nicht weit entfernt von uns zur Ruhe, und schon bald hörte ich sie um die Wette schnarchen.

Ich lag wach und dachte an Aster. Den ganzen Nachmittag hatte ich ihn getragen – da waren wir uns ganz nah gewesen, doch dann kam es zur Revolte, und nach dem Kampf lenkten mich die Gespräche mit den Zerstörern und mit André ab. Jetzt, in der undurchdringlichen nächtlichen Finsternis, sah ich Aster vor mir und unterhielt mich in Gedanken mit ihm.

Plötzlich stieß mich Mary an. Ich setzte mich auf. Sie musste direkt neben mir sitzen, denn ich hörte sie schwer atmen.

»Hör sofort auf!«, flüsterte sie schluchzend. »Wie kannst du dich selbst so quälen?!«

»Wie kommst du darauf? Ich hänge nur meinen Gedanken nach.«

»Schlaf endlich! Nimm mich in den Arm und schlaf! Ich kann doch auch an nichts anderes denken!«

Betroffen legte ich mich wieder hin und zog Mary an mich. Sie weinte, und ihre Tränen rannen auf meine Brust. Ich streichelte ihr übers Haar und hielt sie ganz fest, bis ihr Wimmern verebbte. Allmählich wurde ihr Atem tiefer, und sie schlief ein. Eine Zeit lang schwirrten mir noch diffuse Gedanken an Aster und den bevorstehenden Tag durch den Kopf, dann sank auch ich unter Marys warmem Körper in den Schlaf.

Als ich aufwachte, stand die Sonne bereits ein Stück über dem Horizont. Oshima, Orlan und Gig kamen gerade herbeimarschiert.

»Die Kolonne ist abmarschbereit, Admiral«, meldete Oshima.

»Die gefangenen Stielaugen betrachten mich immer noch als ihren Vorgesetzten, Eli«, teilte Orlan mit. »Es wird nicht nötig sein, sie zu bewachen. Sie können eine separate Marschkolonne bilden.«

Gig klapperte freudig mit den Rippen und grinste. Ein so lebensfrohes Skelett sieht man auch nicht alle Tage, dachte ich.

»Die Unsichtbaren sind wieder eine Einheit!«, berichtete Gig triumphierend. »Auch diejenigen, die gestern noch gegen uns gekämpft haben, sind ab heute auf unserer Seite. Wie sich herausstellte, würden sie für mich tatsächlich durchs Feuer gehen. Nur mit einer Sache haben wir ein Problem, Eli, jetzt, wo wir sichtbar sein dürfen und uns am Boden fortbewegen: Wir haben keine Lust, hinter den Menschen und Engeln im dritten Glied zu marschieren, wie Oshima das angeordnet hat. Das kränkt uns in unserer Ehre, verstehst du?«

»Meinetwegen, dann marschiert ihr eben an der Spitze des Trosses«, erwiderte ich. »Ist euch das Ehre genug?«

Gig nickte knarzend und zog hochzufrieden ab, um seine Unsichtbaren nach vorn zu holen. Als die gruselige Schar der Skelette mit stolz geschwellten Brustkörben und knochenrasselnd den Rest des Zuges überholte, wurden sie von Menschen und Engeln misstrauisch beäugt, und die Pegasusse wieherten nervös. Nur die phlegmatischen Drachen hoben nicht einmal den Kopf.

»Ich habe Aster in eine Aviette gelegt«, sagte Mary, die gerade vom Ausrüstungstross zurückkam. »Wir werden ihn nicht mehr tragen.«

»Willst du nicht auch lieber in eine Aviette steigen?«, fragte ich.

Sie rang sich ein Lächeln ab: »Hast du deinen eigenen Befehl schon wieder vergessen? Ich werde den Marsch genauso tapfer ertragen wie du.«

13

Zusammen mit Romero, Oshima, Orlan, Petri und Kamagin war ich auf einen Bleihügel geklettert, der uns als Aussichtspunkt diente. Die Metrikstation war bereits mit bloßem Auge zu sehen. Man konnte eine hoch aufragende Kuppel und nicht weit davon entfernt drei weitere, weniger hohe Gewölbe erkennen.

»Sieht ziemlich windig aus«, sagte Romero abschätzig. »Die antiken Festungen in der Museumsstadt mit ihren Mauern und Schießscharten finde ich eindrucksvoller.«

»Mag sein, dafür machen sie keine Dellen in den Weltraum wie dieses unscheinbare Monster hier«, gab ich zu bedenken.

»Keine Sterbensseele weit und breit«, sagte Oshima.

»Ja, die Station scheint verlassen zu sein«, bestätigte Kamagin. »Ich würde es riskieren, näher ranzugehen.«

»Das würde ich nicht tun«, entgegnete Orlan und versenkte seinen Kopf bis zu den Augen zwischen den Schultern. Es war mir schon länger aufgefallen, dass er stets sehr zurückhaltend und kurz angebunden reagierte, sobald die Rede auf die Station kam. Die Metrikstationen mit ihrer mysteriösen Macht waren im Reich des Großen Zerstörers ein absolutes Tabuthema, und Orlan konnte seine Scheu vor ihnen nicht überwinden.

»Gehen wir ins Lager zurück, und beraten wir uns mit den anderen«, schlug ich vor.

Wir hatten unser Lager in etwa zehn Kilometern Entfernung von der Station aufgeschlagen, und es lag noch ein gutes Stück Weges vor uns. Unterwegs zerbrach ich mir den Kopf über das weitere Vorgehen, doch zu einem befriedigenden Ergebnis kam ich dabei nicht.

Als wir zurückkamen, flog uns mit dem üblichen Krakeel eine Patrouille von Trubs Engeln entgegen. Sie hatten die Luftüberwachung des Lagers übernommen.

Auf einem Aufklärungsflug mit Zeus hatte Lussin die Station entdeckt. Sicherheitshalber hatte er sofort wieder kehrtgemacht, nachdem er die unscheinbaren Kuppeln erspäht hatte. Solcherlei

Vorsicht konnte man in gewissem Sinne für naiv halten, denn es war geradezu lächerlich, davon auszugehen, dass wir von möglichen Beobachtern erst in normaloptischer Sichtweite entdeckt würden.

Hochkomplexe Anlagen wie diese Station, die imstande waren, die Struktur des Raums zu verändern, verfügten mit Sicherheit über leistungsstarke Überwachungseinrichtungen. Jeder gewöhnliche Sternenpflug ortet mühelos einen Hosenknopf in einer Million Kilometer Entfernung, und man musste davon ausgehen, dass die Ortungsgeräte einer Metrikstation nicht weniger effektiv funktionierten.

Für mich stand fest: Uns war bislang nur deshalb kein Widerstand entgegengesetzt worden, weil es auf der Station niemanden gab, der dies für nötig hielt. Ob dies nun bedeutete, dass man uns freundschaftlich gesinnt war? Oder dass auf der Station alles Leben ausgelöscht und keine funktionierenden Anlagen mehr vorhanden waren?

Kamagins Vorschlag, sich das geheimnisumwobene Objekt aus der Nähe vorzunehmen, gefiel mir. Hatte man uns in zehn Kilometern Entfernung nicht ausgelöscht, so stand dies auch in zehn Metern Entfernung nicht unbedingt zu befürchten. Andererseits wollte ich Orlans Bedenken nicht einfach vom Tisch wischen, schließlich wusste er über die Metrikstation mehr als wir alle.

»Ich bin gegen einen Vorstoß zu den Kuppeln«, erklärte Orlan bei der Besprechung. »Es entzieht sich meiner Kenntnis, was auf der Station vorgefallen ist, deshalb garantiere ich für nichts.« Das war eine unmissverständliche Warnung, selbst wenn Orlan sie mit der gewohnten Leidenschaftslosigkeit ausgesprochen hatte.

»Wie wäre es mit einem Aufklärungstrupp, Admiral?«, schlug Oshima vor. »Schicken wir doch die Unsichtbaren oder die Engel!«

»Die Engel!«, platzte Trub heraus. Er war der Ansicht, die Lufthoheit über dem Planeten obliege einzig und allein ihm und seinem Gefolge. Sobald Unsichtbare in die Luft stiegen, rümpfte er missbilligend die Nase. In ihnen sah er eine unliebsame Konkurrenz, während er sich Pegasussen und Drachen gegenüber vergleichsweise tolerant verhielt.

»Das ist ein Job für die Unsichtbaren«, erklärte seinerseits Gig.

Obwohl ich wusste, dass ich mir damit Trubs Zorn zuziehen würde, gab ich den Unsichtbaren den Vorzug.

»Ihr macht das, Gig. Es ist schließlich eure ureigenste militärische Aufgabe, an jedem beliebigen Ort unbemerkt aufzutauchen.«

»Und an jedem beliebigen Ort zu kämpfen!«, ergänzte Gig. »Wir Unsichtbare sind Krieger, Admiral!«

»Könntet ihr mich nicht auch vorübergehend unsichtbar machen?«, fragte ich. »Ich würde euch bei der Aufklärungsmission gerne begleiten.«

»Daraus wird leider nichts, Admiral. Die Krümmungsgeneratoren sind individuell angepasst. Und selbst wenn wir einen geeigneten finden würden – deine Körperstruktur ist an nichteuklidische Verhältnisse nicht angepasst. Du würdest beim Einwickeln in den Raumkokon hopsgehen.«

»Gut, dann nicht«, erwiderte ich. »Oshima – wie sieht's mit Ihren neuen Waffen aus?«

Gig stürmte klappernd davon, um seine Leute einsatzbereit zu machen. Der Rest der Besprechung interessierte ihn nicht mehr. Die Disziplin der Unsichtbaren lässt bisweilen zu wünschen übrig, in dieser Hinsicht könnten sie sich einiges von den Stielaugen abgucken.

Oshima hatte in den Containern der Zerstörer zwei funktionierende Elektromagnetgeschütze gefunden. In den Innereien dieser Waffen werden elektrische Ladungen generiert, die in bestimmten Abständen abgeschossen werden können. Dabei fließt in der Schussbahn Starkstrom, um den herum starke Magnetfelder entstehen.

»Wir haben die Geschütze zusammengebaut und an einem Goldfelsen ausprobiert«, berichtete Oshima. »Wir haben nur einmal geschossen. Dabei hat sich vom Geschütz bis zum Felsen ein metertiefer Graben eingebrannt, und an der Stelle des Felsens stieg eine Plasmawolke auf, aus der noch minutenlang Goldstaub regnete. Wenn wir mit diesem Höllengerät die Station beschießen, dürfte dort einiges kaputtgehen.«

Orlans Kopf ploppte zwischen die Schultern.

»Sie sind nicht besonders begeistert von Oshimas Plan?«, fragte ich ihn.

»Nun ja, die Elektromagnetgeschütze sind schön und gut, doch sollte es zu einer Schlacht um die Station kommen, wird den Stielaugen die entscheidende Rolle zukommen. Ein gebündelter Gravitationsangriff der Stielaugen ist wesentlich effektiver als eine elektromagnetische Salve. Außerdem sind nur zwei Geschütze da, Stielaugen dagegen über hundert. Im Moment sind sie zwar noch durch den langen Marsch geschwächt, aber im Lager werden sie ihre volle Kampfkraft schnell wieder zurückgewinnen. Im Falle eines Falles werde ich sie selbst in die Schlacht führen.«

An diesem Punkt wurde unsere Besprechung durch ein schauerliches Gerassel unterbrochen, das sich anhörte, als würde eine Kohorte antiker Legionäre in Eisenrüstungen marschieren. Es waren Gig und zehn seiner besten Skelette, die er für die Aufklärungsmission ausgewählt hatte.

»Wir sind bereit!«, verkündete er, während sein Trupp scheppernd in Reih und Glied antrat. »Alles Jungs mit superfeinen Sensoren. Die geborenen Aufklärer! Können wir starten?«

»Ihr könnt aufbrechen«, bestätigte ich.

Gig stampfte heftig mit dem rechten Fuß auf und ließ sämtliche Gelenke krachen. Seine Soldaten taten es ihm gleich und antworteten mit einem zehnfach verstärkten Urschrei. Im nächsten Moment waren sie allesamt verschwunden.

Die Skelette waren zweifellos gute Kämpfer, aber auch für Paraden hätten sie sich gut geeignet. Was man bei unseren Vorfahren als »Show« bezeichnete, beherrschten sie in kunstvoller Perfektion.

Die Sensoren der Unsichtbaren könnte man in gewisser Weise mit den menschlichen Sinnesorganen vergleichen. Im optischen Raum funktionieren sie zwar nicht, im nichteuklidischen Kokon hingegen registrieren sie selbst minimalste elektromagnetische Schwankungen, Gravitationsstörungen und Teilchenströme.

In Romeros Chronik ist das Prinzip dieser Sensoren ausführlich beschrieben, ich gehe an dieser Stelle nicht weiter darauf ein, da ich, ehrlich gesagt, selbst nicht verstanden habe, wie sie überhaupt funktionieren können, wenn doch die Unsichtbaren in ihrem Kokon so abgeschottet sind, dass selbst das Licht sie umfließt.

Ich übertrug das Lagerkommando Oshima, um mit André und Romero auf einen Beobachtungshügel zu steigen. Zuvor machten wir noch einen Abstecher zu Mary. Als einzige Frau im Lager hatte sie sich dem Aufbau eines Sanitätsdienstes verschrieben. Trub hatte ihr fünfzehn weniger kampfstarke Engel zugeteilt. Im Lager gab es zwar weder Medikamente noch Verbandszeug, doch man wusste sich zu helfen: Engel sind hervorragende Klöppler und Weber, aus einfachem Garn stellten sie Stoffe für Verbände her.

»Die Unsichtbaren müssten jetzt im Bereich der Station sein«, sagte André, als wir auf der Hügelkuppe angekommen waren. »Sie scheinen nicht aufgeflogen zu sein. Es tut sich nichts Besonderes.«

Aus heutiger Sicht, da uns die Geheimnisse der Metrikstation bekannt sind, kann man über Andrés naiven Optimismus nur schmunzeln. Die eigentlichen Unsichtbaren waren nicht Gigs Kämpfer, sondern diejenigen, die sie ausspähen sollten. Man ließ unseren Spähtrupp lediglich so nahe herankommen, wie man es für opportun hielt. Doch dann heizte man ihm ordentlich ein.

Im Luftraum vor der Station flammten plötzlich elf Feuersäulen auf. Ein paar Sekunden lang flogen die lodernden Fackeln noch in Richtung der Station weiter, danach machten sie kehrt und peilten wieder das Lager an. Mal absackend, mal wieder aufsteigend, trudelte der brennende Spähtrupp auf unseren Hügel zu. Fasziniert beobachteten wir die brennenden Fackeln, deren Inneres leer war.

»Unglaublich, nicht einmal im Feuer geben sie sich zu erkennen«, staunte André.

»Das würde ihnen auch nicht gut bekommen«, mutmaßte Romero.

Die elf Fackeln schwebten feuergrollend über unseren Hügel hinweg und stürzten dann mitten im Lager zu Boden. Dort brach einige Verwirrung aus, Menschen und Engel liefen an der Absturzstelle zusammen, dann krochen von allen Seiten Stielaugen herbei und begannen, die Flammen mit Gravitationsimpulsen zu ersticken. Dabei schwenkten sie ihre langen Hälse wie Löschschläuche.

»Schaut an, die freiwillige Feuerwehr des Dritten Planeten«, witzelte Romero.

Auch Mary und ihre Sanitätsengel erkannte ich am Ort des Geschehens, sie versuchten, einen der in Flammen stehenden Unsichtbaren mit Wasser zu löschen, doch mehr als eine zischende Dampfwolke kam dabei nicht heraus. Nachdem die Stielaugen die letzten Flammen gelöscht hatten, entschlüpften die Unsichtbaren unversehrt ihren nichteuklidischen Kokons.

»An der Metrikstation tut sich nichts«, sagte André. »Niemand hat die Verfolgung aufgenommen.«

»Warum sollten sie auch?«, erwiderte ich. »Sie haben die Eindringlinge verjagt, und das genügt ihnen. Offenbar haben sie kein Interesse daran, uns zu vernichten, doch sie denken ebenso wenig daran, uns zur Station vordringen zu lassen. Das war eine Machtdemonstration. Sie haben Gig und seine Leute in aller Ruhe ins Visier genommen und dann angezündet, ohne dass die auch nur die geringste Ahnung hatten, was ihnen blüht.«

»Ihr werdet es nicht glauben, Freunde«, begann André, »aber mein Plan besteht darin, gegen die feindlichen Phantome unsere primitiven Videodarstellungen ins Feld zu führen, die zwar einfacher strukturiert, aber optisch überzeugend sind.«

»Auch für andere Sensoren? Du weißt, die Analysatoren unserer Gegner beschränken sich nicht auf die Optik«, gab ich zu bedenken.

»Das Problem ist lösbar, du wirst sehen. Ich habe im Übrigen nicht vor, mich mit ihnen zu messen. Ihre Phantome kämpfen real, meine dagegen haben lediglich die Aufgabe, den Gegner zu verwirren. Es kann uns doch nur recht sein, wenn sie ihre Attacken gegen Gespenster richten und nicht gegen uns. Die wahren Gespenster, vor denen Trub so großen Respekt hat, werden auf unserer Seite kämpfen.«

Romero schüttelte skeptisch den Kopf. Auch Oshima, Kamagin und Petri zeigten sich wenig begeistert von Andrés Plan. Orlan hatte sich wieder in Teilnahmslosigkeit gehüllt. Nur Gig und Trub hielten es für eine ausgezeichnete Idee, der kriegerischen Bande von Phantomen eine Horde von Gespenstern entgegenzusetzen.

»Ein Kampf von Phantomen gegen Gespenster?«, fragte Romero und seufzte theatralisch. »Also ich weiß nicht, André, ich halte das für ein ziemlich dubioses Vorhaben.«

»Nicht so schnell, Pawel!«, erwiderte André, der nun ganz in seinem Element war. »Der Clou meines Plans kommt noch: Unser optisches Heer setzen wir nur als taktischen Köder ein! Während die gegnerischen Phantome mit dem Kampf gegen unsere Gespenster beschäftigt sind, werden wir zum entscheidenden Schlag ausholen. Unseren Messgeräten zufolge gründet sich der Widerstand des Feindes auf zwei gegensätzliche Momente, die man – vereinfacht gesagt – als rechte und linke Felder bezeichnen könnte. Wenn diese gegensätzlichen Felder zusammenfallen, heben sie sich nicht gegenseitig auf, sondern bilden eine Art Knotenpunkt, so wie die linke und die rechte

Hand sich zu einem Händedruck vereinen. Die Phantome sind nichts anderes als das Ergebnis der Wechselwirkungen zwischen linken und rechten Feldern. Oshimas Geschütze, die Laser der Menschen und die Blitze der Engel und Drachen haben diese Felder zwar temporär auseinandergerissen, nicht jedoch ihre Symmetrie zerstört – und deshalb blieb die eigentliche Kraftquelle des Gegners intakt. Wir können nur dann den Sieg erringen, wenn es uns gelingt, diese Felder aus der Balance zu bringen und ihre interne Harmonie zu zerstören. Im Ausrüstungstross haben wir Generatoren gefunden, mit denen wir jedes beliebige Feld unserer Widersacher nachbilden können. Während die feindlichen Phantome sich mit unseren Videogespenstern herumschlagen und Oshimas Geschütze für zusätzliches Chaos sorgen, werden wir das gesamte Energiesystem des Feindes in so heftige Eigenschwingungen versetzen, dass kein Dämpfungsmechanismus seinen Zerfall mehr verhindern kann!«

Andrés Vortrag hinterließ bei seinen Zuhörern eine Mischung aus Bewunderung und Ratlosigkeit. Einerseits waren wir beeindruckt von der monströsen Logik seiner Gedanken, andererseits waren wir nicht in der Lage, seine Schlussfolgerungen im Detail nachzuvollziehen.

So erging es jedenfalls mir, und deshalb wagte ich es, einige Nachfragen zu stellen. André empfand dies wie üblich als kleinliche Krittelei.

»Es wäre ja auch das erste Mal, dass du nicht irgendein Haar in der Suppe findest«, empörte er sich.

»Es wäre auch das erste Mal, dass du in eine hervorragende Idee nicht vor lauter Überschwang einen kleinen Lapsus einbaust«, konterte ich. »Was brauchst du, um eine Armee von Gespenstern aus dem Hut zu zaubern?«

»Zwei Tage Zeit und ein Dutzend fähige Helfer, aber nicht solche Skeptiker wie dich, wenn's geht.«

»Das lässt sich machen«, erwiderte ich grinsend.

16 Auf dem Kommandohügel waren wir diesmal nicht zu dritt, sondern mindestens dreißig Menschen und Verbündete. Der zweite Angriff auf die Metrikstation verlief genau nach Plan.

In Romeros Chronik können die technischen Einzelheiten nachgelesen werden: Leistungsabgabe in Albert, Illusoritätsgrad der Gespenster, taktische Dislozierung der Phantome und so weiter.

In meiner Erinnerung sind weniger die technischen Hintergründe als die Sinneseindrücke dieser Schlacht lebendig geblieben: die Geräusche und Farben, die Flammen und Rauchsäulen, die wüsten Fratzen der sich gegenseitig bekämpfenden Pseudowesen. Der Illusoritätsgrad unserer Gespenster, der aktuell von den Historikern so kontrovers diskutiert wird, ist in meinen Augen ohne Belang.

Zunächst rückten unsere »realen« Verbände vor, damit die gegnerischen Analysatoren auch einen realen Angriff registrierten. Es dauerte nicht lange, bis sich die Horden feindlicher Phantome uns entgegenstürzten. Kaum war der Kampf entbrannt, mischten sich Andrés Gespenster ins Kampfgetümmel. Obwohl mir natürlich bewusst war, dass diese neu hinzukommenden Figuren nur optische Täuschungen waren, konnte ich sie von den realen Figuren nicht unterscheiden, so perfekt waren sie kopiert.

Wie vereinbart, zogen sich unsere realen Soldaten schlagartig zurück, als die Gespenster zwischen ihnen auftauchten. Aus der Sicht des Gegners musste das so aussehen, als wäre ein Teil unserer Truppen bereits auf der Flucht. Davon angestachelt machten sich die Widersacher mit verdoppeltem Eifer daran, unsere zurückgebliebenen Kämpfer, also die Gespenster, zu liquidieren.

Nun tobte ein Kampf zwischen Phantomen und Gespenstern, doch was sich dort unten auf dem Schlachtfeld abspielte, war vollständig real: Kreischen, Heulen, Zischen und Donnern, Granateinschläge, Gravitationsstöße, Laserstrahlen und Rauchsäulen vermengten sich zu einem veritablen Kriegsspektakel.

Das Kampfgeschehen hatte mich so in seinen Bann gezogen, dass ich überhaupt nicht mitbekam, wie André die Generatoren in Gang setzte. Für den Anfang verstärkte er alle rechtsorientierten Felder um ein Vielfaches.

Die feindlichen Phantome blähten sich plötzlich auf, verloren die klaren Konturen und wurden zu Silhouetten. Unser überraschter Gegner verstärkte sofort die linksorientierten Felder, um die Balance aufrechtzuerhalten. Doch genau in diesem Moment schwächte André die rechtsorientierten Potenziale wieder ab und verstärkte seinerseits die linksorientierten.

Die zuvor aufgeblähten Bestien zogen sich nun extrem zusammen, als hätte man ihnen den Stöpsel herausgezogen, ihre Konturen wurden extrem scharf, und sie verwandelten sich in abstrakte, strichmännchenartige Figuren.

Damit war der Prozess einer sich selbst verstärkenden Feldschwingung in Gang gesetzt. Die Phantome begannen regelrecht zu pulsieren, indem sie sich aufblähten und wieder in sich zusammenfielen.

In einem zweiten Schritt sorgte André dafür, dass die eine große Schwingung in mehrere kleine Schwingungen zerfiel. Während die einen Phantome wuchsen, schrumpften die anderen. Die Schwingungen wiesen einerseits eine Phasendifferenz auf, andererseits nahm ihre Amplitude ständig zu, so dass sich die Intensität des Pulsierens immer mehr verstärkte.

Andrés Berechnungen zufolge musste dieser Prozess früher oder später zu einer gewaltigen Explosion im Energiezentrum des Feindes und damit zum totalen Zerfall seiner Streitkräfte führen. Doch noch bevor es dazu kommen konnte, entbrannte zwischen den pulsierenden Phantomen zu unserer Überraschung ein skurriler Bruderkampf. Die großen konturlosen stürzten sich auf die Strichmännchen und umgekehrt. Die gegenseitige Vernichtung wurde minutenlang von entsetzlichem Geheul und

Geschrei untermalt, bis eine gigantische Explosion dem abstrusen Treiben ein plötzliches Ende setzte.

Über der beschädigten Hauptkuppel der Station stieg eine gewaltige Rauchsäule auf. Die verbissen gegeneinander kämpfenden Phantome des Feindes hatten sich auf einen Schlag in nichts aufgelöst. Der Widerstand der Station war damit gebrochen.

Unsere Soldaten stürmten das Schlachtfeld – unsere realen Soldaten wohlgemerkt, nicht die Gespenster. Mit wilden Flügelschlägen brausten Trubs Engel über sie hinweg, gefolgt von Gigs gut gelaunten Skeletten, die sich ihrer Unsichtbarkeit entledigt hatten, und von Kamagins geflügelter Kavallerie. Lussins qualmende Echsen konnten nur mit Mühe folgen.

Den Schluss bei der abschließenden Erstürmung der Station machten die Stielaugen. Wie bei einer Parade kroch Orlans eiserne Armee in Reih und Glied voran. Links und rechts davon marschierten zwei Menschenkolonnen, geführt von Oshima und Petri.

»Eli! André! Worauf wartet ihr noch?« Es war Romeros Stimme, die da an mein Ohr drang und von einem munteren Schnauben untermalt war.

Drei Pegasusse standen startbereit an der Hügelkante und scharrten ungeduldig mit den Hufen. Auf einem saß bereits Romero, auf die anderen beiden sprangen André und ich.

An die Mähnen der fliegenden Pferde geklammert ließen wir uns zu der rauchenden Kuppel tragen, die unsere Vorhut – die Engel, Pegasusse und Unsichtbaren – bereits gestürmt hatte.

17

Angewidert betrachtete ich den gefangen genommenen Aufseher der Metrikstation. Er ähnelte einem Menschen und war gleichzeitig unmenschlich hässlich! Weder Narben noch Wunden waren der Grund für sein entstelltes Äußeres – keine noch so schlimme Verletzung hätte einen Menschen derart verunstalten können. Dieses Wesen war künstlich umkonstruiert worden.

Das einzige halbwegs Ästhetische an dem drei Meter großen Koloss war sein Gesicht, aus dem kalte, graue Augen misstrauisch herauslinsten. Schwarzes, strähniges Haar hing ihm bis auf die Schultern herab. Anstelle von Beinen hatte man ihm zwei lange Schläuche verpasst, die er in jedem Punkt durchbiegen konnte. Ähnlich flexibel waren seine Arme: zwei tentakelartige Gummigreifer mit zehn Saugknöpfen an den Enden – grauenhaft!

Der muskulöse Rumpf des Aufsehers hätte einen griechischen Gott vor Neid erblassen lassen, wäre da nicht diese seltsame Klappe gewesen, die über seinem Bauchraum angebracht war. Kamagin hatte sie nach der Gefangennahme des Monstrums geöffnet: Dahinter verbargen sich keine Innereien aus organischem Gewebe, sondern ein Wust aus Antriebsmotoren, Akkus, Kabeln und Schläuchen!

Dieses menschenähnliche Gebilde verfügte nicht über normale Lebensfunktionen, es atmete nicht, ernährte sich nicht, wurde nicht krank und schlief nicht, stattdessen lud es sich auf und ölte sich, und wenn es kaputtging, musste es sich reparieren oder defekte Dichtungen auswechseln.

Hinter dem Aufseher stand mit hängenden Köpfen das Grüppchen der Stationsingenieure – lebendige Maschinen, die Kamagins Reiter an den Bedienpulten überwältigt hatten.

Der Aufseher wippte leicht auf seinen durchgebogenen Gummischläuchen und musterte uns mit hasserfüllten Augen. Auf mir, Romero und André verharrte sein Blick nur flüchtig, doch als er Orlan ins Visier nahm, streckten sich plötzlich seine Schlauchbeine durch, und sein Rumpf schnellte einen halben Meter empor.

Als der Aufseher den Mund öffnete, ertönte anstatt einer Stimme ein metallisches Quietschen und Scheppern, als hätte man seine Stimmbänder schon länger nicht geölt. Zum Glück übersetzten unsere Handdechiffriergeräte den nervigen Lärm problemlos in normales Irdisch.

»Orlan? In Gesellschaft des Feindes?«, fragte der Aufseher.

Orlan ging zwei Schritte auf ihn zu und fuhr ganz langsam den Hals aus. Wir kannten Orlan inzwischen gut genug, um zu wissen, dass dies bei ihm als herablassende Form der Begrüßung galt.

»Orlan, ganz recht, aber in der Gesellschaft von Freunden«, entgegnete er.

»Du Verräter!«, schepperte der Aufseher drohend. »Wir haben uns alle über deinen Aufstieg gewundert. Man sagte dir nach, du seist klug. Dabei bist du nur ein feiger Abtrünniger. Das wirst du büßen. Ich werde dem Großen Zerstörer von deinem Treuebruch berichten, sobald ich ihn das nächste Mal treffe.«

Bis dahin hatten wir geglaubt, Orlan sei höchstens zu einem angedeuteten Grinsen in der Lage, doch nun schüttete er sich geradezu aus vor Lachen. Es dauerte nicht lange, da begann auch Gig zu kichern. Als ausgesprochene Frohnatur ließ das Gerippe natürlich keine Gelegenheit aus, vergnügt mit den Knochen zu klappern.

»Guter Plan! Erzähle alles dem Herrscher«, sagte Orlan, als er wieder Luft bekam. »Du wirst sicher bald Gelegenheit dazu haben, und zwar in einem der Kerker, wo wir ihn und dich für immer verschwinden lassen werden. Und jetzt beantworte die Fragen meiner Freunde.«

Die Vernehmung führte Romero durch. André und ich traten zur Seite.

»Ich werde das sonderbare Gefühl nicht los, diese Wände und Bedienpulte hier schon einmal irgendwo gesehen zu haben«, sagte ich zu André.

»Blödsinn, du spinnst doch«, erwiderte er. Obwohl ich sein Chef war, hielt er es für vollkommen überflüssig, mich mit respektvoller Höflichkeit zu behandeln.

Romero begann mit einer Frage an Orlan: »Werter Verbündeter, haben Sie gewusst, dass auf der Station menschenähnliche Wesen arbeiten?«

»Ich wusste nur von einem – nämlich vom Aufseher selbst. Ich lernte ihn kennen, als er dem Großen Zerstörer für den Posten hier vorgeschlagen wurde. Davor war uns nur bekannt, dass er ein Nachfahre gefangener Galakten ist, der für geheime Spezialaufträge umkonstruiert wurde.«

»Und die dort? Sind das auch Nachkommen der Galakten?«, erkundigte sich Romero und zeigte mit dem Finger auf die Stationsingenieure.

»Sieht ganz so aus. Der Aufseher kann sicher mehr dazu sagen.«

Romero gab die Frage an ihn weiter.

»Alle Bediensteten der Station sind Nachkommen von Gefangenen. Wir wurden allesamt seinerzeit umkonstruiert«, erklärte der Aufseher.

»Dann gibt es zwischen euch keinerlei Unterschiede?«

»Zwischen uns bestehen erhebliche Rangunterschiede, die unsere Stellung in der Hierarchie festlegen. Einige von uns können durch die Verbindung verschiedengeschlechtlicher Individuen reproduziert werden, andere nicht. Ist Ihnen dieser Unterschied bekannt?«

»Ja, wenn ich recht verstanden habe, sprechen Sie von Sex. Uns Menschen ist diese Reproduktionsmethode in Ansätzen vertraut. Könnte man Sie auf diese Weise reproduzieren?«

»Auf keinen Fall!«, entrüstete sich der Aufseher. »Ich bin ein Wesen der höchsten Kategorie. So perfekte Geschöpfe wie ich entstehen niemals durch Geburt, sondern erst im Anschluss daran durch intensive Nachbearbeitung in einer hochtechnisierten Produktionslinie. Dieses hirnlose Gesindel dagegen …« – der Aufseher deutete mit dem Armschlauch auf seine Untergebenen – »ist jetzt noch debiler als zur Zeit seiner Geburt – hoffnungslose Idioten!«

Ich musste mich zusammenreißen, um nicht loszulachen, und Romero sah mich vorwurfsvoll an. So wie sie die Köpfe hängen ließen, schienen die Stationsingenieure tatsächlich unter ihrer niederen Herkunft zu leiden, während der Aufseher sich als Aristokrat aufspielte.

»Warum bezichtigen Sie Ihre Gehilfen der Hirnlosigkeit?«, erkundigte sich Romero.

»Ich bezichtige sie nicht, sondern ich stelle nur eine Tatsache fest. Die Gehirne wurden ihnen entnommen und durch Sender und Sensoren zur Kommunikation mit dem Superhirn der Station ersetzt. Ich dagegen habe mein Gehirn noch, um die Funktion des Superhirns zu überwachen. Ich bin ein Aufseher der Ersten Imperialen Kategorie, und meine ehrenvolle Aufgabe ist die Kontrolle des Superhirns der Metrikstation.«

»Das Superhirn der Station untersteht also völlig Ihrem Befehl?«

»So ist es vorgesehen. Hin und wieder treten auch Störungen auf. Das Superhirn ist nur ein biologischer Automat ordinären, natürlichen Ursprungs. Es wurde einem neugeborenen Individuum entnommen, dann in einer Nährlösung weiterentwickelt und ...«

»Sie sprachen von Störungen. Was ist darunter zu verstehen?«

»Na Betriebsstörungen eben. Es gibt Schlimmeres. Während des Krieges gegen die Galakten hat das Vorgängergehirn des derzeitigen rebelliert, und die Galakten hätten es beinahe geschafft, den Dritten Planeten zu erobern. Seither wird jedes der sechs Superhirne einem Aufseher aus aristokratischer Fließbandproduktion unterstellt. Das Superhirn ist mein Sklave. Wenn es mir den Gehorsam verweigert, vernichte ich es.«

»Und das Superhirn dieses Planeten funktioniert störungsfrei?«

»Sehr witzig. Wenn es störungsfrei funktionieren würde, wäret ihr jetzt nicht hier. Die Landung eures Raumschiffs war nicht vorgesehen, und erst recht nicht die Eroberung der Station.«

»Warum haben Sie das Superhirn dann nicht vernichtet?«

»Es handelt sich nicht um einen Fall von Ungehorsam. Das Superhirn hat alle meine Befehle ausgeführt. Ich habe höchstpersönlich die Anweisungen überprüft, die es an die Exekutiveinheiten weitergegeben hat. Es war gehorsam bis zu der Explosion, als ich plötzlich den Kontakt zu ihm verlor.«

»Trotzdem haben Sie es nicht geschafft, uns auszuschalten.«

»Leider nein. Vermutlich sind Schaltungen in den Befehlsketten defekt. Solche Störungen sind auch schon früher aufgetreten. Aus genau diesem Grund wurde ich hierher versetzt, weil der frühere Aufseher solche Schwierigkeiten gemeldet hatte.«

»Haben Sie die Phantome geschaffen oder das Superhirn?«

»Niedere Tätigkeiten wie das Erschaffen von Dingen entsprechen nicht meinem Rang. Als Aufseher der Ersten Imperialen Kategorie bin ich Zerstörern der Vierten Imperialen Klasse gleichgestellt. Mir sind alle Kontrollfunktionen übertragen und eine einzige Zerstörungsfunktion: die Vernichtung des Superhirns, falls es außer Kontrolle gerät.«

Romero gab seine würdevolle Zurückhaltung und Gelassenheit nur selten auf, doch wenn, dann ließ er auch jede Höflichkeit fahren.

»Ich glaube, es bringt nichts, wenn wir uns noch länger mit diesem Trottel unterhalten, Admiral«, sagte er. »Im Keller der Station gibt es geräumige Bunker, in denen er sich bestimmt wohlfühlen wird. Ich schlage vor, nun den Raum des Superhirns der Station zu inspizieren.«

18 Kaum hatte ich die Schwelle des Raums betreten, blieb ich wie vom Donner gerührt stehen und hielt den Atem an. Ich hatte schon eine Vorahnung gehabt und mich innerlich auf gewisse Ereignisse eingestellt, doch als diese nun tatsächlich eintraten, war ich trotz allem fassungslos und riss ungläubig die Augen auf.

Der Raum, den wir zu betreten im Begriff waren, war mir wohlvertraut. Ich hatte mich mehrfach im Traum darin aufgehalten. Es war die Beobachtungswarte der Zerstörer – eine hohe Kuppel, in deren Wölbung auf einem Bildschirm der Weltraum dargestellt war. Jetzt war dieser Bildschirm schwarz, doch in meinen Träumen war er von den Lichtern funkelnder Sterne und blinkender Raumschiffe übersät gewesen. In diesem Gewölbe hatte ich mit stockendem Herzen Allans Sturm auf Chi Persei beobachtet.

In der Mitte des Raums schwebte wie in meinem Wahrtraum zwischen Boden und Decke eine halbtransparente Kugel. Damals hatte ich mich panisch davor gefürchtet, ihr zu nahe zu kommen. Diese Angst holte mich augenblicklich wieder ein, obwohl ich jetzt – anders als im Traum – genau sehen konnte, was es damit auf sich hatte: In der Kugel schwamm in einer Nährlösung das Superhirn der Station.

Vermutlich hätte ich bis zum Jüngsten Tag reglos auf der Schwelle verharrt, wären wir nicht plötzlich von einer Stimme angesprochen worden, die aus der Tiefe des Raumes erklang.

An dieser Stelle muss ich kurz innehalten! In meiner Schilderung berichte ich nichts als die Wahrheit und habe es mir an keiner Stelle erlaubt, den Einflüsterungen meiner Fantasie nachzugeben. Das Einzige, was mir daran auch heute noch fantastisch, ja irreal erscheint, ist diese Stimme des Superhirns, die überall gleichzeitig ertönte, von oben, von der Seite und in uns selbst.

Schon oft hatte ich diese Stimme gehört, hatte sie mit meiner eigenen und mit Orlans Stimme verwechselt – nun erklang sie ganz für sich, war niemandem geliehen und mir in jeder Hinsicht, in jeder Nuance, in allen Klangfarben vertraut. Ihr Klang war zauberhaft schön, sonor, erhaben – ach, was rede ich für einen Unsinn – diese Stimme klang vor allem gütig!

»Tretet ein, Menschen und Freunde der Menschen!«, sagte die Stimme. »Eine Ewigkeit habe ich auf euch gewartet – endlich seid ihr da!«

Allein Romero beherrschte die internationale Sprache der Menschen so perfekt wie diese Stimme, die noch nie zuvor mit einem Menschen in Berührung gekommen war.

Ein Krampf schnürte mir den Hals zu. Romero sah mich erwartungsvoll an, und André knuffte mich ungeduldig mit dem Ellbogen ins Kreuz. Natürlich wäre es meine Aufgabe gewesen, der Stimme etwas zu antworten, doch ich brachte nur ein halblautes, unverständliches Gemurmel heraus.

»Es freut mich aufrichtig, dass ihr hier seid, Admiral Eli«, fügte das Superhirn hinzu. »Und ich bin glücklich darüber, dass ihr den Sieg errungen habt.«

Verzweifelt suchte ich nach feierlichen Worten, die dem Anlass angemessen waren, doch leider kamen mir nur Albernheiten und schwulstige Phrasen in den Sinn.

»Wenn du dich über unseren Sieg freust, warum hast du uns dann nicht geholfen zu siegen?«, entfuhr mir spontan meine unverblümte Frage.

»Ich habe euch sehr wohl geholfen, Eli«, erwiderte das Superhirn und ließ dabei einen dezenten Vorwurf mitschwingen.

Hilfesuchend wandte ich mich nach meinen Freunden um. Sie sahen ebenfalls ratlos aus und senkten den Blick zu Boden. Irgendwie beruhigte es mich, dass auch die anderen verlegen waren.

Um die Situation zu glätten, wählte ich eine diplomatischere Formulierung: »Ich wollte damit nur sagen: Du hättest uns die Tore zur Station doch öffnen können, ohne uns in blutige Schlachten gegen Phantome zu verwickeln.«

»Du vergisst den Aufseher, den ihr im Kellerbunker eingesperrt habt. Dieser beschränkte Geist hat jeden meiner Befehle genau kontrolliert. Es war nicht ganz einfach, ihn zu hintergehen.«

Allmählich überwand ich meinen leichten Schockzustand.

»Du hast mich mit Namen angesprochen. Offenbar weißt du über uns alle Bescheid?«

»Ja, ich kenne euch alle. Romero, den Sekretär des Admirals; die drei Kapitäne Oshima, Petri und Kamagin; den Drachenzüchter Lussin; und auch dich kenne ich, Mary – es tut mir so leid, dass du deinen einzigen Sohn verloren hast, glaub mir, ich habe versucht, ihn zu retten, doch ich vermochte es nicht; und dich kenne ich, kluger Orlan, oft habe ich dich heimgesucht, dir meine Pläne eingeflüstert und dich so in quälende Zweifel gestürzt; auch du hast mich schon getroffen, tapferer Gig, seit eurer Landung auf dem Dritten Planeten funktionieren unsere Gehirne auf einer Wellenlänge; auf dich, Trub, habe ich immer wieder mit deiner inneren Stimme eingeredet, allein, du hast mir nicht oft zugehört; mit dir, genialer André, habe ich so manche Unterredung geführt, zusammen mit deinen Freunden habe ich dir aus dem Sumpf des Irrsinns herausgeholfen, nachdem du dich so geschickt um den Verstand gebracht hattest. Ich kenne euch alle seit dem Zeitpunkt, als ich euren Schiffen den Rückweg aus Chi Persei versperrt habe. Am nächsten von allen stehst mir du, Eli. Deine Hirnstrahlen waren die ersten, die meine Empfänger registrierten, und dir bin ich als Einzigem im Traum erschienen.«

»Scheint ein gütiges Wesen zu sein, diese mysteriöse Stimme, finden Sie nicht, Admiral?«, flüsterte Romero mir zu.

Ich ignorierte Romero, denn ich musste gerade an unsere verzweifelte Irrfahrt durch den Sternhaufen denken.

»Du hast uns den Rückweg versperrt? Aber damit hast du uns den einzigen Weg zu unserer Rettung verbaut.« Ich war wieder verwirrt.

»Seid ihr etwa in den Sternhaufen vorgedrungen, um unverzüglich wieder das Weite zu suchen?«, erwiderte das Superhirn. »Euer Ziel war es doch, herauszufinden, was sich im Inneren von Chi Persei abspielt. Diese Möglichkeit habe ich euch eröffnet. Und nun übergebe ich euch die mächtigste Bastion eurer Feinde, Admiral Eli. Der kosmische Krieg zwischen euch und den Zerstörern wendet sich zu euren Gunsten. Der Vorwurf, ich hätte euch den Weg zur Rettung verbaut, trifft nicht zu.«

Ich fühlte mich tief beschämt. Die menschliche Stimme des Superhirns hatte sich so überraschend an uns gewandt, dass ich es nicht schaffte, angemessen darauf zu reagieren. In gewisser Weise ähnelte das Superhirn unserer BUM. In der Kommunikation legte es eine vergleichbare Gründlichkeit und Präzision an den Tag, und auch seine Rolle hier auf der Metrikstation war mit der Funktion der BUM auf unseren Sternenschiffen durchaus vergleichbar.

Doch es gab auch einen wichtigen Unterschied, den wir alle sofort gespürt hatten. Die BUM blieb stets eine leidenschaftslose, genial konstruierte Maschine, egal, welche Informationen sie vermittelte. Das Superhirn dagegen verhielt sich wie ein Mensch.

Sicher waren diese menschlichen, ja allzu menschlichen Züge der Stimme der Grund dafür, dass mir Zweifel kamen. War es nicht möglich, dass wir es abermals mit einer Imitation unserer selbst zu tun hatten? Die Phantome, die uns in der Schlacht zu Leibe gerückt waren, glichen uns so perfekt, dass wir eine erneute Täuschung – diesmal eine akustische – nicht völlig ausschließen konnten. Eine List des Feindes schien mir nicht weniger wahrscheinlich als die Einmischung eines Freundes. Ich befahl mir selbst, mich vom sonoren Klang und der Güte der Stimme nicht einlullen zu lassen.

»Was gibt es Neues an den Grenzen von Chi Persei?«, fragte ich möglichst unverfänglich.

»Zu dem Zeitpunkt, als ich die Kreuzer der Zerstörer vom *Bärenhüter* abschnitt, hatte die Flotte der Menschen den ersten Sperrgürtel überwunden. Doch der Weg in die Tiefen des Sternhaufens ist steinig. Die Bresche, die dadurch entstanden war, dass ich mich auf eure Seite schlug, wurde sofort von anderen Metrikstationen geschlossen. Leider sind die übrigen fünf Superhirne ihren Gebietern treu ergeben. Sie sind fast genauso mächtig wie ich, folgen jedoch ganz anderen Neigungen.«

»Was meinst du damit, dass sie anderen Neigungen folgen?«

»Sie sind Vollstrecker. Ich bin ein Träumer.«

Die Antworten der Stimme des Superhirns waren durch die Bank bemerkenswert, doch diese war die Erstaunlichste von allen.

»Ein Träumer? Sieh einer an! Wovon träumst du denn, wenn ich fragen darf?«

»Von allem, was in meiner Vorstellungskraft liegt. Meine fünf Kollegen tun ihren Dienst, danach ruhen sie sich aus. Bei mir ist es anders: Ich erhole mich während der Dienstzeit von meinen Träumereien. Bisweilen bringt mich meine Fantasie an den Rand der Erschöpfung, indem sie mir immer neue, quälende Sehnsüchte eingibt. Dann verfalle ich in Schwermut. Die Schwermut ist für mich zu einer Lebensform geworden.«

»Du hast auf die Frage nicht geantwortet, Superhirn.«

»Habe ich wohl: Ich träume von allem.«

»Das verstehe ich nicht. Die Träume von uns Menschen sind zielgerichtet. Ich würde es so ausdrücken: Unsere Träume sind vektoriell. Verstehst du, was ich damit meine?«

»Durchaus. Sprich weiter.«

»Gewöhnlich träumen wir von Dingen, die uns in der Gegenwart versagt sind, die sich aber in der Zukunft erfüllen werden. Wenn wir von etwas träumen, nehmen wir es gleichsam vorweg. Unsere Träume und Sehnsüchte sind die ersten Vorboten sich anbahnender Ereignisse. Unsere Fantasie ist also durchaus praxisorientiert. Ist das bei dir anders?«

»Völlig anders. Ich träume nur von Dingen, die sich niemals erfüllen werden. Meine Träumereien nehmen die Dinge nicht vorweg, sondern ersetzen sie. Ihr greift in euren Träumen nach bislang unerschlossenen Möglichkeiten. Meine Träumereien dagegen sind nichts als ein nostalgischer Gemütszustand angesichts fehlender Möglichkeiten.«

Ein Imitationsprogramm wäre möglicherweise in der Lage, verschiedene Gedankengänge zur Ablenkung zu produzieren, aber eine Litanei über schwermütige Gefühle? – Wohl kaum. Nun war ich mir absolut sicher: Die Stimme des Superhirns war authentisch.

»Was sind denn nun die Dinge, von denen du träumst?«, fragte ich. »Teile uns mit, was dich bedrückt.«

»Ob ihr das verstehen könnt? Im Gegensatz zu mir seid ihr frei. Ich bin ein Gefangener, zwar so mächtig, dass ich Millionen von Lebewesen in kosmischen Staub verwandeln könnte, doch gleichzeitig ein Sklave! Keiner von euch kennt das Gefühl der Unfreiheit.«

»Und ob! Wir sind doch erst vor kurzem der Gefangenschaft entronnen. Jeder von uns hat die Bitternis der Sklaverei zu spüren bekommen.«

»Aber nur temporär, Mensch! Ihr habt daran geglaubt und gehofft, dass eure Gefangenschaft zu Ende geht. Die Befreiung war für euch stets eine realistische Möglichkeit, für die es sich zu kämpfen lohnt. Und schließlich habt ihr die Freiheit wiedererlangt. Ich dagegen befinde mich in ewiger Gefangenschaft. Versetze dich in meine Lage, Admiral! Stell es dir wirklich und wahrhaftig vor: immerwährende Unfreiheit! Gefangenschaft vom Anfang bis zum Ende des Lebens ohne jede Hoffnung auf Befreiung, ohne die geringste Aussicht auf eine Lockerung dieser grausamen Fesseln, es sei denn durch den Tod!«

Es war nicht ganz leicht, sich in die Lage eines in einer Nährlösung schwimmenden Gehirns zu versetzen, doch die Worte des Superhirns blieben nicht ohne Wirkung.

»Jetzt verstehe ich dich«, sagte ich. »Du träumst von der Freiheit!«

»Von allem, was sich jenseits von mir befindet! Von allem, was für mich unerreichbar ist! Von allem, was im Weltall existiert! Vom gesamten Weltall!«

Wir schwiegen betreten. Erst jetzt wurde uns bewusst, unter welch quälendem Mangel das Superhirn fortwährend litt. Mit der Bewegungsfreiheit entbehrte es eine elementare Quelle des Glücks, die für uns Galaxisfahrer selbstverständlich, ja geradezu banal war. Ich schämte mich zutiefst, dass ich diese gequälte Kreatur der arglistigen Täuschung verdächtigt und hinter seiner freundschaftlichen Güte eine Intrige gewittert hatte.

»Erzähle uns von dir«, bat Mary. »Du hast uns zu Recht deine Freunde genannt. Und als Freunde würden wir gerne mehr von dir erfahren.«

19

Das Superhirn dachte nach. Es schien sich nicht sicher zu sein, ob es ratsam wäre, uns einen tiefen Einblick in seine leidende Seele zu gewähren. Obwohl es sich dazu entschlossen hatte, sich auf unsere Seite zu schlagen, fehlte ihm doch die letzte Gewissheit, dass wir seine Freundschaft voll und ganz erwidern würden. Die schwarzen Schatten fremden Misstrauens und eigener Furcht hatten es zu lange verfolgt, als dass es sich mit einem Schlag davon hätte freimachen können.

An irdischen Maßstäben gemessen war das Superhirn alt, aber nicht steinalt. Soweit seine Erinnerung zurückreichte, existierte es von seinem Körper getrennt. Seinen Anfang hatte es wahrscheinlich als Gehirn eines Galaktenkindes genommen. Doch noch ehe sich sein Ichbewusstsein entwickeln konnte, hatte man es von seinem Körper getrennt und auf die Steuerung der Metrikstation des Dritten Planeten spezialisiert. Solange es denken konnte, war das Superhirn immer hier und stets allein gewesen.

Möglicherweise hatte es zu Anfang nur als Stellvertreter eines altersschwachen, siechen Superhirns fungiert, das man liquidiert hatte, als das junge Nachfolgegehirn in der Lage war, selbstständig zu funktionieren. Doch an all das konnte das Superhirn sich nicht erinnern, genauso wenig wie an irgendwelche Ausbilder. Seinen Drill hatte man ihm mit namenlosen Impulsen verpasst.

Die Zerstörer hatten aus dem Superhirn eine denkende Maschine machen wollen. Dieses Vorhaben indes scheiterte, denn das Superhirn lief aus dem Ruder. Dass die Programmierung fehlschlug, fiel nicht weiter auf, da seine Entwicklung augenscheinlich nicht anders verlief als die der anderen fünf Superhirne, die zum Schutz des Imperiums der Zerstörer ausgebildet wurden. Doch im Unterschied zu seinen Kollegen kam das Superhirn des Dritten Planeten zu Bewusstsein.

Im gleichen Maße, wie seine einprogrammierten Kenntnisse zunahmen, entwickelte es Neigungen, die keineswegs vorgesehen waren. Je weiter es die Welt mit Wissen durchdrang, umso weiter entfernte es sich auf tragische Weise von ihr.

Im Superhirn erwachten Gefühle. Zum ersten Mal wurde ihm klar, welch schrecklichen Verlust es bedeutete, dass man ihm seinen Körper genommen hatte. Dies war der Ursprung seiner quälenden Sehnsucht nach Körperlichkeit.

Das Superhirn wünschte sich nichts mehr, als einen Körper zu besitzen, egal was für einen – irgendeine fleischliche Hülle. Es wollte springen und kriechen, fliegen und fallen, bis zur Erschöpfung laufen, sich erholen und sich abermals verausgaben, wollte den Schmerz von Wunden spüren und die Wohltat der Heilung kosten.

Nur in seinen Gedanken war das Superhirn beweglich und konnte beliebige Räume überwinden, doch das galt ihm nichts, denn es dürstete nach simpler physischer Fortbewegung – gehend, springend, kriechend, hinkend, egal wie! Sterne und Planeten gehorchten ihm, es konnte sie auf Kollisionskurs bringen, auseinanderdriften lassen oder durcheinanderwirbeln, allein sich selbst konnte es um keinen Zentimeter versetzen. Es besaß die Macht über Trillionen Kilometer Raum, über Quadrillionen Tonnen Masse, und hatte doch keinen Funken Macht über sich selbst. Beinahe allmächtig gegenüber den Elementen, war es doch ohnmächtig gegenüber sich selbst. Es konnte weder weinen noch schreien, weder die Hände ringen noch sich die Haare raufen, selbst einfachste Äußerungen des Leidens blieben ihm auf immer versagt.

Und so verfiel das Superhirn in Träumereien, die realer waren als das Leben selbst. Es begab sich an Orte, an die es niemals gelangen konnte, und verwandelte sich in Wesen, die es niemals sein konnte. Es war Galakt und Zerstörer, ein Engel aus den Hyaden und eine Heuschrecke aus den Plejaden, Drache und Vogel, Fisch und Landtier, wiegte sich gar als Grashalm im Wind und reifte als saftige Ähre auf fruchtbarem Feld. Es kannte jede Lebensform im Sternenbezirk, und in jede neue Hülle, von der es erfuhr, schlüpfte es in seinen geheimen Träumen hinein.

Eines eigenen Lebens beraubt, lebte es Millionen fremder Leben, war Mann und Frau, Kind und Greis, liebte und litt, starb tausend Tode und wurde tausendfach geboren. In jeder neuen Existenz, die seine Fantasie ihm verschaffte, saugte es gierig all das auf, was sie ihm zu geben vermochte: Glück und Kummer, Freude und Trauer, Liebe und Hass.

Auf diese Weise lebte das Superhirn ein Doppelleben und ging völlig in der Scheinwelt auf, in die es sich vergraben hatte. Die Hoffnung auf eine eigene, selbstbestimmte Existenz hatte es längst aufgegeben, als im Perseus plötzlich die ersten Sendboten der Menschheit auftauchten und sein Kollege, das Superhirn des Zweiten Planeten, es nicht schaffte, ihrem Schiff den Fluchtweg aus dem Sternhaufen zu versperren.

Der Hauch des Unbekannten wehte durch die nichteuklidische Düsternis des Perseus. Ein fremder bunter Vogel hatte sich da im Spinnennetz des Imperiums verfangen und sich mit Verve den Weg zurück in die Freiheit gebahnt.

Das Superhirn auf dem Zweiten Planeten war konsterniert, das auf dem Dritten dagegen jubelte: Die Welt endete nicht im Perseus. Irgendwo da draußen, weit abseits seiner Grenzen, gab es eine Macht, die den Zerstörern zumindest ebenbürtig war – die Verwandlung des Goldenen Planeten in leeren Raum hatte dies nachdrücklich dokumentiert.

Und die Eindringlinge waren nicht die sagenumwobenen Ramiren, dieses grimmige Volk, das allen Lebensformen gegenüber gleichgültig war und im Begriff stand, in den Kern der Galaxis vorzudringen. Nein, es waren völlig unbekannte Lebewesen. Alle sechs Superhirne hatten ihre Botschaften empfangen, ihren kontroversen Dialog mit den Galakten mitgehört und ihre Aufrufe an die Bewohner des Perseus vernommen. Aus ihren Äußerungen klangen Anspannung und Entrüstung, Furcht und Zorn, Mut und Entdeckergeist – alles Zeugnisse einer unverbrauchten, selbstbestimmten Lebendigkeit!

Seit jener Zeit hatte das Superhirn des Dritten Planeten nur noch einen einzigen Traum: diese Wesen, die sich Menschen nannten, kennenzulernen und ihr Freund zu werden. Als dann abermals drei Raumschiffe der Menschen in das Labyrinth des Perseus vordrangen, versperrte das Superhirn ihnen zwar den Rückweg, setzte dann jedoch alle Hebel in Bewegung, um ihre Vernichtung zu verhindern, und unterstützte sie, wo es nur konnte, in ihrem Kampf gegen die Zerstörer.

Auf diese Weise gelangten zum ersten Mal richtige Lebewesen – keine biologischen Automaten, sondern die Menschen und ihre Verbündeten – ungestraft auf den verbotenen Boden des Dritten Planeten. Die Zerstörer registrierten es wohl, dass auf der Metrikstation »Störungen« auftraten, doch dass das Superhirn zu den Menschen übergelaufen sein könnte – auf diese Idee kamen sie nicht.

»Ich konnte in euch lesen wie in offenen Büchern, und ich begann Anteil zu nehmen an eurem Geschick«, sagte die Stimme des Superhirns. »Seit ihr hier auf dem Planeten seid, habe ich mich mit jedem Einzelnen von euch und mit euch allen zusammen identifiziert. Und noch stärker als je zuvor wurde mein Verlangen nach einer körperlichen Hülle, um einer von euch sein zu können, egal ob als Mensch, Stielauge, Engel oder Pegasus.«

Romero schreibt in seiner Chronik, meine Entscheidungen seien für die anderen Missionsteilnehmer oft sehr überraschend gewesen. Als Beispiel führt er meine Reaktion am Ende des Gesprächs mit dem Superhirn an.

Es mag schon sein, dass er, André, Lussin und sogar Mary sich über mich wunderten. Das liegt einfach daran, dass die Geschichte des Superhirns bei ihnen ganz andere Gedanken auslöste als bei mir. Aus meiner Sicht zog ich lediglich naheliegende Schlüsse aus meinen Überlegungen.

Um es konkret zu sagen: Romero sinnierte darüber nach, wie extrem anders die technische und soziale Entwicklung der Zerstörer im Vergleich zu unserer verlaufen war. Lussin, André, Oshima und Petri waren schlichtweg entrüstet über die Barbarei unserer Feinde. Hätten wir so etwas Ähnliches wie eine Metrikstation zu betreiben gehabt – so dachten sie –, dann hätten wir dort eine Art BUM installiert und mit entsprechenden Stellgliedern ausgestattet. Die Zerstörer dagegen hatten stattdessen ein hierarchisch strukturiertes und auf Sklaverei beruhendes Kontrollsystem eingesetzt, um diese technisch gar nicht so schwierige Aufgabenstellung zu lösen.

Die hirnlosen Stationsingenieure, die wir zusammen mit dem Aufseher eingesperrt hatten, waren im Grunde nichts anderes als Bedienroboter – also ganz einfache Geräte. Nur mit der Besonderheit, dass die Zerstörer nicht von vorneherein Geräte konstruierten, sondern stattdessen Lebewesen verstümmelten und zu Maschinen degradierten, die ihrerseits nur technisches Beiwerk zu einem noch viel schlimmer verstümmelten Lebewesen waren, das ebenfalls wie eine Maschine funktionierte. Ein Irrsinn, über den man sich mit Recht entrüsten konnte!

Ich will auch gar nicht behaupten, dass mir damals nicht auch solche Gedanken durch den Kopf gingen. Doch mein Hass auf die Zerstörer saß bereits so tief, dass er keiner neuen Nahrung mehr bedurfte. Mich beschäftigte vielmehr die Frage, wie man dem Superhirn des Dritten Planeten helfen konnte.

»Angenommen, du würdest ein normales Lebewesen«, sagte ich zu ihm, »dann würdest du viele deiner Privilegien verlieren. Du bist zwar nicht unsterblich, doch in deiner derzeitigen Existenzform sehr langlebig. Als gewöhnlichem Lebewesen würde dein Tod sehr viel schneller kommen. Du würdest dir mit einer solchen Verwandlung nicht nur die Freuden, sondern auch die Kümmernisse eines selbstbestimmten Lebens einhandeln. Außerdem würdest du deine Macht über Raum und Sterne verlieren und die Fähigkeit, die Gedanken anderer Lebewesen zu durchdringen und so an ihrem Leben Anteil zu nehmen. Deine Macht ist untrennbar mit deiner beschränkten Existenz verbunden. Hast du über all das nachgedacht und würdest du einen solchen Schritt dennoch gehen?«

»Was soll ich mit der Macht, wenn sie nur aus meiner Verstümmelung resultiert und ich kein eigenes Leben habe?«, antwortete das Superhirn voller Bitternis. »Wozu die Gedankenleserei, wenn ich denjenigen, mit dem ich so tief mitempfinde, nicht einmal berühren kann?«

Ich wandte mich zu Lussin um. »Lebt Zeus noch?«, fragte ich ihn.

»Er stirbt«, erwiderte er traurig. »Heute. Wenn er nicht ohnehin schon … Nichts zu machen. Gehirn beschädigt.«

»Sehr gut! Ich meine natürlich – schade um den armen Zeus. Aber sag mal: Könntest du ihm nicht ein anderes, gesundes und leistungsstarkes Gehirn einpflanzen und ihn damit retten?«

»Logisch. Einfache Operation. Haben wir schon Schwierigeres gemacht im INF.«

»Ich weiß. Hässliche Götter mit Falkenkopf und so Zeug.« Wieder dem Superhirn zugewandt sagte ich: »Du hast unser Gespräch ja gehört. Das ist deine Chance, zu einem Körper zu kommen! Vorher musst du uns natürlich den Weg in den Weltraum öffnen, uns dabei helfen, den *Bärenhüter* wieder flottzumachen und uns beibringen, wie man die Metrikstation bedient. Das klären wir alles später, aber im Prinzip: Möchtest du diese Chance nutzen?«

»Ja! Ja! Ja!«, frohlockte das Superhirn. »Nichts lieber als das!«

»Gut. Dann gratuliere ich dir zur Degradierung vom Gebieter über Raum und Sterne zu einem normalen denkenden Drachen mit Namen Zeus.«

»Damit bin ich nicht einverstanden!«, sagte das Superhirn plötzlich.

»Nicht einverstanden? Womit nicht einverstanden?«

»Mit dem Namen. In meinen Fantasien habe ich mir längst einen anderen Namen ausgesucht. Früher stand er für meine Sehnsucht. Ab jetzt wird er für mein Glück stehen.«

»Der Name ist uns egal. Wie willst du also heißen?«

»Ich heiße ab jetzt Vagabund«, verkündete die Stimme feierlich.

Vierter Teil

Gejagte Götter

Großer Gott, ich dachte, du wärst ein Gigant,
doch du bist nur ein Göttlein – ein Dilettant!
Siehe, ich bück mich, ich machtloser Tor,
und zieh aus dem Rock einen Dolch hervor.
Flink duckt euch zusammen im Paradies,
ihr geflügelten Schurken, nun ergeht es euch mies!
Und dich schlitz ich auf, du Weihrauchfresser,
von hier bis Alaska, mit meinem Messer!

W. MAJAKOWSKI

1

Ungeachtet der notorischen Gedankenlosigkeit, die mir Romero in seiner Chronik unverschämterweise unterstellt, nahm ich die Umsetzung unseres Plans mit größter Vorsicht in Angriff. Das Superhirn, das voller Ungeduld seiner Verpflanzung in den Drachen entgegenfieberte, beschuldigte mich der Herzlosigkeit, als ich eisern darauf bestand, zuerst alle technischen Probleme zu lösen und erst dann zur Einlösung des Versprechens zu schreiten.

»Wir müssen die BUM instand setzen«, sagte André am Tag nach der Eroberung der Station. »Du bist dir hoffentlich im Klaren darüber, dass es Selbstmord wäre, das Superhirn in eine selbstständige Existenz zu entlassen, bevor die BUM wieder einwandfrei funktioniert? Oder hattest du daran gedacht, selbst den Platz des Superhirns einzunehmen?«

Daran hatte ich keine Sekunde lang gedacht. Doch ich war davon überzeugt, dass es André gelingen würde, die Borduniversalmaschine zu reparieren. Und aus dieser Hoffnung machte ich keinen Hehl.

»Du solltest bei der Instandsetzung mit dem Superhirn zusammenarbeiten«, sagte ich zu ihm. »Wie kommen wir überhaupt bis zum Raumschiff? Den ganzen Weg wieder zurückzulaufen ist keine schöne Aussicht.«

»Das wird auch nicht nötig sein«, entgegnete André. »Mit Hilfe des Superhirns sollten wir die Aviettes eigentlich wieder zum Fliegen bringen. Ich sehe jedoch ein anderes Problem: Die instand gesetzte BUM könnte das Superhirn zwar ersetzen, doch wir brauchen sie auf dem Sternenpflug, sonst kommen wir hier nicht weg.«

»Das ist allerdings ein Problem.«

Es hätte mich gewundert, wenn André nicht auch darauf längst eine Antwort gehabt hätte, und er ließ sich auch nicht lange bitten.

»Die Lösung ist ganz einfach: Die Funktion des Superhirns werde ich übernehmen, und mich werden Kamagin und Petri vertreten. Hast du irgendwelche Einwände dagegen?«

»Einwände nicht. Aber Zweifel. Dass Kamagin und Petri deinen Job übernehmen, lasse ich mir ja noch eingehen. Aber du als Stellvertreter des Superhirns? – Das kann ich mir nicht vorstellen.«

»Mit dem Superhirn habe ich das schon besprochen; es hat mich als Ersatz sofort akzeptiert.« Noch ehe ich etwas entgegnen konnte, stoppte mich André. »Sag nichts! Ich weiß schon, was jetzt kommt. Du meinst, das Superhirn würde auch ein Huhn als Ersatz akzeptieren, wenn es nur endlich seinen Körper bekommt. Da irrst du dich gewaltig. Das Superhirn ist sich seiner Verantwortung wohlbewusst, es würde niemals einen Dilettanten ans Ruder der Metrikstation lassen.«

»Dass du ein Dilettant bist, habe ich nicht behauptet. Aber überschätzt du dich nicht ein bisschen?«

»Iwo! Die Funktionen des Superhirns sind gar nicht so kompliziert. Du vergisst außerdem, dass einen Großteil der Arbeit das Bedienpersonal übernimmt, du weißt schon, diese Ingenieure, die anstelle eines Gehirns Sender und Sensoren im Kopf haben. Ich weiß nicht, was das für Organismen sind, als Automaten taugen sie jedenfalls. Das Superhirn koordiniert lediglich ihre Tätigkeit. Die Ingenieure können wir bei Gelegenheit austauschen, wenn es uns gelungen ist, ähnlich perfekte Roboter auf nichtbiologischer Basis zu bauen. Übrigens, noch ein Letztes: Die Rückführung des Phantomriesen und des Dritten Planeten in den Weltraum werde bereits ich übernehmen.«

Ich griff mir demonstrativ mit den Händen an den Kopf, doch André ließ sich nicht aus der Ruhe bringen.

»Das Superhirn hat das selbst vorgeschlagen, Eli.«

»Meinetwegen. Du weißt hoffentlich, was du tust.«

Die Explosion auf der Station hatte weniger Schäden angerichtet als befürchtet. Vermutlich ist es gänzlich unmöglich, eine solch massive Konstruktion zu zerstören – es sei denn, durch vollständige Annihilation.

Wir hatten schon geahnt, dass der Dritte Planet nichts anderes als ein einziger gigantischer Gravitator war – eine künstliche Anlage wie die Ora, nur tausendfach größer. Doch keiner von uns hätte sich auch nur ansatzweise vorstellen können, welch grandiose Maschinen in seinem Inneren ihr Werk verrichteten.

Nachdem ich die Innereien des Planeten inspiziert hatte, erschien mir meine frühere Begeisterung für die Errungenschaften auf dem Pluto geradezu naiv. Die Konstruktion des Dritten Planeten war von teuflischer Genialität, ein Meisterwerk, geschaffen im Namen von Unterdrückung und Destruktion!

Andererseits fand ich auch bemerkenswert, auf welch brüchiges Fundament sich das gewaltige Imperium der Zerstörer stützte. Ein Häuflein Gefangener in einem ruderlosen Raumschiff war drauf und dran, dieses Bollwerk zu zerbröseln. Gegenseitiges Misstrauen, Hass und Unterdrückung sind nun einmal kein guter Zement.

Nur auf gegenseitigen Respekt und Freundschaft, auf Güte und Liebe lässt sich ein soziales Gefüge bauen, das so ewig hält wie das Weltall selbst!

»Wie Sie wissen, lieber Eli«, sagte Romero, nachdem ich ihm diese Gedanken mitgeteilt hatte, »war ich seinerzeit strikt gegen eine Einmischung in kosmische Händel, und die Physiognomie all dieser Fremdplanetarier löste in mir nur Ekel aus. Doch inzwischen sehe ich ein, wie schlimm es um unsere Zukunft bestellt wäre, wenn meine damalige politische Linie obsiegt hätte. Völlig unerwartet hätte diese Hölle aus Heimtücke und Zerstörung über uns hereinbrechen können, und wir wären nicht darauf vorbereitet gewesen! Mittlerweile empfinde ich für Orlan und Gig trotz ihres bizarren Äußeren Sympathie und Respekt, sind sie doch die ersten Zerstörer, die der Philosophie der Destruktion freiwillig entsagt und sich auf unsere Seite geschlagen haben. Was die kittende Macht der Liebe und die Zerstörungskraft des Hasses betrifft – nun, lieber Freund, da haben Sie nichts Neues gesagt: Schon der antike Philosoph Empedokles vertrat diese Ansicht – er hat es nur viel hübscher formuliert als Sie, obwohl er dreitausend Jahre vor Ihnen lebte.«

2

Das Einrollen des Raums um den Phantomriesen in eine nichteuklidische Spirale hatte sich innerhalb weniger Minuten vollzogen, das Wiederauswickeln war dagegen ein langwieriger Prozess, da die Metrikstation noch nicht wieder unter Volllast funktionierte.

André saß schon seit zwei Wochen an einem Schaltpult unter der Kugel, in der nach wie vor das Superhirn schwamm, und gab selbstständig Befehle an die hirnlosen Operatoren. Die Zusammenarbeit mit ihnen klappte hervorragend. Die Koordination mit Andrés Befehlen funktionierte sogar reibungsloser als zuvor mit den Anweisungen des Superhirns, denn nun gab es keinen dusseligen Aufseher mehr, der misstrauisch jeden Impuls kontrollierte und zu jedem Kommando seinen Senf dazugab.

Die nichteuklidische Raumkrümmung verringerte sich schrittweise, langsam schälten wir uns aus dem künstlichen Raumkokon heraus. Der monotone Goldglanz des Firmaments wurde schwächer und von ersten bläulichen Flecken durchbrochen. Der Himmel war zwar immer noch leer, jedoch nicht mehr so deprimierend eintönig wie zur Zeit unseres Marsches vom Raumschiff zur Station.

Mary und ich leisteten André Gesellschaft und betrachteten den riesigen Bildschirm, der sich in der Kuppel wölbte. Dabei fühlten wir uns nicht wie in einem Gebäude, sondern wie unter freiem Himmel.

»Bald werden die ersten Sterne auftauchen, Eli!«, sagte Mary bewegt. »Ich habe solche Sehnsucht nach den Sternen. In dieser abgeschotteten Welt habe ich immer das Gefühl zu ersticken.«

Marys Sehnsucht nach funkelnden Gestirnen teilte ich einerseits, andererseits war mir etwas mulmig bei dem Gedanken, dass nicht nur Sterne am Himmel auftauchen würden, sondern womöglich auch feindliche Kreuzer. Sicher lauerten sie schon irgendwo da draußen, um ihren Planeten zurückzuerobern.

Als der Phantomriese unterging, begann das allabendliche Farbenfeuerwerk am Himmel. Ich bin sicher, dass niemand vor uns jemals derart fantastische Sonnenuntergänge bestaunt hat. Wer wickelt schon extra den Weltraum ein, nur um eine malerische Dämmerung zu erleben?

Dann brach die Nacht herein. Wie immer war sie so schwarz und beklemmend, als wäre das Himmelsgewölbe auf uns herabgefallen. Man traute sich nicht, die Hand auszustrecken. Ich nahm Mary in den Arm. Eng umschlungen spähten wir in die Finsternis.

»Du bist ein fauler Knochen, Eli!«, entrüstete sich André künstlich. »Wir schuften hier wie Galeerensträflinge, während du mit deiner Liebsten herumflanierst wie auf dem Grünen Boulevard auf der Erde.«

Ich konnte André nicht sehen. Wie alles andere war er von der Dunkelheit verschluckt worden. Nur über seinem Schaltpult lag ein schwacher Schein.

»Sei froh, dass ich mich raushalte, André. Mit diesem Steuerungskram kenne ich mich nicht aus. Ich würde euch nur ins Handwerk pfuschen.«

Eines Nachts geschah, worauf wir voller Ungeduld gewartet hatten. Am Himmel entflammte der erste Stern, dann der zweite, der dritte … Ein unhörbarer Gravitationswind zog den Schleier weg, der die Welt so lange vor uns verborgen hatte. Es war ein prächtiger Reigen hellster Sterne, Hunderte, ja Tausende tauchten aus der Unsichtbarkeit heraus! Aus einem Meer funkelnder Augen blickte der Perseus auf den verloren geglaubten Planeten.

Wir hatten uns alle unter der Kuppel versammelt, und das Spektakel am Himmel war so fantastisch, dass ich mich für einen Augenblick in einem jener Träume wähnte, die mich schon mehrfach in diese Beobachtungswarte versetzt hatten. Doch am Schaltpult saß unser Freund, flankiert von Kamagin und Petri, und über ihm ruhte das Superhirn in einer realen Kugel. Nicht weniger echt war die Freude von Oshima und Romero, die sich erleichtert um den Hals fielen.

Zum Glück behielten André und das Superhirn in all dem Überschwang einen klaren Kopf.

»Der Raum um den Dritten Planeten ist sauber«, vermeldete André, »doch in zehn Parsec Entfernung haben wir bewegte Objekte registriert.«

»Dort wird gerade die Flotte der Zerstörer zusammengezogen«, erläuterte das Superhirn. »Ich muss Verbindung zu meinen Kollegen auf den anderen Metrikstationen aufnehmen, um Genaueres über die Lage herauszubekommen.«

»Den Machtwechsel auf dem Dritten Planeten sollten wir vorläufig nicht an die große Glocke hängen«, warnte Romero.

»Für wie dumm halten Sie uns eigentlich, Pawel?«, echauffierte sich André. »Die Desinformation des Gegners ist ein elementarer Baustein jeder Militärstrategie. Selbstverständlich werden wir die übrigen Superhirne in dem Glauben lassen, dass wir immer noch mit technischen Schwierigkeiten zu kämpfen haben.«

Tag für Tag war das Superhirn nun damit beschäftigt, die Kommunikation mit den anderen Sternenfestungen wiederherzustellen und Informationen über die Situation in Chi Persei zu sammeln.

Allans Flotte versuchte weiterhin, die Barrieren der Zerstörer zu durchbrechen, kam dabei jedoch nur sehr langsam voran. In der Durchbruchzone war die Flotte der Zerstörer zusammengezogen worden. Ein Schiff der Galakten hatte sich dagegen nirgendwo im Sternhaufen blicken lassen.

Wir versammelten die Kommandeure zu einer Besprechung und baten das Superhirn, uns seine Einschätzung der Lage mitzuteilen.

»Vorläufig haben wir von den Zerstörern nichts zu befürchten«, erklärte der Vagabund in spe. »Egal ob sie unseren technischen Problemen Glauben schenken oder nicht, ein zeitnaher Angriff steht nicht zu befürchten. Allans Situation ist dagegen bedenklich. Schon bald wird die letzte nichteuklidische Barriere fallen, und dann werden seine Schiffe ins Innere von Chi Persei vordringen. Der Große Zerstörer plant, sie in eine verheerende Raumschlacht zu verwickeln. In einem chaotischen Getümmel von Schiffen müssten die Menschen ihre Annihilatoren äußerst vorsichtig einsetzen, um nicht versehentlich eigene Streitkräfte zu vernichten. Die Gravitationsgeschütze der Zerstörer dagegen treffen im Nahkampf sicher ihr Ziel. Ich könnte mir gut vorstellen, dass eine solche Auseinandersetzung mit der gegenseitigen Auslöschung der Beteiligten endet, und es würde mich nicht wundern, wenn die Strategen der Zerstörer es eben darauf angelegt hätten.«

Orlan bestätigte die düstere Prognose des Superhirns: »Es existiert sogar ein Plan zur Zerstörung aller besiedelten Planeten des Imperiums für den Fall, dass es nicht gelingen sollte, sie zu halten. Der Große Zerstörer war sofort Feuer und Flamme für diese Vernichtungsstrategie, und er verfügt durchaus über die Macht, alles Leben im Perseus auszulöschen.«

»Was schlägst du also vor, Orlan?«, fragte ich.

»Aus meiner Sicht gibt es nur eine Chance, die destruktiven Pläne des Imperiums zu durchkreuzen: Wir müssen die Galakten um Hilfe bitten. Bislang gehen sie einem offenen Kampf aus dem Weg. Es muss uns gelingen, sie zum Eintritt in diesen Krieg zu bewegen!«

Gig klappte sein Gebiss auf, als hätte er den Unterkiefer ausgehängt, und lachte dröhnend.

»Die Galakten haben biologische Waffen!«, schnatterte er. »Das wäre ein Spaß: Dem Herrscher mit einer Biokanone eins vor den Bug zu hauen!«

»An den Großen Zerstörer kommen wir mit biologischen Waffen nicht heran«, erwiderte Orlan. »Doch wenn die Galakten damit eure Schiffe ausrüsten, wären die Menschen in der Schlacht entscheidend im Vorteil.«

»Dann müssen wir versuchen, eine Verbindung zu den Galakten aufzubauen«, sagte ich und wandte mich ans Superhirn. »Ist es von deinem Planeten aus möglich, eine solche Verbindung herzustellen?«

»Ohne weiteres. In drei bis vier Parsec Entfernung befinden sich mehrere Sterne mit Planeten, die von Galakten besiedelt sind. Wir müssen sie über die Vorkommnisse auf dem Dritten Planeten informieren. Das einzige Problem dabei ist: Es kann passieren, dass sie uns nicht glauben. Sie fürchten und hassen uns. Die sechs Planetenfestungen sind speziell für den Kampf gegen ihre biologischen Waffen ausgelegt. Meinem Vorgänger war es gelungen, die Wirkung dieser Waffen abzuwehren und gegen die Galakten selbst zu richten. Wir werden ja sehen, wie sie reagieren.«

Nach unserer Besprechung fragte mich das Superhirn, ob es sich noch lange gedulden müsse. Zeus war inzwischen gestorben und für die bevorstehende Operation konserviert worden, doch das Superhirn harrte nach wie vor in seiner Nährlösung aus.

André bemerkte, dass ich schwankte, und setzte sich für das Superhirn ein. »Warum zögerst du?«, fragte er vorwurfsvoll. »Zusammen mit Eduard und Petri ist es mir gelungen, den Planeten aus der nichteuklidischen Hülle herauszuholen, notfalls würden wir es auch schaffen, ihn wieder darin verschwinden zu lassen. Und die externe Kommunikation funktioniert ganz unkompliziert.«

»Ich zweifle nicht an deinen Fähigkeiten, André, aber du musst zugeben ...«

»Ich gebe überhaupt nichts zu! Glaub mir, die Station zu steuern ist einfacher, als auf einem Pegasus zu reiten. Außerdem ist das Superhirn doch nicht aus der Welt, wenn es seinen Körper hat. Es hat zugesichert, uns auch nach der Operation zeitweise zur Verfügung zu stehen. Reicht dir das nicht?«

»Führe die Operation durch!«, sagte ich zu Lussin und fügte hinzu: »Aber denk dran, Vagabund, nach dem Eingriff hast du drei Stunden am Tag Dienst und den Rest der Zeit Bereitschaft. Ist das klar?«

»Von Herzen gern!«, erwiderte das Superhirn selig.

3

Nachdem der Dritte Planet wieder in den »normalen« Raum eingegliedert war, ließ die Gravitation ganz von selbst nach. In den Aviettes erreichten wir in kürzester Zeit und mühelos unser Raumschiff. André gelang es tatsächlich, die BUM aus ihrer geistigen Umnachtung zurückzuholen, und so erwachten auch die Maschinen und Gerätschaften des *Bärenhüters* wieder zu neuem Leben. All diese Begebenheiten werden in Romeros Chronik ausführlich geschildert, deshalb werde ich hier nicht näher darauf eingehen.

Schon bald gelang es uns, eine Verbindung zu den Galakten herzustellen. Als sie unsere Botschaften vom Dritten Planeten empfingen, reagierten sie äußerst misstrauisch. Erst als wir sie nach langem Hin und Her davon überzeugen konnten, dass wir Menschen den Planeten unter unsere Kontrolle gebracht hatten, stimmten sie unserem Plan zu, ihnen mit dem *Bärenhüter* einen Besuch abzustatten.

»Uff, das war eine schwere Geburt!«, sagte ich zu Mary, nachdem unser Verhandlungsführer Romero den Daumen nach oben gereckt und uns die positive Entscheidung der Galakten mitgeteilt hatte. »Ganz schön eingeschüchtert, diese rätselhaften Geschöpfe! Sei's drum – in ein paar Tagen brechen wir zu ihnen auf. Was meinst du, Mary, wen soll ich auf diese Mission mitnehmen?«

»Mich sollst du mitnehmen. Du weißt doch: Wo du bist, Kaj, da möchte auch ich, Kaja, sein. Was die Übrigen betrifft, musst du schon selbst entscheiden. Nicht dass Pawel hinterher überall herumerzählt, der Admiral stünde unter dem Pantoffel seiner Ehefrau und würde nichts ohne sie entscheiden.«

Romero stemmte in aufgesetzter Empörung die Hände in die Hüften, musste jedoch selbst grinsen.

»Also gut«, sagte ich. »Romero und Oshima kommen mit, außerdem Orlan und Gig, Lussin und Trub, dazu noch ein paar Pegasusse und Drachen.«

»Und Zeus?«, fragte Mary.

»Du meinst wohl Vagabund. Den lassen wir hier. Wir brauchen ihn an der Station. Hast du schon gesehen, wie sich das Superhirn in seiner neuen Gestalt macht?«

»Habe ich. Es ist völlig durchgedreht. Das solltest du dir mal ansehen.«

In einer freien Stunde machte ich mich zu Lussin auf. Er hatte es sich nicht nehmen lassen, auch auf dem Dritten Planeten einen Drachenübungsplatz einzurichten, und hielt sich fast immer dort auf. Ich flog mit einem Pegasus zu ihm, und Trub bestand darauf, mich zu begleiten.

Die Engel waren den Drachen nicht so feindselig gesinnt wie die Pegasusse, trotzdem hatten sie nicht viel für die geflügelten Echsen übrig. Nur dem mächtigen Zeus waren sie stets mit Respekt begegnet.

»Wie findest du den neu zum Leben erweckten Drachen?«, fragte ich Trub.

»Mach dir am besten selbst ein Bild«, erwiderte er diplomatisch.

Als wir am Übungsplatz ankamen, entdeckten wir den Drachen und Lussin als kleinen Punkt am Himmel. Da weder Trub noch mein Pegasus so hoch fliegen konnten, beschlossen wir zu warten, bis die beiden auf den Boden zurückkehren würden. Auf einer bleiernen Anhöhe saß ich ab.

Als Vagabund uns erspäht hatte, stach er im Sturzflug herab und landete wenige Meter von uns entfernt. Von seinen neuen Möglichkeiten, Freude zu äußern, machte er sogleich Gebrauch: Aus seinem Rachen schlugen meterlange Flammen. Als sie verloschen, war der ganze Drache in Rauchschwaden gehüllt, und Lussin bekam einen Hustenanfall. Sekunden später schlugen drei Begrüßungsblitze direkt vor meinen Füßen ein und hinterließen einen qualmenden Krater. Mein Pegasus bäumte sich auf und galoppierte entsetzt von dannen. Trub musste das völlig verstörte Tier wieder einfangen.

»Gute Arbeit, Lussin«, sagte ich, nachdem der Qualm sich verzogen hatte. »Die Operation scheint geglückt zu sein.«

»Völlig neue Art, ein Meilenstein der Biologie«, verkündete Lussin strahlend. »Sprich doch mit ihm!«

»Mit einem Drachen sprechen?«, fragte ich erstaunt. »Wozu denn? Er kann doch nicht antworten.«

Lussins geflügelte Echsen waren so gesprächig wie Schildkröten.

»Sprich mit ihm«, beharrte Lussin.

Die Augen des Drachen blinzelten herausfordernd, was ich bei Zeus noch nie beobachtet hatte.

»Hallo, Zeus!«, rief ich. »Du scheinst gut in deinem neuen Leben angekommen zu sein.«

»Ich heiße doch nicht Zeus, Eli«, erwiderte der Drache und stieß entrüstet eine Rauchwolke aus.

»Oh natürlich – entschuldige, Vagabund.«

Die Tatsache, dass Vagabund sprechen konnte, verblüffte mich noch mehr als die Wiederbelebung des verendeten Drachen. Vagabunds Stimme klang zwar menschlich, seine Aussprache war jedoch nicht ganz perfekt. Bei Zischlauten schlugen kleine Flammen aus seinem Rachen, und er produzierte dabei Geräusche wie der Brenner eines Heißluftballons. Außerdem konnte er kein »z« und lispelte ein wenig, wenn er mit der Zunge gegen seine langen Zähne stieß.

Lussin platzte vor Stolz. »Eine Zeitenwende! Neue Horizonte! Die Ära der denkenden und sprechenden Flugechsen! Gewaltig, nicht?«, sprudelte es aus ihm heraus.

»Wirklich ein erstaunliches Geschöpf«, pflichtete Trub ihm bei und knuffte den Drachen mit einem freundschaftlichen Flügelrempler in die schuppenbewehrte Flanke.

»Hast du denn keine Probleme mit der Koordination?«, erkundigte ich mich.

»Keine Spur!«, triumphierte Vagabund und lachte, indem er Feuerbälle wie Seifenblasen ausspie. »Sieh selbst!«

Daraufhin breitete er seine Schwingen aus und führte uns sein Können vor: Senkrechtstart, Loopings, Mehrfachrollen, Sturz- und Schwebflüge. Seine Manöver waren sogar um einiges eleganter als die von Zeus, der immer ein wenig schwerfällig gewirkt hatte.

Nach einer butterweichen Landung kroch Vagabund zu mir heran.

»Steig auf, ich fliege dich eine Runde spazieren«, sagte er.

»Aber nur unter der Bedingung, dass du keine Loopings und Rollen mehr fliegst«, erwiderte ich.

Lussin schwang sich auf meinen Pegasus und hob auf der einen Seite des Drachen ab, Trub flog auf der anderen. Zunächst durchquerte unsere Troika den Luftraum in geordneter Formation wie ein Sternenschiff, das von zwei Planetenschiffen eskortiert wird – so in etwa muss man sich das Größenverhältnis zwischen dem kolossalen Drachen und seinen Begleitern vorstellen.

Auf einmal beendete Vagabund den gemächlichen Gleitflug und schoss wie eine Rakete davon. Trubs empörte Proteste und das beleidigte Schnauben des Pegasus verhallten schon bald weit hinter uns. Der Drache schlug nun nicht mehr mit den Flügeln, sondern erzeugte den Vortrieb durch schlängelnde Bewegungen seines lang gestreckten Rumpfes. Dabei wurde ich ordentlich durchgerüttelt und musste mich mit aller Kraft am Kamm der Echse festhalten, um nicht herunterzufallen. Außerdem entstand bei dem rasenden Flug eine heftige Luftströmung, die mir heulend um die Ohren brauste. Ich hörte mich selbst kaum, als ich auf Vagabund einschrie.

»Trub und der Pegasus kommen nicht mit! Warum fliegst du ihnen davon? Du kränkst sie damit.«

»Es liegt mir fern, die beiden zu kränken, ich wollte euch nur eine andere Flugtechnik zeigen«, entgegnete Vagabund völlig entspannt, als würde er sich überhaupt nicht anstrengen.

»Lass uns auf die beiden warten!«, bat ich, als Lussin und Trub nicht mehr zu sehen waren.

»Warten dauert zu lange«, erwiderte er geringschätzig, wendete und flog im selben Tempo zurück.

Als wir die anderen wieder erreichten, hing dem Pegasus die Zunge aus dem Maul, und Trub triefte der Schweiß aus dem Gefieder.

»Na, was sagst du jetzt?!«, fragte Lussin.

»Wirklich beeindruckend. Das schwermütige Superhirn ist kaum wiederzuerkennen.«

»Ich bin immer noch derselbe«, verkündete Vagabund triumphierend, »doch jetzt kann ich meine Träume ausleben!«

Gemeinsam flogen wir zurück zum Übungsplatz, als beinahe ein Unglück geschehen wäre. Vagabund stieß plötzlich einen

Freudenjuchzer aus, startete durch und schoss in eine andere Richtung davon. Dabei verlor ich den Halt und fiel von seinem Rücken herunter. Mit stehendem Herzen sah ich die goldene Oberfläche des Planeten auf mich zurasen, als Trub mich im letzten Moment abfing und sanft zu Boden brachte. Neben uns landete der Pegasus.

Lussin und Trub waren kalkweiß im Gesicht, und mir schlotterten die Knie vor Schreck. Vagabund sah man nur noch als kleinen Fleck am Himmel.

»Spinnt er jetzt völlig?«, fragte ich.

»Er ist verliebt«, erläuterte Lussin, dem sichtlich ein Stein vom Herzen fiel, als er sah, dass mir nichts passiert war. »Völlig durchgedreht. Ein erstaunliches Gefühl.«

»Verliebt? Wie schön für ihn. Trotzdem sehe ich nicht ein, warum ich deshalb als Häufchen Brei auf diesem Planeten enden soll. Sieht er in mir etwa einen Rivalen?«

Lussin erklärte mir, was es damit auf sich hatte: In seiner Drachenherde gab es vier Weibchen, und Vagabund war hinter allen vieren gleichzeitig her. Besonders verliebt hatte er sich in ein blutjunges, völlig weißes Drachenweibchen, das mit seinen Drachenreizen nicht hinter dem Berg hielt. Wenn diese Albinodame irgendwo auftauchte – und dies war soeben geschehen –, verlor Vagabund augenblicklich seine Zurechnungsfähigkeit und flog halsbrecherische Manöver, um seinen Schwarm zu beeindrucken. Fast genauso verrückt war er nach einer buntscheckigen Drachendame, obwohl sie ihn bei seinen Annäherungsversuchen regelmäßig böse anfauchte und Flammen nach ihm spie.

»Ich dachte immer, deine Drachen wären hundertprozentig monogam. André hat einmal sogar im Scherz von Drachentreue gesprochen.«

»Ja, die Liebe«, seufzte Lussin und rollte mit den Schultern. »Ein Rätsel. Ein Abgrund!«

Als eingefleischter Junggeselle hatte Lussin nicht sonderlich viel Verständnis für die romantischen Anwandlungen seiner Geschöpfe.

Zehn Minuten später flog Vagabund erneut an uns vorbei. Er zog eine dicke Rauchschleppe hinter sich her und rief uns im Flug etwas Unverständliches zu.

»Ist er diesmal hinter der Buntscheckigen her?«, fragte ich Lussin.

»Nein, er ist auf dem Weg zur Station. Er hat Dienst, und André hasst es, wenn er zu spät kommt.«

An dieser Stelle sei ein kurzer Exkurs erlaubt. Die Verpflanzung des Superhirns in die sterbliche Hülle des Drachen hat mir viel Kritik eingetragen. Romero behauptet, dass hier meine Vorliebe für das Groteske zum Ausdruck gekommen sei. »Ein erhabener Dulder mit gottgleicher Macht wurde durch diesen Eingriff in ein profanes Kriechtier mit Flügeln verwandelt«, schreibt er in seiner Chronik. Gegen eine solche Interpretation meiner Entscheidung verwahre ich mich ausdrücklich!

Uns mag das Superhirn der Station erhaben und großartig erschienen sein, denn seine enorme Macht über den Raum und die Gestirne übertraf alles, was wir in unseren kühnsten Träumen für möglich gehalten hätten. Andererseits waren auch wir in den Augen des Superhirns erhaben und großartig, da es von unseren körperlichen Möglichkeiten nur träumen konnte. Das Unerreichbare erscheint uns stets erhaben und erstrebenswert, während wir uns an das Erreichte schnell gewöhnen und es für selbstverständlich erachten. In dem angeblich »gewöhnlichen« Drachen Vagabund steckte mit Sicherheit nicht weniger Vollkommenheit und Größe als im bewegungslosen Herrscher über den Weltraum. Er hatte hier wie dort seinen Platz!

Und noch eines, bevor ich den Dritten Planeten verlasse: Asters Leichnam verbrachten wir in den *Bärenhüter*. Wir bahrten ihn in einem durchsichtigen Sarkophag auf und stellten seinen Rucksack dazu, in dem er die Glasfläschchen mit den lebensspendenden Flüssigkeiten getragen hatte. Mary und mein Sohn hatten es natürlich nicht versäumt, auch den Dritten Planeten mit einer geeigneten Bakterienkultur zu impfen. Vor kurzem habe ich gehört, dass sich auf Gold und Blei bereits Moospolster gebildet haben – die ersten Vorboten üppigen Lebens. Ein besseres Andenken an Aster als die von ihm ausgelöste Epidemie des Lebens hätte man sich nicht wünschen können. Ich selbst habe den Raum mit dem Sarkophag übrigens nie betreten – ich trage Aster immer in meinem Herzen.

4

Wer sich für die Einzelheiten des Flugs zu den Galakten interessiert, den verweise ich abermals auf Romeros Chronik. Mehr als zwei Monate lang waren wir im *Bärenhüter* in Überlichtgeschwindigkeit zum Flammenden Riesen unterwegs, einem Stern, den über zehn von Galakten bewohnte Planeten umkreisen. Während des Überflugs hing die Gefahr, von einem Kreuzergeschwader der Zerstörer entdeckt zu werden, wie ein Damoklesschwert über uns, doch zum Glück kam es nicht dazu.

Als wir ins Planetensystem des Flammenden Riesen eintauchten, empfing uns ein Raumschiff der Galakten, und wir wurden angewiesen, in den Einstein'schen Raum einzutreten. Überlichtgeschwindigkeit in der näheren Umgebung von Planeten war bei den Galakten wie bei uns Menschen untersagt. Danach wurde mir nahegelegt, mit einer kleinen Delegation an Bord des Raumschiffs der Galakten zu kommen. Der *Bärenhüter* sollte ihm in geringem Abstand folgen.

An dieser Stelle nehme ich den Faden meiner Schilderung wieder auf. Romero, Mary, Lussin und ich stiegen in das Planetenschiff ein. Orlan und Gig nahmen wir nicht in die Delegation auf, denn es schien uns nicht ratsam, gleich mit der Tür – respektive mit zwei Zerstörern – ins Haus zu fallen.

Die Vorsichtsmaßnahmen der Galakten stimmten Oshima misstrauisch.

»Wenn etwas schiefgeht, wird man Ihnen nicht erlauben, eine Meldung an mich abzusetzen, Admiral«, orakelte er bei der Verabschiedung. »Wenn dagegen alles glattläuft, wird man es Ihnen gestatten. Sollte ich also nichts von Ihnen hören, gehe ich davon aus, dass Sie in Gefahr sind.«

»Und dann, tapferer Oshima, werden Sie das Schiff der Galakten angreifen und es zusammen mit uns annihilieren, habe ich Sie da richtig verstanden?«, spöttelte Romero.

»Ich werde den Umständen entsprechend handeln«, knurrte Oshima beleidigt.

Auf dem Bildschirm des Planetenschiffs erschien ein grüner Ball, der so ähnlich aussah wie die Kreuzer der Zerstörer, jedoch wesentlich kleiner war. Wir steuerten auf das Schiff der Galakten zu wie auf einen Planeten. Als wir es erreicht hatten, öffnete sich eine Schleuse, in die wir hineingesogen wurden. Das Anlegemanöver verlief im Grunde genauso, wie es auf unseren Schiffen üblich war, und wir erwarteten, schon bald auf einem Hangar festzumachen, wo mehrere leichte Raumschiffe standen.

Doch stattdessen fanden wir uns in totaler Finsternis wieder. Das Licht in allen Räumen des Planetenschiffs war unvermittelt erloschen.

»Keine Sorge«, verlautete eine unbekannte menschliche Stimme. »Wir haben drei Prozent künstliche Bestandteile in euch festgestellt, sobald wir sie analysiert haben, könnt ihr aussteigen.«

Romero pochte ungeduldig mit dem Stock auf den Boden. »Es wäre doch einfacher, sie würden uns selbst fragen, welche künstlichen Bestandteile in uns stecken«, beschwerte er sich. »Bei mir sind es zum Beispiel nur acht falsche Zähne, zwei Gelenke und drei synthetische Sehnen, die ich mir in meiner Jugend beim Fußballspielen ruiniert habe.«

»Das wäre nicht einfacher«, entgegnete dieselbe Stimme – offenbar konnte man uns hören. »Von so mancher Künstlichkeit in euch habt ihr doch gar keine Ahnung.«

»Ich habe eine synthetische Lunge«, murmelte Lussin betrübt. »Absturz mit einem Pegasus. Im Himalaja. Lunge eingefroren.«

»Auf der Erde werden Sternenreisende auch kontrolliert«, kommentierte Romero weiter. »Doch bei uns macht man das wegen der möglichen Einschleppung von Krankheitserregern und nicht wegen künstlicher Teile.«

»Künstlichkeit ist unter Umständen viel gefährlicher als Bakterien«, dozierte die Stimme. »Aber eure ist harmlos. Ihr könnt aussteigen.«

Plötzlich wurde es wieder hell. Es gingen jedoch nicht die elektrischen Lampen an, sondern das Licht flutete durch die Panzerfenster unseres Planetenschiffs herein. Draußen erstreckte sich eine grüne Ebene: Wiesen, Wäldchen, sanfte Hügel, Weiher und Flüsse, die sich bis zum Horizont schlängelten.

An den Flussufern und Waldrändern erhoben sich Gebäude in kurioser Vielfalt – von hochragenden Türmen bis hin zu Villen mit weitläufigen Gärten darumherum. Durch die Luft schwirrten bunte Vögel und schlangenartige Kreaturen, die wie fliegende Fackeln aussahen. Die liebliche Landschaft war von einem surreal blauen Himmel überspannt.

»Fantastische Projektion!«, begeisterte sich Romero. »Um Längen besser als unsere Stereobildschirme. Ich kann mir nur nicht vorstellen, wie man auf diese Bühne hinaustreten soll.«

»Nun steigt schon aus, Freunde!«, wiederholte die Stimme aufmunternd. »Wir erwarten euch.«

Ich öffnete die Luke und kletterte hinaus. Das Planetenschiff stand mitten auf einer Wiese. Um das Schiff herum standen Galakten. Sie sahen genauso aus wie auf den Zeichnungen der Altairen und wie die Skulpturen auf dem Planeten Sigma: von riesenhaftem Wuchs, edel gewandet, die Körper wohlgeformt wie bei griechischen Göttern und uns Menschen frappierend ähnlich!

Als ich auf die Erde hinabsprang, landete ich umgehend in den Armen eines unserer Gastgeber. Ich muss zugeben, dass ich stolz darauf bin, als erster Mensch jemals von einem Galakten umarmt worden zu sein!

5 Wir machten es uns auf einer Wiese am Ufer eines Bachs bequem – vier Menschen und zehn Galakten. Das Ambiente war so idyllisch, dass ich mich fragte, ob ich nicht abermals in einen Traum versunken war, so wie auf den Planeten der Zerstörer.

»Meine hoch geschätzten Gastgeber«, begann Romero. »Es sieht ganz so aus, als hättet ihr uns in eine illusorische Landschaft entführt, in der Wunder alltäglich sind. Wenn ihr uns damit beeindrucken wolltet, so ist es euch gelungen. Darüber hinaus sprecht ihr tadellos unsere Sprache. Ich staune nur.«

Die Galakten reagierten mit gutmütigem Lachen auf Romeros Eingeständnis.

»Von Wundern kann überhaupt keine Rede sein«, entgegnete einer, der sich in menschlicher Sprache Tigran nannte. »Ein Wunder – also eine Abweichung von den Naturgesetzen – gilt bei uns Galakten als Vergehen, obwohl im Prinzip jeder von uns in der Lage ist, Wunder zu wirken. Das erlauben wir nur unseren Kindern. Und dass wir eure Sprache sprechen, sollte euch am wenigsten überraschen. Wir haben doch die Botschaften des *Raumfressers* entschlüsselt, und ihr habt unsere Antworten verstanden, nicht wahr?«

»Aber dieses Stereobild!«, rief Romero und ließ seinen Gehstock über die Landschaft schweifen. »Eine so perfekte Illusion!«

»Es ist keine Illusion. Ihr befindet euch in einem realen Raum.«

»In einem realen Raum? Für wie naiv haltet ihr mich. Der Durchmesser eures Kugelschiffs beträgt maximal einen Kilometer. Von hier bis zum Horizont sind es mindestens fünfundzwanzig, und hinterm Horizont geht es sicher noch weiter.«

»Ganz recht. Hinter dem Horizont befinden sich Wälder, dann folgt ein Meer, in dem ihr noch ein Bad nehmen werdet, dahinter folgen wieder Wiesen und Wälder.«

»Und diesen ausgedehnten Raum, der sich über zig, wenn nicht Hunderte von Kilometern erstreckt, wollt ihr in einer Kugel untergebracht haben, die nur einen Kilometer Durchmesser hat? Verlangt ihr allen Ernstes von mir, dass ich das glauben soll?«

Die Galakten brachen abermals in Gelächter aus. Unsere Skepsis schien sie köstlich zu amüsieren.

»Trotzdem habt ihr es weder mit einer Illusion noch mit einem Wunder zu tun. Nachdem ihr in unserem Sternenschiff angekommen wart, hat eine spezielle Vorrichtung eure Gewebe schrumpfen lassen. Leider sind wir noch nicht in der Lage, lebende Gewebe im selben Maße zu verkleinern wie künstliche. Das ist übrigens einer der Gründe – wenn auch nicht der wichtigste – dafür, dass die künstlichen Elemente in euren Organismen für uns nicht ganz unproblematisch waren. Es hätte uns leidgetan, wenn ihr uns völlig entstellt gegenübergetreten wäret – mit verschieden langen Gliedmaßen, normalen und eingeschrumpelten Augen zum Beispiel.«

»Meine künstlichen Zähne sind tatsächlich kleiner geworden«, konstatierte Romero, nachdem er mit den Fingern sein Gebiss befühlt hatte.

»Und mir fällt das Atmen leichter«, verkündete Lussin. »Komisch. Die Lunge ist künstlich.«

»Das ist ganz normal«, erläuterte ein anderer Galakt, der sich Lentul nannte. »Deine künstliche Lunge ist eigentlich zu groß für deinen Brustkorb. Jetzt ist sie ein wenig eingeschrumpft, deshalb wirst du dich bei uns auf dem Schiff besser fühlen.«

»Sie hatten gesagt, dass eine mögliche Entstellung unseres Körpers nicht der Hauptgrund war, warum euch unsere künstlichen Elemente Sorgen bereiteten«, sagte Romero. »Wenn es kein Geheimnis ist – dürfte ich erfahren, worin der Hauptgrund dafür bestand?«

Tigrans ebenmäßiges Gesicht verdüsterte sich. »Bei uns Galakten gibt es keine Geheimnisse. Doch das ist eine traurige Geschichte. Denn eben jener Streitpunkt, ob es legitim sei, den Grad der Künstlichkeit lebender Wesen zu erhöhen oder nicht, hat letztlich zum Krieg zwischen uns und den Zerstörern geführt. Wir halten die Erhöhung der Künstlichkeit in Organismen schon lange für ein Übel.«

Tigrans Erläuterung löste ein nachdenkliches Schweigen aus. Dann schaltete sich Mary ins Gespräch ein.

»Das weite Land, das ihr in eurem Schiff untergebracht habt, ist beneidenswert schön!«, sagte sie. »In unseren Schiffen gibt es zwar auch Parks und Quartiere wie Siedlungen, doch sie sind winzig klein. Eine Technologie, wie man das Große im Kleinen verstaut, ist uns Menschen nicht bekannt.«

»Ach, das bringen wir euch schnell bei!«, flötete Lentul.

Mary schenkte ihm ein Lächeln und fügte hinzu: »Ich bezweifle, dass das für uns Menschen das Richtige wäre. Wisst ihr, für uns gehören die rauen Arbeitsbedingungen zur Faszination des Raumfahrerberufs. Unsere Schiffskonstrukteure bemühen sich gar nicht darum, den Astronauten allen irdischen Komfort zur Verfügung zu stellen und einen vollständigen Schutz vor Gefahren wie auf der Erde zu gewährleisten. Das mag irrational erscheinen – für uns ist es einfach Raumfahrerromantik.«

Mir schien Marys Einwurf ein wenig taktlos – indirekt schien sie zu sagen: Nur Weichlinge kurven in paradiesischen Landschaften durchs All. Die Galakten indes reagierten ganz und gar nicht pikiert.

»Solcherlei Romantik können wir uns leider nicht leisten«, erwiderte Tigran munter. »Der Grund dafür ist, dass das Gerechtigkeitsprinzip bei uns sehr streng ausgelegt wird. Jeder hat das Recht, all jene Möglichkeiten für sich einzufordern, die der Gesellschaft in ihrer Gesamtheit zur Verfügung stehen. Umgekehrt darf man niemandem etwas vorenthalten, wovon auch nur ein einziges anderes Mitglied der Gesellschaft profitiert. Deshalb müssen wir der Besatzung eines Sternenschiffs denselben Komfort bieten, den auch die sesshafte Bevölkerung auf den Planeten genießt. Leider lässt sich dieses Prinzip nicht zu hundert Prozent verwirklichen, da zum Beispiel die Landschaft hier im Schiff nicht annähernd so schön ist wie die auf den Planeten. Anspruch und Wirklichkeit gehen hier manchmal auseinander – das ist eine Krux unserer Zivilisation.«

»Das kann ich mir gut vorstellen«, sagte Mary. Ihre schwarzen Augen funkelten. »Zum Beispiel dürftet ihr kein Schiff in ein Himmelfahrtskommando gegen die Zerstörer entsenden, während ein anderes friedlich um einen eurer Planeten kreist.«

»Streng genommen nicht«, bestätigte Tigran zerstreut. Er schien mehr von Marys Augen angetan als von ihrem Scharfsinn.

»Was die Gleichberechtigung betrifft«, schaltete sich Romero ein, »dieses Prinzip gilt auch bei uns, allerdings in einem allgemeineren, sozialen Sinne: Jeder hat dasselbe Recht auf Nahrung, Wohnung, Ausbildung, Arbeit und so weiter. Anders sieht es dagegen im Bereich individueller Gefühle und Bedürfnisse aus. In Liebesdingen etwa hätte das Prinzip ›gleiches Recht für alle‹ wohl ziemlich katastrophale Folgen.«

»Wem sagst du das«, pflichtete der Galakt bei und seufzte. »Wir kennen dieses unobjektive Gefühl, das die Gleichberechtigung rücksichtslos aushebelt. Durch die individuelle Liebe wird ein ganz normales Subjekt plötzlich wichtiger als alles andere auf der Welt – das ist absurd, doch bis jetzt haben wir kein Mittel dagegen.«

»Wie schön, dass es euch damit auch nicht besser ergeht als uns«, sagte Romero ironisch. »Aber eine andere Frage. Ihr spracht von Raumschiffbesatzungen. Ihr habt doch sicher auch einen Kommandeur, der letztlich entscheidet, nicht wahr?«

»Nein«, entgegnete Tigran kopfschüttelnd. »Kommandeure gibt es bei uns nicht. Wir befehligen ein Raumschiff gemeinsam. Der kollektive Wille der Besatzung ist ausschlaggebend für jede Entscheidung.«

»Und wenn es Meinungsverschiedenheiten gibt?«

»Das kommt nicht einmal in Extremsituationen vor. Die Besatzungen werden so zusammengestellt, dass die einzelnen Mitglieder sich charakterlich sehr ähnlich sind.«

Dazu fiel Romero nichts mehr ein. Tigran wandte sich nun an mich und sah mir in die Augen.

»Du hast als Einziger noch kein Wort gesagt, warum?«, fragte er.

»Ich habe euch zugehört.«

»Hast du keine Fragen an uns?«

»Mindestens hundert.«

»Dann fang an!«

»Mich würde interessieren, was ihr über die Ramiren wisst«, sagte ich, »und wie es zum Krieg zwischen euch und den Zerstörern kam. Auch wir befinden uns ja im Kampf gegen die Zerstörer und sehen in euch unsere natürlichen Verbündeten.«

Die Galakten tauschten Blicke aus. Während der Blickwechsel bei uns Menschen ein sehr vages Kommunikationsmittel ist, können die Galakten sich auf diese Weise sehr präzise verständigen. Vielleicht liegt es daran, dass sie so riesige Augen haben.

»Das ist eine lange Geschichte«, begann Tigran, der offensichtlich die Zustimmung der anderen Galakten erhalten hatte, uns mehr über den Krieg im Perseus zu erzählen.

Wir folgten dem Beispiel der Galakten und streckten uns bäuchlings im weichen Gras der Wiese aus. Hinter uns gurgelte friedlich der Bach, der echtes, kristallklares Wasser führte und keine giftigen Nickelverbindungen wie bei den Zerstörern. Die Ufervegetation verströmte den Duft eines irdischen Kräutergartens, obwohl die Pflanzen fremdartig aussahen. Das galt auch für die Bäume, die sich am nahen Waldrand in den Himmel reckten und deren Kronen sich sanft im Wind wiegten. Die Luft war angenehm kühl, strömte wie von selbst in die Lungen und roch noch aromatischer als jene auf der Ora.

Wir befanden uns an einem idealen Ort, um stille Freude zu empfinden und den Liebreiz der Natur zu genießen. Doch ein sanfter Riese in unserem Kreis erzählte von finsteren Jahrtausenden, ausgelöschten Sternenvölkern und zerstörten Planeten …

6 Über die Ramiren wussten die Galakten wenig Konkretes. Nebulösen Überlieferungen zufolge siedelte dieses merkwürdige Volk in den Sternhaufen des Perseus, bevor die Galakten hier auftauchten.

Über das Aussehen und die Lebensweise der Ramiren war unseren Gastgebern nichts bekannt. Keinerlei Spuren kündeten von ihrem früheren Wirken, sieht man einmal von den Planeten selbst ab. Denn die »Planetenbestückung« der Perseussterne – so formulierte es Tigran wortwörtlich – ist im Schnitt hundertfach höher als bei anderen Sternen der Galaxis. Sterne mit zehn bis fünfzehn Satelliten sind im Perseus nichts Außergewöhnliches. Der Überlieferung zufolge geht dieses Phänomen auf das Konto der Ramiren, da sie über die Fähigkeit verfügen, aus verdichtetem Raum Himmelskörper entstehen zu lassen. Demnach wäre es denkbar, dass auch die Sternhaufen selbst dadurch entstanden, dass die Ramiren die Leere zwischen den einzelnen Gestirnen »verbrauchten«, wodurch Letztere näher zusammenrückten.

»Die Tanew-Reaktion«, warf Romero ein. »Wir Menschen machen uns diesen Effekt seit langem zunutze, um unsere Sternenumgebung umzugestalten. In dieser Hinsicht scheinen die Ramiren der modernen Menschheit nicht oder nur wenig voraus zu sein.«

»Uns dagegen schon«, erwiderte Tigran. »Wir sind nicht in der Lage, Planeten zu erschaffen, geschweige denn, sie zu zerstören. Wie auch immer – aus dem Wenigen, was wir wissen, geht hervor, dass die Ramiren eines Tages damit begannen, Expeditionen zum galaktischen Zentrum zu entsenden. In der Folgezeit siedelten sie gruppenweise dorthin um, und die von ihnen geschaffenen Planeten im Perseus verwaisten nach und nach. Im Galaxiskern kommt es seither zu gewaltigen Umwälzungen der Sternenmassen, er pulsiert, als würden heftige Kräfte daran zerren. Im Perseus ließen sich nach dem Verschwinden der Ramiren unsere Vorfahren nieder.«

»Und die Zerstörer, nehme ich an«, sagte Romero.

»Nein, unsere Herrschaft im Perseus war zunächst ungeteilt. Die Zerstörer – oder die Servi, wie wir sie nannten – haben wir erst später aus der Taufe gehoben.«

»Ach, dann sind die Zerstörer euer Werk?«

»Ja. Dieses Kuckucksei haben wir uns leider selbst ins Nest gelegt. Ursprünglich hatten wir die Servi als rein künstliche Mechanismen konzipiert. Dabei hätten wir bleiben sollen.«

Dass der Organismus der Stielaugen viel Synthetisches enthielt – Halbleiter, Widerstände, Kondensatoren, mechanische Gelenke und so weiter –, wussten wir bereits seit der Schlacht auf dem Planeten Sigma. Schon damals hatten wir darüber gestaunt, dass ihr Herz aus einem kleinen Gravitator bestand. Bei den Unsichtbaren war der Anteil des Künstlichen noch höher als bei den Stielaugen, das wussten wir von Gig und seinen Leuten. Doch dass die Galakten am Fließband »Servi« herstellten, indem sie zuvor separat gezüchtete biologische Gewebe in künstliche Mechanismen einsetzten, war neu für uns.

»Unsere Konstrukteure machten sich voller Ehrgeiz daran, die Servi weiterzuentwickeln«, erläuterte Tigran. »Mit jeder neuen Generation nahm der biologische Anteil in ihnen zu. Biologisches Gewebe ist energetisch nun einmal am effektivsten. Theoretisch berechnet wäre die Maschine mit den größten Fähigkeiten pro Masseeinheit mit Sicherheit lebendig. Die Erhöhung der biologischen Anteile der Servi war also keine Laune unserer Konstrukteure, sondern entsprang nüchterner Berechnung.«

»Und aus ebenso nüchterner Berechnung seid ihr wohl irgendwann auf die Idee gekommen, eure Servi mit einem Verstand und der Fähigkeit zur Selbstreproduktion auszustatten«, bemerkte Romero nicht ohne Ironie.

»Den Verstand hatten wir ihnen von Anfang an mitgegeben. Wir wollten schließlich mündige Helfer und keine Sklaven. Nachdem sie bereits alle übrigen Eigenschaften lebender Organismen aufwiesen, war es naheliegend, sie auch mit der Fähigkeit zur Selbstreproduktion auszustatten. Allerdings entschieden wir uns für eine geschlechtslose Variante. Denn die Zweigeschlechtlichkeit halten wir für eine zufällig nicht wegselektierte Fehlentwicklung der biologischen Evolution. Schließlich führt sie zu Sexualtrieb und individueller Liebe mit all den völlig irrationalen Verhaltensweisen, die daran geknüpft sind. Die grobe Gegenüberstellung von Mann und Frau in der Zweigeschlechtlichkeit ist ein Primitivismus, der weder moralisch noch konstruktiv zu rechtfertigen ist. Unsere Konstrukteure denken deshalb über die Schaffung multigeschlechtlicher Organismen nach.

Aber zurück zu den Servi«, erläuterte Tigran weiter. »Sie erwiesen sich als gut gedacht, doch schlecht gemacht. Von der individuellen Liebe, die bisweilen zu völligem Realitätsverlust führt, hatten wir sie zwar befreit, doch an deren Stelle trat eine narzisstische Selbstvergötterung, die für rationales Handeln noch weniger Platz ließ. Die ungeplanten Veränderungen in der Psyche der Servi gingen heimtückischerweise im Verborgenen vonstatten; wir bekamen zunächst überhaupt nichts davon mit. Im Gegenteil, die Servi wurden allenthalben mit Lob überhäuft. Sie waren klug und arbeitsam, stellten komplizierte Berechnungen an, gingen anspruchsvollen Labortätigkeiten nach und bestachen schon damals durch ihr Konstruktionstalent.

Indes, in dem Maße, in dem der biologische Anteil ihrer Natur von Generation zu Generation zunahm, wurde mehr und mehr klar, dass es für die Servi ein Objekt der Verehrung gab, das ihnen wichtiger war als alles andere, und dieses Objekt waren sie selbst! Ihre Selbstsucht – zunächst im Verborgenen gehegt – trat nun unverhüllt zutage. Sie waren hartherzig, kalt und gleichgültig gegenüber allem außer sich selbst. Ihr Körper war lebendig, ihre Seele hingegen tot.«

»Der Egoismus als philosophisches System!«, rief Romero. »Im Altertum der Menschheit versuchten Stirner und Nietzsche, diese Philosophie zu etablieren. Aber habt ihr denn nichts unternommen, um die von euch heraufbeschworenen Dämonen des Bösen einzudämmen?«

»Das haben wir wohl. Wir haben auf die Servi eingeredet und mit ihnen gestritten. Doch schließlich wurde uns klar, dass die tiefere Ursache ihres psychischen Defekts in ihrer dualen Natur begründet lag, die Lebendiges und Totes, Natürliches und Künstliches auf unheilvolle Weise miteinander verband. So fassten wir den Beschluss, künftige Generationen der Servi als rein biologische Wesen zu konzipieren.«

»Doch leider warteten die Servi nicht ab, bis es dazu kam«, sagte Lentul seufzend. »Sie verließen massenhaft unsere Planeten. Dieser Exodus war geschickt eingefädelt: Sie bildeten Kolonien auf unbesiedelten Planeten unter dem Vorwand, diese für uns zu erschließen. Aus unserer damaligen Sicht war diese Lösung geradezu ideal, denn einerseits wurden weitere Planetensysteme für unsere Zivilisation vorbereitet, und andererseits waren wir die Servi der alten Generation los, deren Charakter wir ohnehin als unangenehm empfanden.«

»Als wir bemerkten, welches Unheil sich außerhalb unserer Kontrolle zusammenbraute, war es schon zu spät«, setzte Tigran fort. »In den interstellaren Räumen des Perseus brach ein Vernichtungskrieg aus. Die zu Zerstörern mutierten Servi hatten sich nicht nur einen Platz im Weltall erkämpft, sondern legten es gezielt auf die Vernichtung all dessen an, was wir Galakten mit unserer Zivilisation aufgebaut hatten. Während wir bestrebt sind, den biologischen Anteil in vernunftbegabten Subjekten zu erhöhen und Mechanismen in Organismen zu verwandeln, streben die Zerstörer genau das Gegenteil an, indem sie die künstlichen Anteile in Organismen erhöhen und sie so allmählich zu Maschinen degradieren.«

Die unglückseligen halbbiologischen Roboter, die uns auf der Metrikstation in die Hände gefallen waren – die Stationsingenieure, das Superhirn, der Aufseher –, waren gute Beispiele für diese Politik der Mechanisierung und Abstumpfung des Lebens.

Was Tigran und Lentul uns über den Charakter der Zerstörer erzählten, war uns im Prinzip nicht neu, doch wir waren beeindruckt von der tiefen Kluft, die sich zwischen den Galakten und ihren eigenen Geschöpfen aufgetan hatte.

»Angesichts der gegenläufigen Wege, die ihr und eure ehemaligen Diener eingeschlagen habt, könnte man sagen, dass wir Menschen die goldene Mitte gewählt haben«, sagte Romero. »Während ihr Maschinen biologisiert und die Zerstörer Organismen mechanisieren, lassen wir Maschinen Maschinen und Lebewesen Lebewesen sein. Wir verzichten darauf, aus Maschinen biologisch perfekte Alleskönner zu machen, stattdessen verbessern wir ständig ihre spezifischen Fähigkeiten.«

»Und deshalb seid ihr auch mächtiger als wir, das haben wir sofort erkannt, als ihr im Perseus aufgetaucht seid«, erwiderte Tigran.

»Wie ist derzeit die Lage im Krieg zwischen euch und den Zerstörern«, erkundigte ich mich.

»Die Zerstörer kontrollieren die interstellaren Räume, doch auf unseren Planeten sind wir in Sicherheit. Wir haben eine Waffe entwickelt, die in der Lage ist, alles Leben auszulöschen. Die Zerstörer haben Angst vor dieser Waffe, und deshalb lassen sie uns in Ruhe.«

»Und wie soll es weitergehen? Sie behelligen euch nicht – wunderbar, aber was ist mit euch? Wollt ihr den Status quo aufrechterhalten und ihre Gräueltaten akzeptieren?«

»Was sollen wir machen? Etwa die Philosophie der Zerstörer übernehmen und versuchen, sie zu vernichten, nur weil es mit ihrer Umerziehung nicht geklappt hat? Das liegt uns nicht. Außerdem würden solche Weltraumschlachten auch viele Tote unter uns Galakten fordern.«

»Auf euren Planeten sterbt ihr doch auch«, entgegnete Romero lapidar.

»Irrtum. Auf unseren Planeten sind wir unsterblich. Lasst uns die Diskussion fürs Erste beenden, ihr seid sicher müde. Wir haben später noch genug Gelegenheit, uns auszutauschen.«

»Ich muss eine Botschaft an unser Schiff absetzen«, sagte ich und erhob mich. »Wenn die Besatzung nichts von mir hört, denkt sie, uns sei etwas zugestoßen.«

»Kein Problem«, erwiderte Tigran und führte mich zu einer Sendestation ganz in der Nähe.

7 Die Galakten quartierten uns in einem Holzhaus ein, das sich am gegenüberliegenden Ufer des Bachs befand. Wir kamen uns vor wie Touristen in einer irdischen Ferienunterkunft.

Im Wohnzimmer pochte Romero nervös mit seinem Gehstock auf die Holzbohlen und schüttelte missmutig den Kopf.

»Das wird eine harte Nuss, meine Freunde!«, orakelte er. »Jetzt verstehe ich, warum die Galakten unseren drei Schiffen nicht zu Hilfe geeilt sind, als wir in Chi Persei auftauchten. Sie verfolgen eine isolationistische Strategie wie so mancher Staat im Altertum.«

»Sterblich im Weltraum, unsterblich auf den Planeten – merkwürdige Typen!«, konstatierte Lussin.

»Entscheidend ist, dass sie unsere Freunde und keine Feinde sind«, erwiderte ich. »Alles andere wird sich fügen.«

»Irgendetwas an diesen Galakten gefällt mir nicht«, sagte Mary zu mir, nachdem wir uns auf unser Zimmer zurückgezogen hatten. »Sie sehen blendend aus, sind klug, zuvorkommend und tragen edle Kleidung. Hast du auf ihre Tunikas geachtet? Man möchte meinen, sie wären nicht gefärbt, sondern leuchteten von selbst.«

»Wolltest du nicht erzählen, was dir an ihnen nicht gefällt? Stattdessen schwärmst du in den höchsten Tönen von ihnen.«

»Äußerlich, ja. Doch ihre Gegenwart empfinde ich irgendwie als unangenehm. Dieser Tigran hat mich die ganze Zeit angestarrt. Wenn ein irdischer Mann mich so angeschaut hätte, wäre mir sofort klar gewesen, dass er etwas von mir will. Aber bei einem Galakten …?«

»Er hat dich angesehen, als wollte er dich mit den Augen ausziehen«, knurrte ich. »Hätte ein irdischer Mann das gewagt, hätte er Ärger mit mir bekommen.«

»Nun übertreibe nicht, Liebster«, flüsterte Mary besänftigend und schlang ihre Arme um meinen Hals. »Du hast doch gehört, die Galakten halten die Zweigeschlechtlichkeit für eine biologische Panne.«

»Mag sein. Trotzdem scheinen sie Spaß daran zu haben, sonst wären sie nicht so viele. Vielleicht sind ihre Hirngespinste über multigeschlechtliche Organismen nur eine Ausgeburt ihrer ausufernden sexuellen F…«

»Schschsch«, zischte Mary und legte mir die Hand auf den Mund. »Mir ist unsere primitive Zweigeschlechtlichkeit jedenfalls viel lieber«, flüsterte sie mir ins Ohr. Dabei konnte ich ihre Lippen spüren.

Als ich einige Zeit später in der Wanne lag, hing ich sorgenvollen Gedanken nach. Wären wir den Galakten zufällig im Weltraum begegnet, hätte unsere Begegnung einen völlig unkomplizierten, freundschaftlichen Charakter gehabt. Unser Ziel bestand jedoch darin, unsere wesensverwandten Sternenbrüder aus ihrer selbst gewählten Isolation herauszuholen und sie für gemeinsame Aktionen im beiderseitigen Interesse zu gewinnen. Schon jetzt stand fest, dass dies keine leichte Aufgabe sein würde.

Meine Besorgnis verflog, je länger ich das heiße Bad genoss. Obwohl nichts weiter als gewöhnliches Wasser aus dem Hahn sprudelte, entfaltete es eine so außergewöhnlich entspannende, berauschende und gleichzeitig belebende Wirkung, wie ich sie von gewöhnlichen Bädern nicht kannte. Man hätte glauben können, die Galakten hätten ihrem Wasser irgendeine besondere Essenz beigemischt.

Als ich erfrischt aus dem Bad kam, lag Mary rücklings auf dem Bett und starrte nachdenklich an die Decke.

»Weißt du was, Eli«, sagte sie, »an der Stelle der Galakten würde ich schrecklich darunter leiden, keine Reisen durch die Galaxis unternehmen zu können.«

»Das ginge mir ähnlich«, pflichtete ich bei. »Aber ich fürchte, sie fühlen sich ganz wohl in ihrem Elfenbeinturm.«

Auf dem Nachtkästchen neben unserem Bett fand ich eine Fernbedienung mit nur einem Knopf. Es war nicht ersichtlich, wozu sie gedacht war, und so betätigte ich den Knopf, um zu sehen, was passieren würde. Bei den ersten Versuchen geschah gar nichts, doch als ich das Gerät auf den großen Spiegel richtete, der an der Wand gegenüber unserm Bett hing, verwandelte dieser sich in einen Stereobildschirm, auf dem bewegte Bilder abliefen.

Wir sahen herrliche Kulturlandschaften und luxuriöse Siedlungen, in denen Galakten ohne jede Eile ihren Beschäftigungen nachgingen. Offenbar wurden wir auf diese Weise dazu eingeladen, uns schon im Vorfeld mit der Lebenskultur unserer Gastgeber auf ihren Planeten vertraut zu machen.

Nach einem weiteren Knopfdruck erschien ein Sternenhimmel auf dem Bildschirm. Im Vordergrund befand sich unser winziger *Bärenhüter*, der hinter dem Schiff der Galakten herflog und von dessen Scheinwerfern rot angeleuchtet wurde. Im Hintergrund glühten die gigantischen Gestirne des Perseus.

»Worüber denkst du so angestrengt nach?«, fragte plötzlich Mary.

»Ich weiß, das ist Blödsinn, Mary, aber irgendwie werde ich das Gefühl nicht los, dass in diesem Augenblick rätselhafte biologische Waffen auf den *Bärenhüter* gerichtet sind und irgendwo auf dem anderen Schiff ein Galakt am Schaltpult sitzt, der bereit ist, jeden Augenblick auf den Auslöseknopf zu drücken.«

8

Wir hielten Kurs auf den Flammenden Riesen, einen jener »inaktiven« Sterne, zu denen uns die Zerstörer während unseres Irrflugs mit dem *Raumfresser* so hartnäckig den Zugang versperrt hatten. Es handelte sich um einen gewöhnlichen Riesen mit einer gewaltigen absoluten Helligkeit – zehntausend Sonnen in einer einzigen!

Der Flammende Riese wurde von vierzehn Planeten umkreist, die in Größe und Klima zwar verschieden, für die Besiedelung jedoch gleichermaßen perfekt erschlossen waren. Jenseits der Umlaufbahnen der bewohnten Planeten rotierten Asteroiden mit einem Durchmesser zwischen hundert und achthundert Kilometern. Auf einer Kugelfläche bildeten Tausende dieser Himmelskörper ein dichtes Abwehrbollwerk und schützten die Planeten gegen Angriffe von außen.

Tigran teilte uns mit, dass wir auf einem dieser Asteroiden zwischenlanden würden.

»Handelt es sich dabei um eine erneute kosmische Desinfektion?«, erkundigte sich Romero süffisant.

»Nicht nur«, erwiderte Tigran mit einem dünnen Lächeln. »Ich bin beauftragt, euch unsere Schutzvorrichtungen zu zeigen.«

»Haben die Asteroiden auch Namen?«, fragte Mary.

»Wir nennen sie Biokiller und haben sie durchnummeriert. Der, auf dem wir gleich landen werden, ist der Biokiller Nr. 3.«

»Klingt nicht gerade einladend«, kommentierte Romero.

Für die Besatzung des *Bärenhüters* war die Landung auf dem Asteroiden kein Problem, für das Raumschiff der Galakten dagegen eine langwierige Prozedur. Zusammen mit unseren Gastgebern saßen wir stundenlang in Spezialräumen, wo wir unser raumschiffinternes Wichteldasein beendeten und wieder zu Normalgröße heranwuchsen. Ich empfand diesen Prozess als nervtötend langweilig, zumal er sich in ziemlicher Dunkelheit abspielte.

»Wenn ich mir vorstelle, dass ich gerade in einer Stunde um das Achthundertfache wachse, wird mir ganz anders«, jammerte Mary.

Romero kontrollierte unentwegt das Wachstum seiner dritten Zähne und sonstiger Ersatzteile in seinem Körper, indem er sich nervös abtastete. Lussin atmete geräuschvoll aus und ein, um die Funktion seiner künstlichen Lunge zu überprüfen. Für die beiden müssen diese Stunden der Metamorphose äußerst unangenehm und peinigend gewesen sein. Ich selbst empfand keinerlei physiologische Veränderung, abgesehen davon, dass ich entsetzlichen Hunger bekam.

Auf der Oberfläche des Asteroiden erwarteten uns bereits Oshima, Trub, Orlan und Gig. Bei der Begrüßung unserer Freunde verhielten sich die Galakten absehbar: Oshima brachten sie dieselbe Herzlichkeit entgegen wie uns, auch Trub bedachten sie mit einem freundlichen Lächeln, nur bei Orlan und Gig ließen sie höfliche Distanziertheit walten. Eine jahrtausendelange Feindschaft lässt sich eben nicht einfach ablegen wie ein altes Gewand.

Gig war so begeistert von den Galakten, dass er die Kühle des Empfangs gar nicht mitbekam. Der sensible Orlan dagegen spürte die Reserviertheit seiner ehemaligen Erzfeinde sofort. Nachdem er den Kopf zur Begrüßung fast einen Meter hoch ausgefahren hatte, ließ er ihn gekränkt bis zu den Brauen in den Brustkorb sinken, nachdem die Galakten sich unterkühlt abgewendet hatten.

»Nimm's dir nicht so zu Herzen«, riet ich ihm. »Die Galakten müssen sich erst daran gewöhnen, dass nun auch Zerstörer zu ihren Freunden zählen.«

Die Galakten luden uns zu einem Rundflug über den Asteroiden ein. Dazu stellten sie ein eigentümliches Fluggerät bereit, das eher einem Lebewesen als einer Maschine glich. Von den Umrissen her sah es aus wie ein großer Wal. Nach dem Einsteigen hatten wir den Eindruck, uns im Inneren eines Körpers zu befinden und nicht in einer Räumlichkeit – so als hätte uns Moby Dick höchstpersönlich verschlungen. Die Innenwände waren seltsam runzelig und gefurcht.

»Ich hoffe doch sehr, dass dieser fliegende Wal uns nicht verdaut«, sagte Mary. »Man hat hier das Gefühl, als würden im nächsten Moment Magensäfte aus den Wänden spritzen.«

Eine Dusche von Verdauungssekreten blieb uns erspart, aber schnell trat eine andere, bemerkenswerte Veränderung an den Wänden ein: Sie wurden allmählich durchsichtig.

Das kleine Walschiff glitt lautlos über die Oberfläche des Asteroiden hinweg. Der sich bietende Anblick war ausgesprochen düster. Die weit entfernte Sonne warf ein aschfahles Licht auf ein nacktes Bergmassiv, das sich über finsteren, bodenlosen Abgründen türmte. Der Himmelskörper schien aus mehreren Stücken zu bestehen, die fest, aber grob aneinandergefügt waren.

Wir landeten am Rand einer Ebene, die von einer mächtigen, transparenten Kuppel überwölbt war. Durch ein enges Schlupfloch führten uns die Galakten in einen hermetischen Raum im Inneren dieser gigantischen Höhle. Unter der extrem dickwandigen Kuppel befand sich ein sonderbarer See. Er bestand aus einer milchweißen, flüssigen, heftig brodelnden Masse, aus der wie bei einem Geysir in unregelmäßigen Abständen fauchende Fontänen emporschlugen. Doch auch der See als Ganzes pulsierte: Er wölbte sich zu einer riesigen Blase, die sich immer mehr aufblähte, die gesamte Höhlung ausfüllte und die Kuppel von innen zu sprengen drohte. Doch dann nahm der Druck wieder ab, und die Blase fiel in sich zusammen.

»Was ist das?«, fragte ich Tigran.

»Das ist eine unserer biologischen Waffen«, antwortete Tigran feierlich. »Zweitausend davon schützen die Planeten des Flammenden Riesen vor Angriffen von außen.«

Minutenlang bestaunten wir ehrfurchtsvoll den schauderhaft glucksenden, pulsierenden See. Je länger ich ihn betrachtete, desto mehr hatte ich den Eindruck, dass es sich dabei um ein lebendiges Wesen handelte, das in einem steinernen Käfig eingesperrt war. Nun, da wir wussten, worum es sich handelte, empfanden wir das brodelnde Monster nicht mehr als kurios, sondern als bedrohlich.

Trub wickelte sich nervös in seine Flügel ein, und Orlan fuhr den Kopf aus, als gelte es, der mächtigen Waffe höchsten Respekt zu erweisen. Selbst unser Spaßvogel Gig stellte sein Knochengepolter vorübergehend ein und klappte staunend den Kiefer auf.

»Gigantische Biowaffe«, flüsterte er beeindruckt.

Tigran erklärte uns, dass es sich bei diesem See tatsächlich um ein überdimensionales Lebewesen handelt, das den zähflüssigen Kern des steinernen Asteroiden bildet. Was wir sahen, war nur ein verschwindend kleiner Teil davon, ein winziges, von einer Schutzhülle bedecktes Auge, der Rest des skurrilen Geschöpfes verbarg sich in den Tiefen des Himmelskörpers.

Obwohl dieses Wesen eine biologische Waffe darstellte und am ehesten mit einem stumpfsinnigen Tier zu vergleichen war, das über keinen Verstand im üblichen Sinne verfügte, hatte es doch einen launischen Charakter. Das regelmäßige Pulsieren des Auges zeugte von einem ausgeglichenen Gemütszustand, war es dagegen gereizt oder böse, wurde der gesamte Asteroid von verheerenden Erdbeben erschüttert.

»Das waffentechnisch nutzbare Abfallprodukt der Lebenstätigkeit eines solchen Asteroidenkerns ist eine starke Strahlung, die alles Leben augenblicklich auslöscht«, erläuterte Tigran. »Solche Kuppeln finden sich an verschiedenen Stellen des Asteroiden. Egal von welcher Seite ein feindliches Schiff angreift, es wird immer ins Fadenkreuz eines dieser abgedeckten Augen geraten. Im geeigneten Moment öffnet sich dann die Kuppel, ein Bündel todbringender Strahlung wird herausgeschleudert, und alles Leben auf dem feindlichen Schiff verwandelt sich in ein Häufchen Staub.«

Die Zivilisation der Galakten beschritt technisch völlig andere Wege als wir Menschen. Doch Erfindungsreichtum konnte man ihnen nicht absprechen, und sie wussten sich zu schützen.

»Sind eure Raumschiffe mit biologischen Waffen ausgerüstet?«, fragte Romero Tigran.

»Ja, aber die auf unseren Schiffen sind natürlich viel kleiner dimensioniert.«

Abgesehen von seinem lebendigen Kern gab es auf dem Asteroiden nichts Interessantes zu sehen. Die Galakten brachten uns in einen Aufenthaltsraum, damit wir uns vor dem Weiterflug ein wenig ausruhen konnten. Als sie sich zurückgezogen hatten, tauschten wir unsere Eindrücke aus.

»Es wundert mich, dass die Galakten trotz ihrer biologischen Waffen den Kriegsverlauf nicht zu ihren Gunsten wenden konnten«, sagte Romero. »Sie müssen zugeben, werter Orlan, dass die Schiffe der Zerstörer schwächer bewaffnet sind. Sowohl die Gravitationsstöße Ihrer Kreuzer als auch die von den Galakten eingesetzte biologische Strahlung breiten sich mit Lichtgeschwindigkeit aus. Doch während die Gravitationswellen sich proportional zum Quadrat der Entfernung abschwächen, wird das biologische Strahlenbündel praktisch nicht zerstreut. Auf größere Entfernung würde ein Schiff der Galakten immer die Oberhand über einen Kreuzer der Zerstörer behalten.«

»Du vergisst, dass unsere Kreuzer einem schmalen Strahlenbündel ausweichen können«, entgegnete Orlan gleichmütig, »die Schiffe der Galakten dagegen geraten unweigerlich in unsere Gravitationswellen. Die Zielgenauigkeit der biologischen Waffen im Kurvenkampf ist gering. Bei der Verteidigung von Planetensystemen sind sie dagegen äußerst effektiv.«

»Das kann man wohl sagen!«, warf Gig ein und ließ die Rippen klappern. »Unter dem letzten Herrscher haben wir einmal versucht, eines ihrer Planetensysteme zu stürmen – das war ein Gemetzel! Danach dümpelten unsere Kreuzer wie Geisterschiffe durch den Raum. Die Stielaugen waren verdampft, und in den Schiffswänden waren die Silhouetten von Unsichtbaren eingebrannt.«

Doch Romero gab nicht klein bei: »Angenommen, Sie haben Recht, scharfsinniger Orlan, und die Schiffe der Galakten haben im Kampf Schiff gegen Schiff keine Chance; warum greifen sie dann nicht die Planeten der Zerstörer an, zum Beispiel den Dritten Planeten? Ein Himmelskörper kann einem Strahlenangriff wohl kaum ausweichen, nicht wahr? Auf diese Weise hätten die Galakten euch Zerstörer doch auslöschen können, oder nicht?«

»Aber Romero«, erwiderte Orlan gelassen, »um eben dies zu verhindern, haben wir die Metrikstationen doch errichtet. Die Raumkrümmungstechnik der Stationen ermöglicht es, feindliche Strahlen abzulenken und gegen den Angreifer selbst zu richten. Die Galakten haben ein einziges Mal versucht, einen unserer Stützpunkte mit ihren tödlichen Strahlen einzudecken, und dieser Versuch endete in einem totalen Desaster. Seither haben die Galakten überall im Perseus den offenen Kampf gegen die Zerstörer aufgegeben.«

Orlans Ausführungen erschienen mir bedenklich.

»Du hast uns doch dazu gedrängt, die Galakten um Hilfe zu bitten«, sagte ich zu ihm. »Und jetzt stellt sich heraus, dass ihre biologischen Waffen im Kampf ineffektiv sind. Wie soll ich das verstehen?«

Orlan setzte ein Grinsen auf, als hätte er auf diese Frage schon die ganze Zeit gewartet.

»Das kommt ganz darauf an, um welche Art von Kampf es sich handelt, Eli«, erwiderte er. »In der Durchbruchzone der menschlichen Raumschiffflotte wird die Beweglichkeit unserer Flotte eingeschränkt sein. Und wenn unsere Kreuzer chaotische Manöver fliegen, um der biologischen Strahlung zu entgehen, spielt euch das doch in die Hände, nicht wahr?«

Orlans Argumentation hatte mich nicht völlig überzeugt, doch es hätte auch keinen Sinn gehabt, weiter über theoretische Szenarien zu spekulieren.

9 Der Planet der Galakten wurde von zwei Monden umkreist. Als wir die Umlaufbahn des ersten davon erreicht hatten, ließen wir den *Bärenhüter* und das Schiff der Galakten dort zurück und stiegen in einen Aerobus um.

Im Landeanflug auf den Planeten bot sich ein überraschendes Bild: Die Oberfläche schien vollständig von Wäldern bedeckt – keine Straßen, keine Felder, keine Siedlungen weit und breit, nichts als Bäume.

»Dieser seltsame Wald blendet mich«, sagte Mary, als wir bereits dicht über die Wipfel hinwegstrichen.

Man darf sich den Wald auf dem Galaktenplaneten nicht wie die grüne Hölle Amazoniens vorstellen. Die Bäume hier sahen völlig anders aus als die auf der Erde. Zum einen waren sie viel größer; nach der Landung stellten wir fest, dass so mancher einen halben Kilometer in den Himmel ragte. Außerdem strebten ihre Äste und Zweige nicht gerade oder gebogen, sondern in schraubenartigen Windungen zum Licht. Und zuletzt waren sie nicht einheitlich grün belaubt, sondern luminieszierten in bunten Farben. Wir glitten über einen leuchtenden Flickenteppich hinweg, der unsere erstaunten Gesichter abwechselnd in blaues, rotes, violettes, gelbes und grünes Licht tauchte.

»In der Nacht ersetzen die Bäume die untergegangene Sonne«, erklärte Tigran. »Werden eure Planeten etwa nicht von Bäumen beleuchtet?«

Als ich ihm von unseren Lampen und Scheinwerfern, selbst leuchtenden Wänden und Decken erzählte, nickte er höflich, doch sein Gesichtsausdruck verriet, dass er diese Beleuchtungstechnologie bestenfalls für ein Relikt prähistorischer Barbarei hielt. In allen Wohnräumen der Galakten standen kleine Bäumchen, die zur Beleuchtung und Luftkonditionierung dienten.

Nach einiger Zeit erreichten wir eine parkartige Landschaft, in der sich eine Siedlung befand. Unser Aerobus landete auf einem ausgedehnten Platz, wo uns Bewohner des Planeten bereits erwarteten. Obwohl der Flammende Riese sich längst hinterm Horizont verabschiedet hatte, wurde die Szenerie von den umstehenden Parkbäumen hell und bunt erleuchtet.

Wir staunten nicht schlecht, als wir nach dem Aussteigen nicht nur von Galakten begrüßt wurden, sondern auch von Engeln, sechsflügeligen Heuschrecken und Wegabewohnern.

Als ich die hinreißend schönen Schlangenwesen erblickte, ertappte ich mich dabei, wie ich unwillkürlich nach Viola Ausschau hielt. Es war natürlich absurd, sie hier zu vermuten. Nichtsdestoweniger beschlich mich für ein paar Augenblicke der Gedanke, ob man hier nicht eine Schar von Phantomen auf uns losgelassen hatte, die lediglich in unseren Gehirnen gespeicherte Bilder kopierten. Doch dieser unsinnige Verdacht wurde alsbald zerstreut, denn in der jubelnden Menge tummelten sich Geschöpfe von solch abstruser Bizarrheit, wie kein Mensch sie sich hätte ausdenken können.

Der spätabendliche Empfang war ausgesprochen herzlich, minutenlang schüttelten wir Hände, Flügel und Fühler. Alle drängten sich, die fremden Besucher aus der Nähe zu sehen. Aus der illustren Schar der Sternenvölker ragten die groß gewachsenen Galakten in ihren eleganten, leuchtenden Gewändern heraus.

Nachdem der Trubel sich gelegt und die Menge sich zerstreut hatte, führte uns Tigran durch die Siedlung, die mit einer irdischen Stadt durchaus vergleichbar war. Es gab breite Straßen, auf denen Galakten – stets mit einem Lächeln im Gesicht – einherschritten, aber auch andere Bewohner unterschiedlichster Couleur sich hüpfend, stelzend, fliegend oder rotierend fortbewegten.

An den Straßenrändern erhoben sich jedoch keine Häuser mit Türen und Fenstern, sondern durchgehende Mauern, in denen an manchen Stellen die schwarzen Rachen breiter Tunnels gähnten. Über der Straße wölbte sich kein Sternenhimmel, sondern die Laubkuppel der gigantischen Leuchtbäume. Deren Stämme waren hinter den Mauern verborgen, während ihre Äste und Zweige über der Straße ein geschlossenes Dach woben.

Die Luft war erfüllt von berauschend süßen, blumigen und würzigen Düften. Alle paar Schritte tauchte man in eine neue Wolke betörenden Wohlgeruchs. Die Quelle dieses Feuerwerks der Aromen waren wiederum die fantastischen Bäume.

»Unsere gewinnsüchtigen Vorfahren hätten diese Luft in Dosen verpackt und zu Wucherpreisen verkauft«, sagte Romero.

Man führte uns in einen der Tunnel, an dessen Ende wir uns in einem geräumigen Saal wiederfanden. Hier stellte uns Tigran einem Galakten vor, der noch stattlicher war als er selbst. In unserer Sprache hieß er Grazio, und dieser Name wurde seinem Auftreten völlig gerecht.

»Auf den Planeten wird Grazio euer erster Ansprechpartner sein«, teilte Tigran mit. »Und er wird auch die Verhandlungen mit euch führen.«

Unser erstes Gespräch fand wenig später im kleinen Kreise statt.

»Könnte es nicht sein, dass zwischen uns Menschen und euch eine genetische Verwandtschaft besteht?«, fragte ich. »Es würde mich nicht wundern, wenn die Galakten einst auf weit vom Perseus entfernten Planeten Ableger ihres Volks hinterlassen hätten, als eine Art Rohentwurf zur Weiterentwicklung in der fremden Umgebung.«

»Kurios, dieselbe Idee hatten wir auch«, entgegnete Grazio. »Nur umgekehrt: Wir hielten es für möglich, dass wir von Menschen abstammen, die es vor etwa zehn Millionen Jahren in den Perseus verschlagen hat. Als wir die Bildübertragungen aus dem *Raumfresser* entschlüsselten, hat uns die frappierende Ähnlichkeit mit euch Menschen in Erstaunen versetzt.«

»Da muss ich dich enttäuschen, Grazio. Unsere Zivilisation ist gerade mal fünftausend Jahre alt, und rein biologisch betrachtet gibt es uns Menschen nicht länger als eine Million Jahre.«

»Vor einer Million Jahren eurer Zeitrechnung waren wir bereits ein hoch entwickeltes Volk. Tja, dann müssen wir unsere neueste Abstammungstheorie wohl wieder in den Müll werfen.

Doch auch die umgekehrte Variante erscheint mir ausgeschlossen: Es gibt bei uns keinerlei Überlieferungen, die darauf hindeuten, dass Galakten einst in fernen Galaxisbezirken Geschöpfe nach ihrem Bilde erschaffen hätten. Offensichtlich hat die Evolution selbst an verschiedenen Orten einander äußerlich ähnliche Wesen hervorgebracht.«

Danach packte ich den Stier bei den Hörnern, wie Romero zu sagen pflegt.

»Kommen wir zum Punkt, Grazio. Unserer Meinung nach ist ein Bündnis zwischen Menschen und Galakten dringend geboten. Das Imperium der Zerstörer ist durch interne Zerwürfnisse geschwächt. Es ist genau der richtige Zeitpunkt, um es in einer gemeinsamen Anstrengung endgültig zu zerschlagen. Die Flotte der Menschen, die dabei ist, in Chi Persei vorzudringen, benötigt dringend eure Unterstützung. Wenn die Zerstörer in dieser Auseinandersetzung die Oberhand behalten, könnten sie ihr Werk der Unterdrückung fortsetzen, und die Hoffnung auf Befreiung von diesem Joch wäre für Jahrtausende dahin. Es wäre nicht in eurem Sinne, die Vernichtung unserer Flotte tatenlos mitanzusehen.«

Die Galakten hörten mich höflich an, und ihr maskenhaftes freundliches Lächeln wich dabei für keine Sekunde aus ihren Gesichtern. Ich hatte das Gefühl, gegen eine Wand zu reden.

Als ich geendet hatte, gab mir Grazio die befürchtet diplomatische Antwort: »Wir werden euren Vorschlag allen Galakten auf den Planeten des Flammenden Riesen unterbreiten und auch alle übrigen Galaktenvölker, die in anderen Sternensystemen siedeln, davon in Kenntnis setzen. Einstweilen möchte ich euch dazu einladen, an einem Fest teilzunehmen, das wir zu euren Ehren ausrichten.«

»Ich würde es vorziehen, erst dann zu feiern, wenn ich eure Meinung kenne«, erwiderte ich ehrlich.

»Es tut mir leid, aber ich kann den Beschlüssen unserer Völker nicht vorgreifen. Es gibt viele Einwände gegen eine Beteiligung am offenen Krieg. Wir müssen das Für und Wider einer solchen Entscheidung sorgfältig abwägen.«

»Sagt mir wenigstens, welche Bedenken ihr gegen einen Kriegseintritt habt, damit wir uns rechtzeitig damit befassen können.«

Grazio tauschte Blicke mit Tigran und seinen Adjutanten aus, bevor er antwortete. »Ich nenne dir die zwei wichtigsten Gegenargumente. Wenn wir eurer Flotte ein Geschwader mit biologischen Waffen zu Hilfe schicken, könnte es passieren, dass eine solche Waffe in einem unübersichtlichen Kampf ihr Ziel verfehlt. Das wäre eine Katastrophe.«

»Papperlapapp!«, klapperte Gig mit dem Kiefer. »Ein Fehlschuss ist doch kein Beinbruch. Selbst wir Unsichtbaren zielen hin und wieder daneben, in einer Schlacht ist das doch völlig normal.«

Ich warf Gig einen strafenden Blick zu. Als ehemaligem Todfeind der Galakten stand es ihm nicht zu, sich mit frechen Bemerkungen in unseren Disput einzumischen.

»Würde es sich um eine gewöhnliche Schlacht handeln, hättest du Recht«, entgegnete Grazio mit unverminderter Freundlichkeit. »Doch eine Schlacht mit biologischen Waffen ist etwas völlig anderes. Wenn das Strahlenbündel, das von einer solchen Waffe abgefeuert wird, sein Ziel trifft, werden die Strahlen bei der Vernichtung des Ziels absorbiert. Verfehlt es dagegen sein Ziel, so wird es als unsichtbarer und unaufhaltsamer Irrläufer durch Sternensysteme und Galaxien rasen, und zwar so lange, bis es irgendwo auf einen Hort des Lebens trifft – selbst wenn es Millionen von Jahren dauern sollte! Wir haben dann keinen Einfluss mehr darauf, wo der Strahl einschlägt und alles Leben ausradiert. Es kann einen Vegetationsgürtel aus primitiven Moosen treffen, Bakterienkolonien oder auch Siedlungen einer hochtechnologisierten, uralten Zivilisation – in jedem Fall wird nur Staub davon übrig bleiben. Ein Fehlschuss aus einer biologischen Waffe bedeutete also einen unkalkulierbaren Mord.

Kein Galakt würde sich zu einem solchen Verbrechen hinreißen lassen!«

Grazios erregter Stimme war anzumerken, dass es ihm ernst war. Ich hob die Hand, um einer weiteren unüberlegten Replik meiner Freunde zuvorzukommen.

»Was du sagst, hat zweifellos Hand und Fuß«, sagte ich. »Wir werden über eure Befürchtungen ernsthaft nachdenken. Und jetzt möchte ich gerne noch den zweiten wichtigen Einwand hören.«

»Der zweite hängt mit dem ersten zusammen. Ihr habt eine Metrikstation erobert. Doch die anderen fünf sind nach wie vor in der Hand der Zerstörer. Wenn unsere Strahlenbündel ihr Ziel verfehlen, wird der Feind sie mittels Raumkrümmung gegen uns selbst richten. So einen Fall hat es bereits einmal gegeben. Damals haben sich mehrere unserer Planeten in Friedhöfe verwandelt. Ihr könnt nicht erwarten, dass wir uns selbst der Vernichtung preisgeben.«

»Hattest du nicht gesagt, dass ihr auf euren Planeten unsterblich seid?«, sagte ich zu Tigran.

»Das hast du missverstanden«, erwiderte Grazio anstelle von Tigran. »Die Verhältnisse auf unseren Planeten ermöglichen uns theoretisch eine unbegrenzte Lebenszeit, doch gegen tödliche Einflüsse von außen sind wir nicht gefeit. Die biologischen Strahlen zum Beispiel würden uns auf unseren Planeten genauso töten wie euch.«

»Was bedeutet denn eine theoretisch unbegrenzte Lebenszeit?«, fragte Romero, vermutlich mehr aus Pedanterie denn aus Neugier.

»Nun, das ist ganz einfach«, begann Grazio. »Normalerweise setzen Naturkatastrophen oder Krankheiten dem Leben ein Ende. Auf unseren Planeten gibt es keine Naturkatastrophen, und alle infektiösen Krankheiten haben wir ausgerottet. Wenn einzelne Organe oder Gelenke den Dienst versagen, wechseln wir sie einfach aus. Ich selbst habe zum Beispiel schon das dritte Herz, das zweite Gehirn und die achte Leber.«

»Aber können solche Eingriffe tatsächlich auch die Jugend erhalten?«, insistierte Romero. »Oder konserviert ihr nur den Zustand des Alters auf ewig? Der irdische Schriftsteller Jonathan Swift hat in einem Buch unsterbliche Greise beschrieben – senile, miesepetrige Zombies.«

Romeros Frage war mindestens provokant, wenn nicht unverschämt, doch Grazio ließ sich nicht aus der Ruhe bringen und antwortete mit bemerkenswerter Geduld.

»Euren Schriftsteller kenne ich natürlich nicht, doch es ist völlig unmöglich, das hohe Alter zu konservieren. In der Jugend und im fortgeschrittenen Alter laufen die Lebensprozesse zu schnell ab, als dass man sie aufhalten könnte. Wir konservieren unseren Organismus in einem stabilen, reifen Alter, so dass wir uns stets im Zenit unserer physiologischen und geistigen Möglichkeiten befinden.«

Zwischen Romero und den Galakten entspann sich eine lebhafte Diskussion über die Aspekte der Unsterblichkeit. Ich beschränkte mich dabei aufs Zuhören. Mit jedem Wort und mit jeder Geste der Galakten verstärkte sich mein Eindruck, dass sie schreckliche Angst vor dem Tod hatten.

Dabei war die Todesfurcht der Galakten von einer völlig anderen Qualität als die unsere. Für uns Menschen ist die Unausweichlichkeit des Todes eine Selbstverständlichkeit. Das Leben nimmt einen zufälligen Anfang und findet ein unabwendbares Ende – so verstehen wir die Existenz. In unserer Furcht vor dem Tod manifestiert sich lediglich der Wunsch, das Leben zu verlängern und das Eintreten des Unvermeidlichen aufzuschieben. Die potenziell Unsterblichen dagegen quält eine panische Angst vor dem Tod, denn für sie ist er nicht unausweichlich, sondern die ultimative Katastrophe.

»Nun versteht ihr hoffentlich, welch schwerwiegende Zweifel uns umtreiben, liebe Freunde«, schloss Grazio den Disput über die ewige Jugend der Galakten. »Doch jetzt sollten wir die Geduld der versammelten Festgäste nicht länger strapazieren. Kommt, lasst uns feiern!«

10 Beim Fest der Galakten strömte eine Flut von Eindrücken auf uns ein, die mich – ehrlich gesagt – überforderten: Ein Meer von bunten Lichtern, Wolken von Wohlgerüchen, ein wilder Tanz bizarrster Physiognomien, Salven freundlicher Worte und ein nicht enden wollender Reigen lächelnder Gesichter.

Hätte ich zu den Zeiten unserer Vorfahren gelebt, wäre ich sicher ein passionierter Ballmuffel gewesen, der es nicht erträgt, in stickigen Sälen unter protzigen Lüstern über das Parkett zu stolpern. Doch Mary fand Gefallen an dem Spektakel, und so beschloss ich, das fröhliche Treiben unter den leuchtenden und duftenden Baumriesen so lange wie möglich durchzuhalten.

Gig und Trub waren die Stars der Nacht. Unsichtbare sahen die Galakten zum ersten Mal, und Gig legte sich ins Zeug wie ein geborener Partylöwe. Selbstverständlich tauchte er nicht im optischen Nirwana ab, sondern trug ein in allen Wellenbereichen sichtbares Gewand. Beim Tanz beeindruckte das aufgedrehte Skelett Galaktinnen und Engelinnen gleichermaßen mit halsbrecherischen und doch eleganten Schrittfolgen. Das unvorteilhafte Klappern seiner Knochen ging im Lärm der Musik unter.

Trub zog unter dem bunten Blätterdach der Bäume eine Flugshow ab, die jugendliche Engelinnen zu hysterischem Kreischen veranlasste und die übrigen Engel vor Neid erblassen ließ.

Romero hatte sich mit einer Schar bezaubernd schöner Galaktinnen umgeben und erzählte ihnen unermüdlich Geschichten von der grünen Erde. Dabei leuchteten seine Augen, als schwärmte er vom Paradies.

Oshima und Lussin verschwanden umstandslos im Gewühl. Orlan wirkte wie ein bleiches Gespenst in der bunten Menge und übte sich in seiner gewohnten Teilnahmslosigkeit. Wenn er angesprochen und mit Fragen bestürmt wurde, lüftete er den Kopf und antwortete höflich. Als ihn zwei wirbelnde Schlangenmädchen auf die Tanzfläche zerrten, wurde er vollends weiß im Gesicht und hüpfte unbeholfen zwischen ihnen umher.

Nach einiger Zeit gesellte sich Romero für einen Moment zu mir.

»Lieber Admiral«, säuselte er ausgelassen, »als Oberkommandierender unserer Flotte haben Sie doch geradezu die Pflicht, mit unseren neuen Bündnispartnern zu tanzen.«

»Bündnispartnerinnen! – Wenn schon. Aber ich möchte nicht. Tanzen Sie doch für mich.«

»Warum so schüchtern, Eli?«

»Ich will Mary nicht verärgern. Sie tanzt dort drüben mit Engeln und Schlangen, aber sie lässt kein Auge von mir. Sie ist durchaus zu einer Eifersuchtsszene in der Lage. Sie reden sich leicht, Pawel, Wera ist schließlich weit weg.«

»Ach was, Eli. Das ist doch nur eine Ausrede. So billig kommen Sie mir nicht davon!«

Ehe ich mich versah, hatte er mit einer Verbeugung bis zum Boden zwei auf der Nachbarbank sitzende Galaktinnen aufgefordert. Jetzt konnte ich mich nicht mehr drücken. Hinterhältigerweise schob er mir auch noch die größere von beiden zu – ich reichte ihr nicht einmal bis zu den Schultern.

Nachdem ich den wilden Tanz hinter mich gebracht hatte, verzog ich mich in einen stillen Winkel des Parks. Die Musik erklang aus dem Nichts, als spielte sie ein unsichtbares Orchester. Abseits des Tanzgeschehens wurde sie allmählich besinnlicher und erinnerte mich an die individuelle Musik, die ich von der Erde kannte. Der Unterschied bestand darin, dass die irdische Musik auf Bestellung erklang, während sich die hiesige aus der gesamten Umgebung zu speisen schien: Die finstere Nacht, die leuchtenden, duftenden Bäume, die Herzlichkeit unserer Gastgeber, ihre Zweifel an unserem Ansinnen und nicht zuletzt meine innere Stimmung – all das floss in die Melodien ein, die sich zu einer vielstimmigen Fuge vereinten. Sie klang zärtlich, nachdenklich und ein bisschen traurig. Die Traurigkeit lag an mir.

Es dauerte nicht lange, bis Mary mich im Park fand.

»Was für eine traumhafte Nacht, Eli!«, schwärmte sie. »Stell dir vor, wie Aster es genossen hätte, hier zu sein.«

»Mach mich nicht traurig, Mary«, bat ich.

Lange spazierten wir Arm in Arm durch den Park. Der Lärm des rauschenden Fests war längst verklungen, unsere Freunde hatten sich zur Ruhe begeben, und unsere Gastgeber waren verschwunden. Nur wir beide ergötzten uns immer noch am märchenhaften Zauber der Nacht.

Erschöpft ließen wir uns auf einer Bank nieder, und Mary lehnte den Kopf an meine Schulter. In jenen stillen Augenblicken brachen sich die nostalgischen Gefühle Bahn, die ich schon den ganzen Abend mit mir herumgetragen hatte. Mein ganzes Leben lief wie ein Film vor mir ab: Szenen auf der Erde und auf der Ora, mein erstes Zusammentreffen mit Mary in Kairo, die Begegnungen mit Viola, meine naive Verliebtheit in das hübsche Schlangenmädchen, die mich so unverhofft überrollt hatte und ebenso rasch wieder erloschen war, unsere Expedition in die Plejaden und die Irrfahrten im Perseus, der Tod meines Sohnes, die Bilder der Zerstörung auf dem Planeten Sigma. Zärtliche und bittere Gefühle aus der Vergangenheit stiegen in mir auf.

Dann holte mich die Gegenwart wieder ein, jedoch nicht die friedvolle Stimmung des schlafenden Parks, sondern die Sorgen über die passive Haltung der Galakten. Ihre Insichgekehrtheit und ihre panische Angst vor dem Tod, der sie in den interstellaren Räumen des Perseus ereilen könnte, drohte unsere Mission zum Scheitern zu bringen. Ich musste sie davon überzeugen, dass ihre Einstellung egoistisch war, und ihr verschüttetes Verantwortungsbewusstsein für andere Sternenvölker wieder zum Leben erwecken. Doch ob es gelingen würde, dem lethargischen, ausgeglichenen und selbstzufriedenen Gemüt der Galakten ein Quäntchen unserer menschlichen Rastlosigkeit einzuimpfen?

»Du hast Recht«, sagte ich zu Mary. »Ich kann mir gut vorstellen, wie ausgelassen Aster mit Gig und Trub durch die Gegend gefegt wäre.«

Seit jener Nacht sind viele Jahre vergangen. Ich sitze auf der Veranda unserer Wohnung im neunundsiebzigsten Stockwerk eines Hauses am Grünen Boulevard, jener Wohnung, die ich einst mit Wera teilte. Wera ist vor kurzem von uns gegangen, ihre sterblichen Überreste haben im Pantheon die letzte Ruhe gefunden.

Bald werden auch Mary und ich das Zeitliche segnen – das ewige Leben der Galakten ist der Menschheit allen Experimenten zum Trotz bislang versagt geblieben. Doch ich beklage mich nicht. Ich habe keine Angst vor dem Tod. Ich hatte ein erfülltes Leben, und wenn ich darauf zurückblicke, kann ich noch in den Spiegel schauen.

Gegenüber unserem Fenster erhebt sich eine Kristallkuppel auf dem Grünen Boulevard – Asters Mausoleum. Ich brauche nicht hineinzugehen, um unseren geliebten Sohn vor mir zu sehen, der selbst im Tod noch energisch aussieht und so schrecklich dünn, dass es mir jedes Mal aufs Neue das Herz zerreißt.

»Dem ersten Menschen, der für die Sternenfreunde der Menschen sein Leben gab«, steht über dem Eingang geschrieben. Diese Inschrift hat Romero verfasst. Tränen standen in seinen Augen, als er mir den Text vorschlug. Ich bin ihm dankbar, und auch allen anderen.

Mary und ich besitzen nichts außer unserem gemeinsam verbrachten Leben und dem Leichnam unseres Kindes, der zum Mahnmal für die Menschheit wurde. Wir sind reich, unvorstellbar reich! Ich bin mit mir im Reinen.

Zum letzten Mal im Leben habe ich damals geweint, in jener Nacht auf dem wunderbaren Planeten der Galakten, im Park unter den fantastischen Bäumen, die Licht und Wohlgeruch spenden. Mary nahm mich damals in den Arm und weinte mit mir.

11 Am nächsten Tag brachten uns die Galakten auf einen Planeten, der gerade für die Ansiedlung von Leben vorbereitet wurde. Die Eindrücke dieser Besichtigungsreise faszinierten mich noch mehr als der Alltag der Galakten in ihren paradiesisch eingerichteten Heimstätten.

»Sie sind immer auf dem Sprung, Eli«, sagte Romero zu mir während des Überflugs im Planetenschiff. »In Ihrer Rastlosigkeit haben Sie keinen Blick für das schon Erreichte. Achtlos hasten Sie daran vorbei, stets sind Sie auf der Suche nach dem nächsten Schritt.«

Romero hatte im Prinzip Recht. Ich empfand mich als Mann der Tat, und es gab so viel zu tun, dass einfach keine Zeit dafür blieb, das Erreichte zu genießen.

Der Planet, den die Galakten uns zeigten, trug den Namen Titan. Nicht, weil er aus diesem Metall bestand, sondern vermutlich, weil er tatsächlich etwas Titanisches an sich hatte. Er bestand aus nichts als massivem Fels, der sich zu gigantischen Gebirgsketten auftürmte. Dazwischen taten sich bodenlose Abgründe auf, und von Pol zu Pol verliefen kilometerbreite Gräben, die sich aus der Ferne wie Risse in einer Walnussschale ausnahmen. Hier gab es ursprünglich auch kein Wasser, nicht einmal fossiles, ganz zu schweigen von einer Atmosphäre!

Wenn tatsächlich die Ramiren die Urheber dieser finsteren Steinwüste waren, dann müsste man sie mindestens der Schlamperei, wenn nicht der Fantasielosigkeit zeihen. Der Titan faszinierte mich trotzdem, auch deshalb, weil er mich an den Pluto, den Planeten meiner Jugend erinnerte, den wir aus einer ähnlichen Felsenwüste in eine Weltraumfabrik umgewandelt hatten. Was die Galakten hier leisteten, reichte aus ingenieurtechnischer Sicht vielleicht nicht an unsere Möglichkeiten heran, doch von der Zielstrebigkeit, mit der sie dieses gigantische Projekt betrieben, hätten wir Menschen uns noch eine Scheibe abschneiden können.

Die Berge waren von einem schimmelartigen Überzug bedeckt und schmolzen vor unseren Augen dahin. Dabei handelte es sich nicht um lebeninduzierende Bakterienkulturen wie bei Mary, sondern um Moose, die den Stein lediglich in seine chemischen Bestandteile zerlegten. Unsere Atmosphärenfabriken auf dem Pluto funktionierten effektiver, doch sie beackerten nur einen verschwindend kleinen Teil des Planeten, während die Moose der Galakten diesen flächendeckend überzogen. Der tote Fels verströmte Sauerstoff und Stickstoff, in Gräben und Schluchten entstanden erste Rinnsale und Bäche, die sich in weitläufige Senken – die zukünftigen Meere – ergossen.

Doch damit stand das schöpferische Werk der Galakten erst am Anfang. Wir Menschen hätten an diesem Punkt der Entwicklung einen anderen Weg beschritten: Wir hätten allerlei Getier herbeigeschafft und an anderen Orten herangezogene Pflanzen kultiviert. Die Galakten hingegen kolonisierten ihre Planeten nicht mit »Fertigprodukten«, sondern züchteten neue Lebensformen, die ideal an die vorherrschenden Bedingungen angepasst waren.

Für den Titan, auf dem eine hohe Schwerkraft herrschte, hatten sie besonders leichtgewichtige Lebewesen mit Flügeln und kräftiger Muskulatur vorgesehen. Sie konnten das evolutionäre Potenzial genetischer Anlagen mit einer Exaktheit vorausberechnen, zu der wir niemals imstande gewesen wären.

In den neu entstehenden Gewässern tummelten sich bereits primitive mehrzellige Wesen. In geräumigen Labors wurde uns anhand von Modellen vorgeführt, zu welch komplexen Lebewesen sie sich im Laufe der Zeit entwickeln würden.

Die Galakten verstanden es darüber hinaus, den Lauf der natürlichen Evolution zu beschleunigen. Schon in wenigen Tausend Jahren würden sich aus den einfachen Mehrzellern neue vernunftbegabte Wesen entwickeln. Den Modellen nach zu schließen, wiesen sie sowohl mit den Engeln als auch mit den sechsflügeligen Heuschrecken und mit den Galakten selbst gewisse Ähnlichkeiten auf. Unsere Gastgeber sprachen über diese projektierten Wesen, als würden sie bereits real existieren. Wir kamen aus dem Staunen nicht mehr heraus.

»Gewaltig!«, schwärmte Lussin begeistert, als er vor dem lebensgroßen Modell einer Art Flugsaurier mit dem Gesicht eines Galakten stand, und fügte ungewöhnlich wortreich hinzu: »Dagegen ist das INF eine vorsintflutliche Bastelklitsche. Geniale Schöpfer, diese Galakten! Hier fange ich als Lehrling an.«

Nach unserem Rundgang durch die Labors auf dem Titan nahm Mary mich zur Seite.

»In einem sind wir den Galakten dennoch voraus«, sagte sie nüchtern. »Sie haben es im Gegensatz zu uns nicht geschafft, Bakterienstämme zu züchten, die chemische Elemente umwandeln können. Ihre Mikroben verändern nur die Atombindungen, dringen jedoch nicht in die Atomkerne ein. Du hättest ihre ungläubigen Gesichter sehen sollen, als ich ihnen unsere metallverdauenden Kulturen gezeigt habe!«

»Ausgezeichnet, Mary! Es kann nicht schaden, den Galakten auch ihre Grenzen aufzuzeigen. Die Rolle des kleinen Bruders ihnen gegenüber behagt mir überhaupt nicht.«

Marys trotzige Gegenrede änderte indes nichts daran, dass die Projekte der Galakten auf dem Titan unsere Vorstellungskraft sprengten. Je länger ich über deren Tragweite nachdachte, desto klarer wurde mir, wie sehr sich das Gesicht der Welt bereits verändert hätte, wären die Galakten nicht von den Zerstörern in ihre Sternenreservate vertrieben worden. Sie waren wie gejagte Götter, unsterbliche Gefangene und zugleich entrechtete Parias, die es nicht wagten, den Kopf aus ihren Planetenghettos zu stecken! Welch unglaublichen Entwicklungssprung würde es für das vernunftbegabte Leben bedeuten, wenn es gelänge, diesen genialen Lebensschöpfern aus ihrer Isolation herauszuhelfen und ihnen den Weg in die von den Zerstörern befreiten Sternenwelten zu öffnen!

»Bereite eine Ansprache an alle Galakten vor«, sagte Grazio zu mir, nachdem die Besichtigung des Titan beendet war. »Wir kehren zu unserem Planeten zurück. Von dort aus werden wir deine Rede in das gesamte Sternensystem des Flammenden Riesen und in alle befreundeten Sternensysteme übertragen. Du wirst eine gewaltige Zuhörerschaft haben, mein Freund Eli.«

Von meinem Auftritt vor den Galakten hing das Schicksal unserer Mission ab. Entsprechend nervös waren wir alle auf dem Rückflug. Romero, sonst ein Meister der Selbstbeherrschung, war weiß im Gesicht und fuchtelte zappelig mit seinem Gehstock herum. Selbst Gig verlor sein knochiges Dauergrinsen, und Trub setzte die Flügel auf Halbmast.

»Wir brauchen die Hilfe der Galakten unbedingt«, flüsterte mir Romero zu. »Orlan und Oshima haben ausgerechnet, dass Allan tausend Jahre bräuchte, um den Dritten Planeten zu erreichen, wenn er weiterhin so langsam vorankommt wie bisher, und fünftausend Jahre bis zum ersten Sternensystem der Galakten. Wenn man unsterblich ist, kommt es auf das eine oder andere Jahrtausend natürlich nicht an ...«

Romeros sarkastische Bemerkung bestärkte mich in meinem Vorhaben, die Galakten mit deutlichen Worten wachzurütteln und sie nicht mit Samthandschuhen anzufassen.

Nach der Landung führten Grazio und Tigran uns in einen Senderaum, in dem nur zwei Tische standen. An dem einen nahmen die beiden Galakten, Romero, Orlan und ich Platz, an dem anderen unsere Freunde. Wir waren nur von schwach leuchtenden Wänden umgeben, die sich über uns zu einer Kuppel wölbten. Während wir niemanden sehen konnten, waren in jenen Augenblicken fast eine Trillion erwartungsvoller Augen auf uns gerichtet. Alle Sternensysteme der Galakten waren uns zugeschaltet, und ihre zahllosen Bewohner lauschten der Stimme eines fernen Planeten in der Umlaufbahn des Flammenden Riesen.

Im Nachhinein stellte sich heraus, dass es den Zerstörern nicht gelang, die Übertragung zu sabotieren. Ich bin davon überzeugt, dass sie es auch gar nicht versucht haben. Im Perseus standen einschneidende Ereignisse an, und unsere Feinde hielten es sicherlich für nützlich, auf dem Laufenden zu bleiben.

Nach einem Handzeichen von Grazio begann ich mit meiner Ansprache.

»Lasst mich eines vorausschicken, liebe Zuhörer: Die Menschen und die Galakten sind Freunde. Und als Freunde sollten wir offen und ehrlich miteinander umgehen. Eure Errungenschaften sind beachtlich. Vieles von dem, was für euch längst Alltag geworden ist, können wir uns noch nicht einmal im Traum vorstellen. Das Niveau von Macht und Wohlstand, das ihr erreicht habt, geht noch über das hinaus, was abergläubische Menschen in alten Zeiten ihren Göttern zugeschrieben haben. Doch trotz alledem: Ihr habt euch in die Rolle von Gefangenen drängen lassen und seid abgeschnitten vom Rest der Welt! Das können wir Menschen nicht verstehen. Die Welt stöhnt unter der Knute der Zerstörer und fleht um Hilfe. Wo ist die Hilfe der mächtigen Galakten? Ihr seid taub geworden für das Leid in der Welt – das ist die Wahrheit!

Ich kann verstehen, dass ihr Angst davor habt, im Kampf das Leben zu verlieren. Denn für euch ist der Tod anders als für uns keine unausweichliche Gewissheit, sondern eine vermeidbare Katastrophe. Und ich kann euch selbstverständlich keine Garantien geben. Krieg ist nun mal Krieg. Doch ihr werdet nicht allein in die Schlacht ziehen. Die Flotte der Menschen mit ihren Annihilatoren wird an eurer Seite sein. Als Kommandeur dieser Flotte verspreche ich euch: Sollte eines eurer Schiffe bei einem Angriff sein Ziel verfehlen und das tödliche Geschoss in den Raum entweichen, dann werden wir diesen Raum zusammen mit den biologischen Strahlen annihilieren. Technisch sind wir dazu in der Lage. Es steht euch also nichts im Wege außer euren eigenen Ängsten. Die ganze Welt wartet auf euch! Folgt ihrem Ruf!«

Mary erzählte mir hinterher, ich hätte während meiner Ansprache gepoltert und gestikuliert wie unsere Vorfahren auf

Wahlkampfveranstaltungen. Orlan, der rechts neben mir saß, bekundete mir wortlos seinen Beifall, indem er seinen Kopf halsbrecherisch nach oben schraubte und geräuschvoll zurückschnalzen ließ.

Romero kommentierte meinen Auftritt in seiner gewohnt gestelzten Art: »Lieber Admiral, Sie haben soeben einen gewaltigen Felsblock in den Sumpf geworfen, in dem unsere göttergleichen Galakten dahindümpeln; und dieser Felsblock wird sicher nicht nur hohe Wellen schlagen, sondern einen wahren Sturm auslösen. Ich bin gespannt, ob wir das Donnern dieses Sturms zu hören bekommen und ob er ausreicht, die Bastionen des Isolationismus einzureißen.«

»Fragen wir doch einfach, Pawel«, erwiderte ich und wandte mich an Grazio: »Wäre es möglich zu erfahren, was auf euren Planeten vor sich geht?«

»Ihr könnt sogar dabei zusehen.«

Die Wände des Senderaums wurden plötzlich durchsichtig, und wir schwebten über den Planeten. Vor uns öffneten sich Straßen und Plätze, auf denen sich Galakten drängten und ihren Gesten nach zu schließen erregte Diskussionen führten.

Kurz darauf erschien ein weiterer Planet, zunächst als kleiner roter Ball, der rasch größer wurde und bald das gesamte Gesichtsfeld ausfüllte. Ein paar Augenblicke später glitten wir über seine Oberfläche hinweg.

Der Anblick war überwältigend: himbeerfarbene Pflanzen, orangefarbene Meere und Seen, Berge, auf deren Gipfeln skurrile rosaweiße Fackeln loderten, und gelbgrüne Wolken, die sanft durch die Atmosphäre trieben. Der farbenfrohe Planet war Balsam für die Augen. Im Näherkommen erkannten wir erneut Galakten und ihre Sternenfreunde, die sich auf Plätzen und in Parks unter den Leuchtbäumen versammelt hatten. Überall wurde lebhaft und teilweise hitzig diskutiert. Wir konnten zwar nichts hören, doch wir wussten natürlich, worüber so eifrig gestritten wurde.

»Wir können noch andere Planeten besuchen oder auch andere Sternensysteme«, schlug Grazio vor. »Die Übertragung findet mit Überlichttechnik statt.«

Der virtuelle Besichtigungsflug über die Heimstätten der Galakten setzte sich noch an die zwei Stunden lang fort. Danach gewährte uns Grazio eine Ruhepause, in der wir unter uns blieben. Nach dem Mittagessen versammelten wir uns in einem Salon, der an den Senderaum angrenzte.

»Ein Königreich für eine ZUM«, seufzte Oshima. »Zum Bilanzieren der Meinungen. So wie die streiten, werden sie sich nie einigen.«

»Die Galakten verfügen zweifellos über eine Technik, um individuelle Gedanken zu einer gesellschaftlichen Gesamtmeinung aufzusummieren«, mutmaßte Romero, »wohl nicht über eine Zentrale Universalmaschine wie wir, aber vielleicht haben sie Abhörspezialisten in ihren Reihen, die sich damit befassen.«

Die größten Sorgen von allen machte sich Orlan, das konnte man an seinem grau gewordenen Gesicht sehen. Er unterhielt sich mit Mary, und ich gesellte mich zu den beiden.

»Der Luxus macht die Galakten träge«, sagte Orlan und sah Mary betrübt an. »Sie sind zwar Gefangene, doch in ihrem Kerker weich gebettet. Wenn sie dagegen die Freiheit anstreben, riskieren sie dabei ihr Leben und ihren Wohlstand. Das ist nicht eben wenig. Noch dazu sollen sie sich mit dem Gedanken anfreunden, dass es Zerstörer gibt, die ihre Verbündeten sind. In den Kopf eines Galakten, der bei Verstand ist, geht das niemals hinein. Ihr Menschen habt mir sofort vertraut, aber nur deshalb, weil ihr die Zerstörer nicht wirklich kennt. Die Galakten dagegen haben schon seit Millionen von Jahren eurer Zeitrechnung das zweifelhafte Vergnügen mit uns!«

»Das ist nicht wahr, Orlan!«, mischte ich mich ein. »Wir haben dir nicht deshalb vertraut, weil wir euch schlecht kannten, sondern deshalb, weil wir Menschen vom Triumph des Guten über das Böse überzeugt sind und Kooperation für sinnvoller als

Krieg halten. Wir haben an eure Vernunft appelliert und unsere Macht dazu eingesetzt, eurer Vernunft zum Durchbruch zu verhelfen. Was könnte effektiver sein als eine Allianz von Vernunft und Macht?«

»Ich bin mir sicher, dass das Imperium des Großen Zerstörers schon nach einer einzigen heftigen Niederlage auseinanderfallen würde«, erwiderte Orlan, und ein Anflug von Resignation drang durch seine Maske der Teilnahmslosigkeit. »Doch wie soll ich meine Gewissheit den Galakten vermitteln?«

In diesem Moment kamen Grazio und Tigran in den Salon.

»Du hast uns nicht überzeugt, Admiral Eli«, verkündete Grazio. »Die Offenheit, mit der du zu uns gesprochen hast, möchten wir erwidern. Wir werden dir zwei Fragen stellen und bitten dich um eine klare Antwort darauf. Erstens: Hältst du es für vernünftig, dass die Galakten ihre derzeitige gesicherte Existenz gegen die Unbill eines Krieges eintauschen, in dem es nicht um ihre Interessen geht? Zweitens: Bist du dir sicher, dass unsere Feinde sich in ihrem Wesen ändern können? Kann man jemanden, der bislang nichts als Vernichtung kannte, tatsächlich dazu bringen, sich der Schöpfung und dem Leben zu verschreiben? Welche Garantien gibt es dafür?«

»Ich hab's dir ja gesagt, Eli«, seufzte Orlan, dessen Kopf für einen Moment vollständig in seinem Rumpf versank.

Mary fasste mich sanft an der Hand und schob ihre rabenschwarzen Augen direkt vor mein Gesicht. Sie kannte mein Temperament besser als jeder andere und wusste, dass ich innerlich kochte.

»Beruhige dich erst mal, bevor du etwas sagst«, sprach sie leise auf mich ein.

»Gehen wir«, sagte ich zu Grazio und Tigran. »Mir wurden Fragen gestellt, und ich werde sie beantworten.«

12

Während wir in den Sendesaal hinübergingen, versuchte ich, mich zu beruhigen und meine Gedanken zu ordnen. Mir war klar, dass ich mit Lautstärke und emotionalen Vorwürfen nichts erreichen würde. Die Galakten waren zu klug, als dass ich sie mit einer reißerischen Rede hätte beeindrucken können. Diejenigen, die unseren Ideen nicht rigoros ablehnend gegenüberstanden, hatte ich sicher schon bei meinem ersten Auftritt überzeugt. Nun galt es, den notorischen Skeptikern zu beweisen, dass sie im Unrecht waren. Als ich an den Tisch trat, der im Fokus von Milliarden Augenpaaren stand, war ich innerlich ruhig und mein Verstand glasklar.

»Zur ersten Frage«, begann ich meine Rede, »ob es vernünftig ist, dass die Galakten ihr gegenwärtiges Wohlergehen gegen die Unbill eines Krieges eintauschen. Ja. Es ist vernünftig. Und es ist nicht nur vernünftig, sondern sogar unabdingbar! Denn es gibt für euch keinen andern Weg, dieses Wohlergehen zu bewahren, als eben jenen, euch Gefahren und Unwägbarkeiten auszusetzen. Dabei werdet ihr nicht für fremde Interessen kämpfen, sondern für eure eigenen.

Für euch, die ihr auf euren Planeten unsterblich seid, zählen sowohl die Gegenwart als auch die ferne Zukunft. Warum lebt ihr dann nur im Hier und Jetzt? Für mich als Menschen ist es viel leichter, die fernere Zukunft auszublenden, denn sie wird nicht meine eigene sein. Wenn diese Zukunft kommt, wird es mich längst nicht mehr geben. Dennoch kämpfe ich für diese ›fremde‹ Zukunft, denn sie wird die Gegenwart meiner Nachkommen sein, die sich in Dankbarkeit an mich erinnern werden. Euch Unsterblichen dagegen wird diese Zukunft selbst gehören. Wie kommt es, dass ihr sie so achtlos behandelt? Nun, ihr rechnet wohl nicht damit, dass euer Morgen und euer Übermorgen schlechter sein könnten als euer vortreffliches Heute? Dann hört mir jetzt gut zu und denkt über meine Worte nach!

In den interstellaren Räumen, aus denen ihr einst vertrieben wurdet, herrschen nun eure Feinde, die Zerstörer. Ihr glaubt, dass sie keine Gefahr für euch darstellen? Ihr seid sicher, dass eure biologischen Waffen einen sicheren Schutz vor ihnen bieten? Das mag richtig sein, doch es gilt nur für die Gegenwart. In der Zukunft jedoch wird sich das ändern, und als Unsterbliche werdet ihr dem nicht entrinnen! Ich werde euch sagen, was diese Zukunft bringen wird und was euch in eurer Unsterblichkeit blüht.

Die Zerstörer wissen ganz genau, dass sie euch auf euren Planeten nichts anhaben können. Sie werden es auch gar nicht versuchen. Doch eure Feinde verfügen über eine hervorragende Tugend, die euch fehlt und die eine gewaltige Bedrohung für euch darstellt: Sie entwickeln sich weiter!

Ihr habt eine scheinbare Vollkommenheit erreicht und gebt euch damit zufrieden. Wie nie ein Mensch zuvor könntet ihr ausrufen: ›Vergehe nicht, Augenblick, du bist so wunderbar!‹ Euer Bestreben besteht im Prinzip darin, das Hier und Jetzt für immer zu bewahren. Mit anderen Worten: Ihr bleibt auf der Stelle stehen und konserviert ein einmal erreichtes Glück. Die Zerstörer dagegen ruhen sich nicht auf ihren Lorbeeren aus, sondern vergrößern unermüdlich ihr Vernichtungspotenzial.

Der Große Zerstörer hat die Umwandlung von Organismen in Maschinen zu seiner historischen Mission erklärt. Denkt ihr etwa, das sei nur eitles Geschwätz gewesen? Oh nein, meine kurzsichtigen Freunde, das ist sein voller Ernst! Genau das ist das Ziel der Zerstörer und, glaubt mir, sie arbeiten mit Hochdruck daran, es zu erreichen.

Und nun, Unsterbliche, lasst mich ausführen, was euch eine nicht allzu ferne Zukunft bringen wird. An euren Sperrgürteln im Weltraum werden Hunderte feindlicher Schiffe auftauchen, und mit euren verheerenden biologischen Waffen werdet ihr wütende Salven auf sie abfeuern. Doch die Kreuzer der Zerstörer werden ihren Weg unbehelligt fortsetzen, denn sie werden nicht ein einziges lebendiges Molekül an Bord haben, das eurem Strahlenangriff zum Opfer fallen könnte. Maschinen werden diese

Schiffe steuern, vernunftbegabte und leblose Maschinen! Ihr glaubt mir nicht? Ihr bestreitet, dass eine Maschine vernunftbegabt sein könnte, und seid davon überzeugt, dass nur ein lebendiges Gehirn Vernunft entwickeln könne? Meinetwegen, nehmen wir einmal an, dass ihr Recht habt und die Vernunft ein biologisches Phänomen darstellt.

Wir haben bereits Automaten gesehen – wenn auch vorläufig noch lebendige –, die anstelle eines Gehirns über Sende- und Empfangseinrichtungen verfügen, mit deren Hilfe sie imstande sind, mit einem Gehirn zu kommunizieren, das sich außerhalb ihrer selbst befindet. Diese lebendigen Automaten funktionieren einwandfrei. Sie steuern zum Beispiel die technischen Anlagen auf dem Dritten Planeten. Ich habe bewusst von vorläufig noch lebendigen Automaten gesprochen. Denn aus technischer Sicht ist es keineswegs notwendig, dass sie lebendig sind. Schon morgen könnten sie durch vollkommen leblose Maschinen ersetzt werden, die nicht weniger effektiv und schnell, ja vielleicht sogar noch besser funktionieren!

Das ist das Damoklesschwert, das über euch hängt: ein gewaltiges Superhirn, das sich fernab der Reichweite eurer ach so unfehlbaren Waffen auf irgendeinem Planeten befindet, und eine Armee von Maschinen, die über sorgfältig codierte Überlichtwellen mit diesem Superhirn verknüpft sind.

Und was passiert dann mit euch? Die meisten von euch ›Unsterblichen‹ werden schon beim ersten Angriff dieser Maschinenarmee den Tod finden, und sie werden besser dran sein als die Überlebenden! Denn verheerende Gravitationsstöße werden eure Planeten erschüttern und eure vielfältigen Städte und hübschen Parks in Schutt und Asche legen. Übrig bleiben wird nur ein wogendes Meer aus Staub, wie wir es auf dem unseligen Planeten Sigma in den Plejaden gesehen haben.

Doch noch ehe dies geschieht, werden sich Ketten um euren Hals legen, und teilnahmslose Maschinen werden euch in die Sklaverei führen. Wenn ihr auf die Knie fallt, wird niemand euch die Freiheit schenken. Ihr werdet heulen und euch die Haare raufen, werdet euch mit den Fäusten auf den Kopf schlagen und euer bitteres Schicksal verfluchen – all das wird niemanden kümmern, denn ihr werdet nur von Maschinen umgeben sein, denen kein Funken Mitleid einprogrammiert wurde.

Ihr werdet als lebendige und unsterbliche Sklaven lebloser Automaten enden, und ihr werdet staunen, zu welch sinnlosen, unlogischen und schrecklichen Launen Maschinen imstande sind! Wir Menschen können ein Lied davon singen, wie erniedrigend es ist, vor einem stumpfsinnigen, arroganten, unberechenbaren, argwöhnischen und grausamen Tyrannen zu Kreuze zu kriechen. Ungezählte Legenden ranken sich um den heiligen, mühsamen und verzweifelten Kampf der Unterdrückten gegen ihre Ausbeuter. Doch wie viel schlimmer muss es sein, seelenlosen elektrischen Schaltkreisen und leblosen Mechanismen als Sklave zu Diensten zu sein!

Das ist eure Zukunft, Galakten, die ihr jetzt frei und gottähnlich erscheint! Niemand anders als ihr selbst gräbt dieses finstere Loch der Hoffnungslosigkeit, in dem ihr versinken werdet. Das ist meine Antwort auf eure erste Frage.

Und nun zu eurer zweiten Frage. Ihr glaubt nicht daran, dass die Zerstörer eure zukünftigen Freunde werden könnten – das impliziert bereits die Fragestellung. Doch aus welchem Grund glaubt ihr nicht daran? Ihr werdet sicher antworten: Weil es unmöglich ist, die Natur der Zerstörer zu ändern; weil man jemanden, dessen einzige Götzen Vernichtung und Chaos sind, nicht zu einem Jünger des Lebens machen kann. Doch damit liegt ihr falsch! Diese Sichtweise ist zu engstirnig.

Schaut euch die Welt an! Sie ist unendlich vielschichtig und voller Widersprüche. Sie lässt sich nicht auf ein Schwarz-Weiß-Bild reduzieren. Die Welt ist innerlich zerrissen und fliegt in alle Richtungen auseinander wie bei einer Explosion. Doch ihr nehmt nur Notiz von dem winzigen Bruchstück, das euch vor die Füße gefallen ist.

Analysieren wir die Sache doch in aller Ruhe und mit der gebotenen Objektivität. Gegenwärtig seid ihr die effektivsten und kreativsten Schöpfer von Leben auf dieser Welt – jedenfalls soweit wir diese Welt kennen. Die Maximierung des biologischen Anteils in allem Lebendigen ist das Ziel eures Strebens – so habt ihr es formuliert und handelt entsprechend.

Nun könnte ich ein Loblied auf euch anstimmen, darauf, dass ihr die größten Lebensspender des Weltalls seid, wäret ihr nicht gleichzeitig auch potenzielle Mörder. Oder seid ihr etwa nicht die Urheber todbringender Waffen, die alles Leben – vom primitiven Einzeller bis zum hoch organisierten Organismus – mit Vernichtung bedrohen? Was wäre, wenn heute oder morgen auch nur ein einziger eurer Zigtausend Schutzasteroiden explodieren würde? Würde die von ihm freigesetzte Strahlung das Leben auf euren kuscheligen Planeten nicht gründlicher und gnadenloser auslöschen als eine Armee brutaler Zerstörer?

Die Möglichkeit, Leben zu schaffen und weiterzuentwickeln, erhaltet ihr dadurch aufrecht, dass ihr gleichzeitig imstande seid, es vollständig auszurotten. Ihr erkauft das Leben durch den potenziellen Tod – das ist euer Dilemma. Selbst eure Unsterblichkeit beruht darauf, dass ihr über die fatale Fähigkeit verfügt, jeder Form von Leben ein abruptes Ende zu setzen. Der Weg, den ihr beschreitet, ist eine Gratwanderung zwischen Gedeihen und Untergang und beruht auf einem trügerischen Gleichgewicht des Schreckens. Warum vergesst ihr das?

Und nun lasst uns einen aufmerksamen Blick auf eure Gegner werfen. Sie haben sich die Zerstörung auf die Fahnen geschrieben. Ihr Ziel ist die Verbreitung von Chaos und Desorganisation. So sehen sie sich selbst, und nichts anderes sind sie: gnadenlose Zerstörer.

Doch um ihr Ziel der totalen Desorganisation zu erreichen, haben sie eine hierarchische Ordnung von beispielloser Strenge und Brutalität geschaffen. Sie bauen Städte und Fabriken, errichten Weltraumstationen, überschwemmen die interstellaren

Räume mit ihren Kreuzern, erschließen Planet um Planet, Stern um Stern. Wohlgemerkt: Sie errichten, schaffen und organisieren! Es gibt heute im Perseus keine größeren Organisatoren und Ordnungsstifter als die Zerstörer selbst!

Natürlich stehen ihre schöpferische Tätigkeit und ihre technische Kreativität im Dienste der Zerstörung, und die gnadenlose Strenge ihrer hierarchischen Ordnung ist nötig, um allumfassendes Chaos zu verbreiten. Sie sind und bleiben Zerstörer. Ich habe nicht vor, sie reinzuwaschen.

Doch mir scheint, dass man den inneren Widersprüchen ihres komplizierten Wesens größere Beachtung schenken sollte. Auch ihre Natur ist keineswegs eindimensional. Und so behaupte ich, dass die technischen Leistungen der Zerstörer, für sich genommen, durchaus nützlich sind und nicht von vorneherein ein Übel.

Was soll schlecht daran sein, dass eine Metrikstation die Struktur des Raumes reguliert und gigantische Raumschiffe Waren und Passagiere von einem Sternenbezirk in einen anderen transportieren? Allein die perfekte Beherrschung der Gravitation ist ein Geniestreich! Eine solche Fähigkeit muss doch in den Dienst eines lebendigen Verstandes gestellt werden. Es wäre müßig, die technischen Errungenschaften der Zerstörer einzeln aufzuzählen, sie sind euch besser bekannt als uns.

Ich behaupte, dass die namenlosen Urheber dieser Erfolge unsere potenziellen Freunde sind. Der schöpferische Verstand, der hinter ihren Leistungen steckt, droht im Imperium des Großen Zerstörers zu ersticken. Deshalb hat sich in ihrem Unterdrückungssystem längst eine abtrünnige Bewegung entwickelt, die auf einen Sturz dieser Ordnung hinarbeitet. Unsere Aufgabe ist es, diese Bewegung zu unterstützen.

Ihr fragt, wo diese Abtrünnigen sind? Sicher, wenn man nur oberflächlich hinsieht, wird man sie nicht entdecken. Zu stark ist die Macht der Unterdrückung, und zu grausam sind die Strafmaßnahmen bei der geringsten Form des Widerstands. Doch spricht nicht allein die Existenz eines brutalen Unterdrückungsapparats für das Vorhandensein einer mächtigen Gegenströmung? Ein ehemaliger Zerstörer, unser Freund Orlan, hat gesagt, dass es nur eines gezielten Stoßes bedürfe, um das Imperium der Zerstörer zum Einsturz zu bringen. Lasst uns diesen Stoß zusammen führen, Freunde!

Ihr wollt Beweise sehen? Beweise dafür, dass Zerstörer zu Freunden werden können? Bitte sehr, hier sind sie, schaut sie euch nur gut an! Orlan und Gig, steht auf, damit die Galakten und ihre Sternenfreunde euch sehen können.

Orlan war ein enger Vertrauter des Großen Zerstörers, einer der höchsten Würdenträger und ein weitsichtiger Stratege des Imperiums. Er hat sich selbst dazu entschlossen, zu uns überzulaufen – und nicht etwa auf die Seite von Siegern, deren Triumph ohnehin nicht mehr zu verhindern gewesen wäre, sondern auf die Seite von hilflosen Gefangenen, deren Leben eigentlich schon keinen Groschen mehr wert war. Er ist zu uns übergelaufen, um unser Schicksal zu teilen, und nicht, um bei denen zu sein, die im Zweifelsfalle stets oben schwimmen.

Nun seht euch Gig an, unseren Spaßvogel vom Dienst, er hat die erste Gelegenheit genutzt, den Zerstörern den Rücken zu kehren, weil er es nicht mehr mit ihnen ausgehalten hat.

Ihr werdet vielleicht sagen, dass die Beispiele von Orlan und Gig nicht automatisch bedeuten, dass andere Zerstörer sich genauso verhalten werden, ebenso wie die Fahnenflucht des Superhirns des Dritten Planeten keine Garantie dafür bietet, dass sich auch die übrigen fünf Superhirne von ihrem Gebieter lossagen werden. Nein, Freunde, nein! Ihr täuscht euch. Dafür gibt es sogar eine hundertprozentige Garantie!

Denn Orlan und Gig waren die ersten Zerstörer, denen wir begegnet sind, und sie wurden sofort unsere Freunde. Wir haben nicht nach ihnen suchen müssen. Im Gegenteil, der Große Zerstörer selbst hat sie ausgewählt, und natürlich wählt er nur die systemtreuesten und grimmigsten Naturen für hohe Ämter aus.

Und ausgerechnet sie sind unsere Freunde geworden, haben Kopf und Kragen riskiert, um zu uns überzulaufen und endlich die Freiheit zu erringen.

Das ist der Beweis: Dem obersten Herrscher laufen seine Vertrauten davon, und seine Garde erhebt das Schwert gegen ihn. Denn er steht für Unterdrückung und Erniedrigung, für Rechtlosigkeit und Lüge. Wir dagegen stehen für Freiheit und gegenseitigen Respekt, für Gleichberechtigung und Wahrheit! Einen besseren Beweis werdet ihr nicht finden! Das waren meine Antworten auf eure Fragen. Nun entscheidet.«

»Du kannst dich zurückziehen und ausruhen, Eli«, sagte Grazio. »Die Übertragung ist beendet. Jetzt müssen wir den Galakten Zeit geben, über deine Worte nachzudenken.«

Als wir in den Salon zurückkamen, umringten mich sofort meine Freunde. Lussin und Trub standen Tränen in den Augen. Orlan war sprachlos und bleich vor Rührung. Gig legte mir seinen knochigen Arm um die Schulter und strahlte selig über den ganzen Schädel.

»Sie sind ja ein richtiger Redner, Admiral«, lobte Romero und neigte förmlich den Kopf.

»Wenn diese Halbgötter nicht ein paar Schiffe mit biologischen Waffen herausrücken, dann sind sie mit Blindheit geschlagen, und ich will nichts mehr mit ihnen zu tun haben«, verkündete Oshima mit geballter Faust.

Dann hakte Mary mich unter und zog mich beiseite. »Deine Worte waren mitreißend, Eli«, sagte sie. »Selbst wenn diese seltsamen Wesen dir nicht zustimmen sollten, hast du dir nichts vorzuwerfen. Du hast eine fantastische Rede gehalten.«

»Reden sind nur dann gut, wenn sie etwas bewirken«, entgegnete ich. »Wenn die Galakten uns die Unterstützung verweigern, dann kann ich mir den Schönheitspreis für meine Rede an den Hut stecken!«

Wir ließen uns auf einem Sofa nieder. Erst jetzt bemerkte ich, wie erschöpft ich war, und schlief Augenblicke später ein. Mary erzählte mir hinterher, ich hätte im Schlaf gestöhnt und nervöse Grimassen geschnitten.

Ich wachte erst wieder auf, als Mary mich am Ärmel rüttelte. Grazio und Tigran kamen gerade in den Salon. Zum ersten Mal blitzte so etwas wie Aufregung in den Gesichtern der beiden Galakten, und ihr stets freundliches Lächeln hatten sie abgelegt.

»Admiral Eli«, begann Grazio feierlich. »Folgendes haben wir entschieden: Nach langen Jahrtausenden des Eremitentums werden die Galakten in die Weiten der interstellaren Räume zurückkehren. Ihr Menschen seid heute mächtiger als wir. Die Galakten vertrauen sich mit Freude eurer Führung an. In nächster Zeit wird am Asteroidengürtel des Flammenden Riesen ein Geschwader aus fünfunddreißig Kampfkreuzern zusammengezogen. Aus anderen Sternensystemen werden weitere Verbände bereitgestellt, insgesamt vierhundertfünfzig Schiffe. Mögest du das Kommando über die Flotte der Galakten übernehmen, Admiral Eli!«

13

Die Ankunft der Galaktengeschwader aus den anderen Sternensystemen konnte ich nicht abwarten: André teilte uns vom Dritten Planeten aus mit, dass sich gegen Allans Schiffe eine gigantische Armada der Zerstörer formiere und immer neue Kreuzer hinzukämen.

Es konnte kein Zweifel daran bestehen, dass unsere Feinde es eilig hatten, eine Entscheidungsschlacht herbeizuführen. Sie mussten versuchen, Allans Flotte zu liquidieren, bevor die Galakten sich einmischen konnten. Jedenfalls hätte ich an der Stelle der Zerstörer so gehandelt.

Als die ersten fünfunddreißig Schiffe in der Sammlungszone eingetroffen waren, gab ich unverzüglich den Befehl zum Aufbruch. Den Geschwadern aus den anderen Sternensystemen wurde aufgetragen, sich zu zwei Flotten zu vereinigen und selbstständig Kurs auf das Sternenareal zu nehmen, in dem Allan den Durchbruch versuchte.

Das Admiralsquartier bezog ich erneut auf dem *Bärenhüter*. Oshima hatte das Kommando über das Schiff und wurde von Tigran unterstützt – der Galakt wollte sich mit den Gerätschaften auf den Schiffen der Menschen vertraut machen.

Wie schon beim ersten Sturm auf den Perseus formierte ich die Schiffe zu einem Rammsporn, mit dem *Bärenhüter* an der Spitze. Wir flogen natürlich im Überlichtbereich, allerdings lediglich mit kaum zweihundertfacher Lichtgeschwindigkeit. Die Schiffe der Galakten waren im Vergleich zum *Bärenhüter* ziemliche Schnecken.

Im dritten Monat unseres Feldzuges geschahen zwei wichtige Ereignisse. Wir bekamen die Mitteilung, dass die zweite Flotte der Galakten aus zweihundert Schiffen bereits aufgebrochen sei und sich so schnell wie möglich mit der unseren vereinigen werde. Auch die dritte Flotte aus weiteren zweihundertzwanzig Schiffen sei nahezu startklar und würde in Kürze aufbrechen.

Das zweite Ereignis war weniger erfreulich: Querab unserer Flotte tauchten Schiffe der Zerstörer auf. Als die feindlichen Kreuzer als grüne Punkte auf den Bildschirmen erschienen, hielten wir uns gerade im Observationsraum auf. Dort saß ich meistens mit Grazio, Romero, Lussin, Orlan, Gig und Trub zusammen, während Oshima und Tigran auf der Kommandobrücke die Zügel in der Hand hielten. Manchmal gesellte sich auch Mary zu uns, aber nur, um uns Gesellschaft zu leisten – für die Astronavigation interessierte sie sich nicht besonders.

Schon wenige Stunden nach dem Aufblinken des ersten grünen Punktes waren es über fünfzig, und es wurden ständig mehr. Ich beriet mich mit Grazio und Orlan. Der Galakt verzog keine Miene, obwohl es ihm vor einer Begegnung mit den Zerstörern grausen musste, waren diese doch den Galakten im offenen Luftkampf seit jeher überlegen gewesen. Orlans Stirn war dagegen von Sorgenfalten zerfurcht.

»Die Sache gefällt mir nicht«, grummelte er. »Der Große Zerstörer hat sich bestimmt einen tückischen Plan ausgedacht. Er wird versuchen zu verhindern, dass wir in die Zone vordringen, wo die Kämpfe mit Allans Flotte toben.«

Ich sah vorläufig keinen Grund zur Beunruhigung. Dass die Zerstörer versuchen würden, uns schon unterwegs abzufangen, war schließlich keine Überraschung. Doch unser *Bärenhüter* mit seinen Annihilatoren war eine harte Nuss, an der man sich durchaus die Zähne ausbeißen konnte.

Als erste Maßnahme informierte ich den Dritten Planeten, dass wir den Feind in Sichtweite hatten. André nahm die Kreuzer, die sich auf unsere Flotte zubewegten, genau ins Visier. Er äußerte sich ziemlich schockiert über ihre große Zahl und riet uns, den Kurs in Richtung Phantomriese zu ändern. Die Nahdistanzeinrichtungen der Metrikstation waren inzwischen wieder voll funktionsfähig, die Ferndistanzgeneratoren dagegen noch nicht, obwohl mit Hochdruck daran gearbeitet wurde.

»Wir können eurer Flotte im Moment nur im näheren Umkreis des Phantomriesen Deckung geben«, teilte André mit.

Über Andrés Ratschlag dachte ich lange nach. Es ging mir völlig gegen den Strich, mich in die Deckung der Station zurückzuziehen. Denn damit hätten die Zerstörer doch ihr Ziel erreicht: uns an der Vereinigung mit Allan zu hindern. Ob wir nun selbst flüchteten oder die Zerstörer uns in einer Schlacht aufrieben, war nur ein taktischer Unterschied – sein strategisches Ziel würde der Feind so oder so erreichen. Diese Überlegungen teilte ich den Besatzungen unserer Schiffe mit.

Es war bereits absehbar, dass wir es nicht mit einem bescheidenen Geschwader, sondern mit einer mächtigen Flotte der Zerstörer zu tun bekamen. Die gesamte nördliche Hemisphäre war mit grünen Bällen übersät, wir zählten bereits über zweihundert Kreuzer, und ständig wurden es mehr. Orlan war der Ansicht, dass der Große Zerstörer für den Kampf gegen uns seine gesamte Reserve mobilisierte, um die gegen Allan agierenden Hauptstreitkräfte nicht zu schwächen. Das einzig Positive daran war, dass die beiden anderen Flotten der Galakten wohl eher nicht damit zu rechnen hatten, auf starke Verbände der Zerstörer zu stoßen.

Die feindliche Flotte hatte sich inzwischen zu einer kompakten Formation zusammengeschlossen und bewegte sich genau parallel zu uns.

In jenen Tagen befanden wir uns im kürzesten Abstand zum Phantomriesen bezogen auf unsere Flugroute. Nun wäre also die beste Gelegenheit gewesen, sich endgültig unter den Schutzschirm der Metrikstation zurückzuziehen. Blieben wir dagegen auf Kurs, würden wir uns ab jetzt immer weiter von ihr entfernen und ihren Schutzschirm schon bald verlassen.

»Wir müssen eine Entscheidung treffen«, sagte ich zu Grazio. »Die Meinung von uns Menschen, meine insbesondere, ist euch ja bekannt: Die Flucht in Richtung Phantomriese würde das Scheitern der Mission bedeuten.«

Der Galakt überlegte nicht lange: »Wir haben dir das Kommando nicht übertragen, um schon bei der ersten nennenswerten Gefahr einen Rückzieher zu machen. Ich bin für die Fortsetzung des Feldzugs und habe dies allen Besatzungen mitgeteilt.«

Auch die übrigen Galakten sprachen sich einstimmig für die Beibehaltung des Kurses aus. Nun entfernten wir uns vom Phantomriesen, dessen Verblassen auf dem Bildschirm ich mit gemischten Gefühlen verfolgte. Einerseits verband ich mit dem Stern die fürchterlichen Qualen, die wir auf dem Dritten Planeten erlitten hatten, und den Verlust unseres Sohnes, andererseits bedeutete er nun unseren einzigen zuverlässigen Schutz im Sternenreich der Zerstörer.

Als die BUM errechnete, dass wir uns nur noch wenige Tage im Wirkungsbereich der Nahdistanzgeneratoren der Metrikstation befinden würden, wandte sich Romero an Orlan. »Liebenswürdiger Orlan«, begann er gewohnt förmlich, »Sie sind der Einzige von uns, der sich in der Strategieküche der Zerstörer auskennt. Könnten Sie uns nicht eine grobe Vorstellung davon vermitteln, welche Absichten die feindliche Flotte verfolgt, die uns schon seit geraumer Zeit nicht mehr von unseren Fersen weicht?«

»Meiner Einschätzung nach werden die Kreuzer der Zerstörer uns nicht angreifen, solange wir uns im Wirkungsbereich von Andrés Metrikgeneratoren befinden«, erwiderte Orlan. »Ihre Kommandeure wissen zweifellos darüber Bescheid, dass die Anlagen der Station noch nicht wieder voll funktionsfähig sind, und werden ihre Taktik entsprechend ausrichten. Sobald wir ihren Wirkungsbereich verlassen, werden sie sich auf uns stürzen. Im Moment fliegen sie in kompakter Formation, doch unmittelbar vor dem Angriff werden sie ausschwärmen und versuchen, uns einzukreisen. Ihnen ist klar, dass der *Bärenhüter* das stärkste Schiff unseres Verbandes ist, und sie werden es tunlichst vermeiden, seinen Annihilatoren zu nahe zu kommen.«

»Dann geraten sie eben in die Schussbahn der Biokanonen!«, rief Gig mit freudigem Knochengerassel, und seine Augenhöhlen glühten dabei. Die Aussicht auf eine grandiose Weltraumschlacht brachte ihn völlig aus dem Häuschen.

Von Orlan konnte man das nicht behaupten. Er zog den Kopf ganz tief zwischen die Schultern. »Ein Teil der feindlichen Besatzungen wird sicher umkommen. Doch wer weiß, was für Kreaturen sich auf den Kommandobrücken der Kreuzer tummeln?«, mutmaßte er. »Vielleicht sind es biologische Automaten, die Programmiereinrichtungen anstelle von Gehirnen im Kopf haben. Sie würden überhaupt nicht verstehen, dass es ihnen an den Kragen geht, und uns vorher ordentlich einheizen.«

Orlans düstere Spekulationen wirkten sich nicht gerade beflügelnd auf die Stimmung im Observationsraum aus. Vor allem der schweigsame Grazio machte einen deprimierten Eindruck. Natürlich hatte er es deutlich schwerer als wir, denn er war es nicht gewohnt, dass der drohende Schatten eines plötzlichen Todes über seinem Leben lag.

Wir erreichten die Grenze des Wirkungsbereichs der Metrikstation und überschritten sie. Alle Schiffe wurden in Gefechtsbereitschaft versetzt. Der *Bärenhüter* richtete die Annihilatoren auf die feindlichen Kreuzer aus, und die Galakten hielten sich an den biologischen Waffen bereit.

Eine Zeit lang trug ich mich mit dem Gedanken, selbst die Initiative zu ergreifen und einen Überraschungsangriff zu wagen. Der *Bärenhüter* war schneller als die Kreuzer der Zerstörer. Vielleicht war es erfolgversprechend, überfallartig auf den Kern der gegnerischen Flotte zuzusteuern und zu versuchen, einen Großteil der Kreuzer zu annihilieren.

Doch die Berechnungen der BUM zerschlugen diese Pläne. Demnach würde es dem Feind gelingen, die kompakte Formation aufzulösen, bevor der *Bärenhüter* in Schlagdistanz käme. Man konnte also nicht ernsthaft damit rechnen, bei einem solchen Manöver mehr als zwei oder drei Kreuzer der Zerstörer auszulöschen. Und in der Zwischenzeit hätte der Rest der feindlichen Flotte die Schiffe der Galakten in die Mangel genommen.

Sorgenvoll beobachtete ich die grünen Lichtflecke auf dem Bildschirm. Doch nichts deutete auf einen Angriff des Feindes hin. Der Verband der Zerstörer raste parallel zu uns durch den Raum und hielt streng die Distanz wie bei einer Parade. Ich zog bereits ernsthaft in Erwägung, dass Orlans strategische Prognosen möglicherweise falsch waren und der Feind gar nicht vorhatte, uns einen Vernichtungskampf aufzuzwingen.

Der Mensch neigt dazu, sich Illusionen hinzugeben, ich bin da keine Ausnahme. Der Gedanke, dass wir um eine Schlacht herumkommen könnten, machte sich aufs Angenehmste in meinem Bewusstsein breit, doch er war natürlich nur Wunschdenken. Der Moment, in dem diese Illusion platzte, hat sich für immer in mein Gedächtnis eingebrannt.

Als im Schiff die Alarmsirenen aufheulten, hielt ich mich gerade mit Mary und Romero im Besprechungsraum auf. Sie eilten unverzüglich in den Observationsraum und ich zu den Kommandeuren. Auf der Kommandobrücke starrten Oshima, Tigran und Orlan wie paralysiert auf die Bildschirme.

»Es geht los«, verkündete Orlan trocken.

Es war nicht schwer, die Bewegung der grünen Lichter auf dem Monitor zu deuten: Die Kreuzer der Zerstörer lösten ihre geschlossene Formation auf und schwärmten aus. Genau wie Orlan es vorausgesagt hatte, schickten sie sich an, uns einzukreisen, um dann von allen Seiten anzugreifen. Dass diese Taktik sie gut die Hälfte ihrer Schiffe kosten würde, hatten sie als Preis für unsere Liquidation offenbar eingeplant.

Als Erstes befahl ich den Schiffen der Galakten, näher zusammenzurücken, und ließ den *Bärenhüter* aus der Formation ausscheren. Mein Plan sah folgendermaßen aus: Die Schiffe der Galakten sollten sich im Einstein'schen Raum mit ihren biologischen Waffen verteidigen, während der *Bärenhüter* sie im Überlichtbereich umkreisen und alle feindlichen Schiffe vernichten würden, die in den Konus der Annihilatoren gerieten.

Nicht wenige Historiker haben diesen Plan später als abenteuerlich und unrealistisch kritisiert. Nun, ich hätte die klugen Schreibtischstrategen gerne in meiner damaligen Lage gesehen – mit einem einzigen schnellen Schiff gegen eine ganze Flotte davon. Ich bin auch Jahre später felsenfest davon überzeugt, dass es uns gelungen wäre, die Schiffe der Galakten vor schweren Gravitationsstößen zu bewahren, und dass ihre Biowaffen die Angreifer wie die Fliegen dahingerafft hätten.

Doch die Schlacht nahm einen völlig anderen Verlauf.

»Admiral, sie drehen ab!«, rief plötzlich Oshima und zog verwundert die Braue hoch.

Die Zerstörer indes flüchteten nicht, sondern ihre Kreuzer gerieten in einen verheerenden Sog. Die grünen Bälle erzitterten und verschwanden einer nach dem anderen vom Bildschirm. Selbst die Überlicht-Ortungsgeräte boten nur ein chaotisches Bild von der Hölle, die an jener Stelle tobte, wo sich zuvor die Flotte der Zerstörer befunden hatte. Ihre Kreuzer wurden durcheinandergewirbelt, nicht wenige prallten zusammen und explodierten, bevor sie endgültig von der Bildfläche verschwanden.

»Die Ferndistanzgeneratoren der Metrikstation funktionieren wieder!«, triumphierte Orlan. »Und wenn mich nicht alles täuscht, Admiral, dann lenkt André die feindliche Flotte zum Flammenden Riesen, und zwar direkt vor die Mündungen der Biowaffen im Asteroidengürtel. Wie sehr hatten sich die Zerstörer davor gefürchtet, in diese schreckliche Vernichtungszone zu geraten! Und jetzt – so ein Finale!«

Nachdem die letzten grünen Bälle vom Bildschirm verschwunden waren, drehte ich mich zu Orlan um.

»Eines ist klar, mein lieber Freund: Jetzt kann uns niemand mehr an der Vereinigung mit Allans Galaktischer Flotte hindern. Und der gebündelten Macht der Menschheit, der Galakten und der Aufständischen unter euch werden die Zerstörer nichts mehr entgegenzusetzen haben.«

14

Auf die große Entscheidungsschlacht, die sich kurze Zeit später zutrug, brauche ich nicht näher eingehen. Es genügt festzustellen, dass weder ein Schiff der Galakten noch eines von Allans Flotte auch nur einen Kratzer abbekam. Die Zerstörer hingegen verloren über ein Drittel ihrer Kreuzer und jede Hoffnung auf den Sieg.

Nach dem Kampf navigierten wir den *Bärenhüter* an den *Skorpion* heran, und ich machte mich mit meinen Freunden auf zu Allan. Nachdem das Planetenschiff im Hangar des *Skorpions* festgemacht hatte, stieg ich als Erster auf die Ausstiegsplattform hinaus. Ich ließ die Gangway Gangway sein und sprang mit einem Jubelschrei direkt auf den Boden hinunter.

Kaum hatte ich mich aufgerappelt, nahm mich Allan mit seinen Riesenpranken in den Schwitzkasten und erdrückte mich fast vor lauter Freude. Danach folgten Leonid, Olga und Wera, die ich nacheinander in die Arme schloss. Kein Ende nahm der Reigen vertrauter Gesichter teurer Freunde, die mich umringten, umarmten, küssten.

Erst Minuten später kehrte Ruhe ein, und ich konnte mich umsehen. Mary und Wera lagen sich vor Freude weinend in den Armen. Oshima redete heftig gestikulierend auf Leonid und Olga ein. Es sah ganz so aus, als wollte ihnen der energische Kapitän des *Bärenhüters* schon beim ersten Wiedersehen unsere ganze Odyssee durch den Perseus erzählen. Trub war wie aufgezogen: Einen Bekannten nach dem andern wickelte er in seine Flügel, um dann wieder mit triumphalem Gebrüll über alle hinwegzufliegen.

»Wer ist das denn, Eli?«, fragte plötzlich Olga und machte dabei ein Gesicht, als hätte sie ein Gespenst gesehen.

Was mochte die stets kaltblütige Olga so erschreckt haben? Als ich in die Richtung blickte, in die sie mit dem Finger zeigte, sah ich Gig, der auf die Ausstiegsplattform hinausgetreten war. Riesenhaft und mit seinem unvermeidlichen Totenkopfgrinsen stand er dort oben und inspizierte mit seinen schwarzen Augenhöhlen die Menschenmenge.

Links von Gig standen Orlan und Grazio, rechts von ihm Lussin und Tigran. Nun wurden auch unsere anderen Freunde auf die illustre Reihe aus Menschen, Galakten und Zerstörern aufmerksam, und für ein paar Augenblicke kehrte eine völlige Stille ein, in der man sich gegenseitig anstaunte. Nur Gigs Knochengeklapper sorgte für eine gruselige Untermalung der Szene.

Dann stieg ich auf die Plattform zurück, stellte mich zwischen Orlan und Grazio und legte den Arm um sie. Dasselbe tat Lussin mit Tigran und Gig.

»Meine Freunde«, rief ich hinunter, »wundert euch nicht, sondern freut euch! Was ihr hier seht, ist nicht rätselhaft, sondern symbolisch. Drei großartige Sternenvölker schließen einen

Freundschaftsbund. Es ist vielleicht noch zu früh zu sagen, dass wir alle Zerstörer bekehrt hätten, doch ein vielversprechender Anfang ist gemacht. Begrüßt unsere neuen Freunde!«

Meine letzten Worte gingen in einem donnernden Hurra unter. Wir stiegen in den Hangar hinunter und verloren uns in der Menge. Nun, dass wir uns »verloren«, gilt vielleicht für mich und umso mehr für den kaum eins neunzig messenden Lussin, doch die fast drei Meter großen, majestätischen Figuren der beiden Galakten ragten wie Statuen aus der Menge heraus.

Noch weniger als die Galakten konnte sich Gig verlieren. Sein polterndes Gelächter schallte durchs ganze Schiff, und vor seinem klapprigen Gestell bildete sich eine respektvolle Gasse. Dann flog Trub zu ihm und legte ihm den Flügel über Schlüsselbein und Schulterblatt. Johlend taumelte das bizarre Gespann durchs Getümmel und wurde von allen herzlich begrüßt.

»Gehen wir in den Observationsraum«, sagte ich zu Allan. »Ich zeige dir den Phantomriesen. Was glaubst du, wer dort inzwischen auf dem Dritten Planeten das Zepter schwingt: André Scherstjuk, unser lieber Freund André, lebendig, unberechenbar und umtriebig wie eh und je. Und vor allem: unglaublich mächtig! Er hat mindestens ein Viertel der Gestirne des Perseus unter seiner Kontrolle. – Wo willst du hin, Allan?«

»Einen Moment, Eli!«, rief Allan und verschwand plötzlich in der Menge.

»Was ist mit ihm?«, fragte ich Olga. »Habe ich etwas Falsches gesagt?«

»Nein, Eli. Du wirst es gleich sehen.«

Allan tauchte wieder auf, als wir gerade den Observationsraum betraten. Er zog einen jungen Mann hinter sich her.

Der Jüngling sah André unfassbar ähnlich. Das war André! Nicht der in die Jahre gekommene, nervöse André, den wir auf dem Dritten Planeten zurückgelassen hatten, sondern der André aus meinen Jugendtagen: stattlich, attraktiv, mit denselben rotblonden Locken bis zu den Schultern.

»Oleg?!«, presste ich unsicher hervor. »Bist du das, Oleg?«

Der junge Mann nickte und kam schüchtern auf mich zu. Ich drückte ihn herzlich an mich.

»Wie kommst du denn hierher?«, fragte ich.

»Vor drei Jahren bekam ich die Erlaubnis, mich der Mission anzuschließen«, antwortete er. »Meine Mutter ist auf der Ora geblieben.«

»Du wirst deinen Vater bald sehen. Die vereinigte Flotte nimmt Kurs auf den Phantomriesen, wo dein Vater das Kommando hat.«

Es drängten so viele Leute in den Observationsraum, dass einige stehen mussten. Hinter den grellen Lichtern der Raumschiffe verblassten die funkelnden Sterne auf den Bildschirmen. Die grünlichen Bälle der Galaktenschiffe mischten sich mit unseren rötlichen Kreuzern. Zwar waren die Schiffe der Galakten im Vergleich zu unseren gigantisch, doch wir konnten stolz sein auf unsere »kleinen« Gefährte mit ihrer kolossalen Kampfkraft. Die versprengten Überreste der Zerstörerflotte konnten ein Lied davon singen.

»Einiges haben wir doch erreicht im Perseus«, redete ich leise vor mich hin. »Einiges haben wir geschafft, Freunde!«

»Ihr habt das Wichtigste schon erledigt«, erwiderte Oleg, und seine Stimme klang ein wenig bekümmert dabei. »Uns Jungen bleibt nur, es zu Ende zu bringen.«

Durch das Lichtergewirr der vereinigten Flotte der Menschen und Galakten schimmerten die Gestirne von Chi Persei hindurch, und dahinter die großartige Sternenschleppe der Milchstraße. Nirgendwo sieht sie so schön und grandios aus wie im Perseus, und nirgendwo wirken die Nebel, die ihren Kern verhüllen, so bedrohlich.

»Was hier noch zu tun ist, wird uns alle noch ein Leben lang beschäftigen«, sagte ich zu Andrés Sohn. »Aber du, Oleg, wirst eine andere Aufgabe bekommen, eine Mission außerhalb des Perseus, die nur deine Generation bewältigen kann. Irgendwo dort« – ich zeigte auf die düsteren Nebel – »lebt das rätselhafte und mächtige Volk der Ramiren. Wir müssen herausfinden, wer sie sind. Die Aufgabe deiner Generation, Oleg, wird eine Expedition ins galaktische Zentrum sein!«

DRITTES BUCH

Der Ring der Gegenzeit

Zwischen den Welten, in der Gestirne Schein
werd ich nur einen Stern mir wählen.
Nicht dass ich ihn so liebte, nein!
Es sind die andern, die mich quälen.

Wenn düstrer Zweifel mich bedrängt,
frag ich nur ihn um Rat, sonst keinen.
Nicht weil mit Licht er mich beschenkt,
sondern weil die Welt mit ihm auch ohne Licht im Reinen.

IN. ANNENSKI

Erster Teil

Die Märtyrer der Sternendisharmonie

1

An jenem Tag schüttete es wie aus Kübeln. Offenbar hatten die Mitarbeiter des Erdachsenkontrollzentrums wieder mal einen Bock geschossen, denn das Fest des Großen Sommergewitters war erst für die darauffolgende Woche geplant. Der Regen peitschte fast waagerecht gegen die Fenster, und durch die Rinnsteine des Boulevards strömten schäumende Bäche.

Im Laufschritt stürmte ich zur Terrasse im achtzigsten Stockwerk hinauf und stellte mich genussvoll unter die unverhoffte Himmelsdusche. Natürlich war ich augenblicklich nass bis auf die Knochen.

Als Mary mich von unten rief, reagierte ich nicht. Ihre Gardinenpredigt konnte ich mir auch später noch anhören. Seit Jahrzehnten machte sie mir Vorwürfe, wenn ich bei Regen ohne Schirm und Mantel ins Freie ging. Und seit Jahrzehnten tat ich es immer wieder. Alte Eheleute sind so.

»Eli! Komm endlich runter! Romero möchte dich sprechen«, rief Mary erneut.

Nun blieb mir nichts anderes mehr übrig, als wieder hinunterzugehen. Pawel stand mitten im Zimmer – natürlich sein Abbild, nicht er selbst. Doch die Videosäulentechnik ist inzwischen derart perfekt, dass ich jedes Mal aufs Neue versucht bin, meinem immateriellen Gesprächspartner die Hand zu reichen.

»Lieber Admiral! Ich habe schlechte Neuigkeiten«, begann er aufgeregt; er nannte mich immer noch Admiral, obwohl ich schon seit zwanzig Jahren keiner mehr war. »Die Umstände des Untergangs der Expedition von Allan Krus und Leonid Mrawa sind endlich aufgeklärt. Zu meinem größten Bedauern muss ich Ihnen mitteilen, dass die ursprüngliche Hypothese, es habe sich um einen Unfall gehandelt, widerlegt wurde. Auch die Annahme, dass menschliches Versagen von Allan und Leonid die Ursache war, hat sich nicht bestätigt. Die Zentrale Universalmaschine hat alle Anordnungen der beiden postum als korrekt bestätigt: Unsere beiden Freunde haben in ihrer katastrophalen Lage völlig richtig gehandelt.«

»Wollen Sie damit sagen, dass …«

Romero war so aufgeregt, dass er mich nicht ausreden ließ.

»Genau das, Admiral! Sie wurden zum Ziel einer militärischen Attacke und haben es nicht einmal bemerkt! Sie glaubten an eine Laune der Natur, dabei hatten sie es mit einem heimtückischen Feind zu tun. Es waren keine Wunderdinge im Spiel, verehrter Admiral, das war Krieg! Unsere erste Expedition zum galaktischen Zentrum ist nicht einer Naturkatastrophe, sondern kosmischen Kampfhandlungen zum Opfer gefallen. Das ist die traurige Wahrheit über das Ende der Mission von Allan Krus und Leonid Mrawa.«

Romero hatte schon immer die Angewohnheit, sich etwas umständlich und bisweilen hochtrabend auszudrücken. Seit man ihn in den Staatsrat gewählt und zum Chefhistoriker der Interstellaren Allianz befördert hatte, wurde diese lässliche Marotte zur Manie. Andererseits bot das tragische Scheitern unserer ersten Mission zum Galaxiskern durchaus Anlass für pathetische Worte.

»Wann werden die Opfer beerdigt?«, fragte ich.

»In einer Woche, Admiral. Sie sind der Erste, dem ich diese Neuigkeiten anvertraue, und zweifellos erahnen Sie, warum wir uns zuvörderst an Sie wenden!«

»Ich habe keinen blassen Schimmer. Helfen Sie mir drauf, Pawel?«

»Der Staatsrat möchte sich mit Ihnen austauschen. Wir bitten Sie, sich über meine Mitteilung Gedanken zu machen.«

»Das werde ich tun«, erwiderte ich, und Romeros Abbild verschwand.

Danach warf ich mir einen Regenmantel über und kehrte auf die Terrasse im achtzigsten Stockwerk zurück. Mary folgte mir wenig später. Ich nahm sie in den Arm, und wir drückten uns aneinander. Der helle Morgen hatte sich in einen finsteren Abend verwandelt. Man konnte weder die Wolken noch die Bäume unten am Boulevard und noch nicht einmal die Pflanzen in den Gärten des sechzigsten Stockwerks erkennen; der strömende, trommelnde Regen hatte alles mit einem dichten Schleier verhüllt.

Hätte ich nur Flügel gehabt! Mit Freude hätte ich mich den herabstürzenden Wassermassen entgegengeworfen. In den Aviettes war es nur das halbe Vergnügen.

»Ich weiß, woran du denkst«, sagte Mary.

»Ja, Mary. Vor genau dreißig Jahren bin ich beim Fest des Sommergewitters durch einen solchen Wolkenbruch geflogen, und du hast mir vorgeworfen, ich benähme mich wie ein Angeber. Wir sind alt geworden. Heutzutage würde ich nicht im Traum auf die Idee kommen, mitten ins Zentrum eines Gewitters hineinzufliegen.«

Manchmal erschrecke ich regelrecht darüber, wie gut sich Mary in meinem Gefühlsleben auskennt.

»Das ist es nicht, woran du gedacht hast«, sagte sie mit einem bekümmerten Lächeln. »Du hättest dir gewünscht, an jenem Ort im All gewesen zu sein, wo unsere Freunde starben. Du glaubst, dass du die Katastrophe hättest verhindern können, wenn du dabei gewesen wärest.«

… Ich diktiere diese Zeilen im Kokon einer anderszeitigen Existenz. Was dies bedeutet, erkläre ich später. Vor mir befindet sich in einem durchsichtigen Käfig, der in einem Kraftfeld aufgehängt ist, der ekelerregende und ewig unverwesliche Leichnam des Verräters, der uns in einen unentrinnbaren Abgrund gestürzt hat. Über die Stereobildschirme flimmert das Bild einer unvorstellbaren Welt, die Hölle eines katastrophalen Sternenwirbels. Mir ist vollkommen klar, dass diese unmenschliche Welt nicht die meine ist. Sie steht allem Lebendigen und aller Vernunft zutiefst feindlich gegenüber. Ich habe bereits den Glauben daran verloren, dass meine Mitwirkung dabei helfen kann, Verluste zu verhindern. Ich trage die Verantwortung für unsere Expedition, und ich führe sie ganz bewusst auf einen Weg, der aller Wahrscheinlichkeit nach im Untergang enden wird. Das ist die Wahrheit. Sollten diese Aufzeichnungen durch irgendein Wunder zur Erde gelangen, dann mögen die Menschen wissen: Ich sehe diese bedrohliche Wahrheit völlig klar, und ich weiß, welche Schuld sich daran knüpft. Ich habe keine Rechtfertigung. Dahinter steckt nicht Verzweiflung, sondern Einsicht.

An jenem Tag auf der herrlichen, grünen Erde, auf der ebenso unerreichbaren wie unbegreiflichen, fernen Erde, gab ich meiner Frau im Geprassel des Sommerregens Folgendes zur Antwort: »Du hast Recht, ich wäre gern dabei gewesen. Man wünscht sich so vieles, Mary! Solche Wünsche verstärken die Beharrlichkeit unsrer Existenz; zuerst treiben sie uns voran, dann bremsen sie unser Dahinwelken. In der Jugend und im Alter gehen unsere Wünsche weit über das Mögliche hinaus. Glaub mir, für meine Wünsche bin ich schon zu alt. Uns bleibt nur eines, meine Freundin: In aller Stille vergehen. In aller Stille abtreten, Mary!«

2

Am Raumbahnhof, wo das Sternenschiff aus dem Perseus landete, ließ ich mich nicht blicken. Auch der Trauersitzung des Staatsrats blieb ich fern. Ich sah mir nicht einmal die Übertragung an. Mary erzählte mir später, von welch bewegender Zeremonie die Rückführung der getöteten Astronauten auf die Erde begleitet wurde. Sie weinte, als sie vom Kosmodrom nach Hause kam. Ich hörte ihr schweigend zu und zog mich dann zurück. Hätte ich mich in den ersten Jahren unserer Bekanntschaft so verhalten, hätte sie mir Gefühllosigkeit vorgeworfen. Doch nun verstand sie mich.

Auf der Erde gibt es schon lange keine Krankheiten mehr, und das Wort Arzt ist nicht mehr gebräuchlich. Den Zustand, in den mich der Bericht über Allans und Leonids Expedition stürzte, kann ich dennoch nur als Krankheit bezeichnen.

»Es ist nicht leicht, das anzusehen«, sagte Romero, als er mir das Band mit den Aufzeichnungen der Ereignisse übergab, die mit dem Start im Perseus begannen und mit der Rückkehr der getöteten Besatzungen in den Raumschiffen endeten.

In Wirklichkeit waren die Bilder schockierend!

Wahrscheinlich wäre ich auch nicht zur Beisetzung erschienen, wenn ich nicht erfahren hätte, dass Olga auf die Erde gekommen war. Sie hätte es mir nicht verziehen, wenn ich der Beisetzung ihres Mannes ferngeblieben wäre. Außerdem wollte ich meine alten Freunde Orlan, Gig, Oshima und Grazio wiedersehen. Sie waren zusammen mit Olga in deren Schiff *Orion* gelandet, um der feierlichen Überführung der Leichname ins Pantheon beizuwohnen.

Romero ließ mich wissen, dass eine Rede von mir erwartet werde. Doch was hätte ich schon groß sagen sollen, außer dass die Verstorbenen tapfere Raumfahrer waren und ich sie sehr geliebt hatte.

Im Trauersaal des Pantheons schluchzte Olga an meiner Schulter. Ich strich ihr zärtlich durchs graue Haar. Länger als wir alle hatte sie dem Verfall des Alters widerstanden, doch nun brach sie der Kummer.

»Warum färbst du dir nicht die Haare, Olga, das ist doch so einfach?«, fragte ich, nur um überhaupt irgendetwas zu sagen.

Sie lächelte mich so traurig an, dass mir beinahe selbst die Tränen gekommen wären.

»Leonid habe ich so gefallen, wie ich bin. Und für wen sonst sollte ich mich hübsch machen?«

Zusammen mit Olga war auch ihre Tochter Irina zur Beisetzung gekommen. Ich hatte sie fünfzehn Jahre lang nicht mehr gesehen. In meiner Erinnerung war sie eine eigensinnige, unattraktive Göre, die sehr nach ihrem Vater Leonid geriet. Früher hatte ich mich oft darüber gewundert, wie wenig sie von den Tugenden ihrer Mutter mitbekommen hatte: weder ihre Besonnenheit noch ihr tiefes Verständnis für komplexe Zusammenhänge noch ihre eiserne Entschlossenheit, die sie unter dem Mantel gutmütiger Höflichkeit verbarg.

Im Pantheon traf ich Irina als schlanke, braun gebrannte junge Frau, die sich flink und etwas hastig bewegte und ebenso schnell sprach. Von ihren riesigen schwarzen Augen, deren Weißes mehr blau als weiß war, konnte ich kaum den Blick wenden. Irina schien mir ihrem Vater noch ähnlicher als früher und keineswegs nur äußerlich. Nun, da kaum noch etwas wiedergutzumachen ist, erkenne ich, wie sehr ich mich in jenem Moment in ihr täuschte. In der langen Kette der Ursachen, die zur jetzigen Katastrophe geführt haben, spielte auch dieser Fehler von mir eine Rolle.

»Ich habe deinen Vater sehr gemocht, Mädchen«, sagte ich zu Irina und nahm sie freundschaftlich in den Arm.

Sie entzog sich, und ihre Augen blitzten.

»Ich habe meinen Vater auch geliebt!«, erwiderte sie spitz. »Und ich bin kein Mädchen mehr.«

In ihrer Antwort lag eine Anspielung, die ich nicht verstand. Ich hätte damals genauer über ihre Worte nachdenken sollen und mich besser einfühlen müssen in den Ton, der in ihrer Stimme schwang. Vieles wäre dann anders gekommen.

Doch in jenem Augenblick tauchten Lussin und Trub auf und lenkten meine Aufmerksamkeit von der trotzigen jungen Frau ab. Lussin drückte mir die Hand, der alte Engel umschloss mich mit seinen schwarzen Flügeln. Die Maßnahmen zur Erlangung der Unsterblichkeit, die die Galakten uns unermüdlich nahelegten, nützten meinen Freunden genauso wenig wie mir. Lussin indes hielt sich recht wacker. Sein hagerer Körper bestand nur aus Sehnen und Knochen – solche Typen sind zäh und altern langsam.

Trub dagegen sah aus wie ein ehrwürdiger Greis. In schmerzlicher Erinnerung sehe ich den inzwischen ums Leben gekommenen Engel vor mir, wie er damals im Pantheon erschien: Mit seinem dichten, grauen Haarschopf und seinen langen, weißen Koteletten strahlte er die Würde des Alters aus und keine Spur von Hinfälligkeit.

»Was für ein Unglück!«, jammerte Lussin. »Was für ein Unglück, Eli!«

»Sie waren von Feinden umzingelt!«, heulte Trub. »Allan und Leonid hätten kämpfen müssen! Du hättest an ihrer Stelle gekämpft, Eli. Wie schade, dass ich nicht dabei war. Ich hätte sie mit unseren Erfahrungen aus den Schlachten auf dem Dritten Planeten inspirieren können.«

Kurz darauf gesellten sich auch Orlan und Grazio zu uns. Wenn die beiden einen von Menschen bewohnten Planeten besuchten, wichen sie einander keinen Meter von der Seite. Darin lag eine rührende Naivität: Sie demonstrierten damit, dass die grimmige Feindschaft, die ihre beiden Völker einst trennte, überwunden und enge Freundschaft an ihre Stelle getreten war.

Noch immer nenne ich Orlan Zerstörer, obwohl man Angehörige seines Volks inzwischen als Demiurgen bezeichnet, was so viel wie Handwerker oder Baumeister bedeutet. Jedenfalls beschreibt dieser Begriff vortrefflich die neue Rolle der ehemaligen Zerstörer in unserer Interstellaren Allianz.

»Sei gegrüßt, Eli, alter Freund und Anführer!«, sagte der Galakt feierlich und reichte mir nach Menschenbrauch seine riesige Pranke, in der meine Hand vollständig verschwand.

Orlan beschränkte sich darauf, den Kopf zu lüften, und ließ sein bläuliches Gesicht kurz aufleuchten.

An Allans und Leonids Expedition hatten einhundertvierzehn Menschen, acht Demiurgen, drei Galakten und zwei Engel teilgenommen. Bei der Katastrophe waren sie mitsamt dem Material zu einer homogenen Masse verschmolzen, in der Einzelindividuen nicht mehr identifizierbar waren.

In den Trauersaal wurde eine Urne mit der gemeinsamen Asche hereingetragen – eine Handvoll toter Materie. Während der Expedition waren die Besatzungsmitglieder durch freundschaftliche und dienstliche Bande verbunden gewesen, nun verband sie die stoffliche Untrennbarkeit ihrer sterblichen Überreste.

Bei aller Vielfalt biologischer Existenz auf den verschiedenen Sternen – die Materie, aus der wir alle bestehen, ist stets dieselbe. Doch diese innere Einheit allen Lebens wird uns meist nur dann bewusst, wenn wir vor dem Häufchen Asche stehen, als das auch wir einst enden werden.

Romero und Oleg trugen die Urne herein, der eine als Vertreter des Staatsrats, der andere als Vertreter der Astronauten. Obwohl man mich darum gebeten hatte, wirkte ich nicht aktiv bei der Zeremonie mit. Auftritte, bei denen man im Mittelpunkt der Aufmerksamkeit steht, mied ich schon seit Jahren. Ich hatte es auch abgelehnt, zu den Versammelten zu sprechen.

Romero hielt eine kurze Rede, danach erklang eine Symphonie von Zbyszek Poljanowski mit dem Titel »Gedenken an einen Freund«. Im seltsamen Zusammenwirken der Umstände, die zu weiteren Irrfahrten im chaotischen Sternenwirbel des Galaxiskerns führen sollten, spielte auch diese Musik eine Rolle.

Dass mir eigentlich nur die individuelle Musik behagt, habe ich ja schon erwähnt. Es mag daran liegen, dass ich mich schlecht in die Stimmungen anderer einfühlen kann. Beim Anhören von Melodien, die für alle geschrieben wurden, habe ich immer das Gefühl, etwas aufgedrängt zu bekommen und nicht ich selbst sein zu dürfen.

Die einzige Ausnahme ist eben jene Symphonie von Poljanowski. Diese Musik kann ich immer und überall hören – sie ist wie für mich gemacht und berührt stets meine Seele. An jenem

Tag klang sie so eindringlich und traurig, dass ich völlig mit ihr verschmolz. Ich blieb ich selbst und war doch gleichzeitig eins mit allen Menschen und der ganzen Welt.

Als Romero und Oleg sich zu mir gesellten, stand ich noch völlig unter dem Eindruck der Symphonie und – salopp gesagt – ein gutes Stück neben mir.

»Lieber Admiral«, begann Romero, »der Staatsrat hat beschlossen, eine zweite Expedition zum galaktischen Zentrum auszurüsten, und hat unseren gemeinsamen Freund Kapitän Oleg Scherstjuk zum Oberkommandierenden des Raumschiffgeschwaders ernannt.«

»Allerdings habe ich das Kommando nur unter einer Bedingung übernommen, Eli«, ergänzte Oleg geheimnisvoll.

»Und die wäre?«

»Dass Sie an der Expedition teilnehmen!«

Man hatte mich in den vergangenen Jahren des Öfteren dazu aufgefordert, Weltraummissionen zu führen oder daran teilzunehmen. Ich hatte das stets kategorisch abgelehnt. Nach der Befreiung des Perseus und nach Asters Tod auf dem Dritten Planeten waren Mary und ich auf die gute alte Erde zurückgekehrt, um sie nie wieder zu verlassen. So hatten wir es uns vor zwanzig Jahren vorgenommen und haben uns stets daran gehalten.

Doch zu meiner eigenen Überraschung gab ich Oleg zur Antwort: »Einverstanden. Kommen Sie am Abend zu mir, wir haben einiges zu besprechen.«

3

Auf Marys Wunsch gingen wir zu Fuß nach Hause. Es war ein trüber Tag, und graue Wolkenfronten fegten über den Himmel. Auf dem Ringboulevard ließ der Wind das Laub in lustigen Wirbeln über den Asphalt tanzen.

Genussvoll sog ich die kalte Luft in meine Lungen ein. Ich liebe diese rauen, vor Energie strotzenden Tage, an denen ein trockener, kraftvoller Wind durch die Gassen pfeift und einem bunte Blätter ins Gesicht bläst. Der Herbst ist meine Lieblingsjahreszeit!

»Wie schön sie ist, unsere gute alte Erde!«, rief Mary mit einem Seufzer. »Werden wir sie jemals wiedersehen? Oder werden wir in den Weiten des Alls verlorengehen?«

»Du könntest ja hierbleiben«, bemerkte ich vorsichtig.

»Das könnte ich wohl«, erwiderte sie und sah mich herausfordernd an. »Doch würdest du es ohne mich aushalten?«

»Nein, Mary. Ohne dich würde ich mich fühlen wie ein halber Mensch. Außerdem: Wer sollte dann verhindern, dass ich ohne wetterfeste Kleidung im Regen eines fremden Planeten herumlaufe?«

Eine Zeit lang gingen wir schweigend weiter. Mit sorgenvollem Blick beobachtete ich Marys Mienenspiel. Wir lebten nun schon eine Ewigkeit zusammen, doch ihre plötzlichen Stimmungswechsel fürchtete ich noch immer. Mit Erleichterung stellte ich fest, dass sich nach einem Anflug von Ärger über meine Spöttelei allmählich eine entrückte Melancholie in ihren Gesichtszügen breitmachte.

»Weißt du, woran ich gerade denke?«, fragte sie.

»Keinen blassen Schimmer.«

»Mir sind gerade ein paar Verse von Annenski eingefallen.«

»Du überraschst mich nach all den Jahren immer wieder.«

»Kein Wunder, du nimmst eben stets nur das an mir wahr, was dir nützt oder schadet, der Rest bleibt dir verborgen.«

»Nun übertreibst du aber! – Also, welches Gedicht ist dir in den Sinn gekommen?«

Sie zeigte auf die vom Wind zerzausten Baumkronen.

Tanzend fall'n die Blätter nieder,
es schreckt sie, in den Staub zu weh'n.
Bist das etwa du schon wieder,
die Angst, für immer zu vergeh'n?

Oder ging der Trug des Seins
doch nicht durch des Schöpfers Hände?
So das sehnsuchtsvolle Ich
keinen Anfang und kein Ende!

»Das Gedicht passt wirklich nicht schlecht auf die Herbststimmung«, gab ich zu. »Und wenn man einmal von dem nicht existierenden Schöpfer absieht, enthält es auch viel Wahrheit. Die Angst vor dem Tod haftet allem Lebendigen an. Und die Sehnsüchte jenes Konglomerats aus Molekülen und Energiefeldern, das man gemeinhin als ›ich‹ bezeichnet, kennen keine Grenzen.«

»Sehr romantisch, deine Interpretation«, entgegnete Mary ironisch. »Bei dir ist es dein Hang zur Vereinfachung, der mich immer wieder überrascht.«

Marys Miene verdüsterte sich abermals, und es schien mir ratsam, das Thema zu wechseln.

»Was denkst du über die Ursachen der Katastrophe, die unserer Expedition widerfahren ist?«, fragte ich.

»Ziemlich genau das Gegenteil von dem, was Pawel so vehement behauptet. Ihr Männer seid schon ein komisches Volk. Hinter jedem Rätsel vermutet ihr eine böse Absicht! Offenbar werdet ihr von euren Kriegergenen so beherrscht, dass ihr selbst in der Natur eine allgegenwärtige Aggression wittert. Indem ihr eure eigenen Unzulänglichkeiten auf die Natur projiziert, macht ihr es euch entschieden zu einfach, mein Lieber!«

»An unseren Kriegergenen seid doch ihr Frauen schuld, schließlich bringt ihr uns damit auf die Welt. Im Übrigen kann ich nicht finden, dass du Pawels Behauptung widerlegt hättest.«

»Ich sehe nur unüberprüfte Fakten und oberflächliche Mutmaßungen über deren Ursachen. Da gibt es nichts zu widerlegen.«

Marys Argumente beeindruckten mich mehr, als ich an jenem Tag zugegeben hätte.

Am Abend war unser Wohnzimmer überfüllt. Olga, Romero, Oleg, Orlan und Lussin nahmen auf den Stühlen Platz, während Trub und Grazio ihre langen Gräten mühevoll auf den Sofas verstauten. Trub waren ständig seine Flügel im Weg, und wenn der drei Meter große Grazio sich aufgerichtet hätte, wäre er bei den Nachbarn im achtzigsten Stockwerk gelandet.

»Die zweite Expedition zum Galaxiskern soll dem Zwecke dienen, die unbekannten Gegner ausfindig zu machen und zu klären, ob ein friedliches Auskommen mit ihnen möglich ist«, erklärte Romero. »Es handelt sich also keineswegs um einen Feldzug, sondern um eine Friedensmission. Für die Ausrüstung der Expedition werden alle verfügbaren Ressourcen der Interstellaren Allianz eingesetzt. Nun können Sie Fragen stellen und mögliche Zweifel äußern, Admiral.«

Zweifel hatte ich mehr als genug und hielt damit auch nicht hinter dem Berg: »Von den Ramiren, die eigentlich das Ziel der ersten Expedition zum galaktischen Zentrum waren, wurden keinerlei Spuren entdeckt. Den Killerplaneten, der das Sternenschiff verfolgte, hat Allan als Lebewesen bezeichnet. Diese Einschätzung ist jedoch nicht bewiesen, es könnte sich genauso gut um eine absonderliche Erscheinung unbelebter Natur gehandelt haben. Das Gebiet der ›Staubsonnen‹, an dessen Rand unsere Expedition ihr schreckliches Ende fand, ist nach Allans Überzeugung die Heimstatt einer vernunftbegabten Zivilisation. Es konnte jedoch kein einziger Vertreter dieses Volks angetroffen werden. Seine Existenz bleibt deshalb rein hypothetisch. Beim Versuch, in den Galaxiskern vorzustoßen, sind Allan und Leonid auf Widerstand gestoßen, na und? Dieser Widerstand könnte doch auch physikalische Ursachen haben, die wir bislang nicht verstehen. Wir dürften uns darüber einig sein, dass wir längst nicht alle Phänomene im Weltall erklären können.« Nun wandte ich mich direkt an Oleg: »Du bist der Oberkommandierende des Geschwaders der zweiten Expedition. Was sagst du zu meinen kritischen Anmerkungen?«

»Es gibt nur einen Weg, um festzustellen, ob sie berechtigt sind oder nicht«, erwiderte Oleg zurückhaltend. »Wir müssen erneut zum Galaxiskern aufbrechen und versuchen herauszufinden, welche Kräfte sich uns dabei in den Weg stellen.«

Ich musterte Oleg. Die Ähnlichkeit mit seinem Vater André war unverkennbar, doch die weiße, zarte, fast durchsichtig erscheinende Haut hatte er von seiner Mutter Jeanne. Während er mir antwortete, lief sein ganzes Gesicht rot an, zuerst die Wangen, dann auch die Stirn und die Ohren. Er hatte etwas Mädchenhaftes an sich: den schön geformten Kopf, die langen goldblonden Locken, die ihm bis auf die Schultern fielen, die schmalen Schultern und die langen, dünnen Finger.

Doch das Äußere täuscht nicht selten, und für diesen jungen Mann, der zum Kommandeur der zweiten Expedition ernannt worden war, galt dies in besonderem Maße. Er war einer der erfolgreichsten und mutigsten Raumfahrtkapitäne der Gegenwart. Olga hatte vorgeschlagen, ihn bei der längst geplanten Hyaden-Mission als Admiral einzusetzen, und wäre das Desaster mit Allan nicht passiert, hätte Oleg sich längst auf dem Weg zu diesem Sternhaufen befunden, dessen Gestirne in einem Abgrund zu versinken scheinen. Doch die Hyaden-Mission war zugunsten einer zweiten Expedition zum galaktischen Zentrum abgesagt worden.

»Deiner Antwort ist nichts mehr hinzuzufügen«, sagte ich zu Oleg. »Nun berichtet mir, wie die Expedition vorbereitet werden soll.«

»Die Vorbereitungen zur Expedition werden auf dem uns allseits bekannten Dritten Planeten in Chi Persei getroffen und von André und dem Demiurgen Ellon geleitet«, erläuterte Romero. »In den Raumschiffen werden zusätzlich zu den Tanew-Annihilatoren Mechanismen installiert, mit deren Hilfe sich die Raummetrik im Nahbereich rasch verändern lässt. Jedes Schiff ist dann so eine Art kleiner Dritter Planet. Die Metrikgeneratoren werden von Ellons Team entwickelt.«

»Ellon, Ellon … Kennst du den, Orlan?«, fragte ich.

»Ich habe ihn selbst vorgeschlagen«, verkündete Orlan stolz. »Im ganzen Perseus gibt es keinen genialeren Konstrukteur als ihn.«

Es entging meiner Aufmerksamkeit nicht, dass Grazio die Lobrede auf Ellon mit einem missmutigen Kopfschütteln quittierte.

»Dann bleibt nur noch eine Frage«, setzte ich fort. »In welcher Funktion soll ich nach Meinung des Staatsrats an der Expedition teilnehmen? Oder, um es etwas altertümlich zu formulieren: Welchen Posten soll ich bekleiden?«

»Sie werden die Seele und das Gewissen der Expedition sein, Eli«, sagte Oleg.

»Aha, und der Rest der Expedition ist also seelen- und gewissenlos im Weltall unterwegs?«

Meine Replik war durchaus nicht nur scherzhaft gemeint, auch wenn ich allseits einen Lacherfolg damit erntete.

»Also, wenn Sie auf einer Stellenbeschreibung bestehen, lieber Admiral«, sagte Romero versöhnlich, »dann übernehmen Sie am besten die Funktion des wissenschaftlichen Leiters. So etwas gab es früher tatsächlich.«

»Sind Sie denn selbst auch dabei, Pawel?«

»Ich denke schon, dass der Staatsrat mir die Genehmigung erteilen wird.«

Nachdem unsere Besprechung beendet war, setzte ich mich zu Grazio aufs Sofa.

»Als Orlan Ellon in höchsten Tönen lobte, hast du nicht gerade ein begeistertes Gesicht gemacht«, sagte ich zu ihm. »Teilst du Orlans Einschätzung etwa nicht?«

Grazio lächelte so gewinnend und gutmütig, wie es nur Galakten vermögen.

»Das ist es nicht, Eli. Mein Freund Orlan hat Ellon völlig zu Recht als technisches Genie bezeichnet. Doch etwas anderes macht mich misstrauisch: Der Grad der Künstlichkeit ist bei

Ellons Organismus noch wesentlich höher als bei den übrigen Demiurgen. Ich befürchte, dass sogar sein Gehirn künstliche Elemente enthält, auch wenn Orlan das bestreitet.«

Die Abneigung der Galakten gegen künstliche Organe hatte ich schon seit jeher als kauzig empfunden. Deshalb nahm ich Grazios Bedenken nicht wirklich ernst und tat sie mit einem ironischen Lächeln ab. Alle Menschen machen Fehler, da bin ich leider keine Ausnahme. Und einige meiner Fehler – obwohl auf den ersten Blick harmlose Versäumnisse – waren schlichtweg fatal.

4

Wie André sich verändert hatte! Als Olga mir voraussagte, ich werde André nicht wiedererkennen, hatte ich sie ausgelacht. Es war völlig undenkbar, dass ich meinen besten Freund nicht wiedererkennen würde. Und als der *Orion* an der Anlegeplattform des Dritten Planeten festmachte und André durch die geöffnete Luke ins Schiff stürmte, erkannte ich ihn selbstverständlich sofort wieder. Doch ich war erschüttert!

Als wir uns zuletzt trennten, hatte sich André zwar noch nicht vollständig vom zermürbenden Zustand des Wahnsinns erholt, trotzdem hatten wir ihn als quicklebendigen, energischen Mann in den besten Jahren auf dem Dritten Planeten zurückgelassen. Der André, der mich nun umarmte, war ein hektischer, nervöser, weißhaariger, faltiger und vorzeitig gealterter Greis.

»Ja, ja, ich weiß, Eli!«, krächzte André, der sofort bemerkt hatte, wie sehr mich sein Anblick schockierte. »In unmittelbarer Nachbarschaft zu den unsterblichen Galakten altert man anscheinend besonders schnell. Vermutlich ist die verdammte Gravitation auf diesem Planeten daran schuld. Und das ewige Ein- und Auswickeln des Raums ist auch Gift für das biologische Gleichgewicht. Erinnerst du dich noch an Vagabund, das mächtige Superhirn, das du damals in den riesigen Körper von Lussins verendetem Drachen hast verpflanzen lassen?«

»Natürlich. Er ist doch noch am Leben, hoffentlich?!«

»Gewiss, er lebt. Nur Drachendamen fliegt er schon lange nicht mehr hinterher. Na wenigstens funktionieren seine grauen Zellen noch einwandfrei.«

Wir stiegen aus. Die Reise des *Orion* zum Perseus lasse ich hier weg; sie spielt für die weiteren Ereignisse keine Rolle. Auch die meisten Begegnungen in der Metrikstation sind nur für mich und Mary interessant. Kurz eingehen möchte ich indes auf die Eindrücke, die wir von der veränderten Landschaft des Dritten Planeten gewannen.

Mary und ich unternahmen einen Rundflug in einer hochmodernen Aviette. Wir kannten den Planeten als trostlose Wüste aus Blei und Gold. Der deprimierende Anblick der furchterregenden Weltraumfestung der Zerstörer hatte sich für immer in unser Gedächtnis eingebrannt. Das Landschaftsbild hatte sich seither völlig verändert: von Blei und Gold – keine Spur. Überall erstreckten sich Wälder und glitzerten Seen.

»Hier möchte ich kurz landen«, rief Mary plötzlich. Sie deutete mit der Hand auf einen exponierten Hügel, dessen Anhöhe die nach oben drängende Vegetation noch freigelassen hatte.

»Den damaligen Marsch zur Station würde ich heute nicht mehr durchstehen«, sagte ich, nachdem wir gelandet waren.

»Erkennst du diesen Ort wieder, Eli?«

»Nein.«

»Am Fuße dieses Hügels ist unser Sohn gestorben.«

»Jetzt, wo du es sagst …«

Ich sah Mary schuldbewusst an, doch sie war mir nicht böse. Im Gegenteil, ihr Gesicht strahlte eine erstaunliche innere Ruhe, ja sogar Freude aus.

»Sollten wir diesen Ort nicht lieber verlassen?«, fragte ich vorsichtig.

»Wie oft habe ich diesen Goldhügel und die tote Wüste rundherum in meinen Träumen gesehen!«, sagte Mary und ließ den Blick über die Umgebung schweifen. »Und jedes Mal musste ich daran denken, wie sehr sich Aster gewünscht hat, dass diese metallische Öde mit Leben erfüllt werde. Weißt du noch, wie er sich selbst einen Lebensspender nannte? Auf dem Nickelplaneten war es nicht schwierig gewesen, dort ist die Gravitation gering. Doch auch hier ist es uns gelungen, dem Metall Leben einzuimpfen. Hier haben wir Pflanzen angesiedelt, die speziell für erhöhte Schwerkraftbedingungen gezüchtet wurden.«

»Habt ihr euch damit im astrobotanischen Institut befasst?«

»Nein, Eli. Ich habe es ganz allein bewerkstelligt. Das war ich unserem Sohn schuldig. – Jetzt können wir zur Station zurückkehren.«

Zwei weitere Ereignisse, die ich hier erwähne, haben einen unmittelbaren Bezug zur Expedition. Vagabund war nicht unter jenen, die uns nach der Landung begrüßten. Doch Lussin hatte kaum den Boden berührt, da machte er sich unverzüglich zu seinem ehemaligen Drachenübungsplatz auf.

Lussin war – genau genommen – der eigentliche Schöpfer dieses bizarren Zwitterwesens aus Galaktengehirn und Drache. Mit der spektakulären Transplantation war ihm ein großer Wurf gelungen, der seinem Biologenstolz mehr schmeichelte als all seine Drachen- und Pegasusschöpfungen zusammen.

Vagabund kränkelte. Nach seiner Rückkehr vom Drachenübungsplatz teilte uns Lussin betrübt mit, dass der Drache, was Alterung und Langlebigkeit betrifft, leider allzu menschlich geraten war.

»Will dich sehen, Eli, unbedingt, bald«, stöpselte Lussin in seiner typischen Art hervor.

Am nächsten Morgen machten wir uns auf, den Drachen zu besuchen. Äußerlich hatte sich Vagabund kaum verändert. Fliegende Drachen magern weder ab noch werden sie dick, sie blassen nicht aus und werden weder grau noch schlaff. Vagabund sah genau so aus, wie ich ihn in Erinnerung hatte: orange-graublau gefärbt, mit gewaltigen Pfoten und riesigen Flügeln. Doch er konnte nicht mehr fliegen.

Als er uns erspäht hatte, kroch er aus seiner Höhle heraus und kam uns entgegen. Seine wellenförmigen Hautfalten liefen immer noch genauso schnell über seinen Rücken, und seine Flanken, sein massiver Rumpf wanden sich mit der früheren Eleganz, und seine Flügel zerschnitten wie ehedem geräuschvoll die Luft. Der Unterschied zu früher war nur, dass er dabei keinen Millimeter vom Boden abhob. Auch beim Feuerspeien hatte der alte Drache merklich nachgelassen: Spärlich züngelten die Flammen aus seinem Rachen, und nur ein dünnes graublaues Wölkchen stieg an der Stelle empor, wo ehedem mächtige schwarze Rauchschwaden den Himmel verdüstert hatten.

»Sei gegrüßt, Ankömmling!«, rief Vagabund mir etwas heiser und lispelnd zu. »Schön, dich zu sehen, Admiral!«

Ich lehnte mich an sein Vorderbein und knuffte ihn mit dem Fuß in die schuppige Flanke.

»Du siehst ja noch aus wie immer, Vagabund. Aber mit den jungen Drachen kannst du es wohl nicht mehr aufnehmen, fürchte ich.«

»Natürlich nicht. Meine Flugzeit ist definitiv abgelaufen. Schon beim Kriechen tun mir sämtliche Knochen weh.« Knarzend drehte er seinen langen Echsenhals zu mir und sah mich aus seinen gelbgrünen Glupschaugen traurig an. »Ich beklage mich nicht, Eli. Mein Leben war erfüllt, und ich habe alle Freuden genossen, die einem die Existenz in einem beweglichen Körper bieten kann. Deshalb trage ich es mit Fassung, dass es bald Zeit für mich wird, von diesem Leben Abschied zu nehmen.«

In dieser deprimierenden Tonart wollte ich das Gespräch nicht fortsetzen. Entschlossen, ihn etwas aufzumuntern, hüpfte ich auf seiner steinharten Pfote auf und nieder.

»Verabschiede dich nicht zu früh, Vagabund! Auf der Erde haben wir neue Stimulanzien entwickelt. Die werden wir an dir ausprobieren. Und dann werden wir beide einen Rundflug über den Planeten unternehmen.«

Vagabund rang sich ein müdes Lächeln ab. Als einziger Drache war er zu einer Art Mienenspiel fähig. Alle anderen sperren nur qualmend den Rachen auf, und man weiß nie, ob sie nur gähnen oder einen verschlingen wollen.

Irgendwie fühlte ich mich schuldig vor dem Drachen. In seiner früheren Existenz als mächtiges Superhirn und Träumer hätte er zehnmal so alt werden können wie wir alle. Ich hatte ihm einen Körper verschafft. Doch die Freuden der Körperlichkeit sind vergänglich. Obwohl es reichlich spät dafür war, stellte ich mir in jenem Augenblick die Frage, ob ich damals tatsächlich richtig gehandelt hatte.

Das zweite wichtige Ereignis war die Begegnung mit Ellon. Zu sechst machten wir uns zu seiner Konstruktionswerkstatt auf: Mary, Olga, Irina, Orlan, André und ich. Wir trafen ihn in einem großen, sonnendurchfluteten Raum an.

Wie soll ich Ellon beschreiben? Ich sehe ihn vor mir und versuche zu verstehen, wodurch der eigenartige Eindruck entstand, den er stets auf mich machte. In meinem ganzen Leben bin ich keinem ungewöhnlicheren Wesen begegnet als diesem Demiurgen!

Er kam uns nicht entgegen, sondern drehte nur den Kopf auf seinem langen, sich schlangenhaft windenden Hals. Orlan, selbst ein Demiurg, lüftet zur Begrüßung den Kopf und lässt ihn dann wieder zwischen die Schultern schnalzen. Aber Ellon würdigte uns keiner Begrüßungsgeste. Er wusste überhaupt nicht, was eine Begrüßung ist, denn niemand hatte ihm ein solches Verhalten beigebracht. Er sah uns nur schweigend an. Nein, das ist nicht das richtige Wort: Seine phosphoreszierend glühenden Augen durchbohrten, blendeten, ja vernichteten uns. Solch martialische Worte sind in diesem Fall nicht zu hoch gegriffen.

Orlan verhielt sich auffallend schüchtern. Ob in Kämpfen, diplomatischen Verhandlungen oder Besprechungen – stets war sein Auftreten gelassen, entschlossen und furchtlos. Ich war mir sicher, ihn gut zu kennen. Doch als wir die Werkstatt betraten, zog er den Kopf tief zwischen die Schultern, und als er Ellon auf

Irdisch ansprach, klang seine Stimme gehemmt, fast unterwürfig.

»Ellon, die Menschen sind gekommen, um deine Werke zu begutachten«, sagte er mit dieser eigenartigen Stimme. »Ich hoffe, unser Besuch fällt dir nicht zur Last?«

»Schaut euch um und staunt!«, erwiderte Ellon in ebenso perfektem Irdisch und wies mit einer ausladenden Geste seines langen, biegsamen, knochenlosen Arms auf die im Raum verteilten Gerätschaften. Dabei verzog er den Mund zu einem breiten Grinsen, und sein bläuliches Gesicht lief schweinchenrosa an.

In der Werkstatt gab es nichts Besonderes zu sehen. Sie war vollgestellt mit Maschinen und Anlagen, an denen sich Demiurgen zu schaffen machten. Im Prinzip war der ganze Planet nichts anderes als eine gewaltige Ansammlung von Maschinen, und diejenigen, die wir in der Werkstatt sahen, unterschieden sich äußerlich kaum von jenen, die in den Tiefen des Planeten ihr Werk verrichteten.

»Vielleicht könntest du das eine oder andere dazu erläutern, Ellon«, bat Orlan beinahe flehentlich.

Ellon hüpfte von einer Maschine zu nächsten und erklärte deren Funktionen. Während er sich vorwärtsbewegte, hatte er den Kopf nach hinten gedreht und fixierte uns. Alle Demiurgen hatten im Vergleich zu uns Menschen bewegliche Hälse, doch eine Drehung um volle hundertachtzig Grad brachte nur Ellon zustande.

Während er seine Erläuterungen gab, achtete ich nicht auf deren Inhalt, sondern versuchte, aus dem Klang seiner Stimme schlau zu werden. Aus irgendeinem Grund erschien mir dies wichtiger als die Beschäftigung mit seinen Konstruktionen, von denen ich ohnehin nichts verstand – ich bin ein schlechter Ingenieur.

Je länger und aufmerksamer ich Ellon beobachtete, umso mehr verstärkte sich der Eindruck der Andersartigkeit, den er auf mich machte. Seine Erläuterungen waren ernsthaft und hoch qualifiziert, seine Grimassen dagegen herablassend und spöttisch. Sein riesiger Krötenmund war doppelt so groß wie bei den übrigen Demiurgen und spaltete sein Gesicht von Ohr zu Ohr. Und über dieser finsteren, sich ständig zu neuen Formen verzerrenden Höhlung leuchteten bedrohlich zwei gigantische, starre, blauviolette Augen. Obwohl ich sicher nicht zu den Menschen gehöre, die man leicht aus der Fassung bringen kann, muss ich zugeben, dass mich der durchdringende Blick dieser unheilvollen Augen richtiggehend hypnotisierte.

Nachdem der Rundgang durch die Werkstatt beendet war, gab Ellon noch ein Statement zum Besten, übrigens die einzige seiner Äußerungen zu diesem Anlass, an die ich mich noch erinnern kann. »Weder die Menschen noch die Demiurgen – und schon gar nicht die Galakten – haben jemals über so fantastisch bewaffnete Raumschiffe verfügt«, verkündete er triumphierend. »Hätten wir auch nur einen einzigen solchen Kreuzer gehabt, als die menschliche Flotte in den Perseus vordrang, dann hätten die Ereignisse einen völlig anderen Verlauf genommen.«

»Bedauerst du etwa, dass es nicht anders gekommen ist?«, fragte ich provokant.

»Mitnichten, ich konstatiere nur eine Tatsache, die mich weder freut noch reut«, parierte er trocken und grinste dabei noch breiter als zuvor.

Während ich darüber nachdachte, was ich von dieser zweideutigen Antwort halten sollte, wurde Ellon von Olga in ein Gespräch über technische Details verwickelt. Dabei mischte sich auch Irina immer wieder mit hitzigen Kommentaren ein. In ihr verbanden sich die impulsive Emotionalität ihres Vaters und der mathematische Perfektionismus ihrer Mutter zu einer explosiven Mischung.

»Die von den Demiurgen entwickelten Anlagen sind zweifellos großartig«, sagte ich zu André, nachdem ich ihn etwas beiseitegezogen hatte. »Doch wer hat eigentlich die Kontrolle über sie? Es könnte doch …«

»Keine Sorge, Eli«, unterbrach mich André schroff. In dieser Hinsicht war er ganz der Alte geblieben. Er wusste schon nach dem ersten Halbsatz, worauf der Gesprächspartner hinauswollte, und kümmerte sich nicht um Höflichkeitsetikette. »Ellon konstruiert die metrischen Anlagen nur, gesteuert werden sie von mir. Die Auslösefelder werden durch meine individuelle Strahlung aktiviert. Sobald das Geschwader zur Expedition startet, übergebe ich die Kontrolle über sie an Oleg und die Schiffskapitäne.«

Kurz darauf verließen wir die Werkstatt, nur Orlan blieb noch für einige Zeit dort.

»Ein unglaublicher Typ, dieser Ellon!«, schwärmte Irina auf dem Rückweg. »Die anderen Demiurgen sind alle Missgeburten, aber Ellon ist ganz anders, er sieht fantastisch aus. Und erst seine genialen Konstruktionen! Eli, würden Sie mir erlauben, während der Expedition in Ellons Team zu arbeiten?«

»Wo immer du willst«, erwiderte ich. »Aber wenn du meine persönliche Meinung wissen willst: Ich finde Ellon viel hässlicher als die anderen Demiurgen.«

Wenn Blicke töten könnten, wäre die Mission an dieser Stelle für mich zu Ende gewesen. Doch Irina verkniff sich jeden Kommentar, schließlich hatte ich gerade ihrem sehnlichsten Wunsch entsprochen.

Stattdessen hatte Mary ein paar Takte mit mir zu reden, als wir schließlich allein im Hotel waren. »Natürlich will ich mich nicht in die Anordnungen des wissenschaftlichen Leiters der Expedition einmischen«, begann sie ironisch, »aber ich fühle mich genötigt, die Entscheidungen meines Ehemanns infrage zu stellen.«

»Was ist los? In welches Fettnäpfchen bin ich denn nun schon wieder getreten?«

»Mir gefällt dieser Ellon nicht. Wieso müssen wir ihn auf die Expedition mitnehmen? Seine Hässlichkeit ist so abartig, dass er schon fast wieder gut aussieht, da muss ich Irina Recht geben.

Aber diese Gestalt jeden Tag auf dem Schiff zu treffen …? Ein Alptraum! Und wie Irina ihn angeschaut hat. Wenn sie einen Mann so angesehen hätte, würde ich sagen, sie ist verliebt.«

»Soll sie sich ruhig in ihn verlieben, na und? Wenn du dich erinnerst, ich hatte mich vor deiner Zeit auch in Viola verliebt – auch sie war kein Mensch. Solche Gefühlsverirrungen sind harmlos, weil sie keine Perspektive haben. Ellon nicht mitzunehmen ist ein Ding der Unmöglichkeit. Schließlich hat man ihn zu einem technischen Genie erklärt. Ich fürchte, deine Abneigung gegen ihn entspringt einem typisch menschlichen Chauvinismus, der im Zeitalter interstellarer Freundschaft einfach fehl am Platz ist. Ich weiß nicht, ob ich dich mit einer so harten Formulierung überzeugen kann …?«

»Du brauchst mich nicht zu überzeugen, Eli. Meine Aversion gegen Ellon beruht nicht auf klugen Überlegungen, sondern auf dunklen Vorahnungen. Nur eine Laune, achte nicht weiter darauf.«

An dieses Gespräch mit Mary auf dem Dritten Planeten sollte ich mich in der Folgezeit noch oft erinnern.

5

Nein, ich verfasse hier keinen Expeditionsbericht für die Nachwelt! Zumal ich mir nicht einmal sicher sein kann, dass diese Aufzeichnungen jemals zur Erde gelangen werden. Ich versuche, den Sinn der Ereignisse zu begreifen, und stelle mir stets aufs Neue die Frage, ob ich richtig gehandelt habe. Stets aufs Neue kehre ich zum leblosen Körper des Verräters zurück, der – für immer in seiner unbeweglichen Pose fixiert – in einem Kraftfeld hängt, und wieder und wieder sage ich zu mir: »Eli, hier stimmt etwas nicht, du musst dahinterkommen, was hier faul ist, du musst es herausfinden!« Doch trotz allen Bemühens komme ich nicht dahinter. Mein Denken ist zu rational. Es ist paradox, aber es gibt eine neue Erkenntnis, die sich uns nicht sofort und vor allem nicht leicht erschließt: Je logischer eine Überlegung ist, desto weiter ist sie von der Wahrheit entfernt! Die Welt, die wir heute durchmessen, gehorcht zwar den Gesetzen der Physik, schert sich aber einen feuchten Kehricht um unsere Logik …

Die erste Phase unserer Expedition zum Galaxiskern sei hier nur kurz zusammengefasst. Bei der Zusammenstellung des Geschwaders beschränkten wir uns auf fünfzehn Sternenschiffe. Elf davon waren unbemannt und wurden von Robotern gesteuert. Sie erfüllten die Funktion gigantischer fliegender Frachträume. Die übrigen vier Schiffe – der *Steinbock*, der *Widder*, der *Schlangenträger* und der *Stier* – waren bemannt und wurden von den Kapitänen Oshima, Olga, Kamagin und Petri befehligt.

Auf Lussins Wunsch setzte ich durch, dass Vagabund mit an Bord des *Steinbocks*, unseres Flaggschiffs, genommen wurde, obwohl unser Geschwaderkommandeur Oleg nicht gerade begeistert davon war, einen altersschwachen Drachen mit auf die weite Reise zu nehmen. Ellons Maschinenlabor wurde auf dem *Steinbock* eingerichtet.

Die Expedition nahm Kurs auf die Ansammlung dunkler Nebel im Sternbild Schütze, die das galaktische Zentrum verhüllen. Drei Jahre lang waren wir mit tausendfacher Lichtgeschwindigkeit unterwegs zum Galaxiskern und hielten dabei mit Hilfe der Raumwellentechnik die Verbindung zur Erde. Sozusagen als Vermittlungssatellit diente dabei der Dritte Planet in Chi Persei, auf dem nach wie vor André das Sagen hatte.

Im vierten Jahr der Mission brach die Überlichtverbindung plötzlich ab. Aus der Sicht von Erde und Perseus waren wir von heute auf morgen aus dem Weltraum verschwunden. An diesem Punkt möchte ich den Faden meiner Schilderung wieder aufnehmen und von unseren Abenteuern im galaktischen Zentrum berichten.

Die Funktionen der Raumwellengeneratoren fielen abrupt und vollständig aus: Wir empfingen keine Nachrichten mehr vom Dritten Planeten und konnten auch selbst keine mehr versenden. Die Geräte selbst waren zwar intakt, doch offenbar hatte sich die Raumstruktur geändert. Die Impulse der Generatoren drangen nicht mehr nach draußen, und Signale von außen erreichten uns nicht mehr. Wir wurden sozusagen auf einen Schlag taub und stumm.

Immerhin behielten wir noch die optische Orientierung. Eines Tages identifizierten die Geräte in großer Entfernung ein ungewöhnliches Objekt. Nach Auswertung der Analysedaten stand fest, dass es dieselben Eigenschaften aufwies wie der Killerplanet, der Allans Geschwader angegriffen hatte. Der unerfreuliche Unterschied bestand darin, dass Allan zum Zeitpunkt des Angriffs noch Verbindung zur Basis hatte, während wir von unseren Stützpunkten bereits abgeschnitten waren.

Allans damalige Nachricht, wonach er nicht von einem überdimensionalen Raumschiff, sondern von einem rätselhaften kosmischen Wesen, das er Killerplanet nannte, verfolgt wurde, beurteilten wir skeptisch. Wir waren eher geneigt, an ein planetenähnliches Superraumschiff zu glauben.

Doch Killerplanet oder Superraumschiff hin oder her – wir wurden alle ziemlich nervös, als die Analysatoren das rätselhafte Objekt in der Ferne entdeckten und nüchtern vermeldeten, dass es den Abstand zu uns aktiv verringere. Wir befanden uns damals am Rand der dunklen Nebel, die den Galaxiskern verhüllen. »Rand« ist natürlich ein relativer Begriff: Über Milliarden von Kilometern erstreckt sich jene kalte, deprimierend trostlose Nebelzone, in der die Sterne nur schwach durchs purpurne Halbdunkel hindurchschimmern.

»Ganz schön verraucht in dieser Ecke des Alls«, kommentierte Mary einmal den trüben Anblick auf den Bildschirmen.

Der Killerplanet war als orangefarbener Fleck im Nebel aufgetaucht und wurde rasch größer. Er bewegte sich im Einsteinschen Raum, wir dagegen im Überlichtbereich. Hinter unserem Geschwader waberte eine Schleppe aus Staub – das Abfallprodukt der Raumannihilation, der Bereich hinter dem Killerplaneten war indes »sauber«. Während wir den Raum vernichteten, durchmaß ihn unser Verfolger mit einer so unglaublichen Geschwindigkeit, dass er uns tatsächlich einzuholen drohte. Die Gesetze der Physik schienen nicht mehr zu gelten. Erst jetzt beginnen wir zu verstehen, wie armselig unser Wissen über die Naturgesetze in Wahrheit ist.

Nun hatten wir also einen Killerplaneten im Nacken. Er war so groß wie die Erde, Tausende unserer Raumschiffe hätten darauf Platz gefunden. Auf testweise Kursänderungen reagierte er sofort, es bestand also keinerlei Zweifel daran, dass er hinter uns her war und sein Kurs von einem freien Willen bestimmt wurde. Doch im Gegensatz zu Allan, der diesen Willen dem mysteriösen Objekt in seiner Gesamtheit zugeschrieben hatte, waren wir nach wie vor der Ansicht, dass wir es mit einem Raumschiff zu tun hatten, in dem vernunftbegabte Wesen an den Schaltpulten unvorstellbar leistungsfähiger Maschinen saßen.

Auf unsere Funksprüche reagierten die mutmaßlichen Raumpiraten allerdings nicht. Es bedurfte keines ausgeprägten Intellekts, um unsere Signale zu entschlüsseln. Doch der Killerplanet schwieg – schwieg und kam uns unaufhaltsam näher, mit Überlichtgeschwindigkeit im normalen, Einstein'schen Raum.

Oleg ließ die anderen Raumschiffe in Konferenz schalten.

»Allan hatte sich dadurch gerettet, dass er Aktivstoff annihilieren ließ«, erläuterte Oleg. »Der Killerplanet konnte die dadurch entstehende Barriere aus leerem Raum nicht überwinden. Allerdings verbrauchte Allan damals drei Viertel seiner Aktivstoffvorräte, was ihn später vor unlösbare Probleme stellte. Die Frage ist, ob wir seine Fluchtmethode dennoch kopieren sollen oder nicht.«

Alle Beteiligten sprachen sich einstimmig dagegen aus. Wir waren wesentlich besser bewaffnet als Allans Geschwader und konnten den sonderbaren Verfolger näher herankommen lassen als Allan. Zudem mussten wir zunächst einmal definitiv klären, ob es sich tatsächlich um eine Attacke handelte und nicht um eine eigenwillige Form der Kontaktaufnahme.

Um dies herauszufinden, entluden wir eines der unbemannten Transportschiffe und warfen es dem Killerplaneten gleichsam zum Fraß vor, indem wir es abbremsten und so aus dem Verband lösten. Sollten unsere Stereofilme jemals auf die Erde gelangen, werden die Menschen sicherlich eine Gänsehaut bekommen, wenn sie sehen, was dann geschah: Der Planet stürzte sich wie ein Raubtier auf unseren Köder. Aus seiner Oberfläche schoss ein gleißend heller Strahl und fuhr wie ein Blitz in das führerlose Raumschiff. Dann gab es eine verheerende Explosion, und an der Stelle des Schiffs quoll eine expandierende Wolke glühenden und alsbald verglimmenden Staubs in den Raum. Der Killerplanet steuerte nun direkt in diese Wolke hinein und sog mit seiner gesamten Oberfläche gierig die Asche unseres Raumschiffs auf. In kürzester Zeit hatte er den Raum am Ort der Explosion gesäubert und auch die letzten Reste unseres Köders verschluckt.

»Wie ein überdimensionaler Staubsauger«, rief Mary entsetzt.

Wir saßen im Observationsraum und hatten mit versteinerten Mienen den Untergang unseres Transportschiffs mitverfolgt.

»Vielleicht ist das so eine Art kosmischer Müllschlucker«, spekulierte Romero und fügte seufzend hinzu: »Dumm nur, dass er unsere Schiffe offenbar auch für Abfall hält.«

Dass Romero mit seiner auf den ersten Blick abstrusen Mutmaßung dicht bei der Wahrheit lag, wurde uns erst später klar, als sich herausstellte, dass der sonderbare Raumstaubsauger es nicht nur auf unsere Schiffe abgesehen hatte, sondern die Klärung der gesamten Nebelzone betrieb, indem er systematisch Gase und Staubteilchen verschlang.

Doch in jenen Stunden hatten wir andere Sorgen als die Umtriebe der kosmischen Müllabfuhr. Oleg rief mich und Romero auf die Kommandobrücke. Auch Orlan und Grazio fanden sich dort ein. Oleg hatte auch Ellon gebeten zu kommen, doch der ließ wissen, dass er gerade zu beschäftigt sei, und sein Labor wurde auf einem Bildschirm zugeschaltet. Im Gegensatz zu den Galakten nehmen die Demiurgen nur sehr ungern an Besprechungen teil.

»Wir haben nur zwei Möglichkeiten«, konstatierte Oleg. »Entweder wir stellen uns dem Angriff, oder wir machen, dass wir hier wegkommen. Lasst eure Meinungen hören.«

»Nichts wie weg von hier!«, platzte Grazio heraus.

Dass die Galakten sich im Zweifelsfalle lieber aus dem Staub machen, als in Kampfhandlungen verwickelt zu werden, konnte niemanden überraschen. Es ist nur allzu verständlich, dass sie ihre Unsterblichkeit nicht so leicht aufs Spiel setzen wie wir unser vergängliches Leben. Im gegebenen Fall schlossen wir uns alle Grazios Meinung an.

Über die Fluchtmethode waren wir uns jedoch überhaupt nicht einig. Ich hielt die Annihilation von Aktivstoff durchaus für eine akzeptable Option. Immerhin verfügten wir über wesentlich größere Aktivstoffvorräte als seinerzeit Allan. Und dass die Methode funktioniert, wussten wir ebenfalls aus den Nachrichten unseres umgekommenen Freundes. Meiner Meinung schloss sich indes niemand an. Aus heutiger Sicht muss ich dem Schicksal dankbar sein, dass ich damals überstimmt wurde.

Grazio sprach sich für die Methode der Maßstabmanipulation aus, die bei den Galakten so verbreitet angewendet wird. Auf diese Weise könne man das gesamte Geschwader auf Spielzeugformat schrumpfen lassen und würde dadurch kein Ziel mehr für den Killerplaneten bieten.

»Das kommt überhaupt nicht infrage!«, protestierte Orlan. »Die Schrumpfungsprozedur dauert erstens zu lange, zweitens vertragen sie die Menschen schlecht, und drittens wäre sie für uns Demiurgen das reinste Martyrium, weil unsere Organismen viele künstliche Bestandteile enthalten. Außerdem, wer garantiert, dass der Killerplanet uns nicht einfach einsaugt? Die Überreste unseres Frachters hat er schließlich auch bis auf das letzte Staubkörnchen verputzt. Aus meiner Sicht gibt es nur eine Lösung: eine Gravitationsschnecke! Unser Geschwader ist mit Anlagen ausgerüstet, die es erlauben, die Raummetrik im Umfeld der Schiffe zu manipulieren. Wenn wir uns in ein nichteuklidisches Schneckenhaus zurückziehen, werden die Angriffe des Killers ins Leere laufen. Was sagst du dazu, Ellon?«

»Natürlich, nichts leichter als das!«, bestätigte Ellon, der aus seinem Bildschirm auf uns herabgrinste. »Zuerst lassen wir den Planeten ein paarmal gegen die nichteuklidische Barriere donnern, und dann kicken wir ihn durch einen Gravitationstunnel ins Nirwana!«

In einem Anfall tonlosen Gelächters riss Ellon den Mund so weit auf, dass man den Eindruck hatte, sein Unterkiefer könnte jeden Moment abfallen. Seine kriegerische Ader war mindestens so ausgeprägt wie sein Konstruktionstalent.

Nachdem wir uns auf den Vorschlag der Demiurgen geeinigt hatten, begab ich mich in Ellons Labor. Im typischen Demiurgengang stakste er geschäftig zwischen Maschinen umher, während Irina vor einem Wandmonitor an einem Bedienpult saß, dessen Tastatur an ein altertümliches Klavier erinnerte.

An der gegenüberliegenden Wand hatte sich Vagabund ausgestreckt, der fast drei Viertel der Raumfläche einnahm. Als er mich erblickte, pustete er freudig zwei Rauchfontänen aus den Nüstern, und an seinen Hörnern knisterten ein paar harmlose Funken. Ich stellte mich hinter Irina.

»Aktiviere die erste Raumkrümmung«, kommandierte Ellon, und Irina begann, mit flinken Fingern auf die Tastatur einzuhämmern.

Auf ihrem Monitor waren einige unserer Sternenschiffe zu sehen. Sie waren dem *Steinbock* so nah, dass ich im ersten Moment dachte, unsere Kapitäne hätten nicht mehr alle Tassen im Schrank. Doch die starke Konzentration des Geschwaders war natürlich nötig, um es mit einem nichteuklidischen Kokon umhüllen zu können. Die erste Raumkrümmung, die Irina soeben programmiert hatte, erzeugte eben jenen Kokon.

»Ihr werdet sehen, der dumme Planet oder das Wesen, das sich darin verbirgt, wird gleich ein blaues Wunder erleben!«, krähte Ellon und ließ seine überdimensionalen Augen angriffslustig funkeln.

Die herannahende Kugel füllte den Wandmonitor bereits zu zwei Dritteln aus, und es schien nur noch eine Frage der Zeit zu sein, wann der vernichtende Strahlenblitz aus ihr herauszucken würde. Die innere Anspannung stieg ins Unerträgliche. Irina hielt sich entnervt die Hände vors Gesicht, und auch ich kniff unwillkürlich die Augen zusammen. Erst im letzten Moment, als der Planet bereits mit Händen greifbar schien, prallte er gegen einen unsichtbaren Widerstand und wurde nach unten aus dem Bild gezogen. Kurz darauf schwenkte er wieder ins Bild – jedoch viel kleiner als zuvor – und näherte sich abermals.

Dieses Spielchen wiederholte sich stets aufs Neue. Ellon schlug sich mit dem Gummiarm gegen die Schenkel und brüllte triumphierend. Er konnte sich gar nicht sattsehen am Anblick des fiebrig leuchtenden Planeten, der vor dem Hintergrund einer vom Nebel verschleierten Sternenwelt auf uns zuraste.

»Schalte den Gravitationstunnel ein!«, kommandierte Ellon, als die aggressive Kugel zum vierten Mal auf uns zuraste.

Irina hackte wie besessen auf die Tastatur ein. Nun konnten wir uns von der unglaublichen Leistungsfähigkeit von Ellons neu konstruierten Metrikgeneratoren überzeugen: Bislang war der Angreifer lediglich aus seiner Flugbahn gerissen und dann hilflos durch den gekrümmten Raum getrieben worden, genau wie es uns bei der ersten Stippvisite im Perseus ergangen war. Diesmal jedoch wurde ihm weitaus übler mitgespielt: Nach dem Aufprall auf der unsichtbaren Barriere schoss er wie ein geschmetterter Tischtennisball in einem sanften Bogen durch den Weltraum und verschwand Sekunden später im Nebel.

Ellon bog sich vor Lachen und zeigte schadenfroh mit dem Finger auf den Bildschirm, wo von dem Angreifer nichts mehr zu sehen war.

»Das hat doch mit einer einfachen Raumkrümmung nichts mehr zu tun!«, rief ich verblüfft und sah den Drachen fragend an. »Weißt du, was hier gespielt wird, Vagabund?«

»Aber natürlich, Eli!«, erwiderte er und wedelte begeistert mit dem Schwanz. »In die menschliche Sprache übersetzt würde man so etwas als einen Tritt in den Hintern bezeichnen. Schon als ich noch Dienst als Superhirn schob, habe ich mir immer ausgemalt, wie spaßig es wäre, wenn man den aus der Bahn geworfenen Raumschiffen noch einen kräftigen Zusatzimpuls verpassen könnte. Ellon hat diesen Wunsch nun in die Tat umgesetzt. Eine feine Sache, nicht wahr?« Vor lauter Begeisterung stieß der Drache eine lodernde Feuersäule hervor.

»Kann man so sagen«, pflichtete ich bei, dann würgte ein heftiger Hustenanfall meine Stimme ab. Vagabund hatte auch auf seine alten Tage noch nicht verinnerlicht, dass seine Qualmerei in geschlossenen Räumen eine Zumutung war.

»Hast du gesehen, Eli?«, flötete Irina röchelnd. »Ist Ellon nicht ein erstaunlicher Mensch?«

Ich hätte erwidern können, dass das Erstaunliche an Ellon eben darin bestand, dass er kein Mensch war, doch ich hielt lieber den Mund. Bevor ich das Labor verließ, drehte ich mich noch einmal nach Ellon, Irina und Vagabund um. Seither ist viel Zeit vergangen, vielleicht ein Jahr, vielleicht Millionen von Jahren – in unserer heutigen Anderszeitigkeit lässt sich das nicht mehr sagen. Doch dieses Bild sehe ich ganz deutlich vor mir, als wäre es gestern gewesen: am Boden der halb zusammengerollte, qualmende Drache; bei den Maschinen Ellon, dessen blau leuchtendes Gesicht verriet, wie zufrieden er mit sich war; und am Bedienpult Irina, die sich die Hand auf die Brust gelegt hatte und Ellon mit verklärtem Blick anhimmelte.

6

Die erste Phase unseres Vorstoßes zum Galaxiskern hatte einen durchwachsenen Verlauf genommen: Den Ausfall der Raumwellengeneratoren und den Verlust der Verbindung zu unserem Stützpunkt auf dem Dritten Planeten mussten wir als schwerwiegende Panne verbuchen, die Abwehr des Killerplaneten war dagegen ein voller Erfolg. Ellon hatte seine vollmundigen Ankündigungen wahr gemacht und ihn tatsächlich »ins Nirwana« befördert. Der unscharfe Begriff mag hier passend erscheinen, denn der Killerplanet war danach spurlos aus diesem Galaxisbezirk verschwunden. Wenn man den Ortungsgeräten Glauben schenken mochte, dann existierte er überhaupt nicht mehr in dieser Welt.

Inzwischen tendiere ich zu der Ansicht, dass der Planet einfach aus unserer Zeit herausfiel und sich in anderen Jahrhunderten, Jahrtausenden oder gar Jahrmillionen befand, jedenfalls nicht mehr in derselben Zeit wie wir. Indes, kann etwas einfach so »aus der Zeit fallen«, wie ich es formuliert habe? Diese Aussage ist von entwaffnender Einfachheit. Doch wenn man länger darüber nachsinniert, denkt man sich einen Knoten ins Gehirn und gerät an die Grenzen des menschlichen Vorstellungsvermögens. Unser neues Verständnis jener Ereignisse ist einfach und aberwitzig zugleich.

Auf unseren Monitoren flimmerte in der Folgezeit ein und dasselbe trostlose Bild: düstere Nebelschwaden und Staubwolken, durch die hin und wieder versprengte Sterne gespensterten. Lediglich Sterne, die wir in geringer Entfernung passierten, erglommen in fahlem Schein und verblassten rasch wieder, sobald wir uns von ihnen entfernten.

All diese Sterne sahen sonderbar aus: Ihre Konturen waren verschwommen, und ihr schummriges Licht verströmten sie pulsierend, als rängen sie nach Luft. Die zähen Nebelwände degradierten sie zu jämmerlichen Funzeln im staubigsten und dunkelsten Keller des Kosmos!

Woche um Woche und Monat um Monat kämpften wir uns durch diese finstere Waschküche, und nur ein einziges Mal tauchten wir in den Einstein'schen Raum ein. Das war, als die BUM in der Umlaufbahn eines roten Sterns einen Planeten identifizierte. Bislang waren alle Sterne, die auf unserer Route lagen, planetenlos gewesen. Unmöglich konnten wir an dem ersten Planeten, den wir entdeckt hatten, einfach vorbeifliegen, zumal die Messgeräte auf ihm Bedingungen ermittelten, unter denen Leben zumindest potenziell möglich war.

Der Rote Stern – so hatten wir ihn getauft – erschien nur aus der Ferne rot. Je geringer die Entfernung wurde, desto mehr veränderte sich seine Farbe in Richtung Blau. Aus der Nähe betrachtet war dieses Gestirn ein kleines Schmuckstück: jung, energiereich, lebensfreundlich. Der Planet in seiner Umlaufbahn hatte es nicht schlecht getroffen.

Die Analysatoren zeigten an, dass es tatsächlich Leben auf dem Satelliten des Roten Sterns gab. Doch alle unsere Signale blieben unerwidert – selbst dann noch, als unsere Raumschiffe bereits wie helle Monde über dem Planeten schwebten. Waren die hiesigen Lebewesen blind oder gebrach es ihnen an Möglichkeiten zur Kommunikation?

Oleg entschied sich für eine genauere Inspektion des Planeten. Mit der Landungsmission betraute er das Erkundungsteam der Expedition, das meiner Leitung unterstand. Zu den Kundschaftern gehörten Trub und Gig als fliegende Aufklärer und Kämpfer, Romero als Historiker und Kenner außerirdischer Zivilisationen, Mary als Astrobotanikerin, Lussin als Astrobiologe, Irina mit ihren Spezialgeräten sowie Orlan und Grazio.

In Abweichung zur ursprünglich vorgesehenen Besetzung regte ich an, auch Vagabund ins Erkundungsteam aufzunehmen. Oleg wunderte sich zwar darüber, denn der schwerfällige alte Drache würde die Mobilität des Trupps zweifellos verringern, und außerdem passte der Koloss in keinen Raumanzug. Dennoch war ich davon überzeugt, dass Vagabund uns nicht hinderlich sein würde, und was den Raumanzug betraf, so kamen die Drachen wie die Demiurgen mit dünner Luft, Hitze und Kälte wesentlich besser zurecht als wir Menschen. Außerdem hatte Vagabund ein wenig Bewegung bitter nötig. Für uns Menschen, für die Demiurgen und sogar für die Galakten waren die Räume unserer Schiffe großzügig dimensioniert, doch der riesenhafte Drache musste sich darin fühlen wie in einer Sardinenbüchse.

Oleg hörte sich meine Argumente mit einem höflichen Lächeln an und strich sich dabei die goldblonden Locken aus dem Gesicht. Welche Gedanken sich hinter seiner mädchenhaft hübschen Stirn verbargen, konnte man zumeist nur erahnen. Als Kommandeur gab er vernünftige Anweisungen, die weder der bedächtige Petri und die besonnene Olga noch der energische Oshima und der aufbrausende Kamagin jemals infrage stellten. Er war ein stets aufmerksamer Zuhörer und quittierte auch Äußerungen, die ihm abstrus erschienen, mit einem freundlichen Kopfnicken. Wenn er sich dann selbst äußerte, stellte er nicht seine Überlegungen zur Diskussion, sondern gab schlichtweg seine Entscheidung bekannt. So war es auch diesmal.

»Du musst selbst wissen, was du tust, Eli«, sagte er knapp.

Aus der Ferne betrachtet stellte der Planet nichts Besonderes dar. In den galaktischen Räumen hatten wir schon weit ungewöhnlichere Himmelskörper zu Gesicht bekommen. Seine Größe entsprach in etwa derjenigen des Mars, seine Atmosphäre ähnelte der irdischen. Wir sahen Wolken, Gebirgsketten und Meere, sicherlich gab es dort auch Pflanzen und Tiere, vielleicht sogar vernunftbegabte Wesen.

Die Teilnehmer der kleinen Expedition wurden mit Dechiffriergeräten ausgerüstet, nur Trub und Gig hielten das für überflüssigen Ballast. Die beiden wackeren Freunde bepackten sich stattdessen mit Blitzgeneratoren und Granaten.

Der Planet sah nur aus der Ferne gewöhnlich aus. Als das Planetenschiff auf einem Hügel landete, der sich aus einer weiten Ebene erhob, bot sich uns ein erstaunlicher Anblick. So etwas hatten wir noch nie gesehen: Die einzigen Farben, die es hier gab, waren Rot und Schwarz.

Durch die Ebene schlängelten sich rote Flüsse, und in den Senken schillerten kleine, rote Seen. An den Berghängen stürzten rote Wasserfälle über rote Felsen zu Tal. Gegen das aufdringliche Rot hoben sich schwarze Wiesen und Wälder ab. Bäume, Sträucher und Gräser waren pechschwarz. Über den schwarzen Wäldern zogen schwarze Vögel ihre Kreise, und durchs schwarze Buschwerk huschten schwarze Tiere. In den roten Seen schwammen dicke, schwarze Fische. Die Wolken über uns waren schwarz und hatten rote Ränder.

»Von den Farben her sieht es hier aus wie im Vorhof der Hölle, findest du nicht, Eli?«, fragte Trub und kratzte sich staunend den Bart.

»Seit wann wissen Engel, wie es in der Hölle aussieht?«, erwiderte ich.

»Seit heute vielleicht, ich sehe mich mal um«, sagte Trub und erhob sich in die Lüfte.

»Sieht fast so aus, als wäre hier alles Unbelebte rot und alles Lebendige schwarz«, bemerkte Mary.

Grazio schloss sich dieser Meinung mit einem großmütigen Kopfnicken an. Trub indes brachte Marys Theorie sofort wieder ins Wanken. Er verfolgte einen Vogel, der aussah wie eine etwas zu groß geratene Gans. Als er ihn einholte, legte der Vogel plötzlich die Flügel an und stürzte zu Boden. Noch während er fiel, konnten wir beobachten, wie er sich von Schwarz nach Rot umfärbte. Trub landete an der Absturzstelle und rief uns aufgeregt herbei. Der Vogel war nicht mehr da. Zu Füßen des Engels lag ein roter, kalter, mausetoter Felsblock.

»Das ist der abgestürzte Vogel!«, versicherte Trub. »Er hat sich in einen Stein verwandelt, er tarnt sich als Stein!«

Der Engel stieß wütend mit dem Fuß gegen den Felsblock, doch der rührte sich keinen Millimeter von der Stelle, als läge er hier schon seit Jahrtausenden.

»Ist euch schon aufgefallen, wie seltsam gedämpft hier alles klingt?«, fragte Mary.

Tatsächlich klangen hier sämtliche Geräusche dumpf und neutral. Ähnliches galt übrigens auch für die Gerüche: Weder die rote Erde noch das rote Wasser noch die schwarzen Pflanzen hatten einen ausgeprägten Eigengeruch. Ich stieß mit dem Schuh gegen den Felsblock, den Trub für einen verwandelten Vogel hielt, und Romero klopfte mit seinem Gehstock gegen das metallene Dechiffriergerät: Weder der Klang von Stein noch der von Metall waren zu hören. Genau genommen hörte man fast gar nichts, als wären alle Gegenstände in unsichtbare Watte gepackt.

Über dem nahen Wald hatte Trub erneut Vögel erspäht und startete zu einem neuen Erkundungsflug. Doch als er dort ankam, waren die Vögel verschwunden, und nicht nur das: Auf der Flugbahn des Engels begann auch der Wald unter ihm zu verschwinden! Die Bäume stürzten um, färbten sich rot und verschmolzen gleichsam mit dem Boden. Trubs Überflug hinterließ eine breite Schneise im Wald, die aus nichts als nackter, roter Erde bestand.

»Es ist wohl besser, wenn ein Unsichtbarer die Gegend erkundet«, sagte ich zu Gig. »Dein Freund Trub richtet hier nur Verwüstungen an.«

»Geht klar, Chef«, rief Gig und startete unverzüglich in Richtung Wald.

Während das Skelett im Flug unsichtbar wurde, kehrte Trub völlig fassungslos zu uns zurück. Obwohl Gig nun für uns unsichtbar war, wussten wir jederzeit genau, wo er sich gerade befand, denn wie Dominosteine umstürzende Bäume und der Farbwechsel von Schwarz nach Rot markierten seine Flugroute.

»Die Tarnung der Unsichtbaren funktioniert hier nicht«, konstatierte Orlan überrascht. »Dabei waren wir uns eigentlich sicher, dass sie unter allen Bedingungen unsichtbar sind.«

»Gigs optische Unsichtbarkeit ist hier wirkungslos«, bestätigte Irina, die das Geschehen mit ihren Messgeräten analysierte. »Wir wissen nicht, ob uns jemand beobachtet, doch wenn dem so sein sollte, dann sieht derjenige Gig genauso deutlich wie Trub. Bis auf eine Entfernung von zweihundert Metern lässt man uns herankommen. Unterschreiten wir diese Distanz, beginnt alles Leben abzusterben. Je schneller wir uns nähern, desto schneller läuft dieser Prozess. Ab einer Grenze von hundert Metern bleiben nur noch rote Erde oder roter Stein zurück.«

Irinas Erläuterungen erklärten natürlich nicht viel, sondern nannten die Rätsel lediglich beim Namen. Inzwischen war auch Trub wieder zu einem erneuten Testflug aufgebrochen. Als Ziel hatte er sich einen roten Fluss ausgesucht, der sich aus einem nahen Gebirgszug in die Ebene herabschlängelte. Als der Engel das Bergmassiv erreicht hatte und sich dem Oberlauf des Gewässers näherte, sprang der Bergbach unvermittelt aus seinem Bett, bahnte sich einen neuen Weg über Fels und Geröll und stürzte schließlich als Wasserfall über einen steilen Abhang in die Tiefe.

Für uns sah es so aus, als habe hier ein wendiges, völlig verschrecktes Lebewesen vor dem herannahenden Engel die Flucht ergriffen. Als Trub danach Kurs auf den träge in der Ebene mäandernden Fluss nahm, erwarteten wir ein ähnliches Geschehen, doch es passierte etwas völlig anderes: Als Trub die kritische Distanz unterschritt, versiegte der Fluss auf einen Schlag – zurück blieb nur das leere Flussbett. Das Wasser war indes nicht versickert oder spurlos verschwunden, sondern vor den Augen des Engels versteinert.

Trub und der wieder sichtbar gewordene Gig kehrten fast gleichzeitig zu unserem Beobachtungshügel zurück.

»So ängstliche Bäume wie hier habe ich noch nie gesehen«, berichtete Gig und zuckte knarzend mit den Schulterknochen.

»Kann mir einer erklären, warum dieser irre Bach vor mir geflüchtet ist?«, fragte Trub keuchend und wischte sich mit dem Flügel den Schweiß aus der Stirn.

Selbstredend konnte ihm das niemand erklären. Selbst Irinas hochkomplexe Geräte konnten auf diesem sonderbaren Planeten nicht zwischen lebendig und tot unterscheiden. Aus allen Augen sprachen Staunen und Ratlosigkeit. Aus fast allen Augen: Die einzige Ausnahme war Vagabund! Er hatte sich in ein paar Metern Entfernung erschöpft am Boden ausgestreckt, nachdem ihm bei einem Flugversuch schon nach wenigen Metern die Puste ausgegangen war. Dicker Qualm wölkte aus seinem Rachen, und seine Flanken pulsierten heftig.

Im ersten Moment bereute ich es, den altersschwachen Drachen auf die Expedition mitgeschleppt zu haben, doch als ich nun in seine orangegrünen, listig zwinkernden Augen sah, änderte ich meine Meinung schlagartig.

»Ein seltsamer Planet, findest du nicht, Vagabund? Rätsel über Rätsel!«, rief ich ihm zu.

»Nur ein Rätsel, Eli.«

»Nur eines? Lebende Flüsse, Bäume, die sich vor uns fürchten, versteinernde Vögel …«

»Nur ein Rätsel, Eli. Ich habe irgendwie das Gefühl, mir hier selbst begegnet zu sein, genauer gesagt, mir selbst in meiner früheren Existenz. Es würde mich nicht wundern, wenn hier ein mächtiges Gehirn die Fäden zöge. Nur leider kann ich keine Verbindung zu ihm herstellen.«

Auf dem ausgebreiteten Flügel des Drachen hockte Lussin.

»Was sagst du zu dem Planeten, Lussin?«, fragte ich ihn.

»Großartig!«, erwiderte er nach kurzem Nachdenken. »Ganz großartig! Aber verdammt merkwürdig.«

7

Trub und Gig sahen mich erwartungsvoll an. Sie warteten auf Anweisungen. Es lag ihnen überhaupt nicht, untätig herumzustehen. Auch mir ging es heftig gegen den Strich, dass ich keinerlei Plan hatte, wie wir vorgehen sollten.

»Die Geräte, die Ellon dir mitgegeben hat, sind Schrott!«, sagte ich etwas genervt zu Irina. »Sie helfen uns nicht einmal bei der simplen Frage weiter, was auf diesem Planeten lebendig und was tot ist.«

Irina kniff trotzig die Augen zusammen und sah mich herausfordernd an. Wenn man ihr einen Vorwurf machte, konnte sie fuchsteufelswild werden. Für ihre zornigen Blicke hätte sie eigentlich einen Waffenschein gebraucht. Außerdem hatte es Olga verabsäumt, ihr Gehorsam beizubringen.

»Das liegt nicht an Ellons Geräten, sondern daran, dass Sie eine falsche Vorstellung davon haben, was auf diesem Planeten simpel und was kompliziert ist«, giftete sie. »Erlauben Sie mir, zum *Steinbock* zurückzufliegen, dann hole ich andere Raumanzüge, die eine bessere optische Abschirmung bieten.«

»Abschirmung für wen? Für die Unsichtbaren oder für uns?«

»Für jeden, der unsichtbar sein möchte.«

»Ich kehre selbst auf den *Steinbock* zurück, um mich mit dem Kommandeur der Expedition zu beraten. Alle anderen bleiben einstweilen hier.«

Romero sah mich hilfesuchend an und schüttelte heftig den Kopf.

»Sie sind nicht einverstanden, Pawel?«, erkundigte ich mich.

»Vielleicht sollten wir alle zum Sternenschiff zurückkehren, verehrter Admiral? Um ehrlich zu sein, finde ich es nicht sehr verlockend, die Nacht hier auf diesem Planeten zu verbringen.«

»Das verstehe ich nicht. Wo ist das Problem?«

»Wissen Sie, lieber Admiral, in jedem von uns steckt noch der alte Adam«, entgegnete Romero und legte sich mit großer Geste die flache Hand auf die Brust. »Wir sind in der Lage, Planeten zu erschaffen und den Raum zu verkrümmen. Doch kaum sehen wir uns Aug in Aug mit der Natur konfrontiert, steigen alte Ängste in uns auf, und wir empfinden uns nicht mehr als die Herrscher der Welt, sondern nur noch als winzige Staubkörner, die den Naturgewalten hilflos ausgeliefert sind.«

Romeros Ausführungen über den »alten Adam« fand ich nicht besonders überzeugend. So ganz geheuer war mir der Planet zwar auch nicht, doch von einer konkreten Gefahr konnte überhaupt keine Rede sein. Wenn ich daraufhin dennoch die Rückkehr des gesamten Erkundungsteams anordnete – was sich im Nachhinein als weiser Entschluss herausstellen sollte –, dann nicht aus Rücksicht auf Romeros alttestamentarische Hasenfüßigkeit, sondern aus dem einfachen Grund, dass ich es für verzichtbar hielt, den Kuriositäten dieser bizarren, kleinen Welt näher auf den Grund zu gehen. Wir hatten fürwahr Wichtigeres zu tun. Diese Ansicht teilte ich auf dem *Steinbock* auch Oleg mit, als er mich nach den Ergebnissen der Erkundung befragte.

Oleg hörte sich meinen Bericht mit seinem gewohnt höflichen Gesichtsausdruck an. Er hätte mir eigentlich keine Fragen zu stellen brauchen, denn alles, was wir auf dem Planeten erlebt und mit den Geräten erfasst hatten, war live auf die Raumschiffe übertragen worden.

In jedem Fall hätte er sich sein typisches, distanzierendes Lächeln sparen können; ich sage ganz bewusst: distanzierend. Denn ein Lächeln ist wie eine Geste der Hand, es kann einladen, aber auch zurückweisen. Olegs unterkühltes Lächeln verweist den Gesprächspartner auf seinen Platz, es schafft Distanz. Auf dem *Widder*, dem *Schlangenträger* und dem *Stier*, die von Olga, Kamagin und Petri befehligt wurden, war das Verhältnis zwischen Kapitän und Besatzung viel herzlicher. Ich nahm mir vor, Oleg bei einer passenden Gelegenheit darauf anzusprechen.

Eine passende Gelegenheit ergab sich sofort.

»Wir sollten die Schiffskapitäne zusammenrufen und gemeinsam entscheiden, ob wir die Erkundung des Planeten fortsetzen sollen oder nicht«, schlug ich vor.

»Aber du bist doch der Meinung, dass diese Erkundung überflüssig ist, Eli«, erwiderte Oleg.

»Na und? Meine Meinung ist doch nicht maßgeblich. Ich kann mich irren. Die technischen Erkundungsmaßnahmen obliegen Ellons Team. Vielleicht fällt ihm ja noch etwas Besseres ein als Raumanzüge, die unsichtbar machen.«

»Eine Kapitänsbesprechung ist nicht nötig. Wir werden den Sternenbezirk verlassen.«

»Oleg!«, fuhr ich ihn an – nun war der Zeitpunkt gekommen, offen zu sprechen. »Warum verhältst du dich so distanziert? Glaub mir, das macht nicht nur auf mich einen unangenehmen Eindruck.«

»Ich kann mich nicht anders verhalten«, sagte Oleg nach einigem Zögern.

»Du kannst nicht? Wie soll ich das verstehen?«

Er schaute zerstreut in eine Ecke. Die Maske des Lächelns fiel von seinem Gesicht ab. Nun war er wieder der einfache, geradlinige junge Mann, als den ich ihn von der Erde kannte.

»Eli, die Sache ist die: Ich mag Ellon nicht.«

»Niemand mag Ellon.«

»Da irrst du dich.«

»Alle außer Irina, stimmt.«

»Für mich ist das eine ziemlich bedeutsame Ausnahme, verstehst du … Irina und ich waren gut befreundet, bevor sie begann, für Ellon zu arbeiten. Er ist ein herausragender Kopf, das bestreitet keiner. Doch Irina ist ihm völlig hörig. Und Ellon lässt keine Gelegenheit aus, in ihrer Anwesenheit zu betonen, dass ich zwar ranghöher, aber für die Mission nicht wichtiger sei als er.«

»Wir sprechen aber nicht über dein Verhältnis zu Ellon, sondern über deinen Umgang mit allen Besatzungsmitgliedern.«

»Ich kann Ellon nicht anders behandeln als den Rest der Mannschaft. Es ist ein ungeschriebenes Gesetz unter Raumfahrern, dass man sich allen Kameraden gegenüber gleichermaßen kollegial verhält. Ich kann mit Ellon aber nicht so freundschaftlichen Kontakt pflegen wie mit Romero, Orlan oder Grazio. Mein Ausweg aus der Situation ist, dass ich zu allen eine relativ große Distanz halte. Vielleicht mache ich da einen Fehler. Jedenfalls habe ich keine Lust, mich Ellon anzubiedern.«

Es lag mir fern, Oleg einen Vortrag über Freundschaften im All zu halten, deshalb versuchte ich, das Thema zu wechseln.

»Dein Vater hat sich früher einmal Gedanken über die Kosmische Harmonie gemacht. Er hat sogar eine Symphonie geschrieben mit dem Titel ›Die Harmonie der Sternensphären‹. Wenn ich mich nicht irre, handelte sie vom Zusammenspiel verschiedener Welten, von Menschen und Außerirdischen – also genau von den Themen, die uns heute bewegen. Neben der Musik beinhaltete sie auch andere Elemente wie Druck, Hitze, Kälte, Hypergravitation und Schwerelosigkeit.«

Oleg war mit der Biografie seines Vaters wohlvertraut.

»Die Symphonie ist schon bei der Premiere auf der Erde durchgefallen, und die Außerirdischen auf der Ora waren auch nicht gerade begeistert. Wahrscheinlich kam sie einfach zu früh für ihre Zeit. Und ich habe die Befürchtung, dass es uns genauso ergeht. Von der kosmischen Harmonie sind wir jedenfalls noch ziemlich weit entfernt, Eli.«

Unser Gespräch wurde vom Geheul der Alarmsirenen unterbrochen. Eilends begaben wir uns auf die Kommandobrücke. Die Analysatoren vermeldeten, dass der Rote Stern einem Angriff ausgesetzt sei. Alle vier BUMs hatten unabhängig voneinander den Begriff »Angriff« verwendet, deshalb bestanden kaum Zweifel an der Richtigkeit der Meldung.

In nervöser Anspannung klebten unsere Blicke an den Bildschirmen. Die Messgeräte registrierten eine extrem starke Strahlung, die aus der Richtung des Galaxiskerns, dem eigentlichen Ziel unserer Mission, durch den Raum schoss. Es handelte sich um einen gigantischen Energiestrahl, der genau auf den Roten Stern gerichtet war. Auf unseren Bildschirmen war er nur als blasse Silhouette in Form eines milchigen Bandes zu sehen. Wenn wir nicht gesehen hätten, was mit dem getroffenen Stern geschah, hätten wir nie für möglich gehalten, welch verheerende Kräfte in dem optisch unscheinbaren Strahl steckten.

»Was für ein Glück, dass wir uns in der Nähe des Planeten befinden«, sagte Oleg zu mir; sein Gesicht war kalkweiß. »Wären wir gerade auf der anderen Seite des Sterns, hätte sich unser ganzes Geschwader bereits in eine Plasmawolke aufgelöst.«

»Was gedenkst du zu tun, Oleg? Sollen wir von hier verschwinden?«

»Nein, wir werden uns dem Roten Stern noch ein wenig annähern, um herauszufinden, was dort vor sich geht. Mit aller Vorsicht natürlich!«

Unser Geschwader blieb im Einstein'schen Raum und nahm Kurs auf den Roten Stern, der gerade von jemandem oder etwas ausradiert wurde. Während wir näher kamen, musste ich an den Untergang der ersten Expedition zum Galaxiskern denken. Sicher war ich nicht der Einzige, der in jenen Minuten von düsteren Gedanken an das tragische Ende unserer langjährigen Weggefährten heimgesucht wurde.

Die letzten Aufzeichnungen in Allans Bordbuch dokumentierten, dass die Sternenschiffe seines Geschwaders in einen verheerenden Teilchenstrom geraten waren. Zunächst hatten Leonid und Allan noch mit Erfolg versucht, die Schiffe aus dem todbringenden Strahl herauszumanövrieren. Sie hatten schon gehofft, der mysteriösen Gefahr entronnen zu sein, doch dann gerieten sie erneut unter Beschuss. Wer auch immer die Urheber des Strahls waren, sie hatten auf die Fluchtbewegung der Schiffe reagiert. Das grausige Katz- und Mausspiel hatte sich noch ein paarmal wiederholt, dann rissen die Aufzeichnungen im Bordbuch ab.

Die Besatzungen hatten es vor ihrem Tod offenbar gerade noch geschafft, die Schiffsmaschinen auf Rückweg zu programmieren. So kehrte das Geschwader mit den Toten an Bord zum Stützpunkt im Perseus zurück. Die unbestreitbare Zielgerichtetheit der Strahlung und die mehrfache Umlenkung des Strahlenbündels hatten dann auf der Erde zu der Annahme geführt, dass es sich dabei um einen gezielten militärischen Angriff gehandelt haben musste.

Was nun geschah, war im Prinzip vergleichbar, nur mit dem Unterschied, dass der Energiestrahl nicht auf uns gerichtet und außerdem wesentlich stärker war als jener, dem Allan und Leonid zum Opfer gefallen waren. Hier wurde ein Stern beschossen und keine Raumschiffe, dazu war selbstverständlich auch mehr Energie erforderlich.

Was wir auf den Bildschirmen sahen, war einerseits entsetzlich real und andererseits in seiner Realität unfassbar: Ein beständiges, schmales, weißlich leuchtendes Band – der vernichtende Energiestrahl aus dem Zentrum der Galaxis – fuhr geradewegs in den Roten Stern.

»Das ist Krieg!«, rief ich unwillkürlich aus. »Was für eine teuflische Macht muss hier am Werk sein!«

»Es handelt sich zweifellos um einen willentlich gesteuerten Akt und nicht um eine Naturerscheinung«, ergänzte Oleg. »Andererseits: Was soll der Krieg gegen einen toten Stern? Ein prophylaktischer Angriff auf Raumschiffe, die in fremdes Territorium vordringen, ist zwar schrecklich und ein verbrecherischer Akt, aber im Rahmen der Verhaltensmuster lebender Wesen irgendwie noch verständlich. Wozu aber die Attacke gegen einen Stern?«

»Diese Frage kann ich dir nicht beantworten, Oleg. Ich weiß nur eines: Wenn wir nicht höllisch aufpassen, wird hier unser letztes Stündlein schlagen, und nicht einmal unsere Leichen werden zur Erde zurückkehren!«

Oleg hielt das Geschwader in sicherem Abstand zu dem bedrohlichen Strahl. Alle Mann waren auf ihren Gefechtsposten. Wir waren jederzeit bereit, sämtliche Schutzmaßnahmen zu aktivieren: die Raumannihilatoren, die Metrikgeneratoren und die Gravitationsschnecken. Doch schon damals hatte ich keinerlei Zweifel daran, dass unser gesamtes Verteidigungsarsenal in diesem konkreten Fall nicht mehr war als eine Spielzeugpistole im Vergleich zu einer Atombombe. Ich hatte das Gefühl, dass wir uns am Rande des Abgrunds bewegten. Wir starben nur deshalb nicht, weil wir ignoriert wurden. Der Angriff galt dem Roten Stern und nicht unserem Geschwader.

Der mörderische Strahl bohrte sich in das Gestirn wie eine Harpune in den Körper eines Wals. Der glühende Ball blähte sich immer mehr auf, bis er schließlich wie in Zeitlupe zersprang und in gewaltigen Eruptionen seine Materie ins All schleuderte. Gigantische Asche- und Staubwolken verhüllten den sterbenden Stern und trieben auch in unsere Richtung.

Kurz nach dem Beginn der Eruptionen verlosch abrupt der milchige Dolch, der die kosmische Katastrophe angerichtet hatte. Die apokalyptischen Explosionen dauerten an. Mindestens ein Drittel der Materie des Sterns war bereits in den Raum geschleudert worden und verdichtete noch den ohnehin schon massiven Staubschleier in diesem Galaxisbezirk.

Auch der Planet, auf dem wir noch wenige Stunden zuvor ahnungslos herumspaziert waren, fiel dem Inferno zum Opfer. Er existierte zwar noch, aber nur als toter Himmelskörper. Die wundersamen Lebensformen, die wir dort entdeckt hatten, waren ausgelöscht worden. Die dem Roten Stern zugewandte Hemisphäre des Planeten war von einer kunststoffartigen, geschmolzenen Masse bedeckt. Auf der sternabgewandten Seite gab es möglicherweise noch Reste von Leben, doch auch dort tobten verheerende Brände. Für uns stand zweifelsfrei fest: Wären wir auf dem Planeten geblieben, hätten wir die Nacht dort nicht überlebt.

Die Beschaffenheit des Strahls, der so plötzlich versiegte wie er aufgetaucht war, konnten wir nicht abschließend klären. Die Messgeräte identifizierten darin triviale Photonen, Neutronen, Rotonen, Neutrinos, sogar die noch wenig erforschten Ergonen und darüber hinaus unbekannte Mikrostrukturen. Man konnte sich keinen natürlichen Prozess vorstellen, bei dem ein solch energiereicher Hyperlaser hätte entstehen können.

Doch wenn es sich tatsächlich um einen willentlichen Beschuss handelte und nicht um einen spontan ausgelösten natürlichen Prozess, dann stellte sich natürlich die Frage: Warum geriet ein Stern ins Fadenkreuz, und wer steckte hinter dem Angriff?

Oleg berief eine Kommandeursversammlung ein. Die Besprechung wurde auf alle Schiffe übertragen.

»Ihr wisst sicher, was ich von euch hören will«, sagte Oleg. »Was denkt ihr über die Ereignisse, die sich um den Roten Stern zugetragen haben?«

»Ich bin der Meinung, dass wir Zeugen einer kosmischen Katastrophe geworden sind«, begann Olga. »Ich habe einige Berechnungen angestellt. Der aus dem Galaxiskern kommende Teilchenstrom hat eine Energiemenge übertragen, die zur Schaffung zehn neuer Planeten gereicht hätte. Es scheint mir wenig wahrscheinlich, dass jemand in der Lage ist, eine so leistungsfähige Waffe zu entwickeln. Deshalb tendiere ich zu der Ansicht, dass wir es mit einem uns bisher nicht bekannten kosmischen Prozess zu tun haben.«

»Wenn es sich um einen kosmischen Prozess handelt«, warf der zurückhaltende Petri ein, »dann um einen brandgefährlichen. Wäre unser Geschwader in diesen Strahl geraten, wäre nichts von uns übrig geblieben! Allerdings irritiert mich die Zielgerichtetheit des Strahls. Sein Ursprung liegt in gewaltiger Entfernung, und dennoch traf er genau den Roten Stern. Für einen natürlichen Prozess wäre eine solche Präzision eher untypisch oder ein unglaublicher Zufall.«

»Hier tobt ein kosmischer Krieg!«, erhitzte sich Kamagin. »Ihr fragt, warum jemand ein harmloses, totes Gestirn angreift? Haben nicht auch wir Menschen den toten Stein von Burgen und Festungen gestürmt, haben wir nicht Städte und Felder, Wälder und Gewässer verwüstet, um unsere Gegner ihrer Zufluchtsstätten und Nahrungsquellen zu berauben? Wir kennen die Parteien und die Ziele dieses Krieges nicht und wissen nicht, welchen Nutzen irgendjemand aus der Zerstörung des Roten Sterns ziehen wird. Doch dass es sich hier um einen Krieg handelt, steht für mich außer Zweifel. Seine verheerenden Folgen sehen wir klar vor Augen: die Zerstörung eines Zentralgestirns und der Untergang einzigartiger Lebensformen!«

»Wenn es sich um einen Krieg handelt«, sagte Oshima, »dann müssen wir klären, auf wessen Seite wir stehen. Wer sät hier das

Übel, und wer leidet darunter? Mir persönlich tut es um die sonderbaren Wesen leid, die wir auf dem Planeten gesehen haben. Dieser Angriff war gegen sie gerichtet, und sie hatten keine Möglichkeit, sich zur Wehr zu setzen. Diese Lebensformen sind bizarr, aber es ist Leben, schützenswertes Leben! Unser Handeln ist gefragt!«

Bei den Kommandeursversammlungen waren auch Orlan und Grazio stets anwesend. Oleg bat auch sie um ihre Einschätzung. Doch die beiden wollten sich nicht festlegen. Ihrer Meinung nach war die Datenlage für eine fundierte Beurteilung der Ereignisse zu dünn.

»Wir dürfen jetzt keinen Fehler machen«, erklärte Oleg. »Das wäre fatal. Wenn wir es hier mit einem Krieg zu tun haben, dann sollten wir uns heraushalten. Wir müssen zuerst herausfinden, wer daran beteiligt ist und welche Ziele verfolgt werden. Sollte es sich um Naturereignisse handeln, müssen wir erst recht vorsichtig sein, damit es uns nicht ergeht wie dem Roten Stern. Was sagst du zu der Sache, Eli. Du bist der wissenschaftliche Leiter der Expedition. Dein Wort entscheidet.«

»Mein Wort entscheidet überhaupt nichts«, entgegnete ich, »denn ich gebe allen Recht. Alle Meinungen sind in sich begründet. Ich persönlich neige am ehesten Kamagins Analyse und Oshimas Schlussfolgerung zu. Dennoch warne ich dringend vor Aktionismus und schließe mich der Meinung unseres Oberkommandierenden an: Wir benötigen mehr Informationen und sollten grundsätzliche Entscheidungen auf später verschieben.«

»Dann setzen wir die Mission zum Galaxiskern fort und beschränken uns vorläufig darauf zu beobachten«, resümierte Oleg.

Nach der Besprechung kam Kamagin zu mir.

»Früher waren Sie zupackender, Eli!«, warf er mir mit einem gutmütigen Lächeln vor. »Damals im Perseus haben Sie so tollkühne Entscheidungen getroffen, dass einem das Blut in den Adern gefrieren konnte. Jetzt sind Sie alt geworden, Admiral!«

Eduards eher liebevoll als ernst gemeinter Vorwurf rührte mich. Im Gegensatz zu mir war er überhaupt nicht gealtert. Er war an Jahren sechsmal so alt wie jeder Einzelne von uns, doch im Geiste jünger als alle anderen. Der kleine, breitschultrige Kapitän mit dem fein geschnittenen Gesicht und den wachen Augen hatte sich sein ungestümes Wesen bewahrt, das ihn einst dazu antrieb, in vorsintflutlichen Raumschiffen ins All vorzudringen, und ihn befähigte, die Unbill einer dreihundertjährigen Odyssee im Weltraum zu überstehen. Mit unverändert jugendlicher Verwegenheit stürzte er sich in immer neue Abenteuer, und je gefährlicher es wurde, desto mehr war er in seinem Element.

Sein in goldenen Lettern im Pantheon eingemeißelter Name eröffnet eine lange Liste herausragender Raumfahrtkapitäne, die im Gegensatz zu ihm längst verstorben sind. Man kann ohne Übertreibung sagen, dass Kamagin unter allen Teilnehmern dieser zweiten Expedition zum Galaxiskern der Raumfahrer mit dem größten Erfahrungsschatz war.

»Lieber Eduard«, sagte ich zu ihm und legte ihm freundschaftlich den Arm um die Schulter. »Ich hege tatsächlich so allerlei Bedenken. Wir sind auf der Suche nach den Ramiren, einem geheimnisumwobenen Volk, von dem wir wissen, dass es mächtiger ist als wir Menschen. Was wäre, wenn die Ramiren hinter den Ereignissen steckten, deren Zeuge wir soeben geworden sind? Fragen Sie mich nicht, was die Ramiren damit bezwecken wollen. Ich stelle nur fest, dass ihr Handeln von beängstigenden Möglichkeiten zeugt.«

»Na gut, Eli, wir werden eben im Rahmen unserer eigenen Möglichkeiten handeln und zunächst einmal den Kopf einziehen«, erwiderte Kamagin und zwinkerte mir zum Abschied gut gelaunt zu.

Als Kamagin gegangen war, gesellte ich mich zu Olga und Mary.

»Wie bist du mit meiner Tochter zufrieden, Eli?«, erkundigte sich Olga.

»Du solltest eher fragen, wie sie mit mir zufrieden ist. Sie ist wohl nicht gerade ein Fan von mir, aber Streit gibt es nicht zwischen uns. Sprich lieber mit Oleg über sie.«

»Das habe ich. Oleg hat gesagt, er hätte keine Klagen Irina gegenüber. Aber er hat das in einem sehr geschäftsmäßigen Ton gesagt, der mir überhaupt nicht gefallen hat. Ich habe das Gefühl, dass zwischen Oleg und Irina eine kleine Eiszeit ausgebrochen ist.«

»Zwischen den beiden steht Ellon«, versetzte Mary schroff. »Und dieser Demiurg ist schlimmer als eine Eiszeit.«

»Durch die Arbeit im Labor ist Irina sehr eingespannt«, sagte ich beschwichtigend. »Sicher kann sie Oleg deshalb nicht mehr so viel Aufmerksamkeit widmen wie früher.«

Oleg ließ die Fahrtannihilatoren starten, und wir begaben uns in den Überlichtbereich. Der zerstörte Rote Stern und sein verwüsteter Planet verblassten auf den Bildschirmen.

Zweiter Teil

Die Untergehenden Welten

Gott hat den roten Knopf gedrückt,
den Garten Eden abgepflückt.
Gott hat den Schalter umgelegt,
das Paradies auf Erden weggefegt.

W. SCHEFNER

1

Oleg rief mich auf die Kommandobrücke. Als ich hineinkam, unterhielt er sich gerade mit Ellon. Es musste etwas Bedeutsames vor sich gehen, sonst hätte Oleg den verhassten Demiurgen wohl kaum zu sich zitiert, und Ellon wiederum hätte sich nicht dazu bequemt, sein Labor zu verlassen.

Auf den Raumbildschirmen zeichneten sich undeutlich die Konturen des galaktischen Zentrums ab, von dem uns inzwischen noch maximal zweitausend Lichtjahre trennten. Seitlich davon schimmerte ein heller Fleck, den die BUM als Kugelsternhaufen identifiziert hatte.

»Vor uns befindet sich ein Graben im Raum«, erläuterte Oleg. »Die Gerade zum Galaxiskern ist länger als der Umweg auf einer gekrümmten Bahn. Wir haben es mit einer Art metrischem Loch zu tun.«

Von Löchern im Raum war mir während meiner Ausbildung schon einmal zu Ohren gekommen. Im Fach Astronavigation hatte man uns die Theorie dieses Phänomens eingebläut. Dass der Raum nur in der Abstraktion euklidisch ist, weiß inzwischen jeder. Doch noch nie war ein Raumfahrer auf ein solches »Loch in der Leere« gestoßen.

»Bedeutet dies, dass wir gar nicht im Galaxiskern ankommen, wenn wir den Kurs beibehalten?«, fragte ich.

»Das vom galaktischen Zentrum kommende Licht durchquert den Graben. Aber ob wir auch im Überlichtbereich hindurchkommen? Was, wenn es dort überhaupt keinen physischen Raum gibt, den die Tanew-Generatoren annihilieren könnten? Dann würden wir in einen bodenlosen Abgrund stürzen!«

»Soweit ich mich an Ngoros Theorie erinnere, lässt sich ein Metrikloch auch durch die Verlangsamung der Zeit an einem solchen Ort erklären.«

»Das wäre noch schlimmer, Admiral«, flocht Ellon ein. »Die Zeitverlangsamung verursacht tatsächlich einen solchen Graben, doch man kommt viel schwerer wieder heraus als aus einem räumlichen Graben. Ich bin dagegen, dass wir uns in dieses Loch wagen!«

»Der Weg außen herum führt durch den Kugelsternhaufen«, sagte Oleg nachdenklich. »Einen anderen Weg gibt es nicht.«

»Wieso denn?«, wandte ich ein und deutete auf den Bildschirm. »Der Raum ist doch nirgendwo mit Brettern vernagelt. Warum können wir nicht linker Hand oder unterhalb an dem Kugelsternhaufen vorbeimanövrieren? Oder ist dort auch irgendwas faul?«

»Das ist genau das Problem. Der Raum ist nirgendwo mit Brettern vernagelt, da hast du schon Recht, Eli. Die Analysen der BUM zeigen jedoch, dass die ans galaktische Zentrum grenzenden Räume mit solchen Löchern, wie nun eines vor uns liegt, durchsetzt sind wie ein Schweizer Käse. Wir haben den Kurs nicht nach einem willkürlich gewählten Stern ausgerichtet, sondern dabei alle Sterne im Umkreis berücksichtigt. Und da hat sich herausgestellt, dass alle links und rechts vom Kurs befindlichen Sterne sich plötzlich rasend schnell entfernen. Die Geschwindigkeit, mit der sie abdriften, beträgt Tausende von

Lichtjahren pro Woche. Sterne sind jedoch keine Raumschiffe: Sie können sich nicht aus dem optischen Raum lösen. Und eine Rotverschiebung des Lichts liegt auch nicht vor, was bedeutet, dass in Wirklichkeit gar kein Abdriften vorliegt. Dafür gibt es nur eine Erklärung: In jenen Bereichen gerät das Licht in Metriklöcher, wo die Inertiallinien erheblich verlängert werden.«

»Und was ist mit den Sternen, die wir hinter uns lassen?«

»Bei denen ist alles normal, Eli. Wir hinterlassen schließlich keine Metriklöcher. Wie auch immer, der einzig realistische Weg führt durch den Kugelsternhaufen.«

»Kann ich jetzt gehen?«, fragte der Demiurg. »Meine Meinung habe ich ja schon kundgetan.«

Nachdem Ellon den Raum verlassen hatte, blickten Oleg und ich noch lange schweigend auf die vor uns liegende Sternenhemisphäre. Der Kugelsternhaufen war vor etwa zwei Wochen auf dem Bildschirm aufgetaucht. Seither waren wir ihm fast hundert Lichtjahre näher gekommen. Er bestand aus ungefähr fünf Millionen Sternen, die sich vertikal zur Galaxisscheibe vom galaktischen Kern entfernten, und zwar mit einer Geschwindigkeit von fünfzig Kilometern in der Sekunde. Das ist auf den ersten Blick keine allzu hohe Geschwindigkeit. Doch wenn man sie anhand der Lebensdauer des Sternenschwarms hochrechnet, kommt man zu dem Ergebnis, dass der Sternhaufen die Galaxis innerhalb von zweihundert Millionen Jahren – in kosmischen Maßstäben ein kurzer Zeitraum – verlassen wird!

Die BUM spuckte noch eine weitere aufschlussreiche Information aus: Der mörderische Strahl, der sich in den Roten Stern gebohrt hatte, stammte aller Wahrscheinlichkeit nach aus eben diesem Kugelsternhaufen. Auf der Bahn des Strahls befanden sich nämlich keine anderen Himmelskörper, auf denen er hätte generiert werden können. Diese Erkenntnis machte den Sternenschwarm nicht gerade sympathisch, doch er schien das einzige Tor zum galaktischen Zentrum zu sein.

»Der Kugelsternhaufen ist wie ein Pfropfen im Flaschenhals«, konstatierte Oleg missmutig. »Oder wie ein Haifischrachen, gespickt mit sternblitzenden Zähnen, bereit, unwillkommene Ankömmlinge zu verschlingen.«

»Einen anderen Ausweg haben wir wirklich nicht, Oleg?«

»Nein.«

Unser Geschwader nahm Kurs auf den Kugelsternhaufen. Meine Eindrücke aus den offenen Sternhaufen der Plejaden und des Perseus habe ich schon mehrfach beschrieben. Auch von dieser neuen Sternenlandschaft würde ich nur allzu gerne in allen Einzelheiten berichten. Wenn ich es nicht tue, dann nur deshalb, weil das Bild, das sich nun vor uns auftat, zu jener Kategorie gehört, die man gemeinhin als »unbeschreiblich schön« bezeichnen würde. Kugelsternhaufen sind mit offenen Sternhaufen überhaupt nicht zu vergleichen – das ist mir inzwischen klar. Man stelle sich ein Himmelsgewölbe vor, auf dem Hunderte Erdenmonde, Tausende Sterne wie die Venus und Hunderttausende wie der Sirius leuchten, und noch dazu alle anderen fünf Millionen Sterne klar zu sehen sind, da keiner von ihnen mehr als zehn Lichtjahre entfernt ist – dann kann man erahnen, dass sich die einmalige Schönheit der Welt, in die wir nun eintauchten, nicht mit Worten beschreiben lässt.

Ein Detail möchte ich jedoch nicht unerwähnt lassen. Die interstellaren Räume in diesem Kugelsternhaufen waren absolut klar und transparent. Für uns, die wir gerade eine halbe Ewigkeit in einer dicken, kosmischen Nebelsuppe zugebracht hatten, war die Reinheit dieser Räume, in denen weder Staub noch Gase trieben, eine besondere Freude.

Sollte der *Steinbock* irgendwann einmal zu seinem Stützpunkt zurückkehren, werden auch die Menschen auf der Erde die Chance haben, die in Stereofilmen aufgezeichnete majestätische Schönheit und faszinierende Klarheit dieser Sternenwelt zu bewundern.

Viele der Gestirne, an denen wir vorbeiglitten, wurden von Planeten umkreist. Auf ihnen herrschten ideale Bedingungen für organisches Leben: Ihre Sonnen waren mäßig heiß – in der Regel alte, orangegelbe oder rötliche Sterne später Spektralklassen –, und sie verfügten über erdähnliche Atmosphären, Wasser und Festland. Dennoch konnten wir auf keinem einzigen dieser Planeten auch nur die geringste Spur von Leben feststellen. In den Spezialteleskopen sahen wir faszinierende, aber leblose Landschaften.

Mary wäre gerne auf einem der Planeten gelandet, um ihn mit Leben zu infizieren. Doch es war der falsche Zeitpunkt für solche Experimente. Wir durchquerten gerade das Tor zu einer anderen Welt. Der Kugelsternhaufen war ein prächtiges Portal, doch was würde uns dahinter erwarten?

»Ein Paradies, das seiner Besiedelung harrt!«, sagte Mary.

»Ein Paradies für den Export vielleicht?«, scherzte ich in Anspielung auf die Tatsache, dass der Sternhaufen sich aus der Galaxis entfernte.

»Hältst du es ernstlich für möglich, dass hinter dem Abdriften des Sternhaufens das Wirken vernunftbegabter Kräfte steckt?«

»Das habe ich nicht gesagt. Es wäre wohl müßig, darüber zu spekulieren.«

In Wirklichkeit ließ mich dieses Phänomen gar nicht mehr los, und ich zermarterte mir das Hirn über seine Ursache. Alle bekannten Kugelsternhaufen entfernen sich mit gleichmäßiger Geschwindigkeit in alle Richtungen vom galaktischen Zentrum. Aus welchem Grund? Was treibt sie in die Peripherie hinaus, während mit Einzelsternen nichts dergleichen passiert? Welche ordnenden Kräfte stecken dahinter, dass Kugelsternhaufen ausschließlich aus Sternen später Spektralklassen bestehen, die für die Entwicklung von Leben beste Voraussetzungen bieten? Und wieso werden diese Gestirne hundertmal öfter als gewöhnliche Sterne von Planeten umkreist? Fragen über Fragen! Und wo steckten diese sagenumwobenen Ramiren? Sie hätten sicherlich die Antwort gewusst!

Ellon hatte von Oleg einen Spezialauftrag bekommen. Er sollte die Planeten des Kugelsternhaufens nach der mörderischen Anlage absuchen, die den tödlichen Strahl auf den Roten Stern abgeschossen hatte. Doch der Demiurg fand keinerlei Anzeichen für einen solchen Superlaser. Dafür fehlte auch die wichtigste Voraussetzung: eine mächtige Zivilisation, die in der Lage gewesen wäre, eine solche Waffe zu entwickeln.

Tag um Tag jagten wir durch die funkelnde Sternenwelt, und die Brennkammern unserer Raumannihilatoren hinterließen eine veritable Staubspur in ihren fast klinisch sauberen Weiten. Doch gegen die interstellare Umweltverschmutzung, die wir hier anrichteten, erhob sich keine noch so leise Stimme des Protests. Kein vernunftbegabtes Wesen antwortete auf die Signale, die wir fortwährend aussandten.

Wir befanden uns in einer großartigen, nutzlosen Welt. Niemand hatte etwas von ihrer faszinierenden Schönheit. Was für eine Verschwendung!

2 Nachdem wir das Tor zum galaktischen Zentrum durchquert hatten, gerieten wir abermals in einen völlig vernebelten Raum. Der Galaxiskern qualmte wie ein mit nassem Holz geschürtes Lagerfeuer und war überall von Gaswolken verhüllt. Er spie in alle Richtungen gigantische Wasserstoffmassen aus, die sich mal verdichteten und mal auflockerten, als würden sie von chaotischen Winden getrieben.

Olga ließ uns ihre neueste Berechnung wissen: In diesem Galaxisbezirk enthielten die im Raum zerstreuten Gasnebel mehr Materie als die Sterne selbst. Sie äußerte sich verblüfft und begeistert über das ungewöhnliche Phänomen. Ich für meinen Teil zeigte weder Verwunderung noch Freude, denn ich mag keinen Nebel, weder auf der Erde noch im Weltraum.

»Ich verstehe nicht, warum man dich zum wissenschaftlichen Leiter der Expedition ernannt hat«, lästerte Mary. »Dir fehlt die wahre Liebe zur Wissenschaft. Neu entdeckte Phänomene lassen dich nicht selten völlig kalt.«

»Dafür kann ich die Wissenschaftler gut leiden und habe ein offenes Ohr für ihre Entdeckungen. Das ist doch auch schon etwas. Im Übrigen hast du Recht: Ich kann mich nur dann für neue Phänomene begeistern, wenn sie erfreulich sind. Allein die Tatsache, dass sie neu sind, reißt mich noch nicht vom Hocker.«

Eines Tages tauchte rechter Hand unserer Flugbahn ein kurzperiodischer Cepheide auf. Es handelte sich um einen typischen pulsationsveränderlichen Stern, dessen Volumen und Leuchtkraft sich rasch veränderten. Ich hätte dem Riesenstern keine besondere Aufmerksamkeit geschenkt. Ellon indes drängte darauf, das Gestirn anzusteuern, und Oleg, der mehr Sinn für die Wissenschaft hatte als ich, gab diesem Drängen nach.

»Wir haben im Verlauf der Expedition schon etliche Cepheiden gesehen, warum hat es dir ausgerechnet dieser so angetan?«, fragte ich Ellon.

»Dieser Stern steht kurz vor einem Kernkollaps«, erwiderte der Demiurg. »Es wäre unverzeihlich, sich ein solches Spektakel entgehen zu lassen.«

Auch Vagabund gestand, dass er schon immer davon geträumt hatte, das Kollabieren eines Sterns aus der Nähe zu verfolgen. Aus der Ferne hatte er ein solches Ereignis einige Male miterlebt, als Gestirne außerhalb des Perseus kollabierten.

»Es war jedes Mal ein grandioses Schauspiel«, schwärmte der Drache. »Als ich das Leben als mächtiger Gefangener auf dem Dritten Planeten satthatte, habe ich mir oft vorgestellt, ich befände mich im Inneren eines kollabierenden Sterns und würde die gigantische Katastrophe von innen miterleben. Eine fantastische Vorstellung – nicht der eigene Untergang natürlich, sondern der Untergang des Gestirns.«

»Du bist ein unverbesserlicher Romantiker, Vagabund«, sagte ich.

Olga funkte uns eine neue Berechnung herüber: Es war nicht ganz ungefährlich, sich in der Nähe des Kollapsars aufzuhalten. Sollte er sich vor dem Kollaps in eine Supernova verwandeln, also etwa ein Viertel seiner Masse herausschleudern, würde uns nur der Einsatz sämtlicher Kapazitäten der Materieannihilatoren vor einer Katastrophe bewahren.

Oleg zögerte keine Sekunde und ließ die Annihilatoren vorsorglich in Einsatzbereitschaft versetzen. Doch der Stern verwandelte sich nicht in eine Supernova. Die Explosion zur Supernova hatte schon Jahrhunderte vor unserem Auftauchen stattgefunden. Von dem früheren Riesenstern war nur noch ein Rudiment übrig, ein dichtes, pulsierendes Kleingestirn, dessen Masse jedoch dreimal so groß war wie die unserer Sonne. Und dieses Rudiment kollabierte nun vor unseren Augen. In allen Einzelheiten beobachteten wir die Implosion, die noch nie zuvor ein Mensch aus der Nähe gesehen hatte.

Unser Geschwader umkreiste den Kollapsar in kompakter Formation wie ein Satellit. Äußerlich deutete nichts auf die nahende Katastrophe hin. Doch dann fiel der Stern von einem Moment auf den anderen in sich zusammen. Die äußeren Schichten fielen in einer Stoßwelle in den Kern. Kurz vor der Implosion betrug der Durchmesser des Sterns etwa drei Millionen Kilometer, dann zog er sich auf eine Million, hunderttausend, zehntausend Kilometer zusammen. Der Stern wurde kleiner als die Erde, und exorbitante Kräfte pressten ihn immer weiter zusammen. Selbst als er nur mehr die Ausmaße des irdischen Mondes hatte, setzte die Kontraktion zum Kern sich fort. Ein Kubikzentimeter der fortwährend schmelzenden Kugel mochte bereits Milliarden, wenn nicht Trilliarden von Tonnen wiegen.

Schließlich blieb nur ein winziger Punkt mit drei oder vier Kilometern Durchmesser, nach kosmischen Maßstäben ein Nichts! Er leuchtete noch schwach rötlich, bevor er schließlich in der absoluten Unsichtbarkeit verschwand. Weder Wellen noch Teilchen noch Energiefelder konnten ihn nunmehr orten.

Das Kügelchen mit der extrem verdichteten Masse war nicht mehr da, es blieb nur ein schwarzes Loch in der Leere – ein gähnender Schlund, der alles, was ihm zu nahe kam, gierig verschlang.

Oleg instruierte die Schiffskapitäne, das Geschwader sofort abzubremsen. Es schien alles andere als ratsam, sich dem verschwundenen Stern weiter anzunähern. Wären wir in den unsichtbaren Saugrüssel dieses »Schwarzen Lochs« geraten, hätten uns keine unserer hoch entwickelten Maschinen vor dem Untergang bewahrt.

»Das ist ja entsetzlich!«, ereiferte sich Mary, die mit mir im Observationsraum saß und etwas blass um die Nase geworden war. »Wenn man sich vorstellt, dass solche unsichtbaren Monster unseren Schiffen auflauern wie im Gebüsch verborgene Riesenspinnen einem arglosen Wanderer. Ein falscher Schritt – und du bist verloren!«

Man könnte die Schwarzen Löcher tatsächlich als die Spinnen des Weltalls bezeichnen. Doch zum Glück waren wir dieser Gefahr nicht hilflos ausgesetzt. Die Borduniversalmaschinen kontrollierten ständig alle Energiefelder entlang der Flugroute und hätten automatisch die Bremsmechanismen aktiviert, sobald das Gravitationsfeld des Schwarzen Lochs eine kritische Stärke erreicht hätte.

Während ich mit Mary über die Gefährlichkeit der »Schwarzen Witwen des Weltalls« diskutierte, unterbrach uns plötzlich die Maschinenstimme der BUM, die das Auftauchen eines künstlichen kosmischen Objekts vermeldete. In diesem unerforschten Winkel des Alls waren wir auf alle möglichen Naturwunder gefasst, indes wären wir nie auf die Idee gekommen, hier auf ein UFO zu stoßen. Wir stürzten zu den Kontrollmonitoren. Die Analysedaten waren eindeutig: Bei dem Flugkörper handelte es sich zweifelsfrei um ein Raumschiff!

Ich begab mich unverzüglich auf die Kommandobrücke. Das fremde Raumschiff raste auf uns zu und entfernte sich gleichzeitig von dem Kollapsar. Doch sein Abstand zu dem alles verschlingenden Gravitationswirbel war abenteuerlich gering. Rein rechnerisch hätte es unweigerlich hineingezogen werden müssen. Die Existenz von Antriebsmaschinen, die dem Sog eines Schwarzen Lochs widerstanden hätten, hielt keiner von uns für möglich.

»Fragen wir doch Olga«, schlug ich vor. »Auf dem *Widder* raucht sicherlich schon die BUM, weil Olga bereits sämtliche Infos über das unbekannte Schiff durchgerechnet hat.«

Als Olga ihre Analysedaten durchgab, klappte uns allen die Kinnlade herunter: Es war überhaupt kein fremdes Raumschiff da. Wir konnten zwar auf den Bildschirmen sehen, wie es mit irrwitziger Geschwindigkeit auf uns zuraste, doch es existierte nicht!

»So ein Blödsinn!«, moserte ich. »Langsam habe ich die Nase voll von Trugbildern und Halluzinationen. Wenn Olgas Berechnungen stimmen, ist das Schiff dort vorne also nur ein Phantom?«

»So würde ich das nicht formulieren«, entgegnete Oleg. »Phantome sind schließlich real existierende Objekte, sie sind nur anders beschaffen, als sie uns erscheinen. Doch in diesem Fall haben wir es mit einem Objekt zu tun, das überhaupt nicht existiert!«

Die BUM des *Steinbocks* bestätigte die Analysen ihrer Kollegin auf dem *Widder*. Alle Ortungsfelder, die wir auf den unbekannten Flugkörper richteten, zeigten an, dass an der Stelle, wo wir ihn sahen, nichts ist. Wir hatten es also mit einem Trugbild zu tun, das noch viel irrealer war als die Phantome, die wir seinerzeit auf dem Dritten Planeten selbst produziert hatten.

Kopfschüttelnd ging ich zu Ellon ins Labor hinunter. Orlan und Grazio hatten sich bereits bei ihm eingefunden.

»In der Optik sehen wir klar und deutlich ein fremdartiges Objekt«, sagte ich zu Ellon. »Die Ortungsgeräte können an der Stelle jedoch nichts feststellen. Kannst du mir dieses Paradox mit allgemein verständlichen Begriffen erklären?«

»Mit allgemein verständlichen Begriffen nicht«, erwiderte Ellon und verzichtete dabei sogar auf das diabolische Gelächter, das er seinen oft überraschenden Erklärungen vorauszuschicken pflegte. »Das Raumschiff, das wir sehen, existiert nicht in unserer Zeit.«

Ich sah Orlan, Grazio und den Drachen hilfesuchend an. Doch ihren sparsamen Gesichtern nach zu schließen, verstanden sie genauso wenig wie ich. Nur Irina, die mit geröteten Wangen in der Ecke saß, nickte eifrig mit dem Kopf, als hätte Ellon eine Selbstverständlichkeit ausgesprochen.

»Es existiert nicht in unserer Zeit?«, wiederholte ich Wort für Wort. »In welcher verdammten Zeit fliegt es dann auf uns zu?«

»Für uns bewegt es sich aus unserer Zukunft in unsere Gegenwart.«

»Und wieso nicht aus der Vergangenheit in die Gegenwart?«, hakte ich nach. Ellon hatte mich vollends verwirrt.

»Aus der Vergangenheit in die Gegenwart fliegen wir. Genauer gesagt, wir schieben unsere Gegenwart beständig in die Vergangenheit. Die Zeit ist reaktiv mit uns verbunden: Sie treibt uns nach vorne, während sie selbst in die Vergangenheit entgleitet. Die Bewegung des UFOs ist wie ein Schuss aus der Zukunft in die Gegenwart. Seine Zeit entfernt sich nicht reaktiv von ihm, sondern bewegt sich in derselben Richtung, so wie sich eine Pulverladung in einem Gewehrlauf zusammen mit dem Geschoss bewegt.«

»Ein Schuss aus der Zukunft in die Gegenwart?« Ich zermarterte mir das Hirn. »Aber Ellon, wir sehen doch das fremde Raumschiff, und zwar schon seit zwei Stunden. In der Zwischenzeit ist das, was vor zwei Stunden war, doch längst Vergangenheit geworden. Mit anderen Worten: Das Raumschiff existiert in der Gegenwart und in der Vergangenheit, aber nicht in der Zukunft.«

Mir schien, als hätte ich Ellon bei einem Widerspruch ertappt. Doch der Demiurg hatte sein Konzept gut durchdacht.

»In der Gegenwart sehen wir seinen Schatten, den es aus der Zukunft wirft. Dieser Schatten nimmt das Auftauchen des realen Objekts vorweg. Der Schatten wird kürzer, das heißt, das Raumschiff bewegt sich aus der Zukunft in die Gegenwart. Sobald der Schatten mit dem Objekt zusammenfällt, wird es sich physisch manifestieren.«

»Wird es sich nicht aus der Gegenwart in die Vergangenheit weiterbewegen?«

»Ich denke, dass es nicht über genügend Energie verfügt, um den Nullpunkt der Zeit, den wir als Gegenwart, das Jetzt oder den gegebenen Moment bezeichnen, zu durchbrechen.«

»Hast du gehört, Oleg?«, fragte ich über das Videophon. »Wenn Ellons Hypothese stimmt, ist ein Zusammenstoß unseres Geschwaders mit dem fremden Schiff nicht wahrscheinlicher als eine Begegnung von Dschingis Khans Horden mit unseren Raumschiffen. Was da auf uns zukommt, ist nur ein Schatten aus einer anderen Zeit. Hast du irgendetwas verstanden?«

»Kein Wort. Ich werde jedenfalls dafür sorgen, dass uns das UFO nicht zu nahe kommt, ganz egal, in welcher Zeit es durch die Gegend rast.«

Ellons Theorie begann mir zu gefallen. Der entscheidende Punkt bestand darin, dass das Schiff sich von dem kollabierten Gestirn entfernte. Beim Kollaps eines Sterns verändert sich der Lauf der Zeit: Sowohl die Zukunft als auch die Vergangenheit werden auf einen Punkt zusammengezogen. Man sagt, vor den Augen eines Sterbenden laufe sein ganzes Leben noch einmal ab. Bei einem untergehenden Stern manifestiert sich in wenigen Sekunden nicht nur die gesamte Vergangenheit, sondern auch die gesamte Zukunft. Wie man sich das anschaulich vorstellen soll, weiß ich nicht, es handelt sich um eine theoretische Schlussfolgerung. Die Zeit wird genau wie die Materie zu einem dichten Klumpen komprimiert.

Wenn im Moment einer solch gigantischen Zeitverdichtung ein Raumschiff in diese Zeitpresse gerät, kann es durch den

Druck der komprimierten Zeit in die Zukunft geschleudert werden. Räumlich befindet es sich dann zwar im Hier, zeitlich jedoch in einem weit entfernten Dort. Wenn es die Implosion übersteht und dem kollabierenden Stern entrinnt, wird es sich rasch wieder in seine Zeit zurückbewegen, so wie ein Stein, den man in die Luft geworfen hat, zu Boden fällt. Seine Annäherung an uns ist also keine Bewegung im Raum, sondern eine Bewegung in der Zeit. Da wir nur den Schatten des Schiffs sehen, ist es ganz natürlich, dass unsere Instrumente es nicht orten können: Es ist einfach noch nicht da! Ellons Argumentation war absurd genug, um ein absurdes Phänomen logisch zu erklären.

Dann kam es zur Begegnung, und offenbar ganz im Einklang mit Ellons Theorie. Oleg stellte sicher, dass das obskure Flugobjekt nicht in eines unserer Raumschiffe krachte, indem er unser Geschwader zu einem Ring formierte. Das fremde Schiff steuerte geradewegs auf das Zentrum dieses Rings zu. Noch ehe es uns erreicht hatte, blieb es stehen und schwebte dann reglos in der Luft. Offenbar hatte es den Punkt der ausbalancierten Zeit erreicht, und dieser Punkt war genau unser Jetzt.

Nach wie vor sahen wir das Schiff als verschwommene Silhouette, und unsere Instrumente konnten es immer noch nicht orten. Seine Zeit schien sich zu verlangsamen, es bremste seine Bewegung in der Zeit ab, es fiel nicht mehr so rasch in unsere Zeit.

Mit einem Mal manifestierte sich das UFO physisch im Raum. Auf den Bildschirmen erschien ein realistisches Bild – ein körperlicher Gegenstand, kein mysteriöser Schatten. Das Schiff erinnerte an eine Schnecke mit einem dreifachen Spiralring: Weder bei uns noch bei den Galakten noch bei den Demiurgen gab es auch nur annähernd ähnliche Schiffskonstruktionen. Zudem war es vollständig transparent, als hätte es keine Wände. Es bestand einzig aus einem schimmernden Gas, das durch irgendwelche Kräfte zu einer dreistöckigen Spirale komprimiert wurde. Lediglich an seiner Frontpartie erhob sich ein dunkler

Aufsatz, der nicht größer war als einer unserer Schiffsräume – vermutlich eine Art Kommandokapsel. In seinem Inneren waren undurchsichtige Körper zu erkennen.

Zum ersten Mal sah ich Ellon erstaunt.

»Weißt du, was das für eine Form ist, Eli?«, sagte er so aufgeregt, dass er sogar das obligatorische »Admiral« vergaß.

»Das ist die Form der Gravitationsschnecke, mit der ich den Killerplaneten abgeschmettert habe!«

Der Drache war nicht weniger verwundert als Ellon.

»Schau an, Vagabund, hier hat also das von dir so anschaulich beschriebene Phänomen des Tritts in den Hintern eine dingliche Gestalt angenommen«, witzelte ich.

Auf unsere Nachrichtensignale reagierte das Schiff nicht. Oleg beauftragte Oshima, das bizarre Gebilde mit einem Planetenschiff genauer zu inspizieren. Oshima umkreiste die Schnecke mehrfach, tastete sie mit sämtlichen Messfühlern ab und suchte vergeblich nach einer Einflugöffnung. Deshalb beschloss er, die mutmaßliche Kommandokapsel vom Rumpf abzutrennen.

Als er den Aufsatz in die Kraftfelder des Planetenschiffs klemmte, zerfiel auf einmal der Schiffsrumpf und trieb als formlose Gaswolke auf unser Geschwader zu.

»Schaut, was für sonderbares Getier ich mitgebracht habe!«, rief Oshima, nachdem er mit dem Planetenschiff wieder auf den *Steinbock* zurückgekehrt war. »Leider hat es sich nicht vermeiden lassen, das fremde Schiff zu zerstören. Die fremden Astronauten habe ich zwar dabei, aber sie sind alle tot! Wenn Ellon Recht hat und wir nicht einem Raumschiff, sondern einem Zeitschiff begegnet sind, dann sind sie wohl schon seit Millionen von Jahren tot.«

In der Kommandokapsel lagen sechs Körper, die keinerlei Lebenszeichen von sich gaben. Die durchsichtigen Wände der Kapsel wirkten so, als hätte man hier Klarsichtfolie über ein ebenfalls transparentes Gerüst gespannt – in Wirklichkeit handelte es sich um ein Kraftfeld. Unsere Kraftpumpen konnten es problemlos auflösen, und die sechs toten Körper purzelten auf die Plattform.

Was waren das für bizarre Geschöpfe! Eines hatten sie mit uns Menschen, den Demiurgen, Galakten und Engeln gemein: Sie besaßen einen behaarten Kopf und ein Gesicht. Doch damit waren die Ähnlichkeiten auch erschöpft: Ihre Haare waren fingerdick und standen nach allen Richtungen ab, als hätte man ihnen ein Knäuel Schlangen aufgesetzt; statt zwei Augen besaßen sie drei, die in einem Dreieck angeordnet waren; ihre Münder waren kugelrunde, lippenlose Öffnungen; der vergleichsweise kleine Kopf saß halslos auf einem massigen, schwarzen Spinnenkörper, der sich auf zwölf etwa armdicke, achtgliedrige Beine stützte.

»Der lebt ja noch!«, schrie plötzlich Lussin und stürzte auf eine der Kreaturen zu. »Er hat sich bewegt!«

Grazio hielt Lussin an der Schulter zurück, damit er dem Spinnenwesen nicht zu nahe kam. Dem festen Griff des Galakten konnte Lussin sich nicht entwinden. Aufgeregt deutete er auf den reglosen Körper, der ihm am nächsten lag, und behauptete, dass dieser noch am Leben sei.

Kurz darauf fiel auch mir auf, dass eines der zwölf Beine tatsächlich zuckte. Der fremde Raumfahrer versuchte, seinen klobigen Leib emporzuhieven, sank jedoch sofort wieder zu Boden. Die beiden unteren Augen öffneten sich, rollten langsam in unsere Richtung, stierten uns ausdruckslos an und schlossen sich wieder. Erschöpft versank das Spinnenwesen abermals in Bewusstlosigkeit.

»Fünf sind definitiv tot«, konstatierte Oleg. »Aber den einen hier könnten wir wieder hinbekommen. Wo sollen wir ihn unterbringen?«

»Ich hätte ihn gern«, verkündete Ellon. »Es ist zwar ein wenig eng im Labor, doch für ein so faszinierendes Geschöpf findet sich immer ein Plätzchen bei mir. Außerdem ist das Labor für Wiederbelebungsmaßnahmen optimal ausgestattet, nicht wahr?!«

»Sie können ihn haben, Ellon«, sagte Oleg.

Romero klopfte mit dem Stock gegen das Bein eines der toten Exemplare.

»Hochgeschätzte Freunde«, flötete er, »seid ihr einverstanden, dass ich unsere neuen, zwölfbeinigen Bekannten auf den Namen Aranen taufe?«

»Wieso ausgerechnet Aranen?«, erkundigte ich mich.

»Weil der Wortstamm Aran in antiken Sprachen zur Bezeichnung von Spinnen verwendet wurde.«

»Nun, eine gewisse Ähnlichkeit mit Spinnen lässt sich ja nicht leugnen, auch wenn ein paar Beine überzählig sind. Mich erinnern sie irgendwie an die Altairen.«

»Die Altairen sind aber viel sympathischer und gutmütiger.«

Später sollte ich mich noch oft daran erinnern, mit welcher Scharfsicht Romero den Charakter der Aranen schon auf den ersten Blick erkannt hatte.

3

Der Arane stand auf seinen zwölf Spinnenbeinen, und sein fleischiger Rumpf wippte sanft auf und ab. Man hätte meinen können, er sei eben stehen geblieben und würde im nächsten Moment wieder weiterlaufen oder gar mit wirbelnden Beinen lospreschen. Doch es waren äußere Kräfte, die ihn in dieser Pose hielten. Sobald Ellon das Kraftfeld, das ihn stützte, etwas herunterfuhr, sank sein plumper Leib kraftlos zu Boden. Der Arane war immer noch genauso bewusstlos, wie wir ihn ins Labor geschafft hatten.

Der Tag, an dem sich seine drei Augen öffneten, ist uns allen in Erinnerung geblieben. Unsere Begegnung mit dem durchsichtigen Raumschiff lag bereits über einen Monat zurück, und das Schwarze Loch des Kollapsars hatten wir weit hinter uns gelassen. Ich hielt mich gerade im Labor auf und besprach etwas Belangloses mit Ellon, als uns ein Aufschrei von Irina zusammenfahren ließ.

»Er schwebt!«, kreischte sie hysterisch. »Ellon, Eli! Er schwebt!«

Der Arane schwebte tatsächlich. Und nicht nur das – er bewegte sich auf uns zu. Ellon und ich machten unwillkürlich einen Satz zurück. Mich erschreckte das obere, dritte Auge, das ich zum ersten Mal geöffnet sah. Es blickte mich nicht an, sondern leuchtete mich mit einem stechenden Lichtstrahl aus. Die beiden unteren Augen waren nicht weiter ungewöhnlich; sie wirkten klug, ein bisschen traurig, und ihr Blick war nicht unangenehm. Das obere hingegen hätte man für eine Waffe halten können. Es war natürlich kein Laser, doch in seiner Wirkung einem solchen nicht unähnlich.

Ellon verstärkte eilig das Schutzfeld. Der Arane wurde aufgehalten, doch seine Beine zappelten weiterhin in der Luft. Es war offensichtlich, dass er in unsere Richtung strebte.

»Schalte das Dechiffriergerät ein«, bat ich Irina. »Vielleicht können wir uns mit ihm verständigen.«

Unterdessen rief ich das gesamte Erkundungsteam ins Labor. Nach und nach fanden sich Mary, Lussin, Romero, Orlan und Grazio ein. Und auch Vagabund, der seinen Lieblingsplatz im Labor wegen der fetten Spinne hatte räumen müssen, kam angekrochen.

Irina startete mit dem Dechiffriergerät einen Suchlauf durch alle Frequenzen, doch es kam kein Kontakt zustande. Wenn der Arane irgendwelche Signale generierte, dann kamen sie nicht bei uns an.

»Er ist zweifellos ein denkendes Wesen«, behauptete Irina, »aber unsere Empfänger können seine Sprache nicht verstehen.«

»Dafür scheint er uns ganz hervorragend zu verstehen, auch ohne Dechiffriergerät«, mutmaßte Orlan.

Das fruchtlose Herumexperimentieren mit dem Dechiffriergerät ging mir auf die Nerven. Ich stand auf. Mary tat es mir gleich, und wir traten beide bis auf einen Meter an den Aranen heran. Mich wurmte der Gedanke, dass die Spinne uns womöglich ausgezeichnet verstand und taxierte, es jedoch nicht für nötig befand, uns anzusprechen.

Fast feindselig ließ ich meinen Blick über das bizarre Geschöpf schweifen, von den endlos langen, achtgliedrigen Beinen zum rundlichen, von schwarzen Borsten bedeckten Leib, vom Leib zum schlangenhaarigen Kopf und vom Kopf auf das dreiäugige, brauenlose, rundmündige Gesicht. Dem Blick der unteren beiden Augen hielt ich problemlos stand; er hatte nichts Bedrohliches und nichts Herausforderndes an sich. Doch das obere Auge funkelte böse. Von ihm fühlte ich mich provoziert, fixierte meinen Blick darauf und nahm alle Willenskraft zusammen, um den Schwall von Feindseligkeit, der mir entgegenzuschlagen schien, zurückzuwerfen.

»Was ist mir dir, Eli? Du bist ja ganz rot im Gesicht«, flüsterte Mary und nahm meine Hand.

»Lass mich«, zischte ich mit zusammengebissenen Zähnen. »Ich werde diesem kosmischen Clown zeigen, dass er es nicht mit Idioten zu tun hat, sondern mit einer willensstarken Intelligenz, die sich nicht gerne manipulieren lässt!«

Im Nachhinein kann ich mir selbst nicht erklären, warum ich in jenem Augenblick so aufgebracht war und wie ich mich zu solchen Worten hinreißen lassen konnte. Der gestrandete Raumfahrer hatte uns schließlich nichts getan. Ein unkontrollierter Ausbruch gekränkten Stolzes war völlig fehl am Platz, und der wissenschaftliche Leiter der Expedition hätte sich solche Emotionen schon zweimal nicht erlauben dürfen.

Im Augenwinkel sah ich Orlans entgeistertes Gesicht und Grazios vorwurfsvollen Blick. Auch Lussins ratloser Seufzer und Marys fester werdender Griff an meiner Hand entgingen mir nicht. Dies alles hätte mich wohl wieder zur Besinnung gebracht, wenn der Arane meinen unvermittelten Wutausbruch nicht selbst besänftigt hätte: Sein oberes Auge erlosch plötzlich und unterschied sich nicht mehr von den beiden unteren. Mit allen dreien sah er mich nun fragend an, und dieser Blick konnte alles

Mögliche auslösen – Verwunderung, Interesse, sogar Mitleid –, jedoch keinen Zorn. Mit einem Mal schämte ich mich für meinen Ausbruch.

»Ich gehe wohl besser«, murmelte ich kleinlaut. »Früher oder später werden wir uns mit dem Unbekannten sicher verständigen können.«

Die Verständigung kam eher früher als später zustande: Ich hatte noch keine drei Schritte zur Tür gemacht, als der Arane zu sprechen begann. Er sprach natürlich nicht wie wir durch modulierten Schall. Das wäre auch gar nicht möglich gewesen, da er über keinen entsprechenden Stimmapparat verfügte. Seine Stimme erklang vielmehr im Gehirn der Zuhörer, und jeder von uns hörte etwas anderes, denn Sprache und Klang waren exakt auf jeden Einzelnen von uns abgestimmt.

Des Aranen Rede war so beschaffen, dass sie unter Umgehung der Ohren direkt in unsere Gehirnzellen strömte. Im Chaos der Wellen, die durch unsere Gehirnzellen jagen, wählte er fehlerlos jene aus, die die Wahrnehmung von Sprache auslösen; so wie der Druck auf den Sehnerv die Wahrnehmung eines Lichtblitzes hervorruft.

»Ich verstehe eure Sprache«, sagte er, »und ihr werdet mich verstehen. Ich bin einer von sechs Flüchtlingen aus den Untergehenden Welten. Wir wollten aus unserer Zeit ausbrechen, in eine ferne Zeit gelangen und dort verweilen. Das ist uns nicht gelungen. Aus der fernen Zeit sind wir wieder in unsere eigene zurückgefallen. Meine Gefährten sind schon beim Ausbruch aus unserer Zeit gestorben. Sie haben die Zukunft nicht ertragen. Sie konnten nur in der Gegenwart leben. Ich habe überlebt, doch beim Rückfall aus der fernen in meine Zeit habe ich das Bewusstsein verloren. Ihr habt mich gerettet.«

Des Aranen Rede versetzte uns in ungläubiges Staunen. Sicher – wir hatten schon viel skurrilere Kreaturen zu Gesicht bekommen als diesen spinnenartigen Astronauten. Auch die unmittelbare Gedankenübertragung ohne die Verwendung von

Dechiffriergeräten war im Grunde keine Sensation für uns – hatte mir nicht Orlan seinerzeit auf diese Weise seine Botschaften zukommen lassen? Scheinbar gab es also gar keinen Grund, sich zu wundern. Trotzdem sahen wir uns mit großen Augen an, und keiner konnte seine Verblüffung verbergen: Die Kommunikation mit dem fremden Wesen lief einfach zu reibungslos ab.

Sein perfektes Verständnis unserer Sprache, Denkweise, Logik und Gefühlswelt war uns unbegreiflich. Wir konnten uns nicht erklären, wie leicht es diesem fremdartigen Wesen gelang, in unsere Gedankenwelt einzudringen. Dass dieser Umstand nicht nur außergewöhnlich war, sondern auch eine Gefahr barg, spürten wir sofort.

»Wenn Sie nichts dagegen haben, werde ich das Gespräch mit dem verehrten Zeitreisenden führen«, sagte Romero zu mir und wandte sich an den Aranen. »Also, lieber Gast, Sie hatten gesagt, sie seien ein Flüchtling aus den Untergehenden Welten. Könnten Sie präzisieren, um was für Welten es sich dabei handelt?«

»Wenn ihr euren Kurs beibehaltet, werdet ihr sie bald zu sehen bekommen.«

»Gehören Sie zu den Bewohnern der Untergehenden Welten?«

»Dort siedeln Wesen wie ich und meine verunglückten Freunde.«

»Auf Ihre Wohnstatt werde ich später noch zurückkommen, wenn Sie erlauben. Im Moment beschäftigt mich eine andere Frage. Sie flüchten also aus Ihrem heimischen Nest – bitte verzeihen Sie, dass ich Ihre … ähm … Untergehenden Welten so nenne. Doch aus welchem Grund haben Sie sich als Fluchtweg ausgerechnet einen Kollapsar ausgesucht? Der Kollaps eines Sterns ist so ziemlich das verheerendste Ereignis im All, das man sich vorstellen kann.«

»In unseren Welten ist eine Zeitkrankheit ausgebrochen. Unsere Zeit ist marode, sie reißt häufig auseinander. In euren Gehirnen lese ich den Namen einer Krankheit, die einmal in euren

Welten gewütet hat. Dieser Name passt: Wir sind vom Zeitkrebs befallen.«

»Vom Zeitkrebs?!«, riefen wir wie aus einem Munde.

»Ja, Krebs! Aus unserer zerrütteten Zeit wollten wir in irgendeine intakte Zeit entkommen, egal ob Vergangenheit oder Zukunft. Beim Kollaps eines Sterns wird die Zeit transformiert. Gegen die verstärkte Gravitation waren wir gewappnet. Wir sind in eine Zeitinversion geraten, so wie wir es geplant hatten. Doch die Zukunft hat uns nicht bei sich behalten.«

»Ein bedauerlicher Fehler, mein lieber … ähm … Wie darf ich Sie nennen?«

»Nennen Sie mich Oan.«

»Nun denn, Oan, Sie haben also beschlossen, zu sechst aus Ihrer Gesellschaft und aus Ihrer Zeit zu fliehen?«

»Aus der Zeit, nicht aus der Gesellschaft. Wir sind Abgesandte der Todhasser.«

»Habe ich Sie richtig verstanden – der Todhasser?«

»Die Todhasser sind unsere Brüder. Sie haben uns entsandt, damit wir Wege in eine intakte Zeit auskundschaften. Die Todsüchtigen dagegen sind von der Lust am Untergang beseelt.«

»Todhasser, Todsüchtige … Das hört sich so an, als gäbe es zwischen diesen beiden Gruppierungen ein Zerwürfnis.«

»Kein Zerwürfnis, sondern Krieg! Die Todhasser kämpfen gegen die Todsüchtigen, damit diese den Tod nicht herbeiführen, die Todsüchtigen vernichten ihrerseits die Todhasser, damit sie den Tod nicht verhindern. Die Todsüchtigen werden vom Vater Akkumulator unterstützt.«

»Vom Vater Akkumulator? In unserer Sprache bezeichnet der Begriff Akkumulator kein Lebewesen!«

»Ich habe den Begriff in euren Gehirnen gefunden. Er charakterisiert sehr genau die Natur des Herrschers, der den Willen der Unerbittlichen Götter in die Tat umsetzt.«

Romero sah Oan ziemlich entgeistert an. Dabei war das, worüber er sich so wunderte – irgendwelche Streitereien zwischen Todhassern und Todsüchtigen, irgendein Vater Akkumulator –, eine Petitesse im Vergleich zu dem, was sich unter der Oberfläche dieser Unterhaltung abspielte. Während Romero mit gezielten Fragen versuchte, ein paar Informationen über Oan und sein Volk herauszubekommen, las jener in aller Ruhe in unseren Gehirnen wie in einem Buch. Wir waren für ihn buchstäblich gläsern.

Allein die Tatsache, dass dieser Arane imstande war, in unseren grauen Zellen nach passenden Begriffen zu fahnden, empfand ich als schockierend, selbst wenn er diese Fähigkeit bislang nicht missbrauchte, sondern lediglich zur Kommunikation einsetzte. Es schien mir geboten, Romero darauf hinzuweisen.

»Pawel, ich habe den Eindruck, dass dieser Arane uns auch ins Bild setzen könnte, ohne dass Sie Fragen stellen«, flüsterte ich ihm zu. »Er weiß doch, was uns interessiert, noch bevor es uns selbst bewusst wird.«

Während ich auf Romero einsprach, ließ ich den Fremdling nicht aus den Augen. Er wippte auf seinen zwölf Beinen auf und ab, während er zwischen Boden und Decke schwebte. Dabei stützte er sich mit den Fußenden in der Luft ab wie auf dem Boden, während sich seine Beine in den Gelenken durchbogen und seinen Rumpf auf und ab schwingen ließen.

Die Schlangenhaare auf seinem Kopf waren ständig in Bewegung. Mal reckten sie sich nach allen Seiten, mal wanden sie sich zu einem Büschel zusammen, mal wurden sie länger und mal kürzer. Sie waren lebendig wie die Fangarme eines Kraken. Zweifellos konnten diese schauderhaften Tentakel genauso greifen und würgen wie streicheln und umgarnen. Romero erzählte mir später, dass die längst ausgestorbenen antiken Gorgonen eine ähnliche Schlangenbrut auf dem Kopf getragen hätten. Ich nehme an, dass der gute Pawel da wieder mal übertrieben hat. Die irdischen Museen kenne ich eigentlich ganz gut, doch eine Gorgone ist mir dort noch nie untergekommen.

Obwohl Oan garantiert nicht entgangen war, was ich zu Romero gesagt hatte, dachte er gar nicht daran, von sich aus zu erzählen, sondern wartete seelenruhig ab, bis Romero ihm weitere Fragen stellte.

»Todhasser und Todsüchtige, ein Vater Akkumulator und Unerbittliche Götter … Ich bezweifle, dass die menschliche Vorstellung von Göttern auf reale Wesen Ihrer Welt angewendet werden kann. Wissen Sie, unsere Götter sind reine Fantasiegeschöpfe. Sie existieren und existierten nur in unseren Köpfen. Verstehen Sie mich?«

»Der Begriff ›Götter‹ in euren Gehirnen passt genau auf die Eindringlinge im System der Drei Staubsonnen. Man muss lediglich das Wort ›unerbittlich‹ hinzufügen, denn diese neuen Herrscher sind erbarmungslos. Die Todsüchtigen unterwerfen sich dem Willen der Unerbittlichen Götter, die Todhasser lehnen sich dagegen auf.«

»Haben Sie jemals so einen Unerbittlichen Gott gesehen? Gibt es viele davon?«

»Sie können ein beliebiges Äußeres annehmen. Sie sind mitten unter uns. Jeder kann zur Maske eines Unerbittlichen Gottes werden. Ihnen eigen ist eine diabolische Durchtriebenheit – auch ein Begriff aus eurem Kopf. Es sind Götter der Zerstörung – wahre Teufel! Wir waren einmal ein großartiges Volk, jetzt sind wir nur noch jämmerliche Kreaturen. Diese Götter sind daran schuld.«

Romero drehte sich hilfesuchend nach mir um.

»Können Sie damit etwas anfangen, Eli?«, fragte er.

»Nicht mehr als Sie, Pawel. Eines ist klar: Die Aranen werden von einer mächtigen Zivilisation rücksichtslos unterdrückt. Vielleicht sind es die Ramiren. Sollte dem so sein, lassen sie diese ersten Informationen nicht gerade in einem günstigen Licht erscheinen.«

Romero war nicht nur mit seinem Latein am Ende, sondern auch mit seinen Fragen. Nun schalteten sich auch die anderen in das Gespräch ein, überraschenderweise sogar Orlan und Grazio. Orlan hatte sich noch nie durch besondere Neugier hervorgetan, und bei den selbstverliebten Galakten hielt sich das Interesse an Fremden generell in engen Grenzen. Indes, das vernunftbegabte Spinnenwesen lockte selbst Grazio aus der Reserve.

Nur Vagabund, Ellon und ich stellten dem Aranen keine einzige Frage. Der Drache lugte listig aus seinen zusammengekniffenen Augen heraus und hörte gespannt zu. Ellon war meiner Meinung nach schlichtweg beleidigt. Er hatte sich daran gewöhnt, stets im Mittelpunkt des Interesses zu stehen, im Moment jedoch nahm niemand von ihm Notiz. Ich selbst schwieg einfach deshalb, weil alle Fragen, die ich Oan hätte stellen können, schon von meinen Freunden gestellt wurden.

Die Quintessenz aus Oans Antworten möchte ich hier kurz zusammenfassen: Die Aranen besiedelten den zweiten von neun Planeten, die um die Drei Staubsonnen kreisten – dabei handelte es sich offenbar um ein Dreigestirn. Auf den übrigen acht Planeten hatte sich kein Leben entwickelt. Es existierten Überlieferungen aus Zeiten, in denen die Drei Sonnen noch staubfrei und die Aranen selbst ein mächtiges Volk waren. Sie hatten es geschafft, die planetare Anziehungskraft zu überwinden und in den interstellaren Raum vorzudringen.

Jahrtausendelang hatte niemand etwas von Unerbittlichen Göttern gehört. Doch dann tauchten sie plötzlich auf und vernebelten die einst klaren Drei Sonnen. Der Planet der Aranen wurde von dicken Staubwolken umhüllt. Im Bestreben, gegen die Verstaubung ihres Lebensraumes anzukämpfen, bauten die Aranen Spezialschiffe, die dank elektrisch generierter Felder in der Lage waren, Partikel anzusaugen. Der Staub setzte sich in Schichten an der Oberfläche der Schiffe ab, wodurch sie immer größer und schließlich zu kleinen Planetoiden wurden.

Bis zum Bau der Spezialschiffe hatten die Fremdplanetarier, die ins System der Drei Sonnen eingedrungen waren, den Aranen kaum Beachtung geschenkt. Dies änderte sich nun schlagartig. Die Staubsaugerschiffe wurden systematisch gesprengt, und die Schiffe, die bereits zu Planetoiden geworden waren, wurden aus dem System der Drei Sonnen hinauskatapultiert. Sie geisterten nun als Irrläufer durch die Weiten des Alls und saugten alles auf, was an Staub und kleineren kosmischen Objekten in ihre Nähe kam.

»Auf einen solchen Planetoiden sind wir gestoßen«, warf Romero an dieser Stelle ein. »Wir hielten ihn für einen lebendigen Killerplaneten, dabei war es nur ein außer Kontrolle geratener, kosmischer Staubsauger.«

Die Vernichtung der Säuberungsschiffe war nur der Anfang der Katastrophe. Die Sternenschiffe der Aranen luden vor längeren Raumfahrten ihre Energiereserven bei den Drei Sonnen auf. Nun wurde jedes Schiff, das sich den Drei Sonnen näherte, gesprengt. Unternehmungen im interstellaren Raum wurden zu Himmelfahrtskommandos.

Einige Schiffe versuchten, ihre Energiereserven bei anderen Sternen aufzutanken, doch der Kontakt zu ihnen brach nach einiger Zeit ab. Sie blieben für immer verschollen.

So trieb die Zivilisation der Aranen dem Untergang entgegen. Es blieb nur eine Hoffnung: Die fremden Götter waren urplötzlich aufgetaucht, sie konnten genauso schnell auch wieder verschwinden. Man beschloss, sich zurückzuziehen und auf die Stunde der Befreiung zu warten.

Doch die Hoffnung auf Erlösung vom fremden Joch wurde von der bitteren Erkenntnis erstickt, dass die Fremdplanetarier gar nicht daran dachten, die Drei Sonnen zu verlassen. Sie spielten nicht nur den Aranen, sondern auch der Natur selbst übel mit. Nicht einmal die Zeit war vor ihren Übergriffen sicher! Sie brachten die ruhig und geradlinig dahinfließende Zeit der Drei Sonnen vollständig aus dem Lot.

Der Planet der Aranen besitzt einen Mond – der einzige Ort im All, den die vernunftbegabten Spinnenwesen aufsuchen konnten, ohne von ihren Unterdrückern unmittelbar bestraft zu werden. Doch ein Tag auf diesem Mond ließ sie so stark altern wie eine ganze Woche auf dem Planeten.

Und jeder Raumfahrer, der sich weiter als bis zum Mond wagte, erlitt einen Zeitriss im Körper: Das Herz lebte in einer Zeit, die Beine in einer anderen; einige Körperteile alterten kaum merklich, andere welkten in rasendem Tempo dahin. Jugendliche Kraft und greisenhafte Hinfälligkeit trafen sich in ein und demselben Körper. Der tollkühne aranische Raumfahrer lebte gleichzeitig in Vergangenheit und Zukunft. Sein Geist wurde von widersprüchlichen Gedanken und Wünschen zerrissen, auf Fragen antwortete er mit Ja und Nein gleichzeitig. Eine zielgerichtete Fortbewegung wurde unmöglich, denn ein Teil der Beine strebte vorwärts, die anderen rückwärts. Aus Angst, an diesem schrecklichen Zeitkrebs zu erkranken, verzichteten schon bald auch die mutigsten Aranen darauf, ihren Planeten zu verlassen.

In aussichtsloser Lage versuchte das geschundene Volk noch einen letzten Aufstand gegen die Unerbittlichen Götter. Er scheiterte kläglich. Die Kriegsschiffe erwiesen sich als manövrierunfähig, da die Synchronisation der Antriebsmaschinen versagte; jede Maschine funktionierte in ihrer eigenen Zeit. Zudem waren die Schiffsbesatzungen nicht in der Lage, Anweisungen koordiniert auszuführen.

Beim Versuch, sich mit neuer Kraft aufzuladen, wurden geschwächte Kämpfer von elektrischen Stürmen niedergestreckt. Aranen können elektrischen Strom direkt aufnehmen, er ist ihre Nahrung, ihre Sprache und ihr Denken. Doch nun geriet die Mutter Blitzschleuderin außer Rand und Band und verpasste ihnen eine Überdosis Strom.

Zu jener Zeit entstand die Bewegung der Todsüchtigen, die dem Motto folgte: Lieber ein Ende mit Schrecken als ein Schrecken ohne Ende! Sie riefen zu öffentlichen Selbstverbrennungen auf und begannen die Energie des Vaters Akkumulator, der einzigen Existenzquelle der Aranen, zur Selbstzerstörung einzusetzen.

Nur ein einziges Raumschiff war in den Höhlen des Vaters Akkumulator erhalten geblieben, und eben jenes Schiff entwendeten die sechs Flüchtlinge, als ihnen die Idee kam, in der Zeitverdichtung eines Kollapsars in die Zukunft zu entfliehen.

»Wir Todhasser sind in der Minderzahl«, schloss Oan. »Aber wir sind davon überzeugt, dass es eine Rettung gibt. Mit dem gekaperten Raumschiff haben wir versucht herauszufinden, ob über einen Umweg durch die Zukunft eine Flucht in die Vergangenheit möglich ist. Wir wollten den Ring der Zeit schließen, doch die Zukunft hat uns nicht bei sich behalten, und es ist uns nicht gelungen, fließend in die Vergangenheit einzutauchen. Ich weiß nicht, wer ihr seid, Fremde, doch ihr habt mich gerettet. Helft uns Elenden!«

Dann schwieg Oan. Später erfuhren wir, dass seine Reserven an elektrischer Energie aufgebraucht waren. Damals dachten wir, er sei einfach erschöpft, nachdem er stundenlang unsere Fragen beantwortet hatte. Das Wichtigste über das Volk der Aranen hatten wir jedenfalls erfahren.

Romero verkündete, dass unser Gast sich ausruhen müsse, und allmählich leerte sich das Labor. Ich wollte mit Ellon unter vier Augen sprechen und bat ihn, mit zu mir zu kommen. Gewohnt missvergnügt stimmte der Demiurg zu, sein Reich zu verlassen.

Das Quartier, in dem Mary und ich wohnten, bestand aus unseren zwei Arbeitszimmern, einem Schlafzimmer und einem Wohnzimmer. In Letzterem wurde eine komplette Wand von einem Bildschirm eingenommen. Natürlich war er viel kleiner als die Monitore im Kommando- und Observationsraum, doch er stellte genau dasselbe dar – den Sternenraum, in dem wir uns bewegten. Das Privileg eines Wohnzimmerbildschirms hatte ich mir ausbedungen, um ungestört über die Gestirne nachsinnen zu können.

Ellon nahm unbeholfen auf einem Stuhl Platz. Demiurgen sitzen nicht gerne. Sie fühlen sich nur wohl, wenn sie in ihrem ausladenden Schritt umherhüpfen können. In meinem winzigen Wohnzimmer konnte man das vergessen.

»Folgendes, Ellon«, begann ich. »Es gefällt mir nicht, dass Oan unsere Gedanken lesen kann und mühelos unsere Sprachen spricht. Mit dir hat er doch sicher nicht auf Irdisch gesprochen, oder?«

»Nein, natürlich nicht. Er beherrscht die Sprache der Demiurgen perfekt. Er kennt sogar den Dialekt der mittleren Planeten des neunundsiebzigsten Perseussterns, den ich in meiner Kindheit gesprochen habe. Es hat mich gefreut, diese wenig verbreitete Mundart wieder einmal zu hören. Mit Orlan spreche ich in der Staatssprache. Er beherrscht meinen Heimatdialekt nicht.«

»Siehst du, Orlan verstünde nicht einmal eine Sprache, die in seinem eigenen Volk verbreitet ist, und dieser Fremdling, der niemanden von uns je zuvor gesehen hat, spricht aus dem Stand mindestens fünf oder sechs Fremdsprachen, die er nie gelernt hat.«

»Wundert dich das, Admiral?«

»Es beunruhigt mich, Ellon. Es ist mir ein Rätsel, wie diese unglaubliche intellektuelle Leistung zustande kommt.«

»Vielleicht haben wir es mit einer höheren Intelligenz zu tun?«

»Mit einer höheren Intelligenz?«, echote ich und grinste skeptisch. »Wie vereinbart sich diese exorbitante Intelligenz mit einer untergehenden Zivilisation? Und wie passt dieser brillante Verstand mit dem primitiven Aberglauben dieser Wesen zusammen? Oder hat Oan in deinem Dialekt nicht von Unerbittlichen Göttern, einem Vater Akkumulator und einer bösen Mutter Blitzschleuderin gesprochen?«

»Doch, hat er. Darin liegt sicher ein Widerspruch. Aber warum erzählst du mir das, Admiral? Worauf willst du hinaus?«

»Könntest du nicht eine Art Schutzschirm für uns entwickeln, der verhindert, dass er unsere Gedanken liest? Auf der Erde gilt der Versuch, sich in die Gedankenwelt eines anderen einzuschleichen, als verwerflich. In unseren Dechiffriergeräten sind Sicherheitsvorrichtungen eingebaut, die verhindern, dass man die Gedanken seines Gegenübers ohne dessen Einverständnis liest.«

Ellon verdrehte den Kopf auf seinem Gummihals um gute hundertachtzig Grad. Diese Geste des Demiurgen entsprach in etwa einem schwachen Kopfschütteln bei uns Menschen.

»Ich glaube nicht, dass sich ein solcher Schutzschirm realisieren lässt, Admiral. Außerdem hielte ich es nicht für zweckmäßig, das Labor wegen so einem überflüssigen Kram von seiner eigentlichen Arbeit abzuhalten. Wir haben nach wie vor keinen hundertprozentigen Schutzmechanismus gegen unerwartete Rotonenangriffe parat, und unsere Gravitationsschnecken müssen dringend verbessert werden. Aber wenn ich dir einen Vorschlag machen darf, Admiral: Kontrolliert doch eure Gedanken. Was ihr nicht in eure Großhirnrinde gelangen lasst, wird der Arane dort auch nicht finden. Das ist doch ganz einfach!«

So einfach, wie Ellon sich das vorstellte, war das natürlich nicht. Wir Menschen haben unsere Gefühle und Gedanken lange nicht so gut im Griff wie die Demiurgen. Bisweilen steuern uns unkontrollierbare Gefühle, und Gedanken drängen sich unwillkürlich in unser Bewusstsein – ein Phänomen, das bei Demiurgen und Galakten so gut wie unbekannt ist.

Doch ich verzichtete darauf, mich auf eine Diskussion mit Ellon einzulassen. Alle Demiurgen sind dickköpfig. Und Ellon ist so stur wie zwei von seiner Sorte. Ich erhob mich.

»Einen Moment noch, Admiral«, sagte Ellon. »Du hast mir Fragen gestellt – jetzt bin ich an der Reihe. Die Spinne hat um Hilfe für ihr Volk gebeten. Werden wir diese Hilfe gewähren?«

»Zweifelst du etwa daran, dass wir dies tun sollten?«

»Ich zweifle daran, dass man jedem helfen sollte, der darum bittet. Ich würde erst einmal prüfen, ob derjenige die Hilfe auch verdient.«

»Die Mitglieder unserer Expedition dürften deine Vorbehalte wohl kaum teilen. Damit meine ich in erster Linie die Menschen, aber nicht nur sie. Wir Menschen halten es für unsere Pflicht, jemandem zu helfen, der uns darum bittet. Wundert dich diese Einstellung?«

»Durchaus. Wenn es darum geht, die Kräfte der Natur nutzbar zu machen, seid ihr sehr flexibel. Ihr seid vielseitige Ingenieure und Konstrukteure. Doch sobald moralische Aspekte ins Spiel kommen, verhaltet ihr euch völlig verkrampft. In eurer ethischen Gesinnung seid ihr geradezu verknöchert und lehnt jede Abweichung kategorisch ab. Damit erschwert ihr euch selbst den Umgang mit anderen Zivilisationen.«

»Das sehe ich anders, Ellon. Wir Menschen sind stolz darauf, nicht den Weg des geringsten Widerstands zu gehen. In moralischen Fragen sind wir geradlinig und unflexibel, da hast du absolut Recht. Was Gut und Böse anbelangt, haben wir eine klare Linie. Und wir halten das für eine Errungenschaft, nicht für einen Mangel, mein lieber Ellon!«

Der Demiurg zog sich zurück. Oleg beschloss, die Neuigkeiten, die wir von Oan erfahren hatten, mit allen Besatzungsmitgliedern zu diskutieren. Auf einer Konferenzschaltung unseres Geschwaders fasste ich meine Einschätzung der neuen Entwicklungen folgendermaßen zusammen:

»An Götter glauben wir nicht. Übernatürliche Kräfte existieren nicht. Selbst die vermeintliche Außerkraftsetzung von Naturgesetzen geschieht im Einklang mit allgemeineren Gesetzen eben dieser Natur. Der Begriff ›Unerbittliche Götter‹ ist nur ein Symbol dafür, dass in die Welt der Drei Staubsonnen Wesen eingedrungen sind, die ihr gutes Herz verloren haben. Sie sind mächtig, aber nicht übermächtig. Die Aranen bitten uns um Hilfe. Wenn wir sie ihnen versagen, werden sie untergehen. Meiner Ansicht nach ist es unsere Pflicht, ihnen zu helfen. Wenn wir dabei in eine Auseinandersetzung mit einer bösartigen Zivilisation schlittern, dann lässt es sich eben nicht vermeiden. Ich bin davon überzeugt, dass wir siegen werden. Denn die Gerechtigkeit ist auf unserer Seite!«

Heute, da niemand weiß, ob wir uns werden retten können, mögen meine Worte von damals leichtsinnig erscheinen. Bislang haben wir in dem Krieg, den wir selbst heraufbeschworen haben, nur Niederlagen erlitten. Wir hatten keine Ahnung, welch kolossaler Macht wir uns in den Weg stellen. Doch auch jetzt, im Wissen um alle Konsequenzen meiner Worte, bleibe ich dabei, und keiner der Überlebenden wird seine damalige Zustimmung zurücknehmen. Den Feldzug zu den Drei Staubsonnen haben wir einmütig beschlossen. Wir wurden um Hilfe gebeten und konnten diese Bitte nicht abschlagen. Sollte diese Botschaft die Erde einst erreichen, dann mögen alle wissen: Wir bereuen nichts! In dem entfachten Krieg haben sich unsere Waffen als stumpf erwiesen. Unsere Hände sind schwach, doch unser Gewissen ist rein! Im Raum gibt es drei Achsen – eine davon ist die Moral. Güte und Edelmut sind unser Weg, da gibt es kein Zurück und auch kein Außenherum. Ich sage dies in der Gewissheit, dass uns morgen der Untergang droht. Nehmt dies als mein Vermächtnis: Lieber gehen wir unter, als dass wir uns mit abscheulicher Niedertracht abfinden!

4

Romero taufte den Planeten, zu dem wir nun unterwegs waren, Arania. Bei der Auswahl der Namen für neu entdeckte Kreaturen und Himmelskörper ließ ich unserem Chronisten freie Hand. Viel mehr beschäftigte mich die Frage, wie wir den Aranen konkret helfen konnten. Um dies zu eruieren, mussten wir sie und ihre Gesellschaft erst einmal besser kennenlernen. Doch wie sollten wir das bewerkstelligen? Konnten wir uns einfach als Freunde zu erkennen geben, oder war es besser, sich als getarnte Kundschafter unter sie zu mischen?

»Ihr könnt unmöglich einfach bei uns auftauchen und euch als wohlgesinnte Fremdplanetarier vorstellen«, ereiferte sich Oan, als ich ihn darauf ansprach. »Schließlich sind wir ein gespaltenes Volk. Als Freunde der Todhasser wärt ihr automatisch die Feinde der Todsüchtigen. Ihr müsst euch tarnen und solltet die körperliche Gestalt von uns Aranen annehmen. Die Unerbittlichen Götter machen das auch so. Folgt ihrem Beispiel.«

»Wie stellst du dir das vor?«, entgegnete ich skeptisch. »Nicht einmal unser Biologe Lussin würde es hinbekommen, uns in Zwölfbeiner zu verwandeln. Keine Ahnung, wie eure Unerbittlichen Götter das bewerkstelligen, aber uns sind solche Metamorphosen nur aus fantastischen Romanen geläufig.«

»Ich wüsste schon eine Möglichkeit«, mischte sich Ellon ein. »Ich könnte einen spinnenförmigen Spezialanzug konstruieren, der sich von innen steuern lässt, dann wäre der Umbau des Körpers verzichtbar. Das sollte überhaupt kein Problem sein, denn wir Demiurgen haben einige Erfahrung im Einsatz von materialisierten Phantomen. Nur für den Drachen scheidet diese Möglichkeit aus: Er ist viel zu groß und würde sich außerdem durch sein dauerndes Qualmen verraten.«

»Fragt sich nur, ob es alle Expeditionsteilnehmer eine gute Idee finden, als Spinnen über Arania zu krabbeln«, gab ich zu bedenken.

»Wer dazu keine Lust hat, kann doch als Unsichtbarer an der Mission teilnehmen«, erwiderte Ellon. »Die neuesten Abschirmkonstruktionen sind so gut, dass sie selbst einem Menschen fast hundertprozentige Unsichtbarkeit verleihen. Das einzige Problem dabei ist, dass Menschen nur für relativ kurze Zeit unsichtbar bleiben können.«

»Das ist mir zu riskant, Ellon. Stell dir vor, wir laufen als Unsichtbare über den fremden Planeten und werden dann plötzlich sichtbar – möglicherweise mitten in einer Horde feindseliger Todsüchtiger. Da ist mir die Tarnung als Arane schon lieber.«

Einige Zeit später tauchte unser Geschwader in die Untergehenden Welten ein.

»Du liebe Güte, wo sind wir denn hier gelandet!«, seufzte Mary und griff sich an die Stirn.

»Faszinierend!«, schwärmte Oshima.

Die Bildschirme wurden von dichten Staubwolken verfinstert. Schon der Galaxisbezirk, aus dem wir gerade kamen, war ja die reinste Waschküche gewesen, doch die Gefilde, die wir nun bereisten, waren noch viel nebliger. Wir gerieten sozusagen vom Regen in die Traufe.

Abgesehen davon war die kosmische Brühe der Untergehenden Welten mit Tausenden von Gestirnen gespickt. Unsere neue Umgebung war ein kompakter, in düstere Schleier gehüllter Sternhaufen. Seine dicht gesäten Einzelsterne schimmerten als konturlose, rötliche Flecken in einer permanenten Dämmerung. Unter normalen Umständen hätten hier vierhundert Sonnen vom Himmel gebrannt, und es wäre niemals irgendwo Nacht geworden. Doch es gab keine »normalen« Umstände, denn selbst gigantische Sterne waren in den trüben Nebeln kaum auszumachen.

Wir näherten uns einem pulsierenden roten Ball. Schon bald erkannten wir, dass es sich um drei Sterne handelte, die um ein gemeinsames Zentrum kreisten und sich periodisch gegenseitig verdeckten. Es waren die Drei Staubsonnen. Oleg ließ das Geschwader sammeln und abbremsen. Sicherheitshalber stoppten wir in großer Entfernung zur Arania. Die unglückseligen Aranen hätten uns aus dieser Distanz selbst mit ihren besten Ortungsgeräten nicht entdecken können. Jedenfalls versicherte uns dies Oan. Ob das auch für die Unerbittlichen Götter galt, wussten wir indes nicht.

Oleg ordnete an, das Erkundungsteam möge sich für den Überflug zur Arania bereit machen. Ich begab mich zu Vagabund. Nach dem Auftauchen von Oan war er in den Pegasusstall umgezogen, wo er sich wenigstens ausstrecken konnte, ohne gegen eine Wand zu stoßen. Wir nannten den Raum seither Drachenstall. Trotz Lussins heftiger Proteste hatten wir diesmal keine Pegasusse auf die Expedition mitgenommen.

Bei Vagabund traf ich Lussin mit seinem Schäferhund Mizar. Er hatte darauf bestanden, wenigstens seinen Hund mitzunehmen, wenn er sich schon von seinen geliebten Pegasussen trennen musste. Selbstverständlich war Mizar kein gewöhnlicher Hund, sondern ein Mathematikgenie auf vier Pfoten. Während sich die meisten anderen Hunde schon an den vier Grundrechenarten die Zähne ausbissen, konnte Mizar sogar Gleichungen mit zwei Unbekannten lösen. Auch seine physikalischen Kenntnisse waren beeindruckend und hätten jeden mittelalterlichen Professor vor Neid erblassen lassen. Lussin behauptete, Mizar habe ein Talent für die exakten Wissenschaften.

Ich setzte mich auf Vagabunds Pfote und streichelte den braven Schäferhund. Auf die Hinterbeine gestellt war er so groß wie ich, hatte ein glattes, glänzendes Fell, kräftige Kiefer und kluge Augen. Die Demiurgen machten einen großen Bogen um ihn, denn Mizar fing stets zu knurren an, wenn einer der ehemaligen Zerstörer in seine Nähe kam. Die gepanzerten Stielaugen und die Unsichtbaren hatten zwar nichts von ihm zu befürchten, doch so zerbrechliche Wesen wie Orlan und Ellon hätte er mühelos in Stücke reißen können.

Mizar trug ein edles, orangefarbenes Halsband – sein individuelles Dechiffriergerät. Lussin hatte es so perfekt eingestellt, dass Mizars Gebell in unseren Gehirnen als menschliche Sprache erklang. Der Schäferhund verstand Menschen übrigens auch ohne Dechiffriergerät. In dieser Hinsicht war er uns Primaten überlegen, denn wenn der Sprachwandler ausgeschaltet war, konnte er bellen, solange er wollte – wir verstanden keinen Ton.

»Du musst leider auf dem Sternenschiff bleiben«, sagte ich zu Vagabund. »Als rauchende Riesenspinne würdest du auf der Arania keine gute Figur machen. Und Mizar bleibt auch hier, er wird dir Gesellschaft leisten.«

»Ihr könntet mich aber gut brauchen dort unten, Admiral Eli«, knurrte Mizar, der wie alle Hunde ein ausgeprägtes Verständnis für Rangfolgen hatte und mich stets Admiral nannte. »Ich würde euch besser beschützen als eure Tarnanzüge.«

»Wir werden Gefahren konsequent aus dem Weg gehen, Mizar. Lussin, hast du schon mit Trub und Gig gesprochen?«

»Die Spezialanzüge«, seufzte Lussin. »Gefallen ihnen nicht. Sind beleidigt. Beide.«

»Und dein Anzug?«

»Kein Problem! Eine zweite Haut.«

»Ich werde mir Trub und Gig einmal vorknöpfen. Und wenn sie sich nicht überreden lassen, müssen sie eben hierbleiben.«

Das Erkundungsteam und Oan versammelten sich im Start- und Landeraum der Planetenschiffe. Dort lagen unsere neuen Spinnenkörper bereit. Nun war es an der Zeit, hineinzuschlüpfen und sie auszuprobieren. Ellon hatte uns nicht zu viel versprochen: Alle Gliedmaßen ließen sich gedanklich steuern. Man konnte den Kopf frei bewegen, und sogar die Schlangenhaare ließen sich wahlweise zusammenrollen, abstrecken oder als Greifwerkzeuge benutzen.

Als schwieriger erwies sich die Koordination der zwölf Beine. Als ich sie gedanklich in Bewegung setzte, krabbelte ich mit einem Affenzahn los und rannte Sekunden später gegen eine Wand, weil ich es nicht schaffte, alle zwölf Beine wieder rechtzeitig zum Stehen zu bringen. Den anderen erging es nicht besser: Etliche Spinnenkörper rannten ungebremst ineinander, andere stolperten über die eigenen Beine und fielen einfach um. Oan hatte seinen Spaß. Doch nach einigem Üben bekamen wir unsere neue Motorik unter Kontrolle.

Wie Lussin angekündigt hatte, weigerten sich Trub und Gig strikt, die Tarnanzüge zu benutzen.

»Engel hassen Spinnen!«, zeterte Trub und verschränkte bockig die Flügel vor der Brust. »In dieses haarige Monster kriegen mich keine zehn Pferde hinein.«

Auch das Skelett ließ nicht mit sich reden und bestand auf seiner eigenen Uniform als Unsichtbarer. Wir beschlossen, auf ihre Dienste zu verzichten.

Beim Landeanflug hatten wir den Eindruck, als wäre die Arania vollständig von einem riesigen Ozean bedeckt. Seine dunkle Oberfläche glitzerte wie Quecksilber. Tatsächlich ist die Flüssigkeit, aus der er besteht, fast so dicht wie das flüssige Schwermetall. Wir haben Proben genommen.

Über die Oberfläche des Ozeans glitten schimmernde Körper. Oan riet uns, diesem düsteren Meer nicht zu nahe zu kommen.

»Es ist ein Räuber«, erklärte er, »genau wie alle seine Bewohner. Unaufhörlich schlägt der Ozean gegen das Festland, reißt Stücke aus ihm heraus und löst sie auf. Nur säureresistente Sedimente am Grund des Meeres verhindern, dass es sich in den Planeten frisst. Wenn elektrische Stürme toben, werden solche Sedimente ans Ufer geschleudert und verfestigen dadurch die Küste. Die räuberischen Bewohner des Ozeans umfließen ihre Opfer und lösen sie auf.«

Oan zeichnete kein allzu einladendes Bild von der Arania. Wir landeten auf der Nachtseite des Planeten. Oan stieg als Erster aus, prüfte, ob die Luft rein war, und winkte uns dann heraus. Die Szenerie war düster, aber nicht stockdunkel. Seitlich von uns schimmerte der Ozean. Der Boden leuchtete schwach, jeder einzelne Stein verströmte schwaches Licht. In geringer Entfernung phosphoreszierte ein Wäldchen in violetten Farben. Von ihm wehte eine kühle Brise zu uns herüber. Wie Oan uns erklärte, kühlen die Bäume auf der Arania die geothermisch aufgeheizte Luft des Planeten. Überall sprühten bläuliche Funken, und als wir uns in Bewegung setzten, knisterten orangefarbene Entladungen an unseren Beinen. Alles hier war mit Elektrizität aufgeladen. Die Erde, die Luft, die Pflanzen und das Meer standen unter Strom. Allüberall ein gedämpftes Lumineszieren, Phosphoreszieren, Schillern und Funkeln!

Nur der Himmel leuchtete nicht. Dort herrschte eine totale Finsternis. Von den wenigen Sternen, die als rötliche Lichthöfe durch den Staubvorhang schimmerten, wurde das Schwarz des Firmaments eher noch betont als durchbrochen. Oan bewegte sich langsam auf das Dickicht der phosphoreszierenden Bäume zu, wir krochen ihm hinterher. Dabei klappten wir unsere Beine ein und setzten nur die oberen Beinsegmente voreinander. In diesem Spinnenschleichgang konnten wir uns langsam fortbewegen, mit ausgestreckten Beinen wären wir viel zu schnell gewesen.

In dem Wäldchen blieb Oan stehen. Ich befand mich direkt hinter ihm.

»Ich spüre Entladungen von Iao«, teilte Oan mir gedanklich mit. »Iao ist ein Todhasser. Anscheinend hat er heute Wachdienst. Die Wächter warnen uns, wenn eine Horde von Todsüchtigen sich unseren Höhlen nähert. Ich werde ihm sagen, dass ihr Todhasser von der anderen Seite des Planeten seid. Wir versuchen auch dort, Anhänger zu rekrutieren.«

Drei Minuten später kam es zur Begegnung mit Iao. Vor uns leuchtete ein lilafarbener Schatten auf und verschwand wieder. Noch auf dem *Steinbock* hatte ich mit Oan vereinbart, dass er mir alle seine Gespräche mit Aranen übermittelt. In meinem Gehirn ertönte eine scharfe, sich überschlagende Stimme. Oan übersetzte mir sogar die Intonation seines Volksgenossen.

»Keinen Schritt weiter, Schleicher! Nenne deinen Namen. Nenne meinen Namen.«

»Ich bin Oan. Du bist Iao.«

»Ich bin Iao. Du hast Recht, Oan. Ich freue mich, dass du nicht umgekommen bist. Leuchte auf, damit ich dich sehen kann. – Ja, du bist Oan, der große Oan, Oors enger Freund. Wo sind deine Gefährten, Oan, deine Fluchtbrüder auf dem Weg in die Anderszeit?«

»Sie sind ums Leben gekommen. Ich werde Oor und der ganzen Gemeinschaft davon berichten. Jetzt lass uns passieren.«

»Du bist nicht allein? Was soll das bedeuten?«

»Mich begleiten Freunde von der anderen Seite des Planeten. Ich habe sie mitgebracht, damit sie die Gelegenheit haben, Oors Rede zu hören. Sie sind begierig darauf, gegen die Todsüchtigen zu kämpfen.«

»Oors Rede werden sie hören. Und wir werden ihnen die Gelegenheit geben, gegen die garstigen Todsüchtigen zu kämpfen. Darauf kannst du dich verlassen, Oan! Sie mögen aufleuchten. Du hast gut daran getan, das tapfere Volk herzubringen. Schon morgen können sie ihr Begehren in die Tat umsetzen!«

»Steht etwas Wichtiges an?«

»Die Todsüchtigen haben abermals Jagd auf alle gemacht, die in den Stunden der Dunklen Sonnen zugange waren. Die Selbstverbrennung soll morgen stattfinden, beim Aufgang der Drei Staubsonnen. Wir werden die Unglücklichen befreien. Ich freue mich für dich und deine Freunde. Ihr werdet der Rede des großartigen Oor lauschen. Geht nur forsch voran. Hinter meinem Rücken werdet ihr auf keinen Todsüchtigen stoßen.«

Oan kroch nun ein wenig schneller voran. Um ihm folgen zu können, mussten wir zwei Beinsegmente ausklappen. Dadurch schwebten unsere Spinnenleiber etwas höher über dem Boden. Die Dunkelheit wurde nur vom Phosphoreszieren der Bäume, vom Lumineszieren der Steine und vom gespenstischen Schimmern unserer eigenen Körper durchbrochen.

Romero flüsterte mir begeistert zu, er fühle sich wie ein altrömischer Verschwörer auf dem Weg zu einem Geheimtreffen in den Katakomben. Ich bezweifle, dass Romero sich in der Haut eines unserer Vorfahren mit einem Dolch unter der Toga besonders wohl gefühlt hätte. Doch ich behielt diesen Gedanken für mich, denn in seiner überschwänglichen Begeisterung für die Antike hätte er eine solche Bemerkung als kleinlich empfunden.

Was die Katakomben betrifft, war Romeros Vergleich indes gar nicht so abwegig, denn schon bald fanden wir uns in einer großen, unterirdischen Höhle wieder, die durch leuchtende Wände erhellt wurde. Am Boden wimmelte es von Spinnen. Die Aranen waren so dicht aneinandergedrängt, dass man den Eindruck hatte, die schwarzborstige Masse sei ein einziger, gigantischer, hin und her wogender Körper. Wir drangen in diesen Körper ein, wurden Teil von ihm und bewegten uns im Gleichklang mit allen anderen, neigten uns mal nach links, mal nach rechts und ließen unsere runden Leiber auf und ab wippen. Im allgemeinen Gewusel nahm niemand Notiz von uns.

»Oor!«, verkündete Oan plötzlich.

In der Mitte der Höhle legte sich eines der Spinnenwesen auf den Rücken und streckte die Beine empor. Ein anderer Arane erklomm das zwölfbeinige Podest, stützte sich mit seinen zu voller Länge gestreckten Beinen auf den lebendigen Säulen ab und begann zu pulsieren, indem er seinen mächtigen Rumpf aufblähte und wieder zusammenschrumpfen ließ. Im selben Rhythmus verströmte er rotes Licht. Er hielt eine Rede. Seine von Oan übersetzten Worte erklangen klar verständlich in unseren Gehirnen. Das war also Oor, der Oberste Todhasser.

Zu Anfang rief Oor zur Rettung jener auf, die morgen sterben sollten, und griff die Todsüchtigen scharf an; sie seien Aufrührer und zerfressen von Hass gegen sich selbst, das Leben und die ganze Welt; in ihnen wachse sich der Keim der Vernichtung zur giftigen Frucht des Untergangs aus.

Danach sang der Oberste Todhasser eine Lobeshymne auf das Leben im System der Drei Staubsonnen.

»Ach, freut euch über den Staub und ergötzt euch an der Finsternis!«, donnerte er von seinem zwölfbeinigen, schwankenden Podest herab. »Denn berauschend ist der alles erstickende Staub und mitreißend die undurchdringliche Düsternis! Strebt nicht nach Annehmlichkeiten, denn im ständigen Wohlbefinden stumpfen eure Sinne ab. Strebt vielmehr den Mangel an, denn erst im ständigen Mangel erschließt sich die Süße einer jeden Wohltat! Das euch umgebende Dunkel befähigt euch zur Wertschätzung des geringsten Funkens Licht. Ihr seid geboren, um zu leben. Also lebt! Und möge die Finsternis noch düsterer werden und der Staub noch dichter! Inspirierend, majestätisch, ja göttlich ist die Mühsal! Und großartig der Kampf ums Überleben. Lebt in der Hingabe an diesen Kampf! Je schmaler der Grat, auf dem ihr wandelt, und je lebensfeindlicher eure Umgebung, desto süßer ist jede Stunde, Minute, Sekunde des Seins. Je seltener ihr Anlass habt zu genießen, desto intensiver werdet ihr den Genuss empfinden. Ach, taucht in die Finsternis ein und freut euch, dass ihr sie empfinden könnt! Röchelt im Staub und ergötzt euch an eurer unbändigen Sehnsucht nach sauberer Luft! Flieht, flieht vor den rachsüchtigen Blitzen der Mutter Blitzschleuderin, flieht vor den räuberischen Kreaturen des Ozeans und jubelt, wenn die elektrischen Speere euch verfehlen und ihr den Meeresbestien nicht zur Beute fallt. Wenn infernalische Gerüche euch umwehen, dann freut euch, dass es euch gegeben ist, Gestank von Wohlgeruch zu unterscheiden. Denn erst der Ekel vor üblen Ausdünstungen befähigt, an süßen Düften sich zu laben. Oh, wie wundervoll sind Nöte und Ängste, Qualen und Entbehrungen! Sie sind unvergänglicher Bestandteil des Seins und unerschöpfliche Quelle der Selbsterfahrung. Rühmt die Mühsal! Genießt das Martyrium! Verwirklicht eure höchste Tugend – die Fähigkeit zur totalen Erniedrigung. Sinkt so tief, dass die Unerbittlichen Götter euch nicht sehen, nicht spüren und keine Notiz von euch nehmen. Seid stolz auf euer Sein, das allen Widrigkeiten trotzt. Zu leben ist der höchste Sinn des Lebens, zu existieren der höchste Sinn der Existenz. Also existiert! Lebt! Lebt, im Kampf gegen alles. Oh Mutter Blitzschleuderin, lass deine Blitze zucken! Wir werden nicht fallen! Wir werden überdauern!«

Oor verstummte, und ein Raunen ging durch die Reihen der Aranen.

»Was für eine schreckliche Philosophie, Eli. Sie verurteilen den Tod, indem sie das Dahinvegetieren zur höchsten Tugend erklären, und der Todessehnsucht setzen sie eine masochistische Lebensgier entgegen!«, kommentierte Lussin entsetzt – natürlich gedanklich; um einen so langen und zusammenhängenden Satz Wort für Wort auszusprechen, hätte er Wochen gebraucht.

»Dieser Oberste Todhasser ist ein spinnenförmiger, kosmischer Ecclesiastes«, ergänzte Romero. Er konnte es sich nicht verkneifen, das unverständliche Wort Ecclesiastes aus der Asservatenkammer seiner altphilologischen Bildung hervorzukramen.

»Was Oor gesagt hat, ist aber etwas ganz anderes als das, was du mir über die Todhasser erzählt hast«, sagte ich gedanklich zu Oan.

»Der Oberste Todhasser ruft uns dazu auf, nicht das Ende herbeizusehnen«, erwiderte Oan. »Das ist nur eine unserer Hauptaufgaben. Die andere besteht darin, aus unserer hoffnungslosen Lage einen vernünftigen Ausweg zu finden. Oor hat an keiner Stelle seiner Rede behauptet, dass die Freude am bloßen Dahinvegetieren ewig anhalten solle. Doch für die jetzige Generation ist eine solche Einstellung alternativlos. Die Befreiung werden erst unsere Nachkommen erleben.«

Oans Erläuterung überzeugte mich keineswegs, doch ich verzichtete darauf nachzuhaken, zumal Oor erneut zu sprechen anhob.

»Und nun, meine gedemütigten Brüder, kommen wir zum Verhör eines gefangenen Todsüchtigen, eines jämmerlichen und verbrecherischen Selbstverbrenners!«

Abermals ging ein Raunen und nervöses Flackern durch die Menge der Aranen. Vereinzelt gellten aufgebrachte Rufe: »An den Pranger mit ihm! Erniedrigt ihn durch Erhöhung! Er soll büßen!«

In einer Ecke der Höhle wurde ein Arane wie ein Ball hochgeworfen und wie bei einem Spießrutenlauf mit unsanften Stößen zur Mitte befördert. Verängstigt klappte er seine Beine ein und verbarg das Gesicht mit seinen Schlangenhaaren. Neben Oor rollte sich ein zweiter Arane auf den Rücken und bildete so ein zweites zwölfbeiniges Podest. Dort zerrte und stieß man den Gefangenen hinauf. Sein Körper pulsierte krampfartig, leuchtete und verlosch, blähte sich und zog sich zusammen.

Oor begann mit dem Verhör des Gefangenen.

»Uul, ihr habt etwas geplant?«

»Ja, Großer Oor, wir haben etwas geplant.«

»Eine Selbstverbrennung?«

»Ja, großer Oor, eine Selbstverbrennung.«

»Öffentlich?«

»Ja, großer Oor, öffentlich.«

»Morgen, zur Zeit der Dunklen Sonnen?«

»Morgen, zur Zeit der Staubsonnen.«

»Zur Zeit der Dunklen Sonnen oder der Staubsonnen, verachtenswerter Uul«

»Zur Zeit der Staubsonnen, großer Oor. Ich würde es nicht wagen, dir die Unwahrheit zu sagen.«

»Du wärst imstande, du elender Todsüchtiger, uns den genauen Zeitpunkt zu verschweigen, damit wir euer abscheuliches Massaker nicht stören können.«

»Ich bin glücklich, euch den genauen Zeitpunkt bekanntzugeben, damit auch ihr Gelegenheit habt, an der feierlichen Zeremonie teilzunehmen.«

»Wie viele Unglückliche habt ihr für die grausame Hinrichtung vorgesehen?«

»Einhundertdrei Glückselige werden morgen eines prächtigen Kranzes teilhaftig.«

»Einhundertdrei von Todesangst Gepeinigte? Sagst du die Wahrheit, Niederster aller Niederen?«

»Einhundertdrei Todessüchtige in begeisterter Vorfreude auf das Ende. Das ist die Wahrheit, Größter aller Großen!«

»Aber du, Elender, hast nicht vor, unter den jubelnden Verurteilten zu sein? Du versagst dir das Glück des Untergangs? Nicht etwa deshalb, widerwärtiger Uul, weil dir die Irrigkeit dieses vermeintlichen Glücks aufgegangen ist?«

»Nein, ehrwürdiger Oor, niemand hat das Glück der Selbstauslöschung tiefer verinnerlicht als ich. Aber noch bleibt mir die Erlösung des Nichtseins versagt. Noch habe ich diesen Lohn nicht verdient. Noch dreißig weitere, die der Wonne des Selbstmordes würdig sind, muss ich auf den Scheiterhaufen bringen, bevor mir selbst die Gnade des Todes zuteilwird. Meinem Rang nach bin ich ein Fänger zweiten Ranges, weiser Oor, geliebter Sohn des Vaters Akkumulator und der Mutter Blitzschleuderin.«

»Wir haben dich dabei erwischt, als du den armen Jaal mit deinen räuberischen Greifhaaren packtest, um ihn in den Kerker der Todgeweihten zu zerren!«

»Ihr habt mich ergriffen, als ich den siechen Jaal mit meinen Schlangenhaaren freundschaftlich umfing, um ihn vor das Angesicht der Weisen zu führen, die ihn zur großartigen Tat der Selbstvernichtung bekehrt hätten. Seine Seele hatte sich der freudigen Aussicht des Endes schon zugeneigt, als ihr ihn meinen gut meinenden Händen entrissen habt, um ihn zur Fortsetzung seiner deprimierenden, trostlosen Existenz zu verdammen.«

»Du Taugenichts! Du bestreitest den Segen der Düsternis, die Wohltat der Mühsal und das Glück der Selbsterhaltung? Komm zur Besinnung, Uul, du bist verblendet!«

»Ich strebe zur wahren Erkenntnis, Heiligster aller Verirrten!«

»Deinen Reden kann ich das nicht entnehmen.«

»Ihr gabt mir keine Gelegenheit, mich mit einer Rede an euch zu wenden, ihr verhört mich nur.«

»Wir haben keine Angst vor deinen Reden. Sprich! Erschöpfe dein nichtsnutziges elektrisches Feld, die heimtückische Gabe des bösartigen Vaters Akkumulator. Die widerwärtige Grellheit deiner Bekenntnisse wird zutage fördern, wie fürchterlich du irrst. Erglühe, funkele! Die Wahrheit liegt in der Finsternis, nicht im Licht!«

Uul ließ sich nicht zweimal bitten und wandte sich mit einer flammenden Rede an die versammelten Aranen. Während der Gefangene wie ein Rasender auf dem lebendigen Podest herumsprang und seine Zuhörer mit blinkenden Lichtkegeln überzog, übersetzte uns Oan den Sinn seines Auftritts simultan.

Dabei bekam ich mehr und mehr den Eindruck, dass die Aussagen beider Gruppierungen auf dasselbe hinausliefen. Was sie scheinbar unversöhnlich entzweite, waren nur zwei Seiten derselben Medaille.

»Die Wahrheit liegt im Licht und nicht in der Finsternis!«, ereiferte sich Uul. »Die Wahrheit leuchtet und verbirgt sich nicht. Die Unerbittlichen Götter verdichten die Finsternis. Die Unerbittlichen Götter machen das Leben zur Mühsal. Ruhm den Unerbittlichen Göttern! Danken wir ihrem erbarmungslosen Verstand. Loben wir das Leid, das sie uns bescheren! In der Unerbittlichen Götter Taten steckt eine edle Absicht. Sie strafen uns nicht, sondern stellen uns auf die Probe. Ihr heiliges Ziel besteht nicht darin, uns eine trostlose Existenz aufzubürden, sondern uns davon zu befreien. Wir sollen uns nicht fügen, sondern uns auflehnen. Deshalb sage ich euch: Verweigert euch der Kälte und Finsternis, sagt Nein zu ewigem Staub und Hunger, zu räuberischen Fluten und unfruchtbarem Boden, zu dunklen Sternen und vernebelten Sonnen! Steht auf gegen euch selbst, lehnt euch auf gegen euer eigenes Leben! Ach, das ist die wahrhaftige Erlösung, die totale Befreiung von allen Fesseln – die Selbstvernichtung! Die höchste Freiheit ist die Befreiung von sich selbst! Im Selbstmord erreichen wir die höchste Stufe der Selbstbestimmung, erreichen wir wahre Vollkommenheit! Freiheit, Freiheit, Freiheit – Freiheit von der Existenz! Möge sich der Wille der Unerbittlichen Götter erfüllen, die uns unwiderstehlich zum Untergang führen. Verachtenswerte Todhasser, die ihr am Leben hängt und euch an die Nichtigkeit einer jämmerlichen Existenz klammert, ich rufe euch auf zur Selbstbefreiung auf dem Scheiterhaufen! Im Namen des Todes! Im Namen des Todes!«

Bei diesem Aufruf des Gefangenen verstärkte sich das allgemeine Geraune im Publikum zu einem gellenden Protestgeschrei. Die Schlangenarme auf den Köpfen der nächststehenden Aranen wanden sich um Uuls Beine und begannen an ihm zu zerren. Hätte Oor sie nicht aufgehalten, hätten sie ihn glatt in Stücke gerissen.

»Im Namen des Lebens! Im Namen des Lebens! Lasst den erbarmungswürdigen Todesfanatiker los!«, polterte Oor von seinem Postament, und als sich die Aufregung ein wenig gelegt hatte, verkündete er sein hartes Verdikt: »Du dürstest nach dem Tod – das Leben wirst du bekommen. Werft Uul in den Kerker, wohin der Schein der Staubsonnen und die Stromladungen des Vaters Akkumulator nicht dringen und wo die Donnerstimme von Mutter Blitzschleuderin nicht zu hören ist. Möge er zum Niedrigsten der Niedrigen werden, zum Nichtigsten der Nichtigen, zum Hungrigsten der Hungernden, zum Apathischsten der Apathischen. Erst wenn er Gefallen findet an seiner Gefangenschaft, die Qualen der Existenz lobpreist und sich zum Todhasser erklärt, werden wir ihn wieder freilassen.«

Uul wurde weggeführt, und Oor sprang von seinem Podest. Die Menge drängte zum Ausgang.

»Kehren wir zum Planetenschiff zurück«, sagte ich zu Oan.

»Wollt ihr euch dem Obersten Todhasser nicht vorstellen und ihm eröffnen, wie ihr ihm zu helfen gedenkt?«, fragte Oan überrascht.

Doch ich hatte nicht die geringste Lust, mit Oor Bekanntschaft zu schließen, geschweige denn, sein Helfer zu werden.

5 Während wir uns zusammen mit den nach draußen drängenden Aranen durch einen schmalen Tunnel zwängten, tauschten wir gedanklich unsere Eindrücke aus.

»Was für unglückselige Kreaturen, Eli!«, sagte Lussin. »Und beide Sekten sind gleichermaßen zu bedauern. Sie müssen Unvorstellbares durchlitten haben. Anders kann ich mir ihre abstrusen Ansichten und verzweifelten Taten nicht erklären.«

»Sie sind alle wahnsinnig!«, pflichtete Romero bei. »Das Leben in Not und Drangsal hat sie zu Fanatikern gemacht. Unser Freund Lussin hat den Begriff Sekte zu Recht gebraucht. Die einen wie die anderen sind radikale Fundamentalisten, und ich wüsste nicht zu sagen, welche von ihnen die Schlimmeren sind.«

»Ihre Ansichten sind zwei Seiten derselben Medaille«, wiederholte ich meinen Gedanken, der mir schon während Uuls Tirade gekommen war. »Natürlich müssen wir ihnen helfen, aber dem ganzen Volk, nicht nur einer der beiden Sekten. Die Todhasser sind keinen Deut besser als die Todsüchtigen. Ich hoffe, dass ich dir damit nicht zu nahetrete, Oan.«

»Wir sehnen uns nach Hilfe«, erwiderte der Arane. »Wenn ihr fähig seid, uns allen zu helfen, dann tut es.«

Im Planetenschiff setzten wir uns mit dem Geschwader in Verbindung. Irina hatte die Besatzungen über alles, was wir gesehen und was Oan uns übersetzt hatte, auf dem Laufenden gehalten.

»Eines gefällt mir nicht, Eli«, sagte Oleg. »Wir haben kaum Informationen über den Vater Akkumulator und die Mutter Blitzschleuderin, sie scheinen jedoch eine Schlüsselrolle zu spielen. Im Übrigen bin ich zu dem Schluss gekommen, dass wir diejenigen, die morgen sterben sollen, befreien müssen. Die Selbstverbrennungen dürfen wir nicht zulassen.«

»Ist das ein Befehl?«

»Nein, Eli. Ein Ratschlag.«

Olegs Einschätzung gab mir zu denken. Eigentlich hatten wir uns soeben darauf geeinigt, dass es nicht sinnvoll sei, sich in den

Bruderzwist zwischen Todsüchtigen und Todhassern einzumischen. Das Ziel unserer Mission konnte nur sein, die Lebensbedingungen auf dem Planeten für alle Aranen zu verbessern. Doch wie sollten wir die anstehenden Selbstverbrennungen verhindern, ohne gegen die Todsüchtigen zu kämpfen? Würden wir damit nicht automatisch für eine der beiden Sekten Partei ergreifen? Mit der Befreiung der Selbstverbrenner würden wir uns die Todsüchtigen zu Feinden machen. Ob es nicht ein Fehler war, sich darauf einzulassen?

»Was ist mit dir, Eli«, fragte Lussin gedanklich, der sofort bemerkt hatte, dass ich unschlüssig war. »Willst du die Todgeweihten etwa nicht retten?«

»Vergessen Sie eines nicht, geschätzter Freund«, fügte Romero hinzu. »Ob sie nun freiwillig in den Tod gehen oder gewaltsam hingerichtet werden – Opfer sind sie in jedem Fall. Und das ist das Entscheidende.«

»Deine Gefährten werden morgen versuchen, die Todeskandidaten zu retten«, sagte ich zu Oan. »Wird ihnen das gelingen?«

»Nein. Solche Rettungsaktionen haben wir schon mehrfach versucht. Sie sind stets gescheitert. Doch wir können nicht einfach tatenlos zusehen, wie unsere Brüder hingerichtet werden. Es wird morgen wie jedes Mal ein Akt der Verzweiflung sein.«

Nun gab es eigentlich keinen Grund mehr zu zaudern. Dennoch konnte ich mich nicht zu einer Entscheidung durchringen.

»Du bist doch sonst nicht so vorsichtig«, wunderte sich Mary.

»Und nicht so unentschlossen«, ergänzte Romero. »Im Kampf sind Sie doch in Ihrem Element, Eli.«

»Wir werden den Umständen entsprechend handeln«, sagte ich ausweichend. »Selbstverständlich dürfen wir dem Unglück anderer gegenüber nicht gleichgültig sein.«

Nun schaltete sich auch Kamagin, der unsere Gespräche auf dem *Schlangenträger* mitgehört hatte, in die Diskussion ein. Der mit allen Wassern gewaschene Kosmonaut zeigte sich gewohnt kämpferisch. »Unsere Schiffe können jederzeit zu Hilfe kommen«, schlug er vor. »Wenn der Oberkommandierende es erlaubt, werde ich meinen *Schlangenträger* so nahe wie möglich an den Planeten heranmanövrieren.«

Oleg hatte nichts dagegen einzuwenden, dass Kamagin sein Schiff aus dem Verband des Geschwaders herauslöste, um uns in unmittelbarer Nähe der Arania zur Seite zu stehen.

»Du kannst dich freuen«, sagte ich zu Lussin. »Alles wird in deinem Sinne verlaufen.«

»Ich werde mich erst dann freuen, wenn ich die Todgeweihten eigenhändig vom Schafott heruntergeholt habe.«

Wenn Lussin gewusst hätte, was ihn am nächsten Tag erwarten würde!

Meine Freunde zogen sich in ihre Kajüten zurück. Oan phosphoreszierte auf einer Anhöhe. Er fühlte sich auf der Heimaterde seines Planeten wohler als an Bord des Planetenschiffs. Von innerer Unruhe getrieben, kroch ich zum nahen Ufer des Meeres.

Die Steilküste wurde von der donnernden Brandung unterspült. Mal in der Ferne, mal ganz in der Nähe stürzten riesige Felsbrocken mit Getöse in die Tiefe. Das Meer zog mich magisch an. Ich hätte gute Lust gehabt, hinunterzuklettern und über das »Wasser« zu wandeln. Die Analysatoren hatten ermittelt, dass es fast so dicht wie Quecksilber war. Nicht einmal Eisen wäre in diesem Ozean untergegangen, geschweige denn ich in meinem superleichten Spezialanzug. Doch leider handelte es sich um ein ätzendes Medium. Es war vernünftiger, kein Risiko einzugehen, zumal in Ufernähe die Silhouetten der Meeresräuber umherhuschten.

Ich stieß zwei Stahlklumpen in den gähnenden schwarzen Rachen des Ozeans. Der erste schlug auf der Oberfläche auf und erglühte, ehe eine Flammensäule aus ihm herausschlug. Im nächsten Moment stürzten sich die Meeresräuber darauf und verschlangen ihn. Den zweiten Stahlklumpen fing einer der schillernden Räuber bereits in der Luft ab. Ich konnte beobachten, wie der Stahl in seinem halbtransparenten Körper zu glühen begann, zerschmolz, zerfloss und sich schließlich auflöste. Das alles geschah innerhalb weniger Sekunden. Danach war wieder alles in Dunkelheit getaucht. Allerdings fanden sich nun immer mehr der phosphoreszierenden Räuber ein und warteten begierig darauf, ob nicht auch für sie ein Klumpen abfallen würde, wie ein gieriger Schwarm Karpfen, denen man ein Stück Brot in den Teich geworfen hat.

Die Nacht der Dunklen Sonnen ging allmählich in den Tag der Staubsonnen über. Selten habe ich einen trostloseren Anblick gesehen als den Sonnenaufgang auf der Arania. Aus dem schwarzen Meer tauchten drei blass orangefarbene Bälle auf und stiegen rasch in den Himmel. Der Ozean zog sich vom Festland zurück. Er hinterließ eine zerklüftete Küstenlinie und davor einen Wall aus Sedimenten, die er angespült hatte. Die Meeresräuber verschwanden in der Tiefe – es schien sich um nachtaktive Wesen zu handeln.

Nachts war die Arania geheimnisvoll – hinter der stockfinsteren Hülle hätte man alles Mögliche vermuten können, auch eine liebliche Landschaft. Doch im staubigen Tageslicht präsentierte sie sich hässlich.

»Ein wüster, lebensfeindlicher Planet«, sagte Grazio, der sich als Erster aus seiner Koje geschält hatte und zu mir herausgekommen war. »Selbst wir Galakten würden wohl ein Jahrtausend brauchen, um ihn nach unseren Maßstäben bewohnbar zu machen.«

»Was nach euren Maßstäben bewohnbar ist, würden die Aranen wohl nicht einmal im Paradies vermuten«, erwiderte ich.

Wir hatten an diesem Morgen keine Zeit zu verlieren. Im Schlepptau von Grazio kletterte Orlan aus dem Schiff, kurz darauf folgten Romero und Lussin. Nur Mary und Irina ließen auf sich warten. Als ich im Schiff nach ihnen sah, waren sie gerade in aller Seelenruhe damit beschäftigt, sich hübsch zu machen, indem sie ihre Schlangenhaare zu kunstvollen Zöpfen flochten und sich die Borsten an den Spinnenkörpern zurechtzupften.

»Mary!«, seufzte ich etwas ungnädig. »Ich fürchte, es ist nicht der richtige Augenblick, weiblicher Putzsucht zu frönen. Das ist doch für die Katz, Liebste. Schon bei der ersten Begegnung mit einem Todsüchtigen werden euch die Schlangenhaare zu Berge stehen, und im Gedränge der vielen Spinnenbeine wird sich die hübsche Frisur in ein Gestrüpp verwandeln.«

»Pah!«, erwiderte Mary vergnügt. »Ein bisschen weibliche Putzsucht würde dir auch nicht schaden. Deine Schlangenhaare hängen über deinen drei Augen wie bei einem Bobtail.«

Irina kicherte hemmungslos unter ihrer Spinnenhülle.

»Beeilt euch, wir sind hier nicht im Urlaub«, grummelte ich und kroch wieder ins Freie.

Die Maschinen erzeugten einen Energieschild um unser Planetenschiff. Als kompakte Gruppe durchquerten wir das Wäldchen und näherten uns der Stadt.

Natürlich handelte es sich nicht um eine Stadt im üblichen Sinne, sondern um eine Hügelkette mit Einschlupflöchern, die in unterirdische Höhlen – die Behausungen der Aranen – führten. Dort unten befanden sich auch ihre Werkstätten und Versammlungsräume. Zwischen den Einschlupflöchern schlängelten sich leicht eingesenkte Pfade.

Aus allen Löchern krochen Spinnenwesen hervor und strebten in langen Kolonnen einem ausgedehnten Talkessel zu, der sich zwischen vier Hügeln befand.

»Der Hinrichtungsplatz«, erläuterte Oan.

Wir mischten uns unter den Strom der Schaulustigen. Je näher wir dem Hinrichtungsplatz kamen, desto dichter wurde das Gedränge und desto größer die Aufregung. Die Spinnen schnellten in die Luft und wedelten begeistert mit den Schlangenarmen. An den elektrisierten Köpfen und Beinen sprühten Funken. Getuschel und Geraune schwappten aus der Menge, und es gellten hysterische Schreie. Von uns nahm niemand

Notiz, denn dank unserer Tarnanzüge sahen wir aus wie alle anderen.

Im Zentrum des Hinrichtungsplatzes erhob sich ein Stahlring mit niedrigem Rand, ein Schafott, das erstaunliche Ähnlichkeit mit einem altertümlichen Elektroschmelzofen hatte.

»Gleich kommen die Todgeweihten«, signalisierte uns Oan, nachdem wir uns einen Platz in der Nähe des Schafotts erkämpft hatten. »Sie werden von sogenannten Todeswächtern geführt. Das sind Todsüchtige, die besonders stark mit Elektrizität aufgeladen sind. Die Todsüchtigen halten alle Einschlupflöcher, die zum Vater Akkumulator führen, besetzt. Sie sind besser bewaffnet als wir, deshalb haben wir in Kämpfen keine Chance gegen sie. Wem der Vater Akkumulator gewogen ist, der hält auch die Macht in Händen.«

Wir wurden auf einen Aranen aufmerksam, der sich nun direkt neben dem Schafott über alle anderen erhob. Wie schon Oor bei der nächtlichen Versammlung, nutzte er Spinnenkörper als Podest, jedoch nicht einen, sondern vier. Drei von ihnen trugen mit ausgestreckten Schlangenarmen einen vierten, der seinerseits auf dem Rücken lag. Auf seinen zwölf Beinen wiederum thronte der Arane, der sich offensichtlich anschickte, zu den Anwesenden zu sprechen.

»Das ist Uoch, der Oberste Todsüchtige«, verkündete Oan angewidert. »Wenn ihr dieses Scheusal beseitigen würdet, wäre uns schon viel geholfen.«

»Gepriesen seien die Unerbittlichen Götter! Lasst uns ein Fest des Todes feiern!«, posaunte das Scheusal funkensprühend von seinem zweistöckigen Sockel herab.

»Gepriesen seien die Unerbittlichen Götter, gepriesen sei der Tod!«, donnerte der elektrisierte Mob zur Antwort.

In diesem Augenblick erschienen die Todeskandidaten auf einem Hügel im Rücken des Obersten Todsüchtigen. Einer nach dem anderen wurden sie von Todeswächtern aus einem Loch geholt und dann in Viererreihen den Hang hinabgetrieben. Die

Wächter eskortierten die Kolonne zu beiden Flanken und versprühten dabei Funkenfontänen wie wandelnde Feuerwerkskörper. Die Menge geriet in Wallung wie ein gigantischer, aus Tausenden Leibern gebildeter Körper.

Als der Zug der Todgeweihten sich bereits dem Talboden näherte, schossen aus den Löchern auf dem Nachbarhügel plötzlich scharenweise Spinnen heraus und stürzten sich mit fanatischem Gebrüll auf den Konvoi. Das waren die Befreier aus dem Lager der Todhasser. Zischend und stromknisternd setzten sich die Wächter gegen die Angreifer zur Wehr, und aus der aufgebrachten Menge kamen ihnen etliche Todsüchtige zu Hilfe.

Überraschenderweise nutzten nur wenige das Tohuwabohu zur Flucht, die meisten verhielten sich völlig apathisch. Einer riss sich sogar von den Schlangenhaaren eines Befreiers los und rief: »Lasst mich! Ich will sterben!«

Wie Oan es vorausgesagt hatte, waren die Kräfte der Kombattanten ungleich verteilt. Die Todhasser hatten keine Chance. Mag sein, dass sich der eine oder andere der Todeskandidaten retten konnte. Doch die Todeswächter füllten die Kolonne einfach mit etlichen überwältigten Rettern wieder auf.

Unweit unseres Grüppchens raste ein Flüchtling aus dem Konvoi vorbei, der von zwei monströsen, schauderhaft knisternden Todeswächtern verfolgt wurde. Als es dem Flüchtenden gelang, im Gewühl der Spinnenkörper zu entkommen, griffen sich die Wächter einfach den nächstbesten Schaulustigen und zerrten ihn in den Konvoi.

»Lasst mich los!«, schrie jener in Panik. »Ich bin noch gar nicht vorgesehen für den Vollzug! Ich bin noch nicht bereit!«

Doch niemand scherte sich um seinen Protest.

Nachdem die letzten versprengten Todhasser geflohen waren, ergriff erneut der Oberste Todsüchtige das Wort. Dabei fuchtelte er drohend mit den Schlangenhaaren und wippte aufgeregt auf und ab. Es entspann sich ein Dialog mit der tobenden Menge, der an ein religiöses Ritual erinnerte:

»Diese Stunde bringe den Tod!«, brüllte er.

»Sie bringe den Tod!«, schmetterte der Mob aus einem Halse zurück.

»Die Unerbittlichen Götter seien mit euch!«

»Sie seien auch mit dir!«

»Mögen Vater Akkumulator und Mutter Blitzschleuderin uns gewogen sein!«

»Mögen Vater und Mutter uns gewogen sein!«

»Möge die Mutter uns nicht zürnen!«

»Sie möge nicht zürnen!«

Dann schwenkte Uoch seine Schlangenhaare in zwei Strängen nach oben und verschlang sie über seinem Kopf zu einem Knoten wie bei einem Händedruck. Das war das Zeichen zum Vollzug.

Die Todeswächter ergriffen einen der Todgeweihten und warfen ihn in den Ofen. Man hörte zunächst ein Knistern, dann gab es eine Explosion, und über dem Schafott schoss eine Stichflamme empor. Der Todesschrei des Opfers ging im Donner der Explosion und im sadistischen Gejohle der Menge unter. Sekunden später regnete heißer, mehlfeiner Staub auf uns herab, die Überreste des eingeäscherten Aranen. Später erklärte uns Oan, dass das Opfer mit seinem Körper zwei unter Hochspannung stehende Elektroden schloss.

»Wie grausam, tu doch was, Eli!«, forderte Lussin mich gedanklich auf und rempelte mich mit seinem Spinnenkörper an.

Uoch gab abermals das tödliche Signal, und das zweite Opfer landete im Schlund des elektrischen Ofens. Das war zu viel für Lussin.

»Eli, du machst uns zu Komplizen feiger Mörder!«, wetterte er. »Wenn du nichts unternimmst, tu ich es. Ich weigere mich, mir das noch länger mitanzusehen!«

Lussin hatte Recht, es musste etwas geschehen. Noch bevor die Henker die Gelegenheit hatten, ihr drittes Opfer hinzurichten, stand mein Entschluss fest: Wir mussten den verdammten

Ofen in die Luft jagen. Doch der Gedanken lesende Oan kam meinem Befehl zuvor.

»Ihr dürft das Schafott nicht zerstören!«, rief er erschrocken. »Sonst werden alle Aranen sterben!«

»Jagt die Wächter auseinander!«, befahl ich kurz entschlossen und preschte los. Es blieb keine Zeit, Oan zu fragen, warum wir den Ofen nicht anrühren durften.

Lussin überholte mich mit fliegenden Spinnenbeinen und rammte seinen Leib mit voller Wucht in das lebende Podest des Obersten Todsüchtigen. Uoch taumelte und fiel zu Boden. Als er unten aufschlug, versetzte ihm Lussin einen so heftigen Tritt, dass er rücklings in seine staunende Anhängerschaft flog.

Nun stürzte sich ein gutes Dutzend Wächter auf Lussin. Hunderte von feinen Blitzen schlugen in seinen Körper ein, und wir befürchteten, er müsste jeden Augenblick in Flammen aufgehen.

»Dein Feld! Dein Feld!«, schrien Romero und ich, und im letzten Moment aktivierte Lussin sein Schutzfeld.

Alles Übrige spielte sich innerhalb weniger Augenblicke ab. Ich sitze in meinem Zimmer, und auf meinem Monitor läuft in Zeitlupe das von den Stereokameras aufgenommene Geschehen ab. Diese Bilder sehe ich zum hundertsten Mal, und jedes Mal aufs Neue lösen sie einen bitteren, unstillbaren Schmerz in mir aus. Lussin hatte in jenem Moment nichts zu befürchten, das ist heute völlig klar. Der Tarnanzug war viel zu robust für die Schlangenhaare von Uochs Wächtern, und das Schutzfeld war für sie ein unüberwindliches Hindernis.

Über die relativ geringe physische Kraft der Henker wussten wir nichts. Wir sahen nur ihren hemmungslosen Fanatismus. Lussin konzentrierte sein Feld so intensiv, als würde er gegen Stielaugen oder Unsichtbare kämpfen. Für den Bruchteil einer Sekunde hätten Romero und ich vielleicht die Chance gehabt, Lussin daran zu hindern, seine Kraftlinien so stark zu verdichten. Wir haben es nicht getan. Die Angreifer wurden geradezu explosionsartig von Lussin weggeschleudert. Nur einer von ihnen konnte sich halten: Seine Schlangenhaare hatten sich so fest in den Tarnanzug gekrallt, dass man sie ihm aus dem Kopf hätte reißen müssen, um ihn von Lussin wegzubekommen.

In diesen schrecklichen Momenten blieb Lussin sich ganz treu. Er hielt nicht inne, um kaltblütig die Lage zu prüfen und das Feld allmählich zurückzufahren. Die geschockten Wächter kugelten winselnd und mit brechenden Beinen über den Boden. Er dachte an sie, nicht an sich selbst. Er deaktivierte sein Schutzfeld vollständig, damit seine Gegner nicht völlig zerfetzt würden. Und so wurde er im entstandenen Chaos für ein paar Sekunden selbst zum Spielball unkontrollierbarer Kräfte.

Alles geschah in einer minimalen Zeitspanne, die nicht länger dauerte als wenige Wimpernschläge! Als der Wächter, der sich mit den Schlangenhaaren in Lussins Tarnanzug gekrallt hatte, bemerkte, dass das Kraftfeld nicht mehr aktiv war, zerrte er erneut verbissen an seinem Widersacher. Lussins Spinnenbeine gaben nach, und so stürzten sie beide rücklings über den Rand des Schafotts, das sich direkt hinter dem Wächter befand, und landeten mitten im Schlund des Ofens. Gierig zischten die Elektroden, knisternd sprudelten Funken – ein Knall, und abermals loderte eine Stichflamme empor, die jedoch sofort wieder erstickt wurde. Sie erstickte an den Schutzfeldern, die Romero und ich aktivierten, um Lussin zu Hilfe zu kommen. Doch es war schon zu spät.

Nun geschah das, wovor Oan uns gewarnt hatte. Das teuflische Elektroschafott zersprang in tausend Stücke. Zwischen den Trümmern lag der durch den fürchterlichen Stromschlag zerfetzte Tarnanzug und darin Lussins lebloser, verstümmelter Körper!

»Das ist das Ende des Planeten!«, heulte Oan entsetzt.

Fassungslos stand ich vor meinem getöteten Freund. Kummer und Zorn schnürten mir die Kehle ab. Am liebsten hätte ich das ganze, panische Aranengesocks mit einem tödlichen Kraftfeld zermalmt. Bis heute weiß ich nicht, was mich damals eigentlich davon abhielt.

»Die Unerbittlichen Götter! Die Unerbittlichen Götter sind herabgestiegen!«, klagten die Spinnen hysterisch und flohen in Panik.

Angewidert warf ich meinen Tarnanzug ab. Ich ertrug es nicht länger, in der Haut eines Spinnenwesens zu stecken. Mary und Irina taten es mir gleich. Sie bargen Lussin aus den Trümmern, Romero und Grazio halfen dabei. Ohnmächtig sah ich ihnen zu und hockte mich kraftlos zu Boden.

Orlan, der wie Grazio immer noch in seinem Spinnengewand steckte, kam auf mich zu.

»Was für eine Tragödie, Eli!«, sagte er. »Doch es könnte noch schlimmer kommen. Bitte hör dir an, was Oan zu sagen hat!«

Erst jetzt bemerkte ich überhaupt, dass Oan auf mich einsprach und ich ihm überhaupt nicht zuhörte.

»Was willst du von mir?!«, fuhr ich ihn gereizt an.

»Die Mutter Blitzschleuderin zürnt!«, warnte er. Seine Stimme drang ganz leise und wie aus großer Ferne in mein Bewusstsein. »Ihr müsst fliehen. Jetzt werden wir alle sterben, und wenn ihr nicht flieht, sterbt ihr mit uns!«

Oans Schlangenhaare rankten wie Gummiarme empor und wiesen aufgeregt gen Osten. Die Drei Staubsonnen sanken bereits auf das Meer hinab, doch vom Horizont rollte nicht Dunkelheit heran, sondern ein Wall glühender Wolken. Man brauchte keine Messgeräte, um zu bemerken, dass die Luft unter Strom stand. Wie ein lebendiger Kondensator spürte ich mit dem ganzen Körper die zunehmende Verdichtung der Ladungen. Auf uns rollte ein elektrischer Sturm unvorstellbaren Ausmaßes zu.

»Sofort alle individuellen Schutzfelder aktivieren!«, befahl ich und nahm unverzüglich Verbindung zu Kamagin auf.

Die Anwesenheit des *Schlangenträgers* in unmittelbarer Nähe der Arania war ein Glücksfall.

»Haben Sie gesehen, was passiert ist, Eduard?«

»Ja, Eli. Was für ein Unglück! Wir haben alles mitverfolgt, Admiral, aber leider konnten wir nichts tun.«

»Hören Sie zu, Eduard. Über den Planeten wird gleich ein elektrischer Orkan hereinbrechen. Es sieht ganz so aus, als wollte die tobende Mutter Blitzschleuderin ihre erbärmlichen Untergebenen in Stücke reißen. Davor werden sie auch in ihren Höhlen kaum Zuflucht finden. Der heilige Zorn der rätselhaften Gebieterin scheint irgendetwas mit der Zerstörung des elektrischen Schafotts zu tun zu haben. Heizen Sie dieser wild gewordenen Matrone ordentlich ein, Eduard. Lassen Sie alle böswilligen Mütter und Väter, Unerbittliche Götter und Teufel die Macht der Menschheit spüren!«

»Die cholerische Gewittertante wird sich wundern«, versprach Kamagin. »Heute wird sie nicht ihr Volk liquidieren, sondern unsere Aktivstoffvorräte auffüllen. Dann hat ihr Zornausbruch wenigstens einen guten Zweck.«

Drei Minuten nach meinem Gespräch mit Kamagin brach der elektrische Sturm los. Irdische Gewitter verbindet man mit schwarzen Wolkenwänden, Platzregen, Hagel, zuckenden Blitzen und Donnerhall – ein regelrecht romantisches Ereignis in Vergleich zu dem Inferno, das über der Arania niederging: Dicht wie ein Regenguss hagelten Blitze vom Himmel; Geysire von Blitzen schossen aus dem Boden in die glühenden Wolken; Blitzkaskaden jagten über die Hügel; in den Tälern krochen die Blitze wie Schlangen über den Boden und züngelten in jedes Schlupfloch. Dabei fiel kein Tropfen Regen, kein Donnergrollen erschütterte die Luft und nicht die Spur eines kühlenden Lufthauchs wehte übers Land. Gnadenlos wurden wir geblendet von dem allgegenwärtigen Lichthagel, und ein permanentes Zischen, Knistern und Rumoren zerrte an unseren Nerven.

Hätten uns die Schutzfelder nicht abgeschirmt, wären wir möglicherweise schon in den ersten Sekunden dieses apokalyptischen Blitzhagels verkohlt. Romero hatte Oan fürsorglich mit unter seinen Schutzschirm genommen, doch jener wusste das natürlich nicht und zitterte in Todesangst, da er in jeder Sekunde damit rechnete, von einer der niedersausenden Stromlanzen hinweggerafft zu werden.

Doch dann änderte sich schlagartig das Bild. Kamagin hatte vier Minuten gebraucht, um die Schiffsreservoire auf die Absorption von Blitzschlägen einzustellen. Die Minuten, die Kamagin zu spät dran war, reichten gerade aus, um uns eine Vorstellung von der entfesselten Zerstörungswut der Blitzschleuderin zu geben, sie waren indes zu kurz, um auf der Arania ein Massaker an ihren Bewohnern anzurichten.

Die Pumpen des *Schlangenträgers* liefen wie am Stützpunkt beim Auffüllen der Aktivstoffvorräte. Die Blitze, die soeben noch am Boden einschlugen, rankten und mäanderten nun nach oben – sie wurden gleichsam in den Himmel gesaugt. Auf der Arania dagegen machte sich plötzlich eine vollkommene, fast gespenstische Stille breit, so als würde der ganze Planet in sich hineinhorchen.

Über uns zuckten immer noch die Blitze in den glühenden Wolken, doch nun wurden sie zu einem einzigen Lichtstrom gebündelt, der direkt in den Schlund des *Schlangenträgers* mündete und dort verschwand. Kaum zwanzig Minuten später versiegte die Lichtorgie am Himmel, die Wolken lockerten sich auf, zerschmolzen zu spärlichen Fetzen und lösten sich schließlich ganz auf. Kamagin hatte ganze Arbeit geleistet und auch die letzten elektrischen Ladungen in die Reservoire des Sternenschiffs geschleust.

»Und jetzt werde ich noch den Planeten ein wenig absaugen«, verkündete Kamagin, nachdem er mit den Wolken fertig war. »Er ist immer noch extrem stark mit Elektrizität aufgeladen, es wäre ein Jammer, diesen Energieüberschuss nicht zu nutzen. Und den armen Aranen wird es auch guttun; ich bin davon überzeugt, dass ihr Fanatismus zu einem guten Teil durch die Übersättigung mit Elektrizität bedingt ist.«

Ich bat Kamagin, nicht zu übertreiben. Aus dem Boden schlagende Blitze konnten schließlich nicht weniger Schaden anrichten als solche, die in die Erde fuhren. Doch meine Sorge war überflüssig. Eduard betrieb die Reinigung des Planeten von überschüssiger Elektrizität mit bemerkenswertem Fingerspitzengefühl. Die Arania gab die aufgestauten Ladungen ganz gleichmäßig ab, ohne dass sich ein einziger Blitz entzündete.

»Bist du zufrieden, Oan?«, fragte ich, nachdem Kamagin die Absaugvorrichtungen des Schiffs abgestellt hatte.

»Unglaublich!«, jubelte der Arane begeistert. »Ihr habt es tatsächlich geschafft, mit der schrecklichen Mutter Blitzschleuderin fertig zu werden. Das hätte ich nie gedacht!«

6

Lussin wurde in den Leichenraum des *Steinbocks* gebracht, wo sein Körper konserviert wurde. In eben diesem Leichenraum befinde ich mich gerade. Lussin ist inzwischen nicht mehr der Einzige, der hier liegt. Er machte lediglich den Anfang in einer langen Reihe von Beisetzungen. Beenden werden sie möglicherweise wir – die wenigen, die noch am Leben sind.

In dem durchsichtigen Sarkophag sieht Lussin aus, wie wir ihn kannten; sein vom Stromschlag entstelltes Äußeres konnte weitgehend wiederhergestellt werden. Doch mein Blick ruht nicht auf Lussin, sondern auf demjenigen, der ihm gegenüber aufgebahrt liegt. Und auf diesen anderen spreche ich laut ein. Meinem verblichenen Freund habe ich nichts zu sagen, dem toten Feind hingegen eine ganze Menge.

Doch kehren wir zurück zu den Ereignissen um die Arania. Nach dem Ende des katastrophalen Gewitters kehrten wir unverzüglich zum *Steinbock* zurück. Trub kam uns schon im Hangar entgegengelaufen und stürzte zu seinem toten Freund Lussin. Der alte Engel war völlig verzweifelt und schlug sich mit seinen verblassten Flügeln gegen den Kopf.

»Ich hätte mit euch fliegen müssen!«, klagte er. »Ich hätte ihn beschützt! Nie werde ich mir verzeihen, dass ich nicht mitgekommen bin!«

»Ohne Unsichtbare seid ihr Menschen verwundbar«, sagte Gig vorwurfsvoll und klapperte traurig mit den Knochen. »Wenn ihr nicht darauf bestanden hättet, dass wir diese albernen Tarnanzüge anlegen, hätten Trub und ich Lussin besser beschützt als eure Kraftfelder.«

Fragt sich, wovor die beiden Lussin eigentlich hätten beschützen müssen: vor einem konkreten Feind oder vor einer tragischen Verkettung zufälliger Ereignisse? Auf diese Frage hätten weder Trub noch Gig eine Antwort gewusst. Und ich wusste auch keine. Wer Lussin tatsächlich auf dem Gewissen hatte, sollte sich erst noch herausstellen.

Bei Lussins Beisetzung fehlte als Einziger Vagabund. Den Drachen traf der Verlust des Freundes am härtesten von uns allen. Er wurde sehr krank. Wir befürchteten schon, dass er gar nicht mehr auf die Beine kommen würde. Doch er wurde wieder leidlich gesund, wenn man einmal davon absieht, dass er danach noch viel langsamer und schwerfälliger war als zuvor.

Während einer Schaltkonferenz des ganzen Geschwaders berieten wir, was nun zu tun sei. Gig und Ellon drängten darauf, Lussin zu rächen. Doch an wem wollten sie Rache nehmen? An den Aranen? Was konnten sie schon dafür? Eine Einmischung in die Fehde zwischen Todsüchtigen und Todhassern machte auch keinen Sinn.

Objektiv betrachtet war die katastrophale Verstaubung des Weltraums um die Arania die Wurzel allen Übels. Hier musste man ansetzen, um das Leben der Aranen nachhaltig zu verbessern. Eine solche Säuberungsaktion durch Materieannihilation würde zwar dazu führen, dass die Umlaufbahn der Arania sich etwas verändert, doch die größere Entfernung zum Dreigestirn würde aufgrund der besseren Strahlungsdurchlässigkeit des

Raums mindestens kompensiert werden. Jedenfalls ergaben dies die Berechnungen der BUM.

»Doch bevor wir entsprechende Maßnahmen einleiten«, schloss Oleg, »müssen wir herausfinden, was sich hinter den Begriffen Vater Akkumulator und Mutter Blitzschleuderin verbirgt. Solange wir das nicht wissen, werden wir auch den Konflikt zwischen den Aranen nicht verstehen.«

Die Vorbereitungen für eine weitere Expedition zur Arania liefen bereits auf Hochtouren, als Oan sich plötzlich heftig dagegen aussprach, dem Vater Akkumulator einen Besuch abzustatten.

»Worin liegt denn das Problem, wenn wir uns diesen Vater Akkumulator einmal vorknöpfen?«, fragte ich.

»Die Ruhe des Vaters ist heilig«, erwiderte er.

»Ist euer Vater Akkumulator also ein Despot, der jeden bestraft, der ihn behelligt?«

»Er leidet, wenn er in seiner Ruhe gestört wird.«

»Inwiefern? Geht er dann kaputt? Hört er auf zu funktionieren? Wer wacht denn über seine Ruhe? Eure Unerbittlichen Götter?«

»Der Vater wird von einer eigenen Garde bewacht. Jeder Einzelne dieser Wächter wird von Uoch höchstpersönlich ausgesucht.«

»Mit den Wächtern werden wir schon fertig, auch wenn es sich um Uochs Elitetruppe handelt. Und eurem Vater Akkumulator werden wir kein Haar krümmen, wenn es keinen Anlass dazu gibt. Was hat es eigentlich mit der Mutter Blitzschleuderin auf sich, Oan?«

»Die schreckliche Mutter behütet die Ruhe des Vaters.«

Mehr war aus Oan nicht herauszubekommen. Ich war mir ziemlich sicher, dass auch die übrigen Aranen nicht mehr über diese mysteriösen Elternfiguren wussten. Umso wichtiger war es, der Sache auf den Grund zu gehen.

Wir landeten wieder am selben Platz auf der Arania, diesmal am helllichten Tag. Auf den Pfaden begegneten uns einige Aranen, die uns wie üblich keine besondere Beachtung schenkten.

Sie sahen unversehrt aus und hatten den Gewittersturm offenbar gut überstanden. Oan teilte uns mit, dass Todhasser wie Todsüchtige sich nicht erklären konnten, warum ein so heftiger elektrischer Orkan so wenig Schaden angerichtet hatte.

Oan führte uns auf den Rücken eines Hügels und blieb vor einem Einschlupfloch stehen, das sich durch nichts von den anderen unterschied.

»Hier«, sagte er. »Ich krieche aber nicht als Erster hinein.«

»Schon gut«, erwiderte ich. »Wir gehen selbst voraus.«

Schon nach wenigen Metern stießen wir auf die ersten Wächter. Es waren große, furchtlose Spinnen – Kampfmaschinen, die darauf programmiert waren, den Bau ohne Rücksicht auf ihr eigenes Leben zu verteidigen. Doch schon eine Minute später rannten sie allesamt davon. Ihre panische Flucht war weniger der Tatsache geschuldet, dass sie unseren Energiefeldern nichts entgegenzusetzen hatten, als dem Umstand, dass sie überhaupt nicht wussten, was ein Energiefeld ist. Die unsichtbare Kraft, von der sie gegen die Wände oder gegen die Decke geschleudert wurden, versetzte sie in Angst und Schrecken. Unter hysterischen Rufen – »Die Unerbittlichen Götter sind herabgestiegen!« – liefen sie davon.

Die Wächter im Inneren des Baus schenkten den Berichten der geflüchteten Vorhut offenbar keinen Glauben, denn in der nächsten größeren Höhle erwartete uns ein ganzes Heer von Spinnen. Funkenschlagend und mit drohendem Zischen griffen sie uns sofort an. Nachdem wir unsere Energiefelder beim ersten Scharmützel noch sehr dosiert eingesetzt hatten, konzentrierten wir sie diesmal wesentlich intensiver. Kurz darauf lagen einige besonders tollkühne Wächter übel zugerichtet auf dem Boden. Der Rest suchte das Weite.

In die Höhle mündeten vier Gänge. Aus dem einen waren wir selbst gekommen, und in die zwei seitlichen hatten sich die besiegten Wächter geflüchtet. In den vierten Gang war indes kein einziger hineingeschlüpft.

»Da lang, Oan?«, fragte ich und zeigte mit einem meiner zwölf Beine auf diesen Gang.

»Ja, da lang. Von hier bis zur Höhle des Vaters wird uns auch niemand mehr begegnen, denn es ist streng untersagt, in diesen Gang hineinzukriechen.«

Der für die Aranen verbotene Gang schien überhaupt kein Ende zu nehmen. Wir durchquerten vier oder fünf weitere leere Höhlen, bis wir schließlich in einer besonders großen herauskamen. Selbst nach dem Einschalten unserer Scheinwerfer konnten wir hier weder die Decke noch die gegenüberliegende Wand sehen.

Der gesamte Raum wurde von einem See ausgefüllt. Er bestand aus einer zähen Flüssigkeit und war von einer dünnen Haut überzogen. Der See brodelte, an manchen Stellen bildeten sich Blasen und schlugen Flammen empor. Über dem See waberte ein grünlicher, leuchtender Dampf. Von Zeit zu Zeit schlugen Blitze aus der gurgelnden Suppe und verloschen an der unsichtbaren Decke.

»Der Vater Akkumulator tötet jeden, der ihm zu nahe kommt«, warnte Oan.

»Eine seltsame Anlage zur Erzeugung elektrischer Energie«, mutmaßte Romero.

»Und verdammt leistungsstark«, ergänzte Orlan, der sich neugierig umsah. »Eine faszinierende Maschine.«

»Das ist keine Maschine, sondern ein Lebewesen«, widersprach Grazio. »Es erinnert an unsere biologischen Waffen. Allerdings bestehen die nur aus einer einfachen Ansammlung von Bakterien, während wir es hier mit einem denkenden Wesen zu tun haben – davon bin ich überzeugt.«

Irina entnahm eine Probe aus dem See zur chemischen Analyse. Auf einmal hatte ich das Gefühl, dass wir beobachtet wurden. Oan war felsenfest davon überzeugt, dass der Vater Akkumulator jedes Wort und jeden Gedanken von uns verstand. Möglicherweise übertrieb Oan, doch auch ich hatte den Eindruck gewonnen, dass der rätselhafte See lebendig war. Im Gegensatz zu Oan glaubte ich, dass dieses Lebewesen nicht von Zorn, sondern von Furcht erfüllt war.

»Der Vater vernichtet uns nicht!«, rief Oan ungläubig.

»Ich würde ihm auch nicht raten, das zu versuchen«, erwiderte ich. »Wie alt ist dieser See, Oan?«

»Das weiß ich nicht. Er hat jedenfalls schon vor uns Aranen existiert. Der Vater hat das Leben erschaffen, als er des Alleinseins müde war. Zuerst erschuf er die Mutter und dann siedelten sie zusammen Pflanzen und Aranen auf dem Planeten an. Auch der Ozean mit seinen Räubern ist ein Geschöpf des Vaters.«

»Der Ozean ist wahrscheinlich ein Abfallprodukt der Stromerzeugung«, spekulierte Romero. »Wenn ich das richtig sehe, dann ist der Vater Akkumulator ein lebendiges Kraftwerk, das die auf Elektroenergie angewiesenen Bewohner des Planeten mit Strom versorgt.«

»Es stellt sich die Frage, ob wir den Vater Akkumulator nicht vernichten sollten, schließlich ist er eine der Ursachen für die Leiden der Aranen«, sagte ich. »In diesem Fall müssten wir den Aranen ein automatisches Kraftwerk zur Verfügung stellen, um die Stromversorgung ihrer Organismen zu gewährleisten. Oder wir lassen ihn am Leben, doch dann fragt sich, wie wir seine überschüssige Elektrizität entladen sollen, ohne auf die verheerenden Gewitter der Mutter Blitzschleuderin zurückzugreifen.«

»Die Vernichtung wäre Mord«, versetzte Grazio.

»Was die blitzeschleudernde Mutter betrifft, so scheint ihre Funktion darin zu bestehen, überschüssige elektrische Energie zu liquidieren«, sagte Romero. »Hat sie denn jemals einer von euch gesehen, Oan?«

»Man kann sie nicht sehen. Sie existiert nur in ihren Gewitterstürmen.«

»Mit anderen Worten: Sie verkörpert die Entladung überschüssiger elektrischer Energie«, konstatierte ich. »Du wirst sehen Oan, von dieser furchtbaren Mutter werdet ihr nie wieder etwas hören. Wir werden sie einfach abschaffen. Ihre Funktion wird das wiedererrichtete Schafott übernehmen.«

Da der Vater Akkumulator auf Irinas Kommunikationsversuche nicht reagierte, traten wir den Rückweg aus dem Höhlensystem an. An der Oberfläche nahm ich Kontakt zum *Steinbock* auf und ordnete an, ein Team von Technikern auf den Planeten herunterzuschicken. Sie bauten das elektrische Schafott, das die Aranen eilig wiedererrichtet hatten, zu einer Entladestation um, in der sich überschüssige Elektroenergie automatisch entlud, wenn das Potenzial einen bestimmten Schwellenwert überschritt.

Man konnte sich nur darüber wundern, wie zielsicher die Aranen die physikalischen Ursachen für die »Unzufriedenheit des Vaters« ermittelt hatten und welch grausame Methode sie sich ausgedacht hatten, um die Funktion des elektrischen Herzens des Planeten auszubalancieren. Durch die öffentliche Hinrichtung ihrer Artgenossen verhinderten sie schlimmeres Unheil. Sie hatten natürlich bemerkt, dass nach den Selbstverbrennungen keine Gewitterstürme mehr auftraten und vom »Zorn der Mutter« lange Zeit nichts zu spüren war. Doch was für eine barbarische Lösung für ein einfaches technisches Problem!

»Admiral, ich habe eine Idee, wie wir verhindern können, dass unsere Entladestation von den Spinnentieren zu grausigen Ritualen missbraucht wird«, verkündete Ellon, der den Umbau des Schafotts leitete. »Bei jeder Entladung wird eine gewaltige Feuersäule in den Himmel schießen. Die zwölfbeinigen Bestien werden sich nicht einmal in die Nähe der Station trauen!«

»Wahrscheinlich werden sie die Entladestation dann als Gottheit verehren«, erwiderte ich. »Wir begründen eine neue Religion, Ellon. Und es werden ein paar Jahrhunderte vergehen, bis ein genialer Arane dahinterkommt, dass er es nicht mit der Kultstätte irgendeiner Gottheit zu tun hat und nicht mit einem Orakel, das einen höheren Willen verkündet, sondern mit einer simplen Vorrichtung, die einem einfachen Zweck dient. Kaum zu glauben, dass die Vorfahren der Aranen Raumschiffe gebaut haben!«

Am Sockel der Entladestation, die für uns auch ein Denkmal an Lussin darstellte, gravierten wir Folgendes ein:

»Für Lussin, Mensch und Astronaut aus einem fernen Sternenbezirk, ums Leben gekommen bei der Rettung unschuldig zum Tod verurteilter Bewohner des Planeten Arania.«

Unter dem Schriftzug brachten wir eine Schriftzeichentabelle an. Möglicherweise würden zukünftige Generationen der Aranen den Text entziffern können. Ich bat Ellon, die Entladestation zusätzlich mit einem Energiezaun zu umgeben.

»Dafür verwende ich ein spezielles, interaktives Kraftfeld«, erklärte der Demiurg stolz. »Wenn sich nun ein Arane zu nahe an die Station heranwagt, stößt er nicht nur auf ein unüberwindliches Hindernis, sondern bekommt obendrein noch eins übergebraten.«

Beim Untergang der Drei Staubsonnen markierte ein dumpfer Knall den Beginn einer neuen Zeit auf der Arania, einer Zeit, in der die Ableitung überschüssiger Energie nicht mehr mit fanatischen Selbstverbrennungen oder verheerenden Gewitterstürmen einhergehen würde. Die Feuersäule, die aus der Entladestation schlug, überragte sogar die Hügel, die den ehemaligen Hinrichtungsplatz umgaben.

Als wir uns anschickten, die Arania zu verlassen, kam Oan auf mich zu.

»Ihr verlasst uns, Eli?«, fragte er. »Ihr seid meine Retter und habt viel für uns getan. Ihr werdet mir fehlen.«

Ich sah den Aranen wortlos an. Er war mir ein Rätsel wie das ganze Volk der Aranen. Der Gedanke, dass die Vorfahren dieser ahnungslosen, abergläubischen, fanatischen Geschöpfe Raumschiffe bauten, ließ mir keine Ruhe. Man hätte sagen können, auf eine Blütezeit der aranischen Zivilisation sei eine Phase des Verfalls gefolgt – wie das Schicksal eben so spielt. Doch eine solche Erklärung schien mir zu einfach. Ein Verfall im landläufigen

Sinne lag nämlich gar nicht vor; Oan war der lebendige Gegenbeweis! Er war äußerlich ein gewöhnlicher Arane und doch jedem Einzelnen von uns in vieler Hinsicht weit voraus. Hatten wir ihn nicht im Schlund des Kollapsars gesehen, wo unsere Schiffe sich niemals hingewagt hätten? Überwand er nicht spielend die Sprachbarriere, die für uns unüberwindlich ist, wenn man uns die Dechiffriergeräte abnimmt?

Oan winkelte seine Beine ab, seine Schlangenhaare legten sich an wie gekämmt, die unteren beiden Augen blickten ergeben und dankbar, das obere, mit dem er so durchdringende Lichtstrahlen aussenden konnte, glänzte in diesem Moment nur ganz schwach, als wäre es in eine eigene, geheime Tiefe abgetaucht.

»Ach Oan!«, rief ich mit einem Seufzer aus. »Du bist in der Lage, ein Raumschiff zu steuern, und weißt über die Krümmung der Zeit mehr als wir. Doch deine Brüder sind Fanatiker und keine Denker. Woher hast du dein Wissen? Und warum bist du deinen Gefährten so unähnlich?«

»Oh nein, Eli, ich bin keine Ausnahme«, entgegnete er bescheiden. »Viele von uns haben das alte Wissen bewahrt. Wenn ihr noch eine Weile bleiben würdet, könntet ihr uns besser kennenlernen.«

»Leider können wir nicht länger hierbleiben«, sagte ich.

»Dann nehmt mich doch mit«, schlug er vor. »Ich weiß viel über die Paradoxe der Zeit. Unsere Vorfahren haben die Verwirbelungen und Biegungen der Zeit in Sternhaufen studiert. Wir konnten uns dieses Wissen nicht zunutze machen, doch wir haben es wie einen Schatz gehütet. Ihr könntet davon profitieren.«

Dieses Angebot konnte ich nicht ausschlagen.

»Steig ins Planetenschiff ein, Oan«, sagte ich spontan. »Du wirst mich auf dem *Steinbock* begleiten.«

7 Anfangs schien alles ganz einfach. Wenn es nötig gewesen wäre, hätten wir auch ganze Planeten ausradieren können. Den Aranen einen Flecken klaren Himmels zu verschaffen, erforderte vergleichsweise geringfügigen Aufwand. Jedes unserer Sternenschiffe war in der Lage, die Funktion eines kosmischen Straßenkehrers zu übernehmen.

Theoretisch hätten wir auch das komplette Geschwader einsetzen und den Staub im gesamten Sternhaufen der Untergehenden Welten beseitigen können. Kamagin setzte sich für diese Variante ein – ihm gefielen stets die großen Lösungen. Doch sein Vorschlag stieß auf wenig Gegenliebe. Wir beschlossen, uns auf die Säuberung des Raums um das Dreigestirn zu beschränken.

»Wir programmieren eines der Transportschiffe zum automatischen Staubsauger«, erklärte Oleg. »Sobald wir uns sicher sind, dass er funktioniert, können wir das Sonnensystem verlassen und unsere Expedition fortsetzen.«

Bis heute bin ich der Überzeugung, dass dies ein guter Plan war. Dass er scheiterte, war nicht unsere Schuld. Als kosmischen Straßenkehrer setzten wir den *Rammbock* ein. Allein der kraftstrotzende Name erfüllte uns mit Zuversicht, dass er seine Aufgabe tadellos erledigen würde. Die BUM auf dem *Rammbock* funktionierte hocheffektiv, präzise und blitzschnell. Sie rechnete alle möglichen Störfälle und Hindernisse durch und programmierte entsprechende Reaktionen. Ich betone: alle möglichen Störfälle und Hindernisse. Leider kam niemand auf die Idee, auch Ereignisse durchzurechnen, die technisch unmöglich waren. Ein solches jedoch trat dann tatsächlich ein.

Keiner von uns dachte so weit, dass er auch logische Ungereimtheiten in Betracht zog. Es gibt viel mehr unmögliche Varianten als realistische, und die Landschaften des Absurden sind viel ausgedehnter als jene des logisch Fassbaren.

Üblicherweise benutzt man zum Laufen die Beine und bewegt sich dabei über den Boden. Zu den unmöglichen Alternativen gehört es zum Beispiel, auf dem Kopf, auf den Schultern, über das Wasser, in der Luft, im Vakuum oder weiß der Kuckuck wie sonst noch zu laufen. Alle unmöglichen Varianten durchzuspielen ist sinnloser als Kaffeesatzleserei. Mit so einem Unsinn wollten wir uns nicht abgeben. Hinterher ist man bekanntlich immer klüger.

Damit hier kein falscher Eindruck entsteht: Wir waren nicht sorglos und rechneten durchaus mit Überraschungen. Dass mächtige Kräfte existierten, die wir nicht kannten, wussten wir ganz genau. Dass uns bislang keine solchen Kräfte behelligt hatten, war keine Garantie dafür, dass dies auch so bleiben würde.

Unser Fehler lag in der Prämisse, dass jeder Widerstand, mit dem wir zu rechnen hatten, den Naturgesetzen gehorchen und sich damit im Rahmen der Logik abspielen würde. Aber das eine geht nicht unbedingt Hand in Hand mit dem anderen! Es gibt diverse Phänomene, die mit den Naturgesetzen im Einklang stehen und unserer Logik gleichzeitig ins Gesicht schlagen. Wir hielten uns für den Verstand der Natur. Dabei geht die Natur weit über das hinaus, was das menschliche Denken zu erfassen vermag. Der Verstand ist nur für unsere beschränkten Bedürfnisse konzipiert. Man könnte sagen: Er springt nur so hoch, wie er muss. Unser Denken ist deshalb viel zu limitiert, als dass es die vielfältigen Möglichkeiten der Natur durchdringen könnte. Möge dieser kleine Exkurs dazu beitragen, die folgenden Geschehnisse verständlicher zu machen.

Zunächst lief alles nach Plan. Der *Rammbock* näherte sich auf einer Spiralbahn dem Dreigestirn und schwenkte in geringer Entfernung auf eine Umlaufbahn. Er war nun gleichsam der kleinste und innerste Planet im System der Drei Staubsonnen.

Dann startete die BUM automatisch die Materieannihilatoren, und zwar im »Breitbandbetrieb«, wie Romero das nannte. Der *Rammbock* beschrieb Ellipsen um das Dreigestirn und zog eine breite Schleppe neu geschaffenen Raums hinter sich her. Schleife um Schleife flog er um das dreiäugige Zentrum und entfernte sich allmählich von ihm. Die kosmischen Weiten zwischen den Sonnen und dem Schiff waren vollkommen transparent und wurden durch kein Staubkorn getrübt.

»Nach unseren Berechnungen wird der *Rammbock* in einigen Jahrzehnten irdischer Zeitrechnung die Umlaufbahn der Arania erreichen«, erläuterte Oleg. »Spätestens dann werden sich die Aranen allmorgendlich über den Aufgang strahlender Tagsterne freuen können. Der Nachthimmel ihres Planeten wird allerdings auch weiterhin nur mit blassroten Flecken betupft sein.«

In einer freien Stunde begab ich mich zu Vagabund in den Drachenstall. Auf seiner Pfote saß Romero, zu dessen Füßen wiederum lag Mizar. Der kluge Hund hatte Lussins Tod noch nicht verwunden. In letzter Zeit ging er uns aus dem Weg. Ich vermute, er glaubte, dass wir das schreckliche Ende seines Freundes und Lehrers hätten verhindern müssen. Vorwürfe machte er uns indes keine, nicht einmal zu einem leisen Knurren an der Sensibilitätsgrenze des Dechiffriergeräts ließ er sich hinreißen. Am wohlsten fühlte sich Mizar jedenfalls eindeutig bei Vagabund, denn der Drache war auf der Arania nicht dabei gewesen und hatte mit der Katastrophe nichts zu tun gehabt.

»Die Säuberungsaktion läuft reibungslos«, sagte ich zu Vagabund.

»Zu reibungslos, Eli. Ich habe kein gutes Gefühl dabei, da liegt irgendetwas in der Luft«, erwiderte der Drache.

»Das verstehe ich nicht. Was soll schlecht daran sein, wenn alles reibungslos läuft? Verstehst du das, Mizar?« Ich streichelte den Hund. »Lussin hat immer gesagt, dein Verstand sei noch schärfer als dein Gebiss. Außerdem hat er deinen ausgeprägten Realismus gelobt. Wir Menschen haben Angst vor Phantomen, während du sie einfach ignorierst. Ihnen fehlen die Wärme und der Geruch eines lebendigen Körpers, nicht wahr? Sag Vagabund, dass er grundlos zum Schwarzseher geworden ist.«

»Zurzeit kann ich nur an Lussin denken«, erwiderte Mizar mit einem traurigen Winseln. »Ich kann nicht mehr so denken wie ihr.«

»Lieber Admiral!«, schaltete Romero sich ein. »Sie bezichtigen unseren geschätzten Freund Vagabund zu Unrecht der Schwarzseherei. Seine Skepsis ist zumindest nicht unbegründet. Sicherlich versetzt er sich an die Stelle der Unerbittlichen Götter, die es als solche vermutlich gar nicht gibt, und überlegt sich, was er an ihrer Stelle wohl tun würde. Es ist doch naheliegend, dass sie unser Säuberungsschiff erst einmal beobachten und seine Ziele und Möglichkeiten ausloten, bevor sie etwas unternehmen.«

»Wie Sie wissen Pawel«, entgegnete ich, »ist die Existenz der Unerbittlichen Götter rein hypothetisch, und der Glaube der Aranen beweist gar nichts. Schließlich haben sie auch an die Existenz einer zürnenden Mutter Blitzschleuderin geglaubt, die sich alsbald in Luft aufgelöst hat, nachdem wir eine automatische Entladestation in Betrieb genommen haben. Diese Matrone war noch nicht einmal ein Trugbild, sondern reine Fiktion. Auch die Menschen – das wirst du nicht wissen, Vagabund – haben früher an die Existenz höherer Wesen geglaubt: Zeus, Jehova, Wotan, Odin, Ormusd, Vitzliputzli, Allah, Baal, Krishna und wie sie alle hießen. Unsere Vorfahren haben sie gesehen, mit ihnen gesprochen, strenge Gebote und frohe Botschaften von ihnen bekommen, ihr Leben nach ihrem Willen ausgerichtet – und dies alles, obwohl diese Gottheiten überhaupt nicht existierten. Sie waren weniger real als unsere Phantome, die ja wenigstens noch ein Mindestmaß an Stofflichkeit aufweisen. Götter sind nichts als Worte, Träume und Fantasien! Und sie sind noch lange nicht die abenteuerlichsten Fantasien der Menschheit.«

Romero und ich begaben uns in den Observationsraum. Es machte Spaß, dem *Rammbock* bei der Verrichtung seines Säuberungswerks zuzusehen. Elegant schwebte er durch den gelben Staub, der das Dreigestirn verhüllte. Der saubere Korridor, den er generierte, wirkte wie ein Tunnel, der ständig breiter wurde.

Romero bemerkte als Erster, dass mit dem *Rammbock* etwas nicht stimmte. Die Störungsmeldung der BUM erfolgte eine Minute später. Das Sternenschiff wurde plötzlich hin und her geworfen wie ein Flugzeug, das in schwere Turbulenzen gerät. Kurz darauf erstarrte es und trieb wie leblos durch den Staubschleier. Die Annihilatoren hatten aufgehört, Materie zu vernichten und Raum zu generieren. Das Schiff flog keine sich weitenden Schleifen mehr, sondern dümpelte auf einer toten Kepler'schen Ellipse durchs All. Das mächtige, majestätische Sternenschiff, das aktiv die Struktur des Raumes veränderte, hatte sich in einen winzigen Asteroiden, in einen Brocken belangloser Materie verwandelt.

Oleg rief mich zu sich auf die Kommandobrücke. Auf dem *Rammbock* standen nicht nur die Annihilatoren still, auch die Kommunikationsinstrumente waren mausetot. Sie reagierten nicht mehr auf unsere Signale.

»Wir müssen einen Schlepper entsenden«, brummte Oleg finster.

Am nächsten zum *Rammbock* befand sich der *Stier*. Oleg beauftragte Petri, den außer Kontrolle geratenen Raumfeger abzuschleppen. Die Aktion verlief problemlos. Da die Antriebsmaschinen des *Rammbocks* keinen Mucks mehr taten, ließ sich das Schiff ganz einfach in der Zange der Schleppfelder bugsieren. Schwieriger war es schon, überhaupt in das Schiff hineinzukommen, da sämtliche Öffnungsmechanismen der Schleusen und Luken blockiert waren.

Auf den Bildschirmen verfolgten wir gespannt, wie Petri ein kleines Reparaturschiff vom *Stier* zum *Rammbock* manövrierte, das sich dort über einem Einstieg an dessen Rumpf ansaugte. Es blieb nichts anderes übrig, als die Luke gewaltsam zu öffnen. Petri brachte die demontierte BUM des *Rammbocks* höchstpersönlich auf den *Steinbock*.

Das Schiffsgehirn war äußerlich völlig unbeschädigt: Alle Kontakte waren unversehrt, und man konnte nirgendwo auch nur den geringsten Kratzer erkennen. Auch das Herz der Maschine, ein großer Neptunkristall, funkelte mit dem ihm eigenen grünlichen Glanz. Es war einer der schönsten Kristalle, die ich je gesehen hatte.

»Die BUM funktioniert«, berichtete Petri. »Aber sie spuckt nur völligen Stuss aus. Keine Ahnung, was da los ist.«

Die BUM wurde in einen Prüfstand eingespannt. Ellon und Irina untersuchten das Maschinengehirn nach allen Regeln der Kunst. Dass man Ellon nicht so leicht in Erstaunen versetzen kann, hatte ich ja schon erwähnt. Und selbst wenn er etwas nicht versteht, lässt er es sich normalerweise nicht anmerken. Doch diesmal hielt er mit seiner Verwunderung nicht hinter dem Berg.

»Admiral, ich bin verblüfft!«, rief er und schüttelte den Kopf, indem er ihn um hundertachtzig Grad hin und her drehte. »Die Schutzfelder der BUM sind völlig unversehrt, sie wurden weder durchstoßen noch deformiert, ja nicht einmal berührt. Die Maschine ist von selbst kaputt gegangen. Die Störungen sind im Inneren der Schaltungen aufgetreten, äußere Einflüsse kann ich ausschließen. Allerdings sind auch im Inneren keine offensichtlichen Beschädigungen erkennbar. Wir werden Schaltkreis für Schaltkreis überprüfen müssen.«

»Tu das, Ellon«, sagte ich und ging zu Vagabund, der sich die Zeit wie immer mit Mizar vertrieb.

»Hör mir gut zu, Vagabund«, sprach ich auf den Drachen ein. »Du kennst dich mit der Natur des Raums besser aus als wir. Die BUM des *Rammbocks* ist defekt. Es sieht jedoch ganz danach aus, dass keinerlei destruktive Kräfte auf sie eingewirkt haben, weder von außen noch in ihrem Inneren. Mit anderen Worten: In dem Raum, in dem sich die BUM zusammen mit dem Sternenschiff bewegte, ist überhaupt nichts geschehen. Verstehst du mich, Vagabund? Könnte es nicht sein, dass der Raum selbst auf das Schiffsgehirn eingewirkt hat? Wäre es möglich, dass der sonst immer passive Raum, der Träger von Feldern, Wellen und Teilchen, auf einmal aktiv geworden ist?«

»Diese Frage kann ich dir nicht beantworten, Eli. Ich hatte immer nur mit passivem Raum zu tun. Ich habe ihn verkrümmt, geradegerichtet, verdichtet und aufgelockert. Er ist in der Lage, selbst Wellen zu erzeugen, man kann ihn in Materie umwandeln und die Materie wieder in Raum. Das ist alles richtig. Der Raum bleibt aber dennoch passiv. Auf Körper wirkt er nur mittelbar durch Kräfte ein, die in ihm entstehen.«

»Das denke ich eigentlich auch. Beraten wir uns mit Oan. Der zwölfbeinige Denker kennt sich besser als wir mit den Geheimnissen der Untergehenden Welten aus. Mal sehen, was er zu der mysteriösen Sache sagt.«

Oan erschien zusammen mit Orlan und Grazio im Drachenstall. Auch der Demiurg und der Galakt waren äußerst gespannt auf die Meinung des Aranen. Als ich Oan gerade meine erste Frage stellen wollte, schneiten Ellon und Oleg aufgeregt zur Tür herein.

»Ich schwöre dir, Admiral, so etwas hast du noch nie gesehen!«, trompetete Ellon und hielt mir das Prüfdiagramm der BUM unter die Nase. »Die BUM auf dem *Rammbock* ist nicht physisch, sondern logisch aus dem Leim gegangen. Sie vertauscht Ursache und Wirkung. Bei ihr kommt die Wirkung vor der Ursache.«

Skeptisch studierte ich das Prüfdiagramm. Die Wirkung kann nicht vor der Ursache eintreten. Es regnet nicht, bevor Wolken aufziehen. Kinder werden nicht geboren, bevor sich ihre zukünftigen Eltern nicht miteinander vergnügt haben. Kein Boxer hat schon vor dem Kampf einen Cut über dem Auge.

Auf Ellons Testprotokoll war indes alles auf den Kopf gestellt: Wenn der Demiurg ein Signal von außen anlegte, schloss die BUM zuerst den Schaltkreis und empfing erst danach das Signal. Man konnte von Glück sagen, dass das übergeschnappte Maschinengehirn den *Rammbock* nicht in die Luft gejagt hatte. Die Aktivstoffvorräte im Bauch des Frachters hätten sich durch einen einzigen falschen Befehl in einen Sprengsatz mit brennender Lunte verwandeln können.

»Kannst du mir diesen Hokuspokus erklären?«, fragte ich Oan.

»Das ist kein Hokuspokus«, entgegnete er. »Eure Maschine ist einfach krank. Sie hat Zeitkrebs.«

»Habe ich richtig gehört, Zeitkrebs?«

»Ganz recht. Die Zeit im Inneren der Maschine ist auseinandergerissen. Einige ihrer Schaltelemente befinden sich in der Vergangenheit, andere in der Gegenwart und wieder andere in der Zukunft. Deshalb kann sie keine Programme mehr abspulen. Zeitkrebs ist die schlimmste Krankheit, die es in unserer Welt gibt.«

»Könnte diese Krankheit nicht auch uns befallen?«, fragte Orlan und zog dabei den Kopf so tief zwischen die Schultern, dass nur seine Augen herauslugten.

»Wenn die Unerbittlichen Götter es wollen, wird sie auch euch befallen«, prophezeite Oan im Brustton der Überzeugung. »Aus eben diesem Grund habe ich ja nach einem Ausweg in eine andere Zeit gesucht. Ihr seid mächtig, vielleicht habt ihr mehr Glück als ich. Trotzdem solltet ihr von hier verschwinden. Bislang hatten die Unerbittlichen Götter keine Notiz von euch genommen. Das hat sich jetzt geändert. Sie haben ein Auge auf euch geworfen, und es blickt böse.«

Während der Arane davon sprach, dass der böse Blick irgendwelcher Götter auf uns laste, musterte ich ihn zum wiederholten Male. Auf einmal hatte ich das Gefühl, als sähe ich ihn zum ersten Mal. Wahrscheinlich hatte ich ihn bislang nicht konzentriert genug beobachtet. Er wippte ganz ruhig auf seinen langen, flinken Spinnenbeinen. Auf seinem borstigen, rundlichen Leib saß der kleine Kopf mit den seltsamen, tentakelartigen Haaren. Seine unteren beiden Augen blickten ganz normal, sie wirkten nicht viel anders als meine oder die von Trub. Das darüber sitzende dritte Auge indes blickte nicht, sondern es sandte

Strahlen aus. Mit eben diesem Auge schleuste Oan auch seine Gedanken in mein Gehirn. Und ich erschauderte unwillkürlich, so bedrohlich waren diese Gedanken! Oan hatte den bösen Blick …

8

Wenn mich damals jemand gefragt hätte, was ich mir am sehnlichsten wünsche, dann hätte ich geantwortet: einen Fetzen klaren Himmels! Unsere gottähnlichen Kontrahenten hatten offensichtlich etwas dagegen, dass wir den interplanetaren Raum im System der Drei Staubsonnen säuberten. Der unerwartete Widerstand weckte unseren Kampfgeist. Schon unsere Vorfahren hatten die Auflehnung gegen die Götter nicht gescheut, sich unerschrocken für die Freiheit eingesetzt und tapfer ihre Ehre und Würde verteidigt. Ihr Mut steckte auch in unserem Blut.

Oleg kam zu mir, um sich mit mir zu beraten.

»Ich habe eine Idee, Eli, und möchte deine Meinung dazu hören«, sagte Oleg.

»Schieß los!«, ermunterte ich ihn.

»Eines der bemerkenswertesten Ereignisse während der ersten Perseus-Mission war die Vernichtung des Goldenen Planeten. Olga Trondike hat damals äußerst entschlossen und klug gehandelt. Mir schwebt nun eine ähnliche Operation vor.«

»Worauf willst du hinaus, Oleg?«

»Durch die Annihilation des Goldenen Planeten hat Olga eine gigantische Menge neuen Raums geschaffen und das Sternenschiff, das in der Falle saß, durch diesen Raum in die Freiheit geführt. Die Zerstörer hatten damals eine Weile zu tun, um diesen neu geschaffenen Raum in die Struktur ihrer Sternenwelt einzugliedern. Im Sternhaufen der Untergehenden Welten halten Wesen die Fäden in der Hand, die aus irgendwelchen Gründen Wert darauf legen, dass die Sterne beständig Staub absondern. Offenen Widerstand lassen sie, wie wir gesehen haben, nicht zu. Doch vielleicht gelingt es uns, sie zu überlisten! Wir müssen sie vor vollendete Tatsachen stellen, indem wir durch eine Planetenannihilation explosionsartig eine riesige Blase neuen Raums erzeugen. Im existierenden Raum ist es aussichtslos, gegen die Ramiren – einmal angenommen, sie sind es – zu kämpfen. Um den neu entstandenen Raum abermals zu verstauben, benötigen sie jedoch Zeit, nach irdischen Maßstäben Jahrhunderte oder gar Jahrtausende. Während dieser ganzen Zeit gäbe es auf der Arania klare Tage. Wenigstens für einige Generationen hätten die Aranen jenen ungetrübten Himmel, den wir ihnen versprochen haben.«

»Dein Plan ist gut«, sagte ich. »Er hat nur einen Haken: Wenn die Ramiren Wind davon bekommen, werden sie ihn durchkreuzen.«

»Das leuchtet mir ein. Wir müssen so vorgehen, dass die Ramiren keinen Verdacht schöpfen.«

Olegs Plan fand bei allen Kapitänen ein positives Echo. Schon der *Raumfresser* hatte es unter Einsatz aller Ressourcen geschafft, einen Planeten zu annihilieren. Für unsere modernen Sternenschiffe war es ein Kinderspiel. Einen Himmelskörper für die Annihilation zu finden war auch nicht schwierig, schließlich wurden die Drei Staubsonnen von acht unbelebten Planeten umkreist. Das einzig heikle Problem bestand darin, das Unternehmen zu tarnen.

»Wir dürfen die Ramiren – so sie denn die Unerbittlichen Götter sind – nicht unterschätzen«, warnte ich. »Wenn eines unserer Sternenschiffe mit eingeschalteten Kampfannihilatoren auf einen Planeten zusteuert, wissen sie sofort, was gespielt wird. Es dürfte ihnen dann nicht schwerfallen, wirkungsvolle Gegenmaßnahmen zu ergreifen. Ein Frontalangriff, wie ihn Olga damals im Perseus geführt hat, würde in den Untergehenden Welten sicher scheitern.«

»Dann teilen wir die Operation doch in zwei Etappen auf«, schlug Olga vor. »Es mag schon sein, dass die Unerbittlichen

Götter die Liquidation eines ganzen Planeten nicht zulassen würden. Die Annihilation eines Transportschiffs dürfte sie dagegen nicht sonderlich beunruhigen, dabei entsteht schließlich nur ganz wenig neuer Raum. Doch dieser Raum wird sich für eine Weile ihrer Kontrolle entziehen. Eines unserer Sternenschiffe könnte ihn als getarnten Korridor nutzen, um den Hauptschlag gegen den Planeten zu führen.«

Kamagin bot an, mit seinem *Schlangenträger* die Annihilation des Transportschiffs zu übernehmen. Doch Oleg übertrug ihm die Aufgabe, dem Sternenschiff, das den Hauptschlag führen sollte, Begleitschutz zu geben. Dazu waren Entschlossenheit und Schnelligkeit erforderlich, und Kamagin hatte davon mehr als alle anderen.

»Der *Stier* wird das Transportschiff annihilieren«, ordnete Oleg an, und Petri nahm es wie gewohnt stoisch zur Kenntnis. »Die Vernichtung des Planeten wird der *Widder* übernehmen, denn Olga ist die Einzige von uns, die schon Erfahrung mit der Annihilation von Planeten hat.«

»Ich bin einverstanden«, sagte Olga, »aber unter einer Bedingung: Während des Angriffs auf den Goldenen Planeten warst du auf der Kommandobrücke an meiner Seite, Eli. Deine Anwesenheit hat mir Kraft gegeben. Ich möchte, dass du für diesen Einsatz auf den *Widder* umziehst.«

»Du hast also tatsächlich vor, mich wieder an den Rand eines Nervenzusammenbruchs zu treiben, um aus meiner verzagten Visage Kraft zu schöpfen?«, scherzte ich.

Nach der Kapitänsbesprechung kam Olga in unsere Wohnung. Mary wusste bereits, dass ich den *Steinbock* vorübergehend verlassen würde. Vermutlich war sie nicht sonderlich begeistert darüber, doch sie ließ sich nichts anmerken.

»Du bist hoffentlich nicht eifersüchtig, wenn ich deinen Mann für ein paar Tage auf den *Widder* entführe?«, fragte Olga in vollem Ernst und provozierte damit einen Heiterkeitsausbruch von Mary.

»Keine Sorge, Olga«, erwiderte sie kichernd. »Ein paar Tage halte ich es schon ohne diesen Egoisten aus, der ohnehin nie Zeit für mich hat.«

Als der Egoist den *Steinbock* verließ, schloss Mary ihn fest in ihre Arme.

Ein passender Planet für die Annihilation war schnell gefunden. Grazio hatte den erstbesten untersucht und festgestellt, dass er für die Entwicklung von Leben völlig ungeeignet war. Damit war er sozusagen zum Abschuss freigegeben.

Unseren potenziellen Feinden schien es nichts auszumachen, dass wir die Planeten-Umlaufbahnen im System der Drei Staubsonnen durcheinanderbrachten. Drei unserer ferngesteuerten Frachter nahmen den ausgewählten Planeten ins Schlepptau und manövrierten ihn auf einer steilen Spiralbahn näher an das Dreigestirn heran.

Olga und ich saßen nebeneinander auf der Kommandobrücke. Während Olga sich auf die zweite Etappe der Operation vorbereitete, konzentrierte ich meine Augen, Ohren und Gedanken auf den uns umgebenden Weltraum. Alles schien ruhig und friedlich. Der *Schlangenträger*, der *Stier* und der *Steinbock* hielten einen großzügigen Sicherheitsabstand zum entführten Planeten, um im Falle eines feindlichen Eingreifens nicht ins Kreuzfeuer zu geraten.

Ellon steuerte vom *Steinbock* aus das Schleppmanöver. Genau wie bei der Abwehr des Killerplaneten setzte er eine Gravitationsschnecke ein, allerdings eine viel schwächere als damals. Die Schnecke wurde von den Frachtern generiert, die sich im Vergleich zu ihrer Beute geradezu winzig ausnahmen. Ganz langsam und gleichmäßig wurde der Planet in seinen neuen Orbit gezogen.

»Die Umlaufbahn für die Annihilation ist erreicht«, vermeldete Olga. »Petri hat bereits Kurs auf den Planeten genommen. Wenn er seinen Auftrag erledigt hat, sind wir an der Reihe.«

Olga irrte, wir kamen nicht mehr an die Reihe. Stattdessen schlug die Stunde der feindlichen Mächte. Die grauenvollen Bilder, die nun vor unseren Augen ablaufen sollten, werde ich mein Leben lang nicht vergessen.

Der Planet befand sich nun in einer Umlaufbahn zwischen der Arania und den Drei Staubsonnen. Davor flogen in kompakter Formation die drei Transportschiffe, die ihn geschleppt hatten, dahinter die übrigen ferngesteuerten Schiffe bis auf eines, das wie ein Mond in unmittelbarer Nähe des Planeten kreiste und für die Annihilation bestimmt war. Olga hielt den *Widder* einsatzbereit auf einer Linie zwischen der Arania und dem Dreigestirn. Der *Stier* näherte sich langsam dem Planeten. Er sollte das dafür vorgesehene Transportschiff liquidieren und danach durch den entstehenden Raumkorridor das Feld räumen. Gleichzeitig sollten wir mit dem *Widder* durch diesen geschützten Korridor zu dem Planeten vorstoßen und ihn vernichten. Das war der Plan.

Während ich durch den Photonenmultiplikator den *Stier* beobachtete, sah ich gleichzeitig – natürlich gedanklich – auch Petri vor mir. Der bedächtige Kapitän des *Stiers* sah den zum Abschuss freigegebenen Frachter auf seinem Bildschirm immer größer werden, hatte sicher schon den Arm gehoben und würde ihn in wenigen Sekunden mit dem Kommando »Feuer« senken. Doch nicht Petri eröffnete das Feuer.

Von irgendwoher aus der trüben Nebelsuppe zuckte ein milchiger Strahl heraus. Es war genau derselbe verheerende Teilchentorpedo, der damals den Roten Stern ausgelöscht hatte. Er schlug nicht in den Planeten ein, nicht in die Transportschiffe davor oder dahinter und auch nicht in den Frachter, dessen Annihilation den geschützten Korridor öffnen sollte, sondern mit grausamer Präzision in den *Stier*.

Nach der Explosion sahen wir an der Stelle, wo zuvor Petris Schiff gewesen war, einen blau lohenden Feuerball und dann eine Wolke weißglühenden Staubs. Von dem stolzen Raumkreuzer mit seinen mächtigen Waffen und perfekten, leistungsstarken Maschinen blieb nichts als ein Häufchen verglimmender Asche, von der Besatzung – Demiurgen und Menschen – waren nicht einmal verkohlte Leichen übrig.

Kurz darauf mussten wir mit ansehen, wie die Transportschiffe aus ihren berechneten Flugbahnen gerissen wurden und aufeinander zurasten, als würden sie von einem unsichtbaren Magneten angezogen. Es folgte Explosion auf Explosion, innerhalb weniger Sekunden verwandelte sich unsere Frachterflotte in einen brennenden Trümmerhaufen. Olga und ich konnten die Katastrophe nicht verhindern, die Schiffe wurden vom *Steinbock* aus gesteuert. Was war eigentlich los auf dem Schiff, wo Oshima und Oleg das Kommando führten?

Wie versteinert starrte ich durchs Spezialteleskop. Der *Steinbock* war offensichtlich außer Kontrolle geraten und trudelte direkt auf das lodernde Inferno zu.

»Nein!«, schrie ich und biss mir vor Wut und Verzweiflung die Hand blutig.

An Bord des *Steinbocks* waren Mary und viele meiner besten Freunde! Ich konnte nicht mit ansehen, wie das Schiff in den Untergang trieb. Am liebsten hätte ich das Teleskop gegen die Wand gefeuert, doch ich zwang mich dazu, weiter zu beobachten. Ich musste alles sehen, um zu verstehen, was passiert, und um fürchterliche Rache an den Schuldigen zu nehmen, sollte ich selbst am Leben bleiben.

Wie durch ein Wunder drehte der *Steinbock* im letzten Moment ab und entfernte sich von der Hölle aus brennenden Schiffstrümmern. Der *Schlangenträger* umflog das Epizentrum der Katastrophe in einer weiten, gleichmäßigen Kurve.

Erschöpft sank ich auf meinem Sitz in mir zusammen. Ich weiß nicht mehr, wie lange es dauerte, bis Olgas Stimme zu mir durchdrang. Vermutlich riss mich ihr angstverzerrtes Gesicht aus der Erstarrung.

»Eli! Komm zu dir, Eli! Unsere BUM ist ausgefallen, die Antriebsmaschinen reagieren nicht mehr auf meine Befehle. Wir treiben direkt auf die zerstörten Transportschiffe zu!«

Früher hätte ich es nicht für möglich gehalten, dass Olga ihre unerschütterliche Kaltblütigkeit jemals verlieren und in Panik ausbrechen könnte.

Mein erster Gedanke war: Olga durfte jetzt nicht die Nerven verlieren! Was auch immer mit einem Schiff passiert, der Kommandeur muss kühlen Kopf bewahren!

»Bleib ruhig, Olga, noch ist nichts verloren«, sprach ich bedächtig auf sie ein. »Wir wechseln auf manuelle Steuerung.«

Mein Vorschlag war naheliegend, aber nutzlos, denn auch die manuelle Steuerung funktionierte nicht mehr. Wie ein Verrückter fuhrwerkte ich an den Knöpfen und Schaltern des Bedienpults herum – es half alles nichts: Das Schiff reagierte nicht mehr, und auch die Anzeigeinstrumente waren tot.

In diesem verzweifelten Moment fiel mir ein, dass unser Schiff über einen speziellen Schaltkreis verfügte, der weder ausgeschaltet noch blockiert werden konnte und der sich als Einziger auch nicht gedanklich auslösen ließ, sondern nur durch das simple, mechanische Drehen eines Schlüssels: Es war der Schaltkreis des Selbstzerstörungsmechanismus. Diese Vorrichtung hatte ich einst in meiner Studienzeit selbst entwickelt und kannte deshalb jeden Kontakt und alle Einzelheiten der Verdrahtung. Die einzige Funktion des Mechanismus bestand darin, das Schiff in Extremsituationen von innen zu sprengen. Es war ein Instrument der Verzweiflung, nicht der Hoffnung. Doch jetzt war es unsere einzige Rettung.

»Den Schlüssel!«, brüllte ich und zerrte Olga am Arm. »Den Schlüssel zum Selbstzerstörungsmechanismus!«

Olga wich vor mir zurück. Sie war totenbleich im Gesicht und versuchte, mich zu beruhigen.

»Vielleicht müssen wir nicht sterben, Eli. Ich habe die Hoffnung noch nicht aufgegeben.«

Ich hätte sie erwürgen können. Es gab nicht die geringste Hoffnung. Wir trieben genau auf das Zentrum des glühenden und immer noch Feuer speienden Schrotthaufens zu, der von unseren Frachtern übrig geblieben war.

»Olga, verdammt nochmal! Ich habe nicht vor, Selbstmord zu begehen! Gib mir sofort den Schlüssel!«

Mit zitternden Händen knöpfte sie ihre Bluse auf. Der Schlüssel hing an einer Kette an ihrer Brust. Sie griff sich hinter den Hals, um die Kette zu öffnen, doch ihre Finger gehorchten ihr nicht. Ich riss ihr die Kette kurzerhand mit Gewalt vom Hals, griff mir den Schlüssel und hechtete zu einem Bedienpult an der Seitenwand. Dort befand sich eine versiegelte Öffnung für den Schlüssel. Ich riss das Siegel ab, steckte den Schlüssel ein und begann ihn zu drehen.

»Ganz ruhig, Eli«, sprach ich selbst laut auf mich ein. »Eine Drittelumdrehung schließt den ersten Kontakt. Jetzt nur keinen Fehler machen!«

Eine heftige Explosion erschütterte das Schiff und warf uns zu Boden. Der rechte hintere Teil des Rumpfes, wo die Kampfannihilatoren montiert waren, flog in die Luft. Die fürchterlichen Waffen, die Planeten vernichten und feindliche Flotten auslöschen konnten, existierten nicht mehr. Doch der *Widder* existierte noch, wenn auch unbewaffnet. Durch die gewaltige Detonation wurde er nach links abgetrieben und rauschte um Haaresbreite an dem Trümmerfeld vorbei – buchstäblich in allerletzter Sekunde.

»Um Gottes willen!«, hauchte Olga und rappelte sich wieder auf.

Eine Zeit lang schwiegen wir. Auf der Kommandobrücke herrschte völlige Stille, die Sprengung hatte nicht einmal einen Alarm ausgelöst. In diesen Minuten irrten in allen Räumen und Gängen des Schiffs verwirrte Besatzungsmitglieder umher, ihre Gesichter waren gezeichnet von Todesangst und Freude über die unerwartete Rettung.

»Was für ein Desaster, Eli!«, flüsterte Olga mit schwacher Stimme. »Wie konnte es nur passieren, dass unsere BUM ausgefallen ist? Sie ist gegen äußere Einflüsse doch perfekt geschützt! Ich habe Angst, bitte sag etwas, ich verstehe nicht, was hier gespielt wird!«

»Ich habe geschwiegen, weil mir alles klar ist. Die Ramiren haben deinen Mann und Allan mitsamt ihrer Flotte ausgelöscht, Olga. Jetzt sind wir an der Reihe.«

Sie sah mich mit ausdruckslosen, irren Augen an.

»Ich habe dir immer geglaubt, Eli. Ich glaube dir jedes Wort. Aber warum haben sie nur Petri angegriffen? Sie konnten doch nicht wissen, dass ausgerechnet Petri die Operation beginnt, nicht ich, nicht Kamagin, nicht Oshima, sondern Petri!«

»Vergiss nicht, dass wir auch nicht ungeschoren davongekommen sind: Alle unsere Borduniversalmaschinen wurden blockiert«, entgegnete ich finster. »Und wie sie von unseren Plänen Wind bekommen haben, lässt sich ganz einfach erklären: Sie haben auf unserem Flaggschiff einen Spion eingeschleust!«

»Einen Spion, Eli?«

»Gefällt dir das Wort nicht? Nenne ihn, wie du willst, meinetwegen Kundschafter, Spitzel, Verräter, Lauscher, Schnüffler oder Geheimagent. Jedenfalls befindet er sich auf dem *Steinbock*, Olga!«

Dritter Teil

Die zerrissene Zeit

Die Zeit ist aus den Fugen; Schmach und Gram,
dass ich zur Welt sie einzurichten kam.

W. SHAKESPEARE

Er schwört, ein treuer Freund zu sein,
und fasst mir ans Gewand.
Doch die Berührung dieser Hand
hat nichts mit Zärtlichkeit gemein.

A. ACHMATOWA

1

An eine Reparatur des *Widders* war überhaupt nicht zu denken. In seinem Rumpf klaffte eine hässliche Wunde.

»Es wäre mir nie in den Sinn gekommen, die Flugbahn des Schiffs auf diese Weise zu beeinflussen«, gestand Olga, nachdem wir die Zerstörungen inspiziert hatten. »Ich war kopflos. Andererseits: Der Einsatz der Selbstzerstörungsmechanismen als Navigationshilfe – das ist wirklich ein völlig abwegiger Gedanke! Dieser Schlüssel war für mich nie etwas anderes als der sichere Weg in den Tod. Wie bist du nur auf diese Idee gekommen, Eli?«

»Vielleicht deshalb, weil ich in den letzten Tagen über viele Dinge nachgedacht habe, die auf den ersten Blick unwahrscheinlich oder abwegig erscheinen. Außerdem: Als wir Orlan seinerzeit den unbeschädigten *Bärenhüter* auslieferten, habe ich später in Gefangenschaft oft daran gedacht, dass es auch die Möglichkeit gegeben hätte, vorher die Annihilatoren in die Luft zu jagen.«

»Zum Glück habt ihr euch damals darauf beschränkt, die Schaltungen der BUM durcheinanderzubringen.«

»Sieht ganz so aus, als hätte das diesmal der Feind für uns übernommen.«

Zu jenem Zeitpunkt war bereits klar, dass sich auch die BUM des *Widders* nicht auf die Schnelle wieder in Gang setzen ließe. Sie war äußerlich genauso unversehrt wie die BUM des *Rammbocks*. Doch im Gegensatz zu jener, die wenigstens wirres Zeug ausspuckte, gab sie überhaupt kein Lebenszeichen mehr von sich. Sie funktionierte einfach nicht mehr. Und hinter dieser lapidaren Feststellung musste ein unbegreiflich komplexer Zusammenhang stecken, denn es war schlichtweg nicht vorstellbar, dass eine BUM »einfach nicht mehr geht«!

Immerhin gelang es uns, die manuelle Steuerung funktionstüchtig zu machen. Der *Widder* konnte nun wieder navigieren, allerdings auf eine Art und Weise, wie es in der Urgeschichte der Raumfahrt üblich war. Ultraschnelle Situationsanalysen und entsprechend verzögerungsfreie Manöver waren nicht mehr möglich. Der *Widder* war nur noch so schnell, umsichtig und präzise wie der diensthabende Navigationsoffizier. Für Galaxisexpeditionen ist ein solches Schiff nicht zu gebrauchen.

Als der Kommunikationsblock wiederhergestellt war, empfingen wir besorgte Funksprüche von Oleg: »*Widder*, bitte kommen. Was ist mit euch? Meldet euch doch! *Widder*, bitte kommen!«

Nach unserer Rückmeldung zitierte Oleg mich und Olga auf das Flaggschiff und meldete uns die Verluste. Drei Viertel unseres Geschwaders waren ausradiert: der *Stier* und zwölf von vierzehn Transportschiffen. Auf dem *Steinbock* und auf dem *Schlangenträger* waren die Borduniversalmaschinen ebenfalls ausgefallen, und die Techniker konnten nicht versprechen, sie rasch wieder zum Laufen zu bekommen.

Als ich auf den *Steinbock* zurückkehrte, warf sich mir Mary an die Brust. Sie kam eine ganze Zeit lang aus dem Weinen nicht mehr heraus.

»Beruhige dich, Mary!«, sprach ich auf sie ein und wischte ihre Tränen ab. »Sieh doch, ich bin quicklebendig und habe durchaus vor, das noch eine Weile zu bleiben.«

»Als ich sah, wie der *Widder* auf die brennenden Trümmer zutrieb, hätte ich vor Schreck fast den Verstand verloren!«, schluchzte sie und musterte mich, als würde sie immer noch nicht glauben, dass ich überlebt hatte. »Ihr wart mit einem Bein schon in der Hölle, Eli!«

Erst jetzt wurde mir klar, welche Ängste unsere Freunde auf dem *Schlangenträger* und dem *Steinbock* um uns ausgestanden hatten. Vor lauter Sorge um die anderen war mir gar nicht in den Sinn gekommen, dass sie nicht weniger Grund hatten, um uns zu bangen.

»Der *Stier* ist auf dem Opfertisch gelandet, Admiral«, sagte Romero bedrückt. »So bitter es ist, das zuzugeben, doch unsere Feinde sind mächtiger als wir.«

»Ob sie mächtiger sind, weiß ich nicht«, erwiderte ich. »Jedenfalls sind sie gewiefter als wir.«

»Was geschehen ist, können wir nicht mehr ändern«, sagte ich zu Oleg, der völlig am Boden zerstört war. »Denken wir lieber an die Zukunft. Ich werde dir jetzt eine Frage stellen. Versuche, präzise darauf zu antworten. Eure BUM wurde zweimal lahmgelegt, nicht wahr? Sie ist ausgefallen, hat dann für einige Sekunden wieder funktioniert, um kurz darauf erneut und endgültig den Dienst zu quittieren. Ist das so abgelaufen?«

»Exakt so, wie du es schilderst«, bestätigte er verblüfft. »Welche Schlussfolgerung ziehst du daraus?«

»Eine sehr wichtige. Wir müssen uns beraten, aber im engsten Kreis: wir beide, die Schiffskapitäne, Romero, Grazio, Orlan, Vagabund und Ellon.«

Noch vor der Besprechung begab ich mich in den Leichenraum. In seinem durchsichtigen Sarkophag sah Lussin so »normal« und lebendig aus, als wäre er soeben eingedöst. Ich konnte nicht einfach nur dastehen und ihn ansehen. Ich musste zu meinem für immer verlorenen Freund sprechen.

»Lussin, du weißt, ich bin kein rachsüchtiger Mensch. Selbst für meinen Sohn, der auf dem Dritten Planeten starb, wollte ich keine Rache. Ihn haben im offenen Kampf gegen einen unmaskierten Feind die Kräfte verlassen. Wir waren damals einfach nicht stark genug. Nein, für Aster habe ich keine Rache genommen, das weißt du, Lussin. Du hast eine gute Seele und hättest mich gewiss davon abgehalten. Aber dich werde ich rächen, mein Freund! Denn du bist nicht im ehrlichen Kampf gestorben, sondern feiger Heimtücke zum Opfer gefallen! Deshalb werde ich dich rächen. Und auch Petri und all die Gefährten, die auf dem *Stier* ihr Leben ließen. Auch Allan und Leonid! Und die Aranen, die einmal ein mächtiges Volk waren und jetzt in Unwissenheit und Aberglauben zurückgefallen sind. Das musst du verstehen, Lussin! Ich weiß, mein Herz ist verhärtet. Doch der Feind lässt uns keine andere Wahl, als selbst unbarmherzig zu sein. Es fällt mir so unendlich schwer, mein Freund, aber glaub mir: Ich kann nicht anders.«

So schüttete ich Lussin mein Herz aus. Nicht einmal Mary hätte ich sagen können, was ich meinem toten Freund offenbarte. Als ich die Leichenhalle verließ, fühlte ich mich wie befreit. Meine letzten Zweifel waren verflogen. Von nun an würde ich konsequent und unnachgiebig meinen Weg zu Ende gehen, selbst wenn es ein steiniger und endlos langer Weg werden sollte!

»Wir müssen die Besprechung in einem Raum abhalten, der vom Rest des Schiffs hermetisch abgeschirmt ist«, hatte ich von Oleg verlangt. Er fand keinen besseren Raum als den Drachenstall. In die anderen abgeschirmten Räume hätte Vagabund nicht hineingepasst. Als ich eintrat, waren die andern bereits versammelt.

Kamagin und Oshima berichteten über die Ereignisse auf dem *Schlangenträger* und dem *Steinbock*, Olga über die Beinahekatastrophe des *Widders*. Ein rätselhaftes Energiefeld hatte die Bordrechner auf allen Schiffen außer Gefecht gesetzt, auf dem *Schlangenträger* und dem *Widder* dauerhaft, auf dem *Steinbock* mit einer Unterbrechung: Dort schaltete sich die BUM noch einmal für wenige Sekunden ein. Diese kurze Zeitspanne reichte gerade aus, um zu verhindern, dass das Schiff ins Verderben raste.

Die manuelle Steuerung auf dem *Widder* und dem *Steinbock* konnte rasch wieder instand gesetzt werden, auf dem *Schlangenträger* war sie gar nicht ausgefallen. Solange die BUMs nicht funktionierten, konnten unsere Schiffe weder die Mission zum galaktischen Zentrum fortsetzen noch zu ihrem Stützpunkt zurückkehren. Der *Widder* war so stark beschädigt, dass er bestenfalls noch als Transportschiff zu gebrauchen war. Von unserem stolzen Geschwader waren also lediglich zwei Sternenschiffe mit defektem Zentralrechner und drei Frachter übrig geblieben.

»Die Besprechung findet auf deine Veranlassung statt, Eli«, sagte Oleg. »Du wolltest uns eine wichtige Mitteilung machen.«

»So ist es. Lasst mich mit einer Frage an unseren Gastgeber beginnen. Vagabund, könnte ein mächtiges biologisches Gehirn wie zum Beispiel deines sich in die Funktion einer BUM einmischen? Und zwar nicht in der Weise, wie wir das tun, durch das Erteilen einzelner Befehle, sondern indem es ihre sämtlichen Wirkungskreise quasi doubelt?«

Der Drache sah mich ohne die gewohnte Ironie an. Die Situation war zu ernst für launige Bemerkungen.

»Du erwartest zu viel von einem gewöhnlichen biologischen Gehirn«, antwortete der Drache. »Die BUM rechnet mit einer Geschwindigkeit von mehreren Trillionen Kombinationen pro Sekunde. Dazu ist ein biologisches Gehirn gar nicht in der Lage. Ein gewöhnliches Gehirn denkt weniger mathematisch und analytisch. Es erfasst Situationen eher strategisch in ihrer Gesamtheit und nicht in ihren Einzelaspekten. Darauf basierte übrigens auch meine Arbeit auf dem Dritten Planeten.«

»Also gut, gehen wir davon aus, dass es sich nicht um ein biologisches Gehirn handelt. Der technische Stand unserer BUMs ist gewiss nicht das Ende der Fahnenstange. Zweifellos können auch Denkmaschinen entwickelt werden, die noch mehr leisten. Wenn ein solches nichtbiologisches Superhirn in unser Geschwader eingeschleust wurde und sich mit unseren BUMs synchronisiert hat, hätte es sie doch auch lahmlegen können, oder nicht?«

Vagabund schwieg.

»Es muss erst einmal bewiesen werden, dass sich ein solches feindliches Gehirn tatsächlich an Bord eines unserer Schiffe befindet«, merkte Oleg an.

»Es befindet sich auf dem *Steinbock*«, verkündete ich.

»Und wie ist sein Name?«, platzte Ellon heraus.

Ellon war kein passionierter Kopflüfter wie Orlan, doch diesmal schnalzte sein Demiurgenkürbis fast bis zur Decke empor, seine riesigen Augen funkelten, und sein Mund verzerrte sich zu einer grauenvollen Fratze.

»Beruhige dich, Ellon«, sagte ich kalt. »Wenn ich dich meinen würde, wärest du nicht zur Besprechung eingeladen worden. Der Spion unserer Feinde heißt Oan.«

Meine Behauptung schlug ein wie eine Bombe und löste im ersten Moment ungläubiges Staunen und Sprachlosigkeit aus. Doch dann hagelte es Kritik.

»Um synchron mit der BUM zu funktionieren und jeden ihrer Impulse mit einem entsprechenden Gegenimpuls außer Kraft zu setzen, müsste man so schnell rechnen können wie die BUM«, erklärte Kamagin. »Wie wir von Vagabund gehört haben, ist ein Lebewesen dazu nicht imstande. Demnach müsste Oan also eine Maschine in Gestalt eines Lebewesens sein.«

»Wenn der Spion Einfluss auf alle drei BUMs nehmen wollte, hätte er seine Impulse auch auf die anderen Sternenschiffe übertragen müssen«, gab Olga zu bedenken. »Ohne entsprechende

Felder, die diesen Informationsstrom tragen, wäre das aber nicht möglich gewesen. Wir haben indes keine solchen Felder im Raum geortet. Eine physische Einflussnahme ohne messbare Trägerfelder ist nicht möglich!«

»Der Spion hätte die Absichten der Astronauten erfahren müssen, ohne bei ihren Gesprächen anwesend zu sein«, ergänzte Orlan. »Er hätte auf irgendeine Art und Weise ihre Gedanken abfangen müssen. So etwas können nicht einmal wir Demiurgen. Und ihr werdet nicht bestreiten, dass die Observations- und Abhörtechniken im Reich der Zerstörer auf der Höhe der Zeit waren.«

»Außerdem haben wir doch überall Abschirmvorrichtungen«, sagte Grazio. »Ich kann mir nicht vorstellen, dass zum Beispiel aus diesem Raum Informationen nach außen gelangen.«

»Kurzum, der mutmaßliche Spion müsste übernatürliche Fähigkeiten besitzen«, fasste Oleg zusammen.

»Was bedeutet denn schon übernatürlich?«, fragte ich. »Jeder unserer Vorfahren hätte die Fähigkeit, Raum zu annihilieren und sich mit Überlichtgeschwindigkeit fortzubewegen, für übernatürlich erachtet. Wir sind jedoch gewöhnliche Menschen. Ich bleibe dabei: Wir haben es mit verblüffenden Phänomenen zu tun und müssen damit rechnen, dass die Erklärung für diese Phänomene nicht weniger verblüffend ist. Erinnert euch daran, wie Oan zu uns gekommen ist. Er wollte in einer Art Gegenzeit in andere Welten abtauchen. Wenn diese Erklärung richtig ist, dann ist sie erstaunlich, denn sie widerspricht allem, was wir bislang über den Verlauf der Zeit im Weltall wissen. Alle Begleiter Oans sind umgekommen, nur er allein hat überlebt. Ist das nicht auch sonderbar? Er hat nicht nur ein Raumschiff entwendet, dessen Konstruktion uns völlig schleierhaft ist, sondern hat sich damit in den Schlund eines Kollapsars gewagt und ist lebend wieder herausgekommen. Alles höchst verwunderlich! Und all diese Leistungen, die das Wissen und Können von Menschen, Demiurgen und Galakten bei weitem übersteigen, soll ein Angehöriger eines halbwilden Volks zustande gebracht haben? Ist das nicht das Verwunderlichste überhaupt an der ganzen Sache? Welche Stellung nimmt er unter seinesgleichen ein? Ist er überhaupt seinesgleichen? Oan hat einmal die Bemerkung fallen lassen, dass die Unerbittlichen Götter sich unter die Aranen mischen, indem sie ihre Gestalt annehmen. Das ist der Schlüssel zur Wahrheit: Dieser spinnenförmige Denker und Ingenieur ist ein Spion der Ramiren im Lager der Aranen! Er ist nichts weiter als ein getarnter Spitzel. Und nach dem Zusammentreffen mit uns wurden wir zum Ziel seiner Agententätigkeit. Als Mensch, Demiurg, Galakt, Engel oder Drache konnte er sich nicht ausgeben. Wir sind so wenige, dass der Betrug sofort aufgefallen wäre. Doch unter Beibehaltung seines Äußeren war es ihm sehr wohl möglich, unsere Pläne auszuspähen und unsere Maschinen lahmzulegen. Und jetzt werde ich euch beweisen, dass Oan nicht nur ein feiger Spion und Saboteur, sondern auch ein niederträchtiger Mörder ist. Niemand anderes als er ist schuld an Lussins Tod! Schaut auf den Bildschirm.«

Auf dem kleinen Monitor im Drachenstall flimmerte die Aufzeichnung von Lussins Tod. Immer und immer wieder hatte ich mir diese traurigen Szenen angesehen, denn mich plagte ständig das Gefühl, dass ich irgendein Detail übersehen hatte; dass mir etwas Wichtiges entgangen war. Doch erst, als ich nach dem Fiasko mit den Sternenschiffen auf den *Steinbock* zurückgekehrt war, fand ich des Rätsels Lösung.

»Bei der Aufzeichnung läuft ein Mehrkanalchronometer mit. Ein Teil der Kanäle registriert unsere individuellen Energiefelder, der andere Teil ist auf fremde Felder gepolt. Nun schaut, was passiert. Links im Bild sehen wir Lussin und den Wächter, der sich an ihm festgekrallt hat. In diesem Moment deaktiviert Lussin sein Energiefeld, das die angreifenden Wächter förmlich über den Haufen pustet. Der Arane, der Lussin gepackt hat, zerrt an ihm, und die beiden fallen in den elektrischen Ofen. In diesem Augenblick aktiviert Lussin sein Energiefeld abermals. Und jetzt achtet genau auf die Zeit, Freunde! Lussin aktiviert sein Feld eine Zehntelsekunde, bevor sich die Kontakte des Ofens schließen. Diese Zehntelsekunde hätte locker ausgereicht, um ihn zu retten! Doch das Feld wird nicht aktiviert. Es ist da und im selben Moment wieder weg! Es wurde durch ein fremdes Energiefeld blockiert! Unsere Geräte haben dieses Störfeld nicht registriert, aber es wirkt. Und eben dieses Störfeld hat auch unsere Energiefelder blockiert, die wir zur Rettung von Lussin aktiviert haben. Zwischen der Aktivierung der Felder und dem Eintritt ihrer Wirkung liegt eine Zehntelsekunde – ein verdammt langes Zeitintervall in einer solchen Situation! Und jetzt spielen wir das Ganze noch einmal ab, und ihr achtet diesmal auf Oan. Genau in dieser ominösen Zehntelsekunde steht er reglos da und macht dann einen Schritt zur Seite. Seine Bewegung fällt auf die Mikrosekunde genau mit der Deaktivierung des Störfeldes zusammen. Für mich steht zweifelsfrei fest, dass niemand anderes als Oan das für Lussin tödliche Störfeld generiert hat.«

Ich blickte herausfordernd in die Runde. Grazio schüttelte den Kopf.

»Deine Darstellung ist beeindruckend, Eli«, sagte er, »doch uns fehlt ein stichhaltiger Beweis. Unsere Geräte haben kein Störfeld registriert. Im Übrigen sind Aranen generell nicht in der Lage, Energiefelder zu erzeugen.«

»Dann seht euch die folgende Szene an!«, setzte ich fort. »Unmittelbar nach dem Kontaktschluss im Ofen setzt die Wirkung unserer auf Lussin konzentrierten Schutzfelder ein. Alle Aranen in der näheren Umgebung werden weggeblasen wie Herbstlaub in einer Orkanböe. Nur einer bleibt völlig ungerührt stehen wie eine Statue aus Gusseisen in einem leichten Windhauch. Es ist abermals Oan! Jetzt könnt ihr euch an fünf Fingern abzählen, wie schwer Oan sein müsste, um in einem solch verheerenden Energiefeld stehen zu bleiben wie ein Felsblock.«

»Mindestens hundertfünfzig Tonnen«, antwortete Olga wie aus der Pistole geschossen.

»Hundertfünfzig Tonnen, Freunde! Oan wiegt nicht einmal hundert Kilogramm. Überzeugt euch das nicht?«

»Admiral, Sie zeigen uns die Ursache von Lussins Tod«, warf Romero ein. »Die Ursache ist jedoch nicht automatisch auch der Mörder. Jedenfalls nicht im kriminalistischen Sinn. Ich würde vorschlagen, mit Oan selbst zu sprechen.«

»Wie bitte?!«, polterte ich entrüstet. »Sie sind für ein freundschaftliches Plauderstündchen mit Lussins Mörder? Geht es Ihnen noch gut, Pawel?«

»Wieso freundschaftlich?«, erwiderte Romero. »Und wer spricht von einem Plauderstündchen? Ich dachte eher an eine Art Verhör. Im Altertum existierten für solcherlei Unterredungen Verhörmethoden, die für die Betroffenen alles andere als angenehm waren. Auf physische Folter, wie sie unsere barbarisch veranlagten Vorfahren gerne anwandten, würde ich zwar verzichten, doch ich bin keineswegs dafür, Oan mit Samthandschuhen anzufassen. Das Verhör sollten Sie durchführen, Eli, und dabei die Rolle eines Ermittlers oder Staatsanwalts einnehmen. Wir anderen werden die Rollen der übrigen Beteiligten eines solchen historischen Gerichtsverfahrens einnehmen. Das waren Richter, Geschworene, Verteidiger, Zeugen und Zuhörer.«

Letztlich fassten wir den Beschluss, das Verhör am folgenden Tag durchzuführen. Der ungeduldige Kamagin hätte Oan am liebsten sofort vorgeladen, doch damit war ich nicht einverstanden. Es schien mir ratsam, mich auf die Befragung vorzubereiten.

»Sprechen wir nun über den Strahl, der den *Stier* getroffen hat«, schlug Oleg vor.

»Über diesen Strahl gibt es aus meiner Sicht nicht viel zu sagen«, erwiderte ich. »Die technischen und physikalischen Hintergründe sind uns nicht bekannt. Klar ist: Die Ramiren haben einen Krieg begonnen. Der verheerende Strahl ist ihre Vernichtungswaffe, und mit eben dieser Waffe haben sie auch Allans Geschwader ausgelöscht.«

»Wenn das zutrifft, dann sind unsere unsichtbaren Gegner in der Lage, das Vernichtungspotenzial ihrer Waffe auf erstaunliche Weise zu variieren«, warf Olga ein. »Die Besatzungen des ersten Geschwaders wurden getötet, die Schiffe sind jedoch praktisch unbeschädigt zum Stützpunkt zurückgekehrt. Der *Stier* dagegen wurde vollständig eingeäschert. Der Angriff auf den Roten Stern wiederum war von einem völlig anderen Kaliber: Hier wurde ein Himmelskörper ausgelöscht – ein Objekt von gigantischen Ausmaßen im Vergleich zu unseren winzigen Raumschiffen. Wenn wir der Wahrheit ins Auge sehen, müssen wir feststellen: Gegen eine solche Waffe können wir uns nicht verteidigen!«

Da konnte Olga niemand widersprechen. Ziemlich ernüchtert beendeten wir die Beratung. Als ich mit den anderen den Drachenstall verlassen wollte, kam Ellon auf mich zu.

»Bleib noch einen Augenblick hier, Admiral«, bat er mich.

Wie gewohnt lehnte ich mich an das Bein des Drachen.

»Was gibt's noch, Ellon?«

»Du hast mich überzeugt, dass Oan ein Späher der Ramiren ist. Hältst du es nicht für leichtsinnig, ein offenes Verhör durchzuführen? Wenn Oan derjenige ist, für den wir ihn halten, wird er kurzen Prozess mit uns machen.«

»Warum hast du das nicht auf der Besprechung gesagt?«

Ellon verbog seine Glieder zu einer aberwitzigen Pose und schnitt eine geringschätzige Grimasse.

»Im Gegensatz zu euch Menschen bin ich kein Freund großer Besprechungen. Dass ich vorhin geschwiegen habe, hat außerdem einen persönlichen Grund. Spielt auch keine Rolle. Überlege doch mal, Admiral. Das Verhör könnte einen neuen Angriff heraufbeschwören. Im Gegensatz zu euch Menschen und den Galakten habe ich keine Angst vor dem Tod. In dieser Hinsicht haben wir Demiurgen euch etwas voraus. Doch es täte mir leid um Irina … Und um dich auch, Admiral.«

Ellons Bedenken waren nicht unbegründet. Niemand konnte vorhersagen, wie der Spion der Ramiren auf seine Enttarnung reagieren würde. Wir wussten weder, wozu er selbst imstande war, noch wie eng er mit seinen Auftraggebern in Kontakt stand. Andererseits war es eine schier unerträgliche Vorstellung, den Verräter weiterhin an Bord zu dulden und so zu tun, als wenn nichts wäre.

»Vagabund, du hast dich als Einziger noch gar nicht geäußert, wie siehst du die Sache?«, fragte ich und tätschelte die Pfote des Drachen.

»Ellon hat Recht«, lispelte Vagabund und linste mit einem seiner vorgestülpten, orange-grünen Augen zu mir herunter. »Du möchtest Oan in die Enge treiben, Eli. Das ist riskant. Es wäre vernünftiger, das Verhör abzublasen und ihn im Unklaren zu lassen.«

»Das Allervernünftigste wäre gewesen, niemals auch nur einen Fuß in den verdammten Sternhaufen der Untergehenden Welten zu setzen!«, wetterte ich. »Wir Menschen lassen uns aber nicht nur von unserer Vernunft leiten. Oan muss enttarnt werden!«

»Wenn wir dich schon nicht umstimmen können, dann lass uns wenigstens das Beste daraus machen«, erwiderte Ellon geschäftsmäßig. »Ein Hundertfünfzig-Tonnen-Feld ist ein Klacks für meine Generatoren, selbst tausend Tonnen würde ich hinbekommen. Doch dafür benötige ich einen Raum, in dem die Schutzgeneratoren gut fokussiert werden können. Eine sichere Abschirmung ist mindestens genauso wichtig, damit Oan keinen Kontakt zu seinen Volksgenossen aufnehmen kann. Am besten wäre es, wenn das Verhör im Leichenraum stattfinden würde, dort könnte ich die Sicherheit am besten gewährleisten.«

»Im Leichenraum? Meinetwegen. Vagabund, dann kannst du nicht dabei sein. Wir machen eine Aufzeichnung für dich, in Ordnung?«

»Klar.«

»Noch eine Frage, Admiral«, begann Ellon erneut. »Wie soll das mit dem Verhör funktionieren, wenn Oan alle deine Fragen schon im Voraus weiß? Oder hast du schon vergessen, dass er in der Lage ist, unsere Gedanken zu lesen?«

»Ich werde versuchen, meine Gedanken zu kontrollieren. Was ich nicht denke, wird Oan auch nicht erfahren.«

»Das ist ein guter Plan, Admiral. Irina und ich haben Oans diesbezügliche Fähigkeiten untersucht – natürlich ohne dass er etwas davon mitbekommen hat – und haben festgestellt, dass er nur solche Gedanken lesen kann, die in seiner Gegenwart gedacht werden.«

»Habt ihr auch herausgefunden, worauf diese Fähigkeit beruht?«

»Gewiss. Oan verfügt über feine Antennen für Mikropotenziale unseres Gehirns. Er spürt unsere Gedanken gleichsam elektrisch. Das ist das ganze Geheimnis. Und dank diesem Wissen werde ich ihm morgen eine kleine Überraschung bereiten: Ich werde den Leichenraum mit Mikroentladungen vollpumpen, die das elektrische Bild unseres Gehirns verwischen.«

Selbstzufrieden grinsend und mit diebischer Vorfreude auf seinen vermeintlichen Coup rieb Ellon sich die Hände.

»Jetzt sag mir noch, aus welchem persönlichen Grund du bei der Besprechung geschwiegen hast«, bat ich den Demiurgen.

»Kannst du dir das nicht denken, Admiral?«

Ellons Augen glühten, und in seinen Worten schwang eine maßlose Eitelkeit.

»Du warst sehr nervös, bevor ich Oans Namen nannte. Hast du etwa befürchtet, ich würde dich des Verrats bezichtigen?«

»Genau das habe ich!«, zeterte Ellon und hüpfte aufgeregt umher. »Und weißt du, was ich mir dabei gedacht habe?«

»Natürlich nicht, ich kann schließlich deine Gedanken nicht lesen.«

»Leider, Admiral! Ich habe daran gedacht, dass ich mich nicht rechtfertigen könnte, wenn du mich beschuldigst. Du hättest womöglich nur die Fakten bemüht, die mich belasten, und sie in einen sinnvollen kausalen Zusammenhang gestellt. Die übrigen Fakten hättest du einfach ignoriert. Davor hatte ich Angst, Admiral!«

»Ich wusste gar nicht, dass du zu solchen Gefühlen fähig bist, Ellon.«

»Vor meinen Feinden habe ich tatsächlich keine Angst, Eli, aber vor euch Menschen! Und zwar nicht vor eurer Macht, sondern vor euren Irrtümern, vor der Überzeugungskraft eurer Missinterpretationen, vor der Beweiskraft eurer Fehlschlüsse und vor eurem Herdentrieb in der Verirrung! Wir sind so verschieden. Wir sind einander fremd. Vielleicht werden wir diese Fremdheit erst in tausend Jahren überwinden. Ich gebe zu, Eli, ich hatte wirklich Angst.«

Ich legte Ellon die Hand auf die Schulter. Er war kein Mensch und stets bestrebt, dies zu betonen. Seine Eitelkeit diktierte ihm, sich von den anderen abzuheben. Er kokettierte mit seiner Andersartigkeit. Wären Kinder an Bord gewesen, hätte es ihm gewiss Vergnügen bereitet, ihnen Angst einzujagen. Indes, tief in seinem Inneren war er anders, als er zu sein vorgab.

»Du unterschätzt den menschlichen Scharfblick«, sagte ich gutmütig zu ihm.

»Bewahre dir deinen Scharfblick bei der morgigen Vernehmung«, warnte er.

2 Den Abend verbrachte ich mit Mary allein. Ich wollte mich in Ruhe auf den nächsten Tag vorbereiten. Mary stört mich niemals, wenn ich über ernste Dinge nachdenke. Im Gegenteil, sie ist in der Lage, auf den Zug meiner Gedanken aufzuspringen, als hätten wir denselben Kopf. Ihren beißenden Spott und den Hang, mich mit Vorwürfen zu überziehen, hebt sie sich für andere Gelegenheiten auf. Zugegeben, dann habe ich wenig zu lachen. Doch in schwierigen Situationen tyrannisiert sie mich niemals mit ihrer Streitlust.

Natürlich liebe ich sie nicht nur dafür. Mary ist meine zweite Hälfte. Ich weiß, das klingt abgedroschen, doch ich empfinde es genau so und mit einer Intensität, als wäre ich der Erste, der jemals so empfunden hat; als wäre es meine ureigene Entdeckung und kein Klischee.

»Hältst du es für möglich, dass Oan ein Phantom ist?«, fragte sie genau in jenem Moment, als ich selbst darüber nachdachte.

»Ein Phantom, das so real wirkt? Das kann ich mir nicht vorstellen.«

»Wieso? Unsere Vorfahren haben gelernt, optische Bilder auf Bildschirme zu projizieren. Wir haben die Videosäulentechnik erfunden und können mit den Abbildern anderer Menschen kommunizieren. Die Demiurgen verleihen ihren Phantomen bereits einen beachtlichen Anteil an Stofflichkeit. Wäre es nicht denkbar, dass die Ramiren noch einen Schritt weiter sind und ihre Phantome mit einer perfekten Körperlichkeit ausstatten? Mir scheint, das ist kein prinzipielles, sondern nur ein technisches Problem.«

Ähnliche Gedanken waren mir auch schon in den Sinn gekommen; Mary brachte sie präzise auf den Punkt. Oan hatte sich verplappert, als er erwähnte, dass die Unerbittlichen Götter in der Gestalt von Aranen deren Planeten heimsuchen würden. Während wir in Raumanzüge schlüpften, die das Äußere eines Aranen imitierten, wurde bei den Ramiren das gewünschte Abbild zu einem eigenen Körper. In der Begrifflichkeit lag nur ein geringer Unterschied, doch wenn man sich vorstellte, welch gewaltiger technischer Entwicklungssprung zwischen den beiden Zivilisationen liegen musste, um diesen Unterschied zu realisieren, konnte einem schwindlig werden. Ich fand den Gedanken so faszinierend, dass ich am nächsten Morgen zu Olga ging, um mich mit ihr darüber auszutauschen.

Nach der Beinahehavarie des *Widders* war Olga bei Irina eingezogen. Als ich in ihre Wohnung kam, war Olga allein und brütete wie üblich über irgendwelchen mathematischen Problemen.

»Olga, da du ohne Berechnungen sowieso nicht leben kannst, könntest du doch auch für mich eine Kleinigkeit überschlagen«, sagte ich mit einem Hauch von Ironie.

»Kommt darauf an, worum es geht«, erwiderte sie selbstbewusst.

»Ich möchte, dass du mir den Grad der Körperlichkeit von Gespenstern berechnest.«

»Von Gespenstern? Von was für Gespenstern denn, Eli?«

Olga sah mich ziemlich entgeistert an.

»Von allen möglichen Gespenstern. Beginne mit der Großmutter eines englischen Lords, die eines gewaltsamen Todes starb, und höre bei Oan auf.«

»Ist Oan denn ein Gespenst?«

»Das würde ich gerne von dir wissen.«

Olga machte sich sogleich an die Arbeit. Ich bin sicher, wenn man sie gefragt hätte, welcher von einem Dutzend Teufeln der Teuflischste und welcher von einem Dutzend Göttern der Göttlichste sei, hätte sie sich in aller Ruhe darangemacht, diese Frage mathematisch zu lösen, ohne zu hinterfragen, ob es Teufel und Götter überhaupt gibt.

Da die BUM mit ihrem gewaltigen Wissensschatz nicht zur Verfügung stand, gab Olga die Anfragen in die elektronische Schiffsbibliothek ein. Neugierig beobachtete ich, wie sich auf dem Monitor der kleinen Maschine, auf deren Tastatur Olga ihre Anfragen eintippte, Kolonnen aus achtstelligen Zahlen aufbauten. Das Gewirr aus Ziffern sagte mir rein gar nichts.

»Eine provisorische Auswertung liegt vor«, verkündete Olga. »Mögliche Abweichungen von den tatsächlichen Werten betragen nicht mehr als viereinhalb Prozent. Die Gespenster verstorbener Lords und ihrer Frauen, die durch die Gemächer alter Schlösser spuken, weisen eine relativ hohe Körperlichkeit auf: zwischen achtzehn und zweiundzwanzig Prozent. Die Stofflichkeit der Statue des Gouverneurs, die mit Don Juan zur Hölle fuhr, betrug siebenunddreißig Prozent, die des Geistes von Hamlets Vater neunundzwanzig Prozent. Das berühmte Gespenst von Canterville schlägt alle Rekorde: neununddreißig Prozent. Die Helden alter Spielfilme erreichen dagegen nicht über vier Prozent …«

»Stopp, stopp, stopp!«, unterbrach ich Olga, die ohne Punkt und Komma quasselte. »Was erzählst du denn für einen Unsinn?! Weder Don Juans Steinerner Gast noch die Geister irgendwelcher Lords haben in Wirklichkeit je existiert, und du schreibst ihnen einen so hohen Grad an Körperlichkeit zu? Die physisch auf einer Leinwand gezeigten Menschen dagegen erklärst du zu hochgradigen Gespenstern. Wie kommst du auf so absurde Ergebnisse?«

»Die Stofflichkeit eines Gespenstes ist ein psychologischer Begriff. Sowohl die Gespenster in mittelalterlichen Schlössern als auch Don Juans Steinerner Gast und der Geist von Hamlets Vater waren psychologisch so glaubhaft, dass allein diese Tatsache ihre Nichtkörperlichkeit überdeckte. Man könnte das mit jenen Fällen vergleichen, in denen sich Leute an einem kalten Stück Eisen Brandblasen geholt haben, weil sie glaubten, das Eisen sei glühend heiß. Was die Filmhelden betrifft, so wusste man schon vorher, dass sie lediglich optische Darstellungen sind und ihre Figuren frei erfunden.«

»Na gut, meinetwegen. Was sagst du nun über Oans Gespensterhaftigkeit?«

»Einen Moment. Zuerst sind noch die Phantome der Zerstörer an der Reihe. Orlans Abbild, das auf dem *Bärenhüter* erschien, wies eine Stofflichkeit von fünfzig Prozent auf. Die Zerstörer erreichten mit ihren Phantomen generell eine Obergrenze von fünfzig Prozent Körperlichkeit. Man könnte sagen: Ihre Phantome waren zur Hälfte real. Die Gespenster, die André bei der Schlacht auf dem Dritten Planeten ins Feld führte, wiesen dagegen kaum zwanzig Prozent Stofflichkeit auf. Weibliche Gespenster, die in mittelalterlichen Schlössern …«

»Olga, mich interessieren keine Ladies, die von ihren Gatten umgebracht wurden und nun als zweiundzwanzigprozentige Gespenster mit offenen Haaren durch die dunklen Korridore eines Spukschlosses geistern! Ich möchte wissen, wie wir mit Oan dran sind.«

»Ich wollte gerade auf ihn zu sprechen kommen. Ich bin mir nicht sicher, ob Oan ein Phantom ist. Sollte er tatsächlich ein Gespenst sein, dann beträgt der Grad seiner Körperlichkeit mindestens achtundachtzig Prozent, er bewegt sich also hart an der Grenze zum vollwertigen Wesen.«

Olgas Berechnungen bestätigten meine Befürchtungen.

»Gehen wir«, sagte ich. »Die anderen warten sicher schon auf uns.«

Schon auf dem Gang, der zum Leichenraum führte, trafen wir Oan. Wie immer sehr geschäftig und gut gelaunt krabbelte er auf flinken Beinen zum Versammlungsort. Als er uns bemerkte, winkte er uns mit seinen Schlangenhaaren freundlich zu.

Wie so oft konnte ich mich des Gefühls nicht erwehren, dass Oan etwas Irreales an sich hatte: Sein Gesicht war maskenhaft, und seine ganze Erscheinung glich eher einem körperlich manifestierten Phantom als einem realen Wesen. Andererseits: Alle Aranen hatten diesen schattenhaften Touch. Oans dunkles Geheimnis lag nicht in seiner äußerlichen Erscheinung, sondern viel tiefer. Es musste mir gelingen, in die Abgründe dieses Wesens vorzudringen!

Nachdem sich alle im Leichenraum versammelt hatten, begann ich mit der Befragung.

»Oan, unser Geschwader wurde zu zwei Dritteln vernichtet, und viele unserer Gefährten sind tot. Weißt du irgendetwas über den verhängnisvollen Strahl, der den *Stier* so unvermittelt traf? Woher kam er? Welcher Physik gehorcht er?«

Während ich diese Fragen formulierte, stellte ich mit Befriedigung fest, dass Oan verunsichert wirkte. Vermutlich wunderte er sich darüber, dass er unsere Gedanken heute nicht so problemlos lesen konnte wie sonst. Auch Oans Antworten hatten nicht den gewohnt klaren Klang in unseren Gehirnen. Ellons elektrische Störmanöver zeigten also Wirkung.

Selbstverständlich wusste Oan nicht das Geringste über den Strahl. »Ein solches Phänomen haben wir noch nie beobachtet«, behauptete er. »Zumindest nicht seit der Zeit, als wir die Raumfahrt aufgaben. Und auch in unseren Überlieferungen ist von einem todbringenden Strahl nicht die Rede.«

»Wenn du schon nichts über den Strahl weißt, kannst du uns wenigstens sagen, wer ihn erzeugt hat und warum er unser Sternenschiff getroffen hat?«

Oans Antwort war nicht wirklich überraschend: »Ihr habt die Unerbittlichen Götter erzürnt. Sie haben euch bestraft.«

»Bestraft? Wofür eigentlich? Womit haben wir eure rachsüchtigen Götter so erzürnt?«

»Sie sind nicht rachsüchtig, sondern streng.«

Diese Korrektur schien mir durchaus bemerkenswert.

»Also gut, dann eben streng, nicht rachsüchtig. Das ist doch Jacke wie Hose. – Schau nicht so erstaunt, das ist ein menschliches Sprichwort. Erkläre uns lieber ein anderes Mysterium. Unsere denkenden Maschinen wurden durch rätselhafte Einflüsse blockiert, und beim Schiffsgehirn des *Rammbocks* ist die logische Abfolge der Rechenoperationen durcheinandergeraten.«

»Der zeitliche Zusammenhang ist gestört. Die Maschine hat Zeitkrebs.«

»Davon hattest du schon einmal gesprochen, ja. Doch davon zu sprechen heißt nicht, es zu erklären. Reden wir über die kranke Zeit. Das verstehen wir nicht! Warum ist die Zeit in den Untergehenden Welten aus den Fugen geraten?«

»Dahinter stecken auch die Unerbittlichen Götter.«

»Diese Götter scheinen ein ziemlich findiges Völkchen zu sein, wenn es ihnen sogar gelingt, den Lauf der Zeit zu manipulieren. So etwas können wir nicht. Nun, wir sind ja auch keine Götter. Doch was veranlasst sie zu solchem Tun?«

»Das weiß ich nicht.«

»Natürlich nicht! Woher sollte ein Arane solche Dinge über die Götter wissen, noch dazu, wo sie so streng sind! Schließlich weihen sie euch in ihre Absichten nicht ein – hätte ich wissen müssen. Aber kehren wir zum Thema Zeit zurück. Ihr nennt sie krank, marode, zerrissen – das bedeutet doch nichts anderes, als dass die Zeit in irgendeiner Weise verändert ist, nicht wahr? Mir ist nicht ganz klar, warum du und deine Gefährten das irrwitzige Risiko eingegangen seid, zu einem kollabierenden Stern vorzustoßen, um in dessen veränderten Zeitstrom einzutauchen, wenn es doch hier in eurem untergehenden Sternhaufen mehr als genug Beispiele für jede beliebige Art von Zeitveränderung gibt. Du hast doch mehrfach betont, Oan, dass der Zeitkrebs die schlimmste Plage der hiesigen Welten sei!«

»Unsere Zeit ist zerrissen und marode, es ist schwierig, sich ihrer nutzbringend zu bedienen. Bei einem Kollapsar hingegen ist die Zeit komprimiert, sie ist wie eine gespannte Feder. Wenn es gelänge, diese Zeit zu beherrschen, könnte man beliebige Sternbilder, die in einer geschwächten Zeit dahinsiechen, in die Zukunft, in die Vergangenheit oder in ein Parallel-Jetzt versetzen.«

Nun hatte ich Oan am Haken! Ich warf einen Blick zu Ellon hinüber, der reckte den Daumen nach oben: Er war bereit. Auch Oan selbst war bewusst, dass er sich verraten hatte. Seine beiden unteren Augen blickten immer noch heiter und freundlich, doch sein Laserauge verriet uns, wie es in seinem Inneren aussah. Wahrhaftig, er hatte den bösen Blick!

»Anfangs hast du uns doch erzählt, dass du und deine Gefährten Flüchtlinge seid«, entgegnete ich ruhig. »Jetzt stellt sich heraus, dass ihr in Wahrheit ein wissenschaftliches Experiment unternommen habt. Im Prinzip habt ihr versucht, die Zeittransformation in einem Kollapsar nutzbar zu machen. Sehe ich das richtig?«

Oan bemühte sich, sein Gesicht zu wahren. »Ja. Wir wollten herausfinden, ob es möglich ist, in die Zukunft oder in die Vergangenheit zu gelangen. Bei einem geraden Verlauf der Zeit ist die Vergangenheit unwiederbringlich. Sowohl der Zukunft als auch der Vergangenheit sind durch die reale Gegenwart sehr enge Grenzen gesetzt. Wir befinden uns zwangsläufig immer im Hier und Jetzt. Einen Ausweg bietet nur ein gekrümmter Zeitverlauf – ein Art Zeitumleitung. Und eben diese Umleitungen aus der Gegenwart in die Zukunft und in die Vergangenheit haben wir gesucht. Ein Kollapsar ist wie ein Schmiedeofen, in dem das gerade Eisen der Zeit erhitzt und gebogen wird.«

»Und nach alledem, was du uns jetzt erzählt hast, willst du immer noch behaupten, dass du und deine Gefährten Aranen seid?«

Oan antwortete nicht, stattdessen ging eine frappierende Veränderung mit ihm vor. Er entfernte sich. Er war zwar noch da, aber bereits dabei zu verschwinden. Er existierte noch und hörte bereits auf zu existieren. Auf unfassbare Weise zog er sich in ein verteufeltes Anderssein zurück und hinterließ uns nur seine Silhouette.

»Ellon, Ellon!«, schrie ich alarmiert.

Der Demiurg hatte eigentlich nicht vorgehabt, die Stärke seiner Schutzfelder an uns auszuprobieren, doch es galt, rasch zu handeln. Als er seine Generatoren einschaltete, wurden wir alle durch den Raum und zu Boden geschleudert. Hastig sprang ich auf und rannte zu dem verschwindenden Oan, doch ich stieß mit Romero zusammen, der dieselbe Idee hatte. Oshima und Oleg saßen verdutzt am Boden, Grazio und Orlan lagen in einer Ecke des Raums übereinander. Doch Oan war noch hier. Ellons Energiefeld hatte ihn in jenem Augenblick gepackt, als er schon zu drei Vierteln entschwunden war.

Jetzt schwebte er über uns. Seine zwölf Beine waren zur Seite gestreckt, die Schlangenhaare zu einem wüsten Geflecht erstarrt. Seine beiden unteren Augen waren weit aufgerissen, blickten uns jedoch nicht mehr an. Sein Laserauge war erloschen, es sah aus wie ein normales, halb blindes Auge. Aus seinen Haaren war während seines Verschwindens ein Funke herausgeschlagen, der in der halben Entladung sozusagen stecken geblieben und nicht verglommen war. Oans Flucht aus unserer Zeit war misslungen. Im letzten Augenblick seiner hiesigen Existenz war er aufgehalten und für immer fixiert worden.

»Gute Arbeit, Ellon!«, rief ich.

Mit raschen Schritten ging ich auf den erstarrten Feind zu, doch kurz vor ihm stieß ich sehr unsanft mit dem Kopf gegen ein unsichtbares Hindernis.

»Admiral, du hast wohl vergessen, dass du selbst schon einmal in einem solchen Käfig saßest, und wenn ich mich nicht irre, hattest du wenig Spaß darin«, sagte Ellon sichtlich amüsiert.

Bei jeder anderen Gelegenheit hätte ich ihm sein schadenfrohes Grinsen ausgetrieben und ihn daran erinnert, dass er kein Zerstörer mehr war, sondern Demiurg. Doch in diesem Moment hätte ich ihm auch Schlimmeres verziehen. Ich tastete das Energiegitter ab.

»In jenem transparenten Kerker war ich immerhin lebendig, Ellon«, sagte ich. »Ich bin darin umhergelaufen, konnte sprechen, hören, schlafen und prophetische Träume träumen, in denen ich mich über euch lustig gemacht habe. Aber lassen wir das. Ist Oan lebendig? Ist dieses Energiegitter stabil genug, falls er plötzlich zu sich kommen sollte?«

»Er wird nicht mehr zu sich kommen, Eli. Unser Glück war, dass er nicht auf einen Schlag verschwand, sondern allmählich. Nur seine Lebensenergie ist aus dem Jetzt entwichen, sein körperliches Gerüst konnte er nicht rechtzeitig in Sicherheit bringen. Ich habe Oan im letzten Augenblick seiner Existenz festgenagelt. Dieser Augenblick wird nun eine Ewigkeit dauern. Sollte Oan durch irgendein Wunder wieder zum Leben erwachen, wird er aus diesem Käfig nicht herauskommen.«

Mir fielen Olgas Berechnungen wieder ein. Optische Darstellungen waren tatsächlich von so geringer Stofflichkeit, dass man sie auf einen Schlag – durch das Betätigen eines Schalters – löschen konnte. Um die Phantome auf dem Dritten Planeten zu liquidieren, musste André energetische Schwingungen in ihnen auslösen. Wenn unser Gefangener ein Phantom war, dann war er ein Opfer seiner Vollkommenheit geworden. Doch war er tatsächlich ein Phantom?

»Was machen wir mit dem ekelhaften Spinnentier?«, fragte Oleg.

Ich zeigte auf die Wand gegenüber von Lussins Sarkophag.

»Dort drüben ist der richtige Platz für den Verräter. Möge der Mörder reuig auf sein Opfer blicken.«

»Das Verhör hat viele Fragen offengelassen, auf die wir uns eine Antwort erhofft hatten«, bemerkte Oleg mit einem Seufzer. »Wir haben nicht erfahren, wodurch wir die Ramiren erzürnt haben und wie wir die Schäden an unseren Borduniversalmaschinen beheben können. Das Schlimmste ist, dass wir über die Strahlenwaffe der Ramiren keine neuen Erkenntnisse gewonnen haben.«

»Dafür haben wir erfahren, dass auch die Macht der Ramiren Grenzen kennt«, erwiderte ich. »Ihr Spion hat zugegeben, dass sie bei der Implosion des Kollapsars Experimente mit der Zeit angestellt haben, um herauszufinden, wie man ihre Transformation nutzbar machen kann. Die Ramiren suchen nach etwas. Das bedeutet, dass sie nicht alles haben und nicht alles kontrollieren. Findet ihr das nicht tröstlich?«

»Lieber Admiral, Sie freuen sich, als hätten Sie wirklich geglaubt, die Ramiren seien Götter, und als wären Sie nun erleichtert darüber, dass Sie sich geirrt haben«, bemerkte Romero.

Ich freute mich in der Tat, jedoch nicht deshalb, weil ich an die Göttlichkeit der Ramiren geglaubt hätte. Keine Minute! Doch an ihre schier unermessliche Macht und Unerbittlichkeit hatte ich bereits zu glauben begonnen. Oans Verhör hatte nun gezeigt, dass sie keineswegs allmächtig waren. Warum hätte es Oan sonst nötig gehabt, sich feige aus dem Staub zu machen? In der technischen Entwicklung waren sie uns einen, maximal zwei Schritte voraus – noch lange kein Grund, klein beizugeben!

»Eines haben wir jedenfalls erreicht, Freunde«, resümierte ich. »Wir haben einen feindlichen Spion, der sich bei uns eingeschlichen hatte, unschädlich gemacht. Sollte sich der Kampf gegen die Ramiren fortsetzen, werden sie in Zukunft einen wichtigen Trumpf weniger in der Hand halten!«

3 In den darauffolgenden Tagen wurde der Leichenraum zur Pilgerstätte. Mary und ich kamen regelmäßig hierher, genauso wie Trub und Gig. Selbst der sieche Vagabund kroch hin und wieder herbei und steckte den Kopf durch die Tür.

Gig drohte der Silhouette des Verräters mit zur Faust geballter Knochenhand. Trub rannte wie eine Furie gegen den unsichtbaren Kerker und rüttelte mit den Krallen daran. Über dem Sarkophag seines Freundes vergoss der Engel bittere Tränen. Gig stützte den Trauernden und klapperte vor Mitleid mit den Knochen.

»Bist du dir sicher, dass Oan tot ist?«, fragte mich Vagabund eines Tages. »Er hat sich scheinbar in eine Hülle verwandelt, doch ob das in dieser seltsamen Welt, in der physische Transformationen alltäglich sind, etwas zu bedeuten hat?«

»Er ist leblos«, erwiderte ich. »Wenn die Abwesenheit von Leben gleichbedeutend mit dem Tod ist, dann ist Oan tot.«

»Admiral, ich habe die Zeit in Ketten gelegt«, verkündete Ellon, als ich mit ihm vor Oans Käfig stand. »Ich habe sie eingefroren. Die Spinne, die so bestrebt war, Macht über die Zeit zu gewinnen, befindet sich nun außerhalb der Zeit. Wir altern, sterben und werden Tausende Male in unseren Nachkommen wiedergeboren. Oan dagegen wird in ewiger Unveränderlichkeit verharren. Doch nun werde ich mich wichtigeren Dingen widmen. Eine Konservierung der Zeit ist mir bereits gelungen. Nun werde ich mich an der Dynamisierung der Zeit versuchen. Damit hat sich noch kein Demiurg befasst. Und sicherlich auch kein Mensch.«

»Was meinst du mit Dynamisierung? Worauf willst du hinaus?«, fragte ich.

Ellon grinste über beide Ohren. Wir waren alle noch deprimiert nach dem Desaster unseres Geschwaders, nur Ellon erfreute sich bester Laune. Für ihn bestand der Sinn des Lebens in technischen Entwicklungen. Er hatte ein neues Steckenpferd für seine Forschungen gefunden und stand womöglich vor einer bahnbrechenden Entdeckung – wie sollte er da nicht in Hochstimmung sein?

»Ich werde versuchen, einen Mikrokollapsar herzustellen, und werde beobachten, wie er die Zeit transformiert«, erläuterte Ellon mit leuchtenden Augen. »Keine Sorge, Eli, diese Experimente werden vorläufig nur im Miniaturmaßstab stattfinden. Die Makrozeit, in der wir uns befinden, werde ich nicht antasten. Doch wenn mein Mikrozeitgenerator funktioniert, werden wir den ahnungslosen Ramiren beweisen, dass sie uns nicht das Wasser reichen können! Während sie noch den Weltraum nach Kollapsaren absuchen, bastle ich mir einen im Labor, hehe!«

Ellon war äußerst zufrieden mit sich und dokumentierte dies wie üblich mit schauderhaftem Gelächter.

Im Leichenraum kann ich befreit über alles nachdenken, deshalb halte ich mich häufig hier auf. Ich erinnere mich noch gut daran, wie ich dort zum ersten Mal ganz allein war und meinem in Energiefeldern festgezurrten Feind gegenüberstand. Ich kann mir nicht erklären, was mich damals dazu bewegte, laut auf den Toten einzusprechen, ihm meine Bitternis und meinen Hass kundzutun und ihm zu versichern, dass man uns vernichten, aber niemals zum Rückzug zwingen kann!

»Nun bist du tot, Oan«, sagte ich damals. »Endlich ist deinem schändlichen Treiben ein Ende gesetzt, du Verräter! In einem alten Buch heißt es: Wir tun alle den Willen dessen, der uns gesandt hat. Mag sein, dass du den Willen deiner unerbittlichen Herren getan hast, mag sein, dass du selbst einer von ihnen bist und dir nur eine fremde Maske übergezogen hast. Jetzt hast du ausgespielt, du bist außerhalb der Zeit, außerhalb des Lebens, ja sogar außerhalb deiner Gestalt! Du bist eine im Augenblick des Verschwindens festgenagelte Silhouette, die materialisierte Erinnerung an einen widerwärtigen Denunzianten, das bist du!«

Bei diesen Worten schnürten mir Kummer und Zorn die Luft ab. Ich schwieg kurze Zeit und hob erneut an.

»Jeder tut den Willen dessen, der ihn gesandt hat. Jawohl, das gilt auch für uns. Für uns Menschen wie für unsere Sternenfreunde. Von weither hat man uns in eure Untergehenden Welten entsandt, um herauszufinden, ob hier vernunftbegabte Wesen existieren und wie sie leben; um ihnen zu helfen, so sie denn der Hilfe bedürfen; um sie zu unseren Freunden zu machen und von ihnen zu lernen. Das kannst du nicht verstehen. Du weißt nicht, was die Liebe zwischen Lebewesen ist. Du kennst nur Hass und Verachtung. Doch Hass verdient nichts anderes als Hass. Hass gebiert keine Liebe, wie ein Hund keinen Fisch gebiert und ein Fisch keinen Adler. Mögest du auf ewig in deinem Käfig hängen, verhasster Feind!«

So sprach ich auf den Toten ein und redete mir den Gram von der Seele. Danach begab ich mich auf die Kommandobrücke. Oleg, Oshima und Olga berieten gerade über das Schicksal unseres dezimierten Geschwaders.

»Den *Widder* können wir nicht einmal mehr als Transportschiff einsetzen«, sagte Oleg zu mir. »Olga meint, wir sollten die Besatzung auf den *Schlangenträger* und den *Steinbock* verteilen, alle funktionierenden Maschinen und Geräte ausbauen, die Vorräte umladen und das Schiff dann annihilieren.«

»Um einen Angriff auf unsere letzten verbliebenen Schiffe zu provozieren?«, fragte ich gereizt. »Oder hast du schon vergessen, dass die unerbittlichen Herren der Untergehenden Welten allergisch reagieren, wenn man versucht, materielle Objekte zu annihilieren?«

»Dann sprengen wir ihn eben. Gegen Explosionen haben sie nichts, davon zeugen unsere zerstörten Schiffe. Unser dringlichstes Problem ist ohnehin ein anderes, Eli: Wir müssen die BUMs wieder zum Laufen bekommen. Kümmere dich mit Ellon darum.«

»Ellon wird sich damit befassen, den Lauf der Zeit in Mikroprozessen zu verändern, um das Phänomen zu verstehen, das Oan als Zeitkrebs bezeichnet hat«, erwiderte ich.

»Verdammt!«, polterte auf einmal Oshima.

Der energische Kapitän hasste es, zur Tatenlosigkeit verurteilt zu sein. Er war ein Meister seines Fachs. Mutig, unerschrocken, ausdauernd. Er gehörte zu jenen, die sich bereitwillig die Sorgen anderer aufladen, jedoch niemals andere mit ihren eigenen belasten. In Triumph und Niederlage blieb er stets gefasst und einsatzbereit wie eine gespannte Feder. Man konnte sich keinen besseren Kapitän für sein Schiff wünschen. Oshima hatte mir gegenüber auch nie den Ton verfehlt, selbst dann nicht, wenn ich in prekären Situationen selbst kein Blatt vor den Mund nahm.

Doch in diesem Moment wurde Oshima ausfallend. Er war außer sich. Hätte er sich mit alten Schimpfwörtern so gut ausgekannt wie Romero, wäre ich wohl mit einer Tirade übelster Verwünschungen überzogen worden.

»Admiral! Jetzt muss aber mal Schluss sein mit dem Schwachsinn! Kranke Zeit, marode Zeit, löchrige Zeit, weiß der Henker was noch – so ein Käse! Sie sind der wissenschaftliche Leiter der Expedition. Ich erwarte von Ihnen einen vernünftigen Plan, wie wir aus dieser Misere wieder herauskommen, und kein Gefasel über Zeitkrebs! Ich erkenne Sie nicht wieder, Admiral. Wo ist Ihr Gespür für Lösungen, die Hand und Fuß haben? Wo ist Ihre Entschlossenheit und Tatkraft?«

Unfreiwillig senkte ich den Kopf, um Oshimas zornigem Blick auszuweichen. Wir hatten uns alle verändert, nicht nur ich allein. Doch konnte das als Rechtfertigung für einen solchen Ausbruch dienen? Oleg gab mir durch sein Schweigen zu verstehen, dass auch er unzufrieden mit mir war.

»Ihr habt Recht, Freunde«, räumte ich ein. »Unsere vordringlichste Aufgabe besteht darin, die Schiffe wieder flottzubekommen. Während ihr die Evakuierung des *Widders* organisiert, werde ich mich um unsere Bordrechner kümmern.«

Von der Kommandobrücke begab ich mich auf direktem Wege zu Vagabund. Der Drache lag erschöpft auf dem Boden. Auf seinem Rücken saßen Trub und Gig und spielten »Durak«, was so viel wie »Dummkopf« heißt. Bei diesem Kartenspiel ist derjenige der Verlierer und damit der »Dummkopf«, der als Letzter noch Karten auf der Hand hat. Trub und Gig hatten das Spiel von Lussin gelernt und sich in kürzester Zeit zu passionierten Zockern entwickelt. Ihrem kriegerischen Temperament entsprechend hatten sie als Sanktion festgelegt, dass der Gewinner das Recht hat, dem Verlierer einen Hieb zu versetzen. Verlor Gig das Spiel, bekam er Trubs Flügel an den Schädel und flog knochenpolternd durch die Gegend. Das Skelett teilte weniger heftig aus, doch dafür gewann es öfter.

»Spiel eine Runde mit, Eli!«, schlug Trub vor. »Man kann auch zu dritt spielen.«

»Danke, nein. Ich habe keine Lust, der Dummkopf zu sein, schon gar nicht bei euren ungesunden Spielregeln«, erwiderte ich.

»Wenn du keine Lust auf ›Durak‹ hast, spielen wir doch Poker, das würde dir bestimmt Spaß machen«, rief Gig. »Bei diesem Spiel muss man sich so ähnlich unsichtbar machen wie wir vor einem Kampf. Das nennt man dann Bluff. Eine feine Sache!«

»Mir ist nicht nach Kartenspielen, Freunde. Vielleicht ein andermal. Jetzt muss ich mit Vagabund allein sprechen.«

Trub flog, ohne zu murren, zum Ausgang. Er war ein unkomplizierter Typ und nahm einem nicht so leicht etwas krumm. Von Gig konnte man das nicht behaupten, er fühlte sich schnell in seiner Ehre verletzt. Auch jetzt machte er ein ziemlich entrüstetes Gesicht. Ich knuffte ihn freundschaftlich in die Rippen. Nun zog er ein schauerliches Grinsen auf und klapperte davon.

»Wie geht es dir, Vagabund?«, fragte ich.

Der Drache sah mich aus müden Augen an. Mit jedem Tag fiel es ihm schwerer, seinen einst so biegsamen Hals zu bewegen. Feuer spie er schon lange nicht mehr, aus seinem Rachen wölkte nur noch dünner Rauch. In der kurzen Zeit seit dem Start im Perseus war er erschreckend gealtert. Bald würde ihm sogar die Kraft zum Atmen fehlen, dachte ich wehmütig.

»Wie es mir geht?«, krächzte er. »Nun, es könnte schlimmer sein. Mein Körper ist zu groß und zu schwerfällig. Er erdrückt mich, Eli.«

»Wir könnten die Gravitatoren so einstellen, dass du keine Schwerkraft mehr spürst, dann könntest du frei in der Luft schweben.«

»Die Jugend kannst du mir nicht zurückgeben?«

»Das steht leider nicht in unserer Macht.«

»Was soll ich mit der Schwerelosigkeit ohne die Jugend? Ist ein schwebender Greis besser als ein liegender? Bewegung! – Das ist es, was mir fehlt. Mein Leben lang habe ich mich nach Bewegung gesehnt.«

»Selbst als du zum Drachen geworden bist?«

»Nein, damals habe ich die Bewegung in mich aufgesogen und jede Sekunde genossen. Mein körperliches Leben war kurz, aber so intensiv, dass ich ein Jahr meines Drachenlebens nicht einmal gegen ein Jahrtausend meiner früheren Existenz tauschen würde. Danke, Eli, dass du mir zu diesem Glück verholfen hast.«

»Du sprichst so, als würdest du dich verabschieden.«

»Mein Ende ist nicht mehr weit. Es wäre mein Wunsch, vor meinem Tod noch mitzuerleben, wie ihr aus dieser misslichen Lage wieder herauskommt.«

»Das kannst du nicht nur miterleben, sondern sogar dazu beitragen. Du hast doch die Aufzeichnung von Oans Vernehmung gehört. Der Spion hat zugegeben, dass die Ramiren mit der Zeit experimentieren. Das bedeutet, es gibt etwas, was sich ihrer Kontrolle entzieht. Sie sind weder allmächtig noch allwissend. Sie sind einfach eine kosmische Zivilisation, die uns in der Entwicklung um ein paar Millionen Jahre voraus ist, doch bei weitem keine Götter! Es ist durchaus möglich, den Ramiren Paroli zu bieten. Wir sind unvorbereitet in diesen Kampf geschlittert, und dafür haben wir bezahlt. Doch wir sind nicht zurückgewichen. Genau genommen können wir das auch gar nicht, da unsere Schiffe nicht einsatzfähig sind.«

»Was könnte ich tun, Eli?«

»Weißt du nicht mehr, wie dir Sterne und Planeten gehorchten? Erwecke unsere Schiffe wieder zum Leben, Vagabund!«

»Die Schiffe zum Leben erwecken? Ich, der ich mich selbst kaum bewegen kann? Eli, da bist du bei mir an der falschen Adresse.«

»Ja, du bist alt geworden. Aber nur körperlich! Dein Verstand ist immer noch so klar und scharf wie auf dem Dritten Planeten. Ersetze unsere Bordrechner, Vagabund! Nimm du den Platz zwischen Sensoren, Messgeräten und Antriebsmaschinen ein!«

»Wie soll das funktionieren mit meinem riesigen Körper?«

»Wir werden dich von diesem Körper befreien! Wir versetzen dich in deinen ursprünglichen Zustand zurück. Ich weiß, du hast dein altes Leben gehasst. Doch damals warst du ein Gefangener. Jetzt wärest du ein Befreier und der Retter deiner Freunde, die deine Hilfe brauchen.«

»Nur Lussin hätte einen solchen chirurgischen Eingriff vollbringen könne. Doch Lussin ist tot.«

»Ellon wird es machen. Schließlich waren es Demiurgen, die einst dein junges Gehirn aus dem Galaktenkörper herausgetrennt haben.«

»Ellon wird mich umbringen.«

»Orlan könnte die Operation beaufsichtigen. Vertraust du Orlan?«

»Ja. Orlan vertraue ich. Doch ich bestehe darauf, dass auch du bei dem Eingriff anwesend bist.« Vagabunds Stimme gerann zu einem Röcheln, seine Rede zu einem atemlosen Seufzer. »Verlieren wir keine Zeit, Eli«, presste er hervor. »Es geht bald zu Ende mit mir.«

4 Eilig begab ich mich zu Orlan, wo Grazio gerade zu Besuch war. Der Galakt saß in Denkerpose auf dem Sofa und strahlte dabei die Erhabenheit einer antiken Plastik aus. Als ich hereinkam, schauten die beiden mich überrascht an. Gut, dass ich sie zusammen antraf, so musste ich nicht zweimal dasselbe wiederholen.

»Die Entfernung des Gehirns aus einem Körper ist eine absolut machbare Operation«, bestätigte Orlan, nachdem ich mein Anliegen vorgetragen hatte. »Die Technik der Überführung eines Gehirns in eine eigenständige Existenz haben wir über Jahrtausende perfektioniert.«

Grazio schüttelte den Kopf.

»Soll denn wirklich abermals ein lebendiges Gehirn für eine Funktion eingesetzt werden, die eure Maschinen hervorragend erfüllt haben?«

»Die Maschinen sind defekt, Grazio. Wir sollten eher stolz darauf sein, dass ein Verstand natürlicher Herkunft beweist, dass er höher steht als eine tote Maschine!«

»Gehen wir zu Ellon«, schlug Orlan vor.

Der genialische Demiurg war gerade damit beschäftigt, einen Gravitationskondensator zu bauen. An seinen Belägen sollte ein Feld entstehen, das im Mikromaßstab dem Gravitationsfeld eines Kollapsars entspricht.

»Ellon, wir brauchen dich für eine dringende Operation«, rief ich in den Raum.

»Worum geht's denn?«, fragte der Demiurg, ohne von seinem Kondensator aufzublicken.

»Der Gesundheitszustand des Drachen hat sich ernstlich verschlechtert. Wir verlieren sein Gehirn, wenn wir es nicht aus seinem siechen Körper befreien.«

»Ein durchaus überschaubarer Verlust, Admiral«, kommentierte Ellon sarkastisch, während er sich zu uns an die Tür bequemte.

»Ich bestehe auf der Operation«, beharrte ich.

»Das mache ich nicht!«, zischte Ellon mit funkelnden Augen, kehrte uns den Rücken zu und steuerte wieder auf seinen Gravitationskondensator zu.

»Ellon, ich habe nicht gesagt, dass du wieder gehen kannst!«, donnerte aus heiterem Himmel Orlan.

Ellons gummiartige Physiognomie, die gerade im Begriff war, sich forschen Schritts zu entfernen, gefror zur Salzsäule, und sein Kopf drehte sich langsam nach uns um. »Seit wann muss ich dich um Erlaubnis fragen?«, erwiderte er etwas zaghaft.

Orlan überhörte kurzerhand die Frage. »Du wurdest für solche Operationen trainiert, nicht wahr?«, setzte er ungerührt fort. »Deine Ausbildung umfasste alle Kenntnisse eines Zerstörers der vierten imperialen Kategorie. Oder irre ich mich, Ellon?«

»Es spielt doch überhaupt keine Rolle, wozu ich vor der Befreiung ausgebildet wurde. Jetzt bin ich der Chefingenieur eines Raumschiffgeschwaders und habe keine Lust, Bitten zu erfüllen, die mir lästig sind.«

»Das ist keine Bitte, Ellon, sondern ein Befehl«, drohte Orlan.

Ellon starrte Orlans bläulich phosphoreszierendes Gesicht mit irren Augen an. Ich hatte ja schon erwähnt, dass ich aus dem Verhältnis der beiden Demiurgen nicht schlau wurde. Normalerweise verhielt sich Orlan Ellon gegenüber auffallend zurückhaltend, bisweilen konnte man den Eindruck gewinnen, er wolle sich bei ihm einschmeicheln. Jetzt wurde mir klar, dass dieses Verhalten vor allem eine Folge seiner Freundschaft mit uns Menschen war. Wir hatten jegliche Rangfolge in unserer Gesellschaft abgeschafft, die Dienst- oder Berufsbezeichnungen spiegelten im Prinzip nur die persönlichen Fähigkeiten eines Menschen wieder. Orlan war bestrebt uns zu zeigen, dass er diese für ihn völlig ungewohnte Ordnung absolut verinnerlicht hatte, und schoss dabei ein wenig übers Ziel hinaus. Gewissermaßen als Kompensation seiner vormals herausgehobenen Stellung machte er sich freiwillig kleiner, als er war. Das Gefühl der Gleichheit war ihm eben nicht in die Wiege gelegt worden.

In diesem Moment fielen diese mühsam erlernten, neuen Umgangsformen mit einem Mal von den beiden Demiurgen ab, und ihre Vergangenheit holte sie ein. Ein jämmerlicher viertrangiger Knecht stand nun einem hochwohlgeborenen Zerstörer der ersten imperialen Kategorie gegenüber.

»Ich verstehe dich nicht, Orlan«, murmelte Ellon, sichtlich entrüstet, aber auch merklich verunsichert.

»Wann wirst du die Operation durchführen?«

Ellon ließ den Kopf zwischen die Schultern schnalzen – seine letzte Geste des Widerstands. »Ich werde die Nährlösung vorbereiten«, verkündete er sodann kleinlaut und krümmte den Rücken zu einer untertänigen Verbeugung.

»Ich werde die Operation höchstpersönlich kontrollieren«, erklärte Orlan mit eiserner Stimme und stelzte davon.

Wie paralysiert verharrte Ellon in seiner gebückten Haltung. Grazio und ich folgten Orlan. Als wir ihn eingeholt hatten, war er schon wieder so, wie wir ihn kannten: freundlich, zuvorkommend, die Güte selbst.

»Jetzt kann ich mir vorstellen, welchen Schrecken du verbreitet hast, als du noch der Günstling des Großen Zerstörers warst«, sagte ich zu Orlan.

»Ach, Eli. Das ist so lange her, dass es schon gar nicht mehr wahr ist«, erwiderte er bescheiden.

»Vagabund hat Angst vor der Operation, vor allem, weil Ellon sie durchführen wird.«

»Diese Angst ist unbegründet. Demiurgen werden von Kindheit an zu Gehorsam und Sorgfalt erzogen. Ellon ist ein Hitzkopf, doch er arbeitet mit derselben Gewissenhaftigkeit wie alle Demiurgen.«

Nach der Unterredung mit Orlan und Ellon kehrte ich zu Vagabund zurück. Romero war bei ihm, und die beiden führten ein recht einseitiges Gespräch: Romero redete, Vagabund hörte zu. Abermals empfand ich Mitleid mit dem Drachen, der platt auf dem Boden lag und Flügel und Beine kraftlos von sich gestreckt hatte. Es tat weh, ihn so hilflos zu sehen, ihn, der vor nicht allzu langer Zeit noch höher als Pegasusse, Engel und seinesgleichen durch die Lüfte gesaust war.

Vagabund befürchtete, dass die Rückkehr in seine frühere Existenzform eine erneute Gefangenschaft für ihn bedeuten könnte. Romero versuchte, ihn vom Gegenteil zu überzeugen.

»Was bedeutet Gefangenschaft, mein weiser, geflügelter Freund?«, hob Romero gewohnt hochtrabend an. »Wir sind alle Gefangene im Bauch dieses Sternenschiffs. Um diese traurige Wahrheit kommen wir nicht herum. Sind Sie, lieber Vagabund, durch diesen Drachenstall nicht stärker eingeengt als damals durch die Kristallkugel auf dem verwunschenen Dritten Planeten? Sie können sich doch nicht einmal in dem begrenzten Raum des Schiffs frei bewegen. Nein, Vagabund, Sie erwartet nicht bittere Gefangenschaft, sondern eine Befreiung. Ihre heutige geometrische Beengung wird sich um höchstens zehn Meter verschlimmern, doch dafür gewinnen Sie die Macht über beliebige Bewegung in jeder Richtung, sei es mit normaler oder mit Überlichtgeschwindigkeit. Bewegung – das ist es doch, was Ihnen so fehlt, mein armer Freund. Die Beweglichkeit Ihres vortrefflichen, doch leider viel zu schwerfälligen und erschlafften Körpers ist erschöpft. Davor dürfen Sie die Augen nicht verschließen. Mit der bevorstehenden Operation gewinnen Sie eine neue Freiheit. Sie werden die Maschinen des Schiffs nicht nur steuern. Diese Maschinen werden ein Teil von Ihnen sein, wie die Organe, Arme und Beine eines komplexen Wesens. Sie werden selbst ein Raumschiff werden, ein machtvolles, denkendes Raumschiff, das sich mit Leichtigkeit durch den Raum frisst! Glauben Sie mir, als Gehirn eines solchen Schiffs haben Sie es nicht schlecht getroffen!«

Mit der Beförderung Vagabunds zum denkenden Raumschiff hatte Romero – wie so oft – ein wenig übertrieben. Trotzdem schienen seine gut gemeinten Worte dem Drachen Mut zu machen. Seine riesigen traurigen Augen hellten sich merklich auf und versprühten sogar einen Hauch von Vorfreude.

»Heute steht dir eine weitere Metamorphose bevor, Vagabund«, sagte ich. »Du bist der Einzige von uns, der seine Gestalt wechselt wie Frauen ihre Frisur. Du warst das mächtige Superhirn des Dritten Planeten, Herr über Raum und Gestirne, dann wurdest du zum verwegenen Flieger, der Lussins Drachendamen mit gekonnten Manövern beeindruckte. Heute nun trittst du in eine neue Hypostase ein, so heißt das wohl in Pawels geliebter Philologensprache, wirst Herz, Gehirn und Kommandeur eines Raumschiffs.«

»Vielen Dank, Eli«, flüsterte der Drache und schloss die Augen.

Wie versprochen war ich bei der Operation zugegen. Auf den Eingriff selbst brauche ich nicht näher einzugehen, es passierte nichts Unvorhergesehenes dabei. Überrascht war ich hingegen, als ich zum ersten Mal den Leitstand betrat, der für das Superhirn vorgesehen war. Er erinnerte mich an die Beobachtungswarte der Zerstörer auf dem Dritten Planeten: eine sich im Dunkel verlierende Kuppel mit der Darstellung des Sternenhimmels, eine ringförmige Wand und, zwischen Boden und Decke schwebend, eine halbtransparente Kugel. Darin befand sich unser Freund Vagabund, der für immer aufgehört hatte, ein Vagabund im Wortsinne zu sein.

Als er mich nun ansprach, war ich zunächst völlig irritiert. Ich hatte erwartet, die etwas krächzende, lispelnde Stimme des Drachen zu hören. Dass das Superhirn vor seiner Zeit als Vagabund völlig anders sprach, hatte ich ganz vergessen. Es war die melodische, sonore und gütige Stimme des Superhirns, die nun an mein Ohr drang.

»Fangen wir an, Eli?«

»Bist du hier? Ähm … wie fühlst du dich, Vagabund?«, stammelte ich völlig perplex.

»Bestens, Eli. Ellon hat mich perfekt aus dem Drachenkörper herausgelöst. Wenn ihr das Imperium der Zerstörer nicht vernichtet hättet, wäre Ellon bestimmt Spezialist für Gehirnverpflanzungen auf Metrikstationen geworden. Zu einigen Maschinen habe ich schon die Verbindung hergestellt. Bald werde ich das Schiff zu neuem Leben erwecken! Sag Ellon, er soll die Empfänger auf dem *Schlangenträger* auf meine Frequenzen einstellen, dann werde ich versuchen, auch Kamagins Schiff wieder in Gang zu bringen.«

»Vagabund, Vagabund! Kann ich dich überhaupt noch so nennen?«

»Nenne mich, wie du willst, nur nicht Superhirn. An den Dritten Planeten möchte ich nicht erinnert werden.«

»Dann bleiben wir doch bei Vagabund, wir haben uns schon alle an den Namen gewöhnt.«

»Einverstanden, Eli!«

Die erfreulichen Nachrichten von Vagabund berichtete ich sogleich Oleg. Nun konnte er sich daranmachen, die Route zum galaktischen Zentrum zu planen. Danach besuchte ich Grazio, setzte mich bei ihm aufs Sofa und ließ mich auf die Lehne zurücksinken. Ich war völlig erschöpft.

»Brauchst du Hilfe, Eli?«, erkundigte sich der Galakt teilnahmsvoll.

»Grazio, du hast ja mitbekommen, dass Vagabund bereits im Einsatz ist. Es dauert nicht mehr lange, dann können wir wieder in Überlichtgeschwindigkeit den Raum durchmessen. Unsere Annihilatoren werden wieder zum Leben erwachen. Ohne sie sind wir wie eine Feder im Sturm. Steh Vagabund zur Seite, Grazio. Sei sein Gehilfe.«

Der Galakt blickte mich erstaunt an.

»Was verbirgt sich hinter diesem Vorschlag, Admiral Eli?«

Ich schloss die Augen und schwieg für eine Minute. Ich konnte keinen klaren Gedanken fassen.

»Ich weiß nicht, Grazio. Das ist nur so ein unbestimmtes Gefühl, eine Intuition. Für uns Menschen ist so etwas von Bedeutung. Doch wie soll ich es dir erklären, wenn ich es nicht in Worte fassen kann? Du und Vagabund, ihr seid doch aus demselben Holz geschnitzt. Ich möchte einfach, dass du mir diese Bitte erfüllst.«

»Ich werde Vagabund stets zur Seite stehen, Eli«, antwortete der Galakt mit tiefempfundener Herzlichkeit.

5

Wir hatten keine Ahnung, welche Kräfte unsere Bordrechner blockierten, doch diese Kräfte wurden allmählich schwächer. Bei einer Maschine würde man eigentlich erwarten, dass sie entweder funktioniert oder nicht. In diesem Fall war das anders.

»Die BUMs reagieren zwar wieder auf Eingaben und führen Rechenoperationen durch, aber alle Prozesse laufen mit Verzögerung und sehr langsam ab«, berichtete Ellon. »Sobald die blockierenden Kräfte ganz verschwinden, werden die Rechner wieder perfekt funktionieren.«

»Das hört sich so an, als wären unsere BUMs mit Drogen vollgepumpt worden und würden nun allmählich wieder aus der Bewusstlosigkeit erwachen«, erwiderte ich.

»Was sind Drogen?«, fragte der Demiurg verwundert. »Sicher etwas spezifisch Menschliches, oder? Dass die Rechenmaschinen aus der Bewusstlosigkeit aufwachen, ist jedenfalls eine zutreffende Beschreibung. Sobald sie wieder völlig bei Bewusstsein sind, könnt ihr euer geliebtes Superhirn vom Dienst freistellen.«

»Du hasst Vagabund, nicht wahr, Ellon?«

Anstatt zu antworten, drehte er mir den Rücken zu. Menschliche Höflichkeit war nicht gerade eine Stärke des Demiurgen.

Das Gespräch mit Ellon gab mir zu denken. Denn eines konnte ich nicht bestreiten: Sobald die Bordrechner wieder hundertprozentig funktionierten, war Vagabund überflüssig. Andererseits war mein Vertrauen in die denkenden Maschinen empfindlich gestört, da sie völlig unerwartet und abrupt ausgefallen waren. Auf der Erde hätte es niemand für möglich gehalten, dass so zuverlässige Maschinen wie die BUMs alle auf einmal den Dienst versagen könnten. Die Abschirmtechnologien für die Rechner waren von herausragenden Ingenieuren über Jahrzehnte entwickelt worden. Sie hätten unter keinen Umständen versagen dürfen. In den Untergehenden Welten war dies nichtsdestoweniger geschehen. Eine Garantie, dass so etwas in Zukunft nicht mehr vorkommen würde, konnte auch Ellon nicht geben.

Meine Überlegungen teilte ich Oleg mit. Der Oberkommandierende zuckte mit den Schultern. »Wer sagt denn, dass wir Vagabund zum alten Eisen legen, wenn die BUMs wieder laufen?«, fragte er. »Doppelt hält bekanntlich besser. Vagabund und die Rechner werden sich gegenseitig absichern.«

»Genau das wollte ich dir vorschlagen. Ellon wird das allerdings gar nicht gefallen.«

»Na und? Es ist mir vollkommen einerlei, ob Ellon das passt oder nicht. Der Kommandeur des Geschwaders bin immer noch ich.«

»Wie sehen deine Pläne aus? Sollen wir die Expedition zum galaktischen Zentrum fortsetzen, obwohl wir drei Viertel der Flotte verloren haben? Wir könnten auch umkehren.«

»Unsere Aufgaben sind noch längst nicht erfüllt«, antwortete Oleg nach einigem Nachdenken. »Allerdings wäre es nicht klug, mit dem Kopf durch die Wand zu rennen.«

»Auch unser Vorhaben im Sternhaufen der Untergehenden Welten haben wir nicht zu Ende gebracht. Wo ist der klare Himmel, den wir den Aranen bescheren wollten?«

Seit unsere Sternenschiffe wieder einsatzfähig waren, ging mir dieser Gedanke nicht mehr aus dem Kopf. Unter dem Schock der Katastrophe waren unsere inneren Stimmen von Angst geleitet, und sie sagten: Nichts wie weg von diesem verfluchten Ort! Doch inzwischen war die Angst verflogen, und abermals stellte sich die Frage, ob wir den Aranen nicht helfen sollten.

Wie konnte man das gepeinigte Volk aus seinem staubigen Elend befreien? Natürlich waren wir dazu nicht verpflichtet.

Niemand hatte uns ins Aufgabenbuch geschrieben, fremde Völker mit Wohltaten zu bedenken. Wir waren als Kundschafter unterwegs, nicht als Zivilisatoren. Im Prinzip hätten wir der Arania auch reinen Gewissens den Rücken kehren können. Indes, ich hatte kein reines Gewissen, sondern das Gefühl, dass ich es mir nie verzeihen würde, die Aranen im Stich zu lassen.

Ich begab mich in den neu eingerichteten Leitstand, wo Vagabund seinen Dienst versah.

»Willst du wirklich die verbliebenen Schiffe aufs Spiel setzen, Eli?«, fragte Vagabund, nachdem ich ihm meine Gedanken anvertraut hatte.

»Ich werde nach einer anderen Möglichkeit suchen, den Raum um die Arania zu säubern. Der *Rammbock* wurde lahmgelegt, als er dabei war, den Staub zu vernichten. Unser Versuch, mit der Annihilation eines Himmelskörpers sauberen Raum zu schaffen, endete in einem Desaster. Man hat den Eindruck, dass die Ramiren – so sie es denn sind – uns zunächst nur aufgehalten haben, doch als wir unsere Anstrengungen fortsetzten, wurden sie zornig und haben uns bestraft.«

»Ja, aber sie haben uns nicht völlig ausgelöscht. Konnten sie nicht oder wollten sie nicht? Das ist wohl die Schlüsselfrage.«

»Ich werde darüber nachdenken, Vagabund. Und wenn dir eine Antwort darauf einfällt, lass es mich wissen.«

Nachts, während Mary schlief, lief ich rastlos im Arbeitszimmer auf und ab. Der Gedanke, dass die Ramiren uns nicht vernichten konnten, schien mir abwegig. Sie hatten einen verheerenden Strahl auf eines unserer Schiffe abgefeuert. Was hätte sie daran hindern sollen, uns mit zwei oder drei solcher Strahlen einzudecken? Dann wäre von unserem gesamten Geschwader nur eine Aschewolke übrig geblieben! Nein – sie wollten es nicht! Durch die Liquidation des *Stiers* war ihre Aufgabe offenbar erfüllt, und sie wendeten sich von uns ab. Doch worin bestand ihre Aufgabe? Sie haben uns daran gehindert, den Planeten zu annihilieren! Von ihrem Spion Oan wussten sie, was wir vorhatten, und hatten es verhindert. Was aber störte sie an der Annihilation des Planeten? Ihr Handeln musste doch irgendeinem Zweck dienen! Die Unerbittlichen Götter! Was verbarg sich hinter der Unerbittlichkeit gegenüber den Aranen?

Plötzlich kam Mary schlaftrunken ins Zimmer herein.

»Ach, hier bist du?«, säuselte sie. »Ich bin aufgewacht, und weil du nicht da warst, dachte ich schon, es sei wieder etwas passiert.«

»Mary, beantworte mir bitte eine Frage: Warum sind die Unerbittlichen Götter unerbittlich? Wie vereinbart sich eine solche Gewalttätigkeit mit Stärke und Macht? Die Psychologen versichern uns doch, dass Gewalttätigkeit aus Schwäche und Feigheit resultiert.«

»Ich glaube, du siehst die interstellaren Beziehungen zu sehr durch die menschliche Brille, Eli«, erwiderte sie lächelnd. »Du hast Oan einen Spion, Saboteur und Verräter genannt. Sind das nicht zu irdische Kategorien angesichts dessen, dass wir uns nahe dem galaktischen Zentrum befinden?«

»Es geht nicht um Kategorien, sondern um Logik, Mary. Es kann doch nicht sein, dass die Ramiren einer anderen Logik folgen als wir!«

»Und warum folgen wir beide dann einer unterschiedlichen Logik, mein Lieber? Wenn du mich nicht verstehst, sagst du immer: ›Ach, das ist wieder deine weibliche Logik‹ und verziehst das Gesicht, als hättest du in eine Zitrone gebissen.«

Ich musste lachen. Marys Logik war nicht nur weiblich, sondern auch entwaffnend und scharfsinnig.

»Jetzt hast du es mir aber gegeben, Mary. Also gut: Ich werde versuchen, weniger anthropozentrisch zu denken und zu berücksichtigen, dass der Mensch nur einen bescheidenen Platz im Weltall einnimmt. Ich akzeptiere, dass es verschiedene Logiken gibt, unter anderem auch deine weibliche. Also muss ich nach Konstanten suchen. Nach Konstanten der Logik und der Ethik,

Mary! Nach den allgemeinsten Gesetzen der Logik und der Ethik, die allen Formen des Denkens gemeinsam sind. Nach einer universellen Logik und einer universellen Ethik. Und wenn ich dann immer noch nicht verstehe, warum die Ramiren uns bekämpfen, werfe ich das Handtuch. Du siehst, mit deinem Spott hast du eine Lawine losgetreten.«

»Es freut mich sehr, dass meine kritischen Anmerkungen deinen rastlosen Verstand beflügeln, Eli.«

Mit dieser ironischen Bemerkung ließ Mary mich allein und legte sich wieder schlafen. Aller Müdigkeit zum Trotz setzte ich meine Wanderung durchs Zimmer fort und suchte weiterhin nach einer Lösung für das Problem der Aranen. Dabei kam mir eine Idee, die ich sofort jemandem mitteilen musste. Ich ging zu Vagabund.

Im neuen Leitstand wandelte Grazio an der ringförmigen Wand entlang. Sein Gang faszinierte mich immer wieder aufs Neue. Galakten gehen nicht, sie schreiten. Zu einer solch eleganten Art der Fortbewegung wäre ich nicht imstande gewesen, selbst wenn ich gewollt hätte. In den unteren Klassen hatte ich einmal aus Eitelkeit den Versuch unternommen, mir einen schreitenden Gang zuzulegen, doch der einzige Kommentar, den ich damit einheimste, war die Frage, ob ich einen Stachel im Hintern hätte. Seither bewege ich mich wieder ganz normal fort.

»Hört zu, Freunde«, begann ich. »Unser Kommandeur hat beschlossen, die Expedition zum galaktischen Zentrum fortzusetzen. Das beschädigte Sternenschiff können wir nicht mitschleppen. Eine gewöhnliche Annihilation könnte einen erneuten Zornausbruch unserer unbekannten Feinde auslösen. Deshalb möchte Oleg das Schiff sprengen. Mir ist eine andere Idee gekommen. Warum versuchen wir es nicht mit einer Schwelannihilation des *Widders*? In der näheren Umgebung der Erde wird diese Methode häufig angewandt, wenn man befürchtet, dass die rasche Annihilation eines Objekts die Balance der Himmelskörper gefährden könnte.«

»Und du hoffst, dass die Ramiren gegen eine allmähliche Annihilation nichts unternehmen werden?«, fragte Vagabund, der sofort verstanden hatte, worauf ich hinauswollte. »Du schlägst also eine Art Experiment mit den Unerbittlichen Göttern vor?«

»Ich möchte ihnen eine vernünftige Frage stellen und erwarte eine ebenso vernünftige Antwort von ihnen. Uns bleibt nichts anderes übrig, als sie auf die Probe zu stellen, eine andere Möglichkeit, mit ihnen zu kommunizieren, haben wir nicht. Könntest du eine solche Schwelannihilation in ausreichender Entfernung vom *Widder* durchführen, Vagabund?«

»Sicherlich. Die Entfernung ist kein Problem.«

Auf Olegs Anordnung entfernten sich der *Steinbock* und der *Schlangenträger* bis an die Grenze der optischen Sichtbarkeit vom *Widder*, die zwei verbliebenen Transportschiffe wurden noch weiter abgezogen.

Äußerlich blieb Oleg gelassen, doch ich spürte, dass er genauso nervös war wie ich. Die Methode der Schwelannihilation und die große Entfernung zum *Widder* waren keine Garantie dafür, dass unsere Widersacher die Aktion tolerieren würden. Dass wir die Urheber des Vorgangs sind, konnten sie sich an fünf Fingern abzählen, sofern sie denn welche hatten. Mussten wir nicht damit rechnen, dass sie uns allein schon aus Zorn über unsere Hartnäckigkeit erneut einen Vernichtungsstrahl auf den Pelz brennen würden? Aus Zorn? Ich versuchte mir einzureden, das sei eine zu menschliche Reaktion.

Als es so weit war, begab ich mich in den Leitstand zu Vagabund. Auf der Kommandobrücke hielt Oshima die Stellung. Seine Aufgabe bestand darin, den Sicherheitsabstand zum *Widder* zu halten und beim geringsten Anzeichen von Gefahr ein Fluchtmanöver einzuleiten. Im Leitstand traf ich Grazio, Orlan und Romero.

»Das Experiment läuft gut«, vermeldete Vagabund. »Der *Widder* verglüht langsam und verwandelt sich in leeren Raum. Ein energischer Widerstand unserer Gegner ist nicht festzustellen.«

»Wie soll ich das verstehen, Vagabund?«, fragte ich beinahe erheitert. »Energischer Widerstand würde bedeuten, dass man uns einen Strahl überbrät. Das hätten wir doch bemerkt.«

»Irgendetwas stimmt nicht, Eli. Meine Befehle an die Annihilatoren schlagen mit Verzögerung an. Es geht nur um Mikrosekunden, aber ich spüre es. Irgendwelche Störfaktoren sind im Spiel.«

»Verlangsame die Annihilation und beschleunige sie dann allmählich wieder. Mal sehen, was dann passiert.«

Vagabund stellte fest, dass die Verzögerungen verschwanden, sobald die Annihilation nahezu gestoppt war. Beschleunigte man hingegen den Prozess, wurde auch der Widerstand dagegen stärker.

»Wie äußert sich dieser Widerstand? Wirst du blockiert?«

»Ich bin doch keine BUM. Mich kann man nicht blockieren. Aber die Maschinen reagieren einfach zu langsam oder gar nicht auf meine Kommandos, wenn ich versuche die Annihilation zu beschleunigen.«

»Na gut, dann mach auf Sparflamme weiter«, sagte ich und kehrte auf die Kommandobrücke zurück.

Auf dem Bildschirm sahen wir den *Widder* als kleines, glühendes Kügelchen. Seine Vernichtung lief wie in Zeitlupe ab. Die Sicht auf ihn wurde immer klarer, da sich zwischen ihm und dem *Steinbock* der neue, staubfreie Raum ausdehnte, in den sich der ehemalige Raumkreuzer verwandelte.

Als der *Widder* verglüht war, brach Olga, die neben mir saß, in Tränen aus. Hatte ich sie jemals zuvor weinen sehen? Wir waren alle mit den Nerven am Ende in jenen Tagen.

»Olga, freu dich doch!«, sagte ich aufmunternd und legte ihr die Hand auf die Schulter. »Der Untergang deines Schiffs öffnet den Weg zur Rettung der Aranen.«

»Wenn das ein Witz sein soll, Eli, dann hast du dir den falschen Zeitpunkt dafür ausgesucht«, entgegnete sie bitter.

»Das ist kein Witz, Olga, sondern purer Ernst. Wir werden den Planeten wie ursprünglich vorgesehen annihilieren und damit den Aranen einen klaren Himmel verschaffen.«

Meine Freunde sahen mich fragend an. Es war höchste Zeit, ihnen meinen neuen Plan zu unterbreiten.

»Ihr habt richtig gehört. Aus meiner Sicht können wir die Annihilation des Planeten wie ursprünglich vorgesehen riskieren, wenn wir auf die Methode der Schwelannihilation zurückgreifen. Die Vernichtung des Sternenschiffs auf diese Art und Weise und die Entstehung einer kleinen Zone staubfreien Raums sind auf keinen Widerstand gestoßen und haben auch keine Strafmaßnahmen heraufbeschworen. Daraus ziehe ich den Schluss, dass unsere Gegenspieler allmähliche Annihilationen tolerieren. Vagabund hat immer erst dann Probleme bekommen, wenn er versucht hat, den Prozess zu beschleunigen. Wir haben den Ramiren eine klare Frage gestellt, und sie haben uns eine klare Antwort gegeben. Aus welchem Grund sie schnell ablaufende Annihilationen durchkreuzen, weiß ich auch nicht.«

»Vielleicht wird dadurch das Gleichgewicht im Sternenbezirk zu stark gestört«, mutmaßte Olga.

Der Planet, der uns bis jetzt nur Unglück gebracht hatte, kreiste immer noch auf seiner neuen Umlaufbahn zwischen der Arania und den Drei Staubsonnen. Wo sich die Planeten in ihrem Herrschaftsbereich befanden, war unseren Kontrahenten offenbar gleichgültig – solange man nicht versuchte, sie auf einen Schlag zu annihilieren.

Die Umsetzung meines Plans war nicht ganz unproblematisch, denn die allmähliche Annihilation eines Planeten dauert eine kleine Ewigkeit und muss ständig von außen katalysiert werden. Es war nicht damit getan, dass man das Objekt einfach »anzündet« und sich dann aus dem Staub macht.

»Wir müssen wohl oder übel noch eines unserer Transportschiffe opfern«, konstatierte Oleg seufzend.

»Am besten gleich alle beide«, warf Oshima ein. »Als Kapitän eines Kampfkreuzers würde ich eine solche Lösung begrüßen. Die Frachter sind uns nur ein Klotz am Bein, weil sie im Überlichtbereich schwer zu steuern sind.«

Nachdem ich Vagabund beauftragt hatte, die beiden Transportschiffe zum todgeweihten Planeten zu steuern und sie auf die Schwelannihilation zu programmieren, zog ich mich in den Park zurück. Dort war gerade Spätherbst, und es regnete. In allen anderen Bereichen des Schiffs gab es keine klimatischen Veränderungen: Temperatur, Luftdruck und Feuchtigkeit blieben konstant auf einem gemäßigten, angenehmen Niveau.

Hin und wieder hatte ich das Bedürfnis, dieser klimatischen Monotonie zu entfliehen. Ich empfand es als belebend, Regen auf meiner Haut zu spüren, durch den Schnee zu stapfen, mir den Wind um die Ohren heulen zu lassen oder süße Frühlingsdüfte einzuatmen. Der Wechsel von Wetter und Jahreszeiten im Park wurde hauptsächlich für Leute wie mich inszeniert.

Nach Demiurgen oder Galakten hielt man im Park vergeblich Ausschau. Ein einziges Mal hatte mich Orlan begleitet. Damals tobte gerade ein Schneesturm. Der Demiurg schlotterte vor Kälte und fragte sich gewiss, ob wir Menschen noch alle Tassen im Schrank hätten. Von Grazio brauche ich gar nicht zu reden. In den Park hätten ihn keine zehn Pferde hineingebracht. Durch die ständige Sorge um ihre Unsterblichkeit waren die Galakten an eine völlig sterile Umgebung gewöhnt und reagierten extrem empfindlich auf wechselnde Wetter- und Klimaphänomene. Die Natur der Galakten erschien mir widersprüchlich. Einerseits war ihnen alles Künstliche verhasst. Andererseits: Hatte nicht auch ihre Unsterblichkeit, die sie unter Treibhausbedingungen zu bewahren suchten, etwas Künstliches?

Eine der Parkalleen führte in den Leichenraum. Ich trat an Lussins Sarkophag und betrachtete meinen toten Freund voller Rührung.

»Lussin«, sprach ich ihn gedanklich an, »du hättest es uns nie verziehen, wenn wir feige von hier geflohen wären, und hättest es für unsere Pflicht gehalten, den Aranen zu helfen. Wie Recht du hast, Lussin! Du siehst, ich verschwende bereits keinen Gedanken mehr an Rache. Ach, mein Freund, wie schade, dass du nicht mehr miterleben kannst, was gerade passiert. Du hättest deine Freude gehabt am Anblick des langsam dahinschmelzenden Planeten und des blitzblanken Sternenhimmels, der sich um die Arania ausbreitet!«

Danach setzte ich mich Oan gegenüber und redete laut auf ihn ein:

»Du Mörder und Spion! Ich weiß, du hattest einen Auftrag. Den hast du erfüllt. Deine Herren können zufrieden mit dir sein! Aber es fiel dir doch so leicht, uns deine Gedanken zu übermitteln. Warum hast du nicht einmal eine Andeutung gemacht, dass eine explosionsartige Annihilation des Planeten zur Katastrophe führen, eine Schwelannihilation jedoch toleriert würde? Warum hast du geschwiegen? Wer bist du? Ein Phantom, das ein reales Wesen simuliert? Ein Gespenst mit einem hohen Grad an Körperlichkeit, das den gewaltigen technischen Entwicklungsstand eurer Zivilisation bezeugt? Du hast dich zu schnell vom Acker gemacht, Oan. Wir beide waren noch nicht fertig miteinander! Schade, du hättest deinen Auftraggebern sagen können, dass die Menschen und ihre Sternenfreunde den verdammten Sternhaufen der Untergehenden Welten verlassen, dass wir nicht mehr mit dem Kopf durch die Wand rennen und keine Himmelskörper mehr sprengen werden. Doch den Leidenden müssen wir helfen, wir können nicht anders, das ist unsere Natur. Zu früh bist du umgekommen, Oan, ich hätte dir noch so viel zu sagen gehabt! Oft habe ich mich empört, mich aufgeregt und gezürnt, doch Hass empfinde ich zum ersten Mal. Ich hasse dich! Ich hasse dich!«

Ich hatte mich in Rage geredet. Oan hing ungerührt und leblos in seinem unsichtbaren Käfig, die zwölf Beine abgespreizt, das Gesicht nach oben gereckt, die unteren beiden Augen geschlossen, das obere, bis vor kurzem noch böse funkelnd, trüb und weiß wie bei einem Leukom, auf dem Kopf die seltsamen, fingerdicken Haare, in denen immer noch der rote Funken hing.

»Wo bist du gewesen?«, fragte mich Mary, als ich am Abend in die Wohnung kam.

»Ich bin im Park spazieren gegangen.«

»Und natürlich hast du wieder im Leichenraum gesessen, nicht wahr?«

»Warum ›natürlich‹?«

»Manchmal machst du mir richtig Angst, Eli. Du betreibst einen regelrechten Totenkult.«

»Einen Totenkult?«

»Hast du schon vergessen, dass du auch auf der Erde stundenlang im Pantheon herumgehangen hast? Mich hast du schließlich mehr als einmal dorthin mitgeschleppt. In der Ruhmeshalle hast du meine Anwesenheit immer vollständig vergessen und deinen Blick in die Statuen versenkt, als würdest du sie anbeten.«

»Ich hätte nie gedacht, dass ich dabei den Eindruck eines Betenden erweckte«, erwiderte ich lachend. »Aber du hast Recht, das Andenken der Vorfahren ist mir wichtig. Ich weiß schon, wo ich herkomme, und habe mich immer für Geschichte interessiert.«

»Für Geschichte interessiert? Dass ich nicht lache! Romero hält dich für einen Geschichtsbanausen, und ich finde, er hat Recht. Selbst ich weiß mehr über unsere Vorfahren als du. Nein, nein, mein Lieber: Du bist ein durch und durch zukunftsorientierter Mensch. Selbst wenn du körperlich anwesend bist, weilst du im Geist in bevorstehenden Unternehmungen, Kämpfen oder Verhandlungen. Manchmal fehlst du mir, selbst wenn du keine fünf Meter von mir entfernt bist, Eli. Denn ich bin immer im Hier und Jetzt, während du oft völlig woanders bist. Und wenn dir bewusst wird, dass du dich verrennst, suchst du eilig die Nähe der Toten, gleichsam um Reue zu zeigen oder um zu beichten.«

»Was willst du eigentlich von mir, Mary?«

»Ich möchte wissen, warum es dich ständig zu den Toten zieht!«

»Die Antwort hast du selbst schon gegeben«, entgegnete ich und gab mir Mühe, dabei heiter zu klingen. »Ich suche ihre Nähe, um ihnen mein Herz auszuschütten. Leider schweigen diese toten Beichtväter hartnäckig. Vermutlich können sie mit meiner Reue nichts anfangen.«

6 Die beiden Sternenschiffe verließen die Untergehenden Welten. Eine Zeit lang weideten wir uns noch am faszinierenden Anblick des Planeten, der allmählich verglühte und sich dabei in Raum verwandelte. Was sich vor unseren Augen abspielte, war nicht spektakulär: Weder Explosionen noch eruptive Protuberanzen noch Gaswirbel begleiteten das Sterben des Planeten. Die Annihilatoren unserer Frachter hatten lediglich eine Art Schwelbrand in ihm entfacht, der ein intensives goldenes Glühen hervorrief.

Aus größerer Entfernung konnten wir sehen, dass der Planet von einem Lichthof umgeben war. Diese hell abgesetzte Zone war nichts anderes als eine langsam wachsende Blase neu entstandenen Raums, die Keimzelle eines schon in naher Zukunft klaren Himmels über der Arania. Wir hatten getan, was wir konnten.

Als wir die von Staubnebeln verhangenen Weiten des Sternhaufens verlassen hatten, tauchten wir in kosmische Landschaften ein, wie wir sie liebten: Klarer, durchsichtiger Weltraum, so weit das Auge reichte, dicht und ohne jede Ordnung gespickt mit strahlenden Gestirnen. Und vor uns – zum ersten Mal nicht von Schleiern verhüllt – lohte unheildrohend ein gigantisches Sternenfeuer: das galaktische Zentrum.

Sein Anblick auf unseren Sternenbildschirmen war mehr als fesselnd. Dennoch wandte ich mich immer wieder von den Monitoren ab und begab mich in Ellons Labor. Dort war ein Werk im Gange, das mich noch mehr faszinierte: Der begnadete Demiurg tüftelte an seinem Zeitkondensator.

Auf den ersten Blick sah die Konstruktion aus wie ein mittelgroßer Autoklav. Bei näherem Hinsehen wurde indes schnell klar, dass es sich um keinen gewöhnlichen Druckbehälter handelte. An dem Gerät waren Entladungsröhren angeschlossen, die von den Annihilatoren gespeist wurden, und Wirbelrohre, die mit den Gravitationsmechanismen in Verbindung standen. In Autoklaven werden Materialien verbacken und verpresst, in Ellons Spezialkessel kam ein Werkstoff der besonderen Art zum Einsatz: die Zeit!

»Das Werk ist vollendet, Admiral«, verkündete der Demiurg eines Tages triumphierend. »Im Zentrum dieser kleinen Kugel befindet sich ein winziges Stückchen Materie. Sein Volumen ist nicht größer als das eines Wasserstoffatoms und doch wiegt es über tausend Tonnen!«

»Die Theorie lehrt aber, dass eine solche Verdichtung nur möglich ist, wenn die Masse einen sehr großen Wert überschreitet, etwa das Drei- oder Vierfache der Sonnenmasse«, wandte ich ein.

»Eure menschlichen Theorien lassen mich kalt«, entgegnete Ellon mit funkelnden Augen. »Sollen sich meinetwegen die Ramiren damit herumschlagen, sie verstehen auch nicht mehr von einem Kollaps als ihr. Deshalb versuchen sie auch, die Energie eines Kollapsars zu nutzen, um ihre Zeit zu transformieren. Wir transformieren die Zeit in diesem Kollapsan.« Ellon tätschelte zärtlich den Druckbehälter und betonte jede Silbe des neuen Begriffs. »Wenn ich ihn einschalte, werden die Teilchen, die wir hineinschleusen, in eine ferne Vergangenheit oder in eine noch fernere Zukunft transferiert.«

»Und wir selbst, werden wir den Teilchen nicht hinterherreisen?«

»Du verwechselst mich wohl mit den Unerbittlichen Göttern!«, polterte Ellon herablassend. »Das sind doch Anfänger, die blind herumexperimentieren. Das Schwarze Loch hat sie wie eine Bleikugel in die Zukunft geschossen, und dann sind sie hilflos wieder in ihre alte Zeit zurückgefallen. Was glaubst du, warum ich die Gravitationsschnecke an dem Kollapsan angeschlossen habe? Das Teilchen mit der transformierten Zeit wird in ferne Regionen geschleudert, aber dort erst auftauchen, wenn die vorgegebene Zeit eintritt, sei es in der Vergangenheit oder in der Zukunft. Der Transfer in die Zukunft ist einfacher – das werde ich als Erstes ausprobieren.«

Als ich das Labor verlassen wollte, rief Ellon mir eine Frage hinterher: »Admiral, funktionieren die beiden Bordrechner zu deiner Zufriedenheit?«

»Es gibt keine Beanstandungen.«

»Warum sind die BUMs dann immer noch dem ehemaligen Drachen unterstellt? Denkende Maschinen sind eine menschliche Erfindung, ein aus einem Körper entferntes Gehirn ist dagegen eine demiurgische Steuerungsmethode. Vielleicht kommt es dir seltsam vor, Admiral, aber ich als Demiurg fordere dich als Menschen auf, die Steuerung des Geschwaders wieder den menschengemachten Maschinen zu überlassen.«

Ellons Forderung erstaunte mich nicht im Geringsten. Von Anfang an hatte der Demiurg dem Drachen gegenüber zutiefst feindselige Gefühle gehegt, nun waren sie in offenen Hass umgeschlagen. Ellon empfand Vagabunds Verpflanzung in die Kugel im Leitstand als eine Beförderung auf seine Kosten, die er noch dazu eigenhändig vollzogen hatte. Das kränkte ihn in seiner maßlosen Eitelkeit.

»Es ist nicht wahr, dass Vagabund die Befehlsgewalt über die BUMs ausübt«, erwiderte ich. »Er sichert sie nur ab – wie ein Notstromaggregat. Es ist ein Gebot der Sicherheit, dass jemand im Notfall für die Bordrechner einspringen kann. Deshalb wird nun auch Grazio für diese Rolle trainiert. Die neue Aufgabenverteilung habe im Übrigen nicht ich eingeführt, sondern der Kommandeur. Wenn …«

Ellon ließ mich nicht ausreden. »Grazio mag ruhig trainieren. Euer Galakt wird es zeit seiner gesamten Unsterblichkeit nicht schaffen, die Funktionen einer BUM in den Griff zu bekommen. Das schwimmende Superhirn ist jedenfalls überflüssig.«

»Du kannst deine Vorbehalte gegen Vagabund gern bei der nächsten Besprechung zur Diskussion stellen. Sollten deine Antipathien als begründet eingestuft werden …«

»Ich werde weder Antipathien noch Sympathien zur Diskussion stellen. Aber wenn die BUMs abermals ausfallen sollten, könnt ihr sie allein reparieren oder auf Vagabunds von euch so hoch geschätzte Dienste vertrauen. Ich jedenfalls werde für euch nicht nochmal den Dienstboten machen.«

Am Abend kam Irina zu mir und Mary in die Wohnung.

»Ich muss mit Eli sprechen«, sagte sie.

Mary wollte aus dem Zimmer gehen, doch Irina hielt sie zurück.

»Bleib hier, in deiner Gegenwart fällt es mir leichter, dem Admiral meine Bitten vorzutragen. Sie ahnen wahrscheinlich, worum es geht, Eli?«

»Um was es geht, weiß ich nicht, doch um wen es geht, kann ich mir vorstellen. Um Ellon, nicht wahr?«

Irina knetete nervös ihre Hände. Schlank, flink und ungeduldig, wie sie war, glich sie ganz ihrem Vater. In Männerkleider gesteckt, hätte man sie für den jungen Leonid halten können. In ihren zornblitzenden Augen war unschwer abzulesen, dass sie nicht gekommen war, um mir Nettigkeiten zu sagen.

»Ja, es geht um Ellon! Warum verachten Sie ihn so, Admiral?«

Diesen Vorwurf hatte ich nicht erwartet.

»Übertreibst du nicht ein bisschen, Irina? Wir alle, sowohl ich als auch Oleg, empfinden tiefen Respekt …«

»Lassen Sie Oleg aus dem Spiel!«, fiel sie mir ins Wort. »Das ist ein anderes Thema! Was Ihren Respekt für Ellon betrifft, so handelt es sich nur um leere Worte. Was Sie über ihn sagen, ist halbherzig: Ja, er ist außergewöhnlich, ja, vielleicht sogar genial, ja, in gewisser Hinsicht brillant … Er ist aber nicht vielleicht, sondern ganz bestimmt genial, und er ist nicht in gewisser Hinsicht, sondern in jeder Hinsicht brillant! Welcher andere könnte bewerkstelligen, wozu er in der Lage ist?«

»Dafür kann er vieles nicht, was andere leisten. Auf dem Schiff gibt es niemanden, der nicht außergewöhnlich wäre. Für die Mission wurden ausschließlich hervorragende Köpfe ausgewählt. Oder willst du behaupten, Kamagin sei mittelmäßig, oder deine Mutter?«

»Ich spreche nicht von Kamagin und nicht von meiner Mutter, sondern von Ellon. Er verdient ehrlichen Respekt.«

»Was willst du, Irina?«

»Warum geben Sie dem Drachen den Vorrang gegenüber Ellon?!«, wetterte sie. »Das widerliche Reptil steht über allen andern! Der Drache hat die BUMs mit Ach und Krach ersetzt, als sie defekt waren, und jetzt, da sie wieder einwandfrei funktionieren, bringt er ihre Befehle durcheinander. Die Bordrechner würden besser funktionieren, wenn er sich nicht einmischen würde.«

»Die Rechner sind aber schon einmal ausgefallen.«

»Na und? Sie können noch zehnmal ausfallen, dann werden sie eben zehnmal wieder instand gesetzt. Für Ellon ist es beleidigend, dass Sie den Drachen bevorzugen! Können Sie das nicht verstehen?«

»Ich kann etwas anderes nicht verstehen, Irina. Weshalb hasst Ellon Vagabund so abgrundtief?«

»Fragen Sie lieber, weshalb ich den Drachen nicht ausstehen kann!«

»Gut – warum magst du Vagabund nicht?«

»Ich mag nun mal keine Drachen – und fertig! Schon auf dem Dritten Planeten hat er mich angewidert. Ein stinkendes Ungeheuer – igitt!«

»Seither hat er sich aber sehr verändert.«

»Ja. Er ist ein alter Sack geworden und hat aufgehört, Drachendamen hinterherzusteigen – es waren ja auch keine mehr da. Aber seinen Gestank hat er mit aufs Schiff gebracht. Jedes

Mal wenn ich am Drachenstall vorbei musste, habe ich mir die Nase zugehalten, während Sie dort Stunden zugebracht haben.«

»Ich hatte keine Ahnung, dass er dir so unangenehm war.«

»Auch Oleg hat sich vor ihm geekelt, doch wie immer hat er Ihnen zuliebe zurückgesteckt. Ihnen ist das ja egal, Sie denken grundsätzlich nur an sich!«

»Das ist ein schlimmer Vorwurf, Irina«, sagte ich kopfschüttelnd.

»Aber ein berechtigter! Lussin wollte außer seinem Hund noch zwei Katzen mitnehmen. Doch irgendjemand hat gesagt, dass Sie Katzen nicht ausstehen können. Daraufhin hat Lussin seine Katzen nicht einmal mehr erwähnt! Haben Sie jemals einen von uns gefragt, ob ihm die Gesellschaft eines feuerspeienden Dinosauriers angenehm ist?«

»Den Drachen gibt es nicht mehr, Irina. Es gibt nur noch das Superhirn, das die Funktion der Bordrechner koordiniert. Wenn diese Koordination nicht reibungslos abläuft, werden wir Vagabund von seiner derzeitigen Aufgabe entbinden.«

Irina erhob sich und wollte gehen. Ich hielt sie zurück.

»Warte, du hast gesagt, Oleg sei ein anderes Thema. Wie soll ich das verstehen?«

»Oleg ist nicht mehr derselbe wie früher«, erwiderte sie, und Tränen traten ihr in die Augen. »Der Chef an Bord sind Sie, Eli. Alle anderen haben Sie untergebuttert. Oleg hat sich damit abgefunden. Früher war ich stolz auf ihn, jetzt schäme ich mich für ihn. Ich habe ihm gesagt: Mein Vater ist auch mit Eli geflogen, der hätte sich nie so herumkommandieren lassen. Oleg ist der Meinung, dass ich mir das nur einbilde.«

»Du bildest dir tatsächlich einiges ein.«

Als Irina gegangen war, trottete ich schweigend durchs Zimmer. Mary sah mir belustigt hinterher.

»Findest du es witzig, dass es Krach gibt?«, fragte ich verärgert. »Und dass meine Freundschaft zu Oleg so in den Dreck gezogen wird?«

Mary konnte sich nicht zurückhalten und prustete los. Ihr Lachen war so ansteckend, dass auch ich mir ein Grinsen nicht verkneifen konnte.

»Es freut mich, dass dir endlich einmal jemand ein paar unangenehme Wahrheiten an den Kopf geworfen hat«, sagte sie. »Ich hatte schon länger vor, dir genau dasselbe zu sagen, aber ich habe es gelassen, weil du dir jede Lappalie zu Herzen nimmst. Der Rat, auf die Katzen zu verzichten, stammte übrigens von mir.«

»Das war überhaupt nicht nötig! An die Katzen an Bord hätte ich mich schon gewöhnt.«

»Eben, das wollte dir niemand zumuten.«

»Hör mal, wir werden uns doch nicht wegen dieser dummen Bestien streiten. Sag mir lieber, was ich jetzt tun soll.«

»Entscheidend ist, dass es im Zusammenwirken von Vagabund und BUM Abstimmungsschwierigkeiten zu geben scheint. Wenn das stimmt, haben wir ein ernstes Problem.«

»Ich werde das überprüfen.«

Im Leitstand schritt Grazio an der Wand entlang. Er erfüllte seine neuen Pflichten mit gewohnt bedächtiger Ernsthaftigkeit. Geduldig weihte ihn Vagabund in die Techniken der Maschinensteuerung ein. Die beiden kamen oft vom Thema ab und sprachen über Gott und die Welt.

»Wie funktioniert die Zusammenarbeit mit den Bordrechnern?«, fragte ich Vagabund.

»Beide BUMs sind zu langsam«, klagte er.

»Du rechnest schneller als sie?«

»So einen Unsinn würde ich niemals behaupten, Eli. Es ist unmöglich, schneller als eine BUM zu rechnen. Ich habe dir ja schon auseinandergesetzt, dass ich nicht sämtliche Varianten durchrechne, sondern intuitiv die richtige Lösung finde.«

»Richtig, das hattest du gesagt. Aber wie ist so etwas möglich?«

»Wenn ich vor einem Problem stehe, fallen mir sofort mehrere Lösungen ein, ich muss nur noch die Beste aussuchen. Indiskutable Varianten gelangen überhaupt nicht in mein Bewusstsein. Ich beurteile die Alternativen als Ganzes und nicht als bloße Kausalketten. Während die BUM noch damit beschäftigt ist, sämtliche Varianten durchzurechnen, weiß ich bereits die Lösung. Das bringt uns manchmal etwas aus dem Takt, zu falschen Entscheidungen hat es jedoch noch nie geführt.«

»Denkst du auch in fertigen Einschätzungen, ohne alle Varianten abzugleichen?«, fragte ich Grazio.

»Ich gebe mir Mühe, Eli«, antwortet der Galakt selbstbewusst.

Die Sachlage stellte sich ganz anders dar, als Irina sie mir geschildert hatte. Ich ging auf die Kommandobrücke zu Oleg. Zum ersten Mal führte er mich in seine Wohnung. Bislang hatten unsere Treffen stets in Diensträumen stattgefunden.

Inmitten von Olegs Zimmer stand ein runder Tisch mit vier Stühlen, an den Wänden hingen Porträts berühmter Raumfahrer, darunter auch meines. Bald entdeckte ich auch Andrés Porträt: Sein schmales, blasses Gesicht war von einer üppigen Mähne eingerahmt, und seine Augen lachten. In jungen Jahren war er seinem Sohn Oleg zum Verwechseln ähnlich gewesen, nur die bis auf die Schultern wallenden Locken waren inzwischen außer Mode gekommen.

»Wurde dieses Foto auf der Ora aufgenommen?«, erkundigte ich mich.

»Am Tag der Landung auf dem Planeten Sigma, wo mein Vater von den Unsichtbaren gefangen genommen wurde. Wera hat die Aufnahme meiner Mutter mitgebracht, als du mit Olga und Leonid die Expedition in den Perseus fortgesetzt hast. Was wolltest du mir sagen, Eli?«

Ich erzählte von Ellons Forderungen und Irinas Vorwürfen. Oleg hörte mir gleichmütig zu, nur einmal spielte ein Lächeln um seinen Mund, als ich erwähnte, dass Irina der Meinung war, ich hätte alle anderen auf dem Schiff untergebuttert.

»Das hat dich wohl verletzt, Eli?«

»Solche Vorwürfe sind alles andere als angenehm.«

»Mach dir nichts draus. Ich gehöre nicht zu den Leuten, denen man seinen Willen aufzwingen kann. Wenn ich dir zustimme, dann deshalb, weil du im Recht bist. Hier geht es um produktiven Zusammenhalt und nicht um den Verlust von Selbstständigkeit. Schade, dass Irina das nicht versteht.«

»Sie versteht leider auch vieles andere nicht«, fügte ich hinzu.

»Wem sagst du das!«, erwiderte Oleg kopfnickend und stieß einen tiefen Seufzer aus.

»Wir dürfen auf keinen Fall nachgeben. Vagabund etabliert ein neues Steuerungssystem, das im Prinzip effektiver ist, als unsere BUM allein das sein könnte. Die Ingenieure haben bei der Konstruktion der Rechenmaschinen nur auf einen Aspekt menschlichen Denkens gesetzt, nämlich auf die Fähigkeit, Wirkungen aus Ursachen abzuleiten, also eine logische Kette zu knüpfen. Jede Verzweigung der logischen Kette bedeutet eine Möglichkeit zur Bewertung einer Situation. Das menschliche Denken erschöpft sich jedoch nicht in dieser Fähigkeit. In schwierigen Situationen könnte die Beschränktheit des maschinellen Denkens fatale Folgen zeitigen.«

»Du bist ja ein richtiger Maschinenstürmer, Eli«, lästerte Oleg amüsiert. »Ich weiß nicht, ob du Recht hast oder nicht. Aber du hast von möglichen fatalen Folgen des maschinellen Denkens gesprochen. Da muss ich als Oberkommandierender des Geschwaders natürlich hellhörig werden. Was hast du damit konkret gemeint?«

»Lediglich den Umstand, dass jede logische Kette in jedem ihrer Glieder zu irgendeinem Zeitpunkt auch reißen kann, und dann führt die ganze schöne Berechnung zu einem absurden Ergebnis. Erinnere dich an den Ausfall der BUM auf dem *Rammbock*. Zu einem bestimmten Zeitpunkt sind einige Ursachen und Wirkungen durcheinandergeraten. Daraufhin ist die ganze logische Kette den Bach hinuntergegangen, und die BUM hat nur noch Unsinn ausgespuckt. Wir konnten von Glück sagen, dass sie sich selbst ausgeschaltet hat. Fehlerhafte Befehle hätten auch dazu führen können, dass das Schiff sich selbst in die Luft sprengt oder die Annihilatoren sich gegen unsere eigenen Schiffe richten.«

»Die Bordrechner sind doch mit einem System zur Selbstkontrolle ausgestattet, Eli.«

»Ich spreche von Situationen, in denen auch die Selbstkontrolle ausfallen kann.«

»Und du bist sicher, dass solche Totalausfälle mit Vagabund nicht passieren können?«

»Ja, solange er nicht plötzlich den Verstand verliert. Er denkt intuitiv in ganzheitlichen Mustern. Natürlich stellt auch Vagabund Überlegungen und Berechnungen an, doch bei ihm ist das nur eine Unterfunktion des Denkens. In letzter Konsequenz ist er den Maschinen haushoch überlegen.«

»Du hast mich überzeugt, Eli. Jetzt musst du damit leben, dass du mich abermals untergebuttert und mir deinen Willen aufgezwungen hast«, sagte er ironisch. »Wir werden mit Sicherheit in kritische Situationen geraten, wo Vagabunds Intuition gefragt sein wird.«

»Wer von uns teilt Ellon und Irina mit, dass wir ihren Forderungen nicht nachkommen werden?«

Oleg schwankte für ein paar Augenblicke.

»Sag lieber du es ihnen«, erwiderte er dann. »Mir fällt es schwer, mit Irina zu sprechen. Sie ist völlig verknallt in ihren Chef.«

»Das ist doch lächerlich! Unsere Sternenfreunde sind Freunde, aber nicht mehr. Liebe macht nur zwischen artverwandten Individuen Sinn. Hier handelt es sich bestenfalls um Kameradschaft. Irina verwechselt zwei Gefühle, die nichts miteinander zu tun haben.«

Oleg sah zerstreut an mir vorbei. »Ich habe gehört, dass du dich einst in eine gewisse Viola verliebt hast, eine Schlange von der Wega. Sind uns Schlangen etwa artverwandt?«

»Das war eine jugendliche Verirrung! Es gab nur weniges, was mich mit Viola verband, jedoch sehr vieles, was uns trennte. Ich habe das sehr bald begriffen.«

»Irina wird es auch begreifen. Fragt sich nur, wie lange das dauert.«

7

Wir tauchten ins galaktische Zentrum ein. Das klingt so einfach! Als hätten wir eine Art Grenzlinie überschritten, die den Galaxiskern von seiner Umgebung trennt. Eine solche Grenzlinie existiert nicht. Die Sterne hier sind nicht einmal besonders dicht gesät; in jedem Kugelsternhaufen sind sie enger zusammengedrängt. Dennoch bemerkten wir es sofort, als wir ins galaktische Zentrum eintraten.

Die Sterne waren auf einmal außer Rand und Band. Ein Astrophysiker würde mir vielleicht vorwerfen, ich schriebe toten Himmelskörpern menschliche Eigenschaften zu. Meinetwegen. Eine bessere Beschreibung für das Verhalten der Gestirne im Galaxiskern fällt mir nicht ein: Die Sterne hier waren wie von Sinnen! Dass sie auch hier leuchteten, war nur Nebensache. Viel auffälliger war: Sie rasten umher!

Mit Worten kann man das nicht beschreiben. Wer es nachvollziehen will, der muss selbst ins Chaos der wild durch den Raum stiebenden Gestirne eintauchen, um mit klammer Seele und nicht allein visuell zu begreifen: Hier tobt eine Explosion, und du selbst bist inmitten der leuchtenden, durch die Gegend fliegenden Trümmer nicht mehr als ein bedeutungsloses Staubkörnchen!

Sternhaufen hatten wir schon zur Genüge gesehen, sowohl offene wie die Plejaden oder Chi und h Persei als auch Kugelsternhaufen wie das Portal zum galaktischen Zentrum, das wir vor einiger Zeit durchflogen hatten. Dort verhalten die Sterne sich »normal«, sie weisen eine gewisse Anordnung auf, und ihre Abstände untereinander bleiben mehr oder weniger konstant. Die

Harmonie der Sternensphären erklingt dort als Melodie der universellen Gravitation, es herrscht Ordnung.

Hier dagegen herrschte das Chaos! Wie könnte man inmitten einer Explosion von Harmonie sprechen? Wenn hier ein Stern seinem Nachbarstern bedrohlich nahe kam, stiegen aus beiden rauchende Protuberanzen empor. Es sah ein wenig so aus, als würden sie sich gegenseitig ein Büschel Haare ausreißen.

»Eli, es gelingt mir nicht, die Flugbahn auch nur eines einzigen dieser Sterne zu berechnen«, vermeldete Olga entsetzt, als wir zu viert auf der Kommandobrücke saßen. »Die Newtonschen Gesetze werden hier durch irgendwelche chaotischen Kräfte überlagert. Der Galaxiskern kocht, und ich kann nicht erkennen, wodurch diese Turbulenzen ausgelöst werden. Es bedarf exorbitanter Kräfte, um das Gleichgewicht der Gestirne so durcheinanderzubringen!«

Oleg betrachtete nachdenklich den Sternenwirbel auf den Bildschirmen.

»Habt ihr nicht auch den Eindruck, Freunde, dass diese Sterne alle auf einen Haufen zusammenstürzen?«, fragte er. »Und danach verwandeln sie sich alle in eine expandierende Gaswolke!«

»Das wäre das Ende der Galaxis«, erwiderte Olga. »Sie enthält über hundert Milliarden Sterne, und die Hälfte davon ist im Zentrum konzentriert. Sollte der Kern explodieren, wird von den übrigen Sternen, darunter auch unsere Sonne und der gesamte Perseus der Demiurgen und Galakten, nichts als Staub übrig bleiben.«

»Dafür könnten sich vernunftbegabte Beobachter in anderen Galaxien über die Entdeckung eines neuen Quasars freuen«, kommentierte ich mit Galgenhumor.

»Langsam gewinne ich den Eindruck, dass es keine gute Idee war, in diese brodelnde Sternensuppe vorzudringen«, bemerkte Olga. »Oleg, fahren wir die Maschinen herunter, es ist reiner Selbstmord, hier mit Überlichtgeschwindigkeit zu fliegen.«

Wenige Tage später ereignete sich ein Zwischenfall, der zeigte, dass Olgas Befürchtungen berechtigt waren. Wir saßen wieder zu viert auf der Kommandobrücke. Oshima navigierte, Olga rechnete, und ich unterhielt mich leise mit Oleg.

»Verdammt, wenn meine Berechnung stimmt, werden wir demnächst zwischen Sternen zermalmt«, fluchte plötzlich Olga. »Ich muss irgendwo einen Fehler gemacht haben.«

»Du machst so gut wie nie Fehler, Olga«, beschied ich generös. »Doch in diesem Fall liegst du daneben. Ein völlig grundloser Untergang zweier Sternenschiffe ist immer noch weniger wahrscheinlich als ein arithmetischer Fehler in deiner Berechnung. Du musst irgendwo Plus und Minus vertauscht haben.«

»Ich rechne nochmal nach«, sagte sie.

In diesem Augenblick heulten die Sirenen auf: höchste Alarmstufe! Sämtliche Warnlampen blinkten, die Startrelais der Kampfannihilatoren begannen zu pfeifen, und auf dem Infotableau leuchtete der Hinweis auf: »Raumgeneratoren in Bereitschaft!« Ich griff hastig nach dem Sprechknopf, doch Oleg kam mir zuvor.

»Vagabund, was ist passiert?«, schrie er.

»Die Ansammlung chaotisch durch den Raum treibender Sterne, die wir gerade durchqueren, wurde völlig unvermittelt von einer gemeinsamen Bewegung erfasst. Sie fliegen alle auf ihr geometrisches Zentrum zu, und in diesem Zentrum befinden dummerweise wir uns. So wie es aussieht, werden sie unweigerlich kollidieren und uns dabei zermalmen. Unser einziger Ausweg: Wir müssen versuchen, durch einen Kanal neu geschaffenen Raums aus dem Sternenschwarm herauszukommen. Wir rechnen gerade unsere Chancen durch.«

»Das klappt nie«, prophezeite Olga seelenruhig. »Die Aktivstoffvorräte reichen nicht aus, um einen Tunnel nach draußen zu generieren.«

Ich nahm Kontakt zum Labor auf. Auf einem kleinen Monitor erschien Ellon.

»Ellon, wir sitzen in der Tinte«, sagte ich. »Möglicherweise kann nur eine Gravitationsschnecke unsere Schiffe retten. Nimm bitte Kontakt zu Vagabund auf.«

»Meine Gravitationsschnecke hat einen ganzen Planeten ins Nirwana verfrachtet«, prahlte der Demiurg. »Es ist ein Kinderspiel, zwei Sternenschiffe aus dieser Mausefalle herauszuschleusen. Wenn euer Liebling in der Nährlösung zugibt, dass er nicht in der Lage ist, zwischen den bösen Sternchen hier hindurchzunavigieren, regle ich das.«

Eine Minute später teilte Vagabund mit, dass wir uns mit der Annihilation von Aktivstoff nicht vor der Explosion retten könnten und der Einsatz einer Gravitationsschnecke die einzige Chance sei.

Auf den Sternenbildschirmen entflammten etwa hundert Gestirne in der Größe der Venus. Sie näherten sich und flackerten bedrohlich. Mir fiel ein, dass ich in meiner Jugend in den Plejaden schon einmal mit bangem Herzen beobachtet hatte, wie todbringende Lichtbälle von allen Seiten auf uns zurasten. Damals waren es die kleinen, giftgrünen Kreuzer der Zerstörer. Doch sie waren winzig im Vergleich zu den Giganten, die uns gerade in die Zange nahmen. Wir befanden uns genau im Fokus von hundert Riesensternen auf Kollisionskurs!

Schon bald waren sie auf Sonnengröße angeschwollen: blendend weiße, bläuliche, regenbogenfarbene, purpurrote und kirschfarbene Leuchtkugeln. Beide Sternhemisphären verwandelten sich in ein spektakuläres Lichtermeer. Es war so sicher wie das Amen in der Kirche, dass sich unsere beiden Schiffe noch vor Beginn der Kollisionen und Explosionen allein durch die Hitze in eine Dampfwolke verwandeln würden.

Als das gleißende Licht der heranrauschenden Sonnen mich bereits zu blenden begann, schaltete ich erneut in den Leitstand.

»Vagabund, was ist los, wollt ihr warten, bis unsere Schiffe zu schmelzen beginnen?«

»Es ist noch zu früh, Eli. Ellon und ich müssen genau den richtigen Moment abpassen.«

Sämtliche Energiequellen waren auf den Metrikgenerator konzentriert.

Vom *Schlangenträger*, der unmittelbar hinter dem *Steinbock* flog, meldete sich Kamagin. »Admiral, bei uns hat man früher gesagt: Nur Verzagte sterben in der Dunkelheit. Das kann uns schon mal nicht passieren.« In prekären Situationen neigte der kleine Kapitän bisweilen zu schwarzem Humor.

Inzwischen hatten sich zwei Sterne aus der Masse gelöst und verdeckten zum Teil die anderen Gestirne. Die beiden Feuerbälle rollten aufeinander und exakt auf uns zu; einen sahen wir auf der hinteren, einen auf der vorderen Hemisphäre. Gleich würden die beiden das Feuerwerk eröffnen …

»Achtung – jetzt!«, erschallte das dreifache Kommando, in dem sich der selbst in diesem Moment sonore Klang von Vagabunds Stimme, ein Schrei von Ellon und ein trockener Befehl von Oleg mischten.

Das Schiff erzitterte, die Wände ächzten, und ein fürchterlicher Schmerz durchzuckte meinen Körper. Aus dem Augenwinkel konnte ich sehen, wie Oshima und Olga sich in ihren Sitzen wanden und wie Oleg sich an den Hals fasste, als versuchte er sich von einer würgenden Schlinge zu befreien.

Was sich in jenen Augenblicken auf den Sternenbildschirmen abspielte, war so unglaublich und fantastisch, dass ich sogar die Schmerzen vergaß. Die beiden Feuerbälle, die sich mit einem Mal auf derselben Hemisphäre befanden, kollidierten, doch es gab keine Explosion! Der eine glitt durch den anderen hindurch. Die beiden Sterne rasten ineinander, ohne sich zu vermengen und ohne sich in dem heftigen Aufprall zu entzünden. Sogar ihre Kugelform blieb völlig unversehrt.

Aus dem einen Stern züngelten nach allen Richtungen zahlreiche Protuberanzen und Filamente, den Schlangenhaaren eines Aranen gleich. Der andere war von einer Korona umgeben, die ihn wie ein zart-durchsichtiger Halo umkränzte. Während die Sonnen sich ineinanderschoben, verblasste der Halo ein wenig im grellen Licht der feurigen Schlangen, doch beide Erscheinungen blieben in sich unversehrt.

Kurz darauf trennten sich die Sterne wieder und trieben auseinander. Die Kollision war beendet und hatte doch nicht stattgefunden. Die unvermeidliche Explosion war ausgeblieben. Wir waren ins Reich der Phantome geraten. Das einzig Reale in diesen Minuten waren die hämmernden Schmerzen in jeder Körperfaser!

Ich schleppte mich zu Oleg.

»Sieh nach Ellon!«, presste er röchelnd hervor. »Ich kümmere mich um Olga und Oshima.«

Als ich in den Gang hinauslaufen wollte, fiel ich sofort hin. Meine Beine gehorchten mir nicht. Es gelang mir nicht, sie abwechselnd nach vorne zu schieben. Sie setzten sich immer zugleich in Bewegung. Wenn ich das linke Bein anhob, verließ auch das rechte den Boden, und ich schlug der Länge nach hin. Nach etlichen Stürzen kam ich dahinter, dass ich zwar nicht mehr laufen, aber immerhin hüpfen konnte, so ähnlich wie die Demiurgen, nur mit zwei Beinen gleichzeitig. Wie ein Känguru hopste ich zum Labor. Noch bevor ich es erreicht hatte, stellte sich mein normaler Gang überraschenderweise wieder ein.

Im Labor sah es aus wie nach einem Erdbeben. Lose Teile lagen am Boden verstreut, bewegliche Elemente waren aus den Arretierungen gerutscht, nur die Maschinensockel standen noch an ihrem Platz. Ellon lag neben dem Metrikgenerator auf dem Rücken, seine Arme und Beine zitterten. Über ihm kniete Irina, redete auf ihn ein, rüttelte ihn und bedeckte ihn mit Küssen. Als ich hereinkam, wandte sie mir ihr verweintes Gesicht zu.

»Helfen Sie doch, Eli! Er stirbt! Das überlebe ich nicht!«

Mit vereinten Kräften hoben wir Ellon auf und setzten ihn auf einen Stuhl. Irina sank erneut auf die Knie.

»Du lebst! Du lebst! Ich liebe dich! Du bist mein Ein und Alles!«

Ellon hob mühsam die Lider. Seine Augen waren trüb.

»Irina«, stöhnte er. »Irina, lebe ich?«

Sie küsste ihn noch leidenschaftlicher.

»Ja, du lebst! Du lebst, und ich liebe dich! Nimm mich in den Arm, Ellon!«

Ellon stand auf. Er konnte sich kaum auf den Beinen halten.

»Nimm mich in den Arm!«, forderte Irina und presste sich an ihn. »Umarme mich, Liebster!«

Der Demiurg sah sie verständnislos und mit leeren Augen an.

»Umarmen?«, echote er verwirrt. »Dich umarmen? Wozu denn?«

Irina schlug die Hände vors Gesicht und heulte hemmungslos. Ich hakte sie unter.

»Irina, Ellon versteht dich nicht.«

Sie riss sich los.

»Was wollen Sie von mir, Sie bösartiger Mensch. Sie sind es, der niemanden versteht!«

»Nun werde nicht hysterisch, Irina, nimm dich zusammen!«, sagte ich beschwichtigend. »Ellon, was ist passiert? Hast du den Metrikgenerator eingeschaltet?«

»Ich bin nicht mehr dazu gekommen, Admiral, mir wurde plötzlich schwindlig, und ich fiel zu Boden«, erwiderte er und sah Irina immer noch befremdet an. »Was ist mit dir, Irina? Hast du dir wehgetan?«

Irina riss sich zusammen, rang sich sogar ein Lächeln ab, nur ihre Stimme zitterte noch immer. »Mit mir ist alles in Ordnung, Ellon. Ich werde hier Ordnung machen.«

Irina entfernte sich. Ellon wiederholte noch einmal, dass er in dem Moment umgefallen sei, in dem er sich anschickte, die beiden Schiffe in die Gravitationsschnecke zu schleusen. Mir fiel ein, dass ich nicht wusste, wie es Mary geht. Unverzüglich nahm ich Kontakt zu ihr auf. Sie fühlte sich elend, hatte das Schlimmste aber schon hinter sich. Der Schmerzanfall hatte sie ereilt, als sie gerade auf dem Weg in ihr Labor war. Doch sie hatte es geschafft, sich in die Wohnung zu schleppen.

»Mach dir keine Sorgen um mich, Eli«, sagte sie. »Kümmere dich lieber um die anderen und ums Schiff.«

Mein nächster Weg führte mich in den Leitstand. Dort schien alles unversehrt. Erschöpft lehnte ich mich gegen die Wand. Grazio stützte mich. Der Galakt war blass im Gesicht, stand jedoch fest auf seinen Beinen.

»Grazio, Vagabund, was waren das für haarsträubende Phantome!«

»Das waren keine Phantome, Eli«, erwiderte Vagabund wie von ferne. »Die Kollision der Sonnen war nicht Trugbild, sondern Wirklichkeit.«

»Sie sind zusammengestoßen, ohne dass eine Explosion erfolgt wäre? Ein Stern flog durch den anderen hindurch? Verstehst du das, Grazio? Dann wären wir in eine Welt geraten, in der die Gesetze der Physik nicht gelten! Nicht einmal das Gravitationsgesetz!«

Grazio sah nicht weniger ratlos aus als ich.

»In mir ist plötzlich die Zeitkette gerissen«, setzte Vagabund fort. »Ich war in Vergangenheit und Zukunft zugleich, doch es existierte keine Gegenwart. Ich wurde aus meinem Jetzt gerissen. Das war schrecklich, Eli, so als würde die Zeit in mir bluten. Und aus der Vergangenheit konnte ich nicht auf die Zukunft einwirken, da das Bindeglied der Gegenwart fehlte.«

Mein Kopf rauchte, doch ich verstand kein Wort von dem, was Vagabund da zusammenfaselte. In jenen Augenblicken war ich nur zu elementaren Handlungen fähig: jemanden retten, gegen jemanden kämpfen, jemanden anschreien.

»Vagabund, mich interessiert nicht dein persönliches Befinden, sondern die Kollision der Gestirne!«

»Es gab keine Kollision, Eli! Der Faden der Zeit zwischen den beiden Sternen ist gerissen. Auch wir sind in diesen Riss geraten.

Auch unsere Zeit ist auseinandergerissen. Die beiden Sonnen sind nicht in ihrem Jetzt aufeinandergeprallt. Vermutlich befand sich die eine in der Vergangenheit, während die andere in die Zukunft entglitt. Sie haben beide den Ort der Kollision passiert, aber zu verschiedenen Zeiten. Deshalb hat es keine Explosion gegeben.«

Langsam begann ich zu verstehen, wenn auch nur sehr vage.

»Du sprichst ungeheuerliche Dinge aus, Vagabund. Mir leuchtet ein, dass Julius Cäsar und Attila über denselben Boden schritten, den Fuß auf denselben Stein setzten, sich jedoch niemals treffen konnten, da Jahrhunderte sie trennten. Aber dass die Zeit selbst auseinanderreißt …!?«

»Das ist die einzig mögliche Erklärung.«

Grübelnd kehrte ich auf die Kommandobrücke zurück. Oleg und Oshima waren noch etwas benommen, aber einsatzfähig. Oshima hatte bereits wieder die Kontrolle über den *Steinbock* übernommen.

Konsterniert lasen wir das Protokoll der BUM, die das Geschehen inzwischen analysiert hatte. Was da schwarz auf weiß auf dem Papier stand, als wäre es das Simpelste auf der Welt, hätten wir uns nicht einmal in einem fiebrigen Traum vorstellen können.

Die Sterne waren tatsächlich aufeinander zugetrieben, doch in dem Moment, da ihre gegenseitige Anziehungskraft einen bestimmten Schwellenwert erreichte, geriet ihr Zeitlauf aus den Fugen. Das Geschehen entsynchronisierte sich. Der Zeitriss betrug für Mikroteilchen Nanosekunden, für uns Sekunden und für die Sonnen Jahrtausende. Diese außerzeitlichen Sekunden hätten uns beinahe das Leben gekostet. Es blieb noch zu ergründen, warum wir mit heiler Haut davongekommen waren.

Aus welchem Grund die normale Zeit für Mikroteilchen und Himmelskörper gleich verlief, die Größe der Zeitverschiebung jedoch von der Masse abhing, war mir ein Rätsel. Mikroteilchen brauchten jedenfalls nur Nanosekunden, um nicht in der Gleichzeitigkeit zu kollidieren. Himmelskörpern ermöglichte eine Zeitverschiebung von Jahrtausenden, unbeschadet einen Ort zu passieren, an dem sie ohne diese Zeitverschiebung zusammengeprallt und explodiert wären. Die Zahlen und Fakten waren klar, doch nicht im Geringsten begreiflich.

Am Abend kam Romero auf einen Sprung bei mir und Mary vorbei. Auch er wirkte ziemlich angeschlagen. Er erzählte, dass einzig Mizar nicht unter dem Zeitriss gelitten hatte. Der Hund lief putzmunter umher und wunderte sich über das allgemeine Wehklagen. Auch Gig hatte wenig abbekommen. Trub hingegen ging es miserabel.

Romero nannte die Ereignisse ein Drama im alten Stil. Die Schriftsteller vergangener Epochen hätten mit Vorliebe Schrecknisse ausgemalt, die durch eine Störung des Zeitlaufs verursacht wurden. Er nannte viele Namen, darunter Hamlet und Ahasverus, Melmoth den Wanderer und irgendeinen Yankee am Hofe von König Artus. Romeros historische Ausgrabungen ließen mich kalt. Eine Verschiebung der psychologischen Zeit – und allein davon war bei unseren Vorfahren die Rede – verursachte seelische Leiden. Wir hatten es indes mit einer physischen Zeithavarie zu tun, die uns reihenweise zusammenklappen ließ und den extrem harten Rumpf unseres Schiffs in beängstigendes Rumoren versetzte!

»Warum schaust du denn so finster drein?«, fragte mich Mary, nachdem Romero gegangen und das Pochen seines Gehstocks auf dem Korridor verklungen war. »Schließlich ist doch alles gut ausgegangen.«

»Gut ausgegangen ist nur der Anfang. Aber wie wird es weitergehen? Wer weiß, was uns morgen blüht.«

Doch der folgende Tag verlief ohne Zwischenfälle. Und auch danach geschahen tagelang keine außergewöhnlichen Ereignisse, sofern man das chaotische Umherschwirren von Gestirnen nicht als solches interpretiert.

Doch der Friede währte nicht lange. Wieder heulte der Alarm, und wir eilten auf unsere Gefechtsposten. Auf den Bildschirmen präsentierte sich ein Bild, das wir schon einmal gesehen hatten: ein Schwarm von Sternen, die plötzlich wie auf Kommando auf uns zutrieben.

»Faszinierend! Das sind genau dieselben Sterne, die uns beim letzten Mal in die Mangel genommen haben!«, rief Oshima entgeistert.

Oleg erkundigte sich im Leitstand, und Vagabund bestätigte, dass es sich um dieselbe Sternenansammlung handelte.

»Verdammt, wir fliegen in unsere Vergangenheit!«, fluchte Oleg und starrte leichenblass auf die heranrückenden Sonnen.

»Wir fliegen in unsere Zukunft«, korrigierte ihn Olga. »Alles, was kommt, ist Zukunft. Doch diese Zukunft hat bereits in der Vergangenheit stattgefunden.«

Ich ließ den Blick von Olga zu Oleg, dann von Oleg zu Oshima schweifen und hatte das eindeutige Gefühl, dass wir uns alle am Rande des Wahnsinns bewegten. Der Flug in eine Zukunft, die bereits Vergangenheit war, bedeutete, dass wir in eine Zeitverwirbelung geraten waren, in der es weder Anfang noch Ende gab und in der sich jeder Augenblick in der Zukunft und in der Vergangenheit gleichzeitig abspielte.

»Wir befinden uns in einer Zeitschleife, Oleg«, sagte ich. »Und angesichts dessen, dass uns die Vergangenheit innerhalb weniger Tage eingeholt hat, handelt es sich um eine ziemlich enge Schleife. Wir werden uns immer im Kreis bewegen, wie eine Katze, die ihrem eigenen Schwanz nachjagt. Was schlägst du vor?«

Unser Kommandeur war um eine Antwort nicht verlegen.

»Wir werden versuchen, nicht in jene Zukunft zu geraten, die schon unsere Vergangenheit ist. Ellon, bereite die Aktivierung der Metrikgeneratoren vor! Vagabund, du gibst das Kommando zur Aktivierung, und zwar rechtzeitig, bevor erneut ein Zeitriss stattfindet!«

Nun blieb nichts als warten. Wie schon beim ersten Mal blähten sich die Sonnen auf dem Schirm zu gigantischen, Licht speienden Monstern auf. Abermals lösten sich zwei Sterne aus der Gruppe und trieben aufeinander und gleichzeitig auf uns zu. In Erwartung eines neuerlichen Schmerz- und Krampfanfalls ballte ich die Fäuste und spannte jede Faser meines Körpers an.

Doch diesmal verloschen die beiden Kolosse auf den beiden Hemisphären und verschwanden plötzlich vom Bildschirm. Auch der Rest der Sternenansammlung war nicht mehr da. Stattdessen sahen wir wieder das ursprüngliche Bild: verstreute Sterne, die ungeordnet durch den Raum trieben. Allerdings fiel mir auf, dass sie dichter gesät als zuletzt waren und noch viel wilder durch den Raum jagten.

»Der Zeitriss bedeutet nicht nur eine Verschiebung der Zeit«, räsonierte Olga, »sondern auch, dass wir in die Vergangenheit versetzt wurden. Denn nur aus der Vergangenheit konnten wir uns in eine Zukunft bewegen, die schon einmal stattgefunden hat.«

Olgas Spitzfindigkeiten ließ ich unkommentiert. Hätte ich mich darauf eingelassen, wären mir vermutlich die Synapsen durchgeschmort. Mich beschäftigte etwas ganz anderes: Unsere Flucht durch den Tunnel der Gravitationsschnecke hatte uns nicht aus dem galaktischen Zentrum katapultiert, sondern noch tiefer hineingestoßen, und das gefiel mir überhaupt nicht!

8

Mary und ich besuchten den todkranken Trub. Der alte Engel lag auf dem Sofa, und seine Flügel hingen schlaff auf den Boden herab. Sein zerfurchtes Gesicht war so blass wie seine aschgrauen Koteletten. Wie gewohnt fuhr er sich mit den Krallen durch den Bart, doch so langsam und kraftlos, dass Mary die Tränen kamen. Trub wurden die besten Medikamente und jede nur erdenkliche Behandlung zuteil. Dennoch zeichnete sich ab, dass seine Tage gezählt waren.

»Ein Zeitriss geht über meine Kräfte, Eli«, sagte er resigniert und schwer atmend. »Engel können nicht in verschiedenen Zeiten gleichzeitig leben. Du weißt ja, wir haben eine Bärennatur, uns wirft so leicht nichts um. Aber Verschiedenzeitigkeit vertragen wir nicht.«

Mary versuchte, ihn aufzumuntern. Ich hätte es nicht gekonnt. Mir ist schon öfter aufgefallen, dass Frauen bereit sind, sich gegen das Offensichtliche und Unausweichliche aufzulehnen, wenn es ihrem Gefühl zuwiderläuft. Ich hörte schweigend zu, während sie dem Engel versicherte, die Behandlung werde bestimmt noch anschlagen und in ein paar Tagen werde er wieder durch den Park fliegen. Vielleicht glaubte sie sogar daran. Der Engel glaubte ihr nicht, trotzdem sah er sie dankbar an.

Inzwischen waren Romero und Gig zur Tür hereingekommen. Romero nahm mich beiseite und fragte mich im Flüsterton nach meiner Meinung über den Vorfall mit der Zeitverschiebung.

»Eines ist mir aufgefallen, Pawel«, sagte ich ebenfalls flüsternd. »Auf unbelebte Gegenstände hat sich die Entkoppelung der Zeit fast überhaupt nicht ausgewirkt. Alle Lebewesen, Mizar ausgenommen, hatten jedoch schwer darunter zu leiden.«

Romero streichelte Mizar, der zu seinen Füßen lag. Der kluge Hund ließ Trub nicht aus den Augen.

»Sie haben auf einen wichtigen Aspekt hingewiesen, Eli«, erwiderte Romero. »Die Phasenverschiebung der Zeit – oder der Riss in der Zeit, wie Vagabund das nennt – war im abgeschlossenen System unseres Schiffs vermutlich so minimal, dass er sich auf Gegenstände nicht ausgewirkt hat. Innerhalb von ein oder zwei Sekunden ändert sich in der Welt der Dinge so gut wie nichts. Für eine lebende Zelle dagegen, zumal für eine Nervenzelle, bedeutet eine Sekunde der Nichtexistenz schon einen kleinen Tod. Diesen Umstand sollten wir in Zukunft nicht aus den Augen verlieren.«

»Trub hat es jedenfalls am schlimmsten erwischt«, flüsterte ich.

»Sehen Sie nur, Eli, er bewegt sich, es scheint ihm besser zu gehen.«

Doch Romero täuschte sich. Trub verfiel in Agonie. Sein Körper wurde von einem Krampf geschüttelt. Er richtete den Oberkörper ein wenig auf, breitete die Flügel aus und versuchte etwas zu sagen. Aus seinem weit aufgerissenen Mund drang nur ein tonloses Gurgeln, seine Augen wurden starr und glasig. Dann sank er in sich zusammen. Ich trat ans Sofa heran und legte das Ohr an seine mächtige, behaarte Brust. Sein Herz pochte unregelmäßig und immer schwächer, wenig später verstummte es ganz. Trub war von uns gegangen.

»Es ist vorbei, Mary«, sagte ich und stand auf. »Wir haben schon wieder einen Freund verloren.«

Mary weinte. Romero stand schweigend neben dem Sofa, und Tränen kullerten über seine Wangen. Sein gebeugter Rumpf lastete schwer auf dem unvermeidlichen Stock, den er jahrelang nur zur Zierde herumgetragen hatte. Neben Romero ließ Gig den Schädel hängen. In diesem Moment war er das traurigste Skelett der Welt. Er hatte keine Tränen für seinen Kummer, doch das markerschütternde Gepolter seiner Knochen liegt mir heute noch in den Ohren. Im Leichenraum fand ein weiterer Sarkophag seinen Platz.

In dieser und auch in den darauffolgenden Nächten konnte ich nicht schlafen. Romero sagt, die Schlaflosigkeit sei im Altertum eine Volkskrankheit gewesen, und die Menschen hätten sich mit allen möglichen Präparaten vollgepumpt, um ihr zu entgehen. Dabei war sie nur eines von ungezählten Leiden, die den Menschen in früheren Zeiten das Leben zur Hölle machten. Ein Glück, dass wir uns von diesem zweifelhaften Erbe inzwischen befreit haben! Für mich war es seit jeher eine Horrorvorstellung, todmüde zu sein und trotzdem nicht schlafen zu können.

Die Schlaflosigkeit, die mich für einige Nächte befiel, erwähne ich nicht deshalb, um meine seelischen Leiden auszumalen. Auch den Tod von Wera, Aster, Allan, Leonid und Lussin hatte ich schließlich überwunden, und die Trennung von ihnen bedeutete keinen geringeren Verlust als Trubs Fortgang. Ich schlief nicht, weil ich nachdenken musste. In Ruhe nachdenken kann ich nur, wenn ich allein bin. In der Hektik des Alltags und in Gesellschaft anderer kann ich mich nicht auf das Wesentliche konzentrieren.

Sobald Mary eingeschlafen war, stand ich auf, ging in mein Zimmer und schaute auf den kleinen Sternenbildschirm, auf dem die immer gleiche Szenerie zu sehen war: ein undurchschaubares Gewirr chaotisch durch den Raum treibender Gestirne, Momentaufnahmen einer unvorstellbaren Explosion, die einst das All erschütterte und sich seither unentwegt fortsetzte.

Was mochte dieses Sternenchaos bedeuten, in dem es nicht die geringsten Anzeichen für irgendeine Ordnung gab, ganz zu schweigen von einer erhabenen Harmonie der Sternensphären? »Der Galaxiskern kocht«, hatte Olga einmal fast beiläufig gesagt, und diese Worte gingen mir nicht mehr aus dem Kopf. Welche Kräfte bringen das galaktische Zentrum zum Kochen? Welch infernalische Überhitzung bringt gigantische Gestirne dazu, herumzuschwirren wie Moleküle in einem Überdruckbehälter? Verändert die Überhitzung des Galaxiskerns womöglich die Eigenschaften des Raums? Das ist es, worüber wir noch viel zu wenig wissen: der Raum! Er ist nicht einfach nur ein Behältnis für materielle Objekte, sonst ließe er sich nicht in Materie verwandeln und umgekehrt Materie in Raum. Was wissen wir schon über ihn, abgesehen von dieser banalen Wahrheit? Der Raum ist das größte Geheimnis und Rätsel der Natur!

Und die Zeit? Ist hier nicht auch die Zeit überhitzt? Wir sind an den ruhigen, gleichmäßigen Verlauf der Zeit in unserer gemütlichen, stabilen Galaxisperipherie gewöhnt. Was wissen wir schon über die Beschaffenheit der Zeit unter anderen Bedingungen? Nichts! Wer den Ozean bei Windstille betrachtet – kann er sich vorstellen, wie er bei Sturm aussieht? Der Verräter Oan hatte von einer maroden, auseinanderreißenden Zeit und von Zeitkrebs gesprochen. War das eine leere Drohung oder eine Warnung? Und wenn es eine Drohung war, hat sie sich nicht bewahrheitet?

Die Zeit riss auseinander, Vergangenheit und Zukunft waren nicht mehr durch die Gegenwart verbunden – in jeder Körperzelle hatten wir dies zu spüren bekommen! Der arme Trub war ein Opfer der zerrissenen Zeit! Doch was wäre passiert, wenn der Zeitlauf sich nicht aufgespalten hätte? Dann wären wir alle Opfer einer verheerenden Katastrophe geworden, wir, unsere Schiffe und selbst die Sterne.

Welch apokalyptische Detonation hätte das galaktische Zentrum erschüttert, wenn hundert Sterne darin explodiert wären! Sicher, im Kern gibt es Milliarden davon, doch ist nicht auch eine Tonne atomaren Sprengstoffs in der Lage, milliardentonnenschwere Berge in die Luft zu jagen?

Das ist es, Eli! Das ist es!, sagte ich zu mir selbst. Es war doch ganz klar, dass die Entkoppelung der Zeit die Explosion einer guten Hundertschaft von Sternen verhindert hatte! Wenn sich Atome oder Moleküle aufeinander zubewegen, verhindert die elektrische Abstoßung, dass sie kollidieren, ihre elektrische Inkompatibilität drängt sie voneinander ab. Nur deshalb existieren wir, existieren Organismen, Gegenstände und Kunstwerke: Die winzigen Kerne unsere Atome können nicht zusammenstoßen.

Und hier, im galaktischen Zentrum? Hier gibt es keine elektrischen Kräfte, die die Sterne voneinander abstoßen würden. Stattdessen wirkt die Newton'sche Anziehung, die genau das Gegenteil hervorruft. Ach, Newton, Newton, bei aller Weisheit – wenn es nach dir ginge, wäre das Ende des Weltalls besiegelt! Doch es gibt eben noch ein anderes Gesetz, das mächtiger ist als deine universelle Gravitation, mächtiger als die elektrische Anziehung und Abstoßung, ja sogar mächtiger als die Metrikkrümmung der Demiurgen: die Krümmung und Entkoppelung der Zeit! Sie ist es, die dem galaktischen Zentrum Stabilität verleiht! Die Wandelbarkeit der Zeit im Galaxiskern ist die Lebensversicherung der ganzen Welt! Das ist keine Krankheit, nein! Es ist ein elementarer, tiefgreifender physikalischer Prozess. Die Stabilität des Galaxiskerns verdankt sich der zeitlichen Disharmonie, der Inkompatibilität der Gleichzeitigkeit, der Selbstabstoßung der Zeit! Aber Trub hat Recht: Das ist nichts für uns. Diese Effekte sind entschieden nicht unser Terrain!

So hing ich in jenen Nächten meinen Gedanken nach, mal logisch, mal wirr, mal kühl räsonierend, mal emotional aufgewühlt. Am Ende reifte in mir die Überzeugung, dass es höchste Zeit für uns war, das galaktische Zentrum zu verlassen, solange wir noch am Leben waren. Der Großteil der Sterne ist zwar im Galaxiskern konzentriert, doch Leben ist hier nicht möglich. Das Leben ist eine Erscheinung der galaktischen Peripherie.

Der Galaxiskern hatte uns eine unmissverständliche Warnung entgegengeschleudert: »Stopp – bis hierher und nicht weiter!« Nun denn – auch dies würde letztlich ein wertvolles Ergebnis unserer Expedition sein. Wir konnten schließlich nicht erwarten, überall mit offenen Armen empfangen zu werden. Das offensichtliche Verbot, in eine lebensfeindliche Hölle vorzudringen, musste uns genauso teuer sein wie die Einladung in ein neu entdecktes Paradies. Also nichts wie weg von hier, fort aus dieser Sternenhölle!

Eben diese Worte gebrauchte ich, als ich auf der Kapitänsbesprechung den Vorschlag machte, die Expedition ins galaktische Zentrum zu beenden. Kurz darauf begannen wir mit den Vorbereitungen für die Rückkehr in heimatliche Gefilde.

9

Über eines herrschte bei uns allen Einigkeit: Das galaktische Zentrum war eine gigantische Hölle, ein Schmelztiegel von Materie, Raum und Zeit. Auch meine Hypothese, wonach sich die Stabilität des Galaxiskerns der Entkoppelung der Zeit verdankte, fand beinahe einhellige Zustimmung. Allein Romero meldete Zweifel an.

»Völlig klar, lieber Admiral, Sie konnten gar nicht anders, als die Paradoxe des Galaxiskerns auf diese Weise zu erklären. Immer wenn es zwei Erklärungen für ein Phänomen gibt, eine triviale und eine abstruse, entscheiden Sie sich grundsätzlich für die zweite. Das liegt in Ihrer Natur. Banale Lösungen sind Ihre Sache nicht.«

»Ich verstehe Ihren Einwand nicht, Pawel«, erwiderte ich verärgert.

Noch vor zehn Minuten hatte Romero zusammen mit allen anderen für meinen Vorschlag gestimmt, und jetzt sah er sich bemüßigt, an meiner Theorie herumzumeckern.

»Ihre Hypothese besteht doch darin, dass Newtons mörderisches Gravitationsgesetz die Welt zum Einsturz bringen würde«, setzte er fort.

»Dieses Gesetz ist nicht mörderisch, sondern es führt zu Instabilität in großen Masseansammlungen.«

»Ja, genau, zu Instabilität. Das ist alles sehr scharfsinnig, mein weiser Freund, und ich bestreite es auch überhaupt nicht. Das Zerreißen der Gleichzeitigkeit, ja selbst eine Phasenverschiebung der Zeit, sichert zweifellos die Stabilität des galaktischen Zentrums, sofern diese Entkoppelung der Zeit im richtigen Moment und am richtigen Ort stattfindet. Dennoch bin ich nicht der Meinung, dass es sinnvoll ist, ein rätselhaftes Phänomen durch die Aufstellung einer noch viel abstruseren Theorie zu erklären.«

»Sie sind also der Meinung, dass die Entkoppelung der Zeit nur eine Erfindung von mir ist? Können Sie mir dann erklären, lieber Pawel, aus welchem Grund wir neulich zu Boden gegangen und beinahe krepiert sind?«

»Das Phänomen der Zeitentkoppelung bestreite ich gar nicht, Eli, und dass wir zu Boden gingen, ist eine Tatsache. Indes, Sie beschreiben nicht nur Tatsachen, Eli, sondern Sie stellen eine neue Theorie auf. Und wenn ich Sie richtig verstanden habe, dann formulieren Sie damit ein neues und absolut fundamentales Naturgesetz: Die Stabilität eines Großteils der Materie im All beruht auf der Instabilität der Zeit. Der Fortbestand der Sternenwelt verdankt sich der Zersplitterung der Zeit. Ihrer Meinung nach ist der geradlinige Zeitverlauf nicht mehr als eine Degeneration der Zeit in den peripheren Bereichen der Galaxis. Als Nutznießer dieses ruhigen Zeitverlaufs besetzen wir demnach nur eine Randnische in der tiefsten Provinz des Alls.«

»Finden Sie das erniedrigend, Pawel? Im von Ihnen so geschätzten Altertum hielt man die Erde für den Mittelpunkt der Welt und den Menschen für die Krone der Schöpfung. Teilen Sie etwa diese Weltanschauung?«

»Sie halten mich für dümmer als ich bin, Admiral, wenn ich mir diese Bemerkung erlauben darf. Dennoch muss ich zugeben: Wenn Ihre Theorie stimmt, verdankt das Leben seine Existenz lediglich der Tatsache, dass die Zeit in den belebten Galaxisbezirken quasi eindimensional degeneriert ist und wäre im Prinzip nichts weiter als eine Entartung der Materie. Das sind keine angenehmen Wahrheiten. Wenn schon nicht den Menschen, so habe ich zumindest das Leben als solches stets für die Krönung der universellen Entwicklung der Materie gehalten. Alles andere empfände ich als Enttäuschung.«

»Auch die Kirchenfürsten waren seinerzeit enttäuscht darüber, dass die Erde nicht der Mittelpunkt der Welt ist, und haben deshalb Giordano Bruno auf dem Scheiterhaufen verbrannt. Welche Behandlung schwebt Ihnen für mich vor, Pawel?«

»Sie beenden Streitgespräche mit so tonnenschweren Argumenten, dass man von ihrem Gewicht erdrückt wird, Eli. Ich denke, von einer Hinrichtung auf dem Scheiterhaufen können wir absehen.«

Romero hob den Stock zum Gruß und entfernte sich leicht beleidigt. In mir verfestigte sich indes immer mehr die Ansicht, dass das Gravitationsgesetz den potenziellen Weltuntergang bedeutet. Wir hielten diese Naturkonstante bislang nur deshalb für den Garanten des kosmischen Gleichgewichts, weil sie sich uns von der Peripherie der Galaxis so darstellt, von einer Region aus also, die in gewisser Weise degeneriert ist, wie Romero das ausdrückte.

Hier dagegen, in der siedenden Hölle des galaktischen Zentrums, stellte das Gravitationsgesetz eine Triebkraft dar, die zu einer verheerenden universellen Explosion führen musste. Was die Gravitation anrichten konnte, hatten wir am Beispiel des Kollapsars gesehen, der sich aus einem gigantischen Stern in ein Schwarzes Loch verwandelt hatte. Ich sah das Gravitationsgesetz nicht nur in einem neuen Licht, sondern ich begann es zu fürchten, ja zu hassen!

Selbstverständlich ist es lächerlich, ein seelenloses Naturgesetz zu hassen. Doch die Schwerkraft verkörperte in meinen Augen die Vernichtung aller Materie, nicht nur den Tod hoch entwickelter Lebensformen. Der Untergang der Welt fand nur deshalb nicht statt, weil gewisse Umstände diesem monströsen Gesetz entgegenwirkten; in der atomaren Welt waren dies elektrische und magnetische Abstoßungskräfte, in der Peripherie der Galaxis die großen Entfernungen zwischen den Himmelskörpern und hier im galaktischen Zentrum die von uns entdeckte Mehrdimensionalität der Zeit. In der Schwerkraft sah ich einen Fluch, der auf der Materie lastet, und im universellen Kampf gegen die Gravitation die einzige Rettung des Weltalls!

Vagabund und Ellon schlossen sich meiner Interpretation der Geschehnisse vorbehaltlos an. Ich fand das bemerkenswert, denn es kam nicht häufig vor, dass der eitle Demiurg und das messerscharf denkende Superhirn sich einig waren. Ellons Unterstützung war besonders wichtig, denn ihm oblag die Aufgabe, einen Weg zu finden, der uns aus dem galaktischen Zentrum hinausführt.

Einige Tage später rief der Demiurg mich ins Labor, doch was er mir mitzuteilen hatte, klang nicht sehr vielversprechend.

»Admiral, ich weiß nicht, warum meine Gravitationsschnecke nur in eine Richtung funktioniert. Meinen Berechnungen nach müsste sie unsere Schiffe aus dem Galaxiskern hinausbefördern, doch das Gegenteil ist der Fall, wir geraten immer tiefer hinein.«

Mit dem Rücken zu mir saß Irina an ihrem Bildschirm und arbeitete schweigend. Sie hatte Ellon verziehen, dass er ihre Gefühle nicht erwiderte, ja nicht einmal verstand. Mir dagegen trug sie es nach, dass ich Zeuge ihrer Tränen und ihrer Verzweiflung geworden war. Wann immer ich das Labor betrat, wandte sie sich ab, auf Fragen antwortete sie einsilbig. Worüber ich mit Ellon sprach, war von immenser Wichtigkeit – unser Überleben hing davon ab, ob es uns gelingen würde, einen Ausweg zu finden. Dennoch hätte ich in jenem Augenblick gute Lust gehabt, das Gespräch zu unterbrechen, Irina an den Schultern zu packen und mit ihr ein klärendes Gespräch zu führen. Schließlich waren ihre Gefühlsverirrungen nicht meine Schuld.

»Du siehst also keinen Ausweg, Ellon?«, fragte ich stattdessen den Demiurgen.

»Der Raum hier ist sonderbar, Admiral. Auf seine Beschaffenheit kann ich mir keinen Reim machen«, gestand Ellon, und man merkte ihm an, dass es ihn Überwindung kostete, hinzuzufügen: »Frage das Superhirn um Rat. Es kennt sich womöglich besser aus mit den Eigenschaften des Raums.«

Ich rechnete Ellon dieses Eingeständnis hoch an, es bedeutete einen kleinen Sieg über seine Eitelkeit. Was wir indes viel dringender brauchten, war ein Sieg über die metrischen Tücken des galaktischen Zentrums. Ich eilte in den Leitstand.

»Du bist doch ein Experte für Manipulationen des Raums«, sagte ich zu Vagabund. »Mit Hilfe von Ellons Metrikgeneratoren kommen wir hier nicht heraus. So viel steht fest. Meinst du, wir könnten es mit Überlichtgeschwindigkeit versuchen, indem wir Raum annihilieren?«

»Ausgeschlossen«, antwortete Vagabund. »Die nichteuklidischen Raumkrümmungen, mit denen ich einst euren Raumschiffen den Zugang zum Perseus verbaut habe, waren hundertmal schwächer als die hiesigen. Und noch etwas, Eli: Der Raum im Perseus ist passiv, er fügt sich leicht in eine vorgegebene Metrik. Hier dagegen wird er wie ein Meer von Stürmen gepeitscht und es entstehen gewaltige Metrikwirbel. Wenn wir in einen solchen Wirbel geraten, sind wir endgültig verloren.«

»Und wie wäre es mit unserer bewährten Methode, einen Planeten zu annihilieren?«

»Bewährt? Beim letzten Mal, als wir versucht haben, sie anzuwenden, haben sich zwei Drittel unserer Flotte in kosmischen Müll verwandelt.«

»Daran waren die Ramiren schuld. Aus irgendwelchen Gründen hatten sie etwas dagegen, dass wir das Gleichgewicht der Himmelskörper in den Untergehenden Welten stören. Hier gibt es keine Ramiren. Ich bezweifle, dass eine vernunftbegabte Zivilisation in dieser Sternenhölle existieren könnte.«

»Dann versuchen wir es mit der Vernichtung eines Planeten. Wenn uns niemand daran hindert, könnte es klappen.«

Der Beschluss war schnell gefasst. Doch bei der Umsetzung stießen wir auf ein sehr grundsätzliches Problem: Wir fanden keinen Planeten. Bei den unzähligen Sternen, die über unsere Bildschirme huschten, entdeckten wir nicht einen einzigen. Im galaktischen Zentrum gab es nicht einmal gewöhnliche Sternbilder, Doppelsterne oder Dreigestirne. Das bedeutet nicht, dass wir keine verdichteten Sternformationen zu Gesicht bekamen – davon gab es mehr als genug. Und laut den Berechnungen unserer BUM waren die Chancen, doch noch auf einen Planeten zu stoßen, in solchen Ansammlungen am größten.

Nun war es gar nicht so lange her, dass wir in einen solchen Sternenschwarm hineingeraten und nur mit Ach und Krach wieder herausgekommen waren. Nicht zu vergessen, dass Trub dabei sein Leben verlor. Verständlicherweise war keiner von uns erpicht darauf, sich abermals den Gefahren eines solchen Schmelzofens von Zeit und Raum auszusetzen. Doch es schien keine Alternative zu geben.

In relativ geringer Entfernung orteten wir einen gigantischen, fast kugelförmigen Sternenschwarm und nahmen Kurs auf ihn. Die Gestirne darin flitzten wild durcheinander, verströmten Staub wie Pilzsporen und schwitzten Wasserstoff aus. Vagabund warnte uns, in dem Kugelsternhaufen würden regelrechte Metrikstürme toben, die den Raum unkalkulierbar verwirbeln.

Die Analysen der BUM attestierten dem Sternenschwarm eine bizarre Instabilität. Theoretisch hätte er etwa tausend Jahre nach seiner Entstehung explodieren und sich in expandierenden Staub auflösen müssen. Gleichzeitig bestand keinerlei Zweifel daran, dass er bereits seit Millionen von Jahren existierte. Wir hatten es erneut mit einem paradoxen Zeitphänomen zu tun. Selbst Romero gelangte zu der Überzeugung, dass die Gleichzeitigkeit des Sternwirbels nur eine äußerliche Erscheinung war, die in seinem Inneren nicht existierte. Bezogen auf die spezielle Zeit jedes einzelnen Gestirns gab es den Sternenschwarm womöglich überhaupt nicht.

»Sollten wir nicht lieber umkehren, Kommandeur?«, fragte Oshima. »Die Berechnungen der BUM sind fast eine Garantie dafür, dass wir uns in dieser Hölle dort vorne einen Zeitkrebs der schlimmeren Sorte einfangen. Wollen Sie etwa mit einem Bein in der Zukunft und mit dem anderen in der Vergangenheit stehen?«

Oleg befahl, von dem gefährlichen Sternhaufen abzudrehen. Kamagin kam zu einer eilends einberufenen Kapitänsbesprechung auf den *Steinbock*.

»Einen einfachen Weg nach draußen gibt es nicht«, erklärte Oleg.

»Und einen komplizierten?«, fragte Kamagin.

»Der komplizierte wäre eine Planetenannihilation. Wir haben aber keinen Planeten gefunden.«

»Und jetzt?! Sollen wir uns im Galaxiskern ein Grab schaufeln?«

»Ein unglaublich konstruktiver Vorschlag, Eduard«, kommentierte Oleg sarkastisch. »Dafür hätte ich keine Kapitänsbesprechung einzuberufen brauchen.«

»Also gut«, erwiderte Kamagin grinsend. »Vielleicht kann ich in dieser Situation einen Fehler wiedergutmachen, den ich vor über zwanzig Jahren begangen habe. Seinerzeit hatte Admiral Eli befohlen, zwei Sternenschiffe zu vernichten, um ein drittes in die Freiheit zu führen. Damals hatte ich aufs Heftigste gegen diesen Plan protestiert. Heute möchte ich den Vorschlag machen, diese Taktik erneut anzuwenden. Und zur Annihilation biete ich meinen *Schlangenträger* an.«

»Der Plan ist damals aber gescheitert«, gab Olga zu bedenken.

»Damals im Perseus befanden wir uns im Kriegszustand, und unsere Widersacher setzten alles daran, uns nicht entwischen zu lassen«, entgegnete Kamagin. »Hier haben wir keine Feinde. Wir sind als Kundschafter hier und zu dem eindeutigen Schluss gekommen: Der Aufenthalt im Galaxiskern ist für Lebewesen so gesund wie ein Bad in kochendem Teer. Ich teile Elis Auffassung, dass Leben und Vernunft sich nur in der Peripherie der Galaxis halten können. Daraus ziehe ich den Umkehrschluss: Mit Widerstand vernunftbegabter Wesen haben wir hier nicht zu rechnen, und in diesem Fall halte ich ein Gelingen der Aktion für möglich.«

»Was meinst du dazu, Eli?«, fragte Oleg.

Es ist mir unangenehm, das zuzugeben, doch ich war mir zum wiederholten Male auf dieser Expedition unschlüssig. Kamagins Argumente konnte ich weder bekräftigen noch widerlegen.

»Ich habe keine feste Meinung dazu«, bekannte ich.

Kamagins Vorschlag wurde mehrheitlich angenommen. Direkt nach der Besprechung begab ich mich zu Ellon und teilte ihm meine Zweifel mit. Auch der Demiurg vertrat die Ansicht, dass der Durchbruch nicht gelingen werde, da ein Sternenschiff zu klein sei, um einen ausreichend großen Raumtunnel nach draußen zu generieren. Im Übrigen bezweifelte er, dass eine Materieannihilation unter den verqueren Bedingungen des Galaxiskerns überhaupt beherrschbar war.

»Wir sollten nichts überstürzen, Eli«, sagte Ellon. »Bald werde ich das gesamte Potenzial des Kollapsans ausschöpfen, und dann kann ich uns in einer völlig neuen Zeit-Gravitations-Schnecke aus dem galaktischen Zentrum hinausmanövrieren. Auf der atomaren Ebene kann ich die Zeit bereits beeinflussen, wie ich will. Sieh selbst!«

Auf dem Labormonitor, der an den Kollapsan angeschlossen war, sah ich, wie ein Neutron auf ein Proton geschossen wurde, ein Ergon ein Ergon durchdrang und Rotonen alle anderen Teilchen aus dem Weg räumten. Nach den Gesetzen der Physik hätten solche Kollisionen zu einer Annihilation oder Transformation der Teilchen führen müssen. Es geschah jedoch nichts dergleichen. Die Kollisionen fanden lediglich in unserer summarischen Zeit statt, nicht in der speziellen Zeit der Teilchen. In ihrer Zeit fanden keine realen Kollisionen statt und somit auch keine Explosionen oder Annihilationen.

»Ein geniales Maschinchen, nicht wahr, Eli?«, triumphierte Ellon. »Damit ist es mir gelungen, die rätselhaften Vorgänge zu reproduzieren, die im kochenden Sternenkessel des galaktischen Zentrums ablaufen.«

»In deiner Maschine arbeitest du mit Atomen. Wir haben es jedoch mit Sternen zu tun! Leider sind wir keine Atome, nicht einmal im Vergleich zu den Sternen.«

»Von den Atomen werde ich bald zu Makrokörpern übergehen. Gib mir noch etwas Zeit, Admiral, und übereile nichts! Schließlich sind wir nicht unmittelbar vom Untergang bedroht.«

Das Versprechen, den Kollapsan mit der Gravitationsschnecke zu verbinden, hörte ich von Ellon nicht zum ersten Mal. Dass er es geschafft hatte, die Zeit auf atomarer Ebene unter Kontrolle zu bekommen, war unbestreitbar und schon erstaunlich genug.

Andererseits war es von den Atomen bis zur Makrowelt noch ein riesiger Schritt, da konnte der Demiurg sagen, was er wollte.

Immer noch unschlüssig, beriet ich mich im Leitstand mit Vagabund. Er hielt Kamagins Plan für die einzige Chance, den Galaxiskern zu verlassen.

»Es kommt nur darauf an, einen Bereich passiven Raums auszuwählen«, erläuterte er. »Diese Aufgabe kann ich übernehmen. Ich kann den Raum spüren. Es ist, als wäre ich selbst Teil des Raums. Wenn er stark verwirbelt ist, werden auch meine Gedanken wirr, wenn er klare Strukturen aufweist, denke ich geradlinig, und während er sich entzerrt, verspüre ich Erleichterung!«

»Wir warten auf dein Signal, Vagabund«, sagte ich.

Somit begann die letzte Evakuierung eines Sternenschiffs während unserer Expedition. Der *Schlangenträger* war auch das letzte Schiff, das wir noch evakuieren konnten. Kamagin leitete die Operation – energisch und beinahe vergnügt. Der routinierte Kapitän glaubte fest daran, dass die Opferung seines Schiffs uns alle retten würde.

Mich dagegen plagten Zweifel. Unser Unternehmen wurde von ständigen Misserfolgen überschattet. Der Großteil unseres Geschwaders existierte nicht mehr, und die verbliebenen Astronauten waren Gefangene einer lebensfeindlichen Hölle, in der Milliarden von Gestirnen rasend durcheinandertanzten – immer haarscharf vorbei am Rande der totalen Vernichtung!

Um meine negativen Emotionen abzureagieren, begab ich mich in den Leichenraum.

»Mörder!«, blaffte ich den toten Spion der Ramiren an. »Seit du aufgetaucht bist, kommt ein Unglück nach dem anderen über uns. Du hast die dahinvegetierenden Aranen ausgespäht, und auch uns hast du ans Messer geliefert. Lussins Tod hast du auf dem Gewissen. Petri und seine Besatzung waren die nächsten Opfer deines Verrats. Ich weiß nicht, warum deine Herren es für nötig befanden, die mörderischen Bedingungen auf der Arania aufrechtzuerhalten, und warum ihr euch bemüßigt fühlt, die schmutzige Rolle Unerbittlicher Götter zu spielen. Dafür weiß ich jetzt, dass ihr weder Götter noch höherstehende Wesen seid. Ihr seid nur unerbittlich, aber keine Spur göttlich, und ihr seid mächtig, aber nicht allmächtig. Anfänger hat Ellon euch genannt, und er hat Recht! Was hattest du für eine Heidenangst vor der Zeittransformation im Galaxiskern, Oan! Krank und marode sei die Zeit, habe Krebs! Sie ist indes nicht krank, sondern nur veränderlich und unvorstellbar flexibel. Gleichzeitigkeit verwandelt sich explosionsartig in Verschiedenzeitigkeit. Und diese Zeitexplosion bewahrt das galaktische Zentrum, wo ihr euch nicht hineintraut, vor einer Explosion der anderen Art, nämlich vor der gravitationsbedingten Explosion von Materie. Habt ihr das gewusst? Seid ihr imstande, das zu begreifen?«

Was hätte ich darum gegeben, wenn der Pseudo-Arane meine Tiraden hätte hören können! Doch ich redete nur für mich, denn Oan hing leblos vor mir. Er konnte mich weder hören noch antworten. Er war tot. Es war ihm gelungen, einer Bestrafung zu entgehen, indem er aus dem Leben floh. Aber nicht aus der Welt! Solange wir in unserem Schiff unterwegs waren, würde die Leiche des Verräters in unserem Leichenraum schmoren!

»Nein, Oan, sicher wusstet ihr um die fatale Rolle der Schwerkraft im dem kochenden Sternenkessel, den wir Galaxiskern nennen«, setzte ich fort. »Und ihr wusstet auch um die rettende Rolle der Zeit, deren dünne Fäden hier so leicht zerreißen. Ihr wolltet euch selbst zu Herren über die Zeit aufschwingen. Denn war das nicht das Ziel eures Vorstoßes in den Kollapsar? Dummkopf! Du bist in eine Hölle eingedrungen, um dir höllische Mächte anzueignen, so hast du dir das wohl vorgestellt. Da hast du ihn, deinen Kollapsar, er befindet sich im Labor unseres Schiffs! Das, wonach du in der Implosion eines Sterns suchtest, reproduzieren wir in einem Labor. Über die Makrozeit der Gestirne haben wir noch keine Macht, doch auf der Ebene der Atome zerreißen, krümmen, verlangsamen und beschleunigen wir die Zeit, wie wir wollen! Wir werden das galaktische Zentrum verlassen, Verräter. Doch wir werden wiederkommen. Und dann, Unerbittliche, wird es euch kaum gelingen zu beweisen, dass ihr ebenso mächtig wie unerbittlich seid!«

10

Danach geschah das, was – wie ich jetzt weiß – geschehen musste. Vagabund mit seinem hervorragenden Gespür für den Raum hielt uns ständig über dessen Strukturen auf dem Laufenden. Die Bordrechner ermittelten fehlerfrei Entfernung, Geschwindigkeit und Masse der chaotisch durch den Raum treibenden Gestirne und verhinderten so, dass wir auf Kollisionskurs gerieten. Oshima lavierte artistisch zwischen dichten Sternhaufen hindurch. Olga und Kamagin unterstützten ihn dabei.

Alles war vorbereitet, an alles war gedacht. An alles bis auf eines: Wir waren nicht die einzige vernunftbegabte Macht im galaktischen Zentrum! Selbst der winzige Flecken Raum, den wir zu durchstoßen gedachten, entzog sich unserer Kontrolle. Leichtsinnigerweise waren wir davon ausgegangen, dass wir nur blinde Naturgewalten zu überwinden hätten. Doch ein feindlicher Verstand arbeitete gegen uns! Mit Blindheit geschlagen wähnten wir unsere geheimnisumwobenen Gegner weit weg. Indes, sie waren ganz nah und durchkreuzten abermals unseren Plan.

Vagabund teilte mit, dass wir in Kürze in einen Bereich passiven Raums eintauchen würden. Um uns herum setzte sich der wilde Tanz der Gestirne fort. Oleg gab den Befehl, den *Schlangenträger* in den Annihilationskegel des *Steinbocks* zu manövrieren.

Auf der Kommandobrücke war ein Platz für mich reserviert, doch ich hielt meine Anwesenheit dort für verzichtbar. Der Observationsraum war überfüllt. Vor den großen Bildschirmen dort drängten sich die Besatzungsmitglieder dreier Sternenschiffe, sofern sie nicht auf ihren Posten gebraucht wurden. Mary, Romero und ich saßen vor dem kleinen Monitor in meinem Zimmer und wurden dort Zeugen eines Desasters.

Der *Schlangenträger* flog vor dem *Steinbock*. Kamagin selbst kommandierte die Operation, die zur Vernichtung seines Schiffs führen sollte. Über die Lautsprecher hörten wir die energischen Anweisungen des unerschrockenen Kapitäns.

»Blockierung der Annihilatoren aufheben! Ziel im Kegel null null drei. Countdown läuft: zehn, neun, acht, sieben …«

Bei »sieben« zuckte aus dem Getümmel der Gestirne der uns wohlbekannte weiße Strahl hervor, der schon den *Stier* ausradiert hatte. Wie ein Blitz in Zeitlupe schoss er auf uns zu, und für den Bruchteil einer Sekunde spukte die Gewissheit des Todes durch meinen Kopf. Dann schlug der Strahl in den *Schlangenträger* ein und verlosch.

»Die BUM ist ausgefallen!«, bellte Kamagin. »Vagabund, hast du noch Verbindung zu den Maschinen? Vagabund, antworte!«

Vagabund antwortete nicht. Mary schlug entsetzt die Hände vors Gesicht.

»Das sind die Ramiren, Admiral!«, stammelte Romero mit leichenblassem Gesicht. »Sie sind hier! Sie haben uns gefangengenommen!«

Fassungslos und wie paralysiert starrte ich auf den Bildschirm. Die BUM war ausgefallen, die Annihilatoren blockiert. Irgendeine unsichtbare Kraft drehte den *Steinbock* herum und bugsierte ihn auf seinen ursprünglichen Kurs, immer tiefer in das brodelnde galaktische Zentrum hinein.

Vierter Teil

Die Jagd nach dem eigenen Schatten

Vor Gott ist alles schön,
gut und gerecht;
Die Menschen indes wähnen, das eine sei unrecht,
das andere recht.

HERAKLIT VON EPHESOS

Kassandra: Der Prophezeiung wilder Strudel reißt mich fort,
und quälend ist der Schmerz der Vorahnung. Oh Elend! Elend!
Chorführer: Oh Fremde,
du giltst als Seherin.
Doch es ist müßig, die Vergangenheit vorauszusagen.

AISCHYLOS

1

Schon in den ersten Minuten nach der neuerlichen Katastrophe keimte eine Mutmaßung über den wahren Grund des Fiaskos in mir auf. Doch ich ließ diese finsteren Gedanken nicht an mich heran. Wir mussten erst unser Schiff retten, bevor wir uns mit den Hintergründen des Geschehens beschäftigen konnten. Ich eilte auf die Kommandobrücke. Kamagin und Oleg waren unverletzt, allein ihre Rolle als Kommandeure hatten sie eingebüßt. Wie wir alle waren sie nur mehr Passagiere eines ruderlosen Schiffsgiganten.

Zusammen mit Oleg begab ich mich ins Labor. Ellon und

Irina standen unter Schock, sonst fehlte ihnen nichts weiter. Die Entwicklungsarbeiten am Kollapsan waren nicht gefährdet, nur die Stromversorgung musste wiederhergestellt werden.

»Warum habt ihr nicht auf mich gehört?«, zürnte Ellon. »Vor dem übereilten Fluchtversuch drohte uns keinerlei Gefahr.«

»Komm mit uns, Ellon!«, befahl Oleg.

Zu dritt eilten wir in den Leitstand. Vagabunds Stimme klang schwach. Als die Verbindung zur BUM gekappt wurde, empfand er das wie einen schmerzhaften Stromschlag. Der feindliche Angriff hatte sich gezielt gegen die Steuerung der Bewaffnung gerichtet.

»Das waren die Ramiren!«, mutmaßte Vagabund. »Sie sind im galaktischen Zentrum und wollen uns hier nicht herauslassen. Wir sind ihre Gefangenen.«

Grazio hatte es schlimmer erwischt. Als die Ramiren die BUM blockierten, verlor er kurzzeitig das Bewusstsein und stürzte zu Boden. Von seiner erhabenen Gottähnlichkeit war im Moment nicht viel übrig. Obwohl unsterblich, vertrug er physiologische Erschütterungen schlechter als wir Menschen.

»Wir müssen die BUM unter die Lupe nehmen«, sagte Oleg.

Der Bordrechner des *Steinbocks* war defekt. Wir trennten das Schiffsgehirn von sämtlichen Stellantrieben und Sensoren und verbrachten es ins Labor. Bei der Inspektion schien es zunächst so, als würde die BUM wieder funktionieren – sie reagierte auf Signale. Doch dieser Eindruck war trügerisch. Die Impulse von außen versickerten irgendwo im Dschungel der Schaltkreise.

»Es sieht so aus, als hätte eure Maschine wieder das Bewusstsein verloren«, bemerkte Grazio. »Sie steht unter Schock. Was soll man auch von einem Mechanismus erwarten, der über keine natürlichen Gewebe verfügt?«

Ellon warf dem Galakten einen bösen Blick zu. Es schien mir ratsam, das heikle Thema künstlicher und natürlicher Elemente in Maschinen nicht zu vertiefen. Wenn der Bordrechner nur unter einer Art Schock stand, konnte man darauf hoffen, ihn wieder in Gang zu bekommen.

Oleg ließ die beiden Reserve-BUMs aus dem *Widder* und dem *Schlangenträger* ins Labor bringen. Doch deren Zustand war nicht besser, und der Rechner aus dem *Rammbock* verwechselte nach wie vor Ursache und Wirkung.

»Grazio, auf dir und Vagabund lastet nun eine große Verantwortung«, sagte ich zu dem Galakten. »Wie schon in den Untergehenden Welten werden wir sämtliche Geräte und Maschinen eurer unmittelbaren Kontrolle und Steuerung unterstellen. Ich hoffe, dass ihr dieser schwierigen Herausforderung standhaltet, andernfalls gehen wir über den Jordan.«

»Wir werden es schon schaffen«, erwiderte der Galakt. »Doch was bedeutet ›über den Jordan gehen‹? Ich nehme an, nichts Gutes?«

»Ganz recht, Grazio. Nichts Gutes. Also strengt euch an.«

Einige Zeit später gab die BUM des *Steinbocks* wieder Lebenszeichen von sich, als erwachte sie allmählich aus der Bewusstlosigkeit. Ihre Reaktionen auf unsere Eingaben waren indes niederschmetternd. Das Schiffsgehirn hatte den Verstand verloren. Es hielt sich für ein Mädchen, das von zu Hause fortgelaufen war. Auf die Frage nach meiner Identität reagierte es mit melancholischen Versen:

Ach, Mama hat mich liebgewonnen
als braves Mädchen, stets besonnen.
Indes, in einer finstren Nacht
hat die Tochter sich davongemacht.
Zu ihrem Liebsten wollt sie eilen,
an Mutters Herd nicht mehr verweilen.

Mit einem zarten, dünnen Stimmchen gab die BUM diesen Reim zum Besten. Als Nächstes trug ich ihr eine Gleichung von Ngoro zur Lösung auf. Daraufhin gab sie sich als Mariechen aus, das auf einem Stein saß und sich das goldene Haar kämmte.

Die poetischen Suaden des Bordrechners waren mindestens so erstaunlich wie absurd. Die Konstrukteure hatten der BUM weder die Vorstellung von Töchtern auf Abwegen noch den Namen Mariechen und schon gar nicht die Fähigkeit zur Dichtkunst einprogrammiert. Hatte die wahnsinnige Maschine sich dies alles selbst ausgedacht?

Auch die anderen Bordrechner waren nicht mehr ganz bei Trost. Als man der BUM des *Schlangenträgers* die simple Aufgabe stellte, in einem nach Osten gerichteten Kegel mit einem Scheitelwinkel von acht Grad die Anzahl der Sterne der dritten absoluten Größenklasse bis zu einer Entfernung von zwei Lichtjahren zu ermitteln, spuckte sie chemische Gleichungen zur Herstellung von Sprengstoff aus. Mit der Analyse der Gefährlichkeit einer angelegten Strahlung beauftragt, gab sie die Berechnung eines Lebesgue-Integrals bekannt und verkündete die Keplerschen Planetengesetze.

Die BUM des *Widders* hatte wie diejenige des *Rammbocks* die Fähigkeit verloren, Ursache und Wirkung sinnvoll zu verknüpfen. In der Abstrusität ihrer Antworten übertraf sie ihre Kolleginnen noch bei weitem. Als ich ihr die einfache Kontrollfrage stellte: »Alle Menschen sind sterblich. Ich bin ein Mensch. Also bin ich …?«, gab sie drei Schlussfolgerungen zur Auswahl: »Du bist sechsdimensional dick. Du bist ein nach dem Grobheitslogarithmus differenzierter Nagel zweiter Ordnung. Späte Blumen sind in zweidimensionalem Integralessig verwelkt.« Auf Olegs Anweisung, die dritte Potenz von einhundertdreiundvierzig zu berechnen, antwortete sie genauso fix und erneut mit drei Lösungen zur Auswahl: »Lass mich in Ruhe. Achtundzwanzig Tonnen Komma sechzehn Meter mit reichlichem Morgentau. Der Stier hat Hörner, der Planet vierundvierzig Zentimeter im Quadrat achter Größenordnung in destilliertem Wasser.« Aus irgendeinem Grund antwortete die BUM des *Widders* stets dreifach, abgesehen davon, dass die Antworten gänzlich sinnfrei gerieten.

»Die Bordrechner des *Schlangenträgers* und des *Widders* können wir vielleicht reparieren«, resümierte ich nach Abschluss der Tests. »Sie geben zwar nur wirres Zeug von sich, aber sie stellen wenigstens noch ansatzweise so etwas wie Berechnungen an. Bei der BUM des *Steinbocks* dagegen scheint mir Hopfen und Malz verloren. Sie hat die Persönlichkeit eines jungen Mädchens angenommen, das sich nach seinem Liebsten sehnt. Noch dazu verfasst sie Gedichte! Könnte man sich etwas Irrsinnigeres vorstellen?«

»Ich glaube nicht, dass Romero dir darin zustimmen würde, dass die Dichtkunst die höchste Form des Irrsinns ist.« Nach diesem Kommentar wandte sich Oleg den praktischen Aspekten der Vorfälle zu. »Ellon, du kümmerst dich um die Instandsetzung der Bordrechner«, wies er den Demiurgen an. »Die übrigen Arbeiten müssen aber mit unvermindertem Tempo weitergehen. Wie laufen die Experimente mit dem Kollapsan?«

»Auf atomarer Ebene können wir die Zeit beliebig transformieren.«

»Das ist nicht genug. Irina, komm bitte einmal her!«

Nicht zum ersten Mal war mir aufgefallen, dass Irina sich in den hintersten Winkel des Labors verzog, sobald Besuch erschien. Ohne Eile kam sie angetrottet.

»Irina und Ellon, hört mir jetzt gut zu!«, begann Oleg mit einer Emotionalität, die er sonst nicht offen zu zeigen pflegte. »Ich fürchte, dass wir aus dieser Hölle hier nicht mehr herauskommen, wenn wir keinen physikalischen Prozess finden, durch den wir uns der feindlichen Beobachtung durch die Ramiren entziehen können. Gebt mir die Möglichkeit, wenigstens temporär aus der Gleichzeitigkeit mit unseren Gegnern auszubrechen. Vielleicht waren sie im Früher nicht da oder werden im Später nicht hier sein. Im Jetzt sitzen sie uns leider im Nacken und sind stärker als wir. Habt ihr mich verstanden, Freunde?«

Irina nickte nur.

»Für die Experimente mit der Makrozeit benötige ich ein totes Objekt und ein Lebewesen«, erwiderte der Demiurg. »Tote Objekte gibt es genug, doch wo bekomme ich ein Lebewesen dafür her?«

»Nimm Mizar«, riet ich. »Hunde wurden schon im Altertum für Experimente eingesetzt. Mizar ist allerdings ein vernunftbegabtes Tier. Ihr müsst ihm erklären, worum es geht, und ihn fragen, ob er dazu bereit ist.«

»Sprich du mit Mizar«, sagte Ellon. »Im Gegensatz zu euch Menschen halten wir Demiurgen Hunde nicht für gleichwertige Wesen.«

»Das ist eine Aufgabe für dich, Irina«, sagte ich und verließ mit Oleg das Labor.

2

Am Abend besuchte mich Romero. Er nahm auf dem Sofa Platz, klemmte seinen Stock zwischen die Beine und schaute zerstreut auf den Sternenbildschirm. Dort bot sich die immer gleiche Szenerie dar: der chaotische Sternenwirbel des Galaxiskerns.

In jenem Augenblick fiel mir zum ersten Mal auf, dass auch Romero vom Alter gezeichnet war. Zwar erlaubte er sich noch immer kein graues Härchen, weder auf dem Kopf noch im akkurat gestutzten Bart, doch in sein gepflegtes Gesicht hatten sich tiefe Falten eingegraben, und seine Augen sahen müde aus. Der Anblick meines gealterten Freundes rührte mich.

»Was für ein spannendes Abenteuer, nicht wahr, Pawel?«, fragte ich beinahe scherzhaft.

Lange musterte er mich mit seinen großen, dunklen Augen, und plötzlich fiel mir ein, was Mary einst gesagt hatte: »Pawel ist so schlank, elegant und wohlerzogen, er hat die schönsten Augen, die ich je bei einem Mann gesehen habe, und er hat mir nach allen Regeln der Kunst den Hof gemacht – das wäre dir niemals eingefallen, Eli. Trotzdem habe ich mich in dich verliebt, in einen ungehobelten Luftikus. Was für eine schreiende Ungerechtigkeit!« Bevor ich sentimental werden konnte, brach Romero sein Schweigen.

»Sie neigen zu Euphemismen, Admiral«, sagte er. »Was in Wahrheit eine Tragödie ist, nennen Sie ein spannendes Abenteuer.«

»Wenn Sie natürlich an Petri und unsere anderen Weggefährten denken …«

»Ich denke an Sie und mich, geschätzter Eli! Was für eine unverzeihliche Dummheit! In das brodelnde Herz der Galaxis zu fliegen wie ein Schmetterling ins Feuer! Wie ein Falter in einen Höllenofen. Wir sind doch nur wehrlose Falter in den Händen eines unbarmherzigen Feindes!«

»Die Falter haben es Ihnen wohl angetan, Pawel.«

»In der Tat, das haben sie«, gab er bitter zurück. »Seit jenem Tag, an dem die Ramiren den *Schlangenträger* vernichtet haben, empfinde ich uns als verirrte Falter, die in eine brennende Kerze fliegen. Und wissen Sie, was ich Ihnen sage? Dasselbe Wort hat auch die BUM unseres Schiffs benutzt.«

»Sie waren im Labor?«

»Ich komme direkt von dort. Ich habe die denkende Maschine gefragt, was sie über die Transformationen der Zeit in dieser sonderbaren Welt denkt, die wir das galaktische Zentrum nennen. Und sie hat geantwortet … Was glauben Sie, was sie geantwortet hat, mein weiser Freund?«

»Ich vermute, sie hat sich wieder sehr poetisch geäußert.«

»Richtig, sie hat mit Versen geantwortet, und zwar mit den folgenden:

Als Falter flog ich durch die Haine
die Blüten wechselnd stets im Nu,
mein Herz erobert hat nur eine,
und diese Schönste, die bist du!«

»Ein harmloses Couplet, Pawel. Immerhin bemerkenswert, dass die BUM sich jetzt nicht mehr für ein naives Mädchen, sondern für einen Casanova hält.«

»Nein, mein Freund, hier ist etwas ganz anderes bemerkenswert: Das Wort Falter ging mir im Kopf herum, und eben dieses Wort wählte die BUM. Sagt Ihnen das nichts, Eli?«

»Offen gestanden: nicht das Geringste.«

»Nun, das ist weiter nicht verwunderlich. Schließlich haben Sie sich noch nie für Kulturgeschichte interessiert. Und deshalb wissen Sie auch nicht, dass ich auf der Universität eine Diplomarbeit mit dem Titel ›Die sentimentale Poesie des städtischen Kleinbürgertums Ende des neunzehnten Jahrhunderts‹ verfasst habe. Und Sie werden lachen, Eli: All die Verse, derer sich unsere konfuse BUM neuerdings bedient, kommen in dieser Arbeit vor.«

»Das ist allerdings interessant.«

»Wie schön, dass Ihnen allmählich ein Licht aufgeht, Admiral. Der Angriff der Ramiren hat bei unserem armen Bordrechner zu einer Persönlichkeitsspaltung geführt.«

»Zu einer Zeitspaltung, Pawel.«

»Sie haben Recht, zu einer Zeitspaltung. Die BUM befindet sich in zwei Epochen gleichzeitig. Physisch befindet sie sich hier auf dem Schiff, mit all ihren Assoziationen dagegen in der Vergangenheit. Durch unsere Strahlungen sind wir alle mit ihr verbunden, und wie Sie wissen, bin auch ich in der Maschine codiert. Meine Gehirnimpulse, mein historisches Wissen und meine Vorstellungen von der Vergangenheit hat die BUM gewiss schon früher wahrgenommen, doch in ihrer praktischen Arbeit konnte sie nichts von diesem Informationsschatz verwenden. Nun, da sie zeitlich zurückversetzt wurde, operiert sie ausschließlich mit Kenntnissen über die Vergangenheit. Sie haben den Bordrechner nach Ihrer Identität befragt und ihm eine Gleichung von Ngoro vorgesetzt. Doch in der Vergangenheit, die nun zur Gegenwart der Maschine geworden ist, gab es weder Sie noch Ngoro. Der Irrsinn der BUM besteht darin, dass sie sich physisch im Hier und Jetzt, intellektuell hingegen im Dort und Damals befindet.«

»Die Defekte der übrigen Bordrechner sind aber anderer Natur, Pawel.«

»Jeder spinnt eben auf seine Weise. Das ist bei denkenden Maschinen nicht anders als bei uns Menschen.«

»Ihre kluge Analyse eröffnet uns die Möglichkeit, die BUM des *Steinbocks* doch wieder instand zu setzen.«

»Mir schwebt eine ganz andere, weit weniger erbauliche Möglichkeit vor Augen, Admiral: Wir werden bald selbst alle den Verstand verlieren. Denken Sie an Oan und sein Gerede von der kranken Zeit. Die düsteren Prophezeiungen des Verräters haben sich leider erfüllt. Wir befinden uns in einer maroden Zeit. Es mag sein, dass die Instabilität der Zeit im Chaos des galaktischen Zentrums die physische Integrität der Gestirne aufrechterhält, doch auf unsere an Zeitkonstanz gewöhnten Organismen hat sie verheerende Auswirkungen. Ein wimpernschlagkurzes Aussetzen des Moments, den wir Jetzt nennen, hätte uns beinahe und hat Trub das Leben gekostet. Wir sind längst krank, obwohl wir uns dessen noch nicht bewusst sind. Der Zerfall des Zeitflusses ist ein schleichender Prozess, der uns allmählich zerfrisst wie ein Krebsgeschwür.«

»Bis jetzt haben nur unsere BUMs einen Dachschaden. Bei uns kann ich keine Anzeichen von Verrücktheit feststellen. Verrückt ist höchstens Ihre Theorie, dass die Zeit in uns auch schon kontaminiert ist.«

»Wir sind Organismen, die BUMs sind Maschinen. Organismen verfügen wahrscheinlich über einen internen Zeitstabilisator. Für Kataklysmen wie die Störung der Gleichzeitigkeit hat die Natur dem Leben sicher Schutzmechanismen mitgegeben. Sie kennt ihre eigenen Kapriolen schließlich besser als wir. Wir hatten indes keine Ahnung, dass es nötig gewesen wäre, unsere Bordrechner mit Zeitstabilisatoren auszustatten. Aber Vorsicht,

Eli! Überschätzen Sie nicht unsere Widerstandskraft. Die Synchronizitätsstörungen der Zeit werden sich in unseren Zellen anreichern. Sobald sie die Toleranzschwelle unseres biologischen Stabilisators überschreiten, wird sich der Irrsinn in uns Bahn brechen.«

»Wir müssen eben versuchen, aus den Regionen der maroden Zeit herauszukommen, bevor dieser Fall eintritt. Pawel, lassen Sie uns ihre Hypothese praktisch umsetzen. Unterstützen Sie Ellon und Irina und versuchen Sie, unsere BUM von ihrem Zeitkrebs zu kurieren.«

Romero sah mich verblüfft an.

»Machen Sie Witze, Eli? Ich und eine Maschine reparieren? Ich erlaube mir, Sie darauf hinzuweisen, dass ich kein Ingenieur bin, sondern Historiker.«

»Das ist doch genau der Punkt, dass Sie Historiker sind! Genau das brauchen wir. Wenn sich die BUM intellektuell in der Vergangenheit befindet, dann kann nur ein Historiker sie wieder in die Zukunft zurückführen. Stellen Sie sich vor, man vertraut Ihnen einen Menschen zur Schulung an, der vor sechshundert Jahren eingeschlafen ist. Sie setzen ihn an eine Schulbank und trichtern ihm sämtliche Ereignisse ein, die sich vom Moment seines Einschlafens bis zum Moment seines Aufwachens ereignet haben – danach wird er sich in seiner neuen Zeit wiederfinden. Versuchen Sie so etwas Ähnliches mit unserer – wie soll ich sagen – lyrifizierten BUM. Ich hoffe, dieser Ausdruck schockiert Sie nicht?«

»Keineswegs, Eli. Korrekte Sprache war noch nie Ihre Stärke, daran habe ich mich gewöhnt. Doch ich erinnere daran, dass wir nur eine ›lyrifizierte‹ BUM haben, die anderen beiden produzieren nicht einmal Reime, sondern ungereimtes Zeug. Da werden Geschichtsvorlesungen nicht viel ausrichten.«

»Die anderen beiden können wir heilen, indem wir ihre Logik wieder zurechtrücken. Die Ursache geht der Wirkung voraus – dieses Funktionsprinzip ist in unseren BUMs ursprünglich angelegt. Der Riss in der Zeit hat es zerstört. Ich denke, wenn es Ihnen gelingt, den historischen Wahnsinn in den Griff zu bekommen, werden wir auch für den logischen Wahnsinn eine Lösung finden.«

Ich glaubte bereits, ihn überzeugt zu haben, doch dann wurde Romero von Zweifeln, ja von Verzweiflung übermannt. Er fuchtelte mit dem Stock und griff sich an den Kopf.

»Ach, wozu all die Reparaturen, Heilungen, Instandsetzungen?! Wir sind in einer Hölle, aus der es kein Entrinnen gibt«, rief er pathetisch. »Wo sind wir überhaupt? Im Galaxiskern? Überlegen Sie doch mal! Es gibt überhaupt keinen Kern! Ein einheitliches Gebilde kann nur in einer einheitlichen Zeit existieren – doch die gibt es hier nicht! Wir sind nirgends, weil wir an verschiedenen Orten gleichzeitig sind! Ich verliere schon den Verstand. Gleichzeitigkeit, Verschiedenzeitigkeit – verdammt, das geht nicht in meinen Kopf! Ich muss verdammt nochmal wissen, wann wir wo sind. Verstehen Sie mich? Hamlets Qualen, dessen Seele unter der aus den Fugen geratenen Zeit litt, sind lächerlich im Vergleich zu meinen, denn in mir zerreißt die Zeit sowohl in der Seele als auch im Körper, und in meiner Umgebung existiert keine einheitliche Zeit. Ich bin mir nicht einmal sicher, ob Sie mir gerade tatsächlich gegenübersitzen oder ob Sie sich in einer unfassbaren Zukunft befinden und nur Ihr Schatten von dort auf mich fällt. Vielleicht spreche ich mit Ihrem Schatten und befinde mich selbst überhaupt nicht in einem Raumschiff, sondern irgendwo auf dem Palatin, habe soeben mit dem genialen Julius Cäsar gesprochen, mich mit dem heimtückischen Clodius geprügelt, dem Intriganten Catilina eine Ohrfeige verpasst und begebe mich morgen mit Caesar auf den Feldzug nach Gallien. Und da tauchen Sie jetzt auf, Eli, Ihre Silhouette aus dem Raumschiff, von unvorstellbar weither, aus irgendeinem galaktischen Zentrum, von dessen Existenz ich als alter Freund des alten Julius Caesar nicht den geringsten Schimmer habe!«

Am liebsten hätte ich Romero eine Ohrfeige versetzt. Vielleicht war er noch nicht wahnsinnig, aber vollkommen hysterisch. Er schloss seinen Kopf in beide Hände und war kurz davor, sich die Haare zu raufen, zu schreien und die Augen zu verdrehen. Mit geballten Fäusten ging ich auf ihn zu. Langsam nahm er die Hände vom Kopf.

»Sie wollen mich schlagen, Admiral? Tun Sie das, ich werde mich nicht wehren. Früher hat man die Menschen geschlagen, und manchmal hat es etwas genützt.«

Diese Worte brachten mich davon ab, ihn mit roher Gewalt wachzurütteln. Ich setzte mich wieder hin und ließ meine Aggression verrauchen. Jetzt wusste ich, wie es einem Schiffskapitän ergeht, dessen Mannschaft den Gehorsam verweigert. In einem Raumschiff, das von einer Katastrophe in die nächste schlittert, kann man Hysterie sicher so wenig brauchen wie eine Meuterei auf einem Segelschiff.

»Pawel! Ich appelliere an Ihre Vernunft! Sie empören sich darüber, dass ich eine Tragödie als spannendes Abenteuer bezeichnet habe? Aber sind wir denn heute in gewisser Weise – und nur in gewisser Weise – nicht die glücklichsten Menschen?«

»Die glücklichsten Menschen? Wollen Sie mich auf den Arm nehmen, Eli?«

»Keineswegs. Bedenken Sie doch, Pawel: Oleg zum Beispiel hat von Kindesbeinen an davon geträumt, ins galaktische Zentrum vorzustoßen, an den geheimnisvollsten und unzugänglichsten Ort des Alls. Nun ist er der erste Kapitän der Menschheit, der seine Schiffe hierher geführt hat. Er wird als Ersterkunder des Galaxiskerns in die Geschichte eingehen. Kann er sich dafür nicht glücklich schätzen, selbst wenn ihn der Tod ein Jahrzehnt zu früh ereilt? Und Sie, Pawel. Als Kenner der Antike und Spezialist für vergleichende Sozialgeschichte haben Sie die Chance bekommen, Lebensformen und vernunftbegabte Zivilisationen kennenzulernen, die bislang völlig unbekannt waren. Wollen Sie das etwa als Unglück betrachten? Was ist mit Olga, Oshima und

Kamagin? Sie haben den zentralen Sinn ihres Lebens immer darin gesehen, mächtige Raumschiffe durch unbekanntes kosmisches Terrain zu navigieren – dieses Ziel haben sie doch erreicht, selbst wenn sie jetzt aus dem Leben gerissen würden. Oder nehmen Sie Vagabund, unser Superhirn. Soll er etwa unglücklich darüber sein, dass ihm das Leben all das bescherte, was er sich erträumt hat: die Kraft des Geistes, die Freuden einer ungestümen Körperlichkeit und die Macht über die Räume des Alls? Schöpfen nicht auch die Galakten und Demiurgen ihr ganzes Potenzial aus? Sie verwirklichen doch, was sie sich immer gewünscht und wonach sie stets gestrebt haben. Nein, Pawel! Unglück, Depression, Verzweiflung, Reue und Enttäuschung sind hier gänzlich fehl am Platz! Selbst wenn uns nun ein tragisches Ende ereilen sollte – wir sind um unser Schicksal zu beneiden!«

Romero stand auf und stützte sich auf seinen Stock.

»Eli, mein alter Freund! Ich will nicht mit Ihnen streiten. Ich werde jetzt gehen und tun, was Sie mir aufgetragen haben. Vielleicht gelingt es mir ja, die BUM aus der Vergangenheit in die Gegenwart zurückzuholen.«

Ich schloss die Tür hinter Romero. Nicht einmal Mary sollte sehen, was in diesen Augenblicken mit mir geschah. Als das Pochen von Romeros Stock auf dem Gang verhallt war, warf ich mich aufs Sofa, vergrub den Kopf in den Händen wie kurz zuvor Romero und stöhnte vor Verzweiflung angesichts der Aussichtslosigkeit und angesichts des schrecklichen Endes, das ich voraussah. Der Anfall von Hysterie, den Romero soeben überwunden hatte, erfasste mich nun selbst, und ich hatte wesentlich mehr Grund, hysterisch zu werden, als Romero. Ich konnte auch niemanden um Hilfe bitten, denn noch war der Zeitpunkt nicht gekommen, mein Geheimnis zu lüften. Zuvor musste unser Schiff gerettet werden.

3 Am nächsten Tag bat ich Ellon, zusätzlich zum Zeittransformator einen Zeitstabilisator zu konstruieren. Ich erklärte dem Demiurgen, der Stabilisator solle so ähnlich funktionieren wie jener, mit dem die Natur unsere Körper ausgestattet hat. Romeros Hypothese erschien mir so plausibel, dass ich sie wie eine bewiesene Tatsache behandelte. Ellons Augen blitzten böse.

»Admiral, mische dich nicht in Angelegenheiten ein, von denen du keinen Schimmer hast!«, sagte er sichtlich verärgert und fuchtelte wütend mit den Armen. »Transformator, Stabilisator! Was glaubst du, was wir hier machen? Ich konstruiere eine universelle Zeitmaschine. Geht das in deinen Gipskopf nicht hinein?«

Nach menschlichen Maßstäben war Ellon ein Rüpel. Hinzu kam seine Vorliebe für Kraftausdrücke, die sensible Gemüter durchaus als beleidigend empfinden konnten. Zum Glück gehöre ich nicht zu Letzteren. Die unwirsche Reaktion des Demiurgen führte ich auf seine Erschöpfung zurück. Seit dem Desaster mit dem *Schlangenträger* hatte er sich kaum eine Ruhepause gegönnt. Es wäre mir nie in den Sinn gekommen, Ellons Raubeinigkeit als ersten Vorboten des von Romero prophezeiten Wahnsinns zu interpretieren. Doch die Anzeichen für eine schleichende Zerrüttung unseres Geisteszustands mehrten sich.

Kurze Zeit später stand die Erprobung des Zeittransformators am lebenden Wesen unmittelbar bevor. Bei dieser Maschine handelte es sich um eine riesige durchsichtige Kugel, die auf einem Sockel ruhte. Um sie herum waren diverse Strahler und Reflektoren installiert. Ein Stahlrohr verband die Kugel mit dem Kollapsan. Diverse Zusatzgeräte und ein undurchschaubares Gewirr von Kabeln und Schläuchen komplettierten die Anlage. Für jemanden wie mich, der – wie Ellon es formulierte – keinen Schimmer davon hatte, bot die Zeitmaschine des Demiurgen einen monströsen, wenig vertrauenerweckenden Anblick.

Vor dem Experiment mit Mizar hatte Ellon seine Konstruktion an diversen Gegenständen ausprobiert, die er abwechselnd in die Vergangenheit und in die Zukunft transferierte. Sämtliche Versuchsobjekte waren unbeschadet in die Gegenwart zurückgekehrt. Ein Gelingen des Experiments mit Mizar hätte uns einen realistischen Fluchtweg aus dem galaktischen Zentrum eröffnet. Nach einer erfolgreichen Zeittransformation würden wir uns bei Begegnungen mit Himmelskörpern nicht in deren, sondern in unserer eigenen Zeit bewegen, was eine physische Kollision ausschloss. Selbstverständlich beruhten unsere Pläne auf der riskanten Prämisse, dass die Ramiren nichts gegen unsere Flucht unternehmen würden. Doch was blieb uns anderes übrig als diese vage Hoffnung?

Zur Durchführung des Experiments erschienen Oleg und Romero, Grazio und Orlan, Mary und Olga. Ellon öffnete die Einstiegsluke des Zeittransformators. Irina führte Mizar in den Raum. Er schien freudig erregt wie ein Hund, dessen Herrchen die Leine von der Garderobe nimmt und ihm so zu verstehen gibt, dass Gassigehen angesagt ist. Wuffend, schnaubend und heftig mit dem Schwanz wedelnd wieselte er zwischen uns umher, stieß mit der Schnauze gegen meine Knie und leckte Mary die Hand. An Romero sprang er hoch und legte ihm die Pfoten auf die Schulter, woraufhin der vor Schreck seinen Stock fallen ließ. Dann kniete sich Irina zu Mizar, streichelte ihn und sprach zärtlich auf ihn ein. Irinas Gesichtsausdruck gefiel mir nicht. Ich trat näher an die beiden heran.

»Komm, mein Liebster!«, säuselte sie ihm ins Ohr. »Wir machen eine Reise in die ferne Vergangenheit. Dort können wir zusammen durch den Wald laufen, und ich werde bellen wie du!«

»In den Wald! In den Wald!«, kläffte der Hund begeistert und schlabberte Irina übers Gesicht.

Nur ich allein hörte Irinas Geflüster, die anderen bekamen nur Mizars Reaktionen über das Dechiffriergerät mit. Alle dachten wohl, dass Irina versuchte, den Hund mit falschen Versprechungen zu der gefährlichen Zeitreise zu überreden. Ich hatte indes nicht vergessen, dass ich mit Irina etwas völlig anderes verabredet hatte. Sie sollte ihm die Wichtigkeit seiner Mission erklären. Mizar war ein zu kluger Hund, als dass man ihn mit Illusionen hätte abspeisen dürfen.

»Irina, dreh dich bitte einmal zu mir um!«, flüsterte ich.

Langsam erhob sie sich und wandte sich nach mir um. Ihr Blick war verklärt.

»Erlauben Sie mir, Mizar zu begleiten, Admiral?«, fragte sie. »Ich liebe ihn.«

Ich ergriff Irinas Hand und presste sie so fest zusammen, dass sie vor Schmerz stöhnte. Wenigstens ihre Sensorik funktionierte noch.

»Irina, du liebst Mizar nicht!«, erwiderte ich. »Du liebst Ellon.«

Sie hörte mir so angestrengt zu, dass sie sekundenlang mit offenem, bizarr verzogenem Munde dastand. Einen so entwürdigenden Gesichtsausdruck hätte sie sich unter normalen Umständen nie erlaubt, gehörte sie doch zu jenen Frauen, die selbst unter Extrembedingungen größten Wert auf ein tadelloses Auftreten legen.

»Ellon?«, hauchte sie mit dünner Stimme. »Wie kann ich Ellon lieben, wenn Sie es mir doch verboten haben? Ich bin doch ein folgsames Mädchen, Admiral!«

»Unsinn! Du bist nicht folgsam, sondern dickköpfig. Und im Moment bist du nicht ganz gesund. Geh und ruh dich aus, Irina.«

»Sie glauben, dass ich Mizar nicht liebe?«

»Natürlich liebst du ihn. Ich liebe ihn auch, und deine Mutter und Mary … Wir alle lieben ihn. Das ist aber nicht genug für eine gemeinsame Zeitreise.«

»Hast du gehört, ich liebe dich nicht genug, Mizar«, sagte sie verwirrt zu dem Hund. »Ich hatte gedacht, dass ich dich mehr liebe als die anderen.« Plötzlich rang sie sehnsuchtsvoll die Hände. »Ach Admiral, erlauben Sie mir doch, irgendjemanden zu lieben!«

Ich rief Olga herbei. Zusammen mit ihr traten auch Oleg und Mary näher heran.

»Du nicht! Du nicht!«, keifte Irina hysterisch, als sie Oleg erblickte. »Du hast mich gegen eine Expedition eingetauscht, bei der du ums Leben kommen wirst!«

»Irina, komm zu dir!«, entgegnete Oleg flehentlich. »Erinnerst du dich nicht mehr an unser Gespräch am Stützpunkt? Du wolltest doch selbst mit auf die Expedition. Wir sind doch zusammen auf dem Schiff! Du bist nicht im Perseus geblieben.«

Sie fing zu weinen an und vergrub das Gesicht an der Brust ihrer Mutter.

»Bring sie auf ihr Zimmer«, flüsterte ich Olga ins Ohr. »Und lass sie keine Sekunde allein. Sie ist völlig durcheinander.«

Unterdessen wartete Ellon immer noch an der geöffneten Luke. Während Olga ihre Tochter langsam hinausführte, wurde der Demiurg ungeduldig.

»Seid ihr bald fertig mit eurem Getuschel, Menschlinge?«, fragte er gallig. »Der Zeittransformator wird im Leerlauf noch überhitzen! Vielleicht bequemt sich einer von euch dazu, den Hund hier hineinzubitten?!«

»Ich mache das«, erwiderte ich, kniete mich wie zuvor Irina zu Mizar hinab und strich ihm übers dichte Fell. »Hör zu, mein Freund. Es geht hier nicht darum, durch den Wald zu laufen und Vögel zu verbellen. Dir steht ein atemberaubendes Experiment bevor, und wenn es gelingt, sind wir alle gerettet. Bist du bereit, dafür dein Leben zu riskieren?«

»Ich bin bereit, Eli«, knurrte er tapfer.

Ich führte Mizar zur Zeitmaschine und zeigte auf die Luke. Eine Zeit lang beäugte der Hund den Apparat misstrauisch. Seine gesenkte Rute verriet, dass ihm nicht wohl dabei war. Doch dann sammelte er sich, bellte »Lebt wohl!« und sprang mit einem entschlossenen Satz hinein. Ellon schloss die Luke und machte sich am Kollapsan zu schaffen. Der Zeittransformator trat in Aktion.

Schon bald konnten wir beobachten, wie der Hund sich in der durchsichtigen Kugel allmählich auflöste. Er verschwand genauso wie damals Oan bei seinem Fluchtversuch. Sein Körper verwandelte sich in eine Silhouette. Im Transformator schien es sehr heiß zu sein. Mizar hechelte mit hängender Zunge und starrte uns aus seinen unverändert leuchtenden Augen an. Während sein Körper verblasste, blieben Zunge und Augen fürs Erste unverändert, als wären sie vom restlichen Körper entkoppelt. Doch dann wurden auch die Augen trüb, und die hechelnde Bewegung der Zunge gefror. Schließlich war die durchsichtige Kugel völlig leer.

»Mizar befindet sich in der Zukunft!«, verkündete Ellon und entfernte sich staksend vom Kollapsan. »Und zwar in der allernächsten Zukunft, nach eurer Zeitrechnung etwa tausend Jahre von uns getrennt. Dort wird er ein Weilchen in der geschmolzenen Zeit schmoren!«

Bei diesen letzten Worten brach Ellon wieder in sein triumphierendes, diabolisches Gelächter aus, das mich erschaudern ließ.

»Wie lange wird Mizar in der Zukunft bleiben?«, fragte ich.

»Nur eine Stunde, Admiral. Dann schalte ich den Kollapsan aus, und euer Köter wird wieder in unsere Zeit zurückpurzeln.«

Ellons Euphorie empfand ich als völlig deplatziert. Selbst die Freude des Forschers, der eine grandiose Entdeckung gemacht hat, hätte die Sorge um Mizar nicht überdecken dürfen. Zudem befremdete mich, dass Irinas Erkrankung den Demiurgen vollkommen kaltließ. Oleg verließ den Raum, um nach Irina zu sehen. Romero trat zu mir und hakte mich unter.

»Möchten Sie nicht sehen, wie die Genesung der BUM des *Steinbocks* voranschreitet, Admiral?«, fragte er.

Ohne meine Antwort abzuwarten, zog er mich zum anderen Ende des Labors, wo die desorientierte Borduniversalmaschine in einen Prüfstand eingespannt war. Ich forderte eine Expertise zu unserem Zeitreiseexperiment an. Wie in letzter Zeit üblich gab die BUM die Antwort mit melodiöser Stimme und in Form von Versen:

Es war vor einer Ewigkeit, ich weiß nicht mehr,
wie lang ist es her?
Wir spukten durchs Land wie Gespenster,
versunken in Zeitlosigkeit.
Nun blick ich erschöpft aus dem Fenster,
und ausgelöscht ist die Vergangenheit.
Es war vor einer Ewigkeit, ich weiß nicht mehr,
wie lang ist es her?
Kann es sein, dass da nie etwas war?

»Die Antwort ist nicht gerade der Weisheit letzter Schluss, Pawel, aber immerhin nicht vollständig sinnlos«, kommentierte ich ironisch. »Die Verse finde ich auch besser als den Kitsch, den sie letztes Mal abgesondert hat.«

»Der Titel des Gedichts lautet übrigens ›Erinnerung‹. Ich weiß nicht, ob Sie es kennen, Eli. Dass die Maschine die Erinnerung bemüht, bedeutet jedenfalls, dass sie wieder zu Bewusstsein kommt. Das wichtigste Element des Bewusstseins ist die Erinnerung! Ach, weiser Eli, wissen Sie überhaupt, welch beherrschende Macht die Erinnerung über den denkenden Verstand hat? Die Erinnerung ist der einzige Garant der Unsterblichkeit, der Katalysator, der Augenblicke zur Ewigkeit wandelt und flüchtige Momente unauslöschlich macht!«

Für seine gespreizte Ausdrucksweise war Romero ja berüchtigt, doch so dick trug er nur selten auf.

»Welch hymnische Ode an die Erinnerung, Pawel!«

»Heute Nacht war Ihre Schwester bei mir, Eli. – Schauen Sie nicht so erschrocken, mein Freund, ich habe meine fünf Sinne noch beisammen. Natürlich weiß ich, dass Wera schon lange tot ist. Vor der Abreise von der Erde habe ich ihre Urne im Pantheon besucht. Sie war in meiner Erinnerung bei mir, nur in meiner Erinnerung! Mein Bewusstsein ging ganz in der Erinnerung an mein Leben auf – ein wunderschönes Gefühl, lieber Schwager! Wera und ich hatten uns ja zerstritten, das wissen Sie ja, Sie wissen alles, Admiral, nein, damals waren Sie noch nicht Admiral, Sie waren noch jung … Ich holte Wera auf dem Pluto ein, suchte sie in jenem Hotel auf, in dem wir schon zusammen gewohnt hatten, im selben Zimmer, Eli … Ich fiel vor ihr auf die Knie und küsste ihre Füße, sie fiel auch auf die Knie und weinte und küsste mich. Sie war so unendlich glücklich darüber, dass ich zurückgekommen war und sie mir verzeihen konnte … Eli, mein Freund, mein Schwager, ich bin Ihnen so dankbar, dass Sie mich damals drängten, Ihrer Schwester hinterherzureisen, damit haben Sie mir mein Leben zurückgegeben. Wera und ich knieten voreinander, wahrscheinlich gaben wir eine lächerliche Figur dabei ab, doch wir waren so glücklich und heulten und küssten uns. Das war heute Nacht – eine wunderbare Nacht, Eli!«

Romero schwankte. Er war so unvermittelt ins Delirium abgeglitten, dass ich keine Chance gehabt hatte, ihn zu unterbrechen. Als er zur Seite kippte, fing ich ihn im letzten Moment auf. Er zuckte zusammen und schien aufzuwachen. Seine Augen waren trüb, sein Blick verklärt vor bitterem Glück.

»Was ist mit mir? Wovon habe ich gesprochen?«, fragte er verwirrt.

»Wir sprachen über die Rückführung der BUM in die Gegenwart, Pawel. Und jetzt lassen Sie uns zuhören, worüber Ellon, Orlan und Grazio sich so angeregt unterhalten.«

Der Disput zwischen den beiden Demiurgen und dem Galakten verdiente unsere Aufmerksamkeit.

»Der Transfer in die Zukunft ist ein Kinderspiel«, behauptete Ellon. »Man muss die Zeit lediglich beschleunigen, ohne ihre Richtung zu ändern. Die Zeit fließt von der Vergangenheit in die Zukunft, der Kollapsan zündet den Turbo, und das war's! Eine Reise in die Vergangenheit ist dagegen viel komplizierter, denn der Lauf der Zeit muss umgekehrt werden. Der Kollapsan ermöglicht diese Transformation durchaus. Die Frage ist nur, wie die Objekte darauf reagieren. Unbelebte Gegenstände erfahren dabei keine Veränderung, sie sind in Vergangenheit und Zukunft gleich. Organismen dagegen gehen zugrunde, wenn man bei der Umkehr der Zeit nicht eine ganz besondere Technik anwendet.«

»Warum ist das so?«, fragte Grazio.

»Natürliche Gewebe, die ihr Galakten ja so perfekt findet, halten den Sprung über die Nullzeit nicht aus«, erwiderte Ellon mit schadenfrohem Grinsen. »Bei künstlichen Organen gibt es dieses Problem nicht; sie leiden überhaupt nicht unter einem umgekehrten Zeitlauf.«

Der Galakt ließ die Spitze des Demiurgen an sich abperlen. »Du sprachst von einer ganz besonderen Technik der Zeitumkehr, wie ist das zu verstehen?«, fragte er. »Und aus welchem Grund ist der Übergang über die Nullzeit für natürliche Gewebe so gefährlich?«

»Weil die Nullzeit einen Stillstand sämtlicher Prozesse bedeutet. Einem Stein oder Metall macht das nichts aus, für ein Lebewesen bedeutet es den Tod.«

»Haben wir bei der Pseudokollision der beiden Sonnen nicht bereits einen Stillstand der Zeit erlebt und unser Jetzt verloren?«, flocht ich ein.

»Der Stillstand währte nur kurz. Wir sind erstarrt, aber nicht gestorben, weil der natürliche Zeitfluss von der Vergangenheit in die Zukunft sofort wieder einsetzte. Eine Zeitumkehr würde uns dagegen förmlich zerreißen. Das Einzige, was ich dann noch in die Vergangenheit befördern könnte, wäre deine Leiche, Admiral! Es gibt nur einen Weg, ein Lebewesen in die Vergangenheit zu transferieren: Man muss es zunächst im normalen Zeitfluss in die Zukunft katapultieren. Von dort rollt es wie ein Stein von einem Berg wieder zurück. Der Trick besteht nun darin, es nicht am Fuß des Berges, also in der Gegenwart aufzuhalten, sondern weiterrollen zu lassen – in die Vergangenheit, und zwar nicht durch die Einwirkung äußerer Kräfte, sondern durch Trägheit. Eine Bewegung aufgrund der Zeitträgheit führt immer zu einem Punkt realer Existenz, das liegt in der Natur der Zeit. Wenn ein Lebewesen, das aus der Zukunft in die Gegenwart zurückfällt, durch diese Trägheitswirkung in die Vergangenheit weiterrollt, läuft der Übergang über die Nullzeit ohne unangenehme oder gar tödliche Nebenwirkungen ab. Und kurz nach diesem Übergang kann auch der Anstoß durch den Kollapsan erfolgen und das Lebewesen in eine beliebige Vergangenheit katapultieren. Alle vergangenen Jahrmillionen liegen ihm dann zu Füßen!«

Nun war es an der Zeit, Mizar wieder in unsere Zeit zurückzuholen. Ellon legte einen Hebel am Bedienpult des Kollapsans um. In der Transformatorenkugel erschien ein flackernder Schatten, der allmählich die Umrisse einer hechelnden Hundezunge gewann. Knapp darüber ploppten zwei dunkle Knöpfe auf, die allmählich glasig wurden. Kurz darauf materialisierte sich auch der Rest des Hundes in der Zeitmaschine. Mizar war quicklebendig zurück in unserer Zeit, stieß mit der Schnauze gegen das Glas und wedelte ungeduldig mit dem Schwanz.

Als Ellon die Luke öffnete, schoss der stattliche Schäferhund wie eine Pistolenkugel heraus und warf als Erstes Romero um. Danach sprang er vor Freude rasend Grazio an, der sich wenigstens auf den Beinen halten konnte. Als Dritter war ich an der Reihe und bekam seine Zunge ins Gesicht.

»Ist ja gut, Mizar«, beschwichtigte ich ihn und klopfte kräftig seine Flanke. »Erzähle uns, was du erlebt hast.«

Der Hund hatte nichts Besonderes gesehen. Zunächst umgab ihn nur Nebel, dann erschienen Sterne, die durch den Raum trieben und so bedrohlich funkelten, dass er sie wütend anknurrte. Im Prinzip umgab ihn dieselbe Sternenlandschaft wie auf unseren Bildschirmen. Am meisten hatte ihm eine unerträgliche Hitze zu schaffen gemacht, die ihn völlig austrocknen ließ.

Während Mizar gierig eine Schüssel Wasser ausschlabberte, bereitete Ellon den Transformator für eine weitere Zeitreise vor.

»Können wir die Reise in die Vergangenheit nicht auf morgen verschieben, damit Mizar sich ausruhen kann?«, fragte ich.

»Natürlich können wir das«, erwiderte der Demiurg. »Fragt sich nur, ob es uns morgen noch gibt.«

Ellons ätzende Bemerkung war nicht ganz unberechtigt. Die Ramiren hatten uns auf dem Kieker. Auch die kurzen Aussetzer von Romero und Irinas besorgniserregender Geisteszustand ließen es nicht ratsam erscheinen, wertvolle Zeit verstreichen zu lassen.

Mit einem treuherzigen Blick und zurückhaltendem Schwanzwedeln erklärte sich Mizar tapfer bereit, das Experiment unverzüglich fortzusetzen. Abermals beobachteten wir, wie der schöne Schäferhund in der Glaskugel zu einer nebulösen Silhouette gerann und sich schließlich auflöste.

Inzwischen war auch Oleg wieder ins Labor zurückgekehrt. Mit sorgenvoller Miene berichtete er, dass Irina ohne Bewusstsein darniederliege. Olga wachte an ihrem Bett. Das medizinische Analysegerät hatte bei drei Versuchen jeweils verschiedene Diagnosen gestellt und bizarr anmutende Behandlungsvorschläge ausgespuckt. Entweder war Irinas Krankheit nicht im Speicher der Maschine einprogrammiert, oder die Maschine war selbst ein Fall für den Arzt.

»Achtung! Jetzt erfolgt die Rückkehr aus der Zukunft und der Weiterflug in die Vergangenheit durch Zeitträgheit!«, verkündete Ellon geschäftig.

Alle Blicke richteten sich auf die Zeitmaschine. Wiederum erschienen im Transformator die Konturen von Mizars Zunge und Augen, dann der Rest seines Körpers. Ich dachte schon, dass er im nächsten Moment zu bellen beginnen würde. Doch diesmal materialisierte sich sein Körper nicht, sondern blieb eine schattenhafte Silhouette, die alsbald verblasste und wieder verschwand. Mizar war ohne Zwischenhalt in der Gegenwart in die

Vergangenheit katapultiert worden. Ellon beugte sich über das Bedienpult des Kollapsans und beobachtete aufmerksam die Anzeigelampen.

»Der Versuchshund ist in die Vergangenheit abgetaucht«, vermeldete der Demiurg. »Die Nullzeit hat er lebendig und unversehrt passiert.«

»Wie lange wird es dauern, bis Mizar zurückkommt?«, fragte Oleg.

»Etwa eine Stunde, Kommandeur.«

»Wenn du hierbleibst, gehe ich in der Zwischenzeit Vagabund besuchen«, sagte ich zu Oleg. »Er wird sich gewiss über ein bisschen Gesellschaft freuen.«

Im Leitstand ging ich an der Wand entlang im Kreis herum, wie es Grazio stets zu tun pflegte. Über Datenleitungen hatte Vagabund das Experiment mit Mizar in Echtzeit mitverfolgt.

»Was hältst du von solchen Zeitreisen, Eli?«, fragte mich das Gehirn.

»Ich beobachte das Ganze mit gemischten Gefühlen. Einerseits verbinde ich natürlich die Hoffnung auf Rettung damit. Andererseits traue ich dieser abenteuerlichen Technik nicht über den Weg. Und zum Dritten hege ich eine instinktive Abneigung gegen Experimente an Lebewesen.«

»Die Lage ist vermutlich ernster, als wir es uns vorstellen können. Glaubst du auch, dass uns der Wahnsinn droht?«

»Der Wahnsinn hat bereits begonnen.«

»Außer Irina sind doch noch alle bei vollem Verstand«, gab ich zu bedenken »Abgesehen von den Bordrechnern natürlich.«

»Der maschinelle Intellekt ist im Gegensatz zu Organismen nicht durch einen Zeitstabilisator geschützt. Es war zu erwarten, dass die BUMs als Erste einknicken, aber früher oder später erwischt es uns auch.«

»Ja«, bestätigte das Gehirn. »Du teilst Romeros Hypothese?«

»Romero hat den Nagel auf den Kopf getroffen.«

»Wir werden also alle verrückt, Vagabund?«

»Es sieht ganz danach aus. Die hundertprozentige Gegenwärtigkeit haben wir bereits verloren. Die Zeit auf dem Schiff pulsiert zwischen der nahen Vergangenheit und der nahen Zukunft. Sie verläuft nicht gleichmäßig, sondern vibriert. Das ist wie bei einem Krampf. Ich spüre das Pulsieren der Zeit in jeder Gehirnzelle. Die Vibrationen zwischen Vergangenheit und Zukunft übertragen sich auch auf meine Gedanken. Die Kommandos, die ich in Form von Signalen an die Stellantriebe übermittle, flattern ganz leicht. Zum Glück reagieren die groben Antriebsmaschinen nicht auf solche Feinheiten wie das Vibrieren eines Gedankens oder das Flattern eines Signals. Doch das wird nicht lange so weitergehen, Eli. Irgendwann erreichen wir einen Punkt, an dem die vibrierenden Signale kein Kommando mehr ergeben. Und dann steht auf dem Schiff alles still.«

»Grazio, der dich ständig doubelt, hat über nichts Derartiges berichtet«, entgegnete ich irritiert.

»Er wird es auch bald spüren. Bald werdet ihr es alle spüren, Eli. Die Zeit gerät immer mehr aus den Fugen. Das Intervall zwischen Vergangenheit und Zukunft, innerhalb dessen die Zeit hin und her schwingt, wird allmählich immer größer. Jede Vibration hinterlässt ihre Spuren. Das Vergangene staut sich auf, die Zukunft konzentriert sich. Sobald die Unvereinbarkeit von Vergangenheit und Zukunft ein gewisses Maß überschreitet, wird die Zeit erneut auseinanderreißen. Beim letzten Mal hatten wir es mit einer Zeitentkoppelung zwischen zwei Gestirnen zu tun. Doch was wird passieren, wenn die Zeit auf unserem Schiff entzweigeht?«

»Das sind wahrhaftig düstere Aussichten. Gibt es denn keine Chance auf Rettung?«

»Nur eine: Die Zeit auf dem Schiff muss schnellstmöglich stabilisiert werden. Ein Zeitstabilisator wäre im Augenblick viel wichtiger als ein Zeittransformator.«

Über Lautsprecher wurde ich dringend ins Labor gerufen. Auf dem Boden lag Mizar: tot. Seine Augen waren weit aufgerissen, das Maul geöffnet, das Fell gesträubt. Alle starrten auf den leblosen Hund. Orlans Donnerstimme brach das Schweigen.

»Ellon, du hast versprochen, dass Mizar die Nullzeit unversehrt passieren wird«, polterte er. »Das war gelogen.«

Ellon zog den Kopf so tief zwischen die Schultern, dass nur noch seine schuldbewussten Augen hervorlugten.

»Ich habe nicht gelogen, Orlan. Mizar hat den Sprung über die Nullzeit gut überstanden. Ihr habt es doch alle gesehen! Er ist lebendig in die Vergangenheit eingetaucht.«

»Aber zurückgekehrt ist er tot. Hast du eine Erklärung dafür, Ellon?«, beharrte Orlan.

»Im Moment nicht. Ich werde nach einer Erklärung suchen«, antwortete Ellon kleinlaut.

Während Mizar zur Obduktion auf einen Tisch gelegt wurde, erzählte ich meinen Freunden von Vagabunds schlimmen Befürchtungen.

»Du solltest besser in den Leitstand zurückkehren«, riet ich Grazio. »Ich habe das Gefühl, dass Vagabund die Nerven verlieren könnte.«

»Ich werde mit Ellon sprechen«, sagte Orlan und winkte den Chefingenieur zu sich.

Völlig deprimiert kam Ellon angestelzt.

»Vagabund hat uns darauf aufmerksam gemacht, dass die Zeit auf dem Schiff zwischen Vergangenheit und Zukunft hin und her schwingt und dass die Schwingungsamplitude ständig größer wird. Wann wird der Zeitstabilisator in Betrieb gehen, Ellon?«, fragte Orlan.

»Ich werde mich unverzüglich um den Stabilisator kümmern, Orlan«, erklärte Ellon eilfertig. »Die Arbeiten am Transformator werde ich einstellen und den Stabilisator von der Mikrozeit auf die Bordzeit umstellen.«

»Du hast meine Frage nicht beantwortet, Ellon«, zürnte Orlan. »Es interessiert mich nicht, wann du geruhst, dich um den Stabilisator zu kümmern! Ich will wissen, wann er in Betrieb geht!«

»Morgen«, versprach Ellon unterwürfig.

Nachdem ich noch einen letzten, kummervollen Blick auf den toten Hund geworfen hatte, verließ ich zusammen mit Oleg das Labor.

»Oleg, wenn wir beide nicht die Nerven behalten, gibt es eine Katastrophe«, sagte ich zu ihm, während wir durch den Korridor schritten. »Was auch immer mit den anderen geschieht, wir müssen die Zeitvibrationen irgendwie durchstehen. Und wenn es doch zu einem Riss zwischen Vergangenheit und Zukunft kommt, dann halte dich an die Zukunft! Bleibe in der Zukunft und lass dich auf keinen Fall in die Vergangenheit fallen!«

»Du hast Recht, Eli. Wir dürfen nicht aufgeben.«

Oleg sah erschöpft aus. Seine Augen waren gerötet und seine Lider geschwollen. Ich atmete tief durch. Nur auf zwei Menschen auf dem Schiff konnte ich mich mehr oder weniger verlassen: auf mich selbst und auf ihn. Und das war entsetzlich. Warum das so entsetzlich war, konnte ich ihm nicht sagen.

4

Erst spät kam ich in unser Quartier zurück. Mary schlief bereits. Möglichst leise zog ich mich aus und legte mich hin.

In jener Nacht riss mich ein Schluchzen aus dem Schlaf. Mary saß auf dem Sofa, hatte den Kopf in die Hände gestützt und weinte. Besorgt trat ich zu ihr und strich ihr zärtlich übers Haar.

»Was ist mir dir, Mary? Was hast du denn?«, fragte ich und küsste ihre tränennassen Wangen.

Sie wandte sich ab.

»Du liebst mich nicht!«, heulte sie.

»Mary! Was erzählst du denn da? Ich liebe dich nicht? Was für ein Unsinn!«

Noch schlaftrunken, verstand ich überhaupt nicht, wie mir geschah. Ich drehte sie zu mir herum und bedeckte abermals ihr Gesicht mit Küssen. Sie riss sich los und stampfte wütend mit dem Fuß auf.

»Fass mich nicht an! Du liebst mich nicht! Und wenn du es wissen willst, ich liebe dich auch nicht!«

Erst jetzt dämmerte mir, woher der Wind wehte. Ich ließ von ihr ab, setzte mich auf einen Stuhl und versuchte, ganz ruhig mit ihr zu reden.

»Soso, ich liebe dich also nicht? Und du liebst mich nicht? Das ist ja interessant! Wie kommst du denn darauf?«

»Du hast dich bei der Auskunftsmaschine nach mir erkundigt«, heulte sie mit tränenerstickter Stimme. »Du bist darüber erschrocken, wie gering der Grad unserer Übereinstimmung ist, ja, darüber bin ich auch erschrocken, aber ich habe immer nach einer Möglichkeit gesucht, dich zu treffen! Schon seit jenem Abend in Kairo wollte ich dich wiedersehen, doch du bist auf die Ora abgereist, ohne auch nur einen Gedanken an mich zu verschwenden. Ich wollte mich doch dafür entschuldigen, dass ich in Kairo und beim Großen Sommergewitter in der Hauptstadt so grob zu dir war, es war mir ein Bedürfnis, mich zu entschuldigen! Ständig habe ich an dich gedacht und den Stereobildschirm gar nicht mehr abgestellt, um nur ja nicht eine Übertragung von der Ora zu verpassen, um dich wenigstens dort zu sehen. Aber du musstest dich ja in eine dämliche Schlange verlieben und wolltest überhaupt nicht mehr zurück zur Erde, bist stattdessen in den Perseus abgerauscht, und es war dir ganz egal, dass ich jede Nacht geweint habe, nachdem ich erfuhr, dass deine Schwester ohne dich zurückgekehrt war. Pawel hat mir erzählt, wie verliebt du deine superhübsche Schlange angeschaut hast, wie du jede Nacht zu ihr in den Park gerannt bist, alles hat er über dich erzählt, und ich habe ihm geantwortet, dass ich dich trotzdem liebe, obwohl ich dich bereits hasste! Und jetzt hasse ich dich auch! Du kannst mir gestohlen bleiben, ich werde dich einfach ignorieren und dir die kalte Schulter zeigen, jawohl! Warum sagst du nichts?«

»Pawel hat dir nicht alles über mich erzählt, Mary«, erwiderte ich.

»Doch, das hat er!«, schrie sie aufbrausend.

»Nicht alles, Mary, glaub mir«, wiederholte ich mit sanftem Nachdruck. »Pawel wusste gar nicht alles über mich. Deshalb konnte er dir auch nicht sagen, dass ich mich schon bei unserem allerersten Zusammentreffen in Kairo bei deinem ersten Wort und deinem ersten Blick für immer in dich verliebt hatte. Er konnte dir nicht sagen, dass ich dich stets von ganzem Herzen liebte, egal ob du dich gerade abweisend verhieltst oder dich entschuldigen wolltest. Viola war eine Schwärmerei, ja, doch geliebt habe ich immer nur dich! Als du mich in der Hauptstadt bissig einen Angeber nanntest, habe ich nur gedacht: Was für eine bezaubernde Stimme sie hat! Und als du mit Blicken wie mit Giftpfeilen nach mir schleudertest, habe ich zu mir gesagt: Wahnsinn, sie hat die schönsten Augen der Welt! Und als du mich nach unserem zweiten Treffen in der Hauptstadt einfach stehen ließest und davongingst, berauschte ich mich an deiner zierlichen Figur, an deinem Gang, an der Eleganz, mit der du beim Gehen die Arme schwingen lässt, den linken nur ganz sanft, den rechten ein wenig ausladender, ich war einfach nur glücklich, dir beim Gehen zusehen zu dürfen, ja, so war das damals, und Pawel konnte dir nichts von alledem erzählen, weil er nichts davon wusste, Mary!«

»Du hast gesagt, dass du damals so empfunden hast, und damit gibst du zu, dass es jetzt nicht mehr so ist!«

»Du hast Recht, Mary, das ist Vergangenheit. Doch zu dieser Vergangenheit gehört noch viel mehr! Dazu gehört auch unsere Reise in den Perseus. Du erinnerst dich doch? Was war das für eine fantastische Hochzeitsreise, Mary! Wir haben fast jede Minute zusammen verbracht, und jede Minute, die wir nicht zusammen verbrachten, war für uns verschwendete Zeit, weißt du noch? Erinnere dich, Mary! Ich liebte dich, war stolz auf dich und freute mich jeden Tag aufs Neue darüber, dass du meine Frau bist, dass du meine zweite Hälfte bist, dass du all das verkörperst, was mein Leben reich macht. Bitte erinnere dich, Mary, so war es doch damals!«

»Damals, damals!«, echote sie gereizt. »Was für ein schreckliches Wort! Damals! Alles vorbei, Eli, alles Vergangenheit!«

»Ja, du hast Recht, Mary, dieses furchtbare Wörtchen ›damals‹! Doch wie viel Gutes steckt auch darin! Welche Schätze birgt unsere Vergangenheit! Zum Beispiel Aster, unseren einzigen Sohn. Erinnere dich, Mary, wir beide hatten einen Sohn, und er hieß Aster!«

»Ja, er hieß Aster ...«, murmelte sie verwirrt.

»Siehst du, Mary, du hast dich an ihn erinnert, Gott sei Dank erinnerst du dich an ihn, Mary, meine Einzige, meine Liebste! Er ist gestorben, Mary, einen furchtbaren Tod ist er gestorben, die verfluchte Schwerkraft auf dem Dritten Planeten hat ihn ausgezehrt, in deinen Armen ist er gestorben, und du hast um ihn geweint. Erinnere dich an Aster, Mary, erinnere dich an unseren Sohn, der in deinen Armen gestorben ist!«

»Hör auf, du brichst mir das Herz, Eli!«, heulte sie.

Ich ging vor ihr auf die Knie und drückte mein Gesicht gegen ihre glühenden Hände.

»Nein, Mary, ich werde nicht aufhören«, flüsterte ich hitzig, »und wenn nötig, werde ich dir das Herz brechen, aber ich werde dir nicht erlauben, Aster zu vergessen! Erinnere dich an unseren armen Sohn, an unseren Kummer, an unsere Verzweiflung! Erinnere dich, dass er auf der Erde in einem Mausoleum aufgebahrt ist, und an die Inschrift über dem Eingang: ›Dem ersten Menschen, der für die Sternenfreunde der Menschen sein Leben gab‹, weißt du noch, wie oft wir ihn dort besucht haben und schweigend vor seinem Sarkophag standen? Es gibt so viele Dinge, an die wir uns erinnern können, Mary, über die wir uns freuen können und auf die wir stolz sein können!«

In Marys Kopf tobte ein unerbittlicher Kampf zwischen klarem Verstand und Wahnsinn, doch allmählich gewann der klare Verstand die Oberhand.

»Ja, Eli, an vieles können wir uns erinnern, auf vieles können wir stolz sein. Doch all dies ist vorbei, es liegt in der Vergangenheit!«

Ich stand auf. Nunmehr war ich mir fast sicher, dass es mir gelingen würde, sie in die Realität zurückzuholen.

»Vieles liegt in der Vergangenheit, aber nicht alles! Befinden wir uns etwa in der Vergangenheit? Wir sind doch hier, Mary! Und unsere Liebe ist bei uns! Sie hat uns in der Vergangenheit zusammengeschweißt, und sie tut es auch jetzt!«

Nun trat Mary zu mir und fasste mich an den Schultern.

»Du hast ›jetzt‹ gesagt, Eli? Habe ich richtig gehört? Jetzt?«

»Ja, Mary, du hast richtig gehört. Wir sind im Hier und Jetzt, und unsere Liebe könnte nicht realer, nicht gegenwärtiger sein!« Erst jetzt ließ ich meinen Gefühlen freien Lauf, und meine Stimme begann zu zittern. »Ja, wir beide sind älter geworden und sicher nicht hübscher, doch ich liebe dich so, wie du bist. Du warst und bist immer die Einzige für mich! Ich liebe dein silberglänzendes Haar, deine angewelkten Hände, deine schütter gewordenen, einst schwarzen Brauen und deine unglaublichen Augen! Ich liebe deine Stimme, dein Reden und dein Schweigen! Ich liebe es, wie du gehst, wie du auf dem Sofa sitzt und wie du vor dem Fenster stehst. Ich liebe es, wie du morgens in den Spiegel schaust und wie du mich strafend ansiehst, wenn ich tropfnass aus dem Regen komme. Schau mir in die Augen, du wirst nur Liebe darin finden! Ich liebe dich über alles und werde niemals damit aufhören, Mary!«

Meine Stimme versagte, ich konnte nicht weitersprechen. Meine Beine begannen auf einmal so heftig zu zittern, dass ich mich hinsetzen musste. Sie verbarg ihr Gesicht mit den Händen. Verzweiflung überkam mich, denn ich war mir nicht sicher, ob ich Mary zurückgeholt hatte. Langsam ließ sie die Hände sinken und sah mich verwirrt an.

»Was ist passiert, Eli? Was war eben mit mir los?«

»Alles in Ordnung, Mary«, erwiderte ich hastig. »Es ist vorbei. Sprechen wir nicht darüber.«

»Du stammelst ja, Eli«, sagte sie und musterte mich entgeistert. »Deine Hände zittern! Und du weinst! Über deine Wangen rinnen Tränen herab! Du hast doch noch nie geweint, Eli. Nicht einmal als unser Sohn starb, hast du geweint. Stand es denn wirklich so schlimm um mich?«

»Es ist vorbei«, wiederholte ich und wunderte mich, woher ich die Kraft nahm, nicht hemmungslos loszuheulen. »Mach dir keine Gedanken um mich. Ich bin einfach mit den Nerven am Ende. Du weißt ja, in was für einer katastrophalen Lage wir stecken. Und jetzt entschuldige mich, ich muss ins Labor. Wenn du dich nicht gut fühlst, ruf mich sofort!«

Sie wusste genau, was in mir vorging, und lächelte. Ich musste mir keine Sorgen mehr um sie machen.

»Geh nur, Eli. Und sieh nach Irina«, sagte sie milde.

Als ich die Wohnung verließ, winkte ich ihr zu und versuchte dabei, gelöst zu wirken. Draußen im Gang lehnte ich mich erschöpft gegen die Wand und schloss die Augen. Ich fühlte mich wie ein gerade aus dem Wasser gezogener Ertrinkender, der gierig nach Luft schnappt.

Irina lag mit geschlossenen Augen in ihrem Zimmer. Seit sie nach ihrem Anfall im Labor das Bewusstsein verloren hatte, war sie nicht wieder zu sich gekommen. Olga saß an ihrem Bett. Ich setzte mich aufs Sofa.

»Du siehst schlecht aus, Eli«, bemerkte Olga.

»Wir sehen alle schlecht aus, Olga. Wie geht es Irina?«

»Es besteht keine Lebensgefahr, aber sie wacht nicht auf, das macht mir Sorgen.«

»Bei den derzeitigen Verwerfungen der Zeit ist es vielleicht sogar von Vorteil, dass sie ohnmächtig ist. Besser bewusstlos als verrückt, findest du nicht?«

Olga sah mich unverwandt an. Ihr durchdringender Blick schien mich gleichsam zu scannen.

»Ist nach Mizars Tod noch irgendetwas passiert, Eli?«, fragte sie.

»Wie kommst du darauf?«

»Ich sehe es dir an.«

»Mary ist krank geworden. Sie hatte plötzlich das Gefühl für die Gegenwart verloren und war ganz in die Vergangenheit abgetaucht. Sie fühlte sich in die Zeit zurückversetzt, als wir uns kennenlernten. Aus irgendeinem Grund hat sie sich eingebildet, dass ich sie nicht liebe. Es war ein hartes Stück Arbeit, sie aus diesem Loch herauszuholen!«

»Irina quält das Verlangen, sich zu verlieben«, sagte Olga nachdenklich. »Doch ausgerechnet von jenen, die sie lieben, wendet sie sich ab. Ich bin die Einzige, die sie toleriert. Siehst du, ich sitze neben ihr, und sie rührt sich nicht. Meine Anwesenheit scheint ihr angenehm zu sein.«

»Aber sie ist doch bewusstlos, wie soll sie da solche Gefühle hegen?«

»Hast du eine Ahnung, Eli. Als Oleg zu Besuch kam und sich an ihr Bett setzte, hat sie sich unruhig hin und her gewälzt. Und als er ihre Hand nahm, zog sie sie reflexartig zurück.«

»Ohne wach zu werden?«

»Ohne wach zu werden. Die Störung des Zeitflusses treibt erstaunliche Blüten. Wie bedauerlich, dass ich keine Psychologin bin. Dann könnte ich herausfinden, welcher Zusammenhang zwischen den Mikroschwingungen der Zeit und den Mikrorissen der Psyche besteht.«

»Wirklich sehr bedauerlich. Solche Erkenntnisse könnten uns dabei helfen, so mancher Gefahr aus dem Weg zu gehen. Wir müssen uns damit trösten, dass wenigstens wir beide noch unsere fünf Sinne beisammen haben. Oder hast du auch vor, in die Vergangenheit abzutauchen?«

Olga lachte leise.

»Was würde das ändern, Eli? Meine Vergangenheit unterscheidet sich nicht von meiner Gegenwart. Ob in der Vergangenheit oder in der Gegenwart, mein Schicksal ist immer dasselbe.«

»Wie soll ich das verstehen?«

»Ich habe dich geliebt, Eli«, erwiderte sie ruhig. »Ich habe dich als junges Mädchen und als Erwachsene geliebt. Ich war

Leonids Ehefrau, doch geliebt habe ich dich. Da kann man nichts machen, Eli, doch ich möchte, dass du weißt: Diese Liebe war meine einzige! Manchmal meine ich, ich sei nur für diese Liebe geboren worden. Vielleicht ist das der Grund, warum ich in meinem Leben nichts anderes zugelassen habe.«

Mit diesem Bekenntnis hatte mich Olga so überfahren, dass ich keine Widerworte fand, während sie sprach. Nun sah sie mich zärtlich an, klein und ergraut, doch immer noch so rotbackig, ausgeglichen und gutmütig, wie ich sie von jeher kannte. Plötzlich wurde mir bewusst, dass sie nicht von Gefühlen sprach, die sie in diesem Augenblick umtrieben, sondern dass sie einfach nur Rückschau auf ihr Leben hielt. Es war grotesk!

»Unsinn, Olga!«, entrüstete ich mich. »Du hast in deinem Leben so viel gesehen und so große Erfolge errungen – da verkommt die belanglose, enttäuschte Liebe zu mir doch zur Randnotiz! Denke daran, wer du bist! Eine berühmte Raumfahrerin, die erste Frau im Kapitänsrang, eine großartige Wissenschaftlerin und tapfere Kämpferin im Weltraum!«

Sie schüttelte den Kopf.

»Du hast Recht, Eli. Mein Leben war ereignisreich. Doch es gab eben auch die Liebe zu dir. Eine treue, lebenslange Liebe, Eli. Und als ich im Sterben lag, habe ich mit dir gesprochen, du hast meine Hand gestreichelt, und ich habe dir gestanden, dass du meine große und einzige Liebe warst!«

»Sieh mich an, Olga!«, verlangte ich.

Mit einem Lächeln sah sie zu mir auf und legte ihre Hand auf die meine. Sie war hier, in der Gegenwart, ich konnte die Wärme ihrer Hand spüren. Doch ihr Blick, mit dem sie mich unverwandt musterte, kam aus der Zukunft. Jeder auf dem Schiff verlor auf seine Weise den Verstand.

Plötzlich bewegte sich Irina in ihrem Bett.

»Ich glaube, sie möchte aufstehen. Geh bitte aus dem Zimmer«, sagte Olga.

Mit vor Wut geballten Fäusten irrte ich durch die endlosen Korridore unseres Schiffs. Ohnmächtig sah ich mich einem Feind gegenüber, der einfach nicht zu greifen war. Kein Energiefeld und kein Kampfannihilator konnte etwas ausrichten gegen den Wahnsinn, der sich wie ein Krebsgeschwür durch unser Schiff fraß.

Nicht weit von der Kommandobrücke entfernt stieß ich auf Oshima. Er brabbelte aufgeregt vor sich hin und fuchtelte wild und völlig sinnlos mit den Armen. Er stand so offensichtlich neben der Kappe, dass ich ihn an den Schultern packte.

»Oshima, warum haben Sie ihren Posten verlassen?«, fragte ich.

»Lassen Sie mich, Admiral!«, erwiderte er empört und versuchte sich loszureißen. »Kamagin vertritt mich. Ich habe es sehr eilig, bitte nehmen Sie die Hände weg.«

»Ich möchte wissen, wo Sie hinwollen, Kapitän Oshima!«

Er gab seinen Widerstand auf, denn ich war stärker als er. Nun blickte er sich verschwörerisch um und begann hinter vorgehaltener Hand zu flüstern.

»Ich bin auf dem Weg zu Haru-San, einem Mädchen namens Frühling.«

»Haru-San?« Ich war völlig perplex. »Aber auf unserem Schiff gibt es kein Mädchen, das Haru-San oder Frühling heißt!«

Oshima sah mich verständnislos an. »Mit Verlaub, Admiral, das kann ich nicht glauben. Es soll Haru-San nicht geben? Ich denke doch unentwegt an sie! Ich möchte mich mit Haru-San treffen.«

»Das ändert nichts daran, dass sie nicht auf dem Schiff ist. Sie existiert nur in Ihren Träumen, Oshima. Sie träumen mit offenen Augen, mein Freund. Kehren Sie auf die Kommandobrücke zurück.«

Der entrückte Kapitän schüttelte nur den Kopf. Er folgte einer völlig verzerrten Logik. »Wie kann es sein, dass sie nicht da ist, wenn ich doch an sie denke?«, beharrte er stur. »Sie ist immer bei mir.«

»Haru-San ist nicht hier und war nie hier!«, donnerte ich entnervt. »Es hat hier niemals ein Mädchen namens Frühling gegeben! Schlagen Sie sich das aus dem Kopf!«

»Dann werde ich sie suchen gehen, Admiral!«, verkündete er trotzig. »Sie muss sich versteckt haben. Ich bin sicher, dass das Mädchen namens Frühling hier ist.«

Er wollte um mich herumgehen, doch ich packte ihn am Kragen. Plötzlich machte Oshima eine flinke Bewegung, die ich gar nicht richtig mitbekam, dann landete ich unsanft auf dem Rücken. Ich war einen Kopf größer und eineinhalbmal so schwer wie Oshima, doch er hatte mich mit der Leichtigkeit eines Judokämpfers auf die Bretter geschickt. Für einen Moment wurde mir schwarz vor Augen.

»Admiral! Admiral!«, rief Oshima erschrocken. »Habe ich Ihnen wehgetan? Verzeihen Sie mir, Admiral. Ich weiß selbst nicht, was mit mir los ist!«

Benommen rappelte ich mich auf. Oshima stützte mich fürsorglich. Sein Wahnsinn schien mit einem Mal verflogen.

»Alles in Ordnung, Kapitän Oshima«, sagte ich. »Kommen Sie, wir gehen auf die Kommandobrücke.«

Oleg ging unruhig im Raum auf und ab, im Kapitänsstuhl saß Kamagin. Besorgt musterte ich den kleinen Kosmonauten. Eduard arbeitete präzise und flink wie gewohnt. Es schien ihm überhaupt nichts auszumachen, dass die BUM ausgefallen war und er sämtliche Kommandos an die Schiffsmaschinen nur über Vagabund erteilen konnte, genauso wie er alle Informationen und Daten von den Analysegeräten von Vagabund bekam. Auf den Bildschirmen tobte das Inferno des galaktischen Zentrums, wie Geschosse flogen uns feuerspeiende Gestirne um die Ohren. Kamagin manövrierte den *Steinbock* durch das Chaos wie ein erfahrener Seemann sein Segelschiff durch den Sturm.

Sollte der Irrsinn auch Kamagin in die Vergangenheit entrücken – so dachte ich –, wäre das für uns wohl das geringste Problem, denn schon in frühester Jugend hatte er sich als wagemutiger Kapitän seinen Weg durchs All gebahnt, und das zu einer Zeit, als Borduniversalmaschinen noch nicht einmal in der Theorie existierten. Selbst wenn Vagabund verrückt geworden wäre, hätten wir uns auf Kamagins Navigationskunst verlassen können, denn auch die Steuerung eines Raumschiffs von Hand beherrschte er aus dem Effeff.

Oshima setzte sich neben Kamagin. Ich ging zu Oleg und nahm ihn etwas beiseite.

»Hast du bemerkt, dass mit Oshima etwas nicht stimmt?«, fragte ich flüsternd.

»Ja. Oshima steht völlig neben sich. Deshalb hatte ich ihm auch erlaubt zu gehen.«

»Ich habe ihm den Kopf ein wenig geradegerückt. Allerdings bezweifle ich, dass das lange vorhält.«

»Jedenfalls dürfen wir ihm das Kommando über das Schiff nicht mehr ohne Absicherung überlassen.«

Für einige Minuten blieb ich auf der Kommandobrücke und beobachtete die Bildschirme. Als ich gerade gehen wollte, fing Oshima zu heulen an.

»Oh Haru-San, mein Frühlingsmädchen, es hat dich nie gegeben!«, lamentierte er schluchzend. »Die aus Lianen geflochtenen Girlanden, die dich umrankten, und die Kirschblüten in deinem schwarzen Haar – alles nur ein Traum! Oh du duftender Frühling und Jungbrunnen meiner Seele, feueräugige Haru-San, wie soll ich je verwinden, dass es dich nicht gibt?!«

»Ich würde ihn vorsichtshalber in die Krankenstation einweisen«, sagte Oleg und kratzte sich am Kopf.

»Und wer soll sich dort um ihn kümmern?«, entgegnete ich. »Sanitäter, die genauso spinnen wie er? Außerdem macht er schon Fortschritte. Vorhin hatte er noch darauf bestanden, Haru-San zu suchen, jetzt scheint er sich von ihr zu verabschieden.«

Wie um meine Worte zu bestätigen, zog Oshima ein Taschentuch hervor, wischte sich die Tränen ab, rückte seine Jacke zurecht und sagte in fast völlig normalem Ton:

»Admiral, Kapitän Oshima ist schwindlig. Ich übergebe das Kommando an Kamagin und werde mich ein wenig ausruhen.«

Oshima schloss die Augen und schlief sofort ein. Im Schlaf gewann sein Gesicht allmählich wieder die entschlossenen, energischen Züge zurück.

Oleg blieb auf der Kommandobrücke, ich begab mich ins Labor. Dort wurde mit Hochdruck am Zeitstabilisator gearbeitet. Demiurgen und Menschen führten beflissen die Anweisungen aus, die Ellon mit schneidender Stimme durch den Raum brüllte. Etwas abseits des Geschehens stelzte Orlan mit verschränkten Gummiarmen umher und beobachtete mit Argusaugen den Fortgang der Arbeiten. Er strahlte eine absolut natürliche Autorität aus, die keine Zweifel zuließ.

Noch vor wenigen Tagen wäre ein solches Bild unvorstellbar gewesen, da Orlan stets um Zurückhaltung bemüht war und es tunlichst vermied, sich in den Vordergrund zu spielen.

»Hallo Orlan, mein Freund!«, begrüßte ich ihn herzlich. »Gibt es schon Fortschritte mit dem Zeitstabilisator?«

Orlan sah mich herablassend an. »Eine sonderbare Frage, Admiral Eli. Hast du etwa nicht mitbekommen, dass Ellon versprochen hat, den Stabilisator noch heute in Betrieb zu nehmen?«

»Doch … ähm … Ich habe es gehört«, erwiderte ich verlegen.

»Oder denkst du etwa, dass Ellon es wagen würde, mich anzulügen? Keine Sorge, so etwas gibt es bei Demiurgen nicht. Der Tag ist ja noch jung, Admiral Eli.«

Auch Orlan war nicht mehr ganz bei Sinnen. Alle auf dem Schiff wurden verrückt. Die Zeitschwingungen zwischen Vergangenheit und Zukunft führten zu einer Persönlichkeitsspaltung. In der Psyche der Erkrankten stand eine wieder an die Oberfläche gespülte Vergangenheit diffusen Einblendungen aus der Zukunft gegenüber. Im Bewusstsein der meisten gewann die Vergangenheit die Oberhand, da sie vertrauter, naheliegender erschien. Einzig Olga war in die Zukunft entrückt, die anderen wurden von ihrer Vergangenheit eingeholt.

Während ich den dünkelhaft auf und ab stelzenden Orlan musterte, hatte ich plötzlich ein klares Bild seiner früheren Persönlichkeit vor Augen, das Bild eines herrischen Despoten, der seine Untergebenen als Lakaien und Sklaven behandelte und ihnen den leisesten Gedanken an Widerspruch oder Ungehorsam als Schwerverbrechen auslegte.

Sicher, Orlan konnte nichts dafür, dass sein Bewusstsein mehr und mehr im Sumpf der wiedererwachten Vergangenheit versank – das war sein Unglück, nicht seine Schuld! So seltsam das klingen mag, doch in unserer verzweifelten Lage profitierten wir sogar von seiner unerbittlichen Autorität, die Ellon und seine Helfer zu Höchstleistungen trieb. In außergewöhnlichen Situationen sind außergewöhnliche Maßnahmen mitunter ein probates Mittel.

Doch was tun, wenn wir uns retten und Orlan in seiner Vergangenheit verhaftet bleibt? Dieser Gedanke beunruhigte mich. Es war kaum vorstellbar, Orlan als herrschsüchtigen Tyrannen zu akzeptieren. Ich hatte Angst, einen meiner besten Freunde zu verlieren.

»Allein den Wahnsinn mit ansehen zu müssen, könnte einen um den Verstand bringen«, brummte ich vor mich hin.

Orlan hatte mich gehört. »Hast du etwas gesagt? Wiederhole es!«, forderte er misstrauisch.

»Ich weiß nicht mehr, was ich gesagt habe, Orlan«, erwiderte ich und zog mich ins Quartier zurück.

Mary schlief, und im Schlaf lächelte sie selig. Der Anblick ihres rotwangigen Gesichts machte mir Hoffnung. Ich steckte ein Diktafon ein und begab mich in den Leichenraum. Dort lag nun auch Mizar, der seine Reise in die Vergangenheit nicht überlebt hatte.

Doch mein Besuch galt abermals Oan. Ich rückte einen Stuhl zu seinem unsichtbaren Sarkophag und setzte mich verkehrt herum darauf. Wo befand sich Oan jetzt? In der Vergangenheit oder in der Zukunft? In welchem Moment hatte ihn Ellons

Energiefeld in Ketten gelegt? Würde er zurückkehren können, wenn wir sein Gefängnis öffneten? So wie Mizar aus der Zukunft zurückgekehrt war?

»In einem hast du Recht behalten, Verräter«, sagte ich zu Oan. »Der Zeitkrebs hat uns tatsächlich ereilt, so wie du es prophezeit hast. Freu dich, Oan! Unsere Seelen bluten, bald werden auch unsere Körper, ausgezehrt von der psychischen Spaltung, zu Boden sinken und erstarren. Jubelt, Unerbittliche, ihr habt gewonnen! Doch was bedeutet euch dieser Sieg? Antworte, Verräter, wozu bekämpft ihr uns? Warum habt ihr unser Geschwader vernichtet? Und warum habt ihr ein Schiff verschont? Aus welchem Grund tyrannisiert ihr uns Überlebende mit einer Zeit, die zwischen Zukunft und Vergangenheit pendelt? Ist euch der Sieg nicht genug? Habt ihr es nötig, euch darüber hinaus an unseren Qualen zu ergötzen? Die naiven Aranen haben euch zu Göttern ausgerufen! Ihr wollt Götter sein? Barbaren seid ihr, blutrünstige Henker! Ich würde dir ins Gesicht spucken, Oan, wenn ich damit jene treffen würde, die sich hinter dir verbergen! Ach, welch Wonne muss es euch bereiten, uns krepieren zu sehen. Doch was, wenn wir euch diesen Gefallen nicht tun und uns trotz allem die Flucht aus der kranken Zeit gelingt? Werdet ihr uns verfolgen? Werdet ihr uns mit eurem gnadenlosen Strahl vernichten? Noch einmal frage ich dich, Oan, warum führt ihr Krieg gegen uns? Zu welchem Zweck haltet ihr uns in dieser brodelnden Hölle gefangen? Womit haben wir euren Zorn entfacht?«

Nach einer kurzen Pause sprach ich weiter.

»Der Wahnsinn verschont keinen auf dem Schiff. Allein schon die Tatsache, dass ich als Lebender hierherkomme, um mit dir als Totem zu reden, spricht nicht gerade für meine geistige Gesundheit. Jeder schleppt sein eigenes Kreuz des Irrsinns. Mein Irrsinn – das bist du! Ich kann mich nicht von dir lösen. Irgendetwas treibt mich immer wieder zu dir. Doch ich werde dich überlisten. Auch ich bin in den Morast der Vergangenheit geraten, doch ich werde nicht darin versinken. Meine Seele wird sich nicht spalten! Siehst du dieses kleine Gerät hier? Ich werde die Vergangenheit, die in mein Bewusstsein schwappt, auf einem simplen Tonband entsorgen – da staunst du, was? Meine Frau wäre unter der Last der vergangenen Jahre beinahe zusammengebrochen. Etwas Vergleichbares wird mit mir nicht passieren. Ganz ruhig werde ich die Krankheit, die du mir angehängt hast, nach und nach abschütteln.«

Dann drehte ich Oan den Rücken zu und begann zu diktieren: »An jenem Tag schüttete es wie aus Kübeln, daran erinnere ich mich noch gut …«

5

Nachdem ich stundenlang diktiert hatte, war ich im Leichenraum eingeschlafen. Eine Lautsprecherdurchsage weckte mich auf.

»Admiral Eli – ins Labor! Admiral Eli – ins Labor!«

Dösig warf ich das Diktafon auf den Stuhl und verließ den Raum wie ferngesteuert. Im Labor stand Ellon am Zeitstabilisator und neigte seinen Oberkörper in einer servilen Verbeugung zu Orlan. Etwas abseits erblickte ich Oleg, Grazio und Romero. Orlan winkte mich zu sich heran und sah mich an wie einen Schulbuben.

»Der Tag geht zu Ende, und wie angekündigt wird unser Zeitstabilisator in Betrieb gehen!«, verkündete er selbstzufrieden. »Du bist bereit, Ellon?«, fragte er, ohne den Chefingenieur eines Blickes zu würdigen.

»Selbstverständlich, Orlan, ich bin bereit«, erwiderte Ellon dienstfertig und krümmte den Rücken in einer grotesken Verrenkung.

»Dann schalte ein!«

In dem Gerät ertönte ein lauter Knall und dann passierte – nichts mehr. Sekundenlang warteten wir in unerträglicher Anspannung auf weitere Geräusche, Lichtblitze, Druckwellen oder

Stöße, doch der Zeitstabilisator funktionierte ohne äußerliche Effekte.

Während ich den Blick über die Versammelten schweifen ließ, gewahrte ich mit Bitterkeit, wie sehr wir uns alle verändert hatten. Die Gesichter waren von seelischer Zerrüttung gezeichnet, die Schultern von Mühsal gebeugt. Selbst der götterhafte Grazio, der unter dem Zeitkrebs am wenigsten litt und uns alle um mehr als einen Kopf überragte, hatte seine statuenhaft erhabene Haltung eingebüßt.

Orlan wirkte durch die Selbstherrlichkeit, die aus seiner Vergangenheit zurückschwappte, eher bedrückt als beflügelt. Das bläuliche Phosphoreszieren seines Gesichts war nur noch ein Abklatsch früherer Tage, und sein Hals, der ehedem die Spannkraft einer Sprungfeder besaß, war nur noch ein kraftloses Verbindungsstück zwischen Kopf und Rumpf.

Olegs vormals engelhafte Gelassenheit war finsterer Depression gewichen. Quasi über Nacht schien er vergessen zu haben, wie man ein Geschwader kommandiert. Romero spielte nicht wie sonst mit seinem Stock herum, sondern stützte sich darauf wie ein Tattergreis. Dieser Umstand erstaunte mich, denn wie beinahe jeder von uns war auch Pawel in die Vergangenheit zurückversetzt worden, also in seine Jugend! Wie kam es, dass ihn seine Jugend so alt aussehen ließ? Und Mary, meine arme Mary, dachte ich und schloss dabei die Augen, sie bildete sich ein, wieder ein junges Mädchen zu sein, und empfand nichts als Kummer über ihre jugendliche Liebe! Was mochte dahinterstecken, dass wir selbst unsere besten Jahre als bedrückend empfanden und die zwangsweise Rückkehr in die Jugend uns vergreisen ließ?

Mein Gedankengang wurde von Orlans Triumphgeschrei unterbrochen. »Es ist vollbracht, die Zeit ist wieder im Lot!«, trompetete er.

Ich zuckte zusammen und öffnete die Augen. Orlan schritt auf mich zu und reichte mir nach Menschenart die knochige Hand. Ich drückte sie fest und starrte entgeistert in sein Gesicht:

Vor mir stand der frühere Orlan, so wie ich ihn mochte – klug, gutmütig, warmherzig und stets mit einem freundlichen, fast zärtlichen Lächeln auf den Lippen. Euphorisch fiel ich ihm um den Hals und klopfte ihm mit der Hand so heftig auf den Rücken, dass ihm die Luft wegblieb.

So sehnsüchtig wir auf diese Wendung gehofft hatten, so überraschend für uns trat sie nun tatsächlich ein. Ich hätte an ein Wunder geglaubt, wäre da nicht der Zeittransformator gewesen, der nur wenige Meter von uns entfernt an der Wand stand und vor dem Ellon nach wie vor in seiner unterwürfigen Pose verharrte. Romero schloss mich freudestrahlend in die Arme, ich umarmte Oleg, und Grazio beugte sich zuvorkommend herab, damit wir ihm einer nach dem anderen um den Hals fallen konnten. Minutenlang war das Labor von lautstarkem Freudentaumel erfüllt.

»Eli, du hast vergessen, unserem Retter Ellon zu danken«, sagte Orlan vorwurfsvoll. »Nun siehst du, dass ich Recht hatte, als ich Ellon einlud, an der Expedition teilzunehmen. Er ist ein technisches Genie, wie es selbst unter den Demiurgen kein zweites gibt!«

Orlan und ich traten zu Ellon. Er war der Urheber unserer ausgelassenen Freude. Niemand hatte mehr für diesen Erfolg getan als Ellon, und doch schien er sich weniger als alle anderen darüber zu freuen. Er blickte mich missmutig an.

»Ellon«, sagte ich bewegt. »Du hast eine Heldentat vollbracht. Das Auseinanderdriften der Zeit auf dem Schiff ist vorbei. Wir haben die schlimmste Krankheit der Welt überwunden und das nur dank deiner Genialität!«

»Ich habe nur den Willen dessen getan, der mich gesandt hat«, erwiderte der Demiurg schroff. »Du musst dich bei Orlan bedanken, Admiral Eli.«

Der wie neugeborene Orlan brauchte meinen Dank nicht.

»Nein, nein, dir allein gebührt unsere Dankbarkeit, Ellon«, entgegnete er nachdrücklich, so als befürchtete er, es könnte ein

Unglück geschehen, wenn Ellon unsere Begeisterung nicht goutieren würde. »Außerdem irrst du dich: Ich hatte dir nicht befohlen, den Stabilisator zu bauen, sondern dich lediglich darum gebeten.«

Ellon zog nur schweigend den Kopf ein. Seine Augen blitzten böse aus ihren dunklen Höhlen, und sein breiter Mund verzerrte sich zu einem unguten Grinsen. Er war nicht kuriert. Ihn konnte man nicht mehr heilen. Der Zeitkrebs hatte seine Psyche so nachhaltig zerrüttet, dass die Risse nicht mehr zu kitten waren. Das wurde mir jedoch erst später klar. In jenem Moment der Euphorie redete ich mir ein, dass Ellons Seele einfach langsamer reagierte als meine oder die von Orlan und dass er ein wenig länger in der intakten Zeit verweilen musste, um selbst wieder ins Lot zu kommen. Wäre ich damit nicht einem fatalen Irrtum aufgesessen, wäre vieles anders gekommen!

Romero konnte es kaum erwarten zu überprüfen, wie sich die Stabilisierung der Zeit auf unsere Bordrechner ausgewirkt hatte. Die BUMs des *Rammbocks* und des *Schlangenträgers* funktionierten im Prinzip, doch schon nach den ersten Abfragen war abzusehen, dass ihre Leistungsfähigkeit über das Niveau von Zweimal-zwei-ist-vier nicht hinausreichte. Dafür gab die BUM des *Widders* keine dreifachen Antworten mehr. Auf die Abfrage ihrer Einsatzbereitschaft antwortete sie höchst beflissen: »Es waren ihrer zwölf, jeder davon im Quadrat, wobei der erste und der sechste den Integrationsbereich unter der Funktion f von x bildeten und von zarten Spitzen bis zu herber Schokolade reichten.«

»Nun, das war zu erwarten, Pawel«, kommentierte ich das Desaster. »Bei der Maschine ist der Zusammenhang zwischen Ursache und Wirkung gestört. Allein kommt sie aus der intellektuellen Finsternis nicht mehr heraus. Doch wenn man die Schaltkreise alle einzeln wiederherstellt, müsste sie auch wieder zu vernünftigen Schlussfolgerungen in der Lage sein. Viel interessanter ist das Verhalten der BUM, der Sie den verlorenen Abschnitt der Geschichte wieder eingetrichtert haben.«

»Da haben Sie Recht, lieber Admiral«, pflichtet Romero bei, der mit der Stabilisierung der Zeit auch wieder zu seiner gewohnten Art der Gesprächsführung zurückgefunden hatte. »Bei diesen drei BUMs versagte das logische Denken, während jene – wenn man das so ausdrücken kann – ihre Persönlichkeit verlor und sich einbildete, etwas anderes zu sein, als sie in Wirklichkeit war. Sollte sie ihr früheres Bild von sich selbst zurückgewonnen haben, wird eine weitergehende Reparatur gar nicht vonnöten sein.«

Um die BUM des *Steinbocks* zu testen, forderte ich eine Selbstdiagnose an.

»Alle Schaltkreise intakt; alle Funktionen erfolgreich geprüft; Gerät ist bereit«, ertönte die lapidare Antwort der BUM, und zwar in jenem ruhigen Duktus, der uns so wohlvertraut war.

Romero bekam feuchte Augen. In den vergangenen Tagen hatte ich so viele Tränen gesehen, dass ich mich über einen weinenden Menschen nicht hätte wundern müssen. Doch Romero legte so großen Wert auf Selbstbeherrschung, dass es schier unvorstellbar erschien, ihn zu Tränen gerührt zu sehen. Sein Gefühlsausbruch war denn auch nur von kurzer Dauer. Mit einem Taschentuch trocknete er seine Augen und sah mich dann unverwandt an.

»Admiral, warum ziehen Sie so ein finsteres Gesicht? Man könnte meinen, dass Sie sich über die Genesung der fiebrigen Zeit gar nicht freuen. Oder belastet Sie irgendetwas?«

»Diverse Dinge belasten mich, zum Beispiel, dass ich nicht weiß, wie es Vagabund geht«, redete ich mich heraus und verließ fluchtartig den Raum. Der sensible Romero ahnte etwas!

»Vagabund, mein Freund, die Zeit ist wieder stabil!«, rief ich im Leitstand, wo Grazio wie üblich seine Runden entlang der Wand drehte. »Kannst du spüren, dass unsere Bordzeit im Lot ist?«

»Ich spüre, dass die Zeit wieder stabil ist, doch ich selbst fühle mich immer noch zerrissen«, erwiderte er traurig. »Ich fürchte, in mir hat sich nur die Kluft zwischen Vergangenheit und Zukunft stabilisiert.«

In den Tagen der vibrierenden Zeit hatte sich Vagabunds Stimme brüchig und hohl angehört. Nun klang sie wieder so melodisch und voll wie zuvor. Ich konnte mir nicht vorstellen, dass sich hinter einer so harmonischen Stimme innere Zerrissenheit verbarg.

»Unsinn, Vagabund! In der gesunden Zeit gibt es keine Zukunft. Spuren der Vergangenheit mögen erhalten bleiben, doch die Zukunft steht erst noch bevor. Ich höre dich und sehe dich – du befindest dich in der Gegenwart, in einer völlig stabilen Gegenwart!«

»Die Schatten der Vergangenheit sind lang, Eli«, entgegnete Vagabund deprimiert.

»Hat sich womöglich auch bei dir der Riss zwischen Vergangenheit und Zukunft stabilisiert?«, fragte ich Grazio.

»Bei mir hat es gar keinen Riss gegeben«, antwortete der Galakt bedächtig. »Du weißt doch, Eli, in unserer Zukunft wiederholt sich unsere Vergangenheit. Wir Unsterbliche leben stets in der bestmöglichen Zeit.«

Damit hatte er Recht. Die Galakten sind so vollkommen, dass ihre Zukunft die Vergangenheit nicht verbessern kann. Dies galt indes nicht für Vagabund. Genetisch war er zwar ebenfalls ein Galakt, doch sein Leben war ein Wechselbad aus Freud und Leid. Die gleichzeitige Existenz in verschiedenen Zeiten bedeutete für ihn eine Verquickung unvereinbarer Lebensformen. Dies musste unweigerlich zu einer Persönlichkeitsspaltung führen. Vagabund gegenüber schwieg ich mich über meine Befürchtungen aus, Romero dagegen teilte ich sie mit, als er bei mir zu Besuch war.

»Übertreiben Sie nicht, Eli?«, fragte Romero. »Übrigens werden demnächst sämtliche BUMs wieder funktionieren und, wie es aussieht, keine bleibenden Schäden davontragen.«

Romero schwelgte in so blinder Euphorie über die Wiederherstellung des normalen Zeitlaufs an Bord, dass es mir angeraten schien, ein wenig Wasser in seinen Wein zu schütten.

»Was erwarten Sie von den Maschinen, Pawel? Sie können nur rechnen, also aus bestimmten Voraussetzungen Schlüsse ziehen. Das reicht für logisches Denken, doch mit Vernunft hat das noch lange nichts zu tun. In der Natur haben wir es jedoch nicht mit zergliederten logischen Ketten zu tun. In der Natur sind die inneren Wechselwirkungen zu einem einheitlichen Ganzen mit völlig neuen Eigenschaften integriert. Deshalb ist die Natur auch nicht logisch, sondern ihr liegt ein vernünftiges Prinzip zugrunde!«

»Warum erzählen Sie mir das, Eli? Glauben Sie etwa, dass ich …«

»Warten Sie, Pawel, ich bin noch nicht fertig. Unser Bewusstsein ist von Vernunft bestimmt. Der Verstand ist nur ein Teil davon. Unser logisches Denken ist wiederhergestellt, das ist richtig. Doch unsere Vernunft könnte gespalten bleiben, und was dann? Entstehen dann nicht zwei Persönlichkeiten in einer Seele? Werden sie harmonieren oder sich gegenseitig bekämpfen?«

»Die eine wird wohl die Oberhand über die andere gewinnen.«

»Das kann gut oder schlecht ausgehen.«

»Sie sind ein Schwarzseher, Eli.«

»Ich will lediglich die Probleme verstehen und bei der Wurzel packen, bevor sie sich zu unbeherrschbaren Monstern auswachsen.«

»Ich fürchte, das Monster sitzt in Ihrem Kopf, Eli.« Romero wollte mich einfach nicht verstehen. Stattdessen setzte er wieder seinen Scannerblick auf. »Sie hüten ein Geheimnis, Eli! Lassen Sie mich daran teilhaben. Eine Last würde von Ihnen abfallen.«

Ich erhob mich. Unser Gespräch war auf eine gefährliche Bahn geraten.

»Ja, ich hüte ein bitteres Geheimnis. Doch die Zeit, es zu lüften, ist noch nicht gekommen.«

»Ich glaube, ich kenne Ihr Geheimnis, Eli.«

Ich schüttelte den Kopf. Romero konnte mein Geheimnis nicht kennen.

6 Ich hielt mich gerade auf der Kommandobrücke auf, als Vagabund und Ellon mich und Oleg plötzlich unabhängig voneinander zu sich riefen. In jenen Minuten flog der *Steinbock* gerade ein Ausweichmanöver um einen gefährlich dichten Sternenschwarm herum. Die BUM funktionierte wieder mit der ursprünglichen Präzision. Oshima und Kamagin konnten die Empfehlungen des Bordrechners bedenkenlos in entsprechende Kommandos umsetzen.

»Geh du zu Ellon, ich gehe in den Leitstand«, sagte ich zu Oleg.

Vagabund empfing mich äußerst aufgeregt. »Eli, Ellon führt etwas Böses im Schilde. Das musst du verhindern!«

»Was führt er denn im Schilde? Du musst mir schon sagen, worum es geht.«

»Ich weiß es nicht. Jedenfalls etwas sehr Schlimmes. Beeile dich!«

So schnell ich konnte, rannte ich ins Labor. Zum ersten Mal seit ihrer Genesung traf ich dort auch Irina wieder an. Ziemlich abgemagert stand sie am Kollapsan. Mein Lächeln zur Begrüßung beantwortete sie mit einem kühlen Kopfnicken. Ellon redete wie ein Berserker auf Oleg ein. Ich trat zu den beiden. Der Demiurg wandte sich sofort zu mir um und fixierte mich mit seinem hypnotischen Blick.

»Ich wiederhole noch einmal extra für dich, was ich dem Kommandeur schon gesagt habe«, grollte er. »Ich bin nicht länger gewillt, das schwimmende Superhirn zu tolerieren. Pflanzt es meinetwegen in irgendeinen Drachen- oder Krötenkörper ein. Kriechend akzeptiere ich es, aber nicht in seiner derzeitigen, schwebenden Existenz.«

»Was hat der Kommandeur dazu gesagt?«

»Dass es auf dem Schiff keine Drachen mehr gibt und das schwimmende Superhirn in seiner Kugel bleiben wird. Admiral Eli, du machst dem Kommandeur hoffentlich klar, dass dies eine falsche Entscheidung ist, die revidiert werden muss.«

»Ich habe überhaupt kein Recht, Entscheidungen des Kommandeurs zu revidieren, Ellon. Im Übrigen bin ich seiner Meinung.«

Wenn Blicke töten könnten, hätte mich Ellon in diesem Augenblick umgebracht. Lange schwieg er uns an. Auch Oleg und ich sagten nichts.

»Ist das euer letztes Wort?«, fragte Ellon schließlich.

»Ja, die Entscheidung ist endgültig«, bestätigte Oleg, und ich nickte zustimmend.

Ellon streckte seinen dünnen Hals zu voller Länge und ließ seinen Kopf dann mit solcher Wucht zwischen die Schultern knallen, dass ich zusammenfuhr. An fast alle Eigenheiten der Demiurgen hatte ich mich längst gewöhnt, an ihren stelzendhüpfenden Gang, an das bläuliche Phosphoreszieren ihrer Gesichter und an ihr schauderhaftes Gelächter, doch das gruselige Kopfschnalzen wirkte so unmenschlich, dass es mich immer wieder aus der Fassung brachte.

»Nun, da die Herrschaften Admiräle beide einer Meinung sind, hat es wohl keinen Sinn, dass ich weiterhin darauf beharre«, sagte Ellon so teilnahmslos, als würde er sich leichten Herzens mit dieser Niederlage abfinden; seine Gelassenheit war indes nur aufgesetzt.

»Hast du uns nur deshalb gerufen, um gegen Vagabund zu giften?«, fragte Oleg.

»Keineswegs nur deshalb, Admiral«, entgegnete Ellon und zog die Mundwinkel bis zu den Ohren hoch. »Wie ihr wisst, hatte ich die Weiterentwicklung des Zeittransformators auf Orlans Anweisung abgebrochen, um den Stabilisator zu konstruieren. Jetzt habe ich auch den Transformator fertig gestellt. Wenn die Herrschaften mir bitte folgen würden …«

Er führte uns zum Bedienpult am Kollapsan und zeigte uns die vier wichtigsten Hebel: einen für die Linearzeit zum Transfer in die Zukunft, einen für die Gegenzeit zum Transfer in die Vergangenheit, einen zur Rückführung in die Gegenwart und einen zur Abschaltung des Kollapsans. Dann kehrten wir zur großen Glaskugel zurück. Im Transformator befand sich ein identisches Bedienpult mit denselben Hebeln.

»Bei der ursprünglichen Konstruktion wurde der Transfer in eine andere Zeit vom Kollapsan aus gesteuert. Ihr habt ja gesehen, wie das bei Mizar funktioniert hat. Bei dem überarbeiteten Modell hat der Zeitreisende sein Schicksal selbst in der Hand.«

Der Demiurg machte einen Schritt in Richtung der offenen Einstiegsluke. Unwillkürlich packte ich ihn am Arm und hielt ihn zurück.

»Hast du Angst, dass ich mich in eine andere Zeit absetzen könnte?«, fragte Ellon mit ironischem Lächeln. »Für wie dumm hältst du mich, Admiral? Meinst du im Ernst, ich hätte damit gewartet, bis du mir dabei in die Quere kommen kannst? In den Stunden deiner Abwesenheit hätte ich jederzeit fliehen können, ohne dass mich jemand daran hätte hindern können.«

Ich ließ seinen Arm los. Ellon stieg in die Transformatorkugel, schloss die Luke und setzte sich auf den Stuhl vor dem Bedienpult.

»Ihr könnt mich verstehen, nicht wahr?«, rief er mit dumpf klingender Stimme. »Hört mir also gut zu. Für das schwimmende Superhirn ist kein Platz auf dem Raumschiff! In der Vergangenheit ist es gut aufgehoben, aber nicht in der Gegenwart und nicht in der Zukunft. Dessen bin ich mir sicher, da ich als Aufseher der vierten imperialen Kategorie ausgebildet wurde und genau weiß, wie man mit solchem Gesindel verfährt. Zu eurer Information: Das Superhirn ist im Fernsteuerungsmodul des Transformators fokussiert. In der nächsten Sekunde werde ich es auf den Dritten Planeten verfrachten, und zwar in eine Zeit, lange bevor ihr ihn erobert habt.«

Oleg sprang zum Transformator. Ich hastete zum Bedienpult am Kollapsan, doch Irina stellte sich mir in den Weg. Ich stieß sie rüde zur Seite, doch noch am Boden liegend umklammerte sie meine Beine und hielt mich zurück. Durch den Raum schallte Ellons dröhnendes, schauerliches Gelächter.

»Zu spät, Admiral. Das Superhirn befindet sich bereits im Perseus. Und ich werde ihm sogleich folgen. Komm gestern wieder, Admiral Eli, heute und morgen sind wir schon nicht mehr da, versuch es mal mit gestern!«

Ellons Gestalt in der Kugel verschwand. Oleg kam mir zu Hilfe. Er hielt die hysterisch um sich schlagende Irina fest, während ich mich ans Bedienpult am Kollapsan setzte. Plötzlich erschien Ellon für Sekunden wieder im Transformator. Er hatte sich in eine nähere Zukunft katapultiert, um im Zurückfallen die Nullzeit zu passieren.

»Fassen Sie den Rückführungshebel nicht an!«, schrie Irina verzweifelt. »Die beiden sind schon in der Vergangenheit. Eine zweite Nullzeitdurchquerung würden sie nicht überleben!«

Entschlossen zog ich den Rückführungshebel. Egal, was mit Vagabund nun passieren würde, seiner verhassten Vergangenheit wollte ich ihn auf keinen Fall überlassen. In der Kugel nahmen erneut Ellons Konturen Gestalt an. Er war allein. Und er war tot. Mit weit aufgerissenem Mund lag er halb über dem Stuhl, die Hände in die Lehnen gekrallt, die Augen geschlossen.

Irina wurde ohnmächtig. Oleg bat mich, Hilfe zu rufen, und trug Irina zu einem Stuhl. Anstatt Hilfe zu rufen, versuchte ich Kontakt zu Vagabund aufzunehmen. Vielleicht hatte Ellon einen Fehler gemacht, und er war gar nicht in der Vergangenheit gelandet. Schließlich war er auch nicht zurückgeführt worden! Doch auf meine verzweifelten Durchsagen in den Leitstand antwortete nur Grazio.

»Admiral, Vagabund ist plötzlich verschwunden«, berichtete der Galakt.

Zornig packte ich Irina am Arm und rüttelte sie, bis sie die Augen öffnete.

»Sag mir sofort, was ich tun muss, sofort!«, brüllte ich sie an.

»Da ist nichts zu machen. Ihr habt Ellon umgebracht.«

Noch wütender schüttelte ich sie durch. »Du Verbrecherin! Sag mir sofort, wie ich Vagabund retten kann!«

Irina erhob sich. Nie werde ich den vernichtenden Blick vergessen, mit dem sie mich ansah!

»Lass sie, Eli«, beschwichtigte mich Oleg. »Mag sein, dass sie ein Verbrechen begangen hat, aber jetzt braucht sie Hilfe.«

»Nichts da, Hilfe! Sie soll gefälligst den Mund aufmachen!«, tobte ich unvermindert.

»Ich kann nur wiederholen, dass da nichts mehr zu machen ist«, sagte Irina. »Vagabund ist tot. Er besteht ausschließlich aus natürlichen Geweben. Ellons künstliche Anteile sind vergleichsweise hoch, dennoch hat er die zweite Zeitwende nicht überlebt. Ihr habt die Rückführung viel zu schnell ausgelöst. Und ich habe es nicht verhindert! Ich bin genauso eine Mörderin wie ihr!«

Sie fing zu heulen an. Schweigend standen wir neben ihr. Langsam verließen mich die Kräfte.

»Irina, kannst du uns erklären, warum du das getan hast?«, fragte Oleg.

»Er hatte mich darum gebeten«, schluchzte sie mit tränenerstickter Stimme. »Mir hat es das Herz zerrissen … Er hat gesagt, wir würden nicht zueinanderpassen, ich sei aus der Vergangenheit und er aus der Zukunft. Irgendwann werde eine Erdenfrau mit einem Demiurgen glücklich sein, doch erst in ferner Zukunft. Das hat er gesagt, bevor er euch rief.«

»Du antwortest nicht auf die Frage, Irina.«

»Er hat gesagt, dass er sich in die Vergangenheit absetzen will, dass er den Drachen aber mitnimmt. Ich habe versprochen, ihm dabei zu helfen. ›Mein Leben liegt in deiner Hand‹, hat er zu mir gesagt. Und ich – bin eine Mörderin! Das verzeihe ich mir nie!«

Irina bekam einen richtigen Weinkrampf.

»Mit dieser Inszenierung hat Ellon uns überrascht«, seufzte ich nach kurzem Schweigen. »Jetzt haben wir einen hilflosen Freund und einen genialen Ingenieur verloren. Lass uns Ellon aus dem Transformator holen.«

»Irina, geh in deine Wohnung«, sagte Oleg.

»Ja, ich gehe«, erwiderte sie folgsam.

Oleg sah ihr nach, bis sie im Korridor verschwunden war. Ich versuchte Ellon vom Stuhl zu ziehen, doch er klebte förmlich am Sitz. Oleg kam mir zu Hilfe. Zu zweit hievten wir ihn aus der Glaskugel und trugen ihn zur freien Wand, wo keine Maschinen standen. Plötzlich stieß Oleg einen Schreckenslaut aus und ließ den Demiurgen fallen. Aus dem Gang rannte Irina zurück in den Raum und flitzte an uns vorbei. Ehe wir uns versahen, war sie bereits in die Kugel geschlüpft und hatte die Luke zugeknallt.

»Bitte tu das nicht, bleib hier!«, flehte Oleg.

»Lebt wohl und verzeiht mir!«, rief Irina aus dem Transformator und zog an einem Hebel.

Sie verschwand vor unseren Augen – ihre Figur gerann zur Silhouette und löste sich dann im Nu auf. Sie musste eine höllische Beschleunigung gewählt haben! Wir rannten beide zum Kollapsan. Oleg wollte den Rückführungshebel betätigen, doch ich fiel ihm in den Arm.

»Vergewissere dich zuerst, wo sie überhaupt ist! Wenn sie schon in der Vergangenheit ist, überstürze nichts, sonst endet sie wie Ellon!«

Oleg kontrollierte die Signallampen über den Hebeln.

»Sie ist in der Zukunft, Eli!«

»Dann hole sie zurück! Die Rückführung aus der Zukunft ist ungefährlich.«

Doch Irina kehrte nicht mehr zurück. Zu schnell war sie in die Zukunft entschwunden. Noch lange starrten wir auf die Glaskugel und hofften, dass Irinas Silhouette doch noch erscheinen würde. Dann schaltete sich der Kollapsan aus; die Rückführungsenergien waren erschöpft.

»Das war's, Eli«, sagte Oleg demoralisiert. »Wir werden Irina nie wiedersehen. Vielleicht werden sie unsere entfernten Nachkommen einmal treffen. Es bleibt uns nichts, als die Besatzung über die neue Tragödie zu informieren.«

»Der Verlust dreier Besatzungsmitglieder ist leider nicht das Einzige, was wir unseren Freunden mitteilen müssen.«

»Worauf willst du hinaus, Eli? Ist noch ein weiteres Unglück geschehen?«

»Ja, Oleg. Ich werde die Bestrafung eines weiteren Verräters auf unserem Schiff fordern.«

»Noch ein Verräter? Das ist nicht dein Ernst.«

»Es ist mein voller Ernst. An Bord unseres Schiffs befindet sich ein weiterer Spion der Ramiren. Ich habe ihn enttarnt.«

7

Nach der Tragödie im Labor schloss ich mich in meinem Zimmer ein. Oleg hatte ich gebeten, die Besatzung im Observationsraum zu versammeln und eine Ansprache des wissenschaftlichen Leiters der Expedition anzukündigen. Romero klopfte an meiner Tür, doch ich reagierte nicht. Als Mary mich bat, sie einzulassen, erwiderte ich unwirsch, dass ich mich konzentrieren und deshalb allein sein müsse. Daraufhin verstummte sie, und ich hörte nicht einmal mehr ihre Schritte im Nachbarzimmer.

Kurz darauf weinte Olga vor meiner Tür. Diesmal konnte ich nicht hart bleiben. Olgas Tochter hatte uns vor meinen Augen für immer verlassen. Ich öffnete und trat auf die Türschwelle.

»Olga, mag sein, dass du mich für einen hartherzigen Menschen hältst, doch ich kann jetzt nicht mit dir über Irina sprechen. Du wirst bald selbst verstehen, warum. Geh zu Oleg. Er wird dir alles erzählen. Was geschehen ist, geht mir sehr nahe, und glaub mir: Das ist nicht nur so dahingesagt.«

Olga sah mich verzweifelt an und drehte sich dann wortlos um. Ausgezehrt, ergraut und gebeugt wie eine Greisin trippelte sie von dannen. Ich empfand unendliches Mitleid mit ihr. Sie hatte ihren Mann überlebt und nun auch noch die Tochter verloren. Ein bittereres Schicksal konnte man sich kaum vorstellen.

Doch in jenen Momenten lag eine Last auf meinen Schultern, die noch erdrückender war als Olgas Schmerz.

Anstatt eine Ansprache vorzubereiten, legte ich mich aufs Sofa und gab mich mal diffusen, mal quälenden Gedanken hin. Es trieb mich um, dass wir die Ramiren niemals in körperlicher Gestalt gesehen hatten, obwohl sie zweifellos existierten. Immer und immer wieder fragte ich mich, womit wir sie so erzürnt hatten, dass sie unser Geschwader Schiff um Schiff zerstörten. Noch viel unbegreiflicher war, aus welchem Grund sie nicht auch unser letztes Schiff in eine Aschewolke verwandelten, wenn sie uns schon bekriegten. Sie wären ohne weiteres dazu in der Lage gewesen.

Ich dachte an meinen toten Freund Lussin; an Irina, die uns so sang- und klanglos verlassen hatte; an den unglückseligen Vagabund, dessen Moleküle sich vermutlich in sämtlichen Jahrhunderten der Vergangenheit zerstreut hatten; an den ebenso streitbaren wie brillanten Ellon und an den liebenswerten, klugen Mizar.

Doch letztlich kehrten meine Gedanken immer wieder zu dem neuen Spion der Ramiren zurück. Ich hasste ihn, und innerlich kochend drohte ich ihm die fürchterlichsten Strafen an. An ihm würde ich ein Exempel statuieren, auf dass allen potenziellen Agenten unserer Feinde die Lust am Spionieren für immer vergehen möge!

Wie vereinbart, klopfte Oleg dreimal an meine Tür. Ich ließ ihn herein.

»Die gesamte abkömmliche Besatzung ist im Observationsraum versammelt«, berichtete er. »Wie fühlst du dich, Eli?«

»Warum erkundigst du dich nach meinem Befinden?«

»Du siehst verdammt blass aus.«

»Dafür bin ich wild entschlossen. Gehen wir.«

»Warte, Eli. Ich möchte wissen, wen du der Spionage verdächtigst.«

»Du wirst es zusammen mit den anderen erfahren.«

»Eli, ich bin der Kommandeur des Geschwaders. Ich habe ein Anrecht darauf, es vor allen anderen zu wissen.«

Einige Augenblicke lang dachte ich nach. Oleg hatte mich in eine Zwickmühle gebracht. Ich versuchte ein Lächeln, das nur halbherzig geriet.

»Und wenn ich dich verdächtige?«

»Mich? Bist du noch bei Trost?«

»Wie soll ich noch bei Trost sein, wenn wir doch alle mehr oder weniger den Verstand verloren haben? Ein Rest von Wahnsinn steckt noch in jedem von uns ...« Ich sah Oleg direkt in die Augen. »Wenn du mir befiehlst, meine Anschuldigung jetzt offenzulegen, muss ich dem Folge leisten, doch ich bitte dich darum, das nicht zu tun. Lass es mich so machen, wie ich es ursprünglich vorhatte!«

»Gut. Gehen wir!«, erwiderte er und eilte voraus.

Die Sternenbildschirme im Observationsraum waren ausgeschaltet. Auf einem Podest ganz vorne nahmen Oleg und ich an einem Tisch Platz. Ich ließ den Blick durch den Raum schweifen. Alle meine Freunde waren hier: Menschen, Galakten und Demiurgen. Ganz hinten ragte Grazio aus der Menge, daneben erblickte ich den kleinen Orlan. In der ersten Reihe saßen Mary und Olga, zwischen ihnen Romero. Mary sah mich so besorgt an, dass ich ihrem Blick lieber auswich.

Das Geraune und Getuschel im Raum brachte Oleg zum Verstummen, indem er mit dem Knöchel auf den Tisch pochte.

»Ihr wisst ja bereits, welche Tragödie sich im Labor und im Leitstand zugetragen hat«, eröffnete Oleg die Versammlung. »Doch wir sind nicht hier zusammengekommen, um unserer Gefährten zu gedenken. Der wissenschaftliche Leiter der Expedition ist der Überzeugung, dass er einen weiteren Spitzel der Ramiren an Bord entdeckt hat. Seine Beweise für diesen Verdacht wird er hier zur Diskussion stellen.«

Ich erhob mich. »Bevor ich die Beweise dafür liefere, dass sich ein Spion der Ramiren an Bord unseres Sternenschiffs befindet, möchte ich über dessen Bestrafung abstimmen lassen. Ich verlange die Todesstrafe für den Verräter.«

»Die Todesstrafe?«, rief Romero entrüstet.

Seine Stimme ging im allgemeinen Protestgeschrei fast unter. Nicht nur Menschen, auch Demiurgen machten ihrer Empörung Luft. Stoisch wartete ich ab, bis wieder Ruhe einkehrte.

»Ja, die Todesstrafe!«, wiederholte ich. »Auf der Erde wurde schon seit fünfhundert Jahren niemand mehr hingerichtet. Die Todesstrafe ist ein Relikt aus längst vergangenen, von Barbarei geprägten Zeiten. Dennoch bestehe ich auf dieser Form der Bestrafung, denn auch die Spionage ist ein Fossil aus jener unrühmlichen Epoche. Eine skrupellose Bestrafung für ein skrupelloses Verbrechen ist nur konsequent.«

Romero erhob seinen Stock. »Nennen Sie den Namen des Verbrechers, Admiral! Erläutern Sie uns die Einzelheiten seiner Tat. Danach werden wir entscheiden, ob er den Tod verdient.«

»Die Strafe muss feststehen, bevor ich den Namen des Verbrechers nenne«, entgegnete ich kaltblütig.

»Aber warum, Admiral?«

»Wir sind alle Freunde. Wenn ich den Namen des Verräters jetzt bekanntgebe, werdet ihr die langjährige Freundschaft zu ihm nicht von einem Moment auf den nächsten über Bord werfen können, das heißt: Ihr wäret zu einem objektiven Urteil nicht in der Lage. Ich will, dass das Strafmaß sich am Verbrechen selbst orientiert.«

»Die Todesstrafe fordern Sie aber nicht für ein Verbrechen als solches, sondern für ein Besatzungsmitglied, das uns Ihren Worten zufolge sehr nahesteht«, beharrte Romero.

»Wenn es möglich wäre, ein Verbrechen zu verurteilen und den Täter dabei zu ignorieren, würde ich gerne Gnade walten lassen. Doch leider sind Verbrechen und Täter untrennbar verbunden.«

»Trotzdem, Admiral, solange ich den Namen des Verräters nicht weiß, werden Sie meine Stimme für eine Hinrichtung nicht bekommen.«

»Wenn das so ist, werde ich den Namen überhaupt nicht nennen. Der Spion wird dann unbehelligt bleiben und sein Schandwerk ungestört fortsetzen. Sie wissen so gut wie ich, dass eine Befreiung unseres Schiffs unmöglich ist, solange die Ramiren über unsere Pläne informiert werden.«

Oleg ergriff das Wort: »Im Altertum existierte ein Kodex, in dem das Strafmaß für verschiedene Verbrechen unabhängig von der Person des Täters festgelegt war. Eli schlägt vor, ein altes Verfahren aufzugreifen, wonach die Bestrafung für ein noch nicht begangenes Verbrechen von vorneherein festgelegt wird, um eine abschreckende Wirkung zu erzielen. Meiner Meinung nach ist das ein richtiger Ansatz.«

»Eli zufolge wurde das Verbrechen aber bereits begangen, und der Täter steht fest«, widersprach Romero. »Wozu brauchen wir dann eine Preisliste für Verbrechen? Denn nichts anderes verbirgt sich doch hinter dem schlauen Wort Kodex. Lassen Sie uns den Verbrecher zusammen mit der Tat verurteilen.«

»Die Beweise für die Tat wurden noch nicht präsentiert und der Name des Verräters nicht genannt«, entgegnete Oleg. »Es spricht also nichts dagegen, dass wir uns so verhalten, als würden wir uns mit einem potenziellen Verbrechen befassen. Ich bin für den Kodex, oder – wie Sie sich auszudrücken beliebten – für eine Preisliste.«

An Romeros sturem Gesichtsausdruck war unschwer abzulesen, dass er überhaupt nicht daran dachte, seinen Widerstand aufzugeben. Deshalb entschloss ich mich zu einem Frontalangriff, um seine Gegenwehr zu brechen.

»Lieber Romero, Sie verhalten sich so, als befürchteten Sie, der Verdacht könnte auf Sie selbst fallen!«, schleuderte ich ihm entgegen.

»Wenn ich das befürchten müsste, würde ich für die Todesstrafe stimmen.«

»Vielleicht befürchten Sie, dass der enttarnte Täter Ihnen noch teurer ist als Sie selbst?«

»Also meinetwegen«, grummelte Romero zähneknirschend. »Dann machen wir es eben so, wie Sie wollen. Ich stimme für die Hinrichtung des Täters, sofern sein Verbrechen hieb- und stichfest bewiesen wird!«

»Stimmen wir also ab«, rief Oleg. »Wer stimmt dafür?«

Ein Wald von Händen erhob sich über den Köpfen. Oleg wandte sich zu mir.

»Jetzt bist du dran, Eli: Nenne uns den Namen des Verräters und die Beweise für sein Verbrechen.«

Ich befürchtete, dass schon mein erster Satz viel Lärm und heftige Proteste auslösen würde, und gab mir große Mühe, mit ruhiger Stimme zu sprechen.

»Der Spion unserer Feinde bin ich.«

8

Als Antwort auf mein Statement schlug mir konsterniertes Schweigen entgegen, durchsetzt mit leisem Getuschel und Geraune.

»Armer Eli!«, rief plötzlich Grazio von hinten. »Jetzt hat es ihn auch erwischt.«

Forschend blickte ich über die Reihen und gewahrte auf den meisten Gesichtern ein und denselben Ausdruck von Bekümmerung und Mitleid – Gefühle, wie man sie einem Irren entgegenbringt. Mary dagegen war totenblass geworden und hatte die Arme über der Brust verschränkt. Sie wusste ganz genau, dass ich vom Wahnsinn verschont geblieben war.

Oshima sprang von seinem Platz auf und kam mit sorgenvoller Miene auf mich zu. »Es wird alles wieder gut, Admiral«, sagte er. »Kommen Sie, ich begleite Sie in Ihre Wohnung.«

Oshima fasste mich am Arm und wollte mich aus dem Raum bringen, doch ich wehrte seine Hand ab. Nun erhob sich Oleg und wandte sich an die Versammelten, die zum Großteil immer noch wie paralysiert wirkten.

»Vielleicht sollten wir uns vertagen?«, schlug er vor. »Ich denke, die Medizinmaschine wird …«

»Ich protestiere!«, unterbrach ihn Romero und hämmerte energisch mit seinem Stock auf den Boden. »Sie machen es sich zu leicht, Oleg. Admiral Eli ist gesünder als wir alle. Wir sollten uns anhören, was er zu sagen hat.«

»Sie sind als Einziger nicht überrascht, Pawel«, merkte ich an.

»Offen gesagt, ich habe mit einem Geständnis dieser Art gerechnet«, erwiderte er.

»Dann setzen wir die Versammlung also fort?«, warf Oleg in den Raum.

Einige riefen »Weitermachen! Weitermachen!«. Die meisten brachten nach wie vor kein Wort heraus. Oshima schaute Romero ungläubig an und kehrte kopfschüttelnd an seinen Platz zurück.

»Sprich weiter, Eli«, forderte mich Oleg auf.

»Erinnert euch an Oans Bekenntnis«, begann ich, »dass die Unerbittlichen Götter sich in Gestalt von Spinnen unter die Aranen mischen, um sie auszuforschen. Doch wer sind schon die Aranen? Eine dekadente, abergläubische und machtlose Zivilisation. Können sie viel bewegen? Geht irgendeine Gefahr von ihnen aus? Beides ist zu verneinen. Dennoch befinden die Ramiren es für nötig, sie mit Spitzeln zu überwachen. Nimmt es da Wunder, dass sie uns Menschen, einer unvergleichlich mächtigeren Zivilisation, ein noch viel tieferes Misstrauen entgegenbringen als den harmlosen Aranen und umso mehr bestrebt sind, Spione bei uns einzuschleusen? Wir wissen bereits, dass ein Agent der Ramiren sich bei uns eingenistet hatte, der euch wohlbekannte Oan, der unsere Pläne ausspähte und sie seinen Auftraggebern übermittelte.

Nun kommt ein neuer Aspekt ins Spiel. Nach der Enttarnung von Oan waren wir sicher, dass die Spionage der Ramiren ein Ende haben würde. Doch die Liquidation des *Schlangenträgers* hätte uns diese Illusion rauben müssen. Denn woher hätten die

Ramiren wissen sollen, was wir mit dem Sternenschiff vorhaben? An der Art und Weise unseres Handelns konnten sie unsere Absichten nicht ablesen. Dennoch war ihnen unser Plan bekannt geworden, und zwar nicht von außen, sondern von innen. Wie das? Natürlich erfuhren sie ihn von einem anderen Spion, der nach Oans Tod auf dem Schiff geblieben war! Der Angriff der Ramiren auf den *Schlangenträger* beweist, dass ihnen ein weiterer Agent auf dem *Steinbock* Informationen zutrug.

Das ist auch gar nicht weiter erstaunlich. Wir sollten die Feinde nicht für dümmer als uns selbst halten. Selbstverständlich wussten sie, dass ein einziger Spion ein viel zu dünner Faden war, um eine sichere Verbindung zu uns zu gewährleisten. Ein Zerreißen dieses Fadens hätte den Strom wertvoller Informationen über uns auf einen Schlag versiegen lassen. Sie mussten ihren Agenten also mit einem Ersatz absichern. Und auf wen fiel ihre Wahl? Nun, wen hätten wir an ihrer Stelle ausgewählt? Am interessantesten für diesen Job ist zweifellos eine Person, die über alle wichtigen Pläne Bescheid weiß und bei der alle technischen Informationen über das Schiff zusammenlaufen. Es gab nur zwei Besatzungsmitglieder, die diese Anforderungen erfüllten: den Kommandeur des Geschwaders und den wissenschaftlichen Leiter.«

An diesem Punkt unterbrach mich Romero.

»Wenn Sie es konsequent zu Ende denken, Eli, dann kamen nur Sie dafür infrage. Denn Sie kennen die Absichten des Kommandeurs, während der Kommandeur nicht über alle wissenschaftlich-technischen Vorgänge auf dem Schiff im Bilde ist.«

»Ihr Einwand ist berechtigt, Pawel! Nur ich kam infrage. Die Ramiren haben also versucht, mich zu ihrem Agenten zu machen. Und sie haben es geschafft. Ich bin in ihrer Gewalt. Glaubt mir, es ist sehr bitter für mich, darüber zu sprechen. Doch man muss der Wahrheit ins Auge sehen.

Was stellt Oan heute dar? Die Leiche eines Verräters, der für seinen Verrat mit dem Leben bezahlt hat? Diese Antwort scheint naheliegend, doch sie ist naiv. Die Ramiren hätten ihren Agenten auch retten können, wenn sie es darauf angelegt hätten. Haben sie indes nicht. Und so hängt Oan seither in einem Energiefeld im Leichenraum. Doch hängt er dort einfach nur leblos in Ellons Käfig? Keineswegs! Er ist immer noch aktiv und erfüllt nunmehr die Funktion einer Art Sendestation für die Ramiren. Wie die Kommunikation funktioniert, weiß ich nicht. Jedenfalls gibt er die Informationen weiter, die ihm sein Agent liefert. Und dieser Agent bin ich. Mein Gehirn ist infiltriert, meine Gedanken werden gelesen, meine Wünsche entziffert und meine Absichten durchschaut.«

Nach diesem Bekenntnis hielt ich kurz inne. Mary stand die pure Verzweiflung im Gesicht. Es fiel mir schwer, in ihre Richtung zu schauen. Auch Romeros gepflegte Visage hatte sich verfinstert. Oshima hingegen blickte völlig ungerührt drein. Es war offensichtlich, dass er mir kein Wort glaubte. Aus Grazios und Orlans Augen sprachen Mitleid und Verständnis – das half mir. Nun war es an der Zeit darzulegen, wie ich von meiner unrühmlichen Rolle erfahren hatte.

»Sicher werdet ihr euch fragen, wie ich dahintergekommen bin, dass ich mich im teuflischen Netz der Ramiren verfangen habe. Es begann damit, dass ich mich selbst darüber wunderte, weshalb es mich stets aufs Neue in den Leichenraum zog und warum ich mich genötigt sah, mit Leichen zu sprechen. An sich neige ich nicht zu Selbstgesprächen. Dieses Verhalten lief meiner Natur zuwider und hatte etwas Zwanghaftes. Nach der Vernichtung des *Schlangenträgers* stand für mich außer Zweifel, dass irgendjemand den Ramiren geheime Informationen zuspielt. Im Ausschlussverfahren konnte ich mir an fünf Fingern abzählen, dass dieser Jemand nur ich selbst sein konnte. Der Leichenraum ist der am besten abgeschirmte Raum im ganzen Schiff. Für Oan war es viel leichter, den Kontakt zu jemandem herzustellen, der dort regelmäßig auftauchte, als zu jemandem, der sich außerhalb dieser Wände befand.

Jetzt wisst ihr die ganze Wahrheit. Ich hätte die Konsequenzen meiner vermeintlichen Selbstgespräche mit Oans Leichnam vorhersehen müssen. Denn dass es sich um keinen gewöhnlichen Leichnam handelt, wusste ich. Die erstarrte Spinne in ihrem unsichtbaren Käfig hatte stets die Aura eines Untoten umspielt, und nie war man sich restlos sicher, dass kein Hauch von Lebendigkeit mehr in diesem Kadaver steckt. Mein Verhalten war deshalb grob fahrlässig und allein deshalb schon ein Verbrechen in unserer prekären Situation. Die Hinrichtung fordere ich nicht nur als Bestrafung für meine Verfehlung, sondern auch im Dienste der Rettung dieser Expedition. Die Ramiren haben mein Gehirn vollständig unter Kontrolle. Durch mich erfahren sie alle unsere Pläne, ob ich das will oder nicht. Jeder neue Versuch, den *Steinbock* in die Freiheit zu führen, ist von vorneherein zum Scheitern verurteilt, solange ich am Leben bin.«

Ich setzte mich. Abermals hüllten die Anwesenden sich in fassungsloses Schweigen und senkten betreten die Köpfe. Nicht dass ich erwartet hätte, dass jemand für mich eintritt, doch die Hilflosigkeit meiner Freunde zerrte an meinen Nerven. Oleg fragte, ob es Einwände oder Zustimmung zu meinen Einlassungen gebe, doch niemand sagte ein Wort. Nur Romero flüsterte Mary etwas zu.

»Hat denn niemand etwas dazu zu sagen?«, insistierte Oleg.

Plötzlich explodierte Oshima. »Die Selbstbezichtigungen des Admirals sind blanker Unsinn!«, ereiferte er sich. »Er leidet schlicht an einem Nervenzusammenbruch. Lange genug hat er sich dem Wahnsinn widersetzt, doch jetzt sind seine Sicherungen durchgebrannt. Seine Frau soll ihn gesundpflegen – mehr gibt es dazu nicht zu sagen.«

Nun erhob sich auch Romero. »Ich bin nicht Ihrer Meinung, Kapitän Oshima«, verlautbarte er förmlich. »Wie ich vorhin schon sagte, erfreut sich Eli bester Gesundheit. Was er uns mitgeteilt hat, ist zu wichtig, als dass wir es einfach ignorieren könnten. Ich bestehe darauf, die Sache zu erörtern.«

»Dann fangen Sie doch damit an!«, versetzte Oleg ungeduldig.

»Gut, wie Sie meinen. Die Ausführungen des Admirals enthalten Schlussfolgerungen, die ich nicht nachvollziehen kann. Allerdings teile ich seine Ansicht, dass Oan kein normaler Leichnam ist, sondern ein raffiniert installierter Sender der Ramiren. Außerdem stimme ich mit Eli darin überein, dass sich Informanten der Ramiren an Bord unseres Schiffs befinden und dass einer von ihnen er selbst ist.«

»Mit anderen Worten, Sie halten den Tatbestand des Verrats für erfüllt?«, präzisierte Oleg.

»Nicht im Geringsten!«

»Aber Sie haben die Aussagen des wissenschaftlichen Leiters doch fast wortwörtlich wiederholt?!«

»Wenn Sie mich ausreden lassen, geschätzter Kommandeur, werden Sie bemerken, dass ich in vielen Punkten anderer Meinung bin als der Admiral. Ich nenne nur die Wichtigsten. Erstens: Oans Leichnam ist ein Informationsleck, doch wohl kaum das einzige. Die Ramiren mussten damit rechnen, dass wir Oan vernichten – zum Beispiel, indem wir ihn verbrennen und seine Asche im Weltraum verstreuen. Während Oan auf unserem Schiff sein Unwesen trieb, hat er mit Sicherheit noch weitere Abhör- und Observierungseinrichtungen an Bord installiert, und ich glaube kaum, dass wir sie alle finden werden. Zweitens: Im Prinzip aus denselben Gründen bezweifle ich, dass der Admiral der einzige Informant der Ramiren ist. Schließlich könnte er umkommen oder den Verstand verlieren. Eli behauptet, dass er als Ersatz für Oan fungierte. Woher nehmen wir die Gewissheit, dass nicht einer von uns als Ersatz für Eli bereitsteht? Sicherlich ist er der wertvollste Informant für die Ramiren, doch wohl kaum der einzige.«

»Das Bild, das Sie von unserer Lage zeichnen, ist noch um einiges düsterer als die Darstellung des Admirals«, konstatierte Oleg.

»Das mag sein, doch ich ziehe völlig andere Schlüsse daraus. Der Admiral ist mitnichten ein Spion! Allein schon deshalb nicht, weil er in diese Rolle nicht freiwillig geschlüpft ist. Agent wird man schließlich nicht durch einen dummen Zufall, sondern durch eine freie Willensentscheidung. Jeder von uns könnte genauso ein Spion sein wie Eli. Sollen wir alle potenziellen Spione hinrichten? Meiner Überzeugung nach gibt es nicht einmal vage Anzeichen dafür, dass ein Verbrechen vorliegt, und das Strafmaß, das wir beschlossen haben, entbehrt somit jeder Grundlage. Unser Freund Eli hat sich nichts zuschulden kommen lassen! Doch das ist noch nicht alles. Abgesehen davon, dass kein Vergehen vorliegt, gibt es noch einen weiteren äußerst triftigen Grund, warum wir den Forderungen des Admirals eine entschiedene Absage erteilen müssen. Erlauben Sie mir, das auszuführen, Oleg?«

»Selbstverständlich, Romero.«

Während meines Bekenntnisses hatte das Auditorium geschwiegen, als Romero seine Gegenargumente formulierte, war es zwischendurch laut geworden, nun, da er sich anschickte, von einem »äußerst triftigen Grund« zu sprechen, verfiel es abermals in Schweigen.

»Admiral, ich kenne Sie von Kindesbeinen an«, hob Romero zu mir gewandt an. »Dennoch versetzen Sie mich immer aufs Neue in Erstaunen. Sie sind gewöhnlich und außergewöhnlich zugleich. Ihr Geheimnis besteht darin, dass Sie sich stets den Umständen anpassen. In einer Situation, in der nichts Außergewöhnliches passiert, sind Sie völliger Durchschnitt. Kein Freund und noch nicht einmal die cleverste aller Universalmaschinen würde Sie aus der Masse der vielen herausheben. Dies war zum Beispiel zu beobachten, als die Kandidaten für die Expedition zur Ora ausgewählt wurden. Doch sobald es auch nur nach Gefahr riecht, verändern Sie sich schlagartig. Dann erwachen Sie gleichsam aus Ihrer Gewöhnlichkeit und laufen zur Hochform auf. Man möchte meinen, Sie seien für Extremsituationen geboren worden.

Wenn unsereins in gefährliche Situationen gerät, verliert er schlimmstenfalls den Überblick, bestenfalls kämpft er unter Aufbietung aller Kräfte verbissen gegen die Unbill an. Sie dagegen fühlen sich in schwerer See wohl wie ein Fisch im Wasser. Und selbst mit den höchsten Wellen und schlimmsten Brechern wachsen Sie einfach mit. Wenn Ereignisse sich überschlagen, entscheiden Sie blitzschnell, auf außergewöhnliche Umstände reagieren Sie mit ebenso außergewöhnlichen Maßnahmen, und in einer Welt voller Rätsel entwickeln Sie eine ungeahnte Findigkeit. Je übermächtiger der Feind, desto stärker sind auch Sie.

Meine lieben Freunde, erinnert euch daran, wie wir in jüngster Vergangenheit, zermürbt von einer gespaltenen Zeit, einer nach dem anderen den Verstand und den Willen zum Widerstand verloren. Der Einzige, der sich vom Zeitkrebs nicht unterkriegen ließ und sich eisern gegen den heraufdämmernden Wahnsinn stemmte, war unser wissenschaftlicher Leiter, unser Freund Eli.

Ich frage Sie, Admiral, wollen Sie im Ernst von uns verlangen, dass wir Ihren Verstand, unser größtes Faustpfand in der Gefahr, sehenden Auges auslöschen und Ihren eisernen Willen, unsere einzige Hoffnung auf Rettung, mutwillig zum Versiegen bringen? Eli, mein Freund, wie konnte Ihr sonst so heller Kopf nur auf einen so haarsträubenden Gedanken kommen?«

Romero war ein Redner vom alten Schlage, der es verstand, sein Publikum mit wortreichem Pathos gefangen zu nehmen. Und er erreichte sein Ziel: Die Versammelten applaudierten und stießen Rufe der Begeisterung aus. Niemand achtete mehr auf mich. Alle Augen waren auf Romero gerichtet. Mit einer Hand stützte er sich auf seinen Gehstock, mit der anderen untermalte er seine salbungsvolle Rede mit geschraubten Gesten.

Wenn es nicht um mich gegangen wäre, hätte vermutlich auch ich mich von seiner leidenschaftlichen Botschaft und würdevollen Pose einnehmen lassen. Ich hielt es indes für angebracht, Romero von seinen rednerischen Höhenflügen auf den Boden der Tatsachen zurückzuholen.

»Pawel, sind Sie sich eigentlich im Klaren darüber, dass Sie uns alle ans Messer eines mächtigen und gnadenlosen Feindes liefern, wenn Sie dem Kampf gegen seine unfreiwilligen Agenten eine Absage erteilen?«

»Sie irren, Admiral! Sie irren!«

»Bestreiten Sie etwa, dass die Ramiren mächtig und gnadenlos sind?«

»Dass sie mächtig sind, räume ich durchaus ein. Es wäre töricht, das Offensichtliche infrage zu stellen. Doch dass sie gnadenlos sind, bestreite ich entschieden.«

»Und das sagen Sie, nachdem wir alle gesehen haben, wie übel die Ramiren den Aranen mitspielen? Haben Sie die panische Angst der Spinnen vor den Unerbittlichen Göttern schon vergessen? Sind nicht Lussins und Trubs Leichen, der vernichtete *Stier* und unser aufgeriebenes Geschwader trauriges Zeugnis für die Gnadenlosigkeit und grimmige Feindschaft der Ramiren?«

»Nicht im Geringsten!«

»Mit Verlaub, Pawel, aber einer von uns beiden ist nicht mehr ganz richtig im Kopf. Ich hoffe nicht, dass ich es bin. Was sind uns die Ramiren denn bitte schön, wenn nicht gnadenlose Feinde?«

»Admiral! Wir sind ihnen völlig gleichgültig.«

9

Um der Wahrheit die Ehre zu geben: Ich war beeindruckt. Wörter sind geduldig; je nach Interpretation empfinden wir sie als wohlklingend oder abstoßend, faszinierend oder nichtssagend, bedeutungsschwer, neutral oder banal. In manchen Situationen sind Wörter wie Leuchtkugeln, die Licht ins Dunkel bringen, wie Blitze, die unvermittelt einschlagen und uns die Augen öffnen. Dann werden sie zu Schlüsselwörtern, die das Tor zu einer verborgenen Wahrheit öffnen. Ein solches Schlüsselwort war für mich das einfache Adjektiv »gleichgültig«. Romero hätte gar nichts mehr hinzufügen müssen. Ich war sofort und endgültig überzeugt.

Doch Romero sprach immer weiter und ergötzte sich an seiner eigenen Beredsamkeit. Er tauchte die Geschehnisse in ein völlig neues Licht. Was zuvor auf dem Kopf stand, stellte er wieder auf die Füße. Seine Interpretation half uns, die bedrohliche, sinnlose und chaotische Welt, die uns umgab, besser zu verstehen.

Die Vernichtung des *Schlangenträgers* hatte auch in Romero den Verdacht keimen lassen, dass die Ramiren noch über einen weiteren Informanten auf dem *Steinbock* verfügten. Doch dann waren ihm Zweifel gekommen, ob sie das wirklich nötig hatten. Waren sie wirklich unsere Feinde? Er erinnerte sich an die Überlieferungen der Zerstörer und Galakten, denen zufolge die mächtigen Ramiren ins galaktische Zentrum übersiedelt seien, um den Galaxiskern umzugestalten. Da war es nun, das ominöse galaktische Zentrum, jenseits der Wände unseres Raumschiffs! Ein unvorstellbares Chaos, eine nicht enden wollende Explosion. Was gab es hier umzugestalten? Das einzig sinnvolle Bestreben im galaktischen Zentrum konnte darin bestehen, eine massenhafte Sternenkollision zu verhindern. Denn ein solcher Superkollaps hätte die Vernichtung der gesamten Galaxis bedeutet.

»Ich habe mir vorgestellt, wir wären ungleich mächtiger als in Wirklichkeit«, erklärte Romero. »Und ich bin zu dem Schluss gekommen, dass ich mir in diesem Fall zum Ziel gesetzt hätte, möglichst viel Sternenmasse aus dem galaktischen Zentrum zu entfernen und in die Peripherie zu verfrachten, also eine Disharmonie zu schaffen, die jenen Prozessen entgegenwirkt, die auf eine Explosion des Kerns hinwirken. War nicht auch der aus dem Galaxiskern herausdriftende Kugelsternhaufen ein Anzeichen für solche Bestrebungen? Hatte nicht auch die Staubabsonderung der Gestirne in den Untergehenden Welten damit zu tun? Und ist es nicht naheliegend, dass die Ramiren es in Kauf nehmen, dass bei ihren gigantischen Umbaumaßnahmen einige Lebensformen zugrunde gehen? Ihr findet diesen Gedanken empörend? Dann stellt euch bitte folgende Situation vor. Ein Teil unseres Waldes ist von Fäulnis befallen, und diese Fäulnis droht sich auf den gesamten Baumbestand auszuweiten. Um unseren Wald zu retten, fällen wir die kranken Bäume. Dass wir dabei auch einen Teil der Waldameisen vernichten, wird uns wohl kaum von dieser Maßnahme abhalten. Wir sind ihnen gegenüber gleichgültig und haben keinerlei Interesse, sie zu töten. Wenn sie sich jedoch auf uns stürzen, um ihre Bauten, die wir umgraben, zu verteidigen, werden wir sie dann nicht zertreten? Nichts anderes ist aus meiner Sicht in den Untergehenden Welten geschehen.«

»Dann sind wir also so etwas wie kosmische Ameisen?«, fragte Oleg ruhig.

»In gewisser Weise ja. Die Ramiren hätten uns und die Aranen längst ausgelöscht, wenn wir tatsächlich ihre Feinde wären. Für die Ramiren sind wir nichts anderes als die Ameisen für uns Menschen. Ich versichere euch: Die Ramiren interessieren sich keinen Deut für uns! Nur wenn wir ihnen auf irgendeine Weise in die Quere kommen, sei es durch eine explosionsartige Raumgeneration oder durch eine Störung des Gravitationsgleichgewichts, schlagen sie nach uns wie nach lästigen Insekten. Für uns stellt sich dies so dar, als wäre ein Krieg entfacht und als rückten Armeen unerbittlicher Feinde gegen uns vor – doch das ist eine Fehlinterpretation!«

Romero, der die ganze Zeit zu allen gesprochen hatte, wandte sich nun an mich.

»Habe ich Sie überzeugt, mein Freund?«, fragte er.

»Zu drei Vierteln, Pawel.«

»Und warum nicht zu hundert Prozent?«

»Die Rolle, die Sie uns zuweisen, ist schon arg erbärmlich: galaktische Ameisen! Wenn Sie damit Recht hätten, wäre das eine bittere Pille für die Menschheit.«

»Dass die Erde sich um die Sonne dreht und nicht umgekehrt, war auch eine bittere Pille, die die Menschheit einst schlucken musste. Ein Teil unserer Vorfahren empfand es als Affront, dass neben der Menschheit auch andere vernunftbegabte Zivilisationen existieren. Es war der größte Fehler der Menschheit, sich für die Krone der Schöpfung zu halten. Erinnern Sie sich, Eli: Je weiter die Wissenschaft voranschritt, desto unhaltbarer wurde die Vorstellung, dass der Mensch im Weltall eine Sonderrolle innehat. Diesen Prozess der Selbsterkenntnis sollten wir fortsetzen und uns endlich eingestehen, dass wir uns von den Ramiren ein viel zu menschenähnliches Bild gemacht haben. Wahrscheinlich sind sie aus einem völlig anderen Holz geschnitzt!

Schon im zwanzigsten Jahrhundert der alten Zeitrechnung gab es einen Physiker, der alle Lebewesen in drei Klassen unterteilt hat. Lebewesen der ersten Klasse passen sich in langwierigen Evolutionsprozessen an ihre Umgebung an; Lebewesen der zweiten Klasse passen die Umgebung an ihre Bedürfnisse an; und Lebewesen der dritten Klasse verändern sich selbst, wenn sie ihre Umgebung nicht verändern können oder wollen. Zur ersten Klasse gehören alle Tiere, sie sind primitive Lebewesen. Die Menschen und ihre Sternenfreunde gehören zur zweiten Klasse: Sie sind in der Lage, ihre Umwelt nach ihren Bedürfnissen zu gestalten. Doch damit sind die Möglichkeiten von uns Menschen erschöpft. Wir können uns nicht hitzeunempfindlich machen, um in einen Vulkankrater einzusteigen, und nicht kälteresistent, um nackt im Weltraum spazieren zu gehen. Die Ramiren sind möglicherweise eine Klasse höher anzusiedeln. Sie haben keine konstante Gestalt, sondern können jede beliebige annehmen. Oan war kein getarnter Ramire unter Aranen, sondern ein gewöhnlicher Ramire, der eine aranenhafte Gestalt angenommen hatte. Darin liegt nichts Übernatürliches, es zeugt lediglich vom hohen Entwicklungsstand ihrer Zivilisation.

Auch unsere Nachkommen, liebe Freunde, werden einst nach Belieben ihre Gestalt ändern. Die körperlichen Unterschiede zwischen Demiurgen und Menschen, Engeln und Unsichtbaren, Galakten und Aranen werden dann keine Rolle mehr spielen, selbst Liebe zwischen ihnen wird möglich sein. Daran glaube ich!«

»Nun, damit wäre die Erörterung abgeschlossen«, sagte Oleg und erhob sich. »Die Selbstbezichtigungen des wissenschaftlichen Leiters haben sich als unbegründet erwiesen. Dennoch bin ich nicht zufrieden, denn elementare praktische Fragen sind im Dunkeln geblieben. Die Wichtigste von ihnen lautet: Wie kommen wir hier heraus?«

»Unser Problem ist, dass wir bis jetzt nur nach Lösungen gesucht haben, die ›an sich‹ funktionieren könnten«, erwiderte Romero. »Damit kommen wir nicht weit. Wir müssen uns einen Plan ausdenken, mit dem wir den Ramiren nicht in die Quere kommen. Die Frage ist also: Was können wir unternehmen, ohne die Ramiren zu veranlassen, uns wie Ameisen zu zertreten.«

»Unsere Gefangenschaft im Galaxiskern widerspricht übrigens Ihrer Hypothese von der Gleichgültigkeit der Ramiren«, sagte Oleg zu Romero gewandt. »Ihre Theorie liefert keine Erklärung dafür, warum unser Schiff mit Gewalt hier festgehalten wird. Und solange wir keine Erklärung dafür finden, werden wir es schwer haben, in die Freiheit zu entkommen. Darüber müssen wir uns alle ernsthaft Gedanken machen. Besonders du, Eli.« Oleg setzte ein spöttisches Grinsen auf. »Wenn du tatsächlich ihr Verbindungsmann bist, könnte es doch sein, dass sie dir des Rätsels Lösung einflüstern.«

Nachdem Oleg die Versammlung aufgehoben hatte, ging ich zu Mary. Sie sah mich an, als wäre ich soeben aus meinem Grab aufgestanden. Ich strich ihr mit der Hand durchs Haar. Mit tränennassen Augen lächelte sie mich an.

»Weine nicht«, sagte ich. »Pawel hat überzeugend nachgewiesen, dass ich kein Verräter bin. Heute Nacht können wir ruhig schlafen. Pawel sei Dank.«

Romero, der neben Mary stand, schüttelte vorwurfsvoll den Kopf. »Dass Sie sich ernsthaft für einen Verräter hielten, Eli, ist mir unbegreiflich«, tadelte er. »Ich glaube kaum, dass Ihre Frau auch so naiv war.«

»Ach, ich wusste gar nicht mehr, was ich denken soll«, erwiderte Mary seufzend. »Bei Eli weiß man nie … Er ist zu allem fähig. Doch egal, was ich gedacht habe – wenn man ihn für schuldig befunden hätte, wäre eine Welt für mich zusammengebrochen.«

Ich bat Olga, noch zu bleiben.

»Nun weißt du, warum ich dich vor der Versammlung nicht hereinlassen konnte«, sagte ich zu ihr, als wir allein waren. »Jetzt können wir in Ruhe reden.«

»Erzähle mir, wie alles passiert ist«, bat sie. »Vor dem Unglück hatten Irina und ich noch gemeinsam zu Mittag gegessen. Sie war unheimlich nervös gewesen. Ich hielt das für eine Nachwirkung ihrer Krankheit. Nach ihrer Genesung war sie generell leicht reizbar und hat viel geweint.«

»Hat dir Oleg denn nicht erzählt, um was Ellon Irina gebeten hatte?«

Oleg hatte Olga alles gesagt, was er wusste. Sie wollte natürlich alle Einzelheiten wissen, doch ich konnte im Prinzip auch nur das wiederholen, was Oleg schon berichtet hatte. Olga fing zu weinen an, als ich ihr davon erzählte, dass Irinas letzte Worte waren, wir mögen ihr verzeihen.

Olgas Anblick mit ihrem kleinen Kopf und den grauen Locken rührte mich. Im Guten wie im Bösen hatte das Schicksal diese Frau reich bedacht: mit Ruhm, wie er keiner anderen Frau zuteilwurde, und mit Kummer, der ausgereicht hätte, zwei Herzen zu brechen.

»Was denkst du, Eli, ist meine Tochter umgekommen?«

»Ich weiß es nicht. Aus der Vergangenheit ist niemand lebendig zurückgekehrt, das haben wir an Mizars und Ellons Beispiel gesehen. Die wohlbehaltene Rückkehr aus der Zukunft ist dagegen möglich, denke nur an Oan, der aus der Zukunft auf unser Schiff kam. Auch Mizar und Ellon haben die Rückführung aus der Zukunft überlebt. Dass Irina nicht zurückgekehrt ist, bedeutet nicht, dass sie tot ist. Über die Physik der Vergangenheit wissen wir einiges, doch was wissen wir schon über die Zukunft?«

»Oleg sagt dasselbe wie du, aber ich glaube, er will mich nur trösten.«

»Oleg tröstet vor allem sich selbst. Er liebt Irina. Was heißt schon trösten? Du bist nicht nur Kapitän von Sternenschiffen, sondern auch eine berühmte Astrophysikerin. Eigentlich müssten wir dich fragen, was mit Irina passiert ist, und nicht du uns.«

»Ich habe eine Bitte an dich und Oleg. Seit der Vernichtung des *Widders* bin ich Oshimas Stellvertreterin als Kapitän des *Steinbocks*. Diese Aufgabe könnte auch Eduard übernehmen. Niemand wäre besser dafür geeignet als er. Ich könnte mich dann den Zeitmaschinen widmen. Es liegt mir am Herzen, das zu Ende zu bringen, was meine Tochter begonnen hat. Und vergiss nicht: Jede Störung des Zeitstabilisators könnte uns aufs Neue in den Wahnsinn stürzen. Es ist wichtig, dass sich jemand ernsthaft damit befasst.«

Es war naheliegend, dass es Olga auch darum ging, sichere Wege in die Zukunft zu finden, und dass sie insgeheim hoffte herauszufinden, was mit Irina passiert war.

»Meinen Segen hast du, Olga. Und Oleg ist sicher auch damit einverstanden, dass du die Aufgaben im Labor übernimmst.«

10

Grazio ersetzte den verschwundenen Vagabund. Anfangs gab es Diskussionen darüber, ob es nicht besser wäre, zum ursprünglichen System der Schiffssteuerung zurückzukehren, bei dem die BUM die zentrale Rolle spielt. In ruhigen Galaxisbezirken hatte dieses System noch nie versagt. Oshima und Kamagin favorisierten es, weil es für sie praktischer war, die Datenauswertungen und Navigationsempfehlungen direkt von der BUM zu bekommen. Doch Oleg und ich bestanden darauf, Grazio als Kontrollinstanz einzusetzen.

Die BUM ist nichts anderes als ein maschineller Verstand, der streng kausal funktioniert. Aus leidvoller Erfahrung wussten wir, dass eine Störung des Zeitlaufs den Verstand aus dem Takt bringen konnte. Kausale Zusammenhänge sind ein Äquivalent zur normalen Zeitstruktur, doch der Verlauf der Zeit im galaktischen Zentrum war eben gerade nicht normal! Deshalb schien es ratsam, das maschinelle Gehirn des *Steinbocks* einer ganzheitlich denkenden Vernunft zu unterstellen.

»Grazio wird Vagabunds frühere Aufgaben problemlos bewältigen«, versicherte Oleg den Kapitänen. »Die Gehirnstruktur der beiden ist identisch, denn auch Vagabund ist seiner Herkunft nach ein Galakt.«

So wurde Grazio zum unumschränkten Chef im Leitstand. Seine unermüdlichen Rundgänge an der Raumwand entlang wollte der riesenhafte Galakt nicht länger fortsetzen. Wir brachten ihm den größten Lehnstuhl, den wir an Bord auftreiben konnten, und platzierten ihn auf einem Podest in der Mitte des Steuerraums.

Die erhöhte Position verlieh der ohnedies majestätischen Erscheinung des Galakten noch zusätzliche Erhabenheit. Wenn man den Raum betrat, beschlich einen unwillkürlich das Gefühl, man müsse sich ehrfurchtsvoll verbeugen. Romero sagte, Grazio sei nun nicht mehr gottähnlich, sondern gottgleich. Mich erinnerte der Galakt an eine antike Kolossalstatue, die Zeus auf seinem Thron zeigt.

Seine neue Rolle hinderte Grazio nicht daran, seine Aufgaben mit der Geschwindigkeit eines Menschen und mit der Präzision eines Demiurgen zu erfüllen. Die Stärken der Galakten lagen in ihrem Gehirn, nicht in ihren Muskeln. Auf der Sprintbahn hätte Grazio keinen Blumentopf gewonnen, doch an Gedankenschnelle konnte ihm niemand das Wasser reichen.

Kurz nachdem Grazio den Chefsessel im Leitstand eingenommen hatte, stattete mir Orlan einen Privatbesuch ab. Normalerweise traf ich ihn nur in Diensträumen, denn es gehörte nicht zu den bevorzugten Gewohnheiten des Demiurgen, Besuche zu machen. Nur bei Grazio hatte er sich öfters aufgehalten, vermutlich, um damit zu unterstreichen, dass der Hass, der einst zwischen ihren Völkern geherrscht hatte, endgültig der Vergangenheit angehörte.

»Ist es wahr, Eli, dass Kapitän Olga Trondike in Zukunft die Forschungsarbeiten an den Zeitmaschinen leiten wird?«, erkundigte sich Orlan in einem so offiziellen Ton, wie ich ihn von ihm seit jener Zeit nicht mehr gehört hatte, als er noch im Namen des Großen Zerstörers sprach.

»Hast du Einwände dagegen, Orlan?«

»Der Zeittransformator ist eine Entwicklung der Demiurgen. Ich hätte die Nachfolge von Ellon gerne selbst angetreten.«

Von diesem Anliegen Orlans war ich – gelinde gesagt – überrascht. Im Verlauf der Jahre hatte ich den Demiurgen in den verschiedensten Rollen erlebt: als Raumfahrer, der mein Schiff kaperte, als mächtigen Würdenträger des Imperiums der Zerstörer, anfangs als erbitterten Feind, später als geschätzten Freund, als Mitstreiter in der Not und als Mitbegründer der Interstellaren Allianz. Es gab wohl keinen vernunftbegabten Außerirdischen, der mit näherstand. Doch als Ingenieur konnte ich mir Orlan nicht vorstellen. Für technische und mathematische Details hatte er sich noch nie interessiert, geschweige denn einen Hang zur Konstruktion von Maschinen offenbart.

Um meine Skepsis zu zerstreuen, erklärte er mir, er habe in seiner Jugend durchaus eine ingenieurtechnische Ausbildung erhalten und auch jahrelang in Raumfahrtfabriken gearbeitet. Zum Minister für Raumschiffbau sei er nur deshalb nicht ernannt worden, weil der Große Zerstörer es vorzog, ihn mit politischen Aufgaben zu betrauen.

»Du, Eli, und Olga Trondike, ihr beide seid im Prinzip schuld daran, dass ich meine Ingenieurlaufbahn beenden musste«, sagte Orlan. »Nach eurem Flug durch das nichteuklidische Spinnennetz von Chi Persei und der Vernichtung des Goldenen Planeten hat der Große Zerstörer alles, was Rang und Namen hatte, in seinen politischen Beraterkreis berufen.«

»Und jetzt möchtest du die Tätigkeit als Ingenieur wiederaufnehmen?«

»Ich bin im Augenblick der Einzige auf dem Schiff, der keine konkrete, individuelle Aufgabe hat. Seit Grazio im Leitstand unabkömmlich ist und vor allem seit Ellons Tod habe ich wenig Ansprache und fühle mich nicht ausgelastet.«

»Wärest du dazu bereit, mit Olga zusammenzuarbeiten, so wie Ellon mit ihrer Tochter?«

»Wenn sie nichts dagegen hat, Eli?«

»Sie wird nichts dagegen haben, verlass dich drauf.«

Mehrere Tage lang hatte ich einen großen Bogen um den Leichenraum gemacht, doch dann zog es mich doch wieder auf den Schiffsfriedhof. Diffuse Gefühle begleiteten mich, als ich mich dorthin auf den Weg machte. Alles war anders als beim letzten Mal, und ich wusste nicht genau, was ich dort eigentlich wollte.

Im Leichenraum war ein weiterer Sarkophag dazugekommen. Eine Zeit lang blieb ich vor Ellon stehen. Trotz seines extrem leistungsfähigen Gehirns hatte der Demiurg die Schwingungen der Zeit nicht überlebt. Selbst ein Genie konnte den psychischen Riss zwischen Vergangenheit und Zukunft nicht bewältigen, wenn es nicht fest in der Gegenwart verankert war.

Von Ellon schritt ich langsam weiter zu Mizar, von Mizar zu Trub und von Trub zu Lussin. Ich hatte es nicht eilig damit, vor Oan hinzutreten. Ein Bauchgefühl sagte mir, dass ich dort ohnehin länger verweilen würde. Und so kam es auch: Als ich schließlich vor ihm stand, verspürte ich abermals den inneren Drang, zu ihm zu sprechen.

»Nun weiß ich erst recht nicht, wie ich mit dir dran bin, Oan«, begann ich. »Stehen deine Auftraggeber uns feindlich, indifferent oder gar auf undefinierbare Weise freundschaftlich gegenüber? Es wäre verdammt wichtig, das zu wissen, wenn du verstehst ... Ach, was rede ich, natürlich verstehst du mich! Du bist ein Mittler zwischen uns und den Ramiren, das ist dein ganzes Geheimnis. Du bist nichts anderes als eine Überwachungseinrichtung, die sehen, hören und Gedanken lesen kann, ausgeführt in Form eines Lebewesens. Dass wir dich enttarnt haben und du zur Silhouette erstarrtest, war sicher nicht im Sinne deiner Auftraggeber. Es kommt eben vor, dass der Holzfäller von einer Ameise gebissen wird! Was wollt ihr von uns, Oan? Warum haltet ihr uns im galaktischen Zentrum fest, wo die Sterne wie Querschläger durch die Gegend fliegen?«

Ich sprach so eindringlich auf Oan ein, als erwartete ich tatsächlich eine Antwort von ihm. Doch er schwieg wie ein Grab.

»Wenn du tatsächlich ein Mittler bist, ein Informant im positiven Sinne des Wortes«, setzte ich unbeirrt fort, »dann erfülle diese Aufgabe in beide Richtungen: von uns zu den Ramiren und von den Ramiren zu uns. Unsere Absichten hast du bereits übermittelt, teile nun uns mit, was deine Auftraggeber wollen. Rede dich nicht heraus – wir haben schon etliche Informationen von dir bekommen. Dass ihr bei den Aranen Späher eingeschleust habt, zum Beispiel, und dass du einer von ihnen bist; dass die Zeit hier äußerst gefährlich ist, auch diesen Gedanken hast du uns eingetrichtert; und dass ihr nach Möglichkeiten sucht, den Lauf der Zeit zu beherrschen, in die Zukunft zu gelangen und wieder zurück. Du bist keiner von jenen Halbleiter-Spionen, die Informationen nur in eine Richtung transportieren, nämlich vom Feind zum Auftraggeber. Sprich endlich zu uns! Selbst wenn ihr uns gegenüber gleichgültig seid, fiele euch doch kein Stein aus der Krone, wenn ihr uns zuriefet: ›Aus dem Weg!‹, sofern wir euch denn im Wege sind. Sag uns, worin wir euch hinderlich sind. Wo sollen wir hin, damit ihr nicht über uns stolpern könnt?«

Oan schwieg hartnäckig. Mehr und mehr redete ich mich in Rage und drohte der spinnenförmigen Silhouette mit der Faust. Hier im Leichenraum konnte ich mich bedenkenlos gehenlassen, denn niemand beobachtete mich dabei.

»Denke wenigstens über meine Fragen nach! Übermittle sie deinen gleichgültigen Brüdern. Und merke dir: Wir sind keine Ameisen, egal was Romero über eure Größe und unsere Belanglosigkeit schwadroniert. Wir werden uns aus der Hölle befreien, in die ihr uns gesperrt habt! Nicht durch gekrümmten Raum, nicht durch Gravitationsschlupflöcher und auch nicht durch Annihilation von Materie oder Raum – diese Wege sind versperrt, das haben wir begriffen. Sondern wir werden durch die Zeit entkommen, vor der selbst ihr so großen Respekt habt und die allein die Welt vor dem Untergang bewahrt. In unseren Händen wird diese Zeit eine andere sein – nicht marode, sondern flexibel, nicht zerrissen, sondern fließend, nicht tot, sondern lebendig! Wir werden uns retten! Durch die lineare Zeit, die in die Zukunft führt, durch die umgekehrte Zeit, die in die Vergangenheit fließt, durch die gekrümmte Zeit und durch die perpendikulare Zeit!«

Heureka! Diese letzten Worte waren ohne Nachdenken aus mir herausgesprudelt, doch ich wusste sofort, dass ich ein entscheidendes Wort ausgesprochen hatte: perpendikular! Nun kam schlagartig Licht ins Dunkel! Vorläufig handelte es sich nur um ein Wort, um einen Begriff. Indes barg dieser Begriff die Lösung, die wir die ganze Zeit gesucht hatten, dessen war ich mir absolut sicher, nicht rational, sondern intuitiv. Perpendikular – das war das Schlüsselwort, das Ei des Kolumbus, die unverhoffte Eingebung, die es uns ermöglichen würde, den gordischen Knoten des Galaxiskerns zu zerschlagen!

Wenn ich heute an jenen Augenblick zurückdenke, empfinde ich wieder dieselbe Euphorie über meine Entdeckung, die mich seinerzeit überkam. Denn ich hatte ja überhaupt nicht überlegt, sondern spontan Gewissheit erlangt, dass ich des Rätsels Lösung und den einzigen Weg zu unserer Rettung gefunden hatte. Wäre ich damals gefragt worden, ob ich diese Gewissheit mit irgendeinem logischen Argument untermauern könne, hätte ich nur mit den Achseln gezuckt und geschwiegen – nicht ratlos geschwiegen, sondern triumphierend! Denn ich wusste, dass ich unverhofft den Schlüssel zum Tor in die Freiheit in Händen hielt.

Im Laufschritt verließ ich den Leichenraum, um unverzüglich mit Oleg zu sprechen. Im Gang fiel mir ein, dass die BUM funktionierte und ich Oleg auch gedanklich rufen konnte. Er hielt sich in seiner Wohnung auf.

»Was gibt es denn so Dringendes, Eli?«, fragte er erstaunt.

»Erzähle ich dir gleich.«

»Soll ich zu dir kommen oder ins Labor?«

»Treffen wir uns lieber bei dir, Oleg.«

»Gut, ich erwarte dich.«

Als Oleg mir öffnete, stürmte ich grußlos an ihm vorbei in sein Zimmer, wo ich mit hinter dem Rücken verschränkten Armen auf und ab rannte. Der Kommandeur folgte mir verdutzt. Bei meinem Anblick begann er, erwartungsvoll seine Hände zu kneten. Meine Aufregung hatte sich sofort auf ihn übertragen.

Auf dem Tisch in seinem Zimmer lag ein Flugschreiber – von der Form her einer BUM ähnlich, doch etwas kleiner. Wie eine BUM enthielt auch dieser kleine Kasten einen Neptunian, jenen kostbaren grünen Kristall, der das Herzstück jeder denkenden Maschine bildet. Im Gegensatz zu einer BUM führte dieser Flugschreiber jedoch keine analytischen Rechenoperationen durch, sondern zeichnete alle Bewegungen und Messdaten unseres Raumschiffs auf. Früher hatte man für solche Aufzeichnungen ein Logbuch benutzt.

»Du schwitzt ja, Eli, was ist los mit dir?«, fragte Oleg.

»Das Tor zur Freiheit befindet sich nicht dort, wo wir es suchen«, erwiderte ich. »Unsere Chance liegt in der perpendikularen Zeit, nicht in der linearen Zeit, die vorwärts oder rückwärts läuft.«

Oleg erging es genauso wie mir: Er begriff sofort und intuitiv. Auch auf ihn wirkte das Wort »perpendikular« nicht logisch, sondern magisch, es bot keine Erklärung, sondern eine Offenbarung.

»Ja, natürlich, das wäre die Lösung!«, rief er begeistert. »Doch existiert die perpendikulare Zeit tatsächlich, und können wir sie beherrschen?«

»Lass uns die Argumente pro und contra abwägen.«

»Einverstanden, Eli. Erläutere deine Idee. Ich werde dich unterbrechen, sobald mir irgendetwas unschlüssig erscheint.«

Erst jetzt war es an der Zeit, die spontane Eingebung einer kritischen Prüfung zu unterziehen. Wie schon in jenem Augenblick, als mir der Begriff »perpendikulare Zeit« zum ersten Mal über die Lippen gekommen war, zog ich die Möglichkeit eines Irrtums überhaupt nicht in Betracht und war mir sicher, unwiderlegbare Beweise für meine Idee finden zu können. Nun galt es, die Idee zu einer Theorie auszuformulieren und die Intuition in Wissen zu verwandeln.

»Bislang kannten wir nur die eindimensionale Zeit«, begann ich, »eben jene Zeit, die lediglich in einer Richtung von der Vergangenheit über die Gegenwart in die Zukunft verläuft. Diese Zeit erstreckt sich linear und stets in einer Richtung. Nur unter der Prämisse eines solchen Zeitverlaufs konnten wir die Vorgänge in unserer kleinen, beschränkten Welt verstehen. Wir waren davon überzeugt, dass dies die einzig mögliche Form von Zeit sei. Als wir dann im galaktischen Zentrum mit einer flexiblen, nichtlinearen Zeit konfrontiert wurden, verstanden wir deren Beschaffenheit nicht. Verstört sprachen wir von einer maroden, kranken Zeit und davon, dass der Faden des Zeitlaufs zerrissen sei.«

»Mit anderen Worten, du behauptest, dass überhaupt kein Riss in der Zeit entstanden ist?«

»Genau das behaupte ich. Der Riss in der Zeit ist nur unsere Vorstellung von einem wesentlich komplizierteren Prozess der Zeitkrümmung. Die reale Zeit ist zweidimensional, man kann sie mit Vektoren auf einer Ebene darstellen. Was wir wahrnehmen, ist nur eine Projektion der Zeit auf eine Achse. Wenn die Zeit sich perpendikular zur Achse seitwärts bewegt, entsteht auf der Achse ein leeres Intervall, das uns wie ein Riss erscheint. Doch die Zeit zerreißt nicht, sie verläuft ununterbrochen, allerdings nicht nur vorwärts und rückwärts, sondern auch seitwärts. Bei der Gelegenheit fällt mir ein, dass bereits Oan von einem gekrümmten Zeitverlauf gesprochen hat.«

»Es ist schwierig, sich eine Krümmung der Zeit vorzustellen«, bekannte Oleg.

»Kann man sich denn gekrümmten leeren Raum vorstellen? Eine nichteuklidische Metrik der Leere? Glaub mir, das ist noch schwieriger. Oan hat uns seinerzeit mit der Nase darauf gestoßen, als wir ihn verhört haben. Doch wir waren meilenweit entfernt von einem neuen Verständnis der Zeit. Dabei wäre es der Schlüssel gewesen zu all jenen rätselhaften Geschehnissen um uns herum. Wir müssen uns an eine für uns befremdliche Tatsache gewöhnen: Im Weltall existiert keine Gleichzeitigkeit. Die Gleichzeitigkeit der Welt ist lediglich eine Abstraktion, eine Abstraktion wie ein geometrischer Körper, der keine physikalischen Eigenschaften besitzt. Und diese Abstraktion, die wir uns selbst ausgedacht haben, verstellt uns den Blick auf die Welt, wie sie tatsächlich ist. In Wirklichkeit ist jeder beliebige Körper in der Welt verschiedenzeitig. Jeder Prozess, der in unseren Augen augenblicklich abläuft, ist nur die statistische Resultante unendlich verschiedener, unendlich weit voneinander entfernter Epochen, die in jenem konkreten Moment in einem konkreten Körper ineinandergreifen.«

»Das ist paradox, Eli. Kannst du das logisch begründen?«

»Ich versuche es. Jedes Objekt existiert in seiner individuellen Zeit. Das ist so. Es gibt indes keine isolierten Objekte, sie stehen alle in Wechselwirkung mit ihrer Umgebung: Atom mit Atom, Stern mit Stern, Galaxie mit Galaxie. Diese Wechselwirkung ist real, doch besteht sie auch gleichzeitig? Auf keinen Fall! Einen nahen Stern sehen wir so, wie er vor zehn Jahren war, einen weiter entfernten so, wie er vor tausend Jahren aussah, die Peripherie der Galaxis in ihrem Zustand vor Hunderttausenden von Jahren, und andere Galaxien erscheinen uns so, wie sie vor Millionen, ja Milliarden von Jahren waren. Unser Bild von der Welt ist nur eine Momentaufnahme mit unzähligen Pinselstrichen aus verschiedenen Epochen, die lediglich durch eine imaginäre Augenblicklichkeit verbunden sind. Das Weltall ist in jedem Punkt, für jeden Betrachter und in jedem Augenblick unermesslich verschiedenzeitig. Eine reale Gleichzeitigkeit gibt es nicht, man kann sie sich nur einbilden, jedoch nicht physikalisch nachweisen.

Wir haben es keinesfalls mit einem Wunder zu tun, nein! Die gleichzeitige Verschiedenzeitigkeit ist ein realer, grandioser physikalischer Prozess, der die gesamte Struktur des Weltalls bestimmt und in der Wechselwirkung aller materiellen Objekte des Weltalls besteht. Denn der Weltraum ist voll von Gravitationswellen, Teilchen, Photonen, Gas und Staub. Und all diese Elemente strahlen, umhüllen, ziehen an und stoßen ab. Das eine stammt aus dem Gestern, das andere aus einer Milliarden von Jahren entfernten Vergangenheit, doch ihre summarische Wirkung an einem beliebigen Punkt findet in einem einzigen Augenblick statt. Und jedes Objekt reagiert auf die Einwirkung dieser verschiedenzeitigen Kräfte mit einem eigenen Impuls, der wiederum seine Nachbarobjekte zu verschiedenen Zeiten erreicht, die am nächsten gelegenen rasch, weit entfernte erst nach Jahrmilliarden. Die aktuelle Zeit eines jeden Orts im Weltall ist also das Gleichgewicht aller vergangenen Epochen, ein unermessliches Massiv von Jahrmilliarden, zusammengeführt in einem einzigen Augenblick.«

»Daraus folgt übrigens auch, dass die Gegenwart sich niemals in den Abgründen der Vergangenheit verliert«, flocht Oleg ein. »Angenommen, ich strahle mein Bild, meine Energiefelder, kurzum alles, was ich als kosmischer Körper darstelle, in den Raum aus. Egal, wie viel Zeit vergeht, irgendwo in einem entfernten Winkel des Alls wird sich diese meine Strahlung stets befinden und physisch auf all jene Objekte einwirken, auf die sie stößt. Das bedeutet, dass meine Vergangenheit in meiner fernen Zukunft real existieren wird!«

»Willst du mich damit widerlegen oder meine Gedanken untermauern?«

»Wenden wir uns lieber konkreten Fragen zu«, schlug Oleg vor. »Dein Konzept ist interessant, doch mich würde interessieren, wie man es praktisch umsetzen kann.«

»Ich weiß nicht, wie praktikabel mein Plan ist, das lässt sich vermutlich nur im Labor nachvollziehen.«

»Worin besteht dein Plan überhaupt?«

»Pass auf. Der Aufenthalt im galaktischen Zentrum, in einem linearen Zeitstrom, würde früher oder später mit unserem Tod enden. Die Flucht nach vorn, durch die Zukunft, und zurück, durch die Vergangenheit, ist fehlgeschlagen. Die größte Gefahr ist die Durchquerung der Nullzeit. Tote Materie übersteht einen solchen Übergang problemlos, für Lebewesen ist er tödlich. Wir müssen uns also auf irgendeine Weise aus diesem linearen Zeitlauf lösen, indem wir die Zweidimensionalität der Zeit nutzen. Wir müssen die Fesseln unserer Zeit sprengen und in eine benachbarte Zeit ausweichen, in eine Parallel-Zeit oder auch Anderszeit, wie man sie nennen könnte. Dabei genügt es nicht, dass wir uns von unserer Zeit lösen, sondern wir müssen sie krümmen und diese Krümmung ständig aufrechterhalten. Daraus resultiert, dass wir uns zwar in jedem konkreten Moment vorwärts, also in Richtung der Zukunft bewegen, in der Summe jedoch immer weiter von ihr abdriften. Wenn wir diese Vorwärtsbewegung fortsetzen, werden wir uns an einem bestimmten

Punkt ganz aus der Zukunft lösen und, ohne die Nullzeit zu überschreiten, die Annäherung an unsere Vergangenheit beginnen, die dann wiederum unsere Zukunft ist.«

»Du beschreibst eine Kreisbewegung, Eli.«

»Vollkommen richtig! Darin besteht auch meine Idee. Wir verlassen die eindimensionale, lineare Zeit und treten in die zweidimensionale, ringförmige Zeit ein. Die Ringform ermöglicht es uns, in die Vergangenheit zurückzukehren, ohne die Nullzeit zu passieren.«

»Der Ring der Gegenzeit!«, rief Oleg aus. »Das klingt gut.«

»Wenn dir der Begriff gefällt, können wir die gesamte Operation so nennen: Rückkehr durch den Ring der Gegenzeit. Ich würde vorschlagen, dass wir sofort ins Labor gehen und mit Orlan und Olga einen Plan für entsprechende Experimente ausarbeiten.«

Oleg nahm den Flugschreiber und trug ihn zum Safe.

»Wolltest du in den Flugdaten einen Blick in unsere Vergangenheit werfen?«, fragte ich.

Wortlos stellte Oleg den Flugschreiber zurück auf den Tisch und betätigte eine Taste. Auf dem eingebauten Bildschirm des Geräts erschien ein wohlvertrautes Bild, das wir langsam nicht mehr sehen konnten: das Sternentohuwabohu des galaktischen Zentrums. Über die großen Monitore auf der Brücke und im Observationsraum flimmerten ebensolche freudlosen Sternenlandschaften, allerdings in bewegten, sich rasch verändernden Bildern. Der Flugschreiber dagegen zeigte eine eingefrorene Momentaufnahme unseres Flugs.

»Sagt dir dieses Bild nichts, Eli?«, fragte Oleg.

»Nein, natürlich nicht.«

»Das ist der Ort, an dem Irina verschwunden ist.«

»Verstehe … Das ist keine schöne Erinnerung.«

Um kein Salz in noch frische Wunden zu streuen, verzichtete ich darauf, das Thema zu vertiefen. Doch Oleg hakte von sich aus nach.

»Eli, gesetzt den Fall, wir kommen aus dieser Hölle doch noch heraus und kehren auf die Erde zurück, würdest du an einer weiteren Weltraumexpedition teilnehmen?«

»Wohl kaum. Dafür bin ich zu alt.«

»Ich schon. Ich bin jünger als du. Und ich habe kein anderes Ziel im Leben, als den Weltraum zu durchpflügen.«

»Würdest du auch wieder ins galaktische Zentrum reisen?«

»Wir sind als Erste hierher vorgestoßen, doch wir werden sicher nicht die Letzten sein. Eine neue Expedition könnte besser vorbereitet werden. Und wenn ich daran teilnehmen sollte, werden mir die Aufzeichnungen des Flugschreibers sicher von Nutzen sein.«

»Hast du vor, nach Irina zu suchen?«, fragte ich ohne Umschweife.

»Zumindest würde ich gerne wissen, was mit ihr passiert ist«, erwiderte Oleg und stellte den Flugschreiber vorsichtig zurück in den Safe.

11

Erst jetzt erkannten wir die ganze Tragweite von Ellons Genialität. Mit Hilfe des Kollapsans konnte man die Zeit nicht nur verdichten oder ausdünnen und das Vorzeichen ihres Verlaufs ändern, sondern man konnte sie auch krümmen. Diese gekrümmte Zeit war nun nicht mehr allein durch die Geschwindigkeit und Richtung ihres Verlaufs, sondern darüber hinaus durch ihren Winkel zu unserer natürlichen Zeit definiert.

Diesen Abweichungswinkel von unserer Zeit bezeichnete Olga als den »Phasenwinkel des Flugs in die Anderszeit«. In kürzester Zeit hatte sie einen Wust hochkomplizierter mathematischer Formeln aufgesetzt, die diesen »Winkel der Anderszeit« beschrieben. Mag sein, dass die BUM sich damit zurechtfand, für mich waren diese Formeln nichts weiter als ein unentwirrbarer kryptischer Zahlensalat.

Olgas Zusammenarbeit mit Orlan funktionierte sensationell gut. Im logischen Gestrüpp der Mathematik fühlte sich der Demiurg wohl wie ein Fisch im Wasser. Einige der Zahlenmonster, die mir Olga stolz präsentierte, stammten sogar von ihm. Für mich war dies keine Überraschung. Die mathematische Begabung ist den Demiurgen in die Wiege gelegt.

In der Wahrnehmung von Gut und Böse sind wir Menschen den Demiurgen überlegen. Egal, wie sich ein gesellschaftliches System verändert, wir sind immer in der Lage, seinen moralischen Kern zu erkennen: Wahrheit bleibt immer Wahrheit, Unterdrückung immer Unterdrückung und Freiheit immer Freiheit. Doch bei der Konstruktion von Gravitationsmaschinen können wir den Demiurgen nicht ansatzweise das Wasser reichen.

»Vielleicht morgen, Eli«, murmelte Olga eines Tages beim Frühstück zwischen zwei Brötchen.

Mir dieser wortkargen Formel wollte sie sagen, dass für morgen die Inbetriebnahme der Anderszeitgeneratoren bevorstand, die auf atomarer Ebene bereits funktionierten und sich nun in der Makrozeit des Raumschiffs beweisen mussten.

»Voraussichtlich morgen«, sagte Orlan ebenso wortreich beim Mittagessen.

»Gut, dann also morgen«, verkündete Oleg beim Abendessen.

Am nächsten Morgen eilte ich auf die Kommandobrücke. Alle Kapitäne und Orlan hatten sich bereits dort versammelt. Die Steuerung der Phasenzeitgeneratoren übernahm Grazio. Für ihn als Unsterblichen bedeutete der Transfer von einer Zeit in eine andere einen weniger schweren Eingriff als für jeden anderen von uns. Diesem Umstand trugen wir Rechnung.

Mit der Navigation des Sternenschiffs betrauten wir Kamagin, für den Zeitreisen ja nichts Neues waren. Er hielt gedanklich Kontakt zu Grazio. Allen Übrigen blieb nur eine Zuschauerrolle. Ich freute mich auf spektakuläre Veränderungen beim Übertritt in eine andere Zeit. Gleichzeitig plagte mich die Ungewissheit, wie die Ramiren auf unseren Fluchtversuch reagieren würden. Man musste mit allem rechnen!

»... drei, zwei, eins, null!«, kommandierte Kamagin, und die Krümmung der Zeit setzte ein.

Nichts veränderte sich. Die Sterne auf den Bildschirmen flogen unverändert durch den Raum, keiner verblasste, keiner schrumpfte oder wuchs. Vielleicht lag es daran, dass die Phasenverschiebung der Zeit nur minimal war. Dennoch bewegten wir uns bereits in einer fremden Zeit, einer fremden Zukunft entgegen. Das äußerliche Bild indes vermittelte den Eindruck, als werde diese fremde Zukunft als die eigene wahrgenommen, als wäre die Allzukünftigkeit hier ein ganz normaler physikalischer Prozess.

»Funktionieren die Anderszeitgeneratoren überhaupt?«, fragte Oshima kritisch.

»Merkwürdig, unsere gleichgültigen Götter geben auch kein Lebenszeichen von sich. Sie werden uns doch wohl nicht aus den Augen verloren haben?«, spekulierte Kamagin brummig.

»Freuen Sie sich nicht zu früh, Eduard«, entgegnete Orlan. »Wenn die Ramiren uns mit ihrem Strahl auslöschen wollen, werden wir vorher sicher nichts davon mitbekommen.«

Damit hatte der Demiurg zweifellos Recht. Einige Zeit später meldete die BUM, dass die Szenerie des Sternenchaos sich verändere, und Grazio bestätigte, dass er diese Veränderungen visuell nachvollziehen könne. Das war erstaunlich, denn weder wir auf der Kommandobrücke noch die im Observationsraum Versammelten konnten irgendwelche Veränderungen feststellen.

Orlan begab sich ins Labor, um die Phasenzeitgeneratoren zu überprüfen, Olga und ich gingen in mein Quartier. Dort hatte Mary auf dem kleinen Bildschirm auch keinen Wandel im Sternenchaos ausmachen können.

»Ich garantiere euch, dass wir uns bereits in der Anderszeit bewegen«, versicherte Olga. »Obwohl die Phasenverschiebung minimal ist, wird der Ablenkungswinkel aus unserer Zeit immer größer. Ich rechne damit, dass die Sternenlandschaft sich bald grundlegend verändern wird.«

»Vielleicht sollten wir die Bildschirme für eine Weile ausschalten«, schlug Mary vor. »Wenn wir ständig hinstarren, gewöhnen wir uns an geringfügige Veränderungen, ohne sie überhaupt zu registrieren.«

»Und keine Spur von den Ramiren«, wiederholte ich Kamagins Feststellung, nachdem Mary den Zimmermonitor ausgeschaltet hatte.

»Sie sind des Katz-und-Maus-Spiels mit uns einfach überdrüssig«, erklärte Olga im Brustton der Überzeugung. »Wenn wir ihnen egal sind, ist es doch nicht verwunderlich, dass sie uns früher oder später in Ruhe lassen.«

Für das passive Verhalten der Ramiren gab es aus meiner Sicht mehrere Erklärungen: Entweder sie hatten unsere Flucht nicht bemerkt oder sie hatten das Interesse an uns verloren, oder – auch dieser Gedanke kam mir in den Sinn – unser Entschwinden durch die Phasenkrümmung der Zeit war ganz in ihrem Sinne. Welche der drei Alternativen nun zutreffend war, ließ sich auf die Schnelle nicht entscheiden, darüber musste man sich gründlich Gedanken machen.

Das Warten ermüdete mich. Nachdem mir zum fünften Mal die Augen zugefallen waren, überredete mich Mary zu einem Nickerchen auf dem Sofa. Als sie mich nach einer Stunde wieder aufweckte, war Olga nicht mehr im Raum.

»Schau auf den Bildschirm!«, sagte Mary.

Der Anblick war wie eine kalte Dusche, die mich augenblicklich hellwach werden ließ. Wir befanden uns in einer anderen Welt! Zwar umgab uns nach wie vor die gleißende und rasende Sternenlandschaft des galaktischen Zentrums, jene brodelnde Hölle, die uns in ihrer Gleichförmigkeit schon seit Monaten die Nerven raubte, doch innerhalb eines einzigen, lächerlich kurzen Tages unserer Bordzeitrechnung hatte sie sich vollständig verändert. Wie – das lässt sich kaum in Worte fassen, man müsste es selbst gesehen haben. Auf dem Monitor flimmerte immer noch der Galaxiskern, doch er war nicht mehr derselbe, befand sich in einer anderen Zeit, nicht in der Zukunft und nicht in der Vergangenheit, sondern in der Anderszeit!

»Mary, die Ramiren lassen uns entkommen!«, rief ich begeistert. »Sie werden uns nicht angreifen!«

Seit jenem Tag ist viel Zeit vergangen. Vielleicht Stunden, vielleicht Jahrhunderte, und selbst wenn mir jemand sagte, es seien Jahrmillionen vergangen, würde ich mich nicht darüber wundern. Die Zeit, in der wir uns bewegen, ist fremd. Die Geräte messen sie, die BUM speichert sie ab, der Flugschreiber fixiert sie in Momentaufnahmen, doch ich verstehe diese Zeit nicht, sie ist mir fremd. Grazio kontrolliert diese Zeit, Oshima und Kamagin verfügen darüber mit leichter Hand, indem sie ihre Krümmung mal verstärken, mal vermindern, als wäre diese Zeit eine banale Ressource wie die Aktivstoffvorräte im Bauch unseres Schiffs. Doch all dies ändert nichts daran, dass mir diese Zeit fremd ist. Sie gehört nicht zu mir. Sie heißt ja auch Anderszeit!

Tatsächlich beinhaltet der Galaxiskern jede erdenkliche Zukunft, er ist sozusagen allzukünftig – in jeder möglichen Zukunft hat er eine eigene Gestalt. Doch ich bin nicht allzukünftig. Das ist nichts für mich, hätte Trub gesagt. Allzukünftigkeit – das riecht ein bisschen nach Allexistenz oder zumindest nach Allgegenwart. Nein, zu solchen Höhen kann ich mich nicht aufschwingen, und ich bin sicher, auch unsere Nachkommen nicht. Ich kann die ganze Natur begreifen, das ja, mit der ganzen Natur eins zu werden geht indes über meine Kräfte.

Während ich im Leichenraum sitze und unsere Flucht aus dem Galaxiskern diktiere, habe ich diesen Exkurs eingeflochten, um zu veranschaulichen, wie sehnsüchtig wir die Rückkehr aus der Anderszeit in unsere eigene erwarten. Zwei Drittel unserer Zeitreise haben wir bereits hinter uns: Die erste Biegung führte uns in eine Zeit, die perpendikular zu unserer verläuft, die zweite

Biegung innerhalb der Anderszeit versetzte uns in eine Gegenzeit, die parallel zu unserer Zeit verläuft, jetzt nähern wir uns der dritten Biegung, nach der wir uns abermals auf einer Senkrechten wieder unserer eigenen Zeit annähern werden. All diese Biegungen haben wir vollzogen, ohne die gefährliche Nullzeit zu passieren. Nach dieser letzten Wendung in der Anderszeit werden wir uns auf unsere Vergangenheit zubewegen, doch sie wird vor uns liegen und unsere Zukunft sein! In jenem Moment, in dem wir wieder auf unsere Zeit stoßen, werden wir die Anderszeit verlassen, und dann schließt sich der Ring der Gegenzeit!

Während ich ungeduldig die Rückkehr in meine Zeit erwarte, gehen mir ganz andere Gedanken durch den Kopf. Die Ramiren haben uns entkommen lassen, das ist offensichtlich, aber auch sonderbar. Warum haben sie das getan? Ich kann nicht glauben, dass sie uns gegenüber tatsächlich gleichgültig sind. Gestern habe ich Romero zu mir eingeladen.

»Pawel, Ihre Metapher von den Holzfällern und den Ameisen gefällt mir nicht«, sagte ich zu ihm.

»Na gut, es müssen ja keine Ameisen sein. Dann sind wir eben Falter, die in das nächtliche Lagerfeuer der Holzfäller geflogen sind. Gefällt Ihnen dieser Vergleich besser, mein weiser Freund?«

»Der gefällt mir auch nicht.«

»In welcher Rolle würden Sie uns denn sehen, Eli?«

»Wir sind Kaninchen, Pawel.«

»Habe ich richtig gehört, Kaninchen?«

»Ja, Kaninchen. Versuchskaninchen, genauer gesagt. Diese armen Kreaturen, an denen unsere Vorfahren Tierversuche vorgenommen haben.«

»Sie meinen also, die Ramiren würden mit uns experimentieren?«

»Jedenfalls versuchen sie, uns für ihre Experimente zu instrumentalisieren.«

»Ein interessanter Gedanke, Eli, doch wie wollen Sie das beweisen?«, fragte er nachdenklich.

»Das erste Geschwader, das wir ins galaktische Zentrum entsandten, haben die Ramiren umstandslos ausgelöscht. Aus irgendeinem Grund waren Leonids und Allans Schiffe ihnen ein Dorn im Auge, deshalb haben sie den todbringenden Strahl auf sie abgeschossen. Wenn Sie so wollen, wurden ein paar lästige Ameisen von den Ketten ihrer Bulldozer zerquetscht. Als unser *Stier* sich anschickte, die von ihnen geschaffene Raumstruktur in den Untergehenden Welten zu verändern, haben sie ebenso kurzen Prozess gemacht. Doch den *Schlangenträger* und den *Steinbock* haben sie damals nicht angetastet. Ich behaupte: Wir hatten ihr Interesse geweckt, und sie begannen uns zu beobachten. Zu diesem Zweck haben sie Oan bei uns eingeschleust. Ob wir ihn nun Späher, Spion, Beobachter oder Informationsmittler nennen, spielt dabei keine Rolle. Vermutlich hat es sie beeindruckt, dass es uns gelungen war, Oan zu retten, und dass wir uns mit den Problemen der Zeittransformation befassten. Das hat unser Ansehen bei ihnen befördert.«

»Sie meinen, wir wurden von Ameisen zu Kaninchen befördert?«, warf Romero bissig ein.

»Pawel, ich habe Ihnen früher schon einmal gesagt, dass ich bestrebt bin, mich in das Denken der Ramiren hineinzuversetzen. Ich versuche die Welt mit den Augen unserer Gegner zu sehen. Stellen Sie sich vor, die Menschheit wäre schon eine Million Jahre älter und hätte sich in diesen tausend Jahrtausenden ständig weiterentwickelt.«

»Sie wäre zu unvorstellbarer Macht gelangt!«

»Genau, Pawel. Wir sind jetzt bereits in der Lage, Planeten zu schaffen und zu vernichten. Wozu werden wir wohl in der Lage sein, wenn wir uns eine Million Jahre lang rasant weiterentwickeln? Wir würden uns doch nicht damit zufriedengeben, in einzelnen Sonnensystemen Ordnung zu schaffen, nein, wir würden uns ganze Sternhaufen vornehmen, und warum nicht die ganze Galaxis? Denn die Galaxis ist krank. Die Hauptmasse der Sterne ist in ihrem Kern konzentriert, und dieser Kern ist instabil. Deshalb steht die Galaxis am Rand einer gigantischen Explosion. Als Warnung dienen uns Quasare, jene sternähnlichen Galaxien, die von einer Katastrophe heimgesucht wurden, in deren Folge jede Form von Leben ausgelöscht wurde, sofern es denn existierte. Ausgestattet mit der Macht einer tausend Jahrtausende währenden Entwicklung würden wir uns nicht damit abfinden, ständig am Rand eines Abgrunds zu balancieren, sondern wir würden versuchen, die im galaktischen Zentrum konzentrierte Sternenmasse auszudünnen. Für vernunftbegabtes Leben geeignete Sonnensysteme würden wir aus der Gefahrenzone befördern und die Sternenstruktur in der Umgebung des Kerns verändern.«

»Darf ich Sie daran erinnern, lieber Eli, dass ich über eben dieses Thema bei der Versammlung sprach, deren Anlass Ihre haltlose Selbstbezichtigung war?«

»Richtig, Pawel, Sie hatten darüber gesprochen. Und jetzt stellen Sie sich vor, wir machtvollen Wesen hätten festgestellt, dass nur eine Beherrschung des Zeitlaufs sicheren Schutz vor Katastrophen bietet; und dass in der brodelnden Hölle des Galaxiskerns natürliche Zeitmetamorphosen von selbst ablaufen. Doch wir schaffen es nicht, die Zeit in den Griff zu bekommen! Verzweifelt versuchen wir, den Zeitlauf in kollabierenden Sternen zu erhaschen, doch auch damit scheitern wir kläglich. Und dann dringen in unsere Sternenbastionen plötzlich Fremdlinge ein, nichtsnutzige Ameisen, und meinen, sie müssten uns bei der Umgestaltung des galaktischen Zentrums in die Suppe spucken. Die räumen wir natürlich aus dem Weg!«

»Verzeihen Sie die Bemerkung, Admiral, aber bis jetzt haben Sie nichts Neues …«

»Warten Sie, Pawel!«, unterbrach ich ihn. »Jetzt stellen Sie sich vor, unser Spion berichtet, dass diese Ameisen einer sonderbaren Maschinenzivilisation angehören, die mit der unseren nicht vergleichbar ist, und dass sie über Zeitmaschinen verfügen, in denen sich sogar die Phasengeschwindigkeit der Zeit manipulieren lässt, wenn auch nur auf atomarer Ebene. Oho, wie spannend, würden wir sagen, die wir trotz all unserer Macht daran gescheitert sind, die Komplexität der Zeit für uns nutzbar zu machen. Dann sollen sie mal schön weiterexperimentieren, würden wir uns denken und auf nutzbringende Erkenntnisse der Ameisen hoffen, deren Schicksal uns im Übrigen nicht im mindesten berührt.«

»Das ist ein äußerst wichtiger Aspekt, Eli!«

»Ja, Pawel. Sie hatten völlig Recht, als Sie behaupteten, die Ramiren seien uns gegenüber gleichgültig. Alles Übrige ergibt sich von selbst: Während wir mit der Zeit experimentierten, experimentierten die Ramiren mit uns. Als wir versuchten, aus dem galaktischen Zentrum zu fliehen, haben sie uns daran gehindert. Um uns bei unseren Forschungsarbeiten Beine zu machen, haben sie uns eiskalt den Zeitschwingungen ausgesetzt, nach dem Motto: Wenn sie dabei draufgehen – Pech gehabt! Und wenn sie es überleben – umso besser! Dann beobachten wir, wie diese Kreaturen den Kopf aus der Schlinge ziehen. Ach, sie haben tatsächlich einen Ausweg gefunden? Sie haben eine Phasenkrümmung der Zeit zustande gebracht? Sie wollen sich durch einen Ring der Gegenzeit aus dem Staub machen? Fein, fein, wir werden ganz genau hinschauen, wie sie das machen, ihre Erfahrungen werden uns bei der Umsetzung unserer galaktischen Pläne zugute kommen. Schaut, schaut, die Fremdlinge gleiten durch die Anderszeit, völlig unbehelligt von den Naturgewalten des Galaxiskerns, denn sie befinden sich in einer anderen Zeit als die Sterne, die ihnen um die Ohren fliegen, sie sind quasi im Kern und gleichzeitig außerhalb davon, wie faszinierend! Wenn Sie mich fragen, Pawel, genau so sehen uns die Ramiren!«

Bei den letzten Worten erschrak ich über meine eigene Lautstärke, ich hatte mich in Wut geredet und die Fäuste geballt.

»Warum regen Sie sich so auf, Eli?«, beschwichtigte mich Romero. »Wenn Ihre Deutung stimmt, sind wir so gut wie gerettet! Damit können wir doch wunderbar leben.«

Während Romero mich verständnislos ansah, stand ich auf und tigerte aufgebracht durchs Zimmer. Er sah unsere Lage genauso wie ich, doch er konnte meine Entrüstung darüber nicht nachvollziehen.

»Da bin ich ganz anderer Meinung, Pawel! Unsere Situation ist erbärmlich und erniedrigend! Niemals werde ich mich damit abfinden, dass man uns wie lästige Ameisen behandelt, die man, ohne mit der Wimper zu zucken, achtlos zertritt. Und ich lasse mich schon gar nicht als Versuchskaninchen missbrauchen, das man kaltblütig mit Gift vollpumpen kann, um dann neugierig zu beobachten, ob es daran krepiert oder nicht.«

»Was erwarten Sie denn von den Ramiren, Admiral?«

»Gleichberechtigung. Das ist das Mindeste!«

»Ich fürchte, die Ramiren werden uns nicht nach unserer Meinung fragen«, entgegnete Romero kopfschüttelnd. »Wie gedenken Sie den Ramiren klarzumachen, dass wir mit unserer Rolle nicht einverstanden sind?«

»Ich werde Mittel und Wege finden.«

Romero atmete tief durch und schien in Gedanken versunken, dann spielte ein mildes Lächeln um seinen Mund. »Sehen Sie, Eli, so findet jeder seine eigenen Themen, über die er sich den Kopf zerbricht. Bei Ihnen sind es die großen Zusammenhänge, bei mir sind es Nebensächlichkeiten. Wissen Sie, was mir keine Ruhe lässt?«

»Spannen Sie mich nicht auf die Folter, Pawel.«

»Es ist wirklich eine Lappalie. Wir nähern uns unserer Vergangenheit. Die aktuellen Datenprognosen der BUM beziehen sich bereits auf einen Zeitraum nach unserem Eintritt in die Vergangenheit. Lassen Sie sich das auf der Zunge zergehen, Eli: Es handelt sich um Prognosen der Vergangenheit! Das ist doch völlig abstrus!«

»Ich verstehe Sie nicht.«

»Die Vergangenheit liegt in der Zukunft, Eli! Anstatt dass wir uns daran erinnern, wird sie uns vorhergesagt! Ein Schriftsteller der Antike, im Übrigen ein sehr ernsthafter Tragödiendichter, der selten zu scherzen beliebte, hat sich einmal über eine berühmte Seherin lustig gemacht, indem er ihr unterstellte, sie sage die Vergangenheit voraus und fröne somit einer überaus müßigen Beschäftigung. Genau dies, die Prognose der Vergangenheit, ist nun unsere Aufgabe, und für uns ist dies alles andere als eine müßige Beschäftigung, sondern eine schwierige Herausforderung, sowohl für den Bordrechner als auch für unsere eigenen Gehirne. Und es ist noch lange nicht ausgemacht, ob es uns gelingen wird, unsere eigene Vergangenheit richtig zu prognostizieren!«

Obwohl ich mir Mühe gab, verstand ich nicht, warum Romero die Vorhersage der Vergangenheit solches Kopfzerbrechen bereitete. Aus meiner Sicht war dieses Problem für die BUM und für Grazio durchaus lösbar.

12

Wir haben das tobende Sternenmeer des galaktischen Zentrums verlassen!

Der *Steinbock* pflügt durch gewöhnlichen Weltraum, die Sterne sind Dutzende von Lichtjahren voneinander entfernt, und selbst in Sternhaufen bemisst sich der Abstand zwischen den Gestirnen zumindest in Lichtmonaten. Die Sterne rasen nicht mehr aufeinander zu und erwecken nicht länger den Eindruck von Trümmern, die nach einer verheerenden Sprengung durch den Raum fliegen. Friedlich ruhen sie in jenen Koordinaten, die von ihrer gegenseitigen Anziehung bestimmt werden.

Die Gravitation – im galaktischen Zentrum ein Fluch – übernimmt hier wieder die Rolle eines fürsorglichen und weisen Herrschers, der für Ordnung im Weltraum sorgt und wie ein brillanter Dirigent über die Harmonie der Sternensymphonie wacht. Endlich hörten wir anstelle des Grollens einer permanenten Explosion wieder die zarte Melodie der Sternensphären. Welch wunderbare Welt!

Noch ist diese Welt nicht die unsere, denn wir befinden uns weiterhin in der Anderszeit. Indes, unsere Welt rückt näher, und in unserer nächsten Zukunft erahnen wir bereits jene Vergangenheit, die wir seinerzeit zurückgelassen haben. Einstweilen befindet sich diese Vergangenheit noch in der Zukunft.

Als ich Oleg einen Besuch abstattete, saß er wie so oft in letzter Zeit vor dem Flugschreiber. Am Bildschirm des Geräts konnte man die uns umgebende Sternenlandschaft ständig mit jenen Aufnahmen vergleichen, die wir während unseres Flugs durch die nähere Umgebung des Galaxiskerns gemacht hatten. Es lag zwar noch keine vollständige Übereinstimmung vor, doch die Unterschiede wurden mit jedem Tag geringer. Unsere Welt und unsere Zeit waren zum Greifen nah. Vor kurzem hatte Grazio feierlich verkündet, dass der Phasenwinkel, der uns von unserer Zeit trennte, weniger als zehn Grad betrage. Und das, nachdem er zweimal neunzig Grad und einmal hundertachtzig Grad betragen hatte!

»Wir sind wie eine Katze, die ihren eigenen Schwanz jagt«, sagte ich und setzte mich neben Oleg.

»So drastisch würde ich es nicht ausdrücken«, erwiderte er lächelnd. »Wir sind auf der Jagd nach unserem eigenen Schatten. Es geht auf Mittag zu, die Schatten werden kürzer, und bald wird uns der Schatten unseres Kopfes vor die Füße rollen! Orlan und Olga haben die Gravitation im Kollapsan bereits heruntergefahren. Eine extreme Krümmung der Zeit ist nun nicht mehr erforderlich. So gleiten wir gleichmäßig in unsere alte Zeit hinein.«

»Und in welchem räumlichen Punkt werden wir sie erreichen?«

»Nach Olgas Berechnungen in der Nähe der Untergehenden Welten.«

»Du liebe Zeit! In dieser Staubhölle. Sei's drum, Hauptsache, wir landen nicht wieder im galaktischen Zentrum!«

Nach der entspannten Unterhaltung mit Oleg trottete ich wieder durch die Gänge des Schiffs. Ich wusste nicht recht, wohin mit mir. Mary verschwand jeden Morgen in ihrem astrobotanischen Labor, wo sie neue Pflanzensorten für unbelebte Planeten züchtete. Romero schrieb wie besessen an der Chronik unserer Expedition. Mir dagegen fiel nichts Besseres ein, als ziellos durchs Schiff zu laufen und die verbleibende Anderszeit totzuschlagen.

Schließlich landete ich fast zwangsläufig wieder im Leichenraum. Ich setzte mich Oan gegenüber und begann zu sprechen: »Weißt du, Oan, ich stelle mir immer öfter die Frage, wer ihr Ramiren eigentlich seid. Dass ihr keine gewöhnlichen Lebewesen seid, steht für mich fest. Doch seid ihr wirklich eine Lebensform? Oder doch tote Materie, die dank einer extrem hohen Selbstorganisation Vernunft entwickelt hat? Ich bin mir nicht sicher. Doch ich möchte fast meinen, dass ihr eine leblose Vernunft seid, Materie, die ohne das Zutun von Eiweißen Selbstbewusstsein erlangt hat; so etwas Ähnliches wie unsere Bordrechner, nur im kosmischen Maßstab. Es liegt mir fern, euch zu beleidigen, zumal ich mir fast sicher bin, dass ihr Gefühle wie Kränkung, die nur lebenden Organismen zu eigen sind, gar nicht kennt. Wo war ich stehen geblieben, Oan? Ach ja, wer ihr seid … Vielleicht ein denkender Planet, eine denkende Planetenansammlung oder gar ein Gehirn, das die äußere Gestalt eines Sternes angenommen hat – wer weiß? Ich bin kein naiver Trottel, der glaubt, nur Gehirnzellen seien imstande zu denken. Nein, mir ist völlig klar, dass die Kunst des Denkens nicht auf ein winziges, vergängliches Gehirn angewiesen ist, das sich hinter zerbrechlichen Schädelknochen verbirgt. Vielleicht ist es sogar einfacher, als ganzer Planet zu denken. Und effektiver! Außerdem könnte man dann aus seinem eigenen Stoff – so wie wir Statuen aus Ton formen – nach Gutdünken belebte Objekte erschaffen, so etwas wie dich, Oan, und in Verbindung mit ihnen bleiben – in ihnen oder vermittels ihrer denken. Alle Ramiren oder der ganze Ramire denkt in dir, Oan! Ein faszinierender Gedanke, nicht wahr? Nicht für sich allein denken, sondern für alle! Oder liege ich doch falsch?

Übrigens, da ist eine Sache, die du mir erklären musst. Die Galakten und die Zerstörer glauben, dass ihr einst im Perseus beheimatet wart und eure Hauptbeschäftigung darin bestand, neue Planeten zu erschaffen. Könnte es sein, dass ihr euch durch diesen Schaffensprozess einfach vermehrt habt? Und als ihr ins galaktische Zentrum übersiedeltet, habt ihr euren Verstand diesen Körpern entzogen und sie anderen überlassen? Euer Verstand indes verlagerte sich in Planeten- oder Sternenform ins Zentrum jener Gefahr, für die ihr ein untrügliches Gespür hattet. Eure zurückgelassenen Körper wurden dann von den Demiurgen und Galakten genutzt, später auch von uns. Wenn dem so sein sollte, sind wir in gewisser Weise Verwandte. Zumindest sind wir eure Erben. Doch verhält es sich wirklich so?«

Abermals keimte in mir die Hoffnung auf Antwort, doch Oan hüllte sich wie immer in Schweigen.

»Möglicherweise verkörpert ihr eine Art planetarer Vernunft oder etwas noch Absonderlicheres. Absonderlich natürlich aus unserer Sicht! Zweifellos findet ihr uns nicht weniger skurril als wir euch. Die Absonderlichkeit ist uns also gewissermaßen gemeinsam. Unsere Tradition, Maschinen zu bauen, scheint ihr dagegen nicht zu teilen. Warum hättet ihr sonst auf das alte Aranenraumschiff zurückgreifen müssen, das nicht mehr als ein Relikt einer erodierenden Zivilisation darstellte. Und warum hättet ihr sonst die Entwicklung unserer Phasenzeitgeneratoren mit so großem Interesse verfolgt? Das habt ihr doch, nicht wahr? Im Maschinenbau sind wir euch offenbar überlegen, ihr Mächtigen. Wir lösen Probleme, mit denen ihr nicht zurande kommt. Gewiss, vom Großteil eurer Fähigkeiten können wir nicht einmal träumen, doch es gibt auch Bereiche, in denen wir weiter sind als ihr. Zieht eure Schlüsse daraus! Welche Schlüsse wir unsererseits ziehen, das werde ich euch nun auseinandersetzen!«

Abermals legte ich eine kurze Atempause ein und sprach dann weiter.

»Wir sind so verschieden wie Tag und Nacht. Ihr seid denkende, tote Materie, wir sind denkende Organismen. Auf der einen Seite steht ihr, eine gigantische Ansammlung von Materie – Planeten und Sterne, die mit einem gemeinsamen Verstand denken, wobei in jedem Bestandteil das Ganze denkt. Ein solcher Bestandteil bist auch du, Oan. Auf der anderen Seite stehen wir, winzige Körper, die nur für sich selbst denken, verbunden zwar zu einem Kollektiv durch feste, unsichtbare Bande, aber dennoch Individuen. Euer Verhalten uns gegenüber ist überheblich. Für die Leiden unbelebter Materie habt ihr ein feines Gespür. Für unsere Qualen und Bedürfnisse seid ihr dagegen blind. Zwischen einem Stein, der auf irgendeinem Planeten herumliegt, und uns, die wir auf waghalsigen Expeditionen nach Erkenntnis streben, macht ihr keinen Unterschied. Euer Mitgefühl gilt nur der gesamten Welt – Sternen und Bäumen, Planeten und Menschen, Felsbrocken, Pilzen und Gräsern gleichermaßen. Mein Freund hat euch als gleichgültig bezeichnet. Damit hat er nur zum Teil Recht. Das Schicksal der Welt lässt euch nicht kalt. Nur unsere speziellen Interessen, die Bedürfnisse von Lebewesen und die Ansprüche einer individualisierten Vernunft sind euch egal. Ihr seid dem Leben gegenüber gleichgültig, und das prägt euer Verhältnis zu uns. Damit macht ihr einen großen Fehler, ihr Mächtigen! Warum? Ich werde versuchen, es euch klarzumachen.«

Ich hielt kurz inne, um meine Emotionen im Zaum zu halten. Es war mir wichtig, mich völlig unter Kontrolle zu haben.

»Zwar bin ich nur ein winziger Organismus, im Vergleich zu euch bestenfalls eine Ameise. Doch ich trage das gesamte Weltall in mir. Und diesen Umstand lasst ihr außer Acht. Mein Gehirn ist imstande, zehn hoch achtzig Verknüpfungen zu bilden, wesentlich mehr, als es materielle Teilchen und Wellen im Weltall gibt. Und jede Verknüpfung ergibt ein Bild: Erscheinungen, Ereignisse, Teilchen, Wellen, Signale. Alles, was im Weltall entstehen kann, findet ein Abbild in mir. Jedes reale Objekt außerhalb von mir erhält ein bildliches Duplikat in meinem Gehirn und wird somit Teil meines kleinen Ichs. In mir spiegelt sich die Welt. Darüber solltet ihr nachdenken.

Materiell bin ich nur ein verschwindender Teil des Weltalls, doch geistig fülle ich es vollständig aus, denn ich bin nicht minder unendlich und unerschöpflich. Ihr beurteilt mich nach der Masse meiner Materie, nach der lächerlich geringen Anziehung, die ich auf andere materielle Körper ausübe, und wendet euch naserümpfend ab. Aber stattdessen beurteilt mich besser nach der Kraft der stofflichen und geistigen Bande, die mich mit der ganzen Welt verbinden. Dann werdet ihr verwundert feststellen, dass ich Winzling dem Weltall an Größe nicht nachstehe. In jedem von uns steckt das gesamte Universum, denn wir sind das Selbstverständnis des Universums. Wir sind Leben! Und das Leben ist das erstaunlichste aller Naturwunder. Nein, in toter Materie findet die Natur keinen seelischen Widerhall, sondern nur eine quantitative Ausdehnung. Nur in Ausnahmefällen entwickeln Ansammlungen toter Materie Vernunft – so wie ihr. Doch in jedem belebten Individuum reproduziert sich das Universum in seiner Gesamtheit. In uns vollzieht sich die Selbsterkenntnis des Universums in seiner ganzen Weite und Tiefe! Das solltet ihr nicht außer Acht lassen!

Und bedenkt auch Folgendes: Wenn ich es recht verstanden habe, verkörpert ihr die Stabilität der Welt, ihre Selbsterhaltung, ihren Schutz vor dem Untergang im Schmelztiegel entfesselter Naturgewalten. Ihr verkörpert die Trägheit der Welt, die immerwährende Balance ihrer Gesetze. Wir dagegen verkörpern die Weiterentwicklung der Welt, die Überwindung ihrer Trägheit. Wir, das Leben, sind die Zukunft der Welt! Wir, das Leben, sind die revolutionäre Keimzelle in einer erstarrten Natur. Bislang ist das Leben nur eine unbedeutende Kraft im Weltall, ein belangloses Energiefeld unter Tausenden anderer Energiefelder. Doch es ist auch die einzige Kraft, die wächst und sich nicht nur selbst erhält. Wir sind in der Peripherie der Galaxis entstanden und drängen zum galaktischen Zentrum. In rasender Geschwindigkeit breiten wir uns aus, vermehren uns rasch. Unsere Uhren laufen schneller: Wir rechnen in Sekunden, nicht wir ihr in Jahrtausenden. Wir, das Leben, verkörpern eine Explosion in der verknöcherten Materie! Das Weltall ist vom Leben infiziert, es bekommt ein neues Gesicht. Glaubt mir, wir geben der Welt eine neue Perspektive. Das werdet ihr zur Kenntnis nehmen müssen, ob ihr wollt oder nicht. Die Energie des Lebens wird sich alle Energieformen der unbelebten Natur unaufhaltsam unterordnen und ihre Gewalten bezähmen.

Wäre es nicht an der Zeit, dass wir uns zusammentun? Auf der einen Seite ihr, die archaische Vernunft der Beständigkeit, auf der anderen Seite wir, die jugendliche Kraft eines lebendigen Neuanfangs! Selbst wenn ich und meine Gefährten sterben sollten, bevor wir unsere angestammte Zeit erreichen, das Leben wird unser Verschwinden überdauern. Wir sind nur ein unbedeutender Bruchteil der Lebensenergie, die im Universum steckt. Das Leben ist die höchste Form der Harmonie in der Natur, und schon bald wird es sich zu einer eigenständigen Naturgewalt entwickeln, die den blinden Elementen die Kraft der Harmonie entgegensetzt.

Es kann sein, dass wir und unser kleines Sternenschiff in den Wirrnissen der Zeit unser Ende finden. Doch damit wäret ihr uns noch lange nicht los. Unsere Nachfahren würden zu euch zurückkehren, ausgestattet mir größerem Wissen und besseren Waffen.

Unaufhaltsam breitet sich das Leben im Universum aus. Eine lebendige Vernunft wird die Kontrolle über die Materie übernehmen und die Trägheit der einförmigen, sich stets selbst gleichenden Existenz überwinden. Wir werden ein neues Organisationsprinzip in die Natur einbringen, nämlich das Prinzip der Diversifikation! Denn das verbindet uns mit unseren Sternenfreunden: Wir sind jeder auf seine Weise besonders und einzigartig, wir sind vernünftig und gut zueinander!«

Ich trat näher an Oan heran und fixierte ihn lange.

»Und jetzt verschwinde, Oan!«, sagte ich dann ganz leise und gefasst. »Deine Mission ist zu Ende. Ich bin sicher, du kannst frei entscheiden, ob du hierbleibst oder nicht. Also löse dich auf! Ich bin ein Mensch – nicht machtlos, aber doch weit von Vollkommenheit entfernt. In mir manifestiert sich die Jugend der Welt, ihr Aufbruch ins Unbekannte, und nicht die träge Weisheit ewiger Selbsterhaltung. Zu unmittelbarem und intuitivem Verständnis fehlt mir noch ein Stück Weges. Ich muss nachdenken, brauche Zeichen und Signale. Verschwinde, Oan! Dies wird mir ein Zeichen sein, dass du mich verstanden hast.«

Im selben Moment wurde ich über Lautsprecher ausgerufen.

»Admiral Eli – auf die Kommandobrücke! Admiral Eli – auf die Kommandobrücke!«

Festen Schrittes verließ ich den Leichenraum.

13

Auf der Kommandobrücke hatten sich meine Freunde Oleg, Oshima, Kamagin und Olga versammelt.

»Weißt du, wo wir sind, Eli?«, fragte Oleg und deutete auf den Sternenbildschirm.

Die Szenerie auf dem Monitor war mir so vertraut, dass ich vor Freude aufschrie:

»Wir sind in den Untergehenden Welten!«

»Genau, wir befinden uns am Rand des Sternhaufens, im Übergangsbereich zum offenen Weltraum. Der Vergleich dieser Sternenlandschaft mit dem vom Flugschreiber aufgezeichneten Bild ergibt eine völlige Übereinstimmung. Wir sind exakt an jenem Ort, den wir seinerzeit verlassen hatten.«

»Seinerzeit …«, echote ich nachdenklich und wandte mich an Olga. »In welche Zeit sind wir denn zurückgekehrt?«

»In unsere, also in jene Zeit, die in unserer Welt mit einer Phasengeschwindigkeit von null abläuft. Wir befinden uns wieder in einer eindimensionalen, linearen Zeit, die immer aus der Vergangenheit in die Zukunft verläuft.«

»Du hast mich nicht verstanden, Olga. Dass wir in unserer gewohnten Zeit zurück sind, ist mir klar. Doch sind wir vor uns oder nach uns eingetroffen – ich meine: gemessen an dem Zeitpunkt, an dem wir den Sternhaufen damals verließen?«

»Wir sind um ein Erdenjahr später zurückgekehrt. Die Bordzeitmesser besagen, dass unsere Irrfahrt durchs galaktische Zentrum und unsere Flucht durch den Ring der Gegenzeit insgesamt nur ein Jahr gedauert haben.«

Unser Gespräch wurde von einer Durchsage von Grazio unterbrochen. Der Galakt teilt uns mit, dass die Ortungsgeräte unsere beiden Frachter ausgemacht hätten. Sie seien zwar noch weit entfernt, doch es bestünde keinerlei Zweifel, dass sie unbeschädigt seien und ihr Säuberungswerk immer noch fortsetzten.

»Wir sind ein Jahr älter geworden«, sagte Oleg. »Die Untergehenden Welten sind dagegen um ein Jahrhundert verjüngt. Im System der Drei Staubsonnen gibt es wieder mehr Licht und einen klaren Himmel.«

Plötzlich stürmte Romero aufgeregt in den Raum. Er sah so blass und bestürzt aus, dass wir mit einer schlechten Nachricht rechneten.

»Oleg, Eli!«, stammelte er. »Ich war im Leichenraum, um nachzusehen, wie die Toten den Ringschluss der Gegenzeit überstanden haben. Und da habe ich gesehen – es ist ein Wunder geschehen, Freunde!«

»Es gibt keine Wunder«, warf ich ein. »Wollen Sie uns etwa mitteilen, dass Oan verschwunden ist?«

»Woher wissen Sie … Ja, Eli! Genau das! Die Energiefelder des unsichtbaren Käfigs sind völlig intakt, doch von Oan – nicht die geringste Spur! Das ist ein Wunder, Eli.«

»Beruhigen Sie sich, Pawel«, erwiderte ich und legte ihm den Arm um die Schulter. »Nicht ein einziges Naturgesetz wurde verletzt. Man hat uns lediglich ein Zeichen gegeben, dass wir noch einen weiteren Ring geschlossen haben: keinen zeitlichen Ring diesmal, sondern einen Ring der Verständigung. Am Anfang dieses Weges stand eine Begegnung, es folgten Feindseligkeit und ein blinder Kampf, dann kam gegenseitiges Interesse auf und mündete schlussendlich in freundschaftlicher Verständigung!«